U0868286

岳麓書社

读名著　选岳麓

中国古典小说普及文库

红楼复梦

【清】陈少海 著

岳麓书社·长沙

祝夢玉

賈珍珠

鞠秋瑞

放風箏寄懷好友

出版说明

在三十多部《红楼梦》续书中，篇幅最长的是一百回的《红楼复梦》。对于“复梦”一词，作者陈少海曾阐述道：“雪芹之梦，美人香土，燕去楼空。余感其梦之可人，又复而成其一梦，与雪芹所梦之人民城郭似是而非，此诚所谓‘复梦’也。”（《自序》）曹之梦引发了陈之梦，而陈之梦又欲在曹之梦的基础上别开生面，在接续前梦的表象下，通过建构一个宝玉、黛玉等人另行转世的平行时空，重筑新梦。故而，“复”字乃是全书的纲领和文眼，这不仅表现在它与《红楼梦》同中有异的关系上，而且还体现在其主要创作目的上，即复燃儿女昔日之情，恢复贾府往日荣耀。

《红楼复梦》接续《红楼梦》第一百二十回，在叙写贾府故事的同时，重新构建了一个江南镇江望族祝家。祝家二房、尚书之子祝梦玉，是贾宝玉前身——神瑛侍者的另行转世。作为祝家三房唯一的子嗣，他自幼备受祝母宠爱，喜欢在女儿群里厮混，但在感情上，则与既博爱又痴情的贾宝玉不同。在长辈的安排下，祝梦玉尽享齐人之福，先后娶了十二位妻妾，而这些女子则是“另生十二钗”，除贾珍珠（袭人）、韩友梅（贾府狐仙）外，都是《红楼梦》中香消玉殒之人的另行转世，如松彩芝、竺九如、郑汝湘、梅海珠、梅掌珠、芳芸等人分别是林黛玉、史湘云、秦可卿、晴雯、薛宝琴、金钏的后身。她们相处和睦，与祝梦玉一起谱写着才子佳人式的美好恋曲，消散了《红楼梦》中由痴男怨女之血泪浸染而成的悲情色彩。

此时，宝玉出走、贾政谢世的贾府已搬回金陵，与祝家往来密切。宝钗与祝家各女子以姐妹互称，且与祝梦玉尤为契合，情同姐弟。一日，宝钗等人进入祝府后园仙井中，从警幻仙子那里得证因果轮回，并获得天书。宝钗、珍珠等人依照天书修习兵法武艺，而后远征岭南，得胜回朝。因战功卓著，宝钗被封为武烈夫人，贾兰也得以承袭荣国公爵位。祝梦玉高中进士，并出资为贾家买回了荣国府旧宅，与众女齐聚大观园。最后，梦玉、宝钗等人飞升成仙，红楼新梦伴随着贾府的复兴谢幕，变“千红一哭，万艳同悲”为“富贵神仙大团圆”。

《红楼复梦》初刊于嘉庆四年（1799），是较早出现的《红楼梦》续书，在民国以前已被多次刊印。该书自问世以来，虽因事件冗长繁杂、情节离奇荒诞、因果报应色彩浓厚、未能突破才子佳人模式而遭到不少批评，但还是得到了一些肯定，如姚燮评其“气魄颇大，虽不及前，亦多可惊可喜者”（《读〈红楼梦〉纲领》）。从宏观来看，该书最令人惊喜的是其别具一格的构思和标新立异的创作动机。首先，在对人物的爱憎上，一反褒黛抑钗、贬斥袭人的常态，着重突出宝钗和袭人的坚强勇敢、痴情坚贞，为此甚至让她们带兵打仗，成为巾帼英雄，而对黛玉的后身松彩芝着墨并不多。其次，作为续书，没有借助“还魂”或“投胎转世”等惯用手法来延续原书已逝人物的生命，而是通过“另行转世”的方式让众多人物在一个更加广阔的舞台上，重新演绎了一场“红楼梦”，这些都源于陈少海力图表现自我风格的创作意识。基于对《红楼梦》和续书《红楼后梦》的一些不满，他秉持着“断无彼人之梦，而我亦依样胡卢梦之之理”（《自序》）的想法，大胆抛开原著进行创作。这种求新求变的态度，值得我们学习。

此次出版的《红楼复梦》以上海古籍出版社影印的北京大学图书馆藏嫏嬛斋刊本为底本，校以他本进行标点、整理，以便为读者提供更好的阅读体验。

目 录

第一回　幻虚境册开因果　大观园梦启情缘

尝闻洪蒙初判，别为天地，分阴阳造化五行而生万物。

造化者，即天地阴阳万物之情，因情而化，充乎天地。是天地间无物无情，无处非情。即如顽石，乃蠢然不灵之物，何以言情？但闻生公说法，尚且感而点头。

以此论之，情之一事，乃万劫不磨之物。

闻上古时，大荒之外无稽崖青埂峰前，有女娲氏所炼补天之石，历劫通灵，转过一番人世，自以为情缘了却，并无拘碍。谁知灵河岸上绛珠仙草同那幻虚宫里的瑶草琪花，欲报灵石荫庇之恩，纷纷转世以情报情。

那青埂峰前的灵石，被空空道人携向金陵；投于贾氏，衔玉而生，名曰宝玉；为荣国公之孙，工部贾政之子。年方弱冠，大为情障所迷，几致因情而死。其间，情之最极者，如林黛玉，竟以情逝。其他如晴雯、紫鹃、秦可卿、史湘云、柳五儿、金钏、麝月、袭人、香菱、妙玉、薛宝琴诸美人，情障愈深，情根愈固。惟薛氏宝钗不为情染，独开生境。后来黛玉一花先萎，宝玉万念皆灰。又见诸美人云散风流，相将谢世；秋闱战罢，披发入山，飘然长往。惟袭人另有孽缘，不能自已，出嫁蒋郎。其余红粉朱颜，半埋芳草。荣府中自贾政去世之后，只有宝玉之母王夫人暨长子贾珠之妇李氏宫裁、宝玉之妇薛氏宝钗，姑媳三人相依为命。

大凡神仙降世，与那些琪花草石姻缘偶而游戏人间，不过如此。后人不知，复有黛玉复生、晴雯再世及大观园添出许多蛇足。其然，岂其然乎？实难凭信。因偕空空道人上穷碧落，下及黄泉，旁至大荒之外无稽之崖，搜访神瑛、绛珠暨诸美人去来之事。

时在青埂峰前遇赤霞仙子，笑谓余曰："君等欲知神瑛之事乎？盍往幻境为卿言之。"空空道人应诺。相将而往，至虚无之境，缥渺之台，藉花而坐。仙子曰："神瑛当日转落人间，恐其不解情旨，是以令吾妹可卿开其情障，以了尘缘。谁知伊等为风月所迷，结成情劫，难以遽解。因金陵十二钗，本系有情无缘，难以强合。今既有情缘，须当配合。即将伊等未曾合体之元神，在他们未了之前，另又转世，令十二钗遂其情愿，此时又当相会之时矣。世人不知，讹以为黛玉还魂。晴雯再世。人间安得有此，实为笑柄。因君等是情祖门人，同是会中之友，不妨将十二钗另生之册相示，庶知《后梦》之诬也。"空空道人接册在手，细细翻阅，恍然大悟。原来祝梦玉是宝玉后身，松彩芝为黛玉后身，竺九如是史湘云后身，郑汝湘系秦可卿后身，桂蟾珠为紫鹃后身，鞠秋瑞系香菱后身，梅海珠为晴雯、掌珠为宝琴之后身，芙蓉是麝月、芳芸为金钏、紫箫系柳五儿、韩友梅是妙玉之后身。袭人孽缘未消，不须转世。其他如周婉贞为凤姐之后身，祝修云为鸳鸯之后身，薛宝书系雪雁之后身，郑文湘为司棋之后身，孟瑞麟系尤三姐之后身，冯佩金为尤二姐之后身，素兰是晴雯之嫂吴贵儿之妇后身，松寿为柳湘莲之后身，柳绪系秦鍾之后身，顾玉书是迎春后身，钟晴为贾瑞之后身。

空空道人正看之不已，仙子将册收去，笑道："伊等转世姓名不妨相示，以解君等之惑。其离合悲欢一段事迹，不可预泄，归去时当必知之。欲知前世因，今生受者是也。"空空道人言下大悟，再拜稽首而去。从此寄迹人间，放情诗酒。

一日偶往荣府经过，遇一老人策杖而来，空空道人叩以贾府之事，老人说道："自从宝玉去后，他父亲也就不久谢世，如今门庭冷落，车马已稀，非复旧时光景。府里只有王夫人同珠大奶奶、宝二奶奶婆媳三个，环哥儿、兰哥儿，还有琏二爷夫妻二人，如此而已。你问他有何话说?"道人答道："我闻得人说，宝玉回来，黛玉复生，晴雯再世，大观园依旧当年景象。不知然否?"老人笑道："这是那里话来。宝玉不来，为的是古今无不散的筵席。宝玉若来，这一局散棋如何收手？真不自谅也。"空空道人听罢，鼓掌大笑而去。

原来荣府自贾政去世之后，已将二年，王夫人悲伤成病，终日在床。内里家事系李宫裁一人管理，外间事务仍托贾琏。其旧时之艳姬美婢一个也无，大观园久已荒废。贾环、贾兰在京外从师课读，宝钗所生之子慧哥儿，朝夕在王夫人房中解愁释闷而已。昔年歌馆楼台，美人香草，真是一场春梦。正是：

人生十事九堪叹，春色三分二已空。

如今且不言贾府的风流佳话，单讲那侍儿中花氏袭人。

自宝玉去后，王夫人放他出府自行择配，随就嫁了蒋玉函。谁知红颜薄命，做亲未及一年，蒋玉函身故，又无公婆儿女，孤身无靠。他哥哥、嫂子要将他转嫁，知道蒋玉函丢下有数千两银子，袭人衣服首饰连自家私房也有千两。他哥子花自芳想，他年轻轻的，那里守得住。因此并不向袭人说明，竟与一个拉皮条作牵头的陈二麻子商量说，他妹子要前走一步，只要找个合式对头，他有三千两现银带去，还有衣服首饰也值得一二千金。陈二麻子听说，十分动火，说道："有个主儿曾托过我好几磨儿，要娶个人。这人姓龚，原是议叙候选，现在就要分发试用的。老爷年纪约在四十左右，也是南方人，做人和气。他的亲戚也有做京官的，也有做外官的。这门亲事倒还不错。"花自芳道："既有如此对头，也就狠好，我也不说别的，只要五百银财礼。办成后，谢银三十两。他那边谢你多少，我全不管。"陈二麻子道："谢不谢咱们再说，且约定日子，叫他们对面相看，两边都愿意，咱们再说那一层的话。"花自芳道："这就难了。我家妹子从来不见外人，况且又是他的亲事，更不用说躲的没有影儿，还肯当面相看吗？这事断不能行。"陈二麻子笑道："这话只好你自己说，且不用说别的，就比着是你，也要瞧瞧人合式不合式，没有说人也不用瞧，凭着咱们说就办得成的。"

花自芳想了一会，说道："我有个主意，你想想使得使不得，你若说这个主意不好，那就不用办了。"陈二麻子道："你说我听听瞧。"花自芳道："后日是我母亲三周年，我妹子请大悲院的南僧来家念经，他一早回来。你同那位老爷只说来与我母亲做周年，说不得叫他破费几个钱，备分礼来，咱们留他吃斋，多坐会子。我妹子出进拜佛跪香，又不避人，两边都可瞧见。你说这个主意可好？"陈二麻子点头道："这主意倒很好，我去约会那位老爷后日来罢。"说毕，彼此散去。

到这日，陈二麻子果然同那龚老爷备着一分厚礼送来。花自芳故意再三称谢。袭人在堂屋里瞧见，只道真是来做周年的，对花自芳道："留他吃面。"龚老爷趁势过来作揖，说道："些须薄礼，不过是敬老太太的一点诚心，实在抱愧，那里还敢叨扰。"袭人一面回礼，急忙退了进去。龚老爷见袭人一身素缟，越显得十分标致，对他说话不觉出了神去，站着动也不动。陈二麻子恐袭人着恼，连忙同花自芳过来邀龚老爷到棚底下去让坐用茶，心中才定。陈二麻子轻轻问道："如何?"龚老爷连连点头道："人狠去得，再没有这样标致的了。还摆着一脸福气，举止大方。不必多说，在你身上，办成总谢。"陈二麻子道："这里不便说话，咱们出去商量。"两个人辞别花自芳，一同出来，到茶馆里商量一会，彼此分手。

次日，陈二麻子去见花自芳说："那位老爷一定要办这门亲事，依着你送五百两财礼外，还要格外奉谢。他说一有地方，定要请你这舅爷、舅奶奶同到衙门去享福，尽你逍遥自在。"一夕话将花自芳说的十分欢喜，满口应承，道："这事在我身上，包你妥当。"陈二麻子忙在怀内取出一个盒子，递与花自芳道："这里一个帖儿，是那龚老爷的履历八字。盒子里是一枝金蝴蝶、一枝碧玉并头莲，与你妹子插在头上。还要你妹子随身带的一件东西，不拘新旧拿去回他。不过一半天就要做亲。"花自芳大乐，叫陈二麻子且在茶馆里坐着等信，他拿着这些东西急忙跑到后屋里来。

袭人才梳洗完毕，见花自芳进来，说道："哥哥你快去叫车，我要回去。家里没有人，昨晚惦记着一夜不曾合眼。"花自芳嘻嘻笑道："不相干，吃过早饭再家去。我这会儿正来与你道喜。"袭人问道："什么喜?"花自芳道："自从妹夫去世，我同你嫂子成天家与你打算，想你十八九岁的人，那里守得住？别说是我穷，就是我过得，我也不能养你一辈子。况且你家又没个长辈，连个有年纪的人儿也没有，就是你带着一两个丫头同那个老妈儿也算不了事。我要接你回来，家里又没有多的房子。我也要打算地出去跟官。我若出去，还有谁来照管呢？前日我同向来做媒的陈二麻子商量，叫他有对路的亲事，与你说一家也好。谁知他有个相好的龚老爷，原是候选，现在就分发试用的官儿，正要娶头好亲事。因此他昨日备礼来同你对面相亲，说了一会话。那个人虽是年纪大些,人品儿倒也瞧得过。你一过去,就是一位太太,连我也沾你的光,谁不叫我是舅老爷?他昨日瞧见你,欢喜了个受不得。今日一早就将履历八字,还有两样首饰,叫陈二麻子送来与你插戴。"袭人听说亲事,已经气极;再听见"插戴"二字,面色皆变,浑身发抖,只得忍住,假意笑道:"东西现在那里?"花自芳慌忙递将过去。袭人接在手中,走到桌边,将盒子打开,取出那两枝花来放在桌上,顺手取起一个茶碗,照着那两枝花上就是几下。花自芳急忙来抢,那玉并头莲早已砸碎,金蝴蝶打了个精扁,茶碗也成七八块。又将那个履历八字扯作条儿,一面扯着,放声大哭,十分悲恨。

花自芳弄的没有主意,说道:"成不成由你,仔吗将人家的东西砸个稀糊脑子烂?你不愿意,将原物还他就完了。这会儿将他的东西庚帖,砸的砸,撕的撕,还不了他,这头亲事我瞧着倒做定了。"袭人听花自芳所说甚是有理,不该一时孟浪,砸坏东西,看着这事倒难收手,心中想道:"不如一死,以了这段冤业。"登时把心一横,拿起桌上的破碗片子,在脖子上一抹。花自芳骇的手忙脚乱,赶忙来抢,见袭人已是鲜血淋漓,将一件白布衫子都染作大红。花自芳赶忙抱住,急的乱喊乱叫。

他嫂子董氏正做着早饭,听见兄妹两个又哭又喊,赶忙跑进屋来,见袭人满身是血,在这里寻死觅活。他男人拉住手,死也不放。董氏忙上前拉着,问道:"妹妹这是为什么?好好的要寻死?"花自芳将方才的话说了一遍。董氏道:"妹妹本来忒也什么些个,愿意不愿意一句话儿就是了,又何必动这样大气。将人家的东西糟蹋了,这怎么好呢?"花自芳嚷道:"你还要多说,我刚才提了一句,他就要寻死,抹脖子。谁还管东西?"袭人哭道:"原来你们夫妻两个成日在家里盘算我。我不嫁人,碍着你们的什么事?今日我把这条命交给你们两个罢。"说毕,将头乱碰,夫妻两个那里拉得他住,急的花自芳道:"我的老祖宗,你饶了我们罢,以后你的事,我再也不敢提了,随你死活存亡,我全然不管。从今以后,再不来接你,只求你老太太开恩。"袭人哭着道:"既是这样,你就去叫车送我家去。"花自芳连忙答应,叫董氏先去找条汗巾与他围脖子,一面赶着就去叫车。董氏要将他血衣换下,袭人再三不肯。夫妻两个想来强他不过,只得依着,替他拿了包袱并梳头盒子,扶去上车。那赶车的老张倒骇了一跳,问道:“二姑娘这是仔吗呢,闹一身子的血?”花自芳赶忙答道:“抓破了脖子上的肉瘤,淌有一盆的血。”一面说着,扶袭人上车,将包袱、盒子放在车内。花自芳跨上辕儿,一直望大路而去。

走不几里,袭人在车上远远瞧见荣府,心中想道:“我虽回家去,他们未必死心。况我又砸碎东西,那头亲事如何就肯丢手?一定另有风波。我是个孤身弱妇,如何敌得他过。不如到府里去见太太商量主意,也好死他们的念头。”主意想定,对花自芳道:“我要到府里去走走,将车叫住。”花自芳道:“且回去换过衣,换过衣服,歇歇再来。”袭人道:“我定要就去,等不得回家再来。”车已到贾府门首,袭人对赶车的道:“老张,你将车邀住,我进府里去。”花自芳想来强不过,也就跳下来,将车一直赶进大门。

此时荣府把门的只有一个老赵,认得是花姑娘,让他一直进去。荣府自贾政死后不过两年,尚未满孝,以此袭人身穿孝服,可以进府。袭人来到上房,那些姑娘、嫂子们见他一身是血,含着两眶眼泪,彼此吃惊,赶忙问明缘故,一同进去。王夫人抱病日久未能下炕,靠在枕上与宫裁、宝钗三人闲话。袭人走至炕前,对着太太跪下,发声大哭,说道:“求太太救命!”王夫人姑媳见他脖子上围着汗巾,半身是血,大为惊异。吩咐将他扶起,问道:“这是什么缘故?”袭人遂将昨日与母亲作三周年脱孝念经,哥子花自芳私自约人相看,今日竟来插戴,以此气忿,将那东西砸碎,庚帖扯坏,自家情急刎到,欲寻自尽的话,从头哭诉一遍,要求太太作主救命。王夫人说道:“花自芳固然不是,你也过于心急,应不应由你,何必将那个人的东西毁坏,成什么道理。那一家又如何肯依?你狠打错了主意。”袭人道:“那些东西我情愿赔他,只恐我哥哥心肠不死,又想出别的主意。那时断不能依他,一准送定这条性命!”宝钗道:“听你这话头儿是不愿意再嫁,但是孑然一身,亦非了局。倒不如搬进府来,同我做个伴儿,倒还安静。如今你是客人,不能像当年看待。不过是咱们这会儿的日子不比原先老爷在时,诸事清淡,只要你过得惯就是了。”王夫人道:“后面日子正长，你又年纪忒小，十八九岁的孩子，那里说得这个守字。不过是终身大事，安顿最难。花自芳未免过于任性草率，我见你这样心志，也很欢喜，自然要替你作主。”袭人道：“太太恩德如天，如肯收留，实同再造，情愿终身靠着太太，再无他意。”李宫裁道：“太太作主，自然必叫你终身如意，断然不错，你倒狠可放心。”王夫人道：“话虽如此，须得对花自芳说明，写个断字据，不许往来，随我作主。”宝钗道：“必得如此才是。”

王夫人吩咐周贵家的，命周贵带花自芳进来，当面问话。李宫裁着人去请琏二爷上来。不多一会，贾琏进来请安，李纨、宝钗都问过好。袭人过来请安。贾琏瞧见，忙问道：“这是仔吗呢？”王夫人将他的事迹代说一遍，又将刚才的主意说知。贾琏点头正要说话，见周贵家的回说周贵带花自芳在外伺候。王夫人吩咐带他进见。周贵奉命带花自芳进入门内，一齐跪下磕头请安。周贵起身，垂手站在门旁。花自芳跪在地下，不敢抬头。王夫人道：“花自芳，你怎么硬自作主，将你妹子许人，逼的他寻死？他是出嫁妹子，与你原不相干。你不问个青红皂白，混出主意，逼他改嫁，你狠糊闹。本要送官治罪，因念你个不知事的糊涂东西，且开恩饶你。他如今愿意在我这里，随我作主。自此以后他的死生存亡你全不用管。叫你进来，问你依不依？”花自芳连忙磕头说道：“太太在上，小的也不敢多说，总是小的妹子他要仔吗，就随他仔吗。自今以后，小的再不敢管他的闲事。”贾琏道：“既是如此，这就很好。但是你妹子愿意在太太这里，后面日子正长，恐你将来又有别的道理，必须你写个断绝凭据，两下里才得放心。”花自芳道：“小的情愿写下字据，永远断绝。”贾琏道：“狠好！”吩咐周贵带他去写。

袭人见哥子去写字据，心中十分欢喜，回明太太要同周嫂子到家照应，将东西搬进府来。王夫人应允，命周家的同去。宝钗取些刀疮药与他敷上，袭人脱下血衣，同周嫂子去了。一会，将家中一切东西拢共拢儿搬来，堆在上房院里。外面周贵领花自芳进来，面交字据。贾琏看了说道：“很好。”念与太太听过。王夫人命宝钗收着。

袭人站在院子里，叫丫头抱琴将所有箱子全行开掉。凡是蒋玉函所有的东西，尽行取出，一件不留。提出几件男衣尺头，送周贵夫妻。其余一切衣服单夹纱绵皮以及靴帽鞋袜、带子佩刀及男人用过之物，当着琏二爷众人瞧着，都叫花自芳一并拿去，也值得千多两的物件，说道："哥哥，我同你兄妹一场，从今以后死生永别，彼此不必往来，再休提起兄妹。这些男人的东西，我留他无用，尽都与你，很够你穿吃一辈子的。这就是尽我兄妹之心了。"又开红皮箱，将个紫檀奁匣开掉小锁，取出一枝金蝴蝶，一枝碧玉兰花，当着众人交给花自芳，说道："这两枝花是赔那一家的，你也收去。"花自芳接着，看他如此光景，心中大过意不去，不由的大哭起来。贾琏吩咐周贵替他拿着东西，谢过太太同众人。向袭人谢了一声，自己抱着两个大包，含着眼泪悲悲切切一直同周贵出去。退还那个龚家东西，各去料理不必表他。自此以后，他兄妹永远断绝，不相闻问矣。

王夫人听见花自芳去后，吩咐媳妇们将花姑娘的物件东西都搬在宝二奶奶对过房内。袭人仍依主母，甚觉心慰。只是宝钗因他是已嫁之人，不比当年相待，未免有些客气。袭人大为不安，只得禀知太太。王夫人道："当初宝玉在家时，我即待你如女。因宝玉去后，恐误你终身，将你放去，再想不到尚有今日。自今以后，娘儿们形影相依，更当亲于往日。但你到底是蒋家的人，宝二奶奶固然要有点儿客气。这样罢，你竟拜我为母，使我老年多一亲丁，犹如宝玉在我跟前一样。将原先那些全行抹掉，彼此须无妨碍，方为妥便。"袭人见太太如此吩咐，不敢不遵。李纨、宝钗十分欢喜。丫头们铺下拜垫，袭人对着太太拜继为母。王夫人欢喜之至，吩咐称为五姑娘。袭人拜过太太，又与贾琏、李纨、宝钗等见礼。贾琏等亦与太太道喜。众人热闹一会，王夫人心中欢喜，身上觉得爽快，对珠大奶奶说："备几样果菜，接平儿上来吃个团圆家宴。"原来平儿生了一子毓哥儿，贾琏已将他立正，内外都称为琏二奶奶。听见太太得了女儿，赶忙上来道喜，又是旧友相聚，十分投契。袭人自此以后，一心一意倒颇相安，脖子上伤痕久已平复。

不觉过了半年，时当春暮夏初，昼长人倦。袭人同宝钗做了一会针黹，觉得精神困乏，将针黹收起，对着宝钗道："别做了，很觉有些困倦,不如到大观园去闲逛闲逛。"宝钗道:"不去倒也罢了。走到园里,瞧见那凄凉光景,惹起心事来倒怪不好的。况且园子里长远没有人去,荒荒凉凉的,遇着个妖魔鬼怪,骇死了白饶不值。"袭人笑道:"青天白日那里来的鬼怪,倘若遇着几个,就合他说个鬼话儿,也很有趣。我偏要你去。"说着,拉了宝钗就走,命抱琴点一枝太平香,跟着他们两个一直进大观园来。只见:

芳草满庭连砌绿,游丝当户少人来。

三个人衣牵乱草,裙扫落花。两人不胜叹息。

一路行来,不觉到潇湘馆门口。袭人十分感伤,就要进去。宝钗连忙拉住,说道:"自从林姑娘死后,这里夜夜鬼哭。那年凤姐儿到这里走了一走,瞧见林姑娘,骇出病来,从此就不起炕,你是知道的。你瞧,小竹子儿长了一院,那台阶上的灰倒有一尺来厚。我是断不进去的,不如到怡红院去逛逛罢。"说毕,拉着袭人就走。刚来到沁芳桥边,只听见池子里"嘟唧唧"一响,一个雪白的东西跳起来。三个人大吓一跳,倒退几步,定睛细看,才知道是只大仙鹤。袭人看着那只鹤说道:"当年是我每日喂你的水食。我自从离了此园,今已数载,打谅你已经奋翮青云,冲霄而去,餐霞饮露,自在逍遥,何以恋此荒园,与草虫石鼠为伍,岂尔以主人之恩义难忘不忍去耶?抑如我之命薄,无所归耶?"袭人说至此处,止不住纷纷落泪。这只仙鹤对着袭人长唳数声,乱舞一会,望着那山子后面飞了过去。袭人还望着那山子流泪。宝钗道:"何苦来呢,你捣半天的鬼,带着我出了好些眼泪,你还要出神呢。"说着,拉袭人一径来到怡红院,走进院门,只见那株海棠树倒在院子里,满地下的青草倒有一人来高。抱琴在前分开乱草,他两个跟着跨过海棠树,来到回廊下,一个画眉笼横耽在门槛旁边,满台阶上都是燕子粪。卷棚前还挂着一个白铜鹦哥架,上面结着个大蛛丝网儿。抱琴将槅子推开,两个走进里去,桌椅还照旧一点儿不动,只多些灰土。又走到宝玉套房里来。宝钗道:"你二爷画的这幅牡丹,倒还贴在这里。上面还是我同林姑娘题的诗呢。"袭人道:"画的不知去向,题诗的只有你,贴画的是我,又弄得孑然一身,可怜之至。"说到此间,止不住呜呜咽咽哭将起来。宝钗正是一肚子伤心,看见袭人放声大哭,他也大放悲声。两个人越哭越高兴,甚是伤心。

这抱琴听他们哭的热闹,独自一个甚觉无趣,将那半截儿太平香插在地下,就走出院门,各处乱逛一会,走到一个亭子上睡,觉得有些困乏,倒下身子就一路好睡。不说抱琴在亭子上睡觉,且说宝钗同袭人哭得口干舌燥,也不觉昏昏沉沉,在宝玉炕上入了梦境。

这里入梦之时,正值神瑛同绛珠等随风游玩,忽见愁云一片,冉冉而至。众仙截住云头,仔细一看,绛珠道:“此会中人不可不借幻梦之中以开迷障。”神瑛等都说:“甚是。”于是,乘风而去,俱到大观园来。

且说宝钗、袭人正在梦中悲切之际,忽听见有人说宝玉回来了。二人听见,赶忙往外就走,只见宝玉笑嘻嘻的走进来。宝钗瞧见,悲苦难言,一把抓住道:“宝玉你丢的我好苦!”袭人红晕桃腮道:“原来你是忍心害我,躲在这里。这是何苦来呢。”二人拉住大哭。宝玉道:“姐姐们何必如此悲苦?天上无长圆之月,人间无不谢之花;久聚必散,久盛必衰;此天地间自然之理。至于夫妻儿女之道,又不足以聚散盛衰论也。此乃因缘相生,结于所感。缘深者,则相聚日多;缘浅者,则分离日早。宝姐姐同我夫妇之缘,止于此数,徒悲无益。惟袭人姐姐前生未了,又结再生缘矣。”宝钗听他这些言语,放手止悲。

袭人拉着要问再生缘,宝玉用手往外一指道:“他们也都来了。”袭人同宝钗回头,瞧见林黛玉、鸳鸯、晴雯、金钏、紫鹃、宝琴、香菱、柳五儿、麝月、司棋、雪雁、尤三姐、史湘云还有蓉大奶奶秦可卿等,俱在眼前。袭人一见大惊,说道:“宝玉,我听见老爷说,你同一个和尚去了,怎么又与这些死过的都在一堆儿?”宝玉笑道:“姐姐你看死的在哪里?活的又在哪里?”宝钗点头道:“袭丫头真是乱丝堆里穿针,一会摸不着脑儿。”众人都走进房来。绛珠拉着宝钗道:“别来数载,更觉丰采照人,姐姐真不愧为我幻虚境中第一人物!”宝钗道:“妹妹仙去,我正与宝玉了结尘缘,未能亲送云旌,至今怅怅。今幸不弃,尚来看我故人,令人憎愧。”绛珠道:“姐姐是幻虚中的全人,惟我为眼泪所误，又落红尘，受种种烦恼，将来尚望姐姐当头一喝，破我迷关。”宝钗道：“我正愁苦海沉沦，杳无涯岸，自顾不遑，安能为妹妹计耶！”绛珠道：“河山咫尺自有相逢，正恐觌面之时已迷真性。姐姐达人，自能接引故人。”宝钗同绛珠彼此说的高兴，袭人同宝玉、鸳鸯、晴雯等这一班人也说的十分热闹。袭人问起鸳鸯“那年上吊之时不知是怎样的苦楚”。鸳鸯说：“我吊上之后，心中只想着要同老太太西去，并不觉得苦楚，不知是怎样就断了气，心中也并不知道。”

众人正在说话，谁知抱琴的梦魂到屋里来找主人。只看见坐着一屋子的美人，在那里说说笑笑，又见他主人拉着一个男人，宝玉长宝宝短的问他说话。抱琴心中想道：“尝听说宝二爷，想来就是他。我去请太太来瞧瞧。”想毕，转身走出园去。才到垂花门口，忽见贾琏同平儿出来，问道：“你为什么如此慌张？”抱琴将宝玉同了许多美人回来，都在园内与宝二奶奶同他主人说话，他要去请太太来瞧的意思说了一遍。贾琏同平儿说道：“你且不用去回太太，等我们去瞧瞧。”于是，带着抱琴，一直往园中来。

不知贾琏到园中怎样光景，且听下回分解。

第二回　为恩情贾郎游地狱　还孽债凤姐说藏珠

话说贾琏、平儿同着抱琴一直来到怡红院。平儿先往前走，抬头看见鸳鸯，吃了一惊，大叫：“有鬼！”贾琏忙上前去，宝玉叫道：“二哥，咱们在此，不用害怕！”平儿见宝钗、袭人都在里面，放心同贾琏进来，彼此相见。贾琏对宝玉道：“太太因想你成病，缠绵枕席，今日既到家来，还不快些进去。”神瑛道：“前生父母恩德难忘。若仅见一面，更增悲苦。我又不能常侍慈帏，因此不敢以幻梦之形，使太太又添出许多儿女情障。我有灵药一丸，服之可以却病，兼且延年。”随在袖中取出，交与宝钗道：“宝姐姐，将此丸药呈上太太。说宝玉不孝，不能终于侍奉，请太太不须垂念，保重身子，颐养暮年。将来有日报答慈恩也！”宝钗答应，将药收好。

鸳鸯等过来拉住平儿道："如今你是升了正堂，瞧见咱们旧时朋友，就嚷是鬼。"晴雯笑道："咱们这些旧鬼，何曾向你这新人要过一张半张钱纸，你着什么急呢？但是我死的时候，你连瞧都不来瞧瞧，讲起交情，令人可恨。今儿咱们倒要评评这个理。"鸳鸯道："不用评理，我自从吊死直到如今，找不着一个好替代。今日知己相逢，不用再找别的，叫平丫头做我的替死鬼，让我好去托生。"金钏道："我在井里冷的可怜，一日无替代，一日不能脱离苦海，不如先让给我做个替代罢。"秦可卿笑道："如今他是我的婶子，我说个情儿，免了他的替代罢。"金钏道："咱们做了鬼，还管什么婶子、大妈的？扯他去做替代就完了。"平儿被鸳鸯、金钏一边一个拉着不放，急的满脸通红，引得众人好笑。麝月道："罢呀，今日偶然相聚，说说别的罢，别耽搁工夫。"紫鹃、香菱笑道："他如今的位分儿尊了，咱们惹他不起。"雪雁同尤三姐们才要说话，绛珠仙道："众仙妹休启迷关，又开情障。"平儿笑道："你们人多，你一言，我一语，拿我来开心，也不容我说句话儿。"神瑛道："平姐姐不用睬他，咱们说说罢。"平儿道："你们那里正说的热闹，他们又在这儿混搅，叫我说个什么？我刚才有一肚子的话，这会儿闹的一句也想不起来。"袭人笑道："我替你想着一句，是要问凤二奶奶的下落，不知是不是？"平儿道："一点儿不错。你倒是我肚子里的记事虫儿。"晴雯笑道："你肚子里本来已有个虫儿了。"平儿瞅了一眼道："你如今还是这样嘴尖舌快。"晴雯道："我就是我，有什么如今当日。"

贾琏道："真个咱们说了半日，倒忘了问宝兄弟同林妹妹，怎么凤姐儿同尤二妹妹他们两个倒不同你们在一堆儿呢？"绛珠仙道："凤姐姐们原是咱们一会中人。只因凤姐生前口孽过重，兼着还有些罪孽，因此堕落阴曹，必须案情明白，方能转入人世。若修身行善，依旧得归仙境。不然越转越深，深极而灭。你只知世上男女乞丐受无边苦恼，岂知内中由神仙而降入此等人者，更复不少。"宝钗道："如你众人想不再转人世。"绛珠叹道："我等皆为情丝所误，现已转世，又在人间，不久数当相聚矣。"宝钗道："你们现俱在此，怎么说又生人间？况且众姐妹去世，前后相去不远，即使转世，亦正是乳哺怀抱之时，何能不久相聚？这句话我真不懂。”

神瑛道：“轮回之事，其理难明。我等前生原不过略为一聚，不意深迷情障，情动萌生，不能自主，又归情境。宝姐姐，我看灯光之下影与身是一而二二而一者也。灯为情萌，影是萌生。我等转世，皆由于此，因此时已转人世，非鬼非仙，尚无拘无束，将来神光一去，真性即迷，从此地狱天堂不知所之了。神仙最怕此一关。”宝钗道：“你们现在的地方、名姓对我说知，我若遇着，对他们说明前生的面目，岂不有趣！”绛珠笑道：“咱们只知转世，并不知方向亦不知名姓。倘若知道，我等早去自家说明，那里要姐姐费心。”宝钗点头叹息。贾琏道：“你们天上人间，去来自主。我要同去瞧瞧凤姐，说几句丢不下的心事，就是丰都地狱，我要去瞧他一眼，也不枉夫妻一场。”说着，两泪交流，不胜伤感。神瑛道：“去倒容易，只是看他无益，你若瞧他的那样形景，倒难以为情，不如别去罢。”贾琏一心要去，再三央恳。宝钗、袭人、平儿俱念切凤姐，一同要去，也十分央及。

神瑛不得已，同绛珠仙等俱各允从。站起身来，出了怡红院，来到潇湘馆院门。可卿道：“当年见凤二婶子阳光有限，我在这门首现形，与他说几句话儿，被他啰我两口，跑进院去。后来他命尽而终，荣宁两府都说，凤二奶奶见我骇死的。谁知我身后还遭个冤呢！”宝钗笑道：“往往鬼哭，天阴则闻，林姑娘死后，是这潇湘馆的景致。”紫鹃道：“宝姑娘洞房花烛，正林姑娘断肠咽气之时。可怜我主仆二人，一灯相对，其情可惨。满园绿竹尚须滴泪成斑，何况鬼哭！今日既到旧家池馆，不可不一游伤情之地。”众人一同进去。

黛玉见琴书如旧，香雾空蒙，几案上蜂泥鼠迹，堆满灰尘，已不禁莹莹欲涕。及走进兰阁，见绣榻依然，碧纱上泪迹犹存，竟忍不住手扶栏杆，叫声“黛玉你死的好苦也！”不觉与紫鹃放声大哭。袭人对晴雯、金钏道：“你二人想起前生，亦当恸哭。”金钏道：“我因太太一掌之羞，忿激而死，无可伤悲。”晴雯点头道：“我与林姑娘死时同一伤惨。使我临终尚得与宝玉执手数言，身后犹有芙蓉一诔，虽死如生，何悲之有？”平儿叹道：“咬指赠衫，千古情痴之极，惜林姑娘少此一段佳话！”黛玉、紫鹃涕泪纵横，哭了一会，收住哭声，对宝钗道：

“情之所感，虽神仙亦不免心动。今日之哭，是找补当年命终时之绝泪耳！”贾琏道：“今日有此一哭，将来大观园八景内必有人添两诗，题曰：‘怡红仙梦，潇湘鬼哭。’”黛玉等不觉破涕为笑。宝玉道：“因来劝哭，倒引出两人之哭。可见眼泪亦有定数。少刻见凤姐姐，不用说又是一番大哭了。咱们眼泪尚有用处，快些去罢。”众人出潇湘馆，来到大观园的后门。

神瑛上前将门推开，一齐出去。抬头四望，并非街道。只见昏雾蒙蒙，阴风瑟瑟，走了数步，回过头来，不见大观园，只觉得黄沙扑面，渺渺茫茫。平儿问道：“这是那儿？好凄凉的景致。”宝钗笑道：“你说凄凉，只怕还是极乐境界。”绛珠道：“宝姐姐言之有理。”众人走够多时，闻得水声淙淙，哭声隐隐，路上渐有行人，都往这条路来，络绎不绝。宝钗们瞧见俱是苦眉愁脸，悲悲切切，并无一个欢颜悦色之人。又走了几里，听见背后一群人来的甚快，众人站着，让他过去。见那男女老少约有几十，内中有个三十来岁的女人，手中抱着孩子，一面走着，哭的凄惨。刚到面前，那个女人将平儿一把拉住，说道：“二奶奶，你怎么也来这里？哎呀！怎么连宝二爷、姑娘们都在这儿？”平儿吓了一跳，同众人细看，原来是来旺的媳妇。宝钗道：“你怎么到这里来了？”来旺的媳妇呜呜咽咽哭诉道：“前月养了这个孽根子，产后冒风，医药难救，不到满月，母子命绝。想着家里那一条儿可以丢得下。”说毕，放声大哭。只见一个横眉竖眼的公差，过来拉着就走，说道：“这条路上就是遇着亲人，也不能相救，哭也无益。倒是打正经主意，带来的这几吊钱不够使用，咱们也不能为你一个耽误工夫。”来旺媳妇拉着平儿死也不放，不住声的悲哭。贾琏看不过意，对那公人道：“他要多少钱使用，都是我的。但是我身上没有带着银钱，请公差明日到我府里来取如何？”那公人听了，笑道：“既是如此，这倒很好。今晚在后园桑树下烧黄钱千张，银锭五千。我是城隍司衙门二班快头赵升便是，你烧的时候，只须叫我名字，我就收着了。所有他的一切使用，都交给我替他料理，管叫他吃不了亏，受不了苦。”贾琏再三称谢。公人道：“话既说明，这条绳儿可以解放，让他舒服些儿。”说毕，就将颈上麻绳解去。来旺媳妇向着贾琏千恩万谢，对平儿说道：“恐二爷事忙，奶奶务必惦着些儿，别忘了要紧。再者求奶奶将来旺叫进宅来，当面吩咐叫他保重，不要苦坏了身子。我的那些衣服留着无用，叫他一箍脑儿卖掉，给我热热闹闹的做个大发送。我有两双银镯子，几枝钗子，三个金戒箍儿，银包里还有三十几两子，拜匣里的那些零碎首饰，都叫来旺好生收着，别三文不值二文的糟掉了。叫他千万想着我的情分，别要娶人，娶来的未必像我这样知热知冷的疼他。叫他少要喝酒，再要喝醉了回来，问他还有谁替他温着茶，等着门儿呢？”来旺媳妇一面说，一面哭，引的平儿、袭人也都伤心掉泪。那公差道：“你尽着絮絮叨叨，就说一年也是不了。都像你这样唠叨，咱们奉票勾人，至少必得十年才能销差呢。跟我走罢。”平儿看他悲悲切切，跟着差人一拥而去，十分可怜。

贾琏等跟着神瑛，一堆儿往前慢走。又约走了二三里路，望见一座大桥，正当去路。渐渐相近，看见桥边一间茶棚，有许多男女站坐不一，俱在那里喝茶。平儿道：“从来没有走过道儿，实在吃力。我要到茶棚里去歇歇。”众人应允，都来茶棚底下。看那上面悬着一块纸匾，上写着是“谁能免此”四个字。又有一副对联，左边是：

只来不去无双路

右边是：

久别长离第一桥

宝玉领着走进茶棚，只见一个老婆子拍手笑道：“宝二爷怎么逛到这儿来了？”一眼瞧见众人，说道：“了不得，了不得！怎么奶奶、姑娘们都来了！”众人细看，不是别人，原来就是刘老老。彼此相见十分欢乐。刘老老让进里间屋内坐下，一个个都问了好，又将众人细看一遍，说道：“我看爷们同奶奶、姑娘都不是这条路上的人，怎么跑到这儿来呢？”宝玉笑道：“咱们活的不耐烦，找到这儿逛逛。”刘老老笑道：“阿弥陀佛，别处逛的地方还少？这个地方有个什么逛头儿。人家躲着不来都不能够，你们倒找着这里来。依我说别逛了，快些家去罢。”宝玉道：“别处咱们都逛烦了，倒是这里新鲜些儿。”刘老老道：“我的老祖宗，你真是个傻子，还是这样的性儿。你说要到那儿，他们就得依你到那儿。琏二爷，你是他的哥哥，也跟着他混跑。”贾琏未及回言，宝钗接口道："咱们知道刘老老在这里开茶铺，特意到你这儿喝茶来的。"刘老老笑道："我这里的茶，那里跟得上那年在大观园，同着老太太逛园子赏花儿喝的那些茶儿水儿呢？我这水也不是你们喝的。既到这儿来，真个连水儿不喝口去，也没有这个理。等我叫人去取些华池太乙水来，请你们喝喝罢。"说毕，转身就走。宝玉连忙止住道："老老，快别去，你这水咱们是不吃的。我还有事要去，改日再来瞧你。"众人一同出来，宝钗问道："老老，你这里是何地名？咱们记着，下磨儿好来找你。"刘老老道："这里叫做奈河村，前面就是奈河桥。村中也不多的人家，一大半是衙门是应差使的。我自从那年送平二奶奶同巧姑娘到宅里去，回到家来就一病不起。因我前生并无罪孽，以此无拘无束并不收管，就在这奈河桥边开个茶店，随便赚几个钱混混，倒也自在。"

宝玉道："咱们过桥逛逛，再转来瞧你。"刘老老道："罢呀，我的祖宗！这桥不是乱走的，只有神仙佛爷同那忠孝节义，还有那个有德行有来历的人，才能过去过来随便的走。况且琏二奶奶现还带着身子，不要说过桥，连桥头儿都是去不得的。"宝玉们听刘老老一番话甚是有理，便道："这个地方原不是顽的，依我说，平二姐姐竟在刘老老这里等着罢，咱们去瞧了凤姐姐转来，同你回去。"袭人道："这倒狠好，我留抱琴陪你做个伴儿。"平儿点头道："狠好，但是你们要快来，别丢下我走别的道儿先家去。"贾琏笑道："你看谁是肯丢下你的人？"刘老老叹道："原来你们是要去瞧凤二奶奶的。咳！说也可怜，原该去瞧瞧他才是。你们别说闲话，快就去罢。二奶奶只管放心在我这儿，他们回去要过这桥来，也再没有别的道儿了。"袭人吩咐抱琴跟着二奶奶在此等候。姐妹弟兄出了茶店，望着奈河桥来。

不说平儿同抱琴在刘老老家相等之事。且说神瑛等一班人走到桥边，见个大牌楼上写着三个大金字，是"奈河桥"。两边柱上挂着对联。宝钗、袭人站着看那对联，上句是：

碧浪红波淘不尽千秋迷骨

又看那边是：

慈航宝筏难渡的万古痴魂

众人叹道:“古今来能有几人解得此语?”

正在叹息,只觉一阵腥气直透肌骨。看那座大桥约有百十级高,风冷瑟瑟。宝钗们拉着绛珠等一堆儿慢慢走上桥去,觉越上越冷,到了桥顶上,瞧见满河中红波白骨,飘来荡去,不知多少。远远望见一堆人,在河沿儿上不知做些什么,只听见哭的喊的声音凄楚。晴雯、紫鹃扶着石栏杆要往下瞧。才低下头去,晴雯笑道:“你们来瞧,还有人在此题诗呢。”众人听见过来观看,果然桥栏杆上写着四句诗。此时袭人跟着宝钗学诗写字都很做得上来,因抢着念道:

撒手开来不计程,脱然无累一身轻。
奈河桥上今宵月,照入黄泉澈底清。

下边落着款,是“江都蝶庄道人过此留笔”。袭人笑道:“此人兴致不凡。”宝钗道:“还是林姑娘乡亲,只可惜那海棠社没有邀他来做诗,大是缺典。”

众人说笑一会,走下桥去。谁知过了桥来,冷的更是利害。宝钗、袭人大有些支持不住,贾琏将神瑛的那件鹤氅借来披上,不觉周身和暖。晴雯道:“我同宝姑娘相处一场,无以相赠,有件藕丝衫奉送。”说毕,即在身上脱下来,替宝钗穿上。宝钗细看,比亮纱还要轻软,淡红颜色,一股莲花香沁心扑鼻,顿觉满身温暖。麝月道:“宝姑娘不怕阴风了,袭丫头等我送他罢。我的这件蕉叶护肩,赛不过你的藕丝衫子吗?”晴雯道:“谁同你赛宝呢!”麝月笑着解下来,替袭人带上。绛珠仙在云髻上取下一物,插在宝钗鬓上,说道:“山野之物,聊以助妆。”宝钗称谢。众人举目见街道上往来人众看见他们甚觉着诧异,不敢拢来,远远跟着瞧之不已。神瑛笑对宝钗道:“阴司里看堂客,倒比阳间看的利害。”秦可卿道:“他们看见这些堂客,跟着你这个和尚一堆儿走,自然诧异。”尤三姐笑道:“若是遇见巡查官儿,咱们准备着打官司。”众人正在说笑,忽见街上人纷纷回避。雪雁道:“二爷,你看那来的官府坐在轿子里,倒像是老爷。”

众人抬头一看,见有许多幢幡宝盖,一对一对蜂拥而来,后面大轿中坐着一位官儿。那轿子渐渐相近,神瑛看见果然是贾政,赶忙抢到轿前请安。贾政吩咐住轿。贾琏也跪下请安,宝钗领着他们一起都到轿前请安。黛玉拜谢舅舅送他枯骨回南,感戴无已。贾政下轿扶起黛玉们道:“前生已了,又度情关,各自修省为要。”对着袭人道:“你如今是我的女儿了,后缘不浅。但凡忠节之事,虽死不死,务须切记。”袭人跪下拜谢。又对鸳鸯道:“你舍身跟着老太太西去,至今心中欣慰。”鸳鸯道:“婢子蒙老太太豢养深恩,死不足以报万一。又蒙老爷酬奠,并将贱骨附葬先茔,九泉之下衔感无休。”秦可卿过来拜谢道:“孙妇青年殂丧,未得久奉严庭。举殡之日,又蒙哀念,一棺秽骨得以归葬金陵,复载之恩实难言尽。”史湘云同香菱都来叩谢生前复被。贾政一面扶起秦可卿们,瞅着晴雯、麝月、金钏、紫鹃、雪雁、柳五儿等,说道:“你们俱能守身自爱,不枉我抚养一番,一个个俱归仙境,我心甚喜。”回头看见尤三姐,因不认得,问道:“此位是谁?”宝玉答道:“此即柳湘莲所聘之尤三姐也。”贾政道:“原来是位烈女,可敬,可敬!”尤三姐过来见礼。对着宝玉道:“自从你得道归山,大慰我愿,正望你无上逍遥,得参真谛。谁知我前日在姻缘司看见你们已转轮回,又是一番境遇。但休要迷了本来,进修猛省,苦海中无多乐土也。”神瑛等都连声答应。向着宝钗、袭人道:“你二人劝太太就回南去罢,忙将宅子卖掉,早晚桂亲家出京缺少盘费,咱们就将金陵祖屋赎回,也是一举两便。这里的宅子,交给林之孝去办。来住房子的人,祝亲家知道。你对太太说,此时若不回去,将来就狠费事,切须记着。我还有事,不能多说。你对太太说,我在阴司做了巡方使者,责重事繁。家中一切事务,我尽知道,叫太太很可不必记念。晚景甚佳,务宜保重。”刚要上轿,又问道:“你们想是要看凤姐?”众人答应:“正是。”贾政道:“可怜都是咱们害他,若是不做我家媳妇,如何造下这些罪孽?你们往这里向西去,头一个大门就是速报司的衙门,到那里去问,就知下落。”用手指着道:“宝玉你看,那一座是枉死城。不拘大罗神仙,误走进去,都难得出来,须要记着,别走错了道路。你们到地藏佛禅林内,求菩萨引去见老太太,以慰当年一番慈念。”神瑛等欢喜应诺。贾政说毕,从人抬起大轿一拥而去。刚走了十来步,又在轿内伸出头来叫道:“对太太说,将环儿带了回去。”说毕,那轿子就如风的去了。

神瑛道:“我们依着老爷话,先到速报司去问个信儿。”众人向着西去。走不多路,看见路旁果然有座大衙门,两边列着两个大石狮子。门前站着许多披枷带锁的人,俱有差人押着,个个都是楞眉竖眼,指着那些犯人,也有打的,也有骂的。看那些犯人,没有一个不垂头丧气,含着两眶子眼泪。他们走到门边,见那大门上一块直匾,写着“速报司”三个大字。大门上挂着一副对联。众人看那左边的是:

恶念方生祸不旋踵而至

右边是:

善心始动福即因人而施

宝钗叹道:“世人每言无报应,又常恨报应不快。那里知道阴司的善恶报应,在人心动念之时,早已定下。”

众人正看对联,那大门里走出一个白须老者,像个书办的样子。看见他们,倒吓了一跳,忙走过来问道:“侍者同诸位仙子到此何事?”绛珠道:“有我们会中人王熙凤堕落此间,特来探望,不知现在何处?求老判指引。”老者道:“我们这敝衙门专管人间五年以内祸福报应之事,五年以外即归报应司所管。王熙凤到案之后,我们这里就备文移送报应司衙门办理去了。”神瑛道:“报应司在哪里?还求老判指引。”老者道:“此间往北去,过了幽冥救主地藏佛的禅林,再往西方去一箭多路,就是报应司衙门了。他那里掌稿的是舍弟,到那里去只要问吴掌案,并无第二人。你们只须问我舍弟,叫他领去就找着了。”神瑛道:“多谢老判。”

一同向西北走了半里路来,看见地藏佛禅林。只见树木森森,笼罩着祥光瑞霭,又听见金钟法鼓与佛号经声振人心耳。众人走进禅林,山门内有几众幽冥弟子过来稽首,问明来历,领着神瑛等走过几层大殿,来至梵宫深处,只觉瑞霭祥光缤纷馥郁。遥见地藏佛坐在莲花台上,慈像端严,有大弟子上前启事。神瑛等至座前参见,地藏佛忙下莲台合掌见礼,笑道:“诸仙子与神瑛来意,老僧已知。老太夫人在接引佛处听经回来,正好相见。”随命童儿们执着幢幡、宝杖在前引路。不多一会,来到一处洞天福地,见贾母对着一池莲花,在蒲团上闭目趺坐。神瑛领着众人俱在膝前跪下,说道:“生前深荷慈恩，未曾答报，今来佛境得以拜见慈容，不知老太太犹念儿孙否?”贾母开目看着众人，笑道:“好，好，我因在人世历过多次苦节风霜，冰清节孝，蒙上帝垂念，许我两享荣华，我与你们又有一番相聚。如今且去，相见不远。”说毕，闭目不言。神瑛等不敢多言，只得拜辞，跟着童儿走出禅林，彼此分手。

诸仙子不胜叹息，同着神瑛望报应司而来。不到一箭之地，见有无数罪人，都向那衙门里走了出来。有一面走着哭的;也有走着笑的，说道:“多少年的怨气，今日才出了个干尽。”有的说:“我只道他是一辈子的威势，到今日又在那里?”有的说:“凭他钱高北斗，来这里同我一个样儿。”这些人说说笑笑，一阵一阵的过去。内中有一半是悲悲切切，凄惨不堪的样子。不多一会，那些人多走得精光，衙门口静悄悄的，没有一个人影儿。众人走至门口，见门上写的是“报应司”，两边亦有一副对子。众人念那左边的道:

天网虽疏从不见一丝漏过，

又念那下句是:

人心难测何曾有半点便宜。

众人见大门内有两三个公差站在那里说话。神瑛走了进去，向着那几个人道:“公差请了。”那公人们看见，赶忙的陪着笑道:“侍者何来?”神瑛道:“我们要见吴掌案的，拜求指引。”内中一人用手指着道:“那不是他来了?”神瑛抬头看见来了一个人:头戴着平顶钦翅纱帽，身穿着油绿绸袍，腰系着角带，脚下蹬着皂靴。三绺长须，约莫有四十来岁的年纪。神瑛走上前迎着他道:“老判请了。”那人赶忙答礼，问道:“侍者何来?”神瑛道:“有幻虚宫的诸仙子，要来探望金陵王熙凤。适在速报司遇见令兄指引到此，并蒙令兄嘱致老判带我们去一见。诸仙子俱在门外相候。”吴判道:“既是家兄之命，自当同去。”随同神瑛走出大门来，与诸仙子见过礼，因说道:“王熙凤生平罪孽，在本衙门已经完结了。惟有馒头庵受贿破张家婚姻一案，因说合过付之老尼净虚尚未到案。还有尤二姐受逼吞金一案，彼此争执，未能了结。还有欺心隐瞒珠串一案未结。王熙凤同尤二姐现在狱中候审。”众人听说，深为伤感。神瑛道:“敢烦老判带我们到狱中相见。”吴判应允,领着他们进了头门,向北转过甬路,见一带高墙罩着愁云惨雾,阴风之内,鬼哭神嚎。宝钗、袭人到了此间,觉得有些胆寒心怯。说话之间,已来到狱官厅。那厅上悬着一匾,上写着是“孽由自作”四个大字。两边看柱上挂着一副对联,是:

垢面蓬头半是荣华门里出,

那边是:

刳肠剔骨都从得意事中来。

那些管狱的鬼卒,瞧见吴判官,都躬身唱诺。吴判吩咐请狱官说话。

鬼卒去不多会,狱官出来相见。众人看那狱官生得十分凶恶,头戴尖翅纱帽,身穿青缎补服,腰下系着明角带,脚下穿一双乌皂粉底靴。一张深青的蓝脸,两道黄眉直竖,圆睁着两只怪眼,一部落腮紫须,丫叉两个大颧骨,满面青筋鼓起,突出了一个大肚子;约有七尺来高的身材。脸上带着一团杀气。看着吴判官道:“堂上又发下什么罪囚?叫鬼卒们打入狱中就是了。”吴判道:“不是罪囚交狱,现有神瑛侍者同着幻虚宫的诸仙子,要到狱中去看王熙凤,请尊官开狱。”那狱官对神瑛同诸仙子咧开浓须,呵呵大笑道:“诸仙子在天堂里住的不耐烦,到我们这地狱中赏识赏识也好。”说罢,吩咐鬼卒开了狱门,对吴判道:“请老判同去走走,我还有事不能奉陪。众人道:“请便。”狱官说毕,转身走了进去。这里众人同吴判来至地狱门口。往里一看,只见黑魆魆的并无一点光亮。诸仙子到此间,也亦觉胆寒。贾琏、宝钗、袭人更觉心胆俱落,浑身发抖。既到此,只得仗着胆子跟着吴判往里走去。才进狱门,只见神瑛同绛珠等身上俱放光明。贾琏披的鹤氅,同宝钗头上的松钗、胸前灵药,俱吐出光明,罩着身体。神瑛胸前的那块宝玉,更放出五色毫光,将狱中照得雪亮,看见那些鬼卒一个个奇形怪状,凶恶难看。吴判叫过管狱的鬼头儿来,问道:“王熙凤现在何处?可领了诸仙子去相见。”鬼头应诺道:“王熙凤就在外城,去此不远。”说毕,领了他们一同进去。

不知怎样见凤姐,且看下回分解。

第三回　系朱绳美人梦觉　服灵药慈母病痊

话说吴判官同神瑛等，跟着鬼头儿走到一处，暗无天日，只觉得满狱中阴风逼人，鬼哭之声连绵不断。见有多少矮屋子，不过三尺来高，一排望去，约有几万，狠像人家的猪圈。

那鬼头儿领他们顺着这矮屋子过去，走到半山间，指着一间说道："这里就是王熙凤的监房。"贾琏听说，心胆俱碎，站在门口低下头去，那眼泪像水也似的直掉下来，向里叫道："凤姐！凤姐！我们特来瞧你。"叫了几声，不听见里面答应。神瑛道："只怕叫错了也论不定。"吴判官对鬼头道："你将王熙凤叫了出来！"鬼头儿对着那座小门一声长啸。众人听这鬼声，寒毛直竖。只见那门内钻出一个黑影子来，似烟非烟的一段黑气。神瑛、绛珠等这班仙子，忍不住伤心落泪。贾琏、宝钗、袭人看见这个光景，心里就像刀扎一样，那里忍得！正在伤心，鬼头儿又长啸一声。那段黑烟就地一晃，转出人形。众人定睛细看，果然真是凤姐。见他披散头发，脸似淡金，愁眉泪眼，大非当日。脖子里带着一条铁链，衣衫上都是血迹，浑身破碎不堪。贾琏同众人看见，伤心的要死，也顾不得什么，走过去将他围着，叫道："凤姐，我们都来瞧你。"却说凤姐瞧见众人，不知对着那一个哭起，一把拉着宝钗道："宝妹妹，我死得好苦！"说罢，放声大哭。贾琏已经哭得昏天黑地，一句话也说不出来。绛珠同宝玉道："二哥，你同凤姐姐且不要哭，咱们不能耽搁，让凤姐姐将生前未了心事说给你们，该怎么样的，替他去赶办，解救冤孽。光哭一会子，也是无益。"贾琏、凤姐、宝钗、袭人都止住哭声。

秦可卿拉着凤姐道："当年深费婶子张罗我身后之事，受了多少辛苦！我至今感激不尽。常想着要报答婶子的厚恩，因无机会。那年见婶子的大限已到，正遇着婶子走到潇湘馆门口，我赶忙来见婶子，趁着未死之前，赶紧做些阴德好事，消解生前罪孽，这就是报答我娘儿们生前的一番情义。——婶子，你如今才知道，活着做一件的好事，比死后叫人超度十遍的功德还大呢。——谁知婶子回过头来瞧见是我，啐了一口赶忙跑进院去。只可惜婶子是我们一会中人，今日到了这个地位。”

凤姐道：“我此时悔也无及，凡生前一切富贵荣华、受用享福之事，我一件也想不起来。惟有生前的罪孽过恶，件件在心。可怜我在报应司受罪，血肉淋漓无所不至。到这时候，才知道一件也是赖不过的。生前有一件的罪过，死后就有一样的刑法。我也说不尽那些苦楚。这如今还有三件公案未了。头一件是馒头庵老尼净虚说合破张家的亲事，此时因老尼净虚未曾到案，尚未了结，报应司说，受赃枉法罪有应得，且候众人归案时审办。我想，这件事必得在阳间赶紧退还赃银三千两，或是做一件有益于人的大功德事，方能消得此案。不知二爷你肯念我夫妻情分，舍这三千两银子不肯？”贾琏道：“我看你这些光景，心都碎尽，不要说银子，就是叫我代你受罪，我也是肯的。”说着，夫妻两个抱头大哭，袭人再三劝住。凤姐道：“还有一件要紧的公案，要你们与我解消冤结。”绛珠同众人道：“凤姐姐你快些说，有咱们可以为力的，再没有不替你解结。”凤姐道：“就是尤二妹妹的事。当初我外面同他说好话，心里妒忌他，一刻也过不去。这是有的，应当受罪，我也无怨。只是他吞金寻死并不是我逼他吞的，是他不愿意活着，吞金毕命。他如今咬定是我逼他的性命，我虽有愿他速死之心，并无授意令其吞金之事。尤二妹妹为此一事，尚还羁禁在此，也耽搁着不能去脱生。望你们众人替我说开，叫尤二妹妹高高手儿，放我过去罢。”宝钗道：“这倒很好，现在尤三姐姐也在这里，瞧着你这个样儿，他肯忍心不救你吗？”尤三姐道：“不知咱们二姑娘在那儿？”神瑛向吴判官央及，求他将尤二姐叫来相见。吴判官就命鬼头儿去将尤二姐带来，与他们相会。鬼头儿答应去了。凤姐道：“还有一件窃案未了。那年老太太临终时候，我同鸳鸯姐姐开了老太太箱子，取衣服首饰，我顺手将老太太的一串珍珠手串藏了起来。彼时鸳鸯姐姐正在悲苦伤心时候，全不理论。这串珠子还是老公爷留下来的东西，一个个都有小圆眼来大，又圆又白，是一副珊瑚佛头。那年因绳子旧了，老太太命我穿过，我叫平儿打了一条黄绦子，是我亲手穿的,又换上一个盘金回龙黄坠子,将一块大红洋锦配上月白缎子,做了一个小袱儿,将那串珠子包了。老太太很欢喜。后来我瞧见这个袱包,就掖了起来。因为要替老太太赶着穿衣服,我将身上带的那白湖绉绣三蓝皮球的手巾,将这珠串包好,藏在老太太套房里间屋内大花梨柜子靠墙的那只柜脚背后,至今尚在阴律上。富贵人犯偷盗,较贫贱人加三等治罪。二爷同宝妹妹、袭妹妹千急记着,回去对太太说明,将此物取出交还太太收着,我就可以免受这一件的刑法。可怜我实在受不起了。”宝钗道:“这件事你放心交给我,必替你了此一案。”凤姐姐道:“你们回去之后,须念我姐妹一场,赶忙到铁槛寺与我做几天的道场,超度超度,再寄几件衣服给我。请一位有德行的高僧,多诵几卷《金刚经》,还得将我平日用的那一子头发放在磬里,一面念经,一边敲磬,我才能得着好处。要紧,要紧!”

凤姐正在说着,见鬼头儿带了尤二姐过来。尤二姐一见贾琏,心肠俱碎,血泪交流。贾琏抱着大哭,众人再三劝住。见尤二姐云鬓蓬松,面黄肌瘦,脖子上也挂着一条铁索。尤三姐瞧见他这样光景,止不住两泪直流,十分伤感,叫声:“姐姐,你何苦来呢!放着好处不去,要在这儿受罪!当日凤姐姐想着法儿收拾你,不放你一条生路,忍心害理,逼你到尽跟绝命的地位,原是令人切齿可恨。但细想起来,还是咱们的不是。你若不嫁到他家去,凤姐儿同你水米无交,也做不上冤家来了。明瞧着是个火坑,咱们各自各儿要跳了下去,这会儿还怨谁呢?就是你吞金寻死,也是你想活着没有味儿,舍了这条命罢。虽是凤姐姐心肠过狠,到底没有开口叫你吞金子死的。你何苦咬定他逼你吞金毕命?你瞧,这是什么好地方?巴不得早离一刻好一刻,你还想着凤姐儿替你偿命吗?就是他替你偿了命,你又有什么乐处呢?”众人听尤三姐一番说话,见尤二姐一声儿也不言语。宝钗、绛珠等又一齐的苦劝。贾琏流泪说道:“二妹妹你生前受的委曲,不要说我是尽知,就是荣宁两府内外老小,都替你含冤叫屈。谁不说个可怜,至今谁不念你?都说你苦,你就死也死的狠值。这如今,凤姐儿造下这些罪孽,受了多少苦楚,比你当日的忿气出的也狠够了。看着咱们夫妻一场,还有林妹妹、宝妹妹、宝兄弟同众家姐妹面上,你准个情儿,饶了凤姐姐罢!冤家宜解不宜结,何苦来呢!同他做一天的对头,你多受一天的苦楚。”尤二姐听了他们这些说话,止不住泪落如雨,拉着贾琏的手说道:“我当初叫凤姐那番刻毒使尽心机害我,逼的我上天无路,入地无门,叫我实在没有道儿走了,没奈何吞金毕命。可怜我断气的那时候,死的可惨,你们那里知道?所以我恨入心骨。我在报应司看见他受罪,拿大铁签子烧红了往他嗓子里通下去。你问他受用不受用?那是他自作自受,是谁害他的?我总要破开他肚子,拉着他的心肝肠子,看看是怎么个样儿的!”晴雯、麝月这些人都说道:“罢呀,二奶奶你是个有德行的人,已过之事,丢开了罢!你早早离了这个地方,好不自在呢!何苦的一天不结一天的受罪。”秦可卿道:“二婶子,你的可怜,人人知道,你看二叔同咱们众人之面,放了凤二婶子过去吧。”尤二姐道:“既是众位姐姐们再三的说,又看着二爷同我宝兄弟的情面,罢了,我放他过去罢。只是我肚里这块金子,一日不去掉,我一日不受用。宝妹妹回去替我打尊赤金的如来佛像,供在铁槛寺中,早晚烧香念佛,我从此可以解冤释恨,往好处脱生去了。”宝钗连连应允。尤二姐再三嘱咐,泪下如雨。贾琏十分伤感,凤姐心中老大的不忍,连忙跪下替尤二姐磕头拜谢,说道:“妹妹大德,我只好变驴变马报答你的大恩!”尤二姐赶忙回礼说道:“已往之事,从此丢开。”贾琏众人俱向尤二姐道谢。尤二姐道:“这件事明白了,我不过一半天就离地狱。只是凤姐姐还有一两案未了,不知你们可以替他解释不能?”神瑛道:“那两件事,已经托琏二哥同宝、袭两姐姐,想来可以了结。”

凤姐同尤二姐拉着贾琏说道:“夫妻一场,也没有别的嘱咐。人世上的富贵荣华,凭你有钱有势,割不断的恩爱,舍不掉的珠宝,一丝也带不到这里来。只有生平一切的恶孽,就像白衣上染了些黑迹,点点在身,是再去不掉的。望你也像宝兄弟及早回头,跳出火坑,将来我姐妹们还有相见之日。不然,这个地方我们去后,就是你来的住处了。切记!切记!宝妹妹对你太太说,请太太保重身子,不用念我。你说熙凤此时后悔无及,别无多嘱,请太太叫平儿好生照管巧姐。”说到伤心,又放声大哭。

只见满狱中阴风凛凛，黑雾漫漫。鬼头儿忽然一声怪啸，霎时间卷起一阵腥气，天昏地暗。诸人身上的神光，一时俱灭。神瑛大惊，赶忙将宝钗、袭人围在中间。吴判官叫道："不好！地狱起了罡风，快些走罢！神仙亦怕此风，倘被风吹入阴山，要一千年方转轮回。快些高宣佛号！"宝钗、袭人赶忙朗诵："南无大慈大悲救苦救难广大灵感观世音菩萨"，遥见昏黑之中一道红光在前引路，众人望光而走，不觉出了狱门。吴判官道："幸亏侍者同诸仙子功行甚深，若是别人，难免遭风损失。"神瑛等再三称谢。吴判用手指道："从此向东去不多路，是奈河桥。诸仙速过桥去，不可久在此间。"说毕，飘然而去。

神瑛们向东而去，彼此十分叹息。不觉已到桥边，见有许多男女赤身露体，站在水里淘摸，其味臭不可闻。众人掩面握鼻，赶过桥来，瞧见平儿、抱琴站在棚下盼望。贾琏急忙上前，平儿抱怨道："你们到那儿去闲逛？丢下咱们傻等。这是怎么说呢！"神瑛道："且不用报怨，谢了刘老老咱们回家再说。"平儿道："刘老老刚才往村里去出分子，不用找他。且回家去，改日再来谢罢。"众人点头，离了奈河村。

往前正走，忽见一片祥光飞星而至。神瑛认得是月下老人，忙问道："老仙急忙忙的要往那里去？"月老忙命童儿收了祥光，指着神瑛道："你们这些孽障，实在可恨，累我老头儿各处找。倒怎么在这里闲逛？"神瑛笑道："我们此时非鬼非仙，落得逍遥自在。谁知道你来找呢？倒怪咱们逛的不是。"月老笑道："且将闲话丢开，快些来都替我拴上。"说毕，在袖里掏出一把红头绳儿，先在神瑛左足上系一条。又拉住绛珠，不由分说在右足上也系了一条。绛珠道："老头儿到底为着什么将咱们拴住？就有什么不是，也该到幻虚宫去理论。仔吗在半路上将人拴住呢？"月老笑道："谁耐烦要来拴你，都是你们自己早已系定。如今还要怪谁？"说着，将那些仙子们俱已系过，在绛珠身上将一个五色灵芝摘下来，又将神瑛胸前的那块通灵宝玉亦取了，纳在袖里。袭人道："老仙翁，那块玉是我家宝贝，快些还我！"月老笑道："要的人多呢，怎么单要还你"用手指道："你问他要！"袭人、宝钗回头一看，见是一只斑斓猛虎迎面扑来。两人大惊，拉着飞跑。

忽然一阵飞沙走石，裂地掀天的一声响亮。宝钗、袭人相抱闭目，汗流满面。耳边但闻风声谡谡，其韵悠越。方开目视之，只见日正当中，纱窗上扶扶疏疏一窗花影。宝钗同袭人一齐坐起身来，彼此发呆。宝钗见身上果然穿着藕丝衫，荷包里的丸药芳香光亮，俱一点不错。见袭人的蕉叶护肩，又不像芭蕉青翠光滑，倒像刚采下来的新叶。两人正自惊疑，听着远远有人啼哭，赶忙起身出外，原来是抱琴。袭人喝住，问他为什么。抱琴答道："我刚才同着姑娘回家，半道儿上遇着那个老爷子，正听他说话，忽见个老虎跳来，将姑娘同宝二奶奶咬去了，我骇的哭起来。怎么姑娘同宝二奶奶倒好好的坐在这儿！"宝钗道："你且将这槅子拽上，跟着进去。"抱琴答应，关上槅子，跟出园门，来到上房。

媳妇们启帘伺候，宝钗、袭人同进内房，见李纨坐在炕前说话，旁边站个小丫头，替太太捶腿。王夫人斜靠着个素花大靠枕，看他两个走至面前，见身上穿的衣服有些怪异，问道："你们在那里来？身上穿件什么？"李宫裁道："他两个鬼头鬼脑的，又不知在哪儿找出这两件衣服。我瞧了一会，认不出是个什么东西。"宝钗笑道："这两件衣服来路远着呢，就几万银也买不出来。"王夫人笑道："什么宝贝就这样值钱？"袭人道："咱们且不用说衣服的来路，先向太太要带信的酒钱再说。"王夫人道："有谁带信给我，你们要酒钱？"宝钗道："这个信远着呢，叫太太听了欢喜。"宫裁道："罢呀，别造谣言。太太正在这里怪闷的，你两个想出法儿替太太开心。"王夫人笑道："让他们造个谣言我听听。造的不好，罚他两个请咱们。"宝钗道："若是造的好，太太要大大的请我们才得。"王夫人点头道："使得。"李宫裁笑道："我做保人，你们快些就造。"宝钗、袭人就将刚才到大观园闲逛入梦，直说到闻雷惊觉，从头至尾细说一遍。王夫人同李宫裁半信半疑，宝钗将宝玉进太太的灵药呈上。王夫人接在手中，看那丸药就如琥珀一样，异香扑鼻，不觉纷纷落泪。

正在伤悲，丫头回说琏二爷同二奶奶上来。贾琏、平儿走进屋中，给婶子请安，问大嫂子好。王夫人道："正要去接你们上来听新闻。”贾琏道:“太太瞧,这是宝兄弟给我的鹤氅。”宫裁接着递与太太。王夫人细看一遍,只见素羽茸茸,光明洁净,拿在手中轻飘如若无物。看着这件衣服,又止不住十分伤感。贾琏道:“宝兄弟再三谆嘱,请太太不必记念。他说就是来见一面,徒惹太太伤心,他又不能终于侍奉。倒是那丸灵药,宝妹妹何不请太太就服下去,这是他一点孝心。”宝钗命丫头取开水,用个定窑磁碗亲自调开,奉与太太。王夫人接在手中,一饮而尽。只觉一段清香直入心肺,满腹如雷鸣,骨节皆响。霎时间精神焕发,其病若失。

众人大喜,给太太道喜。王夫人亦觉喜出望外。李纨道:“太太病已痊好,请下炕坐罢。”王夫人下炕,众人依次坐下。袭人取矮杌坐在宝钗后面。贾琏道:“刚才老爷看见袭妹妹,头一句就说,你是我的儿女了! 仔吗你还要这样客气?”王夫人道:“他的本名原叫珍珠,后来改什么袭人。从今以后仍旧改叫珍珠罢。”众人道:“太太说的狠是。”王夫人道:“我想珍珠年纪比惜春的大,现在惜丫头出家做女道士不知去向,如今珍珠竟排行第四,惜丫头改做第五罢。”众人道:“太太改的狠是。从今以后竟叫四妹妹。”王夫人点头,命四丫头坐在宝钗肩下,珍珠答应。袭人自此改名珍珠。内外人等都称他是四姑娘不提。

且说太太坐定,丫头们送上香茶后,王夫人对贾琏道:“凤姐之事,第一要紧。你要赶紧替他去办,使他离了地狱早生天界。”贾琏应道:“侄儿见他那样情形,刻不可缓。这会儿就到铁槛寺去,同老和尚商量,叫他赶忙先念几天经。”宝钗道:“咱们且将珠串子的这件公案销结再去。”吩咐丫头们开后面套房,请太太一齐进去。李纨道:“以后狠可以放心,不然总说鸳鸯常出来显魂,要找替代。”珍珠笑道:“平丫头今儿几乎被他拉去做替代呢!”众人说笑着来到里间屋内。珍珠命抱琴钻入大柜子底下,向靠墙脚后摸有什么东西全取出来。抱琴答应,伏身进去,不多一会,摸出一个包儿,上面都是灰尘绊满。珍珠接在手内,扑去灰尘。展开包看,果然是凤姐的那块白绉绸手巾,打开里面,与他说的一丝不错。取出珠串子,真个是老太太欢喜的那一串珠子。王夫人瞧着,止不住的流泪,说道:“我到这里自做媳妇以来,这珠子只见了两三面。最是老太太欢喜的一样东西。那年凤姐儿穿过,我又瞧见一面。谁知今日珠子尚在,老太太不知往那里去了！凤姐儿倒为这珠子添出一件的罪案,叫我怎么不要伤心！”贾琏道:“这珠子请太太收下。他这件罪案可以销过。”王夫人说:“就连他的这块汗巾照旧包着罢。”说毕,一同出了套房,丫头们将门锁上。王夫人领着众人仍到屋里,将珠串包儿交给宝钗,吩咐收好。宝钗答应,自去收拾。贾琏对平儿道:“你千急记着,今日晚上买五千金锭,一千黄钱,就在咱们后院子里大桑树下烧给来旺的媳妇。那个差人是城隍司衙门的二班快头赵升,你烧化纸钱时,须要叫他的名字,不要混叫错了,被别人拿去。”对珍珠道:“四妹妹,你也帮着些儿记记。”珍珠道:“咱们也要烧些给来嫂子呢。”贾琏道:“很好,我这会儿到铁槛寺去,就叫老和尚赶着明日起经。”王夫人道:“明日先让我给他念经,等念完了再续上念你的罢。”贾琏道:“太太可以不必费心,他生前受太太的大恩已经无可报答。这会儿那里还敢再要太太替他念经！”王夫人道:“凤姐儿在地狱里,可怜他还惦记着我。我怎么忍的不与他超度超度?”命宝钗:“在抽屉内将昨日林之孝交进来的利银三十两交你二哥带去,做念经之费。”宝钗答应,取出交与贾琏,谢过太太告辞出去。平儿问道:“今日未必回来?”贾琏道:“赶不进城,就在寺里住一宿罢。”平儿道:“将铺盖带去,城外风大,夜间更凉。”贾琏笑道:“城外的风,那里冷得过地狱的风呢！我将宝兄弟这件鹤氅带着,不拘天上地下,都可以去得。还怕什么风冷?”珍珠道:“这倒是真话,咱们若不亏他们这几件衣服,早已冷死在奈河桥边。”王夫人道:“既如此,琏哥儿将鹤氅带去,夜间也好挡个风儿。”命平儿折好,吩咐傻大姐送去交给跟二爷去的家人。

不言贾琏往铁槛寺去,且说王夫人对宫裁道:“我今日心中欢喜,病已痊愈,还要细细问他们那阴司的光景。就我这里取几吊钱去,吩咐柳家的好好收拾几样菜,备几个果子碟儿,开一坛陈酒。咱们今夜饮酒说话,明日都到寺里烧香拜佛。”众人听说,俱皆大喜。李纨道:“今日太太病好,心中又乐,这个东儿我请太太,怎么倒要太太花钱?”平儿道:“这个东,让我请了太太罢。”珍珠笑道:“你们不必费心,太太吃我女儿的倒是正理。”宝钗道:“你们都不用争。今日太太欢喜,不过添几样菜,饮杯酒说说话。你们要替太太起病,必要正正经经备个酒席请太太才是道理。大家争这几吊钱的东道,又算个什么呢?”李纨笑道:“宝妹妹说的狠是。咱们等念完了经,一天一个挨着来请太太。”王夫人笑道:“谁要你们请,改一日叫四丫头亲自收拾一样请我就算了。”李纨命丫头取几吊钱,出去吩咐柳嫂子好生收拾果菜,预备晚饭。丫头答应,领钱去办。

平儿回过太太,要回屋去买办锞子纸钱,晚上烧给来旺的媳妇。王夫人道:“我这里拿两吊钱,交给平丫头,多买些也烧给他使用。”珍珠答应,吩咐丫头取钱,跟琏二奶奶出去。宝钗们回屋更衣,一会都到上房,见王夫人独自一人对窗静坐。宝钗道:“刚才尤二姐再三嘱咐打尊金佛,这事怎么办法?他说要供在铁槛寺。咱们这会儿趁着做道场时候,赶紧办起来送到寺里去,岂不好吗?也不枉他托了咱们一场。”王夫人点头叹息道:“凤姐作孽无穷,若不是你们众人解劝,尤二姐如何肯解这海深的怨恨!既然托咐,我有一锭赤金交与林之孝。叫他就去,赶明日造成一尊金佛,咱们送到寺中去供养。”珍珠道:“太太说的很是。”吩咐媳妇们传话,叫林之孝进来说话。李纨来问太太在那里用饭。王夫人道:“今日天气甚热,咱们到秋爽斋吃饭。再将那一带纱窗开掉,更觉爽快。”李纨答应,自去料理。

平儿亦来到上房,王夫人领着俱到秋爽斋来,靠窗口摆着一席,正值栊翠庵的晚钟初响。王夫人道:“我有好一程子不曾听这钟声,听他一响,不由的又要想起惜丫头来。”宝钗道:“想惜妹妹此时倒比咱们受用。上回我曾问过水月庵的静喜,他说惜姑娘同他师父听说不在苏州,又到什么武当山去了。倒看不出惜妹妹生在咱们这样人家娇生惯养的千金小姐,如今倒做了闲云野鹤,无挂无牵,好不悠游自在。想起迎姐姐同探姐姐,他们两个的境遇反不如惜妹妹自由自在,还少出了多少的眼泪呢。”王夫人道:“宝丫头说的很爽快。我细想起来,真个两个姐姐反不如他。”李纨道:“太太请坐下,饮着酒慢慢再说罢。”将对窗这张大圈椅请太太坐下,丫头们放好脚踏,面前设着银盂儿,又有两个小银碟子,预备吃菜。上首珠大奶奶坐了,对面是琏二奶奶，宝钗同珍珠坐在窗口塌上。王夫人坐定，李纨替太太斟酒，宝钗安箸，珍珠设小菜，平儿送酱油，纷纷都站在两边。王夫人吩咐坐下，让丫头们斟酒。李纨们告了坐，各人归位。丫头们斟上酒，众人又起身举酒。王夫人举起那个玛瑙福寿杯来喝了一口，说道："这酒很好！"李纨道："这是一坛陈酒，因今日太太欢喜，要请太太饮个大醉。"王夫人笑道："我有两年多没有饮酒，今日觉着得很酒味。你们也不妨放量畅饮。"宝钗们答应。

正在饮酒，只听见芸儿同抱琴在背后咽咽唧唧的笑不绝口。宝钗回头问道："你们笑些什么？"抱琴道："松树里的月影儿照在二奶奶同姑娘身上，叫风摆的乱晃，芸儿拿手去抓，又抓不住他，引的人笑。"宝钗同珍珠彼此一看，果见松风月影在身乱晃。珍珠叹息，对宝钗道："我同你方才睡醒了的那一窗花影，反不如这会儿的半榻松风。"宝钗点头，正要回话，适周家的进来回说："林之孝来了。"

未知王夫人叫他进来说些什么，且看下回分解。

第四回　稽首莲台万缘独立　相逢萍水一诺千金

话说宝钗听珍珠说一窗花影反不如半榻松风话，颇有理解。正欲答应，见周贵家的来回林之孝伺候。

王夫人吩咐着他进来，周贵家的答应出去，同林之孝来见，给太太请安，又给三位奶奶、姑娘问安。王夫人道："自老爷去世，我悲哀成病，不能下炕已及二年。今日心中安慰，一旦病痊。且有几件要事与你商酌，不是一半句言语可以完结。"吩咐丫头端张炕桌摆在一边，地下铺个小垫子，命林之孝坐下。"赏杯酒你吃，我有话说。"林之孝赶忙回道："太太赏酒，奴才站饮，断不敢坐。"王夫人道："你是我家三代老家人，比不得别的家人小子。你且坐下，我慢慢对你说话。"林之孝道："奴才伺候着，太太只管吩咐。"王夫人道："你不妨坐下，等我想着说话。"林之孝不敢再辞，只得磕头谢太太赏坐，在那垫子上偏着身子坐下。丫头们摆上杯箸，赶忙斟酒。王夫人将桌上果碟撤几样给他。此时,高照地光全已点上,周贵家的、张瑞家的领着丫头们慢慢上菜。王夫人饮了几巡酒,用过两回菜,这才将宝二奶奶们入梦之事大概说了一遍。宝钗、珍珠又一层一层细说一番。林之孝十分惊叹。王夫人命将宝钗、珍珠的衣服、护肩给林之孝观看。林之孝接着,站起来定睛细看,甚为惊异。王夫人道:“我患病二年,百药无效。若不是宝玉的灵丹,如何就能脱体?”林之孝道:“奴才心里也想着,太太病的日久,怎么今日比前几年不病时精神还好?谁知是宝哥儿进了太太的灵药。本来宝哥儿生下时,原是怪异,人人都知道是有来历的人。如今果然成了仙得了道。俗语说的好,一人得道,九世升天。以后太太可不用十分惦记他了。”王夫人道:“从此以后,我这心倒可以放下。”

林之孝道:“刚才说老爷提起什么房子,奴才还没有听真。”宝钗同珍珠又将老爷吩咐的话再说一遍,并说:“太太回南之事,都托在你一人身上。说是住咱们这宅子的人,祝亲家知道。”王夫人笑道:“不知这祝亲家、桂亲家是谁?”林之孝连声答应道:“奴才受这府里三代深恩,不敢不诚心报效,竭尽犬马,今日老爷成了神,还将这些重事委付奴才,奴才敢不耽承报效吗?”宝钗点头道:“老爷谆谆吩咐,知道你老成忠正,不负所托。太太回南事繁任重,大非容易。我同四姑娘敬你一杯酒,以慰老爷托付之心。”命丫头们执了壶,同珍珠把盏。林之孝望空磕头,谢过老爷、太太,跪饮三杯。王夫人欢喜之至,说道:“家门冷落多年,必须回南整顿,重兴故业,庶不负祖宗功绩。只可惜荣公世爵,子孙不能世守,深以为愧。”宝钗道:“太太回南后,培植子孙,书香有继,这就是不负祖宗功业。何必以世爵为念?”李纨道:“我只愁这座宅子如何去得掉,连着这大观园,谁也买不起,就是房牙子知道要卖,谁敢进宅来瞧?这件事有些难办。”林之孝道:“咱们家要卖宅子,最是一件难事。但是老爷说住宅子的人祝亲家知道,又说桂亲家短少盘费,咱们就着回赎金陵祖屋。奴才想,住这宅子的人,自必来找咱们,不用托人张罗。倒是金陵的宅子,原典给兵部郎中桂三老爷,他同咱们家是同寅相好,怎么老爷称他是亲家?自然还有个什么缘故。”

珍珠道："这些事自有一定的机会，一时亦难以揣度。倒是太太先将金佛一事赶办，以解冤孽要紧。"王夫人点头，命宝钗将锭赤金递与林之孝道："你与我赶着造尊佛像。我明日亲送去铁槛寺中，给尤二姐解冤释恨。虽是宝玉众人将他两个冤恨解开，到底腹中那块金子终非了结，不能无恨。我如今替他造尊金佛，供在铁槛寺中。朝夕忏经，可以消他几世的怨气。你去找个高手匠人，赶紧打造，我明日亲自送去供奉。"林之孝答应，双手接着，连声叹息道："不是奴才大胆说，这都是凤二奶奶过于残忍。活着的时候，尤二奶奶奈何他不得。如今凤二奶奶在阴司里，那里有当时的威势？尤二奶奶这一腔怨气，自然是要报的。幸亏宝哥儿同众姑娘的情面，才将这一件冤帐了结。不然是不知道要报几世的仇恨呢！"王夫人们不胜点头叹息。林之孝道："明日断来不及，奴才命他们赶紧去办，请太太后日到寺拈香罢。"王夫人点头道："很好，就是后日。只要办的妥当。"林之孝答应，谢过太太赏酒，退了出去。

平儿道："我要回去给来旺家的烧了纸锞，再来吃饭。"王夫人道："我常远不到你那院里。等吃过饭，我也同去逛逛。今日又是大好月色，到你家去喝茶说话。"珍珠们连声答应，又饮了一会，伺候太太用饭已毕，同到平儿院里闲话不提。

且说贾琏带着小子三儿，主仆两个骑马出城，见路旁两边俱是高柳垂阴，野花含笑。村庄上那些孩子们挎着筐子满地上争拾马粪。行过一座板桥，只见一望不尽的麦浪黄云，被风摆着层层叠翠。贾琏正看得怡心悦目，忽然道旁麦地里飞起几只白鹭，雪光闪闪，刚欲飞入浪中，又惊起一阵乌鸦，跟着那白鹭冉冉飞去。主仆两个顺着柳堤信马走去，见个十二三岁的孩子，横坐在牛背上，口里唱着山歌，随着那个牛慢慢过来。听他唱的山歌道：

送郎送到黄土坡，手拉手儿泪如梭。郎与姐儿一件衣衫作纪念，姐送情郎一个大窝窝。郎说我吃着窝窝想着你，你别将我的衣衫丢下河。姐说情郎忒心多，我不丢你你丢我。你丢我去采花草，采了这窠又那窠。可怜我似檐前水，点点滴滴不离窝。郎说姐儿不用多心罢，我也想你你想我。

贾琏叹道："咱们骑着骏马，倒不如他坐在牛背上的有趣。"行走多时，来到一座土地庙前，两旁那大槐树下坐着好些挑担的买卖人，俱在树阴下歇脚。贾琏道："咱们也歇会子，再去将牲口拉去饮水。"三儿答应，取下马褥铺在一边树下。贾琏靠着树根，甚觉凉爽。只见那担夫中有一个后生，起身走过这边，对着贾琏道："二爷，怎么今日得闲出城逛逛？"贾琏向他细看，认得是常在府里送炭的老张，因答道："我要往铁槛寺去，牲口上乏的慌，在这里歇个腿儿。"

老张道："铁槛寺的这条道儿过不去。"贾琏急问："为什么过不去？"老张道："那座石桥去年被大水冲断，有好几村的人要进城去都绕着道儿，多走八九里、七八里、十来里的都有。这座桥原先原是那些庄户人家共发善心，不拘男女大小随缘乐助凑攒了几年，好容易才将这桥建造成功，以此就取名万缘桥。如今，村庄上这些人家穷的多了，家家自顾不暇，那里能够做好事？就有一二处有钱的人家，别样上面倒肯花钱，若提起做好事，比剥他的皮还要心痛呢！"贾琏道："这桥要多少银子可以修造？"老张道："这工程大着呢，总得几千两的足乎足色，少了不能。"贾琏道："比如这会儿有人发心造桥，托谁去办呢？"老张笑道："我的爷，这会儿那里有这样的大善人？要他有钱，又肯发心，还怕没有人给他去办吗？这也不过是咱们爷儿们白说话。若是有这样的大财主大善人发心去建这桥，只用托东庄上的刘长者，交给他办，又省钱又结实。二爷不知道，这刘长者就住在咱们东庄上，他家几代都是工部的石匠头儿。他家世代忠厚，人人都叫他家是长者。这老刘长者是前年不在的，这会儿是小刘长者，也有五十多岁，有三个儿子，都娶了媳妇，一家子过的狠和气。他家原很过得，因那年修皇陵，管工的官要使费，想他给的不够分儿，诸事挑持。说他的石头大也不好，小也不好，厚的叫他铲的精薄，薄的又要叫他换厚。闹得他左赔右赔，将一分家私赔光还不饶他。后来我听见说，幸喜咱们老爷正在工部里做员外，对那些管工的官儿们说了情，好容易才将这件工程完结。那刘家的父子，将咱们老爷就感激了个使不得。这会儿提起老爷来，他们还是念不绝口。他们父子为人正直，从不欺心骗人。以此这些各庄的大大小小，都同他狠相好，谁不相信他呢?”

老张正说未了,三儿带马过来。贾琏起身,小子搭上马褥,问老张:“咱们到铁槛寺,往那条路去?”老张道:“打这儿向南去。过了赵公爷的坟,向西一拐。转过柏树林,拣直向东去。走到土神庙戏台后身,再向西去。过一座长板桥,向着南去就瞧见铁槛寺的那一带树林了。”贾琏命三儿记着。主仆上马依着他的话,扬鞭而去。果然转向东西,过了长板桥,一直来到铁槛寺山门下马。有个沙弥瞧见,赶忙入寺通报老和尚。

贾琏往里进去,见老僧法本出来迎接,上前施礼说道:“长远不见二爷,今日是什么风儿刮到这儿来呢?”贾琏笑道:“特来照顾你的买卖,找你商量。”二人来到方丈,与法本见过礼,彼此坐下,侍者们送茶伺候。法本问:“太太、奶奶安好?”贾琏答应:“都好。”法本道:“我本来惦记着,要进城去瞧瞧太太同爷们。因为这赶车的有病告假回去了,一会儿找不着个妥当赶车的,因此这一程子出门就很不便。像前几天珠子王家、元宝张家都套了车来接我,一进城去,二爷想,还由我做主吗?一住就是几天,还有好些太太、奶奶们都等着我去做经事。做了这个太太的,不做那个太太又使不得。咱们本寺这几个和尚如何去得?我只得外请了几位南僧去做经事。这家那家的一连闹了一个多月,把这些和尚一个个多闹的垂头丧气,倒像害了一场大病。我也乏了个使不得,养了这一程子,这两天才扎挣得住。”贾琏笑道:“怨不得我刚才瞧见你软瘪郎当的,没有点儿阳气,谁知是经事做坏的。”法本笑道:“好,二爷该罚个什么,自己说罢。”贾琏道:“这是你说的话,罚我个什么劲儿!”法本笑道:“罚你五十斤香油,点佛前的灯罢。”贾琏道:“罢呀,你拣直的说厨房里香油快吃完了,又何必拉扯在佛爷身上去!”

两人正在说笑,侍者来问晚饭。贾琏道:“且等一会,我今日来没有别的缘故,是要给凤二奶奶同尤二奶奶做几天道场功德。明日就要起经,先是太太给他拜三天水忏,再接我的经忏。”说着,向怀里取出白银三十两,递与法本道:“你且收着,做完经事,咱们再算。”法本道:“算不算再说,只是如何来的及?要到四方八路去请人,明日料理妥当,后日一早起经罢。若说是给凤二奶奶念经,连这几两银子都不该收才是。想着凤二奶奶生前,每年佛爷跟前不知花多少钱!就像那年蓉大奶奶出殡,凤二奶奶那样的张罗,那一件事不要经他老人家的心坎儿上打个照面调停的妥妥当当!谁不赞他!后来收下来的那些素供饽饽,桌子陈设的那些东西,拢共拢儿都给了咱们寺里,又把那些剩下的米煤柴炭也给了寺里,叫咱们这些和尚直吃了一年。后来听见凤二奶奶升了天,谁不伤心流泪哭的要死。至今这些和尚,睡里梦里都想着凤二奶奶呢!"贾琏听了,止不住哈哈大笑道:"罢呀,都是被你们这些和尚想他,将他想的下了地狱,你们还要想他呢!"法本也觉好笑道:"我说话拙,二爷别挑眼儿。"贾琏笑道:"结了,咱们说别的罢。"又在怀里掏出一包儿来,说道:"这是凤二奶奶的一支头发,你放在磬里也使得,木鱼里也使得,另请一位有德行的戒僧对着头发念七昼夜金刚经。"法本道:"这又是什么讲究?"贾琏道:"你别管他,只管依着我办。"法本点头,收了头发。贾琏吩咐侍者:"命三儿将我的衣包带进来,交你师父收着。"和尚们摆设晚斋。贾琏一面吃饭,问道:"有个刘长者,不知你可认得?"法本笑道:"他是石匠头儿,就住在咱们这东庄上,成天在寺里说闲话。才不多一会儿回去了。"贾琏道:"你着个人去叫他来,我要问他说话。"法本点头,吩咐着人去找老刘,说贾府琏二爷找他说话,请他就来。侍者答应。贾琏用斋已毕,取水漱口,小沙弥伺候洗脸净手。

不一会,有个侍者领老刘进来。法本瞧见,起身笑道:"老刘,琏二爷要找你说话。"贾琏抬头看那人,有五十多岁,花白髭须,长方脸儿,一团和气,走进来望着贾琏就要行礼。贾琏赶忙拉住,说道:"久仰,你家几代长者令人可敬,今我有话相商,奉请过来,别要拘礼。请坐下,我有话说。"老刘道:"爷在这儿,匠人怎敢坐?况且老爷又是匠人一家恩主,匠人更不敢乱坐。"贾琏道:"你这样拘礼,我就不好同你说话了。"法本道:"罢呀,老刘你别谦让。咱们这二爷不比别的爷们,让你坐,你告个罪儿,只管坐着罢。"老刘听说,只得告罪,歪着身子坐下。贾琏道:"请你过来没有别的,要同你商量万缘桥之事,不知要多少银子才能修造成功?"老刘笑道:"这个功德是二爷独办呢，还是别人托办？吩咐明白，匠人再说。”贾琏道：“是我打谅要办。”老刘笑道：“若是别人办这件功德，非离了五千两不能；若是二爷要办，只须二千五百银，也就办得起来。”贾琏道：“怎么我办就少这些？”老刘道：“有个缘故。那年匠人同父亲承办皇陵，因管工的官儿除了例规外，另要使费。匠人的父亲因这件工程并无出息，不肯另给使费。谁知工上的官儿们怀了恨，格外挑持，驳掉好些石头，不准报销。因此将一分家财赔个干净。后来工程告竣，将那照例的工价又要核减去十分之四。匠人父子急的要寻死上吊。这天在工部衙门口正遇着咱们老爷，匠人父子就拦着车诉说苦情。蒙老爷恩典，向着那些大人们力争，才将照例的工价准销。老爷不但救匠人父子性命，连匠人一家子性命都是老爷恩赐的。后来驳下这些石块，至今堆在庄上。去年原打谅要修造这桥，除石头不算外，将那些应用的石灰，桐油、白矾、麻筋、木桩、铁绊以及匠人们的工价、运石的脚费细细估计，必得二千五百银子才能完工。匠人无力，将这条心也就歇了。而今二爷发这个大善心，做这件大功德。除那石头是匠人报老爷的恩典不算外，二爷竟交给匠人二千五百银，匠人给二爷出个力。办成这件大功德，比什么好事还要功德浩大。匠人也沾二爷的光，得些好处，这便一举两得。若是别人要办，还得算二千五百两的石价。”贾琏道：“既如此，事很凑巧，就将这事奉托，送你二千五百两银子，成功后再谢。”老刘道：“既是这样，我连立碑、刻字、建碑亭，一箍脑儿都给二爷包办。”贾琏甚喜，说：“后日在此念经，就是这日开工罢。必须赶办。”老刘道：“既开了工，自然赶紧去办。”

贾琏点头吩咐老和尚：“殿上佛爷前点上香烛，我要磕头祝赞。”法本亲自去点香烛。贾琏带着这老刘同来大殿。虔诚拈香，跪在佛前，将凤姐心事并现在修造万缘桥之事默祷一遍。拜毕，命老刘也过来拜佛，随在手上取下一只赤金手镯，递与老刘道：“以此为定，即以奉托。”老刘道：“二爷已在佛爷前拈香立愿，等着后日开经破土，就动起工来。不拘几时，匠人到府里来领银子，又何必给定？”贾琏道：“这不过是点诚心，等着完工之后，我再谢罢。”老刘不好再推，只得双手接着戴在手上，说道：“天气尚早，二爷骑个牲口到河边去闲逛逛,就便瞧瞧桥的形势。”贾琏道:“很好。”吩咐三儿赶忙去备牲口。老刘向老和尚借了一匹马,不一会儿都拉在庙门伺候。

贾琏辞了法本,同老刘骑上牲口,一同三人在柳林之下迎着夕阳西去。真是村庄如画。约莫走了三五里来路,望见一道长河,清波荡漾,回环曲折,不知有多少远近。正在遥望,早已来到河边。老刘用手指道:“二爷瞧,这不是旧桥的基址?”说着都下了牲口,命三儿牵着。老刘在河边指与二爷看这桥身的宽窄。贾琏看那水面约有五丈多宽,遇有发水时,竟有十余丈宽。又看那旧桥基址,原不甚宽大。那些被水冲塌断折的石头,俱倒在水中,将水激的喷银飞雪一样。

老刘同贾琏沿河一面走着,将造桥的道理说与他听。不觉走有二里多路。见河边一块大石头上坐着个后生,看去不过十六七岁年纪,生得十分清秀,不像是庄家小子;坐在石上钓鱼,旁边放着个半大鱼篮。老刘瞧见叫道:“柳大爷,今日钓着大的没有?”柳郎见是老刘,同个三十来岁的人,生得眉清目秀,面白唇红,带一脸慈善之气,身上衣服亦颇华丽,头上带着青纱软翅巾,脚下穿着皂靴,像个贵公子的打扮。柳郎看毕,口中答道:“不曾钓着大鱼。”把脸掉转去依旧钓鱼。老刘见他看贾琏几眼,并不起身招呼,恐贾琏脸上磨不开,因用手指道:“这位大爷是礼部主事柳老爷的公子。因柳老爷去世,太太领着这公子娘儿两个在馒头庵守灵。柳老爷是个念书方古人,家中素来清淡。做官的时候,不过使唤一两个仆人,自从柳老爷去世后,他们也都散去。这会儿太太身边只剩个丫头,同这位大爷住在庵里。去年还当卖着度日,今年当卖一空,娘儿两个手头很窄。二爷,瞧不得他这么年轻,他极孝顺这位寡母,成天在这河里钓鱼,拣大的留着给太太吃,将小的拿去卖钱买米。可怜他娘儿两个就这样苦度。”

贾琏听他是位公子,又孝行可敬,倒赶忙走至河边,躬身拱手道:“柳公请了!”柳郎听见,回过头来。看见那人拱手躬身站在河边,连忙放下钓竿站起身来,将那件破衫子抖了一抖,过来与贾琏施礼。问道:“先生尊姓?”贾琏未及回答,老刘忙说道:“这是宁国府贾大老爷的二公子,原任工部郎中贾二老爷的侄儿,当今元妃娘娘的兄弟。”

柳郎道："原来是位贵戚公子，失敬之至！"贾琏亦赶忙谦让，因问道："尊大人仙逝之后，京中岂无亲友同年，虽无指囷举舟，哀王孙而割爱者，亦当集腋成裘，伴灵归去。何以尊兄奉太夫人羁旅松门，对清流而独钓？琏虽不敏，愿闻其说。"柳郎道："先君落落寡交，素常清介，公余之暇，惟有闭户读书，不通庆吊。虽有一二往还者，俱是同寅，泛泛并无关切之人。至于年谊，早已落落晨星，毫无询问。先君在日，已复尔尔，及至见背之后，嫠妇孤儿，一棺相对。弟虽不肖，亦不敢堕父之志，摇尾朱门。故守此钓丝，以图甘旨。今蒙下问，用敢缕陈。"贾琏见他器宇轩昂，语言清朗。又细看光景面貌，很像当年蓉大奶奶兄弟秦鍾的模样，心中十分欢喜。拉着手道："萍水相逢，三生之幸。琏有一语奉渎，未知肯容纳否？"柳郎道："庸才碌碌，毫无知识，今蒙谦抑，愿领教言。"贾琏道："三生之幸，得接光仪，一见丰姿，令我钦仰。欲与贤兄订石上之盟，约为昆季，伏乞允从，幸无见弃。"柳郎未及回言，老刘笑道："倒很好，两位都是公子，一见面儿就说得来，这才叫三生有幸。不用说，琏二爷年长是哥哥。柳大爷，就在这块大石头上面，两个磕个头儿就完了。"柳郎笑道："我怎好仰攀！"老刘道："罢呀，大爷不用过谦，哥儿们见个礼罢。"柳郎道："兄长请上，受小弟一拜。"两人在石上拜为昆季。贾琏要往庵里去见太太，老刘道："这是要去的，我给柳大爷拿着钓竿鱼筐，也不用骑马，两箭来路，哥儿俩慢慢说个话儿，几步儿就到了。"贾琏道："这倒很好。"弟兄在前，老刘同三儿在后，一同向着馒头庵慢慢走去。贾琏问道："尊大人科名乡贯以及兄弟年岁名字？"柳郎道："先君讳遇春，字香雪，系甲戌进士。祖籍广东廉州府人。家本贫寒，别无田产，有祖屋十余间，家眷进京时，已典为路费。弟名柳绪，字幼张，今年十七，有一胞姐系前母所生，早已出嫁，旋即去世。弟母汪氏，今年四十，只生弟一人。先君旅榇现厝寺后。请问二哥年岁名字？"贾琏道："我名琏，字小商，行二，今年二十八岁，祖籍金陵人氏。"

正说话，不觉已到庵门。有个小尼姑妙静走上前来，说道："二爷怎么这会儿才出城来？到这儿干什么？"我在这里瞧着你们来，射着太阳的红光看不出是谁，再也想不到是二爷。家里的太太、奶奶们都好啊?”贾琏道:“好,你们老师父怎么一程子不进城去”妙静道:“二爷不要提起咱们老师父,自从去年送那倭瓜到太太那儿去,他回来的时候,出了垂花门,遇着凤二奶奶对他说:‘那件事等着你去审呢。’他唬了一跳,赶忙回来就发烧害病。只一点上灯,就见神见鬼,直闹了好两月,好容易求神许愿的,这才好些。谁知前日黑间,又大嚷起来,直哼哼了一夜,说是瞧见个青嘴獠牙的鬼,拿着个大铁钩子,在他脊梁上扎了一下。昨日早上,咱们瞧瞧那脊背上肿的像个大碗似的,赶忙去请那有名的外科温大夫来瞧,他说是个阴发背,恐怕好不了,给他上些药,又开了一个帖儿。他说你们再请别的高手来瞧罢。今日是老师父的那个外外宋锺,荐一个大夫叫做什么史德成,来给老师父瞧。他说不相干,是点儿火毒,包在他身上,几天就医好,要三百银,少了不依。老师父先给他一百银去配药,他就给老师父先上些药面子。赶他去不多会,老师父就昏昏的睡去。直到这会儿也没有醒。这史德成真个是个好大夫。”贾琏听说点头叹息,心中早已明白,只不便说出。

老刘道:“二爷同柳大爷多坐会子,我还有事,不能够在这里陪二爷,我可要先走了。”说着,就将钓竿鱼筐交给妙静,说道:“你给二爷送进去。”妙静道:“仔吗,刘大爷到这儿来,连水儿也不喝口儿就去吗?”老刘道:“罢呀,天也不早,我还有事去呢?”贾琏道:“既是如此,就烦捎个信儿给老和尚。说我在柳大爷这里有一会子呢,横竖今日是大月亮,叫他等着咱们罢。”老刘答应,辞了贾琏、柳绪,上马而去。柳绪向妙静手内接过钓竿鱼筐,说道:“二哥请少待,等我进去禀知母亲再来奏请。”贾琏对妙静道:“你同柳大爷进去回声柳太太,说我请安,要来拜见,还有说话。”妙静答应,跟着柳绪进去。贾琏慢慢走进庵来。庵中姑子俱知道琏二爷来了,这个赶来请安,那个也来问好。正在你一言我一语,柳绪急忙来请,说道:“奉母亲之命,请二哥相见。”贾琏听说,忙将衣冠整顿,跟着柳绪往柳太太这边来。

未知说些什么,且听下回分解。

第五回　贾郎君缠绵销宿帐　祝夫人邂逅结因缘

话说贾琏同柳绪走过后殿，来到院子门口，才知柳太太就在当年蓉大奶奶出丧凤姐儿住的这几间房子。心中想老尼净虚现生发背，凤姐儿此时的光景，由不得毛骨悚然。看这阴间报应，丝毫不爽。

正在思想，已到堂前。柳绪打起竹帘相让。贾琏四下一望，见那些椅机虽无铺垫，倒揩抹得干净，靠窗有张板炕，并无炕毡、坐褥，堆着一床书籍，条桌上旧磁瓶内插着几枝芍药。贾琏正在观看，只见套房帘启，柳太太出来相见。这位太太有四十来岁年纪，品貌端庄文雅，面色淡黄，带着病容，身躯瘦弱，穿件蓝布单衫，系条青布单裙。虽身穿素服，眉目之间现出一段幽娴气慨。贾琏躬身下拜。柳太太连忙问礼。贾琏拜毕请安，柳太太亦敛衽回答，彼此让坐。柳太太道："小儿乃村野顽童，并无知识。荷蒙公子不弃，特加垂爱，使小儿得循规矩，学有准绳。不独未亡人感铭大德，即先夫子亦衔感九原也。"贾琏道："侄儿与兄弟萍水相逢，即生钦敬。又见他器宇非凡，丰仪卓荦，是必克绍箕裘，能读父书者，将来鹏程万里，正不可限量耳！"丫头端上茶来，柳绪赶忙接住，亲自递茶。二人饮毕，贾琏道："婶母同兄弟羁旅此间，究非长策，未知尊意作何良计？"柳太太道："茕茕孤寡，举目无亲，万里乡园，欲归不得，惟有听其飘零，以了生命。只怜此孤儿无所归着耳！"说着，泪随声下，不胜悲咽，柳绪也十分伤感。贾琏道："婶母且不用伤悲，侄儿有个下情奉达。"柳太太道："公子有何见教？"贾琏道："依我愚见，与其寄迹荒庵，何不竟扶榇回去呢？"柳太太听他这话，倒吓了一跳，将头低下，心中想道："原来这位二爷，外面像个样儿，肚子里竟是个糊涂行子。我鼻涕眼泪的对他说，连日子也度不下去，他倒叫我扶灵回去。真个是富贵子弟，全不知道人的苦楚。爱说到那儿就是那儿，我又何必对着他多流这一股子眼泪呢。"柳太太忖夺了一会，抬起头来慢慢应道："我也想着要去，如何能够？"

贾琏才要说话，只见妙静点着一枝红烛进来，说道："我知道琏二爷怕香油味儿，点枝蜡亮些儿。"说罢，放在桌上。贾琏道："你去瞧老师父醒了，来对我说。"妙静答应，转身出去。贾琏道："侄儿没有别的主意，有自家历年积下点东西尚在未用。今日天缘凑合，竟送了兄弟扶柩回乡。趁此清和天气，正可长行。兄弟到家之后，可以奋志读书，以继先人之业，倘若振翮青云，也不枉婶母一番苦节。"柳太太母子二人听他这番说话，心中又惊又喜，又感又敬，倒闹的说不出什么。母子二人的眼泪，就像穿珠子一样一串儿掉了下来。贾琏瞧见这个光景，也觉伤心，说道："婶母同兄弟不必悲伤，竟拿定主意，收拾起来，择日起身。我明日进城去，就将这项盘费带出城来，交给婶母。"柳太太听他这话说得真切，因流泪说道："蒙公子大德，使先夫子朽骨不至抛弃异乡，得归故土。衔感之恩，死生不泯。只是我病残孀妇，领着年少之儿，安能万里长途扶灵回去？既蒙公子盛情，不敢不细陈衷曲。"贾琏道："这件事不用婶母费心，我已想定一人，非他不可。这人虽是个下人，生得浓眉大眼，看不得他相貌粗鲁，颇有忠心肝胆，正直不阿，兼之一身本事，膂力过人。生平未有际遇，不能展其才技，是以终日惟好酒使气。侄儿今将这件重任托他，必能尽其忠心，不负所托。此去大可放心。到家之后，尚可留其驱使，此人实可靠也！"柳太太道："此人是谁？现在何处？"贾琏道："此人姓包名勇，原是舍亲甄家旧人。见我家冷落，他去而复来，甘守清贫，欲图报效。现在闲住我家，有四十来岁年纪。"柳太太道："公子所信之人，谅来可托。"正要说下去，见妙空慌慌张张跑进来，说道："老师父醒了，等着二爷说话，快去快去！"贾琏起身对柳太太道"明日下午带着包勇来见"。说毕，哥儿两个同妙空来到西院里。

却说老尼净虚昏沉了一日，慢慢醒来，对徒弟智能道："琏二爷在那儿？你去请来，我有话说。"智能道："师父怎么知道琏二爷来了？"净虚道："凤二奶奶对我说：'琏二爷在你家里，你回去瞧瞧再来！'我赶着回来，你快去请二爷来，我要说话。"智能就叫师兄妙空去请，不一会贾琏同柳绪到来里屋，见净虚跪在炕上，胸口底下垫着一个大靠枕，光着脑袋，面如金纸，口里不住的哼哼。脊梁上衣服掀开,肿的有个菜碗来大,上面围着些药。贾琏瞧见这个样儿,知道他在阴间受罪,不觉寒心可畏,智能叫道:“师父,琏二爷来了。”净虚听见,睁开双眼,瞧见贾琏同柳绪站在炕边,不住的点头叹息。贾琏道:“老师父,你仔吗好好的长出这个东西来?要赶着医治才好。”净虚摇头道:“二爷总不用提了。我如今悔也无及。罢了,一人做事一人当,横竖还有来头人,谁还放得过谁去?大家拼着去受罪罢!刚才在衙门里见凤二奶奶,他这会儿身上的事倒都完结了,叫我捎个信儿给二爷,说老刘同秦相公的这两件事办的很好。叫二爷拿定主意,别听人的说话改了板儿。尤二奶奶也说,叫二爷放心,他同凤二奶奶都有了好处,叫二爷快些跳出火坑。他已脱离苦处,尽让咱们受罪。可怜到这会儿,谁肯帮我出个主意,说句话儿?你们瞅着我一个人儿受罪,我要喝口汤儿水儿也全不在意,后生的都挤在一堆儿去乐。咳!我还怪谁呢?等我咽了气,横竖跟着汉子一跑,谁还顾谁?”

贾琏想到:“刚在佛前立愿,谁知一念之诚,阴司早已知道。脱离苦境,举心动念,神鬼皆知,令人可畏。我若不跳出火坑,将来是地狱中的孽鬼。”主意想定,说道:“老师父你别说话,静养几天疮就好了。倒不要心焦性急,我一半天再来瞧你。”恐净虚再说多话,赶忙辞出房来,同柳绪来到庵门。三儿带住牲口,贾琏跨上雕鞍,对柳绪道:“明日晌午再见。”说罢,将马磕开,主仆扬鞭。在那月光之下,只见:

铁甲踏残沙上月,金鞭敲破垅头烟。

主仆二人,不多一会到了铁槛寺。见寺门半掩,有个老道坐在台阶上看月,赶忙站起。三儿下马带住牲口,贾琏吩咐将牲口好生喂着,明日一早进城。说毕,来至方丈。正值法本同徒弟算帐,因多用了几吊钱,法本不依,要叫他赔。徒弟大昌瞪着两眼,说道:“这也赔,那也赔,拢共拢儿算我的就完了。我看你攒下钱来,明日都带到棺材里去!”法本红着脸正要合他不依,见贾琏进来,只得忍住道:“你且把帐拿去,等我再算。”大昌也不答应,瞅了师父一眼,抓着帐本了,气烘烘走了出去。贾琏甚觉好笑,问道:“西方也使咱们这钱吗?”法本道:“未到西方,又少他不得。”贾琏道:“你现在那里?”法本道:“我在这里。”贾琏道:“谁在这里?”法本道:“是我。”贾琏道:“你是谁。”法本道:“我是和尚。”贾琏道:“什么叫和尚?”法本听了呵呵大笑,说道:“罢呀,二爷你别搜搅,我冲一壶好茶在这儿,等你来喝呢!”贾琏笑道:“你别管我喝茶,你倒把配的药酒喝口儿去睡罢,同徒弟慢慢算帐。”法本笑道:“仔吗今日二爷同我过不去?等着后日二奶奶来了,咱们评评这个理。”贾琏笑道:“使得,且等后日再说。”贾琏在方丈里与老僧同榻,一宿晚景不提。

次日,一早起身,叫三儿备牲口,法本已做完功课,摆上早茶,请琏二爷吃点心,叫三儿也吃些东西,刚是太阳冒嘴儿。贾琏道:“我赶下午些儿出城,你给我收拾下好好的素面,将馒头庵的柳大爷请来吃面。”法本点头道:“二爷请放心,交给我,总在这儿等侯。”贾琏走出寺门,三儿问道:“昨日那个衣包,爷不带回去吗?”贾琏道:“横竖咱们下午些儿就来的,交给老和尚不相干儿。”

主仆二人骑上牲口,向着昨日来的那条道儿,弯弯曲曲,正迎着太阳初出,只见瑞霭祥光照耀大地,那柳梢上的露珠儿犹如万点金星,随风飘荡。不一会,进了城来,见那些行贩担子两边歇满。贾琏正看的热闹,道旁走出一人来,抢到马前打个千儿,说道:“请二爷的安!”贾琏忙勒住牲口,往下一瞧,认得是贾政做粮道时的门上李福,问道:“你现在跟谁?打那儿来?”李福道:“小的蒙老爷恩典,荐给周亲家大人,在衙门里待了两年。周大人将小的荐给同年松大人,也派在门上。现今松大人升了荆襄节度,进京朝见。小的跟随进来,耽搁三两天就要起身。听说老爷不在了,太太又悲哀成病,小的正要到府里请太太同二爷的安。没有别的报效,边上带来一点土仪,孝敬太太同二爷。不知门上可还是林大爷同赖大爷呢?”贾琏道:“赖大爷已去,林之孝也不在门上。这会儿是赵老头在门上照应看管。那里有老爷在时那样闹热呢!这会儿我还有事,不能同你多说,等你到宅里来再说吧。”将马催开,后面三儿同李福略叙几句寒温,赶忙上马,说道:“李哥,明日太太到铁槛寺烧香,你改日来罢。”说毕,将马加上两鞭,赶上贾琏。

穿街过巷,来到荣府大门,三儿下牲口,贾琏一直骑进二门,静悄悄并无一人。来到大厅院子里,见有三四个街坊上的孩子在两旁草上捉蝴蝶儿,瞧见二爷下马,赶忙一齐跑去。贾琏对三儿道:“你拉马去就叫老赵来,我有话说。”三儿答应,拉马出去。贾琏走夹道里进垂花门,一直先到上房来见太太。正值摆早饭时候,平儿也在上房吃饭。该班的瞧见掀起湘帘,贾琏走进里面,见太太领着四姐妹都坐在外间,忙上去请安,问大嫂子好。宝钗、珍珠、平儿起身问好。王夫人吩咐坐下,丫头各送香茶。珍珠道:“二哥昨晚不在家,平丫头拉着太太同咱们陪他说闲话,坐了一夜。今日你再不回来,他可要学鸳鸯姐姐上吊呢。”平儿笑道:“昨晚太太高兴,多坐会子,你就说是一夜。”宝钗道:“且让二哥说完正话,咱们再说。”贾琏先将明日起经之事回明,又将凤姐、尤二姐托净虚的言语细说一遍。王夫人们甚为惊叹,心中又十分安慰,说道:“林之孝的金佛,要今日下午些儿才有。明日须请几众戒僧拜忏念经,不可随便。可怜他姐妹在阴司里望这功德尤如至宝。”贾琏答应。

平儿问那件鹤氅带回没有。贾琏道:“我就要出城,交给老和尚收着呢。”宫裁问道:“为什么还要出城?”贾琏道:“就是刚才说到馒头庵去的这段故事,必得要去。”王夫人道:“我正要问你到庵里去的缘故。”贾琏就将遇着送炭的老张说知,“万缘桥坍塌,绕着往铁槛寺,又荐出工部石匠头小刘长者,同他商量造桥功德。他因受过咱们老爷恩典,情愿将石头报效老爷做功德好事,只要我出工料银二千五百两。我就同他在佛爷前拈香立愿,择定咱们起经这日破土开工,我先将手上那只金镯给他做个信礼,等着完工再谢。这会儿来家回过太太,就将这项银子送去交给他,完结了一件心事。”王夫人点头赞道:“办的很是。但你一会儿那里有这项银子?”贾琏道:“老太太给凤姐的三千两用去了一半,还剩有一千多些,再凑上点子就可以了这件功德。”宝钗说:“二哥若凑不足,我能相助。”贾琏道:“造桥这项,我还够得上来。还有一件给凤姐姐解孽的好事,也是我应了来。等着吃过饭,再对太太同妹妹们说。”王夫人点头,吩咐摆饭,丫头、媳妇们分着伺候。不一会儿用毕,各人丫头们送上凉水银盂,递过热水手巾,送上香茶、槟榔、豆蔻,媳妇们收撤桌椅。

太太领着宫裁姐妹照旧坐下，贾琏又将无意中与柳绪相逢结拜及见柳太太许以赠金相送之事，因此老尼醒过来，凤姐儿们叫他致意，有此二事已解冤孽的话，从头至尾又说一遍。太太们叹息之至。王夫人道："举心动念，神鬼皆知。你才发心办这两件好事，凤姐儿早就知道。但是柳太太他怎么说秦相公呢？"贾琏道："其理难解。侄儿初见柳家兄弟，很像先前蓉大奶奶兄弟秦鍾的模样，不知可是这个缘故？"王夫人点头道："凤姐说的，想来自有因果。既是这么说，柳太太的这件事，我们众人帮了凤姐罢。"平儿道："我出三百银报答我们奶奶，也不枉娘儿们相处一场。"宝钗道："很是。我同四妹妹两个凑五百银。"王夫人问道："琏哥儿，他们有了多少？不足的都是我出。"宝钗道："只短二百银，太太包圆儿。"王夫人道："怎么我只出这一点子？"宝钗笑道："咱们的钱，都是太太赏的。不过说得好听，仗着太太替咱们出个名儿。"王夫人笑道："虽是这么说，到底是你们拿出来的。"宫裁道："出这样功德分子，难道也不让我出一点儿？"众人道："凤姐姐他很知道，你若出了分子，他在阴司里更过意不去。"王夫人道："前日环儿同兰哥儿差人回来取夏衣，还有要的那些东西，你倒是开出单子，交给林之孝赶着置备，寄到书院里去。这分子不用出罢。"李纨道："太太说的是。只是我同凤丫头打伙这几年，姐妹们又很说得来，今日连四妹妹都这样帮他，我不出一个钱那儿过得去？"宝钗道："大嫂子一定要帮凤姐姐，只要你出五十两银。"平儿道："业已够数儿，仔吗又要大嫂子的五十两呢？"宝钗道："横竖有个用处，你别管，总不过是给凤姐姐还孽债就完了。"贾琏道："既是如此，我家去收拾妥当，就带着包勇出城。"宝钗道："依我说，平丫头先家去料理，二哥哥且等着叫了包勇来，当着太太问问他肯去不肯去，别咱们说的热闹，他不愿意也论不定。"王夫人道："宝丫头见得甚是。就叫周瑞家的去吩咐周瑞，带包勇进来问话。"周家的答应出去。平儿辞了太太，先回家去收拾。

不一会，周瑞找着包勇同到垂花门。有他的媳妇在那里等候，就领着他们来到上房，在台阶下站住。周家的进来回话。太太吩咐叫他们进来。周家的答应，走到门边掀起帘子，用手一招。周瑞赶忙同包勇走上台阶。小丫头打起帘子，让他两个进去。周瑞、包勇给太太请过安，退在门边站着。贾琏道："包勇，自从甄大老爷荐了你来，也没有个用你的地方；因见你长的粗鲁，众人也都嫌你；后来老太太出殡，派你看管花园；那晚上房失贼，很亏你将贼赶散，并打死一贼。老爷才知道你很有才情本领，原要等服满之后，派你一个好差使重用你的，后来甄府上又要了你回去。谁知老爷前年升天西去，你见我家冷落，情愿回来甘守清苦。将你这一身本领闲在这里，甚为可惜。我这会儿有一件重事托你，不知你肯去不肯去"包勇道："小的在老爷府里这几年毫无报效，一天两顿饭，小的吃着实在不安。老爷在的时候，还有别的差使跑跑颠颠。这会儿连跑道儿的差使也没了，小的实在闲的慌。二爷有什么差使派小的，不拘是上天下海，小的都去。"贾琏道："有件事是要你代我去的。我有个兄弟柳大爷，他是广东廉州人。因他家老爷不在了，一贫如洗，娘儿两个在馒头庵寄住。他老爷虽做一任礼部主事，就穷了个使不得。这柳大爷同太太娘儿两个当卖个干净，连度日也巴结不上来。我这会儿同咱们太太商量，打伙儿凑几两银子，要将柳太太娘儿两个连柳老爷的灵柩拢共拢儿送他回去。这事本该我去，我如何脱得了身？只想着你是个忠直汉子，兼着有一身本领，我将这件重事托你，不知你肯不辞辛苦，将柳太太母子同柳老爷的灵柩送回广东去走这一遭儿，你心上如何？"包勇道："小的方才回过二爷，不拘上天下海小的都去。只是这项盘费少了是不够的。这条道儿小的也曾走过，盘山过坝，还要过梅岭，光是家眷还好，带着灵柩很累赘。"贾琏道："你估么着得多少盘费？"包勇想了一想说道："总得七八百银，少了不够。"贾琏说："我如今交七百两银给你，将这件重事托你。格外给你五十两银收拾行李。你若主意拿准，我就带你去见柳太太同柳大爷，把这件事就交代了。"包勇听说，赶忙跪下，说道："蒙太太同二爷将这千金重担托给小的，小的愿去，断不敢有负恩典。"王夫人道："很好。老爷在日很欢喜你是个忠义人，只没有用你之处。今日这件事不辞辛苦，就是柳老爷的阴灵，也保佑你后来必有好处。"包勇磕着头说道："总是老爷、太太同二爷的恩典。"磕完头，起来站着问道："不知柳太太几时起身？"贾琏道：

“今日同去见过柳太太定下日子，你一面雇夫马，一面置办柩上的东西。就是这么罢，你且在外等着，一会儿我带你同去。”包勇答应，同周瑞退出帘外。贾琏又叫住周瑞道：“你给我办一口猪、一腔羊、一副三牲、香烛纸马、果子素菜，备齐了送到铁槛寺。今日夜里在太平河边祭河开工。”周瑞答应。贾琏道：“叫周贵、张成、王润、刘升，派他四人明日伺候太太们到铁槛寺拈香。吩咐将轿车收拾妥当，再派几个麻利小子跟去，现在万缘桥过不去，都要多绕几里道儿呢。”周瑞答应，同包勇出去，在垂花门等候。贾琏辞过太太自去料理，里面宝钗们将所许之项都交给太太。

不一会，贾琏同平儿上来，后面跟着丫头、媳妇，抱着毡包同一个包袱，俱放在炕上，贾琏手中另有一个小包儿，递与周瑞的媳妇说道：“你交给他，叫他就去备办，赶紧出城，不必等我，顺便叫包勇进来。”周家的答应，出去吩咐过，同包勇上来。贾琏指道：“这三个包袱共银一千五百两，带去给老刘。这毡包里三百银，我送柳太太的。你拢共拢儿包在一处，叫辆车送到铁槛寺。我随后就来。”包勇答应，解开袱包，将银一千八百两总包一处，解开上身衣服，将那银袱围在腰间，拴了一个结实。贾琏道：“这分两不少，不要勉强。”包勇道：“小的身上拴过三千多两，一日还要走一百多路，这才一半，腰间很不理论。这个毡包空拿着倒好。”贾琏点头，吩咐三儿多备一个牲口伺候。包勇答应道：“门上的老赵说，二爷叫他有什么话吩咐？”贾琏道：“你去问他，说我刚才回来，门上一个人影儿没有，街上的孩子们闹了一院子，赶蝴蝶儿，弄得全不像个样儿。再闹闹竟可以到上房来吗？问他管门是管些什么？我这几天有事，你对他说小心着，过两天儿咱们再说。”包勇答应，拿着毡包出去伺候。

贾琏在上房又坐了一会，王夫人道：“天也不早，到了城外还要两边说话。”贾琏答应，辞了太太来到垂花门。三儿接着问道：“爷不带衣服去吗？”贾琏道：“我倒忘了，有个衣包要带去的。”吩咐周家的将个衣包取来，交给三儿背在身上。来大厅院里，包勇伺候上马，走出外宅门，见老赵站在旁边，贾琏用鞭梢指道：“你等着，过这几天我问你！”说着，牲口下了台阶，走东边夹道，绕过正厅，刚到甬道上，见林之孝手里拿着个盒子走来，看见贾琏赶忙站住，问道："二爷到那儿去？"贾琏欠身答道："还要出去，明日就在寺里等着太太。"林之孝举着手道："这就是那尊金佛，奴才家里有个现成的小龛子，倒配得上，送来请太太瞧瞧。"贾琏笑道："你办的事，横竖妥当。明日上屋里都去，请大妈进来照应。"林之孝道："奴才的女人明日一早叫他进来。"贾琏道："很好。"说罢，将马一带，向甬道上扬长出去。林之孝来到上房。王夫人们瞧见金佛龛子，十分欢喜，交珍珠收下，明日带出城去。

且说包勇、三儿跟着贾琏出了二门，两人骑上牲口，主仆三个弯弯曲曲出了城来。照着昨日的道儿，放马扬鞭，穿花拂柳，不多一会到了寺门。周瑞正在那里同着几个小和尚捉蚂蚱，抬头瞧见二爷，赶忙过来接住牲口，就便回道："东西已都齐备，猪羊未宰。"贾琏道："等着一会儿献牲。"说着，来到方丈，叫法本差人去找老刘。三儿将衣包交给和尚收好，包勇亦将毡包送了进来。贾琏道："等老刘来交代明白，咱们再去。"包勇答应，同三儿出去歇息。法本陪贾琏喝茶，说些闲话。不多会，老刘进来请安。贾琏连忙拉住让他坐下。老刘问道："二爷择了什么时候开工？"贾琏道："我看了，寅时最好，已备下猪羊三牲供品，我想河口必得搭个篷儿，以便祭神歇息。"老刘道："二爷放心，这件事交给匠人去办。"贾琏叫包勇进来，命将包袱解下，将柳太太的三百两取出放在毡包内，对着老刘道："这是一千五百银，你先收去，等着工完再找。"包勇解开，照数交点明白。老刘道："二爷真是善人，昨日说定，今日就付银子。这会儿那里有这样的爽人！"贾琏道："交过一半，放下开工心事，省得惦记在心。你将银子收回家去，以便赶着料理。"老刘道："一千五百银，匠人如何拿得动？"贾琏听说，命包勇拿着包袱送他回去。老刘道："很好，就烦包二爷同去走走。"包勇听说，仍将银子包好，跟着老刘出去。周瑞同三儿瞧见，问道："老包，你到那儿去？咱们也同去逛逛。"老刘道："请爷们到舍间喝个茶儿。"

三个人同老刘由麦子地里穿将过去，不上二里来路就是东庄，进庄走过十几户人家的门面就是老刘家里，老刘让他们进去到客房坐下,包勇将包袱递与老刘抱住进去。周瑞看他这间客房倒也收拾得干净,上面挂着一幅“天官赐福”,两边贴着朱砂笺的对子。对联是:

一年四季安而乐,五福三多寿且康。

东边墙上贴着一大张行书横披,落着双款是:“紫翁学长先生雅正”,下面落着:“树轩毛冠培”。西边墙上贴着一张大竹子,落着单款是:“滇海道人晁越”。靠窗墙上还贴着一张《姜太公钓鱼》。上面半大条桌摆着一个花瓶,插一枝像生牡丹。那边是一块白石插屏,中间设着香炉烛台,供着一个龛子。周瑞走到桌边,看龛上小匾写的是:“鲁班祖师”。桌头儿上摆着几本破书,那签子上写的是《工部则例》,还有一本《工程备要》。正拿着一本翻看,老刘端出茶来说道:“爷们请茶。”众人接茶坐下。老刘向怀里取出一个包儿,起身递与包勇说道:“费二爷的心,又大远的劳驾,我也不说别的,这点意思送大爷买靴子穿罢。”包勇那里肯要,再三推逊,方才收下。老刘又向怀里取出两个小封,递与周瑞、三儿,说道:“这是一点茶敬,求两位爷休要见笑。”他两个也假意推了一推,就随手接着揣在怀里。包勇对老刘道:“你还要去搭棚料理,咱们也要去伺候二爷到馒头庵去,不能多坐,改日再谢。”说毕起身,彼此相谢。

三人仍走麦地下回到寺来。见贾琏同老和尚站在山门外说话,包勇上前回爷说话。贾琏命三儿备上牲口,说道:“咱们到馒头庵去,完结了事,邀柳大爷同来吃饭。”法本道:“我这里再备上一个牲口,你们带去给柳大爷骑了回来。”贾琏听说甚好,不一会儿将牲口备齐。

贾琏正要上马,只见一个人骑着牲口飞奔而来,到了寺门口滚鞍下马。老和尚认得那人,高声叫道:“陆二爷,有什么事到这儿来?”那人答道:“太太明日要到这儿拈香,差我来知会。说是道儿远,要在你这里吃素面。叫你不要很费事。”法本笑道:“你们太太可谓有缘,明日是荣国府贾二太太在这里做经事,太太来的很巧,两位也好会面。”那人瞧见贾琏的模样,知道是贾府的爷们,因走到老和尚面前,轻声问道:“可就是元妃娘娘的母亲?”法本点头笑道:“正是。”用手指道:“这位是娘娘的兄弟琏二爷。”那人听见,赶忙过来请个安。

贾琏忙拉住问道:“你是那位大人宅里的管家?”那人答道:“小的是礼部尚书祝大人宅里的家人陆宾。”贾琏说:“你们太太明日到这里拈香吗?”陆宾答应着。法本笑道:“佛经说的因缘生相,这祝太太真可谓有缘。”贾琏笑道:“你不用混念经典,且让他进去歇歇罢。”说毕,主仆四人上了牲口,一直上馒头庵而去。

不知说些什么,且看下回分解。

第六回　释冤仇一尊金佛　立心愿两粒明珠

话说贾琏领包勇三四人来馒头庵,下牲口走进山门,正遇妙空,说道:“二爷来的正好,柳大爷刚才要去。”贾琏道:“你去对柳大爷说,我来了。”妙空请二爷客堂坐下,包勇等帘外伺候。

不多一会,柳绪同妙空出来问好,说道:“早间铁槛寺老和尚着人来请吃晚饭。我知二哥要到这儿来,因此在家等候。”贾琏道:“我在家收拾收拾出城,就不很早,又到寺里耽搁一会才来。兄弟进去对太太说,我带包勇来见。”柳绪进去不多会,来请贾琏带着包勇等都到后院上房。见过柳太太,将包勇的话又说一遍,并将交给他盘费银七百两的话,也说个明白。吩咐三儿将毡包送上,说道:“这是三百两银,请婶母收下,置办行装。所有灵柩上一切应用物件,都不用太太费心,总是包勇一人去办。”柳太太两泪交流,领着柳绪,娘儿两个倒身下拜,跪在地上说道:“生死得归故土,二爷大恩沦肌浃髓,正不知作何报答。”母子两个伏地哭拜。贾琏道:“侄儿力所能为,何足挂齿!惟愿归去后,兄弟下帷苦志,奋翼青云,不枉此一番相聚。侄儿将来要做野鹤闲云,脱身世外,亦未必无相见之期。”

彼此拜毕,就将包勇叫进来见过太太同大爷,当面吩咐一遍。包勇当着二爷一力承担。贾琏道:“很好,自此以后,这里起身之事你想着去办就是了。”包勇连声答应道:“二爷只管放心,小的断不敢负此重任,必定竭尽心力,报答老爷同二爷这番知遇的恩典。”贾琏道:“很好。你过了明日,就将行李搬到这里,以便办事。”包勇答应。

贾琏命周瑞、三儿见过柳太太同大爷,吩咐三儿:“先去河边找着老刘,问他席棚可曾搭好。说我同柳大爷在棚底下吃晚饭,看个野景儿。你就便到寺里去对老和尚说,将晚饭送到棚里去。”命周瑞也同去照应。周瑞、三儿答应出去。贾琏与柳绪说些起身之话,随站起身来对柳太太说:“要请兄弟同去吃饭,今晚未必回来,不知太太可放心?”柳太太道:“既是二爷在那里,没有什么不放心之理。”

柳绪辞过母亲,同贾琏走出院去。贾琏问道:“兄弟,听见老姑子怎么样了?”柳绪道:“听说昨晚上见神见鬼闹了一夜。这会儿不听见怎么着。”贾琏道:咱们走吧,别叫老姑子知道,一会儿拉着胡缠。”柳绪笑道:“很是。”两个人就向殿后绕出山门,有包勇拉着牲口伺候上马,包勇骑上那个大骡子,三个人望柳阴深处而去。不到半里多路,就是河边,沙堤上放开牲口,坦坦平平一路顺境。正走得高兴,不觉已到棚边。老刘正在结灯挂彩,有好些人手忙脚乱,十分热闹。贾琏、柳绪一直骑到棚前下马。走到棚来,只见地下铺着棕鞯,上面列着几扇围屏,中间长桌上供着关圣帝君、三官大帝、金龙四大王、鲁班祖师、赐福财神、后土众神诸位神道,面前摆着高果高供、金钱纸马,贾琏瞧着心中欢喜。老刘请二爷同柳大爷到更衣棚里坐下,比上面更收拾得体面。琏二爷、柳大爷就在棚里吃晚饭、过夜。老刘备下鼓乐。

次日寅时,贾琏穿着公服,老刘将猪羊牵到河边宰牲沥血后,即赶忙湔毛供献,鼓乐齐奏。贾琏拜神上香供献已毕,亲将铁锹在河边锄了三锄。老刘领着工人将旧桥基石起了一块。棚下焚化金钱纸马,点放鞭炮,众人道喜、散福,整热闹一夜。这些话一时也说不完。

贾琏开工造桥之事交过不表。另提那陆宾的主人祝府之事。

原来这祝大人名叫祝凤,字仙羽。系江苏镇江府丹徒县人。由甲辰进士官为兵部侍郎,因往琉球国封王,回来特升礼部尚书。在海船里受了些风波惊险,因此得病未愈。夫人柏氏,系原任都御史柏堂之女,现任四川安抚使柏龄之姐。夫妻年已半百,并无子女,虽有几个姬妾,从未生育。太老爷祝简,原任通政使大堂,早已仙逝。太夫人松氏,是浙江钱塘松学士之女,现任荆襄节度使松柱的嫡亲姑母。

六月十八日是松太君的七十大庆。

祝尚书有两个胞弟。一个名祝筠，字兰友，行二，是议叙的四品金吾卫。夫人桂氏，系现任兵部郎中桂老爷，名叫桂恕字廉夫之胞妹。桂夫人今年三十六岁，比祝兰友还大两岁，生了一子一女。这位公子未生之前，堂柱上长出一个五色灵芝，光彩夺目，桂夫人欢喜，用玉盘宝沙将仙芝种于卧室。临产之时，祝筠梦中见一位赤脚神仙，送他一块光彩通明的美玉，说是给夫人吃下必生贵子。祝筠梦中给桂夫人吞下腹去，睡醒时果然生下一子，因取名梦玉，今年一十六岁，生得面如莲萼，唇似含桃，目如秋水，肤若凝脂，且聪慧多情，襟怀豁达。这位小姐也生得落雁沉鱼，羞花闭月，性格温柔。真个是一对玉人。小姐今年十五，名叫修云，已同桂廉夫结了亲家。三老爷名祝露，字清可，今年二十八岁，由廪膳生纳了个员外郎的官诰。夫人石氏是翰林石芬之女，与祝露同庚。现在三老爷患失血症，石夫人身怀六甲。

祝尚书还有一个胞妹秋琴小姐，是祝露之姊。嫁在苏州吴县梅家。这梅郎名白，字香月，年少登科。中解元之后，放情诗酒，不愿为官。与秋琴十分相得，生了一对双生女儿，长名海珠，次名掌珠，俱已十五岁了，生得月貌仙姿，窈窕娇丽。梅秋琴因他两个是双生姐妹，不忍分开受聘，又奉母亲松太夫人之命，将两个女儿俱给梦玉为妻。还有一子，名叫梅春，乳名魁儿，貌似潘安，十分聪俊。祝筠因六月十八是老太太七十大庆，赶着春天同妹子说明，就给梦玉完了姻事，使老太太欢喜。

梦玉同梅海珠、掌珠三个人夫妻姐妹之乐，比神仙还要受用，这且慢提。

且说祝尚书自从海外封王回来，船中受些惊险，因此得病。面圣之后升了尚书官爵，勉强支着上朝办事。一年之后，渐渐沉重起来。新近接着家书，说是清可三弟吐血病重，百医不效，危在旦夕。祝尚书手足情深，更添病症。柏夫人心中愁急，日夜不安，每晚上焚香对天，保佑夫病痊愈，愿以身代。这夜祷告之后，时已三鼓。朦胧睡去，只见祝尚书身穿朝服，说道："玉京奉召，难以久留，三十年伉俪暂且长离。"袖中取出大珠一粒，递与柏夫人道："这粒珍珠好生收着，将来是我家一个好媳妇,不可当面错过。”柏夫人接珠在手,正在观看。忽然走过一个蓬头赤脚和尚,将那珠子抢在手内转身就走。柏夫人赶去夺珠。和尚笑道:“我替你供在铁槛寺中,你自家去取。”说毕,如飞而去。

柏夫人正要去追,转眼不见和尚,只觉得身在舟中,江水滔滔,风狂浪涌,心中正是害怕,不觉那船已湾入小港,岸上柳树成行,蓼花飞舞,树林之内隐隐有钟磬之声。柏夫人靠着船窗遥望,见那树林中一个女童儿走上船来,说道:“奉仙姑之命,请夫人相见,要还夫人的珍珠。”柏夫人心中欢喜,笑道:“我为珍珠走到此地,原来在仙姑那里。”说毕,同着女童上去,走入树林,看见茅屋数间,竹篱半掩,小桥曲涧,花草纷然。方过小桥,那竹篱中走出一个美人,翩翩然似凌波仙子,对柏夫人笑道:“夫人何以今日才来?我替夫人收着珍珠,藏之久矣,今当奉还。”说毕,就递了过去。柏夫人接着正要拜谢,听见尚书叫唤,猛然惊醒,原来是个大梦。心中暗忖,此梦甚是不祥。夫妻年已半百,膝下无儿,安能有媳?珠子、媳妇之说更不可解。那和尚将珠子抢去,说供在铁槛寺,叫我去取,怎么又在船里,又有什么仙女还我珠子?虽是乱梦颠倒,其中总有什么缘故。翻来覆去一夜未曾合眼。想着铁槛寺有两年未去烧香,明日是个好日。我去拈香,看这珠子的话是何应验。

早饭后,差陆宾先至寺中知会说明日要去拈香,吩咐芙蓉预备檀香素烛、香金赏封等物。这芙蓉是柏夫人身边得用的侍儿,年虽十七岁,生得品貌端庄,风姿娇艳,且又知书识字,手巧心慧。柏夫人爱如珍宝,就将衣服首饰以及银钱出入皆交他经管,十分重用。内外人等俱称为蓉姑娘。就是老爷身边的几个姨娘,也跟不上他的权势。芙蓉奉太太之命,预备明日往铁槛寺拈香应用物件。不一会,陆宾上来回话说:“奴才到寺里对老和尚说,太太明日要来拈香。老和尚连声念佛,说太太有两三年未曾到寺,明日正值荣国府贾二太太在寺里做经事,说请太太早些去,同贾府太太相会,逛一天回来。”柏夫人道:“荣府贾太太不知可是元妃娘娘的母亲?”陆宾答道:“奴才问过,一点不错,是元妃娘娘的母亲。”柏夫人道:“在京多年总没有会面,谁知可巧的明日都在寺里拈香。这也真是个缘分。”芙蓉吩咐收拾大轿、车辆，明日伺候。陆宾答应，出去预备不提。

且说贾琏同柳绪在河边热闹了一早，见寺里来请，说太太已到，请二爷去拈香。贾琏听说，同柳绪骑上牲口，加鞭飞马到铁槛寺来。王夫人已经拈过香，同大奶奶众人在方丈用茶。贾琏来见请安。众人问好，王夫人们给他道喜。贾琏禀明太太说：“柳家兄弟要来拜见。”王夫人吩咐请见，对大奶奶们道：“你们不用回避，孩子家相见何妨。”贾琏出去，同柳绪进来，恭敬拜见，王夫人用手相扶。柳绪拜完后另又请安、依着次序同各位奶奶、姐姐见礼。王夫人将他仔细看了一遍，笑道：“你们瞧，真个同蓉哥儿的舅子秦相公一个模样儿。”贾琏笑道：“叫宝兄弟瞧见，又是一个好朋友。”王夫人笑道：“宝玉如今只相与和尚道士，谁也不要了。”说的众人好笑。宝钗回头见珍珠眼圈儿通红，那俏眼梢头含着两粒明珠，莹莹欲坠。宝钗道：“你又仔吗呢？”珍珠忙陪着笑，将手一摇，赶紧将手巾在眼梢上擦了一擦。王夫人问道：“你两个又捣什么鬼？”珍珠道：“我们也说柳大爷像秦相公，一丝一毫也不走了样儿。那年蓉大奶奶出殡，宝兄弟同他寸步不离，还跟着凤姐姐在馒头庵住了两晚上。这如今……珍珠才说到这三个字，外面来回说祝太太到了，贾琏、柳绪连忙回避。

王夫人吩咐周瑞的媳妇道：“你们四个人出去接接。”周家的答应，急忙去接。王夫人命珠大奶奶：“带着妹妹们、巧姑娘就在方丈门口迎接罢。”宫裁答应，领着平儿、宝钗、珍珠、巧姑娘跟着一大群姑娘、媳妇们都在方丈门口等候，瞧见花团锦簇，一群人围着一位太太缓步而来。老和尚在前引道。众人看那位太太，约有五十左右年纪，生得幽娴淡雅，品格端庄，头上带着珠冠，身穿一品蟒服，腰垂羊脂玉带，下系湘妃色顾绣富贵散花裙，下露着三寸红缎绣宫鞋。宝钗们十分称赞。珍珠瞧见祝太太背后一人，连忙指给宝钗道：“你看那个穿月白绣花袄的，不是麝月儿吗？”宝钗道：“我正瞧着像他。”平儿道：“不是像，竟是他。”宫裁笑道：“刚才见一个活像秦相公，这会儿又遇着一个活像麝月。咱们今日活该是见鬼的日子。”

众人正在说笑，见祝太太已离门不远。老和尚笑道：“奶奶、姑娘们都在门口接太太呢。"柏夫人早已看见一堆锦绣站在门口,正不知是谁。这会儿听见老和尚说,才知道是奶奶、姑娘们,连忙问周瑞的媳妇道:"是那几位奶奶、姑娘?"周家的答道:"头里站的是珠大奶奶,后面是琏二奶奶,旁边是巧姑娘,左边那一位是宝二奶奶,这边站的是珍珠四姑娘。"柏夫人听得"珍珠"二字,倒大大的吓了一跳。宫裁们走出门外迎接上来。柏夫人瞧着奶奶、姑娘们,虽俱穿着素服,一个赛一个的美丽,赶忙走上前来,彼此见礼,拉着珍珠道:"这位是珍珠小姐吗?"周家的答道:"是。"柏夫人点头称怪,看他不但丰姿娇艳,且生得富厚福相,因笑道:"这位小姐真个是个珍珠。"说着,站在门边彼此谦让一会。柏夫人笑道:"既是奶奶们过谦,四小姐陪我走罢。"

于是,拉着珍珠的手一同在前,大奶奶们跟着进了方丈。老和尚站在禅房的阶前等候。柏夫人将到台阶,只见竹帘掀起,王夫人迎接出来。柏夫人看见贾太太也有五十来岁年纪,另是一样富贵大家气象。王夫人才要走下台阶,柏夫人赶忙放了珍珠,急迎上去,两手拉着王夫人说道:"自愧缘悭,未亲壶范,今幸得依芳趾,深慰渴怀。"王夫人答道:"久仰壶仪,未由拜见,今瞻慈范,欣慰生平。"两位太太谦让一会,进了禅房,彼此见礼。宫裁领着平儿、宝钗、珍珠过来拜见。柏夫人刚要回拜,王夫人赶忙让住,只得受了两礼。巧姑娘拜过,两位太太让了坐位,众姐妹依次坐定。周瑞家的领着媳妇、姑娘们给祝太太磕头,祝府的姑娘、媳妇们也上来请贾太太安。末了儿,芙蓉过来磕头。王夫人见他活像麝月,带着一头珠翠,身穿月白缎顾绣团花袄,下系着银红绣三蓝串枝莲的缎裙,三寸红缎宫鞋。知道是祝太太得用之人,不同众人一堆儿的磕头,因此赶忙拉住。芙蓉转身向各位奶奶、姑娘们行礼。宫裁们见太太待他如此,知道是个有体面的人,奶奶、姑娘们亦俱回礼。柏夫人赶忙止道:"奶奶、姑娘请起,丫头们应该磕头,仔吗要回礼,过于抬举他了。"

众人坐定,四个媳妇送上茶来,夫人们用茶已毕。柏夫人问道:"太夫人可曾拈香?"王夫人答道:"先已有僭。"柏夫人道:"既是如此,我且去拜佛拈香,再来陪侍。"王夫人道:"小妹礼当奉陪。"柏夫人道："不敢有劳，只请四小姐同去走走。"王夫人道："既是夫人吩咐，竟遵命在此烹茶伺候罢。珍珠，你陪夫人上去拈香。"珍珠答应，同柏夫人走出禅房。王夫人领着宫裁们送至方丈门口，转回禅房等候，这且慢表。

且说柏夫人同珍珠一路走着，心中惊异，细想前日这梦好生奇怪。那和尚分明说是铁槛寺中叫我去取，老爷又说是我家媳妇休要错过，谁知今日果然遇着珍珠。我看他生得很有福相，怎么后头又在船里大江大浪的又遇着一个仙子还我？这个哑谜，真个令人不解。

柏夫人思想出神，不觉已到大雄宝殿。老和尚率领众僧鸣钟击鼓。柏夫人站在佛前，芙蓉捧过檀香。柏夫人虔诚三献，在拜垫上深深下拜。默祷了半日，许下心愿，保佑尚书病体痊愈之后，佛前来上长幡。拜毕起来，站在供桌前瞻仰佛像。见佛前供着一个紫檀雕刻三面玻璃的小佛龛子，里面一尊小佛，异常光亮。柏夫人问老和尚："这是一尊什么佛像？"法本道："这一尊小金佛，是贾太太今日才请来供在这里的，也是许的什么心愿。"柏夫人点头看了一会，转身过去，见旁边一张桌上供着果品、素菜，中间有个疏头上写着"例赠宜人侄媳王氏熙凤、尤氏二姐之位"。柏夫人看了，命芙蓉取过香来，珍珠赶忙禀阻。柏夫人亲自上香，站着拜了两拜，命芙蓉代为行礼。珍珠回拜，谢过夫人。

老和尚请太太上观音阁拈香。柏夫人同珍珠走回廊转上观音阁，吩咐众人下去伺候，只留芙蓉在此。众人答应，同法本都下阁来。柏夫人上了三片檀香，跪在观音像前，保佑丈夫病体痊愈。祝赞一会，命芙蓉捧过签筒。柏夫人轻轻摇了几摇，飞出一签在地，芙蓉拾起，接去签筒。珍珠忙搀起夫人。芙蓉见是第八十五签，向墙上照着，取下签帖送与太太。柏夫人接在手内，看那签上写着"观音灵签八十五签中平"，念那四句签诗道：

沧海已曾过，春光老去何。
一堆荒草外，回首白云多。

柏夫人看那解语是"名必成，财未遂，行人滞，病缠绵"。随将签帖交给芙蓉，心中十分愁闷。回身又至供桌前，再上了三片檀香，跪下将夫妻年已五十,膝下无儿,前夜梦中之事,今日所见之人,不知将来此人可有缘分? 细细默祷一遍。又命芙蓉取过签筒,摇了几摇。见那签中间一枝直跳出来,落在柏夫人面前。芙蓉忙将签筒接过,候太太拜完,珍珠扶起,芙蓉弯身去拾那签,满地不见,又在桌围底下,蒲团旁沿四处找寻,不见影迹。珍珠也同着找了一会,抬起头来,笑道:“不用找了,倒在这里。”走向柏夫人衣襟上取了下来。柏夫人心中大为惊异,又是珍珠取下来的。忙命芙蓉取签帖来看,是“第八签大吉”,那签句是:

今日喜相逢,谁知事尚空。

一江风浪外,携手洞房中。

柏夫人看了诗句,心中又惊又喜。惊的是与梦相合,喜的是果然这人终归我家。想了一会,随将衣服里面佩的一件东西取下,说道:“这是我老爷海外封王,国王所送之物,是两粒明珠用金丝结成的双龙佩。我爱他做的精巧,常佩在身。今送与小姐,带在身旁犹如我与小姐朝夕相亲一样。”珍珠那里敢受,再三推让。柏夫人道:“我有一点心愿,小姐且请收下。菲薄之物,何足挂齿。”珍珠听说,只得勉强接着,就在佛前拜谢。柏夫人赶忙扶住。

芙蓉扶了太太同下阁来。丫头、媳妇们赶忙过来伺候。老和尚禀请夫人到方丈用斋。柏夫人同珍珠一路问答回来,王夫人接至禅房,依次坐下。姑娘们送茶已毕,珍珠将祝太太所赐之物回明太太。王夫人看了再三称谢。柏夫人道:“我有一点心愿,改日到府再与太夫人细说。”王夫人点头答应,吩咐摆面。

两位太太叙说家务。柏夫人问道:“太太有几位公子、小姐?”王夫人答道:“长子名珠,久已物故。”指着宫裁道:“此即长妇,遗有一孙,已侥幸乡荐。次子宝玉,中式后托足空门。”指宝钗道:“撇此红妆,青灯长夜,幸有襁褓儿,聊以自慰。三子名环,顽劣未有室家,现与长孙兰儿离家就学。长女即元妃。次为侄女。三女探春,早已出阁,近闻失偶,未知真确。”指着珍珠道:“此女虽非所出,不亚亲生,先曾配婿,未期岁而独处孤帏。此时与未亡人形影相依,暂延朝夕,细思之亦非良策也。”指平儿道:“此系琏侄之妇,与巧孙女同我相依度日。五侄女名惜春，出家做女道士，前岁已返金陵，至今不通音问。男女中比比出家，夫人闻之实可笑也！”柏夫人道：“一人得道，九世皆仙。今公子、小姐生长富贵之家，能于脱身方外，其骨格非凡，定皆仙品。是皆太夫人修福积善而来，令人可敬。”王夫人问道：“不知夫人有几位公子、小姐？”柏夫人叹道：“愚夫妇年已五旬，并无子女，虽有数妾，皆无所出。惟有一侄梦玉，今年十六，春间已娶妇矣，乃二小叔之子。三房中只共此一点骨血。又居常多病，每日以药为伴，实非佳况。”王夫人正要再问，周瑞家的禀请用斋。

两位太太见上下摆着两席，柏夫人道：“何必要摆两席，一堆儿坐着，又好说话。”王夫人笑道：“他们小辈，如何敢与夫人同坐。”柏夫人道：“将来正要亲近，怎么太夫人倒反见外。”王夫人道：“既是夫人见爱，你们告个坐罢。”柏夫人止住道：“何必多礼，竟请坐下。”柏夫人坐了客席，王夫人对面，珠大奶奶、琏二奶奶坐在上面，宝钗、珍珠下面向北坐下。王夫人吩咐：“巧儿不妨同我坐罢。”众家媳妇们轮流上菜，两位太太又叙家常。柏夫人指巧姑娘道：“好个姑娘，不知是那一家有福的媳妇！”王夫人道：“他母亲择婿甚难，未曾受聘。”柏夫人笑道：“等我想着好亲家，必来作伐。”平儿再三称谢。宝钗、珍珠殷勤让酒让菜，王夫人见柏夫人眼圈儿红了数次，心中明白，笑道：“一半天差宝钗、珍珠到宅里去给大人请安磕头，拜在膝下做个女儿，不知夫人要这两个蠢丫头不要？”柏夫人眼圈一红道：“若蒙太夫人不弃，实所深感。”

太太们用斋已毕，散席用茶。柏夫人知琏二爷在此，吩咐请见。不一会，贾琏走进禅房，深深下拜。柏夫人拉住不叫行礼，见贾琏生得飘飘逸逸，十分清秀，说道：“真不愧是朱门公子，将来定为大器。”贾琏唯唯答应，退了出去。柏夫人同宫裁、平儿叙谈的十分相契。芙蓉上来回道：“贾太太内外俱有重赏，又赏芙蓉尺头、荷包。”柏夫人向着王夫人称谢一番。芙蓉领着姑娘、媳妇们上来谢赏。周瑞媳妇回说，祝府的管家们领着轿夫人等，俱在方丈门外磕头谢赏。王夫人吩咐：“快些止住，叫别多礼，这算什么，不过遮遮臊罢。”周家的答应，出去传话。陆宾领着众人，向着里面磕头，散了出去。芙蓉也将贾府内外大小人等，按着职事轻重厚薄，俱给了赏赐，贾府众人也来叩谢。

柏夫人对王夫人道："本该在此侍奉太夫人，盘桓一日。因家老爷病势甚危，放心不下，暂此告别，一半天专诚到府请安。"王夫人道："既是大人欠安，不敢强留。改日带着孩子们亲来请安。"柏夫人再三致谢，彼此告辞，拉着珍珠道："暂别小姐，再图后会。"珍珠不觉眼圈一红，恐人瞧见笑话，连忙忍住，勉强笑道："改日跟着太太来请夫人的安。"柏夫人心中甚觉难舍，拉着手又细看一遍，只得硬着头皮放开手，走出禅房。王夫人们送出方丈，柏夫人再三力辞。王夫人道："遵命。"命媳妇、女儿相送，柏夫人不好再却，辞过王夫人，拉着珍珠、宝钗同二位奶奶、巧姑娘一直往外而来。众家人俱已伺候齐集。柏夫人到了大殿前，老和尚率领众僧叩谢太太的香金斋衬。柏夫人道："等着大人病好，我来还愿，再谢你们罢。"说毕，众家人已将轿子搭在天王殿，柏夫人辞别三位奶奶、姑娘，拉着珍珠直到轿前，说道："小姐珍重！"只说了这一句，放手走过轿门。珍珠见祝太太眼眶通红，心中甚觉难舍。陆宾放下轿帘，柏夫人吩咐芙蓉，送小姐同三位奶奶、姑娘进去。众家人搭出山门，轿夫们接住上肩，大小家人蜂拥如飞而去。众丫头、媳妇赶忙上车。芙蓉是各自的后挡轿车，还有一个老妈同芙蓉的丫头美儿等着。众家人已去，只留一个小子伺候蓉姑娘。

且说芙蓉奉太太之命，转来送小姐、奶奶、姑娘进去、对珠大奶奶笑道："三位奶奶同四小姐、巧姑娘我不知在那儿见过，竟狠面熟，总想不起来。这宝二奶奶、四小姐两位更熟的利害，倒像常在一堆儿的一样。"宝钗笑道："咱们四个人都认得你，你如今不认得咱们，这会儿你得意，那里还认咱们这些旧朋友呢！"芙蓉笑道："我今日才见小姐同奶奶们，怎么倒说我忘了旧友呢？"珍珠笑道："我还记得你右胁下有一块通红的朱砂记，不知还在不在？"芙蓉听说，吓了一跳，问道："小姐怎么知道我身上有这块朱砂记？"宝钗、平儿笑道："咱们混猜。"珍珠道："只怕你也如此。"宝钗摇头道："我老人家是个清净人儿。"平儿笑道："未必。"李纨道："你们说些什么哑谜儿？别说芙蓉姐姐不懂。连我也不懂。”宝钗道:“咱们慢慢再对你说,横竖总叫你懂。赶忙让芙蓉姐姐去罢,一会儿赶不上轿子。”芙蓉依依不舍的,只得勉强告辞而去。

不知奶奶们到方丈来说些什么,且听下回分解。

第七回　老庵主自言隐事　小郎君代说衷情

话说芙蓉同宝钗、珍珠依依不舍,又恐赶不上轿子,两下为难。珍珠道:“咱们送你上车,不必推让。太太想已去远。”芙蓉点头道谢,赶着上车而去。宝钗们转回方丈。贾琏、柳绪都坐在王夫人一旁说话,忙起身让坐。众人坐下,说了一会祝太太大方好处,并赞芙蓉能干得用。王夫人道:“祝太太与珍珠倒很有缘分,头一磨儿相见,就是这样亲热。”宝钗道:“太太还没瞧见,祝太太上轿时候,对着四丫头出了两点眼泪。这段情缘真是不浅。”宫裁道:“想前生定有什么因果。还有这芙蓉活就是麝月的化身,再没有这样像的真切,真是怪事!”王夫人点头道:“像这柳大爷,不是活摆着一个秦相公吗!”平儿道:“想来咱们这些人,像咱们的也就不少。”宝钗道:“别人像的或者还有,只你这模样儿再没有人像的。”平儿道:“怎么就没人像我呢?”宝钗道:“你那模样儿连观音菩萨也赶不上你,谁还敢像得上来呢?”引的太太众人一齐好笑。王夫人道:“咱们不用说闲话,殿上去拈回香,就到馒头庵瞧柳太太去罢。”

众人答应,吩咐媳妇们收拾毡包、衣服,跟着太太来到殿上。众和尚正在拜忏,王夫人领着奶奶、姑娘拈香拜拂,又到凤姐供桌前上了一片檀香,瞅着那牌位止不住伤心流泪。贾琏赶忙劝住拜谢。宫裁们拜完之后,宝钗、珍珠对着牌位祝赞道:“凤姐姐,你的三件罪案都替你消解完结。尤二姐姐的金子已造成佛像。你姐妹两个自今以后都已跳出火坑,往生天界,等着经事念完,还像那天叫咱们见个面儿,也好放心。”宝钗、珍珠祝赞一回,让平儿、巧姑娘,毓哥儿磕头上香。柳绪也过来上香,贾琏回礼已毕,柳绪告辞先回庵去。贾琏道:

“很好。你去吩咐姑子们备个茶儿,不要费事。”柳绪答应而去。

王夫人领着众人又上观音阁拈香,往各处游玩一会,来到客堂用茶歇息。见周贵等四个家人,各捧着一个大盒子上来回道:“石匠头儿老刘说,屯里没有别的可敬,只有几个粗果子进上太太,要求赏收。”王夫人道:“仔吗要他费事呢?谢谢罢。”贾琏道:“这是他的一点敬意,求太太赏个脸。”王夫人点头,吩咐收下。周家的接着掀开盒盖,一盒子是樱桃同桑椹儿,一盒子大白叭哒杏配着南荸荠,一盒炸馓子同粘糕,一盒是艾窝窝同蒸枣糕。王夫人笑道:“屯里东西倒有个趣儿。”命周家的将盒子交给他们,带进城去。众人答应。

贾琏吩咐伺候到馒头庵去。法本进来殷勤款留,要用晚斋。王夫人道:“罢呀,等着完经的时候咱们再来扰你的罢。”老和尚见款留不住,领着众僧上来谢赏,在山门外站班候送。

王夫人领着奶奶、姑娘来到山门,挨次上车,众家人伺候,套上牲口,一溜儿十几辆轿车跟着太太,俱往馒头庵而去。贾琏同众家人、小子骑着一大群骏马在车前后,十分热闹。渐渐来到庵前,周瑞骑着顶马,离山门不远,见柳绪同那些大小姑子一排的跟着迎接。周瑞先下牲口,贾琏及众家人纷纷下马,上前伺候卸车。众姑子齐上前请安。给大奶奶们见礼。柳绪跪下说道:“奉母亲之命,迎接太太。”王夫人赶忙扶起,笑道:“我拈过香再去拜望令堂。”柳绪道:“母亲现在殿上恭候。”王夫人听说,忙领着奶奶们竟往大殿上来,一面走着问妙空道:“听说你师父长个疮,不知可好些儿没有?”妙空答道:“承太太惦记我师父。但是那个疮,我瞧着有些儿扎手。他的外外宋锺只管来叮着要银子,说是那个大夫史德成等着要银子配药。我瞧着白花掉几个钱,不过是个嘘呼儿叹。今儿闹的连一口水也咽不下,尽剩了说胡话,说的人怪怕的。刚才又说叫咱们到城隍庙里西廊下婚姻司面前多多烧些纸钱银锭。太太想,咱们当姑子的跪在婚姻司前烧纸,这是什么话呢?我师父真闹的是歪嘴子吹喇叭,一股子的邪气。”王夫人同奶奶们听说,忍不住吃吃大笑。不觉来到大殿,柳太太在檐前迎接。妙空回道:“这位就是柳太太。”王夫人赶忙上前,两位太太彼此迎着谦让一会,同进殿门,分宾见礼,柳太太深深拜谢。

众人见礼已毕，妙空指道："这位是琏二奶奶，这位是珠大奶奶，这是宝二奶奶，这是珍珠四姑娘，这是巧姑娘。"柳太太道："我母子流落异乡，势欲委身沟壑。今蒙太夫人同琏二爷、奶奶、姑娘大德深恩，解囊厚济，使生死得归故土。此恩此德没齿难忘！我母子今日先对佛拜谢，将来结草衔环，以图后报。"说毕，领着柳绪向上跪下磕头拜谢，急的王夫人们赶忙回拜。柳太太娘儿两个鼻涕眼泪哭拜一回，众人拜毕。妙空、妙能过来请太太拈香。众姑娘捧着铜盆、手巾伺候净手，王夫人合掌蒲团，拈香拜佛，十分诚敬。妙空们鸣钟击鼓，香烟缥渺。宫裁姐妹挨次拜毕，柳太太请到院里用茶。王夫人领众人向柳太太更番见礼，让坐送茶。彼此情投意合，叙谈家务不提。

且说老尼净虚昏沉了几日，病势甚为沉重。此刻稍稍明白，听说贾二太太同奶奶们来看柳太太，他心中十分悲苦，喊着叫着要请太太们来见个面儿。妙能道："罢呀，屋子里恶臭的，谁也懒得进来。将太太们熏坏了，那你就是个乱儿的妈。等着你疮好些儿，到府里慢慢的去说罢。"净虚摇头道："凤二奶奶等着交代呢，你快去请来！你若不去请，我就叫他去请，看你臊不臊！"妙能道："我不去，你叫谁去呢？"净虚道："你背后站着那个戴红毡帽的是谁？你瞧他尽瞅着我笑。"妙能听说，寒毛直竖，登时一个脑袋倒像有巴斗大，因扎挣着说道："师父，你别说话，闭着眼养养神罢。"净虚道："你瞧那房门口两个白脸的又是谁？探头探脑的往里瞅个什么？哎哟！我说两位穿红穿青的奶奶、姑娘是谁呢？原来是谢大奶奶同甘二姑娘，怎么披散着头发？请坐下，咱们再说。你们那几位爷们让开些儿，曹二嫂子、潘五姑娘过来坐在这儿罢。"妙能听了，急的一身一身汗出如雨，说道："师父你何苦来呢？青天白日见神见鬼的。这儿就是我陪你坐着，还有谁呢？你再说，我就出去，让你各自各儿说罢。"

净虚道："好孩子，你耐着性儿陪陪我，等我好些，我有点私房东西分点儿给你，叫你欢喜。"妙能"嗤"的冷笑一声，说道："你的私房留着给你心爱人罢，我没有这福气。"净虚道："傻孩子，难道你不是我心爱的吗？"妙能道："既是如此，为什么把钥匙都交给他呢？"净虚道："这钥匙又算什么，我的要紧东西也不在箱子里收着。"妙能道：

“你收在那儿呢?”净虚道:“我年轻时候很有个模样儿,那些公子王孙就像蝇子见了血似的,给我的东西也不知多少,我大花大用。后来上了些年纪,渐渐冷落下来,我赶忙收手。就将那年托凤二奶奶办成一件事我落了二千两银,连我攒下的共有五千两银装在两个坛子里,埋在我这炕底下。还有一个小坛子,是我生平挣的七双金镯子,十个金锞儿,几百粒的珠子。这三个坛子埋在炕底下,谁也不知道。”妙能道:“你对妙空们说过没有?”净虚道:“从来不提起。”妙能道:“你且不用说破,等你病好了再说不迟。你这会儿一说,就嚷的人人知道,况且咱们这会儿又不要银子使,留着他慢慢干点儿别的。”净虚道:“可不是,我只对你说,别人跟前我就死也不提。”妙能心中大大欢喜,因答讪着说:“师父,你歇歇儿,我去好好的做碗汤你喝喝。”净虚道:“你宋家哥哥给我的那只南腿,不知好不好?你去打个阡子闻闻。如果是真南腿,你给我片他几片,再用一个笋鸡儿出了汤,好好的做碗片儿汤我吃吃。”妙能道:“我就去给你做汤。你静静的睡睡,别胡说乱道的,叫人听着笑话。”净虚点头。

妙能脱身出去,心中暗暗欢喜。才出院门,见三位奶奶同四姑娘过来问道:“老师父好些没有?咱们要去瞧他。”妙能道:“方才醒过来。要口汤儿喝喝,叫我去做呢。屋里怪脏的,奶奶别去。等我给奶奶们说罢。”珠大奶奶道:“你去你的,咱们不到屋里去,就在窗糊外儿瞧瞧罢。”妙能笑着点点头,一直去了。

珠大奶奶们走进院子,听见净虚像是同人说话,忽轻忽重,絮絮不已。宝钗向众人摇摇手,轻轻走到窗外听他同谁说话。只听见净虚说:“你别怪我,地根儿谁叫你肯呢?固然是我同他到你家来,谁叫你邀他到屋里去坐呢?罢呀!大奶奶你还说这话,我给了你的药,叫你把身子下了,你又不依。这会儿又这么说,这就是了,你自己吊死的,也怨不上谁来。罢呀,我的二姑娘!他为了你也花的钱不少,穿的戴的任着你的性儿要,谁叫你不掩藏些儿呢?你站着,等他的说话完了,你再说不迟。哎哟,哎哟!是咱的?我的曹二嫂子,你怎么就动起手来?是是是!这是我的不是。我也知道你死的苦,这可不与我相干,是你当家的要下这样毒手。是,我就去,我就去。哎哟!

别咬,别咬！罢呀,我的姑娘、奶奶！你两个放一放手,他们就不跟着动手,横竖我也走不了。罢呀！五姑娘,固然是我将酒灌醉了你,脱衣服的时候,你并不言语,这会儿都推在我身上。你们哥儿们别动手,我还走到那儿去呢?”众人在窗外听了,都寒毛直竖,知道是怨鬼索命。还要站着再听,只见周家的来请,说太太叫伺候了。”

宫裁们赶忙走出院来,看见两位太太都站在大殿面前等候。王夫人问道:“老师父光景怎么?”珠大奶奶摇头说道:“咱们不曾进屋,听说那个病未必好得了罢。”妙空道:“今早瞧着是不中用了,叫宋大哥给他去预办东西。”珍珠道:“很是。今儿晚上你们很要小心。”妙空道:“这事也总出不了两三天。”宝钗摇头道:“未必。”两位太太叹息不已。王夫人请柳太太明日进城相叙两日,再三相订,柳太太应允。珍珠道:“我与宝姐姐同坐一车,将我的车留下,明日柳太太坐进城去。”王夫人道:“很好。”吩咐留包勇在此伺候。贾琏答应,对平儿道:“明日将我的铺盖送出城来,我在铁槛寺有几天耽搁。”平儿答应。

太太们来到庵门,妙能也赶着出来相送。众姑子拜谢香金。王夫人对妙空道:“诸事你出点儿力,多辛苦些儿。妙能年轻,将就他些罢。”妙空答应。王夫人辞过柳太太,领着奶奶们上车,男女家人车马纷纷望着大道而去。贾琏见天气尚早,同柳绪去钓鱼消遣,取了三四枝钓竿,叫三儿拿鱼筐子,升儿拿着钓竿,一直都到河边。拣那柳阴之下,主仆四人俱守着钓鱼,十分有趣。

且说妙空来到客堂里面,领着徒弟们检点铺垫、茶碗,收拾果盒。妙能在厨房里切火腿、宰鸡。闹了半日,做好片儿汤,吹去面上浮油,尝过咸淡,很有滋味。自己端着一直来到东院,静悄悄并无声响,心中很觉有些胆怯。走进堂屋,只觉得寒毛格甚的尽着发噤,乍着胆子走到房门口,叫道:“师父,我给你做了一碗好汤,横竖叫你吃的喜欢。”到了屋里,一眼看见净虚歪仰在炕上,一张血嘴开的多大,舌头咬成几瓣儿搭拉在外,满口鲜血淋漓,两个眼珠子掉在脸上,面皮又青又黑,十分凶恶可怕,缩着两只手,叉丫着十个指头,已经咽了气,妙能叫声:“哎呀!”“当”的一声,一碗片儿汤掉在地下。觉着心坎儿上冒出一股冷气，赶忙要跑。谁知两只脚就像钉在地下，一动不能。脑袋上冷汗如雨，将个心跳在嗓子口儿，一句话也说不出来。正在吓的发昏，只听见背后“扑通”一声，有个人在那一双小脚上摸了一把。妙能更加惊吓，只见眼光黢黑，“扑通”一跤栽倒在地，不省人事。有个小沙弥走过院门，听见屋里非常一响，心中害怕，不敢来瞧，忙去报知妙空。妙空同着两个徒弟忙忙走到东院。刚进屋里，抬头瞧见师父的这个模样，大大吓了一跳。又见妙能躺在地下，热气腾腾流了一地片儿汤，那个大花猫蹲在一边正舔的有兴。妙空喊声：“不好！师父去了！”命徒弟去叫他们快来。小沙弥如飞跑去叫人。妙空随将门帘摘下，弯身去叫妙能，那里叫唤得醒！不一会，众人齐集。妙空命两个道婆，先将妙能扶出睡在外间炕上，取姜汤灌救，又用通关散吹在鼻孔里面。众人围着喊叫多时，渐渐转过气来，口里还冒冷气，灌了几口姜汤，方才说出话来。说道：“吓死我了，吓死我了！”用手指着屋里道：“你们去料理他罢，等我歇歇。”妙空叫老道搭了床来，同着众人手忙脚乱的给净虚穿好衣服，停了床，料理妥当。然后众人大哭起来。

贾琏同柳绪钓了好些鱼，心中欢喜，回到庵来。方才坐下，听见哭声，知道老师父咽了气。柳太太道：“咱们也去瞧瞧。”同着贾琏、柳绪来到东院。走进院子，见老师父屋里的窗子业已卸下，众人正围着大哭。柳太太们走到外间屋里，看见妙能躺在炕上，面色如纸，蓬着头发闭着眼，尚在那里哼哼。原来净虚共有八个徒弟，是妙空、妙能、妙静、妙喜、智空、智能、智静、智喜。内中只有妙能、妙喜、智静三人没有落发。妙空、智能两人年纪大些，净虚就叫他两个当家。庵里一切事务俱是他两个主管，此刻他两个领着众人大哭。一会，止住哀声，智能命老道去找宋大爷，叫他将办的棺木等项赶着办来，再着人去老师父的亲戚家里报信，一面同妙空领着众人出来，给柳太太、爷们磕头。柳太太劝慰一番，问道：“妙能是怎么一会儿病的这样？”妙空将刚才情形大概诉说一遍，说道：“只可怜老师父回首时候，连个人影儿也不在面前，死的好苦！”说着又哭将起来。贾琏道：“罢呀，老师父死了，你就称心称意的做了庵主，乐还来不及，哭个什么劲儿?”妙空抹着眼泪道:“好二爷,人家正在悲苦,你在这儿引着人笑。”贾琏道:“我多咱引你笑呢?”

正在说话,只见一个人戴着顶草帽,身上披着京蓝布衫,白布裤子,蓝布袜子,青布皂鞋,腰间系着个大香牛皮的瓶抽子,有三十来岁的年纪,一张紫黑的面皮,尽漏着两个大白眼珠子,乱不藺糟的一嘴黄须。妙空道:“宋大哥来的很好!”贾琏问道:“这是谁?”智能道:“这就是师父的外外宋锺。”贾琏笑道:“他既叫宋锺,为什么不等着送老师父的终呢?”引的众人又都好笑。妙空将贾琏连推带拉的送出院去,柳太太娘儿两个也走了出来。妙能要回房歇息,柳太太问道:“你怎么一会儿栽在地下?”妙能就将方才这原故详说一遍:“我刚才听说那个大花猫蹲在地下吃东西。想起背后那一响是他跳下地,在我脚上碰了一下。我错疑是被鬼拉住,就吓昏了,栽倒在地。”柳太太道:“你面色很不好,到我那儿去歇歇罢。这里有你师兄们料理。”

妙能应允,跟着柳太太到西院子来歇息。原来这妙能本姓张,名叫玉友。他父亲是个饱学老秀才,因五岁上母亲不在了,父女两个相依过日。张老相公教他读书写字,到十四岁上,长的一表人材,惹的东家说亲,西家做媒。张老相公总看不上女婿,耽搁到十五岁上,害起乾血痨来,一天一天的病势沉重。张老相公只有这个女儿,日夜心焦,不上三个月,把条老命做了南柯一梦。丢下这张玉友,死又不死,活又不活,闹的上天无路,入地无门。因向来认得净虚,情愿做他的徒弟,要出家。净虚领到庵来,用了几样草药给他调治,他一日好似一日,就取名妙能。去年原要给他落发,因梦见张老相公对净虚说:“我的女儿不是佛门弟子,休要落发。”所以至今还是俗家打扮。自从柳太太住在庵里,他颇殷勤照应,柳太太也很疼他。这妙能侍奉柳太太比母亲还要孝顺,心中虽是看上了柳绪,只不敢露出形迹。谁知柳绪早已有心,也是说不出口,只好两个人各自心照而已。

不提妙能同柳太太到西院子来。且说这边妙空将那些箱儿柜儿拢共拢儿上了锁,叫老道都搭到自己屋里去,把这些零碎东西一簸脑儿抬到库房里收着。将净虚的这三间屋子俱拆通了,以便停灵。宋锺赶忙去办理一切应用物件。不一会儿,那些各村各庄的亲儿眷儿、男男女女、大大小小都来了,登时把一个庵里挤的到处是人。送了入殓,整整的闹了一夜。

这西院子里,贾琏同柳绪在外间炕上彼此畅谈,妙能在里屋陪着柳太太。睡到次日起来,柳太太收拾进城,柳绪说:“兄弟也该同去才是。”贾琏道:“很好。你同太太去,我在这儿看家。”柳太太道:“谁给二爷收拾茶饭呢?”妙能道:“太太放心,有我在这儿照应。”柳太太娘儿两个托了贾琏看家,带着小丫头。妙能相送出去上车,转身回到灵前大放悲声,哭拜一回,又往各处去张罗照应。智能道:“我瞧你面色甚是不好。这里很用你不着,你还去歇歇罢,等着晚上接三再来叫你。”

妙能答应,走到自己屋里,将门锁上,厨房里去取了一块南腿水菜拿到西院子来,将门关好,收拾饭菜,伺候二爷吃毕,自己吃了口儿汤饭,又打发三儿吃过,收拾完结,给二爷倒了一碗香茶。贾琏道:“你去歇歇罢。”妙能见左右无人,走到二爷面前双膝跪下,面涨通红说道:“二爷救我!”贾琏惊问道:“这是为什么?”妙能道:“我有件心事,求二爷作主。二爷应了,我才敢起来。”贾琏道:“若是我能的事,再没有不应你的,只怕不能。你且起来,说与我听。”妙能磕了几个头,站起身来。贾琏问道:“到底是件什么事?”妙能红羞满面,说道:“师父已死,师兄们靠不住,我情愿跟柳太太去终身服侍。”贾琏听说,点头赞道:“眼力不错,但不知柳大爷意下如何?”妙能羞口难言,低头不语。贾琏问道:“你俗家是做什么的?”妙能就将家乡住处,娘老子的名儿姓儿,自己出家的缘故,从头至尾说了一遍。贾琏叹道:“真不愧是念书人的女儿!这件事行得光明磊落,并不苟且,天必佑你!”说着站起身来,说道:“妹子你放心,这件事交给我,一定成全你的终身大事。”妙能听说,两泪交流,深深拜谢,贾琏赶忙扶起。

妙能将昨日老师父将年轻时候得的金银并赚凤二奶奶的银子都埋在炕里的话,又细说一遍。贾琏听了,十分叹息,说道:“这是神鬼指使他说给你的。”心中想道:“那年凤姐在这里同老姑子得人银子,破人婚姻。我今日在这里全人婚姻,替他还人银子,鬼神报应这样不爽。世上的人，只知道欺心用心，那里知道还报的苦处呢？”因说道：“这件事也交给我就是了，只有你我知道。你只管料理你的行装，他娘儿两个也没有几天耽搁，就要起身。”妙能点头答应，走到里间歇息不提。

且说柳太太到了贾府，王夫人接待十分亲热，又将邢夫人、珍大奶奶、蓉大奶奶请了过来。这邢夫人自从老太太不在之后，不用请安，以此半年三个月的才见个面儿。昨日王夫人回家，就顺便带着大奶奶们都到邢夫人这边来，将带来的果子点心两边府里一分，邢夫人留着吃过晚饭，这才回去。知道柳太太今日进城，这会儿会着面，倒像是久别相逢的，十分亲热。众人见了柳绪，都说是秦相公出现，珍大奶奶娘儿两个分外关切照应。这日在荣府开筵相待，邢夫人请在宁府又逛一天，两边府里的奶奶们又公留一天。柳太太再三苦辞不脱，只得先命柳绪出城。平儿去打点铺盖衣服、银钱小菜等物交给包勇送出城去，又添派升儿去服待二爷。包勇就将自己的行李一并收拾停当，到垂花门对周嫂子们说明，上去回过太太，套辆敞车装上，自己押着行李。柳绪吃了些点心，辞过两位太太同嫂子、姐姐并自家的母亲，同包勇回到寺里。包勇交了二爷物件，回明自己的行李业已搬来。

这几天庵里做斋念经，十分热闹。不觉过了三四天，城里送了柳太太出来，顺便叫周贵家的给老师父烧个纸儿。柳太太致谢琏二爷的照应。这妙能自柳绪回来之后，他就推病不到西院里来。听见柳太太回来，也不便来接。柳太太倒惦记着他，要去瞧瞧。先到老师父灵前上了香，然后走到妙能屋里来。见他盖着被向里睡着，屋里静悄悄无人照看，心中甚觉可怜。叫了几声不见答应，知他睡着，轻轻走出房来，将门掩上。

不知回到屋里说些什么，且看下回分解。

第八回　故作情浓心非惜玉　温存杯酒意在埋金

话说柳太太给妙能拽上房门，回到西院，贾琏接着问安。柳太太道：“承两府太太格外相待，各位奶奶又十分亲热，极意款留。盘桓数日，好容易再三告辞，今日才得回来。过几天还要接进城去，住到起身。”贾琏道：“太太该多住几天，仔吗的要赶着回来？”柳太太道：“我也要来家收拾收拾，蒙二爷的大恩大德，娘儿们趁这清和天气，正好登程。再下去，一天热似一天，大雨时行道儿上更难行走。”柳绪道：“昨日包勇同夫头来瞧过灵柩，想已说定。”柳太太道：“咱们起身一切事务，你二哥哥都交给包勇一人去办，你不必多管。”柳绪唯唯答应。

贾琏道：“外面一切事务包勇很能料理，只是太太身边也必得一个妥当人路上服侍才好。”柳太太叹道：“譬如娘儿两个沿途乞食回家。今日受二爷举宅深恩，已经喜出望外，路上就有万千辛苦，也是在极乐境中。何敢有非分之想？”贾琏道：“正有一事要与太太相商，被太太过于谦抑，使我不敢妄渎。”柳太太道：“二爷有话，只管请说。我娘儿两个无有不遵之理。”贾琏道：“这件事须得太太赏脸应允，我才敢直说。”柳太太道：“二爷怎么说怎么好，再无不应之理。”贾琏甚喜，即将妙能情愿终身服侍的话详说一遍。柳太太点头，十分欢喜，说道：“庵中诸人最是智能同他十分关切照应。我狠疼他两个，想着老师父去世，妙能这孩子没有个倚靠，正在替他为难。谁知他有这意儿，这孩子就很有出息，但不知他俗家是做什么的？”贾琏又将他俗家姓名详细说知，说道：“去年十六岁，原要给他落发，因老师父梦见他父亲说：‘我的女儿不是佛门中弟子，休要落发。’因此还是俗家打扮。”柳太太道：“原来是书香之后。我看他知书识字，举止大方，很不像个穷家小户的女儿，做事又能干麻利。他既有此心，又蒙二爷作伐，我竟配了你兄弟做个媳妇罢。只是这件事怎么样办法？”

贾琏道：“太太的意思，我也猜着，为的是兄弟现在有服不便完姻。若不成亲,一路上彼此不便。”柳太太点头笑道:“二爷神见。”贾琏道:“我早已想了个主意,是两全其便。不但他们道儿上不用避忌,就是眼前太太也得他帮着料理起身。”柳太太道:“请教二爷是个什么主见?”贾琏道:“后日是咱们太太完经的日子。城里两宅太太们都要出来,就着势儿给他两个拜了天地,成为夫妇,不过彼此行权之道。等到家之后再择个吉日拜花烛成亲。这事岂不两全其美!”柳太太笑道:“二爷这主意很好,真叫我一会儿想不过来。”贾琏笑道:“兄弟的喜酒倒要吃一杯儿,大家热闹热闹。”柳太太道:“这是应该的,只是我这里没有人手,这怎么好呢?”贾琏笑道:“太太放心,这事也交给我办。”柳太太道:“二爷的大恩,叫我娘儿们怎么报法?”说着,流下泪来。贾琏道:“我有什么好处? 叫太太尽着挂齿。既这事说定了,没有什么别的更改。”柳太太道:“没有别的,总仗着二爷去办就是了。”贾琏甚为欢喜,说:“我去一会儿再来罢,兄弟也不用相送。”柳绪答应,同到院门站住,看着贾琏去后,将院门关上。

娘儿两个叙话不提。且说贾琏一直来找妙能,将门推开,见他坐在炕头上,歪着身子呆呆瞅着墙上。瞧见贾琏进来,赶忙站起,也不言语。贾琏进屋坐在炕上,将他拉着手对耳低声细说。妙能面上登时彻耳通红,又在他耳边说了几句,妙能两泪交流,跪将下去。贾琏赶忙扶起,再三叮嘱了两句,妙能点头应允。

贾琏折身出去,依旧给他将门掩上,去找妙空们说话。谁知这些姑子因连日辛苦,吃了早饭都去睡中觉。贾琏走到妙空房里,见他睡在外间炕上,一窝小猫儿在他身上撺来跳去的玩耍,脚后头堆着一大堆的孝衣。这妙空向来同贾琏是顽惯的。前几年这二爷的钱,他也使过。只是碍着老师父是走贾府的门子,以此不敢十分放手。此刻贾琏瞧见他正在熟睡,就坐在他炕沿上,将一只手在他胸前挤了一会,又在肚子上摸了一会,还不见醒,给他一路混抓。妙空在睡中惊醒,忙转过头来。见是琏二爷,依旧睡下,将他的手一推,说道:“你别在我这儿混搅,你去找你的心上人儿罢。”贾琏道:“我有什么心上人儿?”妙空道:“不是你的心上人,你就肯替他接衣服?”贾琏道:“那天晚上你们接三,智静脱了一件衣服,我站在旁沿儿,就顺手替他接了,这有什么?你就混造谣言,什么心上人儿心下人儿的,我倒要问问你是什么缘故?”说着跳上身去,骑在妙空身上,将两只手在他两边胁肢窝狠狠的格支,将个妙空几乎笑的断气,极口的央及。贾琏道:“好好的叫我声,我才饶你。”妙空赶忙的叫道:“好哥哥,亲哥哥,你饶了我罢。”贾琏道:“还不够,还要亲热些儿!”妙空道:“可没有再亲热的了。”贾琏道:“不叫,我再抓。”说着又将两只手在他胁下乱抓。妙空急的乱叫道:“我的亲哥哥,老祖宗,我的亲男人、亲爹、亲舅舅,你饶了我罢!”贾琏道:“我有句话要对你说,你依不依?”妙空道:“好哥哥,你怎么说,我怎样依。”贾琏道:“我也不怕你不依,这会儿且饶了你。”说着,将身子启开坐在炕上。妙空也坐起身来,问道:“老太爷,你有话请说。”贾琏道:“我替妙能做个媒,给他说了头亲事,就要叫他过门,故此来同你商量,问你肯不肯?”妙空听说,“嗤”的笑了一声,道:“恭喜,恭喜!”贾琏道:“恭喜我什么?”妙空笑道:“恭喜你添了件买卖,会捞毛。”贾琏听了一面笑着将妙空推倒炕上,压在身上使劲的混挠。妙空笑的四肢无力,只差了咽气。贾琏问道:“你敢乱说不乱说?”妙空摇着头道:“再不敢了,再不敢了。”贾琏一把抱住,说道:“你既不敢,快把舌尖儿叫我咬一口,我就饶你。”妙空只得吐出舌尖,同贾琏亲热一会。两人坐起来,妙空道:“你说别人呢,一会儿还难得出去。若说妙能,那怕你这会儿要他去都使得。地根儿他原是不得已到这里来的。前年要落发,又是他爷托梦止住着。他本来心里也不愿意出家,你只瞧他,谁当姑子的成天家还将两只脚缠的小小的?老师父在日常说,妙能随他爱跟谁去就让他跟谁去。这几天你是瞧见的,他推着病躲在屋里,我从不叫他。就是师父的孝,他爱穿不穿,也随他。”贾琏道:“也罢了,就是留他在这里,也是你们身上的事。你猜猜我替他说的是谁?”妙空道:“不用猜,就是小柳儿。”贾琏道:“怎么你一猜就着?”妙空道:“他两个鬼鬼祟祟,眉来眼去,谁还看不出。你们都是一教的人,我还怕不知道呢?”

贾琏笑道:“你又拉上我。”妙空带着笑道:“到我屋里去说句话儿。”贾琏点头。妙空下炕先去开房门,同贾琏走到自家的套房里去,不知说些什么。有好一会,妙空出来,自己去舀一盆热水,请二爷洗手,自己也净过手脸,泡了两碗香片茶,将柜子里的细点心摆出几样,两个吃了一会。贾琏将手上一只金镯取下,给妙空戴在手上,说道:"等我明日再照着打一只,与你做一对,别叫他们知道。我这会儿到铁槛寺去商量后日的经事。"妙空对着耳朵道:"你回来吃晚饭,我等着你。"贾琏笑道:"且看。"妙空道:"你不来,我就不依那件事儿。"

贾琏点头出去,到外边找着升儿,叫他"去找三儿备牲口,我要进城去走走"。升儿赶忙找着三儿,备了牲口,拉到山门外伺候。贾琏命三儿跟进城去。升儿在庵里照应。说罢,主仆两个骑上牲口,紧催着在柳阴之下走够多时,已到城门。进城走不上二三里路,正遇着包勇骑着骡子,瞧见二爷赶忙下来站在路旁。贾琏问道:"夫马雇妥了没有?"包勇道:"都雇妥当,明后日夫头去扎麻辫子,灵柩上的大小杠、天平架子,一切应用东西都是夫头包去,咱们全不用管。柳太太是一辆三套马车,柳大爷同小的骑牲口跟着照应。"贾琏道:"柳太太的要换一辆五套的才够。"包勇道:"柳太太不多的行李,三套车也就很够了。"贾琏道:"你不知道,有个缘故。赶着去换五套的大车,行契上写四个坐儿,车身要宽长些的才好。牲口顶要结实。你晚上回来,我对你说就知道了。我家去瞧瞧就要出城的。"

说着,催开马紧走几里来到荣府。进了大门,至大厅前下马,先到自己院里来。丫头们瞧见赶忙打起湘帘。贾琏走进屋里,静悄悄不听见平儿的声音,问道:"奶奶呢?"丫头答道:"奶奶同哥儿睡觉。"贾琏走进卧房,只见放着炕幔,炕前凳子上一个洋漆葵花盘子,盛着三个大叭哒杏儿,两朵通红石榴花。走至炕前,挂起幔子,见平儿朝着里,一只手搭住孩子,娘儿两个一枕上睡兴正酣。贾琏弯下身去,脸贴脸的揉了一揉。平儿惊醒,回过头来问道:"你多咱回来的?"贾琏道:"我才来。你起来,我有话同你说。"平儿慢慢的坐了起来,姑娘们赶忙进来伺候。庆儿端个大红雕漆满金盘子,托着个青花粉底莲子盖碗,盛着半碗龙井旗枪茶,站在旁沿儿,余外的贵儿、旺儿、如意儿、连喜儿,每人拿着手镜、抿子、手巾、粉盒、脂膏盒子等物,都站在奶奶面前伺候着。平儿用抿子抿了抿云鬓,用扑粉把脸匀了匀,又将胭脂膏在香唇上轻轻点了一点。贵儿忙将白玛瑙盘子里的四枝兰花取过来，平儿接着插在两边鬓上。丫头们各人都去收拾。庆儿递茶，平儿接过来呷了一口，问道："爷喝茶没有？"庆儿道："爷才回来，没有喝茶。"平儿立时发作道："爷回来了半日，你们连个规矩礼性都忘了，连茶也不倒！若是再隔几天回来，你们竟可以不认得了！这些野奴才们，还要得吗！都叫他们跪在外面窗跟儿底下，每人自己打十个嘴巴，打不响的重打过！"贾琏说："罢呀，这一磨儿饶了他们，下回不好加倍打二十个罢。"丫头们都进来给爷同奶奶磕头。平儿就将手里的茶递过去，贾琏喝了两口，庆儿接过碗去，众丫头在外面伺候。

平儿问道："你有什么话说？"贾琏笑道："我来请你们吃喜酒。"平儿笑道："谁家有喜事，要你来请？"贾琏就将妙能的事说了一遍。平儿点头笑道："这倒很好。老师父死了，他这些徒弟们横竖都要跟着人去，倒不如早早的寻个头路。这妙能很有个眼力，亦且有志气。你如今替他们仔么办呢？"贾琏道："也没有什么别的办法，我来家回了太太，同你们商量商量，大家凑两件衣服首饰送他。再将我的衣服拣两套送柳大爷。我还有顶新做来的如意挖云青纱头巾，同那双新皂靴一箍脑儿送了他。再叫咱们家的厨子多带几个人出去，后日办一天酒席，大家热闹热闹。"平儿笑道："他到底是你的谁？你这样满张罗。"贾琏道："我同柳郎八拜之交，他的事就是我的事。"平儿道："依我说你看上庵里的谁，后日趁这个便儿，也娶他一个回来同着热闹不好吗？"贾琏笑道："我没有大工夫同你说闲话，到上房去回过太太，要赶着出城去呢。这天也不早了。"说着，站起身来往外就走。平儿道："你回来，我还有话说。"贾琏一面走着，口里答道："后日再说。"

出了院门，一直来到上房。两廊下坐着的姑娘、媳妇们瞧见远远站起，值日的姑娘赶忙进去回知太太。该班的掀起帘子，贾琏走进堂屋，姑娘们说："太太请二爷屋里去坐。"贾琏走进套房，见珍大奶奶也在这里。贾琏请过太太的安，给两位嫂子请安。宝钗、珍珠过来问好。王夫人吩咐坐下，贾琏就坐在珍大奶奶肩下。王夫人道："我正要着人去叫你回来。昨日祝太太送礼来，一人一分，你媳妇也是一分。送我是十六样，他姐妹们每分八色，差芙蓉姑娘来请安问好。”贾琏道：“那芙蓉姑娘可就是像麝月的？”王夫人点头道：“麝月那丫头心高气傲，过于清洁，我早知他不是个长寿星，放他出去，不到半年果然吐血而死。今见这芙蓉姑娘，想起林姑娘们不知又是一番什么境界。”贾琏道：“宝兄弟曾说过，他们那些人全部另转人世，他说这里未死那里又长的多大了。轮回之事不要说咱们不懂，就是宝兄弟同林妹妹这些得道的，也不能够知道。如前生结下情缘，自然又要见面。”

王夫人点头道：“且不用管他，咱们商量给祝太太回礼。”贾琏道：“他家昨日才送来，且过几天再商量回礼。侄儿今日有件喜事来回太太。”就将妙能之事，说到刚才同平儿商量的话细说一遍，王夫人同众位奶奶十分欢喜。王夫人道：“这件事办得很好。妙能那孩子我本情欢喜，正想着要给他寻个终身出路。你办得很是。衣服首饰很容易。就是柳大爷的衣服，叫宝妹妹将宝玉的衣服拣两套去送他。”贾琏道：“衣服首饰算拢共拢儿都有了，只是这酒席得备几桌。”王夫人道：“你母亲同珍大嫂也要去看柳太太。咱们大家出分子，连蓉哥儿同他媳妇也带上。咱们得两桌，你们一桌，再办几桌下席。就是庵里的人也要给他们吃杯喜酒，大家热闹热闹。”贾琏道：“太太说的是，我先垫出银子去办。”宝钗道：“咱们的分子到底多少一个，也要合合瞧。”珍珠道：“竟是三两一分，不够的我包圆儿。”珍大奶奶笑道：“四丫头又发标了。”宝钗笑道：“你不知道，近来的四丫头他是一等的脑儿赛。”说的众人大笑。王夫人道：“这也是四丫头的好处。”贾琏道：“就是这样定了。我要赶着出城去，天也不早了。”说毕站起来，辞过太太同众位奶奶，对着李纨道：“大嫂子记着，明日叫他们将灯儿、彩儿、椅垫儿都带些出来。”宫裁应道：“这交给我，横竖我想不起的事有宝妹妹最想得周到，你只管料理你的罢。”贾琏答应，辞别出来。到了外边，将大厨房的头儿老郝叫来，吩咐他后日在馒头庵办酒席的话。说了一会，老郝道：“必得明日先办停当东西，才来得及。”贾琏道：“原是明日就要出去。这是二十两银，你且收着，等办完了开帐总算。”老郝接着答应。三儿已带马伺候，贾琏骑上对三儿道："天竟不早，到得庵里只怕上灯时候。"三儿道："催着走也要不了。"

走出二门，三儿骑上牲口。主仆二人紧紧走出城来，在柳堤上放开牲口。正是那些村庄上做买卖的，背着空担子，三个一群，五个一伙，口里唱着曲儿，戴着夕阳归去。那柳枝上的倦鸟归林，高高低低倒像落霞碎锦，翻飞不定。贾琏甚觉怡心悦目，只听见那些人说道："再隔几时，咱们就少走多少道儿了。"一个说："这回的桥造的结实。"一个说："不是贾府琏二爷发这样大善心，再也别想造起这桥来。"一个说："地跟儿叫做万缘桥，不知这回修了叫个什么名儿。"一个说："也亏这琏二爷找着刘长者，若是托别的，那不用说真白发了这点善心。"贾琏正听着那些人你一言我一语，不提防路旁搁着一架水车，牲口眼岔，猛然间将头低了两低，接着几个蹶子，忽喇喇一辔头飞腾而去。幸亏贾琏牲口上麻利，就势放开，让他尽兴的一跑。三儿也加上几鞭，撒开马，主仆二人就似两个旋风，沙飞石走，转眼之间已到铁槛寺门首，忙勒住牲口。

法本同老刘站在山门前说话，贾琏下马，三儿过来接着。法本道："方才老刘遇着升儿，说二爷进城去了，来不来还不定。"贾琏道："我家去多耽搁一会，不是早出城来。"老刘道："我赶着这个好天气，上紧办工，恐到五月内雨水多就不能工作，还要糟掉好些材料。因此我多雇了好些工匠，自家催紧着赶办。现在倒有七八分的工程，不过几天就可以赶起来了。今日到庵里去见二爷，是要请二爷的碑文同桥名，再者请合龙的日子、时辰。"贾琏道："桥名不用改，仍旧是万缘桥最好。碑文我已做得了，因没有定合龙的日子，以此没有写出来。我昨日瞧见宪书上五月初四是天德月德三合，黄道上吉日，宜用辰时。咱们何不就用五月初四辰时合龙罢。"老刘道："很好，二爷定了就是。我明日多写些合龙的日子，各村庄去贴了，叫他们知道。是日有忌犯的，临时回避。"贾琏道："很是。我明日写好碑文，叫三儿给你送去罢。"老刘答应。

贾琏对法本道："后日两府的太太都来拈香，人多着呢。但是你听了别着急,不吃你的东西,只喝你一口茶儿就是了。"法本笑道:"我的二太爷,你真是窗糊眼儿抹糨子,忒瞧不起人。好容易两位太太到寺里来拈香,我就是当被窝,也要尽点儿心。就说的光喝口水儿咧是咱的,我的二爷!"贾琏笑道:"我不说慌,实在后日一早到这儿,拈了香就到馒头庵去。这天是公分请柳太太。你不信,明日有厨子出来,你就知道。天黑了,我要到庵里吃饭去呢。"说着,跨上牲口同三儿一直到馒头庵来。

到了庵门,敲捶半天,才有人听见出来开门。自从老师父死后,他们天天见神见鬼。不等到黑,各人都到屋里去躲,故此无人听见。因升儿在老道屋里坐着,听见捶门,赶忙叫老道来开。三儿将牲口拉了进去,吩咐老道:"牲口多加草料。"老道答应。又对三儿道:"你同升儿在老道屋里。我去叫他拿饭给你们吃。"升儿说:"爷的被褥已铺在客堂里。"贾琏说:"你两个吃了饭,就在客堂里睡,不用等我。"三儿们答应。

贾琏走将进去,此时并无月色,顺着甬道走过大殿向东转了进去,心中想道:"妙空约我到他屋里,我若不去,明日妙能之事虽是他不敢怎么,未免诸事唠叨。这也是点子冤孽债,完结了也好。"心中正在盘算,不觉走到东院门口,猛抬头瞧见墙边站着一个雪白的长人,有六七尺高,站在门前晃来晃去。骤然瞧见大吓一跳,登时周身寒毛直竖。忙站住脚,定睛细看,觉得那个长人的脑袋不知多大,看他脸上似有多少眼睛闪动可怕,忙将心神掌住,想道:"这一定是个无常鬼,老师父已死,他又来干什么?想是要来吓我。且叫他试试我的胆量。"想毕,将两只袖子高高卷起,拽起下身衣服,放大胆子急身跑将过去,对着那个白人使劲一脚,只听见惊天动地的一声大响,将院子门连那白人一齐踢倒在地。这东院子自从净虚死后,并无一人住在里面。那些姑子们都听见这一声响亮,人人的魂都吓冒,谁还敢开门来瞧。贾琏因劲儿使猛,不提防将门踢下,自己也吓了一跳。不管他是人是鬼,过了东院门,走过后殿来到妙空的住房,瞧见里面灯明火亮,这才放心。

站在门外叫了两声:"妙空。"两个徒弟香凤、佳凤听是琏二爷声音,赶忙开门,一面进去通知师父,妙空出来说道:“叫我好等！仔吗这会儿才来？你这样儿同谁打架吗?”贾琏走到炕上坐下,说道:“你且拿口茶来我喝,再对你说。”妙空往自己屋里去取一杯香茶,亲自送来。贾琏见妙空这会儿打扮不同,身上穿着月色缎满绣花周身镶滚的短夹袄,里面衬着鹅黄绫子小棉袄,大红绣三蓝三镶领,底下穿着银红纺丝绸夹裤,绿绫袜子,大红缎满金粉底鞋,臂上带着三只金镯,指上带着两个银指甲,递过茶来。贾琏接着喝了几口,说道:“你们知道我同谁打?”妙空坐在二爷身边,答道:“我知道是谁呢?”贾琏道:“说出来要骇死你们了,几乎把我的胆都吓破,实在怕人!”就将方才的事,添上些枝叶说了一遍。师徒三个吓的握着脸挤在一堆儿,十分害怕。

贾琏笑道:“你们且不用害怕,我还没有吃饭呢。”妙空道:“都收拾现成,谁去叫老婆子来。”香凤们说:“打死了我也不去的。”贾琏笑道:“这样胆子,也混充人灯儿？在那儿？我去叫罢。”妙空拉住道:“你别去！看骇着。”贾琏道:“怕什么？若是遇着再给他一脚。”妙空命香凤掌着手照,同二爷到厨房去,叫老婆子们打点晚饭送来。香凤无奈,只得照着二爷,同到厨房吩咐。谁知三儿们等不得,叫老道跟着都在厨房里喝酒。贾琏瞧见,对管厨房的婆子道:“有荤菜给些儿他们吃饭。”婆子们笑道:“二爷放心,他们哥儿两个吃不了呢。”贾琏、香凤仍旧照着来到屋里。

妙空请二爷到内屋去坐,就在大炕上摆设一张大炕桌,两副杯箸,摆着四荤四素八个碟子,四面蜡烛点的雪亮,香凤手执银酒壶,佳凤伺候往来端菜。这两个徒弟年已十五六岁,是妙空的心腹,诸事都不避他。妙空同贾琏在炕上并肩而坐,你一杯我一盏饮的十分高兴。贾琏又将刚才看见那个白人头有多大,脸有多长,两只眼睛比碗还大。妙空道:“罢呀！怪怕的,尽着说他干什么？本来老师父也实在可笑,又不是谁害死他的,闹的天天显灵出现。众人都听见他夜间出来叹气、开门,东响西响。庵里的这几个人,一到晚上谁不见神见鬼的害怕？我同宋大哥商量过,赶着发送掉倒安静,省得留在家里作怪骇人。”贾琏道:“老师父的那个炕也要拆去才好,留着他总不妥当,就是出了殡，他的阴魂总在炕上，夜间要出现。”妙空道：“这也容易，明日对宋大哥说知，叫几个人来，一会儿就拆个干净。”贾琏道：“断乎使不得！凡是死人的炕，总在三天以内拆掉了就平安无事。若是过三天，是必等着出殡的这天才可以动土拆炕。若是停着灵动土拆了炕，亡人一定要变成僵尸出来吃人呢，那就更闹的了不得。”妙空正听的害怕，香凤忽然大叫：“老师父来了！”将手中银酒壶劈面打去。妙空惊的握着脸将头藏在炕桌下。贾琏正跳下炕来，听见套房门口一人跌倒在地，忙持烛去瞧。原来是佳凤端菜进来，被香凤当胸一酒壶打倒，将手中一碟烧鸭子铺了一脸。贾琏连忙扶起，不觉大笑。香凤再三赔礼认错。

师徒笑了半日，妙空罚香凤自去温酒浇盏。更酌饮了数杯，倒在贾琏怀里道：“刚才虽眼错，想起我怪怕的。”贾琏两手捧着他的腮说道：“有我在，怕什么？这件事也交给我办。等出殡这天，你们全去了，一个阴人也不在跟前，我带着包勇叫他将炕拆开，命三儿们多点上些鞭炮，一路尽量大放，将那邪气阴魂震个干净。等你们回来，叫几个小工，将那些砖儿土儿搬在后院子里，露他半年，搭起炕来就不怕了。”妙空笑道：“好哥哥，这件事竟交给你办。”贾琏道：“你起来，咱们喝几锺儿，要吃饭。”妙空道：“早着呢，我睡在你身上喝。”贾琏笑着噙了一大口酒，低下头去慢慢喂他，又磕几个瓜子仁儿，粘在舌尖儿上递在他的口里，说道：“后日妙能做亲，明日你帮着我料理料理。”妙空道：“放心，横竖我办得妥当，总叫你脸上过得去。我有一句话，你要依我。”贾琏道：“你有什么话？”妙空道：“你这几天在这里陪陪我，等老师父出了殡再去，你依不依？”贾琏道：“使得，有什么不依。”妙空欢喜，坐了起来，无所不至。同贾琏喝了一会酒，将些果子、酒菜分给香凤们去吃。贾琏用过晚饭，净了手脚，同妙空进房，学济颠僧醒妓过了一夜。

次日，妙空起来，依旧穿上孝衣，出去吩咐合庵的人，今日改口不许叫妙能师父，都要称他张大姑娘。又吩咐老道前后打扫收拾。走到智能屋里，同他商量：“今日办两桌席，一荤一素。荤席是咱们待待张大妹妹，也见得咱们相处一场。素的呢，替张姑娘办了，供供老师父，也是一番师徒的道理。”智能点头道:“使得。两桌席开谁的帐呢?”妙空道:“荤席算咱们两个的,素席开公帐。”智能应允,说道:“也要叫张姑娘知道。”妙空道:“你等着,我叫琏二爷去对他说就是了。”

却说贾琏一早起来梳洗完结,用过点心茶水,妙空嘱咐他晚上早些进来。贾琏点头出去。走到东院门口,见那两扇院门倒在地下,门上挂着一大吊白钱。贾琏笑道:“谁知昨晚的长鬼原来是他。”赶忙将白钱取下,故意撒了一地,又抓些在老师父灵前棺材头上,撒了满炕。然后走到客堂门口,叫了一会门,三儿们听见,赶忙起来开门。

贾琏走进客堂,见包勇也在里面,问道:“车子换过没有?”包勇说:“换了一辆五套大车,牲口都结实。契上写明白二十八起身,多住一天包一天的草料。”贾琏道:“明日柳大爷做了亲,赶二十八很可起身,今日才二十二呢。你今日且不用进城,帮着照应明日的事。”包勇答应。贾琏命三儿去请柳大爷,带了笔砚来。三儿去不多会,同柳绪拿着笔砚出来,给二哥请安,问道:“要写什么?”贾琏道:“我要将碑文写出,送去好刻。”柳绪道:“这枝小笔,我去换来。”说毕,赶忙去换了一枝毫笔。升儿研出墨,柳绪取过一大张宣纸,铺平桌上。贾琏就端端楷楷的书写起来。

刚写有一小半,妙空、智能叫人送早饭出来。贾琏同柳绪就在客堂用饭,升儿伺候着漱口净手,只见智喜走来说:“妙空师兄请二爷说话。”贾琏同智喜一直进去,听见那些人都说是昨天晚上老师父出现,被琏二爷一脚踢进去,老师父急了,将些纸钱撒了一地,闹的棺材头上,供桌上都是纸钱。人人听说寒毛直竖的害怕,都说琏二爷好大胆子。贾琏只是心中暗笑,不觉来到妙空屋里,只见智能也在这里。

不知两个说些什么,且听下回分解。

第九回　柳夫人感恩归里　贾郎君忏孽修桥

话说妙空、智能见贾琏进来,连忙起身让坐。贾琏问:“有什么说话?”智能道:“你放心坐下,谁向你化缘呢?”贾琏笑道:“我就醋的是你们化缘。”智能笑道：“不为别事，为的是张大姑娘明日恭喜。咱们相处一场，同妙空师兄两个备一席款待新人。又替他备桌素斋，供老师父。因张大姑娘不知，要你去对他说声儿。”贾琏道：“狠好，我先替他谢谢。”智能道：“这才扯臊，要你谢个什么劲儿？”贾琏笑道：“这会儿我替他谢你们，等明日你们出嫁，我又替你谢人家。”智能笑着将贾琏按在炕上，低下头在他腮上咬了一口，说道：“我咬下你的嘴唇皮子，看你还混说不混说？”引的妙空师徒笑个不止。贾琏笑着站起，整了衣服，说道：“我还要赶写碑文，老刘等着刻字呢。”说罢出去。

走到张玉友房前，见门关着，叫声：“开门！我有话说。”玉友听见，将门开掉。贾琏进去，见他还穿着孝服，问道：“吃饭没有？”玉友道：“刚才吃过，二爷请坐。”贾琏道：“从今须要改口，称我二哥。”玉友面胀通红道：“磕过头才敢改口。”说毕，倒身下拜。贾琏赶忙拉住，笑道：“你忒多礼，快请起来，以后休要如此。”随将妙空、智能的话说了一遍。玉友点头道：“我本来要办桌素供祭老师父，尽师徒的道理，只是自家不便启齿。既是两位师兄替我备办，深感之至。我有碎银四两，请二哥交给两位师兄。这是我一点敬心，不要推让。”贾琏应允，玉友在褥子下取出一个包儿递上。贾琏接着，道：“一会儿祭过老师父，你就脱孝罢。”玉友点头答应。

贾琏拿着包儿只得再到里边找他两个交代。智静瞧见，问：“二爷那里去？”贾琏道：“找妙空说话。”智静道：“在东院里。”贾琏转身来到东院，见他们正在争辩。妙空道：“你们不用混争，请二爷瞧这日子好不好就是了。”贾琏道：“瞧什么日子？”妙空道：“我拣二十五给老师父出殡，宋大哥说那天日子不好，要二十九出殡。”贾琏笑道：“出殡拣什么日子？二十四是老师父的二七，伴一天宿，二十五发引就完了。又不是成亲，要拣黄道吉日。”众人都笑起来。智能道：“还是咱们二爷说的爽快，竟定了二十五就是。宋大哥你就到杠房里去，定下二十对长幡，二十对大伞，两个亭子，一乘魂轿，三起鼓乐，时样三滴水满绣花的彩罩，二十四名上杠就是了，余外不要别的。你等着，我取几两银了给你带去做定银。”贾琏道：“正合式，我这里有四两银子,你拿去交给老宋罢,省你走一遭。”妙空笑道:“天下那有这样凑趣的人!”说着,接过来交给宋锺,叫他就去定杠。

众人正在热闹,见看门的老道进来通知:“贾府四姑娘来了。”贾琏走出院去。妙空众人也出去迎接。贾琏来到大殿,见珍珠已至甬道上,随迎接上去问道:“四妹妹,怎么今日你先自出城?”珍珠答道:“太太吩咐,命我先来给张妹妹料理,带周贵夫妻同来照应。”大小姑子上前给四姑娘请安问好。柳绪也上前迎接请安。珍珠忙扶住笑道:“兄弟今日满脸喜气,像个做新郎的样儿。”柳绪瞧见智能低头不语,两眼通红,回头他顾。妙空笑道:“柳大爷同张大姑娘真是天生一对好夫妻。柳大爷人品风雅,性儿和顺。就是张姑娘爱使个性儿,他若使起牛性儿来,比霸王还要利害。我见他枕头底下时常藏着一对棒锤,你好好儿的招架着罢。”众人听说,大笑不止。珍珠拉着柳绪笑道:“好兄弟,别听他的瞎话。张姑娘的性儿我知道,很和气的,只是他又没有爹娘兄弟,是个可怜人。你要多疼他些儿就是了。”妙空笑道:“这才像个做姐姐的说话。”贾琏问道:“周贵手里抱着些什么?”珍珠道:“是两个新人的衣服。”贾琏对妙空道:“你叫他们接着,收在你屋里罢。”妙空命香凤们接了进去。珍珠命抱琴:“将我的衣包俱交在妙空师父屋里。”贾琏问道:“你先到那边去,不用尽说闲话。我要去赶写碑文。”妙空笑道:“你去你的,谁拉着你呢?”贾琏道:“我还要对你们说话。”智能道:“有话请说。”贾琏将方才那四两银子的原故交代明白。珍珠道:“这也很是。让他尽这点心罢。”贾琏道:“你们早些摆供,让他哭拜一番好脱孝更衣。”珍珠道:“太太叫我今日出来,也为这件事。”妙空道:“这很容易,一会儿就得。”贾琏同柳绪仍去客堂写字。

珍珠先至殿上拈香拜佛,转到老师父东院来哭拜一回。妙空等磕头回谢,请四姑娘后面喝茶歇息。珍珠来到后面,走至张姑娘房门,命妙空等先去,“我瞧张姑娘就来”。推门进去,玉友瞧见,磕头拜谢。珍珠连忙回礼道喜,即将送衣服首饰出城的来意拆说一遍。玉友听说,满脸流泪道:“蒙太太、奶奶同四姑娘的这番照应,实令人感激不尽。将来怎样的图报?”珍珠笑道:“这又算什么?只要你夫妻和好，不枉咱们这番张罗就是了。方才二哥对妙空说过，叫赶着上供，你祭奠过好脱孝更衣，不过是尽尽老师父收留你这几年的心。我倒想起一件事，不知你备下没有？”玉友道：“想起什么？”珍珠道：“你可有大红鞋？”玉友道：“有。还是我在家时候做下好些红鞋，总没有穿过。到这里来，全用不着，收在箱里，连瞧也不去瞧他，不知可还穿得。”珍珠道：“你取出来穿穿瞧！”玉友开箱，在底下摸了一会，取出一个蓝布包儿。解开来，见有六七双大红缎子弓鞋，也有满绣，也有半绣，也有鞋尖儿上绣一点儿的。都做得端正精好。珍珠一双一双的瞧着，赞不绝口。玉友取过一只，坐在炕上试了试，笑道：“竟还不小。”珍珠道：“就穿这双罢。”两人正在说话，后院有人来请喝茶。珍珠起身道：“一会儿来给你开脸换衣。”说毕，来到智能屋里。

妙空赶忙打起湘帘说道：“四姑娘今日做新亲，咱们该叫亲家才是。”珍珠笑道：“等着你出嫁时，我做亲家太太去送亲。”智能们大笑道：“四姑娘很会说个话儿。”让珍珠坐下，徒弟们赶忙送茶。抱琴将带来的面盆舀了热水，端过面架，放在姑娘跟前，又将镜台奁具、脂粉盒子俱摆设桌上。珍珠净过面，去窗前对镜理妆，淡匀香粉，轻扫蛾眉，香唇上薄薄染点胭脂，抿了云鬓，整毕钗环，另又净手。抱琴收拾奁具。智能笑道：“四姑娘这个模样，就是神仙瞧见也要动心。可惜我不是男人！”珍珠笑道：“你是男人便要怎样？”智能道：“我若变了男人，专给姑娘伺候马桶。”众人大笑。珍珠笑道：“我今日不进城去，晚间与你同榻如何？”智能道：“阿弥陀佛！是我五百年前修下这段福气，才合姑娘睡觉，只怕还要减些儿寿数。那也讲不了，陪姑娘睡过就死去，也是个风流鬼。”珍珠听说，忽然面上彻耳一红，笑道：“我要去给柳太太道喜，一会儿再合你说。”抱琴伺候往西院里去。智能猛然想起：“刚才四姑娘面红，是我失言。他别多了心去，这怎么好呢？”急出一身大汗。自言自语正想主意，只见佳凤来说：“师父请师叔去东院摆供。”智能命徒弟们看着屋子，闷闷不乐走出院去。

且说珍珠叫周嫂子将妙空屋里大布包取到西院来，柳太太同珍珠彼此道喜称谢。珍珠将奉太太之命今日先来的原故叙说一遍。柳太太十分感激。周家的解开包袱，将面上两套亲自递与柳太太，说道:“这是太太送柳太太的两套衣服;这是琏二哥送兄弟的;这是宝兄弟的衣服,宝姐姐送的;这是琏二哥的纱巾;这是宝兄弟的束发金冠。”又将那个小包儿解开,里面是一双新靴,同宝玉两双新鞋都点交柳太太收好。柳太太谢不绝口。周家的回说铺垫、灯彩也都来了。珍珠道:“就叫周贵查点明白,先将上房灯彩铺垫陈设妥当,再去料理客堂。我同柳太太到妙空师父屋里坐会子。这个小姑娘恐靠不住,你就在这儿照应着,别到那儿去!”周家的答应,出去找他男人传四姑娘的说话,又去回过二爷。贾琏道:“很好。四姑娘怎么吩咐,你们怎么办就是了。”周家的答应进去。珍珠同柳太太都在后院。

不一会,周贵、包勇同着些人到西院里收拾灯彩陈设。外面贾琏正写完碑文,见郝厨子来说:“一切东西都置备妥当。求二爷还要发几两银子,城外的面要今日定下。”贾琏道:“一会儿来取,明日面要多备些。不但合庵的人,就是咱们这些赶车看马的,都要给他们吃面。”正说着,三儿进来回道:“老刘听见明日柳大爷恭喜,他备点儿礼送来,要求赏收。”贾琏问道:“是些什么?”三儿道:“是一口猪,一腔羊,四坛绍兴酒,两盒果子,一对鹅,四只鸡。”柳绪道:“我写个帖儿回谢他罢。”贾琏道:“这个人倒不是虚情假意的,且收下再回他的礼就是了。”命三儿:“去回四姑娘,说我叫收下。问四姑娘有钱拿四吊,赏他送礼的人。若没有带钱,向妙空师父借四吊,一会儿换了还他。”三儿答应。贾琏对老郝道:“你明日再备上一席,加两烧两煮送给老刘,必要丰满体面,别落他笑话。这送来的猪羊都交给你。明日将猪羊烧煮,散给内外人吃晚饭。早上不够,添着打卤子。”老郝答应出去。三儿手里拿着个大红封进来,说道:“四姑娘说,钱不好看,四吊钱也忒少,赏四两银罢。”贾琏笑道:“狠好,到底是咱们四姑娘会做人。你拿去给那送礼的人,将东西收下。你说柳大爷同我都说谢谢,改日见面再谢罢。你交代了,将那两盒果子、四坛酒、四只鸡、两只鹅叫老道们拿着,你送进去给妙空同智能,说是柳大爷请众位师兄的。”三儿答应出去。贾琏想起,忙将碑文卷好,递与升儿,说道:“拿去交给老刘的人,叫他带回去给老刘,赶着镌刻。”升儿接了,忙赶出去。

贾琏听见东院里哭声震地，对柳绪道："咱们去瞧热闹。"柳绪摇摇头。贾琏笑道："我倒忘了。你在这里坐着，我去瞧瞧。"独自一个来到东院，只见众姑子围灵大哭。玉友更哭得十分悲切。贾琏劝住，瞧他跪在灵前奠茶，焚过钱纸。哭拜已毕，请两位师兄向上，拜谢这几年照应之情。彼此哭拜甚为悲恸。智能分外伤心，放声大哭。玉友谢过众师弟兄，劝住智能，又拜谢过合庵之人，就在灵前脱去孝衣。智能道："请琏二爷过来磕头。"贾琏笑道："真是野事！我又不是庵主，合我磕什么头！"智能道："你是媒人，怎么不要磕头呢？"贾琏道："拉倒，等着替你们做了媒，拢共拢儿给我磕总头罢。"智能道："你替我远远爬开，别在这儿惹老爷们动气！"贾琏笑道："我今日才开眼，瞧见这些母老爷！"惹的众人大笑，连张姑娘也破涕为笑。贾琏道："张姑娘是老爷变了奶奶。"众姑子又大笑。智能笑着将贾琏推出院门，见四姑娘过来问道："听见你们大哭又大笑，是个什么缘故？"智能笑道："人家在这里哭，他在这里斗梗儿。"珍珠笑道："等明日做亲家，多敬他一杯喜酒。"智能道："这样亲家，只配吃屎。"

贾琏正要回言，见玉友同妙空众人走出院来。珍珠道："二哥，我同你说句话。"贾琏走近身旁，对着耳朵道："咱们备一席替张姑娘供供他的父母，就摆在客堂里，备个香烛纸锞。他父亲名叫张敦礼，是府学秀才，老太太姓王。你替他写个牌位。等他拜过，咱们就给柳家兄弟暖房。"贾琏点头道："我倒忘了这件事。"珍珠道："你摆设停当，给我个信儿。"贾琏道："老郝还要钱使，你带着没有？"珍珠道："众人的分子三十两，我带在这儿。额外我另自带着几两备用。"贾琏道："你交二十两给我，等着不够再说。"珍珠道："方才四两，这会儿再给你十六两就是了。"贾琏答应，出去办事。

珍珠对妙空道："有人送礼在你们屋里，候你去瞧。"妙空问："是谁送礼？"珍珠说："我不知道是谁。"妙空众人都往后去。珍珠同张玉友来到屋里，周嫂子帮着料理洗澡。净过手脚，换上新鞋、吉服，点上一对红烛。周家的替他开出两道春山的翠眉，整开云鬓，挽个时样新妆，插戴翠翘金凤，耳上戴了珠环。这张玉友本来生得长眉细目，杏脸桃腮，此刻开出脸来，淡匀脂粉，竟出落得如月里嫦娥、凌波仙子，十分美貌。

不说珍珠照料打扮。且说贾琏命老郝赶办酒席，又发了十六两银子与他。老郝说："酒席现成，马上要，马上就得。"贾琏甚喜，吩咐备一对红烛、一股高香、黄钱元宝，老郝答应去办。今日客堂里结灯挂彩，铺设的十分热闹。正要去找柳绪，听见有人叫道："师父请二爷呢。"贾琏见是佳凤，随同他到妙空屋里，问道："又说什么？"妙空道："柳大爷送四样礼，咱们好意思收他的吗？又是你三儿送进来的，请你来问问，不知你知道不知道？"贾琏道："这不算什么礼，不过是现成的。他先送来尽点心，等过了明日自然要备礼来送才是。你且收下就是了。"妙空笑道："这又是你的主意。"贾琏道："晚间开一坛绍兴酒尝尝，不知好不好？"妙空道："你今日就做新亲家，我收拾点好东西，晚上请你来会新亲，喝杯会亲酒。"贾琏笑道："吃了会亲酒，两亲家就成亲。"妙空笑着拧了他一下。两人正在说笑，智能走来。妙空将那礼的话也对他说知。智能道："也罢，收了就是。我来问你在那里待新姑娘？"妙空道："在后屋里，我已经收拾妥当。"智能道："我还有一句话，咱们待新姑娘穿着一身孝，像个什么样儿？依我说，且从个权，换一换衣服罢。"妙空道："不但今日，就连明日也不便穿孝。"智能道："既如此，我去换衣服，酒席也快得了。"妙空道："你就便知会合庵的人，今明两天都别穿孝。"智能答应出去。贾琏道："我也要去料理待新郎呢？"妙空道："晚些进来。"贾琏点头，一直出去。

遇着升儿来找二爷，说："酒席齐备。"贾琏来到客堂，瞧三儿们安摆台桌，用张红纸写牌位，供在上面，设列香炉、烛台。升儿去请四姑娘，说酒席已摆妥当。三儿将香烛点上，铺下红毡，见珍珠同张姑娘冉冉而来。看那新姑娘穿着大红缎绣百花图的夹袄，水绿缎富贵不断绣花夹裙，红缎弓鞋，头上满戴着珠翠，鬓边一溜的珠钗，一张鸡蛋脸儿越显得千娇百媚。比那做姑子的时候，竟是两人。珍珠同他走进客堂，笑道："把你这二哥张罗坏了，明日叫他夫妻两个多拜几拜吧。"贾琏笑道："我有什么张罗？倒是今日你辛苦了。"珍珠道："咱们不用谦让，等大妹妹拜罢。"张玉友走到桌前，看牌位上写着：

郡庠生显考敦礼府君，显妣王孺人之位。张玉友对着牌位将手在桌边上敲了两下，说道："爹妈你阴灵不远，贾二哥哥同四姐姐合府的大恩，你要报的嘘嘘……"一句话没有说完，就放声大哭。贾琏同珍珠也觉伤心，赶忙过来劝住。张玉友悲悲咽咽恸哭一场，跪在地下拜了八拜，奠酒三次，焚过纸钱。贾琏道："四姑娘，咱们兄妹两个也该给张老先生、老太太道个喜。"珍珠道："甚是。"玉友再三辞谢。贾琏竟恭恭敬敬作了四揖，珍珠却拜了四拜。玉友跪着回礼。拜完之后，另又磕头。拜谢已毕，珍珠、玉友转出客堂。正遇柳绪进来，一眼瞧见折身飞跑而去。珍珠吃吃大笑，赶忙叫唤。柳绪低头而去。贾琏笑道："还是新姑娘大方，躲个什么劲儿"

兄妹正在说笑，妙空、智能同来请新姑娘坐席，就请四姑娘作陪。珍珠道："我要同二哥到柳太太那里去替兄弟暖房，再来敬新姑娘的喜酒。你们去尽你们的道理，咱们去尽咱们的道理。两边热闹。"智能道："也罢，四姑娘一会儿过来。"于是智能、妙空请玉友同去。珍珠同贾琏到柳太太这院里来道喜，坐席。饮了一会，珍珠过张姑娘这边饮酒，两院热闹，彼此欢乐。内外灯烛十分辉耀。酒散之后，珍珠同玉友在智能屋里住宿。妙空又将贾琏请去，以践前约。

这智能自那年蓉大奶奶出殡时，与秦锺有百年之订。后秦郎不幸夭折，智能悲思成病，几乎丧命。因梦见秦锺说道："我已转世，不久来住庵中，仍可续相订之缘。"智能半信半疑。及至柳太太母子到来，见柳绪与秦郎无异，深信梦之有因。私心喜慰，遂待柳家母子十分照应关切。而柳绪亦与他亲热之至，两人口中虽未提起，彼此俱一心相向。因碍着老师父，未能蓄发，不意师父刚死，反先称了张姑娘心愿。智能这一腔悲苦，向何处说起？此刻珍珠、玉友同在房中，三人共榻，智能万难隐忍，只得将前后伤情之事，哭诉一番。玉友十分伤感道："数年来，我同你最为亲密，你既有这样心事，何不早言？我巴不能与你同在一处，你何苦藏在心里？"珍珠道："依我说，你竟不用悲苦，若不留起头发，柳太太断不肯要个光头媳妇，说也无益。现今老师父已死，你们师弟兄保不定各有去路。你既一心在柳家，我能够替你遂愿。你趁着带孝，就留起头发，也不用当家管事。等我慢慢在太太跟前说明缘故,将你接进府去,同咱们作个伴儿。过一半年,送你往柳家去。横竖咱们太太的话,柳家无有不依之理。况且张大妹妹合你说得上来,岂有不帮你说句话呢?”玉友大喜道:“四姐姐主意不错。姐姐你竟是这样办,从此留发改妆为要。”智能就榻上拜谢道:“倘能如愿,感铭心骨。”三人安寝,一宿晚景不提。

次早,贾琏用过早茶点心,出去吩咐打扫收拾。珍珠也一早起身,梳洗打扮完结,同周家的替新姑娘妆扮体面。柳绪也换了吉服,同包勇到柳老爷柩前斋供烧纸,拜祷一回。转至西院,适珍珠过来,见柳绪戴着宝玉束发金冠,身穿八团顾绣银红缎箭衣,外罩排须比甲,腰系五色鸾绦,足登粉底皂靴,出落得粉妆玉琢的一位翩翩公子。柳太太瞧着心中十分欢喜。珍珠却有无限伤心,抽肠括肚,甚为难过。周家的回说:“二爷到铁槛寺去了,请姑娘在此照应。”珍珠点头,命厨子收拾停当伺候,庵门口派人瞧着,太太们一到进来通信。周嫂子答应,出去料理。此刻妙空、智能众姑子也打扮的十分体面。

刚交巳牌时候,听说太太们车马将到。珍珠同柳太太、柳绪跟着在外迎接,妙空们俱在庵门站着。远远看见灰尘抖乱,不知有多少车马,不一会来到庵前。贾琏在前,相近庵门先下牲口,后面众家人、小子都纷纷下马。头一辆是邢夫人,第二辆是王夫人,后面接着珍大奶奶、珠大奶奶、琏二奶奶、宝二奶奶、蓉大奶奶、巧姑娘,连丫头、媳妇们共有二十多辆轿车。众嫂子忙着下车,过来伺候邢夫人们挨次卸车。今日邢夫人同珍大奶奶、琏二奶奶、蓉大奶奶都是补服艳妆。王夫人同珠大奶奶、宝二奶奶俱是素服。

众位太太进了庵门。妙空们先上前请安。邢夫人道:“诸位亲家恭喜!”抬头瞧见柳太太,连忙过去说道:“今日特来道喜,怎么敢劳远接。”柳太太道:“应该远接才是。”柳绪一旁请安。邢夫人看着大赞。王夫人瞧见,眼眶儿不觉一红,几乎掉下泪来。宝钗连忙笑道:“绪兄弟今日倒像凤仪亭的吕布,从此再不作姜太公钓鱼了。”众人一齐好笑。王夫人亦勉强笑道:“你不怕兄弟恼你。”宝钗道:“古今来能有几个钓鱼的?”邢夫人笑道:“你们只顾说笑,也不睬咱们四丫头。”珍大奶奶笑道:“四妹妹今日做亲家太太呢,咱们还该替他道个喜才是。”平儿指着妙空那一堆儿说道：“他们都是四丫头的亲家老爷。”一句话没有说完，引得众人大笑。

太太们说笑着来到客堂。彼此见礼道喜，又给妙空们道喜道恼。贾蓉见过柳太太。王夫人道：“咱们到柳太太那边去，一面喝茶，就叫珍大奶奶带蓉哥儿媳妇，去请新人出来拜堂罢，省得两边照应。”邢夫人说：“很是。不知派谁掌灯？”王夫人道：“琏儿同蓉哥儿叔侄两个就很好。”柳太太欢喜感激之至，邀着太太们都到西院用茶等候。珍大奶奶婆媳两个同着珍珠到妙空屋里，给张姑娘盖了挑巾。众家媳妇们搀着新人，贾琏叔侄掌着喜灯，慢慢往西院而来。到了堂屋朝上站定。王夫人叫平儿同珍珠进去接兄弟出来。

他们两个到柳太太屋里一看，不见柳绪，四下找寻并无影儿。珍珠嚷道：“兄弟不在屋里。”柳太太连忙进来，果然不见。邢夫人道：“多咱走出去，叫小子们快去请来。”合庵的人找了个翻江，不见影响。三位太太十分着急。众人正在无法，忽听见一个丫头嚷道：“在这儿呢！”众人进屋去看，见柳绪睡在一个盛书的大板箱内，盖着一个裂缝盖子，谁也想不出来。众人放了心，十分好笑。珍珠急了一身大汗，叫人去拉起来，替他抖灰、擦脸，说道：“快去拜堂罢！别叫新姑娘听见，把嘴都笑歪了。谁家做新郎的躲在板箱里面。”堂屋里太太们听了哄然大笑。贾琏叔侄两个笑的几乎把蜡扦子掉在地下。

平儿同珍珠两个一面笑着，扶住新人。贾琏与贾蓉将柳绪扶了出来，教着他拜天地，又拉着他夫妻交拜。邢夫人过来给新人揭去挑巾。上面设着一张圈椅，请柳太太坐了受礼。柳太太站在椅边，心中喜极，眼泪纷纷的，一句话也说不出来。柳绪夫妻两个跪在地下，拜了八拜。邢夫人同王夫人看着这样光景，也替他喜极而悲，同说道：“这真是太太的佳儿佳妇。”柳太太含泪答道：“皆出自二位太夫人所赐，子孙感戴。”泪随声下。柳绪夫妻拜罢起来，柳太太请二位夫人上坐，让他们行礼。彼此谦让，然后受拜。又拜过了众位嫂子、姐姐、琏二哥。贾蓉夫妻过来拜见，柳绪夫妻一同跪拜。巧姑娘拜完，请过诸位师兄拜见。智能含着眼泪那里忍得住，流了下来，勉强拜完，连忙走开。贾府的内外大小男女上来磕头，包勇上来磕头道喜。

诸事完结，吩咐就摆早面。这一天，贾府太太们欢喜之至，直热闹了一日。坐过晚席，辞别进城。张玉友将平日自己存的私房银子取出六十两来，赏两府的男妇。在这里办事出力者，格外另赏。王夫人仍留下珍珠在城外，明日进城。这夜珍珠陪玉友在柳太太对过炕上住宿。

次日，是妙空们领帖伴宿，将个馒头庵挤满，都是来吊纸的客人，分外热闹。直到二十五日一早，发引出殡，满庵的人去了个罄尽，托琏二爷带着家人在庵照应。贾琏命棚匠赶紧拆棚，又叫包勇来在耳边说了几句。包勇点头领会，就去寻了锄头，将老师父的那个大炕拆开，果然里面埋着三个坛子。包勇摇了一摇，十分沉重，卷起袖子，拽起衣服，一只膀子夹着一个，悄悄的先将两个大坛送到西院，连搬二次，都抱了过来。张玉友欢喜之至。包勇恐炕里看出形迹，忙到河边将造桥的小工叫了四个，抬着筐子到庵里来，一会儿将个大炕拆个精光，把那些砖儿土儿都般在后面空院里堆着。贾琏将备下的鞭炮，命三儿们在老师父那间屋里尽量一放，碎纸满地。

诸事完毕，玉友将小坛的东西取出，要分给二哥同四姐。他两个听了哈哈大笑。珍珠说："妹妹想，我要他何用？"贾琏道："我这个身子眼见得也不要了，何况身外之物？"柳绪夫妻同着柳太太都哭起来说："二哥哥同四姐姐若不肯分些去，叫我们死不瞑目。"珍珠道："既如此，我同二哥哥分些就是了。"说着，取了两个十两重的金锞儿。玉友又将大珠子分了二百粒给四姐姐。贾琏取了一双金镯。柳绪再三推让，又取了一双镯子，三个金锭，一百珠子，交给珍珠，道："四妹妹回去交给二嫂子。"珍珠收了。玉友又将两大坛的银子五千两取出，叫包勇进来，赏他三百两。取一百两银子交给琏二哥，赏三儿、升儿两个。又取五十两赏了抱琴。贾琏道："我只要一千两。"玉友道："给二哥哥送二千两进城去罢。"贾琏道："很不用这些，我要一千两银，为的是初四日完工找给老刘，完了一件心事。"张玉友不由分说，给四姐姐同琏二哥衣包里各包上一千两。包勇道："二爷同四姑娘不必推让，竟收下罢。小的称着手儿将箱子打起来罢。明日夫行里来捆麻辫子，后日上杠装车，二十八一早起身。过了今日，小的就没有了空儿。”柳太太道：“很好。”贾琏对升儿说：“你去瞧着庵门，叫三儿来帮着包勇装箱子。”贾琏也将衣服脱去，同着包勇们动手，一会儿将大小四只箱子俱捆缚停当。外面留着两个包袱，带的随身衣服。余外一切零碎，俱已收拾。

看着日已平西，珍珠要进城去。柳太太婆媳那里肯放，说道：“后日我去辞行，一同进城。我二十八就在城里起身，不出来了。”包勇道：“既是太太城里起身，明日就可进去。本来车行在城里，又便当，这里没有太太的事。”贾琏同珍珠也再三说：“是。”柳太太们只得应允。贾琏十分欢喜，对包勇道：“你去对老和尚说，叫他将那敞车同他的轿车明日一早套来，送柳太太进城。”包勇答应去了。

不一会，妙空们回来。回了丧，见炕已拆去，满心欢喜，拜谢琏二爷们照应。一宵无事。

到第二天一早，车已套来。包勇同着三儿们带着老道，将柳太太家所有的行李全行装上，又将琏二爷的铺陈也带上，叫三儿押着先走。柳太太备厚礼酬谢妙空众人。玉友另送妙空、智能每人五十两别金，师弟们每人二十两，又赏了合庵的老妈、老道。大家哭拜一回。柳绪私下赠智能赤金一锭，以为终身之订。两个人难舍难分，抱头痛哭，彼此再三叮嘱。因众人催逼，只得忍悲分手。智能送出山门，看着上车，柳绪心如刀割，哭的要死。柳太太们哭上车去。智能伤心已极，不觉晕倒一边。珍珠吩咐开车，妙空们一齐大哭而散。

不提庵中之事。且说柳太太们进城之后，邢夫人同王夫人彼此轮着饯行。张玉友同宝钗、珍珠们订为姐妹，形影相随，依依不舍。聚首两日，不觉已是四月二十八日。贾琏一早起来，吩咐家人们将柳太太的大车装好，等着吃了早饭起身。包勇在城外，五更天已起了灵柩。直到巳正，绕过了城来，在十五里大路上之长亭，停在一边等着家眷。看着将及午正，只见琏二爷同着柳大爷并马而来，后面是太太的大车，还有两辆轿车。包勇赶忙迎了上去，走不几步，车马已到长亭。贾琏同柳绪眼睛都已哭肿。后面轿车是宝二奶奶同四姑娘，彼此到长亭店里下车，大家拉着哭了个发晕。包勇催着上车，柳绪夫妻拉定了贾琏同珍珠们，哭了个死去活来，泪皆成血。众人逼住上车。

柳太太娘儿们无奈,哭了上车。柳绪上马。只听见金锣大响,抬材的都上了杠,一声吆喝,一群车马跟着灵柩竟向大路上扬扬而去。柳绪在那马上回头掩面,大放悲声。

不知贾琏们何以为情,且看下回分解。

第十回 庆端阳夫妻分袂 叙家事姑表联姻

话说贾琏同宝钗、珍珠站在长亭店外,望着他们在车马上放声大哭,身不由己,扬长而去。远远转过一弯,就为柳树遮住,早已不见。他三个还呆呆的望着流泪。

忽然道旁走出一个和尚,赤脚蓬头,浓眉大目,穿一件稀破的直裰。手里拿着把破芭蕉扇,一面摇着,口里唱道:

去的是,去的是,有合总须离,无生即无死,古来万事皆如此。君不见,姐妹相将一梦中,鬼门关外曾相视。脱鹤氅,解灵芝,藕丝衫子轻如纸。梦里相逢梦里人,何必拖泥又沾水。及早回头撒手开,将身打破这桶底,又相逢在隔世。

贾琏三人听了大惊,那和尚句句都说着心事。贾琏道:“宝妹妹,那和尚若不是神仙,他怎么知道咱们梦中之事?”宝钗道:“二哥快些拉住,求他点化,休要错过。”贾琏上前一把拉住,说道:“师父度我!”那和尚呵呵大笑道:“要度自度。”贾琏道:“弟子愚昧,求师父指我迷津。”和尚被缠不过,嚷道:“撒手,撒手! 端阳时候,见处见,走处走。”忽又大叫道:“哎呀,柳相公又跑了回来!”众人放手,回头不见柳绪,面前和尚已不知去向。

彼此惊异,十分叹息。贾琏对宝钗、珍珠道:“回去太太面前不用言语。”吩咐跟随的男女家人都不许提起。三人坐车上马,各想心事。不多一会,回到荣府。王夫人吩咐各人且去歇息。

连天无事,已是五月初一。那些亲眷有送端阳节礼,王夫人命珠大奶奶备分好礼,送往祝大人宅里。城外老刘也送礼来,就便请琏二爷初四日谢神完工。贾琏找足工价,另给五十两银与老刘去办完工花红酒礼。

贾府里忙过两日，不觉已是初三。这日晌午，王夫人同着奶奶们在上房说闲话，只见贾琏进来，后面两个丫头，捧着两个大拜匣。贾琏见过太太同奶奶们，走在一边坐下。王夫人问道："丫头们拿着什么？"贾琏将那紫檀拜匣接着掀开，亲自递与王夫人，说道："这是咱们金陵房屋、田地一切契纸，这是亲戚们借银子的券约，这是我同凤姐儿自到太太这边来接手以后的出入总帐，这都是凤姐经手的。"又将那个洋漆描金盒子取过，揭开递与太太，说道："这是合府的男女丫头典契卖的身契，这是欠人家总帐，这是老太太出殡的总帐，这是老爷出殡的总帐，这一本是那年起造大观园同我父亲分用的总帐，这一本是荣府内外铺垫、木器、磁器、铜器、字画陈设、古董玩器及一切精巧细软物件总档，这一包是荣府的房契并添置一切总帐。以上这两盒子，都请太太收了。余外那些无关紧要的帐目等项，再找出来交给太太。"王夫人道："这是为什么？好好的将这些东西交给我，有谁说你什么闲话不成？你又是听了平丫头的什么说闲话，冷不痴儿的将这些东西交上来，快些给我好好的拿下去！"贾琏才要说话。宝钗赶忙说道："琏二哥的意思，我知道的，太太别错怪平丫头。既是二哥交上来，我替太太收着，横竖二哥在家一天管一天的事。"珍珠听了，两眼通红，将头乱点。贾琏呵呵大笑，说道："宝妹妹实在说话透彻，交在太太这里就同存在我那里一样，太太何必要分彼此？倒把侄儿看成外人了。"王夫人笑道："总是你们有理，我也不管。谁爱收着，谁就拿去。"宝钗笑道："我拿去就是了。叫芸儿将这两个大拜匣都收到我屋里去。"王夫人看见宝钗如此，想来琏儿没有什么原故，所以倒也欢欢喜喜的说笑了一会。贾琏辞去，一宿晚景休提。

次日，贾琏梳洗完结，上来请安，回过太太要出城去谢神。叫三儿、升儿拿着衣包，主仆三人骑上马出城去了。

且说这老刘因桥已完工，就在桥边搭了个戏台，又搭个大卷棚摆着供，十分体面。将那几个村庄的男女老少都惊动了，要来看戏，就来了几千人还不止。内中有几个村学先生，领着学生们走到桥边。看见竖着一块大碑，因高声念那碑文道：

京都东隅十五里，有村曰安乐，在太平河之南。中阻一河，宽几六丈，向设浮梁以便利涉来往。第河水陡急，每涨发辙，有冲折之虞。是以东庄善人张翁，思易以石，乃剧金敛费，阅数载始成。以其成于万人之力也，故即以“万缘”名桥。从此东隅之人，不但免褰裳，并可便车马焉。历年既远，河水冲刷，日就倾圮。前岁夏，阴雨连绵，诸流汇聚，洪涛汹涌，不啻十有余丈，水石交争，而桥身竟全倾塌矣。

清和初，余为亡室作冥福至铁槛寺，在河南循故道行，竟不得渡。询之居民，得其故。余念张翁之功无继者，而伤室人临卒时之心愿未偿也，心为之动。盖室人王氏十六归余，未十年而殂丧。弥留之际，执余手而言曰：“今不幸中道夭折，不能侍夫子奉姑舅。忆自作新妇以来，得堂上欢，每多赏锡，约计积资若干两。家无急需，原拟作利济功德之事，以祝亲寿。今将死矣，付之夫子，幸成我志。”余曰：“唯唯！自先室殂丧后，公私猬集，因循未举。今此桥既圮，人艰于涉，则利济之事，孰有先如斯桥者乎？闻石工刘贤素称长者，就而谋焉。刘曰：“某有石存之久矣，苦工费维艰。君若假我千金，便可修举，石价不烦再给。”余感其义，急启奁得二千五百两，尽举而付之。

是桥之工，始于四月辛丑，成于五月之朔，越二十日而工成。长者请名于余，余曰：“是桥也，虽余成先室之愿，而实始于张翁，结万姓之缘，名仍其旧可也。”后之登斯桥者，各结善缘，因时补葺，永占利济，庶不负张翁名桥之意也夫！

时在　圣世丰登之岁五月吉日！

例授奉直大夫吏部候铨司马长史金陵贾琏撰并书

众人念完碑文，都不住口赞叹。内中一人用手指道：“那大棚边下马的，想就是这位贾公。”众人回头去看，已到棚里去了。这些人都挤过来，俱要看看热闹。

贾琏走进棚内，老刘迎接。还有村里几位有体面的生监、武举并那有年纪的富户，都是老刘请来陪琏二爷的，一齐接着，到客棚里坐下。用过香茶，贾琏换了冠带、衣服，戏台上大吹大打的伺候着。行完了礼，就跳加官，唱三出敬神戏，三儿取出加官封放赏。贾琏更了服，要去看碑。众人陪着来到河边，看那碑字刻得甚好。从头至尾看了一遍，一字不错，心中甚喜。众人都赞文章做得好，有的说书法妙极，有的说刻的不错，纷纷奉承了几句，又到客棚下来。当中间给琏二爷摆下一个小木炕，大红缎的靠枕，请琏二爷居中坐下。贾琏那里肯坐，说道："今日我是主人，诸位是客，怎么我倒坐在当中？"老刘见琏二爷再三推逊，不敢相强，只得另设一座。众人谦让一回，俱各坐下。管班的上来给二爷请安，呈上戏目。贾琏道："你不是春庆的掌班吗？"那人躬身答道："门下就是李秀，前在春庆班，常到府里伺候二爷。自从春庆班子弟们散后，就到这六如班来，一向不得闲，也总没有去请二爷安。"贾琏将戏目交还，叫他请众位点戏。众人不敢，再三推让，只得公议唱一本全本的《邯郸梦》罢。管班的答应，赶忙去装扮出场。合班都要奉承琏二爷，俱加意出力，唱得十分情致。贾琏命三儿赏了几十吊钱，将带出来的礼物赏封谢老刘及一切工匠，整闹了一天。天已将晚，连忙散席，净手送神放鞭炮，辞别众人。三儿已将铁槛寺存下的衣包等物取来，同升儿两人分拿着，上马走过新桥，进城而去。

老刘们照应收拾料理不提。且说贾琏回去之后，一宿无事。次日是端阳佳节，一早起来，往宁府去家庙里磕头。到上房，见父母俱在堂中，拜过节，站着说会话。下来到珍大爷屋里贺节，珍大奶奶笑道："你大哥一早上过衙门，往各宅子去贺节，回来也不能狠早。"正说着，蓉大奶奶上来给婆婆请安道喜，给二叔叔拜节。贾琏略坐一会，说道："我再来给大爷拜节罢。"珍大奶奶道："你吃个粽子，应个名儿再去。"贾琏道："罢呀，回来再来。"辞别出来，回至荣府，先到上房。丫头们打起帘子，贾琏进去，给王夫人磕头，珠大奶奶道喜。宝钗、珍珠给二哥拜节。热闹了一会，平儿领着巧姑娘上来，也都拜了节，回过太太要往宁府去。王夫人吩咐珠大奶奶，带着宝钗、珍珠一同过去，给大老爷、大太太拜节。两府奶奶们你来我去，直闹到晌午，这才完结。邢夫人将巧姑娘留住。珠大奶奶吩咐将酒席摆在绿荫山房来，请太太赏午。王夫人差人下去请琏二爷同琏二奶奶上来过节，一面带着珠大奶奶们先到绿荫山房。只见满院子修竹扶疏,绿阴满地,墙角上的芭蕉青翠如滴。

正在观看,贾琏夫妻同走进来。王夫人道:"你夫妻两个吃的没趣,到这里打伙儿热闹。琏儿只避的宝丫头,他本来是我外甥女儿,你同他姨表兄妹,到底比兄弟媳妇不同。今日并无外人,权且破例在我这儿过节,大家热闹。"珠大奶奶们道:"太太说的狠是。"王夫人坐在上面,贾琏夫妻对着太太,宫裁坐了东首,宝钗同珍珠坐在西边。丫头们伺候,斟上雄黄酒,桌上摆满时新鲜果、各样珍肴佳品。王夫人十分欢喜,说道:"我自病痊之后,甚觉精神强健,慢慢将冷落门庭整顿兴起,不要落人家的笑话。以慰老爷在天之灵。"宫裁们齐声应道:"自太太病愈之后,内外俱觉高兴齐集,比往常大不相同,很有振作光景。"贾琏道:"举家俱靠着太太福庇。"说毕,起身亲自执壶,给太太斟杯福酒。又挨着给珠大奶奶、宝妹妹、四妹妹斟酒。末后给平儿斟了一杯。平儿道:"仔吗呢,又给我斟上?"贾琏道:"替我看顾儿女,是要敬你一杯。"宝钗听见心如针刺,眼圈儿一红,赶忙回过头去,叫丫头换酒。珍珠道:"也该我敬一杯。"要了酒壶,先给太太敬过酒,给珠大奶奶们各斟一杯。敬到贾琏,说道:"要敬二哥三杯。"贾琏道:"为什么我该多喝两杯?"珍珠眼圈通红,道:"兄妹一场,诸承照应,多敬两杯。"贾琏笑道:"四妹妹真会说话。"宝钗道:"四妹妹代我敬二哥一杯。"贾琏道:"我心领了两位妹妹的罢。"王夫人道:"让他吃点东西,别尽饮寡酒。"众姐妹坐下,陪着太太畅饮一会。贾琏道:"我家去瞧瞧再来。"平儿道:"你叫丫头将衣架上那件月色纱衫子给我拿来。"贾琏答应,起身出去。不一会,丫头送衫子上来,说道:"二爷对奶奶说,回声太太,不用等二爷吃饭,多喝了口酒,带三儿、升儿出去逛会子回来。"平儿问道:"你上来,爷去了没有?"丫头答应:"已经去了。"平儿笑道:"又不知到那儿混逛去呢。"坐中只有宝钗、珍珠心如刀割,鼻子里就像吃了芥辣面儿,忍不住要出眼泪,扎挣着强为欢笑。王夫人又饮了一会,用完午饭,领着他们到各处游玩一回。

平儿辞过太太,回到自己房里,只见三儿进来回道:"同爷出城去看野景儿，叫奴才回来问奶奶要三两碎银。”平儿问道：“爷在那里？”三儿道：“爷才出城，想起没有带钱，叫奴才赶着来取。说带着升儿在长亭老等。”平儿听说，赶忙取三两碎银，命丫头递与三儿，说道：“你快些拿去，对爷说，逛会子早些回来。”

三儿答应，出来骑上马，加上两鞭，飞撵出城。放开大跑，不到两顿饭时，已到长亭，只见两匹马拴在店口。三儿下马走进店来，店家问道：“你可是贾府的爷们不是？”三儿道：“二十八我在这儿坐了好一会，你难道不认得我吗？”店家笑道：“我眼浊，一会儿记不起来。你们那位琏二爷，跟着一位小二爷叫做升儿，刚才到这儿来，同一个穿破衣的和尚在那柳树下说了一会子话。琏二爷过来叫咱们看好牲口，等尊驾来，交你拉进城去。琏二爷同那和尚带着升儿别处去逛，就往那里回家。有个字儿给你先带回去，奶奶瞧就知道二爷的去向。”三儿听说这一段话，猛想起那日送柳家起身遇见和尚的话。心中想道：“有些古怪，就找也不中用，不如家去回奶奶再来找罢。”主意想定，向店家要了那个字儿，问道：“你见咱们爷往那边去的？”店家道：“我瞧着是走进城这边道上。”三儿解了三匹马，骑上一个，拉着两匹，心中越急，走的更觉不快，急的浑身是汗。走了半日，好容易到家，争忙跳下牲口，满头大汗，一直跑到二爷院里，瞧见大丫头彩霞，乱嚷道：“彩姐姐快些回奶奶，说二爷跑掉了。”平儿正在睡梦中，耳内听说二爷跑掉，登时惊醒，急问：“窗外是谁””三儿不等彩霞去回，就隔着窗子将店家的话说了一遍。平儿叫声：“哎呀！”不觉晕了过去。丫头、奶子都慌了手脚，连忙扶起，连声叫唤，一面着人去请太太。

王夫人同奶奶们正说闲话，只见前院丫头慌慌张张跑来，将前事禀知。太太听说，吓了一跳，赶忙同着珠大奶奶、宝钗、珍珠到贾琏院里来，听见平儿业已苏回，正在大放悲声，哭的恸切。丫头们瞧见太太，忙掀起湘帘。王夫人走进屋去，问道：“丫头说不明白，到底琏儿往那里去了？”平儿哭着将个字儿递与太太，说道：“太太瞧这字上就知道了。”王夫人接着，交给宝钗道：“你念我听。”宝钗接在手内，看是一首绝句，高声念道：

无是无非四七年，荣华已作陇头烟。
而今一笑归山去，隐向白云深处眠。

后有两行小字："父母处不及拜辞，平妹可面禀之。诗中之意，惟宝钗、珍珠两妹必能领会。劝太太勿以琏儿为念，秋冬间务作回南之计。平妹善视儿女，一同南去。升儿颇有仙骨，亦带之去也。"宝钗念完，王夫人也止不住悲苦，又恐平儿哭个不了，只得忍住眼泪，说道："琏儿也做了宝玉，你就哭瞎了眼，也是不回来的。"宝钗道："太太说的很是。二嫂子也不用伤心，倒赶着将这字儿，你亲自送去给大老爷、大太太瞧瞧是个正理。"平儿点头，含着眼泪吩咐三儿套车。王夫人道："你去就来，我在上房等你。太太们一定大伤心着急，你就将宝玉做个样子劝劝。你别在那里啼啼哭哭的，惹着那老的伤心。"平儿答应，将字个带去。

王夫人领宫裁姐妹来到上房，丫头们倒上香茶。宫裁道："看不出琏二兄弟也能够出家，真是怪事！他平日从不同那些和尚们鬼鬼祟祟，怎么平空的今日同个和尚去了？想那和尚别就是宝兄弟的师父，他怎么看上了咱们家的人，一个一个叫他引诱了去。不知他到底是个什么意思？"宝钗笑道："你也仔细着，别叫他看上了，也来引诱你跟着他去逃走。"宝钗没有说完，引的太太们都笑起来。珍珠道："大嫂子说的是正经话，你倒打他的皮瓜子。"宝钗道："要你给大嫂子出尖儿，你也不用气不过。那天在铁槛寺，那些和尚谁不拿眼睛瞅着你，看出了神？横竖一半天也要来引你出家呢！"宝钗说着，太太们大笑不止。丫头回道："琏二奶奶上来了。"不一会，平儿进来说道："我过去见那边老爷、太太，回了琏二爷的话，呈上这字儿。老爷同太太一声儿也不言语。隔了一会，老爷说：'那边出个和尚，咱们家里也出个和尚，这倒公道。'倒是巧姑娘，听了他父亲出了家，他哭的要寻死上吊呢。我看他可怜，倒很劝了他一会，瞅着怪伤心的，我托珍大嫂子照应着他，就回来了。"王夫人道："你见的狠是，就哭会子也是无益的事。"

平儿伤心点头，正要回答，只见该班媳妇王家的来回太太道："张成送进五个帖子，说祝太太差家人陆宾来请太太的安，请太太、三位奶奶、四姑娘明日过去吃午饭。”王夫人道：“你叫张成同来的管家到祝太太宅里去原帖奉缴，请安道谢。说我这几天身子不好，不能出门。珠大奶奶、琏二奶奶同我改日过去请安。明日叫宝二奶奶同四姑娘去领太太的情罢。”王家的答应，出去吩咐张成接着帖子，让陆宾喝了一会茶，备上牲口同他来到祝府。正值荆襄节度松大人在祝府里过节。张成到了门上，众人邀在客堂坐下。陆宾拿着帖子上去回话。不一会出来，陪张成道：“太太说既是太夫人欠安，不敢惊动。一半日太太亲自过去请安。明日定要请三位奶奶同四姑娘过来坐坐。”张成连连答应，又坐了一会，辞别回去不提。

原来松节度是尚书祝大人的嫡姑表亲兄弟，名叫松柱，系钱塘人氏。因进京陛见过了，要出京回任。这几天，祝尚书的病症略松泛些，柏夫人备了酒席，请松柱来过端节。尚书不能下炕，就在内房饮酒。并无多人，只有松节度、祝尚书、柏夫人三位。芙蓉带着几个细巧丫头在屋里面伺候。松柱见祝凤精神好些，心中欢喜。三个彼此畅谈，倒也十分热闹。

正饮间，该班媳妇刘家的走进来回说，家书到了。柏夫人赶忙走出房来，该班丫头们铺下垫子。柏夫人朝上跪下，给老太太请安。松柱也出来请姑太太安。芙蓉捧着书子，一同走进内房。祝凤在炕上请过安。三位又都坐下。芙蓉拆开信面，站在柏夫人旁边高声朗念一遍。松柱听见，奉老太太之命，于四月十三日将梦玉承立大老爷、大太太为子。祝凤夫妻十分欢喜，松柱赶忙道喜。

芙蓉又拆开梦玉给父亲、母亲请安的禀帖，柏夫人接着瞧了很欢喜。递给松柱同老爷瞧。此时祝凤心中大乐，觉得病也好些。不一会，内外男女大小都上来道喜。柏夫人吩咐换上热酒，请松大人畅饮几杯。

柏夫人道：“老太太吩咐，叫咱们给梦玉定亲。我意中早有一人，因梦玉之事未定，所以不便启齿。”祝凤道：“那件事总交给你办，我也不管。”柏夫人道：“你只管放心，等我一半天去商量，再没有不妥的。”

松柱道：“我也有一件心事，要同大哥、大嫂商量。”柏夫人道：

“兄弟,你有什么心事?”松柱道:“就为的是你侄女儿彩芝。那孩子性格聪明,长的也十分清秀。自从你妹子生他出来,全是拿药养活到十六七岁,过于单弱,一个月倒有二十天是疯。去年大病一场,几乎不保,幸遇灵隐寺的一个病和尚,送了一块玉,令他带在身上可以却病。自此以后,病倒好些。我早想着要给他定门亲。你想,谁家娶个病人儿回家去服侍呢?况且出了嫁,就要做媳妇的道理,彩芝连自己都顾不过来,还能够伺候公公婆婆吗?还带着这孩子脾气不好,性情古怪的使不得。不但一切饮食动作比人不同,就是诸亲百眷里面,他看得上的狠少。常瞧见亲戚们的那些孩子,对你妹子说道:‘这些孩子白活着干什么?倒不如将他们的年纪拢共拢儿凑着送了祝二叔叔家的梦玉兄弟罢。’听他的口气,就是梦玉同他合式。这如今,梦玉已过房了到这里来,我的意思要同大哥、大嫂结了亲罢。方才听见大嫂说,意中有人,我也想到这里。为什么呢?我那孩子不但不能生儿养女的,就是寿数也很有限。如今你们哥儿三个,就是梦玉一人,子息一道是要紧的。我岂肯将有病的孩子给梦玉,叫你们夫妻白望着抱不了孙子呢?这会儿大嫂子意中人只管说给梦玉,我的彩芝也给你做媳妇。只要在大哥大嫂子跟前做过一天媳妇,在他呢,也算成了人。在我也尽了疼女儿的一番心。这件事总得大嫂同大哥要准我这个情儿。”祝凤点头道:“狠使得,咱们就一言为定。”柏夫人道:“我那意中人也是必要定的。既是大兄弟这么说,将来照着梅大妹妹的两个女儿给梦玉的一个样儿,不分彼此就是了。”松柱心中乐极,站起身来亲自执壶,给大哥、大嫂斟酒为定。柏夫人也亲自执壶回敬,大家举杯对饮。松柱在身上取下一个汉玉双莲佩,双手递与祝尚书,说道:“以此为定。”柏夫人就在云髻上拔下一对赤金并蒂兰,上嵌着两粒明珠,也亲手递与松大人作定礼。

这一天,大家欢喜,直吃到漏下三鼓才散。松柱告辞回寓。祝凤道:“兄弟,你准于几时起身?”松说道:“我准于初九起身。这几天要一点空儿也没有,等着起身这一日,再来见大哥、大嫂子罢。”祝尚书说:“你这一半天偷个空儿来,咱们再说说话。”松柱道:“有点空儿,我必来。”说毕,才要出去,只见回事的媳妇进来回道:“桂舅老爷来了。”松柱道：“桂三爷这会儿来，有什么事？”柏夫人吩咐，请三舅老爷进来。

不知桂老爷何事而来，且听下回分解。

第十一回　柏夫人船房继女　张姑娘飞弹惊人

话说松节度同柏夫人站在堂屋门口，见几个小子掌着玻璃手照，伺候桂老爷进来。松柱问道：“桂三爷怎么这会儿才来？”桂恕赶忙上前请安，答道：“不知道大人车骑在此，有失伺候。”转身给柏夫人请安，问道：“大哥好些没有？”柏夫人道：“你大哥总不能起炕，这几天觉得略松泛些儿。咱们还是屋里坐罢。”桂恕答应，进屋瞧见祝尚书坐在炕上，赶忙上去拉手请安问好，彼此让坐。祝凤道：“三兄弟这会儿来，一准又是在那儿出分子。”桂恕道：“今日下晚，吏部里传一个片子来说道，奉圣旨将兄弟补放了广东廉州太守。我赶忙到科里去打听，一点不错。明日五鼓谢恩。这会儿在吏部衙门投履历回来，在这儿路过，进来给个信儿。”柏夫人们一齐道喜。松柱道：“恭喜得了外任。真是济世之才，及时而用。”祝凤道：“不过道儿远些。你到那里很可展其骥足。”桂恕道：“吏治之事，兄弟一些未谙，总求大哥剀切指教。”向松节度道：“如今是大人的邻属，仰邀荫庇，还望不时教训。”松柱道：“老弟学问史才，我已久仰，将来听你的循声德政罢。明日专诚道喜。”桂恕连称不敢，起身说道：“要去料理谢恩，不能多坐。一半天来看大哥。”祝凤道：“也罢，我不便过留，让你回去收拾谢恩。”松节度亦告辞回寓，一同俱散。

一宵已过，祝尚书因夜间说话过劳，觉得病症有些不好。柏夫人赶着请医看治。姨娘们都在炕前伺候。服药之后，到晌午才觉胸口清爽。姨娘们换班吃饭歇息。

有回事的那高家媳妇上来禀知，贾府宝二奶奶、四姑娘来了。柏夫人命芙蓉同姨娘出去迎接，留个在屋里伺候。自家带着丫头们在堂屋门口等候。不一会儿，宝钗、珍珠款步进来，抬头瞧见柏夫人站在檐前,赶忙紧走上前。柏夫人迎下台阶,十分欢喜。一边拉着一个,走进中堂。宝钗、珍珠深深跪拜。柏夫人拉住,拜毕起来,回了两礼。姨娘们见礼已毕,柏夫人让坐送茶。宝钗、珍珠站着致意母亲道谢问安的说话,并谢夫人赏赐东西,又代珠大奶奶、琏二奶奶请安道谢。

彼此谦叙一会,用过两道香茶,宝钗、珍珠起身要见大人请安。柏夫人命芙蓉先去禀知。不一会,芙蓉来请,说道:"老爷不能冠带,请少奶奶同小姐只须常礼。"柏夫人陪着走进内屋。见祝尚书头戴盘金嵌云便帽,身穿荔枝红富贵不断头的章绒便服,五十来岁年纪,花白长须,长眉细目,高鼻大耳,惟面色黄瘦。见宝钗们进来,忙挣着欠身说道:"病躯失礼,望少奶奶同小姐恕罪。"宝钗、珍珠走近炕前将欲行礼,柏夫人连忙扶住。尚书道:"少奶奶们请坐,使我心安。"宝钗、珍珠站着请安。柏夫人让坐。尚书用手指道:"我与尊大人同乡,相好已非一日。那年尊翁简放江西观察,我亦奉命出使,同在张司寇宅中分袂畅饮。自我海外回来,方知尊大人业已去世,深为可惜。老成雕谢,令人怀想。又闻得二少君与大令侄俱文闱高捷,足见箕裘有继。但不知二少君得第后,何以弃家高隐?想学刘阮天台作蓝桥之渡,非再来人不能作此高见也。"宝钗们唯唯答应。柏夫人道:"看宝二奶奶同这四小姐俱是一团福气,令人可爱。"尚书道:"贵戚朱门,自非凡质,另有一种大家器象。"又问些家常说话,十分赞叹。柏夫人恐说话劳神,命姨娘们陪去各处游玩。

尚书道:"太太眼力不差,这姑娘很有福气,又且端庄大雅。我心中很喜。你过几天拣个日子,到贾府去将这事说定了,我也放心。"柏夫人应允。芙蓉请太太示下,在那里坐席。柏夫人道:"今日天气很暖。在自在天吃饭倒很爽快。将两边窗子下掉,看着荷叶儿也好。"芙蓉答应,出去吩咐摆席伺候。

宝钗、珍珠游玩一会,有丫头来请说:"太太在自在天,叫姨娘陪着少奶奶们过去。"那姨娘听见,邀着宝钗、珍珠一同弯弯曲曲走过几处幽轩画阁,见了些修竹盆兰。顺着一带回廊,又转过紫藤花架,细草茸茸,落花满地。过了假山石畔,只见半亩方池,清流荡漾,池中绿藻朱鱼，在那荷花深处左旋右转，任意悠游。池中间有船房三间，小桥为渡，柏夫人站在船头相候，宝钗、珍珠过桥忙忙相见。彼此让进船房，里面悬着一块小匾，上写着“自在天”三字。匾下是碧纱厨隔着房舱，中间设着小炕，纱槅上挂着一副隶书对子。看那左边是：

花连书带春风里，

又看那右边是：

人在芙蓉秋水间。

宝钗见屋里的摆设无不精致清雅，中间设着席面。柏夫人让了坐。宝钗同珍珠对坐，柏夫人坐在上首，下面空着，以便上菜。命芙蓉带两个媳妇、丫头在此伺候，余者都去伺候老爷，众人答应。酒上数巡，柏夫人同宝钗、珍珠说些家中事务，彼此十分亲热。又将老尚书在海外所见的风土人情及那些奇形怪异之事，娘儿们说得十分高兴。芙蓉换过大杯。宝钗、珍珠见柏夫人相待亲热，并不客气，心中甚觉欢喜，又敬又感，接连饮过几杯。

宝钗道：“侄妇同四妹妹荷蒙夫人相待过于优渥，五中铭感，实难言尽。前奉太太之命，与四妹妹拜在膝前作螟蛉之女，稍报仁慈，不识夫人肯见纳否？”柏夫人大喜，说道：“前奉太夫人之命，我不敢启齿。如果不弃，使我喜出望外矣。”宝钗、珍珠忙站起身来，请柏夫人坐在中间小炕上，芙蓉忙铺下垫子，宝钗、珍珠跪下去，端端正正拜了八拜。将个柏夫人欢喜的使不得，拉了这个，又拉那个，口里不住的说道：“好儿子，别拜了，别拜了。”宝钗们拜完起来，柏夫人命芙蓉上去禀知老爷：“说我得了两个小姐。我就领着上来。”芙蓉喜出望外，赶忙先去了。柏夫人道：“咱们也慢慢走罢。”宝钗、珍珠跟着离了自在天，渡过小桥，一路说话，不一会来到上房屋里。老尚书笑道：“我们那有这样福气，得两个好女儿！”柏夫人道：“那天他母亲已当面许下，今日真是我的女儿了。”宝钗们因尚书坐在炕上，不便向炕磕头，同珍珠对墙跪拜。祝凤忙叫姨娘们扶起。

柏夫人道：“这会儿是自家的女儿，将酒饭端来，老爷也瞅着欢喜。”芙蓉答应，吩咐伺候的嫂子们将酒席搬到上房。这一会，柏夫人坐了正面，宝钗坐在上首，珍珠对面，彼此分外亲热。柏夫人同着老尚书一面说着话，一面饮酒，更觉有趣。到上灯以后，方才散席。宝钗、珍珠向来口齿伶俐，语言文雅，闲谈说话颇能应对合意。老夫妻如获至宝，欢喜异常。直到三更夜半，专差两个媳妇送回家去。王夫人听说，甚是喜慰。

次日，祝府里送了多少礼来与两位小姐。自此以后，宝钗、珍珠常到祝府，就与娘家一样无分彼此，间或还住一晚两晚的回去。柏夫人心中安慰。

不觉已是初九。松节度一早就来辞行，同祝尚书叮嘱些保重调养的说话，又将彩芝做亲的说话提了一遍。老弟兄颇有分袂之感。祝凤道："你过镇江，只怕赶上姑妈的生日。"松柱道："不错，今年是姑妈的七十大庆。我记得是六月十八。"祝凤点头道："你见姑妈问起我病，就说已经痊好。我本来秋间要告假回去，二兄弟信上说，秋间叫梦玉进来。你对他说，很可不必，天气炎热路上难走。"松节度应允。又彼此叮咛几句，拜别起身，不觉洒泪而别。

柏夫人吩咐打轿伺候，带着芙蓉并几个丫头、媳妇往贾府而来。到了荣府，门上的老赵到垂花门知会。王夫人听见，急忙带着珠大奶奶们一路迎接出来。刚到垂花门，柏夫人已下轿进来。两位太太相见，彼此道些寒温，一同来到上房，重又见礼。珠大奶奶过来见礼道谢，宝钗、珍珠请安，两位太太让坐，宫裁们挨次坐下。用过茶，彼此称谢一番，又说些家常闲话。坐了一会，王夫人邀柏夫人到里间屋坐，吩咐珠大奶奶收拾晚饭。宫裁答应，出去料理。柏夫人对芙蓉道："你常说要游大观园，今日叫两位小姐领你去逛。"王夫人道："很好，你们都去逛罢，让我老姐妹谈谈心事。"宝钗答应，领着芙蓉到着大观园去闲逛不提。

柏夫人又将伺候的丫头、媳妇也都支使出去。两位夫人坐在一处，柏夫人将梦中所见，日前寺里相逢，在佛前赠珠心订，如今继了梦玉，今日特来求亲的心事，细说一遍。王夫人低头忖度一会，说道："既蒙夫人不弃，定要此人，我作主遵命结了亲家。但这孩子性情古怪，此时断不可说破。我秋间回南之后，再将这亲事说知，他也断无不依之理。若在这里，恐难明说。"柏夫人道："只要夫人应允，我就放心。本来我家老爷也拣八月里回南,今日松大兄弟起身时,还是再三嘱咐,叫梦玉不必进来。夫人如果应允,已是欣感无既。”王夫人站起身来,说道:“咱们不用客气,姐妹一拜为定,彼此别无更改。”两位太太对拜四拜。柏夫人取出一对赤金嵌珠双连如意簪,一对珍珠八宝穿就的并蒂同心莲,将这两对为定。王夫人也在身上解下一个羊脂玉的花甲连环佩,一个通红汉玉的福禄长生玦,将这两件递与柏夫人为定。两亲家姐妹十分亲热。

柏夫人问起琏二奶奶何以不见,王夫人将端阳过节琏儿遇仙出家,这几天琏侄媳忧思成病,不能起来的话细说一遍。柏夫人深为叹息。王夫人也问老尚书的病势。柏夫人摇头叹道:“我家老爷的这病,总是有增无减,我心中十分忧急。只要挨过夏天,赶秋凉时候放心胆子,由水路上慢慢的回南,到得家中也就罢了。”王夫人道:“到彼时,咱们一同起身,倒有照应只恐料理不及。”

柏夫人道:“亲家姐姐这里有何累手之事,难得动身?”王夫人道:“我这里别无累手之事,就是这个房子一时难以出脱。”柏夫人问道:“这里房子共有多少间数?”王夫人道:“连花园在内,约有五千余间。须银十数万两方能卖去,一时那有这个主儿。”柏夫人笑道:“事倒凑巧,前月有老爷的同年刘大人,原是荆襄节度使,因升了兵部尚书,专差人寄书与咱们,叫替他定下一所住宅,不拘价钱,越大越好。老爷因在病中,谁有心替他去找?这封书子至今尚未回他,等我回去对老爷说知,这倒好办。”王夫人听说,不胜惊异道:“不错,我老爷曾在梦中说过,住房子的祝亲家知道这主儿,一说就妥,断无更改。我竟托在亲家身上。”柏夫人点头应允。珠大奶奶进来问:“太太在那里坐席?”王夫人道:“倒还是秋爽斋凉快,就在那里罢。”大奶奶答应,自去料理。

王夫人邀着柏夫人同到秋爽斋来,两位太太分了宾主坐下。珠大奶奶坐在上面,靠窗空着两张杌子,留与宝钗、珍珠。丫头们送酒,两位太太慢慢叙饮。姑娘们剥送果子,斟酒上菜。正吃的十分热闹,宝钗、珍珠、芙蓉三个人同走进来。柏夫人道:“芙蓉只顾贪逛,也忘了小姐们吃饭。”芙蓉道:“逛了一会,早已回来,在两位小姐屋里看做的针线,实在绣的好花。两位小姐都要给太太绣鞋呢。”柏夫人笑道:“我这两只脚,那里配穿花鞋? 委屈了我两个孩子的好针线。”宝钗道:“有绣现成的一双百子图套袖,昨日找出来,倒新鲜。等着做完鞋,一齐的给妈妈送去。”柏夫人道:“先给我瞧瞧,叫我欢喜。”珍珠道:“我亦有点粗针线,取来请妈妈指教。”说着,同宝钗去取。王夫人们饮酒等候。不一会,宝钗、珍珠手中拿着针线进来。柏夫人接在手内,见是一双月白缎绣百子图套袖,看那孩子们的眉眼、衣褶、身势绣得十分活跳,颜色也配得匀净光亮。柏夫人赞不绝口,说道:“真是针黹中的状元!”宝钗笑道:“这还算不了好针黹。妈妈请看珍妹妹的,那才是好!”珍珠笑道:“别要臊人,我那里做得过你呢。”王夫人笑道:“珍珠也不用谦虚,递过去请妈妈指教。”柏夫人接了珍珠的套袖在手细看,见是用线结成如梧桐子大的多少红蝙蝠,一朵花间着一个“寿”字,都绣得极小巧精致。结的那线也看不出是什么颜色,又红又黑,又白又亮,十分清奇好看。柏夫人道:“这是用什么线结出这样颜色?”珠大奶奶笑道:“真难为他,想出主意将红黑白丝同着顶细的真金洋线拈在一处,结出这样颜色。”柏夫人点头,甚为赞叹,说道:“真难为他,又精又巧,实是第一手段。”宝钗笑道:“我的状元做不成,只好算个探花。”王夫人们都笑起来。柏夫人道:“你两个的锦绣,都在状元之上,这副套袖叫做什么名色?”珍珠道:“叫做‘长春福寿图’。”柏夫人十分欢乐,就将这两副套袖都交给芙蓉,吩咐他好生收着。对宝钗、珍珠道:“这袖子给我先带回去。那鞋子只管慢慢的再做。”

夫人们正在说话,只听见一片钟声在那对面的松树墙外因风而至。柏夫人问道:“那墙外是何寺庙?”王夫人道:“是家里的栊翠庵,原是元妃娘娘供佛之所。当初请了一位苏州有名的道士妙玉在此主持香火。妙玉为强盗强劫而去,不知下落。后来惜春侄女亦在此间带发修行,因水月庵净虚的师弟要回南去,惜春也就同他一路云游去了。此时还有几个道姑在内,早晚做个工课而已。”两位太太彼此问答,说得甚为投契。见那松树枝头早挂着一钩新月,白云天外飞来几点归鸦。柏夫人猛然想起一事,叫芙蓉去瞧琏二奶奶:“说我请安问好,听说二奶奶欠安,不敢过来惊动。劝二奶奶别要烦恼,保重身子,看着哥儿要紧。若是二奶奶扎挣得住,请来咱们说说话儿散散心罢,省得一个人在屋里倒要添病。就是没有梳头洗脸,只管请来,不要拘礼。”芙蓉连声答应出去。宫裁、宝钗、珍珠等轮流把盏。柏夫人本来量大,今日又定了一件心事,十分得意,不知不觉,左一杯,右一杯,吃得满心高兴。王夫人看见柏夫人并不客气,诸事亲热,心中也觉欢喜,命大奶奶们殷勤奉敬。

芙蓉去了好一会,来回太太说道:“琏二奶奶请太太的安,本该扎挣着来伺候太太才是。实在头晕坐不起来。多谢太太惦记,等病好些儿,亲自到宅里拜谢。今日请太太多用几杯,夜深些儿再回宅去。”柏夫人叹道:“倒叫琏二奶奶惦着我,你瞧见哥儿好啊?”芙蓉道:“哥儿好。”王夫人叫周瑞家的陪蓉姑娘吃饭。此时已点的灯烛辉煌,吃到有二更来天,方才散席。丫头们伺候着漱口净手,送上好茶。柏夫人坐了一会,先辞回去。王夫人领着奶奶们送柏夫人上轿,转来都到琏二奶奶院里,又说了半夜的话才去安歇。

柏夫人到了宅里,姨娘、丫头、媳妇们都赶忙迎接。柏夫人下了轿,就问老爷安否,姨娘们一齐答应:“老爷的晚饭比昨日倒多一点儿,听说倒还舒服。”柏夫人到来上房,先给老爷问安。尚书道:“今日觉着好些,心里也还舒服。”柏夫人甚觉欢喜。丫头们伺候换过衣服,芙蓉送上茶来。柏夫人吩咐都去歇息,叫着再来。众人答应,都散出去。柏夫人走到老爷身边,对着耳朵将定卜珍珠的话,从头细说一遍。老尚书十分欢喜。柏夫人将两件玉器解下,递将过去,老尚书瞧着很夸赞了一会。柏夫人将贾大姐姐所说房子一事,“我应承替他办给荆州节度老刘”。祝尚书点头道:“这倒合式。明日我写下回书,就叫他家人兼程回去通知,叫他赶着差人前来定夺。那荣府的房子,老刘也很知道。他在京时,常同贾府往来,听见这所房子卖给他,真欢喜个使不得。”夫妻们又谈了一会,时夜已深,叫丫头们进来伺候安寝。一宿晚景休提。

次日,祝尚书写下书子。命陆宾对刘节度的家人说,房子业已定下,叫他星夜回去,请他主人示下,专差人进来定夺。陆宾答应出去。

不一会，贾府差宝钗、珍珠过来请安谢步，两老夫妻更觉亲热。真是一天不见，就要差人去接。如今且慢提贾祝两宅之事。

且说柳绪同着家眷，一路上晓行夜宿，渴饮饥餐，受尽了多少的风尘劳顿！幸亏外面一切全仗包勇，内里一切全亏玉友，真赛过了几个麻利的老妈儿。柳绪是个白面书生，娘儿两个只好安坐而已。那知道这千金担子，全仗玉友同包勇身上。包勇见大奶奶如此勤谨能干，心中十分感叹敬服。这也不在话下。包勇知道有几站是难以夜行，必要等着天亮才出店门。一路上这些夫子同赶车的果然出力辛苦，包勇也常沽酒买肉犒劳他们，还常赏些零钱给他们使用。若有懒惰不好，就立时打骂。一路上恩威并济，这些夫子无不畏服。

这日，看着日已平西，尚有二三十里路程方是宿站。这些夫子抬着灵柩，奋勇赶路，大车也跟着紧走。又走下十里多路，不觉日已衔山，红霞遍野。看那大路旁边一带树林，层层密密，那些投林的栖鸟，忽飞忽落，争鸣乱噪。柳绪的马并着那大车，正同柳太太们说那树林中的景致，只听见一枝响箭从那树林中一直射到车边。那些夫子同赶车的都慌了手脚，口里嚷道："不好！有黑头子来了！"柳绪不懂，问道："什么黑头子？"玉友也不答应，忙将车里的一张弹弓取下，又将褥子底下的一个白布口袋取出拉开，伸手去抓了三四把弹子，揣在怀里。叫车子住着，将柳绪叫上车来。玉友跳下车去，骑上柳绪的牲口，吩咐车子紧跟着灵柩，只管放着胆走，不要害怕。谁知包勇早已取出一根铁鞭，将牲口一催，已经迎了上去。玉友看见，催开马跟着追上，口里喊道："包大爷，不用你去费心，等我打发他们回去。"包勇回过头来，见大奶奶手中拿着一张弹弓，飞马而来。包勇笑道："大奶奶，你那弹弓只可打雀儿，这几个野狗他不怕这个。让我去一鞭一个打死了，替来往客人们除害。"他两个正在马上说话，只见那树林里有十三四个大汉，骑着快马飞奔而来。为首一个黑瘦汉子，手中拿着明晃晃两柄长刀，后面跟着的拿着器械。十几个人用青布包头，一群马灰尘抖乱飞奔而来。包勇将马正要磕开。玉友叫道："你让我一让！"说着，将马抢过包勇前头，将弹弓扯满一撒，叫声："去罢！"只见为首的那个强盗翻身落马，那个牲口出其不意，折转身就往树林里混跑。强盗的一只脚挂在蹬里,一时褪不出来,被马拖住,将个脑袋在树根上挂去了半个。后面这些强盗一齐大惊,才要勒回马去,迎面的那个又掉下马来。那些强盗勒转马头,往回里要跑,只听见后面纷纷落马,更慌了手脚,只顾催着马跑,谁知又被包勇赶上,手起鞭落,接连打下几个。余外的强盗打开马,四下里跑散了,包勇也不去追赶。那受伤掉下马的强盗,站起身来正要想跑,又被玉友一弹一个打了睡下。包勇跳下马来喝住灵柩,叫夫子们将带着的麻绳,"将这些在地下挣命的强盗,都给我捆起来!"包勇问道:"咱们到站上还有多少路?"夫子们说:"还有十来里路。"包勇道:"我记得这里有个什么衙门?"内中一个夫子用手指道:"那村子里就有个巡司的衙门。"包勇抬头看那村子不远,夫子道:"还不上三里来路。"包勇听说,就叫夫子将强盗的马换了一匹骑上,对着大奶奶道:"我去报官,大奶奶照应着。"玉友道:"你只管放心,不拘有多少来,照样一弹子一个。"包勇又吩咐夫子们帮着小心照应,说着将铁鞭拽上,带开马竟往村子里来。

不知找着了巡司没有,且看下回分解。

第十二回　皮老爷无心获盗　祝公子有意邻船

话说包勇来到村中,见土房草屋不多几家。路旁有几个蓬头赤脚小孩子,骑一个大羊在那里吆喝玩笑,看见包勇骑着大马,都瞅着他嘻嘻好笑。包勇问道:"有个衙门在那儿?"内中一个大些的孩子用手指道:"那拴着大牛的门里就是衙门。"包勇听见,下了牲口,拉着走到巡司衙门前,只见满地下都是些牛粪,墙上贴着一张告示。上写着道:

东乡镇分巡厅加三级纪录五次皮为再行严谕事:照得本厅自莅任以来,署中屡次失窃。该弓役、保甲人等,并不认真辑捕,自相推诿,以至该贼肆无忌惮。复又于初五夜间,乘本厅醉后,该贼率领多人挖墙入室,竟将内宅各处地方衣服、首饰等项席卷而去。并偷去大猪二只、火腿一条、腌鸡三个、拜匣一个，内有当票四十五张。该贼等胆敢藐视，实堪发指。除据实申详查办外，合行再为严谕。为此示谕该弓役、保甲人等，务须上紧实力，将该贼等一并人赃缉获，送厅究办。如若得钱纵放，一经查出，立即锁拿治罪，断不宽恕。该役等须各凛遵毋违。特示

实贴署前。

包勇看完告示，不觉呵呵大笑，自言自语的道："怪不得这老爷姓皮，真姓得合式。"一面笑着，往里就走。

只见迎面来了一人：光着脑袋，一张焦黄精瘦的刮骨脸，蓬蓬松松的一嘴花白黄须；穿一件无领不蓝不黑土通八补的单布直裰，一只魆黑稀破白布单袜，拖着两片无跟青布破鞋；手里拿着个半边缺嘴的砂吊子。抬头看见包勇，问道："你找谁的？"包勇道："我要来见老爷的。你们老爷可是姓皮？"那人点头道："姓皮，名字叫做皮仁。"包勇问："是那里人？"那人道："这可不知，听不出是那里口音。我瞧他履历是议叙出身，应天府人。请教大太爷尊姓？打那儿来？要见咱们老爷有什么话说？"包勇道："我叫包勇。送礼部柳大老爷的灵柩、家眷回广东，路过此处。刚才在前面树林边遇盗，特地来见老爷，要当面说话。"那人听说，吓了一跳，答道："我就是本衙门的书办，姓张。咱们这官府听见了贼都还害怕，不要说是强盗。上司行下来缉捕文书堆如山积，他连瞧都懒得瞧，成天家在上房陪着太太喝酒，任什么事也不管。大太爷，你只瞧我这样儿，就知道了。"包勇道："门上的爷们是谁？"老张道："门上就是大少爷，是他承继的儿子，叫做皮求，任什么儿更不懂。这件事，我对大爷说，他父子两个最怕人熏，还怕人发狠。你到了门房里只管大嚷大叫，把官儿闹了出来，不怕他不出点子汗，松不得一点劲儿。我去打酒，回来听你的信儿。"

包勇会意，一直进去。见两旁东倒西歪有几间房屋，满地长的都是青草。三间大堂设着公案，看那桌上的灰，倒有一寸来厚。包勇将牲口拴在廊房柱上，随向东边走。到门房往里一瞧，见一个后生仰面躺在炕上，手里拿本《西游记》，正念到大闹火云洞，猪八戒去请观音菩萨。包勇叫道："门上是那位二爷？"那后生听见吃了一惊，将书放

下，转过头来看见包勇，一面坐起问道："你是那儿来的？"包勇道："我姓包，送礼部柳大老爷灵柩、家眷回广东，路过此处。刚才离衙门不远，被强盗打劫。家眷、灵柩都在前面等着，我特来见老爷说话。"门上的见包勇说话硬头硬脑，走过来陪笑说道："大爷请坐！我们敝上人连日身子不快，不能出来，一切事务都不能办。况且盗案，更该到县里去报才是。"包勇瞪着两眼大嚷道："你这话就胡说！现在你们该管的地方被盗，你们不管，要你这官儿在这里干什么？尽叫你们住着不要钱的房子，陪女人喝酒的吗？白吃了朝廷的俸禄，本身职分缉捕的事务不管，单学会了喝酒，这一方的百姓是替你家会酒帐的吗？你叫他打听打听我包大爷是谁！叫他别装糊涂，快快儿出来见我，或者还有好处到他未定。若再推三阻四的，不要说他是皮仁，就算他是个铁人，我也要挤扁了他！你快些进去回罢，大爷还要去赶路呢，没有这样大工夫在这里等他！"

门上的见包勇来得凶狠，想来这件事下不去，只得到上房通报。谁知皮仁已入醉乡，正在好睡。皮求着急，对他妈说，现有一人在外如此如此的这么一件事，快些叫老爷起来。那位太太将嘴一咧道："什么要紧，人家被盗与咱们什么相干？叫他到县里去报。"皮求着急道："我的老太太，我刚才叫他县里去报，惹他瞪着眼骂了一个难，只差要打。"那太太道："既如此，叫他写张报单来，再出四两银，咱们替他去报。"皮求急的跺脚，说道："我的妈！你怎么这样糊涂？现在他们家眷都在道儿上等着呢。"娘儿们正在说话，包勇在外等的着急，大喊大叫，渐渐嚷到上房来了。娘儿两个忙将皮仁推醒。皮仁闭着眼问："有什么事？"皮求将如此这般尚未说完，只听见隔院子的那一带板壁，被包勇一脚踢去，不觉惊天动地的一齐倒了。

皮仁吓了一跳，酒也惊醒，一翻身起来，赶忙跑出院子。皮求也挣着同了出来。包勇正在大叫。皮仁忙走上前去，说道："这位就是包二太爷吗？请到书房去坐。怎么跑到我的上房，又将板壁踢倒，这是什么话呢？我虽职小，也是朝廷命官，难道一点理法也没有的吗？"包勇道："这位就是皮老爷？你倒别拿这话来熏我！老爷说是朝廷家命官，难道朝廷叫老爷睡着做命官的吗？"皮仁见包勇说话结实,辞色甚厉,只得和颜悦色的说道:“我一时乱话,包二爷休要动气。请到书房坐下,我再领教这被盗的缘故。”包勇道:“天气快晚了,太太们车子在道上等着呢。我也不及同老爷细谈,就站在这里说两句罢。我们刚才走到对过的这树林里面,跑出十几个强盗,都骑着快马,手中拿着器械,前来打劫。被我们一顿铁鞭、弹子打伤了几个,掉下马来,现在俱被拿住,余外的四个跑掉。有一个为头的强盗呢,是受伤跌下马来,被马拖死。那几个都还活着,请老爷去瞧瞧。我交给老爷就要下店,天快黑了。”皮仁听说,心中大喜,忙答道:“我就去立刻吩咐门上,就去传弓兵、保甲伺候,赶忙备马。”一会工夫将皮仁乐了个使不得。包勇心下明白他乐的缘故,肚里暗笑,且不说破。

不一会,门上来回都已传齐。皮仁同包勇走出大堂。包勇看见三四个弓兵同那两个保甲,都是大风吹得倒的,看了甚觉好笑。那个姓张的书办,也站在面前。包勇问道:“张先生,你们镇上有歇店没有?”老张道:“歇店没有。只有一个武秀才刘家房子宽大,院子里歇得下车。也常有官府们来往赶不上正站,借他家住一宿。”包勇道:“很好。我就烦张先生,拿这里老爷的一个帖儿去致意。说柳大老爷的家眷,只有一辆篷车,赶不上站,借住一宿。饭食自备,只用他的柴水锅灶等项。明日重谢。我还有事同老爷商量,不能到站上去了。”皮仁道:“很好。你就拿帖子去说一声罢。”老张答应就去。

皮仁在大堂上牲口,前面一对弓兵喝道。包勇拉着马走出大门,骑上跟着,出了村口用鞭子指道:“那里就是。我先去伺候。”说着,磕开牲口飞奔而去。转眼之间,早已来到车边。柳太太娘儿两个见天已昏黑,四面荒凉,急的要死。虽有大奶奶壮胆,到底是个女流,地下又捆着几个强盗,等着包勇再也不来,玉友心中也很着急,只不好说出口儿,勉强安慰太太。这会儿看见包勇到来,就同得了恩赦一样,欢喜不小。包勇对夫子们说:“咱们到村里去过夜,明日多走几里罢。”下马到车前,回过太太同大爷们放心。只听见吆喝着:“皮老爷来了!”一直走至车边,勒住马问道:“那位是柳少爷?”柳绪听见,忙要下车,皮仁忙止住道:“少刻再见罢,先给老太太请安道惊。”又问包勇道:“那位马上的是谁?”包勇道:“那就是少奶奶。刚才这几个强盗是少奶奶打下来的。”皮仁大惊，说道：“敝治这几个强盗一时冒犯，少奶奶受惊了。”玉友道：“幸在老爷的边境上，得以保全性命，不然还不知作何狼狈。”皮仁无言可对，只得答道：“岂敢，岂敢！全仗少奶奶大力。”包勇道：“天色已晚，请皮老爷将强盗收去。”皮仁道：“我的衙役没有几人。同包二爷商量，叫几个抬材的夫子帮着抬到衙门去。这里只须留几个人看着灵柩。太太的大车只管赶到村里先去歇息。”包勇道：“皮老爷说的甚是。”吩咐赶车的，将车吆喝着往前先走。张玉友骑马跟大车。包勇叫那些夫子用材上小杠，同着弓兵将几个强盗抬着，跟皮老爷送到巡司衙门，余下的夫子看灵柩。一群人都往村里抬来，不一会俱来到东村镇口。

包勇将马催开，先进村去。那大车还在前面等候。包勇到衙门口瞧见老张，叫他引路。走了十几家门面，就是刘秀才家。将车一直赶进去，见很大一个院子。上面一带有十几间住房，东边一溜都是厢房，两边是马棚、牛栏。院子里站着个三十来岁的人，戴着武巾，穿一件青纱窄袖单衫，系一条三寸宽的鸾带，蹬着双冲头皂靴，在那里指手画脚的照应。玉友早下牲口，柳绪下车，夫妻两个端条板凳扶柳太太下车。老张对包勇道：“那位就是本家刘大爷。”包勇听说，赶忙回过太太。柳太太命柳绪过去见礼道谢。刘秀才赶忙过来拜见太太同大奶奶。吩咐小子点上一枝红烛，照着太太们进去。屋里面一个大炕，倒很干净，四面裱得雪白，桌椅台凳都收拾的很好。包勇卸车，柳绪夫妻帮着搬运。小丫头只好扶着太太，拿个手巾痰盂而已。

包勇正在料理，听见有人找张先生去说话。老张对包勇道：“那件事总在晚生身上，只要求包大爷照看晚生。”包勇道：“你尽力去办，交给我，不用多说。”老张点头，一直来到衙门里。刚走进大堂，遇着皮求说道：“老爷在签押房等你说话，再也叫不来了。”一面说着，同老张进去。皮仁坐在里面，见老张进来，对皮求道：“你去小心照应强盗，多传几名更夫，休要偷懒。”皮求答应了出去。老张走到桌边说：“老爷叫书办？”皮仁道：“我叫你来商量办个详稿，咱们竟给他连夜一报。我的意思且不报县，先尽上头通报，过后再到县里去报。你想想看，使得使不得？”老张道：“话都没有说过，怎么老爷去报起来?”皮仁道:“同谁说话?”老张道:“谁拿的强盗,就同谁说话。”皮仁道:“在我境上拿住的,难道他还要送到别处去不成?”老张道:“书办也不管这闲事,刚才听见那个姓包的同那位少爷说道:‘如今交给了他,也不怕他放掉一个。咱们见了巡按大人,若是大爷说不来,我帮着大爷将这件事从头至尾说个明白。’书办听见这话有些不对劲儿,我就顺便打听巡按大人同他们是个什么交情。谁知是柳大老爷的门生,柳太太正要去找他呢。老爷想,这口水儿吃得下吃不下?”皮仁听说,冷了半截,说道:“既如此,我为什么给他们管强盗?倒没有那么大工夫。叫人抬到他们那里交还了罢。”老张笑道:“老爷这些话,都不是对书办说的正经话。”皮仁道:“这不是正经话,谁合你说笑吗?”老张笑道:“随老爷怎么办,书办如何知道呢?老爷没有什么吩咐,书办出去了。”说罢,转身就走。皮仁叫住道:“你站着,咱们再商量。”

老张道:“老爷各自拿主意。”皮仁道:“你给我拿个主意,到底是办还是不办?”老张道:“书办没有什么主意,请老爷自家做主。”皮仁道:“办不办与我总不相干,也没有什么要紧。”老张冷笑道:“办呢,老爷升官。不办呢,老爷坏官。”皮仁道:“我不懂,你倒说给我听。”老张道:“书办不过混说,老爷怕不明白。”皮仁笑道:“你既知道我的心事,何不替我想一个主意。”老张道:“老爷实在心里要怎么办的道理,不要藏头露尾,半吞不吐的。拣直对书办说了,书办好拿主意。”皮仁道:“我的意思,要求柳太太,叫他将这几个强盗给我去办。柳太太他怕死了强盗,听说我要,再没有不依的。你说使得使不得?”老张摇头道:“这还不是正经主意。”

皮仁放下脸来说道:“左不是,右不是,难道我叫你进来开心吗?”老张道:“老爷请息怒,书办见老爷这些说话,都不要办的实话。如果要去求柳太太,岂有柳太太住在咱们镇上,连个人儿也不差去请请安,一口水儿也不送去请人喝喝,平空的跑去问他要强盗。那柳太太未必是个傻子。就算柳太太肯了,那个姓包的同那大少奶奶出死力拿着强盗,白叫人拿去升官请赏?除非老爷是他们的什么,这倒论不定。若白不相干的,这就是难说了。”皮仁道:“我岂不明白,但不知那姓包的是怎么意见?”老张道:“姓包的有什么意见？人已交给了老爷,等着巡按大人合老爷要强盗,少了一点儿就是乱儿。”皮仁道:“依你的意思是该怎么办呢?”老张道:“书办的意思说出来,老爷必不肯办,所以书办也不便说。”皮仁道:“你只管说。如能行得,再没有不依的。”老张道:“既如此,头一件事先着人送些蜡烛、茶叶、点心过去,说道‘老爷现在审着强盗呢,一会儿再过来请太太同少爷、少奶奶的安。’这里赶紧备个便饭送去。等书办私下去见老包,同他商量,只要他肯将事办妥了,咱们就给他一个连夜通详。一面知会营县多拨兵丁民壮,老爷将几个强盗亲自解到按院衙门。那按院大人欢喜,保上一本,老爷立刻就是知县。若错了这个办法,叫别人办去,老爷一定是革职,还要留在这里拿那逃走的十几个强盗。老爷想,咱们这里连个贼也抓不着一个,不要说是强盗,那就难说了。”老张的一席话,将皮仁说的哑口无言。想了一想,站起身来说道:“我依着你办,姓包的总在你身上。我的光景,你是知道的,总尽我的力量就是了。我去叫他们收拾晚饭,一会儿听你的信罢。”老张道:“这件事,书办尽着心给老爷去办。老爷断不可张扬。各处的捕快常有到咱们镇上来踩缉,倘若叫人知道,这事就有些拿不定。”皮仁道:“很是。你就去罢,我若得了知县,必定重用你。”老张道:“总是老爷的恩典。”皮仁去张罗晚饭,送东送西,上房里忙做一堆。

老张心中有了主意,慢慢走到刘秀才家来。只见包二爷同刘大爷站在院子里谦让。老张问道:“二位谦些什么?”包勇道:“刘大爷一定要备晚饭,咱们太太说断不敢当。刘大爷说已经办现成了,这怎么说呢。”老张道:“罢呀,刘大爷是个孟尝君,最爱做个人。包大爷再上去回声太太,领了刘大爷的这点心罢。”包勇见他情真,只得上去回过太太,出来称谢,领了盛意。刘秀才进去料理。

包勇在车上取马褥子,铺在地上,就邀老张同坐。老张道:“那件事敝官府有点眉目,总要请教大爷是个什么光景?”包勇道:“我是个直爽人,瞧你们的那个官儿,也是挤不出大血的。我也不要他的一千八百,只叫他好好的给我一百两光边纹银,赶车的同夫子们,叫他每人赏一两银,今日晚上送来。你去生发他多少,我也不管。我这里头明叫你发个财，但是他一会儿也断拿不出这些。你不如叫他写张票子给你，就说你替他借银子给咱们，叫他过几天设措还你，也就很好。若是马上逼他拿出来，就逼死他，也是无益的事。”老张道：“大爷见得是，我就在这里谢谢。”说着，跪下去磕头。包勇忙拉住说道：“强盗的那几匹马，是我要的。你这会儿过去，就给我拉过来，一同好喂。”老张道：“那容易，我就去叫人送来。竟是这样，遵命去办。”包勇点头，老张辞别，欢喜而去。

刘秀才里面送出饭来，却是大盘大碗。包勇接着送了进去。玉友摆好盘碗，替太太斟酒。夫妻两个坐下，一同畅饮。正吃的高兴，皮老爷又送饭来，包勇叫他们抬到上房。柳太太瞧了一瞧，命大奶奶将清淡些取一两样过来，桌上肥鱼大肉换下去，都叫包勇拿去吃饭。包勇答应，搬到院子中间，摆在地下，将赶车的同夫子们都叫出来，大家同吃，又打上十来斤酒。包勇领着他们坐了一地，吃得闹热，唱的唱，说的说。只见巡役拉着三四个马来，包勇起身接了，拴在树上，就叫巡役也来喝酒。又烙了些饼，下些面，叫他们尽量吃个大醉大饱。

老张来找包二爷说话。包勇连忙站起身同到东厢房里。老张笑嘻嘻的在怀里掏出两大包银子，递与包勇说道：“请大爷收了。这还有二十五两银子，是赏夫子们同赶车的。”包勇将两大包接了，揣在怀内，手里拿着小包儿问道：“你的呢？”老张道：“蒙大爷提拔，晚生发五百银的财，他写了一张借票，用上印，总在十月以内归还，明日先给五十两。”包勇道：“也罢了，拿几两银子买点产业，也够你下半辈子的过活。”老张千恩万谢道：“蒙大爷的恩赐。”包勇道：“不用提起，咱们去喝酒罢。”老张道：“本该陪大爷坐坐，我还要赶着去办详稿。”包勇道：“既如此，倒不便留你了，竟请罢。”

老张去后，包勇来到上房，将小丫头支使开去，就将上项事情回明太太，怀里取出银子来。柳太太道：“这是你辛苦来的，快些收去。”包勇道：“全是大奶奶的力量。”玉友道：“我不过助你的威势。今日若非有你，我如何成得了这功？你竟收去罢。”包勇取了一封，谢过太太，收在怀里。柳太太命大奶奶也收下那封银子。包勇出去，将皮老爷赏的二十五两交给众夫子同赶车的，均匀分散。众人大乐，都去歇息。到了五更，就收拾起身，人人高兴，望着大路扬扬而去。包勇回过太太，将两匹好马送给刘大爷，作为谢礼不提。

且说老张来见皮仁说："银子全已交代。包二爷说，请老爷放心，太太同大爷见了按院，一字不提，有可以为力的地方，还要替老爷说句好话。"皮仁听说，欢喜不尽道："咱们连夜就通详罢。"老张道："先给他个通禀，再备详文。差个能走道儿的弓兵，多赏些盘费。他就起身，兼程赶去投递，然后再赶着通详，这就办得结实。"皮仁赞道："很是。你就是在这里办起禀稿。我叫人去请几位相公来，帮赶着写。"老张答应，立刻在签押房里办了个禀稿，递与皮仁，在灯下念道：

铜山县东乡镇巡检司皮仁谨禀

大人钧座：敬禀者，窃卑职自任事以来，凛遵宪谕，时刻留心捕务，不敢偷安。兹于本月初四日申刻，据弓兵黎金等禀称，有强盗数人手执器械，拦劫行客。卑职闻报，立即带领弓兵、保甲人等亲身往拿。该犯等意欲脱逃，抵死拒捕。卑职带领弓兵奋勇格斗，将该犯等七名全行打伤，一并擒获。现在移详营县，俟兵役到镇，卑职亲自解赴宪辕，听候审办。除备文照例通详外，合行先具芜禀。恭请福安，伏维

慈鉴。卑职仁谨禀。

皮仁念着，一面点头。念完之后，说道："很好。快些写起来。"门上进来回道："请了两位会写字的相公，在书房里坐着呢。"皮仁吩咐点灯出去，又叫老张赶着写出一个来做样子。闹了半夜，写完通禀，赏了弓兵盘费，连夜差他动身。

初五一早，营县的兵役到齐。皮仁叫木匠连夜做下木笼，将强盗装入笼内，亲自起解。一路小心管解，直到了按院衙门。审出实情，果然是屡次行劫杀人的首伙盗犯。

按院大人欢喜皮仁认真缉捕，将他提拔起来，后来竟做到知县。那老张发这注大财，置些产业，竟享了后半世的安乐。这些都是后话不提。

柳太太们从此暮宿朝行，又走过几站，不觉到了清江县，是下船

的码头。包勇寻客店住下。卸去大车,将灵柩抬到码头上,卸掉了杠,就有船行里来揽买卖。包勇同着到河下看来看去,拣了一只荆州划子,讲成一百五十两银子,送到江西南安府交卸。当时立了行契,兑交一半银子,转来回过太太。那些赶车的同夫子们,都得柳太太的赏赐,十分感激,俱要等着伺候太太上船。包勇又将那三个牲口卖了二百五十吊钱,将船上的米炭菜蔬办了个全备。趁着夫子们就将灵柩安设中舱,请太太们下船。柳太太住在房舱,柳绪夫妻住在官舱。柳太太因他们没有成亲,到底不便,况且孝服已过了两年,心中急欲抱孙,所以来到路上叫他两个已成了夫妇。此时下船,就令儿子媳妇住在官舱。包勇住了头舱。诸事齐备,祭过河神,放了一大串鞭炮。船家道过喜,大筛着金锣,扯起布帆,开船前进。

柳太太自从上道以来,在车里早行夜宿,十分劳顿。今日坐了大船,觉得异常爽快。船中无事,娘儿两个提起当年无可倚靠投入尼庵,"若不是老师父慈悲留住,我娘儿两个已为乞丐,如何得有今日。又蒙他师弟兄们殷勤照应,不致冻饿。去年春天那一场大病,可怜智能衣不解带的服侍我一个多月,将他的衣服当个罄尽,给我服药调理,同自家儿女一样。可怜那天见咱们起身,哭的发晕,你叫我这段心肠如何丢得他下?"说毕,母子掩面而哭。玉友再三劝慰道:"太太不必悲念,既蒙慈爱智能,媳妇不敢隐瞒。禀知太太,将来总有见面之日。"柳绪忙跪在膝前,哭泣不语。柳太太道:"你这是仔吗呢?"玉友说道:"因太太提起智能之事,其中有个缘故。那年贾府的凤二奶奶,带着宝二爷同蓉大奶奶的兄弟秦大爷,在庵中住着料理丧事,智能同秦大爷有终身之订。谁知秦郎寿短,此事中止。那年太太到庵之后,他见咱们大爷声音笑貌活像秦郎,因此一段痴情,又有终身之念。自愧未曾蓄发,不敢启齿。又不料师父刚死,琏二哥给媳妇成了这段姻缘,因此他更加悲苦。媳妇知他两个有这一段难说的苦情,已再三谆嘱,令其蓄发静守,慢慢禀知母亲开点慈恩,接他来了结一段姻缘。不意母亲心中十分垂念智能,媳妇不敢不禀明缘故。"柳太太扶起儿子,点头叹道:"你们既有这些缘故,对我说明,这又何妨。将来这事怎么了结,只好写书子托贾府上带他回南,再作商量。"

娘儿们说了一会,又问起:“你怎么学会弹弓骑马?”玉友道:“六七岁时,跟着父亲在间壁净土寺里念书。寺里有个烧火老和尚,他本是少林寺出身,又会看相。他对我父亲说,‘这个姑娘要叫他学些男人们的武艺,将来很有用处。’父亲问道:‘叫他学个什么武艺?’那和尚道:‘舞枪使棒都不可少。我先教他学个轻松些武艺子。’就传我打弹子,成天家不住手的学,直学过五六年,才成了功。和尚道:‘有这样本事,一生受用。这叫做随心弹子,不拘要打那里,随心所欲,百发百中。’后来到了馒头庵,闲着无事,在后院里同那些师弟兄们学骑牲口。”柳太太道:“怨不得我那天见你上马比绪儿还灵便。”柳绪笑道:“好姐姐,你教我打弹子。”玉友笑道:“要拜师父的那么容易,拜也不拜就教你?”柳绪道:“我拜,我拜!”说毕,对着玉友跪将下去,一连气磕了七八个头。惹的柳太太哈哈大笑。把个玉友面胀通红,笑道:“你真是个傻子！叫船上的瞧见,像个什么样儿?”柳绪道:“我拜师父,这怕什么?”大家说笑了一回。自此柳绪尽心尽意学打弹子,后来倒也学了些工夫。

且说船中行了几日,这天已到扬州,在码头上将船暂为停泊。那码头上先有一只官船停着,柳绪在舱望那旗上写道“礼部大堂”,看那船是只大沙飞船,前后的旗枪牌伞俱极体面。柳绪正在观看,不觉两船早已相并。见那船舱里站着一人,瞅着柳绪忽然叫了一声“哎呀!”

不知是谁,且看下回分解。

第十三回　赠佩盟心绿杨城郭　泪痕留面风雨归舟

话说柳绪见两船渐渐相并,只顾看那朱牌上的官衔。不提防对面舱里有人将他看了半日。听见叫声“哎呀!”柳绪回转头来,见一个绝标致的人,不知是男是女,打了个照面。两船相并,这边舱门紧对着他的板搭,瞧不见那人是谁,心中闷闷。你道那只船里是谁?原来就是礼部尚书祝凤的公子,名叫梦玉。因祝太夫人知道松节度业已出京,告假回杭省墓,差梦玉到扬州迎接表叔,泊在码头等候。

这梦玉是祝府的命根,三房共此一子。因六月十八是老太太七十大庆,赶着二月间就将梅家的海珠、掌珠两位小姐娶了过门。这海珠、掌珠是双生姊妹,都生得花容月貌,俏丽非凡,又知书识字,写画皆能。只是梦玉的脾气与人不同。他虽自小儿最喜在姑娘、丫头们里面打交道,不要说是四亲六眷的奶奶、姑娘们他见了亲热;就是一切家人媳妇、老妈们,他也是一样的心疼。但凡粘着堂客,那怕极蠢极陋的,得罪了他,也不动气。他常说:"世上女人越生得丑陋的,越要心疼他。那生得标致的,就如玉蕊琼花,令人可敬。不但我敬他,凡有恒河沙数大千世界男人,见了琼花玉蕊,无人不敬。那个丑陋的,就如香花良玉,不过外面颜色平常,其晶莹香洁与标致的同一天性。我若不疼他,岂不叫大千世界媸皮裹妍骨的女子。终身总遇不着卞和,伯乐?古今来不知委屈死了多少妇人女人。因此阎王殿上个个都是含冤抱屈的难消此恨。那阎王爷也怪世上男人专只以貌取人,屈死了多少媸皮妍骨。因差鬼判将那看不出媸皮妍骨的男人,尽数拘来,将他的眼光剥去三层,令他转生人世做个近视眼。所以如今十个人倒有七个近视,都是这个报应。"老太太们听见他说这些议论,知道这孩子前世是个情种,难以劝化。况且三房共此一子,只好随他同这些丫头、姐妹们一堆儿的玩笑,并不拘束。无如他的性格另有怪处,生来喜静不喜动。每天教丫头们写字学画之外,焚上好香摊书默坐。即或出去应酬,遇着语言无味面目可憎的,相对如坐针毡。若遇心眼儿欢喜的人,虽素昧平生,立刻就成莫逆。因此落落寡交,知音甚少。这样一个风流蕴藉的公子,并不贪淫嗜欲。同梅海珠做亲以后,也还同姐妹一样,不在夫妻枕席之爱。梅家两位小姐见梦玉清心寡欲,倒十分欢喜。惟老太太望着要抱曾孙,见梦玉夫妻之间全不在意,反以为忧。凡是老太太房里以及桂夫人身边这几个有姿色端庄伶俐的姑娘,纵着他们与梦玉玩笑,从不拘管。谁知梦玉虽极意的怜玉怜香,并无一点苟且。连那些姑娘们也忘了梦玉是个男人,所有一切闺中事务,并无避忌。这也不在话下。

且说梦玉带了个老管家并一班的家人、小子,奉老太太之命,来到扬州迎接松节度，泊在码头等候。闲暇无事，站在官舱窗口，看那河里往来船只，见有一只大江船拢了过来。望那桅杆上黄布大旗上写着“礼部仪制司”五个大字，中舱窗口站着个俊俏后生，仰着脸看这边的桅杆上。梦玉看他好生面善，总想不起来。那船已拢在面前，梦玉越看越熟，心中十分爱慕，不觉那船已拢到码头。梦玉在官舱里看不见那人，因失口叫道：“哎呀！”中舱的家人小子、老管家都进来问道：“大爷为什么？”梦玉道：“你们快些去打听间壁的这只船是谁，我要拜会。”内中有个家人叫做周惠，问道：“大爷要拜他船上的那一位？”梦玉道：“我要拜方才站在官舱窗口的那一位。你去说，别的老爷们我都不拜见。”周惠笑道：“知道那窗口的是个上人，还是个下人？”梦玉道：“就是下人，我也要去拜见。”众家人们都知道大爷的脾气，不敢违背，只得答应，过去打听。不多一会，进来回道：“打听明白，是礼部仪制司柳大老爷的灵柩回广东。船里并无别的官亲老爷，只有柳太太同少爷、少奶奶三位，一个小丫头同一个姓包的家人，一共上下五人。刚才大爷见的，就是柳大少爷。

梦玉听了大喜道：“原来是老爷的同寅。咱们是通家弟兄，尤其该见。”对着老管家查本道：“查哥，你叫张彬、王贵赶紧去办两桌酒席，俱要体面。立刻就来。一桌是给柳大老爷上供，一桌是送柳太太的。我立等着就要，快去，快去！”查本道：“只要备一桌就够了，供过柳大老爷，就请柳太太，又何必要送两席？”梦玉道：“断使不得的，你依我去办就是了。”查本想来强他不过，赶着叫张彬、王贵上岸，到那有名的大酒馆内办两桌体面酒席，一个馆子若来不及，就两处分办，总要很体面。张彬们赶着去办。那扬州地方乃锦绣繁华之处，不要说是两桌，就是两十桌酒席，也可以谈笑而得。梦玉在舱里一刻也等不得，接连差人上去催赶。又等一会，王贵进舱回道：“酒席都已办来。”梦玉大乐，忙叫人备两个全帖，先差周惠、王贵、张彬、冯裕将酒席送过船去，“回明柳太太同大少爷，将供席摆好，点上香烛，我就过来上饭”。

周惠们答应出去，走过这边船上对包勇说了缘故。包勇接过帖子，进舱来回太太。柳太太接过帖子，看写着“世愚侄祝梦玉顿首拜”,中间一个签子上写着“菲筵致奠”四个字;又一个帖子写着“世愚弟祝梦玉顿首拜”。柳太太道:“这是拜绪儿的。”包勇道:“他家二爷们都站在船头上等着摆供呢。”柳太太道:“既是如此,又不好推辞,收下一桌供罢。”包勇道:“祝少爷就过来上饭。”柳太太叫绪儿赶着换衣服。包勇出来对二爷们说只收一桌。周惠道:“咱们家大爷的脾气,二哥是不知道的。收不收,一会儿等着太太同少爷当面说罢。他这会儿等着过来上饭呢。”众家人下舱,叫他们先抬一桌上来。大家手忙脚乱的摆满两张台桌,点上香烛,过去通知大爷。柳绪也换了衣服,等着迎接。

不一会,船头上家人、小子纷纷站满。梦玉走过这边船来。包勇看见大吓了一跳,谁知就是宝二爷!赶忙迎着,打个千儿说道:“请爷的安。”梦玉低下头去一看,问道:“你是谁?怎么好面熟!倒像在那儿见过。”包勇道:“小的叫包勇,原先伺候过二爷。”梦玉道:“那个二爷?”包勇才知道他不是宝玉,因说道:“在荣国府贾老爷家伺候过宝二爷。”梦玉摇头道:“你狠像在过我家。”周惠道:“柳少爷出来接大爷呢。”梦玉掉过头来看见柳绪,将他上下一看,赶忙拉着说道:“大哥,我同你是那里一别,直到如今?”柳绪也将梦玉细看一会,说道:“实在会过,一时再想不起。”说着同进舱来。走到中舱,家人们早已铺下垫子,梦玉跪着敬了酒饭,拜了四拜。柳绪跪着回礼,起身另又拜谢。梦玉道:“进去拜见太太,咱们再说。”柳绪陪进官舱。

柳太太见梦玉头带束发紫金冠,身穿月白铁线纱袍,颈上带着个八宝赤金圈,胸前挂着个羊脂玉碟子大的福寿连绵锁,腰紧着大红如意连环绦,两绺打金结子的大红回龙须直拖在脚面上,脚下登着双粉底乌靴;生得面如冠玉,目秀眉清,同柳绪一样的丰姿,觉得面目之间另有一种妩媚。梦玉见柳太太,赶忙恭身见礼,至诚跪拜,忙的柳太太赶着回礼。梦玉问道:“还有位大嫂子呢?想在房舱里,也得拜见。”说着,往里就走。玉友听见,赶忙走了出来,瞧见梦玉活像贾府的宝玉,心中大为惊异。走上前,三人同拜一回,彼此坐下。小丫头过来磕头。梦玉问道:“太太是回到那儿去?”柳太太道:“伴先夫子灵柩回粤。前在京城素闻公子英姿聪俊,翩翩云鹤,今幸相逢,深慰渴念。”梦玉恭身答道：“侄儿愚拙不才，荷蒙奖誉，刻下与柳哥觌面相逢，如见旧雨，此三生之订，定有前因。不知太太在此处尚有几时耽搁？”柳太太笑道：“小儿蠢陋，过承相契。我此间并无耽搁，就要开行。”梦玉道：“才幸相逢，何忍就别？三生之缘，谁知如此浅薄！”说毕，不觉掩面而哭。柳绪夫妻瞧见梦玉，触起贾府的情分，想起琏二哥同宝钗、珍珠两姐姐的那番恩义，临别时那一种的离恨，无限伤心，也止不住纷纷流泪。三个人各有心事，各人哭的悲切伤感。只有柳太太因路已走了一半，心中颇觉欢喜，毫无可悲之处。看他们尽着对哭，甚是可笑，再三劝慰。三人哭毕，梦玉道：“柳哥之母，即我之母，岂有天赐相逢就忍远别！求太太暂留数日，尚有商酌。”

柳太太正要回答，只见包勇进来回道：“祝大爷送的两席，一桌上供，那一桌还晒在船头上。天气炎热，请太太示下。”柳太太道：“真个我倒忘了，也没有谢谢大爷。你备一席就罢了，何必又送两席？”梦玉道：“这又算个什么。”对包勇道：“供的那一席赏了你去吃罢。将那一席交给我的家人，叫咱们厨子收拾，送过船来，我在这儿陪太太吃饭。”包勇答应，照着去办。

梦玉对柳太太道：“方才一事，尚未对太太说明。”柳太太道：“是件什么事？”梦玉道：“太太数千里长途跋涉，为的是回家安葬。我想死者总以入土为安。我家很有山地，太太去拣上一块将老爷下了葬。我家房子空的很多，不拘你老人家爱住那里，就住那里。若再要怕烦，我家还有几个庄子，十分幽静。你老人家同大嫂子住着，大哥同我念书，等着服满，就在这里入考。若是这点子薪水用度，我还供应得起。这件事太太必要应我。”柳太太笑道：“承你这番美意，我岂不愿意？只是老爷在病中颇念家乡，临终的时候说道：‘我这几根骨头能够归葬祖墓，我死也瞑目。’谁知身后当卖一空，我同你大哥流落尼庵，朝不保暮。幸亏你大哥遇着贾府琏二爷，结了生死之交，慨赠千金，专差这包勇送我们扶榇还家；又给你大哥娶了嫂子。我若在此间住家安葬，不但我老爷心下不安，叫我娘儿们将来何面目见贾府的琏二爷呢？琏二爷待我们情义，就同今日你待咱们这样亲热，我若负他，也就如负你一样。”梦玉道：“听太太这样说起来，是万不能在此间住下的了。”说着，眼圈儿又红起来。柳太太见他如此亲热多情，也觉心中难过，不觉掉下泪来，说道：“我在此耽搁三天，领你的这番美意。你既不弃我娘儿们，我回去安葬后，总以三年为约，必来就你，也断不失言。”梦玉流泪道：“过了三年，未必记得梦玉！”柳太太同着柳绪夫妻一齐哭着，说道：“倘负此约，此去前程不利。”梦玉听见，赶忙走到柳太太面前，挨身跪下，泪流满面，说道：“总在三年，望太太来给梦玉做二十岁生日。”柳太太一面哭着，将他扶了起来，点头应允。

包勇进来回说晚饭已备。玉友同着小丫头摆好桌子。梦玉命小丫头出去：“将我的四个小子叫来！”小丫头答应出去。不一会，领着四个小子进来。柳太太看见四个小人儿都生得很清秀，一色的穿着青纱衫，脚下都是大红蝴蝶履，俱不过十二三岁的年纪；前发齐眉，后发披肩，顶上是大红绒绳儿扎着两个双丫髻。梦玉叫他们见过太太同大爷、奶奶。柳太太问道：“叫什么名字？”梦玉挨着指道：“福儿、禄儿、寿儿、喜儿。”梦玉吩咐小子们伺候吃饭，柳太太领着姊弟坐下，包勇上菜。梦玉道：“包勇，你将我的那几个人也都叫来伺候。”不一会，四个人一齐进来，给柳太太们磕头。梦玉道：“你们邀着包勇过去，大家热闹。吩咐船上，将船放在凉快地方，不要拢岸，四面透风，连我的船也放了过去。两边船上多多的赏他们些钱，也叫他们喝个快活”。张彬等答应，依着去办。柳太太又吩咐包勇“要在扬州耽搁三日”。包勇答应，自去照会船上。王贵等将大盘小碗摆了一桌，饭也端了过来，将包勇邀过船去。两边船上赶忙起橛，打了一棒金锣，一齐打着号子，将船开去，离码头有七八里来路空阔地方，十分幽静。

柳太太娘儿四个对水畅饮，慢慢的将在京流落光景直说到长亭同琏二爷、宝钗、珍珠分手的话，细谈一遍。梦玉听出了神，半日才定，对柳太太 道：“这几个人的名儿好熟，我怎么能够见他们一面才好。”玉友又将宝钗、珍珠是怎么个模样，怎么做人，祝太太见了是怎样的欢喜。说犹未毕，梦玉呆呆的又出神去。隔了一会，叹息道：“世上的人，为什么不都是琏二哥同宝钗、珍珠，叫我时常相遇？何以叫我活了十六年,今日才遇着太太同我的绪哥、嫂子?那个琏二哥同宝钗、珍珠两个姐姐几时也叫我见这么一面,我就死也甘心,不枉我在世界上做过一番人。"柳绪道:"我听见珍珠四姐姐说,今年秋间准要回南,琏二哥们自然是一齐回来的,横竖兄弟也快见着。你若是见着他,替咱们诉诉离衷。"玉友道:"兄弟若是见宝姐姐同珍珠四姐姐,你叫他们不用惦记,不过三年就可见面。"梦玉道:"他们如果回南,我一定得见。若见了面,这些话我会说,还要给大哥哥同姐姐添上些说话,横竖叫他们听了要流下一桶眼泪。"玉友笑道:"你是爱流眼泪,有一桶你拿回家去泡茶吃。"梦玉笑道:"如果得宝钗、珍珠的一桶眼泪,我赶着将脑袋浸在里面出个新样儿,叫阎王爷再找不出第二个眼泪淹死的鬼。"柳太太大笑,说道:"罢呀,笑的我酒也吃不下了。"玉友道:"说说笑笑正是要太太多吃杯酒。今日兄弟花了多少钱,太太不吃个大醉,不委屈了他的这番敬意!"柳太太笑道:"你倒会替你兄弟待客。"梦玉笑道:"这才是我的好姐姐呢。"柳太太道:"咱们饮酒,叫这些孩子们饿着,也吃的不自在,倒不如拿几样菜,叫他们先去吃饭罢。"柳绪道:"太太说的是。"叫玉友递与他们。梦玉叫小丫头也同去吃饭。玉友点上银烛,娘儿四个直饮到半夜才散。

水面风凉,颇觉清爽,王贵们过来请大爷安歇。梦玉道:"我就在这里陪柳太太住宿。将我的便服送过来罢。"王贵们答应,就过船取来。小子们伺候换了睡衣,摘下金冠,脱去靴子。众家人各人去睡。柳太太们又喝了会茶,叫梦玉同在房舱安歇。

次日,梦玉一早起来,披衣走出。见柳绪夫妻都因昨宵过醉,此时正在好睡。梦玉一人甚觉无趣,歪下身子就在玉友旁沿睡了下去,不知不觉也入了睡乡。众家人起来,听见里面并无声响,不敢惊动。船家将外面雨搭板卸了几块。时交巳正,玉友朦胧睡醒,看见满窗红日,悄无人声,柳绪里边尚自好睡,觉得身背后像有一人睡着,赶忙坐起身来,见是梦玉一堆儿睡着。看他脸上白里泛出红来,洁如美玉,令人可爱。玉友用手在他脸上摸来摸去,梦玉惊醒。看见玉友坐着,将头抬起来睡在嫂子怀里。玉友问道:"你多会儿来的?"梦玉道:"昨夜就睡在这里。"玉友将手在他头上轻轻指了一下,说道:"小油嘴!”梦玉道:“姐姐,你们回去了真个还来不来?”玉友道:“你放心,总在你二十岁以前,必来看你。”梦玉叹口气,一言不语。玉友道:“你绪哥最是多情,以后一日也丢不下你了。”梦玉点了点头道:“绿杨城郭是扬州,从此一段离愁,何时得了。但是绪哥丢不下我,姐姐你呢?”玉友不觉眼圈通红,将梦玉的手拉着在自己心坎儿上拍了一下。梦玉止不住两行珠泪直流过耳边,玉友也掉下泪来,忙取方汗巾给梦玉揩着眼泪。听见柳太太在房舱里问道:“梦玉过去了吗?”梦玉忙答道:“在这里同姐姐说话。”柳太太道:“你怎么不多睡一会?”梦玉道:“我起来,也让太太睡的舒服些儿。”此时柳绪随醒,同梦玉睡着说了会话。

玉友起来收拾梳洗,又给梦玉梳了头,换过衣服。柳绪也起来收拾,都请过太太的早安。柳太太吩咐玉友,买几尾好鱼给梦玉吃饭,再叫他多买些菱藕莲蓬来下酒。玉友答应,出来吩咐去办。柳太太又躺了一会起来,玉友服侍着梳头洗脸。时已晌午,包勇进来回说饭已齐备。柳太太吩咐摆饭。那边厨子送过几样精致菜来。柳太太们慢慢的用毕,众人收去。众小子伺候漱口净过手,都退去吃饭。柳太太又将道儿上遇着强盗,玉友打弹子获盗,巡检司送席,刘秀才家住宿的话,说了半日。梦玉不胜惊异赞叹之至。娘儿四个谈到明月满舱,方吃晚饭。这一夜更比昨宵亲热,直饮到斗转星移方才睡觉。

话休烦叙。柳太太在扬州住了三日,船家催着要行。偏生这日西北风大起,阴雨蒙蒙,柳太太忍着悲切决意开船。梦玉想来再留不住,吩咐查本赏包勇三十两银子,赏了小丫头十两一锭,江船上的船家、水手,一概重赏。柳太太取了二十两银子,赏那边家人、小子,另有四样礼物给老管家查本,取几十吊钱赏厨子及船家、水手。柳太太取出几样心爱东西,给梦玉做个纪念。玉友含着眼泪,将贴身带着的一块羊脂云蝠解了下来,亲自给梦玉套在贴身兜肚上,说道:“兄弟,这块玉是贾家珍珠四姐姐给我做纪念的,今日交给兄弟带在贴身,如我姐弟们常在面前一样。等我下回见面,亲自将东西来换。”梦玉流泪点头。柳太太命小子们将大爷的东西都搬过船去。梦玉瞅着柳绪,两个的心几乎都要伤碎。查本来请大爷过去,好让柳太太们开船。梦玉哭道:“我要送柳太太到瓜州江口,你将咱们的船也放了下去。”查本想道:“这是劝不来的,只得依他。”出去吩咐。柳太太泪流满面的说道:“好儿子,你别送了,过船去罢。等我到家里安过了葬,我就带着他两个到你家来,长远的住着。”梦玉摇着头哭的悲切。柳绪同玉友已经哭出了神。

这日下雨,正是东北顺风,不过一顿饭的工夫,走了三十多里,已到瓜州江口。水手们下篷,将船收住。那只大沙飞船也拢了过来。查本们过来请大爷。柳太太站起身来拉着梦玉说道:“儿子,你过去罢。”玉友夫妻拉着梦玉放声大哭。梦玉要跪下去给柳太太送别,才将身子一弯,不觉一个头晕,栽倒船中。柳太太看他面无血色,已不省人事,急的大哭大喊。柳绪见梦玉这样光景,心中十分悲恸,不觉大叫一声,也栽倒舱中,牙关紧闭。玉友同柳太太急的叫了这个,又叫那个。包勇同祝府大小人等,急的没有主意。内中只有查本是五十外的老成人,颇有见识,进来回柳太太道:“太太同大奶奶不用着急,两位大爷都是为离情所感,心伤气闭,一会儿气定,自会苏醒。依着小的愚见,竟将我们大爷轻轻抱过船去,一者身子动动可以顺气,二者趁着不省时候太太们竟开船去,等着两位大爷醒了过来,不过望着江上大哭一回也就罢了。”柳老太太听说甚是有理,就叫包勇好生抱着,吩咐大奶奶亲自送过船去。到了那船,轻轻放在炕上。玉友看他如此情形,那里撇得掉,泪如雨下,将他抱住,叫了多少声梦玉兄弟。包勇催道:“请奶奶过船去罢!一会儿祝大爷省过来,准定又去不了。”玉友无奈,只得硬着心肠,挥泪过船。包勇忙赶叫船家扯满布篷,一直出了江口,扬长而去。

这梦玉晕了一会,忽然打了个喷嚏,这些围着的家人们一齐的混叫。梦玉睁开眼来忙问:“柳太太呢?”家人们回道:“去了好半日,这会儿至少也走了一百多路。”梦玉听见,叹了一声说道:“你们出去,让我歇歇。”众人答应,一齐散去。梦玉躺了一会,站起身来问小子们道:“柳太太的船是向那边去的?”福儿用手指道:“向着大江南去。”又问道:“我方才是怎样来的?”福儿们将大爷怎么晕倒,柳大爷亦晕倒,大奶奶怎么送过船来,抱着叫了几百声兄弟,流了大爷一脸的眼泪,后来是怎么过去,怎么开船,一五一十的说了一遍。梦玉长叹数声,说道:“柳绪多情!”叫喜儿取小镜过来,照见脸上皆是泪痕,叹息道:“天下人几个似他! 你看那江水滔滔,我这一段离愁何时得了!”喜儿接过镜子。梦玉指道:“岸上是个什么庙?”禄儿道:“听说是金龙大王庙。”梦玉道:“你去叫王贵们备了香烛,我要上去拈香。”禄儿们出去吩咐。这里寿儿等赶着端了水来,梦玉道:“做什么?”寿儿说:“请大爷洗脸,好去拈香。”梦玉道:“放狗屁! 这脸上是柳大奶奶的眼泪,岂可擅动得的! 还不快些拿去!”寿儿将水依旧端了出来。

王贵们进来回道:“香烛备齐,请大爷拈香。”梦玉走出舱来,站在船头上。因下过了一阵细雨,恐跳板发滑,上面都将棕毯垫着,前后家人们扶住上了岸。走进庙去,和尚们出来迎接。来到大殿拈了香,跪在地下,口中默祷:“愿神圣保佑柳太太娘儿三个一路平安,顺风顺水,早早到家。再保佑着三年之内,如约相见。俟与柳氏母子见面之后,定来挂袍还愿。拜祷半日,起来四周闲步,不觉别绪离肠万分难处,就将和尚的笔拿着,在那粉壁墙上写下四句诗道:

烟雨蒙蒙接暮潮,片帆飞渡水迢迢。
从今好护江干柳,不许征夫折一条。

后写着:“江口送柳幼张之东粤”,下面落着:“丹徒祝梦玉”。写完之后,对着这诗看个不了。不言梦玉题诗之事。

不知柳绪分别后光景如何,且看下回分解。

第十四回　松节度平山奖婿　林小姐石匣埋真

话说柳太太婆媳两个好容易将柳绪唤省,饮了几口香茶,母子三人望着江面上大哭一场,十分难舍。古今离别之感,最是恨人。娘儿们感念数日,见江面上又是一番风景。

行了几日,这天午后陡起大风,各船争着抢入港口。包勇恐太太受惊，吩咐一直撑进港内，见有几号官船先已泊住，这边江船也过去同帮一处。只听见官船内有人问道："那不是贾宅的包勇吗？"柳绪听得明白，命包勇过去打听。不多一会，包勇笑嘻嘻进舱回道："我说是谁呢，原来是宝二奶奶的母亲姨太太同二爷的官眷，因升了太原知县，回金陵祭祖赴任。姨太太同二爷就过来拜望，要问贾府的事务。"柳太太们赶忙收拾接待。

原来宝钗母亲薛姨妈，自从薛蟠连遭人命，将当铺、家私花个干净，还逃不出性命。自香菱死后，薛姨妈只有孤身一人。亲族公议，将薛蝌承立为子，十分孝顺。薛姨妈将有余不尽的几两私蓄，给他考上一名誊录。在馆上当差期满，选授四川县尉，为官清正，上司保举升了太原知县。奉着母亲顺道回家祭祖修墓后，才去赴任。多年与贾姨妈音问不通，刚见包勇，知柳太太从贾府上来，因此要过来拜望问信。柳绪收拾未了，听说薛老太太过来，娘儿们赶忙出去迎接。薛姨妈来到官舱，彼此拜见。让坐送茶之后，柳太太道："贾大姐姐很惦着姨太太，宝二奶奶更为念切。说多年不通音问，不知可还安健？时常念极。不意今日萍水相逢，真是奇事！"薛姨妈道："我自与家姐分手，远隔一天，直到去年春间，才接着姐夫去世之信，不知他家中闹成一个什么凄凉景象。我那女儿宝钗，真是命苦。"说着泪落如雨。柳太太摇手道："姨太太不用悲苦，贾大姐姐原先光景我不知道，若说现在娘儿们的近况，我瞧着比你姨太太还要安乐。所有贾府一切事务，叫我媳妇对姨太太说，可以知其详细。"薛姨妈道："正是。我瞧这位大奶奶倒像见过，细瞧着又不认得。"玉友道："我且将贾府的事务说完，再说我的履历。"就将姨妈出京之后，贾二老爷归天以来历年光景情形，直说到眼前近况，细说一遍。

薛姨妈点头叹息道："离别数年，谁知大姐姐家又是一番景象。珍珠拜继为女，真是造化，将来定有归着。我家姐姐眼力、办事向来不错。这荣府中之事，大奶奶怎么知的这样详细？"玉友道："姨太太还记得馒头庵的妙能否？"薛姨妈听说，拉手细看一会，笑道："你莫非就是妙能师兄吗？"柳太太点头含笑，将琏二哥做媒，帮助盘费扶柩回家之事，又细说一番。薛姨妈大为惊叹，说道："当初我曾对你老师父说过，徒弟中妙能、智能这两人，另有一种神气，不像是空门中人。你大姨妈亦常说，这两孩子狠有个出息。可见咱们的眼力竟还不错。不知智能又造化那一个?”柳太太又将智能的那一段情况也说个明白。

薛姨妈喜道:“这真是一段佳话。太太既有这样慈念，不必去托我大姐姐，竟交给我罢。他继珍珠为女，我也继智能做个女儿，大家热闹，彼此多结出一家亲眷最是有趣。我女儿宝字排行，智能在水月庵出身，我给他取个名儿叫做宝月罢。咱们今日结下亲家，过几年叫姑爷到我家来迎娶，完此姻缘。”柳太太大喜道:“这玉友同是水月出身，并无娘家，姨太太既继宝月，何不连他继在膝下?”薛姨妈欢喜，满口应允。柳太太命玉友先拜母亲。薛姨妈坐在上面，受他八拜，说道:“你姐姐宝钗、宝月，今你改为薛氏宝书。从此就是我亲生一样。”宝书跪应道:“谨遵母亲慈训。”拜毕，两位太太拜亲家，柳绪拜岳母。薛蝌兄妹、郎舅大为欢叙。薛蝌的夫人就是邢岫烟，因途中坐了小月，避风不能过来相聚，与宝书原是当年旧友，今做姑嫂，十分相契。柳太太既结姻亲，不忍就别，一连欢聚四五日。彼此不能耽搁，这才分手。从此玉友做了薛氏宝书。古今来不拘男女总有一番际遇，所谓一春一秋无往不复。正是:

黄河尚有澄清日，岂可人无得意时。

不言柳太太途中与薛姨妈意外相逢，结下了意想不到的儿女亲家。人世上的奇缘奇事，这且慢表。

且说梦玉对着这所题诗句呆呆的想出神去，只见张彬急忙进来回道:“刚才有差船过去，说松大人已到码头，请大爷快去迎接。”梦玉不敢怠慢，立即上船。无如上水遇着顶风，船行甚慢。众家人着急，吩咐加纤，还不住嘴的催喊，直闹到天黑才瞧见码头。

查本跳上小船，先渡过岸，走到松大人的坐船，见码头上歇满都是轿马。查本走上船去，门上的堂官是常春、李福，向来都是查本相好。这会儿一眼标见，赶忙过来拉手问好，叙谈几句闲话，问道:“大哥是专来接咱们大人呢，还是别有差使?”查本道:“跟着大爷专来迎接。”常春惊道:“大爷是咱们姑爷呢！在那儿?”查本指道:“那船就是。”常春们抬头望去，见那桅上黄布大旗写着“礼部大堂”，被风刮的乱飞乱卷。李福道：“既是姑爷来了，就上去回罢。”常春听说，领着查本进舱，见坐着许多官儿。松节度瞧见查本，笑道：“你来接我来了，老太太可好？”查本磕了三个头，起来请安，说道：“老太太好，差奴才伺候着梦玉哥儿来接大人。”松节度惊喜道：“他如今是我的姑爷了，既来接我，怎么又不进来？”常春回道：“姑爷的船还没有拢过来。”节度吩咐：“将姑爷的船就靠着咱们左边。”常春答应，忙出来吩咐水手，将左边排开，让姑爷的船帮进来。

正在手忙脚乱，梦玉已到码头，查本出来照应。松府家人们都站满船头，梦玉过船走进官舱。松柱瞧见，心中大乐，忙站起来笑道：“好儿子，大远的劳你来接。”梦玉抢到面前跪下磕头，松节度连忙拉住。站起身后，又跪下请安。松柱问了老太太的安，又问他叔叔、婶婶的好。命梦玉与各官见礼，说道：“这是我家表兄祝大宗伯之子，我在京时新结了亲家，如今他是我的女婿。”众官见梦玉生得风流俊俏，品格非凡，兼之举止大方，一毫不俗。这些官儿们都赞不绝口，说道：“实在是大人的东床佳婿。”松柱十分得意，就命梦玉坐在身旁，不住的拿眼瞅他，问道：“你今日倒像哭过的样儿，何以满面都是泪痕，还是受了谁的委屈？”梦玉道：“并无委屈，方才在江口送行，出了些别泪。”松柱问：“送谁的行？”梦玉道：“是父亲的同衙门柳大老爷家眷。这柳太太是梦玉承继之母，还有个义兄柳绪，是梦玉的至好弟兄。顷在瓜州分手，大有离群之感，不禁洒了些别泪。”松柱笑道：“离合乃人生常事，大丈夫当落落胸襟，良骥之心志在千里，何必作此儿女情肠，执襟悲感耶！”梦玉起身应道：“大人吩咐，梦玉终身谨记。”各官见松大人要叙谈家务，不便久坐，都起来告退。松大人送至舱门，众官再三辞谢，只得站住，看众位老爷上了岸，才转进舱来。满船中点得灯烛辉煌，翁婿两个谈到夜深方散。梦玉伺候着丈人安歇，才过船去。一宿晚景不提。

次日天明，各官差人拿着手本帖子，来请松大人同祝少爷在平山堂饮宴。门上的进来请示。松柱道：“各位老爷既已预备，不便推却。少刻我与祝少爷同去领情。”堂官们答应，出来回了说话。梦玉过船请过早安,陪着说了一会的家务。松节度带着梦玉,早饭后去答拜了各位老爷。来到虹桥码头上,早已备下座船,各官都在岸上伺候。松节度瞧见,连忙下轿。梦玉也下了牲口,过来与各官见礼,跟着丈人下了座船。那些官儿们俱各上各船,一齐开去。

满河清水粼粼,香荷馥馥,两边的曲槛回廊,松亭竹阁,倚山跨水,层出不穷。再兼之高柳垂阴,鸣蝉聒耳,在那青山白塔,飞鸟断云间,真是一幅天然图画,人间仙境也。不多一会,到了平山。各官先上岸伺候,座船泊在水亭。松节度领着梦玉上岸,同了众官在各处游玩一番,又看了一会欧阳公的古迹。来到花厅,献茶已毕。有大小两个名班伺候演戏。梦玉素性最爱清闲,不喜热闹,就是家里的戏班,也从来不肯坐着看他半日。况且今日开场就唱的是《长亭分别》,又接着唱《山伯访友》。梦玉看这两出戏,很打动了他的心事,此时如坐针毡,刻不可奈。忍了一会,走到松大人面前,低低说道:“梦玉不爱听戏,要到各处游玩,看看平山堂景致。”松柱因他少年人性情清雅,心中倒很欢喜,点头应道:“叫家人、小子们都跟去逛逛罢。天气炎热,倒不要受了暑气。”梦玉甚觉得意,连忙答应,辞了众官。松柱道:“小人儿不受拘束,让他去逍遥一会也好。”随吩咐多着几个人跟着姑爷去逛。众家人一齐答应。这会儿,梦玉就同得了赦旨的一般,心中十分舒服。

走出花厅,松祝两处家人、小子二三十个,都跟着问道:“大爷到那里去逛?”有的道:“水阁上去乘凉。”有的说:“亭子上去看钓鱼。”小子们说:“大爷不如去看他们跌成儿。”梦玉笑道:“你们说的都不是最妙的事。随着我的脚,任他的意儿,逛到那里,就是那里。若是定了方向走到那里,这叫做死逛。虽有好山水,也无趣味。你们那能解得‘逛’字的滋味?”众家人道:“大爷说的是,奴才们跟着大爷随便去逛就是了。”梦玉点头,信着脚儿乱走,不向平山堂正面而来,倒从小路慢慢走去。

此时正在初伏,四面无云,一轮红日当空,脑袋上就像顶着一把火伞。这家人们一个个汗流如水,不住手的扇扇,张着嘴,连气也喘不过来。不觉走了一二里路,来到一个义冢地上。满地青草倒有一二尺深，那些坟堆子有好些是东穿西阙，土皆零落。梦玉看了，深为叹息。王贵热的受不得，因劝道："大爷回去罢，这草里的热气蒸起来不是玩的。放着花厅上凉凉快快的戏不去听，这样大太阳站在这乱葬冈子上逛个什么劲儿。"梦玉听了呵呵大笑道："你说花厅凉快，我坐在那里出了几多大汗。这会儿在光天红日之下，倒觉得清凉无比。你们既是嫌热，且到那坟堂里去歇一会再逛。"

说毕，绕着这乱坟冈子，弯弯曲曲走到一座坟堂里来。只见当中一个大坟堆，土已卸了大半，坟面前歪嵌着一块石碑，上写着："诰授朝议大夫淮扬盐铁使如海林公之墓。"面前一块石案，山药藤子俱已绊满，两旁石凳已断，半埋在土。梦玉看了不胜伤感，叹息道："是一位贵官的坟墓，何至荒凉至此，难道竟无上坟祭扫的人吗？"回过头来对家人们道："快去备了香烛纸锞，再备上些酒果，我要祭奠这坟内老爷。"众多家人听了，都止不住的好笑起来。张彬笑道："大爷真是傻子，人家的坟，咱们犯不着替他去祭。"冯裕道："况且这些香烛等物，都是要到城里去办，这里没处买的。"王贵道："若是大爷一定要祭，奴才替大爷捧一堆儿土，放在那石桌子的藤上，叫做撮土为香，大爷竟请拜几拜，尽尽心就算了。"梦玉想了一想倒还有理，说道："也罢，就依你这样办。你快些与我撮些净土来。"王贵赶忙将身上随带的小刀拔出，蹲下身去拔掉些青草，拿刀子掘了一大捧黄土，放在那石桌的草上。梦玉抖了衣服，向着上面恭恭敬敬跪在地下，嘴里不知祷告些什么说话，拜了四拜，站起身来。这些家人们都忍不住的好笑。小子喜儿说道："那边还有一个小姐的坟堆，大爷也去拜了一拜，就算咱们给他家上过了坟。"梦玉明知他们都当笑话，心中想道："笑话由他笑话，有坟我自拜之。"听了喜儿的话，也不动恼，倒真个走了过来，看见果然有一坟堆，比那大坟更坍的利害，中间竖着一块短碑，上写着"林氏室女黛玉之墓"。旁边还有几行小字，梦玉念道：

余胞妹名敏，适林氏，生女黛玉，才五岁而妹以病卒。妹丈如海公，任淮扬盐铁使，因无室中人，将女黛玉寄养余家。黛玉生而颖慧，且端丽幽娴，余母爱若珍宝。居常女红之外，则潜心书史，年十六以郁郁殂丧。某年某月日归葬于父母之侧。如海无后人,余故为记之。

梦玉念完,忽忽如有所失,怅然良久,说道:"'黛玉'二字好生耳熟。"想了一会,也想不起来,叹息道:"一世红颜久埋荒草,咳!可怜。看这碑记上,是个玉骨冰肌、聪明智慧的美人。何以天壤之大,遇不着一个多情的知己,竟至郁郁而终?偏是你的生前,我又遇不着你。咳!罢呀,林家姐姐,虽是你蕙质兰姿已化了一堆香土,但是你的灵心慧性,定然伴此荒坟。我祝梦玉今日无意中到此,想起来竟是你的身后知音。"

这寿儿、喜儿两个小子站在旁边。看着大爷自言自语的说话,甚觉可笑,说道:"大爷要拜呢,就拜,站在这儿晒太阳不是玩的。这样大伏天别受了暑气,闹出点儿别的来,奴才们的死定了。况且这坟里的死鬼,又不是咱们家的亲儿眷儿,大爷又没见过面,有那么大工夫站在这儿同死鬼说话。"梦玉听了勃然大怒,骂道:"该死的狗才!怎么这位林小姐你混叫死鬼长死鬼短,如此放肆,活该打死!还不跪下,快些磕头给林小姐请罪呢!"寿儿、喜儿不敢不遵,只得跪下向着坟磕了三个头,起来撅着嘴站在旁边。梦玉回过头来,瞧那些家人们一个也不见了,问道:"他们都在那里?"喜儿道:"他们去那边槐树下乘凉,大爷也到那儿歇歇罢。"梦玉道:"等我将林小姐的事办完了再去。"说着亲自弯腰,满地下去拔野花、青草。寿儿、喜儿看见,帮着拔了一大堆。梦玉十分欢喜,叫他们都堆在林小姐坟前。梦玉将自己手中的放在坟头上,这才跪在坟边拜了几拜,口里叫道:"我的黛玉林姐姐,你身后知心兄弟祝梦玉,今日将此野花荒土敬奠香魂。伏望有灵,用昭默契。"梦玉拜罢起来,将手按着坟堆,放声大哭,泪如泉涌,越哭越高兴。

那些家人们都在树下乘凉,议论大爷的呆气。王贵道:"咱们这位大爷,脾气儿怪多着呢。他说要仔吗,就得依着他仔吗,连老太太也只好顺着他性儿。就是一件好处,任什么儿都不爱,单喜欢的是堂客。但是他欢喜堂客,并不谓有别的讲究,他成天家同那些奶奶、姑娘、丫头闹做一堆儿,谁也不嫌他。这大爷不要说是别的事故了,就连戏话也不说一句。就像咱们家里的,五天一班在里面上宿,遇着大爷到他们值宿的屋里要同嫂子们一堆儿睡，谁不疼他！这个被窝里睡一会子，又到那个被里去睡。若是在别的少爷们，那不用说了，私孩子早养了一大堆。像咱们大爷这样人，要找第二个也是难得的。”松家那些人听了，说道：“这样说起来，咱们家的小姐真是天生成同你们大爷是一对。咱们小姐那性格儿更难说了，比你们的大爷还要难缠。最爱使个性儿，就是老爷、太太的一个宝贝。将来过了门，横竖同你们这一位很对劲儿。咱们家大爷又是一样的脾气，长的狠俊，一个品儿，做人又和气，每天除了念书写字，就使枪舞棒，骑马射箭，膂力又大，专爱打个抱不平。他听见人家受了委屈，就气的连饭也吃不下，一定要替人出了这点屈气他才舒服。若是有人托他办件事，不拘怎么为难，也总要替人办妥。因此人人欢喜。老爷要给他定亲。他再三不要，说道：‘夫妻二字是最要紧的，不管他美貌丑陋，只要合我的意就是好的。’老爷、太太说：‘你既有主意，凭你自家拣罢。’今年十八岁没有定亲。”

众人正在说话，只听见哭声悲切。福儿摇手道：“别响，倒像是大爷哭呢。”众人侧耳细听，竟是大爷声音，都吓了一跳。赶忙起身，一齐走到坟堂里来。见梦玉扶着那个小坟堆，大放悲声，哭个不了。这些家人都走过来劝道：“天气怪热的，大爷哭两声算了罢。”张彬道：“大爷是可怜这位林小姐，又无兄弟，又无亲戚，孤孤凄凄的埋在这里。别说是大爷替他可怜，放声大哭。就是奴才们，替这位林小姐想起来，也该大哭才是。但是大气过热，设或大爷将身子哭坏，再闹些儿别的事故，倒叫这位林小姐在那黄泉路上大大的不安，大爷倒不是林小姐的知己了。”梦玉听张彬的话倒很有理，就慢慢的止住哭声。松家的爷们也再三苦劝几句，梦玉抹了眼泪。

王贵道：“请大爷再到别处逛逛罢。”梦玉道：“我还有件心事未曾了结。”冯裕道：“大爷拜也拜过，哭也哭过，还有什么心事？求大爷吩咐。”梦玉道：“这林小姐的坟堆现俱坍坏。我不见就罢，今既有缘相遇，岂肯忍心而去？我要替他添上些土，以尽我知己之心。”。王贵们都笑起来，说道：“大爷的话说得很是。这坟上的土也很该去添。只是奴才们又不是地面上做活的，那里去找铁锹、锄头等项？光着手是断弄不来的。依着奴才说,大爷今日且不用性急,等着明日一早,奴才来雇他两个小工,多赏他们几个钱,一会儿就堆上了,又结实又好。”众人不等王贵说完,都一齐说道:“王贵的话很是。大爷明日就差他来办罢。”梦玉摇头道:“我今日要亲自给林小姐添土,断等不得到明日。也不要你们费事,只要将方才的小刀子拿来给我掘土。你们都去乘凉,不用管我闲事。”王贵们都知道大爷的性子,是不能挽回的,又强他不过,只得说道:“大爷既要今日,等奴才们掘点子添添罢。大爷请到阴凉地下坐坐,别在这里晒了。”梦玉道:“我狠不觉热,要在这里帮着添土。”众家人们见他如此执性,真没有法儿,连松家爷们都一齐拔出佩刀,在那地上靠着林小姐的坟面前,连草带土,拔的拔,掘的掘,一个个累的周身大汗。梦玉带着四个小子,帮着捧土,也不顾脏了衣服,脸上的汗横流直竖,闹的手上脸上无处不是黄土。福儿见土堆高了,赶忙站上去踹踹结实。梦玉忙嚷道:“林小姐在下面,你怎么拿脚去踹?快些下来磕头谢罪!”福儿只得下来磕了几个头。梦玉也作了一个揖,说道:“小子无知,姐姐休怪。”

那些家人们见他如此呆头呆脑,又是气又是笑。王贵问松家爷们道:“你们跟着大人在衙门里吃过这一肴儿没有?”他们笑道:“这是姑爷的差使,我们虽是长随,却从来没有做过造坟的土工,今日可是在姑爷分上,头一遭儿出这一身大汗,叫做出力报效。”张彬笑道:“咱们跟着大爷常逛,今日这一逛,直逛野了。”冯裕道:“以后跟大爷去逛,必得带着刀子斧子、锄头筐箩伺候着,好用。”王贵笑道:“等着你女人死了,坟上多备些锄头、筐箩,伺候着大爷去逛。”众人你一言我一语,笑成一堆儿。梦玉听了也觉好笑。抬起头来看见众人一个个浑身是汗,面上、须上、手上无处不是黄土,四个小子连眼皮上都是泥,不觉哈哈大笑。王贵道:“好了,大爷这一乐,咱们有命了。”张彬道:“趁着大爷欢喜,咱们就算了罢。”

梦玉看那坟上已堆高了二三尺,心中甚是欢喜。叫他们不用掘了,亲自绕着看了一遍,背后看过才走到面前,站在他们掘的那块地下,不防一只脚踹了下去,几乎跌倒。众人赶忙扶住。梦玉提起脚来,低下头去,见是个大洞,日影照了下去,看见底下有个石匣,并无别的。梦玉叫张彬同王贵将这洞口拆开,见是二尺长一尺宽的一个石匣。梦玉叫他们取了起来,众人道:“这怕就是林小姐的骨头匣子。咱们别去动他,拿些土将他埋上罢。”梦玉道:“断不是林小姐的骨匣,你们只管给我取了上来。”王贵们只得依他,将石盒取起。梦玉见石盖的四面用石灰封住,就叫王贵将石盖敲开,见里面装着个紫檀拜匣。梦玉亲自取出来,见有一把小铜锁儿锁着,叫张彬将锁拧开。松家的一个人身上带着好些小钥匙,忙解下来细细看了一遍。内有一个倒像配得上来,试试看,果然开掉。梦玉叫禄儿端着,亲自揭开,见是个红绸子的包袱,结着线带。随又解开包袱,只觉得一阵幽香,沁人心骨。面上是一个没有做完的扇络,还有一块新纺丝绸绣两面花的汗巾,上面都是泪痕。又是一块旧桃红绉绸汗巾,上面斑斑点点都是泪渍。梦玉一面瞧着,一面叹息,随顺手放下,又往底下翻翻,也有针线,也有字纸,还有零零碎碎的东西,一时也看他不尽。将一幅笺纸拿在手里,看那上面是首诗句并几行小字。梦玉念那诗道:

秋色萧疏里,西风独自寒;
已邀新月至,留待玉人看。

梦玉念到“留待玉人看”这一句,喜得手舞足蹈,对着坟堆叹道:“姐姐当日这一首诗,竟成忏语。谁知数载以后,竟留与我梦玉看耶!”又念那几行小字道:

今日小可支持,似觉清爽。适命紫鹃取梅花香雪烹莲心热沉水,与足下把袂南窗共赏新月,想必惠然而来,不我遐弃也。妙公足下　潇湘子黛玉稽首。

梦玉看那笔姿丰采秀媚端楷,对着众人说道:“这是林小姐的手笔。即此一件宝贝,虽连城不易也,不可亵渎。”赶忙收好,依旧将袱子结好,盖上锁着。向松家的管家要了那个钥匙,叫张彬将石匣盖上,仍放了下去,用土填满了这洞。将这紫檀拜匣供在林小姐坟前,拜了八拜道:“姐姐所赐,谨再拜领收。梦玉归家后,当将手泽贮之金屋,朝夕茗碗炉香以答知己,伏愿英灵不爽,来格来向。”祷毕,站了起来递与冯裕,命其好好端着,又向坟堆依依不舍的辞别一番,然后出了坟堂。

王贵笑道：“这才有了命。”张彬道：“你且别乐，这回去的道儿上坟还多着呢。你乖乖儿的去找个筐箩伺候着罢。”王贵大笑骂道：“什么东西！你少说话！”冯裕道：“咱们这两只手，在那里洗洗才得呢，这像个什么样儿？”张彬道：“到河里去洗，就是大爷也得洗洗手，擦擦脸上的泥。”寿儿道：“大爷的脸上，昨日是柳大奶奶的眼泪，今日是林小姐坟上的泥，都是去不得的。明日再遇着姑娘、奶奶们又不知脸上还要添些什么呢？”众人听了大笑。梦玉也觉着好笑。正到一个河边，这些人都去洗手净脸。梦玉也洗手，擦了一擦脸。王贵们伺候着，给大爷将身上的泥抖干净，各人身上也都抖过，仍往旧路转来。正遇着府里听差来找，说道：“大人们等着少爷坐席呢。”梦玉听见忙走去。

不知吃到什么时候方散，且看下回分解。

第十五回　俏郎君梦中逢丑妇　相思女纸上遇知音

话说梦玉见听差的来请，只得急忙忙来到花厅。松大人们早已坐席，就在松节度下首空着一席等候姑爷。众官见梦玉进来，起身让坐。梦玉到各官席前告过罪，又至松大人面前告坐，才向本位正襟坐下。

众官儿们让了酒，场面上正唱着《梳妆跪池》。扬州汪太守笑道：“祝世兄在此，不该唱这样俗戏才是。”松柱笑道：“这是陈季常风流佳话。”众官吩咐请姑老爷点戏，就有个十三四岁的小旦，包着头，穿件大红衫子，捧着牙笏走到姑老爷面前打千儿，送上牙笏请点。梦玉站起身来，向着众位老爷再三推让。松柱道：“不必过谦，领诸位大老爷盛意罢。”梦玉领命，向着松大人同各位老爷们告过罪，接笔在手，将牙笏放在面前，且不点戏。看那小旦生得眉目含情，风流娇媚，令人可爱，心中十分欢喜，问道：“你叫什么？今年几岁”小旦答道：“今年十四，名叫宝官。”梦玉笑道：“你的名字，加我一个名字，合成是一个古人。”宝官道：“是那个古人？”梦玉笑道：“荣国贾府有个二爷，名宝玉，得第后出家成仙得道。不在世上，就是古人。”宝官笑道：“请姑爷点戏罢。”梦玉道：“那是你的戏？”小旦用手指道：“这是我的，这几出也是我的。”梦玉细看，点了《草桥惊梦》，又问道：“唱《跪池》的小生叫什么？”宝官道：“叫做锦官。”梦玉赞道：“狠去得。”又点他一出《拾画叫画》，说道：“唱完了再来点罢。”宝官答应，接着牙笏到松大人及各位大老爷席上，回明祝姑老爷所点之戏。众位官向着松大人赞道：“祝世兄乃风雅中人，将来定是词林班首。”松柱心中甚是欢喜，笑道：“膏粱子弟倒还不俗。”众官们称赞一回。

伺候的家人轮着上菜换酒。宝官已装扮上场，抖起一段精神，将那一出《草桥惊梦》唱的入情。松大人们夸赞狠好，吩咐放赏。梦玉席前也放了二十吊钱，贴旦上来磕头领赏。席面上又上了些山珍海错，殷勤让酒。宝官唱完《惊梦》，接着就是锦官《拾画叫画》上场。宝官带着装，上来敬酒。松大人饮了一大杯。过来给姑爷敬酒。梦玉看他就活像个美貌女儿，拉着他的手叹道：“你……”才要说出口来，忽然顿住，接了他的酒一饮而尽。宝官道：“再敬姑爷一杯。”梦玉点头。宝官又斟一杯，双手举在梦玉口边。梦玉一口饮干。宝官去各位大老爷席上敬酒。此时正上着烧煮，家人们各席上菜十分热闹。锦官正唱到《拾画》，打动梦玉的心事，不觉出了神去。接着就是《叫画》，揣摩的很出神入化。梦玉忘了是戏，觉得自己的身子在那里叫画，一眼瞅着呆呆的动也不动。各官席上让酒让菜，他总也不曾瞧见。祝府二爷们换班吃饭，轮着伺候。张彬正上来伺候，瞧见大爷坐在席上发楞，目不转睛瞅着《叫画》。张彬知道大爷的毛病，恐其发呆失仪，落人笑话，赶忙站在大爷背后，将衣服扯了一下。梦玉全不理会，张彬使劲的连扯几下。梦玉回过头来问道：“什么？”张彬道：“大爷吃点东西再看。”梦玉问道：“这叫画的是谁？”张彬道：“是柳相公，怎么大爷都不知道。”梦玉大惊，赶忙问道：“柳大爷在此，柳太太同大奶奶又在那里？”张彬听了几乎失笑，极力忍住，说道：“这是戏上的柳梦梅，并不是昨日去的柳大爷。”梦玉道：“怎么天下姓柳的都是如此多情？”张彬道：“松大人同各位大老爷们都瞅着大爷呢，让酒让菜，大爷总没有瞧见，别叫人笑话。”梦玉定了定神说道：“你去叫他们好好的倒碗茶来我吃。”张彬道:“大爷不用瞧戏,总照应着席面要紧,不可失了礼貌。”梦玉应允。张彬去倒茶。

场面上的《叫画》业已唱完,又换了《白娘娘水漫金山寺》。那妆白娘娘的正是宝官。看他望着法海左求右告的央及,法海只是不睬。那许仙站在和尚背后,并无一点夫妻情分。见白娘娘做那一段依恋不舍的情形,令人可怜。梦玉气极,恨不能叫家人们拉下法海、许仙来立时打死。直气的瞪着两眼,满面通红,头上的汗珠子一个个顺着直流。松柱回过头来,看见梦玉如此光景,只道他受了暑气,吃点子酒菜,身上不好,忙着人过来问:“姑爷是那儿不好?”梦玉答道:“很觉得心中气闷。”松柱忙将身上带的平安散送给姑爷,打个喷嚏。各官们听见,忙吩咐去取西瓜汁,也有吩咐快取藿香正气丸,有的说香薷饮最好。那些爷们闹的手忙脚乱。梦玉满心不要听戏,借此机会就将计就计的病将起来。松大人十分着急,不等戏散,就起身告辞。众位大老爷们看此光景,不敢固留,只得伺候着大人上船。

不多会,已到红桥。松大人同梦玉谢了众官,各上轿马,一直往码头而去。各官也都到座船禀安谢步,并问祝少爷的安好。松节度差堂官们出去道谢,说道:“天气暑热,不敢请入船中。请各位大老爷回署安歇。”文武各官赶着各上轿马,鸣锣喝道而去。松柱吩咐查本们扶姑爷过船去,宽衣解带静养一会,命家人预备些西瓜汁给姑爷解暑。家人们齐声答应。梦玉请过晚安。松柱道:“好孩子,过去歇歇罢。不过受了点儿暑气,躺一会儿就好了,不要着急。”梦玉答应着退出来。家人们扶过船去,来到官舱里坐下。查本、周惠急忙问:“大爷,仔吗好好的听戏,一会儿就不受用起来?”梦玉对松府的家人道:“我这里有人伺候,你们都去歇歇罢。”众人答应,各去歇息。

梦玉对查本、周惠道:“我不要听戏,再兼天气暑热,喝了两杯酒,心中实在发烦。没有别病,你们放心。那边船上可不要说破。”众人都欢喜答应。周惠道:“查大叔听见狠有些着急,奴才也猜着只怕大爷是不要听戏的病,谁知叫奴才猜个准。方才冯裕有一个拜匣交给奴才,说是大爷得的东西,奴才给大爷放在炕上。”梦玉点头道:“那是我要紧东西。”说着站起,去了冠带,脱掉大衣。福儿们伺候脱靴、洗脸、更衣，诸事完备，泡上一碗好茶。梦玉道："天气甚热，你们都出去脱衣乘凉，不必在此伺候。"众人答应，出来歇息。

梦玉独自一人坐在醉翁椅上，闭目凝神，静想一会，又叹息一会："林黛玉不知是个怎样月貌花容，香闺艳质，如今只落这一堆荒土。古今来美人、名将大概如此，令人可叹！"王贵进来开铺，点起红烛，枕旁安着兰花、茉莉，放下碧纱帐幔。松大人差人送过西瓜汁来问："姑爷好些没有？"梦玉道："请大人放心！方才是受点子暑热，回来脱去衣服凉了一会，倒觉清爽。"家人递过瓜汁，梦玉用银羹匙舀着吃了几口，命他们收去，站起来说道："梦玉已好，请大人安歇。"来人答应自去。王贵道："大爷今日过于劳乏，就请睡罢。"梦玉道："我还要坐会才睡。"查本也说道："夜又短，大爷就是不睡，在炕躺着也好养神。"梦玉被他们催逼不过，心中想道："我若不睡，他们也不能歇息。"只得站起来，脱去鞋袜，换了衫裤，走到帐中睡下。四个小子就炕前开铺。众家人们全俱睡觉。

梦玉在炕上翻来覆去，东想西想再睡不着，就将林黛玉生前面貌揣摩一番，直闹到半夜里神思困倦，方才合眼。见有一个黑丑妇人昂然而来，自称是林黛玉。梦玉见他黄发蓬松，插着满头花草，浓眉大目，脸上黑麻都有豆大，牵来扯去不分圈点，擦着一脸厚粉。一张阔嘴露出黄牙，嘴唇上浓抹胭脂，身上穿的绿袄，腰间系着红裙，底下莲钩盈尺，扭扭捻捻走到面前。梦玉惊问道："你是谁？怎么走来这里？"那丑妇答道："我是林黛玉，生平没有遇着个知己，郁郁不乐。今蒙兄弟想我，合该同你有姻缘之分。知道你是不嫌丑陋的，故此特来见你，以成夫妇。"说毕，扯着梦玉，摸摸捻捻做出多少风流丑态，定要扯梦玉同去睡觉，说道："快些罢，别要耽误佳期。"梦玉着急，使劲一推，说道："姐姐休要如此，我想姐姐的缘故是怜你孤苦，无人照看，并不为想你夫妻之事。姐姐快些放手，若叫外人瞧见，甚觉不雅。"丑妇道："我同你男女受授不亲，你既想我，就是夫妻。今日定要成亲，休要错过，快些罢，别耽误了好事！"双手扯着死也不放。急的梦玉大叫道："休要如此！"查本同那些家人们也有睡着，也有醒的。听见大爷喊叫，一齐惊醒，等不及穿衣，赶忙来问。连问几声，梦玉含糊道："快些放手，休要如此。"铺前睡的四个小子，也都吓的走了起来。查本们又叫几声，梦玉才醒过来，说道："刚才梦魇，没有别的，只须倒口茶儿我喝。你们都去睡罢。"松节度那边也早已听见，着人来问。查本回说梦魇，并无别事。请大人放心！松柱又差人过来说道："明日一早开船，请姑爷不用过去，到家再见罢。"查本们答应，打发来人过去回覆。周惠道："咱们也不用睡了，眼见着东方已经掉白，倒不如洗个脸擦擦身，在船头上去凉快凉快。"众人都说："很是。"于是，轮着洗脸擦身，吃茶歇息。不一会，各船家、水手都起来收拾。又一会，官船上的爷们也都起来伺候。

东方业已大亮，松大人起来梳洗，吩咐跟班的带着姑爷名帖，用过点心，上轿进城到各处谢酒辞行，俱带着祝梦玉的谢帖。一会儿工夫俱已走遍，赶出城来，日出未久，回到座船吩咐开行。各船水手立刻拉锚启橛，筛起金锣，船已离了码头。第二号就是姑爷的座船，余外各船衔尾开去。各官听说松大人业已开船，俱赶到白塔湾候送。满河的官船纷纷无数，往来不断。

梦玉被家人们叫醒之后，喝了几口香茶，吩咐众人散去。心中想道："怎么林黛玉是这么一个样儿？怨不得生前并无知己，就是我梦玉最不嫌丑陋的多情种子，见了他这个模样，也觉讨嫌。何况世间俗眼，自然是看他不起，人人唾弃的了。咳！林黛玉，你既前世不修，生得如此丑陋，就该安命守分，何至冥冥之中尚作此淫贱不堪的丑态！想起生前更不知是怎样一个可嫌可恨的光景！"梦玉自言自语，想到这里，不觉"嗤"的一声失笑道："今日替他添土一事，我自家倒也罢了。细想起来，狠委屈这些家人、小子。他们若知道是这么一个林小姐，别说是添土，就叫他们在那地下站一会儿，也是委屈。真是可笑可恨。"因转念道："天下那有这样淫陋不堪的小姐？"才想到这里，忽然坐起身来，连声说道："断不是他，一准不是林家小姐。我看那贾公的碑记上说道：黛玉'生而颖慧，端丽幽娴'，以这八个字的考语，定是一个端庄美貌绝代佳人。况且看他作的诗，写的字，丰姿秀媚，韵致非凡，断不是刚才所见这个丑妇能够做得来的。这丑陋不堪、淫贱无比的林黛玉，一定是个冒名顶替混帐鬼。因为生前未曾尝着雨意云情,故此冒着名儿,欲成好事。咳! 丑妇呀丑妇,你冒个别的人儿还可混去,这'林黛玉'三字,岂可乱说得的!"梦玉正在好笑,天已大亮,听见船已俱开,还可歇息一会。夜间未曾安睡,此时觉得困倦,重又倒身睡下,一路的酣甜好睡。家人们不敢惊动,各人吃过早饭等着伺候。

时当巳正,船已将出江口。梦玉睡醒起来,家人、小子们伺候着梳头洗脸,换衣服,吃丸药。诸事完结,梦玉站在舱口,望了一会。周惠道:"快交晌午,大爷用过早饭,看看江景。"梦玉应允。家人们伺候用完早饭,就坐在舱口桌边,命福儿将昨日的那个拜匣取来,放在桌上。梦玉解下钥匙,亲手揭开。解去包袱,将看过的那首诗句取出摆在桌上,细咏一遍,叹道:"非出于林小姐的慧心,他人安能有此?"又看那字笔端楷,赞道:"卫夫人的'美女簪花',得此可称双绝矣!"看毕,收在匣内,另取出一幅字来。从头细念,是一篇古诗。一面念着,一面称赞。念到"青灯照壁人初睡,冷雨敲窗被未温"这二句,叹道:"咳! 海宇茫茫,知音有几?"又念到"天尽头,何处有荒丘? 未若锦囊收艳骨,一杯净土掩风流"。不觉拍案叫道:"水竭山崩,此情难遣!"又念到:"侬今葬花人笑痴,他年葬侬知是谁? ……一朝春尽红颜老,花落人亡两不知。"梦玉两泪交流,不知所措。那船已出瓜州江口,只见雪浪银涛, 波回浪急。梦玉望着江水叹息道:"林姐姐,你除了我梦玉之外,谁为知己?"正在伤心感叹,见查本进来说道:"咱们多帮上两只红船,扯满风篷先上前去。老太太们也狠惦着。"梦玉点头道:"狠好。"吩咐帮住红船,扯着满篷,竟奔镇江口去。

梦玉将这首诗收好,又取出一个小卷儿,另是一幅锦袱包着,赶忙解开,见是一卷素纸,上面并无字画。梦玉道:"这是什么缘故?"一直摊开,总是一幅素纸,并无别物。想道:"这幅素纸,想是林小姐心爱之物,不然又何必用锦袱包裹呢?"拿起纸来,照照也无一些笔迹,心中纳闷。将纸放在桌上,呆呆的细想。喜儿倒上茶来,梦玉道:"将这幅纸好好卷起。"喜儿答应,取在手内,从头卷起,一直卷至后边,刚到尾上,有个小卷儿掉了下来。喜儿拾起展开一看,见是一幅美人儿,对大爷说道:"原来这里面卷着一幅美人。"梦玉回过头来,忙接在手内,展开一看,见一带竹林旁边站着个美人。时样梳妆,一张瓜子脸儿,两道春山,桃腮杏脸,十分俊丽。一双俏眼,秋水盈盈,似乎欲泣。手中拿着一个灵芝仙草,如有所思的神气。衣上的褶痕虽已勾出,尚未渲染。看那神气,就如活像,十分面善。看到后面,写着几行小字。梦玉念道:

林表姐黛玉,命余写《修篁清暑图》,为伊作照。余以闺门拙笔,未能写其丰采,谨勉力勾摹,仅能形肖。未经完璧,而黛玉已作古人。咫尺山河,美人香土。闺中失此良友,不禁有焚琴之感。余不忍卒笔,因即以黛姐作图之纸,卷其芳容,囊以锦袱,与其平日赠答章句以及刺绣女红,就余之所存者,并收而藏诸匣,交叔父伴黛姐之灵,归葬于平山之麓。使玉骨冰肌与芳容娇貌,常共青草白云,凭其灵爽耳。　时年月日惜春氏志于大观园之稻香斋。

梦玉念完,不禁大喜,说道:“原来这是我林姐姐的芳容,不可冒渎。”忙站起身来,命福儿、喜儿一个一边将这幅小照直举站着。自家对着黛玉拜了八拜,说道:“知己弟梦玉拜见姐姐,伏乞香灵不远,鉴我愚衷。”拜毕起来,接在手内,端端正正放在桌上,叫王贵取些扬子江心的泉水泡了一碗龙井芽茶,自家接着供在面前。这一班家人、小子远远瞅着他做神做鬼的样儿,实在好笑。想着快要到家了,只要他心中欢乐,让他一个人像做戏的一样去做,倒省了他发烦。梦玉也明知道家人们笑话。他恭恭敬敬站在桌边,嘴边咽咽唧唧正在祷告。忽然一阵大风,将那小照儿吹出窗外去了。梦玉大惊,急忙喊道:“你们快去,将林小姐救起来,若是飘入水去,我也投入江心去了。”说着,一面就在窗口跨上赶塘。这些大小家人们吓的魂冒,一齐拼命往外就跑,口里喊道:“大爷别站在那里,快下舱!我们去找!”几个上来拉着梦玉,几个赶忙跳下红船,四处找寻。红船上的水手道:“看见吹出张纸儿来,不像落在水里,只怕总在船上。”众人正在东找西寻,只听见冯裕嚷道:“有了!”王贵道:“快些拿来罢!”冯裕笑道:“林小姐躲在闷头里呢。”连忙送了过来。梦玉接在手内,展开看了一看,并不曾泥污损坏,面上的神色才转了过来,嘴里说道:“姐姐受惊了，都是我梦玉的冒昧。”周惠道：“江面上风大，已经要收口了，快到家了，大爷请收起来罢。到家去书房里慢慢的瞧，又不怕风吹日晒，林小姐也是安心的。方才都是大爷惹出来的事，几乎叫林小姐唱一出《钱玉莲投江》。一会儿红船去了，再吹出窗外，可没有找处了，林小姐岂不要含怨大爷呢？”梦玉道：“等我在这照上题上几句，不枉林小姐与我的一番美意。”说毕，就在照上写了一首道：

一代红颜梦已空，只余黄土伴春风。

知君当日伤情处，不在无言泪眼中。

自家念了几遍，十分得意。仍将那幅素纸照着卷好，包上锦袱，仍旧收了锁着。亲自将拜匣放在枕边，叹道：“林姐姐真是个香闺丽质，千古多情！怜我是他的身后知己，故将这芳容手泽给我收存。若是别人，他也断不肯现出来的。只是昨夜那个冒名的丑妇令人可恨。”走到窗前，将供林小姐的香茶慢慢的喝了。

座船已收入江口，王贵先上前通知伺候。不多一会，船到码头。轿马俱已齐备，水口搭稳跳板，家人等扶着到岸上马。众家人、小子也骑马牲口。梦玉命冯裕将拜匣好生捧着，看看一同进了南关，穿街过巷已到自家门首。宅里大小家人伺候大爷下马请安。门上老家人槐荫上前问安，梦玉含笑拉手问好。才到院子中间，那大月光东院门里走出几个管班先生，领着两班戏子给大爷请安。

梦玉略说几句，进春晖堂，转入敬本堂的院子，见东院里的几位清客先生同办事的各位师老爷都出来问好，西院里几个笔墨师爷同唱南词、说大书的先生，俱问安好。梦玉左右应酬几句，由敬本堂后身进了腰墙门，是崇善堂的大厅。这院子里西首几间套房书室，是祝筠看书、起坐之所。廊下一座园门就是意园，乃祝府的外花圃，极林泉之雅致。东首一带明窗净几曲房书阁，系文人韵士相会之处。另有小院内雅屋数间，乃家班内唱生旦相公们的住屋。崇善堂左檐下砖门进去是外面大厨房。由崇善堂进内，是恩锡堂。大厅房院内左右是回廊厢屋。左廊有座砖门进去是萱苏馆、古香书屋、红豆山房几处会客花厅。右廊砖门内进去，花墙曲院有房屋百十间，尽是家人、媳妇们的住处。

梦玉到崇善堂，听说二老爷在香雨斋下棋，赶忙走进意园。过了绉云书屋、锦香窝、芳草亭，过鸳鸯桥、绿云堂，走老人石，顺着竹径走过有竹山房、春水绿波亭、小米山堂等处，来至香雨斋。见祝筠同汪老爷下棋，旁沿站个小子，拿着白鹅翎扇儿慢慢打扇。梦玉上前跪下请安。祝筠瞧见满心欢喜，急问："松大叔到了吗？"梦玉道："各官已去迎接，快到码头了。"祝筠忙起身道："老汪，算我输了罢。"带着梦玉，一面走着问些在扬州接着的光景。梦玉将平山堂饮酒看戏一切事务前后禀知。一同来到崇善堂，命他进去见老太太请安。梦玉答应，走崇善堂进去。祝筠吩咐，伺候上码头迎接松大人。

这梦玉走过恩锡堂，进到忠恕堂。这院子东边厢房是该班值日上宿家人的住处。东厢房后身夹道，由二门起一直通忠恕堂后身垂花门止，是内外分界处所。西边另有个小花圃，名蕉雨山房，是尚书的进士同年、梦玉的师傅鞠老爷书斋。垂花门外有该班家人听差，垂花门内东西一带门房，俱是体面老管家婆带着轮班的媳妇们把门听差。梦玉来到垂花门首，该班家人请安，传点里面把门媳妇们开门站立两边，将要开中门，梦玉赶忙止住。这东门房里槐大奶奶、查大奶奶二人正是该班，上前问："哥儿好！"梦玉躬身回问："二位大妈好！"查大奶奶道："老太太同太太们很惦记着，快些进去请安。"梦玉点头，转上甬道，见左边致远堂、右边六如阁俱关着门，一直到了景福堂，来到怡安堂大院里。两旁廊下坐着的丫头、媳妇们瞧见大爷回来，就像得了宝贝，一堆儿跑来，这个请安，那个问好。梦玉将头乱点，口里乱应。赵升的媳妇说道："太太同两位大奶奶都在老太太那里，快些去罢。"

梦玉急忙走上怡安堂台阶，由卷棚下东边转过影壁，走进一个大砖门，就是老太太的介寿堂。面前大院子里，两旁摆着几十盆的珠兰、茉莉花，俱是青花磁盆、朱红油的架子。大卷棚下，挂两架鹦哥，瞧见梦玉进来，俱拍着翅叫道："大爷来了！"廊下坐的丫头们，赶着过来请安，连忙揭起湘帘。梦玉走进屋去，有老太太身边的四个大姑娘吉祥、如意、五福、三多正坐在外间屋里，见梦玉进来，都笑着赶忙问安。梦玉回问四位姐姐的好。三多道："你去见过老太太来，咱们再说话。”梦玉点头。吉祥、如意揭起里间帘子,梦玉进去,见老太太坐在一张雕云蝠的紫檀小榻上,垫着嘉纹席炕褥,两个小丫头轻轻的打扇。桂夫人坐在靠窗大杌子上。海珠、掌珠坐在老太太背后小杌子上,瞧见梦玉都站起身来。

梦玉走近祝母面前,磕头抱膝请安。老太太如获至宝,忙将两手在他头上脸上处处摸着,一面说道:“好儿子,你去了几日,叫我惦记的食不下咽。白日里同他们混混倒也罢了,晚上是整夜睡不合眼。不知你也想我不想?”梦玉道:“时刻惦着老太太。”祝母点头道:“好儿子,真是我的好孩子。”梦玉过来给桂夫人请安,桂夫人也摸着他的脸,说道:“去了几天,脸皮子晒黑了好些。去见你的媳妇,他们也很惦记。”梦玉过来同海珠、掌珠问好,姐 妹两个连忙回礼。海珠问道:“天气炎热,船上只怕倒还凉快。”梦玉道:“热倒不怕,就是蚊子利害。一个蚊子至小的也有鸭子大。”掌珠道:“真说瞎话,那么你倒不腌些回来吃?”惹的祝母同桂夫人都大笑道:“我倒忘了,你松大叔叔呢?”梦玉道:“快上来了。”祝母道:“你快去见三叔叔,他很惦你,去同叔叔说会子再来。”梦玉答应,往外就跑。掌珠道:“慢慢的走,忙个什么劲儿。”梦玉急忙跑出堂屋,下了台阶,才到西院门口,听见背后有人叫道:“梦玉,你回来了吗?”

梦玉回过头来,瞧那叫他的。不知是谁,且看下回分解。

第十六回　承瑛堂情悲叔侄　瓶花阁兴扫痴婆

话说梦玉回过头来,见是桂夫人房里的紫箫姑娘,穿着藕色纱衫,青纱裙子,一双宝蓝缎绣花厚底弓鞋;俏脸上淡施脂粉,鬓边插着几穗珠兰;笑嘻嘻的问道:“你多咱回来的?”梦玉道:“才进来,还没有去瞧姐姐呢?”紫箫走到面前问道:“船上没有热着吗,道儿上受委屈没有?”梦玉道:“不也就同在家一样,饭也吃的,睡也睡的,就是一个人儿闷的慌。”紫箫道:“自你那天出门后,我就许愿吃斋,每夜里给你拜斗,我惦记你一个什么儿似的。”梦玉听说眼圈儿一红,拉着手才要说话,紫萧道:“如意同三多来了。”梦玉掉过脸去,瞧见他两个带着笑走过来。如意道:“紫丫头诉委屈呢。你身上掉了那块肉,说给他,赶着替你补。”三多笑道:“他补的地方我知道,额脑盖子上要补上点儿皮。还有一个要紧地方,也是要补的。”紫箫笑骂道:“浪蹄子,不害臊的!睡着了叫梦玉的是谁?你还刻薄人呢!我撕开你的这张浪嘴!”说着,才走将过去,三多笑着飞跑去了。

如意将梦玉推着道:“到三老爷那里去罢,等着闲了咱们再说话。”梦玉点头。如意拉着紫箫到自己屋里去闲逛。梦玉走到承瑛堂,丫头、媳妇们瞧见大爷来了,赶着揭起帘子。梦玉进去,见祝露躺在外间小炕上,面如金纸,骨瘦如柴,尽剩了一张皮包着一把白骨。脸儿向外,垫着大高枕头。石夫人坐在旁沿瞅着他,眉头不展,面带愁容。祝露瞧见梦玉,将手略动了一动。梦玉赶紧上前给叔叔、婶子请安。石夫人命丫头们端过小矮杌子,放在炕前给梦玉坐下。祝露问道:“你去了几日?”梦玉道:“连今日共十二天。”祝露道:“我打谅着瞧不见你了!”说着十分伤心,要哭又哭不出来。叔侄们平日最为相得,今日见他回来,颇觉伤心。梦玉瞧着,也止不住的流下泪来。石夫人恐老爷悲苦,只得勉强笑道:“爷儿们好几天不见,说说笑笑的欢喜一会,好好的哭个什么呢?你将道儿上的什么事故子,说些给你叔叔听。”祝露道:“你见过老太太没有?”梦玉道:“都见过了。”又问:“可是你松大叔叔呢,你在那里接着的?”梦玉道:“在扬州接着,耽搁了一天这才起身。过江的时候,我先赶上前来,这会儿只怕也到咱们家来了。”祝露道:“松大叔叔疼你不疼?”梦玉答道:“疼。”石夫人命书带将剥的鲜莲子取来,给大爷吃着说话。书带答应,将个红玛瑙盘子盛着新鲜剥出的莲子送上。秋雁端过一张描金洋漆小香儿,放在大爷旁边。梦玉端着盘子让叔叔、婶子,祝露抓了几个,嚼在嘴里,说道:“总解不了心中的烦热。”石夫人道:“还是吃点藕汁罢。”祝露摇头。

梦玉坐下一面吃着莲子,将路上见的乡里堂客光着两片子脚在田里种稻,那些姑娘们是怎样纺丝,孩子们在树阴下放牛,男人们都在河沿儿车水,东一句,西一句说给叔叔听。祝露叹道:“农家原是可怜,听你说起来,这样暑伏炎天晒在那烈日之下,也就同在地狱里受罪一样。像咱们家里真是天堂。就只是常要害病,实在讨嫌。"梦玉笑道:"叔叔说的是。依我看起来,咱们家是地狱,他们倒是天堂。"石夫人笑道:"真是傻子!怎么咱们家倒是地狱呢?"祝露笑着说道:"他偏有他的说话。"石夫人笑道:"且听他的说话。"梦玉笑道:"他们那些农户人家,男的耕,女的织,孩子放牛,大人车水,树阴下乘个凉,说个闲话,自由自在,无忧无虑。秋收之后,早早完纳钱粮,制办冬衣,一家子围着炉喝杯酒。戴着朝廷恩典,享着太平风景,真是天上神仙,人间乐土。像咱们家里,看着这样宝贵,种种都是罪孽。吃着珍馐美味,尚说烹调不好。穿着绫罗绸缎,又嫌花样不新。大厦高棚,还说暑风难受。重帏厚褥,尚称寒气侵肌。一饭之间几多性命,一天之内无数愆尤。日累月增,罪盈恶积。大则断宗绝嗣,祸延本族;小则疮疡疾厄,害在自身。由此观之,咱们这享福的倒是受罪,他那辛苦的正是享福呢!"石夫人笑道:"这孩子他倒说出理来了。"祝露道:"依你说,我是罪大恶极,应该无子,应该害病的了?"梦玉听说,自知失言,急的满头大汗,脸胀通红,说道:"叔叔有什么罪孽?不过是点年灾月晦,病几天就好了。若说是儿子,梦玉就是叔叔的儿子。"祝露看见他面胀通红的,知道他不好意思,用手在他脑袋上摸着道:"好孩子,好儿子!"对石夫人道:"大哥是有儿子。二爷呢,有媳妇不愁梦玉不生孙子。只有咱们是……"祝露说到这里,不觉气咽上来,两眼直竖。石夫人急的要死,连忙扶住喊叫。梦玉此刻自恨失言,惹的叔叔动气,一会儿无地可容,只得放声大哭。丫头、媳妇们都慌了手脚,几个进来相帮扶住,一面去回老太太。石夫人鼻涕眼泪的瞧着难过。

有个得用的姑娘叫做芳芸,因患暑病,几天没有起炕。他的丫头巧儿,跑去屋里通信。芳芸年虽十七,知书识字,最有才情。一听见这信,赶忙下炕走到桌边。在那妆台的小抽屉内取了一枝人参,又将长条桌上小磁瓶内取出些自己常吃的去心麦门冬,拿在手内飞跑出来。因几天不吃一点汤水,头晕脚软再也不能走快,好容易扎挣着走出月光门来到卷棚底下。听见石夫人不住嘴的叫喊、梦玉的哭声,他心中一急，不觉一跤栽在地下，挣不起来。

此刻，松节度正在祝母房中说话。听见承瑛堂来回三老爷晕了过去，老太太登时面色俱变，连忙站起身来，亲自去看。吉祥、五福一边一个，好生扶住。桂夫人带着海珠姐妹也俱同去。松柱同祝筠跟着过来。老太太越急越走不动。吉祥、五福使劲的扶住进了院门，丫头、媳妇们两旁迎接。有个姑娘飞跑过来说道："三老爷已回了过来，请老太太放心。"祝母听说，念声"阿弥陀佛"，走上台阶，见芳芸面色焦黄，闭着眼坐在地下，半身靠着门槅。祝母惊问道："这孩子是怎么坐在这里？"芳芸已定了一定神，挣着站起身来，给老太太请安。祝母扶住道："孩子，你病了几天还没有大好，又出来干什么？"芳芸将栽倒的缘故回了一遍。桂夫人道："真难为他，诸事细心得力。"祝母叹道："好孩子，人参、麦冬放在那里？"芳芸连忙递过去。祝母接在手内，吩咐丫头们扶芳芸去睡，好生调养。

梦玉跟着石夫人出来迎接，一同走进上房。祝母问道："怎么一会儿晕了过去？"石夫人道："梦玉在这里陪着爷儿两说了一会话，忽然的晕了过去。老太太过来的这空儿，才回过来。"祝母点头，走到炕边问道："你怎么一会儿的又不舒服？我很怕来瞧你。"说着泪随声下。祝露瞅着也很伤心，一句话也说不上来。丫头们回道："松大人同二老爷过来。"祝露点头，吩咐请进屋来。媳妇们揭起湘帘，松柱同祝筠进内，石夫人拜见问好，又问二哥的安好。两位老爷走到炕前，松柱道："三弟，你怎么病到这个分儿？在扬州，我问梦玉，他说近来好些。我瞧着很有些儿病。就是服药，一时也是难得见效，倒不如自己静养，饮食调理，倒还可以痊愈。总是断不可动气性急，慢慢的再去医治。"祝筠道："兄弟，你平日最性急，又爱动气。这会儿有病在身，只好耐着性儿静养，将一切闲气别要放在心上，自然慢慢的会好。咱们只有同胞兄弟三人，一个妹子，别无多的手足，岂不愿你这会儿就好！"祝筠说到这里，嗓子眼儿上倒像有一个什么东西堵住着的一样，再也说不出话来；眼泪也就像断线珠子，一串儿的掉了下来。

祝母此时心如刀割。石夫人的心早已伤碎，掩着脸不敢仰视。

祝露伤悲了一会，叫丫头们端过椅子，摆好脚踏，请老太太坐下。松柱、祝筠亦俱依次而坐。石夫人让二嫂子坐在对面，海珠姐妹过来请安。祝露道："多谢你们惦记，你母亲们来给老太太拜寿，只怕今日也该赶到。我们手足还该要见一面。"海珠们劝慰一番，走过去坐在石夫人肩下。

姑娘们送茶之后，祝母问道："梦玉呢？"丫头们答道："出院去了。"石夫人道："方才同叔叔两个说庄户人家的苦处乐处，他在这里说出多少理来。正说的高兴，见叔叔发晕，他急的大哭起来。"祝母道："原来他在这儿同叔叔抬杠呢！这孩子怎么对着叔叔面前说出这些话来？怪不得要多心动气呢！"祝露笑道："他知道失言，急的满头大汗，脸也通红。我故意怄他：'依你这样说，我是应该无子，应该生病的了！"他很过意不去。也难为他回两句好话，忽然打动我伤心，一时气厥过去，倒并不是他在此怄我的气。这孩子是我家的一个宝贝！"松柱道："大哥同荣国公家结了亲家，我同大哥也结了亲家，将彩芝给梦玉做了媳妇。"祝露笑道："这狠好。怨不得我方才问他说：'松大叔叔疼你不疼？'他满脸通红，半日才回答道：'很疼。'谁知有这缘故。"祝母道："他回来见我，也不提起，刚才你松大哥说起，我才知道。又接着你大哥的书子，也很惦你，总叫你好生调养，不要性急动气。大嫂子也再三叮嘱问候，说你大哥的病近来好些，准在秋间起身回来。"祝露叹道："恐我等不到那时候，他们都有……"祝露说到这里，咽住不往下说。松柱点头道："兄弟，你的意思我也知道。你不必忧虑，等我作伐，也替你结个亲家，做你的媳妇。"祝筠道："很好。是谁家呢？"祝母笑道："我猜着你的心事。"松柱道："姑妈猜着什么心事？"祝母道："一定是你大嫂子的意中人要挪到这边来，是这主意不是？"松柱笑道："断不是这个主意。大哥大嫂原同我说明才定彩芝，若是将贾小姐挪过三兄弟这边来，明摆着是我替彩芝做地步，不要说大哥大嫂不肯，就是我也断不肯的。"祝筠道："到底是谁家呢？"祝露接着道："我看起来，大哥竟不用费心，有谁肯同我结亲家？倒不如求老太太在这几个好丫头里挑一两个，做我的媳妇，就可服侍我的病。"松柱道："三兄弟你别管，总在我身上，横竖叫你有亲家,有媳妇。”祝母道:“三儿的话也说的有理,等我商量。不知大侄子说的谁家?你说给我听,看合式不合式?”松柱笑道:“姑妈,你道是谁?”祝母道:“我知道你说的是谁?”松柱道:“我说的是桂老三的女儿。”老太太同祝筠、桂夫人都一齐笑起来道:“这狠好。”桂夫人道:“我们老三的那个女儿,是八月十六生的,小名叫月生,本名叫蟾珠。那年进京的时候,年才十二,比梦玉大一岁,长得很俊。在这里住了四五天,梦玉同他是一刻也离不开的,到起身这天两个人直哭了一夜。梅大妹妹在这里还说着笑话,对梦玉道:‘别哭,等我明日做媒,将桂姐姐说给你做媳妇就是了。’三妹妹们起身之后,梦玉想的病了一场。”老太太笑道:“也就同那年你们彩芝去了,梦玉直病了半年的一样。”祝筠道:“若是桂老三的女儿,这门亲事不怕他不依。但不知他几时出京?”松柱道:“我来的时候,正张罗着借银子呢。我听见说帐行里只肯四扣,银子行平行色,还要押凭。他只要借到手,也就起身的快,大约至二十外也可以来了。横竖他也要拢到这里,赶我往杭州转来,他还不肯就走。提起这亲事,他断没有不肯之理。”祝母道:“很好,这件事在你身上。”松柱道:“这交给我。”

祝露道:“我若有了媳妇、孙子,真死也瞑目。”说着要哭,又哭不出来。老太太流泪道:“我知道你惦记媳妇。我自有主意,叫你总有后人。”祝露点头。石夫人听说五中皆断,无限伤心。祝露道:“既是松大哥替我这一房作伐结亲家,我心中原有个妥当人,也当面托老太太,等着桂姑娘过门之后,就将这件办了,完成我一件心事。”祝母道:“你意中还有何人要给梦玉?”祝露道:“并非外人,就是咱们院里的芳芸。这丫头不但生得端庄秀慧,亦且知书识字,办事能干。蒙老太太的恩典,另眼看他,我也待他如女。原要打谅给梦玉作个媳妇,因想他到底是个丫头,别叫外人笑话,说我娶个丫头做媳妇,因此我也总没有提起。今日承松大哥这一番美意,倘或桂家的亲事得成,做亲之后,即将芳芸给了梦玉。虽不便为正妻,很可做侧室媳妇。因梦玉是三房共此一子,多娶几个媳妇也很使得。我刚才求老太太在丫头里面挑一两个,为的这件心事,只恐我等不得见媳妇的面儿。”祝母点头,流泪道:“我自有主意。你提芳芸,我倒忘了他的一件事。”

随在手里拿出人参、麦冬，将刚才的光景说了一遍。祝露点头叹息。松柱同祝筠道："怨不得三兄弟疼他，这孩子也本来办事细心，将来是要格外看待些的。"老太太吩咐吉祥，将人参拿去铡成片子，同麦冬放在银壶里，赶着煎汤，吉祥接了出去。祝筠道："我同松大哥外边去坐，再来看你。"祝露道："天气甚热，松大哥请去歇息。"松柱告辞，同着祝筠出去。

祝母同桂夫人、海珠们又说了一会闲话，看着吃过参汤才回介寿堂去。

且说梦玉见三叔叔醒了转来，将胸中这块石头放下，又见老太太们在这里，他就趁着空儿一直跑出去。过了老太太的介寿堂，转出东院来到桂夫人怡安堂。那些姑娘、媳妇们都坐在堂前大卷棚下两边花栏杆上。见梦玉走来，也有站起的，也有坐着不动的。梦玉向着他们说笑一会，揭起堂帘走进怡安堂，向西碧纱厨里转入后面轩子里面。东西各两大间，中间是间堂屋，这四大间是桂夫人身边得用管事的姑娘春燕、紫箫、兰生、芍药这四人的住房。四个姑娘都生得姿色娟好，又能干伶俐，在桂夫人面前都很体面有脸。梦玉同他四人就像姐妹们一样。这会儿，走到东边第一间是兰生的住屋，掀起门帘进去，静悄悄的不见个人影儿，青纱帐子两边都是放下。梦玉轻轻走到炕边，揭起帐子，见兰生正在好睡，鼻息如兰，右手拿着鹅翎小扇歪在炕边，一绺大红须子挂落炕沿，左手搭在席上，两双金镯押着玉腕，穿着青亮纱短衫，映出胸前大红兜肚，白罗挑花裤，笼着一双红缎小弓鞋。梦玉不忍惊动，轻轻放下，捻手捻脚的走了出来。见兰生的丫头莲儿同芍药的丫头闰儿坐在台阶上吃菱角，瞧见大爷都站起身来。梦玉对着莲儿道："姑娘起来，你说我来瞧姑娘来了，见姑娘睡着，不便惊动。"问闰儿道："你姑娘在屋里没有？"闰儿道："咱们姑娘同着春姑娘到集瑞堂陶姨娘那里算帐去了，紫姑娘在老太太东院里还没有回来。大爷到屋里去坐，一会儿就来了。"梦玉道："等姑娘们回来都替我说到，我再来瞧吧。"说毕，折转身走出碧纱厨，正遇着紫箫的丫头莺儿。问道："你姑娘呢？"莺儿道："在介寿堂没有回来。"梦玉道："你对姑娘说，我来瞧姑娘，在屋里坐了好大一会，等不得，我去一会儿再来。”莺儿跟着一面答应一面走。

梦玉出了怡安堂，走下台阶，绕着往左廊下头一个砖门，是芳芷堂朱姨娘住处。

原来祝筠有四位姨娘，是陶姨娘、李姨娘、荆姨娘、朱姨娘。陶姨娘是专管银钱出入，盘查盐船口岸、当铺绸庄一切销算各帐并内外花园里的鸟兽鱼树，施材舍药，戏子身价，教师修金等项。李姨娘是专管内外厨房日用饮食，什物器具，田庄地土，房产租息，纸张花草，庆寿上坟，柴米烛炭等项。荆姨娘是专管衣穿首饰添修改造，内外大小男女月钱工食，修添家伙器皿，当铺盐船、绸庄盐店大小伙计薪俸，以及各寺庙灯油月米、装金修佛，戏班的套头、刀枪、头盔等项。朱姨娘专管内外四季陈设铺垫、灯彩、字画、古玩，各位大小师爷、相公束修赏封，庆吊礼文、茶酒、小菜果品，修房建屋，花粉针线，围屏戏台，凉棚花炮，戏班一切软行头等项。这四位姨娘各尽其职，条清条款，内外肃然。桂夫人总其大略，每三个月一报销。祝筠见他们都能干办事，十分欢喜。因此四个人都得宠爱。这四位姨娘，每人都有两个得力姑娘帮助。陶姨娘的是婉春、疏影，李姨娘的是素兰、秀春，荆姨娘的是仙凤、秋云，朱姨娘的是闰梅、庆儿。还有几个帮办杂物的丫头，或是老太太同桂夫人、石夫人这三处的麻利丫头，看他能干就派到四位姨娘处分房使唤。这些丫头内，还有几个巴结出身的，求着老太太情愿到四处照应，以图将来出门体面的。所以这四位姨娘屋里正经办事姑娘每房只得两个，倒是帮办的多。遇着办事姑娘们有嫁人、赎身事故等项，就在这些丫头里面挑补。是以无不极力巴结。遇着老爷到姨娘们院里住宿的日子，那些丫头一个个擦脂抹粉争着伺候，两只靴子倒有七八个去脱。设或内中有老爷欢喜的，将手在他身上抹一把捻一下，那丫头的这一乐，比补缺的还要欢喜，从此在这院子里就是满脸儿，什么人也红不过他的了。老爷见他们如此光景，也常常的提拔他们，这也不在话下。

且说梦玉正走到芳芷堂朱姨娘的门口，就遇着一个丫头，叫做东儿。见了大爷赶忙堆着一脸的笑给大爷请安，说道：“姨娘们都在瓶花阁二小姐那边呢。”梦玉道：“我本来也要去看二妹妹。”折转身向西廊绕过怡安堂,顺着一带花墙进了院门。这院名瓶花阁,是梦玉的胞妹修云小姐的住屋。这修云也是桂夫人所出,今年十五岁,生得天姿秀媚,韵致非凡。不但刺绣精工,亦且娴通书史。这几天因感冒风暑,老太太同桂夫人叫他静养几日,不要出来,因此修云这几天不出房门。老爷的这四个姨娘都同修云合式,每天必定来瞧一两次。此刻姨娘们在太太上房回过事下来,各人在院里办完了事,约齐都到瓶花阁陪修云闲话。

梦玉忙忙的来到院里,丫头、媳妇们瞧见都笑道:“大爷来了。”忙着掀起湘帘。梦玉进去,见四位姨娘同修云坐在碧纱厨里,看见梦玉都站起笑道:“玉大爷回来了。”梦玉走到姨娘们面前请安问好。四位姨娘也拉着他问好。梦玉同修云见礼,问道:“妹妹你好些没有?”修云道:“今日觉得好些,只是还有点子发烧。”梦玉将脸贴着修云的额角道:“狠不大热,再吃服香薷饮,就可以全好了。”修云道:“我也懒得吃药,随他罢。你这几天不在家里,谁不惦记的少魂失脑的。姨娘们成天家不住嘴的念着你。”梦玉笑道:“怨不得我自从那日起身,一出门就打喷嚏,一直打到扬州。连喝茶吃饭、出恭睡觉的空儿也没有,尽剩了打喷嚏。我心中很着急,这是什么缘故呢?有一个人说道:‘这个叫做喷嚏痨。’”梦玉未曾说完,四个姨娘同修云一齐大笑,一个个笑的鼻涕眼泪,连气也喘不过来。只见修云屋里走出芍药、春燕,一面笑一面说道:“出门几天,就学这样油嘴!”梦玉赶着上前拉手问好,说道:“方才在姐姐们那里,说是都到这里来了。”芍药笑道:“怨不得我这会儿也不住的打喷嚏!”梦玉笑道:“我那喷嚏利害着呢,不住嘴的像放鞭炮似的。”春燕笑的弯着腰,赶忙跑到杌子上坐下,笑个不了。荆姨娘一面擦着眼泪,一面笑道:“真小油嘴!不在家里叫人惦记,一回来了又讨人嫌。”众人笑了一会,修云道:“你还是要吃茶,还是吃果子?”梦玉道:“我吃两个荸荠罢。”修云叫双梅取荸荠给大爷吃。双梅答应,去取了一个翡翠盘子,盛着一盘荸荠放在花梨桌上。梦玉也不让,抓着一个就吃。修云笑道:“好性急。”只见双梅取了几枝小银叉子,放在桌上。梦玉笑道:“费事巴拉的,还是用指头的爽快。”修云笑道:“出了门回来,越学的不好了。”

梦玉也不答言,尽着一吃。

只听有人问道:“大爷在这里吗?”梦玉道:“谁找呢?”双梅道:“是桑奶奶。”梦玉赶着叫道:“妈妈,我在这里。原来这桑奶奶是梦玉奶妈,今年才三十来岁。他当奶子的时候,不过十八九岁,生得有几分姿色,老爷也很得意他。他就仗着老爷的势,又倚着是梦玉的奶子,不觉的自尊自大起来了。因他男人死了,一个奶抱的女儿又给了人,所以老爷怜他,许了养他一辈子。他越发得了意,不但老爷到姨娘屋里来他有醋意,就是老爷坐在太太屋里,他也是不乐。桂夫人同姨娘们也就狠嫌他。不知他鬼鬼祟祟的多咱相与上一个二十来岁的后生,他说是过继的儿子,叫做桑进良,对老爷说了,叫他跟班。他一天常跑到桑进良屋里去,吃的脸儿红红的走了进来。垂花门的查大奶奶回过几次,老爷也有些冷落他了。因为他是梦玉的奶子,所以人都叫他桑奶奶。

他见梦玉回来不到他屋里,心中有气,故到各处的找他。梦玉瞧见他进来的神气,早已明白。因为修云身子不好,恐惹他动气,就不等他进屋里,忙走了出去说道:“妈妈好啊!”桑奶奶答道:“我好,叫人家不理!”梦玉笑道:“慢慢的再同妈妈说话。”说着,一直跑了出去,头也不回,竟自去了。桑奶奶脸上大抹不开,又知道姨娘们都在这儿,吃了梦玉的这个大干,只得折转身,口里叫着道:“玉哥儿,玉哥儿!”也就顺着腿儿出了院门。才走不到三五步,仰面一跤。

不知栽着那里,且看下回分解。

第十七回　奉慈恩因悲定媳　消郎闷众美联芳

话说桑奶奶吃了梦玉的干,不好意思,只得转身出了院子。眼睛望着梦玉,一递声儿的叫。不提防两只小脚踹在几个西瓜子上,顺着一溜,仰翻身栽倒地下。头重脚轻,这一跤栽了个结实,大半拉身子同一边胳膊皮俱擦伤,后脑勺子在石板上狠震了一下,躺在地下昏了过去。

正遇着姨娘们的丫头送点心过来，瞧见桑奶奶躺在地下，披散着头发，一根金簪子掉在旁边，面皮雪白，闭着两眼，鼻子里微微的哼哼。这些人瞧见，忙去通知四位姨娘，都跑出院来，见他这样儿实在栽狠了，忙叫几个有力些的媳妇们扶他坐着慢慢叫他。此时已回省过来，口里叫道："哎呀，哎呀！栽死我了！"陶姨娘道："我去取点药来，吃了就好。你坐着别动。"朱姨娘道："是什么名儿？对丫头们说了，叫他去取，又省得跑来跑去。"陶姨娘对着个丫头道："你去对婉姑娘说，叫他将套房里靠窗的那个书槅子上第二层小玻璃瓶的日生丹取两丸，快些就来！"那个丫头飞跑去了。陶姨娘道："还有一样东西要预备下，等药来对着开水好调。"荆姨娘道："是什么？"陶姨娘道："要一茶杯童便。"荆姨娘笑道："若是母童便，马上要几盆子也有；若是公童便，可是少宝。"陶姨娘们听了忍不住大笑，说道："荆丫头的这张嘴上，明日总要长个大疔。也不管二小姐在这里，什么公的母的混说！"修云在旁边只是抿着嘴儿笑。荆姨娘道："陶丫头肚里有了小公的儿，你来拉泡溺，倒是正经过路童便。"陶姨娘红了脸笑着来打，说道："我打死你这浪嘴！"荆姨娘赶忙跑开。朱姨娘道："荆丫头也该打，肚里有童便的还多着呢。"李姨娘听了，脸上飞红，笑骂道："你倒是专管养孩子的，总保这样管得，到明日对老太太说，派你去做个被窝巡检。"

姨娘们正在说笑，那去的丫头已取了药来。陶姨娘接着瞧了瞧不错，说道："没有童便就用黄酒也使得，不拘谁家有现成的，快去取来。"朱姨娘道："我那儿近些，谁去取罢。"丫头们答应着，去了几个。不一会，取了一银壶的桔酒来。陶姨娘叫赶着烫热，取个茶碗将两丸药都用热酒调开，叫丫头递给桑奶奶喝了下去，又冲些酒，将药碗的渣子也咽了。叫几个媳妇、丫头们扶着他，慢慢到屋里去睡一会，就可止些疼痛。众人扶着他，一路哼哼啧啧的叫不绝口。

不言众人送桑奶子回到屋里。姨娘们同着修云到瓶花阁吃过点心，辞了修云，他四个都到承瑛堂去看三老爷不提。

且说梦玉头也不回竟到凝秀堂来，走到素兰屋里。这素兰看见梦玉，就像天上掉下一个宝贝来，拉着他就说不尽话。两个叙谈一会,梦玉道:“我再来看姐姐。”说着往外飞跑,来到怡安堂,正遇着海珠姐妹下了台阶,看见梦玉问道:“你在那里?”梦玉道:“我在二妹妹那里。”掌珠道:“老太太怕你闷的慌,叫我们家去。”梦玉道:“我正要找你们。”一面说着,三个人都到自己屋里来。

梦玉住的这院子在怡安堂前面,景福堂的后身,紧靠着内茶房的东边。因梦玉爱这院里的两棵大西府海棠,取名“海棠书屋”,人都叫做“海棠院”。内有四时花卉、修竹芭蕉。朝南有八九间套房,东边是海珠、西边是掌珠两姐妹的卧房。后面还有一层十几间屋子,是丫头、媳妇、老妈们住处。海珠身边的丫头叫做翠翘、金凤,他两个住在前院子的三间东厢房。掌珠的丫头是蝶板、雁书,他两个住在海棠树的后身朝北的那三大间。

这会儿,翠翘们听见奶奶同大爷来了,都出来伺候,忙揭起帘子,三人走了进去,就到掌珠那边碧纱厨里坐。翠翘们过来给大爷请了安,那些丫头、媳妇、老妈们也都来请安。梦玉走到大炕上说道:“我怪乏的,躺一会儿再出去。”掌珠道:“老太太吩咐过,说你路上辛苦,在家歇息,不用出去。”海珠坐在梦玉身边,将手在他身上摸着道:“去了几日,身上觉得瘦些。”掌珠笑道:“那里瘦得这么快?”说着走过来,也在他身上摸一摸道:“瘦倒还不很瘦,就是脸皮子黑了些。”海珠道:“真个的,怎么你脸上都晒塌了皮,这是为什么?”梦玉笑道:“不是晒掉的,倒是在船里蒸掉的。”

夫妻正说着话,雁书道:“方才查大奶奶叫金嫂子送进一个匣子来,说是冯裕交进来的,是大爷的什么要紧东西。”梦玉听见,赶忙坐起来问道:“在那里?”雁书道:“放在书架上呢。”梦玉道:“狠好,不要乱动。”说着,又睡了下去。海珠道:“是什么要紧东西?这样吃惊打怪的!”梦玉道:“是天灵寺的和尚送我的长生经,说是供着可以消灾长寿,断不可叫妇人们去动。”掌珠道:“咱们就不是人?我最恨这句话,不拘是什么事,就要避什么妇人、鸡犬,把咱们做堂客的,同着鸡犬一堆儿的避忌。这不知是什么忘八羔子造出这样谣言!若是这也避堂客,那也避妇人,那些成仙得道的人都是他妈石缝里爆出来的!”掌珠说的动气,梦玉同海珠忍不住的好笑。梦玉笑道:“姐姐,你别动气,我请问你,寿星老儿的太太是姓什么?有几个儿子?”掌珠“嗤”的一笑,走过来在梦玉腿上打了一下,说道:“小油嘴,他惹人动了气,还要说笑话呢?”海珠笑道:“雁书,你将那匣子供在大爷的长桌上,书房里到底干净。”

正在说着,兰生笑嘻嘻走进来说道:“我来给大爷请安谢步。”梦玉瞧见,赶忙走下炕来拉手问好,说道:“方才见姐姐睡着,不敢惊动。”兰生道:“我正骂莲儿,看见大爷来了赶着叫我,也请大爷坐坐。怪热的,茶儿水儿也没喝口儿就去了。”梦玉道:“我本来才到家,也到各处走走。莲儿是我叫他不要惊动的,姐姐又要多礼回看。”海珠等让兰生坐下,金凤倒茶。兰生站起身来,笑道:“等我自己来取罢。”金凤笑道:“不要谦虚,倒是应我的鞋子得了没有?后日老太太的寿日,又是芳芸姐姐的生日,我等着要穿。”兰生道:“明日准有。”梦玉听他们说着鞋子,忽然想起一件心事,说道:“兰姐姐,你在这里坐坐,我去一会儿就来。”兰生道:“我瞧见上房已摆晚饭,你且不必上去。”海珠道:“真个一会儿再去罢。”梦玉道:“留兰姐姐在这儿吃饭,我立刻就来。”说着飞跑去了。海珠道:“他又不知想着谁,一定去瞧。”兰生道:“我知道,一定到桑奶子那里去。”掌珠点头道:“一点不错。”海珠道:“那个浪东西屋里,不去也没有什么要紧。他一定惦着,实在可笑。”

不说海珠们在此议论,且说梦玉自到家之后,一路东走西走,单忘了 个芳芸。方才在承瑛堂接老太太的时候,瞧见芳芸同老太太说话,后来松大人、二老爷又跟着进来,他就趁势儿溜了出来。一路耽搁直到这会,也就忘了这个处所。刚才听见金凤提起,所以想起来一定要去。跑出院门,顺着回廊拣直往东院里去。此时正是传摆晚饭时候,那些丫头、媳妇、老妈们来来往往,一群一阵的滔滔不绝,见了梦玉都问:“大爷到那里去?”梦玉也不言语,径直往介寿堂的院门经过,恐被丫头们缠住,忙斜岔着到了承瑛堂。那些丫头、媳妇们瞧见,才要打起帘子,梦玉赶忙摇手,绕着回廊转到芳芸屋里,赶忙掀起竹帘走进去。只见芳芸躺在一个小花梨藤榻上,独自一人瞅着壁上一幅《圯桥进履图》。梦玉走到面前,叫道:“姐姐好些没有?”芳芸瞅着画不理，梦玉低下头去叫道：“姐姐，我知道你怪我。你听我说句话，我死也甘心。”说着就哭起来了。芳芸听见，赶忙坐起来，说道：“我道是谁，原来是大爷。想是大爷要到咱们老爷屋里去请安，错走到丫头屋里来。”梦玉听了，浑身是口也说不了这些话，也辩不来这些冤，一股子的伤心，呜呜咽咽哭着就在芳芸腿面前跪了下去。芳芸本来是一腔子的恨气，瞧见他这样光景，将一股怨气变而为一段柔肠。忙将手拉着梦玉道：“大爷请起，那里有个做爷们的跪在丫头面前？快些起来，叫人瞧见像个什么样儿？”梦玉道：“我要说明白了才起来。”芳芸一手拉着，一手拿块绢子替他擦眼泪，嘴里说道：“快起来，像个什么样儿！”梦玉道：“我是说明白了才起来。”芳芸道：“我的祖宗，你饶我罢！我实在头晕，再拉一会儿，我就要栽下来了。”梦玉道：“我等姐姐不动气再站起来。”芳芸道：“那有个丫头们同爷们动气的道理。”梦玉道：“你还要说这话，我准跪定了。”芳芸道：“你起来，我不动气。”梦玉道：“姐姐真不动气，要好好的叫我一声，我才起来。”芳芸道：“好大爷，亲大爷，祖宗大爷，请起！”梦玉摇头道：“跪定了，跪定了！”芳芸笑道：“仔吗的，你今儿这么怄人？”梦玉道：“我不怄你，只要你可怜我。”芳芸想来是强他不过，只得笑道：“我的好兄弟，亲兄弟，祖宗兄弟！你起来罢。”梦玉这才欢喜，站了起来，将芳芸双手抱住，脸贴脸的千姐姐、万姐姐叫个不了。

芳芸道：“你既是这样疼我，方才瞧见我晕倒地下，你出来接老太太，理也不理我。”梦玉道：“我回叔叔说话失言，叫叔叔多心晕了过去。我急的什么似的。看见老太太进来，二老爷同松大叔又来了，我好容易趁着空儿跑了，到二妹妹那里去。谁知姨娘们都在那儿坐着，说了一会子话，又到家去转了一转，就到姐姐这里来的。”芳芸将手在他额上指了一下，说道：“你还要说谎，人家不在屋里，你白坐着半天，你倒不对我说呢。”梦玉道：“真冤枉，我到谁屋里坐了半天？是谁瞧见？你叫来对。”芳芸道：“不用对，是你亲口说的。你那心上人，急的三脚两步赶忙跑了回去。这又是谁冤枉你来？”梦玉想了一想，笑道：“是了，是莺儿来说的。我到了兰姐姐屋里，见他睡着觉，我就没有惊动，看见莲儿说道：‘紫姑娘到三老爷那儿去了，芍姑娘同春姑娘到陶姨娘那儿去了。'我就赶着出来,遇着莺儿,我顺嘴造了几句谣言,说是我来瞧你姑娘,坐在屋里等了半天,连个影儿也不见。这是我瞎话,我实在没有去。我若在他屋里不要说是坐,就是瞧了一瞧的,立刻叫我瞎了眼,还要生个穿心疔,立刻就……"芳芸不等他说完,忙将手握住他的嘴,说道:"你同莺儿说玩话就是了,又赌什么咒?你再说,我真个就恼了,咱们一辈子不要见面。"梦玉道:"姐姐别恼,我就再也不说这些话。"芳芸道:"很好。"梦玉道:"巧儿呢?"芳芸道:"我叫他到厨房去对颜嫂子说给我做碗汤去了。这一会也该来了,你在这里同我吃饭罢。"梦玉道:"使得。"说着,芳芸走下榻来,问道:"兄弟,你喝茶不喝?"梦玉道:"我嗓子眼儿里冒火呢,正要喝茶。"芳芸走到靠窗妆台桌上,取起一把旧宜兴砂壶,将个小莲子杯斟了一杯,递与梦玉。自己也喝半杯。梦玉喝了一口,连说:"好茶!姐姐,这是什么茶?"芳芸道:"这叫老君眉,是武夷上品。太太因我病,给我一瓶。是老爷最爱的茶叶,自己收着的。"

正说着,有个老妈同巧儿端着两个碗、两个盘走进房来。巧儿接着摆在桌上,取过香牛皮小垫子,将小锡饭钴子垫着放在香儿上。梦玉一面喝茶,看那四样菜:一碗细粉虾圆汤,一碗蒸大鲫鱼,一碟子火腿肉,一碟五香冬菜拌虾米。巧儿摆了姑娘的镶银牙筷。芳芸道:"再添一双筷子,大爷在这里吃饭呢。"巧儿又赶着摆了碗筷。芳芸让梦玉坐上面,自己坐在横头。巧儿送上饭,两个人你推我让,吃的很舒服。芳芸病了几天未曾吃饭,今儿见梦玉回来,又在这里同吃,心中大为欢喜。不一会两人用完,巧儿伺候漱口,端过面水。梦玉同芳芸洗脸。砂壶里对上开水,替大爷同姑娘倒了茶,然后将菜蔬收下,自去吃饭。梦玉喝完茶,说道:"姐姐,我明日再来看你罢,这会儿还要去见见那些师爷们,转来就是请晚安的时候了。"芳芸道:"你去罢,闲了就来。"

梦玉点头,照旧由原路东歪西转到了怡安堂。只听说桑奶奶为追玉大爷不上,自己栽了一跤狠的。梦玉不等说完,一直过了景福堂走到桑妈屋里来。只见他躺在炕上,嘴里不住的哼。梦玉问道:"妈妈,你怎么狠狠的栽了这一跤?我这会儿才知道。"桑奶子瞧见梦玉,就呜呜咽咽的哭起来,口里数数落落的说道:“人家奶了个哥儿、姑娘,再没有不是知冷知热护着妈妈的。就是我倒运,费了千辛万苦领你大来,白不相干,倒同那些妖精一个个的鬼鬼祟祟。我就是你们眼中钉。这会儿就是这个样儿,我还那里想你们的养老送终呢!你们只要拿出话来,说打发我就滚蛋儿,省得叫你们瞧着我就眼红。趁着我不聋不瞎,好去找头路。何苦呢!就是这样收拾我。今儿这样叫着,头也不回的跑,带累我栽这一跤,晕了半天才省转来。可怜躺在这儿,谁来瞧我一瞧儿?就是我的干女儿秀春姑娘看我可怜,偷个空儿来照应照应。若不是他来,就在这儿咽了气,也无人知道。”梦玉总也一声不言语。

且说海珠们等着梦玉吃饭,直等了大半天,再也不来,就叫金凤去桑奶子那里,“听听他同大爷说些什么,再说不完了”。金凤来到桑奶子屋里,听了半天,折转来对海珠一五一十的说了一遍。又说道:“大爷总一声也不言语。”海珠听了十分动气。兰生道:“叫个人去,就说太太叫大爷呢,等大爷出来,同回来吃饭。”金凤赶着叫了个伺候的老妈,教了他的话,去请大爷。

老妈儿去不多会,只见梦玉气冲冲的走了进来。兰生笑道:“你留我吃饭,你又去了不来。”海珠姐妹见他的神气不好,知他动气,忙叫翠翘倒杯茶给大爷解解气,说道:“谁叫你瞧着端饭你倒跑到他屋里去?那是个什么东西,你也不值同他动气。”掌珠道:“温杯佛手露,你消消气罢。”梦玉点头,姑娘们摆了杯筷。

正是十五,那一轮明月照满纱窗,四边玻璃高照俱点着红烛。梦玉让兰生坐了正面,拉海珠坐了对席,掌珠坐在上面,梦玉坐在下边。几个体面丫头站立伺候。金凤们四个轮流上菜,老妈们俱端在门边等着。

看官知道,凡是老太太、桂夫人、石夫人以及各处管事有体面的丫头,因内中有老爷们通房得宠的,有办事认真、毫无苟且的,有正直不阿、赤心为主的,有肆应勤敏、能干繁剧的。又因梦玉是个单丁独子,无多手足,所以叫梦玉同这些管事体面丫头都是姐妹称呼,不拘主仆礼。在那些姑娘们,各尽其道。这且慢表。

此刻,梦玉等四五个正对着竹梢明月,兼有那栀子、茉莉、珠兰、金雀阵阵香风,醉心悦目,彼此畅饮。兰生见翠翘们往来上菜,甚觉不安,时刻站起坐下。海珠道:“我倒有个道理,翠翘们也没有吃饭呢,叫他们端过杌子来,一角分一个,大家吃个团圆饭不好吗?”梦玉不等说完,大叫:“是极!是极!快端杌子,快端杌子!”蝶板道:“像个什么样儿,等奶奶们吃完了再吃不迟。”梦玉站起身来道:“我替你们端杌子。”慌的金凤们道:“你去坐着,等咱们自己端就是了。”梦玉道:“你别管,我要替你们端了才放心。”兰生同海珠们看他这个样儿,甚是好笑。梦玉东一处西一处的摆好,将他四个扯了坐下,不觉欢喜的哈哈大笑,说道:“二月间老爷赏牡丹做群芳会,同着太太、姨娘、姑娘、丫头、嫂子们拢共拢儿坐在一堆赏花饮酒,我见了心中很乐。这会儿我也混出个主意。咱们今日也做他个小群芳会,叫丫头同这该班的嫂子们,都拿炕桌子坐在地下围着,咱们大家畅饮一会,乐他一乐,岂不有趣?”掌珠见他说的热闹,抿着嘴儿笑道:“你看乐大发了。”梦玉道:“海珠姐姐见我不乐,出这主意,你也不帮说句话,坐着旁沿儿傻笑。”掌珠笑道:“你一张嘴还不够说呢,叫我说个什么?”众人都大笑。海珠道:“就依他,大家都抬了炕桌子坐下罢。”丫头们叫该班的嫂子,是高升、金映两人的媳妇,抬了三张炕桌子围着正席放下,铺了席垫子。两家媳妇同几个体面丫头坐了两桌,粗丫头坐了一桌。各将应分的菜饭都端了来摆在桌上。梦玉将桌上的果菜分了些给他们,大家都要吃酒,不许吃饭。于是,上下四桌都吃起酒来。媳妇、丫头们轮着上酒上菜。海珠们说的说,笑的笑。地下的那三桌,也是你一言我一语的混说混笑。

梦玉十分高兴得意,就将路上的光景高谈阔论起来。海珠道:“我倒忘了,大爷的行李、零碎都收了进来没有?”蝶板道:“都交进来了,一件也不短少。倒是大爷的百岁衫里面多了一块白绸手帕,上面斑斑点点的不知是些什么,倒像都是眼泪。”梦玉不听说完,赶忙问道:“在那里?你别掉了我的。”蝶板道:“我见不是大爷的,搕在我屋里炕上呢。”梦玉大惊道:“快给我取来,别叫人捞了去。”蝶板道:“谁要那怪脏的东西。”海珠道:“是那里来的绢子?肮肮脏脏的,别拿到我屋里来。”蝶板道：“我闻那股味儿，不像是爷们的。”金凤笑道：“爷们是个什么味儿？你倒说说我听。”海珠们哄然大笑。蝶板臊的脸胀通红，瞅着金凤道：“谁像你这样刻薄嘴？明日叫你嘴上长一溜儿的羊须疔！”金凤笑道：“我嘴上长了须，好让你闻味儿。”兰生同海珠们都笑的气也喘不过来，口里说道：“笑死我了！”只是摇手，将个蝶板笑的哭不得笑不得。雁书道：“蝶妹妹，你别害臊，我替你罚凤丫头一杯。”翠翘道：“一小杯便宜他，罚他一大杯才解人恨。”金凤道：“这才扯臊，捕衙老爷打门斗，你多管闲事，你若气不过，也去闻闻。”蝶板笑道：“翠姐姐，你过去替我将他的嘴扎烂了他的！”金凤笑道：“扎烂了我的嘴，明儿叫我须长在那儿呢？”众人又哄然大笑。

只见走进一群人来，笑道：“好快活，好快活！这么热闹也不邀邀咱们。”众人一看，原来是四位姨娘同着老太太屋里的五福、如意，桂夫人屋里的芍药、紫箫，石夫人屋里的书带，修云小姐屋里的文来这一班人。地下的丫头赶忙将炕桌拉开。众人止住道：“快别动。”海珠们都站了起来，说道：“四位姨娘同姐姐们来看热闹呢。”姨娘们道：“听着你们的笑声不住，咱们赶着来帮个笑声儿。”海珠笑道：“依我说，帮笑声儿不如听笑声的有趣。”荆姨娘道：“我从来不爱听笑声儿。”朱姨娘道：“不用笑不笑，咱们坐在一边，好让他们吃饭罢。”兰生道：“咱们玉大爷今儿要做个小群芳会，所以上上下下都在一堆儿。”陶姨娘笑道：“咱们来的凑巧，替咱们玉大爷助个会儿罢。”梦玉忙道：“姨娘们肯赏光热闹，更为有趣。”

紫箫道：“咱们且把来的本意申说明白，再说喝酒。”陶姨娘笑道：“真个我倒忘了。”兰生笑道：“我替你们说了罢，都是来回看大爷的，是这个本意不是？”芍药道：“一屁放着。”梦玉赶忙道：“怎敢劳动四位姨娘同诸位姐姐的驾！”荆姨娘道：“咱们也不用谦虚，尽管站着耽搁了人的酒饭。你们照旧坐下，咱们这些人都坐在这半拉。有爱喝酒的，倒了酒在这里喝，说的说，笑的笑，总叫大爷乐就完了。”

李姨娘道：“我倒有个主意，你们都要依我。”梦玉同海珠们道：“姨娘怎么说，怎么好。”李姨娘道：“今儿玉大爷出门回来，咱们该替他接风洗尘。老爷给松大老爷接风，在恩锡堂唱戏，连本府本县这些老爷、太爷们都在那里，好不热闹。怎么好叫咱们大爷干干儿的？这会儿你们竟将饭吃完了，将这些都收了去，擦干净桌子，刖上一张。我作个小东儿，备两桌碟子大家热闹，给咱们大爷洗尘，等明儿备两样菜接风，你们说好不好？”众人都道：“很好。”书带说：“咱们公分罢。”李姨娘道：“公什么分呢？你别叫分子，听见笑话。”海珠们道：“既是这样，咱们竟领姨娘的情，先吃饭。”梦玉道：“你们吃饭，我吃不下。一会吃稀饭罢。”于是，海珠们坐下吃饭。李姨娘道：“高嫂子，你到厨房去对颜嫂子、辛嫂子们说，叫他们赶紧备两桌果碟子，不拘荤素，立刻就要，叫人就送到这儿来。”高家的答应去了。这里海珠们也都吃完了饭，赶忙叫人收拾。丫头们伺候漱口、净了手，又搭过一张桌子刖上，摆好杯筷。陶姨娘道：“咱们还忘了要紧话，老太太同太太都吩咐过，说大爷路上辛苦，今儿不用请晚安，叫奶奶们也不必上去。”海珠们答应。众丫头倒上茶来，众人站的站，坐的坐，都喝着茶。

陶姨娘说起桑奶子刚才栽跤的话。海珠道：“怨不得他有气！这一位刚在那里受了气来，全亏这一阵笑，才将那一肚的浪气笑掉了。”朱姨娘道：“那算他娘的什么东西！今儿栽死了倒是干净，偏又不死。”李姨娘道：“你也不怕大爷恼你！”梦玉道：“咱们说别的，再不要提他了。”

正说着，老妈们已端了果碟来，丫头、嫂子们将果碟摆满两桌。海珠让四位姨娘俱坐在上首，让诸位姐姐们叙着年齿坐下。梦玉、海珠对着掌珠，下面就叫金凤们一同坐着。众人重又畅饮。

不知吃到几时，且听下回分解。

第十八回　金雀一枝催酒阵　银钩满幅写芳名

话说姨娘们坐下，彼此让了一回，各人放量畅饮。梦玉道：“这样吃法怪冷淡的，咱们要行个令才喝的热闹。”陶姨娘道：“行个什么令呢？”朱姨娘道：“数个重一重二不重三的，一去二三里罢。有酒有底。逢三六九用骰子赶点,不拘爱同谁掷就同谁掷。点小的输酒。”众人道:“这倒罢了。”

雁书去取了一个骰盆、骰子来。陶姨娘道:“你令官,谁是令底!”朱姨娘道:“荆丫头不吃酒,就派他令底。”海珠道:“这很公道。”朱姨娘吃了令杯,又派了梦玉做监酒官,“若有人门面不干,除罚了本人外,还要罚监酒者。”众人听见,都纷纷各干门面。梦玉看着各人门面都打扫干净,请起令。朱姨娘起令说了一,李姨娘接着也说一,兰生接着说了两个二。紫箫笑道:“我知道,你们要挤我。”就抓起骰子,向着梦玉道:“我掷你。”将骰子掷下去,成了三个四,三个五。紫箫欢喜道:“赢定你了。”梦玉将骰盆移到面前,掷了一个九点。紫箫赶紧叫给大爷斟酒,丫头们拿着壶刚走到大爷面前,朱姨娘道:“大爷那里且慢些,先给紫姑娘斟起罚酒,等明白了再罚大爷。”紫箫道:“我没有得不是,怎么要罚?”朱姨娘笑道:“数到你面前,连数也没有报,你就混掷起来。大爷是你带累的,也要罚。”梦玉道:“该罚。该罚。”叫丫头斟上酒。才要拿起来喝,紫箫道:“你站着。这是我带累的,酒不该你吃,让我代你喝了罢。”书带说:“这很公道。”文来站起来说道:“西大奶奶,你将大爷的酒递过来。”原来祝府的内外人等,因两位大奶奶分别不出称呼,知道海珠住在东屋,就叫东大奶奶,掌珠住在西屋,就称西大奶奶,以为分别。这会儿,文来坐在掌珠的上肩,所以叫西大奶奶将大爷的酒递了过来。掌珠就顺手在梦玉面前将一杯酒取起递与文来。文来接着说道:“不用那个这个的,我代大爷吃就完了。”说着,拿起杯子一口而尽。紫箫道:“到底是我好妹妹。”一面说着,一面将自己的罚酒也干了。

朱姨娘道:“今儿这酒可是罚大发了。”海珠道:“又罚什么?”朱姨娘道:“荆丫头、玉大爷、紫丫头、书丫头、文丫头都是要罚的。”荆姨娘道:“我好好的,又不言语,怎么要罚?”朱姨娘道:“罚的是不言语。”荆姨娘道:“你说出理来,我情愿受罚。”朱姨娘笑道:“我没有理,就敢做令官?我方才有令在先,是有酒有底。紫丫头同大爷的罚酒,应该请底,还要请监官验酒。大爷本身的酒,要请底官验过,才请底官分判什么吃法,然后才饮。也没有这样不遵令的人,自由自主的混相授受。书带帮着说合,西大奶奶作过付,文来硬自受脏。你这底官疲软无能,全不管事。你们说该罚不该罚?"众人听了,都大笑说道:"罚得是,罚得是!"荆姨娘道:"既说出理来,是我该罚。"叫丫头斟上酒,说道:"请大爷验酒。"梦玉站起来瞧了瞧,说道:"很好。"荆姨娘回过头来,请令官的酒底。朱姨娘道:"要一句宪书,一句曲牌名,一个古人,一句诗,一句俗语,合拢要成文理。说完之后,将酒一口干尽。"荆姨娘笑道:"好累赘。"陶姨娘道:"怕累赘,就别点头。"兰生笑道:"陶姐儿,那里学的这样油嘴?"陶姨娘笑道:"丫头家,混多嘴!"说的众人大笑。荆姨娘道:"你们听着,先从宪书上说起。"芍药道:"你说罢,别要耽搁工夫了。"荆姨娘说道:"出行步步娇,遇着寿星老,杖藜扶我过桥东,你道可笑不可笑?"众人听了大笑,都说道:"很好。"荆姨娘将那杯酒一饮而尽。轮着梦玉也斟上酒请底,朱姨娘道:"也照着荆丫头说罢。"梦玉想了一想,说道:"沐浴懒画眉,看见苏小小,且寻花底醉春风,你说好不好?"说毕,将酒饮干。朱姨娘道:"很好,这该紫丫头。"金凤道:"快斟上酒。"紫箫笑道:"罢呀!都是你们七张八嘴的纷纷议论,闹的我左罚右罚,还要多嘴呢!"如意道:"凤丫头,随他狗咬吕洞宾,不识好人的东西!"海珠笑道:"咱们这边别管他们的闲事。"紫箫道:"请验酒。"梦玉瞧了瞧道:"还浅些儿。"紫箫瞅他一眼道:"这孩子真没有良心,方才为替你代酒,闹的罚不了。酒里的这点情儿,你也不容。"五福道:"代酒是私情,这是公事。"兰生道:"快添些罢。"紫箫笑道:"我不添,怕你不同我去睡。"众人听了都哄然大笑。兰生笑着,将手在他身上狠掐了一下,掐的紫箫怪嚷怪笑的。众人笑住了,紫箫添上酒,又验过了,然后请底,荆姨娘道:"你说人纷纷议论,就叫你飞'纷纷'两字,一个'纷'字一杯酒,飞到谁,一口干无滴。"紫箫道:"这倒是难事,等我想一想。"说道:"除我数起。"随念道:"鸱枭挂萝薜,凉月白纷纷。"就由书带、文来、掌珠、梦玉、金凤、蝶板、雁书、翠翘,恰数着海珠、芍药,一人一杯。紫箫将酒送了过来,给海珠、芍药也斟上一杯。海珠们笑道:"这酒风儿吹到咱们这里来了。"芍药道:"喝干了,让他们好缴令。"他两个将酒一口吃干,将杯子拿着往下一覆,说道:"酒干无滴。"谁知芍药的杯子里滴下几点来，翠翘看见连忙叫道："芍丫头的滴下来了。"芍药道："我滴在桌子上，又没有滴在你肚子里，要你着急嚷个什么劲儿？"众人又哄然大笑。五福正吃着藕，不觉失笑，喷了一桌子的藕渣，越发笑个不了。朱姨娘笑道："芍姐儿的酒是要罚的，你且等着罢。"

于是，书带斟上酒，如意道："我有一句话，不知说的是不是？"众人道："你说的一定有理。"如意笑道："虽没有大理，也没有什么不是。"李姨娘道："是句什么话？"如意道："向来席上飞字只准一句诗，方才紫丫头是两句。我彼时要说，又看见众人都不言语。东大奶奶同芍丫头也不说什么，吃干了酒。我这会不得不说，以后只准一句，若再两句，就算违例，要罚。"朱姨娘道："这说得是。"书带道："少说话，我请验酒。"梦玉道："使得。"又请底，荆姨娘道："连身数起飞个'瓜'字，飞到谁，作十口响干。不响一声，罚一杯。"书带应声念道："荒畦烟雨故侯瓜。"由本身数起，恰数到雁书，五福笑道："雁姑娘是个什么瓜？"金凤道："只怕是个倒瓤儿的西瓜。"蝶板笑道："我瞧着倒像个倭瓜。"海珠们一齐大笑。李姨娘笑道："你们别要大家挤他，看挤出他的瓜子儿来。"紫箫道："挤出瓜子儿，咱们正好下酒。"梦玉笑的手舞足蹈，看见雁书叫他们说的满面通红，赶忙跑在他背后，将手搭在他的肩上，说道："好妹妹，你别听他们的混话，只管斟起酒来，作十口响响的咽下就完了。"说着，自己要了酒壶，替他满满斟了一杯，说道："不要验了，吃罢。"陶姨娘道："你走开，让他好吃。"荆姨娘笑道："席面上有谁说话的就罚，静静的听他咽酒。"梦玉赶忙走到自己坐上。这雁书见他们一个也不言语，听他咽酒，心里越发急的乱跳，脸胀通红，拿起杯来就咽了一大口，并无声响。翠翘急的乱嚷道："我的妈，多大一点杯子，叫你喝了一大口，咽的又不响。你瞧瞧，这一点儿就够咽九回吗？"众人忍不住的好笑。雁书越发急的通红，说道："我愿罚十杯酒，一口气儿吃掉了倒舒服。"朱姨娘笑道："你把那点子吃干尽了，罚十杯酒就是了。"雁书道："这倒爽快。"将杯子里的喝干了。梦玉叫取了十个杯子，一箍脑儿斟上，都是满满的，说道："你请底罢。"雁书站起来请底，荆姨娘道："左右邻各吃一杯，十口响干无滴。”翠翘同蝶板笑道：“咱们早知道是跑不掉的。”雁书道：“我倒要听听你们的响声儿。”翠翘道：“咱们有什么响声儿叫你听？”雁书道：“我不会同你们胡说乱道的，你乖乖儿的替我吃罢。”翠翘、蝶板一人取了一杯，说道：“你们都听着，一会儿别赖。”翠翘道：“让我先喝，别将响声儿扰在一堆儿，听不见。”蝶板笑道：“很好。”说着，翠翘就响响的咽了一口。众人道：“真个响。”随又接连咽了七八口响的。雁书道：“原来他没有咽酒，尽是空咽的响。”翠翘道：“我只要十回响干这杯酒就完了。还差一口，你们听着。”拿起杯来使劲儿的一口响干，梦玉乐的大笑。掌珠道：“你且慢乐，一会儿也就轮着你了。”梦玉道：“我学了翠姑娘的法儿，就咽一百口也响的了。”蝶板也照着翠翘吃干。雁书道：“再请底。”

荆姨娘道：“这两杯，左左邻，右右邻各吃一杯。先取席上一样果子，念句古人诗，须要有果名的，不切者罚。”雁书的左左邻是金凤，右右邻是海珠。雁书站起来，将一杯满酒送到海珠面前，又拿了一杯递与金凤。海珠取了一片秋梨在手内，口中念道：“一片梨花冷不消。”众人赞道：“东大奶奶说的又切又雅。”梦玉道：“海珠姐姐，我代你吃这杯酒。”海珠道：“你又没有吃饭，等着吃口粥，一会儿再喝罢。”梦玉道：“我很饱，连稀饭也不想吃。”掌珠道：“吃点子豆蔻，消消再吃。你是监酒，瞧着咱们吃罢。”梦玉道：“我今儿很欢喜，喝下去的酒都不知到那儿去了。”海珠道：“你既是欢喜，再歇一会儿代我喝。”说着，就拿起来一饮而尽。金凤说：“我可不会念诗。”紫箫道：“我念，你喝酒。”金凤应允。紫箫就将蝶子外一个红杏儿取在手内，念道：“猩血红深杏出墙。”金凤忙干了酒。

雁书道：“这六杯酒请底。”荆姨娘道：“自饮两杯，那四杯，一杯一杯的掷点子，顺着数到谁，是谁吃。”梦玉笑道：“这很公道。”丫头们送过骰盆，雁书先将两杯喝干了，然后一掷，是三个二。雁书道：“从我数起。”顺着数至如意，送过酒去干了。雁书又掷是两二、一么，不用说，是五福，也饮干了。又掷了一五、一二、一么，应该是陶姨娘，丫头们将酒送了过去，也干了。雁书又掷出两二、一五，数着是朱姨娘。众人道：“令官今儿没有喝酒，这倒公道。”

轮着该是文来的罚酒,文来将酒斟上,请验。梦玉道:“还要满些。”文来就满满斟的齐了口,说道:“这满不满?”梦玉道:“很好,请令官判酒。”朱姨娘道:“文丫头使性儿,将酒满齐口儿,很好。就照样儿一杯化十杯,第一杯就做了令儿的本题,敬了大爷。”文来将酒亲自送梦玉口边,一饮而干。请判第二杯,请酒底分判。荆姨娘道:“第二杯、第三杯敬了两位大奶奶今日团圆喜酒,第四至第十共七杯,席中人对花饮酒。”兰生笑道:“朱姨娘、陶姨娘、西大奶奶、紫丫头、雁丫头、文丫头都对着花,应该饮酒。”荆姨娘数了一数,只有六人。海珠道:“兰姐姐对着画的牡丹花,倒不算花吗?”众人都说:“甚是。”兰生叫道:“并没有说对画花饮酒,怎么算上我呢?”梦玉道:“虽是画的,到底是花,还对着花中之王,这杯酒更该要饮。”兰生无奈,只得领酒,同那对花的都一饮而干。

芍药道:“该我的滴酒罚酒,斟上一杯请验。”梦玉道:“很好,请判酒。”荆姨娘道:“你滴了四点,照样化做四杯,取了鼓来击鼓催花,饮此四杯。”梦玉听了大乐,叫道:“很好。完了四杯,咱们竟是催花击鼓,又热闹,又爽快。不知令官可还使得?”朱姨娘道:“很好。咱们接着竟是催花击鼓罢。”翠翘道:“我去取鼓来。”梦玉折一枝金雀花。不一会鼓已取到,派两个会击鼓的丫头,在纱槅外面起鼓。席面上彼此手忙脚乱,你递我接,只听见笑声盈耳。丫头们不住上酒,这一会,人人吃了个大醉。

时已月转花梢,星移斗柄,外面松大人们也止戏散席,各位大老爷俱告辞回署。祝筠送松柱到意园的绿云堂安歇,又派了两个小旦在那里伺候。然后几对小子掌着玻璃手照,一直送到垂花门口,有里面该班的丫头、媳妇们接着照了进去,走过景福堂甬道上,吩咐到枣桂堂去。丫头照着绕过回廊,进了枣桂堂的院子,仙凤、秋云赶出来迎着,那些丫头、媳妇们俱已退出去了。祝筠问道:“姨娘呢?”秋云道:“在海棠院,尚未回来。”祝筠道:“也罢,且不用去叫他。”仙凤、秋云伺候老爷在后面套房内坐了半日,出来同到姨娘屋里,两个忙端水伺候老爷洗了手,脱去衣服坐在炕上。秋云送过一小杯药酒,仙凤又在一个金瓶里取了小丸红药,祝筠吃过酒药。仙凤同秋云跪在炕上,拿鹅翎扇儿四面扇了一遍，然后下来放了帐子，一面去通知姨娘。

且说梦玉们正在击鼓催花，欢呼畅饮，人人都入醉乡。见枣桂堂的丫头金桔来请姨娘。荆姨娘问道："谁叫你来的？"金桔道："两位姑娘。"荆姨娘道："你来的时候，老爷还在那儿吗？"金桔道："已脱了靴帽衣服了。"李姨娘道："别耽搁工夫了，去罢。"荆姨娘道："咱们今儿喝一夜的酒，谁去睡觉明日吃谁的东。"陶姨娘道："罢呀，别扯臊。谁同你赌东？咱们也乐够了，让大爷歇歇罢。"兰生道："十八是老太太大庆，十七是寿日，又是芳芸妹妹生日。我的意思，咱们公分竟是明儿，给玉大爷接风，芳丫头做生日一举两便。寿礼各人自备，酒席等项交给李姐儿去办。除掉了玉大爷、两位大奶奶、芳丫头四个人外，用了多少按股公派。"众人都道："兰丫头的话很是。"李姨娘道："咱们还要公议公议，也不是一句半句说得完的，叫荆丫头只管去，咱们商量定了，明日给你信儿。"荆姨娘道："我在这儿听你们商量。"兰生道："你这是何苦呢！你去你的罢，别叫人替你耽心。"众人听说，都站起来一路乱推，荆姨娘也就将计就计的一路笑着，出了院门回去不提。

这里翠翘们赶着叫人收拾，搭开桌子将杌椅摆好，一齐俱倒上茶来。众人坐下，海珠道："明儿的分子，连咱们三个都要算在里面才得。或者玉兄弟不出分子，还有个因。我同掌妹妹又不出门，又不生日，好端端的不出分子，岂不可笑？"紫箫道："大奶奶也说得是。咱们竟依着公派。"五福道："派不派都容易，倒是怎么个儿办法？"李姨娘道："明儿是老爷请松大老爷同各位太爷们在崇善堂看苏州新到的班子演什么《金谷园》新戏，就接着下去给老太太做生日。咱们家的两个班子明儿都闲着。我的意思竟是早上吃面，各人赶着办各人的公事。午后咱们在如是园的秋水堂吃酒，就叫瑞宁班的小人儿们演新排的《无底洞》。秋水堂又宽绰，又凉快。再者梅姑太太明儿准到，咱们备一席敬老太太，就给姑太太接风。摆在承瑛堂，就着三老爷、三太太，又没有外人，随三老爷爱听南词也好，爱说大书也好，爱看戏法也好，都是现成，要叫谁，就是谁。明儿早上叫人吩咐听事的知会那些先生们，都不要走开，在家伺候着。咱们一早就要回明老太太同太太们,赏我们半天假,大家乐一乐。错了明儿,谁也没有空儿。”梦玉也不等说完,喜的大叫道:“有趣,有趣!就是这样很好。这会儿就去回老太太。”海珠们听见了,“嗤”的一笑,说道:“你真是傻子,老太太早睡觉,这会儿还等着你去回话呢!”李姨娘道:“你别性急,明儿请早安的时候再回不迟。”

紫箫道:“事情呢,竟是一定而不可移的。这样办,须得要出个知单,众人才知道。”如意道:“很是。蝶妹妹去取了笔砚来,咱们起个稿儿。”书带说:“又不做文章,起什么稿儿呢?拿个全帖来一写就是了。”紫箫道:“你这么通,倒不去下场。”书带笑道:“等着我明儿捐个监生,也去混混。”五福笑道:“那儿有个母监生?若是点名的时候,大人们问你,腹中可有文章没有,你怎么答应?”紫箫不等书带回答,抢着说道:“我替你说,监生腹中并无文章,只有一肚子的溺。”掌珠刚喝着一口茶,不觉“噗嗤”一笑,喷了陶姨娘、兰生一脸一身,大家哄然大笑。各人丫头赶着送上手巾,擦脸的擦脸,擦身的擦身。书带笑着来打紫箫,跑的过猛,不防踹着地下扫不尽的果子皮,“咕咚”一跤栽倒在地。将这些人一个个笑的弯腰曲背,话也说不出来。海珠们笑的只是摇手。梦玉一面笑着,一面过来扶他。如意笑着道:“这个才叫做监生及第。”书带站了起来,梦玉给他上上下下的抖灰,众人才止住了笑。兰生道:“这一跤,只怕文章都跌出来了。”紫箫道:“人家的文章掷地是金石声,他的文章掷到地下‘噗’的一响,是块肉声。”众人听了,又复大笑不止。书带也是笑不仰,赶到紫箫面前,将他揿倒杌子上,使劲的在他身上混掐,笑的紫箫没口的告饶。书带问道:“你还敢混说不混说?”紫箫摇头答道:“再不再不。”书带说:“你亲亲热热的叫我一声,才饶你。”紫箫说:“要叫你个什么才亲热呢?”书带道:“随你,若是叫的不好,总不饶你。快些!你再不叫,我就混掐。”才要动手,紫箫忙道:“我叫,我叫。我的亲亲热热知心知意的监生妈!”引的众人又拍手打脚的大笑。书带笑道:“你还要加字眼!今儿可是要定你的小命儿!”急的紫箫“好姐姐、好妹妹、好姑妈、老祖宗、老太太”一路的混叫。书带笑道:“罢了,饶你这小蹄子罢。”放了手,将他拉起来。紫箫云髻蓬松,金钗堕地,杌子上揉坏了多少的茉莉、栀子，一面挽着乌云，说道：“何苦呢！将人家个头闹的像个什么样儿呢？”书带道：“你不招我，我就惹你的吗？”紫箫说：“是了。妈，你老人家请坐着，等我明儿买块豆腐来孝敬老人家，赔不是。”书带一面走着，说道：“乖孩子，饶了你罢。”众人的笑声那里止得住。紫箫笑道：“不害臊的，蛋黄儿没有长结实，就要做妈！”兰生道：“紫丫头，你今儿想着要笑死谁？你再惹人笑，我就撕开你的嘴。我看你还说不说！”紫箫道：“我的嘴预备下几箱子，专等着姑娘们去撕呢。”梦玉直笑的大嚷大叫。

金凤端了一碗煮的莲子、扁豆、米仁、芡实，蝶板拿着个银羹匙、一碟的雪白洋糖，都站在梦玉面前。梦玉接了羹匙，就着金凤的碗吃了一口。又加上些糖调了调，又吃几口，摇头不吃了。翠翘递过茶来，漱了口。雁书过来给梦玉除了束发冠，将发扎了两个丫髻，脱去皂靴，换了双厚底纳绣满花鞋。蝶板、金凤伺候着解带脱衣，穿上一件百岁衫。这百岁衫，是那些有年纪穷人的布衣服，不拘颜色，要一百个老头子的，是老太太做了新的，给他们换了。每件衣上取一块，斗成一件衫子，与梦玉穿，总是一年一件。因梦玉是个独子，又生在富贵家，恐其享福折寿，故此要借穷人寿数，替他解解灾难。每晚请过安，到自己屋里就要穿上，一年三百六十日，是没有一天不穿的，所以这会儿金凤们替他穿上。此事表过不提。

兰生道：“笔砚放了半日，是谁动笔？竟请写起来。”五福道：“大奶奶一写就是了。”海珠道：“姨娘们不拘是那位，请写。”陶姨娘道：“咱那字，只好上帐簿，那里写得帖儿？断不写的。”紫箫道：“什么大不了的事，又不要你们写了去刻碑！这也犯得上推三阻四的装腔做势？”朱姨娘笑道：“既这么着，你就一写不好吗？”紫箫道：“使得，我就写。但是怎么说法，要你们说着我写。”海珠道：“这使得。”将杌子端在桌边，紫箫坐着。众人围满一桌，你一言我一语的商量不定。掌珠道：“我念着，你写罢。”紫箫道：“这好极了。”随一面写着，掌珠一面念道：

梦玉主人远出新归，我等应治一樽作解装之会。而十七又为芳芸姐执帨之辰，凡我同人，亦当举觞称庆。是以拟于十六日，早为汤饼，暮治彩觞，一成两事。集群芳于秋水堂前，杯酒双呈，庆同好于春风坐上。礼须自备，分则均摊。敬列芳名，书知是启。同人公具　谨开：

集瑞堂：陶姨娘

芳芷堂：朱姨娘

枣桂堂：荆姨娘

凝秀堂：李姨娘

瓶花阁：修云二小姐

海棠书屋：海珠大奶奶　掌珠大奶奶

介寿堂：吉祥姑娘　如意姑娘　五福姑娘　三多姑娘

怡安堂：兰生姑娘　芍药姑娘　春燕姑娘　紫箫姑娘

承瑛堂：秋雁姑娘　书带姑娘

瓶花阁：双梅姑娘　文来姑娘

海棠院：翠翘姑娘　金凤姑娘　蝶板姑娘　雁书姑娘

集瑞堂：婉春姑娘　疏影姑娘

芳芷堂：庆儿姑娘　闰梅姑娘

枣桂堂：秋云姑娘　仙凤姑娘

凝秀堂：秀春姑娘　素兰姑娘

掌珠念着，紫箫一路写完。从头念了一遍，说道："好是很好的了。但是我在这儿写，怎么将我的名写在前头，明儿不要叫这些姐姐们骂吗？"掌珠道："有人骂你，你说我一路念着，一路写的，横竖骂不着你。"只听见一个走近来笑道："我头一个就要骂紫箫。"众人抬头看那进来的。

不知是谁，且看下回分解。

第十九回　魏紫箫灯前鸳谱　周婉贞膝上莲钩

话说掌珠正说"不相干，横竖骂不着你"，只听见外面一人笑着进来道："我专骂的是紫丫头。"众人抬头，见是仙凤笑嘻嘻的走了来。

五福道:“仙丫头,为何不早来助个热闹,这是什么时候,又来干什么?”仙凤道:“我那里有点儿的空?直忙到这会儿才歇手。那里像你们清闲自在的,爱到那儿逛,就到那儿逛,爱到那儿乐,就到那儿乐。咱们要想你们这样自在,是断乎不能。我明儿要求老太太调个清闲些儿的差使,这繁缺,我实在来不及。”五福笑道:“罢呀!咱们巴结着调繁也不能够,那里像你们近水楼台的热闹呢!”紫箫笑道:“不但热闹,还要吃好的。”仙凤不觉面颊发红问道:“吃什么好的?”紫箫道:“说什么好,就是什么好。”兰生笑道:“让他喝口热茶,歇歇儿再说罢。”仙凤道:“热的也不喝,冷的也不喝,不用你们费心。”海珠的丫头正倒上茶来,仙凤接着呷了一口,就交他收了去。兰生笑道:“我知道你不吃冷的,又何苦呢?勉强咽了一口。”陶姨娘笑道:“罢呀,再说仙丫头就要急了。”因说:“你这会儿来,一定是荆丫头叫你来问明儿的事,是不是?”

仙凤点着头道:“还有一件事,我恐你们要散,故此赶着来商量。”众人问:“是什么事?”仙凤道:“就是素兰姐姐,他这几天越发烧的利害,不住嘴的咳嗽,实在支持不住了。”李姨娘道:“他是二月间阻住身子,我只道是别的,私下问他几么儿,他总说是病。谁知一天一天的真个发烧咳嗽起来,一天重似一天。他又不肯吃药,竟有七八分的成手,我也狠愁。我那里又是个最繁的地方,就是他不病,已经忙不过来,再加着他病,这是那儿顽得廾呢?”仙凤道:“他方才再三同我商量,现在是老太太的大庆,他实在不能支持,明日准定告病出了这缺,让人好补。谁要调繁的,大家商量商量,去求老太太,别要错过机会。”书带道:“不用商量,总不过是介寿堂的这四位姑奶奶里面挑择一位调补。咱们就是磕破脑袋也不中用,倒白费了张罗。”五福道:“这倒拿不准是咱们那里的人调,像你不是瓶花阁调繁的吗?”书带笑道:“你别叫繁缺的听了笑话,咱们承瑛堂比瓶花阁的事务还简的利害。有了芳芸姐儿一人办去,咱们静闲着,倒不如没有调的时候,在瓶花阁倒还有点事儿办办。这会儿是以简调简,那里算得上繁?再者,说句天理良心的话,咱们承瑛堂的人老太太断不肯移动的。你们岂不明白这就里，不过是三老爷向来多病，咱们这三姐妹是老太太相信得过的人。十分里可以有一分的想，不然连一厘也不用去想。”仙凤笑道：“书丫头倒说出理来，咱们也不用混说。明儿李姐儿回了老太太，随他老人家做主，爱调谁就调谁。”李姨娘道：“不但调人，还要求老太太加派一位姑娘才得呢。不然实在忙不过来。”兰生道：“且等明儿再说罢！这会儿也有四更多天，各人去打个盹儿，好起来办事。”陶姨娘道：“知单我带了去，明儿一早叫人各处知会罢。”众人说：“很好。”于是，一齐出了海棠院，纷纷各散。梦玉定要送兰生们回去，同出院门。金凤们服侍海珠姐妹卸妆安寝不提。

众人走上甬道，分了东西各回房去。

梦玉同着兰生、芍药、紫箫一直进了怡安堂。这些该班值夜的丫头、媳妇们都在卷棚下，也有坐的，也有睡的。梦玉们转到后轩，芍药道：“送到这里了，你老人家请回罢。”梦玉道：“我要瞧你们进了屋，我才去。”兰生道：“再让一会儿，天就亮了，我实在乏的慌。”说着，进了房去。芍药道：“我也扎挣不住了。”梦玉同到门口，芍药进了房门，说道：“小祖宗，明日再会。”梦玉拉紫箫也要送他进屋，紫箫在他手上捻了一下，梦玉会意，同他进了屋去。莺儿在小榻上正是打盹酣睡，紫箫也不惊动他，自家将灯拨亮，壁上自鸣钟正打两下。

时夜漏沉沉，花香袭袭。紫箫同梦玉并肩坐在小凉床上，紫箫道：“你今日知道三老爷对老太太的说话没有？”梦玉道：“什么话？我并不知道，姐姐快对我说。”紫箫将手在他额上一指，说道：“小油嘴，在我面前还要装聋作哑呢！”梦玉道：“我若知道什么说话，叫我……”紫箫将手忙握住他的嘴，笑道：“又要赌咒！半夜三更的说话轻些儿，叫人听着像个什么样儿。”梦玉道：“你逼的人着急。”紫箫就将三老爷对老太太说芳芸之事说了一遍。

梦玉喜的手舞足蹈说：“姐姐这句话可是真的？”紫箫道：“我无缘无故的，造个谣言哄你什么劲儿？我倒有句话问你，你还是同芳芸好，还是同我好？”梦玉道：“两位姐姐我都是好的。芳芸姐姐疼我，姐姐也疼我。我同两位姐姐都是一个样儿好。”紫箫叹息道：“芳芸从此有了归结，我将来不知怎样一个结局。”说着，止不住的纷纷泪下。梦玉忙将衫袖替他拭面,说道:“我不能自主,倘有一线可图,我同姐姐在天愿作比翼鸟,在地愿为连理枝。”紫箫听见,说道:“梦玉,你此言是真是假?”梦玉道:“倘有一字虚言,天诛地灭!”紫箫止住道:“休要如此。你既真心在我,我必保守此身,以死报你。”梦玉道:“既然如此,我同姐姐灯前一拜,以订百年之约。”紫箫应允,同站起来点了三枝万寿香,将灯拨亮,两人跪在灯前拜了八拜,站起来又对拜四拜。

拜完起来,紫箫道:“兄弟,从此我同你并力图之。”梦玉点头道:“姐姐放心,此事总必能如愿。”紫箫点头道:“天不早了,你去睡罢。我送你去。”梦玉道:“怕我不会走?你送了我去又转来,大远的道儿,天要亮了。”紫箫拉着就走,梦玉道:“你这何苦呢?我叫该班的嫂子们送我去。”紫箫道:“他们送去,我不放心。这会静悄悄的一个人儿也没有,看骇着。”梦玉想来强他不过,只得手拉着手儿转出怡安堂。卷棚下的那些人,都东倒西歪尽皆睡着。

紫箫同梦玉轻轻走下台阶,时月已临西,晓星初出。他两人在甬道上携手并肩,徐行缓步。梦玉道:“仙凤姐姐方才的说话,我想来倒是个机会,等我明儿求老太太将姐姐调了过去。”紫箫大惊道:“这是你要我的命,是不叫我活着了。若果调了我去,我一准是死。”梦玉惊道:“人家谋着要调,怎么姐姐倒不愿意?”紫箫道:“你不知其中就里,我是断不去的。你明儿千急别管闲事,若有别人托你求老太太,你只管替他求,再别提起我。等着我想出别的主意,用着你为力的地方,你再给我出力。我不愿意的事,你断乎不要多嘴。”

梦玉连声答应,不知不觉已到了海棠院的门口。紫箫道:“我瞅着你进去了,我好回去。”梦玉撒手说道:“姐姐我去了。”紫箫点点头,梦玉推开门走了进去,随手将门掩上,寂然无声。紫箫对着门站了有半盏茶时,只听见门响,梦玉又走了出来,看见紫箫还站在这儿,惊问道:“姐姐,你还没有去吗?”紫箫道:“我知道你要出来瞧我,何苦呢!你快去睡罢。”说着,走到院门口,向里叫道:“大爷回来了!”里面的金凤们俱还等着,听见都走了出来。紫箫说:“凤妹妹,你拉大爷进去,这是多早晚还不去睡?”梦玉道:“姐姐你也去罢。”紫箫折转身，竟扬长而去。这里翠翘、金凤们服侍着梦玉，就在东屋里安歇。一宿无话。

到了卯初光景，各房执事姑娘以及一切内外人等，俱起来梳洗，收拾打扫。垂花门的查大奶奶，叫该班的妈儿领着插花瓶的老华进来，抱着各色花卉，将介寿堂、怡安堂、承瑛堂、海棠院、瓶花阁及各位姨娘、姑娘们各处大小花瓶樽洗尽行添换。那些丫头、妇女们扫地擦桌，洗碗盏杯箸，收烛台灯盏；老妈们收换洗衣服、端净桶，纷纷不一，各司其事。

姨娘们梳洗完毕。陶姨娘处有外管事的傅老爷、何老爷写了领帖，印着恩锡堂的图书，领银五百两；又是各铺店、花园应修应找各项银两，听差的嫂子们等着领银。婉春同疏影兑银的、驳帐的、销算的，陶姨娘一宗一宗的登记发付。李姨娘屋里是管内厨房的颜嫂子领钱、领海菜、各样应用精美食物。管柴米的汤嫂子领钥匙发米、取炭、放柴及一切应用物件。那些丫头、嫂子、老妈们凡有应是凝秀堂所管之事，都在这时候领的领、发的发，挤了一院子的人。李姨娘同着秀春手忙脚乱的忙不过来，素兰勉强支持着在旁边登记上帐。朱姨娘屋里发茶叶、发酒、小菜、果品，摆点心、果匣，备这一日各亲友的生日、做亲、出嫁、生子，开丧、出殡等项一切庆吊礼文。庆儿同着闰梅尽力张罗，朱姨娘过目检点，斟酌轻重，然后叫那些丫头、媳妇们领的领、发的发，都到垂花门查大奶奶、槐大奶奶两人手内转交外管事的领去。送的送，发的发，都到晚上缴销报帐。所得大小赏封，俱交凝秀堂按节均派。荆姨娘除每月初一日发工钱月费的日最为热闹，每常日子不过是几件事务，都还省力，又有仙凤、秋云料理裕如，所以荆姨娘比那三人倒来得自在。祝筠也爱这边清净，一月倒也好几天在他屋里过宿。荆姨娘早起梳洗妆饰完毕，就将应办事务料理妥当。接着集瑞堂听差的嫂子拿了知单来打“知”字。荆姨娘瞧了，写个“知”字，秋云、仙凤也画了“知”，交给他往别处去了。他们伺候着老爷的开水、丸药、点心等项，老爷尚在安睡。

且说梦玉一早起来，翠凤们服侍着梳头洗脸，戴上束发冠，穿了衣服、靴子。吃过丸药、点心，走到西屋里同掌珠亲热了一会。时晓阳初出，他走出院门，看见大院子同回廊下那些老妈们正在打扫，拣直绕过介寿堂，进了东院承瑛堂。正屋尚未开门，梦玉走到芳芸门口，正遇着巧儿端着杩子出来，看见梦玉呶呶嘴道："还睡着呢。"梦玉轻手轻脚走到屋里，见放着帐子，就轻轻走到炕前掀开帐子，觉得一股温香酥人筋骨，看见芳芸穿着青滚口的白纺绸短衫，水红单绸小衣，身上搭着大红线纱夹被，半亸乌云，侧身向外正然酣睡。梦玉坐在炕沿、将身轻轻睡下。芳芸不觉惊醒，见梦玉，忙问道："大早的你来干什么？"说着，将枕头往外拉出点子，让梦玉睡下。梦玉道："我惦记着姐姐，特来瞧瞧，不知身子好些没有？"芳芸道："昨晚吃了饭很舒服，夜间也清爽，比那几天觉着好的多了。你回来了身子乏不乏？"梦玉道："一点儿也不乏。今儿众人给姐姐做生日，姐姐知道不知道？"芳芸惊道："谁替我做生日？你瞧瞧老爷病到这个分儿，太太急的什么似的，我还有心肠做生日？这是何苦呢？费这些事，我是断乎不要的。我知道这兴风作浪，又是你的主意。我今儿不起来，睡一天，你们要闹只管去闹，我全不管。"梦玉一团高兴，被芳芸说了个冰冷。睡在枕头上，一声儿也不言语。芳芸见他如此，心中又过意不去，因将一只手搭在梦玉身上说道："日子正长，等着将来你……"才说到这儿，不觉满面飞红，顿住了口。梦玉心中领会，将头往里挪了一挪，说道："今儿实在不是我的主意，将来我替姐姐做生日的日子多着呢。"芳芸听了，一声儿不言语，定了一定问道："是谁的主意？"梦玉就将夜间的说话说了一遍，又将知单念与他听。芳芸道："他们还说些别的没有？"梦玉道："他们没有说什么别的。"芳芸道："你方才说的是什么话？还要在我面前油嘴滑舌的装糊涂。"说着，用手在他头上一指，梦玉听了"嗤"的一笑，将脸儿贴着脸亲热了一会，说道："姐姐你起来梳洗，我到松大爷那儿去请安，咱们一会儿再见。"芳芸道："又不要到那里去混跑。"梦玉点头，下了炕，急急忙忙穿东过西。

到了垂花门，见查大奶奶们都问了好，说道："我到意园去请松大叔的安，还要到各位师爷先生们屋里走走。"查大奶奶道："各当铺、京庄、绸庄的伙计们昨日都来问好，哥儿该去回看回看。别处不用去了，等着他们来过再去。”梦玉点头，走出垂花门，查大奶奶站在门口，对着该班的道：“去对槐大爷、查大爷说，多着几个人伺候大爷去回看各铺的伙计们，不要混到别处去。牲口上小心，别骇着大爷。”该班的答应，飞跑出去传话。

梦玉离了垂花门，走过忠恕堂大院子。东边一个小花圃是蕉雨山房，梦玉看文章的老师鞠冷斋先生设帐之所。这位师爷是个进士出身，做过一任知县。因过于拘执，不达时务，难胜地方之任，情愿休致。他是祝尚书的同年，所以祝筠请他在家给梦玉看文章，每年送他五百金束修。鞠冷斋最喜幽静，不通庆吊。祝筠知他的脾气，送他在这忠恕堂的东边蕉雨山房，是个人迹罕到之所。派了两个极爱闲、极偷懒的家人、小子服侍。鞠冷斋见梦玉聪明风雅，十分欢喜。每逢文期，无不详细批改，悉心讲究，梦玉亦颇能领会。

老太太见鞠冷斋是个老道学，甚为钦敬，常将鞠太太、秋瑞小姐接到家来，一住就是十天半月。鞠太太只此一女，爱如珍宝。

这秋瑞小姐生得艳如桃李，而性若冰霜。同梦玉深相契合，亲爱异常。比梦玉大三岁，博古通今，无书不读，洵为巾帼相如。只是性情古怪，叫人难测。就是同梦玉，亲爱的时候竟似夫妻姐妹，冷淡起来又如陌路仇人。将一个极会温柔、极多情义的祝梦玉，无从设想。只得见他亲热的时候，忍不住的说道：“古今的闺秀如姐姐者，可为杰出；而世间之如梦玉者，固不乏其人。但姐姐之所遇者，只惟梦玉。我见姐姐亲爱的时候，待梦玉如同手足还觉过分：忽然冷淡，见梦玉就像冤家还加几倍。这是什么缘故倒要请教，你说说我听。”秋瑞笑道：“蠢才！我以你为千古知音，谁知你是个皮相的顽石。你既不明白我的心迹，我倒要说与你听，好叫你这石点头。”梦玉笑道：“姐姐如果说得有理，我不但点头，还要稽首再拜。”秋瑞道：“但凡天地间有性者未有无情，未有无情而情之邪正不一。春之风、夏之云、秋之月、冬之雪，此天之情也。山川花木、鸟兽鱼虫，此地之情也。君臣、父子、夫妇、兄弟、朋友，此人之情也。天地之情，生生不息，而人之情，则渺渺难名。譬如世间男女，往往自谓多情，就造下无数多情的罪案。或有守礼之人，两心相契，因情而死者不计其数。我前在父亲衙门里，常听见人说，有相与外人而杀本夫者，舍本身应有之情而情于他人，是天地间极无情之人，不可以情论也。至于我同你在五伦之外，直说不上情字。因你在我父亲门下，我同你世谊姐弟，拉扯着算兄弟。我见你举止动作无不合我心意，舍你之外无可与语，所以我打心眼儿的欢喜亲爱。我既爱极了你，我又不能同你百年相聚，徒然叫情丝捆住，枉送了性命。我父母只我一女，我为一己私情失双亲之爱，罪莫大焉！安能言情？所以我亲热你，是爱极了你；冷淡你，也是爱极了你。我恐为情字所困，故不得不亲而常淡，热而忽冷，正是我爱你一片苦心。我打谅你领略我的衷曲，谁知你还是情中的门外汉。"梦玉听了不胜拜服。所以同秋瑞成了个世外知己，彼此并无避忌。这且不提。

且说梦玉到了蕉雨山房，正值鞠冷斋领着小子在那里浇花，梦玉走到面前恭恭敬敬作了一揖，问先生安好。冷斋回了揖答了他好，又问些路上的闲话。梦玉告辞退出，方走到恩锡堂，正是这些嫂子们进去的时候，一个个都是俏妆乔扮，瞧见大爷，这个拉着请安，那个拉着问好。梦玉都问了嫂子们的好。又问周惠的媳妇，"婉妹妹怎么不见？"

原来周惠有个女儿，名叫婉贞。今年十五岁。生得有十分姿色，又兼伶俐，做一手好针线。闲着时，还跟着两位大奶奶读书写字，同梦玉最说得来。老太太同桂夫人、石夫人都很疼他。到上房来，不是同老太太吃饭，就是海珠们拉去同吃，在里面最为亲密，所以梦玉惦记问他。听周嫂子说才起来，也不多问，就往左边廊下进了院门。周惠家住在尽后，顺着围墙转入西院小门。

这院里是周惠、李祥、陈泰三家住着。李祥的媳妇是下班，抱着个奶孩子，在院子里掐茉莉花儿。梦玉道："李嫂子，你今儿下班吗？"李祥的媳妇回过头来，见是大爷，忙堆着笑道："大爷来瞧周姑娘来了？"梦玉笑道："我特来瞧嫂子的。"李家的道："罢呀！大爷，你别折掉了我的这点福，我留着还要活几年呢。"梦玉一面笑着，一面走到他身边，见他光着脖子，穿着件青滚口的白纱短衫，青纱裙子，宝蓝缎绣花厚底四寸弓鞋，一头漆黑乌云拖着燕尾，别着一枝金扁簪。

梦玉觉着一阵异香扑鼻，问道："嫂子，你身上是什么香？闻着很舒服。"李家道："任什么儿也没有，是你自己身上的香。"梦玉笑道："我不信，让我闻闻才放心。"说着，抱住他一路乱闻，将个李家的笑的手软，几乎把个孩子栽到地下，"哇"的一声哭起来。

梦玉连忙放手，飞跑到周家屋里来。进了屋，走到后面院子，是婉贞的住房。叫道："贞妹起来没有？"婉贞听见是梦玉，忙应道："我起来了。玉哥你进来！"梦玉走进屋去，见婉贞坐在炕沿上，正在穿鞋。婉贞道："我听见你昨日回来，就要进来瞧你，谁知老老家里来接我去逛，直下了梆子好一会儿才回来。正想着梳了头，要来瞧你呢。"梦玉坐在他的旁边道："我这几天很惦着妹妹，昨日回来，要一点空儿也没有。我今儿才来瞧你，妹妹别怪。"婉贞笑道："有什么怪呢？"婉贞一面说着，一面穿鞋。梦玉道："我替妹妹穿这只。"说着，拿起那只鞋来，就拉着他的脚要穿。婉贞抿着嘴儿笑的乱推乱推，说道："谁家的爷们替姑娘们穿鞋呢！"梦玉笑道："你不叫我穿一穿，我是不依的。"婉贞想来强他不过，只得伸出脚来解去红绫睡鞋，说道："你套上，等我穿罢。"梦玉也不言语，将他的这脚儿抱在怀里，左穿右穿闹了好大一会，婉贞笑道："算了，算了，你有事去罢，咱们一会儿再见。"梦玉道："我正来约你，今儿是公分给芳芸姐姐做生日。昨日知单上没有写着你，我一会儿对他们说，也算上你就是了。"婉贞道："很好。我就进来。"梦玉站起身来说道："你梳完头就去，我还要到别处走走呢。"婉贞点头。

梦玉出了周家，又到李家的房门口，叫道："嫂子，我去了。"李家的忙叫道："进来歇歇儿去。"梦玉答道："再来瞧你。"

说着，出了院门，东弯西转，在这些各院子嫂子们、姑娘们处处走到。然后走出崇善堂，拣直进了意园，穿花拂柳来到绿云堂。松大人刚洗完了脸，梦玉走到面前跪下请了安。松柱连忙扶他起来，问道："回来还不乏？"梦玉答道："不乏。"松柱正要闲话，只见门上李福进来回道："丹徒县赖太爷禀见。"松柱道："请在二米堂坐罢。"随即赶紧出去会客。梦玉辞过，出了园门，走敬本堂。在两边院子的清客、杂务、琴棋书画各位师爷先生房里都回看了。走出春晖堂，到了茶厅面前，查、槐两管家俱在那里站着。梦玉走上前去问了好，家人们拉进牲口来，服侍大爷骑上马。槐大吩咐，多着几个跟大爷去，各处一转就回来，不要耽搁。众人齐声答应。

梦玉的马出了二墙门，那些闲散家人们都站在两旁，请大爷安。梦玉在马上欠身答应他们。其余跟出门的上了牲口，前后围着，穿街过巷。凡是祝府的各当各铺，不拘是那位老爷的，都遍处走到，回看了他们。

来到西门大街上，梦玉吩咐到鞠太爷家去，众人应了。走不多路，纷纷下了牲口，扶着大爷下来。家人们忙去打门，打了半日，里面一个蓬头黄发的小子出来开门，认得是祝大爷。梦玉拣直进去，见秋瑞小姐坐在台阶上洗衣服，穿着件细白布衫，月白夏布裙，青布小弓鞋，头上挽着云髻，插着一枝银扁簪。梦玉赶忙请姐姐的安，小姐连忙站起来，扶住问道："兄弟，你好！几时回来的，道儿上不辛苦啊?"梦玉道："承姐姐问兄弟好。师母呢?"小姐道："在堂屋里。"梦玉进去，见鞠太太穿着葛布衫，蓝夏布裙，靠着桌子拣芹菜。梦玉跪下请安，鞠太太忙叫道："姐姐快扯他！我手脏。"小姐连忙过来扶住。梦玉走在太太面前问道："师母好！"太太说："我好。你去了这几天，我很惦记着。后日是老太太的大庆，我同姐姐是要来拜寿的。原想着明儿是寿日，就该去，因你姐姐的姨妈是我请他看屋子，他要明儿晚半晌才来，我也只好后日到你们那里去。我明日先叫你姐姐去拜寿罢。"梦玉道："今儿是芳芸姐姐生日，我们大家公分。我的意思要请姐姐今儿去，大家热闹热闹。我替姐姐出上个分子。"鞠太太道："也罢。姑娘，你依着兄弟，今儿就去罢。"秋瑞小姐想了一想，说道："使得。你先回去，我就来。"梦玉欢喜之至，连忙说道："我家去打轿子来接。"小姐应允。梦玉欢喜道："我也不坐了，家去等着姐姐。"说毕，辞了鞠太太就走。鞠太太再三留住喝茶，他头也不回，一直出去了。小子赶忙出去关门。

梦玉到了外面，家人们扶着上马，众人依旧围着。不多一会到家，进二门下了牲口，对着查大说："鞠小姐要来，就将东大奶奶的轿子去接，多派几个人去伺候，要紧，要紧！"查大道："大爷请进去，我立刻差人就去。”梦玉又再三嘱咐了几句,就往夹道里一直进去。

到了垂花门,又想起方才帐房里的傅老爷、何老爷那里忘了去答拜,从新又走出忠恕堂,到西边院里答拜了两位老爷。折转身来,飞跑进了垂花门,见过查、槐两位大奶奶,然后进去。正一路跑进景福堂,才转入屏风,谁知里面一人跑了出来,与梦玉碰了个满怀,两人几乎跌倒。

不知那人是谁,且看下回分解。

第二十回 俏姑娘甘心冷淡 冷小姐羞对荷花

话说梦玉正走到景福堂围门后,不防里面跑出一人碰了个满怀,几乎跌倒。梦玉一看,原来是巧儿,笑问道:“你慌慌张张到那儿去?”巧儿应道:“姑娘差我到六如阁对老安、老常说,佛前点上香烛,姑娘要去拜佛。”巧儿说毕,匆匆而去。

梦玉转出卷棚走上甬道,瞧见怡安堂前两边栏杆上,俱是艳妆浓饰,锦簇花团,左右回廊下,袅袅翩翩,往来络绎。那些人瞧见大爷,用手乱招。梦玉赶忙来到檐下,见四位姨娘同各堂执事姑娘及周惠的女儿婉贞、杨华的女儿雪姐、金定的女儿美儿、陆进的女儿莲儿等站在一堆。梦玉不知同谁说话才好。陶姨娘道:“奶奶们刚才进去,你也快去,请过安让咱们见个面,要去介寿堂回话。老爷在介寿堂请安,快下来了。”梦玉点头上去。祝府的规矩每日早晚两次请安,都在卷棚下两边会齐。先是梦玉夫妻三人见后,才是姨娘们同执事姑娘见太太,回话已毕,才去介寿堂请安。这是一年四季一定而不可移的规矩。此时桂夫人才用过点心,海珠姐妹上去请安。梦玉正赶上,以此姨娘们催他进去。梦玉走进怡安堂,到里间碧纱槅内,见海珠们站在两旁。梦玉上前跪下请安。桂夫人问:“你见过松大叔没有?”梦玉答道:“都已见过。”又回:“看了各位先生、师爷,各铺的伙计也全已回拜。转到师母家请安,师母同姐姐都说,请老太太、太太的安,一会儿姐姐就来。”桂夫人道:“正要想着请去。怎么师母今儿不来?”梦玉道:“要请人来看了家,才能来呢。”桂夫人点头,吩咐:“往介寿堂去罢。”海珠等答应,三人退了出来。

姨娘们一齐进去请安,回了各人应办的事务,应发应驳的款项,一件一件请太太示下。各人回事已毕。陶姨娘回道:“今日丫头们公分给玉大爷洗尘,在秋水堂,叫瑞宁班进来唱几出戏,求太太恩典赏半天假。”桂夫人笑道:“你们也会乐,吃个哑酒儿罢,还要唱戏!”朱姨娘笑道:“明日是芳芸的生日,今儿顺便替他做生日。”桂夫人点头笑道:“准你们半天假。”李姨娘道:“素兰病重,难以办事。凝秀堂事务最繁,求老太太同太太恩典,调一个能干人去才好,还要求多派一个才办得下来。现在是老太太的大庆,事务更多。”桂夫人道:“一会儿回老太太,必得派人才是。”众人答应,出来伺候太太到介寿堂去。姨娘、姑娘、丫头们跟了三四十个,就像碎锦流霞、彩云香雾。不多会,来到介寿堂。

祝筠已往承瑛堂去看兄弟。桂夫人走到檐下,值日丫头启帘伺候,桂夫人进去。老太太坐在纱槅外间,向石夫人问三老爷的病势。桂夫人上去请过安,同石夫人见礼,问道:“三兄弟好些吗?”祝母道:“你三妹子正在这儿说,昨晚很安静,今儿早上欢天喜地的很有精神,还嚷着要到这儿来呢。”桂夫人笑道:“这真是老太太的福气,佛爷保佑,从此一天一天的就好了。本来瞧着三兄弟那个样儿,不像没有寿的。不过是年灾月晦病这一场。”祝母点头叹道:“想是神佛可怜我这条老命,叫三小子病好也未可定。你们坐下,让孩子们好坐。”桂、石两夫人就在榻前对面坐下,梦玉三人坐在背后。众丫头各送香茶。祝母用茶已毕,姨娘、姑娘们上来请安。

祝母笑道:“婉丫头也搅在这一堆里,走过来我瞧瞧,今儿为什么打扮这样体面?”婉贞走到老太太面前。桂夫人笑道:“他们今儿出分子呢。”祝母问:“那儿去出分子?”桂夫人答道:“他们今儿公分给梦玉洗尘,顺带着替芳芸做生日。”祝母欢喜笑道:“也不带我出个分子,我竟不知道芳芸是今儿生日。”石夫人道:“芳芸托老太太洪福,是明日生日。因明儿是老太太的寿日,他们没有空儿,以此挪到今儿。”祝母笑道:“他们鬼鬼祟祟的倒会热闹,是怎么个公分?说给我听听。”陶姨娘回道：“老太太一席，老爷、太太一席，三老爷、三太太一席，都摆在承瑛堂，请老太太同老爷、太太就着三老爷去热闹。丫头们都在秋水堂。求老太太的恩典，赏半天假。早上是面，晚上酒席。叫了瑞宁班进来唱两出戏。”祝母乐的哈哈大笑道：“真热闹，真会乐。老爷今儿请松大老爷呢，那里还有空儿来吃面？咱们上房只要一桌，摆在承瑛堂就是了，要三桌四桌的干什么？但是不出分子，也没有白吃你们的道理。”朱姨娘笑道：“丫头们都是受老太太的恩典，沾老太太的福气，比老太太赏的分子还多还大呢。”祝母笑道：“朱丫头倒会说句话。既这样，今儿竟放你们一天，尽着你们去乐一乐。婉丫头也去罢，别耽搁你们吃面。”

桂夫人站起来回道：“媳妇还有事回老太太。”祝母问：“什么事？”桂夫人道：“据李姐儿说，素兰患病，一时难以就好，近来狠支持不住。凝秀堂事务又繁，他实在勉强不来，禀请告病调理。求老太太恩典，另调一个顶补，李姐儿忙不过来，求老太太格外添派。见那素兰就是不病，也是风吹得倒的，再兼有病，如何办得下去？”祝母道：“我也想，李丫头同陶丫头都现在带着身子，往后一天一天的辛苦不起，连陶丫头那里，也得添派一个才好。既是这样，吩咐将介寿堂、怡安堂、承瑛堂三处的丫头，除了芳芸外，都叫来等我斟酌。”听差的嫂子们答应，分头去传，不一会儿到齐，上来请安，一溜儿站着。祝母将他们瞧了几眼，说道：“素兰这一缺，给了兰生去顶补罢。”桂夫人道：“老太太调的很好。”祝母道：“还得添派一个，也必得能干些的才好。紫箫、书带、三多、如意这几个孩子都能干出色，只是书带现在三老爷那里，少他不得，难以调动。罢呀，竟将紫箫添派在凝秀堂，如意派了集瑞堂，都倒相宜。”桂夫人、石夫人同声说：“这实在老太太的眼力不错。”祝母笑道：“竟是这样定罢。等我将这些无事丫头挑两个补他们的缺，再去上档子交代。”桂夫人们答应，吩咐将十五岁以上的效力丫头传来候挑。只见紫箫走到老太太面前，跪下说道：“丫头蒙老太太高厚恩典，派在凝秀堂办事，自当勉力报效，但是丫头才具平常，不胜繁任，今情愿同书带对调。三老爷病中服侍及一切饮食药饵，丫头自问实能尽心伺候，断不叫三老爷动气。”祝母听他这番说话，心中想道："三小子病中肝火甚旺，一点半点的就动气。紫箫这孩子人很伶俐，他去倒很合宜。人家都要想着往旺处飞，谁肯到三老爷那冷淡处去巴结？这孩子不嫌冷淡，情愿去出力，怎么不叫人要疼他？"祝母想着心酸，不觉眼圈一红，说道："孩子，这是你情愿，不要勉强。"紫箫道："这是丫头一片至诚，并不勉强。"祝母点头，叹道："很好。你果出至诚，我自然疼你。就将书带调派凝秀堂，紫箫到承瑛堂去。"桂夫人、石夫人都答应了。紫箫叩谢老太太，又给桂夫人、石夫人磕头，退了下去。

兰生、如意、书带上来叩谢，也给两位太太磕头。媳妇们带着十五岁以上的丫头共三十七个，分作三班上来磕头，分开两旁站着。老太太瞧见头一班第三个，生得很端庄富态，穿着件旧绿纱衫，青纱裙，不像个丫头气概，问道："你叫什么名字？"那丫头走上前来，跪下回道："丫头叫双庆，原在绣花处当差，去年蒙老太太恩典，拨在芳芷堂学习。现年十七岁。"老太太点头，望桂夫人们道："很去得。"两位太太答应："去得。"老太太命他另站一边。又看第二班的第五个，穿青纱衫子，松花纱裙，瓜子脸儿，俏白麻子，高高身材，也有个十七八岁年纪。祝母用手指道："你叫什么？今年多大？"那丫头忙赶过来，跪下回道："丫头叫长生，现在绣花处当差，今年十六。"祝母点头道："去得。"长生站起，同双庆站在一处。老太太又看那第三班的头一个，生得粉团脸儿，杏眼桃腮，颇有丰韵，穿着淡黄衫子，月白纱裙。祝母看了十分中意，对着桂夫人、石夫人道："那三班的头一个好，就是他罢。"两位太太都道："很去得。"那个丫头忙过来跪下道："丫头叫江苹，今年十七，现在怡安堂当差。"老太太道："就是他们三个罢。长生补了如意的缺，双庆补了兰生的缺，江苹补了紫箫的缺，书带派凝秀堂，如意派集瑞堂，你们去上档子，各人去交代执事。"众人答应，纷纷出去。

只见芳芸进来给老太太同两位太太磕头，祝母笑道："好孩子，今儿众人给你做生日，我还没有出分子。听见说还要请咱们吃面呢。"芳芸道："丫头蒙老太太豢养深恩，二太太、三太太的教训抚育，丫头就粉骨碎身，亦难图报。"说着，流下泪来。祝母们笑道："傻孩子,今儿是你的好日子,欢欢喜喜的,我要到承瑛堂去吃面,他们等着你拜生日,快去罢。”

老太太一面说着,同两位太太起身,往承瑛堂而去,姨娘、姑娘们先到怡安堂卷棚下,给那新得差的道喜。姑娘、嫂子们围着一堆,将几个新调姑娘应接不暇。梦玉坐在栏杆上闷闷不乐。紫箫瞧见,故意搭讪着说话,在他手上捻了一下,拣直走进自己屋里去了。梦玉脱身跟着来到屋里,紫箫拉在身边笑道:“你怪我到承瑛堂去,你心里有气不是?”梦玉撅着嘴,一声儿也不言语。紫箫将他抱着,脸贴脸笑道:“傻兄弟,我今儿调到承瑛堂去,这身子才是你的了。怎么这样糊涂?”梦玉猛然省悟,不觉转愁为喜,抱住紫箫叫了几声“知心的姐姐”。紫箫道:“这才有二分工程要我去做,我有一句话照会你,一会儿吃面、吃酒、看戏,你总不用管我,随我自来自去。我从今日起,要下死工夫拼着命,才能够遂我同你昨夜灯前之约。”梦玉听说,两眼通红道:“姐姐,我将来何以报你?”紫箫笑道:“傻兄弟,我同你说什么报不报,只要遂得我心愿,也就同修行成了正果一样。你以后不要来缠我。要紧,要紧!”梦玉点头。

两个人正在说话,只见春燕进来叫道:“鞠小姐来了一会,到处找你不见。”梦玉听见,急忙出去,看见一堆人站在甬道上,赶忙过去,正是秋瑞小姐同着他们站在一处,忙问道:“秋瑞姐姐多会来的?我怎么不知道?”秋瑞笑道:“来了半年,那里去找你的影儿?本来咱们这样人,也不配你大爷来接。”一夕话,将个梦玉急的脸胀通红,只是要哭。海珠笑道:“秋姐姐同你说玩话,也犯得上急成这样。”秋瑞将手中的挑罗汗巾替他擦眼泪,笑道:“别没溜儿,谁家说玩话就着急呢!”梦玉这才欢喜,问道:“你们站在这里等谁?”海珠道:“咱们商量了个主意,因为芳丫头新病才好,辛苦不起,他若是一处一处的谢到,断来不及。莫若请他到秋水堂,咱们大家团拜,又省了多少事,他又不费力。横竖老太太放咱们一天,早上的面,也不必端来端去的,拢共拢儿都在秋水堂一吃就完了。”梦玉笑道:“狠是。何不就去,又站在这儿干什么?”掌珠道:“头一件是芳丫头到六如阁拜佛去了,第二件是各位新派的姑娘们去接手交代任事,第三件是找不着你,只得同秋姐姐在这里白站着。”梦玉道:“既如此,咱们何不到秋水堂去,等他们不好吗?”三多道:“等着芳丫头来了再去。”荆姨娘道:“秋小姐出了四两分子,芳丫头怎么好收呢?”梦玉不等秋瑞开口,说道:“芳姐姐必定收的。”荆姨娘道:“未必,可以同你赌东。”梦玉道:“赌什么?”荆姨娘道:“若是芳丫头收了,今儿众人的分子全是我的。若是不收,今儿一早一晚都是你的。如何?”梦玉道:“谁作保人?”朱姨娘道:“在地儿都是保人。”

正说着,看见芳芸已转过景福堂来,正要往海棠院去,众人赶忙叫住。芳芸瞧见,只得往甬道上来。走到面前,五福道:“咱们会齐,都到秋水堂团拜。”芳芸道:“我应该一处一处去拜谢才是。”秋瑞道:“都是好姐妹,谁还来争你的理?等着你身子大好了,慢慢再谢罢。”荆姨娘手中拿着个白纸红签的包儿,递与芳芸道:“这是秋小姐的祝敬。”芳芸接着,向秋瑞道:“怎么叫姐姐又费心,改日再谢。”原来海珠、掌珠、修云、紫箫、书带、三多、如意、兰生、芳芸、春燕这十个人,都是鞠冷斋学诗的门人,所以同秋瑞是世谊姐妹。刑姨娘见芳芸收了秋瑞的分子,急的满面飞红。梦玉拍手大笑道:“赢定了,赢定了。”海珠、秋瑞这一班人笑道:“输了,输了。”芳芸不知缘故,问道:“你们笑些什么?”三多忍不住,就将他们两个赌的东道说了一遍。芳芸笑道:“本来荆姨娘是要输的。秋姐姐给我的东西,我还有个不收吗?”

正说着,见那新派差的姑娘换了衣服一堆儿过来。长生道:“咱们三个人今儿再不想赶上出分子,这真是托玉大爷同芳芸姐姐的福气。”众人道:“咱们到秋水堂去罢。”秋瑞道:“早知道等到这会儿,我方才就该同二妹妹到三叔叔那里去,都见过了。二丫头去这半天又不来。”海珠笑道:“才说曹操,曹操就到。那不是二丫头同紫丫头来了?”众人道:“咱们慢慢走进园,到秋水堂去等。”

众人应允,都往如是园来,顺着回廊修竹转到竹香梧影山房。秋瑞道:“你们这些人实在懒,这两棵梧桐树上斑斑点点的,也不叫人洗洗。”梦玉笑道:“我出门十来天,谁有这雅意来洗梧桐?”众人一路说笑,穿出竹林卧石,峻层幽溪。曲折山凹处为夫出堂,高下梅树约有数十株,迤逦东去,一带竹篱遮着茅屋数间。由小径向西转过飞云石，只觉得一片荷风沁人心骨，满池里莲花大放。

一齐来到秋水堂，姨娘们早已差人结彩挂灯，茶房内派人专司茶酒，开了富春阁后门，传瑞宁班伺候。这秋水堂同富春阁俱有戏房，向来演戏之所。海珠们靠着栏杆，看那荷叶里的露水就像翠珠绿玉。秋瑞道："怎能够将荷叶里露水取下来泡碗茶吃，真是有趣。"海珠、芳芸、梦玉一齐笑道："我也正想着这味儿。"秋瑞道："等二姑娘同紫丫头来，看他们想得到想不到？"正说着，修云、紫箫、书带跟着一群丫头们来了。修云笑道："你们走的好快，咱们这么撵也撵不上。"梦玉问道："二妹妹今日大好了吗？"修云道："好了，不过身子发软。你先在那儿？我出来半天也总没有瞧见。"梦玉道："我在紫姐姐屋里。"荆姨娘道："咱们不用说闲话，且将生日拜过再说别的。"众人都说："有理。"一齐到戏毡上团团站定，跪下去拜了四拜起来。芳芸、梦玉拜谢众人，又一齐跪下拜了四拜。真是花枝招转，彩蝶翩翩，众人拜完十分欢乐。

秋瑞道："二丫头、紫丫头，你两个来瞧瞧景致。"修云同紫箫走到栏杆边，梦玉指道："你们瞧，荷叶里是什么？"紫萧道："都是露水，取来泡茶真是琼浆玉液。"修云道："我想着泡茶，紫姐姐有此心？"海珠们笑道："咱们早说过了，要试你两个的雅俗如何。"修云笑道："这叫做二人同心，其利断金。"掌珠道："趁这会儿露水未干，咱们叫些丫头坐了采莲船，每人拿个净碗到荷叶里取下来，吃个荷叶露茶。你们说好不好？"众人一齐大赞。

芳芸道："此计虽好，必得有个章法。咱们共有几只小船？"朱姨娘道："如是园有八只采莲舟。"芳芸道："咱们只要六只船，每船头上坐一人，船舱左右二人，各拿净碗一个，面皆向外，后梢一人摇船，除了摇船不算外，六只船共三十人。将船轻轻放入荷花深处，各人尽力去取，可以顷刻而得。"梦玉乐的大嚷大叫道："妙极！妙极！我也去。"海珠道："罢呀，祖宗！你同秋姐姐在这儿瞧着，等咱们去取了来请你。"秋瑞道："也罢，你同我在这儿瞧罢。"梦玉只得勉强应允。众人脱去外面大衣，叫媳妇们将戏场关上，解下纱裙，一阵的俱到那垂柳堤边码头上，各上莲舟。每船上是一个会摇船的嫂子，解去缆，手中执着桂楫兰桡，向着碧水清涟轻轻荡去。

这秋水堂上，只剩了秋瑞、芳芸、梦玉、陶、李姨娘五人，同着些大小丫头而已。各人都在四处观看，芳芸因身子才好，辛苦不起，坐在一边歇息。陶、李姨娘两个靠在窗口商量老太太生日之事。

梦玉同秋瑞坐在栏杆上，望着他们都到莲花深处，一个个绿叶红妆，争妍夺媚。梦玉不觉心旷神怡，手酥身木，不知这身子是在何处。正看的出神，觉得有人将他乱摇乱晃。定了定神，见是秋瑞笑的耳红面热的说道："怎么一会儿发了呆？人家说话你也不听见，叫你又不答应，这是什么缘故？"梦玉笑道："我瞧着他们，不觉出了神，姐姐叫我总没有听见。"秋瑞笑道："我前日瞧见一本书上，夫差在姑苏台看那些美人采莲花，夫差竟晕了过去，赶着灌姜汤还救了三日三夜才醒过来。"梦玉不等说完，止不住哈哈大笑，说道："不知西施在旁边是怎样的着急？"秋瑞回过头去道："你看那一朵莲花，开成一大堆。"梦玉看见说："哎哟！是朵大并头莲。"秋瑞不觉失口道："物犹……"赶忙顿住，已是红晕桃腮。梦玉早已听见，忙问道："姐姐，你念什么？"秋瑞道："濯清涟而不妖，中通外直，香远益清。这几句都是写莲花的精神，只可惜将他比过六郎莲，虽不染污泥，不能不千秋遗恨。"梦玉连连点头。秋瑞将方才的失口，不露形迹轻轻掩过去了，说道："兄弟，你叫他们倒杯茶我吃。"梦玉恐丫头们手不洁净，亲自去端了一杯梅片新茶过来。

只听见那些采莲船在那荷花之内笑语喧阗，你问我答的好不热闹。渐渐都到秋水堂面前来了。陶姨娘问道："有了多少？"船上答道："每人都有大半碗。"李姨娘道："算了罢。你们打谅着要洗澡吗？咱们等着要吃面呢？"海珠们听说，一路回船，一面接露，陆续又到码头，你递我接慢慢上岸，都是笑嘻嘻走进秋水堂来。丫头们将花露俱归一处，满满一大古磁瓶，上面用新荷叶扎了瓶口，放在大炕桌上。翠翘等各人服侍海珠们穿上衣裙，戴了珠翠。

众人赶着穿戴完备，李姨娘吩咐摆面，丫头们赶着摆设桌椅，对着戏场一圈儿摆了八席。众人让梦玉、芳芸坐中间两席正面。他两个那里肯依，让了半日。海珠道："今儿的面准吃不成，不要说芳姐儿,连梦玉也闹的一股子酸气,好讨嫌!”梦玉笑道:“芳姐姐,咱们就依了他们,省得让个不了。”芳芸道:“既如此,我同秋姐姐一桌,你同二小姐一桌。”众人道:“这倒很是。”梦玉、修云坐了首席正面,旁边是紫箫、仙凤二人。芳芸、秋瑞是二席正面,左右是三多、如意。三席正面是海珠、陶姨娘,两边是兰生、五福。第四席掌珠、李姨娘,左右是吉祥、秋雁。荆、朱两姨娘是第五席正面,两边是翠翘、蝶板。第六席的正面是双庆、书带,左右是文来、春燕。第七席的正面是秋云、长生,两边是芍药、雁书。江苹、婉贞坐了第八席的正面,两旁是婉春、疏影。还剩下双梅、秀春、闰梅、庆儿四人在七、八两席上各添两坐,又将雪儿、美儿、如心三个添在三、四、五桌上。摆了八席。共坐三十九人。陶姨娘派了十几个后生干净妈儿们在此伺候,各姑娘们手下丫头斟酒服待。

海珠道:“吃面有一会耽搁,何不叫他们先唱几出呢?”众人都道:“很是。”吩咐开掉戏场门,将中间长挂屏卸去,露出纱槅后场,就以纱槅背后两边戏场门挂着大红满绣门帘。有个十二三岁的小旦,穿着大红衫子,包着头,拿着牙笏同笔走出戏场,朝上磕了三个头,起身走到梦玉桌前请点戏。梦玉道:“仙官先来代吃杯寿酒。”仙官接着一饮而尽。梦玉抓些果子给他,说道:“不用点戏,拣着吉利些的唱几出,等吃完了面,唱全本《无底洞》,要看你这蝎子精。”仙官答应,转身要走。朱姨娘叫过去,将手摸着他的脸说道:“一个多月没有瞧见你,倒像又长了些。”将杯酒递到他嘴边,仙官喝了。翠翘笑道:“包着头倒很像庆儿的妹子。”众人听了大笑。

仙官回到戏房妆扮。不一会,鼓响锣鸣,开场是《大八仙西池庆寿》。梦玉背后一个丫头高声叫道:“赏坐。”纱槅里的后场一齐坐下,仙官出来磕头谢坐。场面上站满了八仙、王母、仙子以及海上诸仙,十分热闹。齐声唱着“寿筵开”的曲子,真是笙歌嘹呖,响遏青云。曲子唱毕,只听见王母说道:“今日乃本府芳姑娘千秋大庆,诸仙子理当献上蟠桃春酒,以祝康宁福寿。”两边扮的仙女捧着一盘桃子,一对镀金爵杯,斟满寿酒送到芳芸面前跪下。芳芸将酒饮干,吩咐将鲜桃供在几上。梦玉心中大乐,丫头们放了庆寿赏封,芳芸另赏几吊钱。班子里谢过赏,领了下去,接着又唱几出吉利戏。席上正在用面,有个丫头上来在梦玉、海珠耳边说了几句话,见他们站起身来。

不知何事,且听下回分解。

第二十一回　巧语说风情不妨画卯　苦心尝药味慨试鸾刀

话说众人正在看戏吃面,丫头来回:“姑太太、姑老爷到了。”海珠们听见,立刻起身去接。梦玉急忙先去,紫箫、秋瑞跟着就走。海珠叫道:“苍苔甚滑,看仔细栽在石头上。”两人头也不回,一直径去。

梦玉来到承瑛堂,气也喘不过来,走进里面。老太太瞧见,笑道:“你丈人、丈母来了,快去接罢。”梦玉答应,转身就走,刚出了院门,遇着秋瑞、紫箫两个笑道:“接丈母也不犯着这样跑!”梦玉笑着让他们进去。

秋瑞来到檐前,丫头们启帘伺候,同紫箫进去。秋瑞上前请老太太安,至祝露面前请安、问三叔叔好。祝母问道:“太太今儿为什么不来?”秋瑞答道:“母亲明日过来给老太太拜寿。”祝母笑道:“那也不敢当,老姐妹拜个什么?过来热闹热闹。”秋瑞道:“侄孙女刚才到怡安堂,被他们半路上拉去吃面,这会儿才得过来请安。”祝母笑道:“说什么拉去吃面,明摆着是拉你去出分子。”两位太太同祝露都笑起来。祝母道:“你同三叔叔坐坐,瞧咱们吃面,你大姑姑也快来了。”秋瑞答应,在祝露榻前陪坐闲话。紫箫过来问:“老爷想吃点什么?”祝露道:“刚才吃点燕窝汤,总觉口中无味。”紫箫道:“丫头叫他们找了两只七八年的老鸭子,丫头亲自收拾,晌午些儿可以吃得。”祝露道:“你那里有钱买东西请我?叫芳芸开了帐罢。”秋瑞笑道:“两只鸭子值几个钱?是他的一点孝心,叔叔赏脸收了他的这点儿敬意罢。”祝母笑道:“紫箫送礼,还带着一个帮说话的人。”祝露也笑道:“倒是咱们秋姑娘说的有理。”

正在说笑,海珠、掌珠、修云、芳芸进来。祝母道:“你父亲、母亲都来了,你们到垂花门去接罢。”秋瑞道:“我也同去接姑姑。”海珠众姐妹都到垂花门去，正上怡安堂甬道走着，瞧见中门大开，梅白、秋琴、梅春同着梦玉们一齐都走了进来。海珠姐妹赶着上前迎接。梅白夫妻每人拉着个宝贝女儿，十分亲热。修云、秋瑞上前请安。秋琴同梅白道："怎么有劳鞠小姐大驾。"秋瑞道："侄女本该远接才是。"姨娘、姑娘们请安问好，秋琴道："怎么二丫头瘦了这些?"修云答应新病初好。海珠道："兄弟也觉瘦些。"秋琴道："不知是怎么？他近来连话都懒说。带他来同梦玉闹一阵子才得，不然这孩子要成病。"娘儿们彼此问答，不觉走过怡安堂，往介寿堂院门绕过来，到承瑛堂门口。桂夫人、石夫人在甬道上等候，梅白先上前去见礼问好，转身去见老太太。

走进承瑛堂，祝母瞧见，满心欢喜。梅白至膝前跪下请安。祝母扶他起来，捧着老太太的手，又跪下问了安好。至祝露榻前，哥儿两个彼此说些记念。秋琴已走进堂来，祝母忙问道："秋琴仔吗今儿才来?"秋琴跪在膝前请安，说道："魁儿身上不好，迟来了几天。"祝母一面扶着，问道："魁儿仔吗呢?"秋琴道："不知是个什么症候，成天家总不言语。坐在那儿就坐一天，站在那儿就站一天。除了念书，就是这呆呆的样儿，真叫人心烦!"正在说着，梅春过来请安，祝母将他搂在怀里，心肝宝贝的问个不了。该班的李祥媳妇来回说："老爷请姑老爷说话。"梅白站起告辞，祝母道："你二哥今日请松大哥。你哥儿们也是多年不见面了，很望你来。快去热闹罢。"吩咐梦玉："陪你丈人出去，带着魁儿去见二舅舅同松大爷。外面无事，同他到秋水堂合你们一堆去热闹，不许唬着他。"又吩咐姑娘们："瞧着魁兄弟，别叫他呆头呆脑的。"众人齐声答应。

梦玉跟着梅白同魁儿一直到敬本堂。众人见过礼，松节度笑问道："香月何以今日才来?"梅白道："为因山水勾留，故此来迟。"彼此让坐，叙谈别悃。祝筠命魁儿："同哥哥去出分子罢。"梅春答应，同梦玉进垂花门，走至景福堂，瞧见秀春手中提着两把洋錾锡酒壶，后面丫头三子端着两碗菜，低着头走了出来。梦玉问道："秀姐姐那里去?"秀春抬起头来应道："瞧干妈去。"原来桑奶子是他的干妈。梦玉点头道："你替我问妈妈好。"说着，走进景福堂，出后卷棚，由海棠院门口过小茶房，走西廊下，过了芳芷、枣桂堂，就是嫂子们听事房，转下台阶，过瓶花阁院门，顺着甬路进如是园。

这梅春大有乃父之风，最好山水，到处游玩。来到秋水堂，望着那些荷花对梦玉道："这真是一花一世界！"梦玉笑道："依我看来，是一花一美人。"梅春点头笑道："此处是美人世界，咱们再到山水清凉之所逛会再来。"梦玉道："山水美人皆不可少。"吩咐丫头们："等着奶奶、姑娘来，说我同魁大爷就在园里闲逛。"众丫头答应。

梦玉、梅春离了秋水堂，顺着柳堤由北渡过卍字桥，至船房。四面皆水，连头亭、房舱共是五间，匾上四字是"在水中央"，舱中设着琴棋书画各样精工，两边窗外尽是莲花。弟兄看了一会，过桥向南曲折转过东去，至富春阁面前，仿倪云林的平山，疏林乔木、牡丹千本，正是绿叶丛丛。右有小船房一间，匾曰"芥舟"；左边山畔一亭，匾曰："杯亭"；由亭之西危坡仄径曲折而北，有大楼三间，匾曰："红楼。"面前大平台由天街而南至云香阁，下边尽桂树。走下阁来，顺着回廊穿过桃林、竹径一带，层峦叠嶂，翠薜古藤。由石径折至洞口，石洞上刻着四个大字，是"天上人间"。入洞口，侧身而进，曲折而至红香坞，内有竹篱草屋十余间，清雅幽洁。小沼平山，老松修竹，开四时不绝之花，有百岁长春之景。两人游玩一会，仍走原路出来，迤逦东去。至小玲珑馆，大阁三间，上下皆藏书之所。左右群房十余间，面前尽是各样花果。廊下砖门一座，开过去是西宅荫玉堂大老爷那边的宅子。因大老爷家眷尽在都中，那边只有一二十个老家人带着家眷看管房屋，以此将这园门久已关锁。梦玉道："咱们回去罢，逛的长远了，别叫他们着急。"梅春点头，走藏春坞后身至来月轩，穿过那些兰房竹阁，绕到秋水堂后身，听见锣鼓喧天正唱的热闹，两人绕进戏房。

那班子弟瞧见两位大爷进来，赶忙站起。这两位小爷，拉着这个说说，拉着那个问问。掌班的徐金道："奶奶们四下里差人去找，再隔一会儿人都差光了，快些去罢。"梦玉同梅春说道："咱们逛乏了，躺一会儿再去。"说着，两个人各在一个戏箱上躺着，命那些子弟们捶腿打扇，攒做一堆。徐金怕他两人睡着，故意逗着说话，躺了一会说道:“两位大爷去罢。这里热,别叫这些人的汗味儿熏着。”梦玉们被徐金催逼不过,只得起来,到头盔箱边看了一会。梦玉取下一口黑络腮须来带上。梅春笑道:“我带白的。”梦玉将一嘴大白的递与梅春带上。场面上正是孙悟空三调芭蕉扇大闹火焰山。弟兄一边一个走出戏场门。

海珠们正瞧着眼花,忽见两个走到面前,吓了一跳。细看才知道是他哥儿两个,不觉哄堂大笑。众姐妹笑的不能仰视。芳芸笑道:“那里有个兄弟的胡子倒比哥哥的先白?”梦玉、梅春一路笑着走到中间一席,弟兄两个带着胡子坐在正面,两旁是秋雁、春燕、长生、书带四人陪着。此时又添一席,因为来了梅大爷同丹桂姑娘。一共九席,摆了半日果碟,要等上菜。众人见他两个带着胡子坐在上面,人人笑不绝口。春燕笑道:“两个老祖宗,你再叫咱们笑一会儿,别说是这会儿的咽不下,连早上的面也要出来了。”书带道:“好大爷,你去掉罢,别叫咱们连戏也笑的瞧不成。”梦玉见他们笑的也是分儿,同梅春两个摘下来,命小丫头交进班去。丫头们送茶来喝了一会,梅春拣着欢喜的果子随便吃些。妈儿们伺候撤碟上菜,这且慢表。

且说秀春带着三子拿了酒菜,绕过六如阁后身进桑奶子的院子,口里叫道:“干妈!今儿好些没有?我来瞧你来了。”桑奶子应道:“是秀姑娘吗?多谢你惦记,又来瞧我。”秀春走进屋去,见桑进良坐在炕上,觉得害臊。桑奶子道:“你哥哥惦着我,再三央及查大奶奶同槐大奶奶,叫他两位通个情儿放他进来瞧瞧我,任什么人儿也不知道。你又拿什么来给我呢?”秀春道:“是一碗凉拌海参,一碗葱椒鸭子,还有两壶几年陈的桔酒,送来请你老人家。”桑奶子嚷道:“你快些过去,接着你妹妹的。”桑进良忙过去接了,放在桌上。秀春走到炕前问好。三子将菜放在桌上。桑奶子拉秀春坐在面前,叫桑进良也挨着坐下,彼此问些说话。桑奶子在秀春手腕上捻了一下。秀春会意,对三子道:“你先回去看着屋子,我坐一会就到秋水堂去。有人找我,你只说不知道,别说我在这儿。”三子答应。桑奶子叫住给他一百大钱,三子谢了,一直竟去。

桑奶子拉着秀春的手说道:“孩子,我有句话长远要对你说,总没有个空儿。今儿来的凑巧。你哥哥也在这儿。我又无儿无女,你哥哥同你一样也是认拜的,他也像你这样的疼我。你瞧瞧他的品儿也长的不错,比你大三岁,性儿又好,又会温存,真是个好孩子。我想着,你在这里有个什么出头的日子?就是伺候老爷,真是三年逢闰月,连姨娘们还够不上来,别说是你们。不知是怎么个天开眼碰着你身上,春风一度,你还想生下一男半女来你做个太太不成?空耽搁了好日子。闹到后来上不上下不下,白糟掉了你这俊模样儿。瞧瞧你这双好手脚,谁人不爱呢?倒不如一夫一妻的。我说个粗糙话,每晚上一被的睡,还怕谁来分了什么去?你哥哥也没有娶过亲,你们正是一对好夫妻,天长地久的好不有趣。"桑奶子一夕话,将个秀春说的心旌摇漾,低头不语。桑奶子见他光景,知已心允,不过害臊说不出来,忙丢了个眼色对桑进良道:"你同妹妹到里屋去坐坐,等我歇歇儿还有话说。"

桑进良领会,站起来笑道:"妹妹!我同你到里屋去,让妈妈歇歇。"秀春红胀满面道:"我再来。"说了又不起身。桑进良过来拉住道:"我同你去说话。"秀春身不由己同了进去,不知说些什么好话。桑奶子等了一会,知已上局,忙下炕轻轻走进屋里。秀春瞧见,羞的无地自容。桑奶子走到炕沿坐下,低头笑道:"孩子,你这会儿是我的谁?"秀春答道:"是你的媳妇。"桑奶子笑道:"真是好孩子。咱们这会儿是一家人了,也别藏藏隐隐的,往后倒难说话。我同你哥哥明说是认的儿子,暗地下原是夫妻。今儿你算了是他的止经老婆,将来我也不占你的道儿。我一个月只要两天,让我画个卯儿,咱们这会儿三面讲下。"秀春笑道:"就是这样。"桑奶子道:"既是讲定,你瞧着我来画卯。"三人彼此无忌,狂够多时,桑奶子取出衣服穿好。秀春匀了面,抿掠云鬓走出外间,将酒温热斟一大杯,三个人口相受授,吃了同心酒。此时秀春同桑进良竟有说不尽的深情恩爱,拉着他叮咛嘱咐说了又说,再订佳期。

且说秋水堂的众人等着紫箫、秀春两个,梦玉道:"秀春姐去瞧他干妈,我刚才遇见的。谁去叫他?我去瞧瞧紫姐姐就来。"书带道:"我去瞧秀丫头。"于是,两人出席离了秋水堂,走出门,各人分路。

且说紫箫在院里的茶房内亲自收拾,将那只老鸭子炖的十分清洁香美。祝露吃着甚觉有味。老太太见他吃的喜欢,心中安慰。秋琴道:“我瞧兄弟精神很好,说话又响亮。照着这样儿,不消一天两天的也就好的了。我想竟不用吃药。像这会儿紫丫头收拾的这点儿鸭子,吃的很有味儿。”祝母道:“本来今儿的神气也比往日好些。”石夫人道:“昨儿夜里睡的狠安静,不像往天整夜合不上眼。这真是托着老太太的福气。”秋琴道:“我过苏州的药王庙,虔虔诚诚亲自上去烧香。他们都说药王老爷的签很灵,不拘什么病,医不好的,只要到庙里去求签,照着签上的药吃了,再没有不好的。若是这病好不了,那签上就没有药,真最是灵应。”祝母忙问道:“你给兄弟求签没有?”秋琴道:“我专为着给兄弟求签,有个帖儿我带着呢。上面是不多的几样药。”说着,向身上一个荷包内取出一张签帖,递与老太太。桂夫人、石夫人同站在老太太面前,看那签帖上是:

药王灵签第八十一　　大吉

茯苓三钱不见铁,人参钱半锉如屑,

藕节一枚河水煎,服时再对生人血。

桂夫人道:“这方子倒很吃得,就是这引子难找。”祝母道:“叫紫箫照着方子上都是家里有的,煎他一帖吃吃。这引子我想出个代的法儿,咱们家里有顶好红花,用他三分,狠可以代血。秋琴们都说:“老太太想的很是。”就将签帖儿交给紫箫去办。

紫箫接着心中想道:“人参我那里还有,芳芸屋里我瞧见有一大块茯苓,藕节是现成,不用到陶姨娘那儿去取,省得惊天动地,叫他们吃的不舒服。就是红花,我那里没有。”想了一想,忽然笑道:“容易。”随赶着到自家屋里来,开了桌上文具,取出一包人参拣了两枝,用戥子秤过有钱七分重,咬下二三分在口里嚼着,将包儿收拾,关上文具,问莺儿道:“你早上吃面没有?”莺儿答道:“刘妈送了一碗鳝鱼面,一碗三鲜面,还有两碟儿菜,一小壶儿酒。我听说都是一个样儿的,就是嫂子们一班儿,都在两边听事房里,一处摆了四桌,换着班儿去吃。垂花门查大奶奶们另是一桌。刘妈说,今儿吃六百斤面还不够呢。”紫箫听了“嗤”的一笑，说道：“你听他的瞎话，垂花门以内吃的胀破肚子，也要不了三二百斤面。”莺儿道：“芳姑娘今儿生日这样热闹，明儿七月初三姑娘生日，也像这样唱戏摆酒热闹。”紫箫笑道：“傻丫头，今儿是众人公分给大爷洗尘，顺带着给芳姑娘做生日。若是咱们都要照着样儿做生日，必得天天唱戏摆酒还来不及。别说没有这件事，也没有这个理。等着我做生日，给你做件衣服就算了。”莺儿道：“姑娘，这人参拿到那儿去？”紫箫道：“是给老爷煎药。说锉成面子，拿个什么锉呢？”莺儿道：“我那天瞧见绣花房的廖嫂子，拿着把小锉儿在那里锉高底儿，倒锉的很快。我去借他的来使使，这点儿人参，几锉子就得了。”紫箫笑道：“狠好，你就去借来。”莺儿笑着飞跑而去。

紫箫取两块旧汗巾带在身上，又找两节儿细带子拽在身边。只见莺儿笑嘻嘻手中拿着把小锉子走进屋来，递与姑娘说道：“廖嫂子说别丢掉他的，这是绣棚上常要使的东西。”紫箫接着，瞧这锉儿使的很熟。随取了一张净白纸铺在桌上，叫莺儿取块镇纸压在纸上，将人参就着镇纸轻轻的锉起来。

莺儿站在旁边按着纸，一面嘴里问道：“明儿姑娘生日，做什么衣服赏我？”紫箫道：“赶我生日过了，一天凉似一天，夏衣穿不着，我给你做件棉褂子罢。”莺儿道：“棉褂子我有两件新的，也够穿了。求姑娘给丫头做件皮的罢。”紫箫笑道：“你要件什么皮的？”莺儿道：“我要做件像姑娘那青线缎子面儿、又有黄又有黑的牛皮褂子。”紫箫忍不住，“吃哧”一笑，不觉锉子在左手无名指上一锉，使的劲儿过猛，将一个二寸长的指甲齐根锉了个大口子。放下锉子，纵声哈哈大笑，骂道：“你快替我滚开，瞧见谁穿牛皮褂子呢？”说毕，又笑得鼻涕眼泪闹了一堆。莺儿也自觉好笑，忙取一杯香茶给姑娘漱口。紫箫喝着茶还是笑不绝口，又笑一会，定住了说道：“忘八崽子，你见谁穿牛皮呢？我那件又黄又黑的是火狐狸，那一件玫瑰紫四则八宝缎子面儿大白毛有黑团儿的是乌云豹，那件月缎满绣花统里儿的是索伦鼠，那几件灰鼠羔儿皮，你知道的。这三个名儿你也记着，以后别混说牛皮狗皮的，叫人笑话。”莺儿笑着答应。紫箫道：“我知道，你瞧着芳姑娘的巧儿有件皮袄,你看的眼热。等我今年也给你做一件青绸面儿的羊皮褂子。”莺儿不等说完,赶着跪下磕头,说道:“谢姑娘的赏。”紫箫道:“你不用谢不谢的。你瞧,都是你这忘八膏子惹着我笑,将我这一对儿的长指甲齐根儿锉断了一个,还不去拿剪子给我铰下来,好好收着呢。”莺儿赶忙取剪子,将那指甲铰下,又用木贼草给姑娘磨光指甲。

紫箫锉完人参,向笔插里取一枝羊毛新笔,将人参面子扫在一堆儿,用纸包好。莺儿收过镇纸、锉子,折起桌上铺的净纸。紫箫命他端过首饰匣来,将头上的珠翠金钗卸下收好,换去耳上珠环,将匣锁上。脱去身上新衣,解去花裙,换上旧月白纱衫,系条青纱旧裙。对莺儿道:“咱们明儿一早搬到承瑛堂去,这儿要让江姑娘来住。你将我的东西慢慢收拾停当,那字画、挂屏,你够不着的都等我来取。咱们今儿晚上叫几个老妈儿搬他一夜,横竖也搬完了。”莺儿连声儿答应。紫箫拿着人参匆匆出去。莺儿年虽十四,身材长的高壮,是紫箫的得力丫头。他见姑娘去后,关了房门细细收检,一物不移。这也不在话下。

且说紫箫走出怡安堂下了台阶,看见秋水堂的果碟子都撤了下来。那些打杂的老妈们两个一条盒抬着一阵的过去。紫箫对着那些老妈道:“你对颜奶奶说,天气热,将这些碟子都散给众人吃了罢。”老妈们答道:“九桌碟子,东大奶奶赏了四桌给班子里。这里是五桌碟子,紫姑娘吩咐,咱们去对颜奶奶说就是了。”紫萧点头。转进介寿堂,同些嫂子们说几句闲话。一直到承瑛堂芳芸屋里,问巧儿道:“姑娘有一大块茯苓呢?”巧儿道:“在书架上。”紫箫到书架上取了在手,问巧儿道:“你找个什么,给我砸些下来。”巧儿道:“有钉锤儿,我去拿来砸。”紫箫道:“不要铁的。”巧儿说:“不要铁的,就没有什么东西砸得下来。”忽然一瞧,笑道:“有了。姑娘,这多宝盘的这个大玉子儿倒狠结实。”紫箫笑道:“这倒使得。你找几张干净纸儿垫在地下,等我来砸。”巧儿赶忙取几张净纸铺好。紫箫走到桌边,将那多宝盘的一个大玉子取在手中,见是个杯大白玉做成一个大羊,身子卧着两个小羊,真是晶莹夺目。紫箫拿着那三羊玉子蹲在地下,将那茯苓使劲混砸,不多几下,砸了一半碎的。看这玉羊,幸而没有损坏,交巧儿仍放在原处。取戥子称够三钱，余下的交巧儿收好。拿着人参、茯苓走到后面茶房里坐下，叫老妈儿们将缸内的藕节取一个下来，洗去沙泥，用干净砂吊子将茯苓、藕节合在一堆儿，舀了两杯新河水煎在一边。取银壶将人参隔汤炖上，自己站在风炉边瞧着煎药。

且说书带同梦玉分手出去，在甬道上见这些嫂子们往来不绝，说说笑笑忙个不了。书带笑道："过了今儿，我约齐众人给诸位嫂子们磕头道乏。忙过老太太的生日，咱们再请再谢。"

一面说着，已到景福堂，转过屏门，走出厅屋，下了台阶，向右边夹道里进去。走不三四十步，刚要转弯，不提防里面一个人转了出来，两个人对面一碰。书带举目一看，认得是桑进良，登时满面飞红。又见他喝的烂醉，歪斜着两眼望着书带，笑嘻嘻叫了声"书姑娘，我去了"。倚柳歪斜的走了出去。书带一个心直跳到嗓子口儿上，两太阳都发了胀，手尖儿冰冷，定了一会，想道："我这身上，何曾叫男人们碰过一下！幸亏没人瞧见，不然真是臊死。"一面想着，十分动气，已来到小院门口。见门儿半掩，站在一边，往门缝儿里瞧去。见桑奶子手内拿着个东西在秀春头上晃来晃去。秀春低着头，在那儿系裙子。书带点了点头，轻轻折转身就走。霎时间面热心跳，急急忙忙竟往秋水堂去不提。

且说梦玉到了承瑛堂，见老太太、姑太太、桂夫人、石夫人四位俱在看牌。祝母看见，问道："兄弟呢？"梦玉道："在那里听戏，他今儿很乐。"祝母听了大喜，说道："很好。快叫他别来，好容易他今儿才乐。"姑太太们心中甚喜。祝露问："今儿唱些什么戏？"梦玉道："是新排《无底洞》，倒很热闹。"祝露道："谁的蝎子精？"梦玉说："是仙官的，倒很难为他。明儿老太太的寿日，叫他到这里来唱给三叔叔听。"祝露笑道："我知道那孩子很会唱戏。"

正说着，见个小丫头进来，祝露道："你去叫紫姑娘，将我的药拿来吃罢。一会儿又要吃饭，挤着一堆儿不好。"小丫头答应出去。不一会儿，见他跑进来对石夫人道："紫姑娘闹了一身血！"众人大惊，赶忙去瞧。

不知是为什么，且看下回分解。

第二十二回　书带姐饮酒讥秀　慈太君尝面怜箫

话说祝露命小丫头去向紫姑娘要药，小丫头答应，走到茶房传话。紫箫听说，将参汤药汁合在碗里，药渣内各加水另煎。亲身坐在桌边，用个银茶匙，将浮在碗上药渣捞去，试了冷热，端起碗来尝了两口，又放在桌上。抬着头向天长叹数声，忽然站起，将墙上挂着那切小菜的佩刀取在手中，一口将左手袖子咬住，瞪着一双杏眼，将右手小刀在左臂上一勒。霎时间，红绽桃花，丹流玉臂。因用力过猛，刀伤甚深，那血就如泉涌出来，滴了半身一袖，桌上碗里四处淋漓。那个小丫头魂都吓冒，也不管三七二十一，跑到石夫人身边说道："太太，紫姑娘闹的全是血。"老太太们吓一大跳，梦玉忙着去瞧，桂夫人怕是他身上有了缘故，连忙喝住。一面同石夫人、秋琴三人飞身来到茶房，看见紫箫面色刷白，一手是血，还在药碗上淋漓，那只手尽着发颤，身上袖上全是血迹。石夫人瞧见一阵心酸，泪随声下，说道："孩子，你要老爷病好，不顾疼痛割身取血，真是天佛爷总保佑你的。"桂夫人同秋琴姑太太也觉大为伤感。紫箫笑道："药碗的狠够了，再将这空碗接下点子，好吃二煎。"此时，丫头们都全知道。紫箫命大丫头天庆将药趁热送给老爷。

石、桂两位太太同着秋琴姑太太手慌脚乱，找了些窗槅上的尘灰，拉着他手将灰握上，只是血流不止。桂夫人忽然想起，忙道："叫大爷来！"说犹未了，梦玉早已在面前。桂夫人道："你快到我套房里，小书架上靠墙抽屉内一个八宝散的瓶儿连瓶拿来。"梦玉听说，如飞而去。

老太太同祝露心中十分过意不去。天庆捧着药站在炕前，老太太流着泪道："这是紫丫头一片孝心，你依着他吃了下去。佛爷保佑你，才遇着这样赤心为主的丫头。"祝露点了点头，拿起碗来将药吃尽，觉着一股莲花香冲入心肺，满心欢喜。老太太吩咐天庆："去接太太们同紫姑娘来，我要瞧瞧。"天庆答应，赶忙去请。梅姑太太扶着紫箫进来，老太太同祝露瞧见，都止不住的流下泪来。紫箫笑道："丫头原要老爷欢喜病好，割出这点血来又不值几个钱。若是老爷药里用得着生人肉，丫头也割一块下来，只算得五个大钱的生猪肉。"老太太们带着眼泪点头含笑。梦玉已将八宝散取到，桂夫人接着，去了黄蜡，忙取些在手心内。石夫人用绢子将灰尘轻轻抹去，伤口正在冒血，桂夫人将八宝散多多替他握上，立刻止住。石夫人吩咐丫头、媳妇们快多取几块绢子来包。紫箫笑道："我身上带着现成，只求太太们给我包着就是了。"梅姑太太向他身上取出两块旧绸汗巾，又摸出两条带子，老太太瞧见点头叹息。祝露道："那只手不可下垂，必得络住才好。"石夫人赶忙取条大红双坠绦子，替他将手络住。

紫箫过来替老太太们磕头拜谢。祝母赶忙拉住道："罢呀，孩子。等老爷好了，众人都要谢你，这才是真心为主的人。"紫箫走至榻前，含笑问道："老爷吃药不觉恶心吗？"祝露摇头道："一点不恶心。倒有一股莲花味儿，喝下去狠觉舒服。"祝母笑道："这会儿你声音都响亮好些，也不枉他这一番好意。咱们仍旧看牌，再做两庄好吃晚饭。"太太们又都坐下。梦玉站在一边，呆呆瞅着紫箫。祝母道："紫丫头也去歇歇，等老爷要吃东西再来叫你。"刚说到这里，忽然想起一件事来，说道："我倒忘了，紫丫头到这院里来，还没有屋子，怨不得叫他不去，这里走到怡安堂的后身要走半年呢！"秋琴笑道："叫老太太就说的这么远！我常听见人说，彭祖二十来岁到云南去走了一个来回，到家的时候已经有八百岁了。想来那道儿也就不近。"引的老太太与众人一齐大笑。祝露道："后面小院子有我那三间书房，横竖空着，给紫丫头做房罢。等我好了，尚有西院子的十几间书房。总是闲着，我要这些干什么？"老太太们都说："甚是。"桂夫人道："这也容易，叫几个人一会儿就搬了过来。"祝母对梦玉道："你去吩咐听差媳妇，多着几个老妈儿，将紫箫的东西搬到这后院书房里。"梦玉答应，又吩咐紫箫："你去自家照应。"

紫箫答应出来，梦玉正站在外面等着同去。紫箫将头点了点，梦玉跟着往芳芸屋里来。巧儿道："我听见人说，紫姑娘拉了手，是仔么个儿碰在刀子上?”紫箫笑道:“误碰了一下,也没有什么要紧。倒是你将姑娘旧衫子拿一件我换换。”巧儿答应,到屋里衣架上取一件松花色旧纱衫子来,紫箫对梦玉道:“好兄弟,你替我换上。”梦玉替他轻轻脱下那件血衣,将纱衫换上。紫箫道:“巧儿,你到茶房里去对陈嫂子说,叫他小心照应那药,别煎干了。煨着的鸭子,别闹胡了。有开水带来,对口茶儿我喝。”巧儿答应,走出房去。

紫箫对着梦玉笑道:“我对你说过要拼着命的为你,这会儿你在上屋里,又是呆呆的瞅着我。我的亲兄弟,我岂不知你的心里疼我利害吗?但我的心事,必得要苦巴结才能遂意。你断乎不要为我惦记着。我拼着这一番苦心,总要巴着同你做个恩爱夫妻。就是刀架在我脖子上,我也并无二意。方才老太太瞧见你呆呆的,故意使你对他们说话。你别管我搬家的事,你去听戏吃酒,等散了戏,你到新屋里来瞧我罢。”紫箫说着,将一只手抱住梦玉,脸贴脸的说道:“你这会儿千急别要疼我,等着我遂了心愿的时候,你再疼我姐姐罢。”紫箫说到这里,一阵心酸,泪下如雨。这位玉大爷,倒像揭开天灵盖倾了一桶陈醋下去,自从脑子酸起,一直酸到骨缝里,那个心情更不用说,早已酸透了。睁着两眼,也看不见三千大千世界,只觉得一片汪洋,尽成泪海。紫箫见他如此光景,将头掉过去,在墙上瞅了一会,将手在梦玉脸上替他拭着眼泪,说道:“你明儿照着芳丫头的这一幅《玉堂富贵图》,找一幅给我,这倒是恽寿平的真迹,我瞧着比西大奶奶屋里那幅《杏林春晓图》还要精神些儿。你说是不是?”梦玉点点头。紫箫道:“我搬过这边来,多了两间屋子,你来替我收拾。我最爱你的那一幅《天平听雨图》同仇十洲的那幅《汉宫春晓》。这两幅,你明儿找出来,借我挂在屋里。”

紫箫正说着话,巧儿拿开水进来,说道:“陈嫂子说,二服药早得了,拉在一边儿靠着呢。说叫姑娘放心,他不到那儿去,总在那儿照应着呢。”一面说着,对上了茶递过一杯给大爷。紫箫走到桌边,笑道:“我闹了半天,一口茶儿也没有喝,嗓子里觉着要冒火。”巧儿道:“我这儿冰着一碗西瓜汁,紫姑娘吃了罢。”梦玉道:“我心里发烧,巧儿拿来我吃。”紫箫忙止住道:“罢呀,老祖宗!你喝口儿热茶,去坐着听会子戏,心里就不发烧了。这冰着东西那儿吃得?我也要去搬房子呢。说着,走出房去。梦玉喝了两口热茶,跟着出去。刚到院门,有东大奶奶们着人来请。紫箫笑道:"很好,你跟大爷去罢,对奶奶、姑娘们说,不要等我,叫他们只管上菜。"丫头答应,跟着走出院门,三个人到了怡安堂。梦玉只得往如是园而去。

且说书带面热心跳的走到秋水堂,众人瞧见他这样儿,都赶忙问道:"你不是去瞧秀姑娘吗?为什么闹的面红面胀的这个样范儿?"书带笑道:"我没有去找秀春,到自家屋里同成儿闹饥荒,叫我狠生了一会气,心里发烦,也不去找秀丫头,就赶着来了。"众人道:"丫头们不好,说他两句。怪热的,也犯不上动这样大气。这是何苦来呢?玉大爷去了这半天,也不见来,想是叮住紫丫头不放呢。"

众人正说着,只见秀春走了进来。三多们问道:"你在那儿?书姐儿去找你,倒同成儿怄了半天气,他发烦走了回来。"秀春道:"找个什么劲儿?我又不逃走,总不过在垂花门里。"一面说着,也就坐下。书带道:"为去找你怄了气,要敬你一大杯才得解恨。"叫丫头们将那个大玛瑙杯取过来,满满斟上,送过去给秀姑娘。秀春道:"这是为什么?你同成儿怄气,怎么好端端的罚我喝酒呢?这杯酒我不遵命。"书带笑道:"这原是我的错,喝酒也要对劲儿,咱们如何是陪你喝酒的人?"叫丫头将那一大杯酒拿过来,书带接着做一口气的喝干。秀春彻耳通红,说道:"妹妹,你今儿为什么给我个不下来?我又没有招你惹你,仔吗拿着我出气?这是何苦来呢?你瞧见我同谁喝酒吗?你拿这些话儿消遣我。"海珠们都笑道:"本来书姐儿也忒什么些个,秀姑娘又没有说什么,你就动了气,还得罚一杯才是。"书带笑道:"我真该罚,方才气头上胡言乱语的,得罪了我的好姐姐。我再吃一大杯,告个罪儿罢。"叫丫头们斟上酒。端起来才喝了一半口。只见梦玉进来。

席面上众人一齐站起,问道:"紫姑娘为什么不来?"梦玉将方才缘故说了一遍,海珠、掌珠、修云听了不胜赞叹,秋瑞、芳芸、三多、兰生、春燕不住的点头。姨娘、姑娘们无不大笑道:"紫丫头真是个傻子。等着三老爷的病好,他只怕连身上的肉也全光了。"众人都一齐好笑。秋瑞叹道:“藩篱之鷃鸟,焉知鸿鹄之志哉?”梦玉听见,回过头去朝着秋瑞瞅了一眼。秋瑞笑道:“你不用瞅我,当浮一大白。”命丫头给大爷满满斟上一杯。

场面上正是蝎子精迷着唐三藏,在那里做出无限风流的模样。那和尚总闭着两眼,一声儿也不言语,任凭那妖精甜言蜜语千引万逗的,总是不理。梅春笑道:“这和尚叫妖精都缠昏了,尽着发晕呢。”梦玉笑道:“和尚不是发晕,他闭着眼满肚子里想妖精,比睁着眼瞧的利害。”梅春笑道:“怎么道他闭着眼想的是妖精?”梦玉道:“因他的名儿叫三脏,比咱们肚里少了两脏,是想妖精想掉的。”众人哄堂大笑。梅春笑道:“当日的和尚只剩了三脏,如今的和尚不知还有几脏?”梦玉笑道:“如今的和尚要一脏也没有。肚子里只有一个绍兴酒坛子,装着几斤猪肉。”梦玉未曾说完,只听见满席上哈哈笑声盈耳。众人笑了半日,方才住口。

这些妈儿们络绎不绝,上酒上菜。小旦美官、秀官上来回大爷道:“底下没有我们两个的戏,要到敬本堂去伺候老爷吃酒。”梦玉道:“一个人喝三杯酒去。”随命丫头斟酒,美官、秀官站在左右。梦玉命他们吃菜,说道:“外面散的早,再进来唱出《游园惊梦》我听。”两人答应,谢了大爷赏,走进戏场。管班的赵宁领着,由富春阁后身出了园子围墙,顺着夹道弯弯曲曲走了好一会,才是他们住处。到屋子里瞧了瞧,不见一个人影。他三人走出院子,向着玉堂班院里望去,见几个打杂的在地下铺着大席子坐着喝酒。赵宁同秀官们走出月光门,见查、槐两大爷同些爷们站在院子里说话,看见他们,问道:“秋水堂散了戏吗?”赵宁道:“还早着呢。他两个没有了戏,带出来到老爷席上伺候。”槐荫点头,命其就去。

赵宁等过了茶厅,走至春晖堂,东西两院的清客同那些唱南词的先生都站在甬道上说话。赵宁道:“你们好自在,乘个凉儿,说说闲话。像咱们,正是出汗的时候。”唱南词的章先生笑道:“咱们出汗的时候,你又在乘凉呢。刚才垂花门传出话来,明日叫咱们在承瑛堂伺候。饭前先是范三秃子同郑老五进去变戏法,饭后是咱们的南词,晚上是苏老大们的十番清曲。你说咱们出汗不出汗?”赵宁道:“咱们明日是景福堂,玉堂班是恩锡堂,五福班还是敬本堂,一连是五天。”众人正在说话,玉堂班的人出来了一阵,赵宁问道:“你们都在敬本堂吗?”众人答道:“看了半天戏,要家去吃饭。”掌班的傅贵说:“你们散的早。”秀官道:“早着呢! 我两个没有了戏,要上去伺候。”傅贵道:“狠好。二宝们都在席上,你两个上去换个把下来歇歇。”

美官、秀官答应,走进春晖堂,转入敬本堂。见大院子里那些各位大老爷的大小爷们俱在棚下,五福班后场边站满是人。场上刚唱着《绿珠堕楼》这一出,看见绿珠正陪着石崇饮酒呢。秀官看那厅上设着五席,中间一席是松大人,左边第一席是总镇姜大人,右边第一席是淮扬盐铁使蔡大夫,左边第二席是提刑副使龚大老爷同太守周大老爷,右边第二席是司马颜大老爷同别驾白大老爷,旁边是二老爷陪着。左边第二席是梅姑老爷陪着。瞧见玉堂班的袁锦官、双贵官、玉林官、李凤官、富春官、二宝官这六个小旦,俱在上面敬酒。他两个走旁沿儿上去,见过了各位大人。梅白正在高谈阔论,指着场上说道:“石季伦原是个风流领袖,千古雅人,可以为绿珠之知己。”松柱道:“前人有借用绿珠的诗道:‘值得楼前身一死,季伦原是解风流。’这也是千秋知己之感。”梅白道:“这两句虽是小青托兴之诗,恰说透了绿珠的一腔心事。”正在说着,场面上绿珠已堕了楼,为花神引去。太守周大老爷笑道:“虽为绿珠解恨,然何必多此一番波折?”总镇姜大人笑道:“这是我那本家姜太公,请元始天尊之故智也。”众大人们一齐呵呵大笑。美官们上去敬酒,各位大人皆用大杯开怀畅饮。底下爷们抬上烧煮桌来,王贵、张彬、杨华、陆进、赵升等五个人,卷起袖子打着千儿,跪在地下,一手托着一手的片。这里高升、金定、冯裕、陈兴、周惠五个人,各拿着一个银盘,一双镶银牙筷,在席面上往来拨菜;顾祥、金映、王瑞、杜成、谢铭、刘贵、赵太、董升、钱桂、来顺这十个人,伺候上菜。还有辛福等二十人,将挂灯、柱灯背光高照,满堂的上中下三层灯烛全行点起。只见歌管悠扬,灯光灿熳。真个是:

天上神仙第,人间富贵多。

不言敬本堂热闹。且说紫箫到怡安堂,对听差嫂子传了老太太吩咐的话,一面亲到垂花门,对查、槐两位大奶奶说知。查大奶奶们道："听说紫姑娘割血给三老爷调药，咳！好姑娘，这才是舍身为主呢！咱们正在这儿赞你，将来神佛爷佑你，总有好处。"紫箫笑道："蒙老太太这样恩典，将咱们抬举的不像个丫头看待。咱们再不舍身报效，真个是神佛也不容。"槐大奶奶道："姑娘说的是。咱们做下人的，原该如此。"正说着，见听差李嫂子领着十来个老妈儿来回查大奶奶道："老太太吩咐，叫几个妈儿们给紫姑娘搬屋子。来对两位大妈说一声。"槐大奶奶道："刚才紫姑娘也对咱们说过。李嫂子，你同紫姑娘去领着他们就搬。叫他们小心着，别碰了东西，不要忙，多走几趟儿。"众老妈们齐声答应。

紫萧辞了两位大妈，同着李嫂子这一群老妈齐往里去。李家的道："紫姑娘，你为什么倒愿意调承瑛堂，你瞧瞧那边还有个巴结头儿吗？三老爷的病，我瞧着是断好不了的，也不过耗日子，过得一天是一天。承瑛堂的人，谁不想着往这边跳？况且你在怡安堂也是走得起的人。像你这样品儿，这双手脚儿，还怕伺候不上老爷吗？我又说个笑话，连咱们这些人，谁不在老爷面前献个勤儿？像冯大妹妹、金嫂子、杨华儿的媳妇这些人，都是走得起的。老爷常赏东赏西，他们好不得意呢！"紫箫笑道："你也走的好，头上的金簪子不是老爷赏的吗？"李家的脸上一红，笑道："还是那天老爷瞧着我头上戴的是枝凉簪子，老爷说像个什么样儿，第二天就赏我这枝金的。也不过有一两来重，这也算得了什么。"紫箫笑道："我从小儿到如今，衣服首饰都是老太太同太太赏的，从来没有得过老爷一点儿东西。"李家的笑道："谁叫你不巴结呢！"紫箫笑道："巴结的忒多了，咱们那里挤得上？"

两个人一路说着，已到怡安堂。那些丫头、嫂子们你也来问问，我也来说说。李嫂子道："别耽搁了紫姑娘的工夫。"催着紫箫走到屋里，莺儿关着门正在收拾。紫箫叫开房门，同李嫂子进去，看见一切内外房的东西，倒已收拾了大半。李嫂子道："莺儿实在难为他，这孩子很有出息。"紫箫心中也十分欢喜，对着李嫂子道："天快黑了，我要去照应三老爷吃饭。好嫂子，好姐姐，你同着莺儿照应着，就给我搬了过去。等我明儿替嫂子磕头罢。"李家的笑道："咱们好姐妹，磕什么头呢！你只管去，这儿交给我，横竖落不下一个针儿。”紫箫笑道：“狠好。”说着，转身出去。这里李嫂子同着莺儿照应那些老妈们搬房不表。

且说紫箫到了承瑛堂。老太太们还在看牌，问道：“你搬过来了吗？”紫箫答道：“搬着呢。”石夫人道：“老爷吃过二服药有好一会，要等你来收拾点东西吃。”紫箫听说，忙至榻前请老爷示下要吃什么，祝露道：“我想点子挂面吃。”

紫箫答应，来到茶房里，命陈嫂子将开水对在铜锅里，坐在火上。着人去芳姑娘屋里对巧儿说，要半子挂面来。“那盆子里的燕窝收拾干净没有？”陈嫂子一面坐着水，口中答应道：“才收拾完了，清水漂着在小炕上呢。”紫箫向碗柜里取出五个青花粉底撇子汤碗，又取出一个撇子面碗，命妈儿们用净水洗过，叫丫头将鸽蛋、火腿、鸭掌盘子放在桌上。陈嫂子取到挂面，紫箫接着分一小子儿，放在锅里，滚水冒了几开，过着清水。令天庆去端炕桌，摆设筷子、小菜。下好了面，又做五汤碗燕窝，配上鸽蛋等物。五个小碟子里，都是一样银羹匙。命天庆带着丫头一人一碗，俱用大红洋金雕漆盘子。天庆们六个人一齐托着上去。

紫箫将剩的挂面下了，浇上些鸭子汤，拣了几块鸭子，笑道：“我闹了半天，一点儿东西也没有吃，要先偏诸位嫂子吃这点儿面。”众人道：“本来割了一刀子，出了那些血，也没有歇歇儿。还是姑娘结实撑得住，咱们是早躺下了。”紫箫坐在桌边，取双牙筷止吃了几口，只见笑嘻嘻走过天庆来，手里拿着面碗说道：“老爷吃的很欢喜，叫对姑娘说，还要几根儿面。”紫箫笑道：“早一步儿来也好。我打谅着老爷是不要的了，偏我一会儿又嘴馋，刚将几根儿面下了吃。这会儿再去取面来炖上水，有好半天工夫，老爷正吃的高兴，叫他等着怪不好的。”天庆道：“罢呀，别费事，就是姑娘碗里的挑几根儿罢，横竖老爷也吃不多的了。”紫箫笑道：“也罢，都挑了去，我再吃别的。”说着，就将自己碗里的全挑过老爷碗内，另浇清汤，擦了碗口，叫天庆托着盘子送了上去。嫂子们收碗下来，说道：“老太太们俱吃的欢喜，都说狠好。”紫箫道：“什么好？不过比厨房的干净些儿。”

正在说着，李嫂子走来说道：“都搬过来了，又给你铺设妥当。那边屋里任什么儿也没有了。你到后院子去瞧瞧。”紫箫忙将一只手拜了两拜，说道：“明儿到嫂子家去磕头道乏。”李嫂子笑道：“罢呀，你等着有空儿给你侄儿做双鞋罢。”紫箫笑道：“鞋是鞋，谢是谢。”

两人说话之间，天庆收碗下来，说道：“老太太们不看牌了，叫紫姑娘说话。”紫箫听见，赶忙进去。老太太们都散坐着，问道：“你手疼的好些没有？”紫箫道：“走着道儿，办着事倒疼的好些儿，就是坐着疼的利害。”老太太道：“孩子，你待三老爷的这一片诚心，我实在打心眼儿的疼你。又偏生遇着这几天有事，叫你这只手动不得，怎么好呢？”紫箫答道：“只怕赶明儿早上也就好了。”祝露笑道：“真傻孩子，一夜工夫那儿就好得了！”祝母道：“我叫你来商量，我原不要做生日，惦记着大老爷不知好了没有，这几天也没有接个信儿，三老爷又病得这个样儿，我心里狠烦，有什么得意要做生日？二老爷是不依，再三要给我做七十岁，热闹热闹。我又瞧着三老爷今儿光景，比那几天竟长了精神，说话很有神气；又见你这样出心出力的服侍，我心中倒很喜欢。就让二老爷给我热闹，也不阻他的孝心，随他去办罢。但是我自从十八岁嫁了太爷，从来没有苦过一日。后来太爷做到通政使大堂，我得了二品封诰，跟着太爷受享几十年。如今大老爷又做了尚书，给我请了一品封典，我又享儿子的福气。活到了七十岁，我真是福寿双全，夫荣子贵的了！我原许下七十岁不做生日，要到金山寺去做七天大道场，请太虚和尚放七坛焰口，因为三老爷有病，等他好些同去。我明日要到甘露寺斋僧，躲过这热闹再回来。我实在怕的是磕头礼拜，竟不是给我做生日，倒叫我受罪。这会太太们、三老爷、姑太太再三的不叫我出门，说我若怕烦，这几天总在这儿。凡有来的太太、奶奶、姑娘、小姐们，不拘亲疏远近，一概别让到这儿来。两位太太同姑太太们都去接待来的亲眷，这院子里就是我同三老爷娘儿两个。你照着今儿这样，收拾点子东西吃吃，大厨房的东西，一点儿也不要。三老爷爱听南词同变戏法儿，我已吩咐垂花门上传信出去，叫他们明儿早早儿进来。咱们将院子门一关，清清净净的听个书儿，凭他是谁，也不准进来。你说这主意好不好？”紫箫笑道：“老太太吩咐的很好。若是姑老爷来叫门，难道也不放进来？”祝母笑道：“我连姑太太都撵出去了，别说是姑老爷！”众人都笑起来。

媳妇、丫头们进来点上灯烛。祝母道：“咱们也该吃起饭来。”石夫人道：“我找了一坛十年陈的福贞酒，留着请大姐姐的。”秋琴道：“很好。”咱们别吃哑酒，叫章先生们进来说一回《玉蜻蜓》听听，还可以多吃几杯好酒。”祝母笑道：“三丫头留着陈酒请大姐姐，也带着我尝一杯儿。”石夫人未及回答，祝露道：“我得了两坛二十年陈的百花酒，交给芳芸收着，要给老太太做生日的。”祝母听了，笑道：“到底是我三小子疼我，像三丫头只惦记的是大姐姐。”桂夫人笑道：“那也容易，老太太将三丫头给大妹妹换了丹桂罢。”惹的老太太们哈哈大笑。丫头、媳妇们将桌子搭在祝露榻前，摆了杯筷，摆上果碟。老太太与二位夫人并姑太太刚要坐下，只见槐大奶奶进来回道：“章先生们进来了。”

不知老太太说些什么，且听下回分解。

第二十三回　说私情耳边絮语　谈苦况窗外知音

话说老太太与众人正要坐下，槐大奶奶进来回说：“章先生们伺候，请老太太安。”祝母隔着纱窗说道：“怪热的，又要惊动诸位先生。咱们姑太太要听许先生《玉蜻蜓》，拣着热闹的说两回罢。”窗外章、刘、许三位先生齐声答道：“门下总是闲着，应该伺候。”秋琴道：“就在《打巷夺埠》唱起罢。”许先生连声答应。卷棚下设了条桌、方杌，点上一对玻璃照，冲了三碗雨前茶。许先生们调起弦子、琵琶，和定洋琴，打扫喉咙，先唱几句开场诗道：

六月荷花处处开，绿波香雾近楼台。游鱼阵阵穿花乐，看见佳人游过来。佳人见，笑盈腮，高叫郎君你快来。鱼儿见我都游近，不像你，近着奴奴反走开。郎君看，叫怪哉，真个鱼儿聚一堆。想他也解怜香意，顾不得竿上金钩钓住腮。佳人听说微微笑,他解怜香我爱才。如鱼似水人生乐,可惜了多少红颜在土里埋!郎君听,叫裙钗,休对鱼儿去发呆。瓶中尚有同心酒,我合你慢慢谈心饮两杯,同上楚阳台。闲文剪去书归正,且将那申大娘娘说一回。

许先生唱完几句,接着就开了《申娘娘打巷门》的正书。老太太们吃着酒,听他唱了这几句提场诗,不觉大笑。姑娘、嫂子伺候斟酒。

紫箫无事,到后院来歇息。见莺儿闹的满头大汗,屋子俱已收拾妥当,心中十分欢喜,问道:“你吃了晚饭没有?”莺儿道:“等着收拾完了再吃,只怕姑娘也没有吃呢,我去要姑娘的饭罢。”原来祝府有执事姑娘们都是一人一桌,中碗,五寸盘,两荤两素。到吃饭时候,各自着人去要,以此莺儿要去叫饭。紫箫道:“也罢。你去叫了饭,到茶房里对陈嫂子说,将那鸭子给我盛一碗来。余下的叫他们吃了罢。”莺儿答应,出去叫饭。

紫箫将烛煤剪去,外面两间添上几枝红烛。听见有人叫道:“姐姐今日辛苦了!我来道乏问安。”说着,掀开帘子进来。紫箫见是秋雁,问道:“你们就散了吗?”秋雁道:“还早呢,梅大爷要看灯戏,他们都不能脱身,就是我同吉祥、五福、仙凤、书带、江苹、双庆、长生这几个人散了,余下的都在那里。先前众人听见,都要来瞧姐姐,是鞠小姐止住着,不叫来瞧。他说,割了个口子有什么大惊小怪的?他将姐姐比做个鸭子呢。”紫箫道:“怎么比做鸭子?”秋雁道:“他听众人都笑着姐姐道:‘紫丫头真傻不痴的,这样怪热的天气,何苦来呢!疼不拉的割上一刀子。’鞠小姐听了大笑道:‘泥巴饭里的鸭子,那里比得上红鸽子呢!’”秋雁尚未说完,紫箫忍不住大笑道:“他是说玩话,并没有比我做鸭子。”秋雁道:“咱们乐了一天,叫姐姐受了多少委屈,那儿还忍得再听戏!我对他们说了,大奶奶们同玉大爷、二姑娘都说:‘很是。你也该去替他下来歇歇。’我赶着回来,刚才上去见过老太太,这会儿来瞧姐姐,给姐姐道乏。上面的事都交给我,你也不用去照应,就在屋里歇歇罢,身子也是要紧的。我瞧着老爷听书也狠乐,就是要东要西的,有我伺候呢。”

正说着,见天庆走进屋来,对紫箫说道:“老太太吩咐:秋姑娘回来了,叫紫姑娘不用上去。老爷说,任什么儿也不要了,明儿早些上去伺候罢。”紫箫答应。秋雁笑道:“这可以放心,不用惦记了。我要去换衣服,一会儿再来瞧你。”紫箫笑道:“太太这会儿开的那坛陈酒,你给我倒一壶来。”秋雁道:“你还没有吃饭吗?”紫箫道:“刚搬过屋子来,谁有工夫去吃呢?才叫莺儿要饭去了。”秋雁听说,急急忙忙出了院去。天庆也跟着飞跑到了院门。看见莺儿同着厨房里打杂的老妈端了饭来。秋雁道:“莺儿对姑娘说,我就拿酒来。”莺儿答应,到屋里接了老妈的饭菜,摆在中间靠窗桌上,摆设姑娘的杯筷,端过椅子、脚踏,转身出去。紫箫知道他到茶房里去取鸭子,走到椅子上坐下,瞧了瞧四样都是荤的,笑道:“不知是些什么东西,闹的满碗子都是黄油。”正在好笑,见天庆拿着一大壶热酒,后面一个丫头端着个大盘子,里面有四碟子美菜,笑嘻嘻说道:“现成的一壶热酒,秋姑娘又给姑娘做了四个碟子送来下酒。”说着,摆在紫箫面前,说道:“姑娘吃完了酒,我再送来。”说毕,转身就走。

刚打起帘子,谁知外面一人急忙进来,正碰了个满怀,天庆一看,原来是书带,两个人放声大笑。天庆一面笑着,同那个丫头飞走而去。紫箫忙起来让坐,书带道:“我来敬姐姐一杯酒,咱们今儿偏了你,又叫你受委屈。”紫箫笑道:“咱们不用闹这些虚文假意的,你陪着我吃杯酒倒是正经。”书带正要回答,听见莺儿叫道:“姑娘,将帘子掀起。”书带赶忙过去掀起帘子,让莺儿进来,看他端着一大碗菜,书带替他接着摆在桌上。紫箫道:“你将这四样菜都搬到外间屋里,你去吃饭。等我慢慢吃酒,拿我的碗盛起一碗饭就够了。”莺儿答应,搬了出去,又给书姑娘摆下杯筷,端了椅子、脚踏,然后自家出去吃饭,他两个也就慢慢吃起来。

书带道:“我有句话要同姐姐商量。”紫箫道:“你有什么话,说给我听。”书带道:“我要求老太太仍旧调我回来。”紫箫大惊,急忙问道:“这是为什么?”书带道:“有件大不妙的事。将来要糟在里面,真是跳下黄河也洗不干净。我坐在那儿听戏,心里很后悔,大不该调到那儿。我想着一会儿要求老太太另外派人,我情愿回来。”紫箫急的酒也咽不下。说道:“你说给我,是个怎么不妙的道理,我好替你拿主意。你说的这样糊里糊涂的,叫人空着急。”书带站起身来走到紫箫面前,轻轻的将如何碰着桑进良,看见他的那个神,又如何看见秀春系裙子,桑奶子给他抿头,前前后后的话说了一遍。紫箫点头道:“你坐下,我想主意。”书带坐下,说道:“姐姐你想,将来一定要出矿,这不是咱们白带在里面。羊肉吃不成,倒闹的一身骚!”紫箫道:“你且不用着急,其事尚缓。让我满饮三杯,洗洗耳朵。”说着,一连气儿喝了三大杯酒,笑道:“你不用着急,我自有主意总叫你万安。将来设或闹出别的,也与你不相干儿就完了。你断不可去求老太太要回来,这是白碰钉子。你见谁是要去就去,要来就来,随着咱们作主的吗?你去求老太太的话,是断不能行。”书带道:“依你这么说起来,怎么好呢?”紫箫说:“不拘怎样,要挨过老太太的大庆。忙过了这一程子,我想个法儿调你出来。这会儿断不用提起。”

紫箫心中发闷,不住饮酒,将一大壶陈酒喝的不差什么。书带道:“姐姐今儿酒兴很好,我再去找秋姑娘取一壶来,咱们两个爽爽快快喝一杯儿。”紫箫道:“使得。”书带自去取酒,又取了一大盘嫩藕、鲜菱来,两人畅饮。莺儿吃完饭,将碗盏收去,到里屋去将应办的事务一样一样检点收拾。书带因有要办的公事,不敢多饮,尽着只让紫箫,酒儿菜儿让个不止。紫箫劳乏一天,又出了多少血,兼着饿了半日,方才又听见秀春的一段故事,心中甚为气恨,这两壶酒吃了下去,不觉十分沉醉。书带见他有些酒意,说道:“姐姐,你吃点子饭罢。”紫箫摇头道:“任什么儿也不吃了,剩下的给莺儿去吃罢。我要去躺一躺儿。”书带对莺儿道:“赶紧舀些热水来,给姑娘擦擦脸儿,好去睡觉。”莺儿端着铜盆,忙着舀水。书带站起来,替他卸了晚妆,摘下耳环,脱去外面纱衫,解掉纱裙。莺儿已取水来,书带叫他就放在桌上,取过手巾替他擦脸,又解开小衫,给他身上抹了一会,同莺儿扶到炕上,让出左手朝着外床轻轻睡下。

两人正在炕边服侍睡觉,忽然帐子外面一个人伸进手来,将他们一抱。书带同莺儿出其不意,这一惊非小。听见那人“噗嗤”一笑,回过头来见是大爷,莺儿道:“何苦来呢!大爷吓人家这一跳。”书带笑道:“幸亏咱们出过喜事,不然叫你把天花儿都骇了出来。你多咱儿进来的？怎么一声脚步儿也没听见？”梦玉笑道：“我在窗外瞧着你们两个扶着紫姐姐来睡，我就悄悄儿的走了进来。”书带道：“咱们不用闹，让他静静的睡一会儿罢。”梦玉道：“我方才到敬本堂去瞧了瞧，老爷们正热闹着呢。咱们那里的灯戏才上场。老太太这里，我来的时候刚接第二回的《夺埠》，横竖今儿要闹到天亮。王嫂子说，已交丑正了。”书带笑道：“罢呀！你听他的混话。他身上带着王贵的那个破表，到处混充人灯儿。人家的表上才交未初，他的已交了卯正。”梦玉听了“噗嗤”好笑。莺儿道：“咱们的钟方才打十二下呢。”梦玉道：“今日席面上的人，有一多半没有带着。”莺儿道：“咱们姑娘的修了这一程子，也总没有得。”书带道：“咱们也不用说闲话了，各人干各人的去罢。”同着梦玉出了小院门，走到承瑛堂。书带道：“我在这儿还有一会耽搁，你各人去罢。”

梦玉点点头，顺着回廊一直出去，见那栏杆上都是丫头、嫂子们，也有打盹儿的，也有说话的，也有磕瓜子儿吃果子的。梦玉同他混搅了好一会，笑着走出院门，又绕过介寿堂，往西院门口走过，顺着脚逛到里面，看看这些丫头们。这个狭长院子一溜儿有二十几间屋子，都是闲散丫头的住房，同怡安堂的北院儿一样。有两个住一间的，有独自住一间的，还有空着的屋子。此时这些丫头们，有巴结的，都在各处伺候；偷懒的，在秋水堂听衬戏；还有些找姐姐妹妹去说闲话。

梦玉走到院里，两边都静悄悄，并无人影，只见中间的一间屋子点着灯亮。他轻轻走了过去，听见有人说话，走到窗糊眼儿边往里一瞧，是大丫头宾来同着宜春两个坐在炕上。一张小炕桌放着灯盏，桌上堆着些莲蓬、桃李、菱藕，一把酒壶。两个人对面坐着，一面吃着，一面说话。宜春道：“你到底比我好些，我那里跟得上你？就是年分，也是你的多些。老太太同两边太太，你都是伺候熟的，横竖将来你也上去的快。若是再不叫你得些儿好处，嗳！不是我说，真是挖了我的眼。”宾来笑道：“这也难说。我自从十二岁卖了进来，如今是六年了，也不知挑过多少磨儿，总是运气不好，再也补不上来。我如今也只随他。人家说的好，命多大，只多大。我就是这样耗着，等着神佛爷可怜我，自然也有个出头的日子。就是着急，也白不中用。”

宜春笑道:“我的老太太,你还耗的下去,我就不能。不怕你见笑的话,今日早上打杂儿的老刘妈,逼住我要那三百钱,急的我要上吊。实在没有了法儿,就将那一件红布棉袄给他去当,你想想我还赎得起吗?”宾来笑道:“你还比我体面,你的棉袄今日才当,我的是没有过端午儿就全光了。身上的这件衫子,还是芳姑娘给我的。我正愁着明日芳姑娘的生日,咱们院子的人商量着公分,每人出三百大钱,我若是有当得出一百大钱的东西,这不是灯光佛爷在这儿听着,叫我活不到明日早上。你还不知道,我借了西张的三吊钱,是九扣三分利,打去年冬月里借了取棉衣,总也还他不起。左一转右一转的,我听他说快到十吊钱了,你想想,我还得起还不起?”宜春道:“咱们这会儿,只要有人肯借就是好的,那里还顾得利钱重不重呢。我倒不知道那个西张?”宾来道:“就是厨房里打杂的,有四十来岁,胖胖壮壮爱戴个高冠子,住在西屋的那个张妈。他专靠着放账。因厨房里有三个张妈,住西屋的叫西张,住东屋叫东张,那个二十来岁常戴着一头花儿的,他们就叫他花张。”宜春道:“姐姐明日对西张说说,叫他放几吊钱给我。”宾来道:“西张累坠呢,他要个结实保人,他才肯放。我地跟儿是周嫂子作保,你要借必得先找定了保人是谁,我再替你去说。你要几吊,就是几吊。”宜春道:“保人倒容易。我明日找一个有体面的嫂子,央及他替我作个保,想来也没有什么不肯的。咳!只是这西张利钱过狠,他不知盘了这重利回去干什么?”宾来道:“我也打听过了,他有个汉子是双目不见的,全靠着西张去养他。所以西张人人都还说他好,不舍得吃,不舍得穿,放了重利赚几个钱,回家去养汉子呢。这就是他的好处。我原打谅着不拘是介寿堂也好,怡安堂也好,补上了缺,这几个钱也算不了什么。不要讲别的出息,就是光月钱也有四两一个月,比咱们月间一个大钱没有的,就天差地远了。咱们尽靠的是一节一吊钱同磕头的赏封,一年还要出分子,这几个钱那里够呢?你瞧瞧双庆、长生、江苹,才补了下来,立刻就有人借他,只愁他不要。一会儿工夫头上身上妆扮的像个美人儿似的。这会儿坐的高高的,吃个酒儿,听个戏儿,好不得意。你瞧着,过两天房里收拾的体面着呢!那里像咱们这些倒运的,尽剩了这床破炕席同一床花布被。几时也像他们体面体面，戴的珠翠，穿的绫罗，房里钟儿表儿挂上些，我就死也甘心。”

宜春道：“依我的意思，下回遇着补缺的时候，竟去求大爷同大奶奶，只怕倒有几分想头。”宾来道：“那断不中用。你瞧今日咱们挑的时候，大爷、大奶奶都在那里瞅着，一声儿也不言语。老太太最讲公道，从不叫人委屈。我听人说，老太太总拣那有福气、有出息的人才要。我那天托大金嫂子替我打个先生算算命，他说我今年交了秋要见喜，不见喜要见灾。你想想，我秋天来有什么喜？”宜春笑道：“想是要养孩子。”宾来听见，照着他的脸大大的啐了一口道：“呸！你这臭蹄子害昏了，说着说着就没有溜儿。只怕你倒要养孩子。你再胡说乱道的，我就撕你的嘴！”宜春笑道：“我倒有个喜信儿对你说，你别叫人知道，各自各儿的去想主意。”宾来道：“是什么喜信，要瞒着人？”宜春道：“今日是雪儿的妈杨婶子对我说，他的表婶子韩大妈要来求老太太，说道他的女婿在外跟官发了财，回来要做亲，他要领闰梅回去出嫁呢。还有疏影的哥哥死了，他嫂子往前走了一步，又没有生下一男半女。林大妈只有疏影这个独养女儿，要来求老太太准他赎了回去，招个女婿在家里当儿子养老送终呢。这两家都要过了老太太生日就进来面求，这会儿任什么人也不知道。杨婶子关切我，叫我好好的出力巴结巴结。我这会儿同姐姐商量，拿个主意。咱们再错过机会，就没有出头日子了。我就怕的是叫怡安堂北院的人得了去，这怎么好呢？”

梦玉正听到这里，听见外面有人说话，恐有这院里的人进来看见不雅，赶忙轻手捻脚的出了院门。

秋水堂正散了戏，纷纷走进院来。梦玉站在黑影里让他们过去，溜出了介寿堂的院门转到怡安堂。该夜班的刘嫂子瞧见，说道：“我的祖宗！你跑到那里去了？大奶奶们早回来了，老太太同太太们散了好一会，睡都睡了半天。你瞧瞧东方都吊了白。八下里找你，总没个影儿，你躲在那儿呢？”梦玉笑道：“同个人说闲话，不知不觉的多耽搁了一会。”说毕，回到海棠院来。

海珠们忙问道：“你在那儿呢？四处里都找不见。咱们散的早，因为这些嫂子们辛苦了一天，让他们坐着也听会子戏。我又到三叔叔那里，等着老太太们散了，同到介寿堂伺候老太太安寝。又在妈妈屋里坐了一会，魁兄弟催着要睡，这才下来到怡安堂，老爷也上来了，请过晚安，回到家来又好一会。你想想，这是多大工夫？天都亮了，你不知在那儿，叫人着急，四路八方的找了个翻江。”梦玉笑道：“我站在一个地方听人说闲话，直听到这会儿。瞧见众人进房，我那里知道是嫂子们听戏回来呢？秋瑞姐姐不在这儿吗？”掌珠道：“同二姑娘睡去了，咱们也睡罢，打个盹儿起来。刚才老太太吩咐，叫你明儿到甘露寺、鹤林寺两处去斋僧呢。”梦玉笑道：“你们都是些瞌睡虫变的，开口就讲睡觉，真是千年没有见过睡面的。”海珠笑道：“依你说，咱们三个竟对瞅着？”金凤笑道：“本来天也亮了，睡不到两三顿饭时候也就要起来。”掌珠道：“怨不得，你们都是顺着他的性儿。”海珠道：“也罢，睡是睡不成了，咱们将那一瓶花露抱着到瓶花阁去，叫起他们两个来，吃碗好茶。”梦玉听了，拍掌大叫道：“妙极！咱们就去。”掌珠道：“饮花露须得旧磁碗。咱们将那戈窑、成窑、定窑的那几只碗连盒子抱去。”海珠道：“那两对玉碗也带去，再将各样茶叶都带上些儿。”

梦玉不等说完，忙叫翠翘们快将茶叶、磁碗都取出来，叫几个丫头们抱着，留下翠翘、蝶板在家，带金凤、雁书同些丫头们，都往瓶花阁来。到了院门口，只见：

重门寂寂天将曙，花影离离月已沉。

梦玉将门一路混敲，惊动了里面的哈巴狗儿，都跑到门边乱叫。海珠笑道：“他两个正同周老太太说话呢，叫咱们来打岔。”正说着，里面老妈儿开出门来，众人一拥而进。老妈儿见了笑道：“真真好精神！咱们二小姐同鞠小姐还在下棋呢，谁知大爷同两位奶奶也不睡觉。”梦玉们听见他两个也不睡，乐的大喊大叫。一齐来到屋里，见秋瑞、修云对坐窗前一张嵌大理石长方桌上下棋，靠窗的霁红瓶里插着一瓶九节兰花。这边点着两枝红烛，每人旁沿儿搁着个玉碗，泡着雨前莲心茶。

秋瑞见他们进来，笑道：“你们不去游汉江巫峡，到这里来消我清兴。”海珠笑道：“本来欲渡汉江，被霸王的虞歌唤醒，故来寻你两个方外闲人，续我好梦。”众人大笑，梦玉走至桌前，将他们一局棋一路混掳，说道：“我最嫌的是下棋，见了就发烦。”修云笑道：“可惜玉大哥这么个雅人，就是不会下棋！”梦玉笑道：“我学林和靖，除了挑粪与下棋，余者都会。”海珠们都吃吃好笑。秋瑞道：“你们这些姐儿们抱着些什么？”掌珠就将来的本意对他两个说了。修云同秋瑞点头笑道：“你们三个尚不失为雅人。”梦玉笑道：“我们虽不很雅，也不十二分的很俗。”修云道：“既是你们有这样的雅兴，我倒有个主意。在我这儿喝茶，还委屈他，咱们竟到在水中央去。这会儿正是荷香芬馥之际，将两边纱窗卸下，船房后身现成炉子，叫丫头们先将旧砂吊子同没有烟的松炭拿去笼着了火，派文丫头同金姐儿去看煎花露。咱们将各样旧碗分了各样茶叶冲起来，对着荷花，也不负此香露。”海珠们一齐赞道：“真是修丫头不负雅人深致，还得每人各赋一章，以赏此花露。”秋瑞道：“是极。断不可无诗。”金凤道：“我领着他们先去罢。”文来带了煎茶器具及桌上的这对玉碗，同着金凤们拣直去了。

海珠姐妹也慢慢的步出院门。见怡安堂的西班房前有人说话，众人挨着影壁转上甬道，进了如是园。只见花气袭人，树阴满地。姐妹说说笑笑，不觉来到秋水堂前。

海珠道：“昨宵歌管楼台，今日茶烟花露，转眼之间，恍如隔世。”梦玉笑道：“咱们这些人，前世不知是个什么东西。”姐妹们听了，忍不住“噗嗤”的一声笑道：“你快起开，别叫我们笑的喝不下茶去。”梦玉笑道：“我听见老太太说，妈妈生你们两个的时候，梦见一个蓬头赤脚的和尚，手中拿着两个鸡蛋大的珠子，妈妈接了他的，就生了你们来，想你们两个是鸡蛋变来的。”海珠姐妹都放下脸来，说道：“你越发好了，怎么骂起来了？咱们是鸡蛋，总比你是太太梦见顽石生的好些。顽石是个不成材料的东西。咱们鸡蛋是混元一气，天地间的生物。像你这顽石是任什么儿也用不着的，那里比得上鸡蛋呢！”梦玉笑道：“顽石听生公说法，他还会点头。一生也惹不着他的烦恼，受清风，戴化日，披苍苔以为衣，伴娇花以为友，真说不尽他的好处。

若像你们这鸡蛋,只好叫老母鸡伏在肚子下,一无用处……”梦玉尚未说完,海珠两个听了气的满面飞红,颤抖抖的说道:“梦玉,仔么连妈妈也骂起来?我去问问老太太,咱们妈妈是只什么母鸡?”说着,折转身飞跑就走。

梦玉赶忙拉住,谁知海珠们动了真气,一句也说不出来,四只手将梦玉乱推,气的发抖。梦玉也着了急,连忙跪下,将海珠、掌珠姐妹两个的腿,各抱了一只,口里不住“千姐姐、万姐姐”的混叫。修云同秋瑞两个笑的弯着腰,有半天直不起来。梦玉跪在地下尽着磕头央及。海珠们的腿又被他抱住着,两个人同使劲一推,只听见“扑通”一响。

不知是谁跌倒,且看下回分解。

第二十四回 穷侍儿忽然发迹 疯和尚随意高歌

话说海珠们被梦玉将腿抱住不放,使劲儿一推,不觉两个人“咕咚”一下,都栽在梦玉身上。三个人忍不住一齐大笑。秋瑞、修云笑的坐在地下,只是摇手。众丫头赶忙过来,将海珠们扶起。掌珠笑着将手在梦玉头上指了一下,说道:“这回饶你,下回你试试看!”梦玉道:“不敢,不敢。”秋瑞笑道:“今日这出戏,比昨日一天的还热闹,从来没有见过。”五个人一路笑着,走到桥边,彼此相扶过了桥去。走上船房,只觉得阵阵荷香沁人心骨。时东方已白,只见落落晨星,莹莹香露。众人走入舱中,金凤已将花露煎开,泡上各样春茶。海珠尝了一尝,真个是琼浆玉液,香美异常。

秋瑞道:“有此佳题佳景,不可无诗。咱们不拘体,不限韵,各尽所长汇成一卷。昨日凡采荷露者,俱要补作,名为《荷露集》,庶不负此雅事。”梦玉们都说:“秋姐姐说的甚是,妙极了!咱们不用耽搁,就作起来。”于是,各人执笔拂纸,推敲吟咏。不一会,相将脱稿,彼此对花而诵。先看海珠的诗,秋瑞念道:

荷露茶五古　海珠

清露洒荷珠，崇朝采不足。
姊歌荷叶杯，妹歌珠一斛。
湿透单罗衣，惊起双鸳宿。
相将鼓棹回，茶烟出深竹。
甘露紫茸香，两两滋芬馥。
茗碗圆团团，犹似荷钱绿。
陆氏嗜茶经，陶君清异录。
品题不及兹，韵事从今续。

《荷叶杯》《一斛珠》并词曲。"紫茸香"见《茶谱》。宋陶学士《清异录》言茶汤法最详。"竹里煎茶"张志和事。

荷露茶七古　掌珠

同入荷花最深处，不采荷花采荷露
采将荷露煮团茶，人与荷花足清趣。
清芬一勺入朱唇，色香味绝总宜人。
华峰蒙顶三危露，并作同心迥不分。
竹里茶烟青未了，帘外荷风吹袅袅。
晓谅重抹口脂香，连袂凭肩私语小。

"华峰"用昌黎诗"太华峰头玉井莲""蒙顶"见《茶谱》。"三危露"见《庚子山集》。

荷露茶七绝　梦玉

香露漙漙贮玉壶，晓风花气湿罗襦。
从今应笑茶经误，一服清凉一串珠。

荷露茶调寄一斛珠　修云

采莲歌遍，收来的皪珍珠串。融成潋滟销银片，小注铜炉听得蝉声转。　　松火细将灵液炼，龙团新试春茅展，磁瓯看取旗枪战。荷气，茶香，一霎难分辨。

"蝉声"见《茶经》。"松火"见郭钰诗。"旗枪"见《茶谱》。

荷送露仿陶五柳"形影问答"　秋瑞

子从天上来，遇合旋离散。

子别泪还零，我别丝难断。

露别荷

交情与尔真，相别忆相亲。
夺我清凉地，置我水火轮。

茶请露

我来团月儿，慕子如饥渴。
永谐鱼水欢，相依毋相别。

“团月”见《茶谱》。

露答茶

与荷亲别离，与子新相知。
相知同一气，气味无差池。

荷嘲露

在水无水缘，出水有水厄。
何苦恋新知，与我相离隔。

晋士溪好饮茶，士大夫患之。每欲往候，必云“今日有水厄”。

露寄荷

新知虽绸缪，旧梦犹恍惚。
带得旧时香，相思入肌骨。

秋瑞笑道：“多时不弄笔墨，颇为涩生。今日之作，要让二姑娘压倒元白了。”修云笑道：“我瞧着人人比我出色，清新典雅。”海珠道：“咱们不必过谦，明日汇齐，送蕉雨斋先生定甲乙。此时日已三竿，快去请安要紧。”修云命将剩的荷露茶分送采露之人，彼此赶着到怡安堂去不提。

且说这些姨娘们都打了个盹儿，赶着起来。门上槐大奶奶带着好些老妈们，都在朱姨娘屋里等着领外边铺垫。庆儿、闰梅带着丫头们在铺垫房里开了板箱、大柜，都搬出外间院子。朱姨娘交点给槐大奶奶道：“这一堂大红缎盘金十二条椅披、四条桌围、十二个椅垫、四个杌套、两匹大彩，是茶厅上的。这一副大红缎绣三蓝皮球二十四条椅披、二十四个椅垫、十六个杌套、八条桌围、十对靠枕、一对炕垫、两匹大彩，是春晖堂的。这一副大红缎顾绣的照样件数，是敬本堂的。

这副大红纳纱的一色照样件数，是崇善堂的。这副大红刻丝的是恩锡堂的，照前件数。这副大红纵线洋金打子儿的，是忠恕堂的铺垫。这副大红哆啰呢盘金云蝠，是景福堂的。大红宁绸百花图的这一副，是怡安堂陈设。这副大红章绒富贵不断头的，是介寿堂的铺垫。”朱姨娘一副一副点了件数，交代明白。槐大奶奶领了都搬到垂花门，叫查大爷进来，将外面的尽数交他领去，里面交给值日的杜嫂子、陈嫂子、金嫂子、汪嫂子四人领去。查大奶奶又到荆姨娘院里，领六如阁的香烛花供，甘露寺、鹤林寺两处斋僧油米盐菜、柴薪一切等项银两，并两处合寺香烛花供，到了垂花门，交给槐大爷专派妥人分头去办。李姨娘院里发放管厨颜嫂子们碗盏、海菜、柴米、钱炭一切应用等项。陶姨娘屋里发放各堂支领银两并一切应领应发之项。这四位姨娘院里处处都是挤满的人，一起去了又来一起，络绎不绝，比往天更闹的利害。

怡安堂的东西两廊下不断的是人，直闹到辰正巳初方才了结。赶忙到怡安堂卷棚下，该班的嫂子们道：“大爷同大奶奶们都请过安，到介寿堂去了。”姨娘们听见，赶着进去，见了桂夫人请过安，各人将应回的话都回了一会，俱呈上单子。桂夫人过了目，交给双庆、江苹，每单上打了怡安堂图书，写了日子，仍交姨娘们各人领去。桂夫人发放完结，到介寿堂请安。

此时，梦玉等五人同着梅春俱已见过老太太，下来到承瑛堂请过安。在芳芸屋里拜了生日，都往紫箫屋里说话。紫箫昨日未割之先吃了几分人参，又兼晚上这一大醉，况且十六七岁姑娘正是气血发旺的时候，还带着握上真正八宝散，所以刀伤处所不但不疼，手也可以动得。早上解开瞧瞧，已经结了个大疤。他又换上些八宝散，命莺儿给他扎住。一早起来梳洗完备，上去伺候老爷吃点心、丸药，服侍了好一会，梦玉们才来。等着请过安，同去拜芳芸生日，将众人邀到自己屋里来坐。这些嫂子、姑娘们都是给芳姑娘拜过生日到这院来问好，紫箫应酬不了。梦玉正在说话，忽然瞧见两人，想起一宗心事，忙站起来道：“我去了，一会儿再见。”海珠道：“你到甘露寺吗？”

梦玉一面点头，急急忙忙一直跑到海棠院来，只见静悄悄并无声响。走到屋里,看见雁书、金凤睡在大炕上。折出来到翠翘、蝶板屋里瞧瞧,也在睡觉。连那些丫头、老妈们这里一个那里一个的打盹儿。梦玉将翠翘、蝶板叫了起来,拉着他们来到上屋,又将金凤、雁书推醒了。他四个人笑道:“老太太派你去斋僧,想来叫咱们去跟班呢。”梦玉笑道:“不要你们跟班,来来来!翠翘、金凤两个姐姐坐在这儿,蝶板、雁书两个妹妹坐在这儿。”金凤笑道:“这又是什么故典?”梦玉笑道:“你们坐下,让我说话。”四个人笑着坐下。梦玉对着四人跪下才要磕头,将四个人吓了一跳。赶忙一齐跪下,拉着梦玉放声大笑。翠翘笑的不能仰视,问道:“老祖宗,你这是那一股子劲儿?快些起来,走个人来瞧见五个人跪在一堆儿,像个什么样儿?”蝶板、雁书笑的爬在地下只是摇头,金凤坐在地下笑得喘不过气。梦玉也自觉好笑,站了起来。他四个你扶我扯的也站了起来,还是笑个不住。金凤忍住了笑,问道:“老祖宗,你行这样大礼,到底是为什么?”梦玉笑道:“我要问你们借东西。”雁书道:“借东西也犯不上磕头下拜的。”翠翘笑道:“你要借什么东西?”梦玉笑道:“我要问你们四个人每人借我一套单夹纱棉皮的衣服,每人借我两对首饰,一被一褥,还要每人借我十两银子、十吊大钱。我这会儿马上就要。”四个人听了,忍不住又纵声大笑,说道:“你给谁办嫁妆吗?”梦玉道:“你别管我,横竖有个用处。”金凤道:“你到底要给谁?不相干儿,你只管对咱们说明白了,咱们打伙儿凑给他,这又何妨呢?你就不说,咱们也是要知道的。”梦玉想了一想,说道:“对你们说了罢,我要给宾来、宜春两个的。”蝶板道:“怎么好好的想起他两个来?”翠翘道:“他两个在西院里要算脑儿赛。本来人也安静,又和气,就是同咱们也好,帮他些衣服首饰没有什么使不得。”梦玉欢喜道:“好姐姐,你们取出来就给了他,我也放心。”金凤道:“咱们且检出两套纱衣服同两对首饰给他们穿着,等过了老太太生日,咱们集出衣服来再给他们送去。横竖老祖宗吩咐的话,再没有不依。”梦玉欢喜道:“真是我的好姐姐!就依着你这样办罢,但是那银子钱是今日必得要给他的。”

才说到这里,垂花门听事的陈嫂子来找大爷,说道:“外面有甘露寺、鹤林寺差人来请大爷拈香。那些和尚们都伺候着呢。方才老太太到六如阁拈香，门上的查大奶奶回过了老太太，说叫大爷就去。”梦玉问道：“老太太进来了没有？”陈嫂子道：“才去拈香呢。”梦玉对着金凤道：“我要出门去了。好姐姐、好妹妹，你们就办起来。要紧，要紧！”翠翘道：“你放心去罢，交给我，横竖错不了。”梦玉点着头，同陈嫂子出了院门。

转过景福堂，看见六如阁院门口站满的都是人，那宾来、宜春也在那里伺候。梦玉瞧见走过去，将宾来衣服扯了一下。宾来转过脸瞧见是大爷，忙跟着过来，走到东廊下，进了致远堂的门。这致远堂是祝府的宗祠。梦玉同宾来站在门下，扯着他的手说道：“有几件衣服、首饰在翠翘姐姐们那里，你同宜春妹妹别管他是谁的，拿去穿戴起来。还有几两银子，几吊钱，快些拿去将西张的帐还了罢。横竖姐姐你同宜妹妹的事，都交在我身上，底下有机会，我必帮你，你只管放心。”宾来听了大爷的这番说话，也不知是欢喜，也不知是感激，只觉得一阵心跳，流下两点泪来。梦玉忙将汗巾给他擦了一擦，转身去了。

宾来站着出神气，定了一会，想道：“我方才还是做梦，还是醒着？”呆呆的想了一会，没精打彩的走出门来，瞧了瞧六如阁门口，都还未散，慢慢的走了过来。后面有人叫道：“宾姑娘，咱们姑娘找你呢。”宾来回头，见是翠翘的丫头绿儿，问道：“你姑娘在那儿？”绿儿道：“在屋里等着宾姑娘说话，叫我四下里好找。”宾来听了满心疑惑，同着绿儿到海棠院走进翠翘屋里。金凤们都在一处，看见宾来一齐站起，让他坐下。翠翘道：“我们有两件衣服、首饰，姐姐同宜春妹妹不要嫌脏，拿去穿穿。等过几天，再给姐姐送秋衣、冬衣过去。这是十两银，还有十吊钱，一会儿叫人给姐姐送去。且使着，慢慢的再给姐姐打算。”这宾来坐在椅上，一个心不住的乱跳，面胀通红，一句话也说不出来，只是要哭。蝶板道：“宾姐姐，你就在这儿换上罢，省得抱来抱去的。”金凤道：“这倒不错，来，咱们替你换上。”四个人说着，一齐动手替他戴了首饰，换去衫裙。雁书笑道：“姐姐这双鞋也得换换才好。”翠翘叫绿儿，将我前日在尖儿上钉珠子的那双大红鞋取来，给宾姑娘穿穿瞧。”绿儿忙去取了出来。宾来接着，解下自己青缎鞋,将翠翘的穿上,倒很合式,又将那只也换上,站起来说道:"我也不说什么,先谢姐姐妹妹们,等着再报你们大恩罢。"说着,跪了下去,慌的四个人赶忙回礼,说道:"同是一样的姐妹们,说什么报不报呢!"金凤道:"把宜妹妹找了来,也换上,完结了一桩事。"绿儿道:"我去找来。"说着,往外就跑。

翠翘们取出几盘点心,泡上茶。五个人正吃的高兴,只见宜春同着绿儿进来,朝着宾来上下一瞧,倒吓了一跳。金凤笑道:"你也来换上,吃着点心,咱们再说缘故。"宜春道:"是个什么缘故?"宾来笑道:"你且换上,我以你说。"宜春疑疑惑惑换了衣裙。金凤给他戴了首饰。雁书笑道:"我看宜姐姐的脚肥些儿,只怕我的鞋不合式。"宜春道:"二月间娶大奶奶,我不是借你的鞋穿的吗?"雁书对着绿儿道:"你去对九儿说,叫他将我今儿早上换下来的那双新鞋取来,给宜姑娘!"绿儿答应,立刻将鞋取来。宜春接着换上。翠翘吩咐绿儿,将两位姑娘的衣裙鞋子膝裤俱收拾着,一会儿给姑娘们送过去。绿儿答应。宾来将他四姐妹的美意说了一遍,宜春也感激拜谢。六个人一齐坐下,添了碗茶。宜春道:"老太太今日大乐。方才大老爷、大太太差徐大爷来给老太太做大庆,寄了好些东西回来,都堆在垂花门。老太太瞧了书子说:'大老爷的病也好了。'欢喜的什么儿似的,带着太太们都到致远堂祠堂里磕头去了。查大妈令老妈儿将大老爷寄来的东西都交到介寿堂去。你瞧着五福、吉祥、三多、长生他们几个的忙罢。"翠翘道:"大老爷的病好了,真是老太太大喜事。"

六个人正在说话,只听见该班的嫂子们叫道:"老太太来了。"翠翘们赶忙站起,对宾来道:"快些去接!"六个人飞跑出来,一齐儿站在院子门里,只见老太太笑嘻嘻领着姑太太、桂夫人、石夫人、鞠小姐、二小姐同着两位大奶奶都走进院来。翠翘们一齐跑下请安,老太太笑道:"怎么宾来、宜春也搅在一堆儿?"翠翘们站起身来,金凤赶忙答道:"大爷因这两天老太太大庆,各家太太们都来庆寿,上房体面丫头不够伺候,见他两个很麻利精细,特派他们出来帮着丫头们伺候这两天。"祝母笑道:"到底是梦玉想得周到。他既替我派他两个,也不用这两天那两天的,竟将宾来添派在介寿堂,宜春添派在怡安堂，帮着办事就完了。”宾来、宜春忙跪下谢了老太太恩典，又给两位太太磕头，站起来向着姑太太、两位奶奶、二小姐、鞠小姐要行礼。他们都拉住笑道：“恭喜！恭喜！”翠翘、金凤赶着打起湘帘，老太太们到了屋里，海珠姐妹亲自端茶伺候。桂夫人们陪着说话，这且慢表。

内外院里丫头、嫂子们一会儿都全知道宾来、宜春派了差使。他两个走出院门，那甬道上的瞧见他们从头至脚焕然一新，都来道喜。那西北两院的丫头看见他们两个的气概比往天大不相同，满面上放了光彩，觉得分外标致。这些丫头们一个个悲苦难言，不胜叹羡。宾来两个一路应酬，到陶姨娘院里上了档子，到三位姨娘处见过执事姐妹，又往怡安堂、介寿堂、承瑛堂俱已禀知当差，至垂花门见查、槐两位大妈上册。这些嫂子、姑娘们你拉我扯的人人欢喜。他两个再也梦想不到今日有这一番的际遇。真是：

昨宵灯下凄凉客，今日堂前得意人。

且慢表宾来，宜春得意之事。

且说梦玉先到鹤林寺拈过香，候着殿上拜完一卷梁王忏，听见斋堂上击了三回云板，只见寺里寺外的和尚肥的瘦的，高的矮的，黄的黑的，俊的丑的，一会儿工夫老老小小来了六七百众。住持云根长老披着大红搭衣，拜了三尊大佛，谢过了祝大爷，领着众僧俱到斋堂。今日是祝老太太松太夫人的功德斋僧第一日，有一个和尚是一碗八宝菜，一百大钱，白米饭尽量吃饱，不拘人数。梦玉瞧着家人孟升、钱桂、陈兴、王瑞四个人顺着斋桌挨人分散。那些和尚齐声念过消斋偈，端然坐下，一个个低着头，一齐吃起斋来。斋堂的几个饭头，就像穿梭似的跑上跑下，不住手的添饭。梦玉瞧见这些和尚，心中十分欢喜。不一会，长老先已吃完。瞧那光景不像有续来赴斋的了，命他们结了人数。孟升们算算看，共是八百九十一众和尚。

梦玉辞别长老，带着家人、小子骑上马飞跑到甘露寺来，进了山门就听见法鼓梵钟、经声佛号响入云霄。这寺在一山上正临江口，寺门紧对焦山。他们说，当日吴国太就是在这里相的女婿。所以两边的乔松古柏干云插汉。这寺里也有五百来的和尚，因为知道祝老太太做五天斋僧功德，那些远近游方挂单的和尚四路八方都来赴斋，等着祝大爷来拈香。这些和尚们自从山门口起,坐的睡的,站的走的,纷纷不一。梦玉下了牲口,瞧见这些和尚,知道是来赴斋的。王瑞道:“本来不早了,已交午初。”梦玉在表上瞧了瞧,也不言语,赶着往里就走。知客和尚们瞧见,飞跑去通知长老。祝府的赵太、谢铭、顾彩、周瑞听见大爷来了,都赶着迎接。梦玉问道:“斋得了吗?”赵太道:“早得了,等着大爷拈香呢。”

正说着,见云水长老领着本寺执事僧人出来迎接。梦玉瞧见,抢上前去,同长老稽首。长老笑道:“饿煞老僧了。”梦玉道:“何不吸口江水?”长老笑道:“一口水留种莲花。”梦玉道:“种莲可以吃藕。”长老道:“老僧咬他不动,留赠公子。”梦玉道:“我已饱吃莲心,留着莲根给和尚慢慢嚼罢。”长老笑道:“莲心那里及得莲根有味?”梦玉笑道:“莲根那里及得莲心有趣?”长老道:“你心在那里?”梦玉道:“你根在那里?”两个人一路打着禅语,已来到大雄宝殿,不觉哈哈大笑。

梦玉到殿拈香拜佛完毕,又同长老见礼。赵太过来回道:“已经晌午,请和尚赴斋罢。”梦玉听说,就请长老赴斋。云水道:“且到方丈喝茶。”梦玉笑道:“众和尚都饿得软瘪郎当的在那儿躺着,咱们还忍心喝茶呢!”长老笑道:“老僧倒还硬得住头皮。”说罢,两人大笑。梦玉将长老送入斋堂时,堂头已将云板击过三遍,内外和尚齐赴斋堂,高诵消斋偈语。谁知甘露寺赴斋和尚更比鹤林寺还多。赵太们八个人分头去散衬钱,忙了半日方才散完。恐有遗漏,高声问道:“师父们有没有得衬钱的,只管言语。”只听见众和尚齐声念了一句“阿弥陀佛”。那些饭头们忙的挥汗如雨,脚不停手不住的闹了个发昏。见那些和尚们陆陆续续吃完了斋。梦玉同长老在方丈里坐了一会,看看身上的表已交午末未初。谢铭进来回大爷:“今儿吃斋的和尚连本寺的共九百八十四众。”梦玉吩咐记了帐,随辞了长老就要回去。

长老一直送出山门。见一个蓬头赤脚和尚,肮肮脏脏的一件破直裰,手中拿着一把破芭蕉扇,浓眉大目,高权阔口,抢过来一把将梦玉抓住,呵呵大笑道:“抓住了,抓住了!我要吃饭,快些拿来!”梦玉出其不意,吓了一跳,忙笑道:“师父,你真要饭吃还是假要饭吃?”那

和尚笑道:“我唱个歌儿你听听。”唱道:

你说我假我就假,你说我真我也真。
郎有心,女有心,那怕山高水又深。
哭一哭,笑一笑,哭哭笑笑人都好。
个个相逢总是他,前生结下今生了。
不要慌,不要忙,聚了金钗十二行。
船中相见如相识,携手双双入洞房。
入洞房,销宿帐,那人尚在湘江上。
眼泪偿还前世因,今生就是前生相。
我唱郎听郎要知,我情也似郎情痴。
他年续了红楼梦,梦里人题梦里诗。

和尚笑道:“唱完了,唱完了,拿钱来!”梦玉笑道:“师父要酒可以助歌,要钱何用?”和尚道:“要钱买肉,同这个老和尚吃。”云水笑道:“老僧有肉,等你同吃。”那和尚放开梦玉往里飞跑,嘴里嚷道:“要去吃肉,要去吃肉!”梦玉意欲进去瞧他。赵太道:“快交未初,大爷回去罢,家里等着呢。”梦玉只得辞了长老,上马说道:“此人狠有意解。”长老点首。梦玉领着众家人、小子一拥而去。

长老回到方丈,叫人四处寻那和尚,并无影响,知道祝老太太的功德感动真僧,十分感叹。

且说梦玉骑在马上,将和尚唱的歌心里念了又念,一句一句想过去,总解不出来。

心中正在纳闷,不觉已到家门,只见轿马纷纷已挤满了一街。众家人下了牲口,梦玉骑到二门下来,查、槐两门上同着在外居住的十来个老家人一齐儿站着。梦玉对查、槐两人说了两寺的人数,孟升、赵太们自去交帐。槐荫道:“大老爷、大太太差徐忠回来给老太太庆寿。”梦玉忙问:“徐哥在那儿?”查本道:“他在茶厅上伺候大爷请安。”梦玉听见,忙将衣冠整肃,急急走至茶厅,向上跪下高声说道:“梦玉请父亲、母亲安。”徐忠答道:“安。老爷、太太问梦玉好。说道:‘天气炎热,一切俱要小心谨慎。’”梦玉答应着,磕了四个头起来。徐忠打千儿,请大爷安。梦玉赶忙拉住回礼,问徐哥好,徐忠答应“好”。梦玉急问老爷的病体，太太的起居。徐忠道：“老爷病是好些，总起不来。略好些儿，又接着不好几天。太太近来也常常多病。上房是全亏着芙蓉姑娘一人照应，真是太太的一个大帮手！”梦玉忙问道：“芙蓉姐姐好？”徐忠道：“好。蓉姑娘有书子同点子针线寄大爷的，等着开箱子的时候我送进来。”梦玉还要问话，听见有人叫道：“里面等着大爷呢。”

梦玉回过头去瞧那人，不知是谁，且听下回分解。

第二十五回　介寿堂筹添海屋　瓶花阁泪出情肠

话说梦玉正向徐忠问话，听见有人来请大爷。回过头去，见是周惠，说：“客人们来祝寿的几处厅上全俱坐满。老爷陪着各位大人、官长在忠恕堂。姑老爷陪乡绅同盐务的太爷们在崇善堂。梅大爷陪着亲友老爷们在敬本堂。这三处都开了戏。还有坐不下、不爱听戏的老爷们，恩锡堂是十番清曲，春晖堂是小曲儿同各样杂耍，两处也都坐满。老爷吩咐命大爷各处照应。等着坐席的时候都到介寿堂上寿，大爷跟着老爷回礼。”

梦玉点头，对徐忠道：“过几天咱们再说。”转身往夹道里一直到垂花门走了进去。谁知景福堂的太太们也开了戏，院子里跟来的姑娘、嫂子们不知多少，恐被他们缠住，绕着回廊往承瑛堂去。刚走到介寿堂院门口，见宾来手中拿着一把太平香匆匆出来，遇见大爷连忙拉住道：“我怎么报你？”一言未了，两点眼泪直掉下来，梦玉将手中汗巾替他拭泪，笑道：“这又算什么？等着我慢慢替你想法，你总不要着急。”宾来正要对他说得差使的话，只那边人来，只得走了开去。

梦玉来到承瑛堂门口，见院门关闭，站着敲了两下。里面老妈开门，见是大爷，让了进去。走上甬道，瞧见紫箫、芳芸笑嘻嘻坐在卷棚下，看见梦玉用手乱招。梦玉急忙忙走到面前，紫箫笑道：“八角鼓儿才上去，你在这里听说一回再去见老太太。”梦玉点头，同芳芸、紫箫坐在谈班小榻上。

只听见这个说道："今日是老太太的寿日，咱们哥儿们进来伺候，说句好话儿叫老太太的佛心大乐，寿口一开笑这么一声儿，咱们就得了彩了。"那个道："是吗，你这话不错。本来咱们一年四季沾老太太的恩，除了月间十两银不算外，吃的穿的，那一宗儿那一件儿不是老太太赏的。别说是咱们，就是咱们家里老婆孩子、小婶儿大妈、老老舅舅、亲家爹亲家妈、姐姐妹妹、孙儿孙女，上自总老老，下至总孙子，都沾着老太太的恩。咱们没有别的，只有敬老太太一句好话。"这个道："你家那里来的大妈婶子、老老舅舅的？我前儿到你家去，就是你嫂子一个人儿坐在炕上，任什人儿也没有瞧见。"那个道："你几时到我家去过吗？"这个道："我也不是诚心到你家去，就是前日下午些儿打那儿闲逛，谁知你嫂子站在门口。你这嫂子真会做人，一瞧见了我好亲热，赶着将我拉住，嘴里说道：'进去，进去！'"那个问道："你进去了没有呢？"这个道："什么话呢？你嫂子这样亲热，我若是不进去，就算我不懂交情。"那个道："你原该进去，坐坐又何妨呢？"这个道："可不是呢，真好嫂子！我刚进门，赶着将门插上，就让我到屋里去。赶我到了屋里，又拉我上炕。我瞧着嫂子真会做人，打心眼上那儿过得去！我就拉开……"那个忙问道："你拉开什么？"这个道："我就拉开瓶抽子，你嫂子就一把抓住。"那个忙问道："抓住什么？"这个道："他抓住钱。我说：'嫂子，我可是今儿没有多带着钱，就剩了一百来钱，嫂子将就些儿，留下随便买个卤煮小肠儿下个酒儿罢。'赶你嫂子收钱的那空儿，我使了一路好劲儿，闹的气都回不过来。"那个忙问道："你仔吗呢？"这个笑道："我替你嫂子刮了个大倭瓜。"那个笑着，一个耳光子骂道："你滚开罢！"老太太同祝露忍不住哈哈大笑。

这个道："兄弟，老太太同三老爷都乐了，咱们该敬句好话儿。"那个道："那交给我，我是专门儿说好话的，还管着有说必应。"这个问道："怎么叫有说必应？"那个道："我说福寿双全，就是福寿双全。我说升官富贵，就是升官富贵。我说发财生子，一准是发财生子。这是一定而不可移的。"这个问道："你说的好话应过没有呢？"那个道："应的多着呢。别的你也不知道，拣你知道的说这么一宗儿，你试试我这好话如何。”这个道:“你说说,我知道的是那一句好话叫你说着的?”那个道:“不说别的,就是你。”这个道:“你儿时对我说了一句好话? 我可是想不起来。”那个道:“就是你三月间做亲的那一日。”这个道:“我做亲的那一天都是说好话的。谁记得你说的是句什么话呢?”那个道:“你做亲的这一天,我来出分子吗?”这个道:“不错,你来出分子。我记得是五百钱。”那个道:“不是咱们都坐在棚底下吗?”这个道:“来的客原是都坐在棚底下。”那个道:“一会儿不是花轿来了吗?”这个道:“不错,花轿来了,我就出来拜堂。”那个道:“你同你嫂子拜完了堂,就入洞房。”这个道:“拜完了堂,自然入洞房。”那个道:“你到了房去,我就跟着进来,不是你同嫂子对坐着喝酒吗?”这个道:“是吃归房饭,这是有的。”那个道:“我瞧着你同嫂子吃东西,我就赶着过来敬酒。你的那一杯酒,你不是拿起来就一口儿干了吗?”这个道:“兄弟赐我的酒,我必得是要干的。”那个道:“我敬嫂子的那杯酒,嫂子拿着腔儿是不喝,叫我大下不来。你瞧着我下不来,你说要嫂子喝这杯酒,你得说句好话儿,不是吗?”这个道:“不错,是我说的。”那个道:“我听见赶忙拿着那杯酒站在嫂子旁沿儿,陪着笑说道‘好嫂子,亲嫂子,你喝了我兄弟这杯酒,叫嫂子顺顺快快养一个孩子。’你嫂子接了这杯酒,笑嘻嘻的还没有咽下酒去,不就养下你这大侄子来了吗? 一会儿接不着老老,还是我接的生呢。”这个笑骂着也是一掌。老太太哈哈大笑,吩咐放赏。

梦玉们笑的不能住口。定了定,上去见老太太,回两寺的斋僧功德,其余竹林寺、招隐寺俱是差人拈香散斋。祝母点头,欢喜笑道:“你父亲、母亲差徐忠回来给我做生日,寄了好些东西给我。你父亲病也好了,七月里动身回来,叫你二叔叔将荫玉堂收拾收拾。你三舅舅也快到了。我今儿接着这书子很欢喜。又给你聘下贾府的四姑娘叫做珍珠。我正在这里同你三叔叔说,真是你的造化。松大叔叔的彩丫头也定给了你,这会儿又给你聘下贾府的姑娘,大房里有了两个媳妇。就是三叔叔这儿,等着你三舅舅来了,松大叔叔做媒给你聘下蟾珠做个换门亲,他也没有什么不肯的。若有能干的,就多娶个把也没有什么使不得的事。三叔叔这会儿巴不得有两个媳妇在面前,他乐的这病儿也就好得了。我意中也还有人，等着桂家的定夺了，我自有个办法，也只瞧这些孩子们的福气。”老太太这一夕话，将窗外芳芸、紫箫听的耳热心跳。两个人都是害着一样的病，那脸上一会儿红一会儿白，不知要怎样才好。

老太太正说着话，见有人来回，说老爷叫大爷到介寿堂同着见礼。祝母吩咐梦玉道：“你去帮着二叔回礼，见了众位客人都给我道谢。怪热的天气劳动大驾，我心已不安，岂可再劳多礼！”梦玉连声答应，辞了出去。

刚到介寿堂，见祝筠陪着各位大人官长都已进来。梦玉赶忙上前打千儿请安，将老太太的说话致达各位大人，再三禀谢。众官那里肯依，到介寿堂对着那幅大《麻姑仙庆寿》上酒。祝筠领梦玉跪在旁边，回礼拜谢。大人们出去之后，就是梅白陪绅衿进来。祝筠领梦玉照样回礼道谢。绅衿出去，接着梅春陪各位亲友约有一二百人都来上寿，梦玉父子赶忙回谢。祝筠命梦玉在此还拜，赶着出去陪大人们上席。这二百来位亲友上寿未散，只见吴嫂子手中拿着个双红单帖，上面横写着是：

门下晚生：

贾端芳　吴典齿　柏讲礼　麦量新
郭毕琮　常来赤　宋晶光　詹百德
辛又读　何友良　史耀前　石住重
卜固仁　甄可贤　白建晴　钟世赉

一共十六位进来祝寿，梦玉回谢了。又是外帐房司笔札的：

傅　才　　文　琇

两位老爷同着那医卜星相、琴棋书画、箫笛管弦一切各项杂务师爷共四十八位，也拜过了寿出去。又来了：

狄　韵　　萧　声　　吴　桐　　古　柏

四位清客、老教师进来上寿。将场面上二十四个清客名单交与梦玉。又是玉堂、瑞宁两班的大教师：

孙　金　　顾　彩　　张大生　　柳元吉
王文魁　　赵达山　　钱　川　　周世美

袁启泰　蒋　宾　金一秀　陈之祥

一共十二位上了寿。其余一切杂耍等项，俱在各处伺候，早上就将手本交在门上汇齐，开了一个总单。又是各当铺管总的带着众伙计们也上过了寿。那些行盐口岸、各铺各店的师爷、老爷、伙计们，也有自己来的，也有差人送礼的，俱各纷纷不一。又是老家人：

查　本　槐　荫　徐　忠　刘　正
尹　发　岑　升　宋　茂　薛　骐
吴　全　高　福　周　开　赵　禄
江　春　南　树

这十四个老家人率领着执事家人周惠等五十四个，俱在介寿堂院子里磕头。余外闲散家人及一切人等都在茶厅磕头。福儿、禄儿等三十八个小子俱是一色整齐衣帽，他们不肯在茶厅上磕头，也到介寿堂院子里行礼。整整的直闹到上灯方才完结。那景福堂的夹道，到这会儿刚清静些儿。

外面各处俱早已上席。梦玉匆匆忙忙跑了出去，席面上四下里让过了酒，不住脚往来照应，自家倒闹的一点东西也没有吃到嘴里。偷个空儿到里面来找他们要点东西吃。谁知正是太太们上寿的时候，自垂花门起灯烛辉煌，一望无际。此时景福堂尚未坐席，瑞宁班的子弟们妆扮着都在院子里玩笑。梦玉走夹道到怡安堂，那甬道上全是跟太太、奶奶们来的那些丫头、嫂子们，五个一攒十个一堆，都在棚底下看那灯上的故事。东西两廊下，四位姨娘的院门口出进是人，这四个姨娘同那些执事姑娘们忙的要喝口水儿的工夫也不能够。梦玉到各处屋里走了一会，看见他们忙的可怜，也不去同他们说话。

刚走到怡安堂卷棚下，听见后面有人叫道："大爷怎么不在外面陪客呢？"梦玉回过头去，见是宜春。打扮的像个美人儿似的，笑嘻嘻走到面前，打着偏袖拜了两拜道："先谢谢，等着我同宾姐姐再给你磕头。"梦玉道："罢呀，磕什么头呢？"宜春道："我同宾来两个就做梦也想不到你在老太太面前保举咱们，不是今日就这容易的得了差使。"梦玉道："我还不知道，你两个派了那里的差使？"宜春道："我派在这里，宾来派了介寿堂。"梦玉笑道："恭喜，恭喜！等过了老太太的大庆再吃你两个的喜酒罢。你这会儿往那儿来?”宜春道:“我到李姨娘院里去照会,先打发跟来的姑娘、嫂子们吃饭。”两个人正说着话,见各位夫人太太、奶奶姑娘们都往介寿堂出来。梦玉见人多,赶忙躲过一边。

景福堂摆了二十桌戏席,是桂夫人、石夫人同两位大奶奶陪着听戏。有二十几位老太太们怕繁的是秋琴陪着在怡安堂坐了六席听唱滩簧。还有好些爱幽闲雅静的姑娘们,在如是园竹香梧影山房坐了五席,是修云姑娘陪着谈诗讲赋。那鞠秋瑞帮着各处往来照应。垂花门以内太太、奶奶、姑娘们共坐了三十一席。梦玉见他们坐定了席,各处瞧了一会,想到如是园去。

刚进园门,遇着秋瑞,问道:“你不在外面陪客,又跑进来干什么?”梦玉道:“我在各处席上让过酒,叫魁兄弟照应着,我进来吃点东西,歇歇儿再去。”秋瑞笑道:“我同你一样,也是各处照应,任什么儿没有吃着一点。”梦玉道:“我是该应的,像姐姐是客,怎么也各处照应?”秋瑞听了登时满面飞红,一双俏眼瞅着梦玉,不觉眼角上含着两点珠泪,一声儿也不言语,低着头竟自去了。梦玉赶忙叫道:“姐姐,你这是为什么?我说错了什么话,你又动气?”秋瑞头也不回,理也不理,擦着眼泪走到怡安堂转了进去。鞠太太因不要听戏,也在怡安堂吃酒。

梦玉呆呆的想不出是什么缘故,心中要到园里去同姑娘们让酒,低着头闷想秋瑞生气的道理。顺着脚只是走,不知不觉走出垂花门去。听差的家人们说道:“梅大爷叫人来找大爷,请了好几磨儿。大爷也该到席上去照应照应。”梦玉道:“你们怎么跑到这里来?还不快些出去!”该班的周瑞笑道:“我们四个人五天一班,大爷是知道的。若不是该班的日子,谁肯到这儿来呢?”梦玉听说,定了定神,才知道站在垂花门外,笑道:“我糊涂了。”就走夹道里出去。除忠恕堂外那几处席上,又都去敬过一回酒菜。走到敬本堂,同梅春坐在一处,随便吃些东西,饮了几杯酒,看那些客人们都十分欢乐。梦玉道:“兄弟,这里托你照应,我还要到各处去瞧瞧呢。”梅春点头应允。

梦玉站起身退了下来。绕过春晖堂,到茶厅上瞧瞧,贾端芳们同着各位教师这一班人正吃的高兴，听见院子里杨太同门上查、槐两人说话，说什么“就靠着是大爷的势”，又听见说“连大爷也在内”。梦玉听不明白，十分疑惑，走过去问道：“什么事又有我在内？”杨太回过头来见是大爷，随答道：“今儿查大爷们派桑进良同我们在崇善堂伺候，他不知多会儿进去看他的干妈，直到上了灯才出来，已喝的大醉。当着众人拿出一个香荷包，说是他妹妹送他的，叫这个闻闻，叫那个瞧瞧，嘴里说的话实在听不得。我问他：‘谁是你妹妹？’他说：‘我爱着谁，谁就是我的妹妹。’我听他这不成话了，骂他几句是有的。他倒不依，拉住着就讲打。众人将他拉开，他一路的混骂说道：‘你们算得了什么东西！就是大爷也不敢惹我。他若是惹着我，你叫他试试我桑大太爷瞧！我拣直说，是他叫我进去的，就将我妹妹对我说的话我全说出来，叫他给我个地方算好些儿的！’众人听他说的不成话，忙劝他去睡觉，他还骂了一会儿才睡下了。大爷想，这个人将来不是要闹事吗？我刚才在这里对查大爷、槐大爷说，必得要回老爷才得呢。”查本道：“我瞧他这两天很有些发标，且过了老太太的生日，这必得要回老爷。不办他一下，将来必闹事。”

梦玉听了，将脚一跺说道：“可恨，可恨！一准要回老爷！”折转身，闷闷不乐的走夹道进去。一面走着一路想，他的妹妹是谁呢？忽然想着道：“咳，一定是他！真是人心不可测。”

一路自言自语的已到垂花门口，见了周瑞们说道：“今日人杂，别叫人混走了进去，闹出事来，你们都得不是。”周瑞等笑道：“这是奴才们的差使，方才老爷们进去上寿，连他们的小人儿都不叫跟着。后来众家人进去磕头，谁知桑进良磕过了头去瞧他的干妈，耽搁了好一会子才出来，喝的满脑袋上都是酒，歪眉斜眼的走了出来。我们拉着他问问，才开口他就有了气，排着胸子说道：‘太爷逛了，爱怎么着怎么着罢’。我们瞧着里外都是客，闹起来像个什么样儿。况且又是大爷奶妈的儿子，他仗着他干妈的腰眼子硬，谁也不怕。等着过了这几天，我拉他到宅子外去，白碰碰这桑大太爷瞧。不过是看着大爷面上，差不多些儿放他过去罢。谁知他倒越起了调！”梦玉道：“你们以后再不要开口说是大爷，闭口就是大爷，我全不管他。若是闹出事来，尽找你们说话！”说毕，走了进去，一肚子闷气，懒得瞧那些热闹。顺着景福堂夹道走到后面，低着头也不知往那儿去好。慢慢走到怡安堂面前，遇见双梅的丫头五儿，手中端着一碗饭走了过去。梦玉叫住问道：“你姑娘在屋里吗？”五儿道：“姑娘们一个也不在屋里。光是鞠姑娘在那儿，叫我盛碗饭去，要点儿小菜，任什么儿也不要。说是吃了饭要家去。”

梦玉听他说完，急忙跑到瓶花阁，一直进去。见秋瑞坐在外间，靠着桌子看书。梦玉叫道：“姐姐，你怎么到这里来看书呢？”秋瑞尽着看书，并不回答。梦玉道：“姐姐，你今儿是怎么就气到这分儿？你说出这缘故来，叫我死也甘心。我就是有一言半语的说错了话，你是我的姐姐，也要耽待耽待。姐姐待我不错，我巴不得将心捞出来切了丝儿，一条一条粘在姐姐的心上，才遂我的愿。像去年姐姐在这儿病了几天，可怜我衣不解带的好几晚上，连口水儿也咽不下，直等你病好，我才吃点东西，这是你知道的。我就是万分不好，也有一二分的好处。我前世不知是怎么了，总得不着姐姐的一些儿欢喜。”梦玉说得伤心，就倒在秋瑞怀里大哭起来，又兼着桑进良的这一段故事，满肚子的闷气，借此一哭解恨。秋瑞本来是一腔怨气，听梦玉这番说话，又见他这一哭，早将一股子气哭的没有影儿。低下头来笑道：“你这是为什么？今儿是老太太的寿日，你好没端端哭个什么劲儿？”一面说着，将汗巾替他拭泪。梦玉想着哭出理来了，落得再哭。五儿端了饭来，说道：“请姑娘用饭。”秋瑞道：“你且搁在一边儿。”梦玉只是哭个不住。秋瑞笑道：“你再哭，我就真个恼了。咱们这一辈子也别见面，也别说话。从今儿起，你也再别认得我了。”梦玉慢慢住了哭声，还是呜呜咽咽的闹个不止，一面哭着，说道：“谁叫你动气呢，你还要说！”秋瑞笑道：“是我客人的错，横竖你大爷哭的有理。等我明儿给大爷磕头陪不是，也没有个到这儿来做客人惹的东家动气，总要求大爷耽待耽待我这秋丫头罢。”秋瑞尚未说完，梦玉急的又哭起来道：“我不过顺口说姐姐是客，我若有心说的，我就……”才说到这里，秋瑞忙将他的嘴握住，说道：“谁没有句玩话，你不是赌咒，就是哭，怪烦的。咱们拉倒，我也不说了，你也别哭了，好不好？”

梦玉道:“我总要瞧着姐姐不恼了,我才不哭。”秋瑞笑道:“我说不恼就不恼。”梦玉道:“外面不恼心里正恼着呢。”秋瑞忍不住大笑,说道:“真是傻子!那么你去拿把刀将我的心挖出来你瞧瞧如何?”梦玉“噗嗤”一笑说道:“好姐姐,你真个不恼吗?”秋瑞笑道:“今儿准不恼了。”梦玉道:“明儿呢?”秋瑞笑道:“明日看高兴,恼不恼还两拿着。”梦玉道:“好姐姐,我给你陪个不是,你恕我这一遭儿罢。说着,才要跪下去。秋瑞赶忙拉住道:“谁恼你?快叫五儿去舀点子水儿来擦擦脸。叫人瞧着,像个什么样儿!”五儿道:“咱们的小茶房没有热水,要到怡安堂的大厨房里去舀呢。”梦玉道:“你快些去舀点子来。”五儿答应,端着铜盆飞跑去了。梦玉道:“姐姐你别在这儿吃饭,我也没有吃呢。咱们到海棠院去吃罢。”秋瑞道:“你屋里的姑娘都在上面伺候,尽剩了两个老妈儿在那里看院子。等着你擦了脸,咱们到竹香梧影山房去吃饭罢。”梦玉道:“很好。”

正说着,五儿取了水来放在杌子上,取过面架子,端上面盆。秋瑞道:“你别拿姑娘的手巾,就拿我的罢。”五儿送上手巾,梦玉洗着脸。五儿笑道:“今日老太太的寿日,热热闹闹的,偏生闹出大事来。”秋瑞同梦玉忙问道:“闹出什么大事来?”五儿道:“方才我在茶房里舀水,听见他们说,已经去叫查大爷们进来商量,赶着就要办才得呢。我向着大茶房的小刘嫂子问是什么事,他悄悄的对我说道:‘素兰姑娘咽了气。’凝秀堂的人,这会儿急的什么儿似的。瞒着众人,别叫老太太知道。”梦玉大惊说道:“我去瞧瞧。”赶忙就跑,秋瑞连忙叫住道:“你听我说。”

不知秋瑞说些什么,且听下回分解。

第二十六回　听佳音私心窃喜　吞小影独解相思

话说梦玉听见五儿说素兰咽了气,他赶忙要去瞧瞧。秋瑞叫住道:“他的痨病死的,你断不可去瞧!你依着我,同我到园里吃饭去,这才是我的好兄弟,是我的知己兄弟。你若不依,定要去瞧,咱们就打这会儿起一刀两断，你也别认得我，我也别认得你。凭你哭瞎了眼，也不同你好。”梦玉叹息道：“可怜！死生有命，富贵在天。就去瞧瞧，也无妨事。既是姐姐这样说，我同你到园里去。”秋瑞道：“很好。”叫五儿照应屋子，同着梦玉一直走出院门。

到怡安堂棚下，看见婉贞同几个丫头们在那里说话。秋瑞笑道：“你忙完了吗？”婉贞道：“早着呢，帮朱姨娘那儿忙的使不得。”梦玉忙问道：“你这会儿打那儿来？”婉贞道：“我打凝秀堂来。”梦玉道：“你听见有什么事故子没有？”婉贞笑道：“有是有的，要仔吗还没有仔吗。”秋瑞道：“这会儿呢？”婉贞道：“这会儿查大爷们进来将他挪出垂花门，绕到承瑛堂的后墙外那个大空院子里。我听见说，就在那靠着后门一溜儿的空屋里，不知是那一间。拨了个老妈儿去服侍。看那光景不过是今儿晚上的事。咳！真是可怜。这会儿刚挪了出去，我妈妈叫我出来逛一会，再到凝秀堂去。”梦玉听了莹莹欲泪。秋瑞道：“婉姑娘，同咱们去吃饭罢。”婉贞道：“我没有空儿，姨娘们等着我去帮忙呢。”秋瑞就将梦玉拉着道：“咱们去罢。”梦玉只得跟着同去。

走进园门，正是月明如昼，花影纷然。来到竹香梧影山房，听见那些姑娘们燕语莺声，谈的有兴。见他两个进来，起身让坐。秋瑞叫丫头们添个坐位，拉梦玉坐下。修云道：“你两个在那里遇着一堆儿的来？”秋瑞道：“我在怡安堂下来，看见他正要来找你们，我叫住同走，他说到这儿来吃饭呢。”郑汝湘笑道：“刚才修姑娘说彩芝已得青钱，我又来一知己，咱们坐中人都要满饮一杯。”梦玉未及回答，只见陆春漪、程佩兰、张云裳、孙孟祺、江秋白、蒋心如、魏芳林、沈若素这几位姑娘笑道：“汝湘饶舌，何得以非分之言挠我们的雅兴？”那边坐的董晓霞、邹文若、余双金、李彩凤、李彩鸾、陈梦云、陈梦芬、周惠芳这一班姑娘们都说：“春漪姐姐说得很是，该罚汝湘一杯。”江秋白道：“汝湘酒量甚雅，取一荷叶，令其饮两荷盘，以戒多口。”众人都说：“很是。”修云命双梅取荷叶作碧筒饮酒之具。秋瑞对梦玉道：“你吃点东西，该出去照应一会再来吃饭。”魏芳林道：“玉大哥来了还没有饮几杯酒，咱们倒闹了一会子的寡话，让他再饮两杯去罢。”

修云道：“玉哥今儿的差务甚忙，不可过饮。秋姐姐，你将那一大杯给玉哥吃了去罢。”梦玉道：“我也只好喝半杯。”秋瑞道：“我同你分吃，省得你推我让的。”拿起杯来倒了一半，梦玉一口饮干，起身说道：“我去去再来。”往外就走。秋瑞赶忙说道：“兄弟，你不许往别处去，到厅上去照应照应就来。”梦玉应道：“我不往那儿去。”一面答应，转身出去。

众位姑娘笑道：“秋姐姐，你真多管闲事。这是他家里，你怎么管起他来？”秋瑞满面飞红，无言可答，拉着修云附耳说了几句。修云惊道：“原来如此！姐姐说的是，这是断惹不得的。玉哥真是个傻子，必得要去管住他才好。”修云对着秋瑞拜了一拜道：“姐姐，你真是我家的亲姐姐。我们一家子都感你不尽，还是你去管着他罢。快去，快去！”席面上的姑娘们看见修云大惊着急，不知为的什么。秋瑞又在郑汝湘耳边说了几句。郑汝湘也大惊说道：“是极！快去，快去！”原来郑汝湘同松彩芝是嫡亲两姨姐妹，他同梦玉深相契合，所以也十分关切。连忙站起身来，将面前一大杯酒端着，说道：“敬姐姐这杯酒，以此奉托。”秋瑞道：“笑话，怎么说‘奉托’二字！”汝湘道：“因姐姐是闺门侠士，不拘形迹，故敢说此一言。”修云道：“秋姐姐快喝了去罢。”秋瑞接过来一气饮干，说声暂别，转身就走。修云对着吴瑞的媳妇说道：“吴嫂子，你跟着鞠姑娘去罢。”吴家的答应，跟着出去，都且慢表。

且说梦玉出了如是园，走到怡安堂，只见各处灯里都在换蜡。东西两溜的群芳以及听事值宿房那些跟来的姑娘、嫂子们都吃过了酒饭，走的走，坐的坐，无处非人。心里想着到承瑛堂去瞧瞧老太太。走进介寿堂的院门，比那元宵挂的灯还要热闹。顺着西廊下慢慢走着，看那些外来的姑娘、嫂子们说说笑笑，十分热闹。

刚走到介寿堂的值宿房边，听见里面有人说话。梦玉站着听听，是个老妈儿同两个丫头、嫂子们的声音。听见那老妈儿道：“咳！像你们这些姑娘、奶奶们，前世不知是怎么修来的，才遇着这样好主人！成天家鱼儿肉儿不离口，穿的是绸儿绢儿，要个什么就有什么。老太太们又好服侍，连个热气儿也是不呵一口的。不像咱们大奶奶，直野了一天只烧三块煤，他还叨叨说过费了。本情也难，大爷是任什么事儿也不干，成天家说古儿词给小婶儿听。咱们大奶奶也不管闲事，打早上起来坐在炕上，同着相公、姑娘们就是一路烧饼、麻花子、甜浆粥，吃完了这才下炕，也不管这个也不管那个，各自各儿梳着光光的头儿，擦着一脸粉儿，点上厚厚的胭脂，换上一件衣服，穿着双木头底儿的青布鞋，拿着枝长烟袋站在门口望个街儿，引得那些过往的爷们走过来走过去的瞧。可怜家里是当了个精光，一天只喝一顿儿小米子粥。大奶奶嘴馋着呢！任凭你没有钱，搜搜寻寻的找点儿东西，在打鼓儿起卖几个钱，不是买羊肉汤下面，就是买羊肉吃片儿饽饽。那个卖烧肠儿烂肉的老刘，就欠下有五吊儿百钱。前日端午，一个大钱也不给人家，叫老刘堵着门子好骂。他倒不依，要同人家打官司。奶奶同姑娘们不知道，咱们那大奶奶凶着呢。"

有一个嫂子问道："你大奶奶也不做个活儿吗？"老妈儿将嘴一努道："臊死我了！他做活？十个指头儿同我一样，也是连着的，那里拿得起一个针儿、一条线儿来？只剩了会养孩子。二月间养了六姑娘，还没有满月就有了喜。这会儿又怀着几个月的身子呢。"又一个问道："到底你们大爷也不找点儿事务干干？成天家闲着也不是个事。"老妈儿道："他会干个什么？写也写不上来，做也做不上来。他自家说，有个官儿在身上，是个老爷。我瞧着也是个二五眼的老爷，不过是个行货官儿，也算不了什么事。"

有个丫头说道："我瞧着你们大奶奶的那双脚倒狠小，也同咱们家奶奶、姑娘的差不多。"老妈道："罢呀！全是装的。脱出来比姑娘你的还肥些儿。你说起他的脚来，真叫我恶心！今儿要到这里来，换下一双裹脚交给我替他洗，真脏着呢！你没有瞧见，上面的虱子都长满了，至小的也有豆儿大。那双脚，再也没有这么臭。那天大爷实在闻不过，逼勒住他洗脚，叫我舀水进去，他正解着裹脚。我闻了那股味儿，直恶心了两天也咽不下一点儿东西。呸！脏着呢！他这几天因为要来给这里给太太拜寿，叫大爷东借西借的，好容易才借了这几件衣服、首饰。一来是拜寿，二来还为着借银子。我听见说，大爷赶七月间要进京去找花二爷。那花家同咱们大爷是两姨弟兄，我在花家待过一年多,他们的交情我是知道的。那花大爷叫做花子虚,娶的大奶奶是李氏,长的狠俊的一个人儿,脚手儿也狠见得,做人又和气,写也写得,算也算得,做出来的那一手儿针线,真个是谁也赶他不上。我服侍了他一年,真真待咱们不错。除月间一吊工钱,还三不知儿的一百儿八十儿、三百五百的给我添补点儿衣服,到冬月间还要赏一两匹布,再给几斤棉花。像这样的主儿,那里遇得着呢?后来花大爷要回山东去,是我家老头子有病我丢不下,没有跟去。临动身的时候,丢下好些家儿伙儿,都赏给了我。谁知花大爷没有福气享受这位奶奶,回家去了不到一年来的,就不在了。丢下这位花枝儿似的大奶奶,又没有生下一男半女,真是可怜!二爷又没有娶亲。后来我听见人说,大奶奶往前走了一步,嫁了一位有名儿的大财主。我想着这么美人儿似的一位大奶奶,怕他没有福气嫁个财主吗?谁知我前儿打听打听,说是大奶奶嫁了过去很得意,养了一个哥儿,月子里得了病,新近说不在了。咳!可怜神佛爷不叫这样儿的好人多活几年。这花二爷因他哥哥不在了,嫂子又出了门,他就将那些房粮地土拢共拢儿卖掉,带着几千银子进京开了个大油盐铺,兼卖着些儿杂货,近来很发财。娶了一位二奶奶,我听见说是行户中出身,过得狠好。"

有个丫头接口问道:"什么叫行户?"老妈儿笑道:"是做买卖的。"丫头道:"是做什么买卖的?"老妈儿被他问住,只得笑着应道:"是贩阿胶的。"内中有一个丫头道:"我父亲当日也卖过阿胶,后来折了本,穷的过不得,才将我卖到这里来。你们别瞧我不起,我也是个行户中出身。"老妈儿们都笑将起来,赶忙说道:"姑娘快别乱说,这是说不得的。"

有两个嫂子道:"你别混打岔,让他说话。"老妈儿道:"这会儿花二爷本钱大了,我听见说同着一位孙太太开了个放官利帐的印子局。前儿有书子来叫大爷去帮着管帐。那个门子,我也站不住,等着大爷弄得了盘缠,叫他还了我的七八个月的工钱,我要出来。现在那个做媒的吴大妈给我说着一门亲事呢。"

众人惊问:"你今年多大年纪了,还嫁个什么劲儿呢?"那老妈道:"我今年也才五十九岁,人家瞧着我不过像四十来岁。不怕姑娘同奶奶们见笑，我已经嫁过七磨儿了。我原想着不嫁罢，谁知那天大奶奶叫进瞎子来算命，我也花了几个大钱算算，他说我老来的运气很好，今年冬月间是红鸾天喜，要嫁个属马的才是对儿。我细想想真是好，嫁了七磨儿都是属狗的，再也遇不着个马。那先生说我的命硬，别的都对不住，必得要个属马的才对得住呢。”内中有一个嫂子笑道：“本情那个马同狗站在一堆儿，你瞧瞧马多大，狗多大？别说七个狗，就是十个狗凑在一堆，没有一个马大。”那些老妈儿、丫头们都哈哈大笑。

梦玉正听的出神，只听见背后“嗤”的一声笑。梦玉吓了一跳。回过头来，见是秋瑞、芳芸同着吴瑞的媳妇。三个人握着嘴笑的面红面胀。秋瑞一只手握着嘴笑，一只手拉着梦玉，三个人同吴家的走上甬道，放声大笑一回。秋瑞道：“老祖宗，你不把个人活急死！我同吴嫂子到了垂花门，查大奶奶们都说没有见你出去，我是不信。槐大奶奶叫外听事的到席面上四处瞧过，总不见你。周瑞们也说没有见你出去。我同吴嫂子见人就问，大金嫂子说，他站在怡安堂卷棚下瞧着你到这院里来，那些跟来的嫂子、姑娘们都说瞧见打这儿来了。我同吴嫂子想着，你一定是瞧老太太去，赶着走甬道上到承瑛堂，叫开门进去，章先生正唱着《双封诰·碧莲姐打草鞋》的这回书。我进去见老太太很欢喜，一个人儿喝着酒，紫丫头靠着炕沿儿坐在矮脚踏上，给三叔剥莲米儿。我敬了老太太两杯酒，搭讪着走了出来。芳姐姐问你在那儿，我说正在这里找呢，他说我也出去瞧瞧热闹。刚走到这卷棚底下，倒是吴嫂子瞧见你背着身子站在这儿。叫咱们找了一个难，谁知你在这儿听八角鼓儿呢。”梦玉笑道：“我原要去瞧老太太，等着二叔叔同丈人进来跟着敬酒，谁知走到这里，听见戚大嫂子家的侯妈说疯话，我就听出了神，你们站在背后，我也全不知道。”芳芸道：“老太太不叫敬酒，早就叫人出去对二老爷、松大老爷、姑老爷、梅大爷说过了，一个也不许进来敬酒。这会儿连两位太太、姑太太、二姑娘这三处都知会过了，谁去敬酒，老太太就要动恼。”秋瑞道：“我方才进去敬了三杯酒，糊里糊涂的，倒没有惹老太太动气，瞧着老太太很欢喜。”芳芸道：“老太太何曾将你看做外人！今儿还同三老爷说了一会子。”梦玉忙问道：“说他些什么？”芳芸道：“老太太对三老爷说，鞠老爷同鞠太太可怜五十外的人，只有这位姑娘，真是心坎上儿的一块肉，一天也离不开的。鞠老爷又古道，又是大老爷的同年。老太太的意思，要将……”芳芸刚说到这里，秋瑞将芳芸一推道：“你去罢，我要同梦玉去看热闹呢。”梦玉道：“芳姐姐，老太太要将什么？”秋瑞将芳芸一路混推，笑道：“任什么话我也不要听，我倒有句要紧话对你说。”回过头来对梦玉道：“兄弟，你站在这里别动，我同芳丫头说句话。”梦玉笑道：“我也听听。”秋瑞道：“姑娘们的话，与你不相干儿。”一面说着，将芳芸拉在一边儿，对着他耳朵将素兰的事同自家管他的缘故说了一遍。芳芸惊出一身大汗，忙说道：“这是碰也碰不得的，你千急管住他。别说后院子不叫他去，就是凝秀堂也别叫他去才好呢。你不知道素姐儿的病为他起的吗？他一天至少也要去瞧他几遍。这会儿就是咱们两个四只耳朵，我对你说了罢，真个老太太同三老爷商量了，要将鞠太太搬到这里来。同鞠老爷住在蕉雨山房。老太太的意思，要将梦玉给鞠老爷、鞠太太做个招赘女婿，一辈子总在这里养老。”秋瑞此时心不由己，扑扑乱跳。芳芸道：“这个人，不但是咱们的性命，也是你的性命。”秋瑞道：“外人面前休提一字，明日咱们到六如阁去焚香，拜个同心姊妹。”芳芸道：“狠好。”秋瑞道：“老太太这话还有谁听见？”芳芸道：“晌午些儿八角鼓的出去了，老太太叫唱南词的歇歇儿再进来。那时候只有老太太同三老爷娘儿两个谈心，旁沿儿就是我同紫妹妹伺候。今儿连紫丫头的事也有几分信儿。”秋瑞道：“紫妹妹的事怎么有信儿？”芳芸道：“三老爷指着我同紫丫头道：‘妈妈，我有这两个好媳妇，同大房的两个也对得过。’老太太道：“你这房比大哥那房还多一个。’三老爷道：‘我知桂老三肯不肯呢？’老太太说：‘有你松大哥做媒，二哥哥、二嫂子作主，况且换门亲，有什么不肯呢？’底下就接着说你的话，说道：‘秋姑娘，我瞧他人也很好，我原要说给魁儿，就是年纪太大不相对，况且鞠太太老夫妻两个是一天也离不开的。我的意思，请鞠太太搬了进来，就同鞠老爷住在蕉雨山房。将梦玉给了鞠老爷夫妻做个养老女婿，他两个老人家也有了个倚靠。’三老爷道：‘妈妈见得很是。’”秋瑞道：“不用说了，任什么人面前也别提。后日十九是观音菩萨生日，照会紫妹妹，咱们三个到佛前结一个同心姐妹。”芳芸点头。

秋瑞回过头来不见了梦玉，他就头也不回一直出去。来到怡安堂，连个影儿也不见，瞧瞧吴嫂子也不看见，忙忙的绕过景福堂到了垂花门口，见吴家的站在那里同查大奶奶说话。秋瑞忙问道：“大爷呢？”槐大奶奶道：“到席上让酒去了。”秋瑞就将找他的缘故对门上两位奶奶说知。他两个大惊，说道：“不亏鞠姑娘细心，我们那里想得起？真个这是件要紧事，必得管住他才好。”说着，走到门边，连忙高声吩咐道：“你们都照应着，别叫大爷到后院里去。瞧见走到夹墙门口就赶紧止住着，大爷若是不依，你们赶着来对我们说。”外面的众人齐声答应。查大奶奶又说道：“再差个人，外面去照应着大爷。”众人也响响的答应了。秋瑞听着，这才放心。槐大奶奶道：“姑娘请进去罢。”秋瑞同吴嫂子走着，心中十分自慰。来到景福堂后卷棚底下，对吴家的道：“你去对二姑娘说，已经有人瞧着呢，只管放心，我在景福堂照应，一会儿就来。”

不言吴家的到园中之事，秋瑞在景福堂照应各位夫人、太太。且说梦玉在这四处席上，俱极意欢让一回，闹的周身皆汗，拿着把扇子站在春晖堂院子里不住乱扇。东院里住的顾师爷，字蓼洲，是专画小照美人的，梦玉也同他说得来。梦玉画了一幅小照，因去接松大人，就忘了取进去。这会儿，顾蓼洲散了席，洗澡乘凉，换了件纱衫子，拿着一把大芭蕉扇，走出院门来看热闹，谁知正遇着梦玉在院门站着扇扇。蓼洲笑道：“大爷今儿忙坏了！”梦玉转过脸来，笑道：“二哥还没睡吗？”蓼洲道：“早着呢，那幅小照画得了，大爷也不来取。”梦玉道：“狠好。我这会带进去，同你到屋里去瞧瞧。”蓼洲道：“就在架子上。”梦玉同顾蓼洲刚进院门，后面有人叫道：“请大爷。”梦玉回过头去，见是垂花门外听差的金映。梦玉道：“我在顾师爷屋里看画，就进去。你到敬本堂去等着罢。”金映答应去了。

梦玉到顾蓼洲屋里坐下。蓼洲将灯拨亮，就在小书架上取下一幅绢画的小照。梦玉接着，问道：“你桌子上的这些扇子是谁的？”蓼洲道："都是里面姑娘们的，尽要画美人儿。还得十来天可以全有了，横竖也不等着扇。过了明日，还要给松大人画小照。"梦玉将手中的小照打开，看那画的是"独立西厢下，迎风户半开"的景致。梦玉要了面镜子，左看右看，笑道："补起景来，越发像极了，真是妙笔传神！容日再谢。"卷起来站着道："我还要画幅大横披，且等你的完结，完结咱们再说罢。"说着，走出房门。蓼洲道："你这会儿还要到那里去？"梦玉道："不到那里，我拣直的进去。"蓼洲笑道："我倒教你一个走法，咱们这后院子的那堵墙塌了，还没有砌上，你只要一直过去，不多几步就是垂花门口。"梦玉道："怎么你这里的后墙又通垂花门口？"蓼洲笑道："这堵墙就是夹道，这头通马棚，那头是后院子，中间是垂花门的腰墙。那里有夹墙门，你到那里一叫就开，又省走多少道儿。"梦玉听了大乐，说道："很好。有人找我，你只说我上去了，别说我走夹道儿。"蓼洲笑允。

梦玉拿着小照走到后院，跨过塌墙，顺着月光忙忙的往里一直进去，竟到后院子来。只见一个大院子荒荒凉凉的堆着几大堆马吃的稻草，还有些盖房子剩下来的木头、砖瓦。满院的青草倒有几尺来深。远望去，后门口倒像有些屋子，慢慢走去，一脚高一脚低，那些怪鸟虫声与那空中蝙蝠忽飞忽止。

将要走近屋子，只见那土墙边一溜儿站着五六个人，十分看不清楚，梦玉问道："是谁？"忽然不见，登时间满身毛发皆竖。此时，甚觉进退两难。正在着急，隐隐听见有人叫道："梦玉！"听了听，又无动静。只得大着胆子走近屋边，瞧见有间屋里隐有光亮，走到门边，里面有人又叫一声。梦玉听得明白，是素兰的声音，连忙应道："素兰姐姐，我来瞧你。"说着，走了进去。只见一张破半桌上，点着个半明不灭的瓦灯盏，挨着靠窗的这个大炕。素兰坐在炕上，靠着个大枕头，穿着一件水红单绸子的短衫，水绿单绸裤，大红鞋。云鬓上戴着两枝儿夹竹桃花，一张俏脸只剩了手掌大，檀口上犹点着胭脂。

原来这素兰本姓秦，今年已二十三岁。向是老太太身边的人，因见他性格温和，品貌又长的清秀，且年纪又大，所以将他调到凝秀堂，叫他在那里，倘或老爷要他服侍，生下一男半女，也就将他做姨娘。

这也是老太太因为丁单子弱广延后嗣之意。谁知这素兰自有高见，他一心只看上了梦玉，任凭在老爷面前伺候，毫无一丝苟且，真个是守身如玉。二老爷见他如此端庄，心中也甚欢喜，每逢到凝秀堂，从不叫他伺候。素兰颇觉相安，他就一心一意的在梦玉身上。凡是梦玉到他屋里来，他分外亲热。这梦玉又是个惹人多情的一个宝贝，粘着了叫人丢他不下。谁知梦玉是天生成的情皮情骨、情血情肉、情心情肝、情肠情肺、情肚子情舌头，连周身的头发、寒毛都是有情的。

但梦玉虽是在情海里浸过了三千年泡透的情人，他与色字是毫不相干。情与色，竟是两途，离的远着呢！人家的多情是男贪女爱，朝云暮雨，粘皮贴肉，如鱼似水，这是好色，并非多情。梦玉是粘不上这些字，他的多情，又是独开生面的一个样儿。他也没有别的情法，只就他自己情起。他要吃饭，想着人也是要吃饭；他要穿衣，想人家也要穿衣；他怕冷嫌热，想人家也怕冷嫌热；他欢喜大乐，想人家也欢喜大乐；他心中委屈，想人家也心中委屈。不但一人如此，人人如此，就是大千世界恒河沙数的人皆如此。所以同这些姑娘们搅在一堆，并不知自身是男，他人是女。觉得他的身子就是我的身子，我的身子就是他的身子。以至那些姑娘、嫂子们见他如此一个中了情毒的道学，也就忘了他是位爷们，不拘是什么事，从不避他。那怕遇着擦身洗澡呢，大爷来就来，要去就去，听其自然。他不但在这些人面前不动色念，就是同海珠们做了夫妻，那鱼水之欢也是慢不在意的。实在这天风清月朗，春意满怀，偶而高兴也不过学那画写意画儿的先生，不求工拙，随便拓上几笔聊以适兴。这海珠姐妹们也不在枕席之爱，反以为是个知己丈夫，所以夫妻们分外的恩爱。就是那些要嫁他的，也是这个意思，并不是欢喜他会养孩子。

谁知这素兰将梦玉的情字儿解错了，就入了情魔，害了情病，吐了情血，消了情肉，断了情肠。临要情终，还望着情人。此时正在情想，忽然见梦玉进来，就像得了一粒救命仙丹，连忙坐起来，叫一声"梦玉"，底下也就说不出话来。梦玉瞧见十分伤感，赶忙过去扶住道："姐姐，我特来瞧你。"素兰点点头，将嗓子里的一口痰吐了出来，然后说道："梦玉，我为你死，你知道不知道？"梦玉道："怎么姐姐是为我死?”素兰道:“这里没有外人,将我死的缘故说个明白。我实在是不能够嫁你。想成了吐血。可怜我保身如玉,一心在你。我如今还是个二十三岁未成人的闺女。我方才因为人多心里发烦,忽然晕了过去,心里是明白,老太太的寿日,厌厌气气的成个什么道理?所以挣扎着醒过来。他们搬我到这里倒也罢了。查大妈派老陈妈来服侍,这会儿叫他带着菱儿给我去取我的衣服、被褥来做装裹,我也等不到天亮。”说着,将手拉住梦玉道:“兄弟,我这会是要死的人,也顾不得害臊,我保住的身子我今儿要交给你,同你成了夫妻,我死也瞑目,也遂了我二十三岁的心愿。”梦玉道:“姐姐如此为我,我怎么不肯遂姐姐的心愿呢?只是病体如此,且保养几日再订佳期。我此时同姐姐相亲相抱,就是夫妻。”说着,解开衣服,将素兰抱住说道:“姐姐,等你病好,定如心愿。”素兰道:“可怜我一片痴情,我这身子果然是你的。将来逢年遇节你烧张纸钱儿给我,我受你的也不害臊。”梦玉道:“或者好起来也论不定。”素兰摇头道:“断不能。兄弟,我同你这会儿是谁?”梦玉将他抱住,口对口儿说道:“我同姐姐是夫妻。”素兰点头道:“好兄弟,我真死的不委屈。你那卷子是什么?”梦玉道:“是顾老二给我画的小照。”说着,就打开来给他瞧。素兰道:“真个像极,一丝儿也不错。我有个主意,你依我不依?”梦玉道:“我这会儿同姐姐是何等恩爱!有什么不依的事。”素兰道:“你将这小影儿全挖了下来,我要咽下肚去。”梦玉叹道:“姐姐,你真是我的知己夫妻。”说着,在身上取出一把小刀,将小照儿铺在破桌上,按着那小影儿周身挖了下来,递与素兰道:“姐姐,你瞧,越看越像。”素兰拿着这五寸来长的小梦玉,眼泪汪汪的道:“这才是我解相思的仙药。”放在手心里搓成一个小团儿,噙在口中说道:“兄弟,将那口凉茶递给我。”梦玉赶忙递了过去。素兰喝了一口,将一个梦玉刚咽了下去,听见院子里有人说话。

梦玉瞧是菱儿同着老妈抱着东西一路说着进来,菱儿瞧见梦玉说道:“外面老爷送客,各处找大爷呢。太太们也快散了。”梦玉听见,赶忙拿着扇子,回过头来说道:“姐姐保重!我再来瞧你。”刚跑出门,听见素兰叫道:“梦玉休忘今日!”梦玉一面答应,飞跑的出去。

到了夹墙里，一直往外飞奔。有一个人迎面走来。

不知是谁，且看下回分解。

第二十七回　小郎君伤情抱病　老寿母欢喜含悲

话说梦玉正在跑去，迎面来了一人问道："大爷怎么在这儿？各处找寻，这后院里有个什么逛头儿？青天白日还要走出鬼来，什么人也不敢进去。大爷怎么这会儿想起到这儿来逛？"梦玉见是陆进，因说："你不知道吗？你妹妹搬在后院里快要咽气了，我是来瞧他的。谁高兴跑到这后院里来？"

原来素兰是陆进舅舅家的女儿，从小儿没有父母，过继与陆进的母亲，所以是他的妹子。方才门上的将素兰搬出来，陆进在敬本堂伺候，不及通知，因此他竟不知道。这会儿听见梦玉说，他倒吓了一跳，忙问道："这会儿在那里？"梦玉粗枝大叶说了几句，说道："有人问你，别说我到这儿来。这件事托你去办，务要体面。我去了，咱们明日再说。"梦玉飞跑，仍走塌墙里出去。

穿出院子，正是各处客散之时，他就挤在客人里面，走出大门外，站在一边送客。等着祝筠出来瞧见，对着家人们嚷道："大爷在这儿送客，你们都不跟着伺候，倒往别处去混找！"家人们不敢言语，走了两个过去，站在大爷身边伺候。只见一阵一阵的客人散出来，梦玉恭而有礼的候着上轿上马。直等着五处客人散尽，祝筠退了进去。梦玉同梅春等着送各位太太、奶奶、姑娘们的轿子都一溜儿抬出来，轿子里点着安息香。那玻璃窗里的太太、奶奶、姑娘们瞧见梦玉哥儿们，必要招呼说话，到了姑娘们更多说几句。这一百二三十乘轿子直抬了半夜。等轿子抬完之后，接着各家的奶子、姑娘嫂子、丫头老妈们有三百多人，没有一个不同梦玉好的，你拉着说说，我拉着谢谢，梦玉都要照应他们上轿。梅大爷实在乏的慌，先溜进去睡觉。此时祝府大门口比接考的还要热闹，灯笼火把照耀如同白昼。那些轿夫们笑道："到家没有一顿饭时，又得要来。"

东方倒已发白,里面请大爷。好容易等这些人上轿,他慢慢进来对着查本们笑道:“今儿的轿子想来有一二千乘还不止。”槐荫笑道:“看着这么多,其实没有多少。今儿连里外只有七百五十四乘轿子。每乘大轿给二百大钱,每乘小轿一百大钱,照着向例,增也增得有限。明儿早上,只怕还要多些呢。”查本道:“哥儿进去歇歇儿,就要拜生日。等着打杂儿的收拾完结,我们摆设停当,就来请老爷、姑老爷、松大老爷们拜寿。”梦玉道:“总要等老太太起来才得呢。”槐荫道:“刚才垂花门传出话来,说道:‘老太太打个盹儿就起来,要到六如阁同致远堂磕头呢。’等着老太太两处拜完,请到恩锡堂坐着,老爷领着众人拜寿。拜过了寿,开三出大戏,老爷们举觞敬爵。老太太进去之后到景福堂坐下,太太们领着垂花门以内的人也照着外边一样行礼敬酒。哥儿在里面等着,又别跑到那里去,一会儿叫人家找不着。”梦玉点头道:“我知道,我不到那里去。今儿还照着这几处唱戏吗?”查本道:“又添了几处戏。老太太在如是园,富春阁听戏。秋水堂也有戏,景福堂还照旧,外面的三处也照旧。又添了意园里二米堂、绿云堂两处的戏。今儿一共八处唱戏。”

正说着,只听见有人叫道:“查大爷到垂花门去领绿云堂、二米堂的大红铺垫。”查本答应,就跟着梦玉由茶厅一直进去。那些打杂的,里里外外都弯着腰扫地,查大爷吩咐他们打扫干净,众人都齐声答应。各处的灯也有点着的,也有拔了去的。此时众家人们辛苦一日,都去喝酒睡觉。那有家眷的都到各人院里去。

梦玉同查本走到恩锡堂的院子,遇见陆进刚往西院里出来,叫道:“查大爷,我有句话说。”梦玉也就赶忙站住。查本道:“说什么。”陆进道:“同大爷商量,今儿将敬本堂的戏,挪到春晖堂去罢。像昨日接着崇善堂的戏,前后挤满的是人,照应不过来。”查本道:“这很使得。就挪到春晖堂倒也罢。”陆进道:“我还有一句话对大爷说,我们素兰妹妹不在了!”查本惊道:“你倒不早对我说,赶着去办才得呢。这样的天气,那儿耽搁得!”陆进道:“我刚才去,他再三嘱咐不要领广仁堂的棺木,将自家的有二百几十两银子交给我,替他办口好些的棺木,余外留下些做发送。我想起宋老八他去年给他的妈办了口好寿材，是六十两银，做好了，外面儿漆的光光的，就寄在咱们后门外的那个土地庙里。我去见当家和尚，对他说明硬借他的使，等着宋老八回来，我照样儿的办还他。你说怪不怪，我转来对他说，他听了很欢喜，笑道：‘也不枉我做过了人。’笑一笑就咽了气。我赶着来叫我家的去，又央及几位哥哥、嫂子去，同着七手八脚的将他喜欢的那几件衣服、首饰都替他穿上。咳！可怜手是捻着一块汗巾，上面还带着血，抓住着再也拿不下来。我想是他放不下的东西，就叫他带去罢。”梦玉正在无限伤心，听到这里，不觉晕了过去，一跤栽倒在地。慌的查本、陆进赶忙扶住，幸而没有跌伤那里。查本赶忙取出平安散，吹了些到鼻子里去。梦玉打了个喷嚏，慢慢转了过来，嘴里说道：“疼死我！”查本忙问道：“大爷那儿疼？”梦玉定一定说道：“想是受了热。方才站在大门外闻了些汗气，这会儿心里就像刀扎似的疼。”查本道：“本来大爷就不该在街上站这半天，那些汗味儿还闻得吗？里面在各处的找，大爷在街上闻汗味儿呢。”查本一面说着，一面同陆进扶着大爷进去。梦玉问陆进道：“这会儿入了殓没有？”陆进道：“早完结，我送他到土地庙里停着，等过了老太太的大庆，还要给他念念经，再拣日子出丧罢。”梦玉听了点点头。

三个人来到垂花门口，查大奶奶瞧见问道：“哥儿是怎么？”查本道：“哥儿今儿辛苦，又受了热，在大门外送客耽搁的工夫长远，闻了些汗味儿，心里不受用，觉着有些发疼。”查大奶奶听了，赶忙叫大金嫂子同杜嫂子扶着送大爷到屋里去歇歇儿。

不言查本在垂花门收点铺垫等项。且说梦玉来到自己屋里，看见海珠们俱在洗脸擦身。金凤忙问道：“大爷是怎么？”梦玉道：“受点子热，又在大门外送客闻了些汗味儿，一会儿心里害起疼来。”海珠、掌珠同着金凤们替他除冠子，脱去衣服靴袜，送他到炕上睡下。一面忙着调万灵丹，又是香砂平胃散、香薷饮，又要叫人出去请叶老爷进来看脉。众人就慌个使不得。梦玉在帐子里说道：“罢呀，我不过受点子热，又没有什么大病，惊天动地的叫人着急。一会儿闹的老太太知道怪不好的。你们别混搅，等我安安静静歇一会儿，就要起来拜寿呢。”海珠道：“也罢。你且躺一会儿，瞧着好些呢，不用说。设或不好,再请叶老爷进来瞧罢。"梦玉道:"狠是。你们都去梳洗收拾罢。"于是,海珠们各人皆去收拾。

梦玉躺在炕上,心中甚为悲切,翻来覆去短叹长吁,总也不能睡着。翠翘、蝶板们不住的来瞧。这个将脸在他额角上贴贴看热不热,那个将手在他身上摸摸瞧身上烧不烧。接着又是海珠们你来瞧我来看,这炕面前没有断了人。

梦玉也不知不觉的朦胧睡去。只见素兰妆扮的体体面面,往外面走进来,手中拿着一块汗巾,向着梦玉拜了两拜道:"谢谢兄弟,一宵恩爱,刻骨难忘。"举着这汗巾道:"这是我二十三年做人的名节,我带了回去。兄弟,你是个多情的人,断忘不了我的苦处。等着我来生再报你的大恩罢。"正在说话,只见一个后生跑来抓住梦玉道:"我是吴贵儿,你怎么戏我的老婆?今日我要同你拼命!"素兰过来,拉着那人往外就走。梦玉叫道:"姐姐,你往那里去?我还要问你说话。"素兰头也不回,拉着那后生一直飞跑。梦玉一面赶着,一面大叫,不觉踩了个空,一跤跌倒,口中叫道:"哎呀!"

海珠们听见,吓的一大堆都跑到炕面前齐叫道:"梦玉,你怎么?"梦玉定一定神,看见他们都在面前,说道:"我不怎么,刚才梦魇叫了一声。这会儿倒觉好些,我要起来。"海珠们道:"你养养罢,咱们上去替你回老太太,告这一天假,明日再出去照应罢。"梦玉道:"这断使不得。今儿是老太太正日,别说我没有病,就是害着大病,也得起来照应才是。你们给我口儿茶喝。我起来洗了脸,就要出去伺候老太太到六如阁拈香呢。"翠翘们将两边帐子挂起,赶忙送上一杯香茶。

梦玉吃过茶定要起来,两姐妹劝不住,只得让他起来。众人服侍着梳头洗脸,吃丸药、换了衣服,戴上束发冠,脖子上带着个八宝紫金圈,胸前坠着个羊脂白玉福寿双全锁。金凤们摆上筷子,设了坐位,将煮的百合、莲子、扁豆、薏米仁、芡实、杏酪鸭子粥、燕窝鸽蛋汤,每样三碗,又是茯苓糕、鸡豆糕、山药糕、松子糕以及各样精细茶食十五六碟摆了一桌。梦玉夫妻三个坐下随意吃了一会,叫翠翘们也就着吃个点心,又将这些都分嫂子、丫头们吃。叫人上去打听老太太起来没有。海珠们妆扮已毕，听事的嫂子们来说，老太太刚起来，两边太太都梳着头呢。海珠道："咱们到二姑娘那儿去瞧瞧，约了秋丫头同二丫头到妈妈屋里请过安，再去伺候拈香。"梦玉道："很好，咱们就去。"

夫妻三个带几个效力丫头出了院门，甬道上的人也就纷纷不绝。此时东方大亮，各处灯里都还点着，姨娘们的院门口出出进进挨挤不开。

三个人来到瓶花阁，进了院门，顺着回廊走过轩子，听见修云们笑声不绝。三个人打起帘子进去，见他们都在屋里大笑，海珠道："有什么好笑的事，分点儿我们笑笑。"修云们听见，赶忙叫丫头掀起湘帘，三个人走到里面。鞠太太、秋瑞、修云都才收拾完结，见双梅拿着香汗巾给秋瑞满身在那里乱打。梦玉们给鞠太太请安。修云笑道："你们不早些儿来，瞧师母同秋姐姐闹了一身的喜蛛蛛儿，不知是那里来的。秋姐姐身上更多。"掌珠笑道："师母同姐姐今儿有喜事。"鞠太太笑道："我娘儿们有什么喜事？托你们老太太的福气，就是喜事。"梦玉道："你们吃点心没有？"修云道："收拾才完，闹了半天的喜蛛蛛，任什么儿也没有吃。"海珠道："快吃点儿东西，咱们去请过安，要伺候老太太拈香。"修云赶忙命文来摆上点心，请鞠太太同秋瑞用过。鞠太太道："我在这里等着老太太拈完香再上去拜寿。秋瑞同着兄弟、妹妹们一堆儿去请安罢。"

秋瑞答应，同着梦玉们来到怡安堂卷棚下。姨娘、姑娘们瞧见梦玉，俱过来说道："刚才知道你身上有些儿不好，不知是怎么？咱们要一点儿空也没有，不能够来瞧你。大爷别恼！"梦玉笑道："姨娘同姐姐们怎么说这话？我又没有什么大病。不过受点子热，忽然心坎儿上发疼，到屋里躺了一会儿也就好了。倒叫姨娘、姐姐们惦记着。"海珠道："咱们也不能够给姨娘们帮个忙。"李姨娘笑道："你们也就够忙的，还有工夫来帮咱们呢。昨日很亏婉姑娘真能干，他儿处的帮忙，一点儿也不乱，一丝儿也不错。该发的发，该收的收。他一个人，直抵过十个人，怨不的老太太要欢喜他。"梦玉道："他这会儿呢？"陶姨娘道："他家去换衣服就来。等他帮过这几天，咱们出公分子请他。”梦玉笑道：“也算上我一个。”兰生笑道：“想来还少得了你吗？”

正在说笑，宜春出来。众人忙问道：“太太收拾完了没有？”宜春道：“早收拾完了。老爷同太太吃着点心呢，你们趁空儿上去请安罢。”梦玉道：“很是，咱们去罢。”秋瑞也同了进去。走至套间里面，看见祝筠同桂夫人坐在大炕上吃点心，梦玉、海珠、掌珠、修云都上去请安。桂夫人问梦玉道：“你昨日倒没有辛苦着吗？”海珠答道：“昨日兄弟受了点子热，送完客去走到恩锡堂栽倒地下，说是晕了过去。”祝筠同桂夫人都吃了一惊，问道：“有谁跟着呢？”梦玉道：“有查本、陆进赶忙扶住，送到垂花门。”掌珠道：“槐家的叫人扶着到了屋里，赶忙吃万灵丹、香薷饮，叫他歇了一会儿也就好些。”祝筠道：“本来你昨儿在大门外站了半夜，那股汗味儿还闻得吗，你这会儿心口里还疼不疼？”梦玉道：“这会儿不怎么着。”祝筠道：“今儿又添了几处的戏，别说你来不及，就叫我也不能够四处的照应。只好托松大叔叔在忠恕堂陪客，你丈人同魁兄弟还照旧。园里的两处，托郑大姑夫同江二姨夫他两个代陪个客罢。你跟着我也只好回回礼，往往来来的照应照应就是。”梦玉连声答应。

秋瑞过来见礼请安。祝筠同桂夫人忙下炕拉着笑道：“昨日叫姑娘很张罗，受乏的了不得，咱们也不把姑娘当作外人看待，等着忙过这几天再谢罢。”秋瑞笑道：“侄女儿应该照应的，二叔叔同二婶婶怎么说到谢字来？”桂夫人笑道：“姑娘，你过来。你领儿上是个什么？”秋瑞走到面前，桂夫人一瞧，叫道：“哎哟！怎么一个大喜蛛蛛在你领儿上呢！”秋瑞急的将手乱巴乱抖的，江苹、双庆、宜春、芍药、春燕都走过来替秋瑞将喜蛛儿捉去。修云笑道：“今儿秋姐姐闹了一早的喜蛛儿，不知是那里来的，连师母身上也是的。”桂夫人笑道：“鞠太太今儿有什么大喜事？”正说着，自鸣钟上刚交辰初，桂夫人道：“咱们里面也添了两处的戏，这几个人也照应不过。等着郑汝湘、江秋白两个来了，帮着咱们秋瑞侄女儿照应。”秋瑞道：“婶婶说的很是。”梦玉辞了出来，让姨娘、姑娘们上去请安回话。

海珠等五个人到介寿堂，先到西院里见梅姑太太请过安，问魁兄弟,昨日辛苦坏没有。梅春道:“有什么辛苦,倒是坐的很乏。”秋瑞笑道:“二叔叔今儿派你一个绝好的差使。”梅春忙问道:“是个什么好差使?”秋瑞笑道:“派你照旧。”秋琴们都一齐大笑。海珠笑着问道:“妈妈同兄弟吃点心没有?”秋琴道:“才吃过,正要到老太太屋里,请过安要同去拈香呢。”说毕,领着他们出了院门。

来到老太太上屋,丫头们启帘伺候。众人进去,见祝母正坐在外边小榻子上,手中拿着个白玉碗吃参汤。旁边站着五福、吉祥、长生、三多、宾来五个姑娘,都是满头珠翠,五件五样颜色顾绣八团花广纱单袄,一色的大红满绣广纱裙。这边站着陆进的媳妇,插着一头黄亮亮的花儿簪儿,穿着银红纱衬衫,外罩着铁线青纱褂子,桃红单纱裙,大红高底儿满帮花鞋;三十来岁的年纪,弯弯的眉儿水汪汪的眼儿,高高的鼻子小小的嘴儿,长长的脸儿嫩嫩的肉儿,笑嘻嘻的站在老太太旁边。只听见老太太说道:“这又何妨,你们何必瞒我呢?你想想,里里外外那怕针尖儿大的一点儿事,我都能够知道,谁也瞒不了我。况且生死大数,他岂愿意等着我的生日才死吗?可怜这是阎王爷注定的,也不能够随他做主。”秋琴们过来请过安,问道:“老太太在这里说什么?”祝母道:“我昨日晚过来睡觉的时候,隐隐约约听见一句,说是素兰不在了。我很疑心这件事,私下里打听打听,果然一丝儿不错。都叫瞒着我,不叫我知道,固然是他们的好处,恐我知道发烦。这怕什么,谁愿意的吗?况且他在我身边多年,很勤谨出力,谁知这孩子没有福气。我这会儿叫陆进的媳妇来问,他还要瞒我。叫我着了急,他才说出来。说料理的很妥当,是他各自各儿银子办的东西,将他送在后门外土地庙里停着呢。也罢,等着过这几天,替他念个经儿罢。”陆家的同站的姑娘们都齐声说道:“这是老太太的恩典。”海珠道:“昨儿秋瑞姐姐管了梦玉半夜,生怕他去瞧。后来听见老爷说,他在大门外送客呢,这才放了心。”秋琴笑道:“这些事我全不知道,倒是我的好侄女儿细心,管的很是。”祝母将秋瑞让到面前,拉着他的手说道:“好姑娘,好女儿,你疼兄弟就是疼我,这才是做姐姐的道理。我也不将你作外人看待。”

祝母一面说着,回过头去对着春燕道:“将我的那两副大珠子耳坠儿不拘取那一副来，给秋姑娘换了耳上的小坠子。"春燕答应。去不多会，取着一个紫檀盒子，递在老太太面前。祝母接着掀开盒子，里面有两个小锦袱儿包着两副大珠子的耳坠。先打开一副，祝母笑道："这副是我的陪嫁产，我做闺女的时候是我家老太爷看见便宜，只给他八百五十两银子买的。这一副可是买贵了。"对着梅秋琴道："这还是我生你大哥哥，你爷爷同奶奶欢喜得了长孙，我听说是一千三百两银子买的这对珠子给我，也同我的这一对是一般儿大。"说着，取自家的那一对亲自替秋瑞换上，说道："也愿你像我奶奶罢。"秋瑞扶着老太太的腿跪下去，说道："谢奶奶的赏。"老太太连忙扶他起来，说道："好儿子，快起来，看脏了衣服。"祝母又将那一副珠子递给梅秋琴道："这一副给魁儿娶媳妇罢。"秋琴接着，也跪下谢赏，又叫魁儿过来磕头。

祝母道："你们都去瞧过三叔叔，再来同去拈香。"秋琴答应，领着同到承瑛堂。因三老爷这两天辛苦，那病又有些沉重。众人站在炕前慰问。一会，祝筠、桂夫人同来探问。梦玉们退出来，去伺候老太太拈香。

刚到介寿堂，见老太太站在院里，石夫人同姨娘、姑娘们背后站满。差人知会桂夫人同姑太太赶忙伺候。出了院门转到怡安堂，丫头、媳妇们在甬道上一溜儿站着，景福堂中门大开，查大奶奶、槐大奶奶领着该班的嫂子们齐整整的站在垂花门口。祝母走过景福堂，先到六如阁，常妈、安妈两个跪下迎接。这六如阁是老太太供佛之所，院子里有两大棵白皮松树并一带竹林，山子鱼池十分幽静。阁前一副对子，左边是：

不二法门立定脚跟皆自在

右边是：

大千世界扫尽心地即菩提

阁里面一块大匾，四个金字是"吉祥慈善"。

老太太到里面亲手焚上沉檀，四个姑娘扶着，在大垫子上虔诚礼拜祷祝一番，站起身来让太太、奶奶、姑娘们挨次拜佛。众人拜完之后，跟着老太太又到致远堂来。也是一个院子，树木亭池，向南三大间神堂里供着宗祖。上面一块大匾是“本支百世”四个大字。两边看柱上有副长句对子，左边是：

忠孝家传清廉节介守琅玕玉轴，克绍箕裘代代相承全不外诗书礼乐。

那右边的是：

贤良世继宽厚和平凛宝训金箴，蒸尝俎豆亭亭树立总无非父子孙曾。

同六如阁一样，也是点的灯烛辉煌。老太太焚了香，跪在下面献爵献馔，恭恭敬敬拜了八拜，祷祝一番，站起来让太太们挨次行礼。众人拜完之后，秋瑞过来要拜。桂夫人们辞住。祝母笑道：“我这侄孙女儿不是外人，就让他拜拜罢。”秋瑞也拜了八拜。

众人候着拜完，跟老太太走出院门，查、槐两个老家人媳妇过来，请老太太到恩锡堂受礼。祝母笑道：“我依着他们出去，千急叫他们别拜。我出去见个面儿就算了。”说着，出了垂花门。松柱、鞠冷斋、祝筠、梅白、郑岳、柏子图、江澄、石宝光同一班至亲老爷、太爷们都在垂花门外接着老太太，一直到恩锡堂去。桂夫人们俱在垂花门里伺候，那些姑娘、嫂子们俱跟着出去。祝母来到恩锡堂，对众位老爷们道：“现在只有鞠老爷是客，但与大小儿同年至好。我算世谊叨长。余外的都是我的至亲晚辈，自然是要给我拜生日的。但是我心甚是不安。与其叫我不安，倒不如依着我说，咱们娘儿们见过面就算了。何苦呢？又要叫我着急，又要回礼。”鞠冷斋道：“年伯母既是这样吩咐，侄儿们不能不仰体年伯母的慈爱，竟请年伯母坐下，侄儿们拢共拢儿跪敬三杯，以尽小辈之心。”郑岳同柏子图道：“鞠大哥说的狠是。”松柱道：“姑妈请坐罢，你老人家别要再谦了。”说毕，请老太太坐在中间的那张福寿盘云榻上，鞠冷斋同着众人在老太太面前一齐跪下。鞠冷斋、郑岳、松柱三人执爵敬了三杯寿酒。祝母赶忙站着立饮，说道：“众位老爷再要行礼，我就要恼了。”众人见老太太慈爱谆谆，不敢拂老人家之意，只得候饮完三爵，都一齐站起。祝母心中甚是欢喜。祝筠同梦玉谢了众人，祝母对祝筠、梅白道：“你们爷儿四个也在这儿敬我三杯酒，省得一会儿又累坠。”祝筠、梅白俱遵老太太吩咐,领着梦玉、魁儿俱在老太太膝前跪下,也敬了三爵。祝母坐着饮毕,祝筠们一齐拜了几拜,站起身来。

各班子弟俱穿着彩衣上堂磕头,立刻开戏。有百十个人上场,唱一出《寿山福海》。老爷们雁翅分开坐下,众家人一齐送上果茶。老太太背后,一字儿站着姑娘、媳妇,都是粉装玉琢,珠翠纱罗,花攒锦簇。那些至亲的太太、奶奶、姑娘们,已陆续到了垂花门,桂夫人们接着,俱在垂花门内等着老太太。此刻垂花门口真是流霞散彩,香雾迷蒙,十分热闹。祝筠同梦玉在春晖堂回谢合宅的拜寿。

祝母等着一出戏唱完放过赏,赶着退了进来,吩咐大小家人都免行礼。来到垂花门口,众位太太们迎着进去到景福堂。祝母道:“咱们也照着外边的例罢,再闹一会儿客人来的多,我实在辛苦不起。众人道:“老太太既是这样吩咐,咱们竟遵命罢。”于是,鞠太太为首,领着郑太太、江太太们一班至亲四十几位也照着外边敬酒,祝母立饮三杯。郑汝湘、江秋白们三十几位姑娘也照样敬酒,接着梅秋琴又带着魁儿拜寿敬酒,老太太很欢喜。娘儿两个拜完之后,就是桂夫人领着海珠们两个媳妇敬酒拜寿,祝母看着很乐,哈哈大笑。

等着桂夫人婆媳站起身来,石夫人过来刚要跪下。祝母瞧着他只有一人,陡然想起一件心事,不觉一阵心酸,泪如雨下,赶忙止住道:“你且站着。”

不知老太太说出什么话来,且听下回分解。

第二十八回 慰病儿片言三合 伤往事一泪双关

话说石夫人见桂夫人婆媳拜寿敬酒完毕,随即走至老太太面前刚要跪下。祝母正在欢喜,见石夫人一人走至面前,忽然伤心掉下泪来,连忙止住道:“你且站着。”石夫人含着笑赶忙站在一边。众人道:“今儿是老太太的大庆,正该欢喜,怎么掉起泪来?”祝母将头摇了一摇,擦擦眼泪对石夫人道:“你且等一等再拜。”随命人出去请鞠老爷、松大老爷、江郑两位老爷、姑老爷、二老爷、梦玉进来说话。听差的媳妇们立刻到垂花门传话。不一会，祝筠、梦玉陪着请的几位老爷进来，先同各位太太们见过礼。石夫人退在一边。松柱道："姑妈叫侄儿们进来吩咐什么?"祝母道："刚才你三妹子过来给我拜生日，我看着他心都伤碎了。我今年七十岁，三个儿子，只有一个孙子。你大哥哥今年五十外了，新近才同你结亲家。你大嫂子又聘下贾府的姑娘，虽都未过门，到底有媳妇。只可怜你三兄弟是我的小儿子，偏生得这样的病，我看他是断不能好的。可怜你三妹子，谁是他的儿子媳妇，同他作个伴儿呢!"祝母说着，泪下如雨道："虽是你前日说过：'等桂三老爷来做媒，将他的女儿给三兄弟做媳妇，同他做个换门亲，他也断没有什么不肯的。就是他不肯，我硬要也要将他的女儿要了来。'只是他不知几时才来，恐你三兄弟等不上见媳妇的面儿。我这会儿瞧见人人背后都有儿有女有媳妇，只有你三妹子可怜一人，我瞧着很伤心。这会儿请你们进来没有别的，我有心爱丫头芳芸、紫箫，生得很端庄能干，我今儿做主先给你三妹子做个媳妇。就叫梦玉这会儿拜过堂，叫你三兄弟也略略安慰。将来桂家的过来仍居第一。你三妹子也好带着两个媳妇给我拜寿。因为鞠老爷是我家的世谊好友，你们三位是我家至亲，所以请进来商量商量，可还使得使不得?"鞠冷斋们一齐说道："老太太所办是极。今日是老太太的大庆吉日，可谓福禄寿喜四者皆全，竟是这样办罢。"祝母听了转悲为喜，就派几个体面有儿女的家人媳妇过去扶着芳芸、紫箫拜堂。说道："且成了礼，再去开脸罢。"这几个媳妇们都欢欢喜喜的过来扶新人拜堂。

且说芳芸、紫箫因今儿是老太太的正日，两个人都极意妆扮了个体面。虽是他们心里俱有这个姻缘的主意，再也想不到这好梦就在今日。方才正是一团高兴，同众姑娘们等着磕头，只听见老太太说到他们身上，就像青天里打了一个大霹雳。两个人的心儿阵乱跳，耳朵里不住的乱响，以后老太太说些什么话他们一句也听不见。两张脸都臊的通红，跑又不是，站又不是。海珠们走过来给他两个遮着。秋瑞在他们耳边轻轻说道："恭喜！站稳着些儿，别栽倒了叫人笑话。"桂夫人赶忙差人去取凤冠蟒袄、霞披玉带。众位太太、小姐个个都替他们欢喜。松大老爷们甚赞老太太的仁慈厚德。此时各家夫人、命妇以及满堂亲友、太太、奶奶好不敬服。

鞠冷斋笑道："年伯母将侄儿的两个女学生都配了佳婿，将来侄孙女儿也要求奶奶疼他，替他想个合式的郎君才好呢。"祝母笑道："我本来有个主意，且过这几天请鞠老爷、鞠太太商议。"鞠冷斋道："年伯母的尊意是怎样的，何妨就请吩咐，想来老人家的主意是不错的。"松柱道："姑妈不妨说说，等鞠大哥同鞠大嫂子去商量呢。"老太太笑道："我看见侄孙女儿是鞠老爷、鞠太太的性命，一天儿也离不开的。我原打谅着要给魁儿做媒，秋姑娘的年纪忒大。一时也难遇得着合式的佳婿，我又很疼他，两三天不见他就惦记的什么似的。在鞠老爷、鞠太太呢，又是心坎儿上的一块儿肉，我因此想出一个不知进退的主意来。我的意思，要将鞠太太搬到咱们家来，就住在蕉雨山房，我将梦玉给鞠老爷做个养老女婿。"鞠冷斋不等祝母说完，赶忙深深一揖道："侄儿久有此心，只是不好启齿。况且梦玉是侄儿的得意门生。如果蒙年伯母的慈爱，不弃寒门，侄儿愿遵慈命。"郑、江两位老爷笑道："少不了我两个作冰人。"鞠冷斋笑道："我倒有个主意。既承年伯母慈爱，实在令人感极。但是侄儿要一点子陪嫁也是没有的，只有几本破书，要留着自读。若不办点妆奁，侄儿脸上又害臊。依我的主意，求年伯母的慈爱，何不今儿带着就拜了堂！在侄儿又完结一件心事。还有一个道理，横竖大哥的媳妇尚未过门，今儿权且叫他署着大房的孙媳妇，也好给奶奶上寿。"鞠冷斋一夕话，将个祝母说的大乐，众位老爷都说："甚是。"祝母命丫头过去请鞠太太同二太太们过来说话。此时太太、奶奶、姑娘们都挤在东边屋里给芳芸、紫箫在那里妆扮。秋瑞也在那儿帮着穿蟒袄，因此老太太们说话全不知道。鞠太太同桂夫人们听见老太太来叫，赶忙走了过来。祝母将秋瑞的话对桂夫人说了。鞠冷斋也对鞠太太说了一遍。鞠太太十分欢喜感激。桂夫人命金凤去取海珠的凤冠、玉带、蟒披等件来，便同鞠太太走到东屋里。

秋瑞正在那里手忙脚乱的帮忙，只见鞠太太笑嘻嘻的将秋瑞叫到面前，对他说嫁梦玉的说话。这秋瑞立刻死了四次。怎么死了四次？骤然听见嫁梦玉，出于意外，直惊死了。当着众人闻此好音，无处躲避，要臊死了。数年难以有望之事，忽然而得，实欢喜死了。立刻就去拜堂，又心跳死了。站在鞠太太面前，两只小脚就像钉在地下的一动也不能。桂夫人叫海珠们替他妆扮，众位太太、姑娘、奶奶们都大欢喜，七手八脚的立刻将他妆扮起来。

芳芸、紫箫此刻已心满意足，也说不出那心中的得意。不一会，秋瑞也妆束停当。此时内外皆知三老爷、三太太有了媳妇。祝筠吩咐瑞宁班的后场奏起鼓乐，众媳妇们扶着三位新人簇拥至中间站住。众人遍找不见梦玉，这些丫头、嫂子们四下去找，有的瞧见大爷到海棠院去了，这几个嫂子们如飞到海棠院来。

且说梦玉方才听见老太太说到芳芸们的事，他就想起昨夜同素兰的事来，又叹又悲，心如刀割。趁着空儿跑到自己院里，走进掌珠的外间，躺在大炕上，抱着一个大红盘金靠枕呜呜咽咽的哭了一会。只听见王家的、杜家的、杨家的一路问进来道："大爷在屋里吗？小丫头答道："在西大奶奶屋里。"王家的们赶着跑进来，见他躺在炕上，三个人一面走着笑道："别装腔儿了，没有说给你的时候，到他们屋里鬼鬼祟祟的一刻也难离。这会儿正经叫你去拜堂，你又装着害臊躲在这儿。何苦来呢！叫咱们四下里去找。"三个人坐在炕沿儿上拉他起来。王家的将手在他的下体一按，笑道："都是为他闹事，叫咱们跑了多少冤道儿！"梦玉将身子一扭，不觉"噗嗤"的笑将起来。杜家的道："快叫小丫头去舀水来擦擦脸，别叫老太太动气。"王家的叫丫头赶忙去舀水。梦玉坐起来，看见杨家的抱着一只脚，在那儿解带子，说道："我最怕穿新鞋，今儿早上疼了一早上。"杜家的道："谁叫你将鞋样儿又修掉一线儿呢，缠小了干什么？"梦玉道："杨嫂子，我替你将那只也放放。"不等他回答，将杨家的那只脚抱在怀里，不由分说，将那不满四寸的大红圈金弓鞋脱下，又一路混拉，将裹脚解开一半。杨嫂子又笑又急，不住口的祖宗、老子的混叫。王嫂子、杜嫂子笑的腰弯背曲，不能住口。小丫头端了水来，嫂子们连忙将手巾替他擦了脸，同杜嫂子两个拉着飞跑去了。

景福堂正是鼓乐喧天。三位新人刚才站定，此时太太、奶奶、姑娘们又陆陆续续到了好些。梦玉来到厅上，瞧见一溜儿站着三位新人,他倒吓了一跳,不知那个是谁,只得走过去,四个人并肩站立。班子里伺候着,宾相喝礼,梦玉恭恭敬敬四双八拜。拜完之后,请过海珠姐妹来,五个人站在一边,梦玉对面,夫妻六人交拜。将个祝母真欢喜的嘴都合不拢。梦玉们交拜之后,六个人请老太太坐下,一齐磕头。拜过二老爷、桂夫人,另拜了石夫人。接着梅姑老爷、姑太太、松大老爷们道喜。修云姑嫂见礼,梅大爷拜了哥姐,又是各位太太、奶奶、姑娘们道喜。拜完之后,祝母吩咐芳芸、紫箫、梦玉三个人请石夫人坐下受媳妇拜见。祝母瞧着又悲又喜。拜完之后,请过鞠老爷、鞠太太坐下,梦玉同秋瑞拜见丈人、丈母。梦玉才知这是秋瑞,又不知道是怎样添上的,真真喜出望外。心中想的大乐就忘了,不住的磕头,也不知磕了多少,秋瑞也只得跟着拜个不止,引的老太太同众人俱哄堂大笑。梦玉着得不好意思,才站起来。梅秋琴笑道:“我春天来做丈母还是两个女儿呢,梦玉也没有磕上这些头,这会儿还得磕些还我才得。”老太太们又哈哈大笑。众位老爷们也有往承瑛堂去道喜。此时祝露很欢喜之至,同鞠冷斋做了亲家,彼此道喜,坐谈一会,相辞出去。

这会儿,正是拜生日的亲友、官长陆续而来。祝筠一人在外面回礼那里忙得过来!里面的太太们也来的很多。祝母怕繁,赶忙命梦玉带着三个新媳妇去拜过三叔叔,好出去帮着二叔叔回礼。梦玉答应,领着秋瑞、芳芸、紫箫赶忙到承瑛堂给三叔磕头受礼。祝露喜极,笑道:“再想不到今儿我也有了两个媳妇,连秋姑娘也做了咱们家的媳妇,真是一件乐事。你们去跟着婆婆们照应客人罢。”梦玉答应,辞了出来。走到院门口,笑问秋瑞道:“秋姐姐,你如今是客不是客?何苦来呢!昨儿晚上发个标,好好的叫我哭一场,你这会儿为什么不使个性儿家去罢?”秋瑞笑道:“谁知道上了老太太的当。我倒有句话说,今儿你好好的在外面帮着二叔叔陪客,不许东跑西走的。若是走到别处去,叫我知道我就合你不依。”梦玉笑道:“也没有见才拜堂的新媳妇就管男人。”秋瑞笑着啐了他一口。芳芸、紫箫也忍不住的笑起来,说道:“梦玉越发好了,那里学的油嘴滑舌,什么老婆男人的混说。”紫箫道:“你去罢。二叔叔这会儿忙不过来呢,你少在这儿开心罢。”

梦玉笑着正要先走，只见周惠家的同着来顺的媳妇、小金映的媳妇三个人笑嘻嘻的走来说道：“老太太吩咐三太太，已经拜过生日，敬过酒，吩咐三位新奶奶且不用出去，派咱们三个人来伺候着到介寿堂去开过脸，换了吉服，再出去照应陪客。又吩咐内外众人，称鞠姑娘是荫玉堂大奶奶。”周嫂子一面说着，不觉已到介寿堂的院子。只见金凤急忙忙跑了过来说道：“老太太到富春阁去，已派定二太太带着两位大奶奶在景福堂，三太太带着两位大奶奶在秋水堂，叫荫玉堂大奶奶同二姑娘、郑姑娘、江姑娘跟着老太太在富春阁，姑太太、鞠太太在怡安堂。客人都来满了，吩咐开了脸快去。”周家的道：“也要叫人来得及。”梦玉笑道：“依我说竟不用费事，只要先将眉毛搅了开开鬓，余下的留着慢慢的再开。倒是秋姐姐嘴上的几根胡子，替他去去掉。”众人听了，都“噗嗤”的笑起来。秋瑞笑骂道：“梦玉，你今儿仔吗只同我过不去？”说着，走过来拉他。梦玉笑着，飞跑的去了。小金嫂子笑道：“戴着凤冠撵姑爷，这倒是头一磨儿瞧见。”众人都一齐大笑。

进了介寿堂，金凤拉着芳芸、紫箫道：“两位姐姐前世是怎么修来的，有这样福气？我们从今儿起要改口叫大奶奶了。”芳芸、紫箫道：“妹妹，你怎么说起这话来？咱们是怎么样的姐妹！也不能够就将妹妹们撇掉了，横竖姐妹们谁也丢不掉谁。秋姐姐正约定明日到六如阁拜姐妹，谁知老太太的恩典，今儿就这样一办，真是叫我们三个人就是做梦也梦不到的事。”金凤笑道：“总是姐姐们的福气，咱们那里赶得上呢！”周嫂子笑道：“依我说，都不要谦虚，倒是开了脸，赶紧去照应的为是。”

秋瑞们在介寿堂开脸之事暂且慢表。且说梦玉跑到外面，正是一阵一阵来客的时候。祝筠在恩锡堂回拜。梦玉刚走了出来，正遇着一大堆的客人进来。他就赶忙邀住，都到崇善堂去回谢。又来好些在敬本堂等着拜寿。叔侄两个这一早上至少也磕了三四千头。祝筠去各处照应吃面，派梦玉在茶厅上接待来客，直闹到晌午客人来齐，各处面完之后，都开了戏。梦玉在四处照应张罗，满身是汗。鞠冷斋瞧见说道："你不用照应，今儿来的客，都知道是照应不过来的。我方才对你二叔叔说过，尽托各家至亲本家做主人待客。他也到意园里歇息吃面去了。你去歇歇罢。"梦玉心中甚喜，连声答应，也就脱身下去。

走进垂花门不走甬道，就着西廊下，一直绕到景福堂夹道进去。先到海棠院瞧了瞧，只有两个老妈儿看着院门，余下的都在外边伺候。折转身出来，四处一望，今儿比昨日来的人更添了几倍。见东边听事房前，站着一堆人在那儿指手画脚，不知说些什么，内中有一个看去倒像紫箫，忙走过去，原来是江苹、芍药同几个嫂子们对那些跟来的姑娘、嫂子们说话呢。江苹瞧见梦玉，说道："大爷来的正好，请他拿个主意。"梦玉笑道："我有什么主意？"王贵家的同江苹说道："怡安堂的三个金爵杯被人偷去了；介寿堂不见了三个满绣花的椅披同那一尊满红昌化石的大罗汉；如是园竹香梧影山房多宝厨上，不见了一个羊脂玉东方朔，又打碎了一个霁红盘子；北院里翠凤姑娘屋里，不见了一枝银簪子、一只镶金的风藤镯子、一块挑花汗巾。还不知那里不见些东西。刚才都到垂花门去报查大奶奶同槐大奶奶，他们两位倒说的好笑：'谁叫你们不小心照应！今儿跟来的姑娘、嫂子、老妈们有六七百人，问谁去要呢？在什么地方不见的，就叫派在那儿的赔。'怡安堂是我同芍药姐姐管陈设，介寿堂今儿是三多、吉祥两个，竹香梧影山房是绣花处的廖嫂子一个，只有翠凤姐姐屋里没有人，他关着房门，谁开了进去硬拿了他的去。大爷，你想这事怎么办法，这不是活要急死人吗？不知是谁家跟出这样不要脸的贼老婆来！这样的贼娼妇、贼婊子、贼蹄子，带他出来打嘴现世的丢人！"江苹只顾混骂。芍药同这些嫂子们都呆呆的想不出主意。梦玉道："我倒有个绝妙的主意，又省力又安静，又不张扬。"江苹忙问道："是一个什么主意？"梦玉笑道："依我的意思，竟叫他们拿了去就完了。"众人听了，都"噗嗤"的笑起来。芍药道："咱们赔金杯子倒还有限，王嫂子同大金嫂子是这里的该班，自然少不了他们，一股儿的四个人，每人拿出几十两银子也罢了。倒是三多、吉祥他两个真要急死。那一尊罗汉是老太太最心爱的，拿个什么赔？还有廖嫂子的羊脂玉东方朔，他一个儿赔得起吗？翠凤的那点子东西，算不了什么。”王嫂子道：“我瞧着他两个今日要急出人命来！”

梦玉听了，倒吓一跳，说道：“你们都不用乱，我真个有个主意。”用手指道：“这件事总在他们几个人身上。”站着跟太太、奶奶、姑娘的那些姑娘、嫂子们都面红面胀的说道：“大爷怎么说在咱们身上？这个样儿倒像是咱们这几个人偷的，就说的咱们这样不要脸，跟着主子出来丢人。”内中有汪太太身边的姑娘彩凤，也有十八九岁的年纪，长的很有几分姿色，向来同梦玉最相得。这会儿急的眼泪汪汪哭起来，说道：“梦玉，你越发好了，将咱们也当做贼！”梦玉见他臊的哭起来，赶忙过去拉住他，说道：“姐姐，我并没有说你们是贼，我还有下文没有说出来，你就着了急。我先给姐姐陪个礼！”说着，抱着彩凤的腿跪了下去，众人又都笑起来。彩凤道：“冤人做贼也是你，替人陪不是又是你，真怄死了人！老祖宗，你请起来，叫人瞧着像个什么样儿。”梦玉笑着站了起来，说道：“你们听我的下文。这件事必得要彩姐姐同在地儿的姐姐、嫂子们去办，也没有别的办法。那拿去的人不过欢喜那罗汉红的有趣，拿去玩玩；那三个金爵杯，也不过看着黄亮亮的，拿去喝个酒儿。这都是常事，也算不了什么偷。这会儿咱们硬嚷着说他们偷去了，那拿去的人，他要拿出来，脸上觉着害臊，是断不肯拿出来的。咱们这会儿没有别的，只有拿东西同他们去换。我将手上这双紫金镯子交给彩姐姐带着去访问访问，是谁欢喜拿去的。先将这双镯子换了罗汉回来。设或有人知道点影儿来通个信儿，我送他一只金镯子。千急别混冤人，这可不是玩的。只要私下去悄悄的问问人就是了。若是喊着去问，别说是谁，就是我也断不肯承认的。”说着，将一双镯子取下来，递给彩凤说道：“拜托，拜托！”彩凤道：“我这肉皮儿没有沾过金器，又没有带着瓶抽子，你交给别人罢。这件事我替你去细访出这贼养汉老婆来，我活撕了这贼蹄子，还要拿东西去给他换呢！你倒是照会垂花门的人：凡是外来的老妈、嫂子、姑娘们，一个也别放出去。我自有道理。你快去知会！”梦玉道：“好姐姐，你将这双镯子收着，别叫我脸上下不来。你向来是怎么个儿待我的。”说着，将他的手拉过来，一只手替他套上一只。差人到垂花门去照会。

转身到介寿堂来，见吉祥、三多急的面皆变色，也同着几个嫂子、姑娘们在那里纷纷议论。梦玉走到面前，当着众人响响的将托彩凤去找的说话说了一遍。三多道："彩姐姐替咱们找出来了，他真是我的亲妈！"梦玉道："两个姐姐不用着急，横竖总在我身上，还你们东西就完了。"吉祥们才略略放了一放心。

三多道："你们的新奶奶才过去了一位。我们让他进来坐坐，他连鼻子里的气儿也不转一声儿，抿着嘴儿笑了笑，赶忙就跑去了，倒像谁要拉着他借三两五两呢！今日才得了意就瞧不起咱们穷朋友，再隔两天更不用说了，眼睛里早瞧不见咱们！"梦玉笑道："好姐姐，你说的是谁？我又不知道。"三多道："是新任承瑛堂的西大奶奶。"梦玉笑道："紫姐姐再不是这样的人。想是他有事，没有空儿同姐姐们说话也是有的。总是我的不是，我给姐姐打个千儿陪个礼罢。"说着，赶忙给三多、吉祥打了两个千儿，引的众人大笑，说道："明儿再娶几位大奶奶来，大爷一天还不够替人家陪不是呢！"梦玉笑道："我去瞧瞧紫姐姐来。"说着，转身就往承瑛堂来。到了院里，见秋雁在卷棚下凉榻上，手中拿着把长穗子的芭蕉扇，仰面歪着身子靠在窗槛儿上打盹儿，四面静悄悄的并无一人。梦玉轻轻的走到面前，将舌尖儿在他香口上的胭脂舐了一舐。秋雁惊醒，见是梦玉，抿着嘴儿笑嘻嘻的拉他坐下，轻轻的问道："你是来瞧紫丫头的吗"梦玉点点头。秋雁道："他方才伺候老爷吃过参汤，又吃了点子饭，站着说了一会的话。等着老爷睡下，他到屋里歇歇去。开了脸，越发出脱的像个美人儿似的。承瑛堂的人你倒得了两个。"梦玉笑道："你也会中人。"秋雁笑着将头摇摇。梦玉见有两个嫂子们走进院来，起身对着秋雁道："我去瞧瞧紫姐姐。"秋雁点头。

梦玉下了台阶，转入东院到紫箫屋里。见紫箫坐在中间屋里炕上，拿着手镜细细对照，莺儿站在旁边。梦玉道："姐姐，你进来做什么？"紫箫道："我回来打发三叔叔吃饭，等着睡下我才过来歇歇。秋水堂有妈妈同芳姐姐照应着，我略坐坐再去。"梦玉道："老太太的寿面，我还一根儿也摸不着吃。"紫箫惊道："你还没有吃面吗？"梦玉道:“我随着老爷尽剩磕头,那里还有吃东西的空儿? 这会儿老爷也乏了,到意园去吃面,我才偷空儿进来。”紫箫道:“不用多说,叫莺儿快去对颜嫂子说,大爷没有吃面,叫他赶着下两碗蟹面来罢。拣着大爷喜欢的热炒儿要四个。再到咱们小茶房里对陈嫂子说,要壶酒,就拿到我屋里来。”莺儿答应。才要转身,紫箫笑道:“莺儿连点规矩也不知道,见大爷也不磕个头。”莺儿笑着赶忙磕头。梦玉笑道:“你是陪嫁丫头,以后要叫我姑爷才是。”紫箫笑道:“莺儿快去罢。”莺儿站起身来,飞跑出去。

紫箫道:“丫头们面前,别同他疯疯傻傻的,引的他们没规没矩的不像个样儿。你瞧瞧我这眉毛,他们说有些儿高低。”梦玉捧着他的脸,左瞧右瞧说道:“别要听他们的瞎话,好好的有什么高低呢!你倒越标致了。”紫箫笑道:“芳姐姐比我还要好呢!”梦玉道:“姐姐,我今儿到你屋里来。”紫箫道:“我手上的刀伤还没有好,你到芳姐姐屋里罢。”梦玉点头道:“我等姐姐手上几时好,我几时来。”紫箫笑道:“来不来都没什么要紧。我要嫁你为的是终身得个有情丈夫,不枉了嫁夫一世,并不为枕席之爱。我今儿蒙老太太的恩典配你为妻,我已是心满意足。只要同你有过一宵之爱,我将来死了也是瞑目的。”梦玉听着,想起昨夜的心事,就止不住两泪交流,十分伤感。紫箫只道是为他说了几句伤心话,他是个多情的人,所以动了伤感。倒觉得动了多少恩情,心中甚为疼惜。赶忙将他搂着,脸贴脸的说道:“好兄弟,我不过这么瞎说。你也值得鼻涕眼泪的哭起来!快好好的,明日晚上到我屋里来。”梦玉点点头。

正在说话,见莺儿同打杂的老妈儿端了面菜来。就摆在炕桌上,设了两副杯筷,斟上酒,两个人对坐饮酒吃面。正吃得十分高兴,听见外面有人问道:“大爷在这儿没有?”

不知问的是谁,且听下回分解。

第二十九回　石罗汉先失后得　角先生移东补西

话说梦玉同紫箫正吃的高兴，听见外面有人问道："大爷在这里没有？"莺儿忙去一瞧，说道："是彩姑娘。"梦玉叫道："彩姐姐，我在这儿。"彩凤听见走进屋来。

原来这彩凤因梦玉托他寻访失物，他应了这件事，随向江苹、芍药要了二三十个小锞子带在身边。走到各处，将那跟太太、奶奶、姑娘来的丫头们择其能干精细的叫了二三十个，领着都到米山堂后身有一带群房，最是幽僻之所。邀众人坐下，彩凤道："诸位姐姐们，在这儿我有一句话说。方才听见祝老太太的介寿堂不见一尊大红昌化石的罗汉，是老太太的一件最心爱东西。还有怡安堂祝二太太那里，不见三个金爵杯。这园里竹香梧影山房不见一个羊脂玉东方朔。余外还不见些簪环首饰、椅披衣服等件。他们这里人都满疑心是咱们跟来的人偷去的。本情今日跟的人也有三二百，巧巧的就是今日不见东西，贤愚不等，原难怪人家疑心。若是这件事咱们不替他们查出来，人人都有个贼名儿在身上，再也洗不干净。不但咱们见不得人，连咱们的主子也是没有脸的了。我请诸位姐姐们来没有别的，咱们赶紧分头去侦访，总在垂花门以内，用点心儿寻出真赃实据。那一位寻出来的，我送他一只三两重的金镯子，拿回家可以改得一双。众位姐姐都访出实据来，我每人送一枝金簪子，并不说谎。这会儿先送姐姐们一位一个银锞做个信意儿，等找出来，照着我说的奉谢。"这二三十个姑娘们七张八嘴的说道："姐姐，你怎么说起谢的话呢？咱们都耽着个贼名儿在身上，谁不出心出力的去找，这东西就算他偷定了。"众姑娘们一个个线头胀脸的都动了气。彩凤见他们动了公岔，心中甚喜，连忙将银子取出来要分与众人。那些姑娘们说道："姐姐，你真是可笑，难道咱们只要银子，不顾脸面吗？你且将银子留着，等咱们查出来了，要谢谁再谢。"只见跟周太太的一位姑娘叫做红叶，说道："介寿堂的东西，我倒想出个影儿来了。彩姐姐，你给我四个锞儿,我到一个地方去买个线就知道了。"彩凤道:"很好,这件事就交给你。"说着,交四五个锞儿给红叶。谁知跟江小姐的姑娘采莲说道:"彩姐姐,你也给我几个,我也想出一条线来,只怕东方朔倒有点影儿。"两个姑娘说着,都抽身去了。又有三四个姑娘也要几个锞子,说道:"我们也去买个线儿,访问访问,不知是不是。"众人道:"咱们访的有点影儿,在那儿会齐呢?"彩凤道:"你们有了信儿,只要对我丢个眼儿,仍到这儿会齐。"彩凤将那几个锞子交给众人带去。彼此再三叮嘱,总到这儿会齐。姑娘们应允,纷纷而散。彩凤也到各处去寻访踪迹不提。

且说周太太的红叶姑娘离了米山堂,心中一路想道:"事不关心,关心者乱。我方才在怡安堂站着,看见秀春打介寿堂出来,走的十分急促,我叫他两声,他也并不听见。瞧着他走到院门口遇着三子,两个人不知捣些什么鬼。只见三子接了一件什么东西,赶忙跑进院去。只怕这里面有点缘故,须得想出一个法儿来套他们的口气才好。"红叶一路想着,不觉已到凝秀堂的院门口。走进院去,径到秀春屋里来。掀起帘子往屋里一瞧,并无一个人影儿。红叶走进去到套屋里,见靠墙摆着四个描金箱子,都是锁着。炕对面摆着两口花梨柜子,也是锁着。红叶坐在炕上,靠着那折叠的被褥细想主意。想了一会,竟毫无头绪,心中十分烦闷,倒觉得有些困倦。想着要打个盹儿,就将他被褥上月白单绸的遮尘卷起,拉他被褥下的那个绣花枕头。使劲一扯,不觉将被褥一齐推倒。红叶将枕头取出,赶忙跪在炕上替他将被褥一件一件的堆摆起来。才堆到第二床被,觉着有一件硬邦邦的东西在被里。伸进手去取出来一看,原来是一个广东人事,上面拴着两条红绫带子。红叶看那品儿不甚文雅,登时面热心跳,赶忙替他仍放在被里。又将那一床松花夹绸被取起来,才要堆上去,觉着里面也有一件东西。红叶想道:"又是那件好东西!"由不得心旌大动,觉着一股热气直冲了下去,身子甚为松快。赶忙将手在裙子里摸了一摸,谁知那银红单绸裤子早已湿透。心中想道:"秀丫头真该死,是谁给他的这些东西!"伸手到被里去,取出来再瞧瞧。拿在手里定睛细看,一个心几乎要跳了出来,又惊又喜又着急。原来不是角先生,正是那个不见的大红昌化石罗汉。红叶赶忙将手中的汗巾将他包好,拴在裙腰带上,随将被褥、枕头俱替他堆好,走下炕来。才要出去,心中忽然转了一念,走到炕边伸进手去,将那个先生请了出来,就将他的红绫带子紧拴在裤腰带上,忙忙的走出院去。转过影壁,只见多少人在那里抬点心果碟,又有好些人在那里领晚间蜡烛。

红叶趁着热闹,就一溜烟儿出了院门。心中又喜又乐,且不去见彩凤。顺着脚东走西走,见那几个访信儿的姑娘们,也有拉着个人在那里交头接耳说话的,也有走出屋来的,也有站着想心事的。红叶看见,只做不知,慢慢的走了过去。听见祝府的姑娘、嫂子们在那里邀跟来的众人吃点心。那些大大小小、老老少少的姑娘嫂子、奶妈老妈儿们,都一群一阵的往两边群房里去了。

红叶赶忙折到廊下。见有跟郑汝湘的姑娘碧霄往北院里出来,手里抱着一卷东西,满面飞红,别着身子飞跑,往如是园去了。红叶十分诧异,也赶忙随后尾着进了园门,看见碧霄拣着绕路,竟往米山堂后身去了。红叶跟着走到屋里,见彩凤同着十几个姑娘们都在那里笑容可掬的说话。碧霄走到里面,将抱着的一个蓝布包袱放在炕上,忙拿着一把满金全棕扇子站着不住手的乱扇,嘴里说道:“热死我了!”

彩凤们都笑道:“今日出汗的人多着呢,就是你一个人受热吗?”红叶道:“你们满脸笑容,想得着了采!说给我们听听,也好放心。”彩凤笑道:“人心隔肚皮,真叫人再也想不到。不亏采姑娘留心,凭你是谁,也找不出来的。”红叶问道:“拢共拢儿都找出来吗?”彩凤道:“光找出东方朔同杯子来,石罗汉还没有影儿呢。”叫了红叶到身边,悄悄的对他说道:“真是可笑,这杯子同玉人儿不是咱们这些人偷的,谁知是戚大奶奶!你说怪事不怪事?”

采姑娘在后面院子里,见外儿瞧见戚家的侯妈蹲在地下包东西,远望着黄的白的,只当他分的寿桃果子,也全不在意。后来到金凤姐姐屋里去,又遇着他一个人儿在那里捆包袱,左扎右扎的捆个不了,采姑娘方才疑心这件事有个缘故,原打谅着去找侯妈。同他商量,谁知到金姑娘屋里去,只有他的丫头有儿看着屋子。采姑娘问‘侯妈的衣包拿去没有?’他说:‘在我炕上呢。不知他衣包里包着些什么宝贝,一会儿来瞧七八磨儿。才不多一会儿瞧了瞧,这会儿吃点心去了。’采姑娘就叫有儿瞧着院门,说道:‘你远远瞧见侯妈来,你就赶忙咳嗽,我倒要瞧瞧他衣包是些什么宝贝。’将他的衣包解开一看,谁知杯子、人儿,还有两件玉器、十几双牙筷、六个银羹匙、两个铜碟子都在包里。采姑娘拢共拢儿都拿了出来,将他的包儿照着给他包好。这不是炕上堆的都是,你说好笑不好笑?”

红叶道:“碧妹妹的那一包又是什么?”碧霄道:“我也不知是什么,在北院里海棠姐姐的炕洞里,不知是谁的。我拿起来瞧见里面有绣花东西,我就连这包儿拿来,你们解开去瞧罢。”于是,众人七手八脚的解开包袱来看,果然三个满绣椅披、两把银壶、一把镶银筷子、一匹大红绸彩、一柄湘妃竹白纸画碧桃花的扇子、大红穗子上一个羊脂玉的连环双喜,还有一串赤金的牙签、三事拴着两个大红打金子儿的槟榔荷包。还有几件纱裙、纱袄。众人笑道:“这不知是谁的?”彩凤道:“咱们也别管他是谁藏的,只要将金爵杯同玉人儿拿着去交给玉大爷。余外的东西一箍脑儿都交到垂花门,等着查大奶奶、槐奶奶去查,是那儿失去的,还归在那儿就完了。只是还有一件最要紧的东西倒找不出来,这怎么好呢?”红叶笑道:“许下的金镯子拿来,马上就有东西。”彩凤笑道:“许过的一点儿也错不了。”

红叶拉着彩凤对着耳朵笑说了一会,彩凤又惊又喜。红叶在裙子上解下来递与彩凤。众人看见都一齐大乐。彩凤道:“我将三样拿去交给玉大爷。红姐姐,你们将这些东西都交到垂花门去。等我对玉大爷说明白了,再谢你众人罢。”红叶笑道:“你对玉大爷说,要好好的谢谢咱们才得呢。”彩凤笑道:“那个自然。你将汗巾儿借我包着,一会儿还你。”红叶道:“你也照着我拴在裙子上,将这个玉人儿也藏着,再将手巾包着这三个杯子,人家也瞧不出是个什么。”彩凤依着他包好,说道:“我去找玉大爷,你们也到垂花门去见查大奶奶们交代东西。”众人应允。红叶笑道:“还有一件宝贝,也给你们瞧瞧。”说毕,将衣服掀起,众姑娘瞧见,一个个面红心跳,笑的要死。彩凤笑道:“你要死了,那里去找出来的?还不快些掷掉了!”红叶笑道："就是他的，我自然有安置他的地方。你们都别言语。"说罢，众姑娘笑着一齐都散了米山堂。

不说众人到垂花门去。单说彩凤到了怡安堂，问那些听事的嫂子们，知道大爷到承瑛堂去了，他就赶着往介寿堂来。看见三多同几个姑娘、嫂子们站在甬道上说话，彩凤问道："大爷在这里吗？"三多道："在紫姐姐那边。"彩凤听说，竟到紫箫院里来，莺儿打起帘子让他进去。梦玉下来让到炕上去坐，叫莺儿添副杯筷。紫箫道："我让彩姐姐到这儿来坐。我本来才吃了面，任什么儿也咽不下。"彩凤道："何苦呢！我不来，你们两口儿吃的很热闹，这会儿我来了，你就吃不下，明摆着是多嫌我。我倒去罢，让新大奶奶陪姑爷吃酒。"说着，转身就走。紫箫一面笑着，将他抱住推到炕边，仰身按倒，自家压在他的身上。梦玉笑道："紫姐姐，你看碰着刀伤。"彩凤正笑的气也喘不过来，说道："你听听，你汉子疼你呢。"紫箫越发使劲的格肢。彩凤极口的央求告饶，才放他起来。头也闹散了，花儿朵儿掉了一炕。彩凤道："这是何苦来呢！将人家的头也闹散了。"紫箫叫莺儿将梳盒子端过来，叫彩凤坐着吃酒。他跪在背后给他梳头。

彩凤对梦玉道："承委之事，幸不辱命。"梦玉听了大喜，忙止住道："你且慢说，等我先敬你一杯。"说着，赶忙将面前的一个玛瑙杯子满满斟一杯，亲自送到彩凤口边。彩凤那里肯喝。梦玉跪在炕上不住的央及，彩凤只是不喝。紫箫笑道："这小蹄子，明日一等一的会磨男人。"彩凤笑骂道："紫丫头，你别得了意，嘴里浪着混说。等着我撕你的嘴！"一面笑骂，就着梦玉的杯子一口饮尽。梦玉又拣点子菜递在他口里，问道："姐姐，你东西都得了没有？"彩凤笑道："要紧的都得了。"梦玉道："凡是外来人拿去的，姐姐都不用说出名儿姓儿来。若是咱们家里人拿去的，姐姐只管说，咱们也好知道知道。"彩凤笑道："人家都说你做人好，真个一点不错。我拢共拢儿都不说罢，将东西都交给你。别的罢了，就是采莲、红叶、碧霄他三个人要谢谢，全是他们的大力。你这双镯子，也交还你，该应怎么谢法，你各自各儿去谢。"说着，将身上手上的都取下来。梦玉笑道："且将别的丢开，你到底说咱们家里有谁在内？"彩凤道："说出来叫你们都要臊死，还是你们的好朋友呢！”紫箫对着莺儿道：“你到厨房去对辛嫂子说，叫他用好汤下一碗细粉来，是我要的。快去！”莺儿答应着去了。紫箫问道：“是谁？”彩凤笑道：“是你们眼面前的傲人儿。”梦玉道：“到底是谁？好姐姐，你快些说罢！”彩凤道：“说起来也实在可笑，是凝秀堂的人，你们猜是谁？”梦玉笑道：“若是凝秀堂的人，只怕是他。”紫箫道：“我也猜着一个。”彩凤道：“你们都别说破，各人写一个字，我瞧瞧看是不是。”紫箫道：“让我先写。”就拿着抿子柄儿在彩凤手里写一个“秀”字。彩凤对着梦玉道“他的有了，你也写个，我瞧瞧。”梦玉拿着筷子蘸着酒，在桌上也写一个“秀”字。

彩凤大笑问道：“你们两个怎么这样猜的准？真是一张床上不出两样的人。这才是同心同意，像个夫妻。”紫箫抿着嘴儿笑道：“别说是这点，就是你的心儿肝儿里面的事，我也一猜就猜着。”彩凤道：“你猜我心里想什么？”紫箫道：“我猜着你心里想着嫁人。”彩凤红着脸掉过身来，照着紫箫啐了一口，道：“不害臊的，谁像你想疯了心的想呢！”梦玉笑的拍掌打手的说道：“我替彩姐姐罚他一杯。”说着，忙自斟了一杯送到紫箫口边，紫箫也一口干了。彩凤笑道：“今日才做亲，就是这样心疼！”

紫箫正要打他，只见三多、吉祥、江苹一齐走了进来，说道：“彩姐姐，这会儿怎么又梳起头来？”彩凤笑道：“新大奶奶将人家的头都闹散了。”三多道：“你们在这里乐的要死，咱们是只剩了上吊呢！”梦玉道：“三位姐姐还不快些谢谢彩姐姐呢，都替你们找出来了。你们瞧瞧，这不是吗？”三多们瞧见，登时大乐，赶忙向着彩凤拜谢道：“好姐姐，真是我们的救命星儿！怎么个谢你？”彩凤道：“不用谢我。倒是红叶、采莲、碧霄他们三姐妹儿，必得谢谢才是。全是他们三个找出来的。”吉祥道：“咱们怎么个儿谢呢？”梦玉道：“不要你们费心，我写个条儿，打了花押。江苹姐姐拿到荆姨娘那儿去取三副姑娘们带的金镯子来，送那三位姐姐。我的一双镯子送彩姐姐。”彩凤道：“拉倒，我一点儿东西也不要，别折掉我的这点福气。快收起来！倒是谢谢他们三位是正理。”梦玉到紫箫屋里写个帖儿，画了花押，叫江苹去取镯子。

紫箫给彩凤梳完头，到屋里净手。莺儿同着老妈儿送了粉汤来，一面收拾梳妆奁具。紫箫说：“我去瞧瞧老爷，照应晚上的参汤饮食，安排妥当我就到秋水堂去。你们将这些东西也各人拿去，务必小心，别要再叫人偷去，加意的照应。过了这五六天平安无事，就是咱们的福气。等着过了这热闹，咱们出个公分儿敬敬神，就便请请彩姐姐们这几位。别叫他们笑话咱们不够朋友。”吉祥道：“紫姐姐的话很是。方才查大奶奶们叫人四下里都知会过了，各处都要加意小心。又添派好几位有年纪的大奶奶们，分在各处照应。我瞧着倒可以放心。”紫箫道：“很好。就叫莺儿去将红姑娘、采姑娘、碧姑娘都请来，等大爷面谢。大爷同姑娘们出去之后，你小心照应着屋子，早早的点上蜡。”紫箫说毕，辞了他们，带着莺儿一同出去。三多道：“咱们拿了东西也去罢，等着他们三个来了，再来谢他。”吉祥道：“很是。这三个杯子，也替江妹妹带了去，人儿也给廖嫂子送去，省得他急的要死。”彩凤道：“姐姐们说的很是。”于是，三多们将手巾留下，只拿了罗汉、爵杯、东方朔三件东西去了。

梦玉过来拉着彩凤的手替他带上金镯。彩凤道：“我没有你们府上这些姑娘们的福气，带着不配，你且留着。我慢慢领你的情罢。”梦玉道：“这又算什么？等着我还要送姐姐些东西呢。”彩凤道：“你等着十月里再送我罢。”梦玉道：“姐姐十月里有什么事？”彩凤彻耳根通红，抱着梦玉对着耳朵轻轻说道：“我十月里要出门。”梦玉不懂，忙问道：“姐姐你出门到那儿去？”彩凤脸都胀紫了，对着耳边道：“出嫁。”梦玉点头，轻轻问道：“你姐夫是做什么的？”彩凤道：“他原在贾府里跟什么宝二爷的，后来又跟了几年外官在门上，很发财。我是舅舅做的媒说给了他。这新近有了书来，说十月间要回来做亲，我赶九月里也就要出去。等我过去了三天，我叫他亲自来请你。”

梦玉点点头，还要问下去，只见江苹拿着三双镯子进来说道：“荆姨娘说鲫鱼背的都没有了，拿了两副纽丝、一副蒜苗梗的来，问大爷若是不合式，再叫人到长泰楼去取三双来。”彩凤道：“这就很好，倒别费事。”正说着，红叶、采莲、碧霄同着莺儿都一齐进来。梦玉、彩凤同站起来，梦玉道：“姐姐、妹妹们费心，我实在很过意不去。

每位一双镯子不过遮臊，等着慢慢的再谢姐姐、妹妹们罢。”江苹道：“本该我们拿出来谢才是个道理。这会儿大爷替咱们先谢，等过这几天，我同着三姐姐们再谢诸位姐姐、妹妹们罢。”红叶们那里肯要，再三推辞。彩凤道：“依我的意见，竟领了玉大爷同诸位姐妹儿的情罢。”于是，红叶们各人收了一双。

梦玉又叫莺儿去取一壶酒来。江苹有事先去。梦玉拉着他们这几个坐了一炕，吃的十分热闹。采莲道：“我方才见戚大奶奶拉着陶姨娘在那里不知说些什么，只听见陶姨娘说，要过几天才有呢。戚大奶奶说，实在这三几天就要起身，今日必得是要。我瞧着他很央及陶姨娘。我正听着说话，莺儿来找，我就到这儿来了。”梦玉笑道：“他们说的事我知道的。咱们喝酒，不用管他。”红叶道：“今日散的早，我听见太太们吩咐不必上灯。这会儿已经催着上席。本来这样的长天又热，我瞧着太太们都闹乏了，早些儿散，也让本家的太太们歇歇，接连着的辛苦是当玩的?”梦玉道：“还有六七天热闹呢!”采莲道：“咱们姑娘同郑姑娘，老太太留着帮忙不叫回去。老太太说，照着去年住半年才许回去。”梦玉道：“你们太太应了没有?”碧霄道：“有什么不依。”梦玉欢喜道：“咱们又好热闹。”红叶道：“咱们也不是说闲话的时候，你也该出去照应客人。别叫二老爷一个人儿张罗。魁大爷也进来了好一会，不知出去没有?”梦玉道：“他倒为什么不来找我?”红叶道：“他同着咱们这些小爷们有二三十位东走西逛，我方才来的时候，你们这位魁大爷正同着丹桂姐姐在那儿围着一堆，很热闹。”梦玉笑道：“魁兄弟的性儿再也摸不着他的，他又另是一样的脾气。”采莲道：“魁大爷同咱们姑娘、郑姑娘们都说得来。”只听见外面一人接道：“我也说得来。”

众人吓了一跳，忙瞧是谁。原来是杨华的媳妇，笑嘻嘻走进来。红叶道：“我说那里来的这个美人儿，原来是你。”彩凤道：“杨嫂子本来是这里一等的脑儿赛。”杨嫂子道：“我来找大爷，并不是来同姑娘们赛脸蛋儿。我若是长着好脑袋，也陪着大爷喝个酒儿逗个趣儿，身上的钟儿、表儿、金镯子儿全有了。因为长成个倭瓜样儿，巴结不上大爷，连大爷的屁儿咱们还够不着闻的分儿。”梦玉笑道：“我又没有招着你,为什么连我也拉在里面? 这是不依的。”说着,跳下炕来将杨嫂子一把抱住,推到炕上。众姑娘一齐帮着将他按翻,碧霄、采莲骑在他身背上,红叶、彩凤将他银红介地纱裙掀起,梦玉拿着手掌在他屁股上打,耳边听见有人叫道:“请大爷呢。”梦玉听了,赶忙对着红叶道:“我去去再来。”说着,飞跑去了。彩凤将杨嫂子的桃红单绸裤子扯开,在那像羊脂玉的屁股蛋上一面打着一面问道:“你还雀薄我们不雀薄呢?”杨嫂子又笑又骂又央及。五个玩笑了一会,帮着莺儿收拾桌上。诸事完结,又叮嘱几句,叫他照应屋子。

然后众人一齐出了院门,顺着回廊走出承瑛堂大院门,绕过影壁往西一转,上了介寿堂卷棚下东台阶。见三多们都坐在那里,见他们来起身让坐。红叶道:“你们在这里坐坐,我去瞧瞧再来。”

说着,走下中台阶,在甬道上一路慢慢的逛出去,心中想了一计。走出院门才到怡安堂,此时大院子里同两廊下无处非人,两边听事房同群房里面倒像是又摆晚饭的样子,凝秀堂南边厨房门口人都挤满。红叶走甬道上顺着西沿儿过了枣桂堂、集瑞堂的院门,又过了大茶房。那些群房门口姑娘、嫂子们站的蹲的、坐的走的,也不知有多少。转过景福堂进了海棠院,走过山子后身,来到金凤屋里,有儿坐着打盹儿。红叶叫道:“有儿,你姑娘不在屋里吗?”有儿惊醒,见是红姑娘,赶忙站起来说道:“才在屋里擦了擦身,换换衣服又去了。”红叶道:“戚大奶奶的那个包袱拿去了没有?”有儿道:“真怪繁的。侯妈又不拿去,搁在我的炕上他又不放心,倒像谁要偷他的什么。”红叶笑道:“咱们别管他的闲事,我到你姑娘这里来吃冰水儿。”有儿道:“现成,方才姑娘也喝了两碗玫瑰酱的酸梅水儿。”红叶道:“我不要这个,你替我到朱姨娘那里去要半杯的樱桃酱来。”有儿答应着,拿个盖杯出房去了。红叶赶忙将裤腰上的那个东西解下,急忙忙跑到有儿屋里,坐在炕上,将这东西替他塞在包袱里面,抽身出来,站在台阶上等了一会。有儿取了樱桃酱来,同他走到屋里吃冰水。这且慢表。

且说梦玉跑出屋来,见是垂花门听事的张嫂子说:“外面来请大爷呢。”梦玉听说,飞跑出去,到垂花门外。金定说道:“三舅老爷差了一个包程脚子送书子来,老爷瞧了,叫请大爷说话。”梦玉问道:“老爷在那儿?”金定道:“在三如阁。”梦玉赶忙走夹道,穿过崇善堂进了意园,过了老人石、有竹山房、春水绿波、香雨斋、二米堂、小香雪海、拳石轩、绿云堂、皆可亭、杯水堂,过了可渡桥,转过芥舟、如是斋到三如阁。见祝筠同着几位亲戚老爷在那里说话,瞧见梦玉说道:“你三舅舅专差包程脚子来叫你赶着到金陵去交代贾府的房子,贾二太太已经回赎了房子,又帮你三舅舅二千两银子。来的脚子是限日回去的,不能耽搁。我想你也辛苦不起,倒不如明后日到船上去静养几天。老太太的大庆有松大叔同你姑夫照应,很用不着你。进去请老太太示下,看老太太怎么吩咐。”

梦玉答应出来,进垂花门径到富春阁。此时早已上席,即走至祝母身边,各位姑娘们瞧见齐身站起。祝母问道:“外面都上了席吗?”梦玉道:“各处都上了席。刚才二叔叔叫去说,三舅舅快要来了。”就将金陵赎房之事回过一遍,说请老太太示下。祝母听说十分欢喜,说道:“这事也不可耽搁,你在家也实在辛苦不起,下船去倒可以养养身子。过了明日去罢。叫媳妇们明日给你收拾,后日起身。”梦玉连声答应。吉祥道:“姑娘们站了好一会,伺候着呢。”祝母四面一看道:“哎哟!我只顾同梦玉说话,倒忘了各位姑娘还站着呢。梦玉快过去,给姐姐、妹妹们斟杯酒,道个乏。你就去回二叔叔的话,说我叫你后日起身。”梦玉答应,先敬老太太的寿酒,就到四面席上各位姑娘都敬一杯。辞过下来,到秋水堂各位太太们席上斟过酒,就将后日起身之事禀了石夫人。芳芸道:“明日狠可料理收拾,你再辛苦两日,船里很可静养。”梦玉答应,又往景福堂禀了桂夫人。席面上俱敬过酒,转身至意园回了二叔叔的话。祝筠道:“狠好。竟是后日起身。”

此时,内外席上俱赶着上菜。因知道本家连日辛苦过乏,刚到上灯时候,内外纷纷席散。各家姑娘,是老太太留住帮忙不叫回去,他们也要送梦玉起身。席散之后,都到介寿堂请晚安。祝母吩咐,老爷、太太们都过于劳乏,各人安息,不必问安。祝筠同桂夫人也实在乏极,听见这个信儿,夫妻两个无暇料理家政,忙俱安寝。吩咐一切人等俱免请晚安。此时石夫人、梅姑太太、鞠太太俱各安寝。

只有那些姑娘们拉着梦玉们一班儿,先到芳芸屋里去闹新房。谁知道芳芸大病新好过于劳乏,一会儿头疼发热病将起来,支持不住,只得让他睡觉。又到紫箫屋里来,商量着要闹他一夜。众人走进屋里来,看见紫箫躺在炕上哼哼。梦玉、海珠忙问道:“你又仔吗哼哼?”紫箫道:“先前同彩姑娘在炕上顽笑,将刀伤口挣破出了好些血,手都发肿。”梦玉大惊说道:“让我瞧瞧,别伤了风,是不当顽的。快些请外科来瞧。”紫箫道:“何苦呢!又来大惊小怪的。刚才我又上些八宝散,一会儿不疼,他自然就消肿,这也犯得上请外科来瞧!”众人甚觉好笑。郑汝湘道:“咱们的来意是要闹新房。谁知两位新人病的病,疼的疼,叫咱们闹不成,白碰钉子吃个大干儿。咱们只好闹闹秋姑娘。你倒先说明白,是那儿病,那儿疼,那儿肿?别叫咱们再碰钉子。”秋瑞笑道:“我也不肿,我也不病,我也没有屋子。诸位姑娘、太太爱在那儿闹,就在那儿闹。”诸位姑娘道:“真个秋姑娘的新房是在那儿?”梦玉笑道:“我还没有打听。”海珠道:“真个的,姨娘们怎么倒忘了这件事?”掌珠道:“我有个道理,你听我说。”

不知掌珠说个什么道理,且看下回分解。

第三十回　感姻亲金陵修屋　重交接荣府谈心

话说掌珠见海珠说姨娘们忘了秋瑞的新房,他忍不住说道:“这几天姨娘们实在忙不过来,各自各儿自身难顾,咱们也要谅他才是。况且咱们家里新房是有一定的铺陈,就是芳姐姐、紫妹妹都是应该有的。也没有个各自各儿铺现成了床铺,等着新郎去睡觉的道理。”众人听了,哄然大笑。紫箫正疼的哼哼,不觉吃吃大笑。

掌珠道:“咱们这会儿断不可去惊动姨娘们。他们知道了又要为难,这是何苦呢?依我说,我的屋子让出来给秋瑞姐姐做新房,我同海姐姐在一堆儿。咱们这会儿就拉着两个新人过去。诸位姐姐、妹妹们要怎么闹,就怎么闹。”紫箫不等掌珠说完,连声说道:“掌姐姐说的很是。你们就去先闹起来，我一会疼的好些儿也来帮你们闹。”众家姑娘大喜，不由分说，拉着秋瑞、梦玉俱往海棠院来。那些丫头们拿着多少纱灯手照，在月光之下，真是明星朗月伴着广寒仙子一般。此时只有该班值宿的姑娘、嫂子、丫头们往来不绝，其余俱皆歇息。海珠们到了海棠院，吩咐内外加点几枝画烛，多备好茶好酒、果子点心，都摆西屋里，伺候姑娘们闹新房。众人都在新房说笑了一会，直到鸡已三唱，纷纷各散。有的在海珠们房里，有的到芳芸、紫箫屋里，四处分开，都去安歇。秋瑞与梦玉这宵恩爱，只愿团成一人才好。

到次日一早起来，赶忙梳洗。同海珠吃了点心，先到怡安堂卷棚下等候。不一会，芳芸、紫箫都到。梦玉们赶着问好。芳芸道："我因劳乏，因此发烧，睡了一会很觉安静。这会儿精神很好。"紫箫道："昨晚上你们转背后，我疼的没有法儿，昏昏沉沉睡到天亮。这会儿瞧瞧肿已消，手也好了。一会儿见太太别提起咱们病的说话。"梦玉点头，让芳芸、紫箫刚才坐下，宜春出来招手，说道："老爷、太太已用完点心，快些上去，请过安。今日是观音菩萨圣诞，要伺候老太太到六如阁拈香。我听说还要到甘露寺、鹤林寺、接引庵三处烧香。"梦玉夫妻六个忙着上去请了早安。祝筠同桂夫人道："老太太因今日是观音圣诞，要到甘露、鹤林寺、接此庵三处烧香。你们请过安先去吩咐他们预备伺候。"梦玉们齐声答应，退下来赶着往介寿堂、承瑛堂两处请安，又到梅姑太太、鞠太太两处走过，在六如阁等着拈香，见观音菩萨面前供着鲜花鲜果、蔬菜桃面，诸凡洁净。

不一会，祝母同太太们一路说话过来。梦玉夫妻六人一溜儿站着迎接。祝母见了十分欢喜。梦玉等老太太进了佛堂，他赶着同秋瑞们出去上轿，先到甘露寺伺候。等了一会，老太太们轿子已到山门，长老领着合寺僧人出来迎接。祝母们下轿看见梦玉夫妻先在此，心中大乐。殿上拈香之后，到方丈吃茶。梦玉们见老太太快要起身，赶着又往鹤林寺伺候。拈香之后，又先往接引庵。那些姑子们知道老太太亲来拈香，将阖寺收拾的体面洁净。老太太们到接引庵拈过香。姑子们过来拜寿，说道："这几天日夜虔诚礼拜经忏，保佑老太太福寿康宁。昨日蒙赏斋面,合寺俱沾宏福。”祝母很喜欢,送了香金,领着太太们上轿回来。

今日,这些公分的太太们俱已齐集,依旧是内外演戏。芳芸、紫箫虽是病皆好些,到底辛苦不起。席散之后,梦玉仍在秋瑞处过了一宿。

次早请安之后,老太太吩咐饭后起身。海珠、芳芸这一班姐妹,都各人赶着收拾。各堂姨娘忙着料理大爷起身事务。陶姨娘给发盘费;荆姨娘支发跟随大爷出门之大小家人一个月的工食;李姨娘发伙食烛炭等物;朱姨娘发茶酒小菜。一切零物,俱交垂花门领去转发。晌午以后,老太太催着起身。

此时查本已派了老家人徐忠、赵禄,家人里面又派了马遇、李祥、孟升、金映,小子里面派了常儿、定儿、安儿、裕儿。这一班人带着厨子、伙夫、打杂的一共十五人,都领了出门的工食,各人去发行李。徐忠们到垂花门来领大爷的一切行装食物。

这会儿,海棠院忙的了不得。金凤们检点明白,请海珠、掌珠、秋瑞、芳芸、紫箫五位奶奶们过目,叫打杂的老妈们都搬到垂花门交查大奶奶们检点出去。这几位新旧奶奶,你说两句,我说两句,闹个不了。又是本家的几个说得来的姑娘们偷着空儿走来送行,也是千叮万嘱的保重。那外来的各家姑娘、奶奶们,一群一阵的都要拉着说两句话。这会儿的梦玉就长了浑身是嘴,也答应不及。正在热闹,姨娘们又来说道:“所有一切,都交给槐大奶奶们转交出去。”陶姨娘道:“恐你要用,我多发了一百银子盘缠。”梦玉点头。

垂花门差人来请大爷下船。梦玉只得硬了头皮辞别诸位姐姐,人多难以说话,转身竟走。辞过老太太、桂夫人、石夫人、姑太太、鞠太太以及各位太太、奶奶、姑娘们,又到承瑛堂同三老爷说了几句话,辞别出来走到垂花门。这会儿,垂花门口也认不出是谁,一望去都是穿罗着锦,粉面桃腮,真个是花雨香云,瑶台月窟。秋瑞们这三位新大奶奶更外关切,站在门边絮絮叨叨的叮嘱不了。梦玉对着众人说不来话,只是点头,总说了一句:“暂别。”硬着头皮走出垂花门去。外面辞了松大老爷、鞠老爷、梅姑老爷、小梅大爷,每席面上都去致意一声，又到意园里各处走到，辞了二老爷。那些家人、小子跟着一直来到茶厅，本家的师爷、老爷们候送。梦玉道："起身急迫，不及奉辞，反劳诸位候送。"

正在同师爷们谦让，有松大人的门上李福，拿着一个字儿对着梦玉道："这个字儿，求姑爷带到金陵聚宝门外长干里，问贾府的严发，交给他。将来交房子的时候，只怕是他照应，同小的都是贾二老爷做江西粮道时的门上，此时住在金陵，照应着贾府的房粮地土。姑爷到那里，他自然来见。小的这书子内说明姑爷也是贾府的四姑爷，诸事他自然照应。"梦玉道："狠好。"接了他的书子交与徐忠，随即辞别众人，到二门外上了牲口，领着众家人、小子一直上船去了。

且不说梦玉上船起身往金陵并祝筠在家给老太太做完了几日大庆及松大人回杭之事。且说桂恕自从放了广东廉州太守，谢恩之后，领凭起身。无如向来借的帐行短票已转到有二千两银子，帐行的花二爷逼得要死，向他顺长票。花二爷只肯三扣，银子行平行色，折算下来只有二扣来的银子。桂恕是个谨饬的人，如何肯借这项银子？连日又是账主儿孙太太自己上门来要这短票，将桂恕直逼得没有了主意。原来这花二爷，就是花子虚的兄弟花子空。自从他哥哥花子虚死后，他的嫂子李氏大奶奶往前走了一步，将他认了姐弟，常常往来，私下照应。这花子空本是个风流俊俏人儿，因此这姐夫就狠欢喜，三不知的常留他过个夜儿。谁知花子空同他姐夫的孙姨娘也就鬼鬼祟祟搭上手儿，两个人就像火一样的热起来。后来因为李氏大奶奶坐月得病不在了，那姐夫的潘奶奶又想与了个姑爷，很嫌花子空碍眼，就在他姐夫面前造了多少谣言。他姐夫是个没有骨头的人，听了潘奶奶说话，渐渐的待花子空就冷淡下来。花子空少了一个得力的好姐姐，在这门子里有些站不住。就将哥子遗下的一点房粮地土拢共拢儿一卖，得了二千两银子。拣着到京城里开个必发号的大油盐铺子，生意倒也兴旺。相与了一个缝穷儿的叫黑张三儿，虽皮肉儿黑些，颇有丰韵，脚手儿也很小，花子空同他打伙的很热。张三又没有男人，自家做主，带了几百吊钱就嫁花二爷。

这花子空买了人家一张同姓不同名的监照，自家就称起老爷来。

黑张三儿就做了花二太太。谁知孙姨娘自从那财主死过之后，他偷了几百两银子，仍旧去包了几个粉头大开门户，也发了一注子财。因为地方官拿的紧，他就离了家乡，来到京城里开个香算堂的大窑子，自家就做了掌柜的。因花子空去打茶围，忽然相遇彼此十分亲热。孙姨娘一心一意的要嫁他。花子空道："你若是早来一年也好，这如今我已娶张三，若再娶你，恐他不依。"孙姨娘道："这也容易。明儿接他到这儿来同我做几天买卖，我自有主意同他说通。他也没有什么不肯的。"花子空应允。次日，将花二奶奶送到香算堂去，孙掌柜替他拉拢了好些大头，这张三十分得意。孙掌柜趁这空儿同张三说明要嫁花子空的说话，张三应允，说道："我倒有个主意，你只管嫁他。自家赁了房子贴个堂名儿，只说是孙太太。咱们有的这几两银子伙着放个官利帐，叫咱们花二爷做个保家，我同你的这几个老相好的，只管叫他们私下来走动着。这不是一举两得吗？"孙掌柜听了甚为有理，就同张三换了帖，拜认姐妹，将窑子关了，靠着花子空的家里赁下一所大屋子，里面开了门，彼此往来。外面贴个堂名儿，是"香暖堂"。花子空也贴一个堂名儿，是"干谨堂"。自此以后，花子空尽放的是在京出京的官帐，所以桂老爷也用过他三四百两银子。三个月一倒票，不知不觉转到二千两。这会儿，他们故意作难，不怕桂老爷不顺他的长票，孙太太故意去要银子，将桂老爷急的没有法儿。正是天无绝人之路，谁知荆州节度使刘大人的管家得了祝大人的书子，他就雇了包程骡子出京。走不到十来站，遇刘大人内升了兵部大堂，驰驿进京。道儿上遇着，赶忙呈上书子。刘大人在轿内瞧了，十分欢喜。到京之后，面圣谢恩。诸事完毕，赶着来见祝尚书。叙了半日寒暄，然后提起房子道："贾二哥的宅子，我是深知道的。前面几间是官房子，后面都是荣公自家盖的。听着后来又添建了大观园，十分壮丽。不必去看，无不合式。又得年大哥出来调停，更为全美。但我需用甚急，不知贾府的眷属可能就让否？此时弟且权赁几间住着，贱眷一到，断难耽搁。此事总求年大哥为弟策画。"祝凤道："弟明日差人到贾府去致达尊意，想来尚可商量。"刘尚书再三拜托，辞了出去，就到贾府去请贾二太太的安。王夫人知道，赶忙差林之孝到刘尚书公馆谢步请安。接着就送了四烧、四煮、四样点心,共十二样礼。

次日早间,祝府差人过来通知,说太太饭后要过来说话。垂花门上去禀知。王夫人笑道:“有几天不见祝太太,正想着要去请来谈谈。”吩咐差人去请祝太太今日吃午饭。媳妇们答应,赶着传话出去。只见赵奶子抱着宝钗的慧哥儿进来,梳着两个小丫髻儿,带着些石榴花儿,手里拿着一大枝夹竹桃,笑嘻嘻抱了进来。王夫人瞧见笑道:“慧儿在那里戴着这一头的花儿?像个妖精样儿。”赵奶子笑道:“他要四姑娘抱着去逛,四姑娘抱着他东走西走的,到了琏二奶奶院子里瞧见要戴,四姑娘给他戴上的。”王夫人笑问道:“慧儿,你四姑姑在那里干什么?”慧哥道:“四姑姑同和尚睡觉呢。”王夫人、李宫裁、宝钗都哄然大笑。宝钗道:“慧儿,你瞎说,等四姑姑来撕你的嘴!”赵奶子笑道:“四姑娘怄他,抱着搬不倒儿说道:‘我喜欢他,我同他去睡觉,不要你了。’他就说同和尚去睡。”王夫人笑了半日,问道:“你妈妈屋里有和尚没有?”慧哥儿道:“有老和尚。”李纨笑道:“你爹倒是和尚。”宝钗笑道:“你别混说,他听了明日瞧见和尚,他就混认是爹。”王夫人们又吃吃大笑。只见珍珠、平儿都走进来说道:“太太为什么这样大乐?”王夫人道:“你问你的干儿子,他说什么?”珍珠道:“慧儿,你说什么?”慧哥儿笑道:“姑姑同和尚睡。”平儿同珍珠大笑。珍珠笑道:“我打你这小妖精!你还混说不混说呢?”一路格肢,将个慧哥儿笑的吃吃不止。赵奶子道:“咱们快去罢。”抱着飞跑,往外去了。

珍珠道:“方才听见丫头们说,祝太太就来。”宝钗道:“今儿妈妈来,只怕为的是房子。”王夫人道:“我也想着定是这件事。昨日林之孝送礼回来说起,刘大人赁的公馆很窄,家眷来了住不下。听着那些家人们口气,说刘大人看中意咱们的房子。这会儿咱们也没有什么丢不下的事,况且老爷又再三的叫咱们回去,咱们要走就走,也不是什么难事。”宫裁道:“金陵的老宅子也还没有赎回来呢,回去还得找房子住。”王夫人道:“你忘了吗?老爷对着宝妹妹同四姑娘说,桂老爷等着银子使唤,叫咱们就回赎了金陵房子这句话,在桂老爷还没有得广东的信儿,老爷早就知道。这会儿我听见桂老爷正借不出银子。

咱们也是同乡世谊，若是房子上多得几两银子，除了房价外，格外再帮他一二千银子，也没有什么使不得的事。”平儿们都道：“太太说的很是。”

宫裁道：“饭已得了，请太太示下。”王夫人道：“摆上罢，怕祝太太也快要来了。”宫裁答应，吩咐摆饭。王夫人领着奶奶们照常坐下，姑娘、嫂子们轮流上菜。用完之后，伺候净手漱口。各人送上手镜，照着扑粉匀鬓。姑娘们每人托个大红雕漆小花盘，里面另有小银碟儿盛着豆蔻，太太们各取一粒，吩咐都出去吃饭。

王夫人道：“倘若房子丢掉了，平丫头还是同咱们回去呢，还是到大太太那儿去？”平儿忍不住的伤心流泪，说道：“琏二爷在家时，尚不能到大太太那里去，这会儿琏二爷出了家丢下我，断不过去的。太太若是可怜我，带我一同回去。若太太不带我回去，我到馒头庵也出了家，修修来世，别像这辈子，做这样没收梢的人。”说毕，握着脸呜咽而哭。引得宝钗、珍珠听了他这几句说话，几乎将个心都酸碎了，那里还止得住眼泪一串儿的掉下来！王夫人瞅着他们三个，实在伤心。若自家再哭起来，更难以收场，只得勉强笑道：“好好的说话，一个个鼻涕眼泪的哭起来。一会儿祝太太来瞧着，花嘴花脸的像个什么样儿？”李宫裁笑道：“若是祝太太瞧见，问起他们眼睛为什么红通通的，就说是跟着孙悟空过火云洞，叫烟熏着了红的。”宝钗们听见，都止不住“噗嗤”的笑起来。王夫人道：“咱们到绿竹斋去等祝太太罢，那里很凉快。”奶奶们道：“太太想得不错。那里又近着垂花门，接也便当些儿。”宝钗们赶着匀面，跟太太到绿竹斋来。

坐谈一会，垂花门通报祝太太到了。大奶奶们忙出去迎接。柏夫人早已下轿，芙蓉跟着，后面还有一大阵的姑娘、嫂子簇拥而来。李宫裁们上前请安。柏夫人并无客气，一个一个拉着都问好，同进垂花门。王夫人也接了出来，两位太太彼此寒温几句，到绿竹斋见过礼。芙蓉过来请安，同宫裁们问了好，跟来的姑娘、嫂子们都上来请安。贾府的也请过祝太太安。

两位太太叙些家常话，问过尚书的病症，随提起房子一事。柏夫人说道：“昨日刘大人亲自见你亲家说了又说，是必托我们过来求亲家太太准这个情儿，将这房子让他罢，家眷也来得快，一时难得合式。我今日特意过来商量，不知亲家太太能够就让不能？”王夫人道：“我已决意回南，并无挂念。那日亲家说起刘家要房子，我就满应的。原打谅他秋间才来，谁知他内升进来，这会儿就要房住，也只好让他。况且又是亲家同亲家太太的关切，再无不遵命之理。但是亲家大人又在病中，我家环儿、兰哥儿又离家就学，就在家，也是年轻不能料理大事，我只好托老家人林之孝成交此事。明日将这房子的红白老契、添盖修造的帐目并造大观园的地契、工料以及内外一切粗细什物家伙总档子，都交林之孝，去见刘大人面商办理，省了亲家大人病中发烦。我准于七月初间择日起身回南。只是金陵的房子，要同桂老爷回赎才好，不然我回去也没有住处。况且那房子赎回来，还得收拾一两个月也才住得。必得桂老爷星夜差人回去，马上交代房子，我好差人收拾。”柏夫人道：“亲家太太说的甚是，竟是这样办法。我回去同老爷说明，知会刘大人，请他同林管家面商很好。若是桂老三的事，倒更容易。他这几天叫那个什么孙太太逼的要死，自从得了外任，到我家来借过一千五百银子去用，本来帐也忒多，煤铺里都欠下几百吊，又欠了七八百银子的房钱，连草料铺里都欠了三四百吊，这几两银子，那里够呢？偏生咱们这会儿又接不上来。若是回赎房子，我听他说若有三千两银子，还掉那个什么孙太太二千两，剩了千把两银子，也还是不够还帐，要一两银子盘缠也是没有的。”王夫人道：“这件事，亲家太太只管对桂老爷说，叫他放心。等房子回赎之后，我帮他出京。就是亲家太太不说到这一层，我刚才到这里同你的女儿们提过，将来必定帮他。”柏夫人听了大喜，再三称谢。

芙蓉笑道：“两位太太只顾说话，奶奶、姑娘腿都站直了。”柏夫人笑道：“哎呀，真个倒忘了两位奶奶，我两个女儿站在面前，我尽着只顾说话。好儿子，快坐下，快请大奶奶们坐下！”宝钗、珍珠们答应。丫头们送上冰着的西瓜汁，柏夫人嫌冷，另换了一杯温茶漱了漱口，命芙蓉亦去歇歇。柏夫人问道：“我的外孙儿呢？仔吗不见？”芙蓉道：“刚才赵妈抱了上来，见太太在这儿说话，又抱了出去。”柏夫人道：“我正想着他。快去抱来，连毓哥儿都抱来，我瞧瞧。”芙蓉答应，去找慧哥。正瞧见那些姑娘们抱着玩笑，说道："慧哥，你老老要瞧你呢，我抱你去罢。"赵奶子递与芙蓉，又差人去找毓哥儿。芙蓉问道："你想我不想？"慧哥道："想。"芙蓉说："今日也没有叫我。"慧哥叫道："姐姐。"芙蓉喜极，同他一路说话，一路闻他。抱了进来，柏夫人瞧见欢喜道："好儿子，老老几天不见你，狠想着你，你也不想着老老来瞧我？"芙蓉抱到太太面前，说道："请老老的安。"慧哥儿两只小腿儿跪在地上，两只小手儿扶在柏夫人的膝上，说道："安安，安安安。"柏夫人喜的大乐，笑道："好儿子，乖儿子，那里来的一串儿安安安。快起来！老老抱抱。"芙蓉连忙抱起来，递在太太怀里。慧哥儿两只手抱着柏夫人的脸正在亲热，唐奶子抱毓哥儿进来请安。柏夫人欢喜的说不来，一边抱住一个，不住口的心肝儿子亲热不了。平儿、宝钗道："天气热，毓儿、慧儿去罢，等老老凉快凉快。"赵奶子、唐奶子赶忙过来各抱一个，跟来的姑娘、嫂子们人人欢喜，争抢着抱去玩耍。

柏夫人道："我几天没有瞧见巧姑娘，很惦记他，去请过来咱们说个话儿。"王夫人吩咐着人到宁府去接巧姑娘回来，说祝太太在这儿问珍大奶奶同蓉哥的奶奶，不怕热也请过来坐坐。周家的答应，出去传话。不知珍大奶奶来与不来，且看下回分解。

第三十一回　杜麻子门房寻乐　慧哥儿膝下追欢

话说王夫人因祝太太要见巧姑娘，就着人过去连珍大奶奶们都请过来坐坐。

不一会，蓉大奶奶同巧姑娘过来请安问好，说大太太同珍大奶奶因受点子热，身子不好，不得过来请太太的安。彼此叙谈一会，媳妇们摆上果碟子，太太、奶奶、姑娘一共八位，慢慢饮酒谈心。这且慢表。

且说花子空同孙太太们商量桂老爷这件事。老孙道："我昨日到宅里去，听见他家那些嫂子们说，将来只怕是祝大人借他银子还帐,连出京的盘缠也是他的。我看这光景,未必顺咱们的长票。”花二奶奶道:“依我的主意,咱们将扣头放松些,他也没有什么不要的。这会儿给他对扣银子,先叫他写下四千两银子还了短票。套住了他,不怕他不走咱们这条道儿。真个祝大人那里有这些银子帮他?这都是那些娘儿们的老谣。他若是写下这票帐,明儿我同了去要银子。他的门上杜麻子,是我的旧相好,他好意思不照应我的吗?就是桂老爷,也不过三十几岁的年纪,这会儿的人,谁是老实的?我再拿出点儿家数来引他上了手,就要在他身上发个财。慢慢的将那些官亲、师爷、二爷们都叫他下了水,不怕他们不给我钱。我说句老实话,不弄他一两万银子,也见不得你们。”老孙笑道:“你别瞧着银子钱这样容易,也不过说着好听。像我那几年,不知相与了多少冤大头,那里攒得了钱?后来遇着几个行家,他喜欢我的身法好,在我身上狠花了几个钱,才积下这儿两银子放帐。你那道儿那里去得?不是我夸口说,凭他什么有工夫的人,只要他上了我的身子,我若喜欢他,叫他多耽搁一会。我若是嫌他,马上就叫他完结。我瞧着你竟差着呢!那天你同朱老七闹那半天,我出来进去的多少磨儿,是多大的工夫?后来瞧着你很乏的使不得,我才上去接你下来。你瞧见他到我手里,一会儿就叫他像个棉花团儿似的,动也不叫他动一动。要有咱们这样本事,才出去要得帐。像你那样的身子,遇着有工夫的,三几个就盘的你筋疲力尽。别说要帐,只怕连家也回不来了,只好流落在那里,赁间屋子,还做你的旧买卖罢。”花二奶奶道:“依你这样说,我是去不得的。”花子空道:“孙大姐姐的话说的很是。若是桂老爷顺上了长票,只好叫孙大姐姐去,倒可以得利回来。你且住在香暖堂,还应酬着那几个旧相好的,别放掉他。我这里将你妹妹接了来,他的那几个主儿只管叫他带过来,我好意思还要分他的什么?房子、酒饭是我的,算我做姐夫的帮他,叫他发个财儿。等着孙大姐姐回来了,咱们再商量。他肯同咱们开局子呢,也很好。他自家要办个什么儿,也很好。总随他的便。”花二奶奶道:“我地根儿叫他同过来。我说,你爱嫁姐夫呢,也算上了你。你若是不爱嫁他,叫姐夫替你拉拢拉拢,也省得你背着包儿满街的跑。我也对他说过,不分他的股儿。他说,且等我再走一两年,身边有几两银子,再来同你们打伙儿。明儿若是孙大姐姐跟着官儿去了,我去硬叫了他来,帮着咱们打个伙儿。”老孙道:“你们且别议论,等我到桂家去看看光景是怎样的。可以下得去,我就应了他的长票,等二兄弟去兑银子。”花子空说:“很好。叫他们套车,你就去罢。”

老孙赶着妆扮,点脂匀粉,身上熏的喷香,抿的光光的头,插着几枝玉簪棒儿,换上新鞋,扭扭捻捻的上车去了,一直来到桂老爷宅子里。门上的杜二爷瞧见,说道:“昨日说过叫不用来的,横竖三几天就要归还你这笔帐。你今儿又来干什么?老爷又不在家。要下梆子以后才得回来。上房里的太太心里又很发烦,你坐在那儿怪讨嫌的。依我说你倒不如回去。等着老爷回来了,我替你回罢。”老孙道:“我也不到上房去,就在外面不拘那儿等着老爷回来,要当面说话。”老杜道:“有话明儿来说不好吗?你知道是多会儿来呢?”老孙道:“定要今儿说话。”杜麻子笑道:“你真是搜搅了。既是这样,外面这些地方不便,你到那边院子里厢房去坐坐罢。”

老孙应允,带着老妈儿到小院子去。这里面是跟班的住房,旁边一间有个大炕,一张桌子,四张杌子,两条板凳,贴着些字画,是底下人吃饭会朋友的处所。杜麻子将老孙领在这里坐下,又叫三小子给他倒了一杯茶。老妈儿坐在门槛上,老孙坐在炕上,将杜麻子拉着坐下,笑道:“你这几天也不去瞧瞧你妹妹,叫他在家里害相思病。为你不去成天家在那儿咒你,不知你的耳朵是怎样的一个发烧?”老杜笑道:“我的耳也不烧,眼也不跳,心也刷凉,任什么儿也不怎么。倒不用他费这一股儿心。我不但没有空儿,还带着一个大钱也没有,我瞧他个什么劲儿?等着我几时有钱,几时再去瞧他。”老孙笑道:“你这话说的狠不够朋友。就说的咱们只认的是钱,就不懂点儿交情?像那一天你没有带钱来,咱们没有叫你开铺吗?咱们原图相与朋友,靠你拿了三两二两也富贵不了谁。”老妈儿接着道:“不是我多嘴,咱们家的奶奶几天不见杜二爷来,就惦记的什么儿似的,不住口儿的念呢!有钱没有钱,只管来走走,这又何妨。谁还不叫杜二爷挂了去吗?就是咱们服侍的妈儿,杜二爷有钱呢,赏一吊八百,没有钱就罢了。谁没有见过几个钱来的。依我说,这会儿很清静,一个人儿也没有,趁这空儿,奶奶同杜二爷就在这里开个铺儿,我坐在门儿瞧着人。”老孙笑道:“倒是老妈儿会送人情。你瞧着,别叫他们混跑进来,一会儿闹个一团糟。”老妈答应,坐在门槛上。有一顿饭的工夫,老孙道:“你忘了交给我。”老妈儿听了笑道:“真个我忘了。”赶忙站起身,伸手在裤腰上取下两块绸汗巾,递了过去。不一会,杜麻子满头大汗走了出去。老孙将两块汗巾仍旧交给老妈,叫他瞧了瞧头,整了云鬓。杜麻子自己端着一个红漆面盆半盆热水进来,老孙洗过手,老妈儿端了出去。

老孙问道:“仔吗这些人一个也不在家?”老杜道:“有四五个跟了老爷出门,有两个是太太差去了,新来的三四个都跟大爷到祝大人宅里去,门上只剩我一个在家。”正说着话,只见三小子捧着盒子进来,就摆在炕桌上,去掉盒盖。老孙道:“仔吗的又叫盒子?”老杜道:“咱们大厨房的饭没有个吃头儿,我叫他要了一斤史国公,咱们两口儿吃个饭罢。”三小子送酒拿杯筷,两个人开怀畅饮。杜麻子道:“你今儿的来意说给我听听,还是要银子,还是顺长票?”老孙道:“银子也要,长票也顺。”老杜道:“这话我不明白。”老孙道:“你们官儿不是欠着我有二千来的银子?那银子实在不是我的,我这一程子叫人逼的要死,只讲酒儿菜儿、车钱,我不知替你官儿赔了多少,这也不用提起。如今他是不放我过门,天天在家拍桌子、打板凳的吵闹。你是知道的,咱们家有几个旧朋友常来过夜,叫他这样一吵,每天我要少好儿两银子进门,咱们还当得住吗?这不是里外折本?这如今闹的我没有了法儿,你官儿又是三扣四扣他不要的。我这会替他找了一处外马子的银子,可是对扣,且借他四千两,还了我耽的这一项短票,底下再找着他顺长票。他也是一位奶奶们,不能出门的。说不得这句话,我同你们官儿去走一遭儿。这一项银子现在有个知县办着。是我再三央及他准个情儿,他才应允。我不放心,问他要了一个定银在这里。回来当面交给你官儿,连夜就写下票子。我带去给他,明日一早兑银子。若是你官儿没有空儿,只消我去兑银,掣了我那边的票子回来,再过几天我去同他商量顺了长票起身,不怕他不再拿出一二千两银子来，那怕他要押凭呢，咱们就给他，还怕他吃了咱们的凭不成？若是我同去，我也没有别的，仗着我这粗身子儿服侍你，诸凡事全仗着你照应就完了。知道你也很疼我。等着有了起身信儿，你妹妹要替你饯行，在咱们家住一晚上，咱们姐妹两个服侍你一个大乐，叫你这一辈子总要想着，你才知道我做妹妹的待你不错。”

杜麻子笑道：“谁说你待我不好吗？这件事我再没有不帮你的。只是咱们的官儿难说呢。他胆子又小，人又拘谨，他正愁他这二千两的短票还不起。你这会儿叫他借四千两银子还了二千两的短票，真是杀了他也是不办的。这事竟不能行。”老孙道：“依你这样说起来，我这二千两银子他不打帐着还的了。我就不要这二千两银了，拿条命同他干了罢。随他将我煮也好，炸也好，安置我个地方也好。我一个堂客还怕拼不过他一个官儿？不是我说句不害臊的话，我这腿缝儿里不知夹出去了多少官儿，他就算了事？”杜麻子不觉哈哈大笑，说道：“你别动气，我倒有一个主意，你依着我去办，包妥当。”老孙道：“依你怎么个儿办法？”老杜道：“依我说，你今儿不用见他，竟等官儿回来我替你回，就说你亲自来请明儿吃晚饭，顺长要。他问我是个什么扣头，我只回答说，听见是外马子的银子，扣头很轻。他听了明儿必来，叫花老二竟不用见他，就是你们姐妹儿两打扮的绝标致，让他到屋里去坐。他是最爱干净的，你屋里加意的收拾收拾，铺盖熏的喷香，坐下了且别提起银。他又喜的是喝酒，你们两个备下些精致碟子，陪他一路喝酒，等他动了酒底下的那个字，你们姐妹两个拿出生平的本事服侍他。看他正在乐的时候，你们两个挤着他，怎么说，怎么好，这不是一举两得的事！又何必同他拼命，闹这些哩根儿拉根儿的事！你说我这主意好不好？”老孙笑道：“很好，我竟依着你去办罢。我也不吃饭了，几杯史国公吃的肚子里怪热的，回家去吃饭。”

杜麻子叫老妈儿将酒菜端到院子里去吃。老妈儿答应，端了出去。杜麻子叫道：“老妈儿，你将那个拿来。”老孙笑道：“罢呀，怪热的天气，尽着混闹！”老杜笑道：“我替你出这么一个好主意，也不应该谢谢！”老妈儿笑道：“连二奶奶也该谢谢才是。”杜麻子笑着接了他的东西，老妈儿出去，一面照应，一面喝酒。这会儿老孙使出平生之技,将个杜麻子关的无处不麻,真成了一个杜麻子。老妈儿吃完了好一会,已是满天星斗,两个拉着手儿出来。老孙递了过去,老妈儿接在手内说道:"杜二爷今儿得赏两吊钱,这个怎么拽得到身上?"老孙笑道:"回去替你洗衣服,委屈你拽上罢。"杜麻子扶着老孙上车,赏了车夫四百钱,给了老妈儿一吊钱。

不言老孙回去之事。且说桂大爷名叫桂堂,字侣佺,是桂恕的独子,生得丰姿秀美,品格英伟。聘了祝修云为室,与修云同庚,十五岁,尚未完姻。与蟾珠姑娘姐弟之间十分相得。今日奉母亲金夫人之命,到祝大人宅里请安问病。谁知祝太太到贾府去了,祝尚书留他吃晚饭。桂侣佺坐在屋里叙谈家务,因说起:"父亲这几天叫那个姓孙的堂客逼的要死,他的扣头又利害,妈妈听了十分着急,这几天都急出病来。借又借不出,家里的衣服首饰全当完了,门口儿还欠着一大堆的帐,拿些什么开发人家?父亲这几天都是人家钱行,这家那家的请酒。我听见说都是要留别敬给他们的,还有老师、太老师那里也得尽个情。这个样儿怎么好呢?"祝尚书笑道:"好孩子,能够知道替父亲着急,这才是个道理。横竖你父亲总要想出道理来的。你回去叫你妈妈不用着急,现在贾府的房子已经有人要了,不知你大妈今儿去是怎么个儿说法。他家的妥了,自然就回赎金陵的房子。你父亲就有了三千两,且还了帐,再打算盘费就好商量了。"侣佺道:"这会儿吃饭还早,我到贾府去瞧瞧大妈,横竖贾太太同奶奶、姑娘们都是那天老太太生日在这儿见过的。妈妈也等着过两天要到贾府去辞行呢。"祝凤道:"也好。你去瞧瞧大妈,打听打听他们的房子是怎样说,等着你回来吃饭。"桂堂答应。姨娘们道:"大爷就来,咱们等着吃饭。"

侣佺点头出去。那些跟来的家人、小子伺候着上马,一直径往贾府来。不一会,到了荣府,一直将牲口骑进大门去。见祝太太的轿子歇在前厅上。那些轿夫们都坐在台阶儿上赌钱,西廊下拴着一溜儿的牲口。桂府的二爷们赶忙跑到宅门上去通知,那门上老赵听说桂大爷来了,叫周贵到垂花门去知会。里边的嫂子们听说,忙到绿竹斋去回太太。祝太太同王夫人正在饮酒,听说桂大爷来了,都甚欢喜,吩咐媳妇们请桂大爷进来，该班媳妇答应。王夫人道："那天再三邀桂太太来家逛逛，他定要过两天来。我也正想着要去请来坐坐。"柏夫人道："他这两天本来心里着急，过几天横竖要来辞行。"

正说着，嫂子们跟着桂堂进来，给王夫人、柏夫人请安，又给珠大奶奶、琏二奶奶、宝二奶奶、四姐姐都请过了安，见过蓉大嫂子同巧姐姐。柏夫人道："端张杌子，就坐在我的背后，咱们娘儿两个说说话。"蓉大奶奶道："我同巧妹妹另在炕桌上去吃，这儿让桂大叔叔来坐。"王夫人道："倒也罢了。"丫头们赶忙将蓉大奶奶、巧姑娘的坐儿端开，另又换了一张杌子，杯筷挪在炕上，将蓉大奶奶、巧姑娘吃的菜蔬果子、一切东西俱抬到炕桌上去。桂侣佺坐下。柏夫人问道："你还是专来请这里太太的安，还是来找我的?"侣佺道："侄儿到大妈那儿去，才知道大妈到这儿来了。家里妈妈不知道侄儿到太太这里来。原说过一半天同着妈妈来给太太辞行。"王夫人问道："太太同姑娘都好?"侣佺站着应道："母亲同姐姐都好。"王夫人道："哥儿别拘礼，坐下了咱们娘儿们好说话。"桂堂答应坐下。三位奶奶同四姑娘也都问过太太、姑娘的好。桂堂答应好。珍珠笑道："那天拜奶奶的生日，我们四个人都叫大妹妹左一杯右一杯让了个大醉。后来送了客去，他还拉着喝酒。"宝钗、平儿道："大妹妹的雅量，咱们那里拼得过他。"珠大奶奶笑道："等着明儿饯行，咱们四个人拼着同他喝个大醉。"柏夫人道："那两天咱们老太太的大庆，全亏你们姐妹儿个帮着我照应，不然我真要累死。外面又亏了我这好儿子同他父亲照应，好容易忙过了那几天。"宝钗笑道："咱们回来，也狠狠的乏了两天。"王夫人笑道："本来你们也忒娇养，我瞧着那两天就乏的茶饭都懒得吃。"珠大奶奶道："那两天偏生天气又分外热，人又到的多，那儿照应的过来。"

柏夫人问道："今儿你来，是瞧大爷呢，还是为别的?"侣佺道："一来是给大爷请安，二来为父亲的事来同大爷、大妈商量商量。实在父亲叫那姓孙的堂客逼的不像个样儿，天天来吵也不是个事。妈妈的病都急出来了。那姓孙的很会说话，叫他多耽搁一天儿，也是不肯的。再兼着煤铺、米铺、草料铺、房钱都要的很紧，又没有处借。这怎么好呢!”柏夫人道:“这里太太的房子倒有点成手,明日等着林管家去见刘大人商量。若是说妥了,就要回赎金陵的房子,横竖你父亲就有了银子。”桂堂道:“这房子也得几天的工夫,那姓孙的一天也不肯等着。若是叫他撒起泼来,像个什么样儿?”王夫人道:“哥儿的话说的很是。那样的堂客,他也不讲要脸不要脸,撒起泼来倒难收手。我这会儿又凑不出这些来,先将姓孙的还了他,余下的帐且等着有银子再还也不迟。”宝钗、珍珠道:“太太那里有多少?我同四妹妹凑凑,只怕二千两还凑得上来。”王夫人道:“很好。等着吃完了饭,咱们去凑起来。交给你干妈带去给桂老爷,先还了这短票,省得那堂客上门上户的,像个什么样儿?”桂堂听说,赶忙拜谢,又谢了宝钗、珍珠两个姐姐。

这会儿太太们饮酒十分高兴。柏夫人道:“我这个侄女婿实在好的,十四五岁的孩子,又肯念书,性儿又聪明,品貌又清秀,还兼着气力又好。真是我们桂老三的一个宝贝。”王夫人正在答应称赞,巧姑娘过来给祝太太敬酒,又给自家的奶奶、大妈、婶子、四姑姑、妈妈都敬一杯,也给桂大叔叔斟杯酒。桂堂赶忙远远站着,让他斟酒。柏夫人忽然想起一件心事。要去更衣,拉着宝钗同去。王夫人们也要了热水擦脸洗手。不多会,柏夫人进来依旧坐下,抱琴对珍珠道:“宝二奶奶请姑娘说话。”珍珠听说起身出去,走到宝钗屋里问道:“有什么话说?”宝钗道:“有件喜事要同你商量。”珍珠道:“有什么喜事同我商量?”宝钗笑道:“有个官儿要娶你去做太太。”珍珠笑着,啐了他一口说道:“我知道,你还有个什么好话呢?”说着,转身就走。宝钗笑道:“你站着,我真个有好话对你说。”珍珠笑着:“你再说别的,我就撕你的嘴。”宝钗笑道:“你放心,不是那个龚老爷,就是我这宝老爷要娶你做太太,问你肯不肯?”珍珠笑道:“等你变了老爷,我嫁你。”旁边站的姑娘们都笑起来。

宝钗拉着珍珠坐在身边,对着耳朵轻轻说道:“刚才妈妈对我说,要替巧姑娘做媒,说给桂大兄弟,要我同你从中说合。说是那天桂太太瞧见巧姑娘很喜欢。桂兄弟已经聘了祝府的姑娘,就是梦玉的妹子。桂太太听见梦玉是娶两个的,他也想着要替桂大兄弟也娶两个,有这意儿没有说出口,这会儿妈妈叫咱们两个商量商量。我想巧姑娘自从辞脱刘老老来说的那头亲事,于今东不成西不就,将来闹的不好。若是说给桂大兄弟,倒是狠好。不知平丫头的意儿如何?”珍珠道:“事倒狠好,只怕平丫头做不来主,连咱们太太也未必肯管闲事。这件事必得大太太们那边做主。”宝钗道:“咱们去叫平丫头来问问,看他如何。”

珍珠点头,宝钗叫个丫头去请琏二奶奶来说话。丫头去不一会,同着平儿进来。宝钗、珍珠起身让坐,就将这话同他说了一遍。平儿听说,叹息道:“自从凤姐姐临终时将巧姑娘亲手交给与我,可怜我受尽千辛万苦的照应他。后来环兄弟听了坏人的话,几乎将巧姑娘上了大当。不是我拼着命的同他逃走到刘老老庄上躲了一程子,只怕这会儿巧姑娘的孩子已经会叫达达呢。好容易守的他爹回来,又辞脱了刘老老说的那门亲事,原指望着替他说个好人家,谁知他爹丢下我们……”平儿说到这里一阵心酸,放声大哭。宝钗、珍珠也正在伤心,不防他放声大哭,两个倒吓了一跳,赶忙握住他的嘴说道:“你这是为什么? 叫太太听见,心里又要发烦。”平儿呜呜咽咽的,一会才止住了哭,说道:“这事甚好,我很愿意。我瞧着桂大爷比咱们的宝兄弟也差不多,将来很有出息。你们方才说,要大太太做主,我就不服这口气。大太太的孙女儿早已卖给人家做小老婆去了,这是我的女儿。”平儿说着,握着脸又哭起来。宝钗道:“你尽着哭也不是个事。既是你愿意,一会儿等妈妈去了,咱们帮着回太太,求太太做主就完了。若是桂太太那边说还要一个,横竖四丫头闲着,也替他稍带着说上就完了。”平儿正哭着,不觉“噗嗤”的一笑。珍珠骂道:“宝丫头,你今日同我过不去,我来撕你!”宝钗笑着跑了出去,珍珠跟着就撵。平儿叫道:“你们别走,我还有话说。”珍珠笑道:“奶奶有话快些吩咐,我要去撕宝丫头的嘴,撕的他一丝一绺儿的我才解恨!”宝钗远远站着笑道:“四丫头你瞧,嗤,撕做纸条儿。”珍珠笑着,又要去撵。平儿笑道:“这么大的丫头满院子的跑,也不害个臊。”

珍珠同宝钗两个追赶的满身大汗。赵奶子刚抱着慧哥儿出来,看见他妈妈同四姑姑在院子里跑,将他乐的大笑,也要下来跑。赵奶子拉着他一只小手儿，也跟着满院子大喊大笑。引的跟祝太太的姑娘、嫂子们同家里的众人都笑语喧天。芙蓉笑着去请太太们来瞧热闹。柏夫人们听说都走出院来，不觉放声大笑。

不知太太们说些什么，且听下回分解。

第三十二回　贾平儿洒泪定佳郎　刘大人热心得恒产

话说宝钗、珍珠同着慧哥儿娘儿三个满院子的笑跑，芙蓉进去请太太们来瞧热闹。柏夫人同着众人一齐走到院子门口，抬头看见，不觉大笑。他们娘儿三个都跑得浑身大汗，慧哥儿的小腮上累的通红。柏夫人们打心眼儿上的欢喜，赶忙叫道："哥儿别跑了，到这儿歇歇罢。"赵奶子听见，对慧儿道："太太叫呢，咱们去歇歇再跑罢。"慧哥儿那里肯依，看见他妈妈都跑到太太那里去了，他也抢着过来。芙蓉过来抱着，太太们走进屋去。珍珠、宝钗累的浑身是汗，气也喘不过来，两个人抿着嘴儿笑个不止。

柏夫人接了慧哥儿坐在怀里，将他的两边腮上闻了又闻，抓了些菱角儿给他。王夫人笑道："这样的大热天，坐着还出汗，有这样的傻妈同傻姑姑引着他去跑！"众人听了大笑。平儿也往外笑着进来，说道："你们两个今儿是那一股子的疯病发了？倒像两只叭儿狗，再带着小慧儿也跟在里面发欢。这真是大狗引着小狗玩！"王夫人们都哈哈大笑。桂堂也欢喜慧儿，走过来抱他。慧哥很同他亲热，将两只小手儿抱着桂堂的脸，只是嘻嘻的笑。宝钗道："慧儿同赵妈去罢，让咱们吃饭。"赵妈赶着过来抱了哥儿出去。

周嫂子们端上蒸蟹。柏夫人道："这两天那里有这样的大蟹？"王夫人道："这是宝丫头请妈妈的。瞧着这样大，不知肥不肥。"丫头、姑娘们送上，每位太太、奶奶、姑娘们面前是两个银碟子。一个碟子是姜醋，一个空碟子等着盛蟹肉。又有几个秀丽干净姑娘站在桌边剥蟹，每人一副银丝儿的帚子、银钩子、银扒子、银千子、银刀子、银锤子、银镩子、银勺子，每副八件。太太们一面饮酒，一面吃蟹。蓉大奶奶同巧姑娘在大炕桌上，另有丫头们伺候剥蟹。桂堂对着祝太太道："大爷叫我回去吃饭。"王夫人道："差人去说，不用等了。"柏夫人命芙蓉去，吩咐："着个人去回老爷，不用等桂大爷吃饭。一会儿同我回去。"芙蓉答应，出去吩咐。这里太太们吃的十分有兴，不一会点上银灯，高烧红烛。

王夫人到上房去更衣。平儿抽着空儿也跟了上去。等着太太更衣净手完毕，平儿说道："有句话回太太，要求太太作主。"王夫人道："又是什么事？"平儿就将祝太太对宝钗的说话，并方才自家的主意，拢共拢儿说了一遍。王夫人道："那天咱们拜祝老太太的生日，桂太太在我面前有一句半句的口风。我因为巧儿又不是我的孙女儿，自然是要等他爷爷、奶奶作主。我如何敢应人家？像桂大爷这样的孩子也就很少。巧儿若是对了这门亲事，真是一对好夫妻。你各自各儿拿主意，你明儿过去回声太太，看是个什么口气，咱们再说。"平儿道："回是固然要去回，但是总要求太太作主。我拿定主意要同桂家结亲。太太想那年的事，真令人寒心。我刚才想起来，还哭了一场。这会儿巧姑娘的亲事，我是要做主。不是我带他到刘老老家去，今儿还有他吗？"王夫人听了十分伤感，点头叹息道："且慢慢的商量。"丫头们拿着玻璃手照一同出去。

此时，祝太太蟹已吃完，姑娘们伺候着净手漱口。另外换了杯筷斟上热酒，重又坐下吃起。平儿在身上解下一个羊脂百福连环佩，双手递与祝太太道："这是我二爷常佩的东西，今求太太转送了桂大爷罢。"柏夫人会意，赶忙站起身来双手接着，说道："谨领遵命。"叫桂堂过来，亲手替他结在胸前，说道："儿子，你过去给二奶奶磕头谢谢。"桂堂走到平儿身边，跪下磕头拜谢。平儿就不回礼，惟用手相扶，说道："请起！"桂堂拜谢起来。柏夫人笑对王夫人道："咱们老姐妹儿也该谢谢。"两位太太站着彼此相拜，又向着琏二奶奶也谢了一番。刚要坐下，柏夫人笑道："再没有收了人家礼不回一点儿东西，我代桂太太回分礼罢。"就在乌云上取下一对珠莲花，道："这对珠花送巧姑娘作个回敬。"平儿接在手内，叫巧姑娘过来，替他簪在髻上，也令其拜谢。祝太太、王夫人同平儿也再三致谢。此时满坐上只有五位心照，余皆不知就里。宝钗、珍珠只当他方才同太太业已说明，所以当面下定。谁知王夫人的心里反说平儿过于孟浪，到底不知大太太肯与不肯，尚在拿不准，怎么这样性急，就下起定来，心中甚觉不安。平儿的心里想起当年现放着他爹还在，他奶奶听了坏人说话，几乎卖他做小。这会儿他爹出了家，更不用说，将来还不知闹的是个什么分儿。况且我面上又无一个体面亲戚，倒不如宝钗、珍珠还认了尚书的干爹、干妈，我为什么不趁这机会结下一个好亲家呢？此时各人都有各人的心事。

王夫人道："方才说送桂老爷的银子，今日不及，竟是明早专人送到桂宅去罢。"柏夫人道："很好，真是深感之至！"珍珠瞅着平儿笑道："你也该谢谢咱们才是。"平儿笑道："就是你会说话。"太太们彼此含笑，重新洗盏更酌，吃到夜静更深方散。

且说桂廉夫在同年家吃酒，到家已交三鼓。杜麻子接着伺候下车，跟着老爷一路走着，一路回话，谁家送礼，谁家请酒，谁家荐长随，谁家荐幕友，俱一件一件的回个明白。这才说起"那姓孙的又亲自来过，他说明日请老爷到他家去吃晚饭。据他口里的说话，是有一项银子扣头甚相应，请老爷去定夺。到底不知道他的这句话是真是假，那堂客的话也信不过"。桂恕道："不管他是真是假，我明日竟到他家去吃晚饭，看他是怎样的话。若真个有扣头轻的银子，别管他，我就写下来；若还是照着前番的那样扣头，我也是断不要的，且再作商量。"杜麻子道："依小的下情，老爷明日不用到他家去。那样堂客，老爷对付不来的。且再耗他一两天，想别的主意还他。且等明日晌午大错些，小的到他家去。说有乡亲老爷们给老爷办着银子，三几天就有成手，帐行的银子未必要了。若实有真八扣银子呢，马上就写，错了这个扣头不要。咱们且冷他几天，不怕他不赶着咱们来。老爷明日一去，若是叫他们局住着，那倒不好。"桂恕道："也罢，我明日竟不用去，你去替我缓他下来。我本来也有好几处在这里商量，总有一两处妥当。是谁的先来，我就先还他的短票。你叫他很不用着急，我这几天也很忙，叫他竟不用来。就是他来，我也不能够见他。太太的身子也不爽快，他到上房去，诸事不便。"

杜麻子答应着，一路跟到垂花门。有里面的丫头、嫂子拿着手照伺候，一直来到上房。金夫人接着问了些事务，桂恕大概说了几句。蟾珠过来请晚安。廉夫怀里摸出四个青橄榄，递了两个给金夫人，给蟾珠两个。问道："妞儿呢？"原来桂堂的乳名叫作妞儿。金夫人道："晌午些叫他到大爷那里去请安，到这会还不见回来。"房里站的那些丫头、媳妇们都伺候着，接冠带，换衣服，脱靴子，端脸水，擦脖子，倒盐汤吃丸药，正是各司其事，不错一件。

不多一会，听丫头们说大爷回来，就有人掀起帘子。侣佺走进屋来，给老爷、太太请过晚安，姐弟亦照常礼见过。廉夫问道："你大爷今日觉怎么着？"桂堂道："大爷说，略清爽些儿，微觉有些气急。"廉夫道："怎么好呢？"金夫人道："那天我瞧大哥的光景，只怕这病有些难好。也是咱们的运气，命里不该有这样的好帮手。"又问道："你大妈干什么？"桂堂道："大妈到贾府去了，就在大爷屋里坐了一会，叫我也到贾府去打听打听房子的说话。"廉夫道："什么房子？"桂堂就将刘大人要买贾府的房子，明日去议，贾太太也要回赎咱们金陵房屋，明日先凑二千两过来的话，一五一十直说到琏二奶奶给东西，大妈摘了一对珠花给巧姑娘代咱们回礼，从头至尾说了一遍。桂恕笑道："贾府的金陵房契我押在家乡，只有两纸交单在我这里。那天倒是你大爷想着，问起我金陵的房契可在这里，我拣直说押在金陵，只有交单在此。他说，听贾太太的口气，眼前就要回赎，你将来拿什么给他。我听说也很着急，只得同大爷商量，雇了一个包程脚子赶到镇江，叫梦玉带几百两银子亲自往金陵赎回房契。那里有贾府的老管家，叫梦玉就将房子交代，完了一件心事。我这几天心也不是心，就忘了对你们说。去的脚子，只怕这几天也快回来了。"金夫人道："这倒很好。你知道琏二奶奶今日给妞儿的东西，大嫂子回他珠花是个什么缘故？"廉夫道："我那里知道呢？"金夫人道："那天拜老太太的生日，看见巧姑娘实在令人可爱。我同大嫂子说笑话：'你们的梦玉一娶就是两个媳妇，难道咱们的妞儿就娶不得两个媳妇的吗？'大嫂子笑道：'你既看中了意，总在我身上，再替妞儿结下这门亲。'今日想是大嫂子瞧见他去，想起这件事来。不知是怎样的说法，琏二奶奶就给了定礼。”桂恕笑道：“狠好。多个亲家热闹热闹。这件事也只好是大嫂子作媒才使得，叫别人作媒那断不能行的，明日姐姐同姐夫就说不上什么话来。”金夫人道：“原是若不是大嫂子作媒，谁还肯呢？夜也深了，明日再说。”于是，各人都去安歇，一宿晚景无词。

次日早上，桂廉夫起来，金夫人道：“你早上先到祝府去瞧瞧大哥是怎样，再问大嫂子贾府的事情怎么办法。果然说定，择个日子就好下定。”廉夫点头。梳洗完毕，吃过点心正要出门，外面又有客来拜会，只得出去会客。

且说王夫人同着珍珠、慧哥儿正吃早点心，丫头来回林之孝要见。王夫人吩咐叫他进来。林之孝进到里面请了安，又问四姑娘好，垂手站在一边。王夫人道：“咱们这房子，我已经应了兵部刘大人，他要的甚急，我家就是你一人办事，这会儿将这房子的契纸、内外的总帐、大观园的契纸档子，拢共拢儿都交给你去办。你拿环哥儿的一个帖子去见刘大人，同他当面商议，不必件件事都来问我。横竖你办的事，也是错不了的。这房价是多少，你去斟酌。”说毕，命珍珠将那拜匣递过来。珍珠走到大炕边，将炕桌上的一个紫檀拜匣端了过来，当着太太打开，将里面的文书、契纸、档子并一切总帐都取出来，一件一件点交林之孝。王夫人道：“这件事全在你去办罢。吩咐周贵套车，我到宁府去见大老爷，将这事说知。等他们议妥了，成交的时候请珍大爷出来画押。”林之孝道：“太太吩咐，奴才依着去办。但是大观园的基地是同大老爷那边公买的，造园的时候，又是两边的银子。太太倒要同大老爷说明了，当日用过多少，将来照着帐上还大老爷罢。”王夫人道：“我也知道大观园是两边公办的，我这会儿既要卖房子，必得要同大老爷说明的。”林之孝答应着，将契纸收好，连拜盒拿着，辞了太太出去。

只见宝钗手中抱着两大封银子，后面跟着周家、李家的，每人也抱着两封进来，都放在大炕上。王夫人问道：“你们两个凑多少？”珍珠笑道：“我同宝姐姐只凑了六百银。”王夫人笑道：“你们两个凑了六百，叫我一个人出一千四百两，你们也忒便宜了。”宝钗们笑道：“靠咱们这点小家私，那里拼得过太太的大家当呢！”王夫人道：“你的小家私儿比珍珠好些，珍丫头有些什么？天理良心，宝丫头该多出儿两才是。”宝钗笑道：“本来珍珠是太太老生女儿，该要偏疼些儿的。咱们是外人，出起分子来也该多出些。”王夫人听了解颐含笑。慧哥也欢喜的吃吃大笑起来。珍珠笑道：“慧儿，你妈妈同太太争家私，你听着也好笑不是？”

太太们正在欢喜，只见平儿进来请安。姐妹们见了礼，过来抱着慧哥儿的脸闻了一会，说道：“大姐姐呢？”王夫人道：“在我屋里搜家私。”平儿笑道：“今儿太太们又出大分子。”宝钗道：“给你亲家出分子，你不知道谢谢咱们！”平儿笑道：“你等着，我慢慢的来谢。我这会儿来见过了太太，就要到那边去说这件事。”王夫人道：“我也要过去。”平儿道：“很好。一会儿太太也帮着说说，横竖这件事我是办定了的。”王夫人道：“我再也想不到你这样性急，昨日就给下定。倘若太太执意不肯，这怎么好呢？”平儿掉下泪来道：“大太太若是执意不肯，我同巧儿是一条绳子了结这一辈子的事。”王夫人道：“我倒看不出，平丫头牛起性来倒有个劲儿。”珍珠笑道：“他也只在太太面前撒个娇儿，像那天在铁槛寺见了那些和尚，他满脸都是笑容儿。”平儿照着珍珠啐了一口，笑道：“你几时瞧见我同和尚笑吗？”引的王夫人们大笑。垂花门来回，车已伺候。王夫人站起身来，问平儿道：“你还是同我坐车，还是坐自家的车？”平儿道：“我已经吩咐他们套车。”宝钗道：“我也同去听听热闹。”王夫人道：“很好。”太太、奶奶三位俱往外上车，到宁府去说话不提。

且说林之孝到了自己家里将拜盒打开，取了几件要紧的带在身上。余下的连拜盒锁好，交给林大奶奶收着。备了一个世愚侄贾环的全帖，命小子跟着，一直到刘大人宅里来。门上的蒋三、陈七都是林之孝的旧好，赶忙邀在门房里坐下。三小子们倒上盖碗香片茶，林之孝叙了些寒温。又来了几个体面二爷，都同林大爷拉手问好。林之孝慢慢的将来意说了一遍，叫小子拿过环三爷名帖来，说道：“咱们三爷同兰大爷在京外念书，不在家里。奉主母之命，来见大人面商一切。”蒋三、陈七道：“大人刚才会客上去了，趁这空儿，我替大哥上去回一声。”林之孝道：“很好。”蒋三拿着帖子上去回话。刘大人因早上祝尚书有书子来知会，说贾府里差老管事的林大爷过来面见定夺，正在家等他。只见蒋三拿着帖子进来，刘大人道："又是谁？回他去罢，我要等人说话呢。"蒋三道："没有谁，是贾太太那里差林管事的来见。这是贾少爷的帖子。"刘大人瞧了瞧帖子，赶忙说道："就请林管家到上房来罢，我这里正等着他呢。"蒋三答应，忙出去叫道："林大哥，大人请你上房去见。"林之孝忙整了整衣帽，跟着蒋三爷来到上房。见刘大人站在台阶上，林之孝抢上前去跪下请安。刘大人连忙拉住。林之孝站起来，又打了一个千儿。刘大人拉着他的手一同到了屋里，让他到炕上去坐。林之孝那里敢坐，说道："大人在这里，下人怎敢坐？大人请坐，下人伺候着说话。"刘大人笑道："你是荣国公的老主管，不比得别的家人。况且话长，坐下了咱们慢慢的好说。"林之孝见刘大人再三的让，只得端过一张小杌子，坐在刘大人肩下。

小子们倒上了茶。林之孝道："家主母叫请大人的安，因为三哥儿同兰哥儿在京外念书，不能够过来给大人请安。"刘大人道："我同你们老爷也很相好，出京的时候又给我饯行。后来你老爷在江西粮道任上，我还在那里盘桓了一天。自从你老爷进京之后，就没有见着了。老太太仙逝了，我还有书子、奠仪寄来奉慰。又隔了一年，看《题名录》知道宝哥儿同兰哥儿叔侄同榜高发，我也十分欢喜。后来有人传言，宝哥儿出了家，我也再不相信。及至遇见甄大人提起，才知道宝哥儿不等放榜真个出家。我看那孩子本来是个有来历的人。我听见宝哥儿倒有了后人。荣公的这一番积德，子孙自必相继而起。怎么新近听见说琏二爷也出家去了，不知这句话是真是假，这又是为什么？"林之孝道："宝哥儿出家倒还是意中之事，再也想不到琏二爷出家。这样一个翩翩公子，受享的是珠玉锦绣，真比神仙还要快活！忽然能够撇得下，脱然而去，实在令人佩服死了。事情原有个因头。自从四月初间做了一个梦，自那梦醒之后，凡有一切光景都改了样儿，原有些古怪。这如今也是丢下了二奶奶同巧姑娘、毓哥儿娘儿三个，倚着咱们太太度日。"

刘大人道："富贵人家子弟能够弃得掉繁华，这一定是神仙转世,并非凡骨。可敬,可敬!我前日在道儿上,接着祝大人给我的书子说道,你们太太要回金陵,此间房子空下。祝大人已当面同贵主母说定,将这所房子给我。今儿早上来知会,说是昨日祝太太到贾府去,又同太太说明了。说是叫林主管到这里来面议一切。所以我不出门,在家相候。这件事没有别的,总在主管身上替我调停。我自当格外奉酬。”林之孝道:“今儿主母差下人来见大人,也就为的这件事。请大人的示下,是怎么个儿办法?”刘大人道:“房子是我必要的,而且要的甚速。出月去家眷到了,就没有住处。不知太太那里是怎么个意儿?”林之孝道:“迟速总在大人。若照外面买房子的办法,这所房子至少也得半年才交代得清楚。还有一切俗例,用钱使费,其事甚繁。若是简便办法,不过三几天就可以交代。若在半月以前大人的太太们到了,主母那边也可以让得出来。若在半月以后,主母已经动身了。”刘大人道:“咱们竟是简便办罢,请主管说说这办的道理。”林之孝在怀内取出一包,走到炕桌上打开,站着送给刘大人,道:“除大厅以外是钦赐的官房,借与大人,另有交单外,这是荣府的老房契,一张是七千,一张五千,一张六千,一张八百,一张一千四百,一张二百五十,共六张房契,系价银二万零四百五十两。这三张是大观园的地契,共七千九百两。这两项共二万八千三百五十两。这一本是荣府改建房子总帐,当日用去一万八千七百六十两有零。这一本是建造大观园的总帐,共用去四万三千五百八十两有零。这几项总共九万零六百九十两有零。这一本是荣府同大观园内外大小粗细家伙总档子,这一本是铺垫总档子,这两项约来也有一万多银。还有别的档子,也没有带过来。只要将这些定夺了,余下的都是好办的。”

刘大人听说甚觉得意,叫家人们“去吩咐摆饭,我同林主管在这里吃饭”。家人们答应,赶忙摆桌子坐位,设杯筷。刘大人道:“这件还容易,咱们吃着饭慢慢相商。”林之孝道:“大人赏饭,下人到外边去吃。”刘大人道:“我正要同你说话呢。”拉着林之孝坐下,自家坐在上面,吩咐小子将家里药酒温一银壶,两人对饮。多少体面家人轮流上菜。刘大人饮着酒,问道:“将来立议写契,还是那位出名呢?”林之孝道："刚才也问过主母，说是将来出名是环哥儿，此时不在家里。若在这一半天成交，请珍大爷同蓉哥儿出来画押。大老爷因近来多病，任什么都不管的。"刘大人又饮了一会，想了半日，说道："竟是这样罢，我也是最爽快的人，竟是一言为定，省得叫老主管费心。房子、花园以及内外铺垫家伙一切在内，我送十万两银子去给太太。外有二千两送老主管的劳金。再有五百两给各位二爷们的茶钱。不拘什么款项，一概在内。就烦老主管家去回了太太，写了议单、卖契，请珍大爷们过来画了押。我这里差人押送银子过去就完了。定夺之后，我以便差人过去修理收拾，大约我的家眷也不过在半月之间就可到了。"林之孝道："既是大人这样吩咐，倒甚简绝，下人家去回了太太，再没有不遵命办的。只是下人毫无报效，怎么好领大人的赏？"刘大人笑道："些须菲敬，也算不了什么。诸事总要仰仗费心，照应一切。"林之孝连连答应。吃完了酒饭，谢了刘大人，将那些契纸、档子收好，说道："下人家去，照着大人的吩咐去回太太。若是定夺了，明日是黄道吉日，很可成交立契。"刘大人大喜，说道："好极了，诸事仰仗。"

林之孝告辞出去。刘大人送至大厅上，林之孝再三禀阻，然后折了进去。林大爷到了门房里，又同蒋三、陈七诸位二爷们叙谈了几句。不敢多耽搁，赶忙辞了他们，带着小子匆匆回去。

不知见了王夫人是怎生说法，且看下回分解。

第三十三回　老尚书思家说梦　小姑娘留客唱歌

话说林之孝到了荣府，看见周贵出来，手中拿着几个帖子，说道："太太们才回来。这会儿到祝太太、桂太太那儿去下帖子，明儿请酒。听说是巧姑娘的喜事。"林之孝问道："说给谁家？"周贵道："只怕是桂大爷。"林之孝点点头，一直进去。

进了垂花门，遇着那些嫂子们说着："太太们都在秋爽斋。"林之孝转到秋爽斋。丫头们进去回过太太。王夫人吩咐，叫他进来。林之孝进去见了太太，将刘大人的说话从头至尾回了一遍，说道："另外赏奴才二千两银子，一切杂费在内。众家人们五百两。"王夫人道："刘大人办事甚简绝。既是他这样办法，咱们也不用同他哩根底拉根儿，倒叫他笑话。咱们竟拣日子收拾起身，除了字画、古董、玩器、陈设、书籍外，一箍脑儿都给了刘大人，也叫他见得咱们大方。我已对大老爷说明白了。大老爷叫我怎么办怎么好。我说起大观园是公办的。大老爷说：'是弟兄们，什么是你的我的，况且我这会儿也不少钱使。'大老爷虽是这样说，咱们尽咱们的道理。明儿成交了，送一万银子过去给大老爷，送珍大爷五千两，给蓉哥儿二千两，再将三千两送了大太太。还有珍大奶奶同蓉大奶奶也得送一二千两。别叫他们说话。"林之孝道："太太说的狠是。等着明儿成交之后，咱们也慢慢的收拾起身。奴才听见说这几天的船价狠相应，咱们只要三只大沙飞，五只大牡丹头，也就够了。"王夫人道："咱们这一回的行李多，琏二奶奶也同咱们回去，拢共拢儿只怕要十几号大船才得够呢。"林之孝道："船倒容易，就是收拾费事些儿。不住手的必得半来月才收拾得完。"王夫人道："过了明日，叫你家里的进来，领着周家的们就动手收拾。前日立过了秋，早晚也就很凉快。过了七月十五铁槛寺的年例道场，咱们拣十八九儿动身。你先将船定下，陆续将这些行李发到船上去。先派几个人到船上照应着，起身的时候就不费事。"林之孝道："太太吩咐的很是。"

王夫人道："咱们同桂老爷结了亲家了，将巧姑娘说给桂大爷。刚才琏二奶奶回了大老爷同大太太，都很喜欢。明儿下定，请祝太太到咱们家来坐坐，定了这件事。我想着倒也罢了。桂大爷这孩子很有出息，这也是巧姑娘的福气。"正说着，见嫂子们进来回道："桂老爷亲自来，在外面请太太的安。"王夫人道："你出去说不敢当，哥儿没有在家，有失迎候。说我问亲家老爷好，我一会儿差人送东西到亲家老爷宅里去，明日请亲家太太早些儿过来，多坐会子说说话。"嫂子们答应了，出去回话。

王夫人对林之孝道："你吃了饭，将炕上的这二千银子送到桂老爷宅里去，你说先送来给亲家老爷且使着，一半天再给亲家老爷送去罢。”林之孝道：“奴才在刘大人宅里吃过饭，这会儿就送去罢。”王夫人道：“很好。”吩咐媳妇们帮着将银子送到垂花门。林之孝派了三个打杂的，将银子用盒装上，挑往桂老爷宅里来。

桂恕早上到祝尚书宅里问了病。祝凤将贾府房子已有成局的话说了一遍。祝太太又将贾太太们先凑二千两给你还帐，并替侣佺作媒同琏二奶奶结亲家的说话，都对桂廉夫说了。桂恕十分欢喜。说道：“这件事是大嫂子作的媒，明日别叫姐夫报怨，说我们又定贾府的姑娘。”柏夫人笑道：“这是我家有例的，再不报怨。那巧姑娘长的狠好，人又端庄，同咱们家的修云真是一对姐妹，不差上下。那天三妹子在这儿初次瞧见，就很爱他。昨儿堂哥儿到贾太太那里来，我想起这件事，一说就妥。听说就在这一半天磕头下定。”廉夫道：“这总是大哥、大嫂子的培植，再也想不到咱们又同贾府结亲家。”柏夫人笑道：“你那里知道我同贾府还是亲家呢！”廉夫笑道：“嫂子同贾太太是干亲家，那是早知道的。”柏夫人笑道：“也同你一样儿女亲家，你将来慢慢的自然知道。”

柏夫人吩咐芙蓉，留三舅老爷吃饭。嫂子们摆设杯筷。就是桂老爷同祝太太两人对坐，祝尚书另在炕上远陪，芙蓉在一边伺候。祝凤道：“昨晚做个梦，甚是不祥。梦见在家三兄弟来给我辞行，说道：‘桂家的亲事不知妥不妥，我那有工夫等他？’又拉着我到一处去逛。很大房子，倒收拾的干净，上面另有几间像是厅房，中间供着块大石头，旁沿儿长着一枝芝草。三兄弟指着道：‘那几间是大哥的屋子，我来给你赶着收拾呢。’正说着，怎么又是二兄弟那儿的素兰对着我拍手大笑。醒过来正交半夜，我想着这个梦十分不吉。过了老太太的生日又是十来天，也总没有接着一封家书，心中很惦记，不知三爷近来怎么样了。我今日很觉心神恍惚。”柏夫人道：“这是你惦记着家里，乱梦颠倒，不要放在心上。”桂廉夫道：“大哥不说起，我也不便说。我昨夜里也梦见三兄弟说道：‘三哥，那贾太太说的不错，咱们一言为定。我这会儿热闹着呢！’正说着话，梦玉忙忙的跑来将我一抱，我就醒了。今儿早上对你三妹子说，真是怪梦。又不知道贾太太说的什么不错。又说什么一言为定。真叫人想不出这个理来。”

柏夫人道："梦中之事，有应有不应。再没有我四月初间那个梦，最应的一点儿不错。那才是个怪梦。"祝凤笑道："你那梦也只应了前一半，后面的不知是怎样一个应法。"

桂廉夫正要问祝太太的梦，只见芙蓉拿着一个请帖、一封书子进来，回道："贾亲家太太那里差人请老爷、太太的安，问老爷今日可好些。这帖子是请太太明日吃酒，还有封书子要等个回信。"芙蓉说着，将书子拆开取出，递与太太。柏夫人接着，看那信上写着道：

昨日盛承雅意作伐，将侄孙女与桂府联姻。寒门粗质得配才郎，实深欣感。但不知曾否往致亲家？明日系结亲佳日，妹处洁备喜卮恭迓莲舆，并请新亲家太太到舍，以成大礼。其拜亲之事，已往致宁宅，明日当扫庭以待也。专此布达，并候晨安。余容面述，不一。

亲家柏夫人妆次

姻妹容庄王氏敛衽再拜

柏夫人瞧了，笑着递给桂老爷道："恭喜，恭喜！就是明日下定磕头，贾亲家太太真是大家气概，办事简绝。"桂廉夫瞧了书子，又递与祝夫人瞧，说道："很好。就是明儿罢。但是我一会儿这礼怎么来得及呢？"祝凤看了书子，说道："我替你办礼，省得又去费事。"桂廉夫感激之至，再三称谢。柏夫人道："你吃了饭到贾府去请安，就回去知会三妹妹，叫他明日带堂哥儿到这儿来，吃了早饭同去。"廉夫应允。柏夫人命芙蓉写回书，说是"遵命，明日同桂太太、姑爷饭后过去"。芙蓉答应，去写了回书，送上太太瞧过，封好交去。

桂恕吃完饭，辞了祝尚书，先到荣府，又到宁府去拜贾赦、贾珍、贾蓉，往别处拜了几家。回到家里，已是晌午大错。林之孝同杜麻子在门房里坐了好半天，看见老爷回来，杜麻子伺候着走到厅上，就将林之孝送银子来的话回了老爷。桂恕甚为欢喜，吩咐林管家到厅上来见。林之孝领着三个人挑了盒子进来，给桂老爷请安，致意了太太的说话。当着打开盒子，一封一封的都交点明白。桂恕收下，再三致谢。吩咐杜麻子收到上房，对着林之孝道："明日又同太太府上结了亲家，更外亲热了。管家回去。先给我替太太请安道谢，等过了明儿，我再面谢罢。今儿因为不恭，不敢请见，到了宁府去同珍大爷坐了一会。明儿哥儿过去，还要管家带着他去磕头。过这几天再来奉谢。"杜麻子出来，手拿着三吊钱，赏了三个挑夫。桂翘吩咐，留林管家坐喝茶。林之孝辞了出来。杜麻子邀在门房里坐下，重又另泡香片。

林之孝喝了一会，辞了杜麻子，领着挑夫回到府里，进去回覆太太的话。王夫人道："你去将议单、卖契写个底儿，拿来我瞧瞧，再送去给大老爷们删改定夺。"林之孝答应，出去办事。

王夫人同着平儿们商量明日送姑爷的礼物。珍珠道："文房四宝，靴冠袍褂，这是必不可少的。再配别的东西。"王夫人道："咱们说也记不了，这些定要开出单子来才得呢。"珠大奶奶道："太太说的是。必得要开出单子来打伙儿商量。"珍珠命抱琴取笔砚同大红全帖过来，放在桌上。宝钗道："我写，太太们说。"抱琴研墨拂纸，宝钗执笔写起来，王夫人念着：

金冠一品　玉带一围　蟒缎四端　彩缎四端
色绫八对　宫绸十全　如意全枝　宫花成对
端砚成方　笔斗一元　古香十笏　文笺百幅
玉山成件　银管双辉　尚书全部　朝靴成对

王夫人道："数数瞧有多少件了？"宝钗道："有十六样了。"珠大奶奶道："也够了。明日是磕头，比不得过礼的时候还得多些儿。"宝钗道："也罢了。这里面有一件东西是我的。"平儿道："什么是你的？"宝钗道："紫金冠。我那里有三四顶，都是宝兄弟留下的。那天送了一顶给柳大兄弟。我再取一顶送新姑爷罢。"王夫人道："这倒很好。咱们就照着单子办起来。"珍珠道："明日新姑爷拜见了，还是各人各办呢，还是凑一分礼总送？"宝钗道："大嫂子同咱们两个公送一分，太太是单一分，琏二老丈母各自各儿一分。"王夫人笑道："宝丫头倒派的均匀。这老丈母的礼，自然要比别的体面些儿。"珍珠笑道："平丫头很会做丈母。昨日人家磕头谢他，就摆出丈母的样儿来，连个礼儿也不回，用手拉着道：'请起。'也不想想，自家的奶黄儿还没有退干净，就老着个脸皮儿要做丈母呢！"王夫人们都一齐大笑。

平儿笑道："哈哈，我的奶黄儿没有退干净，你退干净了没有呢？"宝钗笑道："平丫头外面的黄倒都退了，肚子里的黄，只怕至少也有茶碗大。"将个王夫人同大奶奶们笑的腰酸背痛，只是摇手。见珍珠笑道："你别将太太的肝气笑了上来。"一面笑着，赶忙走到背后给太太捶背。王夫人笑了好一会，这才止住说道："你们今儿商量要笑死了我才放心呢。"大奶奶道："宝丫头的这张嘴，也就赛得过凤姐儿，谁也说他不过。"王夫人道："凤姐儿比他还要尖利。宝丫头那里及得他来？倒同林姑娘差不多。"平儿道："林姑娘还多两件事。"大奶奶道："多两件什么？"平儿道："林姑娘多眼泪，多生气。"珍珠道："林姑娘的眼泪同气，总在一个误字里出来的。"宝钗笑道："四丫头真是林姑娘的千秋知己，实在林姑娘一生为误字所误，后来死还是误死的。谁知那天梦中见他，一点儿也不误了，可见世上有误人，天上无误仙。"珍珠道："那天在地狱中，见凤姐姐他到了那个地位，知道生前为误所误了。"平儿笑道："人人皆误，惟有刘老老不误。"宝钗道："你怎么知道他不误？"平儿笑着道："他在奈河村开茶铺，真是不误主顾。"众人一齐哄然大笑。王夫人笑道："你们只顾逗笑儿，也忘了去办礼。天也快黑了，明日手忙脚乱的，又要闹上一早。"宝钗道："真个的，咱们去办礼物罢，别在这里搜搅了。"王夫人领着他们来到上房，各人都去商量备办不提。

且说桂廉夫将二千两银子交杜麻子，叫他送到孙家去，将票子掣了回来，他若提起长票，你说此时尚不能定，过一半天再给他信罢。"老杜答应，也叫几个打杂的用盒子装上，押着他们竟往香暖堂来。花子空因桂老爷要到他家来，他早避了出去。看看将晚，只见杜麻子走了进来，瞧见老孙同黑张三都是浓妆艳抹，异样的妆饰。老孙忙问道："官儿来了吗？"老杜笑道："官儿刚上车要来，忽然来了一大阵的老爷们，都是要来吃晚饭的，断没有空儿脱身，就差了我来见你们说话。"花二奶奶笑道："你也有好一程子没有到这里来了。今儿给你官儿备下了饭，来的很好，就请你罢。"杜麻子笑道："今儿吃你们一顿饭也不委屈，我是给你们送银子来的。"叫打杂的挑了进来，打开盒盖,都搬在炕上。打杂的回去,老孙忙叫拿六百钱去给他们喝个茶儿。杜麻子叫老孙取过天平,一封一封的折兑过,须微短点子平色也就罢了。老杜逼住着掣了借票。老孙同黑张三两个将银子都收入柜里。

杜麻子到他们屋里去坐,见收拾的十分热闹,就在大炕上坐下:老孙道:"今儿真个该酬酬劳,才是个道理。"老杜笑道:"怎么个酬法?"花二奶奶笑道:"横竖叫你舒服,过得去就完了。"丫头、老妈点上几枝红烛,三个人坐在炕上,杜麻子道:"我瞧着也竟不用喝茶了,将备的饭摆上来罢。"老孙道:"连个茶也不喝一口,就吃饭吗?"杜麻子道:"一面喝茶,一面摆饭罢。"花二奶奶道:"也罢,咱们就摆起来,省得他着急。"叫老妈儿们七手八脚的端盘子,摆杯筷。就在炕桌上拉来扯去,叮儿当儿摆个不住。三个人挨次坐下,老孙举杯,花二奶奶执壶斟上了酒,三个人吃喝起来。昨日那个妈儿笑道:"今儿杜二爷可是放放心心的逛一会子,两位奶奶都没有坐儿。别像昨日将我的一件衣脏掉了,洗也洗不掉。"老杜笑道:"叫你奶奶赔你,不与我相干。"妈儿笑道:"到底要杜二爷赔,咱们奶奶好好的,怎么会脏得了我的衣服呢?"杜麻子道:"你姓什么?我总要忘你的姓。"妈儿道:"我姓钱。"又问道:"你今年三十几?"妈儿道:"三十二。"老孙笑道:"也是一把好手。"杜麻子笑道:"我瞧着,也像是把好手。"花二奶奶道:"你何不去领教领教,再来喝酒呢?我替你开发。"老杜笑道:"狠好。"起身拉着钱妈往里边去了。不多一会,两个人笑嘻嘻的拉着手儿出来。杜麻子笑道:"很使得。"就拉钱妈坐下,一同喝酒。

此时,老孙们已将大衣脱去,都是短纱衫子,亮纱裤子。手腕上带着响镯,指头上套着银指甲。四个人一递一口的喝酒。老孙问道:"你官儿那里来的这项银子还帐?"杜麻子道:"金陵的乡亲会下来的银子。"花二奶奶道:"他将来不使咱们的银子吗?"老杜道:"怎么不使?我在官儿面前很帮衬你们。官儿说,我过两天去同孙太太商量,我瞧着他们狠是个有情的人儿。我趁这空儿,一个人也不在面前,我说孙太太同花二奶奶也狠狠的要同老爷拉拢拉拢,他们两个只要对了劲儿,也不讲什么银子钱的。咱们官儿还笑着道:'只可惜我有太太，不然我倒很愿意娶了他去倒是好的。'听这口气，咱们的官儿很看上你们。等着他儿时到这里来，你们两个拉他上手就完了。"老孙同花二奶奶笑道："只要他肯来同咱们相与，总不叫他受委屈，横竖他出京的盘费，总在咱们姐妹两身上。你是知道的，有多少官儿不是在咱们身上打发出京的吗？咱们原图个相与，只要知热知冷的，又说什么借不借的话呢？就是帮也要帮他一二千两银子的，等着我们同你官儿上了手，自然还要谢你，再没有白叫你替咱们拉拢的道理。"老杜笑道："我跟了有二十年的官儿，任什么事儿都会，就是没有会捞毛。"花二奶奶们都一齐大笑，说道："你这回算破个例，给你妹妹们捞这一磨儿罢。"老杜笑道："使得。我不要别的谢礼，只要你们轮着应酬我就是了。"钱妈道："咱们的两位奶奶，就没有这件事谁还不应酬你吗？"

正在说话，听见外面一个姑娘声音，笑语喧天的走了进来，钱妈道："二姑娘倒来的凑巧。"老杜问道："那个二姑娘？"只见那个姑娘已走了进来。光溜溜的头发带着银扁簪，围着一圈的晚香玉，旁边插着一枝长耳挖，耳上带着两个大坠子。长圆脸儿，水汪汪的两只俏眼，嘴皮儿上点着胭脂。身上穿着大红领儿的白纱衫子，银红纱裤，两点儿小脚。胸前挂着大红线离宫锭穗子的香串，手中拿把檀香骨子满金扇儿，手腕上带着两双银响镯。有十六七岁的年纪，还没有开脸。笑嘻嘻的进来，先同老杜拉手。老孙问道："你说要明日才来呢，怎么今儿就来了？"那姑娘答道："原说过是明日回来，谁知道他的财东到了，他们都要去接。叫我且回来，过几天再来接。"花二奶奶道："也罢，你同杜二爷一堆儿坐罢。"那姑娘赶忙上炕，挨着杜麻子坐下。老妈儿又添了一副杯筷。那姑娘要了酒壶，给杜二爷满了三杯酒。又给他们三个也斟了酒，自家也筛上。杜麻子问道："这姑娘姓什么？我总没有见过。"老孙道："这是马二姑娘，名字叫金哥儿。他父亲，说起来只怕你也该知道，就是大街上开二美馆饭馆子的马胖子。他们原是山东人。原先在饭馆子里做伙计，因他会要帐，柜上很欢喜。后来发了点子财，自家就开起二美馆来。他同你二兄弟是一拜的弟兄，因瞧着咱们这门子来的不杂，差不多的也走不进来，所有来往的，不过是些大字号同那几个有钱的候补候选官儿们，以此他将这二姑娘交到这儿来。到咱们家不到两个月，就相与上了好几个大主儿。这昨日是布行里的张老西儿接了去，原说过几天的，谁知是什么财东到了。”花二奶奶道：“今儿咱们给二姑娘留下，杜二爷是咱们的东，不要他开发。”老孙道：“很好。咱们原许下杜麻子的东，今儿又是他送银子来的，咱们原该酬酬他才是。等着咱们一会儿不上坐儿，拢共拢儿热闹罢。”花二奶奶道：“很好，就是这么罢。二姑娘先敬杜麻子一个曲儿听听。”老妈儿忙将弦子、琵琶送了过来，金哥儿接了琵琶，花二奶奶接着弦子，慢慢的和起调来。这里钱妈将他们的酒又都斟上，老杜道：“且喝一口儿，润润嗓子。众人一齐饮干。金哥儿打扫娇音，慢慢的唱道：

梧桐叶落，金风动翠，被生寒，半贴着身儿半边空。想的我，病体恹恹，一日轻来一日重。你全不想，别离时我拉着你的衣襟儿送，亲口叮咛，海深山重。你说是，春尽夏初是必归来，影同形共。到如今，雁字儿书空，水花儿将冻。恨的我，要个缩地符儿又找不出些儿缝。我为你，四处儿的肉疼。你待我，一点儿不心痛。我想你的痴心儿，每夜里总是那红楼中的好梦。

金哥儿唱完，杜麻子乐的拍手打掌，连声叫好。钱妈又斟上好酒，老杜道：“这个曲儿，咱们都要吃一大杯。”花二奶奶道：“咱们在坐的，今儿都得要唱。谁不唱的，罚谁一大碗。”钱妈笑道：“我不会唱，我请二姑娘代唱，我喝一碗酒。”老杜笑道：“很使得。我代你喝酒。”老孙笑道：“今儿才上手，就这样的心疼。咱们偏不兴代，叫老钱自唱自喝，看有谁不依?”钱妈笑道：“罢呀！奶奶们准这个情儿罢，明儿多给奶奶们磕几个头。”众人大笑。老钱又在各人面前斟酒，自家也斟上一大杯。于是，众人唱的唱，喝的喝，十分热闹。

且不言杜麻子在香暖堂大乐了一夜，直到五更天回去之事。且说林之孝回到家里，请了学堂里的赵先生过来，商量着写卖契、议单。叫家里收拾饭，一面将所有契纸都取出来给赵先生瞧。赵先生细细瞧了一遍，说道：“咱们这个卖契，比不得穷家小户的哩儿拉儿的混写，只要几句，干净简绝就够了。连这议单，可要不可要，都没有什么要紧。”林之孝道：“先生高见。咱们府里卖产业，原比别的不同，只要一言半语的就结了。先生起了稿子，咱们商量商量。”赵先生答应，研墨执笔，在那川连纸上写将起来。

不知是怎么样写法，且看下回分解。

第三十四回　林主管操持售宅　美裙钗谈笑救焚

话说赵先生凝心静气写着稿子，随写随改，直闹到上灯方才完结。将稿子誊了一张出来，递与林之孝道：“大爷请看，必得是这样写法才是正理。”林之孝接着念道：

> 立卖契贾环。今因奉母命南归，京中住屋无用，除赐第外，将祖遗自置房屋、花园，凭祝大宗伯居间卖与大司马刘老世伯为第。外自石狮以前五丈五尺起，至四面围墙基地，以及宅内厅堂楼阁、台榭亭池、上房下屋、树石花园，均系本家契买旧屋，自行建造，并无借地盖屋，霸产侵邻等弊，亦非因贫卖产，隐契瞒族及一切违碍事故。自卖之后，听凭刘处更屋改向，拆修添造，不涉本家之事。屋内自上连椽瓦，上接地基，以至内外大小粗细什物、铺垫等项，另有交单，一并在内，共收房价京平纹银十万两整。其银立契之日，当面收讫。此系两相情愿，并无异言。所有赐第册档、买房老契及一切总帐档子内，有圈出者系本家自行带去之物，不入交单，其余并交刘处点收管业。本家族中并无加找回赎之事。欲后有凭，立此卖契存照。

林之孝念完，说道：“甚好。请先生照着誊出一张来，我送去回太太。”赵先生道：“且吃了晚饭再写罢。”林之孝想了一想道：“也罢。横竖今儿不能到宅里去了，吃过饭慢慢再写。”叫小子们摆杯筷、斟酒。赵先生又喜饮一杯，同林之孝两个吃到二鼓方散。吃茶漱口，换上新烛，赵先生端端楷楷又写了一张，一字不错，递与林之孝收好，说道：“夜已深了，明儿再写罢。”林之孝命小子点着灯笼，送先生过去。一宿晚景休提。

次日一早，林之孝到刘大人宅里，见门上陈七，说道："大人下朝来家，拜托七哥上去回一声。说今儿成交房子，我赶饭后过来。"陈七答应。林之孝略坐了一坐，赶着来到荣府。见有许多人在那里打扫，林之孝知道今儿是新姑爷上门磕头，吩咐收拾干净。

走到垂花门，是董嫂子、吴嫂子该班，问太太用过早茶没有。董嫂子道："奶奶、姑娘们刚上去请早安，不多一会儿才送上茶去，大爷且在这里坐坐，候撤了茶再上去。"林之孝就坐在垂花门小炕上。董嫂子笑道："我有句说话要对大爷说。昨天听见人说，刘大人有五百银给底下人的茶钱，将来你侄儿要求大爷格外看顾他些。再者还有咱们上房的人，刘大人倒没有提起。真个咱们这些姑娘、嫂子们就不是个人？这几年，瞒不过林大爷是深知道的，咱们还有点儿什么出息吗？说起来要叫大爷笑话，前日撕了点儿布做鞋，要三十大钱也借不出来，真是可笑。近来还亏着宝二奶奶同四姑娘私下里帮补咱们点儿，这不是身上的旧纱衫子同这条夏布裙子，还是四姑娘给我的，可怜我的夏衣也叫你侄儿当的精光。这几天立过了秋，早晚就很凉快，咱们跟着太太到了道儿上去不要冻死吗？"吴家的笑道："你说了半天话，总没有说到正经话头儿上来，横竖林大爷也很知道咱们的苦。不用说哩根儿拉跟儿的话，总要林大爷去回刘大人，也照他们外边的样儿，给咱们五百银就完了。他若是不肯给咱们银子，没有别的，将上房的东西糟蹋他一个稀糊脑儿烂。"林之孝笑道："嫂子们都不用着急，这件事总交给我，必叫嫂子们都过得去。这里面也要分出个层次来。像嫂子们有差使辛苦些儿的，自然要多点子。那个没有差使闲着的，又少些儿。我自然有个主意。等过了这一半天，我送进来给嫂子们就是了。若是有别的嫂子、姑娘们提起这话，二位嫂子只管将我的话对他们说，横竖在三五天以内我必送来。"董家的再三称谢，说道："上房撤茶了，咱们上去罢。"

林之孝起身，跟着董嫂子上去来到上房卷棚下。见赵奶子抱着慧哥儿，唐奶子抱着毓哥儿都刚出来，哥儿们手里拿着饽饽。慧哥儿瞧见，赶忙叫道："林大大。"毓哥儿听见，也接着叫："林大大。"林之孝笑着，忙过去拉拉两个小哥的手说道："哥儿们好！"奶子们代答应了好。董嫂子出来说："太太叫林大爷进去。"林之孝忙放了手，跟董嫂子掀着帘子进去。见太太坐在碧纱槅里，大炕上摆着多少礼物。林之孝跪下请安，见过三位奶奶、姑娘，在怀里取出契稿，递与董嫂子送上太太。王夫人命珍珠朗念一遍，说："倒也罢了。祝大宗伯上再加'姻伯'两字。"珍珠答应，取笔添上。王夫人吩咐送过去请大老爷删改酌定，赶着誊写清楚。林之孝答应，接了退身出去，往宁府来见贾赦同珍大爷们商酌契纸。

王夫人道："咱们也该早些收拾，恐桂太太们来的早。"宝钗道："差人去请珍大爷同蓉哥儿们也要早些儿过来。"平儿差媳妇们去问大厅灯彩铺设可曾收拾完结，一面着人去请珍大爷。珍珠笑道："今儿平丫头又是亲家太太，又是老丈母，连头发根儿上都收拾的光亮体面。"王夫人点头笑道："平丫头这丈母倒是做的很有道理。不亏他在刘老老庄上吃那几天小米子粥，好容易挣下这个丈母来。也是他一番苦心得来的，怎么不叫他大乐呢？"宝钗笑道："乐是应该他大乐，别乐大发了，将小舅子乐了下来。"李宫裁笑道："平丫头一会儿做亲家太太，你们两个别傻头傻脑的，叫他脸上下不来。"珍珠道："那倒论不定。叫他这会儿好好的给咱们拜拜，一会儿让他体体面面做丈母。不然横竖等着姑爷磕头的时候，准叫他磨不开。"王夫人笑道："何苦来呢！骇的平丫头连饭也吃不下去。"宫裁道："平丫头，就给他两个拜拜，这又算什么呢？"平儿道："使得。"站起身来向着宝钗、珍珠两个拜了两拜，引的王夫人大笑，说道："平丫头忒胆小。说是这样说，他两个好意思闹你吗？"平儿笑道："太太还不知宝妹妹同四姑娘，他两个说得出就做得出。我见了他们两个，我就草鸡了。"大奶奶笑道："我看不出平丫头这么一个能干人，倒怕定了他们两个，这也是怪事。"

正说着，董嫂子来回林之孝要见。王夫人吩咐进来。林之孝回道："大老爷同珍大爷都瞧过了，说道'很好'。叫奴才去誊写清楚，送到宁府画押。"王夫人道："很好。你赶着去办。"林之孝答应，出去办事。

上房里吩咐传饭，太太坐下刚举杯箸，有该班的姑娘回说，珍大奶奶同蓉大奶奶过来。只见婆媳两个笑嘻嘻走进屋来挨次请安,姐妹各见礼问好。王夫人吩咐坐下,一同吃饭。珍大奶奶道:“已经吃过,早些过来候接新亲家。珍大爷们也就过来,等接姑爷。咱们在这儿喝茶。”于是,王夫人们用饭不表。

林之孝到了家里,就将赵先生请过来,照着誊写正契。陪先生用毕早饭,命小子拿着拜盒先进荣府回过太太才到刘大人宅里来。到宅门上,陈七、蒋三说道:“大人下朝回来,吃过早饭出门拜客刚才回来,正在这儿等你。”林之孝说:“很好。请七哥上去回大人说我要见。”陈七道:“你且坐坐,我就上去。”不多一会,赶忙下来相请,林之孝命小子端着拜盒,跟着上去见刘大人请过安,刘尚书命端杌子过来坐下。林之孝将前后说话交代一遍,刘尚书甚是欢喜。林之孝接过拜盒,取出卖契送上。刘大人接着看了一遍,说道:“狠好,干净简绝之至。”林之孝将所有一切俱交代明白,说道:“大人瞧这契上没有什么更改的字样?”刘尚书道:“并没有要改的字样。”林之孝道:“既然如此,下人赶着回去,请大老爷画了押再来领银子罢。”尚书道:“是极。我在这儿等着。”

林之孝忙着出来,蒋三道:“这儿有现成快车,大哥坐了去罢。”吩咐将车磨了过来,林之孝坐上快车,飞攆而去。先到宁府,见贾珍回明说话。珍大爷接了契纸,到上房来见大老爷,贾赦又细细的瞧了一遍,点头称是,画了押。珍大爷到自家屋里也画了花押,又叫蓉哥儿画押,自家拿着出来,交给林之孝说,道:“环哥儿、兰哥儿的花押,你去请太太画罢。”林之孝接在手内,转身出来坐上快车,又到荣府来见太太。将契纸呈上,请太太画押。王夫人看过一遍说道:“兰哥儿的押叫大奶奶代画,环哥儿的宝丫头画了罢。”两位奶奶取过笔来,当着太太各画了花押,请太太过目,命嫂子们交给林之孝接着,辞了太太出去。

坐上快车来到刘宅,同着门上一直进去,见了刘尚书双手交代。刘大人接在手内细看一遍,让主管坐下。小子们送过茶,刘大人道:“实在费老主管的心了,我甚不安之至。”在身边取出几张银票来,说道:“这一张是恒泰号的三万两,这是义兴号的三万两,这是合泰号的二万两，这是祥茂号的二万两，共十万两。这一张是口儿外钱店里的五百两，他是义合字号，这是众位二爷的茶钱。这一张是资顺布字号的二千两，是送老主管的劳金。”林之孝忙站起来，再三推让了一会，只得跪下谢谢。随将那四张十万两的票子收在靴页里面，说道：“这几处大字号都是宁荣两府的旧底子，这资顺布行也是认得的，大人办事真是安静。过了明日，大人差人过去收点东西罢。”刘大人笑道：“点什么，等太太几时动身，我搬了进去就完了。又何必点呢?”林之孝道：“大人虽是这样吩咐，但是一日不交代，太太同下人们一天要惦记着。况且交代了好收拾起身。”刘大人道：“既是这样，我后日差人过来收点罢。”

林之孝答应着，随即谢过刘大人，出来到了门房里坐下。此时只有蒋、陈两个门上，同着两三个体面爷们都殷殷勤勤的同林大爷扳谈说话。林之孝将手内一张五百两银票递与两位门上，说道：“这是请诸位哥哥们的一个茶敬，恐有不到之处，总要求诸位包涵照应。”陈七道：“林老大，咱们哥儿讲起这个来了吗?”林之孝道：“老七，咱们哥儿们不是一年半年的朋友，你还不知道我林老大的为人吗？这又算个什么呢？不过众位朋友面上敬点心儿。”蒋三同众人道：“既是大哥说了，咱们竟领这情罢。”林之孝道：“刚才那车甚快，我这会儿还要坐去。”蒋三道：“本来叫他在这儿伺候着送你回去。”

林之孝随即辞了众人，出来坐上车，对车夫说了要到这几处大字号去走走。车夫应允，赶着快车挨家都去对了银票。这几处字号，都是林之孝的旧好，贾府的伙计。林之孝将这些银票照对明白，坐上车一直来到荣府，赏了赶车的一个锞儿。走进大门，见珍大奶奶们的车都在这边。林之孝叫董嫂子同进去见了太太，将银票呈上。王夫人命宝钗瞧了一瞧，说道：“都是咱们家的旧字号。”王夫人道：“你将两张多的收着，那两张且交给林之孝，等我开出单子照着去办罢。”宝钗答应，将两张四万两票子亲自交给林之孝收着，自家将那两张收好。

林之孝刚出垂花门，遇着珍大爷进来问道：“成交了吗?”林之孝答应：“已成交，过了明儿，他们来收点东西。”

珍大爷点点头，一直进去。嫂子们回说太太在绿竹斋。贾珍听见，带着蓉哥儿就往绿竹斋来。听差姑娘回过太太。贾珍进去请安，见过大嫂子、琏二奶奶同珍珠。众人问大哥的好。蓉大爷过来也都请过安。王夫人道："你们爷儿两个就坐在那儿罢。"众人坐下。珍大爷笑道："琏二妹妹今日大喜，做丈母了。"珍大奶奶笑道："他是赁来的丈母。"王夫人笑道："琏丫头做丈母，你们个个都要臊他个皮儿。他这丈母不是赁来的，倒是个实实落落升补实授的丈母。"众人笑道："太太说的不错。"贾珍道："一会儿姑爷在那儿磕头？"王夫人道："就是大厅上罢。等他来了，你领着他先去给大老爷、大太太磕头，再过来见礼。"贾珍道："刚才大老爷、大太太吩咐，叫先在婶子这儿磕了头再过去。"王夫人笑道："自然要先见过了爷爷、奶奶，这才见咱们是个正礼，也没有先见我的道理。"珍大奶奶道："太太的话说的很是。横竖祝太太们都是讲理的，别叫他们笑话。"

正在说笑，吴家的慌慌张张跑来问道："大厨房里走了水。"众人听见，魂都吓掉，赶忙一齐站起，往外就跑。珍珠飞跑出了垂花门，竟到大厨房门口。只见烟雾腾腾，熏人扑面。那些厨子、家人都手忙脚乱，没有了主意。珍珠忙对周贵道："火才烧起，赶着将毡子打湿握上，再等一会儿烧成了场，就不好了。"又高声嚷道："谁出力救灭了火，赏他三百银。"众人听见四姑娘吩咐，赶忙七手八脚的人人出力，将这宅里三四口井的水，都打的稀浑。

此时林之孝刚到了家里，听见这个信儿，直急得要死，赶忙往宅里来。远远望去那烟不大，心中略放下些儿。跑进宅子去，静悄悄的一个人儿也不看见。到了宅门口，只老赵一人在那里，说道："厨房里走水，他们都去瞧热闹去了。听见四姑娘赏三百银，人人都想着发财呢。"林之孝急急忙忙跑到厨房门口，只见满房子上都是人。珍大爷领着人在那儿泼水，蓉大爷拽着衣服，也站在房上吆喝着拆棚。四姑娘同宝二奶奶站在一个大石礅上，瞧着他们拿水泼毡子。太太们一堆儿都远远站着瞧呢。林之孝先到太太面前安慰两句，赶忙过来，看见火已扑灭，椽子上不过冒烟。走到厨房里去瞧瞧，原来是烧燎炉上不知怎么火冒上来。引着那根戗柱烧着几根椽子，这间屋上的瓦全都拆掉。

走到厨房去瞧瞧，那两个老厨子笑道："大爷受惊了。亏得是烧燎房闹事，还不相干。若是咱们厨房里闹起事来，不要说是酒席吃不成，接着院子里的棚上一着，那不用说，这会儿还有说话的空儿吗？这真是太太的福气。先前初着起来的时候，火势顺着戗柱往上直撺，偏我在这里做着活。只要拿一件衣服在水缸里浸一下，往柱子上一扫就得了。他们尽瞪着眼儿瞅着他。赶我知道出去一瞧，那火已上了椽子，那些人都没有了主意，我也狠狠的着了急。后来四姑娘出来吩咐道：'谁救灭了火，赏三百银。'这些人听见有银子，连命也不要了，七手八脚的一齐动手。火在上面，烟熏着难以着力，宝二奶奶吩咐，揭一片瓦赏十个大钱。一会儿将瓦揭了半边，这才一齐用力将火救灭。又加着珍大爷、蓉大爷领着众人不住手的泼水。恐连着外边，又赶着将过道的棚拉掉半边，这会儿才放心。"林之孝道："我刚才到家，打杂儿的来通信儿，将我急了个要死，赶忙跑出来。远远的瞧了瞧，烟还不很大，心上才略略放下些儿。到了门上，赵大爷对我说，才知是四姑娘出重赏，将火救灭了。真是太太的福气，不然还了得吗？幸而你们厨房里没有惊动着，天气干燥也得小心。这会儿房子已经给刘大人了，保佑着平平安安的交代了给他。太太起了身，咱们才敢放心。"姜厨子道："咱们的房子给了人吗？"林之孝道："给了兵部尚书刘大人。"姜厨子道："咱们也有点儿规例，这明儿向谁去要呢？"林之孝道："凡有一切，都向我要，是我一个人儿开发。"老姜笑道："既是大爷管这件事，还有个不疼我们的吗？大爷怎么吩咐怎么好。"林之孝道："你们都放心，若是有朋友们提起这件事，你只管叫他们来找我就是了。"老姜连连答应。

林之孝道："今儿是新亲家太太上门，一会儿的酒席留点儿心，别闹些苍蝇在里面，闹的一股儿盐一股儿淡的。等你打发完了，我再请你喝酒罢。"老姜道："大爷放心。我在这宅里二十多年，只除了那年老太太的寿日那一天我多喝了口儿酒，误了事，凤二奶奶动气，叫来二爷打了我十五个嘴巴。除了这一磨儿外，从来没有误事。大老爷那边蓉大奶奶开丧，老太太丧事，宝二爷做亲，老爷出殡，我那磨儿闹过了事没有？这是大爷深知道的。”林之孝道：“那是我知道的，你也是这宅里的老人了。太太们都在外面呢，我去瞧瞧，等闲着咱们再说罢。”

林之孝说着，走出外间，看见椽子、梁上都冒着烟，那些人正往下泼水。那炉上烧猪、烧肉、烧鸭、烧鸡都闹的黢黑，赶忙低着头跑了出来。看见地下全是泥浆子，宝二奶奶同四姑娘都还站在石礅上，吩咐往下泼水。林之孝走到面前，说道：“这件事，全亏四姑娘同宝二奶奶出了重赏，众人才齐心出力，不闹成大事。想起来令人可怕。”珍珠笑道：“我同宝姐姐有什么功劳？全仗是太太的福气。”林之孝道：“虽是仗太太的福气，也是姑娘同奶奶的才情。这会儿火已灭了，请二奶奶同四姑娘进去罢。这里有我们在这儿照应呢。”宝钗道：“也罢，咱们进去收拾收拾，闹了一脑袋的灰。”珍珠道：“酒席没有糟蹋吗？”林之孝道：“我瞧过了，倒没有动一点儿。就是烧燎东西全用不得了。那赶着办起来也还容易。”

宝钗同珍珠走下石礅到垂花门口，太太们还站在那里。宝钗笑道：“太太受惊了。”王夫人道：“几乎不把我一个心跳了出来，这会儿身还是发着颤。”珍珠道：“太太同诸位嫂子、姐姐们发颤都不相干。我就惦记着老丈母，不知道小舅子唬着了没有？”珍大奶奶笑道：“咱们家里当日是凤姐儿的胆量好，不拘遇着什么大事，他从不着急。这会儿是四姑娘同宝妹妹，他两个的胆量也赛得过凤姐儿，才情也对得过他。”宝钗道：“探妹妹的才情、胆量也就好。”王夫人道：“你们别在这里说闲话，宝丫头进去收拾收拾头上的灰。”珍珠道：“太太也进去罢。”

王夫人吩咐：“请蓉大爷下来罢，别站在房上了。”嫂子们答应，过去对家人说请蓉大爷下来。家人们扶着大梯子，照应慢慢的走了下来。贾珍吩咐打杂的，将地下破碎砖瓦、木头席片、一切零碎灰土立刻打扫出来，将那几床毡子用水浸透，裹在那烧过的椽子上。又叫人将拉倒的棚，仍旧收拾妥当。林之孝瞧着他们立刻搬的搬，抬的抬，十分闹热。王夫人们到绿竹斋坐下喝了茶，这会儿心才放下。众人都给太太道惊，珍大爷、蓉大爷也道过了惊。贾珍笑道：“今儿大亏四妹妹同宝妹妹出了重赏，人人出力将火即救灭。不然竟不可解了。”王夫人正要问重赏的事，董嫂子飞跑进来回道：“亲家太太同祝太太到了。”珍大爷领着蓉哥儿出去接新姑爷。王夫人同琏二奶奶赶着出去接亲家太太。

珍大奶奶将李宫裁袖子一扯，不知说句什么，且听下回分解。

第三十五回 会新亲谱联姐妹 重亲谊喜定蟾珠

话说王夫人同着平儿出去迎接亲家，珠大奶奶跟着往外就走。珍大奶奶将他拉了一下。李宫裁问道：“你说什么？”珍大奶奶轻轻说道：“让平丫头同太太先去接亲家，咱们搅在里面干什么？况且宝丫头同四丫头也还没有下来，咱们到底等他两个同去。”珠大奶奶点头。

等了一会，宝钗、珍珠下来，问道：“你们不去接亲家吗？”珍大奶奶道：“在这儿等你们同去。”五个人说笑着出了垂花门。听见各位太太在正厅上，新姑爷同珍大爷在大厅上。

奶奶们来到正厅，瞧见太太同桂太太正在行礼。宝钗、珍珠先过去给柏夫人请安道喜。珍大奶奶、珠大奶奶、蓉大奶奶也过来请安，彼此道喜。宝钗道：“怎么桂大妹妹站在那边呢？”柏夫人笑道：“他今日来做新亲，还没有同亲家妈见礼，所以站在那边。”王夫人同桂太太拜完之后，就让琏二奶奶同桂太太两亲家见礼。今日平儿是五品补服大妆扮，两亲家对拜了八拜。蟾珠拜过王夫人同亲妈太太，就是珠大奶奶们四位过去同桂太太行新亲礼，又同蟾珠相拜。接着是蓉大奶奶过来拜见。祝太太同王夫人道喜。

整整闹了半日，这才让坐。桂太太定不肯僭祝太太的坐位，谦让半日，又不肯僭王夫人亲家妈的坐位。总说不敢有僭，让个不了。将柏夫人让的着急说道：“好妹妹，你且依着咱们，坐这一位，等我坐下定一定。我这会儿叫你让的头都发晕。你再让一会儿，我可要栽倒了。”桂太太听见这样说，只得遵命告坐。太太们挨次坐下。宝钗拉着桂蟾珠同大奶奶们,都到西边一溜儿的紫檀圈椅上坐下。贾府里几个体面嫂子,每人端个洋漆小盘子,盛着镶银碗的果子茶。第一位是桂太太,第二位是祝太太,第三位是太太,第四位打偏是琏二奶奶,接连吃过三道茶。这边奶奶、姑娘们也是三道茶。桂大爷在大厅上,是珍大爷父子陪着,也是照样儿的果茶。用茶已毕,贾珍道:"昨日见尊大人,说起也就要起身,秋凉时候正好长行。"桂堂道:"父亲急欲起身。一者为文凭尚未领得,二者为盘费难以张罗,所以尚不能择日。"

贾珍正在叙谈,林之孝来请珍大爷陪姑爷过宁府去见太爷、太太。桂堂听说,赶忙站起来。珍大爷同蓉大爷陪着姑爷出去,上车到了宁府,林之孝同桂府的杜麻子同跟过去。珍大爷们下车,一直同到上房见贾赦同邢夫人。

两位老人家看见这孙女婿,十分欢喜。桂堂跪下去,恭恭敬敬拜了八拜。转身拜过贾珍,又同贾蓉见礼。邢夫人将桂堂拉在身边,看了又看,笑着对着贾赦道:"真是巧丫头的福气,得这么一个好姑爷!"贾赦道:"这孙女婿,将来很有出息。"邢夫人吩咐媳妇们,就在上房摆设果子点心,带着蓉哥儿陪坐。邢夫人对贾珍道:"你是大爷,陪着他倒彼此拘束,不如竟让蓉哥儿陪他罢。"贾珍道:"本来今日是通政使大堂张大人家娶媳妇,已经请过几次,因为等着姑爷来见过了面。这会儿要到张家去道喜。"邢夫人道:"狠好,你竟去罢。"贾珍答应,辞过大老爷同太太,又对桂堂说道:"我不奉陪姑爷,叫你大哥相陪坐坐罢。"桂堂赶忙站起说道:"大爷只管请便。"贾珍吩咐贾蓉道:"你陪妹夫坐坐,一会儿过去对二奶奶说,我有事不陪姑爷了。晚上坐席不用等我,就是你陪罢。"

贾蓉答应,同桂堂站着候珍大爷出去,又才坐下吃了一会。嫂子们来回太太道:"跟姑爷来的家人们给太爷、太太磕头道喜。"邢夫人道:"多谢他们。叫门上的陪着吃个点心,歇歇儿。"嫂子们连声答应,出去回话。贾赦道:"我也来陪孙女婿吃个点心。"姑娘们听见,赶忙端过杌子,贾赦坐下,姑娘们另换上新茶。邢夫人同着孙女婿说说问问,十分亲热,说道:"我今日本来也要过去,因前几天出门受了点暑,身上不好。这几天连饭也懒得吃,头上还有些发烧。昨日你二奶奶过来请我,我想道,罢呀,就过去了也坐不住。等过一半天,横竖要请你妈妈到这里来,咱们姐妹们也要谈谈。”桂堂道:“妈妈也要过来给奶奶请安辞行呢。”贾赦道:“我也要请你父亲过来坐坐。我有几个旧交好友都在广东,将来我有书子给他们,都有照应。”桂堂连声答应。贾蓉道:“那边还没有磕头呢,二奶奶们都还等着,妹夫也该过去罢。”邢夫人道:“仔吗二奶奶那里没有磕头吗?”贾蓉道:“还没有磕头。二奶奶吩咐先到这里。”邢夫人道:“既是这样,我倒不好多留,且过一半天再来接你。”桂堂答应,辞了太爷、太太,贾蓉陪着出来,上车又到荣府。

此时太太们在正厅上说些谦虚客话。桂太太称王夫人是太亲妈老太太。王夫人再三说道:“亲家太太,你这样称呼,我实在不安。咱们是四门亲家,你要这样拘礼,我就不敢亲近你了。”桂太太笑道:“本来是长亲,名分在此,不能不这样称呼。”祝太太道:“我倒有一个调停的法儿,不知可还使得,省得两位亲家太太彼此谦让。”王夫人忙问道:“怎么个调停法儿?倒要请教。”柏夫人道:“今儿是上好吉日,咱们又是至亲聚在一处,何不咱们三个人拜了姐妹,彼此既好称呼,又好关切商量办事,省了多少客气!这件事不知可还使得?”王夫人不等说完,欢喜的连忙说道:“好极!咱们竟是这样。”金夫人道:“我如何敢同太亲妈拜姐妹呢?”柏夫人笑道:“桂三妹妹过有些酸味儿。”王夫人吩咐珠大奶奶,命他们点起香烛,就在正厅中间对着那一幅大三星面前铺下红毡。一会儿摆设妥当,王夫人命宝钗取笔砚、大红全帖。三位太太叙了年齿:王夫人居长,祝太太次之,桂太太第三。王夫人先念着,叫宝钗写道:

贾门王氏容庄,年五十六岁,九月十八日辰时生。

祝太太念道:

祝门柏氏抱贞,年五十三岁,十二月初十日寅时生。

桂太太念道:

桂门金氏香树,年三十七岁,八月初八日子时生。

宝钗写完,王夫人就叫用双红全柬照着写三个。三位太太一齐焚香,向上拜了八拜，对拜一番。

金夫人笑道："咱们各尽各道，我同亲家太太、两位大亲家太太、二亲家太太、四姑太太也拜个姐妹儿，彼此都省得谦虚。"王夫人道："我给三妹妹调停，这个意思，除了我这边的，到底不便。你竟同你亲家、大亲家拜了罢。"珍大奶奶赶忙说道："我也不便同三姨儿拜姐妹，竟是琏二妹妹两亲家拜了，倒是正理。"王夫人道："你到底不比得你大姐姐，这又何妨呢？"珍大奶奶定不肯，说道："我同三姨儿叫亲家姐姐都使得，拜是断不敢拜的。"祝太太道："既是咱们大亲家太太这样过谦，三妹妹同亲家太太拜了罢。"于是，桂太太同琏二奶奶两亲家也拜了姐妹。珍大奶奶们这一班拉着琏二奶奶都过来拜过两位姨儿。桂蟾珠过来刚要下拜，王夫人赶忙拉住道："三妹妹，你将这女儿过继与我罢，他又好称呼。"祝太太、桂太太都说："甚是。"吩咐摆好椅子，请王夫人坐下，命蟾珠拜了妈妈，又同诸位嫂子、姐姐们磕过头。

王夫人笑道："这会儿都是姐妹亲家，可以不用谦让。咱们热闹了这半天，也忘了姑爷过来没有。"蓉大奶奶道："我刚才问过，说还没有过来呢。"珍大奶奶笑道："爷爷同奶奶瞧见这个孙女婿，那里就肯放他过来？"柏夫人道："偏生大太太身子不好，今儿又不过来大家热闹。"珍大奶奶道："大太太说过，等身子好些儿要请二姨儿同亲家姨儿过去坐坐。"金夫人道："我一半天去见太太，辞行畅叙一天。"

嫂子们回道："姑爷过来了。"桂太太道："叫他进来磕头吧。"嫂子们答应出去。一会儿蓉大爷陪着进来。先让贾蓉见过两位太太同蟾珠姑娘，请姑爷给二奶奶磕头。另又添上一个坐儿，请丈母坐下受礼。平儿谦让一会，难以推却，只得先给王夫人磕过头，同祝太太、桂太太们道个罪，又向三位奶奶、四姑娘致意过，这才转身受姑爷磕头。接着众人同姑爷见礼，闹了半日才完。王夫人拉着桂堂笑道："你是我的外甥，又是侄孙女婿，到底算那一条儿呢？这会儿且叫我大姨娘，等着姑娘过了门再叫我二奶奶罢。"

贾蓉过来说道："父亲叫回二奶奶，要往别处去道喜，不能来陪妹夫。一会儿坐席也不用等，就叫蓉儿在这里陪坐。"王夫人道："也罢。你父亲在这里，你哥儿两个倒拘的慌，这倒很好。咱们也要到上屋去坐。”柏夫人们都说：“甚是。咱们这会儿不算新亲了，倒很爽快。”三位太太同珠大奶奶、珍大奶奶、琏二奶奶六位来到上房，宝钗、珍珠、蓉大奶奶拉着蟾珠、芙蓉到秋爽斋来。贾蓉陪着桂堂往大观园去逛。那些嫂子、姑娘们分做三处照应，又将跟来的姑娘、嫂子们邀在花厅里坐着吃茶。

宝钗们到了秋爽斋，芙蓉不敢同坐，再三谦让。宝钗道：“好讨嫌，你怎么也闹的这么酸手儿？”珍珠道：“老太太，你坐下罢，别闹的纽儿邱儿的，叫人发烦！”芙蓉笑着坐下。畅谈一会，十分相契。宝钗道：“今日三位太太这样一办，真是省了多少客气。咱们也狠舒服，还管着又亲热，将来还省了好些繁事。真是咱们太太想得到，这件事办的我狠乐。”珍珠笑道：“那天妈妈也提起过这件事，说等着几时我邀了桂三舅母去同你们太太拜姐妹，我回来就忘了对太太说。可巧的今儿拜了姐妹。真是前世的姐妹，到底还是要做姐妹。”宝钗笑道：“太太们拜了前世的姐妹，咱们为什么不拜个今世的姐妹呢。”珍珠道：“咱们同那几个拜？”宝钗道：“不用拉人，在坐儿的就狠够了。”蓉大奶奶道：“我怎么同婶子、姑姑们拜姐妹呢？别叫人听了当笑话。除掉了我，婶子们去拜罢。”芙蓉道：“我是更不敢的了，连这坐坐都是不该的，不过是姑娘、奶奶们的抬举。若是越分之事，那是断不敢从命的。”宝钗道：“我最嫌你们这些酸气，你两个那辈子一定是老西儿变来的，一开口就是酸味儿。”蓉大奶奶们都一齐大笑。珍珠道：“不用说了。我来开单，叙出年岁，咱们再议。”走到里间对宝钗道：“你们各人写出年岁，我来总写。”蓉大奶奶们也不好再推，只得各人写出八字，交与珍珠。宝钗道：“这间屋里可是找不出一张红纸儿来。”珍珠笑道：“宝太太近来闹的俗不可耐，开口就是红纸儿。你等着我去找张朱砂笺，再泥他一碟真金。给你朱砂笺上写金字儿，比红纸儿还不热闹吗？”说的宝钗们都吃吃大笑，说道：“咱们出去，让他去写。”不一会，珍珠写完出来。众人围着看，那上面写的是：

贾张氏淑姜，年二十四岁，正月二十七日未时生；

贾薛氏宝钗，年二十一岁，三月初四日巳时生；

贾珍珠,年二十岁,二月十三日午时生;
江芙蓉,年十九岁,十月十二日酉时生;
桂蟾珠,年十五岁,八月十六日子时生。

蓉大奶奶笑道:“怎么将我写在头里?”宝钗笑道:“谁叫你年纪比咱们大呢。”蓉大奶奶道:“我不管年纪大不大,我辈分儿小。这会儿要拉上我拜姐妹,我情愿在尽后做个妹妹。”宝钗笑道:“你真是搜搅,那里有个妹妹的年纪比姐姐的大呢?”珍珠笑道:“我倒教你一个称呼,以后你竟叫婶子妹妹、姑姑妹妹就完了。”宝钗道:“再说说要黑了,磕个头儿,好吃点心。”珍珠笑道:“咱们也不用供个关帝财神爷、备个三牲香烛,就是这样磕个素头儿吗?”宝钗道:“咱们竟对着这一林的绿竹子儿磕个头儿罢。”众人俱说:“甚是。”挨次儿站定,一齐下拜。珍珠道:“自此以后,情同手足,富贵贫贱毋许相忘。”众人都一一答应。姐妹们十分亲热,叙齿坐下,吃午茶点心,彼此并无客气。

祝太太们来到上房,有赵奶子、唐奶子抱着两个哥儿上来,给太太们请安道喜。两位太太轮着抱了一会,王夫人因天气暑热,恐太太们累着,吩咐奶子们抱去。各位太太换了常服,就在上房散坐谈心。

王夫人问起祝亲家的病势到底怎样,柏夫人叹息道:“你亲家的病,总是忽轻忽重,叫人难以测度。我瞧着竟有些儿费事,这几天过了老太太的生日,总也没有接着一封家信。昨日个说什么梦见三兄弟来辞行,同他到了一所大房子里去,又是二兄弟屋里的素兰拉住他大笑。他醒过来,正交三鼓。你亲家说,这梦甚是不祥。我说这是心记梦,不用去想他。说呢虽是这样说,到底这梦做的不好。”金夫人道:“你三兄弟也做个梦,说是什么姻缘前定,又是什么贾太太的话。我因为是个大早上,很嫌人家说梦,就赶着拦住,不叫他再说。”柏夫人道:“他昨日在那里也提起,说是梦玉将他一抱就醒了。我也记不真他说的那个梦。”王夫人道:“那贾太太也不知是谁?说的句是什么话?”

平儿问道:“三老爷今年有多少年纪?”柏夫人道:“我一会儿记不真他是三十几岁,可怜也是无儿无女。听见说三太太带着身子,将来不知是男是女。我们老哥儿三个，就共的是梦玉一人。”珍大奶奶问道：“兄弟做亲没有？”祝太太道：“因为今年是老太太的大庆，春间赶着完姻，娶的是我们小姑子梅大妹妹的两个女儿，叫海珠、掌珠，都算是二房里的媳妇。”

太太们正在说话，伺候的媳妇们来请示下，回道：“宝二奶奶们的点心已摆在秋爽斋，姑爷的点心摆在潇湘馆。”王夫人道：“咱们的就摆在这儿罢。”媳妇们答应了，赶忙摆了三桌。桂太太道：“摆这些做什么？咱们坐在一堆儿，又好说话。”柏夫人们都说：“甚是。”姐妹共坐一桌。

柏夫人吃着点心，又接着对珍大奶奶说道：“梦玉于今过继到咱们大房里来了，我也替他定了两门好亲事。等着你亲家病好些儿，也就回去给他完姻。”珍大奶奶道：“听说姨夫的病一会儿难得就好。何不将梦玉兄弟接了进来完姻呢？不知这亲家是远是近？”柏夫人笑道：“也远，也近。他原要进来的，因为要过老太太的生日，二层我们秋间也一定回去，所以不叫他进来。”王夫人笑道：“真叫做远在千里，近在眼前。”就拉着珍大奶奶在他耳边说了几句。珍大奶奶点头笑道：“原来如此！倒真是一件美事，这倒不错，必得要回金陵才能行得。”对着祝太太道：“既是这样，我倒想出一件美事来，很该要办才是。梦玉兄弟既是二房里给他娶了两个媳妇，这会儿二姨妈大房里也给他定了两门亲事。何不替三房里也娶一房媳妇？将来三房都有了孙子，岂不是个全美吗？”王夫人点头笑道：“这也很是个道理。”柏夫人道：“虽然是个道理，但一时难得有合式的人家。若有合式的，我就作主定下。”珍大奶奶笑道：“现有很好的合式人家。二姨妈既可作主，我同琏二妹妹作媒，竟将蟾珠妹妹说给了兄弟，做个三房的媳妇。况且又是换门亲，又是嫡亲的外甥，这有什么不好吗？”柏夫人道：“我虽早有此心，见三兄弟同三妹妹没有点儿口气，不敢启齿。”王夫人笑道：“只怕前日两位亲家的梦，应在这件事上也未可知。真是姻缘前定，我虽不敢相强，但是也不可错过。三妹妹，你意下如何？”桂太太道：“梦玉是我嫡亲外甥，我有什么不肯呢？从小儿我最疼他。只是蟾珠年纪尚小，我这会儿还不能够离他。就是定下，也要带到广东,且过几年再送他做亲。咱们也要当面说下,别我应了这句话,明儿过镇江的时候,叫老太太硬将蟾珠留下。那个我是断不能的。”柏夫人笑道:“只要你应了这句话,就隔三五年来做亲,并没有什么使不得。你只管放心,我明日就发信回去,都替你说个明白就是了。”金夫人道:“既是这样,也不用去同三兄弟商量,我竟作主应了这亲事罢。”

柏夫人大乐,赶忙站起,先谢了两位大媒,这才两亲家对拜。王夫人们又俱道喜。柏夫人取下一枝赤金双如意。平儿道:“我这对珍珠和合送二姨妈做了插戴罢。”柏夫人大喜拜谢。桂太太吩咐去请姑娘来。伺候的姑娘们答应,赶忙去请。不一会,同着蟾珠进来。柏夫人笑道:“好儿子,我有两件东西送你戴上。”说着,亲自替他插戴,太太们又皆道喜。蟾珠心中领会,登时面胀飞红,折转身出去。李宫裁笑道:“大妹妹也不等咱们道个喜儿就跑。”太太们都一齐大笑。

王夫人吩咐宫裁:“晚饭摆在秋爽斋。我同你二姨儿带着你同珍大妹妹四个一桌,三姨儿同琏二妹妹他两亲家一桌,那一桌叫蓉哥儿陪着姑爷两个人坐。大妹妹们摆一桌在绿竹斋。让他们去热闹,咱们也不管他,爱怎么乐就怎么去乐。差不多些儿也就摆罢,你二姨儿心里有事,要回去的早,别闹到半夜三更的。他们跟来的嫂子、姐儿们不用等咱们,只管先吃罢。”宫裁答应,出去吩咐料理。此时日已平西,贾府的嫂子们两下里分头摆席,十分热闹。

蟾珠来到秋爽斋。众人见他面红面胀的,赶忙问道:“太太们叫你说什么,你仔吗闹的这个样儿?”蟾珠一声也不言语。宝钗们猜不出其中就里,尽着的追问。跟蟾珠的小姑娘红妆忍不住说道:“祝太太给姑娘头上戴了簪子,太太们道喜,姑娘就赶着下来了。”宝钗们笑道:“原来是大喜,咱们也该给妹妹道个喜。”蓉大奶奶笑道:“罢呀,五妹妹正臊的没有处躲,咱们别闹他了。”芙蓉道:“到底不知是谁家?”珍珠道:“这摆着是你家的事,不然怎么要太太插戴呢?”

正说着,只见嫂子们进来说道:“太太们在这里摆席,姑爷同蓉大爷也在这里。”蟾珠赶忙说道:“我不在这里。”嫂子们笑道:“太太吩咐过了,姑娘们在绿竹斋摆一桌。”蟾珠道:“很好,咱们去罢。”宝钗道:“叫蓉大姐姐同你先去,我同芙蓉妹妹、四姑娘三个人上去打个照面儿就来。”蓉大奶奶道:“我不用上去瞧瞧吗?”宝钗道:“你不用上去了,我替你对大嫂子说一声儿就是了。横竖今儿不行大礼,上席的时候未必要咱们磕头罢。”蟾珠道:“不用多说了,我同大姐姐先去,你们也要就来。”宝钗们点着头,一齐出了秋爽斋的院门,彼此分路。宝钗、芙蓉、珍珠三个来到上房。

不知太太们说些什么,且听下回分解。

第三十六回 追往事风雨离情 论慈恩芙蓉拜母

话说王夫人邀两位太太,带着奶奶、姑爷到秋爽斋来。见上面设着两席,旁边一席。王夫人道:“论礼今日是待亲家同姑爷,必得要行大礼才是。因这会儿都是自家姐妹,就不拘新亲家的客气,省了众人又换上衣服。三妹妹同你亲家两个坐了第一席,我们姐妹两个带着他们两姐妹坐在这里,那一席让他哥儿两个去坐。”柏夫人道:“这倒很好。三妹妹同亲家妹妹,竟请坐罢。”

平儿笑道:“也没有我坐在那儿,倒叫两位姐姐坐在这儿的道理。”珠大奶奶、珍大奶奶说道:“太太调停的很是。你们两亲家今日是必要坐在一堆儿的。往后去坐席,咱们再僭你的位儿罢。”平儿再三谦让,宝钗笑道:“看仔细,别让的小舅子不依。”平儿含笑瞅了一眼。宫裁道:“依着太太吩咐,坐了罢。”平儿只得给王夫人磕头,向祝太太告了坐,两位大奶奶前也告个罪。太太们彼此坐下。贾蓉、桂堂过来告坐。宝钗、珍珠在两席上送了酒。三位太太都说:“不要拘礼,你姐妹们也去请坐罢。”

宝钗对珍大奶奶道:“蓉大奶奶是我叫他在那儿陪着大妹妹,你可要恕他个不来,一会儿别报怨他。”王夫人道:“他陪着大妹妹才是,这会儿你大妹妹定给了梦玉兄弟做三老爷的媳妇,刚才你妈妈替他插戴过了,你姐妹们更要亲热。”宝钗笑道:“我们也学着太太拜了个姐妹。”王夫人笑道:“你们是那几个?”宝钗将拜的名字说与太太知道。珍大奶奶笑道:“好个婶子、姑姑,怎么同侄儿媳妇拜起姐妹来了? 这都是胡闹,你叫他怎么个儿称呼?”宝钗笑道:“偏又是他年纪最大,我叫他竟叫婶子妹妹、姑姑妹妹就完了。”引的太太、奶奶们大笑。柏夫人道:“怎么连芙蓉也拉上,他如何敢呢?”桂太太道:“姐姐待芙蓉原同女儿一样,倒也没有什么使不得。”王夫人道:“既是这样,你们新姐妹儿也去快乐罢。”宝钗们答应转身,珍大奶奶笑道:“宝妹妹,明儿蓉哥儿叫你们个什么?”珍珠道:“婶子是婶子,姑姑是姑姑。”宝钗笑道:“你瞧着他该叫咱们个什么,就是什么。”说毕,拉着芙蓉三人往绿竹斋去了。

王夫人们开怀畅饮,彼此叙谈家务,并将他姐妹梦到地狱之事,细细叙谈。天色已晚,外面起了风暴,雷电交作,大雨如注。对面栊翠庵的松涛铃铎,竟像钱塘江上秋潮迅至,骇心振耳。登时间,满座凉风,红稀绿暗。伺候的嫂子们赶忙放下帘钩,一齐点上红烛。柏夫人道:“刚才姐姐说的梦境,兼着这会儿的风雨,真令人心神俱寂。”平儿道:“我虽未曾过桥,但是那个光景,也就叫人难受。别说他们到了那边瞧见的,更是可怜。”柏夫人道:“怨不的二亲家看破红尘,出家修道去了!”十分叹息。

王夫人道:“这会儿天气甚凉,正好饮酒。”金夫人道:“从此一番风雨一番寒。咱们能够赶这几天起身,倒也罢了,就是盘费恐难凑手。”王夫人道:“你放心,横竖在我身上。明儿饭后,我同你亲家到二姐姐家去过就到你那儿来,叫妹夫在家等着。我给你送盘费来。”金夫人连声答应说道:“这真是姐姐的培植,只好将来图报。”王夫人道:“姐妹们说什么报不报呢!”柏夫人道:“早半晌,刘大人亲自送了契来画押,你妹夫瞧见上面写着‘姻伯’二字,心中很喜欢,赞道:‘话也说的简绝。’亲自画了押,交刘大人带去。我那天听见姐姐对我说过,桂妹夫起不成身,要帮他盘缠。今儿刘大人去后,你妹夫说道:‘桂老三这可有了起身的信儿。’”金夫人道:“原说是今儿领凭,不然前几天也就领了凭。因为凭科的经承要八十两银才给咱们办凭,你妹夫只给他三十两银,他那里肯依呢? 家里是当不出这些,所以就耽搁下来。没有法儿,又托人去同经承商量,许下他五十两银,请人担着,这才许了今日给凭呢。咱们这会儿只要有了盘费,三几天就可动身。那几只破箱子,很容易收拾,倒是你妹夫那几本破书,他是不肯丢掉的,倒有十几板箱。”王夫人道:“咱们这些人家就靠着这几本破书,如何肯丢掉呢?我前日给刘大人的交单,样样都给了他,就留下一楼书不肯丢掉。过了明日,叫家人们收拾,先发下船去。余外的也就容易收拾了。”平儿道:“亲家姐姐为什么不同咱们一堆儿坐船,热闹些儿不好吗?”金夫人道:“我很愿一路同走,就是你亲家嫌水路过慢,他拿定主意要起旱走。这几天的车价也倒不狠贵,拢共拢儿五六辆大车也就够了。两乘驼轿,一辆二马车。说起来咱们的行李有限,倒是长随们的多。自从得了这地方,各处荐的有三十来个,再加着原旧老家人有几个,拢共有四十多个。还有上房的丫头、媳妇们也还有十几个。这会儿老爷的盘缠少,也顾不得他们,只好将将就就的起身。要依着他们的性儿,再雇些车子给他们,也是不够的。”柏夫人道:“这原是要顾自家的力量,不能够随他们的意思。”

王夫人道:“咱们大大儿饮两杯再说。”珍大奶奶吩咐蓉儿:“你让让妹夫的酒,别你一个人儿先喝醉了。”金夫人笑道:“堂儿的酒量那里对得过大哥呢!”

不言太太们欢饮之事。且说宝钗等在绿竹斋,五个人情投意合,饮酒谈心。珍珠道:“咱们姐妹五个今儿要吃个大醉。眼见得五妹妹就要起身,我同宝姐姐也就在二十前跟着太太回金陵,四妹妹是秋间同妈妈回南。咱们在地儿的姐妹,只有大姐姐一人在京,他是不到那儿去的。这才叫做胜会不常,盛筵难再!”芙蓉、蟾珠道:“三姐姐的话不错,咱们今日这一乐之后,不知这辈子可还有一日相聚在一处,照样的乐这么一乐。”蓉大奶奶们一齐掉下泪来。宝钗瞧见,不觉吃吃大笑道:“你们这四个人,都是一刻离不得娘的奶孩子。且都别哭,每人大大的喝三杯,我讲这个理给你们听。”丫头们正在斟酒,只见电光直射,霹雳交加,风雨大作。宝钗道:“这风雨雷电,都是你们四个人哭出来的。还不快些饮酒欢笑,以感天和!”

于是,五个人都换上大杯,彼此对饮。众人饮过三杯,宝钗道:

"你们听我说,人生在世总逃不了离合悲欢这四个字。自从一个人生下地来,他就粘紧在身上,任凭你想什么法儿再也去不掉这四个字。须得到西方莲花池内用八功德水浸透了他,再刮以慧剑,擦以宝砂,然后才将这四字去掉。再不然,到太上老君八卦炉内,照着孙悟空蹲在里面炼他五百年,也可以炼掉。舍此二处之外,则人人身上总带着这四个字。人身上既有这四个字,然后生出无数的七情六欲。生老病死,一切种种皆由此而起。这四个字,亦因人而施。若遇着聪明智慧的,他就聪明智慧的离合悲欢。若遇着痴愚蠢拙的,他就痴愚蠢拙的离合悲欢。他之所遇不同,而人之用他不一。虽是他粘在我身上,用与不用,其权在我。我要用他,他不敢不依着我悲欢离合。我若不用他,他也断不敢叫我离合悲欢。其中道理,一时难以说尽。就指日前柳大兄弟同张大妹妹他们两个,与咱们风马牛不相及,如何有离合悲欢之事?是琏二哥忽然遇见,岂不是同他合了吗?你不知琏二哥同他河干相合的时候,已就有了长亭离别之事。咱们替张大妹妹料理完姻的这一欢,也就定下了临歧分手的这一悲。可见这四个字是一定而不可移的。是人去用他,不是他来用人。况且那天咱们见宝兄弟,你不听见他说'缘深者相聚日多,缘浅者分离日早'。他虽指我同他夫妻缘分而言,但我瞧着天下事大都皆然。所以我自此以后,颇有所悟。我将这四个字为我所用,不为他所用。至于儿女情肠,同那英雄心事,另又是一番道理,又不是这四个字所能窥测者。"

珍珠笑道:"你总说有理。我瞧着明儿五妹妹们起身,你要出一点儿眼泪,也见不得咱们。"宝钗笑道:"我不但出眼泪,还要放声大哭。"珍珠道:"你说你悟了道,不管什么离合悲欢。为什么你要大哭呢?"宝钗道:"我哭的不是离别。"珍珠道:"不哭离别,还有什么可哭的事?你倒说给我听听。"宝钗笑道:"我哭的是我这样一个人,为什么不叫我早死?既不早死,就不该叫我认得宝玉。既叫我认得宝玉,就不该有林黛玉、史湘云、香菱、妙玉、迎春姐妹这一班人。而今转眼皆空,所有者,惟我二人而已。数载以来,心如槁木。不意今年又遇柳幼张夫妇,今又与蟾珠、芙蓉订为姐妹,又不过是数夕盘桓,一朝分手。细想起来,不是我这个人活的无味!不得不对着知己面前纵声一哭,以尽此一番相聚之谊。”珍珠、芙蓉、蟾珠一齐叹息道:“宝姐姐真是千古多情,令人留恋!”

蓉大奶奶笑道:“外面的雨,也下得高兴,宝妹妹的话,也说的高兴,你们听的,也听的高兴。”珍珠笑道:“你那里这一堆子的高兴,何不留两个带回家去使呢?”蓉大奶奶笑道:“好的,你该罚个什么?这是你姑娘说的话吗?咱们今儿倒要评评这个理,看你应说不应?”芙蓉、蟾珠两个不懂,说道:“三姐姐并没有说什么,怎么大姐姐要罚他呢?”蓉大奶奶笑道:“你们不懂。这件事,要请宝二奶奶公断该罚不该罚。”宝钗笑道:“我是闭门不管窗前月。”珍珠笑道:“等我梅花自主张。”蓉大奶奶道:“很好,你自己说罢。”珍珠笑道:“罚我一大杯,对着雨中修竹,一饮而尽。”蓉大奶奶忙叫丫头们斟一大杯,珍珠端着慢慢饮干,说道:“这阵风雨甚觉凉快,这一大杯酒倒很合式。”宝钗道:“真个咱们身上也有些凉意,放下帘子,上了灯罢。”伺候的姑娘、嫂子们赶着上灯。

珍珠道:“柳太太娘儿三个,此刻对坐船中。值此风雨,不知何以为情?”宝钗道:“断不能不念咱们。就是琏二哥去了,他们那里知道,也还是不住口的念他!可怜咱们再要见他娘儿们,我瞧着也就很费事。别说见面,连寄个信儿也是难的。”珍珠忽然笑道:“咱们竟糊涂了。”宝钗道:“怎么糊涂?”珍珠道:“现放着带书子的人在这里,再没有这样妥当。还可以面致,将咱们今日对此风雨念他们母子离别之情,大可面说。”宝钗道:“真个我倒忘了。”对蟾珠道:“我有一事奉托,咱们有个至好妹妹嫁与礼部主事柳公为媳。主事公去世,柳太夫人娘儿两个托身萧寺,贫苦万状。是琏二哥作媒,将咱们张大妹妹名玉友说给了柳家兄弟。做亲之后,娘儿三个就扶榇回家。他正是三姨夫治下廉州府人,我同三姐姐有书子托你,还有点东西寄去。你到那里回明三姨儿,同着大兄弟到他家去见柳太太同玉友妹妹,就将咱们想他的光景细对他说。这是你亲眼瞧见的,咱们书子上写不了这些,你想着对他说罢。你对妈妈说,常请他婆媳两个到衙门里来相聚相聚。那张大妹妹最是多情的人,你同他认了姐妹都是好的。等着过一半天，我当面见姨夫同三姨儿面托，还要求姨夫格外的提拔。那柳大兄弟他的笔下甚好，求姨夫培植。他是个读书的世家子弟，若能栽培他读书成名，真是大大的一件好事。”蟾珠道：“姐姐们放心，我到那里住下了，一准到他家去，将姐姐们念他的光景，再没有不对他说的。”芙蓉道：“那天我送礼来，正遇着柳太太同大奶奶要起身，都在这里，见了咱们好亲热，真傻好的一个人儿！”蓉大奶奶道：“人也长的很俊。可惜打伙儿没有三两天，就起身去了，怨不得招人想他。”席面上五位奶奶、姑娘谈的十分有趣。伺候的嫂子们轮流上菜。

此时风雨渐止，惟檐前淋雨与那竹梢上淅沥断续之声尚还不止。蓉大奶奶道：“我该上去斟斟酒再来。”宝钗道：“很使得。”芙蓉说：“我也陪去走走。”珍珠道：“也罢，你同大姐姐去逛一会，等你们来了吃饭。”吩咐丫头们用玻璃手灯照着走回廊绕出院去，竟往秋爽斋来。太太们正饮的热闹，蓉大奶奶进去，各位面前敬酒。祝太太、桂太太说道：“刚下大雨，地上很滑，大奶奶何必又要拘礼？”蓉大奶奶道：“方才很该在这儿伺候上酒，因陪妹妹坐着，后又接着下雨，这会儿才得过来。求两位姨奶奶多用一杯儿。”太太们道：“咱们不住口的喝呢。领了大奶奶的这杯，慢慢吃罢。”蓉大奶奶再三敬让，各敬三杯。王夫人也饮三杯。又敬两位婶子、大妈、自家婆婆。

珍大奶奶笑道：“虽是宝二婶子同四姑姑的一番美意，你到底是侄儿媳妇，还是谦让些儿。别公然做了老姐姐，那可是使不得。”太太们都笑起来。王夫人笑道：“宝二婶子同四姑姑两个都是一样的脾气。若是不拘形迹，就很不拘形迹。若是讲起理来，他们又很讲理，连我也闹他们不过。”柏夫人道：“我这两个女儿真是有趣，怨不得我很疼他。”王夫人笑道：“这是妈妈偏爱些儿。”金夫人道：“不是二姐姐偏心，本情人好。”柏夫人对芙蓉道：“三位姑娘同大奶奶拉你拜了姐妹，真是你的造化。这会儿，你也拉扯着算是我的女儿。”桂太太同王夫人道：“他在你跟前原同女儿一样。蓉姑娘给太太磕个头儿，也算个干女儿罢。”芙蓉领命，跪向太太拜了两拜。两位太太笑道：“可真是咱们的干外甥女儿了。”太太们十分欢乐。

芙蓉同着蓉大奶奶仍往绿竹斋来。宝钗问道："你们怎么去这半天？叫咱们好等。"蓉大奶奶笑道："你们还不给芙蓉妹妹道喜呢！"珍珠问道："又聘给谁？咱们这儿闹成了媒行，遇着姑娘就聘人家。"蓉大奶奶笑道："不是聘人家，是过继与二奶奶做女儿。"宝钗们点头，笑着道喜。芙蓉道："虽是太太的恩典，也还是众位姐姐的帮衬，不然那里能够巴结到这个分儿？"蓉大奶奶笑道："咱们不用说闲话，再吃几杯也好吃饭。"吩咐换上热酒。这会儿芙蓉心中很觉欢喜，同众姐妹畅饮几杯。

嫂子们正上烧煮，只见祝府的一个小丫头飞跑来叫芙蓉道："快些去罢，太太要走了。听说老爷不好呢。"芙蓉一惊非小，推开椅子，头也不回同那小丫头飞跑出去。宝钗、珍珠也吓了一跳，赶着都往外走。暴雨之后，院中积水尚未消尽，只得绕着回廊走出院门。看见垂花门灯烛辉煌，赶忙过去。祝太太已经出去上轿，太太、奶奶们都已转来，听见王夫人口里念道："这怎么好呢？"宝钗忙问道："是怎样了？"王夫人道："祝府差人来请太太，说你干爹不好呢。"宝钗道："我同四姑娘去瞧瞧。"王夫人点头道："狠好。"宝钗吩咐："赶着套车，我同四姑娘到祝府里去。"嫂子们立刻传话出去，点灯笼伺候。里面桂太太也要回去。王夫人们再三留着吃饭，一齐又到秋爽斋来。刚才坐下，嫂子们来回车已伺候。宝钗、珍珠起身辞过两位太太、奶奶们，往外就走。丫头、嫂子拿着手灯照出垂花门至外厅上车，派两个媳妇伺候同去。家人们也上了牲口，慢慢走出大门。大雨之后，道儿甚是难走，赶车的带住牲口，绕着大道走了好一会，才到祝府的大门。宝钗们望见门口静悄悄的，略略放心。到了门口，祝府的门上爷们赶着出来迎接，将车搭进大门后面。两个嫂子早已下车，赶着过来伺候。祝府的小子们接了灯笼照着进去，刚到垂花门里面，丫头、嫂子拿着手照迎接出来。宝钗忙问道："老爷怎么了？"丫头们答道："刚才晕了过去。太太来家叫了一会，这才醒了过来。这会儿都在上房。两位姑娘来，太太还不知道呢。"宝钗们走到上房，听见祝大人同太太在那里说话。宝钗、珍珠走进去，见多少人都站在炕前。宝钗在个姨娘的衣服上扯了一下。那姨娘回过头来，见是他们两个，赶忙说道：

"两位姑娘来了。"众人都回过头来。柏夫人道:"你们惦记干爹,跟着就来,真是好儿子。"

芙蓉在炕上坐着给老爷塌着胸口。祝凤问道:"谁来瞧我?"柏夫人答道:"你的两个女儿。"宝钗、珍珠走到炕前,说道:"女儿们都在这里。"老尚书抬起头来将他们瞅了一眼,叹息道:"难为你们惦记,我刚才几乎要别你们了!这会儿清爽些了,就是气喘的利害。"宝钗叫芙蓉靠着背后,他同珍珠两个将手在胸口慢熨。彼此轮着闹了半夜,老尚书渐渐平服下去。柏夫人道:"夜深了,你们家去罢,恐你太太惦记着,明日再来瞧你干爹。"祝凤道:"我也好些儿,你们回去,明日再来。"宝钗们答应,又安慰几句,姐妹两个出来,赶着上车回到家里。

王夫人都还等着,见他们回来,问了光景,这才放心。又问三姨儿叫人来了没有。珍珠道:"不见有人来。"王夫人道:"三姨儿原说一到家就差人去瞧,想是夜深道远,等着明儿自家去也不论定。我明日同琏二姐姐到三姨儿那里去,先到你干妈家去瞧瞧。你们两个等我回来了再去。明日一早先叫人将礼物送去给姑爷。你们两个在家没有什么事,要收拾的,也就顺手儿慢慢的收拾起来。咱们拣十八九儿起身。"珍珠道:"我的东西同宝姐姐的收拾在一堆儿,拢共拢儿不过两天全收拾干净。"王夫人道:"竟是这样,你们完结,到大姐姐屋里收拾,大姐姐的收拾过了,你们都来到我屋里收拾,不过三四天就完结了。余外的叫林之孝带着周贵们七手八脚的,一面收拾,一面就发下船去。横竖不到十天,咱们就任什么事儿也没有,尽剩着辞行。省得挤在一堆儿,丢了这样忘了那样的,倒不好。"珠大奶奶道:"明儿就依着太太吩咐,先帮着动手收拾。领着这些嫂子们,只怕宝妹妹屋里还要不了两天呢。"珍珠道:"这会儿天也不早,太太请安歇罢。"三个奶奶同着珍珠伺候太太安寝后,各人回房,一宵晚景无话。

次早起来,奶奶、姑娘们梳洗完毕,都到上房,刚上台阶,听见背后有人叫道:"奶奶、姑娘们就不理咱们了,连个人儿也不差来瞧瞧!"宝钗、珍珠回过头去,笑道:"这一程子有事,就忘了叫人来谢谢。"

不知那人是谁,且看下回分解。

第三十七回 薛宝钗喜接家书 柳夫人寄言志感

话说宝钗、珍珠梳洗完毕，都到上房来请早安。刚上了台阶，听见背后有人叫道："奶奶、姑娘们这一程子就不理咱们了。"宝钗、珍珠回过头一看，原来是妙空、智静。笑问道："师兄们好啊！"妙空答道："托奶奶、姑娘洪福，师弟们都叫请安。"珍珠笑道："今日怎么进城的这样早？"智静道："七月半的年例，来请太太们拈香。今年盂兰会热闹。"宝钗道："咱们来瞧烧法船，吃你们的好素面。"妙空道："这是现成。只要太太、奶奶、姑娘们赐光。"

宝钗将他两人邀进屋去。王夫人也刚收拾完结，正坐在中间大炕上吃丸药，旁边站着两个姑娘伺候。瞧见妙空们进来，王夫人笑道："一向少见。"妙空、智静赶着请安问好，又给众师弟们替太太请了安。宝钗、珍珠请过早安。王夫人吩咐坐下，问道："你两个为什么一早的进城？"妙空答道："特来请太太七月半到庵里拈香。"王夫人道："这是年例。我若有空儿，亲自来烧香看热闹。若是不得闲，横竖叫奶奶、姑娘们出来。"妙空道："今年的法船大，钱粮用的多。"宝钗笑道："我替你说了罢。除年例之外，还要多化几个钱。是这个意思儿不是？"太太们都一齐的好笑。太太、奶奶正在说笑，珠大奶奶上来。众人站起，大奶奶先给太太请过安，同众人见了礼。王夫人道："叫平丫头上来，一同吃个点心，好出门去。"丫头答应，赶忙去请。

周家的进来回太太道："林之孝要见太太。"王夫人吩咐："等着我有话说。"宝钗会意，将妙空们邀到自家屋里去坐。

王夫人命珍珠在炕桌上开出单子，说道："大老爷一万两，大太太三千两，珍大爷三千两，珍大奶奶二千两，蓉哥儿二千两，蓉大奶奶一千两。"命林之孝进来，吩咐道："你照着单子都开了银票，交四姑娘代我送去。再开一张三千两，一张二千两，两张五百两的，这是我自家带去给桂亲家老爷、太太、姑娘、相公的。这几项，你就去办来，我等着就要。再将五十两一封的包二十封,一百两的包十封,三十两的包五十封,二十两的包一百封,十两的包一百五十封,四两的包三百封。你都给我照着单子包好,陆续送进来。上面都要贴红签子,将数目写上。等着家里收拾完结,将咱们的当家子合族都请了来。量着贫富轻重,我帮他们点子,也见得一本亲亲之谊。还有那穷亲穷眷,同老爷来往的朋友寒士,都要留点别金。”林之孝道:“这是太太的仁厚,培植子孙,就是老公爷们在冥冥之中也是喜欢的。”王夫人道:“咱们本是忠厚传家,我也不过是仰体祖宗敦宗睦族之心而已。我今儿到桂亲家宅里去过,从明日起就要动手拾掇起来。”林之孝道:“明日刘大人那里差人来收点交代,咱们竟是后日内外动手收拾罢。”王夫人道:“也罢,竟是后日起赶着收拾。”林之孝答应,接了单子出去。

接着,是平儿上来,穿着大服请过安,同珠大奶奶们见过礼,说道:“听说太太等着上车,谁知还没有换大服呢。”王夫人道:“接你上来吃了点心同去,谁说等着上车?你且坐会子咱们再走。”

不言平儿在太太上房伺候出门。且说妙空们在宝钗屋里坐下叙了些寒温说话,宝钗命荣贵摆上点心,同妙空、智静三人吃着说话。妙空道:“还有一件喜事要来禀知太太。前日咱们家的烧火道人老王,他不是那年跟着净师叔同五姑娘回南去吗?到了江南又到苏州,后来带他到安徽,还要上武当山去。他因为年老实在行走不动,不肯同去,就辞了净师叔在大江口的一个什么庙里耽搁,做个香火。因当家和尚与他不睦,转到金陵鸡鸣寺耽搁两年。他说五姑娘还是那个模样,倒比在家时候还强壮些儿。听见说还要到扬州去呢。”宝钗叹道:“咱们当日的那班姐妹死了一多半,余剩下都是半生不死的。只有惜姑娘一人,做了闲云野鹤,无挂无碍。我们如何及得他的受用呢!”智静道:“还有一个喜信,说起来真是各人的时运。宝二奶奶今日一准饭都要多吃些儿。”宝钗笑道:“有什么喜事叫我开心?”妙空道:“头一件是薛姨太太、蝌二爷回在金陵祭祖修墓,有封家书寄来。第二件是宝二奶奶添了两个亲妹子,这不是重重的喜事?”说着,将薛太太家书递上。宝钗喜从天降,乐不可解,赶忙将书拆开,从头至尾细看一遍，才知道蝌二哥升了太原知县，母亲同回金陵祭祖修墓。数年来精神强健，已得了两个孙子。途中遇着柳太太，承继宝月、宝书两个女儿，结了亲家，现在回金陵扫墓，秋间随着蝌儿引见之便，一同进京赴任。所有数年来一切家务情形及想念姐姐、女儿之事，全在书中细写。宝钗看了半日，欣喜无限，说道："今日接着这封书，就同见着我妈妈一样，真是一件快心之事！快些去禀知太太，叫他老人家大乐一回。你两个千急坐着别动，我还有要紧话同你商量。"说毕，急急转身出去。

妙空两人坐等了好大一会儿。宝钗笑嘻嘻进来说道："多谢，多谢！太太今日大乐，说是下书人不可待慢，留着逛两天再出城去。"妙空笑道："多谢太太、奶奶的厚意，本该遵命才是。实在要赶办七月半的道场，还要给师父拜几天经忏，那里还有点空儿。等着再来给太太、奶奶们请安罢。"宝钗道："太太说，宝月姑娘是咱们家的外甥女儿，叫他改妆，赶着留起头发。庵中之事从此交代，不用他沾手。知道你那里下去事繁热闹。他住在那里倒很不便，不如送到这儿等我妈妈来交代。不知你们意见如何？"妙空道："太太见的很是。但是柳太太起身之后，他已改妆蓄发，不做五台山的和尚了。又得一个长发的妙方，配了药早晚梳洗，不到两个来月，乌云黑鬓，打扮的美人儿似的。咱们庵中是佛门广大，烧香拜佛的那里禁止得住！倒要格外给他照应，实在费事。自从接着姨太太书子，他在佛前遥拜母亲、兄嫂。就是那天改了名姓，合庵都称他是薛姑娘。他因为这儿太太同宝二奶奶未曾瞧见姨太太家书，不敢过来拜认。既是太太这么说，别说是他愿意，就是咱们，亦省了好些心。这真是件美事。"珍珠笑着进来，问道："有件什么美事？说给我听。"宝钗道："他们有一个绝好的主儿，要给你说亲。"珍珠笑道："起开狗口出象牙。"妙空们笑道："咱们就说的是这美事，明日送他来拜姨妈、姐姐呢。"

智静道："咱们再将柳太太的话说几句儿，也就走罢，别耽搁工夫。"妙空点头道："咱们那老王得了姨太太的书子，又回到江口庙里要他的工钱。谁知这天柳太太的船就湾在庙前。是夜风雨甚大，那些强盗趁着风雨上船行劫。柳太太们合船性命难保，包勇拿着一条水磨钢鞭,独自一个站在船头拒敌强盗,张姑娘一人在船死守。正在危险之时,幸亏汛上的捕盗船四面围住,被包勇打死几个,那逃不掉跑不掉的,又被官兵拿住。柳家母子逃过一难,可怜包勇受了一身的伤。次日,柳太太们到庙里烧香敬神,备的三牲福礼,老王在殿上伺候。大妹妹见他倒是认得的,他不知道张姑娘改了妆,那里敢认出来呢?柳太太们拜完神,献牲奠酒放鞭炮,热闹了好一会。大妹妹叫他过来,问道:'你不是馒头庵的老王吗?你跟了净师父同惜姑娘到江南去,怎么又在这儿?他们两个现在那里?'老王见他问的对路,说道:'奶奶怎么知道我的来路呢?'大妹妹笑道:'你果然是老王,就该认得我是谁。'老王细细的认了认,说道:'奶奶很像咱们庵里的妙能姑娘。'大妹妹笑道:'你既认得妙能姑娘,我也就认得你是老王。'柳大兄弟笑道:'他当日是妙能姑娘,于今是妙常姑娘了。'老王不懂这话,问其缘故。大妹妹将琏二哥作媒出嫁,随着柳太太回广东的话,对他说知。老王又惊又喜。大妹妹们将老王送上船去,赏他酒饭盘费。对他说,老师父不在了,庵里是妙空师父当家,香火十分热闹。你不如还去投奔他们罢。老王也将薛姨太太有家书,命他带回京来的话说了一遍。大妹妹笑道:'薛姨太太的就是我的家书一样,快别耽搁,你就走罢。咱们开船甚急,不及写书子。你记着替咱们寄个口信儿,说记念之至。'柳太太道:'你见了妙空师父们,再三给咱们问好道谢。你说我娘儿三个时刻惦着他们,从此以后更要亲热。咱们一到广东就寄书子。这会儿我心烦意乱的,从那一句写起?你将咱们昨夜遇盗之事,细细说与妙空师父们知道,请他到贾府去代我娘儿三个道谢。你说,不亏包勇一人,我们早没了性命。大恩大德,世世难忘。'柳太太说的伤心。娘儿三个对着老王哭了一场,还领着大妹妹们在船头上望着咱们这里磕了一会头,再三的叫老王记着。那位包二爷,也叫给太太、奶奶、姑娘同琏二爷、琏二奶奶请安。说:'请太太同琏二爷放心,再下去十来天就到了南安府,度过梅岭,可以望到家了。底下这几站都是热闹地方,沿途皆有汛地,很不用惦记。你说我跟太太到了广东再寄禀帖来,请太太、奶奶、四姑娘、琏二爷的安。'据老王说,包勇的身上受的伤也就很重。实在难为他,像这样的人这会儿那里找呢？柳太太又将途中遇着薛姨太太承继女儿结亲家的话对他说知，叫他寄语智能，蓄发改妆，保重身子。娘儿们叮嘱了有几百磨儿。还说过扬州遇着祝大人的儿子叫做梦玉，又同他们结拜了姐弟，在扬州耽搁了三天。大妹妹对老王说，那祝大爷也同贾府的宝二爷是一个样儿的脾气，很有个情分儿。说是同他开船的时候，祝大爷哭的晕了过去，大妹妹亲自送过船去叫了半日，包勇催着开船，只得硬着头皮回到自家船里。听他说起来，那个祝大爷就是到铁槛寺拈香你们遇着那位祝太太的儿子。"

妙空正说的高兴。珠大奶奶进来笑道："两位亲家师兄别说寡话，请用点儿粗点心。"妙空笑道："那一磨儿不在这儿吃饱才走？以后更要沾三位宝姑奶奶的光，吃不了还要包着走呢。"宝钗道："阿弥陀佛，咱们这些凡人全望诸位佛爷亲家度咱们去成佛呢！"珠大奶奶笑道："仔吗四丫头坐的远远的？"珍珠道："我同慧儿在太太屋里吃过点心，太太等着林之孝来了就要出门。刚才妈妈那里差人来谢酒，说是老爷子今儿精神大好，请这里太太同咱们不用惦记。又是三姨儿那里差人下帖，请太太同咱们吃午饭。我对太太说，咱们两个不去，等着太太同嫂子们去罢。"宝钗道："很好，我也要在家里收拾。这几天坐在人家屋里，觉着怪烦的。"宫裁道："我上去伺候太太出了门，再来奉陪。"

正要出去，见人来请四姑娘说话，叫宝二奶奶留着两位师兄们逛一天再去。妙空、智静起身答道："我们有事要去，不能耽搁，改日再来给太太请安。"宝钗问道："太太这会儿就走吗？"周嫂子道："同林大爷说话呢，也快就上车。"宝钗听见，对妙空道："你两位坐一坐，我去伺候太太上了车就来。"妙空、智静道："二奶奶给咱们谢谢太太，说再来请安罢。"宝钗点头，同周嫂子忙忙出去。

刚到上房，看见太太站在院子里说话。宝钗走到面前，王夫人道："我叫珍珠送东西到大太太那里去，你瞧瞧这单子。"宝钗接着瞧了瞧，递给珍珠说道："太太办的真是妥当。"王夫人又将送桂府的一个单子也给宝钗瞧了，说道："三姨儿请咱们吃午饭，大姐姐同四妹妹都不肯去。我想着不去也罢。他今日算新亲家上门，连我都不该去才是。琏二姐姐又不依,我只得同他去走走。”宝钗道:“妙师兄们还要到别处去请太太们呢,没有空儿。叫谢谢太太。明日送宝月来请安。”王夫人笑道:“狠好,早些儿来。”一面说着出了垂花门,珠大奶奶同宝钗、珍珠跟着出去伺候上车。平儿同珠大奶奶们告过罪,跟着上车。嫂子、姑娘们跟出大厅赶着上车,一同出了荣府。珍珠要往宁府去办事。宝钗道:“去去就来,别叫大姐姐拉在那儿说闲话。”珍珠笑道:“立刻就来。”说着,也就上车,抱琴跨上辕儿,后面跟着两个家人,也出了府去。

珠大奶奶同宝钗进来。刚到垂花门,遇着妙空们要去。宫裁道:“太太吩咐说,明日早些儿来。这会儿有了空儿,等着四姑娘回来,咱们好好的收拾点菜儿,吃了饭,慢慢的再去。”妙空们被两位奶奶拉住不放,只得就近到绿竹斋去坐。珠大奶奶道:“你们爱吃什么,倒老实说。”妙空道:“我狠想上一磨儿在这里吃的糟鱼片儿汤。”宝钗道:“另做一样的请智静师兄。”珠大奶奶点头,吩咐去办。宝钗陪着说话,妙空道:“柳太太们这如今也快到了。可怜他们那里知道琏二爷出了家去?若是叫他们知道,不知还要怎样的伤心呢!”智静只是点头叹息。妙空想起往事,止不住两泪交流,十分悲切。智静笑道:“别伤心的吐血。”妙空擦着眼泪,答应道:“我想起一件别的心事,为什么犯得上吐血呢?”宝钗笑道:“为一个神仙出眼泪,也出的值。”智静道:“姑子给和尚出眼泪,真是绝好的一段故事。”

三个人正在说笑,见珍珠进来。宝钗道:“果然来的很快。”珍珠笑道:“这有什么,三言两语的就结了。珍大嫂子拉着不叫走,大姐姐又缠着,是我说了一个谎。我说太太等着上车呢。他娘儿两个这才撒了手。”宝钗问道:“他们不说什么?”珍珠道:“说什么呢?一个个的很喜欢,谢了又谢,赞了又赞。谁不说好呢?”宝钗点头道:“本来咱们太太这件事办的很有道理。”珠大奶奶进来也说:“四姑娘怎么来的很快?”珍珠将回来快的缘故,对宫裁说知。珠大奶奶道:“我收拾两样好菜,请咱们的两位师兄。”珍珠道:“晚上是我的东,请他们吃螃蟹罢。”宝钗道:“这顿早饭,还是咱们两个傻留才留下了,他还肯吃晚饭呢!”珍珠道:“为什么这样忙?”妙空道:“尽今儿这一天城里这些太太们家里都要走到，为七月半的道场。”珍珠道：“这是正事，倒不要留他。大嫂子赶着叫他们拿饭，别耽搁了工夫。”珠大奶奶吩咐，赶着催饭。丫头、嫂子们进来端桌子摆饭，姐妹们欢叙一回。

不言妙空们吃饭回去之事。且说王夫人同琏二奶奶到了祝府里坐谈一会，将送桂亲家的一个单子给亲家大人瞧过。祝尚书同柏夫人十分赞叹，说道：“亲家姐姐真不愧为名门大家，不要说是桂三兄弟感激，连我们听了也是敬服。我今儿有书子回去通知老太太，说桂老三同咱们三兄弟结亲家的话，并将亲家姐姐帮他的这一层盛德，也叫二兄弟同二妹妹知道知道。”王夫人笑道：“这算个什么，也值得妹夫亲家提起！真叫我惭愧。今日是有便发书子，还是专人去呢？”柏夫人说：“咱们总是专差，限八天到家的。”

王夫人道：“很好，我有一封要紧书子，给薛家舍妹的，交这专差带去真是妥便。这儿的家书上，给我替老太太请安道喜。”柏夫人代为致谢，吩咐收拾早饭。芙蓉答应，自去料理。王夫人同平儿商量，差个媳妇去知会宝二奶奶，“赶忙写封家书，通知姨太太，咱们已定了起身日子。请姨太太在金陵老等，说我带宝月回来相会罢。赶着写起书子，就交到这儿来，另赏这差上四两银子”。王夫人刚吩咐完结，只见有人上来回话。

不知说些什么，且听下回分解。

第三十八回　慷慨赠金一人独任　垂涎妙玉众贼遭擒

话说王夫人刚差人回去命宝钗写家书，见媳妇们回说，桂府差人请过数次。柏夫人吩咐伺候，“我也坐车”。王夫人道：“你放着现成的大轿，何必又去套车？”柏夫人道：“我车也现成。”芙蓉吩咐外面伺候。王夫人辞过亲家，同柏夫人、琏二奶奶们一同上车，芙蓉跟去。贾、祝两府家人、小子共有二三十个，都骑上牲口跟着轿车往桂府而来。不多一会，到了桂宅。两家爷们先去通报，那门上杜麻子听见，一面着人上去禀知，自家赶着出来伺候。两处家人下马扶车。贾府车在头里，第二辆是祝太太，第三辆是亲家太太，第四辆是蓉姑娘。后面七八辆中档车是两府的姑娘、嫂子们。众家人挨次卸车，伺候各位太太下车。蓉姑娘先已下车，上前伺候。桂太太带着蟾珠出来迎接，姐妹亲家问安拉手，一齐让了进去。来到上屋行过大礼，桂堂兄妹给姨妈们请安，芙蓉请姨儿太太的安。桂太太问道："怎么大亲家太太们都不赏光？不过是一杯水酒，请过来坐坐。"王夫人道："罢呀，他们都有点事儿，叫他在家料理。我也没有几天耽搁就要起身，赶着收拾还恐来不及。听见刘大人的家眷也就快到了。"柏夫人道："姐姐说的很是，也要赶着收拾。"

太太们序齿坐下，用过香茶。桂太太问道："怎么昨儿晚上大哥又忽然不好？"柏夫人道："姨娘们说，吃晚饭时候就有些发喘，赶吃完了饭越喘的利害，也就昏昏沉沉的不省人事。赶着接我回去，灌了一碗参汤姜汁，这才慢慢的醒了过来。谁知今日的精神倒比那几天更好，你说这不是个怪事吗？"王夫人道："想是昨晚上重这一磨之后，从此一天好似一天，也是论不定的。"柏夫人道："惟愿如此，总是托姐姐福庇。"有个管家媳妇上来回道："老爷要见亲家老太太。"王夫人吩咐请见。

丫头们掀起湘帘，桂恕走进堂屋。先给祝太太见过礼，桂太太指道："这位就是贾太夫人。"桂恕请王夫人拜见，并谢太夫人的关切。彼此拜完起来，又同琏二奶奶两亲家见礼。柏夫人道："大姐姐有话要对兄弟说，就在这里坐坐。"桂恕道："兄弟也要同亲家老太太说说话。"丫头们端了坐位。王夫人道："三妹夫不要这样称呼。你同我侄儿是亲家，你只管亲家。咱们只管是姐妹，不用拉上他们那一条儿。各人管各人才好呢。"柏夫人道："三兄弟竟依着大姐姐吩咐，不用谦虚。你跟着三妹妹称呼大姐姐就是了。"王夫人道："很好。妹夫你竟同着三妹妹称呼我罢。"桂恕道："既是这样吩咐，我竟遵命叫大姐姐了。"王夫人道："很好。我今日一来是陪你亲家来上门，二来是我亲自给你送盘缠来的。昨日原同三妹妹说过，叫不用费事，这会儿都是自家至亲姐妹，不拘怎样都好。谁知妹夫同妹妹又拘起大礼，下什么帖儿，我听见说狠费了事。这是何苦来呢！我又不吃什么儿，只要备点儿果子小菜，吃杯酒儿，原不过是姐妹儿说说话，就狠有趣儿。又何必的费事，白花了好些钱?”桂恕同金夫人说道:“蒙大姐姐不弃结了亲家，又蒙格外照应，实在感激不浅，将来慢慢再为图报。今日是亲家太太上门，已经诸事草率，愧不成文。大姐姐再要过谦，犹其令咱们汗颜无地。”柏夫人道:“依我的意思，姐妹们都不用谦让，不知三兄弟备了几席?”桂恕道:“只备了四席。”柏夫人道:“你们也该来问我一声，备下这些干什么? 这会儿我倒替你出个主意。咱们里面姐妹们只坐一席就够了。不是多出三席来吗? 送一席到宁府去，请老太太同珍大太太们。送一席到荣府去，请大亲家太太同我的两个女儿，就派蟾珠同芙蓉去陪姐妹们在那里热闹。还有一席，你想着有什么要紧的朋友请几位，或是送人也可。堂哥儿就在这里陪着丈母吃酒。不知我这主意可好?”桂恕们笑道:“二姐姐吩咐一点儿也不错，竟是这样办罢。”王夫人忙说道:“若是妹夫不够请客，连咱们家的也不用送去。”桂恕道:“我只有三个客人要请，都是我广东的属员。两个是解差使进来累在这里，一个是选到那里，同我一样起不动身的。刚才还在这里说了一会话，去不多时。我就将这席请了他们三个罢。”柏夫人道:“这就狠是。”桂恕吩咐叫门上。不一会，杜麻子进来，给王夫人同琏二太太磕头请安，站在门口。桂恕道:“亲家太太们再三吩咐，上房只坐一席。送一席到宁府去，送一席到荣府去，还有一席我要请客。差人拿我的片子去请广东解差来的魏太爷、毕太爷同新选的廉太爷过来吃晚饭，必要请过来坐坐。再将我的车套起来，送姑娘到荣府去。”杜麻子答应，出去照着办事不提。

王夫人问道:“妹夫领凭没有?”桂恕道:“凭倒有了，就等着盘费起身。”王夫人道:“我给你送了盘缠来，你可以不用另办。”说着，站起身来在胸前荷包内取出几张帖儿，先将一张递与桂太太，道:“这是送妹夫的盘费，先请收了。”金夫人接着递与老爷。夫妻两个看那票上的银数，真真喜出望外，赶忙拜谢，感不绝口。王夫人又递过一张，说道:“须些薄敬是帮我妹妹的。”金夫人接着瞧了瞧，又要拜谢。王夫人连忙扶住，说道:“姐妹们谢个什么劲儿?”将蟾珠同桂堂叫过来，说道:“我也不买什么给你们了，这两张票上，每人五百两，留着慢慢的置点儿东西罢。"姐弟两个接着,拜谢过了。桂恕道:"我们夫妻儿女俱受姐姐的大恩大德,将来怎么图报?"王夫人笑道:"姐妹们说什么图报。"金夫人道:"咱们有了盘费,不过三五天内就可起身。多住一天,就多累一天。"王夫人道:"我也拣在二十左右起身,妹夫走旱路先到金陵,就请妹夫将房子给我收拾收拾。你先尽我上房收拾,余下的等我回去再慢慢修理。"桂恕道:"我已专差回去,叫你女婿梦玉亲到金陵交代房屋,并赶着修理。这脚子去了好一向总不见转来。想梦玉还在金陵给丈母修理房屋。"柏夫人笑道:"咱们那个梦玉奉承丈母是他的本事,他不知要将丈母的房子收拾到个什么分儿才乐呢!"王夫人笑道:"我这姑爷倒有趣儿,丈母没有见面,先出力给丈母收拾房子。这才是个孝顺女婿。"众人都笑起来。柏夫人笑道:"横竖你这女婿将来你见了面,不知还要怎么个儿疼他呢!"

蟾珠坐在一边低头不语。芙蓉领会,过来回太太道:"芙蓉同着姑娘去罢。"柏夫人尚未回言,桂太太道:"好孩子,你同着妹妹去做个东家,替我陪陪三位亲家太太,代我多敬杯子酒。就去罢,这儿没有你们的事。"芙蓉同蟾珠答应,辞了各位太太,带着丫头、嫂子们出去上车,往荣府而去。

此时,日已平西,街上的车马往来如织,转弯抹角不多一会到了荣府。两辆飞檐轿车一直进去,走东边车道来到正厅这才下车。芙蓉、蟾珠刚到垂花门,里面的姑娘、嫂子赶着出来迎接,说道:"奶奶们都在屋里收拾,没有出来迎接。"芙蓉道:"咱们是派来帮着收拾的,用不着接。"说着,已到上房门口。丫头们道:"都在宝二奶奶屋里。"芙蓉们竟往宝钗后面来。将到门边,听见珍珠问道:"你们两个来帮忙吗?"蟾珠道:"派咱们来帮你们来收拾呢。"说着,走了进来。只见满地都是箱子,俱已装好,那大炕上还堆着一炕的东西。李宫裁同宝钗、珍珠领着几个嫂子、姑娘们,一个个都是满头大汗。芙蓉笑道:"咱们真个要帮忙才是。"忙将衣服脱去,解下绣裙,同他们一样穿着短衫,卷起袖子,走过来帮着一路检点收拾。宝钗对蟾珠道:"昨天托你照应张大妹妹,谁知他做了我的亲妹子了。"将接家书的话细说一遍,蟾珠也觉欢喜。此时添了十来个人,再加着芙蓉十分麻利，不多一会，就将那大炕上一大堆的衣包零物及古玩器皿细巧之物全行收拾完结。宝钗叫几个嫂子们将这些箱子都尽着一边层层堆起，剩了两个替换衣服箱子，临期再行收拾，芙蓉道："今儿帮了二姐姐，明儿帮三姐姐。"珍珠笑道："我同他都并在一堆儿了。"宝钗道："不是同他的并在一堆儿，我那里有这些东西呢？今儿倒亏你们来，这一路的大帮，倒收拾的差不多了。不然明日还得一天呢。"芙蓉道："你们屋里还有些什么？"宝钗、珍珠道："全搬出来了。屋里还有两个箱子，那是不用装的。余外的一切大小物件，都在那七八个大板箱里。"芙蓉笑道："你这两位奶奶、姑娘的行李，我瞧着一船还未必装得下。"珠大奶奶笑道："那天太太还说只要四五只船就够了。明儿请太太来瞧瞧，单是他两个，就得两只船。"宝钗笑道："两只船也要不了，横竖一只船是要的。"

众人正在忙乱不了，嫂子们进来回大奶奶道："桂太太那儿送了一桌酒席来，请亲家太太们的，已抬在垂花门。"宫裁问蟾珠道："三姨儿送酒席请谁吃的？"芙蓉笑道："是送来请亲家妹妹们的。"就将自家同蟾珠来的缘故说了一遍。宝钗道："既是这样，竟叫他们摆在百花轩。刖上一张桌子，全给咱们摆上，将酒也温起来。这里也收拾的差不多，等着这三个零碎箱子装完就结了。"嫂子们答应着，到百花轩去摆席。芙蓉们又帮着，七手八脚的不一会儿将三大只零碎箱子又装的妥妥当当。丫头们去舀了三四盆热水。这宅里面横竖没有半个男人影儿，奶奶、姑娘们都脱了衣服，擦身洗脸。芙蓉笑道："宝姐姐同珍珠姐姐一样儿的皮肉，一样儿的胖，真是一对的玉美人儿。"宝钗道："这儿除掉了大嫂子瘦些儿，余下的都一个样儿"。珍珠笑道："五妹妹真活像一个人，我那几天不好说，这会儿是姐妹，说也无碍。"蟾珠道："说我像谁？"宝钗道："也是咱们一个闺中朋友，叫做紫鹃。这个人早已仙去了。"芙蓉笑道："咱们初见面，你们又说我像个谁。这会儿又是五妹妹也像你们的好朋友。天下的人嘴脸儿同的多着呢！不过有一处两处像就是了，那里像的这样全？"宝钗笑道："独有你们两个像的一丝也不走了样儿，这才像的古怪呢！"珍珠对芙蓉道："咱们猜你右胁下有块朱砂记，怎么猜的这样准呢？"芙蓉笑道："你身上也有一块。"珍珠道："我这块在左边，又在胸口儿上，同你的方向差着呢。"芙蓉笑道："咱们两个身上都有了记号，将来年深月久认不出面貌来，只要说出身上的记来，一看就知道谁是谁。"珍珠笑道："你们都记着我同他的记号，将来好认识。"大奶奶道："快些擦擦脸，咱们去吃晚饭，让他们也好歇歇。"宝钗道："横竖没有外人，就穿着短衫子，也不用穿裙子了。"珍珠笑道："也罢，且舒服一会儿再说。"姐妹们擦身洗脸，诸事完毕，都是短衫子，到百花轩来。见两张桌子摆满的全是碟儿、碗儿，珠大奶奶笑道："今儿三姨儿可是花了钱了。"蟾珠道："这又算什么呢？"宝钗道："咱们吃不了这些。拣着咱们喜欢的留下几样，余下的散给他们也去乐一会儿。以后是一天忙似一天，直等着下了船去这才安静。"珍珠同李宫裁都说："甚是。"就将桌上的果子、点心、菜蔬拣着精致的留下了些，余外尽散给众人。大奶奶又替他们分派妥当，叫他们大大小小的都去吃饭。这里留着荣贵、抱琴、红妆，还有芙蓉的姑娘桂月、大奶奶的姑娘丽鹃这五个伺候。珍珠又叫人端了两样菜四个碟子，送去给两个奶子同哥儿吃。众人分派完结，依次坐下吃酒。

当值的嫂子们来回大奶奶道："咱们家的饭菜端在那里？"大奶奶道："有两碗鱼汤是咱们要的，送到这里来。余下的端到垂花门，同这些嫂子们拢共拢儿去吃罢。今儿是你当值，须四处留心照应。别叫众人吃个大醉，叫太太知道咱们就得了不是。"嫂子们答应着去了。宝钗道："咱们再派荣贵、抱琴不住脚的四处巡察，又可照应，这才放心。"珍珠们都说："甚是。"赶着递了几样点心给他们吃了，派抱琴、荣贵两个人分头儿去上上下下各处照应。

丽鹃点起红烛，姐妹几个畅饮谈心。宫裁道："咱们今儿一叙，以后就没有了空儿。等着到了家乡，不知几年上又才见面！"芙蓉道："咱们见的还快，倒是五妹妹到广东去，要隔三四年才来呢。"宝钗道："你们两个将来是长叙一处的，咱们是从此风流云散。"芙蓉道："这也难说，保不住将来姐妹们长在一堆也论不定。"珍珠道："宝姐姐不久母女相逢，又得了两个好妹子，以后都是快心的境界，惟我自从这几年以来，生离死别了几次，将个心都伤透了。其间的眼泪，也不知流掉了多少。如今又忽然的同你们相逢，又要忽然生生离别，真叫我几次消魂，几番肠断！我又不能像宝姐姐的落落心胸，襟怀豁达。凡有一切，他都可以看透，我如何学得他来？我这一程子心神不定，恍恍惚惚，竟像是掉了心的一样。总想活着很没有味儿，不如丢开了手倒省了好些眼泪。”宝钗笑道：“凡人都像了你丢开手，那阎王爷殿上那儿挤得下这些躲眼泪的鬼呢？”宫裁们都吃吃大笑。

蟾珠笑道：“咱们只顾说话，也忘了饮酒。”宝钗道：“咱们不住嘴的吃，珍丫头不住嘴的说话。”芙蓉道：“我敬三姐姐一杯。”珍珠笑道：“不用敬，你们吃过几杯，我都补吃就完了。”蟾珠道：“不用补吃，将咱们的杯子都斟上酒，三姐姐挨着吃过去就是了。”珍珠道：“使得。”命红妆、桂月见杯斟上。珍珠一面吃菜，一面饮酒，挨着次儿饮干。宫裁笑道：“近来珍丫头的酒量竟大的多呢。那年在宝兄弟的怡红院给平丫头做生日那晚上，一个个都吃的大醉。珍丫头那里会吃这些酒？”宝钗道：“想起来那晚上真热闹，只有林姑娘正在病中。可怜咱们当日饮酒快活的事，也就是那一晚上，人又齐全，酒也畅饮。自从那一叙之后，虽是常常吃酒，总没有那一天的大乐。后来一天一天的散掉了，死的死，去的去，直到如今，真令人不堪回想。”芙蓉同蟾珠笑道：“可惜你们当日的那样大乐，偏咱们两个没有赶上。”宝钗笑道：“横竖那一日大乐的时候，有你，有你。”芙蓉们笑道：“我同他那有这样福气？”宫裁道：“史姑娘那日喝醉了，包着一大包芍药花做枕头，睡在石条上，咱们都说他是雅人深致。谁知他也做了古人！”

宝钗道：“我再也看不出，史姑娘同香菱都这样短寿。”珍珠道：“当日的那一班儿，除了探姑娘，姐妹几个谁是长寿的？”宝钗笑道：“除他们那几个，我三个人的寿还不长吗？到今日还是活着呢。”宫裁笑道：“你们正是一朵鲜花越开越盛的时候。像咱们是珠黄花谢，好春光都过去了，还图个什么？”宝钗笑道：“你的春光过去的了，我的春光在那里？”芙蓉笑道：“你们都不用春光秋光的，耽搁了饮酒。”大奶奶们笑道：“咱们只顾说话，到下了梆子。再吃会子，叫他们收去吃饭罢。”众人都说：“甚是。”奶奶们赶着吃完了酒饭。宝钗道：“咱们上去喝茶，这里让他们吃饭。”珍珠道：“很好。”

几位奶奶、姑娘都到上房来，找着了荣贵、抱琴，叫他们下去吃饭。大奶奶们到各处去瞧了一遍，走到宝钗屋里，各人穿了衣裙。芙蓉、蟾珠到两边房去瞧瞧，都收拾完结，每人剩了两只衣箱同炕上的铺盖。芙蓉道："你们两个实在简绝，明日要下船都使得的。"宝钗道："没有几天工夫，东西又多，若不赶着收拾，就闹半年也是收拾不了的。明儿是刘家来收点房子。咱们就替大嫂子屋里收拾，倒要两天。我同珍丫头打几时就陆陆续续的归在一堆儿，收的收，藏的藏。我同他的箱子打早就装好了，所以今儿尽着一天收拾完结。大嫂子同太太屋里，就是将东西归在一堆儿也得两天，别说是装箱收拾，更要费力。"珍珠道："明日到大嫂子屋里去，我领着人将他的东西尽归在一处，你们同些人赶着收拾，也不过是一半天可以完结。"宝钗道："明日多了一个月姑娘帮着，咱们尽力量，收拾到那儿是那儿。"

众人正在说话，上房一个丫头慌慌张张跑进来，说道："大奶奶，不好了！"众人大惊，赶忙问道："什么不好了？"那丫头急的说不出话来，只是发颤。急的宝钗们摸不着脑儿，说道："你只管慢慢的说。"那个丫头定了一定，说道："太太的上房后身有了贼。"众人听见，浑身都吓软了。宝钗道："怕也无益，赶紧到垂花门叫老赵，立刻叫家人们进来。"蟾珠道："刚才下来尚未偷盗，只要虚张声势，将他们赶散为要。"珍珠、宝钗点头，飞跑到垂花门，叫老赵来当面吩咐。赵忠听见，赶忙出去。一面先将几个有气力的能干家人叫他飞跑进去，一面又到各处叫人。不一会儿，连厨子、打杂的、更夫、火夫以及大小爷们，进来了八九十个。手中有拿着铁尺、棍子，也有空手的，都一拥而进。

原来这一班窃贼，内中有一半是那年老太太出丧的时候进来偷盗东西，同包勇拒敌，又将妙玉劫去。除得了上万的东西，还有个活宝的美人。后来并不见有官府追缉，他们也就放心受用。这几年俱已花尽，又想着贾府的甜头儿。所以另约了几个积贼，又打听得包勇已不在贾府。趁着今儿太太出门，上房不过几个丫头、媳妇们，就不放在心上。都是涂面挂须，还从当日的原路下来。因王夫人现在的上房就是当年老太太的住所，这些强盗有几个熟的在前引路，一直竟到上房。刚绕到前面来,正遇着梁贵、鲍忠、林祥、李洪、汤顺、马标、郭裕这几个精壮胆勇的后生,手中都拿着器械,正与强盗相遇。不由分说,一齐奋勇动手。那十四五个强盗,不顾性命抵死拒捕。梁贵们正在支持不住,后面来了四五十精勇帮手,宝钗们都站在黑影里面,对珍珠道:"叫进来的人,分一半赶着绕这边过去,截强盗的归路。"珍珠答应,忙去吩咐。众家人见说,忙分了一半,赶着向这边绕过去将贼人归路截住。贾府众人个个奋勇,前后将十四五个强盗尽行围住。此时正是七月初十,新月在天,众人在月光之下看的真切,七手八脚的一路混打混搠。拿住了七八个,打伤了四五个,搠死了三两个。众人不管是死的活的,都给他捆了个结实,就放在拿获之所。梁贵们浑身是血,还有几个受了伤。

众人围着定了一定喘,然后找着嫂子们过来,请两位奶奶的示下,怎么办法。那位珠大奶奶尽是发抖,一句话也说不出来。宝钗道:"且不用去回太太,你们就是这个样儿,赶着分头去报。这一回,竟是禁军衙门、都察院、营城司坊,拢共拢儿通报。又不要像上一磨儿,只报司坊官,只算了一个窃案,到后来竟不提起了。想来这几个就是上一回的强盗。他们吃着甜头儿,横竖又不拿他们的,落得又来打劫,实在令人可恨。"鲍忠道:"二奶奶的话说的狠是。现在他们都是涂面挂须,手执器械。这还不算强盗,什么才叫强盗呢?"宝钗道:"你们一半看守着,分几个去报。先到林大爷家里去给他一个信儿,并将我的意思同他说明,你们再去。"家人一齐答应。走过去派了二十个壮勇的人守着强盗,派了几个去报衙门,余下的散出去外面照应。宝钗吩咐:"将上房廊下的灯都点了起来。"又叫丫头、媳妇们各处的小心照应,"看见些什么,总不要惊慌,只管来对咱们说"。这些姑娘、嫂子们都答应了,各去照应。

珍珠叫丫头们端出些杌子来,就在这里坐坐,也帮着照应。芙蓉道:"我这会儿心才跳定了。我瞧着大嫂子比我更抖的利害。"大奶奶摇着头道:"我吃的一点儿东西,这会儿全在胸口里。两只腿还在这儿抖着呢。我倒看不出,珍丫头的胆量竟比我大的多呢。"珍珠笑道:"不是胆大,徒急无益。虽事在仓猝之间,也要想个出路。都学你一路发抖,这会儿还有咱们吗?早做了妙玉,又叫他们背去了。”大奶奶们一齐好笑。宝钗道:“我若领兵拒敌,珍丫头是我的一员勇将。”

正在说笑,一个丫头用手指道:“那不是房子上还坐着两个强盗吗?”众人又吓了一跳,都抬头一看,叫道:“哎呀!”

不知房子上又来了多少强盗,且看下回分解。

第三十九回　薛宝月去尼还俗　夏金桂附体显灵

话说珠大奶奶们正在说笑,旁边有个小丫头用手指道:“那不是房子上还坐着强盗吗?”众人抬头,瞧见对面房脊上那背阴的山墙边,果然有两个人在那里探头探脑,不住的往下瞅。宝钗道:“哎呀!真个房上有人。”珍珠道:“做强盗的,那里都到人家来,他一定有几个在外面接东西,还有两个把风。方才咱们拿住是下来的,那房上把风同外面接东西的,都还等着呢。”蟾珠道:“快对他们说,叫几个能干的带着器械,绕到围墙外。看人多呢,将他们赶散。若有三几个,就可以拿住房子上的人。也只要上去三四个人,先往山墙背后上去,底下四面截住下脚的地方,不怕他跑到那儿去。”宝钗点头,正要吩咐,见林之孝匆匆进来,在甬道上向嫂子们说话。珍珠命丫头去叫他过来,同宝钗走下台阶。林之孝说道:“奶奶、姑娘们受惊了。方才梁贵们来说,宝二奶奶吩咐各处去报,我说这主意很是。你们赶着就去。这会儿只有先报禁军衙门同司坊营上,那都察院同城上必得明儿去报。我叫他到都察院大人的私宅里先回一声,再到巡城的都老爷宅里也去回一声,等着明儿再报。”宝钗道:“对面房上还有人在那背阴处所蹲着,你快去如此如此办法。”林之孝点头,匆匆出去。

不一会,有十来个人穿着短衣撒鞋,腰间拽着器械,抬着长短梯子,往对过墙边上去了四五个。宝钗们远远瞧着,看见他们刚到山墙。原来那背阴房脊上蹲着的是两个大猫,并非强盗。那猫瞧见人来,都一齐乱跑。宝钗笑道:“原来不是强盗,倒是两个猫贼。”众人不觉大笑。芙蓉道："等他们上去瞧瞧，也好放心。"那些房上的人，看见是两个大猫，并没有一个人影儿。又在各处找了一会，并无影响。只得仍走原处下来，去回林大爷的话。那林之孝带着几个勇力的人绕到围墙背后，见有三四个人蹲在黑影里，他们走过去，不由分说一齐抓住。那几个人原要动手，因看见人多料想跑不脱，只得央及道："我们是在这儿等朋友，并不是作别的勾当。"林之孝笑道："你的朋友一个也走不掉，都在那儿等你们会面呢。"内中一人叫道："林大爷瞧着我妈，准个情儿罢。"林之孝将灯笼照着，见是对过江家的大耗子。平日见母子做那不要脸的营生，就很厌弃他，今见有他在内，十分着恼，骂道："该死的杂种！你住在咱们对过，怎么窝着人来府里打劫，有这样的大胆吗？"江耗子磕头道："我实在并不知道。他们叫我同来看个热闹，与我并不相干。求大爷放掉我罢。"林之孝不由分说，命众人将拿住的都带进府去。众人答应，推推搡搡来到大门口，只见灯笼火把，有好些官儿们都已到了。林之孝先进去照应，众人将这几个押到大门下等候。

此时，这些官儿们俱在大厅坐着。林之孝都是认得的，走上前去一位一位请过安。众官道："老主管同咱们进去看一看情形，明日一早通报。"林之孝忙叫人里边知会，一面同各位官儿进去。先到后面看了下脚情形、方向，墙上的形迹，地下的石灰碎瓦，一路一路看到拿获的地方。正在查点强盗人数，有个捕役来报说："后墙边的小屋犄角上，还有一堆儿东西。"有两位司坊官儿赶着去瞧，到了那里，叫人上去将那一堆东西取下来。众人细看，原来是十四五顶草帽子同十四五件大布衫，还有些上墙的绳梯、铁搭等物。官儿们俱查点明白。走到外边，众位老爷说了一会。林之孝又将围墙外拿住把风接赃的两个人都押在大门里伺候。众位老爷们吩咐，将捆住的强盗一箍脑儿抬了出去，将他们的头面全俱包住。正走到大厅上，又是禁军衙门的大老爷来了。众官儿接着叙谈了一遍，又陪着进来细细看过，出来同在大厅上坐着。叫获盗的家人们过来，问了情形，验过身上的伤痕、血迹，又查点强盗们器械。林之孝将外面把风接赃的四个强盗俱已拿住的说话回了。大老爷吩咐带进来，问问窝家是谁。林之孝回道："里面有一个江耗子，又叫白耗子，就住在咱们府对过。这人素不安分，他家里总同这些匪人来往，多半他是窝家。"大老爷们听说，先叫带白耗子到厅上来，捕役们答应，出去带人。只见贾珍匆匆进来到了厅上，诸位官儿都是认得的，问道："怎么珍老大这会儿才来？"贾珍道："我并不知道，他们这会儿才来通知，这不是胡闹吗？"林之孝道："大小家人都在里面拿强盗，闹了好一会，往各衙门去报盗案，又到围墙外拿接赃的贼党，实在这几个人分拆不开，还有几个是跟太太去赴席，没有回来，所以不及知会大爷。"

那里正说着，捕役们已将白耗子带进来跪下。大老爷们问道："一共是多少人在你家动身来的？"白耗子低头不语。林之孝在旁说道："大老爷们都知道在你家来的，你只管老实说，横竖你没有进来。只要你说出实话，我给你求大老爷们的恩典，就可以放你回去，没有你的事。你若是不说，白受了罪还是赖不掉的。"白耗子连连磕头说道："都是我爹同妈邀来的，不与我相干，一共是十四个人。他们叫我在外面接接东西，就被林大爷拿住了。"大老爷们问他上盗缘故及他娘老子的姓名。白耗子供称本姓江，随母嫁到白家，素常与贼来往，今日他妈约人吃酒上盗的话，从头至尾供说一遍。各官吩咐录了供词，一面命将这些强盗俱用敞车装了先去。

这里众官们带着白耗子辞别珍大爷，一直出去各上车马。过去就到白成规门口，打开门一拥进去。四五间房子并无一个人影儿，院子里两张桌子，碗筷菜蔬都还摆满。老爷们叫捕快数了一数桌上的碗筷，一共是十七副，又见满地下都是红竹筷子。禁军大老爷们道："一点儿不错，是发脚的地方。"又到里屋去搜检东西，除了炕上有点儿铺盖，旁沿儿一个空箱子外，任什么也没有。地下倒有一堆儿的脏纸，炕旁沿儿一块大方砖起在一边，叫人拿亮子照照看，任什么儿没有。各位大老爷道："他们的风快，且将他的房子封着，明儿再办。"说着，一齐上车去了禁军衙门。

第二天，审出那些强盗是屡次行劫杀人的大盗，案情甚多，难以迟延，分别斩首示众完结，以快人心。江耗子问了个军罪，他父亲江道同着他妈水氏逃在远方，洗心归善去做良民。这都表过不提。

且说林之孝送了官儿同珍大爷们去后,刚要进宅,远远望见像是府里的灯笼。站着瞧了一会,果然是太太回府。赶忙上去扶住轿车,跟着来到正厅,伺候下车。王夫人问道:"你张罗了一天,也回去歇息罢。"林之孝答应道:"太太早一步儿回来,正瞧见宅里的热闹。"王夫人急问道:"什么热闹?"林之孝回说:"太太进去,自然知道。"王夫人听说,十分疑惑,赶着进垂花门。珠大奶奶、宝钗、珍珠、芙蓉、蟾珠领着些丫头,媳妇们出来迎接。王夫人一见就问:"咱们宅里有什么事故子?"珍珠笑道:"这故事大着呢。"跟着太太一路走着,一路从头至尾的回个明白。王夫人同琏二奶奶都吃一大惊。林之孝将官儿们亲到窝家查看确实,将众强盗送往刑部,明日审明具奏办理。王夫人听说十分惊骇。先将出力家人叫进来,当面奖慰几句,说道:"昨日出力救火,四姑娘许下你们的赏银也还没有赏给,今日将这些强盗全行拿住,不像上一磨儿闹的人财两失,这是你们出力的好处。等着明日一箍脑儿总赏罢。是那些出力的人,拢共拢儿开一个单子给我。"众家人齐声答道:"奴才们在府里受老爷、太太的恩典,应该出力报效,那里还敢要太太的恩赏?"王夫人吩咐,都去歇息调理着,对林之孝道:"桂亲家老爷十六起身,我拣了二十动身。明儿交代房子,你就赶着雇船。咱们上紧收拾,内外都要辛苦几天,且到路上再去歇息。"众家人答应,一齐退去。

王夫人来到上房卸妆更衣。留下蟾珠,命芙蓉回去禀知今日获盗之事。平儿自去更换衣服。宝钗回明:"家书业已寄去,连三舅母家也有书通知。说太太准在二十左右起身,万无更改。梦玉现在金陵修屋,请我母亲同三舅母务须照应,别将他当作外人,太原道儿过远,让蝌二哥夫妻去赴新任,请母亲在家等咱们回到金陵,姐妹、母女依然相守,倒比当年有趣。书中说话,大概如此。"王夫人点头道:"很好。我正要这样写去才是。你们将刚才获盗之事,再说与我听。"珍珠、宫裁又细说一遍。

王夫人叹道:"那年老太太出丧,只有惜丫头一人在家,可怜叫强盗将老太太屋里偷了一个干尽。还亏得包勇在家,将强盗赶散。到底将个妙玉抢去。今日亏有你们在家,不然这会儿还有一点儿东西吗?”宫裁道:“也是这几个强盗恶贯满盈,该要送命,下来的,一个也没有走掉。倒是打死的这几个强盗鬼,将来在这院里再也出不去了。”珍珠笑道:“横竖咱们就要起身,等刘家搬进来再去撵鬼。”宫裁道:“他们都说这几天每夜晚听见鬼哭,谁知应在这几个强盗身上。”有个傻丫头插口道:“昨晚上董嫂子到后屋里取东西,他瞧见鸳鸯姑娘坐在那里,舌头直搭拉在胸口儿。董嫂子吓的赶忙就跑。”王夫人笑道:“你听他的瞎话,这会儿鸳鸯请都请不来,还肯坐在那儿骇人?倒是后楼上的仙爷,自从老公爷在时直住到如今,彼此甚是相安。从此分袂,不能不有离别之感。过一半天虔备荤素各一席,宝钗、珍珠两姐妹亲自送到后楼,为我致别。”宫裁们一齐答应,说道:“今日太太过于劳乏,请早些安歇,下去正有几天辛苦。”王夫人道:“我自从服了宝玉的那丸丹药,比往年精力强健了几倍。你们这几天都很劳乏,也让你们早些歇息。”说毕,卸妆安寝,一宵晚景无词。

次日早上,宫裁、平儿、宝钗、珍珠、蟾珠、巧姑娘俱请早安,伺候太太梳洗完毕,用过早茶。有垂花门的媳妇回说:“薛姨太太的宝月姑娘来拜见。”王夫人笑道:“头一磨儿来见姨妈,还算是客。嫂子、姐姐们去接待他。”宫裁们答应,走出中堂门刚到卷棚下,见妙空、宝月正上台阶。听着宝月连叫几声:“嫂子,姐姐。”宫裁们一面答应,举目细观。见宝月身穿大红线纱衫,外罩佛青拱璧库纱褂,腰系五彩纳纱裙,乌云上围着一条翠勒,两鬓带四枝兰花,耳上带的金玉连环坠,杏眼桃腮,丰情秀媚,笑吟吟走上前来。宝钗拉手笑道:“早知你同宝书是我妹子,省了多少费事,这真是那里说起!”珍珠笑道:“那天要娶我作老婆,这会儿做定了人家的老婆。”宫裁道:“早些说明,那天就便拜堂做亲。这时候柳树快发芽了。”平儿笑道:“咱们家的一个二个去变和尚,你这些和尚又一个二个的变了咱们。”蟾珠抿着嘴儿笑道:“这叫做齐一变至于鲁,鲁一变至于道。”众人笑做一堆。宝月道:“等我去见姨妈磕头,再来听诸位的高谈。”平儿道:“那不能。你要去拜姨妈,必得先拜咱们这些姨妈拐儿,才带你进去呢。”妙空笑道:“真是阎王好见,小鬼难缠。见过姨妈自然要给这些拐儿磕头呢。”众姐妹笑着,一同进去。

王夫人正坐在外间炕上，见宝月进来，向他周身上下看了一遍，笑道："那儿看得出是个还俗的姑子呢？"宝月忙上前跪下拜了八拜。王夫人坐着受拜，笑道："外外姑娘请起。孩子，真是你的福气。我昨日有祝二姨妈宅里的专差千里马寄了一封书子去给你母亲，通知咱们起身的信儿，请你母亲在家老等，我带你家去相见，省了两下里惦记。你只将姑娘家东西取来，那些钟儿磬儿同僧家所用一切物件，都送你师兄师弟罢。我起身甚急，你帮着姐姐们赶着给我收拾。我知道你很麻利。宝钗、珍珠要代我各处辞行，应酬事务。这家中交给珠大嫂子、琏二嫂子同你三个照应料理。你虽是外甥女儿，别自家当做客人。"宝月道："姨妈就不吩咐，女儿也断不敢自外偷懒。女儿必跟着两位嫂子料理照应，总叫你老人家万安。"王夫人点头道："很好。"众姐妹彼此拜见道谢。妙空道喜交代之后，即欲告辞回去。王夫人笑道："咱们同你是亲上加亲，从今更要亲热。古今来只知出家要修行成佛，谁知你们做佛的又要修做凡人，这是个什么道理？"妙空答道："这就叫做色即是空，空即是色。"宝钗笑道："像你是空与色同归于妙。"平儿见他红晕桃腮，因上前执手道："昨天与智静进城，因我跟太太有事出门，未曾接待。今日送薛姑娘来，好意思不逛一天就去吗？"妙空道："多谢太太、奶奶的盛意。本该遵命，我今日是偷空儿送他进来的，自从他交代之后，我一人那里忙得过来？那些师弟们，那儿再找得出一个像月姑娘这样能当家靠得住的人？像昨日进城了一天，家里就闹个稀糊脑子烂，那儿脱得了身！"宝月道："真个他这几天实在没有一点空儿，让他去罢。"王夫人道："既是这么说，我就不便留你。一半天叫他姐妹出来，还有话同你说。"妙空答应告辞，众姐妹送至垂花门，再三致谢而去。宝钗吩咐嫂子们："将月姑娘的箱子、东西都搬在我屋里，不用另安床，就同我一炕。"珍珠笑道："他说要同我睡一夜，死也甘心。这很好，叫他同我一炕，看他死的怎么甘心？"

众姐妹正在说笑，听见背后有人问道："拾着个什么，这么乐？"平儿、宝钗回望，见是芙蓉，忙问："老爷好些没有？"芙蓉上前姐妹问个好儿，给宝月道喜，口里回道："老爷昨晚上安静些。老年人虚弱症候,比不得什么时病说好就好。倒是听说这儿拿着强盗,惦记着一夜未曾合眼,差我来给姨妈同薛姑娘道喜问好,探听强盗的事怎么办法。”珠大奶奶们说道:“多谢两位老人家惦记。今日一早,林大爷到刑部衙门去看审强盗,还未曾回来。细想起来,实在可怕。上一磨儿,不但失去东西,还抢去一个妙玉。咱们老爷胆小,不敢报盗,只算一个窃案,后来就是这样结了。昨晚上,不是合宅的人围着一拿,那不用说,宝姑娘、四丫头还带上蟾姑娘,今日都做了压寨夫人。只少了做三朝满月会亲呢。”蟾珠笑着摇手道:“快别提了,想起就叫人心跳的要死。”

姐妹们说笑着来到上房。芙蓉上前请安,回明差来的说话。王夫人亦问过尚书的光景,吩咐坐下。平儿道:“宝妹妹屋里倒已收拾完毕,今日邀着妹妹们,再接了巧儿回来,给我收拾一天。明日收拾珠大姐姐屋里。末了儿收拾上房就不费事。”宫裁道:“太太说,将那零碎东西,谁要的叫谁拿去。我想咱们家的零星物件就很不少,乱烘烘你抢我夺,闹的不像个样儿。不如这件事交给月姑娘。叫他将内外一切零星物件全行齐集一处,商量着散给众人,这才有个章程。”王夫人点头道:“很好。交给你同琏二妹妹,怎么办怎么好。派汤顺夫妻跟月姑娘检点内外物件,咱们家的穷本家同些亲眷,捡着样儿分些与他也是好的。饭后我到二姨妈家去,让你们办事。”众人答应。平儿着人去接巧姑娘,一面吩咐汤顺领着打杂的先将外面不入单子的一切粗细零星物件先行齐在一处,等着月姑娘出去查点,嫂子们答应,各去办事,宝月拉着芙蓉、蟾珠往珠大嫂子、琏二嫂子、四姐姐屋里各处拜望一回,转到上房伺候太太用饭。王夫人对蟾珠说:“你在这儿给姐姐们帮个忙。芙蓉让他晚些儿回去,家里有姨娘们伺候老爷、太太,你偷一天空儿,想也误不了什么事。”芙蓉答应。姑娘们收拾完毕,伺候太太出去上车,众姐妹跟出垂花门候着上车,转身来到上房。珠大奶奶道:“蟾姑娘同我在上房照应,蓉姑娘、宝姑娘、四姑娘都帮着二嫂子去收拾。月姑娘请换了衣服,同汤嫂子领着打杂的妈儿们,外面再叫几个小子进来,将咱们里面不上单子的破桌子烂板凳、缸瓶坛罐、各处大小竹帘子同那些破窗烂槅不拘什么,都全齐在这大院子里，以便分给众人。”宝钗笑道：“咱们得了将令，各人去干各人的罢。”众姐妹各带着丫头，自去办事。宫裁见宝月并无丫头，就将自己跟前的大丫头金梅派给宝月，以便服侍。宝月十分感谢，就领金梅四面去收检物件。汤嫂子最是精细勤俭，见根钱串绳儿都舍不得丢掉，瞧见什么总是好的。这宝月向在庵里当家，瞧着这些破烂东西，都是居家过日需用之物，因此不肯丢下一点。

一路检点来到薛姨妈住的院里。空着多年，草深苔绿，屋子里阴气森森，房门久闭。有个高妈刚走进堂屋，只觉迎面一阵冷风，叫声“哎哟！”“咕咚”栽倒在地。众妈儿们笑道：“仔吗呢，栽上一跤？”高妈面色刷白，两眼直竖，跳起来一把抓住汤嫂子，大声嚷道：“我死的好苦！你们瞧着我死也不肯救我一救！可怜我肚子疼的受不得，我原要毒香菱，怎么叫我吃了下去？你们过好日子，害的我好苦！”说着，乱撕乱碰，将汤嫂子骇的要死。多少人那里拉得他开？众人抖做一堆。宝月知道那年这件命案，忙将袖子卷起，照着高妈两个嘴巴，骂道：“你这不害臊的蹄子！因你要毒死香菱，天地不容，鬼使神差的叫你自家吃了下去。是谁害你的？你那不讲理的妈，还仗着胆子打死官司，几乎将我妈妈气死！你今日还有脸出来闹人！”高妈放了手，滚在地下大哭大喊。众人瞧着无法可治，有两个小丫头飞跑到前院去，通知各位奶奶。

宝钗们一面说笑着，正收拾的有兴。听见丫头来说，倒吃了一惊。平儿道：“叫巧姑娘照应收拾，咱们都去瞧瞧。”姐妹几个来到后院，珠大奶奶同蟾珠远远站着看那热闹。见宝钗过来，说道：“宝丫头，你那令嫂在那儿显魂呢，你快别过去！”宝钗道：“活着不怕，倒怕死的？”赶忙上前叫开众人问道：“这是仔吗呢？”

却说夏金桂附在高妈身上，正在撒泼打滚。瞧见宝钗过来，骇的跪在地下缩作一团，不住的磕头，说道：“姑奶奶我死的好苦！”宝钗道：“你是金桂嫂子吗？你生前品行不端，乖张撒泼，罪恶万端，已为天地不容。设计害人，反害自身，这是你的恶报，并没有人害你。我妈妈为你几乎送掉一条老命，我恨不能食你之肉！你还敢附在老妈身上行凶撒泼吗？”夏金桂伏地哭诉道：“妹妹姑太太，实在是我生前罪恶滔天,故遭惨死。我还敢怨谁呢?咱们太太住在这儿,虽是恨我,还念着媳妇一场,年节下也还烧张纸儿,给我个酒饭。自他老人家去后,可怜这几年何曾见一滴酒、一个纸钱呢?又被贾府的家堂神及本宅土地将我管住,不许作祟。现因宅子已属他人,诸神俱不管事。我同合宅的男女孤魂,才得各自寻些纸钱、酒饭。昨日新添了几个强盗鬼,十分凶恶,恐他滋事,被土地爷押住不放。因我业已转世,撵我出府,刚才正走出房,被月姑娘的阳光一冲,我回避不及,见这老妈神气有限,附他身上索几吊钱。月姑娘打了我两个嘴巴,因此撒起泼来,要求妹妹姑太太开恩,我再也不敢,不敢。"说毕,尽着磕头。宝钗见他可怜,问道:"你怎么知道打你的是月姑娘呢?"金桂道:"一月前,有林之孝和母亲老林大妈到姨妈上房磕头。我问他是为什么,他说你婆婆薛姨太太得了宝月、宝书两个姑娘。宝书姑娘先同着婆婆柳太太回去了,宝月姑娘赶出月要到咱们宅里来呢。我今日来给小主子太太道个喜。今早上我在垂花门闲逛,听儿门神道:'快回避,薛家宝月姑娘来了。'我站在远远的瞧见月姑娘进来,以此认得。"平儿道:"咱们夜间出出进进的,怎么从来瞧不见你们一点影儿?"金桂道:"贾姨妈同诸位嫂子、姐姐们已交泰运,下去一天好似一天,身上阳光极盛,如何瞧得见鬼影呢?"宝钗道:"听你说的可怜,念当年姑嫂一场,多烧些锞子、纸钱与你做盘缠,快些脱离鬼趣,投生去罢。"金桂磕头道:"妹妹姑太太如此厚恩,我立刻就去。"珠大奶奶差人马上去取锞子、纸钱。平儿吩咐,一面给他供上酒饭。不多会,取了纸锞来,就在他面前焚化。见他欢天喜地说道:"多谢,多谢!"睡倒在地,绝无声响。

众人知鬼已去,用姜汤将高妈救醒。见他面无人色,说道:"刚进这屋,见一个七孔流血,披散头发的女鬼照身一扑,就昏晕过去。这会身上就像散了板儿的一样。"平儿吩咐,扶他到屋里去歇息,给他两丸辰砂保安丸服下,令其调理。命众人将这院里零星物件赶紧搬了出去,关上院门。

众姐妹都到上房坐下。珍珠笑道:"咱们家的故事也实在多,昨日闹强盗,今日又闹鬼。若不是蓉姑娘们在这儿瞧见,还说咱们尽造谣言。”宫裁道:“怨不得他们见神见鬼的,原来是咱们交代了屋子,这些孤魂无人收管,到处闲逛。不是咱们阳气盛,一准也要遇着一两磨儿。他说太太同咱们已交泰运,往后一天好似一天,鬼是知道的,想不说谎。”平儿道:“且将这件事儿搁起。诸位姑奶奶再去帮我收拾,都搬到宝姑娘屋里,打伙儿照应热闹,叫我一个人在那院里怪怕的。”珍珠道:“很好。咱们一面收拾,一面搬。”姐妹们下去,直闹到上灯时候,将琏二奶奶的院子搬空,都堆在宝钗屋里。用过晚饭,先送蓉姑娘回去。

众姐妹都在上房坐下。宝钗道:“我妈妈承继女儿,一月前咱们并不知道,谁知老林大妈早已进宅道喜。阴间的信,固然比咱们早些,阴间的人,也比咱们有理。就像夏氏嫂子,活着时撒起泼来,闹他娘几天,再也说不明白。刚才三言两语,他倒听人劝。这样看起来,人不如鬼。”珍珠道:“可见人心难测,鬼无成见。咱们这宅里,向来鬼就不少,何曾见有闹过事?自这几天,果然有些动静。这是知道咱们要离宅子,各人都要寻些饭食,找几个银钱使用,也是个情理。这两天,又快七月半,是他们的大节。回过太太,多备些金银纸锞、黄钱,再备些酒饭。在宅子内外东西各院子里,分赏这宅里的男女孤魂。再请月姑娘多念些往生咒。这真是一件好事。”

众姐妹正在点头称赞,听说太太回来了,赶忙出去迎接。王夫人走进垂花门,望着珠大奶奶们笑道:“咱们家的故事好多!谁知他忍了这几年,末了儿还撒上一个泼,才离咱们这宅子。真是件怪事!”太太来到上房,众奶奶、姑娘请过晚安,伺候更换衣服,各人将所办之事回明,两旁坐下。珍珠又将刚才商量的意见请太太示下。王夫人点头道:“这主意办的很是。竟交给月姑娘给咱们办这件差使。林之孝的母亲,过了多年还是这样规矩理信的,实在令人可敬。七月半请几众戒僧给他放坛焰口,上桌供。这一程子我本来也听见点子什么,因恐你们害怕,故不言语。谁知有这缘故,今日叫他说破了。众人都知道,夜间出进狠可放心,不用害怕。平丫头搬了上来,彼此有个照应。巧儿就在我炕上睡,让你姐妹一堆儿热闹。”

太太们正在说话,只见窗子上像月光似的一闪,彼此甚觉惊异。

伺候的姑娘们骇的不敢动身。王夫人笑道:“这又是一件什么故事?”领着奶奶们亲自出去观看。

不知是何缘故,且看下回分解。

第四十回　胡月生感缘订良配　薛宝钗谐语解离愁

话说王夫人们正在说话,只见窗上红光一闪,十分光亮,不知又是一件什么故事。领着珠大奶奶们一同出外,观见外面静悄悄的,并无一点什么。栏杆上有两个丫头坐着打瞌睡。房上地下一些影响俱无。

众人十分诧异,只得仍进屋来坐下,彼此议论。王夫人问道:“那桌上的红纸包儿是个什么?”珍珠过去取在手内,打开一瞧,只见一条大红绦系着两个古钱,十分光洁,底下坠着一绺儿红穗子。另有一张桃红笺,写着几行小楷。珍珠念道:

> 自荣公建宅以来,侨寓华居,迄今百有余载。主宾相契,莫可言宣。后蒙太夫人暨宝弟关切情深,诸多垂庇,如云高谊,感愧弥增。正拟久侍慈帏,常依仁宇,不期鹤驾西飞,仙槎东指。数年来风景不殊,不禁有秋水伊人之感。然犹以为芳泽在前,差堪自慰。近闻高第已属他人,而夫人之买棹南归,匆匆在即,从此云树之思更深。缅想人生离合,本属无常,花月风萍,去来难必。而分影离群之感,不能不令人有黯然神往耳!方外闲云,无以将意,敬献古钱二枚,以祝我夫人福寿双全之意。伏乞哂存。解缆河干,当与姐妹辈敬诣安舟,一言志别。先函奉启,恭候壶仪,统祈垂鉴,不宣。
>
> 王夫人妆次
>
> 月生胡氏稽首

珍珠念完,王夫人十分伤感,说道:“仙姐多情,令人心感,惠我双钱,谨当拜谢。”将钱挂在身边,领着奶奶们到大院子里,叫人铺下垫子,望着后楼倒身下拜。众人瞧见后楼窗口站着几个美人,对面还礼。转眼间,寂无影响,窗门依然关好。王夫人拜完之后,转身进屋,对珠大奶奶道："明日备两席酒，一荤一素，俱要丰盛洁净，晌午儿派宝钗、珍珠亲送到后楼，与诸仙志别。"大奶奶们答应，又道："明儿一早，叫林之孝专差脚子去将环兄弟同兰哥儿叫回来。通知他们，我准于二十起身，叫他们将书房里一切东西尽都带来。再着几个人将咱们合族的人不分男女，都请十八日到这里吃午饭。并将合族男女大小贫富开个细单，给我斟酌。除了两家亲家外，再开个近亲单子，一个远亲单子，再开个各样人的总单子，连庵寺在内，别漏掉一家，叫人报怨。你同琏儿媳妇将亲族档子细细的斟酌。你屋子叫宝丫头们明日多派几个媳妇帮着动手，尽着一天收拾完结。后日到我上房来料理。"珍珠们一齐答应。宝钗道："夜很深了，太太请安歇罢。"王夫人知道他们劳乏，不便久坐，带着巧姑娘卸妆安寝。珠大奶奶们各人散去。平儿同宝钗一炕，宝月、珍珠、蟾珠姐妹三个都在外间大炕上安睡，带着照应。一宵无话。

次早梳洗完毕，珠大奶奶叫林之孝进来，吩咐他专差家人去接环哥儿叔侄回来，吩咐厨房备酒席。宝钗们请过早安，就领着些嫂子、姑娘们到大奶奶屋里收拾行李。不一会，刘大人那里差人来收交房屋、东西。林之孝进来回过太太，王夫人吩咐只管交代。林之孝领着蒋三、陈七进来，四围指点，每处交代。蒋三、陈七俱是林之孝相好朋友，看了一遍，就算交代。又至大观园四处看点一回。蒋、陈两人转到上房帘外请安，王夫人吩咐留饭。林之孝答应，同了出去。

宝钗、珍珠在宫裁屋里赶紧收拾的也不差什么，听说有了酒席，同珍珠回到屋里净手更衣，命媳妇们端着条盒，同往后院里来。走到楼边，宝钗刚要推门，只见那门自家开去。众人走进屋内，并不见些什么，宝钗领着头竟上楼去。这五间大楼都是仙人的住处。众人到第一间楼上，见摆着四张桌子，每桌上有两吊钱，用红头绳儿穿着。一张桌上有个帖子，上面写"领谢"两字。宝钗吩咐嫂子们，将席尽摆在桌上，说道："这钱是姑娘们赏的，你们领了赏，谢谢罢。"众家媳妇们收了钱，对着桌子磕头谢赏。

宝钗吩咐铺下拜毡，同珍珠对桌跪下，说道："奉太太之命，送来酒席，尽地主之情，与姑娘们志别，并谢月生姑娘昨晚厚赐。"说毕，两人恭恭敬敬拜了几拜。刚要站起身，听见娇音呖呖的说道："我在这里回礼了。"宝钗们忙说道："仙姑请起。"听见答道："我即月生，同姐妹们在此乔寓尊居，历有年岁。诸蒙垂庇，久铭心版。今闻夫人们弃我将归，实令人有离群之感，些须薄敬，聊以将意。又蒙赐以嘉筵，不敢却长者之心，谨对筵拜领。乞两姐代为致谢。"宝钗道："觌面不见仙容，令人怀想，何不假我一光，庶不负这番酬应！"月生道："相逢有日，何须性急？"珍珠道："觌面河山，从此会期难必矣！"月生答道："不久与两姐有见面之缘，此时原不妨相会。请两姐将里间屋门推开，我在里面。"宝钗、珍珠命丫头、嫂子站在这边。他两个将里间房门推开，只见那屋里四围皆是锦绣，一切摆设俱极精雅。当中设着一张锦榻，绣幕重帏十分华丽。桌子边站着个十六七岁的绝色美人，手里拿着红汗巾握嘴嘻笑。宝钗们进了房去，将门掩上，三人见礼。宝钗、珍珠见他品貌活像妙玉，因笑道："早知仙姑这样多情，同四妹妹常来亲近，也省了多少冷落！"月生笑道："我们与人相交，俱有缘分，并非随便就可以见面。咱们三人有一段姻缘在内，此时未便说明。将来还要仰仗宝姐姐成全其事。"宝钗道："仙姑已是仙人，最是逍遥自在，怎么说'姻缘'二字？"月生道："当初，我姐姐妙玉托身佛境，原欲逃过情关。谁知意念不坚，反遭魔劫。因内丹已失，死葬梅根。当妙玉失丹之时，我觉情丝难遏，知魔障已生，难以逃避，且与诸姐妹有相爱之缘，借此与会中人了此情劫。是以借身托体，已在软红眼前，就要与两位姐姐相见，那是我出世之顽躯，非今日相逢之幻境。诸位姐姐同我早结下见面之缘，今日才得见面。这会儿又动了个爱我的心肠，从今又结情缘，越深越固。四姐姐情障更甚，但风波中自有佳境，宝姐姐日后大有一番际遇。此间宅子虽属他人，然数中尚有珠还之日。我姐妹十人住此楼上，除我与妙玉外，尚有八人在此。因我与太太应为母女，数由前定，其理难明，眼前另有相逢。日后有人在梅树上相对谈心者，成其姻缘，以了情障。楼下有会中人来，暂且拜别。为我致谢太太再生之德，感难言尽。"说毕，转眼不见。

宝钗、珍珠只得辞了出来，领着众人都下楼去。见芙蓉、蟾珠同几个丫头一路寻来，宝钗问道："你多会儿来的？"芙蓉道："来了好一会。听说你们在这儿,我也赶来瞧瞧。”珍珠道:“你早来一步儿也好。”众人说着,离了后院来见太太。宝钗道:“昨日送东西的这位月生姑娘,原来是妙玉的妹子。”就将妙玉遭劫,他亦转世,且与太太应为母女,并咱们日后之事,细说一遍。王夫人十分叹异道:“且看母女之说是何应验。若说这宅子再赎了回来,这话我断乎不信。”宝钗道:“他说数中珠还,可见数之所定,连他也不能知道。”王夫人只是笑着摇头。

珍珠道:“太太手里拿着什么书子?”王夫人道:“什么书子,就是昨日叫大嫂子开的单子。我在这里斟酌,穷亲穷眷也实在多,只可略尽点我的敬心罢。”宝月道:“我将那些东西分出上中下三等,上中的很可算分礼儿。可以送礼的,就不用留别金。这样办,才遮掩得过去。”王夫人点头道:“也使得,这主意倒还不错。”娘儿们彼此商量事务。芙蓉、蟾珠又帮着料理一天,俱辞了回去。这且不表。

且说林之孝陪蒋三们吃完酒饭,送他去后走回家里。刚到门口,遇着船行的老沈、老胡正来问候。林之孝笑道:“我正要去找你们,来的凑巧。”老沈们笑道:“知道大爷要找咱们,故此过来请安说话。”林之孝将他们让进去,书房里坐下。小子送过茶。问道:“先说说你们诸位来意。”老沈道:“听说荣府的太太要起身回南,想是走水路去,咱们备几号大船伺候太太,报效报效。现在码头上有三只大沙飞,五只大太平,还有七八号的头号四不像,要大马溜子也有,都是展新体面的。来见大爷说说,这个买卖给了咱们,横竖总叫你老人家过得去。”林之孝道:“船是要用,多少还不能就定。你们是怎么个儿办法,也得说个实话。”老沈道:“咱们也照着那一回老爷送老太太灵柩回南,琏二爷经手那个办法。上一磨儿老爷灵柩回南,只用了一号马溜子,咱们一个大钱的光儿也没有沾着,倒还赔了好几两银子。”林之孝道:“琏二爷当日是怎么一个办法?”老沈道:“当日琏二爷是准咱们装货,包咱们的税。除了报船料以及提溜、打闸、短纤、过坝都是船户自己料理不算外,有一号船送琏二爷一百银。各位二太爷们的小费,有一号船给二十两银。这会儿比不得那几年诸事相应,你老人家是知道的。这如今那一项不长了价儿?一切人工火食,一倍加了几倍。这会儿太太起身用的船多,咱们说个老实话,多装得一担半担的也沾大爷的光,咱们也没有别的孝敬,竟是有一号船送大爷八十两银。各位二太爷的小费,还照着是二十两。”林之孝笑道:“你们别拿着我当糊涂,那年琏二爷是同赖大爷两个人办的,有一号船是一百六十两,小费在外。这会儿就是诸事长了些价儿,也短不了这些。我也不管你们这个那个的,有一号船给我一百二十两,给他们小费二十两。我最直爽的。是这样呢,咱们就定下。不是这样呢,咱们再说。”老沈道:“还要求大爷再看破点儿,实在这会儿的人工、火食比不得原先,见得这样到了江南也赚不出几个钱。”众人又一齐的说道:“罢呀,大爷看破些罢,咱们沾大爷的光,等着慢慢的再报答你老人家。这会儿算大爷看顾了我们穷人罢。”林大孝笑道:“既是众位这样说,给我一百银,他们的小费三十两。是断少不得的。有一号船给一百三十两就是了。”老沈们一齐说道:“竟是这样罢,咱们先给大爷留下一百定银,余外的等定了船数再送过来。咱们有八百包皮货,还有几百担果子、杂货,都交给大爷。”林之孝道:“很好。”众人喜极,俱各散去。

林之孝命老婆、孩子将点私帐收回,家中内外全行收拾停当。料理一会,带着个小子出去,雇了一辆傲车坐上,一直到合泰银号。那些号里的伙计们,将林大爷让到里边坐下。叙谈一会,林之孝将个单子取出来,交给他们照着去办,“平色要准,拿回去请太太随手拆开一封,倘若平色不好,是要罚的”。众人一齐说道:“大爷这里面不要仔吗,咱们也就断不肯含糊,是必照色、照数包去。横竖总不叫大爷伤脸。”林之孝道:“很好。拜托,拜托。”

说毕,辞了众人坐上车,又到恒泰、义兴两个大银号里,弹兑了银子,叫他们打上包,就雇银号里的挑夫伙计们押着,送到宅里去。自家坐车先到荣府回明太太。

此时,正值王夫人们在用晚饭,吩咐林之孝带着挑夫送到上房。不一会儿,多少夫子挑进上房,伙计们交点清楚而去。王夫人道:“你都取来,一会儿收在那里?”林之孝道:“奴才带着梁贵、周瑞这几个麻利家人进来,做一夜工夫,先装了要紧箱子。余下零碎的再收拾,白日里实在没有空儿。”王夫人点头道:“很好。我还有一句话要对你说。”林之孝道:“太太有什么吩咐?”王夫人道:“我这炕背后夹板墙里,还有老太太留下的十七万银子,是多年不用的老家私,两宅里全不知道,俱用桶装着。咱们箱子里未必能装下这些。”宝钗道:“咱们赐书楼的书,全要带回去的。不如将这十七万银装在书里,又隐秀,又妥当。”王夫人笑道:“倒也是个主意。且将箱子装毕,再收拾那个。”林之孝答应出去。吃了晚饭,领着梁贵、鲍忠、董升、马裕十来个得力家人,在上房尽力收拾箱子、行李,整整闹了一夜。次日用结实木板箱,将楼上要紧书箱同夹墙后的老家私分装在各书箱里面,上贴着书名,做个暗记。宫裁姐妹日夜小心照应,又派了几个老成麻利的家人媳妇同在上房看管。

王夫人各处辞行。有走不到的,差宝钗、珍珠分路代去辞行。一连几日,不觉已是七月十四。珠大奶奶备下铁槛寺、馒头庵两处的年例香烛、别金,差宝钗、宝月、珍珠十五到两处烧香辞行。宝钗们各人备了几封别金,宝月禀过姨妈,先出城去给老师父拜天经忏。十四是祝府给桂三太太饯行,请贾府的太太、奶奶作陪。早半晌宝钗、珍珠奉太太差往几家远处辞行,宅子里已收拾的不差什么。定下十七号大船,林之孝派几个诚实家人,驾着敞车陆续起行李上船,又派几家有年纪老成的媳妇们先上船照应。闲常只觉人多,这几天只嫌人少。

王夫人差宝钗们出门后,看着发了好些行李。上车来到祝府,已是上灯时候,桂太太久候多时。柏夫人道:“本来要明儿给三妹妹饯行。倒是姨娘们想起明儿七月半,咱们都是吃斋。况且是后日起身,明日也未必有空。因此改了今日,请过来姐妹们叙一叙。我同大姐姐不过隔三两个月就见面,只有三妹妹要隔三年五载的回来嫁女儿、娶媳妇,咱们才见得着。那天去的千里马,是限他今儿到家,老太太瞧见书子,不知要怎样的大乐三兄弟、三妹子得了媳妇。今儿家里热闹着呢。”王夫人笑道:“咱们今儿吃饯行酒,又是吃喜酒。”柏夫人道:“我两个女儿同月姑娘为什么不来?我也给他们备了一席,叫他姐妹们大家叙叙。”王夫人道:“你两个女儿这几天忙坏了。姐妹两个分路去跑,还带着代我吃饯行酒。我听见他们说过,下梆子的时候准到这儿。月姑娘给老师父去拜经忏。”柏夫人道：“既如此，咱们先坐起来，叫两个女儿等着他们罢。”王夫人道：“使得。”三位太太坐席，彼此说些分离之话。芙蓉邀蟾珠到自家屋里去，姐妹两个千叮万嘱，哭一会，说一会，难舍难分。那三位老姐妹们也是离情别绪，十分难过。王夫人道：“我倒记起一件事，妹妹务必在心。有我一个至交姐妹柳太太……”柏夫人道：“月姑娘的婆婆，礼部主事柳大老爷的太太。”金夫人道：“我知道，不是住在馒头庵，四月间才回去的吗？”王夫人道：“不错，他儿子、媳妇都是我的干儿、干女。”柏夫人道：“梦玉又拜柳太太为母。”王夫人道：“我那干儿子名柳绪，长的很清秀，文才也好。三妹妹千急记着对妹夫说，务必照应照应他。我怜他是个孤子，又爱他孝顺寡母。这孩子将来大有出息。他现在的媳妇又是宝钗的妹子，名叫宝书。柳太太一番苦节有此佳儿佳妇，真是天神默佑。将来妹妹到那里，不要拘地方官夫人的体统，只管同他往来。若是会着他娘儿们，说知你亲家出家的事，也对他说这个缘故。我本来要写书子寄点东西去的，这几天心绪万千，从那个字儿写起？横竖我到家后再寄书子来罢。”桂太太道：“姐姐吩咐，我紧记在心。”太太们一面说话，慢慢饮酒。有人报道：“四姑娘来了。”只见珍珠进来，给妈妈同三姨儿请安。

王夫人道：“怎么这会儿才来？”珍珠道：“叫蔷大奶奶拉住着，那里肯放？蛮缠了半天。宝姐姐还没有来吗？”王夫人道：“他又不知叫谁拉住不放呢！你妈妈给你们备下酒，叫你们小姐妹儿也叙叙。蟾珠在芙蓉屋里等着你们，叫他饿坏了。三个人儿一面吃着，再等宝钗罢。”珍珠答应，赶着到上房去见干爹请安，又说些辞行的话，向姨娘们问了好，退出房来折到芙蓉屋里。

蟾珠们瞧见十分欢喜。珍珠道：“太太叫咱们一面吃着，等宝姑娘。”芙蓉说：“咱们就在这儿吃罢。”蟾珠答应：“很好，又省得出去。”芙蓉命丫头们就在房里摆设酒席。今儿是让蟾珠居上，姐妹三个坐下，先敬了两杯酒，然后坐下畅饮。珍珠道：“你们两个眼眶儿红红的，想是在这里哭呢。”芙蓉道：“姐妹们正打伙热热的，眼见着分手，怎么不伤心！”珍珠叹息道：“我怕说这些话。你们两个都还不过隔三两个月就见面,只有五妹妹要隔三几年才来。等他来了,你们横竖总要见面,就不知可还有我没有呢?"芙蓉听说,一阵伤心,泪如泉涌。蟾珠、珍珠也呜呜咽咽的不能下咽。珍珠忍了一会说道:"你们都有见面之日,只有我一人断难,断难!"三人正在悲切,只见宝钗走了进来,笑道:"你们三个傻子又在这儿说傻话,出傻眼泪。"三个人赶着起身让坐,珍珠问道:"你才来吗?"宝钗道:"我来了一会,就在老爷屋里说了半天话,又在太太们那里敬了一会酒,这才来找你们。又站在窗外听你们三个人说傻话,我实在好笑。今儿妈妈花了钱弄的酒儿菜儿,叫你们瞅着哭的吗?"三个人都"噗嗤"的笑了起来。蟾珠道:"只有宝姐姐的心胸,实在比咱们豁达。"宝钗笑道:"不用管他豁不豁,咱们且吃酒。"姐妹四人坐下,洗盏更酌。

酒未数巡,见一个丫头急忙跑来叫道:"蓉姑娘,三老爷不在了!"芙蓉叫声:"哎呀!"离席飞跑出去。

不知这三老爷是几时不在的,且听下回分解。

第四十一回　贾珍珠因惊得妹　韩捣鬼为色亡身

话说珍珠、芙蓉、蟾珠三个人正为离群伤感,被宝钗几句话说的可笑。四人正在举杯相让,忽见个小丫头飞跑进来,说道:"蓉姑娘,太太接着家信,说是三老爷不在了。"姐妹四个骇了一跳,芙蓉撩下酒杯,飞跑出去。

刚到上房,见老爷正在大放悲声,柏夫人含着眼泪在旁力劝,王夫人同桂太太也不住口苦劝,说道:"自己的身子也是要紧的,现在病中不可过于悲苦。"柏夫人劝道:"你这两天略觉好些,哭坏了身子,叫三兄弟也是不安的。"宝钗、珍珠、蟾珠三姐妹俱上前苦劝。祝尚书慢慢止住哭声,不觉气喘上来。姨娘们赶着办人参姜汁。柏夫人十分着急。因过于伤感,提上气来喘的十分利害。王夫人同桂太太走出走进,想不出个主意。看那神气,甚觉不好。灌了两次人参姜汁,直闹了一夜。到天亮的时候,才觉有些定喘。众人都乏了个使不得。

芙蓉吩咐厨房里备下素面。太太们用过点心，王夫人道："我瞧妹夫这会儿喘已平服，让他静睡一会。你也辛苦坏了，且偷空打个盹儿。房里面派姨娘、姑娘们轮班伺候照应，替换着歇息，倒不用都在里边。我们要家去，换换衣服到宁府去拜祖先。宝钗、珍珠拜祖之后，差他到铁槛寺、馒头庵去烧香辞行。我赶下午些再来瞧妹夫吧。"桂太太道："我家去瞧瞧，下半晚儿同妹夫来瞧大哥。"柏夫人含泪点头。众人辞别，一齐上车，各人分路。

柏夫人回到上房，将姨娘们分为日夜两班伺候，自家也因过于劳乏，趁着老爷静睡，就在对面炕上打个盹儿。

王夫人回到家里，听说行李等项已发去了大半，心中甚喜。随赶着梳洗换衣服，吩咐丫头、媳妇们照应屋子，领着宫裁、宝钗、琏二奶奶、四姑娘、巧姑娘、慧哥儿、毓哥儿一同到宁府去拜家祠。邢夫人留吃早饭。

回来宝钗、珍珠姐妹两个出城到铁槛寺拈香，将太太的香金并给老和尚的别敬交代明白。法本甚觉依恋之至，涕泣感激。又往馒头庵来，在大殿上各处拈香。妙空们说不尽那殷勤相待的亲热。

宝月已给老师父拜过一天经忏，将那出家的衣服等项都分给师弟兄们。又备下两席，同妙空们饮了一夜别酒。正在酣睡，被珍珠将他闹醒，赶忙梳洗收拾。城里的太太、奶奶们来烧香的也就不少，妙空们应酬不暇。内中有几位贵府的亲族，见了宝钗们都要说几句分离的话。又兼着庵中都知道荣府的太太准于二十起身，人人不舍，拉着宝钗们无不依恋哭泣。那些亲戚太太、奶奶同本家的姑娘嫂子、侄媳侄女将珍珠们缠住，定要盘桓一日同进城去。还有些奶奶们要住在庵里，晚上看烧法船。妙空们亦留住不放。宝钗同宝月、珍珠私下说道："咱们实在不能在此闲逛。真是没奈何出来烧香辞行，恨不能飞进城去，谁还有心看烧法船？被他们缠住怎么好呢？"宝月道："外人不知咱们的事，就说也不理论。不如私下吩咐，将车套在庵后等着，一会儿要摆晚斋时候众客都邀在一处，咱们往后门出去，谁也不能知道。"珍珠点头道："此计大妙，竟是这样办吧。"宝钗吩咐姑娘、嫂子们套车等候。姐妹们应酬一会,听着叫摆晚斋。珍珠们跟着宝月,一路答讪着来到后园里,对老道婆说:“咱们往菜地去看法船,你只管将后门关上,不用等着。”道婆答应。姐妹上下出去坐上车,匆匆就走。赶着庵里知道,业已去远,想来是款留不转的,也只得罢了。

不说庵里众人之事。且说宝钗们瞧着天气渐渐的黑上来,还瞧不见城楼子的影儿,心中很着急,一群车马走的灰尘抖乱,好容易赶到城门,已是上灯时候。那门洞儿里出出进进,挨挤不开。荣府的车马进了城来,牲口正走的发性,收勒不住。刚到个胡同口儿,里面有一辆马车急冲出口来,两边赶车的吆喝不住。两车相碰,车轮插在一堆儿。牲口发了惊,一路混踢乱跳。只听“喀扎”一响,宝二奶奶的车轮格断,那车子就倒下来。牲口越惊跳的有多高。这些车夫急的要死,多少人带不住两边牲口。那辆车上有个男人,跨着辕儿动也不动。贾府的爷们瞧见,气都冲了脑门子。拿着鞭子一路混打,将那个不懂眼儿的混帐行子打的没有了影儿。那车里坐着一个十四五岁的姑娘,急的大哭。这会儿,街上围着有上千的人。宝月赶忙下车,叫家人媳妇们先请二奶奶下来。众家人答应,忙将宝二奶奶扶着打旁沿儿出来,牲口正在惊乱,嫂子们走不过去,家人们着了急,只得将二奶奶抱下车来。珍珠也下了车,贾府的奶奶姑娘、丫头媳妇都站在街上。那瞧的人越挤越多,四面站满。珍珠同宝钗同坐一车,宝月坐上原车。宝钗吩咐将那一辆车拉到宅里去,把赶车的拴起来。家人们一齐答应,过来拴人,早已跑的不知去向。此时牲口俱已安帖,贾府赶车的将那一辆车轮卸了过来,安在宝二奶奶车上。珍珠道:“那辆车上坐着是个什么人?”家人们回说:“车里是个十四五岁的姑娘,在那里哭呢。有一个三十来岁的汉子跨着辕儿,倒像是个贼。姑娘、嫂子们下了车,他尽瞅着,叫奴才们一顿鞭子打的滚了蛋儿。”

宝钗道:“这是赶车的不是,不与坐车的相干。咱们将他的车轮儿换去,丢那姑娘在这儿,也不是个事。叫嫂子们将那姑娘扶着到他们车里同坐,带到宅里,自然有人来领他,倒还放心。吩咐嫂子们,好好的对他说,别骇唬他。”家人连声答应。有两个嫂子过去,将那姑娘扶下来,坐在他们车里。那姑娘急的只是发颤。嫂子们用言安慰。

贾府赶车的将那车帏、车褥都卸下来，又将他的牲口拉着，一同回宅。

宝钗、珍珠吩咐到祝大人宅里去瞧过，再回家去。途中闹了半日，已是起更天气。赶到祝大人宅里，将交二鼓。宝钗、珍珠走到里面。柏夫人问道："你们这会儿才回来吗？三姨娘到你家去了，他们明儿一早起身。你太太在长亭给他们备早面。我是不去送他，明儿叫芙蓉同两个姨娘送送罢。"宝钗道："老爷今儿好些吗？"柏夫人摇头道："比昨儿晚上好些，这会儿吃了二煎药，沉沉的睡着呢。我实在愁的要死！"珍珠道："妈妈的身子更是要紧。"柏夫人流泪点头道："你们也辛苦了，回家歇歇，明儿又要出城。"宝钗们辞了太太就回家去，祝府里差人点着灯笼，送回荣府。

进了大门，见桂太太车马都还未散。宝钗们走进垂花门，该班的马嫂子回道："太太同桂太太都在琏二奶奶院里，刚才散席。"宝钗、珍珠、宝月赶着往东院里来。王夫人问道："怎么这会儿才来？叫我们等的着急。"桂太太道："今儿亲家妹妹给我饯行，又送席去请亲家同女婿。今日我吃斋，狠叫他费事。"宝钗道："有什么费事？明日就要分手，也应该请过来坐坐。我同四姑娘们闹这一天，任什么儿也没有沾着口儿。"平儿道："大嫂子给你们留着饭呢。"桂太太道："既是这样，夜已深了，我还有些零碎要去收拾，让他姐妹们吃饭歇息，明儿早上到长亭拜别罢"。王夫人不好强留。桂太太同蟾珠辞了众人，升车回去。

平儿跟着太太来到上房。王夫人吩咐宝钗们就在上房吃饭。宝月将庵中之事回过一遍。宝钗道："我还得吃杯热酒。刚才道儿上大大的受了一惊，这会儿心神还没有安稳，不敢吃饭。"王夫人问道："为什么受惊？"宝钗、珍珠将庵里留住不放，宝月定计私下进城，车惊闹事前后说了一遍。王夫人问道："那个姑娘呢？"嫂子们答应，在底下听事房里。王夫人道："你们好好的同他上来，我瞧瞧。"宝钗道："也好，就叫他同着吃碗饭罢。"

嫂子们答应。去不多会，同那姑娘进来，见太太、奶奶们都拜了一拜。王夫人看他虽是贫家女儿，倒生得端庄美貌，约有十四五岁的年纪，两眼哭得通红。身上穿着旧纱衫子，旧桃红单布裤子，扎着裤脚，两点点小脚。太太、奶奶们瞧着，倒很欢喜，问他道："姑娘，你姓什么？家里还有谁？姐妹几个？你父亲是干什么的？今儿是到那儿去？你不要害臊，只管说给我听。"珠大奶奶叫丫头端张杌子，给这姑娘坐着吃饭。那姑娘见太太们如此款待，才放心抬头观看，向着众人瞅了一遍，低头不语。又将宝钗不住眼的瞧了一会，似欲有言羞难启齿。丫头们端过杌子，宫裁让他坐下。只见他红晕桃腮，忍不住眼泪纷纷的指着宝钗问道："你这奶奶不是宝姐姐吗？"宝钗听说忙放下杯子，拉着他细看了半日，说道："你倒有些像韩二姑姑家的友妹妹，不知是你不是？"那姑娘听说，拉着大哭道："宝姐姐，我正是友梅。今日遇见你，我就有了性命。"宝钗十分惊异，忙问道："你们回去这些年，怎么在这儿呢？"

王夫人忙问道："是咱们的亲戚吗？"宝钗道："他是咱们本家二姑姑的女儿，名叫友梅。二姑姑嫁在韩家。这姑爷是个有名秀才，名叫韩铁，最是性情古怪，从不与人交往，杜门不出，总在家念书。单生友妹妹这个女儿，就当儿子叫他读书写字。连二姑姑也不许出门，就是回到娘家，一年也没有一两磨儿。我同友妹妹也不能常见面。那年姑爷实在穷不过去，有姑爹的一个姐夫鞠冷斋，在一个什么地方做知县，就带了家眷去投奔他。起身的盘费还是我妈妈帮他的。不知去了这些年，仔吗他又在这儿呢？"韩友梅未曾说话，已是伤心的不可解，泪流满面说道："这位就是贾府的姨妈吗？"宝钗道："这就是我的太太。"友梅赶着过来，跪下磕头。王夫人赶忙扶起，说道："谁知为车闹事，倒会着了亲呢！"友梅拜完，宝钗道："这是大嫂子，这是二嫂子，这是四姐姐，这是巧姑娘，这是你大舅母的二姐姐。"友梅都拜见过了。

王夫人道："你同姐姐们一面吃着酒，慢慢说话。"友姑娘坐下说道："我今日遇着姨妈同姐姐，我就有命了。我自那年跟着父亲、母亲到山西找鞠大姑爹，可怜一路上辛苦。好容易到了那儿，谁知鞠大姑爹早不做官回南去了。咱们爷儿们几乎流落在外，兼着父亲忧愁成病，一天沉似一天，不到半年就一病不起。我同母亲无力扶榇，只得娘儿们变卖了一个干净，才回到山东。又苦度了两年，我妈妈也不在了。我孤身一人,靠着一个远房叔叔,名叫韩捣鬼。我跟着婶子过了一年。我那叔叔在一个大财主家做伙计,也常请那财东来家,同我婶子有些鬼鬼祟祟,不像个样儿,还要叫我递东递西。我瞧着很不是个路数,我成天家的寻死上吊。那叔叔知道我是不上他的道儿,心儿里就很不喜欢。去年他的财东死了,他也没有了靠山,时刻在我身上想法儿。今年听见他财东的一个姨娘在这里开个什么局子,很发财,他将我哄着进来。才到不多几天。他先到那局子里去,不知捣些什么鬼。今日领我到他家去。我瞧那个样儿很不正路。到晚上吃饭,来了几个体面客人,他们都在一堆儿喝酒,叫我陪他们坐坐。我那儿受得,就哭着闹着的喊骂起来。那个年轻些儿的说道:'且送他回去,慢慢劝他。留在这儿倒不好。'我叔叔一肚的气,叫一辆车拉我回去。谁知巧巧儿遇着宝姐姐们带了回来。这是我爹爹、妈妈阴灵保佑,将我送来交给姨妈同姐姐,保全我的身命。不然终不免流落烟花,不知死所。"说着,走到王夫人面前双膝跪下,抱着两腿,泪流满面说道:"求姨妈大发慈心,留我做个丫头使唤。我情愿终身服侍,将来粉骨碎身报姨妈大恩大德。"说罢,放声大哭。

王夫人很觉伤心。宝钗也过来跪下,说道:"太太念他书香之女,惨遭恶叔欺凌,几至终身失所。这是他父亲的廉介、母亲的苦节,鬼使神差将他交到咱们这儿来。求太太开恩,收他在屋里做个丫头使唤罢。"王夫人道:"你们都起来,我留是必留的,也要商量个道理才是。"宫裁同平儿也帮着劝太太留他。王夫人说道:"我家再多养几个也是常事,别说添他一个。若说做丫头,这是断使不得的。他是个名士的女儿,方才听他的志烈,真令书香旧族人家生色,我很钦敬。我的意思且留他在我身边算个女儿,等回到金陵再做道理。"宫裁道:"太太竟认了女儿,将来替他择配,谁还不依吗?太太若说到金陵再做道理,倒叫他疑疑狐狐的不放心。"平儿亦说:"大嫂子的话很是,太太竟是这样定了罢。"

宝钗猛然想起道:"月生说'同太太有母女之分,不远见面',莫非应他身上。"珍珠惊道:"不错,看他品貌,与妙玉、月生不差什么,前日的话一准应他该做太太的女儿,这数已前定,断难勉强。"王夫人点头道:“真是一件怪事。我不认女儿的缘故,想着到了金陵,如其合式就给兰哥儿做了媳妇。但是兰儿性情古怪,又恐嫌他是领回来的,虽勉强听我做了亲,到底心里总不舒服。”宫裁笑道:“兰儿的脾气太太很知道,他自从中了举,越发闹的心高气傲,谁也看不在眼里。”平儿道:“太太竟不用三心二意的,将来另对亲家罢。”王夫人听珠大奶奶的口气,知道他也不愿意要他做媳妇,心中拿定主意,说道:“既是数由前定,我也不敢推托,竟做了女儿,将来随我择配。”宝钗十分欢喜,叫友姑娘赶忙磕头拜母。王夫人坐着,受他拜了八拜。

拜过三位嫂子、两位姐姐、巧姑娘,拜完之后,友梅道:“爹爹同三位哥哥,请宝姐姐同去磕头。”宝钗笑道:“爹爹同大哥俱已仙去,琏二哥哥同宝二哥哥都做了和尚。那位就是琏二嫂子。”平儿笑道:“我同你宝二嫂子都是和尚的老婆。”王夫人们哈哈大笑。宝钗笑着道:“还有一位三哥哥同大嫂子的大侄儿,在远处念书呢,也就在这几天回来。等太太送了行回来,带你到大爷那边去拜祖先,再拜见大爷、大妈、珍大嫂子,还有一个姐姐侄儿媳妇。”王夫人笑道:“你同他说明白,不然他不懂什么叫姐姐侄儿媳妇。”宝钗笑道:“珍大嫂子的儿子蓉哥儿,他的媳妇蓉大奶奶不是咱们的侄儿媳妇吗?新近咱们同他拜了姐妹,他的年纪最大,是姐姐,咱们叫姐姐侄儿媳妇,他叫我是婶子妹妹。”大奶奶笑道:“你们也真会闹个事。”王夫人道:“友梅,你还有个道士姐姐呢。”奶奶们都大笑不止。宝钗道:“友妹妹排行六姑娘了。”王夫人吩咐内外大小人等,自此俱称六姑娘。珍珠道:“六妹妹一切衣饰、行李都是我替他料理。”王夫人笑道:“你同宝丫头分办,等着我还你们罢。再将秋桂派了服侍六姑娘。”秋桂答应。

王夫人道:“明日对林之孝说,叫他找了韩捣鬼来,给他几两银子,同他说个明白,也不怕他不依。”众人道:“太太说的很是。”珍珠道:“咱们这几天人口兴旺。昨日薛大奶奶说的,下去一天好似一天,我瞧着比原先又是一番景象。”平儿道:“自老爷去世后,咱们这宅子里闹的冷不痴儿的,何曾有点儿阳气!自太太起病之后,一天热闹一天,真是太太的福运。”宫裁道:“那几年家里颠三倒四的,我瞧着实在是他们两个和尚防坏的。这会儿尽剩了和尚奶奶,倒过的兴旺。”平儿笑道:“还有不怕防的堂客,偏要相与和尚,这又怎么说呢!”太太们说笑一会。王夫人道:“夜已不早,且去安歇。明日同六姑娘同去送行,转回来到宁府磕头”。宝钗们答应,吩咐收去碗盏,用过茶,伺候太太安寝后,各人散去。友梅亦与珍珠同炕。自此以后,友姑娘一切衣服首饰都是珍珠照应交代不提。

且说韩捣鬼原是个破落户子弟,靠着使两个风流钱儿。见侄女友梅出脱的一表人材,就同他老婆王三儿商量:“咱们这儿,除了当日那个财东外,那里有那样的大头可以出得几个钱梳拢他呢?”王三儿道:“我听说孙姨娘同花子空打了伙儿开了局子,十分兴旺。我因带着身子,道上难走,也常想着到那儿,趁我的年纪还轻,赚几个钱过过下半辈子。这会儿偏又去不了。”韩捣鬼道:“既是这样,我先将友儿骗去,交给孙姨娘。等他入了马,再来接你。”王三儿应允。夫妻两个商量停当,韩捣鬼将友梅骗了起身到京,住在一个小饭店里。找着孙姨娘同花子空说了来意。他们大乐,就叫韩捣鬼第二天带友梅到他家去。

这天正是孙姨娘、花二奶奶同金哥儿们都有买卖,又是几个出钱的冤大头,就叫友梅陪酒。意思要在这几个冤大头里替他梳拢了,底下就好放手做买卖。谁知这友梅天生节烈,听见叫他陪客吃酒,他就勃然大怒,立刻往外就跑,大喊大叫,寻死觅活。将几个冤大头吓的胆战心惊,赶忙说道:“罢呀,快些送他回去,别闹乱儿。这几天城上拿的紧,别叫咱们淘气,快叫他去罢。若是不叫他去,咱们都散了。”老孙听见,赶忙叫韩捣鬼“且领回去,等咱们慢慢引他动了心再办罢。”韩捣鬼无奈,只得叫辆车将他装上,自家跨着辕儿。走不到多路,进了一个胡同,只见墙边有个大黑影子在马头上直扑过来。那马就大惊飞跑,往前直奔,赶车的那里带得住?他一直冲出胡同口去,正遇着贾府的车,插在一堆,两边牲口都惊跳的多高。韩捣鬼如醉如痴坐着不动,忽然看见许多堂客站在面前。他正看得出神,只听见一阵声响,脑袋上的鞭子就如雨点的打来,脸上、耳上、身上无处不是鞭子。这才大惊,赶忙跑下车,缩着头往人缝里拼命挤了出去。往前飞跑,也看不出是那里。见弯转弯,跑了半日,四处并无人声。

此日正是七月十五日,月明如昼。见有一所大宅子,两扇大破门关着,并无人声。就在大门外的石礅上坐下,喘了半日方定。听见四处哭声断续,远近不一而作。还有人家烧包的火光,忽明忽灭。一阵风来,不知是那里施食放焰口,经声梵语,隐约可听。坐了一会,心中十分烦闷,站起来在那月光之下信着脚儿混走,又转了一个胡同。刚走进去,望见前面像是几个堂客在那里说话,笑声盈耳。赶忙走上前去,刚到三岔地方,见有三个娘儿们要往东去,有一个是往西去。只听见那三个说道:“明儿吃你的喜酒,不兴混赖。”那一个笑道:“这是前世的姻缘,也亏我的工夫等到今日,要先偏你们了。横竖你们也来的快,咱们明日见面再说罢。”韩捣鬼在他们背后月光下看去,都衣装华丽,就是面貌看不真。听他们的声音,只觉得娇声呖呖,令人心醉。此时心旌摇荡,把持不住。见那一个独自往西转了过去,急忙上前。刚转过犄角,觉得一阵冷气,身上打了个寒噤。心中害怕,顿觉寒毛直竖。正要折身回去,耳边只听见“嗤嗤”声响,站住脚低头一望,见那个堂客蹲在墙边见小外儿。韩捣鬼两边一看,并无人影,就放大胆子走上前去,说道:“大奶奶要手纸,我这儿有。”那堂客笑道:“我正想着要手纸,你倒知趣。”韩捣鬼听见说他知趣,心中大乐。赶忙取出,蹲下身去递了与他,顺便伸过手去碰了一碰。那堂客笑嘻嘻将他的手一推,说道:“叫人瞧见,像个什么样儿?”韩捣鬼问道:“你住在那儿? 家里还有谁?”堂客道:“我就住在前面不远儿,家里只有我一个。”说着,站起来系了裤子。韩捣鬼看他脸儿狠像他老婆王三儿,还觉得十分媚妖。此时心不自主,问道:“我到你家去坐坐,使得使不得?”那堂客笑道:“我本来要邀你到家去坐坐,怕你嫌我。”韩捣鬼笑道:“我若嫌你,不在这儿同你说话了。”说着,将他的手拉着同走,问道:“你为什么手这么冷?”那堂客笑道:“立了秋有半来月,早晚风凉,衣薄,故此手冷。”说着,走不多路有一个顶小的圆门儿,那堂客蹲下低头进去,韩捣鬼也照着钻了进去。只见里面房屋甚多,高楼大厦。拉着那堂客正要求欢,听见外面人声嘈杂,喊叫震耳,男男女女像是打架,其声甚近。韩捣鬼甚觉心惊,说道:“我去罢,别叫你淘气。”折转身就走。那堂客赶忙过来,将他拉住,说道:“好容易我等了你来，你怎么说是去呢？你不用害怕，我同你到楼上去睡，再也没人知道。”

韩捣鬼此时身不由己，可怜只得跟他上楼。那楼梯十分难走，堂客在前将他拉了上去，见那楼上并无床帐。壁上有一个面盘大的月光儿，望过去，里边桃红柳绿的又是一个地方。韩捣鬼问道：“那是什么地方？”堂客道：“那是仙境，要有缘的才能够去瞧。”韩捣鬼问道：“不知我有缘无缘？”那堂客笑道：“若是无缘，如何到得这儿？你只管放大胆子去瞧。”韩捣鬼十分欢喜。走过去，看见里面金银珠宝遍地皆是，还有许多美人，瞧见韩捣鬼都用手乱招。韩捣鬼伸头过去与他们说话，不觉那月光已套在脖子里。那堂客在他脑袋上拍了一下，韩捣鬼大大的打了一个寒噤。回过头来，见那堂客面似石灰，两眼吊出在外，披着头发，口中拖出有三寸多长的红舌。韩捣鬼要叫“哎呀”，谁知脖子里业已箍紧，叫不出来，瞪大两眼看那堂客，两泪汪汪一言不语。心中正在悲切，只见堂客将他一推，顿觉万箭攒心，身悬气闭。这韩捣鬼只为要将侄女送入烟花，以至神鬼不依，叫他做了悬梁自缢之鬼。可怜他靠着个王三儿，吃了几年风流茶饭，使几个风流银钱，夫妻两个坏了良心，还要将个冰清玉洁的香闺丽质送入青楼。如今撇下王三儿别抱琵琶，自家落了个财色两空。这正是：

一生用色仍归色，临死贪财总误财。

谁知韩捣鬼遇着吊死鬼，将他引入老孙的院子里，吊在一棵大枣树上。老孙同花二奶奶、金哥儿这天正邀了两个快家子赌钱，伙着吃两个冤大头的钱。内中有一个大头姓包，插号儿叫毛包。他有钱有势，任什么儿也不怕，又长了一个古怪脾气，专爱闹个事儿。今日一会儿输了八九百银，他也慢不要紧。又到一个人的面前做庄，毛包去抓他的骰子，说道：“卖给我罢。”那人将他的手一推，说道：“不卖给你。”这毛包脸上磨不开，登时大怒，抓起骰子，照那人脸上一撒。那人又是个标子，那里受得？拿起骰盘，照着毛包脑袋上就打。毛包瞧见，赶忙将身子一闪，那盆就端端正正打在一个人的脑袋，只听见“噗嗤”一响，鲜血直喷。

不知是谁，且听下回分解。

第四十二回 脱官司移花接木 免俗套醉酒长亭

话说毛包看见那人将骰盆打来，赶忙将身子一闪。那一个二三斤重连土包锡的大碗，斜打在金哥儿囟门上。来的势重，只听见“拍插”一响，登时鲜血直喷。金哥儿往后一仰，登时间做了青楼恶梦，栽倒地下。毛包瞧见越发不依，喝令家人们捆起他来。那个标子那里肯依？推翻桌子，也叫车夫、小子一齐动手乱打。这一片喊声，惊天动地，将烛台灯盏一齐打灭。家人在黑暗之中混打。

那街上过往的人渐渐多起来了。左右街坊都开出门来瞧热闹。听见里面喊道：“打死人了！”正在喊叫，只见几个人披头散发往外飞跑，浑身衣服扯碎，满面流血，嘴里嚷道：“好打，好打！叫你们这些忘八膏子跑掉一个的，也算不了我包大太爷！”说着，分开众人跑到街上，叫家人去将堆子上的叫来，说道：“花家出人命，这男男女女跑掉一个，我明儿问你要人！我浑身都有伤，明儿一早上城去报。”堆子上的听见，拿着灯笼赶忙进去，那些男女还围着一个人正在打呢。连忙吆喝众人住手，看那被打的人，不是别个，竟是花二爷，已经打的呜呼哀哉。堆子上的官儿说道：“外人打他，你们还要抵死的劝开才是个道理，怎么你们是他的老婆，倒同着外人将他打死，这不是胡闹吗？”孙家的们如梦方醒，彼此惊异，说道：“我们刚才明明是扯着张标子打，怎么又打的是他呢？”堆子上的笑道：“这是那里话呢？你一个人瞧错罢了，也没有你一家子都瞧错的道理。这话哄谁呢？那边地下的，又是谁打死的？”众人指道：“那是张标子。”堆子上的说道：“你们都不用走开，咱们好写报单。”

老孙同花二奶奶商量道：“咱们这场官司是打定了，谁替咱们照应家里？”花二奶奶道：“赶着去接咱们二姑娘来，叫他照应。我还有一个主意，这堆子上的几个人，多多的给他点儿东西，求他报单上别说是咱们打死二爷的。明儿到堂上，我同你一口咬定张标子。拼着拶两拶子，衙门里上下多花几个钱，谁还不照应咱们吗？”老孙点头，赶忙拉了堆子上的头儿到屋里说话。先将手上一双金镯子送了他，求他报单上照应的话。那个人将镯子拽在腰里，说道："咱们也不要你多少，你给我们二百银。我的报单上只说是你们到堆子上喊禀就是了，别的我也不管。设或张标子说出咱们瞧见你们打的，官儿叫去问，我们只说见你们围着打张标子就是了。"老孙同花二奶奶"千哥哥、万哥哥"的叫着说道："横竖官司完结之后，我姐妹两个靠定你一辈子呢。"那头儿笑道："既是这样，咱们就是一家人。你两个这会儿就赶着到坊上去喊禀，就说张标子逞凶连毙人命。明儿到堂上去，松不得一句口儿。这不是当顽的，拼着要吃点儿苦才得呢。"

老孙们依他去办，一面分头去叫张二姑娘同金哥的父亲，一面到坊上喊禀。回到家里，天已大亮，瞧见西边院子里大枣树上吊死一个人，众人都吃了一惊。定睛细看，认得是韩捣鬼，不知多会儿吊在这里。金哥儿的父亲马胖子说道："我倒有个主意。这会儿我二姑娘已死，我又没有空儿陪着打官司，况且那两个主儿都不认得我，竟将二姑娘做了这吊死鬼的女儿，就说他见女儿被人打死，他气忿自缢。我撇开身子，好帮着你们打官司照应。"老孙连连点头。花二奶奶道："你瞧他脸上倒像还带着伤呢。"

正在议论不了，见张二姑娘急忙忙的跑了进来，惊问道："你们仔吗闹出人命来了？"老孙们将昨晚的事从头诉说一遍。张二姑娘道："你们还不穿上孝？官儿也快来了，衙门里有人去料理没有？"老孙道："还没有呢。"二姑娘道："我相与的一个上房先生，待我最好，各衙门都有熟人。我去找他来，咱们就托他一个去料理。"花二奶奶道："狠好，你快去罢。"张二姑娘出来雇了一辆快车，飞撵的去了。一会儿，就同那位先生坐车同来。老孙们邀在屋里，将缘故说了一遍。那先生算了一算，各衙门拢共拢儿要三千吊钱，都包在内。老孙一口应允，先给他一张银票，是一千两银子，"你拿去料理，余下的一半天再找补"。那先生瞧着他办事简绝爽快，心中十分欢喜，就赶着坐车替他各处去照应。老孙同花二奶奶赶着又托两个最相好有势力的人，花了二三千两，替他们打点明白。

老孙姐妹两个打了一场人命大官司，没有吃着一点儿苦，竟做在张标子一人身上问了个斩决。后来老孙们念韩捣鬼死的苦，将王三儿接来，拉着张二姑娘伙开着局子，倒也兴旺。只可惜花子空闹了个四大皆空。如是而已，此话交过不提。

且说王夫人们一早起来，梳洗收拾。珍珠也替友梅换了衣裙衫裤鞋子。他们一样都穿素服，赶着领他到太太屋里来请早安。王夫人见他三姐妹站在一堆不分上下，心中十分欢喜，说道："看不出不是我生的女儿。"正说着，珠大奶奶也进来给太太请安。宝钗、宝月两姑娘同大嫂子见礼。宫裁将友梅周身瞧了一遍，笑道："真个是太太的女儿。"王夫人笑道："谁说是假的吗？我瞧着这孩子倒很有些福相。"珠大奶奶道："同宝妹妹、四姑娘姐妹三个的品貌竟不分什么，谁不说是太太的姑娘呢？"

正在说笑，林之孝进来回话，说："厨子们一早都在长亭伺候，太太们差不多也可以先到那里去等。"王夫人点头，吩咐："家里还留珠大奶奶、月姑娘同你。家里的照应发行李，总要上紧赶办。我又得了个六姑娘，真是可喜。"林之孝道："昨晚上垂花门传话出去，知道太太得了六姑娘。因夜深，今日来替太太道喜。"王夫人命友梅见了林大爷。林之孝赶着给六姑娘道喜。王夫人道："六姑娘是宝二奶奶姑妈的女儿。这姑老爷姓韩，是个名士。夫妻不在了，他倚着一个当家子的叔叔，叫做什么韩捣鬼，将他骗了进来，要卖他到不好人家去。六姑娘不依，哭着喊着要寻死上吊。那家不好人家没有法儿，交还他的叔叔，坐车回家。谁知道儿上碰翻宝二奶奶的车，是这样才将他带了回来。说起来，才知是自家姐妹。我听见他叔叔这样坏良心，我也断不肯将他放出去。你一会儿去找着他叔叔，同他说明，赏他几两银子叫他回去。从此以后，只当没有这个人。他若不依，不但不给银子，还要送官去办他。你瞧着该应怎么办法就是了，横竖这个人我是要定了。今儿回来，我带他去拜祖先同大太太们。"林之孝答应去办不提。

王夫人等着平儿上来同吃点心，诸事交给珠大奶奶同宝月。吩咐停当，领着琏二奶奶、宝二奶奶、珍珠四姑娘、友梅六姑娘，每人一辆飞檐大鞍车，带领着多少丫头、嫂子们共有一二十辆车，家人、小子骑上牲口,一直竟往长亭而去。此时正是七月中旬,秋光高爽,那些村庄妇女满头戴着野菊花儿,三三两两在那里簸麸碾麦。两边地上的高粱俱已含苞吐穗,十分丰足。走了半日,约有十五六里来路,才到长亭。

太太们下了车。这店里都是贾府办的铺垫、灯彩,摆的很体面。厨子们早已备办妥当。太太们用过茶,到外面来瞧瞧野景儿。宝钗、珍珠想起在这里送柳太太起身,同着琏二哥遇着那个和尚,谁知他竟能割恩断爱撇下妻子飘然而去!今日我们都在这儿,不知他在那里逍遥自在呢?珍珠想到伤心,不觉掉下泪来。宝钗瞧见,忍住悲切,将嘴努了努。珍珠赶着掉过头去擦泪。平儿瞧见问道:"四姑娘又做什么?"珍珠笑道:"我一辈子怕见野景儿,瞧见了就要伤心。"王夫人道:"明儿下了船,时刻都是野景儿,你那里伤得这些心!"宝钗道:"我那年在这儿送妈妈起身,几乎将心肝五脏都哭的要掉出来,香菱哭的更利害,谁知他到家就不在了!咱们同妈妈倒快要见面,只可怜那个香菱想起来原该要伤心。四姑娘又不为这个,又不为那个,瞧着野景儿就流眼泪。你那眼泪比林姑娘的还要多,倒像眼皮子上带着个眼泪口袋,不用费事顺着口儿往下就流。"太太们听了,都忍不住吃吃大笑,珍珠道:"咱们由水路回去,不知到林姑娘坟上去便不便的?"王夫人道:"我听见老爷说,在平山堂的后身湾船上去也不远儿。这几年谁去替他们上坟?可怜只怕连土堆儿都塌完了也论不定。我原想着过扬州要去给姑太太娘儿们上坟。我还有金山寺的一个愿心,还是我进来的那年许下的。这一磨儿回去,必得要耽搁一天还了愿心。"

宝钗指道:"那一阵,只怕是他们来了。"众人抬头,望见灰尘蔽天,那一群车马来的不少。渐渐走近,梁贵过来回道:"大太太们来了,前面骑顶马的很像汪福,后面牲口上像是珍大爷同蓉大爷。"正说着,那车马来得很快。已看明白,果然一点儿不错。也是一二十辆车,还有一二十匹马。汪福骑着顶马,看见二太太们都站在外面,远远的就下了牲口。后面珍大爷们瞧见了,又走近些儿,也下了牲口走着过来。大太太车已到了面前,媳妇们赶着过来伺候下车。王夫人笑道:“我知道大太太来,在这里等着接呢。”邢夫人笑道:“我远远瞧着你们这一堆儿,再瞧不出谁是谁。直到面前才瞧得明白。亲家们也来了,同着一起儿出城,咱们送的顶远,别的就在城外,车儿马儿多着呢。同他们走闷的慌,叫咱们的车先冒上前来。我瞧见蓉姑娘同蟾姑娘坐在驼轿里,姐妹两个在那里哭呢。”邢夫人说毕,瞧见友梅问道:“这姑娘是谁?总没有见过,倒很好的一个人儿。”王夫人笑道:“咱们进去对你说。”

两位太太拉着手儿到了上屋里坐下。平儿、宝钗、珍珠给大太太请安,珍大奶奶、蓉大奶奶给王夫人请安,珍大爷、蓉哥儿也请安问好,都问这姑娘是谁?王夫人笑道:“这六姑娘是我的女儿。我等着送过行,才领他去拜祖先,再给大爹、大妈、哥哥、嫂子磕头。这会儿既都在这儿,就叫他磕了头,我再说这缘故。”吩咐友梅过来,指道:“这就是你大妈。”友梅听见,在邢夫人膝前跪下,磕了四个头。邢夫人很喜欢,说道:“好儿子,起来,起来。”友姑娘磕完了头站起来,王夫人又指道:“这就是你珍大哥哥同珍大嫂子。”友姑娘对着哥嫂跪下去磕头。珍大爷夫妻两个赶忙扶他。友姑娘拜完,宝钗笑道:“这是珍大哥哥跟前的蓉大侄儿,这个就是咱们的姐姐侄儿媳妇蓉大奶奶,你们都见个礼罢。”于是,三个人同拜。珍大奶奶拉住友姑娘说道:“六妹妹,快起来。你是个姑姑,怎么回侄儿们的礼?别叫外人瞧见笑话。你别听那没有溜儿宝丫头的说话。”珍大爷笑道:“宝姑娘真会闹个燕儿孤,怎么同蓉儿的媳妇拜了姐妹?这怎么说呢!”宝钗笑道:“等着你娶孙媳妇,我还要同他拜姐妹。”珍大爷笑道:“那个你成了个老妖精的姐姐。”大太太们都哄然大笑。众人笑了一会,大太太吩咐丫头、媳妇们都过来见六姑娘道喜。珍大爷道:“咱们倒忘了给婶子道喜。”邢夫人笑道:“真个的,都是叫你们说笑话,将我笑忘了。”

王夫人赶忙拉住道:“好姐姐,说了就算了,你们都不用。快坐下听我说他的来历。”众人依着王夫人吩咐,俱一齐坐下。王夫人将友梅的家乡住处、名儿姓儿、怎么去怎么来的缘故,从头说了一遍。

贾珍听了大怒,说道:“原来是韩雪江先生的女儿!我从雪江先生看过文章。深知先生真是有名的宿学,清介非凡,只有一女。我同六姑娘是世兄妹。那个什么忘八膏子韩捣鬼,这样可恶,这还了得!等我回家,叫人去抓了这个奴才来。他叫什么韩捣鬼,我拿大杠子将他这个鬼捣他一个稀糊脑子烂!叫他试试我这捣鬼的手段,问他还敢作怪不作怪呢?"引的两位太太、奶奶们都笑个不止。王夫人笑道:"我已吩咐林之孝去对他说,不知他肯依不肯依。既你是韩公门人,很好,就交给你去办。说是这样说,那个什么韩捣鬼也别难为他。赏他几两银子,叫他写个字据儿给咱们就是了,也不犯同他去生气。"

太太们正说着话,家人们进来回说:"亲家老爷到了。"贾珍带着蓉哥儿赶着去接。邢夫人们刚要出去,见桂太太们已下了骡轿,一班儿都走进来,同到上屋。这上屋是一连五大间,并无隔断。靠西边设着一席,是亲家老爷同姑爷、珍大爷父子四位;东边三桌是奶奶、太太、姑娘们的。众人到了上屋,都还散坐着。桂恕同金夫人再三称谢,说道:"大姐姐今儿何苦费这些事?又要花多少钱,叫咱们实在不安。"邢夫人、王夫人笑道:"这算什么?不过水酒一杯以润行色,妹夫同妹妹何烦挂齿。从此康庄得意,日听好音。"桂恕们答道:"总赖福庇。"邢夫人又叫孙女婿过来,亲亲热热的谆嘱了几句,就在身上解下一块玉佩,替桂堂带在身上,说道:"过两年,我来接你完姻。"桂堂答应拜谢。

那边宝钗、芙蓉、蟾珠、珍珠一班姐妹们说不尽的离愁别绪。王夫人吩咐友梅,给三姨夫、三姨儿磕头。桂恕同金夫人忙问道:"这位是谁?"王夫人道:"这是我新得的女儿,带他出来替姨夫、姨妈送行。"桂恕道:"怎么好呢!等着我到了广东再寄东西给他罢。"王夫人笑道:"姨夫、姨妈慢慢的赏他罢。"又命友姑娘同蟾珠、芙蓉还有祝府两位姨娘都见了礼。

桂恕道:"今儿有一件大新闻,说起来真要吓死人。我夫妻儿女若不亏大姨太太这一番大德,不但不能出京,今儿就要闹的不可开交,想起来令人可怕。"王夫人忙问道:"有什么新闻,妹夫说的这样可怕?"桂恕道:"就是我欠他短票的那家,昨晚上闹出三条人命来。

今儿都到刑部。”王夫人惊问道：“就是那个什么孙太太吗？”金夫人笑道：“就是他闹了大事，三条人命呢！”王夫人忙问道：“怎么三条人命？”桂恕道：“我听见说那个姓孙的有个亲戚姓韩的，叫做什么韩捣鬼。”贾珍接着赶忙问道：“韩捣鬼怎么样？”桂恕道：“听说这韩捣鬼带着一个侄女儿从山东来到这里投奔。姓孙的就留他爷儿两个住在家里。昨晚上孙家请客赌钱，想是叫他侄女儿陪客。也不知是为什么，在里面赌钱一个姓张的叫做什么张标子，不知怎么同那姑娘翻了，拿起赌钱的盆子打了过去，一下子就将那姑娘打死了。韩捣鬼同他不依，那张标子又将他打了一顿。谁知那韩捣鬼气忿不过，就在他院子里吊死了。他本家姓花的拉住他自然要不依，那张标子真是个标子，叫众人攒着一顿乱踢乱打，又将姓花的打死了。一会儿就是三条人命。”王夫人问道：“妹夫怎么知道吊死的是韩捣鬼呢？”桂恕道：“我原不知道什么韩捣鬼，只因刚才那个姓孙的来找我替他刑部里去说人情。是他亲口对我说，我才知道。”贾珍忙说道：“如果韩捣鬼真个吊死了，实在是报应不爽，真令人可怕。但是那个侄女是不是只怕还未必真，其中尚有缘故。”桂恕道：“千真万真，刚才姓孙的说，韩捣鬼的侄女儿因为丈夫没了，无人倚靠，到这儿来投奔他的。谁知那张标子要调戏他，那个堂客不依，就骂起来，要同他拼命。张标子一时怒发，拿起赌钱的盆子当头一下，就打死了。所以我知道是真的。”贾珍笑道：“我只要韩捣鬼是真吊死就是了，那堂客真也好，假也好，咱们管他做什么？”两位太太在那边点头叹息道：“好报应，好报应！”

贾珍道：“有一个人，说起来亲家也该知道。”桂恕问道：“是谁？”贾珍道：“韩雪江先生，亲家可知道？”桂恕道：“韩雪江不但知道，而且相好。那年他带了家眷去找他姐丈鞠冷斋，自从那年去后，杳无音信。于今鞠冷斋现在家姐丈家里给梦玉看文章。冷斋同祝大宗伯同年中最为相契，所以去官之后，就在祝家。倒不知雪江近在何处？”王夫人用手指着友梅笑道：“此即雪江之女也。”桂恕惊问道：“怎么他是雪江的女儿？”王夫人笑道：“叫你大亲家说这缘故。”贾珍就将他到山西的光景，直说到昨晚车惊轮断，宝妹妹带他回来相认拜母，从头至尾说了一遍。桂恕同金夫人不胜惊叹，说道："昨晚马惊插车，这都是雪江夫妇阴灵默佑，故意送到这儿来的。大姨太太收他为女，我们都是感激。既是这样说，那韩捣鬼是死有余辜的了！他吊死也还是雪江之灵，天理昭彰，令人可怕。"说着，叫友梅到面前，问道："今年几岁？"友梅答道："十四岁。"桂恕道："从今以后，须要孝顺太太，以报救你的这番恩义。"友梅一阵伤心，泪流满面，不能答应出声，呜呜咽咽哭的十分伤感。桂恕安慰他几句，说道："我见你姑爹鞠冷斋，对他说你的这一番风波际遇，也叫他夫妻两个放心欢喜。

贾珍道："咱们吃面罢。"桂恕道："天也不早了，我竟领了盛赐，以便起身。"太太吩咐家人摆面。家人们一齐答应，立刻两边摆起杯筷，挨次坐下饮酒。今儿连赶车的都一概有面。此时内外端面上菜，往来不绝。王夫人恐他姐妹们哭哭啼啼，倒要引起老姐妹离恨，因想出一个主意，说道："今日是妹夫、妹妹荣升大喜，都要放量饮他个十分得意。少刻上车，姐妹们一笑而别，不许用送行俗态：嘱咐叮咛，牵衣流泪，甚属可笑。我们今儿不必学此故态，给他个大醉，一同上车，不必说话竟自分手。将来书信常通，有话很可说得。又何必上车的时候咽咽唧唧闹的心烦意乱呢？"桂恕笑道："大姨太太的话很是，咱们今儿分手不许有送行俗套，都要吃的醉醉的上车最好。"贾珍命取大杯来，两亲家畅饮。这边太太们也说说笑笑，欢乐饮酒。那些内外家人、仆妇也都吃酒吃面，将个长亭的大饭店做了开筵东阁，十分热闹。

不觉已过了晌午，老爷、太太们俱已用毕。各家丫头、媳妇们收拾完结，四处车马全行伺候，贾府办差家人检点收拾一切物件。桂恕笑道："咱们不须嘱别，竟是各上各车最好。"太太们都道："甚是。"各人领着丫头、媳妇都到外面。桂恕同金夫人道："咱们今儿闹做新样儿，先送太太们上车回去，咱们起身，这倒有趣。"王夫人笑道："送行原是先送行人，咱们今儿说过，不必你送我送的，竟是一齐上车，各人走各人的最好。"桂恕道："既是如此，咱们竟请上车。"这几处家人、媳妇们都纷纷伺候，各上各车。此时珍珠、芙蓉、宝钗、蓉大奶奶拉着蟾珠、太太的手不忍分离，太太们瞧见，催着上车。可怜姐妹们一句话也说不出，硬了头皮，各家的丫头、嫂子们扶着流泪上车。太太、奶奶们也都各人分手。只听见一声吆喝，车马纷纷各分南北。从今是：

寒侵旅帐知霜重，行到天涯觉梦长。

不言桂恕从此长行。且说邢夫人们原打谅着分离的时候有一番悲切，谁知新样儿一齐上车，竟是这样一走，倒省了多少离愁别恨。坐在车里，望望两边野景，不觉日已沉西。赶到城里，邢夫人吩咐："请二太太们同着祝府的姑娘、姨娘都到家去。"家人们连声答应，赶着照会后面赶车的。

走不多会到了宁府，太太、奶奶、姑娘、姨娘们一直到里面下车。来到上屋，芙蓉同两位姨娘又给大太太们见礼。王夫人吩咐，祠堂里点上香烛，领着友梅去拜过宗祖。请大老爷进来，叫六姑娘拜见大爷。贾赦问了他的来历。贾珍将他的缘故说了一遍。大老爷十分欢喜，叫邢夫人留二太太们吃晚饭。

贾珍差个妥当家人去打听孙家事故同韩捣鬼的死活。那人去了一会，来回大爷说："是韩捣鬼实在吊死了。他的侄女同花老二叫一个姓张的打死了，凶手同在场动手的人全行拿去。孙家堂客们都在家里。"贾珍道："我只要那姓韩的是真吊死就是了。谁去管别的闲事！"随走进去回了两位太太，都欢喜放心。

王夫人在宁府里吃了晚饭，带着芙蓉们回到家去。林之孝将韩捣鬼的话回覆太太，又将今儿运行李同太太上屋里木器等项到船的说话。王夫人道："都要赶明后日运完才好。"珠大奶奶道："两天全完了。"王夫人问道："赏家人们银子，都给他们没有？"珠大奶奶说："全给了。"王夫人忽然叫道："哎哟！我倒忘了。"

不知太太忘了什么，且听下回分解。

第四十三回　贾茗烟街前遇故主　祝梦玉梦里见佳人

话说王夫人因珠大奶奶说，家人们俱已赏过，忽然想起那天救火珍珠应许的赏钱不可失信。吩咐珠大奶奶取三百银子，交林之孝拿去分给出力家人。又吩咐将合宅的丫头、媳妇按着等第定了十两、六两、四两，每人分散，以便收拾起身。命林之孝差人将合族男女以及诸亲六眷、太太、奶奶、姑娘们，请后日十八到宅里吃午饭。并将所有煤米柴炭，除船中需用外，尽行散给亲族及左右穷苦街坊。还有那些破坏家伙及一切物件不能带去，不入交单的，全行分给贫苦街邻亲眷。珠大奶奶们答应遵办。王夫人吩咐完结。芙蓉同两个姨娘告辞，要回宅去。刚要起身，有听差嫂子来回："祝太太差人请太太安，说是刚才到了家信，明儿请太太过去说话。"王夫人点头答应，对芙蓉道："回去请太太安，说我明日过来。"芙蓉们答应，辞过太太回祝府不提。

王夫人因祝太太到了家信，又不知有些什么事，心中十分惦记。宫裁道："太太连日过于辛苦，今日早些安寝。明日过去横竖知道，这会儿猜他干什么。"王夫人点头，连日辛苦很有些困乏，坐了一会支持不住，也就安寝。次日到祝府去，打听有什么说话，原来那家信是梦玉寄来的。

这梦玉自从那日上船，放出江口走不上几十里，江面就起了风暴，赶着湾入港内。等着风雨过后，已是初更时候，一轮皓月照遍江山。看那芦苇一望无际，梦玉甚觉心神畅快，夜深方睡。次日一早开船，徐忠吩咐船家，只许拉着半篷，沿堤慢慢缓行。一日走不上几十里道儿，倒闹了三四天才到金陵。

梦玉先着人到贾太太宅里去叫个人来。不多一会徐忠领着个老头子走进舱来，说道："这个老黄是三舅老爷家的老人，那贾太太的宅子里就是他领着老婆孩子管着照应。他耳朵又聋，要大声说话才得听见。奴才对他说，是咱们大爷来了。他很欢喜，要同来见大爷。"梦玉笑道："叫他进来。"家人们答应，领他走进官舱。老黄进来，瞧见梦玉笑道："这就是玉哥儿吗？我常听见人说，大姑奶奶生的一个玉哥儿，长的很俊，像个姑娘模样儿。我常想着，怎么也叫我瞧瞧，欢喜欢喜。谁知今日才见面，到底叫我想着了。"梦玉命小子端个坐儿给他坐下。老黄问道："姑爷同姑奶奶都好啊？"梦玉点头。老黄问道："还有个姐儿也好啊？"梦玉又点点头。老黄笑道："当日大姑奶奶生下出了月子，就是我抱大的。一天一天的会顽会笑，必要我抱着满街去瞧热闹，也不知吃了我多少钱糖，多少钱的果子。后来七八岁儿缠了脚，疼的走不动道儿，也还是我抱着满街去闯门子。咳，你想想这是多年的话了！自从嫁了姑爷到如今，我总没有见面。听见说很好呢。这会儿你到这里来是干什么？”梦玉坐到他身边，对着他的耳朵大声说道：“是舅舅叫我来交代贾府的房子，贾太太就要来了。”

老黄点头说道：“老爷进京时候，将房契押在钱太太家里，押了五百银子，三分钱起利。这是多少年，算算是一大堆的银子。当初是我经手的，这几年叫钱太太家报怨死了我。前日个，我在他家里还抬了一会子的杠。”梦玉道：“我叫个人同你去将契赎了回来，就交房子。”老黄点头，说道：“赎倒容易，这房子交给谁去？地跟儿贾府的房粮地土都是那聚宝门长干里的严麻子经管料理。今年二月间严麻子死了，丢下老婆孩子，娘儿两个连自家都照管不过来，还能够管这房子吗？我还有句说，这房子也难交代。你想想十几年没有人住，又不去修理，没有一间房子是整齐的，塌的塌，漏的漏，那些门窗、槅扇全都霉烂了。贾太太回来，叫他怎么住呢？我住在外面这几间小屋子里，每年都是我修理。那一年不贴补几吊钱上去呢？”梦玉道：“你且去赎了房契回来。那房子既无人可交，就交给我替他收拾。不然贾太太到了，叫他住在那儿呢？”老黄笑道：“罢呀！哥儿，你那里做得这些事来？那房子动一动手，就费了大事，也不是一天半天就收拾完结的。”梦玉对着他耳朵说道：“贾太太是我丈母，我不能不替他收拾。”老黄点头笑道：“原来如此！这是应该的。既是这样，哥儿可在船里住两天，我先将花园旁沿那几间好的明儿先叫他们收拾出来，让哥儿且搬进去住着，再商量收拾正经房子。”梦玉点头，就叫徐忠先同老黄到钱太太家去算结了帐，将房契赎回，“明儿就发书子差脚子回去，咱们再慢慢的修理房子”。

徐忠答应，雇了四乘轿子，同老黄去了好一会，回来说道：“那钱太太往松江他姑娘家里守生去了，要月底儿才回来呢。家里只有几个老头子同两个老妈儿们看家。我转来就同老黄到贾府去瞧了一瞧，那房子修理很费事，竟动不得手。只有他说花园旁沿儿那几间还像个屋子。他这会儿先着人打扫收拾，明儿裱糊。咱们后日且搬到那儿住下，一面叫人修理。等着钱太太回来再打发脚子回去。横竖他在这儿多耽搁一天，总有一天的钱。这也是急不来的事。”

梦玉无法，点头依允。只得在船里耽搁两日，等着收拾妥当，搬到贾府。赏了老黄几两银子，吩咐两个老家人徐忠、赵禄商量修房子的道理。赵禄道：“哥儿的意思是要怎么个办法？”梦玉道：“我也没有什么别的办法，只要将这所房子收拾的展新，里外要同咱们家一样就是了。”徐忠笑道：“哥儿替贾太太收拾房子也是应该的，就是过于费事，况且咱们带来的银子，不够这房子上的一宗儿。”梦玉道：“我不管他多少银子，只要妥当。”赵禄道：“这里有个木匠头儿老孙，我同他办过事。等我去叫他来估计估计再说。”徐忠道：“很是。你就去叫他来商量。”

赵禄去了半日，同着老孙进来，领着四围看了一遍，问道：“赵大爷的意见，是要修呢，还是要造？”赵禄道：“自然是修，谁去造呢？”老孙笑道：“这所房子，修也就是造的价钱，不过省些材料。”赵禄道：“你瞧着，一箍脑儿都给你去办，要狠妥当，是几个钱儿罢？”老孙在怀里取出一个布包儿打开，将个小算盘拿着，坐在一张旧杌子上凝神静气算了两遍，对着赵禄笑道：“除了裱糊不算外，一切在内，得一万五千两才办得下来，少了不够。”赵禄道：“咱们也不是一年半年的相与，你也知道我的脾气，喜欢个简绝。你这个价儿，未免过于说了点子谎。”老孙笑道：“不要说别的，大爷只瞧瞧这椽子，一动手都要换过。还有那嵌玻璃的窗子，至少也得二十两一扇，这内外是多少窗子？我刚才一件件细打过去，实在是要这些银子才够。”赵禄道：“等我去回了大爷，看给你多少。”老孙点头说道：“大爷面前，求你老人家帮衬，自然我有道理。”赵禄笑道：“我管你道理不道理。”说着，去了一会，出来说道：“大爷吩咐，竟给你八吊钱儿，多也不出。你若是不办，要去叫田秃子来办。”老孙笑道：“不管他田秃子、苦秃子，只要他八吊钱包得下来，我一辈子不见你的面儿，还要罚我个什么。”

赵禄笑道：“你说正经话，实在少了多少不办？”老孙道：“咱们竟简简绝绝的一句话,少了一万二千两银子是办不下来的。赵大爷记着我的这个价儿,叫别的去办办,就知道了。我少陪,再听信儿罢。”赵禄道:“你坐着,咱们再商量。”老孙道:“没有什么商量。是这个价儿,我办。不是这价儿呢,叫别的办。”赵禄笑道:“我知道你的意思,是要齐了头儿,是不是?”老孙摇头笑道:“办不来,办不来。既是赵大爷这样培植我的买卖。我再说别的,就不懂好歹。我再让掉一吊钱,一万一千两银子,少一分也是办不来的。就是赵大爷是照例奉送外,还有那几位爷们也不要尽个情儿吗?”赵禄道:“我不管别的,给我个加一就完了。”老孙笑道:“还求大爷看破些,横竖不叫你老人家受委曲就是了。”赵禄道:“这工程是我同徐大爷两个人承办,还有他们四位爷们是监工照应的。你该怎么着,总要过得去。咱们大爷贴身服侍四位的小爷们,也得要仔吗仔吗才得。余外厨子、水夫、打杂的,随你去照应他们,那我不管。咱们说明白了,我同你去见大爷当面说定,就带些银子去办事。”老孙道:“咱们结了,就是这样。我同你去见大爷罢。”

赵禄站起身,带着他到外边东院里,见大爷说:“讲定了一万一千两银子,一箍脑儿在内,不管裱糊。”梦玉道:“银子数儿就依他,只要办的好,还要快,明儿就得动手。今儿先给他五百银,叫他赶着办事,等着明儿取了银子来,再给他。”老孙道:“我只要领大爷五百银做工匠人饭菜钱。那些砖瓦木料,我都叫行里发了来,慢慢的再给他们。谁还不知道大爷呢?”梦玉大喜,说道:“你只要给我办得好,等完结了,我格外谢你。总要赶着办,明日就得动手。”老孙连声答应。梦玉命徐忠先付他五百银,余下陆续再付。徐忠答应,取银交给老孙。

梦玉当下派了马遇、李祥监工专管收拾一切粗细木器,金映专管裱糊、油漆,孟升专管修补花木竹石以及缸盆坛罐一切应用物件,老家人徐忠、赵禄总理一切。又派贴身服侍的四个小子安儿、定儿、常儿、裕儿,除伺候外,轮着各处查工。梦玉派定了差事,那些家人、小子们,人人欢喜。自从第二天起,每日总有一二百匠人做工修造,十分热闹。又差人到仪征店里提了五千两银子来用。

梦玉闲暇无事，带着安儿、定儿常到街上闲逛。信着脚儿随便乱走，只见三街六市较着镇江加几倍的热闹，往来轿马络绎不绝。梦玉主仆三个穿来插去，也不知是那里，随外闲逛。这天走了半日，渐觉人烟稀少，迷了路径。正有些着急，只见墙角边转出一个二十来岁的后生，身上穿的十分破烂。猛抬头瞧见梦玉，不觉失声大叫道："哎哟，找着了，找着了！"几步抢上前来，将梦玉一把抓着，说道："二爷，你害得我好苦！"说罢，放声大哭，伤心的不可解，安儿、定儿看见大怒，将他乱推乱打，口里骂道："该死的忘八肏的，你还不放手！那儿这个野杂种？好端端的拉着咱们大爷哭。"那个人被安儿、定儿又打又骂，他抓住梦玉死也不放，说道："二爷，我千辛万苦要着饭各处找你，好容易今儿找着了，你怎么还叫人打我呢？也不想想咱们爷儿们的那一番恩义吗？"那个人越说越伤心，泪如泉涌，大放悲声。梦玉刚才出其不意被他拉着，倒吓了一跳。这会儿定了神，又听他的这番说话，看这光景十分可怜。将他面貌细细的看了一遍，好生面熟，倒像在那里见过。因喝住安儿们，不用打骂，叫那人不用哭，慢慢的说话。安儿道："大爷别听他的混说，这儿拐子多着呢。他瞧见大爷长的很俊的人儿，他打谅着拐大爷去。这哭都是假的，那里信得过？"那人擦着眼泪说道："兄弟，你别这样倚势欺人的，横竖我伺候二爷的时候，你不知在那里腿肚子上转筋呢！你就算了事。"定儿道："放你妈的屁！瞎眼的忘八肏的，你瞧瞧谁是你的二爷、三爷，你还不放手？捆起这杂种，送去打板子！"梦玉喝住安儿们，不许多嘴。随问道："你到底是谁？在那儿见过我？只管慢慢的对我说，别要哭。"那人听见，将手放下，跪在梦玉面前，将两手抱住梦玉的腿，又大放悲声的哭道："二爷怎么问起这样话来？叫我心都伤碎了。也全不想想太太同宝二奶奶怎样的可怜，明日你见了太太同宝二奶奶也是这样不认吗？"

梦玉听了，猛然想起，笑道："是了，你快别哭，起来我有话说。"那人听说，住了哭，站起身来。梦玉笑道："你不提起太太同宝二奶奶，你就哭到明年，我也是不明白的。这会儿我想起来了，我不是你家宝二爷，你认错了。你是贾府里伺候宝玉的是不是？"那人听了，将梦玉细细看了一看,说道:“怎么不是宝二爷呢?就是声音有些两样,余外一点儿不错。”梦玉笑道:“我常听见人说,我活像贾府的宝二爷。天下像的也多,那里就是我像的这样齐全呢?你到底是谁?好好在贾府里,怎么流落到这个分儿?”那人道:“我叫茗烟,从小儿就在贾府伺候宝二爷。蒙二爷的恩典,待的最好。那年二爷下举场,我在砖门口儿去接,瞧见出来,在人空儿里一挤就不见了。四处找寻,总没有个影儿。后来放了榜,二爷高中举人,将个太太同宝二奶奶真可怜,几乎哭瞎了眼。我瞧着实在过不去,就离府拼了命各处去找。后来盘缠用完,只得要饭。总不死心的要找二爷,不拘是那儿,我都走到。这初头儿上,我才到这儿来,凡有大街小巷,没有一处不串到。昨儿在一个小土地庙的门口儿坐着,来了一个破衣服的和尚,对我笑道:“这几年苦志要出头了。”我问他怎么出头。他说道:“你明日遇着主人,你不是出了头吗?”我赶忙问他主人在那儿,他叫我今日饭后总向着东南上走去就遇着了,拉住他别放,不是他,也是他。果不然这会儿遇着了二爷,怎么又说不是呢?”

梦玉笑道:“你这一番苦心为主,我听了十分欢喜。况且那和尚说,不是他,也是他。想我同你有主仆之分。我虽不是贾太太的儿子,于今是贾太太的女婿。”茗烟忙问道:“二爷怎么是我太太的女婿?”安儿道:“你这人可糊涂。说了不是你们宝二爷了,你还要二爷长,三爷短的叫。这是咱们镇江的祝梦玉大爷。你记着,以后遇着再别叫错了。”梦玉道:“我聘了太太的四姑娘,尚未过门呢。”茗烟惊喜道:“咱们的惜春四姑娘真长的又俊,性儿又好,又会写,又会画。宅里人谁不说他好呢!”梦玉道:“贾府里有几位四姑娘?”茗烟道:“两边府里只有一位四姑娘,那里有几个?”梦玉道:“我聘的这位四姑娘名字叫珍珠,同你说的不对。”茗烟道:“只怕是改的名字也论不定。”

梦玉点头说道:“太太就回来了。我现在这儿修理房子,你跟我回去,服侍我罢。”茗烟两泪交流,跪下来说道:“情愿终身服侍大爷。”梦玉甚喜,说道:“我就住在太太宅子里,咱们回去打那里走?”茗烟道:“这儿有条小道儿,穿出大街再往西去,进了那个大胡同儿拣直往北,出口儿就是。”梦玉道:“你在前引着路,咱们慢慢的回去。”于是，茗烟在前引着。东弯西转走了半日，来到贾宅大门，看见出出进进挑砖抬瓦不计其数。他站在门边让大爷前走，三个人跟了进去。

梦玉走到院里，裕儿们瞧见，赶忙打起帘子，让大爷进去坐下。歇了一歇，叫常儿去找了徐忠来说话。常儿去不多会，同徐忠进来，问道：“大爷在那里逛了一会？”梦玉笑道：“坐在这里实闷的慌，走到外面也不知是那里，随便走走，倒无意中遇着贾府的小子，流落不堪。我带他回来，收在身边服侍。先给他十两银，叫他赶着去买衣帽鞋袜。我等他收拾好了，还带他出门呢。”徐忠答应，到自家屋里取十两银交给茗烟，传了大爷的话。茗烟大乐，接了十两银，往外飞跑去了。

梦玉吃了一会点心，因身子困乏，走到炕上打个盹儿。叫安儿们将帐子放下，出来又将房门带上。

梦玉朦胧睡去，只觉一个人在街上闲走，遥望见那边短墙里一带竹林青葱可爱。信步走了过来，顺着短墙随弯抹角，见有一座园门半掩，寂无人声。心中想道：“此必人家园圃，何妨进去游玩游玩。”将门推开走了进去，一望尽是竹林，内有曲径可通，依林傍竹。曲折走去，竹尽处有小沼疏林、板桥卧石，十分清雅。过桥数步，一带短篱上面尽是大红蔷薇，开如簇锦。顺着花篱过去转出湖山石后，看见草屋数间，湘帘半掩。走到门边探身往里一望，只见满屋图书，玉轴牙签盈几满架，不觉踱了进去。看那碧纱厨里设着绛帏罗帐，心中疑惑，不敢过去。正在设想，见有人笑语进来，抬头一看，见有二八佳人一个，梳妆淡雅，手中拿着鹅翎香扇，冉冉而来。看见梦玉吃了一惊，忙问道：“你是谁？怎么走到我的屋里来？”梦玉甚觉惭愧，赶忙上前见礼，说道：“我祝梦玉，见尊园清雅，心适神怡，因窥雅室，误达香闺。伏望小姐宥我冒昧。”那美人听了，反怒为喜，惊问道：“你就是祝梦玉吗？何期今日果能见面！”说着，将手中羽扇招着道：“你来。”转身就走。梦玉看那光景谅无恶意，跟着他转到一间屋里。只见上面挂着一尊观音菩萨佛像，桌上供着鲜花净水、贝叶香炉，桌前铺着蒲团，屋中甚为幽洁。美人指道：“梦玉，你瞧我为你立了心愿，长斋绣佛，今已数载。每日静坐蒲团,对佛诵经,惟愿此生与你相会。你想,一面不识的人,像我这样痴心的能有几个?我因为听见你是个闺门知己、巾帼良朋,所以立下这段痴愿。只要同你相见,明了我想你的痴情,此生已足,并无他意。”梦玉听了十分伤感,说道:“我梦玉无德无能,自惭形秽,荷蒙小姐不弃,神交远垂默契,真令人心感。玉虽不敏,敢不以香闺知己报答玉人?”那美人笑道:“只要你知我痴情,已遂我私愿。我同你男女之间,何以言报。”

两人正在说话,见一位老太太扶着个丫头进来,问道:“这是谁家少年?你同他絮絮叨叨的说些什么?”美人答道:“就是母亲常说的祝梦玉。”那老太太惊道:“他就是祝梦玉吗?过来我瞧瞧。”美人对梦玉道:“这是我的老母。”梦玉听见,赶忙过来拜见。那老太太将他扶住说道:“我耳朵里都听熟了,这个也说梦玉,那个也说梦玉,今儿倒要瞧瞧怎么一个样儿。”说毕,拉着他走到外边,将他左瞧右瞧的瞧了一会,笑道:“真个长的俊,怨不得的人人赞他!想来性情也是好的。我听见说,你娶了两个奶奶,不知是谁家有福气的姑娘?”梦玉道:“是梅家姑妈的两个姐姐。”那老太太笑道:“我家这丫头自从他父亲不在了。这儿又没有房族亲眷,他又无伯叔兄弟,就是我娘儿两个相依为命。有那些娘儿、妈儿来做媒,他立志不愿,好端端的吃了长斋。说也可怜,我在一日,管他一日。只恐我早晚死了,丢下他无靠无倚,谁来收管呢?”那位老太太说到伤心,大哭起来。美人听见母亲的这一番说话,不胜感伤,抱着老太太放声大哭。梦玉本是个多情人,见他母女哭的伤心,也拉着一堆的大哭起来。正在哭的高兴,只听见有几个人高声喊着大爷,梦玉回过头去睁眼一看,原来是他们。

不知叫的是谁,且听下回分解。

第四十四回　薛姨妈无心获玉　王舅母称愿结姻

话说梦玉拉着他娘儿两个放声大哭,正在伤心。忽听耳边有人高声喊叫,忙回头睁眼。见是徐忠、赵禄同定儿等都在炕前,问道:

"大爷为什么悲哭？若是想家，咱们明天就起身回去。倘若身子不自在，去请医生赶紧调治。"梦玉一面擦眼泪，起身说道："忽然梦魇，并无别故。你们不必惊慌。"命定儿倒茶，取热水洗面。众人见大爷安好，俱皆散去。

茗烟进来磕头。梦玉见他上下一新，篦了头，修过脸，不过饿的黄瘦些儿，站在面前，倒还不讨嫌，心中颇觉喜欢。吩咐定儿领他去见徐忠、赵禄、同事众人，就派他一体伺候。自此以后，茗烟有了归着，这是忠心为主的报应。

且说梦玉洗脸之后，坐在外间炕上，细想刚才梦境历历在目。惜乎没有问得姓名、住处。我同他从未见面，如何承他有这番雅爱？真是奇事。若真个只有母女二人，倘这老母去世，眼见痴情闺秀定遭罗刹府君，岂非天地间一大恨事？我梦玉自负多情，若是真有梦中人，岂肯忍心不顾呢？但是叫我从何访问？真令人闷死。

正在左思右想，常儿们进来摆饭。这茗烟从小儿在贾府出身，又是伺候宝玉的心腹，一切规矩体度与梦玉十分合式。徐忠等见他服侍大爷比别人勤谨妥当，都相待甚好。

梦玉自这天哭醒之后，众家人恐大爷在街上受惊，力劝在家静养。不得已勉强坐了一天，甚觉气闷，对徐忠们道："我带着茗烟，就在左近逛逛，不到远去，谅亦无碍。"两个老家人恐大爷闷出病来，只得吩咐茗烟等小心伺候，不要去远。众小子答应，跟着大爷离了荣府，顺着脚随便闲走，甚觉爽快。转过几条胡同，来到一条后街，两边尽是乡绅宅第，门前那些奶娘、仆妇抱着姑娘、哥儿玩笑。见了梦玉倒像都是认得的。主仆们刚走到一所旧宅子门前，里面抬出一乘青纱二人大轿，坐着位四十多岁的太太。梦玉站在一旁让轿，望见纱窗里这位太太长眉细目，富厚大方。那轿里太太也一眼看定梦玉，相去不过二尺远近。只听见那位太太叫道："孩子，你怎么带了茗烟躲在这里，也不怕苦坏了你那母亲？"吩咐住轿。后面家人、小子立刻过来，将轿歇下。

这位太太走出轿来，一把抓住梦玉往里就走。梦玉正看的出神，不提防被这位太太拉进宅去，不知是什么缘故。茗烟后面瞧见，心中大喜,跟着一同进去。来到大厅,那位太太坐在一张大椅上也不说什么,拉着梦玉放声大哭,十分伤感。梦玉摸不着头路,瞧见茗烟跪在下面磕头。有一个白胖标致姑娘见太太哭的伤心。他十分动气,怒冲冲过来拉着梦玉的手,在膀子上狠狠咬了一口,也鼻涕眼泪的哭起来。定儿、安儿呆呆瞅着,再也想不出这缘故。彼此说道:“咱们大爷真是个破蒸笼的盖子,到处惹气。但凡走上街来,一准就有乱儿。这怎么说呢?”两人正在叨叨,只见那位太太止住哭声,用手指着茗烟,骂道:“你好大胆,拐骗了主子,躲在这儿。神佛爷保佑,叫我今日无心遇着,还有什么说呢? 且打一顿,再送衙门治罪!”吩咐众家人:“快与我结实打这奴才!”那胖姑娘含着眼泪,气烘烘走上前去,向着茗烟咬着牙打了两掌。众家人的鞭子像雨点似的浑身好打。梦玉十分不忍,瞧着难过,不觉放声大哭。那位太太吩咐止打,劝住梦玉的哭。叫茗烟跪上,问道:“你同主人前后逃走躲在这儿,到底是个什么主意? 你主仆们打扮的这样体面,是那儿来的? 你若说一个字的谎,我将你的牙都拔掉!”茗烟磕头答应道:“奴才不敢说谎。”就将当年离府之事,直说到现在情形。那位太太听说,忙拭干眼泪。拉着梦玉仔细看了一遍,说道:“明明是我的宝玉,你怎么说不是呢?”

定儿、安儿才知道这位太太又是错认了人,忙上去请个安,说道:“回太太的话,咱们大爷实在是礼部尚书祝大人的少爷,荣国府贾太太的姑爷,现在荣府收拾宅子。茗烟实在并不说谎。”梦玉忙问茗烟:“这位太太是谁?”茗烟答道:“这是宝二奶奶的母亲,薛家姨太太。”梦玉道:“哎哟! 原来是宝姐姐的母亲,就是我的母亲一样。虽然认错,到底不是外人。”赶忙跪下说道:“宝二哥做太太的女婿,不能终奉慈帏,忍心撇掉父母妻子倒去出家。怨不得太太伤心悲苦,实在令人可恨。今日天幸与太太相遇,梦玉情愿继与太太为子,奉养高年,代宝二哥报答刚才相见这番伤心慈爱。”说毕,拜了八拜。

薛姨太太泪落如雨的说道:“害了我苦命的女儿,悔也无及。适才相见,悲恸切心,无暇细问。今蒙不弃,甚觉抱惭。但是虽非贾家之子,到底是贾家之婿,终不离至亲骨肉。我认婿得子,不幸中之幸事,甚慰我心。”梦玉大喜。拜毕起立,身旁众家人给太太道喜。薛太太拉着梦玉细看一会，叹声不绝，说道："如何能够长远相依，死也瞑目。"回头向茗烟点头赞道："好孩子，忠心可喜。我刚才错误打你。这红绶自小在我跟前，很能干勤谨，同宝姑娘十分相得。适才打你两下，这是他同你一样忠心为主，一时激于义忿，都是我的冒失错处。我这会就将红绶许你做个老婆，过一半年等我跟前有得力的交待后，再给他出嫁做亲。"茗烟答应，忙跪下叩谢。红绶低着头，正要进去，被梦玉上前抓住，说道："恭喜！两个嘴巴打出理来了。但是好没因儿的咬我一口，叫我这会儿还是怪疼的，怎么个赔还我呢？"红绶笑道："等我各自各儿咬两口，算赔了你罢。"梦玉道："那不能，必得我亲咬两口才算。"说毕，抱着那胖脖子上，咬的红绶笑作一团，引的薛太太吃吃大笑，向梦玉道："你二哥哥今日往六舅母家赴席，晚上才回，你跟我进去拜见嫂子，再将同我姐姐家结亲之事及如何来修这房子的缘故，说给我听。"

梦玉答应，跟进上房。二奶奶邢岫烟出来相见，也骇了一跳，笑道："怨不得太太要认错，真是宝兄弟的化身。这怎么说呢！"叔嫂拜毕，奶子抱两个小侄儿过来磕头。薛太太吩咐坐下。梦玉将结亲、修屋的原委细说一遍。婆媳十分欢喜道："实在是珍珠的福气，得这样一个好姑爷！这是各人的福命。我那天听见柳太太说，你丈母要回南，我想着也不过白说说，未必就能动身。谁知你来给他家修屋子，这回南一定是准的。不知我进去可能见面？"梦玉忙问道："妈妈刚才说那位柳太太？"岫烟就将路上结亲之事细说一遍。梦玉惊喜道："谁知你老人家是绪哥的丈母！"也将在扬州相会分别的话说明。彼此大笑道："这才叫做有情的都成了眷属。"

薛太太吩咐，去叫祝府徐、赵两管家来说话。丫头答应，传话出去。娘儿们畅谈一会，见门上家人带着祝府两管家进来请安。薛太太指道："你们大爷是我姐姐的女婿，又是我的认继儿子。我不见面就罢，既与相见，岂可令他一人住在外面？别说是你家老太太知道要怪我，还管对不得我姐姐。不用说是一准要住在我家。不但大爷该住在我家，连诸位管家们给我姐姐家收拾宅子，辛苦劳乏，实在叫我心里很过意不去。住在这儿粗茶淡饭可以略尽点儿心，别叫管家们怪受委屈。”徐忠、赵禄齐声应道：“贾府的差使，就是自家主人事务一样。姨太太吩咐，大爷应分搬过来住，再派茗烟、定儿们在这儿伺候。余下的在贾宅里照应，催着赶紧收拾，恐工匠人疏忽。”薛太太道：“两位管家既是这样说，竟依你们办罢。”徐忠们答应，出去将大爷同茗烟、定儿们都搬到薛宅来住。薛太太将梦玉带在自家屋里，就派红绶、紫云照应伺候。

是晚薛蝌回来，弟兄见面，甚属亲热，彼此谈的深相契合。薛蝌对母亲说道：“我瞧宝兄弟差的多着呢。像玉兄弟温文风雅，语言敏捷，举止大方，真是一位翩翩佳公子，令人喜爱。当年宝兄弟何曾有这光景，成天躲在大观园，同几个姑娘们闹做一堆的，不是病就是发昏，你老人家白着了好些急。自宝妹妹完姻后，他更闹的呆不痴儿的，同咱们从来没有坐下说几句话儿，连你老人家跟前，也不见怎样亲热。幸亏被人骗去出家，若是留在家里，我瞧着一点儿没有出息。”薛太太叹道：“地根儿我瞧那孩子原是好的，后来谁知他撇了父母妻子做出这样绝恩断义之事。我早知道后来是这样，不如让他同林姑娘结了亲，一个无情，一个短命，倒也罢了。何苦害宝姑娘一生饮恨？人家有好姑娘，你们再别混去做媒。做的好呢，不以为德。若是做的不好，令人终身之恨。”

薛蝌道：“母亲吩咐的狠是。那一天有人给刘提台的六少爷做媒，说原任上元县竺父台的小姐。这位小姐生的美貌非凡，兼通书史。并无兄弟，只有母女二人。必须一个奉养终身的好女婿才得。我瞧那刘少爷貌既不扬，粗鲁可鄙，真是他娘不成材料的东西。前头娶的张都司的姑娘，也狠好的品貌，嫁了过去，被这位刘少爷朝也打，暮也骂，不到半年，活活气死了。有那该万死的媒人，想着法的要将竺小姐做成这门亲事。我听了实在气不过。因竺太太住在周大哥家，我特意去知会。叫他转致竺太太，断不可听媒人说话，三心二意的害了姑娘。那竺太太说，多谢薛二老爷关切，令人感激。但小女自立心愿，长斋修佛，不拘是谁说的天花乱坠，亦断不能摇动。周大哥也说，这位小姐自立愿之后，供着一尊观音像，拜的十分虔敬。不知他立的是个什么心愿。”梦玉惊异道：“我前天做了一梦，虽不曾问的姓名,但那母女情形与这竺太太们光景不差什么。”就将那梦境说话细说一遍。薛太太们十分惊异。邢岫烟道:“玉兄弟这不像个乱梦,很有点子道理。别是竺小姐的心愿就是你也论不定。”薛太太点头笑道:“若果然是我这孩子,实在不错。”

薛蝌道:“若是宝琴不死,我也情愿给他。三房共这一子,多娶几个又何妨呢?太太原说要去瞧周大妈,就可以探听他的心愿。将玉兄弟漏个风儿,看他怎么个意思?”梦玉道:“我梅家丈人有个同年,叫周则古。不知可是他一家?”薛蝌笑道:“他就是周则古。既然有世谊,你就跟着妈妈到他家去拜望,给竺太太去请个安,看是怎样光景。”薛太太道:“明日是三舅母的生日,咱们都去热闹一天,后日再到周家去。”梦玉问道:“那位三舅母?”薛太太道:“就是我同你贾家丈母的胞兄王子腾。原任内阁大学士,已不在多年了。你两个哥都带着嫂子们各在任上。你三舅母娘家姓沈,今年五十六岁,不愿到儿子们任上去,带着两个姨娘在家安享。明日是他生日,咱们都去拜寿,后日再到周家去逛逛。”梦玉答应。一宵晚景不提。

次日清晨,梳洗完毕,薛太太带着儿子、媳妇们来到嫂子宅里拜寿。梦玉见门楼高大,上面悬着一块直牌,写着“宫保大学士”五个大字,门楼下一面横匾是“冢宰第”三字。自大门起一直进去,厅堂高敞,规模阔大,真不愧为金陵名宦之家。薛姑太太在垂花门下轿,命薛蝌弟兄且在宝经堂用茶等候。

门上萧桂给梦玉请安,说道:“大人宅上的徐忠,是我亲姐夫。那天大爷到金陵,他来同下人商量,说是荣府宅子破坏难住,要给大爷找个妥当公馆。我说祝大人同咱们主儿同在翰林院做多年学士,最是相好,常在一堆儿饮酒赋诗。后来同在兵部衙门做了几年左右侍郎,彼此关切照应,就像亲手足兄弟一样。那年咱们主儿不在了,祝大人做的挽诗、挽对差人致祭,还做墓志碑记。咱们这宅子里,谁不知道感激?王、祝两家这样交情,大爷到金陵还用另找公馆?况且又是荣府贾姑太太的姑爷,是这儿的外甥女婿,更不必说,同自家姑爷一样,应分到这儿来住。我姐夫说:‘咱们跟着主儿多年,还不知道这样交情吗?但是咱们大爷年轻,但凡是老爷的年谊相好,从未接交,又没有在人家住过一宿,断不肯住在这儿的。昨晚上他同赵禄来坐了一会,说咱们大爷又继在薛姑太太跟前做了儿子,只怕明日一准同来拜寿。'下人听说很欢喜,就上去回知太太,不意太太动气大骂一顿,说道:'姑爷既在金陵,为什么你不上来早说,叫他可怜的住在那破屋子里,我怎么对得过贾姑太太呢?况且还是咱们家至交好友的儿子,连祝府上太太们知道都要怪我。'他老人家昨晚上就叨叨了一夜,我为大爷得了个大不是。"梦玉笑道:"实在是我欠理,应该早来请安,倒叫萧管家得不是。"

梦玉正在说话,听着垂花门里连声叫:"请薛二爷同姑爷呢!"薛蝌忙同梦玉走进垂花门,见里面管家婆、姑娘、媳妇们也就不少,瞧见梦玉真是夸赞不已。来到卷棚下,有两个体面媳妇笑道:"好个姑爷,怨不得姑太太爱的像个宝贝似的。"嫂子们掀起湘帘,弟兄走进堂屋。只见一位五十来岁瘦雅端庄的太太,满面笑容,先拉住梦玉,两手捧着他的脸说道:"我昨晚上才知道,你给丈母在这儿修宅子,又给我二姑太太做了儿子。真是喜煞我了!孩子,你也不给我个信儿,叫我在你丈母跟前得个不是,这怎么说呢!"梦玉跪下磕了几个头起来,另又拜寿。沈夫人笑道:"磕上这些头,过多礼了!"薛蝌亦上前拜寿请安。沈夫人道:"咱们本家的侄儿、姑爷们都在园子里听曲儿,你去哥儿们热闹罢。兄弟在我上房,娘儿们还要说说话呢。"薛蝌答应出去。

沈夫人、薛姑太太带着梦玉刚要坐下,听见说本家的太太、奶奶、姑娘们全到了。湘帘高启,走进一群花红柳绿、粉妆玉砌老少佳人,先给沈夫人分班拜寿已毕,给薛姑太太请安见礼。沈夫人拉着梦玉,对众人道:"这是贾大姑妈的女婿,二姑妈新过继的儿子。"众位太太、奶奶甚觉欢喜。薛姑太太对梦玉指道:"这几位是舅母,这几位是嫂子,这边的是出嫁几位姐姐,这是聘了人家几个姐姐。这几个同你差不多年纪,都是姐妹,倒是这两位顶小的是姨妈。"梦玉挨次磕头。拜见完毕,沈夫人让姑太太上坐,诸位太太、奶奶、姑娘挨次而坐,将梦玉坐在自家身旁。

姑娘们送茶之后,本家六舅太太说道:"昨日二外外在咱们家一天,并不提起姑太太过继儿子,也叫咱们吃杯喜酒儿。”薛太太笑道:“我昨日要到这儿拜寿,刚出门就遇见他。你二外外那里知道。这孩子好啊,大远的道儿,在这儿给你大姐姐修宅子。他家三房共这一子,真是宝贝似的。娶了梅解元的两个女儿同他父亲同年鞠老爷的姑娘,还有他三婶子房里两个姑娘也给他做了媳妇。还定下咱们大姐姐跟前的珍珠四姑娘。这样孩子,本情叫人喜欢,在这儿有好些日子,可怜丢下媳妇给丈母修屋子。你说叫咱们可要疼他?”四舅太太点头道:“像这样孩子,实在难得。可惜凤姐儿的妹子麟姑娘聘了人家,不然我也给他做媳妇。”众位舅太太笑道:“四婶子说的不错,咱们女儿若是未曾受聘,拉都要拉着他做个女婿。”众太太们一齐笑道:“有了好女儿,找不着好女婿的多。就像上元县的竺太太有个姑娘,听说长的傻好的。择女婿,择的利害,不怕什么公子王孙,总不合式。这两年更闹的有个趣儿,供着一尊观音,立下什么心愿,吃了长斋。可惜那姑娘闹的没有结局。”沈夫人们深为叹息。薛姑太太笑道:“姻缘自有前定。”就将梦玉前几天的梦境细说一遍。众位舅太太点头称异。六舅太太道:“听说那姑娘供那尊菩萨,拜的很虔诚,这梦只怕有点因儿。”沈夫人笑道:“咱们吃着面再商量主意。如果是姻缘,咱们二姑太太给承继儿子娶个媳妇也狠使得。”诸位太太都点头称是。

姑娘、媳妇们伺候坐席上酒。梦玉见那多宝槅上有个福寿双喜樽,亲自过去取下来斟上美酒,跪在二舅母跟前,双手敬奉。将个沈夫人实在乐极,说道:“好儿子,你怎么这样叫人疼?”忙接了酒,慢慢饮毕。梦玉跪敬三杯起身,执着酒壶,各位舅母、嫂子、姐姐、小姨妈跟前各敬一杯。转身给承继的妈妈也跪敬三杯。薛姑太太喜的说不上来。想起宝玉何曾有这些规矩礼数,教着他,都是做不来的。真是白长了那样范儿,不是害病,就是发呆,令人讨嫌,走掉倒也罢了。薛姑太太正在思想,只听见奶奶、姑娘们说道:“咱们也照着兄弟敬杯寿酒。”一齐站起,挨次各敬三杯,沈夫人略领点情儿。姑太太们敬酒之后,听小子弟们在卷棚下打十番唱曲,直闹到晌午,散了面席。梦玉跟着太太们净过手面,坐下用茶。

垂花门的一个老管家婆，手中拿着一封书子递与沈夫人回道："京里专差带来贾姑太太的书子。"沈夫人接着忙拆开封纸，见里面有薛姑太太一封，忙递将过去。邢岫烟接着拆开书信，婆媳两个同看一遍，递与梦玉笑道："你看宝姐姐写的书子，你丈母一准在二十左右起身，嘱咐咱们照应你呢。"沈夫人笑道："我书子上也提他呢。咱们不疼你，怎么对得过你丈母？我千望万望的，果然贾姑太太有回南的日子。将这封书给内外人瞧瞧，也叫他们欢喜。那送书子的差，赏他二两银。"管家婆答应出去，各处传知，都知道贾姑太太要回南了。沈夫人道："二姑太太的月姑娘也带了回来。书子上说，叫二外外夫妻去赴任，姑太太在家，老姐妹一堆儿过个安闲日子。这句话说的狠是。那年我就留你在家做个伴儿，你一准要同去到任，可怜万里多路，几年闹的音信不通。这会儿难得大姐姐也回了金陵，老姐妹多聚一天都是好的，还忍得再分了手去？"梦玉道："贾家姨妈同宝姐姐们都回来，妈妈也忍得丢下咱们，大远的去躲在那儿。"说着，泪流满面的哭起来。沈夫人同众位太太们一齐说道："瞧着这样孩子，你舍他不掉。"薛姑太太笑道："傻孩子，快别哭，今日三舅母的大庆。我依着你，让二哥同嫂子去到任，我在这儿等你丈母回来。还要给你娶个媳妇呢。"

沈夫人道："真个的，将那竺姑娘娶了作你的媳妇罢。"舅太太们都说："这倒狠好，不知他家可愿意。"薛姑太太笑道："咱们明日带着他到竺家去，只说是我的儿子亲来求亲，看他怎么说。"太太们都说："很好。明日咱们同去。"沈夫人吩咐，卷棚下再唱几套清曲。点灯时候上了正席，直到半夜方散。

薛蝌夫妻告辞回去。姑太太带着梦玉，还有些不去的太太、奶奶陪着沈夫人谈笑了一夜。

次日饭后，薛姑太太带着梦玉，邀上两位会说话的舅太太们，一群轿马来到周孝廉家里。周老太太带着媳妇、女儿出来迎接。让进后堂，彼此见礼让坐。梦玉上前拜见已毕。周老太太们赞道："好个孩子！是那位太太的相公？"薛姑太太道："是我的小儿子。今日带他来给老太太请安，顺便到竺太太那边去求亲，说他的姑娘给我这儿子作个媳妇。"周老太太让茶之后，摇着头道："太太们过去逛逛，瞧瞧他娘儿们都可使得。若说那亲事，不提倒也罢了。那位姑娘性情古怪的利害，自从立下什么心愿，吃了长斋，听见有人说媒，就哭的要死。竺太太只有这个女儿，疼的什么似的。新近做了一个什么梦，倒病了两天。他母亲千方百计的探他的口气，才知道他立的心愿。谁知道咱们害他的。"众位太太问道："怎么是老太太害他呢？"周大奶奶接口答道："说起来真是笑话，因我公公有个同年苏州梅解元，他是镇江祝家的女婿。有个内侄叫做梦玉，生的品貌像个美人似的，又最多情重义，文才又好。梅解元将两个女儿都给他做了媳妇。说是三房只有这个儿子，他家老太太要多娶几个孙媳妇呢。我公公又常听见朋友们说，祝梦玉文章做的好，品貌又长的俊，将来很有出息。咱们老太太听见了，就常挂在口头，说是这些孩子们那里再有第二个祝梦玉？人家有好姑娘，那里找得着这样好女婿？同竺太太坐下，就将梦玉要念几句。今日说，明日说，将个竺姑娘说的存了心。想着母亲年老，并无儿子，若不得梦玉这样的女婿，那下辈子的老景就难定准了。故此立愿长斋，除了梦玉，情愿不嫁，终身奉母。咱们家老太太每天急的叹声叹气，祝家的亲事断乎难说，岂不害了这个姑娘？"周大奶奶只顾叨叨的诉说不了。薛姑太太同舅太太们只是抿着嘴儿傻笑。

周老太太道："既是太太们要过去拜望，咱们陪去逛逛。先着个丫头过去知会，说薛太太同王宅的两位太太要过来拜望太太、小姐。"丫头答应出去。周老太太邀着众人，往前面夹道里走过园来。梦玉听了刚才这番说话，又见竹径，恍然那一天梦境。想这竺姑娘竟是个神交知己，我若负了他，岂不是天地间又出了一个无情的宝玉？正在想的出神，竺太太母女出来迎接。周老太太指着通名道姓，彼此见礼。忽然瞧见梦玉，娘儿两个骇了一跳，忙问道："这位是谁？"梦玉急上前请安拜见。周大奶奶道："这是薛太太的小相公。"太太们走进堂屋见礼让坐，丫头送茶。薛姑太太见这竺小姐，活像是史湘云显魂一样，真是奇怪。竺小姐也不住眼的瞧薛姑太太同梦玉。

众位太太叙谈几句，竺太太问道："薛太太有几位相公？"姑太太答道:“三个小儿。长子已故,只剩他哥儿两个。因他那天做了一梦,说是误到此处,得见太太、小姐,彼此大哭。今日特地带他过来请安。叫太太瞧瞧,不知梦中果然见过没有?”竺太太母女大为惊异道:“果然实有其事,但梦中所见,并不是太太的相公,容貌虽是,名姓不同。”梦玉起身指道:“那天同太太站在这块砖上说话。姐姐领我进那屋子瞧那供的观音菩萨,面前放着经卷,旁沿儿桌子上堆着些书。后来娘儿三个说些伤心话,彼此大哭而醒。虽是隔了几日,如在目前。梦中所说之话,刻刻在心,断不敢负太太的慈爱。”竺太太十分惊异,忙问道:“薛太太,怎么你这相公说的一点不错呢?”两位舅太太笑道:“如果说的不错,就是姻缘,也别管他谁是谁。像咱们这外甥,再要找第二个像他的,也就费事。放着现成合式丢开手去,想那个你愿他不愿的人,岂不白耽搁了工夫?咱们今日来,原为的这件事,太太别错了主意。”周老太太也巴不得说成了,放下一条心,再三赞道:“祝梦玉不过是闻其名,也未必有薛太太这相公的俊。当面错过,真是可惜。”竺太太娘儿两个甚是为难,低头想了一会,茫无主意。薛姑太太看这光景,心中甚觉过意不去,对着两位舅太太道:“咱们说明了罢,别叫太太们纳闷。”舅太太点头,指着梦玉,将前后缘由细说一遍。周、竺两家太太们喜的大乐。竺太太笑道:“我说呢,那天梦里分明说是祝梦玉,今日见的又不是呢,谁知有这缘故!我遵薛太太的命,再无改移。”

此时,竺姑娘已退入内房。薛姑太太取出金钗二对作为定礼,拜了亲家,命梦玉拜丈母。周府上的同舅太太们彼此道喜。将周老太太乐极了,忙吩咐就备喜席,就在竺太太堂屋里摆个会亲筵席。两位舅太太甚觉欢喜,说道:“咱们既做了亲家,诸事必得商量妥办。昨天瞧见宝姑娘的书子上提了一句,说他干爹病的狠沉,倘若有一半点事故,这件亲事就要耽搁下去。况且亲家太太并无办事的人,这嫁妆也就费事。过于什么,又怪不可的,也必得商量妥当才好。”周老太太笑道:“嫁妆二字竟简绝别提。倒是远隔着几天道儿,再有点儿别的,耽搁上三年四载。竺太太呢,更上了年纪,照应下咱们还不知道活得到那时不能。往后想来,就狠为难。若就在眼前办了,省掉多少费事。咱们不过是这样白说，总要竺太太各自各儿拿主意。”众人都说：“老太太说的狠是。”竺太太低头不语，想了一会，点头道：“我刚才细细想过，周老太太的话一点不错。我向常多病，知道还有几年去活？若说嫁妆二字，除了我的这几件衣服外，所有我老爷遗下的这点宦物，都是女婿的，不用另备妆奁。至于完姻道理，既是他家人，凭姑太太爱几时做亲都使得。姑娘的花绣衣服还有几件，很可以不用再做。依我说，连行盘过礼这条儿都可免掉。择下日子，或娶或赘，听姑太太主裁。”舅太太们都说：“亲家太太见的不错。咱们择定日子，竟是这样办罢。”众位太太不便久坐，告辞拜谢而散。

薛姑太太带着梦玉仍回家宰第。沈夫人问知缘由，十分欢喜，说道：“谁知这样一个古怪姑娘，是咱们的姻缘。竺太太既是这么说，也很是情理。姑太太总是借在本家住的，不如搬到这儿来，赶紧给梦玉娶了亲，就打发二外甥夫妻起身赴任。等大姐姐回来，随你爱住那儿就住那儿。”薛姑太太点头道：“嫂子吩咐，我依着你办。叫梦玉赶着写封书子，专差去禀知老太太同他叔叔。咱们一面就择日子，在舅母这里给他娶媳妇。”沈夫人道：“当初宝玉小的时候，他舅舅同我疼的什么似的。原同大姑太太说过，等这孩子长大成人，我格外娶个媳妇给他。后来听见有个林姑娘，我就想这屋。谁知他舅舅得了外任，几年闹的死的死，跑的跑。想起那孩子实在可嫌可笑。像梦玉这孩子叫人心疼，别说是姑太太给他娶个媳妇，若是遇着好姑娘，我也愿意娶了给他。况且咱们同他家的交情很厚，他父亲做的墓志碑传说的亲如手足一样。又只有这一个儿子，别说是他家宝贝，连咱们谁不将他当个宝贝呢？昨日萧桂提起他姐夫徐忠说，前月十八是老太太的七十大庆，咱们全不知道。我正在这儿商量要亲自去补拜生日。他的二婶子桂大妹妹是我沈家的老亲。咱们姐妹从小儿住在一处，直到十三四岁这才分手，出嫁后彼此就不通音问。我就着拜寿姐妹们相叙一面。这会儿同姑太太带着个新媳妇同去更好。”太太们叙谈安寝，一宵晚景无事。

次早，梦玉刚请早安，有垂花门管家婆上来说：“薛二爷同苏州梅解元请玉大爷说话。”梦玉禀过舅母同薛家妈妈，跟着出去到宝经堂,瞧见丈人,忙上前请安,同薛蝌问好。彼此坐下,梅白道:“老太太狠安,三叔叔的病也总是这样神气,倒是你二叔叔、婶子,你丈母、媳妇们都劳乏的使不得。赶做完了老太太的大庆,内外男女倒像害了一场大病,全闹的软瘫了。老太太吩咐,叫他们歇息几天。我是被几个好友拉着来约周则古去逛栖霞作诗会。带着是你父亲有专差书子回来说,你桂三舅一切还帐、盘费,全是你贾家丈母一个人包元儿。像这样巾帼中的鲁子敬,实在难得,老太太们十分钦佩。桂三舅已于十六起身,贾府的准在二十左右开船,叫你将丈母的宅子好生收拾,别要潦草。昨晚见周则古,知道薛姨太太继你做个儿子,同住在王相国宅里,又给你聘下竺父台的小姐做媳妇,我狠感激欢喜。你年幼,不知王相国同你父亲是数十年的莫逆知己,非同泛泛。就是薛家继父,也是你父亲乡榜同年,与咱们家都是年谊契交。你固然年幼,连蝌二哥都不能知道。周则古说,竺太太很简绝,随着咱们择日做亲。今早上徐忠对我说,张本有书子给他,说老爷病的很沉,难以调治,断不可叫老太太知道。我听这话头儿,有些不妥。刚才同你蝌二哥商量,禀明你继母、舅母,给我道谢请安。说这事要办,总在三天以内,别耽搁下去,恐有别的事务。再者还有一件难事,那几天老太太大庆,里面全亏郑姑娘张罗照应,不辞辛苦,诸凡周到。你丈母见老太太疼爱的使不得,同汪姑妈打伙儿的求着郑家姑妈,将郑姑娘许下了你,等着回去做亲。这会儿既有竺府这门亲事,我今日专差连你的书子寄去,禀知老太太,赶着辞掉郑家的,别误人家亲事。”

薛蝌道:“兄弟陪着姑丈说话,我进去回母亲同舅母,将姑丈前后的话细细禀知,看是怎么办法。”梦玉答应,薛蝌起身进去。家人们摆下点心、果盒,翁婿二人坐下用茶。又将桂家起身光景及宅里近况情形说了好大一会。只见薛蝌笑嘻嘻出来,指着梦玉。

不知说些什么,且听下回分解。

第四十五回　甘露寺禅房花烛　介寿堂忍恸会亲

话说梦玉同梅解元正在畅谈，见薛蝌出来指着笑道："真是造化，合了周堂，后天是婚嫁吉日，就娶竺姑娘过来，请姑丈在这儿做主婚。三舅母听说郑家的亲事，既是老太太彼此说定，姑娘家终身大事，岂是叫人说着玩的？薛、竺既已联姻，三舅母情愿聘郑姑娘与梦玉。同竺姑娘一样，虽是薛家出名，总是祝家媳妇。王、郑两家亦照此例。请梅姑丈写书子禀知老太太，说三舅母备下定礼，专差家人前去，下定过礼。等竺姑娘做亲之后，同母亲去给老太太补拜大寿，就给梦玉迎娶郑家姑娘。"梅解元笑道："舅太太这样办法，实在千稳万当，郑、祝两家无不欢喜。我就写下书子，叫徐忠派个妥当家人同这里管家去办喜事。若说叫我在这里看梦玉做亲，这件事断不能遵命。我好容易脱身来闲逛两天，断不肯等着做亲家。再者我那些朋友同我一样脾气，这会儿已等的着急，还等到后日呢！这件事断乎不能。我到周则古家去写书信。你们备办妥当，就去找着徐忠一同起身，倒别耽搁。"梅解元说毕告辞。薛蝌款留不住，只得同梦玉送至大门。

兄弟二人转回上屋，见沈夫人带着姨娘将礼物全行备办齐集。派老家人柴福、蔡升前往镇江郑府下定过礼，就便备下公馆伺候。薛姑太太命薛蝌去见竺太太，知会后日迎娶之事。若是依允，以便收拾料理。薛蝌答应，自往竺家知会不提。梦玉赶忙写家信，差茗烟交与徐忠差人回去。

早饭以后，薛蝌转来说道："竺太太无不遵命。但是竺小姐从未一日离开老母，家中只有小丫头一个，难以照应服侍，总要姑爷入赘。三朝后，连竺太太一同过来。彼此都可省事。"薛姑太太点头道："倒也使得。明日过礼，后天早上你送兄弟过去，看拜过堂，回来家里陪客。"沈夫人道："就在我这儿热闹，诸事便当，人手又多，何必你又家去？你两个侄儿的两处院子全是空着，就娶了回来也碍不着谁。况且还是赘过去呢。"薛姑太太道："我家去同在这儿一样，嫂子既这么说,依着你办罢。”吩咐薛蝌:“回去同你媳妇备办过礼物件,只将我的东西摆上点子,也就使得。将王、薛两处本家知会个信儿,后天请过来吃杯喜酒,就叫这儿姜厨子内外办十二席,也狠坐得过来。”薛蝌答应,遵着母亲吩咐去办。门上萧桂同他姐夫徐忠帮着陈设灯彩。富贵人家办事,全不费点气力,不多大工夫,诸事停当妥贴,次日薛蝌亲自送礼过去。竺太太那边并无一位爷们照应料理,只得拉住薛二爷做个接亲主人。薛姑太太知道那边无人办事,派茗烟过去跟着二爷料理新房,倒热闹了一夜。

这日,正是乘鸾吉日,早面之后,沈夫人、薛姑太太装扮新郎,派三处老管家带着家人、小子簪花披红,鼓乐细吹,用大学士全执事大轿,送新郎过去入赘。薛蝌照应拜堂见礼。不但竺太太母女喜的说不上来,连周府上的内外无不欢欣鼓舞,喜笑颜开,都给竺家母女感赞不已。这竺小姐名叫九如,因孝心感动观音菩萨,成就了梦里姻缘,真所谓称心快意。奉母命开了长斋,同梦玉说不尽那番恩爱。薛姑太太在沈夫人宅里摆了一天喜席,将几位亲热些的姐妹、姑婶留着,后日接新人同亲家太太回来。沈夫人收拾新房同竺太太的住处,刚料理完毕,不觉已是三朝,请周老太太们做送亲,冢宰第甚属热闹。梦玉夫妻十分感激薛家继母同王三舅母,拜见之后,另又磕头。竺太太亦感戴之至,再三拜谢。薛、王两家无意中与竺太太成了眷属,彼此甚为亲热相契。

欢乐之中,不觉已过数日。柴福、蔡升差人回来禀知,郑府亲事业已下定过礼,公馆已预备现成。祝老太太专人迎接新人同亲家太太,另又专人接请王、薛两府的夫人、太太。沈夫人同薛姑太太商量道:“我本来要专诚去给祝大妈补拜大寿,顺便到金山寺去做几天水陆功德道场。这会儿祝大妈连次差人来请,咱们不用耽搁,这就走罢。你家坟墓已收拾完结,没有什么事务。带着二外甥夫妻同到镇江拜过寿,就叫他们前去赴任。咱们完结郑家亲事,差不多大姐姐也快到了。姐妹们一路同了回来,岂不有趣?”薛姑太太应允,赶忙吩咐收拾。

徐忠、赵禄不住来催梦玉,请太太们早晚就去。虽不明言,大约说三老爷病的不好。梦玉十分惦记，饮食俱减。竺九如心中着急，忙催着收拾起身。老管家们备下几号体面大船，扯着宫保大学士桅旗，朱牌门枪十分壮丽。沈夫人带着派去得用的姑娘、媳妇同薛、竺两太太、梦玉夫妻辞行上船。梦玉留赵禄赶着催修房屋，余者带回家去。

开船一日，徐忠私下对梦玉道："传闻三老爷有不在的信儿，不知真假，大约凶多吉少。"梦玉道："二老爷不写书子，用竹纸写几句，催我即速起身，我就有些动疑。如果有些什么，这怎么好呢？"徐忠道："那是各人寿数，不能相强。倒是恐防苦坏了老太太。他老人家是最要紧的。大爷回去，要宽解才是。"梦玉点头，甚觉伤感。

江面上正是当梢顺风，次日下午已抵江口。祝府家人早已飞奔前去通信。各座船刚要收入口内，只见茗烟进舱来说："二太太、姑太太同大奶奶们亲自来接。船在江口，各船都已知信，湾在一处。"薛姑太太同竺亲家、新媳妇俱到沈夫人座船，以便相见。

梦玉带着徐忠、茗烟先去迎接。见桂夫人们两三号大船拢将过来，紧靠沈夫人座船帮住。茗烟扶着大爷先上船去，急忙进舱。梅姑太太笑道："陶朱公载得西子归矣！"桂夫人道："这怎么说呢！才离家，就骗了人家一个姑娘。"梦玉上前磕头请安，给海珠、秋瑞问好。江苹、春燕、金凤、长生、蝶板给大爷道喜问好。

嫂子们回说船已靠定，桂夫人吩咐梦玉，且同过去会了新亲，还有说话。众家人、小子铺稳船板，左右搭住扶手。桂夫人、梅秋琴、海珠等刚过船来，沈夫人、薛姑太太、竺太太早已迎出头舱，梦玉在旁通知姓氏。桂夫人笑道："沈四姐姐，自从我十三岁同你分手，谁知今日才得见面，还给我娶个媳妇。"沈夫人笑指道："这是咱们亲家太太，这是你薛家二姐姐。"桂夫人亦将梅姑太太、海珠、秋瑞通过名姓，彼此让进官舱拜见行礼。王、薛、祝、梅四姐妹，另又拜谢一回。薛姑太太命媳妇邢岫烟领着梦玉夫妻全行拜见。众人礼毕，让坐送茶。桂夫人姑嫂见竺姑娘庄静美丽，十分欢喜，向竺亲家深为赞美。竺太太谦谢一番。岫烟同海珠们虽是初逢，也甚契合。

老姐妹叙谈一会。送过果茶三道，桂夫人对沈夫人说道："我头一条儿是接亲家同二位姐姐，第二件是说郑姑娘的亲事。老太太接着梅姑夫同梦玉的书信,欢喜的使不得。郑大姐姐亦当面应允,收下王宅的喜礼,回了八字允帖,等四姐姐来商量,择日出嫁。谁知他三叔现已去世,家中有了孝服,此事难以举行。”沈夫人们大为惊叹,梦玉忍不住掩面而哭。梅姑太太止住道:“你且别哭,还有说话。郑姑娘往常给老太太逗趣儿说个笑话,自从那天定下亲事,郑大姐姐将他带回家去。接着三兄弟不在了,老太太悲伤的饮食不能下咽。一家子急的什么似的。因此同郑大姐姐们再四商量,梦玉一进门,身上就有了期服,断不能再办喜事。况且大哥的信儿亦来的狠紧,不过老太太跟前护弄一天是一天,再有别的那更难了。这会儿商量出个绝妙主意。请四姐就在这船上将郑姑娘娶过来,拜了花烛,完结这件亲事同薛二姐姐各人带个新媳妇去,叫他老人家瞧着欢喜。明日是三兄弟头七念经,老太太若再伤心一哭,实在要命。全靠两位姐姐同亲家太太、新媳妇骗过这苦劲儿才好,不知四姐姐以为何如?”

沈夫人笑道:“这样办法最简绝妥当,总要郑亲家肯依才得。”桂夫人道:“郑大姐姐咱们业已说明,这会儿带着姑娘、汪二姐姐们在甘露寺等候。”沈夫人道:“甘露寺是后汉昭烈帝拜见吴国太之所,乃是婚姻吉地。咱们到那儿会亲,倒很吉利。”桂夫人大喜,吩咐都往甘露寺去,祝府早已备下大轿伺候。桂、沈两夫人急忙中叙几句当年闺中旧事。梅姑太太陪竺亲家谈些仰慕的客话。惟薛姑太太见秋瑞的品貌与香菱相似,未免动了一片伤感。兼着红绶当年与香菱最为相得,这会儿瞧着秋瑞,就像遇着香菱的阴魂一样,惊喜的说不出话来。倒是秋瑞见薛姑太太主仆,想是前生缘分,由不的十分亲热。

座船抵住甘露寺码头,梦玉伺候上轿,一同都到寺里。长老山门迎接,同进大雄殿,鸣钟擂鼓,拈香已毕。薛蝌上前给桂夫人们道喜拜见,桂夫人亦再三称谢一番。邀着沈夫人们来到方丈。梅姑太太指道:“头里站的就是郑大姐姐,左边是顾二妹妹、江五姐姐,右边是汪二姐姐同三嫂子,后面是本家几位奶奶。”沈夫人们忙走上前,听见里面奏起细乐,众位太太站在门口谦逊一番,彼此来到方丈。只见灯彩辉煌,红毡满地。桂夫人笑道:“且慢见礼,吩咐奏乐。”

海珠、秋瑞拉着梦玉、九如一齐站在红毡上。金凤们过去,推开碧纱槅,里面冯、金、陈、马儿家媳妇扶着郑汝湘出来同梦玉们一字儿站定,向上跪拜。礼毕转身,夫妻交拜。桂夫人同梅姑太太将沈夫人扶坐中间椅上,命梦玉、汝湘双双展拜。沈夫人瞧着十分欢乐。受拜之后,与郑大太太两亲家拜见道谢。众位太太、奶奶彼此见礼,让坐送茶。

薛姑太太笑道:“我因小儿顺道回家修墓后就要往太原赴任,不意途中与柳太太母子相逢,无意中得了两个女儿,同柳家结成亲家。再也想不到梦玉承继与我,同竺太太得做儿女姻亲。谁知三嫂子这空儿得个现成媳妇,多年不见的姐妹今日相逢。实在是重重的喜事。”沈夫人道:“咱们头一条是给老太太补祝大庆,送你的新媳妇来。就着梦玉娶郑姑娘,要大热闹几天。谁知老太太正在发烦悲苦,倒委屈咱们郑姑娘,在这儿且从权拜过花烛。总必得到我公馆拜谢亲家,才成大礼。”郑大太太道:“亲家太太真是大家礼数,一些不错。因为老太太悲子之心过于伤感,众人都瞧着过意不去,再四想出这从权的道理,要仗着亲家同薛二姐姐们给老太太解慰些悲苦。明日是三老爷头七念经,等着梦玉去拜经回礼。他这会儿亲事业已完结,让他先去成报。咱们带着媳妇们一堆儿同去,叫老太太一会儿欢喜不了。”桂夫人道:“沈四姐姐同薛二姐姐都是咱们自家姐妹,诸事什么些儿,都可使得。再没有竺太太新亲上门,咱们未免过于简亵。”竺太太道:“儿女至亲,何分新旧?将来正要仰邀老太太慈荫及诸位亲家姐妹们垂爱呢。”

顾四太太笑道:“都是自家人,不须过让,就叫梦玉去罢。咱们用完果茶进城,也就不早。”桂夫人吩咐梦玉先去,命媳妇赶忙摆上茶果,挨次让坐。沈夫人吩咐,将行李等项连薛姑太太的一箍脑儿都搬入咱们公馆,丫头、媳妇各派三两个跟往祝府,余下的俱往公馆料理伺候。分派已毕,太太略坐一会,彼此相约一齐上轿。众家人、小子各分一半跟班与押行李,十分热闹。

梦玉骑上骏马,跟着茗烟们先进城去,无心看那景致。催马急走,不觉来到家门。猛抬头,瞧见门上丧贴,忍不住泪如泉涌。急到大门内下了牲口,听事家人上前请安。同进外宅门,查、槐老管家给大爷道喜。梦玉指着茗烟道："这茗烟是我新得的旧人，给他上了档子，回过二老爷专派他伺候我罢。"两老管家答应，说道："三老爷供在崇善堂。一会大爷举哀，别高声大哭，叫老太太听见又要伤心。这几天内外着急，大爷进去逗个笑儿，别要他出眼泪，等着亲家太太们来，骗过几天就好了。"梦玉点头问道："二老爷在那儿?"跟班的答道："在玉树林同郑姑老爷们说话。"茗烟跟着大爷竟往意园玉树林来，听见笑语之声。

梦玉走进花厅瞧见诸位长辈，忙上前请安，另给郑大姑夫同二叔叔磕了几个头。祝筠笑道："好造化，又得了人家两个好姑娘。望你回来给老太太开心，这几天连我都怕见他老人家的面儿，一见就哭。郑大姑夫是我留在这儿，一会儿王三舅母们到来，咱们就在春晖堂拢共拢儿拜见就完了。你进去，三叔灵前别大声哭，且磕个头儿。去见三婶子，狠狠的劝慰几句。将眼泪擦干，再到老太太屋里请安。不用提三叔叔那一条儿，只将你做亲的话逗个笑儿。"

梦玉连声答应，赶忙退出花厅，无心同众人说话，竟到崇善堂西屋。瞧见孝幔，悲不可解，启幔进去，抚着材叫声："叔叔，梦玉回来怎么就不见面?"一言未了，握着脸低声恸哭，十分伤感。茗烟再三劝住，哭拜一回。走夹道过恩锡堂，知道鞠太太业已搬进宅来，随到蕉雨山房请安。鞠冷斋老夫妻喜慰几句。梅春因值课期，刚才脱稿，哥儿们彼此问好。梦玉道："王家舅母们马上就来，你代我接待照应，我去见老太太呢。"梅春答应，梦玉辞出。过了忠恕堂进垂花门。老管家婆们相见甚喜，说道："见了老太太千急别出眼泪，就惹乱儿。再者三太太身上有事，这两天悲苦的要死，你再去引着伤心，那更不好了。只可想着话儿劝解才是。"梦玉点头答应。

过景福堂刚到甬道上，那怡安堂卷棚下的嫂子、姑娘们瞧见大爷，真是野鸟乌鸦似的一群飞过来，每人都要问句好。梦玉答应不及，只有点头乱应道："好，好，好。"宜春、双庆笑道："咱们同四个姨娘正在这儿给新大奶奶收拾屋子，还要给亲家太太预备房屋。横竖总不伤大爷的脸。"梦玉笑道："过一半天，给姐姐们磕头道乏。"李嫂子道："快去见过老太太，好等着接新丈母。"梦玉含笑转身往介寿堂来。迎面遇见四位姨娘，忙上前请安。荆姨娘道："老太太等着见新亲，叫咱们好好儿收拾住房。你千急别引他发烦！太太们快来了，过几天再吃你的喜酒儿罢。"四位姨娘各去办事。

梦玉不进介寿堂，先往承瑛堂。走进院门，只觉满目凄凉。卷棚下有两个听事的姑娘、嫂子，都靠着栏杆打盹儿。启帘进去，见石夫人同芳芸、紫箫在桌边调药，上前跪下请安道恼。石夫人触起伤心，泪下如雨。芳芸道："太太今日狠不舒服，现在服药。若闹点别的岔故，媳妇都要活不了。"紫箫、梦玉亦再三苦劝，石夫人止悲问道："你又得了媳妇？刚才见老太太怎么个欢喜？"梦玉道："还未曾去见老太太。王三舅母们快就来了。"石夫人道："既是这样，咱们闲了再说，你快去见老太太，别要引他悲苦。"紫箫道："老太太哭了几声，气疼的昏晕过去，骇的众人要死。沾着眼泪，痰气就往上冲，很要小心要紧。"梦玉点头答应。

辞出往介寿堂来，卷棚下，姑娘、嫂子俱用手乱招。刚上台阶，五福笑道："老太太等接新亲呢。你上去别提承瑛堂一个字。"梦玉同嫂子、姐姐们问个好儿，忙启帘进去。见老太太坐在云蝠椅上，两旁站着三多、吉祥，忙上前跪下抱腿请安，说道："王舅母们随后就到，叫先给老太太请安。"祝母欢喜道："我的宝贝孩子来了。怎么你不惦记我，直到今日才来？"梦玉将头睡在老太太膝上，答道："王三舅母同薛家妈也同老太太一样，疼的像个宝贝似的，一步儿也不放开。总说：'等着一箍脑儿去给老太太请安。他老人家是个母寿星，活菩萨，咱们去沾点儿福气，还要拜在他老人家跟前做个老女儿。'"祝母摸着梦玉的脸，喜笑道："小油嘴，倒会说个话儿！我那有这样福气，得宰相夫人、宰相妹子做女儿？他们如不嫌弃，咱们常在一堆儿也就有趣。不来就罢，既来瞧我，断不能叫他们回去。总要等你桂三舅母、贾家丈母到来，做他一个大会亲的团圆会，这才有趣呢。薛家妈怎么将个竺姑娘娶了给你？说我给听。"梦玉将入梦之后，遇见薛家妈同到王宅，如可与竺家结亲完姻之事，从头细说一遍。祝母笑道："别说我瞧见好姑娘就要想着给你做媳妇。谁知薛家妈同王三舅母将人家好姑娘娶了送给咱们做媳妇，这个疼你手儿还了得！咱们也得回个礼儿才是。”梦玉道:“薛家蝌二哥同二嫂子将咱们送到了就要去引见赴任,我听见盘费不很充足,我想着要求老太太赏我几个钱儿,拿去送他。”祝母不觉大笑道:“傻孩子,几个钱就想送人?不够人家做赏封呢。等我对二叔叔说,自然办的妥当。我听见你王三舅母办下公馆,他带的人想也不少,公馆随他备下,各人便当。我已派姨娘们在富春阁给三舅母同薛家妈备下住房,床帐等项俱已齐备。后面那一带厢房,不拘多少丫头、媳妇总住他不了。又将瓶花阁西院里那几间屋子收拾给竺太太娘儿去住,彼此都有个照应。你说这主意可好?”梦玉点头笑道:“老太太吩咐的一点不错。三舅母家宅子同咱们的不差什么,也很像个样儿。不拘什么公馆,再没有那样舒服,到富春阁很可住得。一会儿老太太将王三舅母留着,别放回公馆。”

祖孙正说的高兴,五福上来回道:“亲家太太们来了,二老爷同郑姑老父们都在春晖堂见礼。”祝母听说,吩咐梦玉快去迎接。梦玉答应退出。瞧见那些该班执事的各人预备伺候,这会儿无暇应酬,彼此点头含笑而已。

刚到怡安堂,遇见修云带着文来正要往垂花门去,兄妹问好。修云笑道:“我又多了两个嫂子姐姐,实在热闹。掌珠姐姐坐了小月,你也不去瞧瞧。”梦玉道:“我进了垂花门,何曾有一点空儿?好容易护弄的老太太没有出眼泪,这才放心。连妹妹那儿没有过去瞧瞧。这会儿太太们在春晖堂见礼,有会耽搁。妹妹同我到海棠院打个照面,咱们一同出去。”修云应允。

兄妹两个进了院门,翠翘们瞧见笑道:“大爷这会儿新奶奶多着呢,刚才走过院门,连头都不回一回。真个的有了新知,忘了旧好。”修云笑道:“别委屈咱们大爷,实在是没有空儿过来拜望,他不分新旧,总是相知。”梦玉笑道:“还是咱们妹妹不错。”兄妹走进套间,见掌珠倚着个大绣枕,坐在炕上笑道:“今日大爷更忙的利害,连个影儿咱们也够着瞧不见。”梦玉先问个好,说道:“刚才修妹妹说,姐姐害的小月病。我不知道这小月病是个什么症候?想来是受些风儿,不然一准着了凉。”掌珠抿着嘴儿迷迷笑道:“我的症候,不用你管,倒是洗个脸擦掉那些泪痕，接待新奶奶去罢。咱们这院里不用你来讨嫌。”翠翘端上热水，伺候大爷洗脸。梦玉躺在炕上笑道：“我要在这儿讨个嫌，爱依不依。”修云催道：“快些罢，垂花门传了点呢。我可要去了。”梦玉起身洗脸，换过衣服，同修云离了海棠院，走景福堂夹道。

刚走出院子，见各堂执事姑娘、媳妇们分两班齐集站着。一眼望去，都是青纱单褂，月蓝纱裙，两鬓上俱带翠花。兄妹正往前走，见竺太太头一位已进垂花门，第二位是薛姑太太，第三位是王三舅太太沈夫人，第四是薛二奶奶，郑姑太太同桂夫人们一同进来。后面是海珠姐妹，一群仙子冉冉而来。修云报怨道：“都是你耽搁，这会儿站在院子中间，上不了前，退不了后。这是怎么说呢！”梦玉笑道：“你快别言语，跟着我来。”瞧见竺太太们走的相近，忙上前说道：“修云妹妹，在此迎接。”竺太太同沈夫人们拉着修云十分欢爱，赞美几句，同到景福堂。沈夫人对众人道：“竺太太本是新亲，应行大礼，因这儿有不便之处，一切仪文全行删减。刚才见诸位亲家又行过一回礼，若再要挨次拜见，我可实在顽儿不开。莫若咱们老姐妹竟打伙儿一团拜，玉哥儿、魁哥儿同姐妹们也是一团拜，咱们略歇歇腿儿去见老太太。这主意可还使得？”桂夫人笑道：“四姐姐这主意固然狠好，叫竺太太瞧着，未免过于什么些个。”竺太太摇头道：“我这几天贱恙复发，头晕气急，多磕个头儿都是勉强。若行大礼，实在来转不及。”梅秋琴道：“竟依着沈四姐姐，这样最好。等着鞠太太来，一堆儿团拜罢。”太太们一齐坐下。

不多一会，听差的跟着鞠太太进来。桂夫人指着代通名姓，彼此叙过几句久仰的寒暄客话。让竺、鞠两亲家为首，众位太太花枝招展，一齐团拜。梦玉们行过礼，弟兄姐妹又团拜一回。会亲礼毕，让坐送茶。沈夫人笑道：“我同这儿多年亲谊，从未往来。那几年原想着要来瞧大妹妹，一来是道儿过远，出门费事，二层是呆不痴儿跑来，叫人讨嫌。再想不到由咱们姑太太面上成了至亲。可见前生结下缘分，凭你是谁，也总躲不掉的。刚才一见诸位姐姐们，都傻好儿的亲热，早知并不嫌我，前几年就在一堆儿的热闹，还等得到这会呢！”薛姑太太笑道:“嫂子说的不错。我若早知有这承继儿子,也不往四川去受那几年的罪。”众位太太正在用茶叙话,见垂花门老管家婆上来回话。

不知回的什么,且看下回分解。

第四十六回 石夫人重后节哀 桑奶子逞凶撒泼

话说众位太太正在相叙谈心,见垂花门管家婆上来回道:“老太太因有恙不能远接。请亲家太太们介寿堂相见。”沈夫人笑道:“咱们说闲话,忘了去见老太太。”桂夫人陪着走怡安堂甬道,竟往介寿堂来。

进了院内,见祝母站在卷棚下等候迎接。薛姑太太道:“老太太身上不舒服,咱们还照着刚才磕头罢,别叫老太太费事。”竺太太、沈夫人点头道:“连郑大姐姐们拢共拢儿一拜就完了。”顾四太太道:“快些上去,老太太要下台阶了。”梦玉先上前指与老太太知道。竺太太赶行几步,忙上台阶。祝母笑道:“亲家太太,今日初次上门,本该远接,因有贱恙,诸事短礼。连咱们两位世交至亲太太,都要恕我。”说毕,让进堂屋。竺太太们一齐跪下,祝母急忙回礼。拜毕起身,郑姑太太们赶着道喜请安。梅姑太太道:“老祖宗请坐下,让新回来的孙媳妇们磕头。”众人扶祝母坐在自然椅上,梦玉同九如、汝湘、海珠、秋瑞向上磕头。祝母笑道:“竺姑娘初到我家,诸事短礼。郑姑娘更受点子委屈。等着咱们两家婆婆补还你们的委屈才得呢。”梦玉们拜毕后,站立一旁。祝母拉着九如、汝湘看了又看的,笑道:“像这样好姑娘,不嫁到我家来是真可惜!我有两三天没有见郑姑娘来逗个笑儿,实在闷的慌。这会儿是我家媳妇,再不怕你使个小性儿,恼了回去。”祝母一面说话,让亲家太太们坐下。伺候的姑娘、嫂子赶着递茶上灯,就在介寿堂摆设晚饭垂花门知会崇善堂晚供上香。

桂夫人同梅姑太太们饭后带着梦玉、众媳妇出去上晚供。石夫人因身子不快，差芳芸、紫箫出去烧纸，先在灵前哭拜。桂夫人们亦挨次上酒举哀，不敢放声，只可低哭。一会化过楼库，汝湘、九如同芳芸、紫箫拜见。

正欲转身进内，只听见人声喊叫，一路嚷到崇善堂大院子，灯烛照的雪亮。桂夫人大惊。正要查问，见金映媳妇上来回道："张喜的媳妇因栽了一跤，前天坐了小月，身子不干净，血往上冲，痰迷心窍，斜瞪着两眼，精着身子，手拿一条大棍，见人混打，一直到打这儿。众家人恐他跑了上来，因此围住同他对打呢。张喜骇的躲在一边儿傻哭。"桂夫人十分叹息，说道："叫他们不许打伤他，只要将他捆住，赶紧医治要紧。"金家的答应，忙去吩咐。那张嫂子披散着头发，精赤条条，手中拿着大棍，犹如一只猛虎。二三十家人、小子都拿着棍棒打他不倒。那些该班的家人们都在崇善堂卷棚下站着，防他跑上厅来。桂夫人们站在檐前远望。闹了好大一会，众人用长绳子将他绊倒，赶忙捆作一团，抬回他的屋里。桂夫人吩咐老管家槐荫："派人看管，赶紧叫张喜请人医治。管着他，别叫他再跑了出来，像个什么样儿？"槐荫答应，伺候太太们进去，吩咐崇善堂该班的小心火烛，各家人散去不提。

且说桂夫人们一路走着，同梅姑太太说道："张家媳们为的是坐小月闹出这样病症，医的快呢，或者逃出一条命，身子也就糟蹋掉一半，想起来实在可怕。前几天掌珠坐小月，我就很惦记。孩子们年轻，知道些什么？总得对月，才准出房门。我昨日瞧他倒很舒服。"梅姑太太道："咱们家第一是三妹子要紧，他身上的干系重的利害。别管他是男是女。只要平安。这几天过于哭狠了，我听说有些不舒服。那不是当顽的，必得回老太太，将伤心的这一条暂且停止才得呢。就是芳芸、紫箫须要想着法儿宽解他才是孝顺。不过每天出来上饭，哭两声尽个礼儿就罢了。"芳芸们连声答应。

桂夫人来到介寿堂。祝母问道："今日耽搁的这样长远？"桂夫人将张家媳妇的故事说了一遍，祝母们甚觉惊叹。顾四太太道："人家坐小月往往不留意，最容易闹事。我家有个本房的小婶儿，六个月上坐小月子，不知什么淘了什么气，叫着气冲血海。可怜闹的鼻子、口、眼里血都直冒。请多少有名的大夫也总没有医好，白送了一条性命，像张嫂子这神气，也要赶着医治才好。”祝母点头，吩咐陶姨娘赏张家媳妇十两银子，请医调理。梅姑太太道：“三妹子今日扎挣不住，不能出去拜饭。我刚才同二姐姐说，他的身子更有关系，若是闹点儿别的，那是一辈子的后悔。”薛姑太太、沈夫人一齐说道：“倒是真话。三太太这会儿关系非小，先要老太太将心放开，再别提起悲苦二字，还照常欢欢喜喜的，只当没有那一条儿。神佛爷保佑着，生下一男半女，真是万金难买的一点骨血。若是老太太先各自各儿的发了烦，不用说三太太加上些悲苦，连咱们做小辈的觉着诸事为难。”梅姑太太也就着势儿，苦劝一番。祝母笑道：“真个的。我苦会子亦救不了他的命，这会儿实在要保全腹中的要紧。但是他少年恩爱夫妻，忽然拆散，如何一会儿丢得开手？必得姐妹们打伙儿同他混着些儿才好。那几天，怕我见了伤心，以后很可不用躲避。”薛姑太太笑道：“老太太既肯丢开，诸事就很容易。我同三嫂子刚到这儿，蒙你老人家相待亲热，就同自家娘儿们一样。等我大姐姐来了，咱们姑嫂三个要拜在你老人家跟前做个老女儿呢！这会儿将三妹妹交给我，总叫你老人家万安。”祝母同众家太太们无不欢喜。梅姑太太笑道：“我是老太太的宝贝女儿，诸事偏疼些儿。这会有了三个姐姐，他老人家一准要多疼顾些老姑娘。咱们是提着葫芦儿打当当，不是那个打心捶。”祝母同太太们一齐大笑。沈夫人笑道：“你是小妹妹，咱们总要多让你些儿。横竖咱们做姐姐的，总得要受点儿委屈。”顾四太太道：“梅妖精醋劲儿大着呢，生怕人分了老太太的垫箱钱。等桂大姐姐来，咱们约齐拜个十姐妹，连梅妖精算上拢共拢儿拜在老太太跟前，分起垫箱钱来，打伙儿有分。”说的老太太们大笑不止。时夜已深沉，吩咐送沈夫人、薛姑太太婆媳至富春阁，竺太太至瓶花阁西院，各人俱有姑娘、媳妇伺候安寝。汝湘同秋瑞一院。

次日，梳洗之后，祝母亲自回拜沈夫人、薛姑太太、薛二奶奶。只见汪太太们一同出来迎接，笑道：“今日老太太步履比往天更觉强健。薛二姐姐们一来了，你老人家的病就不药而愈。”沈夫人们笑道：“这是老太太过于疼顾咱们，扎挣着回个礼儿。”祝母道：“我有好些日子不出院门，实在昨天姑太太们来了，叫我心里一喜，又谈了半晚上，倒像吃了仙丹似的，病都好了。”祝母一面说话，同进富春阁。彼此见礼请安，让坐送花已毕。祝母道：“今日是崇善堂头七，谈经做斋拜三天经忏。来的亲眷很多，他们见面，一准要说两句劝慰我的话，倒惹起我伤心。因此我一早的过来，同王姑太太混过这三天，连夜间也在这儿。派顾姑太太到介寿堂，给我看管屋子。薛姑太太带着二奶奶同石家姑奶奶们去承瑛堂，想着法儿的劝解三妹子，这两天正是要紧头上。郑、汪、周、柏、江、陆同各本家奶奶、太太们给我接待来的宾客。梦玉、魁儿轮着拜经。海珠姐妹们各去照应，不必在这儿伺候。”桂夫人们答应，恐承瑛堂婆媳出去上香，赶忙同薛姑太太们一齐散出富春阁，都往承瑛堂来。

石夫人正要出去，见薛姑太太进来，站在一旁迎接。薛姑太太见石夫人婆媳刚要跪下磕头，赶忙止住道：“咱们姐妹本来初次见面，要行个礼儿，因三妹妹身子不便，拉个手儿算了罢。”蝌二奶奶同芳芸、紫箫们见过礼。桂夫人将老太太吩咐说话再三传劝一遍。众位太太一齐苦劝说道：“同林拆对，分应悲苦，但宗祧关系重于分镜，只可暂且释哀，上以仰体老母之心，下可慰九原之望。因此请薛二姐姐同二奶奶专到这儿陪着石家的几位姑奶奶们与你作伴。一切上香上供，有媳妇们磕头，全不用你管。丢开手，只当没有这一条儿。”石夫人含泪点头道：“谨遵老太太慈训同众位姐姐垂爱。事已如此，只可丢开。”桂夫人道：“很好。”就托薛姑太太、石姑奶奶在此照应，同众位太太散出承瑛堂，各去办事。

此时，内外亲眷都来做七上供，十分热闹。薛蝌进来，见过祝母。拜见请安后，也在外面照应陪客。崇善堂有甘露寺戒僧二十四众拜大慈悲忏，经声、法器甚觉可听。祝母在富春阁同沈夫人谈些家常事务，十分亲热，彼此只恨相见之晚。薛姑太太与石夫人也说的投机，亲如姐妹。兼着海珠、修云众姐妹同薛姑太太都是前生缘分，而秋瑞分外亲热，时刻过来照应。

坐过晌午，果茶之后，蝌二奶奶惦着两个孩子，要回公馆，薛姑太太同秋瑞商量，别叫老太太们知道，差人送回公馆，明天再来。秋瑞想来也是道理，不便强留。薛二奶奶辞过姑太太同秋瑞出去，走到介寿堂院门，见顾四太太站在影壁前笑道："老太太派我看屋子，姑娘们同该班的嫂子早半天还来打个照面。这会连个影儿也找不出一个，连我的丫头们都到崇善堂看拜经忏，只剩我一个，真个是看屋子。"秋瑞笑道："你老人家别发烦，等我送蝌二嫂子出去上了轿回来，到芳芷堂要两壶陈砂仁酒，再要上几个大肥蟹，咱们娘儿两个乐这么一会。"顾四太太笑道："很好。快来，别叫我傻等。"

秋瑞点头，同蝌二奶奶过怡安堂，见亲眷家的姑娘，奶奶往来不绝。人空里，汝湘过来拉着秋瑞道："你好快活，陪着薛二嫂子看个热闹，任什么儿你也不管。竺姑娘到咱们这儿摸不着门子，也认不得谁是谁。陆四婶子因病着不能过来，差家人媳妇谢嫂子来磕头，打扮的像个妖精，扭儿捻儿走了进来。竺姑娘认作是那家的婶子，赶忙磕头见礼。正要让坐，叫春燕姑娘瞧见吆喝着："这是咱们家大奶奶，你当是谁呀？"谢家的才赶忙走了下去。还有谁家的一个老妈儿，拉着竺姑娘认外甥女儿。说从小卖在这里，这如今长的花枝儿似的，也就不认得我姨妈。竺姑娘气的鼻涕眼泪的哭起来说：'我那儿找这一门子的姨妈？'周嫂子们知道大骂一顿，撵了开去。你说这不是活乱儿吗？本情今日来的客，比老太太大庆的那些更难照应。今日多了崇善堂做斋拜经看热闹，那个出去，这个又进来，咱们尽剩了跑道儿。"薛二奶奶道："我实在惦着两个孩子，要回公馆瞧瞧，不然也在这儿帮你们照应，并不是怕认姨妈躲了家去。"秋瑞们一齐好笑。汝湘道："我同二嫂子出去，差茗烟送回公馆。"姐妹三人出垂花门，叫听差的去找茗烟来，吩咐将轿子搭在崇善堂夹道前伺候。再三叮嘱薛二奶奶明天早些过来，就差茗烟送回公馆。

送薛二奶奶上轿之后，姐妹来到孝堂，对芳芸、紫箫道："咱们跑了一天道儿，脚又疼，人也乏，偷空儿去歇息一会，又要照应晚斋上供。本家的太太、奶奶们尽陪着说闲话，过于自在，也得找几位来帮个忙儿才得呢。"芳芸道："你们去歇个腿儿，我找本家的来照应。横竖误不了什么事。"

秋瑞、汝湘转身到景福堂。秋瑞道："你去找了九姑娘同海丫头到介寿堂来，我到芳芷堂要了酒蟹，同顾二姨妈去看屋子。”汝湘点头。走进景福堂，见桂夫人陪着好些太太们三四桌的看牌、下棋，也有坐说闲话的。四面一瞧，不见九如，忙走出后轩卷棚。见海珠、九如同郑姑太太一路说笑着要往瓶花阁去。汝湘忙上前招呼，郑姑太太们回头问道：“有什么事吗？咱们偷个空儿去歇息一会再来。”汝湘道：“顾二姨妈在介寿堂看屋子，闷的慌，秋瑞姐姐要了些好酒，叫咱们去歇腿儿，妈妈也去坐会再来。”

郑姑太太回身同着往介寿堂来。只见梅姑太太、顾四太太同秋瑞三人剥蟹饮酒，郑姑太太笑道：“我说找不着梅精呢，谁知躲在这儿！”姑娘们赶忙添上杯筷、坐位，三个老姐妹上坐，秋瑞们四人分左右坐下，一同饮酒、剥蟹、谈心。秋琴道：“老太太因新添两个孙媳妇，将一肚子的悲苦减去大半。我在富春阁瞧他老人家说笑的很乐。到底是门子好。像咱们这样穷呆子，要娶一个媳妇也就费事。”顾四太太笑道：“梅妖精别瞧着眼热，等我来相与你这穷呆子，同你结个亲家，将玉书给魁哥儿做媳妇如何？”郑姑太太笑道：“别说我同宰相夫人做亲家，就瞧不起这解元老婆，我也将文湘二姑娘给了魁儿，你要不要呢？”秋琴笑道：“你们是真话呢，还是说着顽儿？”郑姑太太道：“谁家拿女儿说顽话呢？咱们斟满一大杯，饮个同心和合酒。”秋琴笑道：“我不这么饮，要喝你口里的才算。”顾四太太们笑做一堆。

姐妹三个结了亲家，正在热闹有趣，见承瑛堂的书带急忙忙跑来，对秋琴说道：“姑太太快些去回老太太，说二太太这会儿身上很不舒服，见了点儿红。我去找陶姨娘要安胎药。”说毕，转身而去。秋琴骇的一身冷汗，派海珠、九如往承瑛堂照应，服安胎药。收拾妥当，伺候老太太过来看视，一切孝布物件，全行暂换月蓝青绸铺垫，预备茶果。派秋瑞、汝湘将老太太过来必须经过之处，赶紧打扫洁净，地下不许有果子皮核、一切有碍之物。传知各堂姑娘沿途小心搀扶伺候。知会垂花门，请魁大爷陪大夫叶老爷进来看视。传知芳芷、凝秀堂，备办烛纸、一切应用物件伺候。请郑姑太太坐在介寿堂影壁前拦住上下人等，不必往承瑛堂请安问好，以免心烦。

秋琴分派已毕，飞身往富春阁去。秋瑞、汝湘各处传知，一面吩咐赶紧打扫道路。瞧见梅春陪着叶大人往承瑛堂去,随后芳芸、紫箫同桂夫人进来。汝湘迎到怡安堂卷棚下,将刚才书带所说之话及梅姑妈分派之事细说一遍。桂夫人点头道:“很好。吩咐听事的媳妇们去对各位太太们说,三太太心中怕烦,并无别事。请太太、奶奶们都不用到承瑛堂去,说我就来奉陪。”

桂夫人正要往承瑛堂去,见魁儿陪了大夫出来。又听说老太太来了,站住回望。见祝母、沈夫人、梅姑太太急忙忙已过瓶花阁。桂夫人站住一旁,候老太太走到面前,忙上前说道:“刚才听说好些,请太太不用着急。”祝母摇头叹息说:“我早知道必要有这一条儿,真是要命,神佛爷要保佑才好。”这位老太太絮絮叨叨的一路叹气来到介寿堂影壁前。郑姑太太道:“老太太只管放心,不用着急。”祝母叹道:“孩子,我为你母亲急的要死。”秋琴笑道:“这是郑大姐姐,他没有母亲,不用你老人家着急。”祝母笑道:“我害昏了,闹的人都不认得,真是笑话。”

沈夫人们一路笑着来到承瑛堂。薛太太、石姑奶奶们接下台阶,笑道:“老太太很着了急。先前瞧那样范儿,实在可怕。今日幸亏不出去悲苦劳动,不然这会儿早下来了。刚才大夫说,幸亏胎未离经,赶紧服药尚可保住。再若悲苦伤胎,断难保全。这会先服过两丸安胎至宝丸,身上倒觉安静,看来可以无碍。”海珠递上药单,祝母接在手中,一同走进堂屋。

石夫人睡在套间炕上,见老太太进来,说道:“今日实在是佛爷保佑,老太太的福庇。请薛二姐姐在这儿说笑了一天,没有出去,不然竟留不住了。这会儿服两丸药,倒很觉安静,躺着不敢劳动,倒是叫老太太着了急,媳妇心里实在不安。”祝母道:“因你身上关系甚重,我更急的要死。这会儿才放了点心。”让沈夫人们一齐坐下,内外点起灯烛,姑娘们伺候送茶。祝母道:“今日薛二姐姐实在是个救星,想起来令人害怕。刚才叶大夫的话,你是听见的,只要依我说就是孝顺。不知他开的几样是什么药?”姑娘们持着手照,看那脉案上写着几句道:

两关数而不滑,胎未离经,缘悲恸过伤,因而受克。急宜安神理气，以解其伤。倘再为悲气所感，恐难为计也。

人参一钱五分　　白术一钱炒焦
条芩一钱二分酒炒　　连壳砂仁一钱研
茯神一钱五分　　归身一钱五分酒炒
合欢皮一钱水洗　　甘草三分

祝母看毕，对石夫人道："叶老爷说，再要悲苦伤动胎气，断难保全。你想，就望的是这点命根，还忍心叫他去就吗？生下一男半女，是三儿的一点骨血。你从此将悲苦二字丢他到东洋大海，请薛二姐姐、石姑奶奶们同你作几天伴，就势儿将身子养好，我就放心。芳芸、紫箫要逗着你婆婆喜欢，别惹他发烦。以后做斋念经，不拘是谁出去磕个头儿就算了，不过是这么一件事。"沈夫人们都说老太太见的不错。彼此说笑一会，汝湘又将那老妈儿认做九如的姨娘说话，引的祝母们无一不笑。就在承瑛堂用晚饭，沈夫人被老太太拉到介寿堂安歇。

一连拜了三天经忏，众位亲眷太太们都要回去。沈夫人、薛姑太太见石夫人身子安健，约了竺太太同回公馆。将补送老太太的寿礼并送各位太太、奶奶、小姐礼物，姑娘、媳妇、管家婆的尺头、首饰、赏封，各人送到祝府。沈夫人们将祝府相会的各位亲戚太太家都去拜望。有郑府上是新亲上门，大摆筵宴。连祝母、桂夫人们也陪去吃了几天会亲酒。

这日，在家歇息，有松夫人差人送来吊礼。祝筠拆开书子看过，交梦玉送进去，念给老太太听。才知道松柱因地方紧要，不能耽搁，带着家眷由江西一路起身上任去了。专人下书给老太太道恼致慰，又再三奉劝。又留下致桂三老爷书子一封，说作媒之事。祝母道："我打谅他们走这里上任，等我瞧瞧彩丫头病的是个什么样儿。谁知他们又不走这儿，倒要我惦记。"

桂夫人们谈论一会，见槐大奶奶来回，接引庵的姑子们来请老太太安。祝母笑道："请什么安？不过是来领七月半的年例。叫他们进来。"槐大奶奶答应。去不多会，领着老姑子普济，带着徒弟如心、如意、如智、如慧五人，远远的就笑着道："今日又来见老菩萨来了。"

走到屋里先给老太太请过安，挨着一位一位的见礼。普济道："郑姑娘也在这里吗？几时有了婆婆家？是谁家呢？怎么咱们都不知道？"祝母笑道："你又来惹他的气，他那里来的婆婆家呢？"普济笑道："罢呀，脸都开了，还说没有出门！"海珠笑道："你们姑子家多管闲事。"秋琴笑道："对你说了罢，郑姑娘如今也做了玉大奶奶，以后不要叫郑姑娘。"普济道："我说呢，怨不得也穿着孝，原来是三老爷的侄儿媳妇，这就是了。"桂夫人道："你今日来，为的是什么事？"普济道："一来是请老太太、姑太太、太太、奶奶们的安；二来是请七月半年例，烧香都要请去热闹热闹。"祝母笑道："我早知道你的来意是收年例分子。今年去不去都还未定，且到那天再商量。"桂夫人道："我瞧着是去不了的，十五家里有经事，又是董嫂子家里做满月，还有黄老太太生日，都是要去的。"秋琴道："你还忘了一家，众人公分给刘四姐姐饯行呢。"老太太道："真个是倒忘了这件事，十五真一点空儿也没有，断不能到你们那里去。等着过了这件事，慢慢的再到庵里来逛罢。"

话未说完，查大奶奶又进来回老太太说："严老太太不在了，今天夜间入殓。"祝母们都大惊，忙问道："不听见有什么病，怎么好好的就会不在了？"查大奶奶道："查本说是今日早上栽了一跤，扶起来就不知人事，才不多一会儿停在床。"桂夫人道："老太太同海珠、汝湘、九如在家。我同大妹妹带着秋瑞、修云送入殓罢。"祝母点头，十分伤感。吩咐桂夫人留普济师徒们吃了斋去；又吩咐荆姨娘，接引庵除年例处另给八两银，在义冢地上放坛焰口，多烧些纸钱、银锭。荆姨娘答应。

桂夫人领着姑子们到怡安堂去，如智道："我要去瞧桑干妈。"桂夫人道："你那干妈有些要丢人打脸的。依我说不用瞧他罢，别连你也闹的没有了脸。"如智们看见太太的神色口气，知道桑奶子近来有些走不起，瞧他也是无益，就连忙改口说着别的。坐了一会，桂夫人命朱姨娘、李姨娘陪去吃饭，荆姨娘将香金等项都交代明白。

不言姑子们吃饭回去之事。

桂夫人同梅姑太太们晌午大错些儿，都往严宅去送殓。梅春、九如看梦玉、掌珠下棋。祝筠连日回拜各亲友并应酬一切庆吊事务。祝母同鞠太太，在石夫人屋里正商量要同沈夫人们到金山寺去看放河灯，见槐大奶奶进来回说："郑大太太差人下帖，请老太太、鞠太太、姑太太、二太太、三太太、各位奶奶、姨娘、小姐明日过去吃午饭，是必要请过去的。"说着，送上请帖。祝母瞧了瞧笑道："你传话出去对来人说，那天已经陪过亲家太太，这两天乏的慌，实在不能过去。多谢罢！"鞠太太道："都给咱们道谢。"

槐大奶奶答应出去。转到怡安堂甬道上，见多少人站在凝秀堂院门口，喊喊叫叫不知为什么。赶着过去，见是秀春红胀着脸，同兰生、书带在那里不依。还有姨娘、姑娘、嫂子们一大堆，都在那里你一言我一语的说个不休。槐大奶奶走过去问道："什么事高喉咙大嗓子的，叫老太太听见像个什么样儿！"秀春瞧见说道："大奶奶来得正好，方才姨娘屋里大炕上，摆着查大奶奶交进来的利息银五百两，不知叫谁藏起了两大封。书带同兰生他两个不问别的，单找着我问。他们调过来未几时，就摆着姑娘的样儿吹打我。我跟着姨娘这几年，大奶奶是知道的，也没有不见过一个针儿一条线儿，巧巧儿他们来了，就常常的不见东西。这会儿闹的越发好了，连银子成二三百拿了去。我倒念着姐妹儿面上，不好意思提一个字儿，他们倒欺负起我来。怎么堵着脸儿问我，是几时瞧见我偷过东西吗？大奶奶想，叫你受得受不得？"陆进的家里说道："这五天偏是我同宋大妹妹的班儿，叫姨娘屋里不见二三百的银子。若不查了出来，咱们不偷，也落一个做贼的名儿。"书带、兰生道："我们跟着太太多少年，也没有不见过一点儿东西。这会儿闹到贼窝子里来了。咱们为什么糟在这一堆儿呢？果然是一点儿毛病没有的人，谁还敢去问他？"秀春接着问道："你说这话，明摆着我有什么毛病，我还活着干什么？这条命交给你罢。"说毕，照着书带一头撞去。

书带不提防，仰面一跤栽倒地上，秀春也跌在他身上。人空儿里挤过桑奶子，扶起秀春，将书带一路混撕混打，嘴里"千淫妇，万蹄子"的乱骂。书带如何肯依，拉着桑奶子乱抓乱骂。槐大奶奶同着众人那里拉得开。此时各堂的姨娘、姑娘、嫂子们都知道了，赶来劝解。桑奶子抓着书带头发,死也不放。

忽然,人空里挤进一个人来,照着桑奶子眼珠子使劲一捶,桑奶子叫声:"哎哟!"放了书带,赶着拿手去握眼睛。那个人照着胸口又使劲一捶,只听见"咕咚"一响。

不知栽倒了谁,且看下回分解。

第四十七回　周婉贞偷闲说命　梅香月见鬼擒人

话说桑奶子正同书带拧做一堆,不提防被人在眼睛上打了一下,赶忙放手去揉眼睛。又被那个使劲一推,不觉"咕咚"栽倒。那些姑娘们就势将书带拉进院里去了。众嫂子们同槐大奶奶说话。秀春蓬着头去扶他干妈。

桑奶子看见众人都不理他,不知被谁打了一下,栽这一跤,又羞又恼,就坐在地下撒泼打滚的一路混骂,槐大奶奶叫老妈们扶他出去,等着太太来家,"这是要回的。并不与他相干的事,怎么他走出来同人打架?一点儿规矩都没有,这还成个事吗?"七八个老妈儿不由分说,将桑奶子扶了出去。秀春嚷道:"我方才瞧见打桑奶奶的是莺儿。他将人打倒,趁着空儿一溜烟儿跑掉了。主子得了势,奴才就这样的欺人吗?"槐大奶奶道:"秀姑娘,你这些话都是多说,谁叫桑奶子是该同书带姑娘打架的吗?你方才同书姑娘动手,已经不是。他又忽然搅在一堆儿,岂不可笑?真是一点味儿没有的东西!这会儿且将打不打的话搁下,等着太太来家再回。倒是不见的银子,若不找出来,那是我所不依的。"

李姨娘道:"没有别的,等太太回来了,去请示下看是否有一个办法。若是要脸的,赶着拿出来。别叫众人查出来了,倒是有话,这一辈再也别想做人。"槐大奶奶道:"天也晚了,姨娘们赶着吃饭,一会儿好同着出去上饭。"四个姨娘到凝秀堂去用晚饭。书带定要去同桑奶子拼命,众姑娘们再三相劝。刚上了灯,听见承瑛堂奶奶们出去上饭,赶忙跟着。四位姨娘一同出去崇善堂。拜完之后,芳芸们哭一回，烧过纸锭进去。梦玉同梅春在大书房陪着些亲友本家用饭，方才上供时先已拜过。桂夫人们直到四鼓来家。老太太已经安寝，不必再见。各人归房歇宿，梦玉在秋瑞屋里住宿。

次日，各人请过早安，差梦玉、汝湘、九如到公馆去给王姨妈、薛姨妈请安，探听蝌二哥准于几时动身。梦玉们答应，转身出去。槐大奶奶上来，将昨日桑奶子同秀春、书带的事回了太太。桂夫人十分动气，说道："这垂花门里打架，从来没有见过。必得回老太太，要撵他们出去才是道理。你且等我回过老太太，看是怎么办法。"槐大奶奶答应。

桂夫人到介寿堂请安，回了昨日严宅送殓之事，随将方才槐家的话回了一遍。祝母大怒，说道："桑奶子我早已知他不成个样儿。近来越变的使不得，竟敢打架撒泼。这样人还要留他在里面干什么！"查、槐两管家婆站在一边，老太太当面吩咐道："立刻将桑奶子撵了出去，不许留在宅里！秀春、书带打架吵闹，全没规矩。一并发到浆洗处去洗衣服！查家的，到他两个箱子里搜检昨日不见的那两封银子。他各人自家的东西，不用管他。将职事丫头应分的衣服首饰全行留下。"查大奶奶答应，才要转身，芳芸赶忙叫住道："大奶奶且慢去，我还有话要回老太太。"说着走到祝母面前，跪下说道："要求老太太的恩典，这件事实在不与书带相干。他平素的为人，芳芸最深知道的。"紫箫亦赶着过来，跪下说道："书带第一天调过去，当晚就要来求老太太，情愿仍调回他来。他说：'将来必要闹事，为什么一个干净身子，要糟在那里。'彼时紫箫再三劝住，叫他'各样留心谨慎，等着将来慢慢的替你回老太太罢'。他才应允，尽心出力。昨日打架，实在是桑奶子的不是。若说那不见的银子，断不是他拿去故意赖秀春的。芳芸、紫箫可以力保。只求老太太开恩，留着在凝秀堂办事，免去搜检他的东西。"

祝母尚未说话，桂夫人也忙说道："书带自调过去之后，很勤谨小心，媳妇深知道那孩子办事得力。只有秀春近来被桑妈子引诱的不像个样儿，媳妇耳里颇有些儿风闻。因为老太太这一程子心里发烦，且忍着没有来回。就像前日晚上出去上饭转回来，我瞧着一个人在忠恕堂的西厢房里，慌慌张张跑出来，瞧见咱们赶着躲到黑处去。媳妇赶着差人过去瞧是谁。他们来回，是秀春在那里见外儿。我彼时就要将这件事来回老太太。刚进来，郑大姐姐要去，我送他出去，一个岔就打忘了。细想起来，原有毛病。所以书带不问别的，单找着他去问，自然他有个缘故。这会儿老太太将他拢共拢儿撵去洗衣服，倒委屈了这孩子。求老太太开个恩罢。”

祝母叫芳芸、紫箫们起来，说道：“听你们说起来，这书带不但要留他，还该抬举他才是。我竟不知道秀春这样不要脸，总是桑奶子那东西引诱的，断不可留他。”对着查家的道：“你就将他立刻撵了出去，有谁要来替他说情的，我给他一个没有味儿！秀春且撵到洗衣处，等着过几天，我再打发他出去。”芳芸、紫箫赶着谢过老太太。

查大奶奶们到了垂花门，领着几个后生妈儿到凝秀堂来，传了老太太的话。吩咐妈儿们，将秀姑娘的箱子搭到院里来，当面搜检。秀春急的神色皆变，央及查大奶奶道：“我情愿赔那二百两银子，只求大奶奶容个情儿，不用搜检罢。”兰生、如意、仙凤这一般姑娘深恨秀春做这样不要脸的事，带着众人丢脸。这会儿瞧见他这样神色，明摆着是他拿的，当着众人搜出来，像个什么样儿？倘若再搜出别的东西，马上就送了他的命。念着平日姐妹一场，救他一救罢。兰生们都一齐的央及查大奶奶道：“秀姑娘既愿意认赔，求大奶奶通个情儿，叫他拿出二百两银子来就完了。”查大奶奶道：“不是叫他赔。刚才老太太吩咐，叫搜检他的箱子，看有不见的原银没有，并不是昨日不见的银子硬派他偷去的。这会儿秀姑娘情愿赔二百银，明日叫老太太知道，咱们都有不是。他没有偷去，仔吗叫他赔呢？不过搜一搜有没有那两大封原银就是了。他的东西，老太太原不叫动。他只要留下职事姑娘应分的衣服首饰，这会儿咱们准他赔二百银，不是委屈他吗？倒不要耽搁工夫，让咱们瞧一瞧，好叫妈儿们替他搬到浆洗处去。老太太等着回话呢。”秀春急不可解，说道：“总要求大奶奶准个情儿罢！”

此刻，各堂的姑娘们都替秀春臊的无地自容。正在为难，丫头们道：“后院的东大奶奶来了。”只见秋瑞含笑进来。原来是兰生们见这件事下不来，赶着叫人去请秋瑞来，给秀春解这一场大丑。秋瑞进来对查大奶奶道：“且不用搜，我自然有个主意。”赶着去对李姨娘说了几句话，又叫查大奶奶过去也说几句。查大奶奶点点头，走了开去。李姨娘叫秀春到一边去说了一会话，走过来吩咐众人：“都出去，等咱们关着院门，搜的没有影儿，再瞧他的箱子。”众人都说甚是。姑娘、嫂子、老妈们俱走了出来。不多一会，里边开出院门说银子有了，不知是谁藏在炉炕里。

查大奶奶道：“既有了原银，就不用瞧，只将职事姑娘衣服首饰留下，他的东西搬到浆洗处去罢。”众老妈答应着，七手八脚搬的好热闹。查大奶奶吩咐，伺候秀姑娘的丫头三子不用跟去，另候差派。这会儿秀春是羞惭满面，一个人跟着老妈儿们，低着头往厨房后身浆洗院里去了。那桑奶子已被槐大奶奶领着多少人，不由分说立刻撵他出去，交给门上查、槐两个人，叫他安置妥当，再来回老太太的话。

此时，书带已知芳芸、紫箫在老太太面前再三保举他，不然也几乎闹的同秀春一样。书带赶着到怡安堂，先给太太磕了头。桂夫人吩咐他些说话，折到承瑛堂去，正是查大奶奶回话出来。书带上去见老太太，磕了一会头。祝母道：“听见你很出力，诸事勤谨，照着这样下去，我自然还要抬举你。别学那样不要脸的东西。”书带连连答应，站起来走到芳芸、紫箫面前，眼泪汪汪的跪了下去。慌的芳芸们赶忙将他扶住，说道：“各人自爱就是了，老太太再没有不知人的好歹。”书带点头答应。

只见周婉贞进来，向着老太太们请个安。祝母问道：“你到老老家住了几天？”婉贞答道：“住有十来天。因伤风发了几夜烧，不敢回来。知道金陵王姨太太们送新大奶奶来，又是郑姑娘恭喜，亲家太太上门，还有三老爷做斋念经，多少热闹事。我急着要回来，身上再不能退烧，头疼的什么似的。这两天才略么好些，扎挣着要回来。刚才在公馆门口经过，遇见玉大爷同两位新奶奶，一准要我下轿子同进去请安。谁知王姨太太、薛姑太太一见面就骇了一跳，说我是他家侄女儿凤姑娘出来显魂。还有这两位太太跟前的几个姑娘们，瞧着我出眼泪，真是丧气。我坐了一会，身子不舒服，先自回来歇息一天。不知老太太明儿到接引庵去不去?”梅姑太太应道:“不但老太太没有空儿不去,连咱们都不能去。你替我们在佛爷前磕些头罢。”婉贞道:“老太太们不去,我也不去。我要过了十月,方可出门。”祝母们笑道:“这是为什么,好好的要过十月方可出门呢?”婉贞道:“那天在老老家里算命,那个先生说我九、十月间大不好,要过不去,说是要遭凶。若是避得过,将来很好。叫我这几个月千急别出门,总在家静坐着,包管无事。我老老再三说,叫我别到那儿去,避过这几个月,等着十月初四,去给老老做生日再出门。”老太太们笑道:“你听那瞎子的混话。你是个姑娘家,有什么遭凶呢?再别理他,不过两个月小心些儿就是了。”

正在说笑,槐大奶奶进来回说:“梅姑老爷在介寿堂给老太太请安。”祝母笑道:“他逛烦了,又该回来歇息。”同着秋琴娘儿两个回到介寿堂去,海珠、秋瑞左右相扶。梅白在院门迎着,一同进了堂屋,随给老太太请安道恼。夫妻女儿见礼已毕,说道:“三兄弟那病原是好不了的,再不知他去的这样快。细想起来。与其不疼不痒的受罪,又不如早早儿丢开手,省了老太太早晚的牵挂。袁了凡说的好,生老病死,时至则行。譬如一树鲜花,开落各随其便。且天地间事无全美。你老人家既富贵,又寿考。我常听见有人说道:‘能够像祝老太太的日子,叫我过一天就死也甘心。’这样说起来,你老人家是个活神仙,落得逍遥自在,寻个欢乐。儿孙们穷通寿夭,听其自然。你老人家何必还要出神仙眼泪呢?”祝母们不觉大笑,说道:“你这一套话,比八角鼓儿还说的开心。我这几天已丢开这一条儿,真个的,发什么烦呢?”

秋琴道:“二哥哥连日辛苦劳乏,正望你来帮着照应,又别去游山看水的,找不着个影儿。三兄弟虽择了二十八发引,还没有定准,你二哥自然知道。这十八是出殃,老太太同咱们在富春阁躲殃,请沈四姐姐们来听南词。承瑛堂的人,都躲在瓶花阁。二哥哥同你们躲在意园,随你去饮酒行令,全不管了。”香月笑道:“躲个什么劲儿?我从不信什么鬼儿怪儿的,那里有这些老谣?明日十八你们都躲开,让我一个人在承瑛堂坐着吃酒看书。等着有鬼来,我拿着几个叫你们瞧瞧。”祝母道：“罢呀，别的都可呆气，这件事断呆不得的。十八你简绝同二哥哥在园里去吃酒。横竖崇善堂的人前后都躲一个干净，也找不出一个人影儿。”梅白告辞出去，一路走着摇头笑道：“鬼是人做的，仔吗倒要躲他？”祝母们听他自言自语，甚觉可笑。

娘儿们商量一会给蚺二奶奶饯行的话。随将春燕调到凝秀堂，补秀春的缺，又将三多调了怡安堂。吩咐垂花门的家人媳妇们，以后姑娘们不许混自出去，务要严紧管束。因垂花门近来事繁，查、槐两人再分了上下班，不能照应，同桂夫人再三商酌，将周惠的媳妇、廖升的媳妇添派垂花门办事。绣花处派了杨华同金映两家媳妇兼管，他们的针黹做得干净。将文吉的媳妇调出来在怡安堂听事，老太太派定，周家的带了众人上来磕头，各人都去交代任事。姑娘、嫂子们彼此纷纷道喜，热闹了半日。

这几天，四位姨娘都预备三老爷出丧一切事务。陶姨娘屋里有各处来领银两费用，这处那处闹个不了。荆姨娘屋里催办一切素衣素裙，又兼着是七月半，各处寺庙年例香金、油米以及各义冢施食、焰口费用，还带着这个要支工钱，那个要借月钱，不断的是人，无休无已。李姨娘屋里自从给老太太做寿日起，接着三老爷的丧事，这些酒席、点心都算不了的帐，发不尽的钱，又添买各色海味、小菜，买办应用什物。朱姨娘那儿赶办各处素色铺垫，素灯素彩以及连日亲友家庆吊礼文，又添办点心、果盒。这四处的姑娘们，真一刻也不能歇手。怡安堂的甬道上同两廊下，往来不绝，都是办事之人。梦玉、九如、汝湘至半夜回来，说王三舅母们改日来宅之话。一宵无事。

第二日，正是七月十五。祝筠一早起来候众人上来请过早安，伺候老太太到六如阁拈香，又到致远堂宗祠内祀祖。诸事完毕，祝母回到介寿堂。垂花门的查、槐、周、廖四个管家婆，率领着众家媳妇、姑娘们给老太太、姑太太、两位太太、各位奶奶、小姐、姨娘道十五的喜。众人正散了出来，只见祝筠拿着一封书子到介寿堂，见老太太说：“大哥哥有差来，书子上说桂老二一准十六起身。倒是贾亲家作伐，将蟾珠定给三兄弟做媳妇，已经下定做了换门亲。”老太太笑道：“这倒是件奇事，又省了松大哥哥的这封书子。明儿他的家人转去，你将这件事通知他，心叫他放心欢喜。贾大姐姐不知二十起身是准不准?”祝筠道:“信上说，荣府贾大姐姐已经搬行李上船，准于二十动身，万无更改。倒是大哥哥接着老三的信儿，狠狠悲苦了几天，又添出些病症。大嫂子十分着急。这怎么好呢? 我打谅着过了老三的事，要进京去瞧瞧。若是可以动得，就放大胆子下船回来，到家养病还有个照应。这传书问信，到底不是个事。”祝筠一面说道:“将书子递与海珠，念给老太太听。”姑太太们都道:“真个大哥哥来家倒有个照应。这离的远了，倒叫人时刻惦记。”老太太眼泪纷纷，点头叹息，说道:“我前世不知造下些什么孽，叫我老年来见这些悲苦!”祝筠同姑太太们都说道:“这是各人的寿数，勉强不来。求老太太诸事不用放在心上。儿孙自有儿孙福。你老人家落得怡养暮年，以娱老景。何必为儿女们动这样悲苦?”众人苦劝一会。祝母道:“你们今日都有事，出门且去应酬一日，晚上回来写书子，叫你大哥哥带着病儿回来罢，等我瞧着也好放心。过这几天，将东宅里给他收拾妥当。安和堂关的长远，咱们先派些人过去住着，别冷了屋子。薛姑太太的蝌哥儿，他同二奶奶一准明日起身，我也再三留他不住。王三姨妈说，孩子们做官心切，让他去罢。况且限期已紧，不能耽搁，我想不便强留。明日一早，将程仪礼物先行送去，就请蝌二哥过来，在这儿饯行上船。王三太太们，我都说明，搬到咱们富春阁，住到贾大姐姐们来了才许回去。他们俱已应允。叫垂花门差人知会几家至亲太太们，明天到我这儿，给薛二奶奶公饯罢。”祝筠同桂夫人答应，一齐退出，各去应酬办事。

祝母领着海珠、芳芸们祠堂拜祖。晚上是十二众戒僧施食焰口，各处烧包化纸，好个热闹中元鬼节。

将日一早，桂夫人将应送的一切礼物先行送去。薛蝌夫妻不敢辞长者之赐，全行拜领。赶着将应带去之衣箱、行李物件俱发上船去。祝府差人请过数次，沈夫人、薛姑太太领着薛蝌夫妻来到祝府。郑姑太太们早已等候，彼此相见，请安问好。祝母十分欢乐。连日石夫人调养强健，因想着腹中骨血要紧，不敢违老太太之命，将悲苦心肠且丢在一边，同众姐妹们照常说笑。祝母甚觉安慰。今日给蝌二奶奶饯行，又是接着定蟾珠的喜信，还兼着郑、顾、梅三姐妹结亲家，给魁儿定亲，将祝母乐的笑不绝口。

早饭之后，都往天香阁赏新桂。此时正是孟秋时节，天气爽朗。祝母们各谈些家常事务。蝌二奶奶娘儿们未免有分离之感，依依不舍的再三叮嘱。沈夫人道："二奶奶，你只管放心，不用惦着你家太太。虽是儿子媳妇不在跟前，你是瞧见的，咱们姑嫂就同手足姐妹一样，再受不着一点儿委屈。这会儿又得了你梦玉兄弟，也同亲生儿子不差什么，这儿老太太又疼顾的什么似的。接着是大姨妈回来，宝姑娘母女重逢，还添了个月姑娘的女儿。你想想，太太还怕无人照应吗？只要你夫妻和顺，二哥儿的官声卓越，给父亲争气，这就是孝顺好儿子。像这会儿，你两个哥哥嫂子何曾在我跟前？咱们这些人家子弟，守着父母终老的也就很少。"薛二奶奶连声答应。梅姑太太道："让他到海棠院去同众位姐妹们叙谈一会，咱们也就上席。他有小孩子的，让他们早些儿上船罢。"薛姑太太道："大妹妹说的不错。既蒙老太太同姨妈、姑娘们给他饯行，赏他酒饭，就让他们摆在海棠院罢。"桂夫人道："这很使得，兄弟、妹妹们都一堆儿的热闹。"

薛二奶奶离了天香阁，出如是园，见各家跟来的嫂子们多半在值宿房里叙谈说笑。刚走到瓶花阁院门，修云、汝湘、九如笑道："在这儿迎接大驾，叫咱们站在影壁前等这一大会。"邢岫烟道："候太太们说完话才得下来，倒要妹妹们劳驾。"姐妹四个一同来到海棠院。梦玉、梅春、海珠、掌珠、秋瑞、芳芸、紫箫就安席、让坐、送酒。姐妹弟兄共坐两席。因相聚亲密，眼见就要分离，甚觉难舍。邢岫烟道："当年我在荣府大姨妈家，宝兄弟同众姐妹、姑娘们也很说得上来。就是宝兄弟同林姑娘常要害病，令人讨嫌。自从我嫁到薛家，跟着太太，离了荣府已是多年。今与玉兄弟、众姐妹相逢，就像遇着当年姐妹一样，连相貌大概相同。这秋瑞妹妹，咱们更有一段前生缘分，一见面就很亲热。"秋瑞笑道："我也说不出这缘故，自然前世有些道理。"

姐妹们畅谈无已，见红绶进来说道："太太见天色将晚，叫二奶奶带着太阳光儿上船吧。二爷进来磕头拜别呢。"邢岫烟不敢耽搁，同弟兄姐妹依依难舍，哭拜一回。掌珠不出房门。梦玉姐妹同至富春阁，祝母们正同蝌二爷说话，邢岫烟走上去同着夫妻拜别。祝母见他们要去，甚觉不舍。薛姑太太母子、婆媳分外伤感，彼儿哭的难住。祝母同众位太太送到垂花门口，命梦玉、梅春姐妹送上船去。赴任之事，祝母、薛姑太太有伤离之感，留下众位太太相陪欢笑。

住过十七，到十八早是躲殃日期。石夫人跟着老太太在沈夫人富春阁，芳芸、紫箫俱往海棠院，丫头、嫂子各人住开。承瑛堂设了三老爷坐位，摆上供席。卧房内外地下筛上细灰、香烛、酒饭预备守夜。怡安堂添派丫头、媳妇们看管守夜。各处院门、房门俱挂镜子、弓箭、腰刀、宝剑，窗前檐下都是红彩朱符。到上灯以后，介寿堂、承瑛堂静悄悄的，并无一点声响。祝母在富春阁听说南词。梦玉、修云、梅春同姐妹们都在海棠院。四位姨娘邀些执事姑娘，在集瑞堂饮酒作乐。祝筠、梅香月、鞠冷斋请了本宅的清客师爷，都在意园吃酒热闹。

梅香月吃到半夜，酒酣兴发。因想着要去瞧鬼，三不知的溜出园来。此时到处都是关门闭户，甚觉可笑。独是一人走到崇善堂，静悄悄并无声响。灵前点着一对白烛，结着两个大烛花，昏光摇曳。随将烛花剪去，看那桌上供的酒席丝毫未动，因对着祝露的影像笑道："我知道，三兄弟一人饮酒寂寞，特来奉陪，畅饮三杯。生死虽是异路，亲谊原是相同。虽人鬼相见何妨？"说着，将供的酒杯举在祝露嘴边，敬了一会。放下杯子刚要让菜，只见两只烛花忽然一缩，绿阴阴的光亮只有豆儿来大，觉得身上寒毛一齐竖起来，笑道："三兄弟来了，我正在这里等你。"道言未了，烛光忽然大亮，四处一看，并无影响。瞧见那孝幔倒像有人扯着乱动。定睛细看，依然如故。正在思想，忽然孝幔里像是东西炸开的一响，其声甚大，不由的唬了一跳。仗着胆子将灵前烛台拿了一只，走到幔边刚揭起半幅，迎面一阵冷风直吹入骨，接连两个寒噤，口中一晃，将一只蜡烛吹灭，竟掌不住。那周身寒毛又俱直竖。桌上的那烛光又阴了下去，赶着过去将手中这烛对上，刚才点着，只见挂的那幅影像乱响乱动起来，狠像有人拿手在上面擦的响。不觉身上又起了一个寒噤，忙问道："三兄弟回来了吗？"连问两声，并无答应，狠觉有些胆寒。那两只烛光不住忽明忽灭。耳边隐隐的听见叹了两口气，其声又轻又冷，不像人声，想道：

"必是我阳光在此,阻住他不能来去也未可定。谁知人鬼果然各别,要见个面儿,也就费事。"对着影作了一个揖,说道:"三兄弟!我在此叫你不安,我去,让你出来逛逛。我刚才一团高兴,被你骇的酒已全醒。"折转身走出灵前,看见厅上远远站着一个大黑影子,有一丈多高,屹然不动。放大胆赶着去瞧,又寂然不见。再回过头来,见灵前站着两个人,看不出面貌,孝幔边像是祝露站着,只是烛光昏暗看不真切。忽然一阵冷风,吹的寒毛直竖。见祝露坐在上面举杯饮酒,有两人站在桌前,在菜碗上就着大吃的热闹。忽然慌慌张张转眼不见,有阵冷风一直扑了出去,烛光复然大亮,想鬼已去。听见台阶下,"咕咚咚"两声甚大,像是跌倒两人。

此时十八,正是月明如昼。走出厅前,望见阶下躺着两个人。走下台阶弯身细看,不知是人是鬼。四面并无人声,只得找到门上,看见门房里灯烛辉煌,都在饮酒谈笑。梅香月隔窗叫唤,里面众人听是姑老爷声音,一齐出来问道:"怎么姑老爷不叫个人跟着?"梅香月道:"且慢些说别的,你们快去瞧,崇善堂院子躺着两个不知是人是鬼。"众人吃了一大惊,赶忙点上灯笼,一大阵跟着姑老爷来到崇善堂阶下,只见直挺挺躺着两人。拿灯笼照他脸上,都擦着黑煤,身上装束是个做贼的打扮。查本道:"这两个是贼无疑,一定来偷东西,叫三老爷拿住着了。"梅香月点头说:"一丝不错。你们去请了老爷来瞧。"跟班的答应,飞跑去请老爷。不一会,祝筠、鞠冷斋同着一阵出来问道:"你半天在那里?叫我们好找。"梅香月笑道,将方才到这里所见一切,直说到这两个跌倒之事。众人听了大惊,祝筠吩咐先将姜汤灌醒,再捆他起来。众人答应,立刻取姜汤将两人灌醒。瞧见老爷们都在面前,那两个跪在地下不住磕头,只求开恩。祝筠听两个人声音很熟,吩咐将他们捆起来,众人一齐答应。那两个人越发着急,尽着磕头,口里只说小的该死。周惠们不由分说,竟将两人捆住。祝筠就派人管着,明日一早送官。说毕,同着梅香月们回到意园,重新又吃起酒来,整整热闹了一夜。

不觉金乌东上,玉兔西沉。老爷们在园里梳洗已毕,用过点心,走出园来,瞧那两个贼到底是谁。此时崇善堂同承瑛堂两处正放过鞭炮,打扫完结,众家人里外忙做一堆。祝筠来到崇善堂院子里,看那两人都是黑衫黑裤,鞋袜都是黑的,脸上擦着锅煤,见老爷只是磕头。祝筠问道:“你们两个怎么跑到这里,偷了些什么?”两人一齐答应道:“小的们原想偷点东西,刚到这里就遇见三老爷出来,将小的们每人打个嘴巴。小的们跌在地下,不省人事。只求老爷开恩。”祝筠叫人将他两个脸上锅煤洗掉些,瞧瞧是谁。跟班的忙取些水来,给他们擦去黑煤,才知道一个是桑进良,一个是打更的老陶。祝筠越发动气,立刻差人备了名帖,将他两个送到县里去究治。这些二爷们没有一个不恨桑进良,好容易他今日做出这丢人的事来?谁肯容情?马上拿着老爷的帖子,竟往县里一送。那县太爷将他两个拿去问了缘故,每人重责三十板,发交地保管束。祝府里内内外外都知道桑进良同打更的做贼,被三老爷显灵将他拿住,一个个大为惊异。梅香月又将昨晚亲见那些光景说的人人害怕。

老太太们没有不赞祝露灵爽,连日给三老爷做经事,超度他早生人世。

且慢表祝府之事。

且说王夫人因祝太太来请,说到了家信请去说话。以此十六一早起来用过点心之后,就叫宝钗、珍珠分路去找补辞行。珠大奶奶、友姑娘专管收人家的送行礼物。琏二奶奶、月姑娘、巧姑娘照应分送别人的一切什物东西。又请蓉大奶奶过来也帮着照应料理。王夫人吩咐明白,然后出去上车,刚要出大门,只见两个人急忙进来,赶到车边一齐跪下请安。王夫人瞧见两个人,满心欢喜。

要知来的是谁,且看下回分解。

第四十八回　荣国府分金睦族　大观园对画伤情

话说王夫人要到祝府去。坐上车刚到大门,见两个人走到车边跪下请安。王夫人定睛一看,原来是贾环同贾兰叔侄两个回来了。心中大喜,问道:“你们路上不辛苦吗?学堂里东西都带回来没有?

可曾谢过先生?”贾环道:“已辞谢了先生并同窗朋友,学堂里一切物件全交李贵收拾妥当,俱带回来。”王夫人道:“交给林之孝,先发下船去,只留随身行李。咱们二十起身,你同着兰哥儿进去,大嫂子在家。四姐姐同六妹妹都是我的女儿,你们应该见个礼。我这会儿要到祝二姨妈家去,你两个在家歇一会儿,叫董升跟着到祝府里来拜见二姨夫同二姨妈。”贾环连声答应。王夫人吩咐已毕,家人们扶着车出门去了。

贾环叔侄两个进来,大奶奶瞧见十分欢喜。叔嫂见礼之后,兰哥儿给母亲磕头请安,见过友姑娘、薛宝月姑娘、巧姑娘、蓉大奶奶。珠大奶奶拉着兰哥儿,娘儿两个说了一会家中事务。荣府内外大小男女,都知道环三爷同兰大爷回来,赶着上来请安问好,热闹了半日,方才完结。珠大奶奶叫环兄弟带着兰哥儿到宁府拜祖先,给大老爷、大太太众人请安,再到祝府里去,贾环命李贵跟着,同贾兰到宁府去拜祖不提。

且说王夫人到了祝府,问过亲家的病,同柏夫人叙些闲话。柏夫人命芙蓉将家书取来给大姨妈瞧。王夫人笑道:“你竟念给我听吧。”芙蓉站在王夫人旁沿儿,从头至尾念了一遍。王夫人心中大喜,说道:“梦玉好运气,承继给我薛家二妹妹,给他娶了个媳妇。王三舅母又娶郑姑娘与他。一同都在镇江,蒙老太太相待亲热,留住不放。梦玉将我金陵屋子收拾的过于体面。这孩子傻气,仔吗的修掉一万多银子?等我回去慢慢谢他。”柏夫人道:“自家的孩子,说什么谢呢?给丈母出个力,也是本分。”王夫人道:“真个是至亲关切,令人心感。”

老姐妹彼此说笑了一会,伺候的摆上早饭。两位太太用过,正在吃茶。媳妇们进来回道:“大姨太太的三爷同小大爷来了。”王夫人对柏夫人道:“你三外外同外孙儿今儿才到,过来请安。”柏夫人听说,赶忙叫请进来。嫂子们答应,去不多会,同着贾环叔侄进来。柏夫人瞧他叔侄两个差不多的年纪,都生得十分清秀,心中早已喜欢。贾环先给姨妈磕头请安,接着兰哥儿过来磕头。祝太太很乐,扶他起来。拉着叔侄两个看了又看,赞不绝口,说道:“真是大家子弟,将来都是翰林清贵。”王夫人道：“托姨妈的鸿福。”命贾环见过芙蓉妹妹，兰儿拜见姑姑。柏夫人笑道：“芙蓉真造化，有这样好哥哥、侄儿，真便宜他。”王夫人笑道：“做姑姑的不便宜，还要折本！”柏夫人笑着道：“那自然，这么好做的姑姑，也得要破费破费。”命芙蓉：“领着三哥同你侄儿去见老爷。”芙蓉答应，三个人来到上房。叔侄请过安，站在炕前。祝大人瞧见很为赞美，将他两个拉在身旁坐下，讲了一会诗书学问。晚间就陪着亲家老爷在屋里吃饭。这天是给王夫人饯行，送了一席去请大奶奶们，差芙蓉去作陪。两边府里直热闹到半夜方散。

贾环们回家，又见了宝二奶奶同四姑娘。

次日，祝府里差人送礼来。是祝大人、祝夫人给环三爷同兰大爷的，还有芙蓉姑娘给兰哥儿的东西，王夫人都叫收下。饭后命宝钗、珍珠、友梅三姐妹到祝府去谢酒，将随身箱里存下祝府的二千两别敬，芙蓉二百两，四位姨娘每人一百两，另有三百两赏祝府内外大小男女众人，交给祝太太，按着他们职事等第分派。宝钗叫李贵进来交给他，先着人挑到祝府去等着。李贵道：“二奶奶同两位姑娘共三辆车，可以分着带去，又还省事。”珍珠说：“倒也不错，再叫两个人来帮着搬去罢。”李贵答应，出去同着几个跟班的进来，将银子都搬到三辆车上。宝钗姐妹三个辞了太太们，各带一个丫头出去上车。王夫人命贾环两叔侄，到王公侯伯文武各官宅里辞行。

林之孝夫妻们连日辛苦，将宅里的事务料理明白。这几天是大老爷那边派人到船上照应。荣府的零碎东西，尽给人拿了个干净。大奶奶发明日大厨房里办酒席费用、海菜，吩咐柳嫂子先上船去照应，管理路上伙食。同平儿斟酌，将用不着的丫头、媳妇们先派些去船上照应。这些人一个个搬的搬，运的运，一会儿工夫去了一大阵。

到上灯时候，宝钗们回来说：“干妈们都再三致谢，说今儿心里不自在，也想不出什么说话，等着见面再谢罢。”王夫人道：“你妈妈昨日好好的，怎么今日又不自在？”珍珠道：“昨晚上太太回来之后，干爹瞧见几个人来请上任，打半夜后就有些发迷，到这会总还是半醒半睡的。干妈很着急，今儿愁的什么似的。芙蓉妹妹说：‘自从接着三叔叔的信儿，这两晚上很有响动。昨晚上杜姨娘、许姨娘正是老爷发迷的时候，他两个刚到上房台阶，瞧着像是老爷走出来，后面还跟着两三个人。两个姨娘赶忙让开，看见走了出去。他们今儿也不敢对太太说。’看起来，只怕干爹的病竟有些费事！”王夫人听了，十分叹息，狠狠的替祝太太忧虑，说道：“你们忘了那年咱们老爷去世的那几天，也不是见神见鬼的？这个也说看见老爷，那个也说看见老爷，嚷不多几天，真个老爷不在了。你瞧着祝亲家，只怕总在早晚要去，倒不知他的寿器办了没有？”宝钗道：“今儿听见门上的在那儿说，还了八百银他还不卖，想来说的是这件东西。”珠大奶奶道：“我听见那天林大奶奶说是谁家要等着银子使，情愿将一副阴沉板贱卖。我还笑道，谁要这样东西？这会儿既是二姨夫要备这件东西，不如叫林之孝来问明白了。太太写封书子，通知二姨妈买下他的，这倒是一举两得。”王夫人点头道：“这倒使得。”忙着人去叫林之孝。

只见贾环同兰哥儿来到上房，王夫人问道：“你们两个今日走了几家？”贾环道：“上半天，我同大侄儿各人分路。到下半晚儿在道儿上遇着，一同又走了二十几家，在刘公爷宅里吃晚饭回来。两个人也走了有一百多家，都是要紧的。明日一早再到各处走几家，晌午回来陪客。”王夫人道：“你们到家也没有歇歇，又骑了一天的牲口，各人去睡罢。明日还有多少事呢！”叔侄两个答应，各人到屋里去了。

嫂子们带林之孝进来。王夫人就将珠大奶奶方才说阴沉板的话问他。林之孝说道：“前几天有位宋少爷，因输了几百银的赌帐，叫人逼住要的狠紧。他的父亲也是老爷同衙门相好，在外做了几年外官，很有点子宦囊。这位大老爷不在了，只生一位少爷，爱嫖爱赌，不多几年将一分家私闹的精光，房子也卖掉了。这副阴沉板原是他老太太的寿器，那年他老太太不在了，他们随便买了一口材装殓，就留下这副板来。起初要卖三千二千，后来减到一千五百，这会儿输的不像样儿，有几百银也就卖了。那天他特意到奴才家里来托这件事，务必要给他找个主顾。我应他只好留心。既是亲家大人要备办这件东西，这倒很好，替他卖掉了倒是两全其美。”王夫人叹息道：“人家积下金银田产，原要留与子孙去受享。这样看起来，子孙可以不必要，家私也可以不必有。你只想他的父亲,也不知费了多少心血,千方百计弄下这些家私,白遭了多少人的怨骂!都叫这位少爷替他还了一个干净,真是可怜的。既如此,你就去问一问,同他说明价银,赶着去见二姨太太。就说我叫你过去说的,请二姨太太赶着就办了罢。”林之孝答应,赶忙去办。

王夫人们又谈论一会,上房的钟已交亥正。宝钗道:“夜已不早,请太太安置,明日又要辛苦。”王夫人道:“你们也连日过乏了,都去睡吧。”太太卸妆安寝,奶奶们也归房,一宿晚景休提。

次日早晨,贾环们进来请过安,禀明都去辞行。林之孝进来回太太:“昨晚上到二姨太太那儿去,已将那件事办妥了。说定七百银,今儿一早交代,板已发到西来寺去动手赶办呢。二姨太太叫谢谢太太的关切。”王夫人道:“这叫姻缘板,该是谁的,再也不能勉强,真也是个奇事。”王夫人叹息了一会,问道:“你今儿还有事没有?”林之孝道:“今儿还有好些零碎同连日收下来的礼物,都赶着发下船去。剩了明日一天,省得手忙脚乱的,倒来不及。”王夫人点头道:“倒也罢了,一会儿老爷、太太们到齐了,人不够使,到大老爷那边去叫几个来伺候。”林之孝答应,出去照着料理不提。

这里王夫人们赶着用过早饭。到晌午些儿,贾府合族男女老少以及各家亲戚都陆续到了。此时,外面是珍大爷父子同着环三爷叔侄四处分陪;里面是王夫人、琏二奶奶、宝二奶奶、四姑娘连着邢夫人婆媳三个,作四处分陪;珠大奶奶同月姑娘、友姑娘、巧姑娘在各处照应,来往忙个不住。那些太太、奶奶、姑娘们没有一个不依依不舍,眼泪汪汪的叙谈不了。到晌午以后,内外都已到齐,将些家人、媳妇们忙的手脚不停。不一会,都摆上酒席。王夫人同着奶奶、姑娘们安席送酒,十分热闹。酒至数巡,王夫人命林家的带领着媳妇们,将封好的别金照着签子,先由本族以及亲戚,按着酒席一位一位送去。此时内外亲族无不欢喜感谢,喜不自已。王夫人道:“不过是代我老爷稍伸未尽之心,兼以志别。从此南北分飞,相逢难必。将来儿孙辈进京,诸望照应,实为深感。”众太太、奶奶们都连连答应,无不感佩流泪。这一天,直吃到半夜方散。

珍珠、宝钗、友梅三姐妹，是王夫人叫他们偷空儿轮着去看祝大人的病势，总说是十分沉重。王夫人们都很惦记。次日十九，是宁府饯行。早上太太领着大奶奶，都到祝府辞行。虽是隔两三月就要见面，这会儿倒像要别几年的样子。老姐妹两个说不了的话，兼着芙蓉这些小姐妹们难舍难分，还有四个姨娘也拉着哭的伤心。王夫人对柏夫人道："我看妹夫的病势有些难愈，这是各人寿数，难以勉强。倘有不测，你身子要紧，千万不要过于悲苦，赶紧料理起身。我不能在这儿给你分忧帮忙，总望你节哀保重，千急千急！"柏夫人含泪点头。王夫人又嘱咐姨娘同芙蓉们："倘若老爷有些什么，你们务要解劝太太，别苦坏身子。诸事要你们当心出力。"众人都掩面呜咽，点头答应。柏夫人备了早饭，王夫人们那里吃得下，随便用了点子。又在上房坐了一会，看着祝大人总是昏昏沉沉，似睡非睡。宝钗、珍珠站在炕边，不胜悲楚。王夫人见天已将晚，只得含悲辞别，对着柏夫人道："我明日一早上船，不但妹妹不用去送，就是蓉姑娘同众人都不用去，横竖至多不过三个月就见面。咱们比不得桂三妹妹有几年离别，有那些别愁离恨。我同你免了这一条儿罢。"柏夫人点头流泪。

两位太太在堂屋里彼此哭拜。大奶奶们也过来拜辞。宝钗、珍珠抱着柏夫人，伤心的不能仰视。柏夫人那里还说得出一句话来，赶忙扶起大奶奶、薛宝月，拉着宝钗、珍珠、友梅哭个不止。琏二奶奶拜辞宗结，巧姑娘同两个奶子抱着慧哥儿、毓哥过来磕头。可怜柏夫人这会伤心难解，也不知对那个说话才好。王夫人道："天已晚了，咱们就此一别。"正要出去，有祝府的老管家婆领着嫂子、姑娘、丫头们上来给大姨太太磕头谢赏，王夫人吩咐他们些说话，众人都连声答应。接着门上老家人张本、陆宾率领众家人、小子叩谢姨太太同各位亲家太太、姑娘的赏。王夫人又俱一一吩咐，说道："若是老爷有些什么，你们都要求太太别过于悲苦，也就赶着起身，诸事全仗你们料理。"张本们都一齐答应道："姨太太只管请放心，奴才们世受祝府的恩典，自当竭力图报。设或老爷有点什么，也自然赶着起身，再耽搁下去，恐其冻河难走。"王夫人点头道："是极。你们看光景去办就是了。”说毕，辞别出去上车。柏夫人拉着道：“姐姐到镇江且住几时，等我到家再回金陵。”王夫人含泪点头道：“我自然也耽搁几天。等妹妹来家，我再来同你多住几时。我多年没有回家，也要去上上坟。将家务料理料理，交给大奶奶们，我就一点儿事也没有，带着宝钗、珍珠、友梅、巧姑娘都到妹妹家来住一年半载。横竖我同你相离不过三四百里，朝夕可以见面的。”太太们说着，已来到大厅。王夫人再三说道：“妹妹明儿千急别叫人来，我一早就起身，到家再见吧。”柏夫人点头，不胜悲感。大奶奶们拉住芙蓉哭个不了，琏二奶奶也是依依不舍，彼此千叮万嘱，不得已挨次上车。

柏夫人同芙蓉瞧着王夫人们车出大门，这才进去。说不尽那一番的离情别恨。来到上房，派陆宾夫妻两个明日一早到船上送大姨太太，下去一站回来。陆宾夫妻答应，自去收拾不提。

且说王夫人带着奶奶、姑娘们坐在车中，都是悲悲切切，十分难舍。走了一会，来到宁府。此时邢夫人们正等的着急，天色已晚，媳妇们进来回说：“二太太来了。”珍大奶奶领着蓉大奶奶赶忙去接，刚走出垂花门，正遇着王夫人们进来，珍大奶奶笑道：“怎么二婶子这会儿才来？叫咱们太太等的着急。”王夫人笑道：“你亲家姨儿再也说不完的话，又兼着你亲家那样儿，只怕就在早晚，越叫人瞧着心里难忍，只得同二姨儿多坐一会子。”说着，来到上房。见邢夫人在大院子里站着，笑问道：“怎么这会儿才来？”老姐妹儿拉着手来到上屋，彼此见礼，让王夫人坐下。珠大奶奶、宝二奶奶、薛姑娘、四姑娘、六姑娘先给邢夫人请安，让琏二奶奶同巧姑娘过来请安。两个奶子抱着慧哥儿、毓哥儿过来给奶奶请安。邢夫人见他弟兄两个装扮的一个样儿，十分可爱，将两个都抱在怀里，亲香一会。珍大奶奶婆媳两个也给王夫人请安，同珠大奶奶一班姐妹见礼。热闹了好一会，这才完结。丫头、媳妇们送上茶来，两个奶子将哥儿们抱去。邢夫人问道：“环儿同兰哥儿不同你们在一堆儿吗？”王夫人道：“还有两处去辞辞行，只怕是刘大人留住他们两个吃饭罢。本来要交代房子，叫他们今儿就着人来收管一切东西，不然明日一早咱们只顾起身，谁还有人去给他照应呢？”邢夫人点头说道：“这是要紧的。你明日起身也不用过早。在我这儿吃了早饭，慢慢上车，不过四十里就到了船上。横竖后日才开船呢。咱们这一别要隔几年见面，多坐会子也好。昨晚上大老爷在这里提起，过一半年也要回去。说起剪子巷的房子，也难以收拾。他的意思也要在你们清溪里的左近找一所房子，不过几十间的就够了，要那大房子干什么？”

邢夫人正在说着，媳妇们回道：“老爷上来见二太太。”王夫人听见赶忙站起，贾赦进来见过礼。众人又俱请安，依次坐下，丫头们送过茶。王夫人道：“一家手足，何必拘礼？又要费事，叫咱们过来吃饭。”贾赦道：“不过是一杯水酒，给弟太太润润行色，请过来坐坐，也还有事相托。我自从戍上回来，老而多病，精力日见衰颓。像二兄弟那样的强壮，尚然去世，何况我老年衰朽，更难自料。倘若有个长短，又要费珍儿们的大事。所以我近来亦很念家乡，打谅着过年秋间我老夫妻两个也回南去，这里留珍儿夫妻儿女在此供职。我到家，横竖有琏儿媳妇同孙子孙女儿，我老夫妻很不寂寞。况祖宗坟墓也有多少年未曾祭扫，心中甚是不安。不趁我这会儿还支持得住，赶着回家，将来回去就费事了。只是那年二兄弟送老太太灵柩回来，说起我剪子巷的房子已坍塌不堪，听说大半皆成空地。我想想造起来也很费事，况我也要不了多少房屋。只要够住，就是再有一个小园圃儿，可以栽花种竹，足以娱老，也就是老年的福气。还想什么少年的热闹吗？我奉托弟太太，到家之后，叫他们就在你们清溪里左近，给我找一处房子。请弟太太去瞧，如果合式，只管买下。不必写信问我，往返倒耽搁日子。至多只要三十来间房子，多了也是白闲着。”王夫人连连答应。邢夫人道：“天晚了，咱们吃了饭再说罢。”贾赦道：“我外面还请着客，也要去陪他坐席。”说着，辞了王夫人出去不提。

珍大奶奶吩咐媳妇们点灯摆席。宁荣两府的丫头、媳妇们都是伺候惯的，一声答应，立刻红烛高烧，珠灯烂熳，就在外间碧纱槅里设下两席。今日是给王夫人们饯行，大开筵宴，水陆并陈，十分富丽。两府的太太、奶奶、姑娘们彼此开怀畅饮，十分亲热，直热闹到五更方回荣府。

谁知贾环叔侄也叫几位公侯的小爷们拉去一夜未回。王夫人们都因身子困乏，又兼过醉，到家后赶忙睡觉，不暇细问。直到红日三竿，方才起来梳洗，吩咐媳妇们收拾行李等物，一箍脑儿先上船去，只留下跟班服侍的男女家人。众人的行李都早已上车，就等的是太太、奶奶、姑娘、爷们行李。家人们进来一齐动手，一会儿就捆好搬了出去。珠大奶奶、琏二奶奶带着丫头、媳妇四下里搜寻细看，并无遗下物件。

王夫人问道："宝钗、珍珠仔吗半天不见？"抱琴回道："到大观园去了好一会子。"平儿笑道："他两个想来又到怡红院去做梦呢！"珠大奶奶道："咱们也去瞧瞧。"说着，同平儿、友姑娘、月姑娘四人走进大观园来。到怡红院门口，听见他两人大放悲声，哭的凄惨，大奶奶们心中也有些悲感。到了屋里，见宝钗、珍珠坐在宝玉炕上，手中拿着一幅画，在那里哭个不住。平儿们一齐流泪，说道："太太等着上车，你们再哭一会，我也要大哭起来。"宝钗、珍珠慢慢止住哭声，对他们说道："你看这是宝玉的手笔，上面有我同林妹妹题的诗，是四姑娘贴在壁上。如今我们同这间房子要长别了，想起宝玉当年光景，我们在这间屋里一番相聚，而今物在人亡，真叫人肝肠俱碎矣！不能不对此一哭。"平儿道："我也想起心事，让我畅哭两声，消消胸中的悲感。"李纨道："罢呀，你也哭，我也哭，就哭他一年也是无益，白耽搁工夫。"

正在说着，见抱琴急忙忙跑来，请道："太太已到垂花门等着上车，请奶奶、姑娘们快些去罢！"大奶奶们听见，赶忙一齐出了园门。来到上房，又到各处屋里看了一遍，十分难舍。宝钗、珍珠瞅着自家的房屋，一阵伤心，又纵声大哭。珠大奶奶同着友姑娘、巧姑娘再三劝住。接着平儿也到自家屋里哭个不住，好容易劝了出来。太太已出去上车，丫头、媳妇们不住来催，只得一同出去上车。到了大门外，有两边街坊的男女老少都到车边道谢送行。王夫人叫家人同媳妇们两边致意，谢谢这几十年的街坊照应。众人都依依不舍，彼此说了些话，再三辞了他们，这才到宁府一齐下车进去。

王夫人领着众人，先到祠堂里拜辞了宗祖家庙。然后来到上房，给大老爷、大太太们都辞了行。珍大爷父子、婆媳一早已先上船去，等着候送。王夫人们在宁府赶着吃过早饭,又叮咛了多少别话,这才同大老爷、大太太洒泪哭别,一齐上车离了宁府。沿途俱有男女送行,一直四十里来往不绝。

到了码头上,有刘大人差人搭棚预备酒席,又亲自到船相送。贾府的亲戚朋友、公侯六部大小各官以及一切各项男女老少,并铁槛寺的和尚、馒头庵妙空师徒等众,还有东庄上工部石匠头刘长者,无一不到。此时码头上河下数千人,都是刘大人、珍大爷两处备饭。王夫人吩咐林之孝,带领各家人将今日送行各车夫、马夫一并俱给饭钱。直到晌午大错,王夫人恐误众人进城,只得吩咐赶着开船。

此刻,贾环同贾兰在祝府辞行,又在荣府交代完结,辞过大老爷、大太太。飞撵出城,随便吃了些东西,在棚底下磕头拜谢众人。王夫人们都在船头上拜谢了众位太太、奶奶、姑娘及一切来送的女眷、姑子并有几个面生的美人们。只听见锣声大振,鞭炮喧天,十七号船一齐拉篷起橛,齐声打起号子,登时将船撑开码头。那来送的女眷们,无不齐声大哭,望着水光帆影渺渺而去。

不知众人怎样进城,且听下回分解。

第四十九回　贾郎君舟中结秦晋　桂太守堤上拜神僧

话说王夫人看那天色不早,吩咐赶着开船。忽有一个美貌姑娘过来,拉着大哭。王夫人正在悲感,又被众人缠住哭了一会。因要开船,那些送行的男女众人只得含悲分手,望着水光云影又放声恸哭一番。天色将晚,恐赶不上进城,无可如何,只得含恸上马上车,纷纷的一路进城而去。正是:

目送断云归谷口,身随新雁寄江干。

不言众人进城之事。且说王夫人们因匆匆下船,都在一堆儿,又兼心中俱带着悲苦,到上灯时候已走了五十余里,将船湾住。林之孝过来回太太,将派下每日轮班坐夜男女家人名单请太太过目。王夫人看了单子,叫林之孝吩咐众人:一路上务要加倍小心,到家后自有重赏。轮班守夜男女众人不许赌钱、饮酒，若遇风雨月黑，更要小心。每日饭菜，比在荣府时再添肉三十斤。林之孝连声答应。王夫人吩咐道：“我同环哥儿、友姑娘一船，琏二奶奶同巧姑娘、毓哥儿娘儿三个一船，珠大奶奶同兰哥儿一船，宝二奶奶同薛姑娘、四姑娘、慧哥儿一船。各船各备伙食，不必在一堆儿吃饭。我船上派柳家的照应饭食。”大奶奶们答应了，照着去办。

今日是第一天，都在太太船上吃晚饭。王夫人吩咐，款待二姨太太差来的陆宾夫妻两个，每人赏了十两银子。叫他们明日一早回去道谢，上覆太太、姨娘、蓉姑娘，都请放心，不用惦记。陆宾夫妻两个磕头谢赏。王夫人又吩咐了些说话，然后命众人回船安歇，每日不必过船请早安。大奶奶们都一齐答应，辞了太太，各人都回船去。不多会，锣声响处，早已开船。陆宾夫妻雇了一只小船，傍着大船又送下几十里。王夫人再三吩咐，然后辞了回去。

不言陆宾夫妻回家覆命之事。单讲王夫人们十七号大船晓行晚泊，正是金风退暑，玉露生凉，两岸上疏柳依稀，秋蝉断续，添人离恨。宝钗众人每日住船之后，都到太太船上请安闲话。那些男女家人们俱各小心照应。行了数日，甚是平安。不知不觉已走了七八日路程。

这日正值顺风，各船俱拉着满篷。林之孝这船在前，见有一只小划子对面冲来，舱中坐着一人，高声问道：“船上的舵工，我借问声，这船可是荣府贾二太太的座船吗?”船上水手答应道：“是贾府的堂上林大爷的船。你是那儿来的?”那人道：“我是京里下来的，正要见林大爷回话。”说着，那只小船已帮住大船。这边水手赶忙回，跟林大爷的两位三爷们走到船头上问：“是京里谁差来的?”那人答应：“是礼部大堂祝大人宅里差来的脚子，要见林大爷。”说着，走上大船。三爷们叫他站着，赶忙下舱回了林之孝，随即叫进舱来问他原故。那脚子解开个黄布包袱，取出书子，说道：“祝大人已于二十三日戌时不在了，有祝府里蓉姑娘的一封报丧书子，叫呈上这儿太太。我兼程撵过头去，又雇了小船一路迎来，投过书子；就赶着星夜要到镇江去报丧。”林大爷听见，不敢耽搁，带着脚子跳上小船，迎着王夫人座船上去回太太，并呈上书子。王夫人听了十分伤感，将书子拆开

看,上面写道:

甥女芙蓉敬启　姨母大人尊前。二十日吉帆南指未得叩送,河干殊深,萦结望云之想,与日同增。从此秋水长天福星远照矣!继父大人已于二十三日戌时赴召玉京。萱堂悲痛,几不欲生。芙蓉饮泣,力求再三劝慰,现已节哀成服,料理丧务。大约风雨重阳,可以买舟南去也。今因急足往南之便,肃此讣闻。伏维珍重,是所切祷。芙蓉揾泪谨启。诸姊妹均此致慰相思,恕不另启。

王夫人看毕,悲伤了一会,吩咐林之孝赏脚子四两银,赏他酒饭,赶紧叫他起身,路上不许耽搁。林之孝答应,出来同脚子上了小船,一路好撵,才赶着自家的大船。叫脚子同上船去,款待酒饭。将太太赏的四两银子给了他,另给小船两吊钱。那脚子千恩万谢而去。

到晚上湾船之后,珠大奶奶们上座船请安。王夫人对着宝钗、珍珠道:"你们干爹不在了,芙蓉有书子来报丧。"宝钗、珍珠赶着接了书子,从头细看,两人不胜悲伤。哭叹一会,王夫人道:"咱们起身的头一天,我瞧那光景就有些过不去,谁知又挣了三四天!"宝钗道:"那天他们姨娘说,明明瞧着老爷跟着几个人走下台阶,一直出去。想是那天就出了魂。"平儿道:"咱们早知道,该烦亲家姨夫带个信去给刘老老。咱们搅扰了他一会子,也该谢谢他才是。"王夫人笑道:"平丫头倒还念旧。"珍珠笑道:"平丫头不是念旧,他要留个人情,将来好去同他伙开茶铺。"王夫人们都笑起来。

珠大奶奶道:"想起来,人人都是要过那奈河桥的。到底不知道刘老老的茶铺开的长远不长远,可是谁还知道呢?"宝钗笑道:"你放心,不用替他过虑。我听见有人来说,近来刘老老的茶铺开的更外热闹,又添卖盐水饽饽、青油饼、光头儿,还有二五眼带着卖干烧酒。因为他坐产招夫,嫁了咱们家的焦大,又添了好些本钱。想起来这茶铺子再也倒不掉了。"宝钗尚未说完,引的王夫人们纵声大笑。珠大奶奶笑道:"宝丫头这张嘴,比八角鼓儿还来的快,真不用打稿儿。"贾环笑道:"太太今儿接着芙蓉妹妹的书子,悲伤了半日。必得宝姐姐这些说话,才散得这半天的闷气。"王夫人笑道:"环儿的话一点不错。真亏宝丫头们过船说说笑笑,心中稍解悲感。只可怜你二姨妈,若不有芙蓉就是个女儿一样,真叫他举眼无亲,有谁照应呢?”

平儿道:“咱们既接着蓉妹妹的书子,也该差个人去才是。”王夫人道:“我方才也想过,虽是要到镇江去见老太太请安道恼,到底二姨妈那儿也得寄个信儿安慰才是。”宝钗道:“太太想的很是。差谁去呢?”珍珠道:“我倒想出这去的人来,不知太太的主意是不是?”王夫人道:“你想出叫谁去,你说我听听。”珍珠道:“依我的主意,竟差董升夫妻两个去吊丧,就在那里伺候着,一同回南。横竖干妈也不过一个来月就要起身,里外添个人照应也好。董升夫妻两个人都麻利去得,办事又小心。这差使我保举他两个,可以放心。”王夫人点头道:“倒也罢了,我们备二百两银子奠仪,就差他两个明日一早起身罢。”随吩咐人去叫林之孝同董升夫妻两个。听差的嫂子们答应着,到船头上去传了话。不一会,林之孝同董升夫妻过船来。嫂子们带着到了官舱,给太太、奶奶、姑娘、爷们请过安。王夫人将差董升夫妻往京中祝太太宅里吊丧的话,对林之孝说了一遍。董升夫妻连声答应。林之孝回道:“吊仪二百两,奴才那里去备,还是大奶奶这里备办?”王夫人道:“就是你那里备罢。再赏董升夫妻两个十两银子盘费。奠仪签子上写环哥儿名,称愚外甥。我另有书子,交董家的收拾。你只管备办妥当,交给董升就是了。”林之孝答应着,同董升出去料理。王夫人吩咐董家的:“只须带随身行李衣服,所有箱子等物不必带去。”董家的答应了,赶着过船收拾。

王夫人命宝钗、珍珠写书子给祝太太并芙蓉的回书。宝钗们答应,回到自己船上去写。珠大奶奶、琏二奶奶这一班人陪着太太说话。不多一会,林之孝进舱来回太太:“奠仪封好,请太太过目。”说着,将大封银子放在桌上,王夫人看是白布包封,四周围俱是麻线缝好,上面贴着淡色签字,写着“奠仪”二字,下边写的是“愚外甥贾环顿首拜具。”王夫人道:“很好。等着书子得了,交给他们去收拾。”

林之孝道:“咱们对岸湾着几号上水的官船,是进京的家眷。刚才打听,说是兵部员外张老爷的家眷。又问那底下人,才知道是工部主事张铭张老爷。原先老爷在工部时,同张老爷最相好。这几年他升了兵部员外。奴才知道他是祝大人门生。这会儿请环哥儿过去拜见，就将董升夫妻两个请他带进京去，最为妥便，太太又好放心。”王夫人听了大喜，说道：“很好。先将环哥儿片子过去请安，你再同环儿过去见张老爷，就托他们带董升夫妻去。”林之孝答应出去。

贾环赶着换了衣服。一会儿林之孝带领着家人、小子点着多少灯笼，都下了划子船，渡过张老爷船上去。那边张老爷船上也是灯笼、手照在那里等候。贾环到了那船，见张老爷行子侄之礼，并将母命致意，还要求见太夫人同婶母。张铭差人到老太太船上去回，说贾三少爷要见老太太同太太。那家人答应着去不多会，来请张老爷陪着贾环过去。只见那船中丫头、老妈、媳妇们都站了多少，灯烛辉煌。走到舱中看见那位老太太约有七十来岁年纪，白发盈头，慈容满面。旁边坐着个四十来往年纪、幽娴大雅的一位太太。贾环赶忙走到老太太面前双膝跪下，口称侄孙贾环拜见奶奶。张老太太见他生得清秀，举止大方，语言清朗，满心欢喜。站起身来用手扶他说道：“勿要拜，勿要拜。”贾环拜完，起身请过安，又拜见婶婶。张太太也赶忙用手相扶。等他拜完请安之后，老太太叫丫头端了一张杌子，坐在面前。张铭对着老太太道：“这是荣国府贾二哥的第三个郎君，今年十七岁。他还有一个哥哥，名叫宝玉，生下来时口中衔着一块羊脂美玉，上面还有字迹，因此取名宝玉。长的比他还要清秀。那时我在工部时同贾二哥最为相契，常到他家去，他弟兄两个时常见面。自从我出了外差，又得了员外，有好些年没有信息。后来听见说他哥哥宝玉中了举，又听说出了家，接着贾二哥也就不在了。不期今在路途中得遇贾三侄。我方才问起，知道贾二嫂子们回南的一切事务。”老太太笑道：“原来你的至好，我们婆媳两个也该同贾二太太会会才是。”对着贾环道：“你过去对阿娘说，我们都是至好，今日南北征帆相逢一处，真是三生有幸，何勿相聚一宵以慰饥渴？本该我过去才是，因我这几天腿疼腰痛，行走勿便。请阿娘们过来相会，勿要着僘衣裳嗻。”贾环连连答应，站起告辞出去。张老爷忙吩咐两边家人、小子，掌灯送贾少爷过渡。此时，两岸灯笼如同白昼。

贾环渡过这边来见太太，将张老爷同老太太的话从头说了一遍。

王夫人听了十分欢喜，吩咐宝二奶奶们赶着封书子，不必来念。命将这四五号座船放过去，帮着张老爷的大船。林之孝们听见，吩咐船家水手，立刻将中间这几号船放过对岸。宝钗、珍珠知道有一夜的叙谈，赶着将书子封好，连奠仪都交给董升夫妇。随又赶着换了衣服，那船早已帮定。张老太太差了多少丫头、媳妇们过来相请，两边船上男男女女一齐伺候。王夫人带着珠大奶奶、琏二奶奶、宝二奶奶、四姑娘、六姑娘、薛姑娘、巧姑娘一同过去。那边张老太太领着太太、姨娘、小姐俱在船头上迎接。彼此谦让下舱，王夫人请老太太上坐，自家行侄妇之礼，又同张太太拜见。张小姐过来相见，王夫人同大奶奶们见这位小姐生的十分美貌，举止端庄，甚为称赞。小姐拜完，让两个姨娘过来行礼。珠大奶奶们这一班拜过老太太同太太、姨娘、小姐，又是巧姑娘拜见。张老太太让了坐，举目左右细看，十分欢喜。对王夫人道："方才小儿说起，才晓得唔哪是通家至好。今日天使其便，北往南来途中相遇，真是三生之幸。"王夫人道："侄妇闭处孤帏，苟延岁月。今天假之缘得亲慈范，实深欣愿。"张太太道："通家姐妹久仰芳仪，不期邂逅相逢，实慰生平。"

老太太同太太们谦虚一会。丫头们送过香茶，张老太太又将大奶奶们问了一遍。王夫人指着，一个一个的说与老太太知道。张太太道："如今太太身边只有三少君一人，不知岳家是谁?"王夫人道："三小儿今年十七，未曾纳聘。"老太太笑道："我只有这孙女桂生，年虽十五，颇娴闺训，意欲与夫人结秦晋之好，只恐村野凡姿，不足为朱门良匹，徒增惭愧耳!"王夫人听说大喜，站起身来道："倘蒙叔婆不弃寒门，不嫌三儿愚拙，侄妇愿结朱陈，以成姻眷。"老太太同张太太都欢喜之至，珠大奶奶们无不大喜。将个桂生小姐羞的无地自容，赶忙站起身来，要往房舱去躲。被珍珠一把拉住，笑道："将来是我的弟妇，一家人不须回避。"宝钗们笑道："妹妹不要害臊，咱们姐妹儿正要亲热。"

张老太太叫人去请老爷过来，同王夫人众人俱见了礼。老太太将同贾太太结亲家的话说了一遍。张铭又喜又谢，说道："蒙二嫂不弃，深感之至。"王夫人当着老太太们将头上一只翡翠双如意给桂生小姐插在头上,又在身上解下一个富贵玉连环,系在张小姐胸前。拜谢过张老太太,同两亲家拜谢。大奶奶们也俱道过喜,两边男女家人、媳妇、丫头彼此磕头道喜。王夫人吩咐柳家的,备两桌果碟子送过来,亲家们叙谈一夜。私下命大奶奶同宝钗过去备了三分盛礼,一分送老太太,一分送两亲家,一分送桂生小姐。余外几个姨娘都有一分,又将张府上内外男女大小家人、媳妇俱加重赏。连他们的船家都有赏赐。说不尽这一宵的热闹。

王夫人说起差董升夫妇要附船进京,往祝府吊丧一事。张铭叹息不止,说道:"我竟不知道祝老师业已仙去,我到京后必要去哭祭一番,面见师母。将路上遇着二嫂结了亲家的话,也必得禀明师母,使他老人家放心欢喜。二嫂不知道,我嫡亲表弟梅白,字香月,是祝老师胞妹丈,所以我们本是姻亲世谊。"王夫人道:"既是这样,我们都是亲上加亲。"吩咐丫头,叫董升夫妇进来,见过张老太太同老爷、太太,吩咐他们将行李搬过船。宝钗、珍珠又对董家的说了多少话,叫他记着去回祝太太同芙蓉姑娘,千叮万嘱絮絮不已。此时东方已白,两边船上俱已鸣锣启橛,王夫人同张老太太们彼此纷纷拜别。宝钗们同桂生小姐十分依恋,不得已只得分手,各人过船。贾环也拜辞了岳丈。只听见各船上齐声打起号子,转眼之间船分南北,悠然而去。

且不言张铭同王夫人两亲家途中分手之事。

且说桂廉夫自从七月十六起身之后,谁知一路上桂太太晕驼轿,又晕车,沿途大病,饮食不进,十分危急。杜麻子见太太如此光景,旱路难行,只得同老爷商量:"不如坐船倒还妥便,此去都是下水,倒也不很迟日子。"桂廉夫无法,只得应允。在半道儿上将车卸掉,换了船只。桂太太下船之后渐渐平服,又兼连遇西北顺风,日行数百里,十分得意。

看着去家不远,这日早饭后,四野阴云布合,陡然起了东南风,十分狂暴。船上的赶着下篷,将船收入港口。桂老爷在舱里瞧见,忙叫家人吩咐船家,不用湾船,说道:"此时已交过寒露,这东南风不过偶尔一阵,将篷下掉,只管走,不必收住。"船上的听见老爷说的有理,也就放胆迎风前进。走了半日,还不到五六里来路,到了一个无可湾船之处,风暴大作,波洄浪立,石走砂飞。水面上白茫茫一片,云影天光不分高下,只听见满河船只叫喊连天,彼此不能相顾。桂老爷夫妻儿女同那些丫头、媳妇们无不惊慌失措,不知所之。头舱的二爷们同船上的都慌了手脚,看着有一边土崖相近,一齐用力直奔过去,无如顶头风紧,再也不能近岸。正在危急,只听满河都叫救命,前面翻了一号家眷船,又翻了一号客船。桂老爷们在舱里看见,心魂皆失。桂太太娘儿三个拉住大哭。正在慌忙时候,谁知一阵大风,那雪浪银涛将船涌起高有数丈,忽然往前一送,直落将下去,正碰在一块大石头上,只听见"喀扎"一声响亮,将头舱底打了一个大洞,那波浪直涌了进来,船身向着一边歪了过去。此时,连桂恕也没了主意。又兼外面风雷交作,大雨倾盆,一家性命只存呼吸。桂太太将丈夫、儿女四个拉住一堆,说道:"同死一处,不可分散。"桂恕含泪点头,那船已渐渐沉了下去。忽见洪波巨浪中,有一人站在小瓜皮船上,分波破浪而来。船梢上有一小孩子摇桨,其快如风。到了桂老爷船边,跳进舱来说道:"快过船去!"桂老爷们看那人是个头陀打扮,身上披着鹤氅,脚下穿着芒鞋,手中拿着一把蕉扇;约有三十余岁年纪,十分清秀;走下舱来将桂老爷夫妻儿女四个都扶上小船。那头陀站在小船头上,将扇一插。登时风平浪静,雨散云收。桂太太们如醉如痴,不知不觉四人俱站在岸上。船上的丫头、媳妇见老爷、太太们都踏了实地,他们望着崖上一齐大哭,那头陀转身又到船边,一只手将前半只船轻轻端起,两舱黄水仍旧往破洞里溜了出去,顺手将船送到岸边,这些船家无不齐声念佛,船上的家人小子、丫头媳妇们都跳上岸来。

此时,桂老爷们心神才定,同着太太、儿女四人赶忙拜谢神僧。那头陀跳上岸来笑道:"适在幻虚仙处多谈数语,至使受惊,这就是顺境中的一点波折也。"走到桂堂面前将手在他头上摩娑摩娑,说道:"好郎君!是个少年英俊。我有蕉扇一柄奉赠,望郎君代为寄一口音,说道:'白云僧问询。'"回过头去对着桂恕道:"且别,未必不再见也。"说毕,飞跑到河边叫道:"升儿!"见那小童应声而至,头陀涌身上船。桂恕赶着叫道:"神僧且住,尚有话说。"那人头也不回,向着急流中转眼不知所向。桂太太们十分惊异。众船家都道老爷、太太的福气，遇着神僧。桂恕将儿子的蕉扇取在手中，看见上面写着“贾琏稽首”四字。大叫道：“哎呀！当面错过，原来是琏二亲家！”桂太太道：“怨不得见了堂儿很欢喜，谁知就是丈人呢！真是至亲关切，救我们一场大难。只是当面错过，未曾叙叙亲谊，甚为可惜。”桂恕道：“将来见了亲家太太拜谢，总是一样。”

正说着，那些家人们的船都拢了过来，一齐上岸，给老爷、太太、大爷、小姐请安道惊。桂老爷吩咐赶着将船收拾，就好开行。只听见座船上的船家、水手一齐叫道：“怪事！这么大的一个窟窿，将一张荷叶就补住了。”这些家人们都跳上船去看，那船底上果然是一个大荷叶，将破处补住，舱中并无一点儿水迹，彼此惊异。桂恕也赶着上船看了，说道：“这是神僧显圣，不必动他。”吩咐丫头、媳妇们请太太、小姐、大爷下船，赶着备了香烛纸马，在船头上合家拜谢亲家，又谢了河神，鸣锣献牲，拉篷启橛。此时秋水长天，波平浪静，向南行不二三十里，就是村镇。且天已黄昏，将船湾住。桂老爷夫妻们深感琏二亲家的大德，彼此念不绝口。

自此晓行夜宿，一路顺风。不觉已过淮安，来到扬州，湾在码头上。那些家人们上去买东西，因遇着一个走差的，才知道祝大人业已仙去。问明了时日，赶着上船来回老爷。桂老爷同太太、小姐听见，十分悲感，吩咐杜麻子赶着开船，明日一早渡江到镇江，要湾住两日。老杜答应，出去吩咐船家，不一会儿俱一齐开去。正是九月初间，只见万点寒星，一弯新月。桂老爷们整整走了一夜，到得江口，天还未曙，将船泊住，众人暂为歇息。次日一早，多叫几只红船帮着渡江。桂太太同蟾珠赶着梳洗收拾，刚交巳初，那船早已收入镇江。杜麻子叫跟班的王淮先上码头，到祝府去通知。

原来祝太夫人因为接着大老爷的讣闻过于悲戚，卧病在床已经数日。幸亏有沈夫人、薛姑太太、竺、鞠太太、梅秋琴、郑太太，还有江太太们几位至亲太太、奶奶、姑娘轮着班给老太太解悲相劝，桂夫人又带着海珠、掌珠、汝湘、九如这几个孙媳妇同修云、梅春都陪着祝母说说笑笑。无如老人家悲子之心甚切，虽有万般安慰，总难卒解。又兼着祝筠悲兄伤弟过于哀痛，连日身子亦甚不安，桂夫人同着姨娘、姑娘们两边照应。梦玉是奉老太太之命，带着秋瑞在尚书宅里荫玉堂设灵守制，派宜春、双庆、江苹、碧霄、翠翘、金凤、雁书、蝶板这八个人分作两班，每班五日在荫玉堂伺候，命梦玉、秋瑞过了百日再去请安，以此梦玉同秋瑞总在大老爷宅里。

这天巳牌时候，门上的查本见王淮来通知三舅老爷到了。槐荫们赶忙派人将轿马上码头迎接，一面至垂花门通知里面。查、槐两位奶奶听见，赶忙叫周大奶奶上去回太太，并知会各位太太、姨娘、姑娘们。此时各堂无处不知。祝筠正在上房睡着，听了十分欢喜，叫桂夫人赶忙去回老太太。这会儿介寿堂坐满的都是人，正在说笑，桂夫人来回老太太说道："我家三兄弟同三妹妹们到了。"祝母听见倒觉得心中一乐，说道："来的甚好，我很望着他们，怎么今儿才到？快些叫查家的派几个媳妇们去接三舅太太同姑娘来！"海珠赶忙吩咐听事的媳妇们到垂花门传话，槐大奶奶们立刻派了吴嫂子、杨嫂子、小金嫂子、廖嫂子四个人赶着到码头上去接三舅太太同姑娘。嫂子们答应着，赶忙出去坐上值日听差轿子，飞撵而去。查大爷们吩咐崇善堂值日该班的二爷们，在三老爷灵前点上蜡烛，预备着香，伺候舅老爷来拜。原来正要给三老爷举殡，接着大老爷讣闻，老太太吩咐等着大老爷的灵榇回来一同举殡，省得开两回丧不像个样子，因此三老爷还在家中。

且说崇善堂的人正在收拾点烛，听见三舅老爷同舅太太们都已到了，只有梅大爷出来迎接。桂老爷们到了茶厅院子里下轿。金夫人同姑娘的轿子，由夹道里直到垂花门口下轿，早有各位太太、奶奶、姑娘们迎接进去。金夫人举目一望，都是至亲姐妹，只有鞠、薛、王、竺四位太太未曾会过，连忙致问："这四位太太是谁，怎敢有劳远接？"桂夫人指道："这是沈四姐姐，王相国的夫人。这是薛二姐姐，宝钗的母亲。这位鞠亲家，这位竺亲家，都是梦玉的丈母。"郑太太笑道："还有我这丈母，你倒不提一句！"众人一齐好笑。金夫人对鞠、竺两位太太道："我虽未曾拜见，但说起来都是世谊姐妹，而今又是亲家，真是三生之幸。沈四姐姐、薛二姐姐都是咱们至亲姐妹，今日才得见面。”桂夫人道：“你慢些同亲家们叙话，且赶着上去见老太太，要狠狠的劝慰一番。这几天叫众人缠的略觉好些，这会儿瞧见你们自然又要提起大哥哥，你想着劝劝老人家，再别提大哥哥病中光景。”

金夫人走着，一路答应。海珠、修云们这一堆拉着蟾珠，也是说不尽的话。太太们过了景福堂，在甬道上走不几步，只听见后面“噗通”的一人栽倒，太太们赶忙站住，回头一看。

不知那人是谁，且看下回分解。

第五十回　梅香月对书奖婿　贾珍珠即景悲人

话说太太们正在怡安堂甬道上走不几步，只听见后面一人栽倒。众人站住，回头见是跟桂太太的一个大丫头跌的头红脸胀。众人好笑。金夫人问道：“怎么走着好好的栽倒？”丫头道：“听说老爷进来，赶着过来通知。因踩着裙子，栽了一跤。”桂夫人们回望，见桂廉夫同着梅春、桂堂已走上甬道，心中十分欢喜，忙问道：“三兄弟，你怎么此时才来？”桂廉夫赶着走上前来，拉着桂夫人，同胞姐弟多年不见，真有无限关情。并无话说，惟有含泪问好而已。沈夫人表姐弟多年不见，十分亲热。桂堂过来见姑妈请安，桂夫人满心欢喜，拉着他亲爱之至。金夫人指着各位太太都与廉大相见。桂老爷向薛姑太太深感贾大姐姐、宝侄女们的关切，略谈几句。修云也只得过来拜见舅舅，廉夫拉着欢喜之至。又是海珠们一班过来请安，桂堂也同诸位姐妹们见礼，修云此时竟有说不出的一番光景。

桂夫人道：“老太太在介寿堂等候，快去请安。”桂廉夫问：“怎么不见梦玉？”桂夫人道：“他在大哥那边守制。你且见过老太太，再去两边上饭。”廉夫点头叹息，同着金夫人娘儿四个竟往介寿堂去，桂夫人陪着各位太太们一同进来。刚到甬道上，那些姑娘们早已掀起宝蓝挖云夹绸门帘。桂夫人领着兄弟、妹子们走进介寿堂。廉夫见迎面堆了一座菊花山，四处樽瓶盘洗大小高低，无处不是菊花，各色各样，新奇雅致，真如翠锦。那菊花山上悬着一块大匾，写着‘藏秋’两个大字。”花山左右挂着一副大字对联，左边是：

入夜窗延三面月

右边是：

当秋人坐一庭花

走进碧纱槅里，见那上下都是玻璃窗。上面窗前，一溜儿摆着八大盆素心兰花，壁子上同那多宝厨、大书架、大炕上又都是各色各样古铜、古磁花瓶，插着折枝菊花，见炕上及一切椅凳，俱是一色青缎铺垫。套房门口站着两个体面姑娘，将个松花湖绉青滴水的夹门帘掀起，桂夫人领着兄弟进去。廉夫看见老太太坐在一张螺甸小榻上，身穿着青宁绸面儿珍珠皮褂、秋香色湖绉薄棉裙，青缎子鞋踩着个花梨木大脚踏，白发鬓边插着两枝桂花。榻子面前，一边站着一个体面姑娘，俱穿着青绸棉褂，月白绸裙裤，墨布青锁梁小弓鞋，头上俱是银簪、素花，乌云上挽着一个二指宽的白布圈儿。

祝母瞧见，连忙站起笑道：“成天在这里盼望，怎么今日才到？”旁边两个姑娘，扶着老太太下了脚踏。桂廉夫夫妻两个忙走上前，一齐跪下。祝母着急说道：“舅老爷、舅太太快些请起，真不敢当。”两边的姑娘们赶忙扶住。桂廉夫们拜完请安，祝母站着回拜，说道：“恕我不能行礼。”金夫人道：“别了老太太不觉又是十年，光阴转瞬。老人家精神康健，丰采如初，只是头发又白了几许。”桂廉夫道：“老太太福寿双全，儿孙绕膝，真是西池仙母。”祝母谦逊了几句，吩咐姑娘们端过凳子，摆在榻前让舅老爷们坐下。

桂堂姐弟两个过来行礼。祝母瞧见满心欢喜，说道：“好儿子，快些起来。”蟾珠姐弟拜毕。祝母一手拉着一个，说道：“十年不见，都已长成，真是一对玉人儿。我听说堂儿很肯念书，不愧书香有继。将来同梦玉哥儿两个作个同年，也不枉寒窗苦志。”桂廉夫笑道：“总托奶奶的福庇，将来如果读书有成，庶不负老太太这一番期望。”桂夫人笑道：“我听说蟾珠也肯念书。”金夫人道：“每天针黹之外，就手不释卷的看书，我正瞧着很繁。”祝母笑道：“我家海丫头们都爱念个书。既是你怕繁，横竖他总是我家的人，你今日就交给我，不必带他到广东去。省得大远的道儿，又要差人去接，费那些事。”金夫人说道：“蟾珠年纪尚小，此时断难留下，且过二三年我亲自送来，不须老太太差人去接。”祝母见金夫人着急，故意怄他道：“谁叫你今日带他来呢！既进了我家门，就是我家人，要想带去，是断不能的了。”金夫人听说，急的面红面胀，一声儿也不言语。桂夫人瞧见，不觉大笑道：“老太太故意怄你，你也值得脸都急红？”祝母同桂廉夫都好笑起来。金夫人放下心，亦自觉好笑。

桂廉夫想道：“老太太这会儿说着闲话，幸而没有提起大爷。再坐一会，恐难走脱。不如走脱身出去，让太太们进来说话罢。”主意想定，对着老太太道：“侄儿去见姐夫，再来同老太太细谈家务。”祝母点头道：“你姐夫也很惦记，快去同他说会子再来。他这几天心都伤碎了。”老太太说着，掉下泪来，不胜悲切。桂廉夫赶忙站起。祝母吩咐修云、魁儿陪往怡安堂去，对蟾珠道：“你们两个也同去见姑夫，帮着你父亲去劝劝他。”蟾珠们答应，一同出了房来。

此时，各位太太、奶奶们都在介寿堂等桂廉夫出来，挨次拜见。蟾珠姐弟向各位拜完，廉夫领着儿女同修云、梅春往怡安堂去。里面金夫人同着各位太太、奶奶、姑娘、姨娘们俱见过了礼，在老太太屋里坐下，彼此叙说十年风景。谈了一会，金夫人要到承瑛堂去，老太太吩咐摆过点心再去。

不言太太们饭后往承瑛堂之事。且说桂廉夫来到怡安堂，听差的嫂了进去回过老爷，赶忙掀帘伺候，让桂老爷们进去。祝筠听说廉夫上来，赶忙起身到房门口儿去接。桂廉夫将到门口，就有两个效力姑娘掀起湘帘，祝筠瞧见忙走出房，弟兄拉手。两人走进屋里对拜一番。蟾珠、桂堂拜见姑丈。祝筠让廉夫们坐下，未曾开口，先泪流满面，问道：“兄弟，你出京时，想大哥病已沉重，谁知弃我长去了！”说着，掩面而哭。廉夫亦含悲劝道：“姐夫，你虽手足情深，自不能已于悲悼。然此时惟你一人所关非小，况老太太年已古稀不胜悲切，正宜强意为欢，以解北堂之恸，方不失为孝子、悌弟之心。倘你再若失调，不但难以祝望萱亲，抑且使大哥、三弟不安于地下。务望节哀珍重，是所切嘱。”祝筠连连点头，说道：“兄弟金石之言，我当铭诸心版。

只是不到三月之间,两伤手足,人非草木,情何以堪?”桂廉夫道:“寿夭穷通,数皆前定。你此时徒悲无益,况你责任甚重,更宜自爱!”廉夫们正在叙谈,外面回说:“姑老爷同鞠亲家老爷在忠恕堂,请舅老爷相见。”祝筠笑道:“梅香月同鞠冷斋一样性情,真是玉山高并。连日在金山寺为大哥、三弟作四十九日道场,托冷斋、香月照应。今日想是知道你来,是以归来独早。”桂廉夫道:“我还到两边灵前哭拜一番,明日再给他哥儿两个上饭。”祝筠道:“罢呀,一拜已足慰兄弟之灵,何必又要费事?你且去同香月们吃了饭再拜不迟,晚上邀香月、冷斋进来剪烛西窗,以消长夜。”

廉夫点头,刚要出去,见个体面媳妇来请桂大爷同姑娘到介寿堂吃饭。梅春、修云、桂家姐弟候着桂廉夫出去,才往介寿堂来。桂廉夫到了忠恕堂,梅香月同鞠冷斋都是十余年阔别,彼此见礼之后,大叙寒暄。用过早饭,小子们伺候漱口洗面,梅香月陪着先到崇善堂祝露灵前哭拜一番,香月代为致谢。吩咐值日家人到荫玉堂知会梦玉,并令其点起香烛,伺候着舅老爷过来祭拜。家人们答应,过去伺候。

梅香月陪着桂廉夫一路说话,不须轿马,西间壁有半箭来路,就是尚书宅第。桂廉夫们走到门边。老家人徐忠、赵禄迎着给舅老爷请安。桂廉夫赶忙扶住,对徐忠道:“自从你起身之后,老爷病势日沉一日,直到我起身前两天,倒觉精神好些。谁知我转身七八天工夫,竟自西去了。实在令人可伤之至。太太在京想也无甚耽搁,开丧之后,谅必收拾起身,十月间亦可到家了。只是张本一人恐难照应。”徐忠道:“还有陆宾人还小心谨慎,帮着张本倒还可以放心。”

桂廉夫点头答应,同着梅香月走进二门。到了茶厅,问赵禄道:“我在太太那儿,见哥儿的信上说,派你在金陵给贾太太修理房屋,不知可曾完工?贾太太早晚也就到了。”赵禄道:“哥儿派了奴才同徐忠两个给贾太太修理房屋,连装修、翻盖、油漆,拢共拢儿花了一万一千两银子,裱糊在外。现在各项俱已完结,只有裱糊尚未了手。奴才前日才回来,同着匠头儿来领工价。”桂廉夫笑道:“当日我典过来那房子,已经潮旧。我进京后十余年,前后坍塌可想而知。如今我同贾太太都是儿女亲家,十分关切。不但玉哥儿分所应修,即我亦当分任才是。我押着的契纸,不知可曾赎回?”赵禄道:“直到前月底,钱太太往松江回家,本利算归清楚,房契俱已交给哥儿收着。”桂廉夫点头问:“那房子现是谁在那儿照应?”赵禄道:“还托老黄一家子帮着照管,这儿也还有人在那里看着糊呢。”桂廉夫笑道:“老黄只怕越龙钟不堪了。我到金陵也还要在贾府上耽搁几时,将来将老黄一家儿荐给贾太太照看个庄子儿也好。”

说话之时已到敬本堂的大院子里。那些执事家人在甬道上一溜儿站满。进了敬本堂,由后轩转到敦礼堂。东西两廊下、厢房门口俱挂着一色的明角素灯。由敦礼堂一直进去,是诚乐堂。左边廊下一座砖门上面写着“如是园”三字,园门左右皆是群房。右廊下一带两个砖门,上首是家人、媳妇们的院子,下边是大厨房。往诚乐堂后身走大甬道,直到五桂堂,因这院里有五棵大桂树铺满一庭,此时正值金粟盛开,甬道上堆金满地,不亚鹫岭香岩,广寒月窟。桂廉夫见五桂堂里尽是满架图书,牙签玉轴。梅香月叹道:“幸有能读父书者,不然几为瓮头物矣!”廉夫点头。由书屏后转至宝墨堂,大甬道两边尽是磁盆花卉,两廊下一溜儿皆是群房。由茶厅至此,都是一色的青绸铺垫。

刚转到荫玉堂的大院里,远望去尽是银装玉砌,此即尚书设灵之所。那些大小家人们一齐站着伺候启幔、拈香,桂廉夫瞧见,在院子里举起哀来,急急忙忙哭了上去,将到台阶卷棚下,一声点响,绸幔启开,梦玉跪在草荐上,伏地嚎啕。桂廉夫哭到幔里,对着神主纵声大哭。孝堂里秋瑞领着丫头、媳妇、姑娘们一齐举哀。桂廉夫先哭了一会,才站在拜垫上,左边家人跪下献上长香。廉夫用右手接着,双手向上一举,右边的家人赶忙跪下接住,站起来插在炉内。桂廉夫跪下拜了四拜,站起身来。梦玉匍匐过来,抱着舅舅的腿放声大哭,廉夫抱着他又哭了一会,于是哀止。香月过来回礼,梦玉另给舅舅磕头请安。廉夫拉着他道:“多年不见,竟已成人。你父亲听见很会念书,又见你写的家信字画端楷,十分欢喜。只望你奋志青云,箕裘有继,他在九原之下且欣且喜。”梦玉赶忙跪着答应。

廉夫正同梦玉说话。家人们回道:“太太们走如是园过来了。”

廉夫对梦玉道："我还要去同二叔叔说说话，再来看你。"说毕，同着梅香月仍走原路出去。梦玉、秋瑞接着太太们又哭拜了半日。桂太太更不用说，见了梦玉分外伤心，连蟾珠到此刻也觉忘其所以。姐弟两个同梦玉拜见之后，又再三劝慰，只有修云甚觉好笑，远远站开一言不发。桂太太同秋瑞说贾大姐姐将韩友梅姑娘承继为女的这一段故事，秋瑞十分感激，说道："韩舅母家友妹妹若不是贾太太的大德，几至不可问矣！贾太太真是友妹妹的再生父母。"掌珠道："咱们在这里说的热闹，尽剩了修姑娘远远的站在那里。"蟾珠姐弟两个正同梦玉说话，听见掌珠说修云站的远远的。蟾珠忽然想起自家一事，不觉彻耳通红，折身就走。梦玉看见蟾珠转身就走，他赶忙一把拉住，说道："妹妹，咱们正说的热闹，你怎么就跑呢？"蟾珠被这呆子抓住不放，急的面胀通红，无法可治。修云抿着嘴儿远站着好笑。桂太太们说的正是高兴，见蟾珠被梦玉拉住，急的满面通红，不觉一齐好笑，将个蟾珠笑的无地自容。梅姑太太走过来笑道："十年前进京时候，你同梦玉哭了几日。你们起身后，梦玉病了两天。如今相遇正当畅叙离衷，何必要作此女儿情态？"桂夫人笑道："咱们都到大嫂子上房去看看屋子，不过一两月工夫，大嫂子也就到家了。"太太们走荫玉堂后身进了垂花门，走过宝书堂，一直俱往上房安和堂闲话。

今且搁下桂廉夫在祝府款留盘桓数日，要等着贾亲家到了同往金陵之事。如今再说王夫人们自从七月二十开船之后，路上又遇兵部张老爷，给贾环定下亲事。舟中分手后，正是秋水长空，风帆沙鸟，渐入江南境界。又过了中秋佳节，金粟盛开，香盈千里。真个是：

云归千叠家山碧，花落一溪秋水香。

这日船到淮安，管厨的柳嫂子买了多少顶大的螃蟹，请太太、奶奶、姑娘、爷们下半晚儿都到太太船上吃蟹。那些家人、小子上岸去买了些桂花、洋菊，插满一舱。王夫人十分欢喜，领着儿子、孙子、媳妇、女儿、外甥女儿开怀畅饮，说些古往今来故事。

宝钗、珍珠又说起地狱中见凤姐儿同那所见所闻一切光景，并来旺的媳妇那一番悲苦情形，当伺候凤姐时候，他何等样的得意！这如今，凤二奶奶顾不得他，他也顾不得二奶奶，真想起来令人可怜。宝月道："咱们老师父每天都要叫几声凤二奶奶，见神见鬼说的叫人害怕。"平儿道："人在生前占一点便宜都是好的。到了那个地方，生前最得意之事，想那里是最苦的境遇。"宝钗笑道："你这话都说的是不分界限。人生得意之事，莫过于忠孝节义与那和平宽厚、恺悌仁慈，这些人所作得意之事，必上贯日星，下联河岳，生为英杰，死为神灵。其乐不可言既矣！还有何苦之有？你所说人生得意者，为昧心得意而言，并非人生凡得意之事皆系入地狱之事也。"王夫人笑道："宝丫头那里学来的这一套说话？"平儿道："我才说了两句，他就啯嘟了一串子。明日叫他去做媒婆，倒也是很好的一张利嘴。"王夫人们都纵声大笑。

李宫裁问道："为什么珍丫头低头不语？"珍珠道："我在这里想刘老老的话，令人可敬可畏。"宫裁道："刘老老说的什么话可敬可畏？"珍珠道："我们要过奈河桥去。他说这桥只有神仙佛祖同那忠孝节义之人方许过来过去。后来我们过桥去，遇着老爷也说忠孝二字。拿死去换来的人，能忠孝未有不节义，分用之则为四，合用之则惟有忠孝二字而已。现在坐中人，俱是奈河桥可来可去之人，惟我悔之无极。"珍珠说毕，掩面大哭。

王夫人听了他的一番说话，猛然想起一件心事，闷闷不乐，低头无语。平儿笑道："太太正欢欢喜喜饮酒，还赞这螃蟹比那年史姑娘在大观园请的蟹大的多呢！谁叫你们提起阴司里的说话？引起珍丫头哭哭啼啼，连太太都闹的发烦。这是何苦来呢？"宝钗笑道："本来当日林姑娘就很嫌刘老老，起他一个浑号叫做母蝗虫。谁知这母蝗虫死了多年还会惹人哭，真是个丧气东西！"平儿笑道："林姑娘给惜姑娘取那画的名儿叫做《携蝗大嚼图》。咱们这会儿也该画幅画，叫做《忆蝗大哭图》。"王夫人们听了不觉哄然大笑，连珍珠也"噗嗤"的笑将起来。宝钗笑道："四姑娘乐了，咱们换热蟹来吃罢。"媳妇们答应了，赶忙换了蟹。丫头们将冷酒尽皆折去。

友梅向丫头们要了酒壶，走出坐位先给太太敬了酒，就挨次是大嫂子、琏二嫂子、宝二嫂子、宝月二姐姐、四姐姐、环三哥、大侄儿、巧姑娘俱斟上一杯。兰哥儿同巧姑娘赶忙站起来，说道："六姑姑怎么给咱们斟起酒来？叫别人瞧着笑话。”王夫人笑道：“你们兄妹两个回敬六姑姑一杯就是了。”兰哥儿、巧姑娘兄妹两个，也由太太起，轮着执壶敬酒，又兼着三位奶奶、四姑娘，也都轮着敬太太的酒，彼此斟让一回，这会儿太太们倒比先前热闹。

只见王贵家的进来回道：“林之孝请太太示下。明日船到扬州，不知太太到林姑太太坟上去不去?”王夫人道：“是啊，咱们既过扬州，自然该去给姑太太上上坟。这一回去之后，知道几时再到扬州呢？你去对林之孝说，叫他派人先到扬州备办祭礼同轿子等项，先去知会看坟人，吩咐他坟前打扫，后日一早我们都去。”王家的答应，走出船头，传了太太吩咐的说话。林之孝答应着，回到自家船里，想起那年周瑞跟老爷伴老太太灵回南，给林姑娘安葬是他经理，那坟上他是知道的，今日差他去倒妥当。主意想定，叫三小子去请周大爷过来说话。三小子答应，去不多会，同周瑞走进舱来。林之孝将太太吩咐的话说了一遍。周瑞道：“我去叫只小船，这会儿就去，赶明日一天都办齐集了。只是要多带几吊钱去。”林之孝道：“带钱累坠，我交二十两银给你带去，办了再算。”周瑞点头答应。林之孝到房舱里兑了银子，包好出来交给周瑞，赶着雇了小船，连夜竟往扬州先去料理办事。

太太们吃到上灯以后，各回本船安歇。

次日一早开船，正是当梢顺风，扯满布帆，乘风破浪。至半夜已到邵泊，离扬州还有四十里，将船停住，过了一宵。

次日开行，方交辰正，已到扬州。在钞关码头上，十七号大船一字儿排住。各船都已吃过早饭，奶奶、姑娘们齐收拾完备，俱到太太座船上来。那码头上大小轿子都已歇满。林之孝进来请太太们上轿，那些姑娘、嫂子们坐了四五十天船，十分气闷，一个个都要跟去上坟，情愿自备轿钱。王夫人听了甚觉好笑。珠大奶奶们又给这些人说情，太太倒也无法，只得准他们跟去。命林之孝带领大小家人在各船照应。太太们都在船头上轿，姑娘、嫂子们伺候完结，都忙到码头纷纷上轿，倒闹了半天。

此时，贾府的轿子，男女一共六十乘，联翩而去，一直走大路抬到平山堂的后山林如海的坟上。众姑娘、媳妇们赶着下轿,先走上前去伺候太太、奶奶、姑娘下轿。王夫人走到坟前,看那土堆半皆坍塌,周围树木多已枯槁,删伐殆尽。地下秋草蓬蓬,青黄相间。王夫人不胜伤感,叫周瑞过来问道:“怎么管坟人年年竟不修理,瞧着他坍塌到这个分儿?虽是姑老爷没有后人,现还放着咱们至亲呢。他就知道咱们不来上个坟儿吗?这管坟的很有些不是。”周瑞连声答应着,候太太说完了话,这才回道:“奴才昨日一到,就先来找管坟的老顾,山前山后找了一个难,也没有找着。后来遇着一个老头子,问起姑老爷管坟的老顾,他才说道:‘老顾已死了好几年,他的老婆带着一儿一女嫁了人,搬在城里去住。这林府上的坟并无人照应,所以荒凉至此。’奴才听见没有法儿,赶忙雇了几个人将坟面前这些乱草拔去,又向那边土地庙里赁了三张桌子,几条板凳,这才摆上祭席。不然太太们来,连个坐处都是没有的。”王夫人同奶奶们听了,人人悲感。

此刻,坟前已点上香烛,铺了拜垫。王夫人命贾环叔侄两个先拜,然后王夫人过来先奠了三杯酒,跪将下去,眼泪纷纷拜了四拜。两旁丫头、媳妇赶忙搀起,奶奶、姑娘们挨次再拜。

林姑娘坟前也摆了一席。王夫人领着奶奶们走过这边,看了黛玉的坟,问周瑞道:“林姑娘的坟倒像是新修补的,这是谁?怎么单给林姑娘修坟,是个什么道理?”周瑞道:“奴才看过,四面都是连草带土堆补上的,并不是土工们好好修理。奴才也想不出这个缘故。”宝钗道:“这一定是林姑娘的一个知己,来替他上坟修墓。”珠人奶奶笑道:“林姑娘的知己只有宝玉兄弟,或者是他做的事亦未可知。”宝钗道:“断不是他,安有神仙而不断情缘之理?况且他既替林姑娘修坟,再没有不替姑爹、姑妈修修之理。我看来断不是他。”平儿道:“咱们且下船去,慢慢的议论,别站在这里白耽搁工夫。”大奶奶道:“平丫头倒说出理来。”宝钗笑道:“什么话呢,亲家太太的话,还怕没有理?”

王夫人笑道:“你们说的热闹,怎么珍珠闷闷不语?”珍珠含泪应道:“女儿见了林姑娘的坟,想起大观园的风景,不觉心肠俱碎。想女儿将来要求林姑娘的这样坍坟,恐尚不可得。”珍珠说着,泪随声下,不胜悲楚。王夫人也甚伤感,给林姑娘奠了一杯酒,说道:“姑娘,你芳灵仙去,质委尘沙,尚能念我亲情,惠我仙草。我今返棹金陵,一杯致奠。从此云树河山,用昭神契。”王夫人祝毕,站着拜了两拜,奶奶、姑娘们轮着奠酒,都站着拜几拜。其间惟有宝钗、珍珠十分悲痛。珠大奶奶道:“让六姑娘拜罢,别尽着的悲苦,对着坟堆,那里有出得尽的眼泪?”平儿笑道:“他两个今日来替林姑娘找补眼泪呢!”王夫人们都笑起来。月姑娘、友姑娘过来跪拜了四拜,贾环是林姑娘的兄弟,贾兰兄妹又是小辈,俱皆跪拜四拜。

奠酒拜完之后,王夫人正在吩咐两边焚化纸钱,只见一个人在林黛玉的坟后跳了过来,叫道:“太太们怎么到这里来了?”王夫人同奶奶们出其不意唬了一跳。

不知那人是谁,且听下面分解。

第五十一回 云巢庵宝钗题画 金山寺珍珠投江

话说王夫人们祭奠完毕,正在吩咐焚化纸钱。不提防黛玉的坟后跳过一人,叫道:“太太们怎么来到这里?”王夫人同着奶奶、姑娘都吓了一跳。回头细看,原来是栊翠庵妙玉的徒弟月上。

王夫人忙问道:“你怎么在这里?”月上道:“自从老太太出殡那一天,师父被强盗劫去。我几番要来见太太,总被那包勇阻住不叫进来。后来庵中无主,师弟兄们纷纷各散,我也不及拜辞太太、奶奶、姑娘,就同着伴儿回到苏州,在本庵里耽搁了两年。这云巢庵有我师伯在此住持,因为老病无人照应,故此要我来。不到半年师伯去世,我只得收了两个徒弟,做了云巢庵的住持。刚才庵里的老道看见几十乘轿子。他打听抬轿的,知道是太太们在这里给林姑娘上坟。我听见这个信儿,赶着个走近道儿抄在林姑娘的坟后,过来见见太太。就请太太们到我庵里去坐坐,错过今日,又不知几时见面。”王夫人听他说完,不胜感叹,问道:“云巢庵离这里有多少远近?”月上道:“离此间不到半里来路。”王夫人道:“也罢,到你庵里去逛逛,我还有话同你商量。”月上道：“太太越发精神了，大奶奶还是照常的样范儿。倒是宝二奶奶同袭姑娘、平姑娘都胖了些，巧姑娘长的更俊。这两位姑娘不知是谁，没有见过。一位很面熟，这一位有些像我师父。环三爷同兰大爷也换了个模样儿。”宝钗笑道：“月师兄，你说的是些古词，同咱们现在这几个人都是两世的了。你今日遇着咱们，真是不知秦汉，无论魏晋。我同你此刻不知谁是武陵渔人。”珍珠们忍不住的好笑，说道：“宝姐姐越发闹的酸不嗤儿的，你只顾说话，叫太太站在这里等着。”宝钗道：“不错，请太太坐一坐，要去那里再去。”

王夫人领着奶奶们，就在林姑老爷的大坟旁边条凳上坐下。周瑞们抬过桌子，端上好茶，摆了点心，荤素皆备。王夫人让月上坐下。宝钗道：“让我先同月师兄将秦汉以来故事大概说说，使他亦有沧桑之感。”平儿笑道：“罢呀，老祖宗，你别怄死我了！”王夫人们只是好笑。宝钗笑着用手指平儿，对月上道：“这位是琏二奶奶，巧姑娘的令堂，不是当日的平姑娘。这位是太太的女儿珍珠四姑娘，也非当日大观园的袭人姑娘。这位是太太的小女儿友梅六姑娘。这是我的妹子薛姑娘，原是你的贵同事，馒头庵当年的智能师父；如今不是五台山的和尚，入了我们的胭粉教，做了薛二姑娘。只有太太同咱们这五六人还粘着点子古气，所以你刚才说起古话，我尚能为你言之。”王夫人不禁吃吃大笑，说道：“宝丫头的这几句说话，又胜过一篇《桃花源记》。”月上笑道：“我说薛姑娘怎么这样面熟，谁知是咱们改了教的旧朋友呢！我刚才不知，请琏二奶奶同四姑娘都要恕我。”宝月、珍珠道：“咱们是当年的好友，谁知今日相逢又是一番境遇。”

王夫人道：“让月上吃点东西，咱们到他庵里去坐坐，慢慢再说，晒在这里也不是个事。”奶奶、爷们随便吃了点心，又换上新茶。王夫人吩咐将点心撤去，分给众人。周瑞上来回道：“给太太备下酒饭在平山堂伺候。”王夫人道：“咱们要到云巢庵去，还有会耽搁。你将酒饭送到庵里去罢，再添点子素菜。底下人的饭，不拘他们爱在那儿吃就在那儿吃，不用等着。”周瑞答应，出去料理。月上道：“我先回去等着迎接罢。”王夫人道：“很好。你先去，咱们就来。”月上答应，仍向林姑娘坟后走了过去。

太太们等着众人吃完点心，又命贾环、友梅、兰哥儿、巧姑娘向两处坟边再拜一回。焚纸、奠酒已毕，吩咐伺候。家人们赶忙搭过几乘大轿，丫头、媳妇伺候上轿，各人去找各人的轿子。那些轿夫都认得云巢庵的路径，一顺儿抬着，在那青枫黄叶之间，穿林越陌。走不过半里多路，已到云巢庵的门口。两边松柏参天，还傍着一林大竹。太太们轿子抬到山门刚才歇下，那些姑娘、嫂子们先下轿子，飞奔过来伺候。月上带着两个徒弟站在轿边，扶着太太下轿。其余丫头、媳妇们，各去伺候奶奶、姑娘们下轿。

王夫人领着进了山门，先在布袋罗汉面前拜了一拜。走右边进去就是佛殿，面前十分宽敞，左右四棵古柏。石幢边种着各色菊花，烂如碎锦。东西廊厢房、客堂，望去俱皆雅洁。太太们一路赞叹。进了大殿，看见上面悬着一块洋漆金字大匾，写着“青鸳白马”四个大字。两边大柱上挂着金字对联。王夫人看那左边是：

三生如梦不须动说伤心试看缨络珊瑚何必问奇花芳草

又看那右边对句是：

万法总空何处可寻恨事但听晨钟暮鼓作什么残月晓风

王夫人看了点头夸赞。宝钗笑道：“原来是干爷的手笔。”王夫人看那下边的款写着：“翰林学士丹徒祝凤薰沐敬书。”王夫人叹道：“古人之笔矣！”月上们在三尊大佛面前早已点上香烛。王夫人走至拜单前，拈了香，虔虔诚诚拜了四拜。奶奶们轮着拜佛。两个徒弟鸣钟击鼓，师徒三个伺候。拜完之后，就在佛殿上行礼，拜见毕，请太太们到禅房去坐。

月上领着出了大殿，走东边绕过一带竹篱，进了丈室门。花木扶疏，绿苔白石，地下满铺鹅子，秋草离离。西边山子上，有老梅数棵，盘屈苍古。东有小池瘦石，倚着金粟两棵，芬芳馥郁。太太们来到禅房，见满壁图书，陈设精雅。宝钗四围看了一遍，笑道：“真不愧为妙玉的徒弟。”王夫人叹道：“这几样东西都是妙玉心爱之物。”月上赶忙让太太们坐下，亲自将几对旧磁茶杯取出，烹上蒙山玉版，用雕漆小茶盘先送太太，挨次分递。李宫裁端着杯子也看了一会，笑道：“不知太太可还记得用这杯子吃茶的时候？”王夫人听说，将杯子也看了一会，说道："这还是那年应着老太太在大观园吃酒后，带着刘老老到栊翠庵闲逛那天，妙玉取出好些旧磁杯子，不知是他不是？"月上道："太太真好记性，一点不错！那天师父因刘老老吃了一杯，心中不乐。谁知宝二爷看出我师父的神气，将那个杯子要去给了刘老老。这句话转眼已是多年，真令人不堪回想。到后来，只有林姑娘常同我师爷往来。自从林姑娘死后，师父就失了一知己。"用手指道："那幅山水是师父最得意珍藏之物，上面还有林姑娘手笔。"宝钗同珍珠听见，忙将茶杯放下，走到对过香几前，见是一幅单条，画的是《江村平远图》，笔墨精神十分活泼。看上面落着款是：二峰道人写于长安之闲花阁。念那原题的诗句道：

轻烟漠漠柳毵毵，一碧波光混蔚蓝。

流水桃花无恙否？十分春色似江南。

又有野云居士题一绝句道：

青山如醉水如痴，杨柳风柔烟软时。

试向江村询乐事，个中只有二峰知。

珍珠念完，宝钗点头道："原来是袁供奉的手笔，无怪妙玉爱若珍宝。"珍珠道："莫非人人传说的风流袁太史吗？"宝钗道："非也。这是东吴名士，风雅孝廉，其笔墨另有一种清新俊逸之气。"珍珠道："宝玉房中挂的《关山行役图》，款落'野云居士'可就是题画这人？"宝钗点头道："亦是风流名士。咱们看林姑娘的诗，自然别有风味。"宝钗说毕，高声念道：

江树江云别一天，故园风景亦依然。

而今往事都成忆，不到平山又几年。

宝钗念完道："当日林姑娘题这首诗，不知又出了多少眼泪。这二十八字，令人读之犹似潇湘对泣。真所谓文生于情也。"看他落的款道：

栊翠道人以二峰先生《江村平远图》索予题句。读其诗，不禁有红蓼白云之感，因作二十八字，以志乡思。潇湘子黛玉题于栊翠文堂。

宝钗笑道："不出我之所料，林姑娘题诗之后，一定恸哭一场。"珍珠道："且看妙玉是怎么题法。"念道：

迷离云树隔江村，看不分明水一痕。
天外数声归去雁，板桥烟锁月黄昏。

宝钗道："妙公诗句清新，超群脱俗。何以这人竟遭魔劫，真欲令人掩书三叹！我对此画图不禁心驰神往，意欲同你各题一绝，以唁故人，不识你亦有此佳兴否？"珍珠笑道："我的诗学，你所深知。必欲助兴，我也断不敢辞。"宝钗大喜，命月上将这幅单条取下。王夫人笑道："宝丫头的诗兴又发作了。"平儿笑道："这叫做老太太梳油头，又少不了他这一抿子。"月上已将单条取下，放在香几上，屋里去将他师父的一方老坑端砚捧了出来，命徒弟去取出银毫古墨，滴了新汲水，细细研起墨来。王夫人见他两个要作诗，就领着大奶奶们到月上的内房闲话。

这边宝钗、珍珠各人执笔吟哦。不多一会，宝钗业已诗成，提笔写在黛玉之下。写毕，珍珠过来念道：

图画天然妙自知，我今相对月来时。
潇湘何处归云去？千古风流一大痴。

来访平山水亦平，江村如旧故人情。
何时得倩先生笔？添个茅庵寄此生。

珍珠道："宝姐姐这两首诗有无穷的感慨，若叫林姑娘同妙玉看见，不能不临风而涕。你落款罢，我可以不用作了。"宝钗道："那不能，我落款，你敢不写上？"说着，提笔将款落了。自己念道：

戊寅九月，返棹金陵。过平山，展潇湘之墓。得遇月师，相将至禅室。读两故人题二峰先生《江村平远图》，不禁人琴之想，与珍珠妹各赋短章，用以志感。宝钗氏识。

宝钗念完，笑道："我看你写不写？"珍珠道："我虽作了几句，总也跟不上你的，怕写上去被人笑话。"宝钗道："老姑太太，你少要谦虚，谁还来笑你吗？"珍珠道："既如此，你别瞅着我。等我写完了你再来瞧。"宝钗笑道："怕我学了卫夫人的书法吗？也罢，我去瞧瞧太太们再来。"

说着，转身到来内房，只见太太正同月上在那里说林姑老爷坟上的话。听见月上道："我再没有不遵太太的命，就是这样。横竖太太只管放心。"王夫人见宝钗进来，说道："我将林姑夫的坟墓托了月上，叫他就近照管，咱们每年送他几两修费。省得找人看坟终不妥当，倒不如他们总在这里照应着，很可放心。"宝钗道："太太的主意狠是。咱们竟托了月上师兄，留下几两银子，赶着将坟修理修理，两边的碑都要竖正。"月上道："太太、奶奶只管放心，都交给我办，总错不了。"

太太们正在说话。周家的进来回道："酒饭都已齐备，请太太示下。"王夫人道："就摆在禅堂里罢，咱们饮着酒同月师兄多说会子话。"周家的答应，出去料理。王夫人问道："珍丫头还没有作完吗？"贾兰道："四姑娘早作完了，对着诗在那里出眼泪呢。"宝钗道："珍珠这几日郁郁不乐，自言自语的只是叹气。我也摸不着他是为什么。"王夫人道："且等到家后，慢慢的让我劝他，这会儿也只好随他。"月上笑道："难得太太、奶奶、姑娘、爷们到咱们这里来，应该吃我的便斋，怎么倒吃起太太的来？"王夫人笑道："什么你的我的，今日本来也不专意到这里来，真是无意相逢。等着下回来给林姑太太上坟，到你庵里住几天，再吃你的不迟。"

太太们走出禅房，见珍珠靠在香几上一手托着腮，呆呆的瞅着那画。大奶奶们走过来，笑道："你怎么出了神？"珍珠赶忙站起，说道："题了两句在上，甚觉不好，在这里惭愧。"宝钗道："少要谦虚，老姑太太你请开，让我来领教领教。"说毕，将珍珠推开，高声念道：

妙笔江村图画，禅房桂粟零香。年年风雨怨重阳，今年怨，另有断人肠。　　梦里银瓶金屋，人间栊翠潇湘。当初今日两茫茫，思往事，羞对菊花黄。

右调《江月晃重山》，珍珠题于云巢禅室。

宝钗念完，点头赞道："使得。本来这题目难作，又要赞画，又要伤妙玉之遭魔、潇湘之夭折，并自家的昔年今日。即景言情，此调包括殆尽，用意亦深，倒狠可去得。真好孩子！不枉我一番耳提面命的苦心。"珠大奶奶们都笑起来。平儿道："喝，真像个先生口气！别在这里讲诗作赋的,太师妈等着吃饭呢!”

众人一齐笑着走了过来。月上忙将单条依旧挂起。王夫人吩咐,刖上一张桌子,命贾环叔侄两个,连月上俱依着次序坐下。丫头、媳妇们伺候上酒上菜。王夫人吩咐道:“你们既要跟来逛逛,不必都在这里伺候,只要两个媳妇上菜,两个丫头斟酒足矣。余下的都到客堂里吃饭去,也去说说笑笑,舒服舒服。隔一会儿,再着四个人来换他们四个去。只是不许混疯混闹的,安静些儿就是了。”众家媳妇同大小丫头们齐齐答应,慢慢的退了出去。

奶奶、姑娘挨次给太太敬了酒,彼此让坐,对花饮酒。王夫人道:“大观园若有这两棵大桂树,那年老太太中秋赏月时,还要添多少酒兴。我自离金陵三十余年,今日方见此君。”大奶奶们道:“本来这两株桂花开的十分秾郁,太太对此好花应该畅饮。”王夫人笑道:“今日坐中有饮酒不乐者,罚他对花饮一大斗。”平儿笑道:“太太出令,谁敢不遵?”宝钗道:“若是林姑娘在坐,他一定是悲伤憔悴而不能胜者,乌睹其为快也。”王夫人们都不觉大笑。那伺候的两个姑娘不住轮番上酒,两个嫂子上菜。吃了一会又上点心。王夫人看了,笑道:“这是鸡豆糕,我多年不尝此味矣。”大奶奶笑道:“内中除了宝妹妹,余外的只怕都没有吃过。”月上道:“会做这糕的,也就很少。”平儿笑道:“什么风味? 咱们大家尝尝。”众皆举箸吃糕。珍珠刚嚼在口中,友梅眼快说道:“四姐姐,你那糕上有个大蚂蚁。”珍珠赶忙将箸上半块鸡豆糕一看,果然有一个大蚂蚁在糕上乱走。珍珠急将半块糕丢在地下。又想口内一定也有蚂蚁,赶着一吐,谁知喷了巧姑娘一身。丫头、媳妇们赶忙过来收拾。王夫人道:“我们吃的都是好好的,怎么珍丫头的糕上又有蚂蚁?”珠大奶奶道:“在他们香积厨搁的常远,这里的蚂蚁想来不很见过这样东西,也要尝尝。又看上了四姑娘,要去亲热亲热,不知不觉被四姑娘咬在口里。亏这一吐,倒落了个尸首,还算不幸中之大幸。”太太们忍不住大笑。珍珠笑道:“大嫂子也跟着宝姐姐学的会说韵话。”宝钗笑道:“且不要管大嫂子的韵话,我倒替你想了一联绝好的故事,并不是骂你。将来千古后,就是绝对的两个古典。”珍珠道:“是两个什么古典?”宝钗笑着念道:“楚庄王吞蛭愈疾，贾珍珠吐蚁殃邻。”王夫人们听了又哄然大笑。月上道：“今日之乐，很不减大观园风景。”宝钗道：“各有佳趣，可以意会不可以言传也。”此时伺候的姑娘、嫂子们已经轮班过两三次。

日已平西，渐渐凉风四起，落木纷纷。周家的进来回道：“外面起了风暴，恐要下雨，请太太示下。”王夫人道：“明日重阳，本来有个风暴，咱们赶着吃饭就走罢。”姑娘、嫂子们忙着上饭，太太们都不过随便吃些，俱皆完结。姑娘们伺候着银盂，净碗漱了口。又皆更衣净手，忙忙收拾，将剩下的菜果点心尽都给了徒弟。王夫人向大奶奶们将身上随带的银子凑了三十两，将十两银子给月上作香敬，“这二十两银子是给林姑太太们修坟种树之费”。月上接了，再三拜谢。自此以后林如海的坟墓是云巢庵照管修理，此话交代不提。

且说王夫人们谢了两个徒弟，又赏老道几百钱，拉着月上说道：“一江之隔不难相见，你可以常到我家走走。”月上眼圈一红，说道：“当日我师徒们深荷太太慈荫，豢养多年。今又同在江乡，自必更邀福庇。惟是此间并无护法，要求太太做个山门之主，以此为府上家庵，我们住在这里就有依赖。”王夫人点头道：“这很使得。等我到家定有章程，再来叫你商议久远之法。”月上听了，领着两个徒弟赶忙拜谢，又谢过奶奶、姑娘、爷们，对着平儿道：“二奶奶回船去先给我请琏二爷的安，等着到府上来再当面磕头罢。”平儿听说泪眼莹莹，未曾回答。宝钗笑道：“原来你尚不知，琏二爷同宝二爷一样是你的贵同事，做了比邱公。”月上大惊，忙问道：“怎么琏二爷也出了家？这又是那一股子劲儿？”宝钗道：“说也话长，等着你到咱们家来再细细的对你说罢。”月上不胜叹息。

王夫人们走出禅房，来到桂花树下，因此时风起，满地铺金。抱琴对珍珠道：“六姑娘见外儿去了，回声太太等他一等。”珍珠道：“你快去瞧六姑娘，等着同来。”抱琴听说，飞跑去了。王夫人道：“你叫抱琴去找什么？”珍珠道：“六妹妹在后面还没有来呢。”月上笑道：“刚才我到坟上来，看见六姑娘很像我师父，瞥眼瞧见吓人一跳，几乎要叫错。细瞧了一瞧，比师父矮小的多着呢，举止行为越瞧越像。”宝钗笑道：“他是我的表妹子，从小儿瞧他大的，后来瞧见你师父倒有些像六姑娘。你今日又说六姑娘像师父，到底不知谁像谁？世上人像的多着呢，也没有什么奇忒。你问问太太，咱们眼睛里常常看见像这个像那个的，谁有工夫去理会呢！”

正说着，只见友梅领着两个丫头，自己手里抱着一个花镈，笑嘻嘻走来，对着月上道：“你房里房外的东西，我也有喜欢的，也有不喜欢的。只有你屋里的这花镈我十分心爱，你且借给我回去插插花儿。等着你来看有心爱的东西，咱们再换。”月上道：“换什么呢？送给六姑娘就完了。这是我师父最得意的一个定窑镈，这里面不插别的花卉，单插个兰、梅、松、菊这四种花木，轻意不叫人手摸，供在自己屋里，十分爱惜。今日六姑娘中意他，这也是缘分，就送了姑娘。”友梅满心欢喜，说道：“谢谢，等我找点别的报你罢。”王夫人笑道：“家里各样花瓶儿还怕少了宝，你既要他，等明日找两个还他罢。”月上笑道：“连太太都说起这话来，还个什么呢。”

太太们说着已来到山门口，家人、小子齐齐伺候。王夫人们辞了月上师徒，纷纷上轿。正值风势甚紧，阴云布合，满空落叶扑面迎头，一片松涛惊心振耳。此时，这些抬轿的放开脚步奋力疾行，刚刚赶到码头，那雨已倾盆而至。众人赶忙将太太轿子抬上船头，扶着下轿。王夫人随即吩咐：“风雨甚大，各位奶奶、姑娘及一切众人，都各回本船，不必过来。”又叫重赏各轿夫人等。众家人一齐答应，冒着大雨将各位奶奶、姑娘们都送下舱去。那些丫头、媳妇们没有一个不淋的浑身透湿。这是各人愿意去的，所以无人报怨。因太太吩咐，落得各船早睡。只有宝钗、宝月、珍珠三人，听一宵风雨，伤了无限的心情。直到夜色将阑，雨收风散。

王夫人也是一夜未曾合眼。听见船上打起开船锣，忙着守夜的媳妇们去叫林之孝同周瑞进舱说话。媳妇们去了一会，领着他两个走到中舱站住。媳妇们进房舱回道：“林之孝、周瑞请太太安。”王夫人吩咐将帐子放下，叫他两个到房舱门口。先对林之孝说道：“我领着奶奶们要到金山还愿，耽搁一日。还到镇江祝府上去，只怕也有一两天耽搁。我叫环哥儿、兰哥儿同你带着家人男女们都先到家去料理一切，只留下三位奶奶同我的四号船，余外的十三号船一箍脑儿先去，不必等我。环哥儿们年轻，全仗你作主照应。桂老爷若在金陵，想来也住在咱们家里。你们到家后，凡是桂老爷合家一切饭食，咱们家备，别要桂老爷花一个钱。等你们将行李搬完，料理妥当之后，着个人到方山去，对管坟的说我回来了。叫他将各坟上打扫收拾，我到家三日就去上坟。还有些远族老亲，也要去通个信儿。找着一两家，叫他们开个细单子，是某支某派、某亲某戚、某辈某人，现在住居年岁，作何事业，必要细细开个亲族两单。这些事环哥儿们全不知道，你是我家三代老人，细知底里，就有人来冒认亲族，你是瞒不过的。我这会儿也说不了这些，不过说些大概。你去想着办罢。再者，你将银子盘费提出一千两送过去交给珠大奶奶，你就对兰哥儿说，叫他同三叔叔先回去。派周瑞在我船上，再留下几个，余外的先去。周瑞先到金山去，对寺里和尚说，叫他明日请三十六众僧人，拜一天水忏，夜间临江施食。这是我当年进京时许下的愿心。明日还愿，后日早间到祝府去。你到大奶奶船上领五十两银子，先到金山叫和尚们赶着去办。你们两个都依着各人各去料理。”林之孝们连连答应道：“奴才们遵着太太吩咐去办。王夫人道：“很好。官舱里叫环哥儿起来，将行李搬过船去。”

此时，贾环听见太太说话，也就赶着起来，忙忙梳洗完毕，走进房舱，在帐子外给太太请安。王夫人又吩咐一遍。正说着话，贾兰也过来请安，回太太道：“林之孝送过一千两银子去，交给母亲收点明白。周瑞领了五十两去。孙儿的行李已搬过船去。”王夫人道：“很好，你同三叔叔到家先给我料理妥当。凡有说话都已吩咐林之孝，你们照着去办。这些原是你们之事，何必要我当心。”贾环叔侄两个连声答应。那些家人们来搬三爷的行李。王夫人道：“要开船了，你们去罢，我也不过迟三四天就到家。贾环叔侄辞过太太，到各位奶奶船上都致意先去的说话。林之孝领着大小家人叩辞太太、奶奶们，又是林大奶奶领着众人媳妇、姑娘们也在各船辞过。这才一齐开船离了扬州，望着江口而去。

此时，离金陵不远，人人盼着望到家。内中只有珍珠一人，他的心里大不快活。这是何故呢？只因他是个细心人，早已将前后之事周身打算。他想道："当初宝玉出家之后，何不跟着宝钗直到于今，岂不完美！我同宝玉是何等样的情分，后来失足之事，这是我负了宝玉。于今又蒙太太不计前情，认以为女，同至金陵，与太太相依为命。设或太太有个长短，我将来靠着谁呢？前已一误，岂可再误！"于是，左思右算，竟想出一个收梢结果的道路来，再三斟酌，主意已定。一早起来梳洗完毕，走到宝钗床边，将他叫醒。宝钗也因一宵不寐，刚欲朦胧睡去，又被珍珠唤醒，问道："你大早的起来，干什么？"珍珠笑道："一夜未曾合眼，并无倦意。快要开船，起来看看野景。"

正在说话，有个嫂子来回宝二奶奶同四姑娘说："环三爷同兰哥儿领着十三号船先回金陵，过来辞行。"宝钗、珍珠、宝月道："对大爷们说，没有起来，回家再见，诸事小心保重。"回事的嫂子答应，出去回覆两位爷们。接着就是林之孝夫妻两个领着派去的男女众人都来回过。听着各船鸣锣开船。宝钗起来梳洗完毕，那船早已过了扬州。

是日正是秋风瑟瑟，细雨蒙蒙。晌午错些已出瓜州江口，十三号的船就在那里分路。林之孝站在船头上，远远招呼这边爷们小心伺候，又吩咐船家些说话。四号船上家人、水手，络绎不绝答应。看那十三号船乘着顺风，竟往金陵而去。这里四号大船不多一会已到金山，将船湾住。太太同大奶奶两号居中，琏二奶奶的船在左，宝钗之船居右。

水手们将船联住，下了梢锚，因为风大浪涌，每船加橛。宝钗、珍珠坐在窗口，望那江水滔滔，忽高忽下，江心里往来船只，击浪冲波，时远时近。宝钗叹道："我们宴处深闺，那里知风波之险？"珍珠笑道："看破生死轮回，即身入洪涛巨浪间，不啻莲花世界。"宝钗点头道："其说有理。咱们过去见过太太，回来同你各作一篇长歌，以写此江景。"珍珠笑道："我早知道你诗兴勃勃，我心里已经有一篇长别歌，正要打谅着请教。"宝钗道："你别混说！太太最忌讳这些字眼。请罢姑太太，你说着说着就没有溜儿。"珍珠笑着站起身来，同宝钗、宝月走出舱去。

这船上两个家人是鲍忠、梁贵，站在船头伺候。丫头、嫂子们扶宝二奶奶同四姑娘走上船头，刚才走过大奶奶那边船去，只见汤顺的媳妇抱着那三岁小儿子四喜儿站在后梢。那孩子因珍珠喜欢，常常抱他，因此瞧见四姑娘，他赶着不住嘴的叫唤。珍珠站着用手招他，引的那孩子越发着急扑着要抱。珍珠对宝钗道："这会儿又不下雨，你在这儿站一站。等我到后梢去抱一抱，省得他急的要哭。"说着，就往靠船的这边赶塘上走，到后梢将四喜儿抱了一抱。赶着就交给他妈，说道："我见过太太再来抱你。"一面走出右边后梢门，往靠江的赶塘上就走，汤家的连忙叫道："四姑娘！走这边去。"珍珠口里答道："不怕！"那身子早已走上赶塘，只听见"卟通"一响，满船的男女只叫了一声："哎呀！"正是：

玉骨已同秋水白，芳容常共晓风寒。

不知珍珠的香躯可能打捞起来，且看下回分解。

第五十二回　对长江王夫人哭女　奠杯酒祝公子悲珠

话说宝钗同那些丫头、媳妇都站在船头上，看见珍珠将四喜儿交给他妈，就向右边靠江的赶塘上急忙忙的走过来。众人正在招呼四姑娘快别要往这边走。道言未了，只见珍珠身子一闪，"扑通"一响，掉下江心。船上前后大小男女一齐大叫："哎呀！四姑娘掉下江去了。"

登时，将各船的家人媳妇、丫头小子以及驾长水手人等魂都急冒。只听见一片人声喊叫："快些打捞！"宝钗姐妹飞奔到珠大奶奶船上，同着到太太那边哭诉其事。王夫人听见急的神色皆变，连忙吩咐，不惜重赏，赶忙捞救。平儿同友梅没有一个不急的恸哭。那些水手们怕四姑娘闷在大船底下，赶着将四号船一齐放开，又雇了多少水鬼子下江去打捞。整整闹了半日，并无影响。看看日已西沉，满江烟雾不分南北，四号大船依旧帮住。船家、水手都来回爷们道："这里正是金山的急溜，水势汹涌，掉下去万无生理。只好回太太，明日一早，差几位爷们赶往下游去寻觅尸首，或者倒还找着。这会儿就差一万人也是不中用，白费事。请太太不用悲苦，这也是四姑娘的大数应该如此。”众家人听他们如此说话，细想想真也没法，只得都来回太太，请太太的示下。

王夫人听了众人的说话，又悲又苦，忍不住放声大哭。奶奶、姑娘们无不伤感悲恸。那些家人男女们都因四姑娘平日做人厚德，人人感涕。上上下下连晚饭都没有吃，直闹了一夜。那抱琴更悲不欲生，几次三番要跳下江去，却被众人拉住。王夫人听见更觉伤惨，将抱琴叫进舱来，吩咐道：“你主人不幸失足落江，这是前生注定，死生有数。你且服侍宝二奶奶回到金陵。我自然料理你的终身依靠，休要呆气，白丢了性命。”抱琴跪在太太面前泪流满面，呜咽半日，方哭诉道：“丫头蒙四姑娘豢养多年，情同母女。今主人不幸落江身死，丫头情愿到阴司去服侍姑娘，断不一人生在世上。只求太太开恩，准丫头同了姑娘去。”抱琴说罢，伏地恸哭。王夫人以及奶奶、姑娘们无不伤心流泪。宝钗掩面对着抱琴道：“你听太太吩咐，且不用性急。横竖等着捞起姑娘的尸首来埋葬过了，你就死也好放心。况且天下的事也并不是一定而不可移的，掉下江去一定是死？或者你姑娘叫人家救了起来亦未可知。”平儿、友梅、宝月也正在悲苦，听了宝钗的这番说话，想来倒还有理。看珍珠那个模样儿，不像是这样结果的，或者有人救了起来也论不定。平儿想罢，止住眼泪，就势的劝慰太太一番。王夫人含泪点头，对着抱琴道：“你且起来，等着我明日差人四下里去寻访，自有下落，再定主意。”抱琴听说，一面哭着磕头站起身来。

王夫人叫周瑞进来，吩咐道：“明日一早到寺里拈香后，就将船放到镇江，要往祝府去。横竖有两天耽搁，你多派几个水手往沿江一带寻找四姑娘的消息。或有人捞起尸首，咱们以便收殓。”周瑞连声答应，出去料理不提。

且说王夫人们悲哭了一夜未曾合眼。到次日东方刚亮，有金山寺的长老率领僧众前来请贾太夫人到寺拈香。寺中备几乘大轿在船边伺候，鲍忠、梁贵进来请太太示下。王夫人道：“请长老先回寺去，说我就来拈香。”鲍忠们出去，回长老先回寺去。太太、奶奶、姑娘俱各梳洗收拾完毕，用过点心，吩咐家人、媳妇、丫头、小子各分一半看船,一半跟往寺中拈香。众家男女齐声答应。

王夫人吩咐已毕,同着奶奶、姑娘们走上船头,一齐上轿。宝钗命抱琴一同跟去。这些嫂子、姑娘们都跟着轿子,一大群往金山寺来。走不多会,就看见寺门长老领着合寺僧众赶忙迎接。王夫人们轿子抬进山门,到天王殿前下轿。长老过来稽首见礼,领着走甬道上,一直到大雄宝殿。中间三尊大佛气象庄严,面前挂着的斗大的琉璃长供,桌上摆着鲜花供果。此时灯烛辉煌,香烟缭绕。王夫人对着奶奶们道:"此乃江南第一禅林,蓬壶仙境亦不过如此。"众僧人鸣钟擂鼓。王夫人在佛前上香,虔诚礼拜,默祷一番。李纨、平儿、宝钗、友梅、巧姑娘彼此轮拜,各人默祷心事。拜完之后,只见抱琴走过来对着三尊大佛跪下,只叫了一声:"我的佛爷!"就忍不住的纵声恸哭,涕泪纵横,舌干气咽。太太、奶奶们都为之心伤肠断。宝钗忍住悲苦,过来拉住抱琴道:"你快别哭了,你不怕苦坏太太。"友梅也过来帮着将抱琴拉起。抱琴一面哭着,一手指着中间的这尊佛像说道:"你若是叫我的姑娘好好回来,使我主仆见面,我当攒下的几两银子买些素菜、三牲来谢你,我还要给你磕几千几百多少的头。你若是将我的姑娘淹死了,横竖我同你拼定了命!我先撕开你的那张大嘴,挖出那两个大眼子,出了我的怨气。我就在你那大肚子上一头碰死了,还要你偿命!"太太、奶奶们正在一团悲戚,听着抱琴这番说话,都不觉好笑。宝钗笑道:"你这话一点不错。等着找不见你的姑娘,咱们帮着你来拼命。这会儿让长老拈过香,要诵经拜忏呢。"

知客和尚过来请太太们到方丈奉茶。王夫人领着奶奶们来到方丈,见修竹平山,曲池古木,十分幽洁,到丈室如登仙境。早已摆着四张果桌,知客僧请太夫人同各位夫人、小姐请用茶果。王夫人见中间一桌上边设着坐位,右首亦有一坐;左边一桌朝西设着两个坐位;右边两桌每桌朝东设着一个坐。王夫人道:"我们只消一桌足矣,何必摆上这些?"知客道:"并无多物,不过是扬子江心杯水之敬,请太夫人升坐。"王夫人领着宝月、巧姑娘坐了中间一桌。李纨同着友梅坐了左边一桌。宝钗叫将坐儿移上去,同平儿坐了右边一桌。知客僧派几个十二三岁清秀小侍者在此伺候,自家退了出去,照应跟来的各位爷们。

王夫人对奶奶们道："果然这些茶色味与他处不同。"宝钗点头正要答应，见鲍忠的媳妇匆匆进来，回道："祝府太太、奶奶都来接太太，这会儿在殿上拜佛呢。"王夫人听了，赶忙站起身来。刚要走出坐位，周家的又进来回道："桂大爷同着宝二爷来了。"王夫人道："那里话来？"口里说着，抬头往外一看，只见桂堂在前，后面一人穿着重服，面貌神情活似宝玉。两人急急跑进禅房，桂堂抢到王夫人面前，双膝跪下，说道："桂堂请奶奶安。"巧姑娘无处可避，赶忙走开。王夫人扶着问道："你妈妈们还在这里吗？"桂堂道："在这儿等着奶奶呢。"梦玉不等说完话，早已走到面前，将桂堂拉开，赶忙跪下，说道："太太你怎么今日才来？"话也没有说完，抱着王夫人的腿大哭起来。桂堂过去给丈母请安，又见过大嫂子、宝二嫂子、友妹妹们。平儿指道："这是薛姨妈的宝月姐姐。"桂堂见礼，过去同巧姑娘见个礼，急回身问道："四姐姐呢？"宝钗流着泪道："再对你说。那个不是祝家梦玉兄弟吗？"桂堂应道："正是他。"梦玉在王夫人面前哭拜一会，引起王夫人想宝玉的一番悲切，止不住伤心流泪，将梦玉拉了起来，问道："你是我的梦玉吗？"梦玉点头应道："儿子就是梦玉。"王夫人含泪说道："你且过去见了嫂子们再来说话。"梦玉连忙走过这边，一眼瞧见宝钗，走上前去，拉着说道："这位姐姐是谁，我怎么狠面熟？"宝钗一段伤心，呜呜咽咽说道："兄弟，我就是薛氏宝钗。"梦玉道："哎呀，就是宝姐姐吗！快些请坐了，让梦玉拜见。"说毕，倒身跪下。宝钗含悲回礼。拜毕起来，宝钗指着道："这是珠大嫂子，这是琏二嫂子，这是友妹妹，这是你薛家妈的宝月姐姐，都一齐拜见罢。"梦玉瞅瞅这个，看看那个，说道："我怎么都在那里见过，一个个的好面熟？"奶奶、姑娘拜完之后，平儿叫巧姑娘过来拜见。梦玉问道："这就是珍珠四姐姐吗？"宝钗道："这是琏二嫂子的女儿巧姑娘。你那四姐姐一会再对你说罢。"

梦玉正要再问，只见祝府的太太、奶奶们一齐进来。头里走的是桂府金夫人，后面跟着一大群。王夫人领着奶奶们赶忙往外迎接。金夫人一眼瞧见，忙叫道："姐姐，怎么四姑娘掉下江去？"王夫人未曾回答，后面的那些太太、奶奶们都齐声急问道："怎么四姑娘掉下江去？"梦玉、桂堂一齐大惊，拉着王夫人问道："太太，太太！怎么，怎么？"王夫人泪流满面，点头应道："昨日失脚落江，无从捞救。"王夫人一言未毕，梦玉登时面色皆变，叫声"哎呀！"仰面一跤栽倒在地。王夫人、金夫人以及祝府的太太、奶奶、姑娘们急的手忙脚乱，扶他坐在地上，掐着人中，不住口的乱叫梦玉，又赶着灌了几口姜汤。梦玉渐渐苏醒，众人放心。宝钗瞅着梦玉，也不是心疼，也不是肠断，也不是悲苦，也不是伤感，竟说不出那一种的难过，只对着流泪而已。王夫人看见梦玉如此情形，竟活似当年宝玉。只可怜珍珠不得见面，差得半日工夫，活泼泼的一个人做了江心之鬼。想到这里，由不得五中皆裂，泪如泉涌。正在悲感，见梦玉忽然站了起来，往外就跑。众人拉住问道："你往那里去？"梦玉道："我去瞧瞧，在那里掉下去的。"宝钗过来将他拉住，流着两行香泪，说道："兄弟，你且等着，已经差人去找寻下落，就是你去看也无益。"金夫人连声说道："好儿子，你宝二嫂子的话说的很是。你不要性急，且等众人同你太太见过礼咱们再说。"梦玉含泪点头。

祝府的太太、奶奶们才知道这就是宝二奶奶，就有好几位走过来，拉着宝钗道："宝姐姐，怎么咱们今日才得见面？"宝钗将众人一看，倒像是旧时相识。又见桂蟾珠站在众人背后，满面啼痕，不住手的擦泪。宝钗道："候着太太们相见后，咱们再叙。"金夫人道："咱们在殿上拈香，听见说抱琴要同佛爷拼命一段故事，才知道四姑娘落江之事。咱们惊的心胆俱碎！又兼着梦玉这一闹，众人连礼都还未见。"对王夫人道："这位是我的姑太太，梦玉本生之母。这位梅大妹妹是这海珠、掌珠之母。这位竺亲家，九如之母。这是郑大姐姐，汝湘之母，是祝府姑表兄妹。这顾二妹妹是我嫡堂姐妹；他妹夫行四，现充商总，同祝大哥哥们是老亲；他这女儿玉书是我的干女儿。这是我姑太太的女儿修云，是梦玉的胞妹。"王夫人道："都是至亲，今日才得拜见。"金夫人对梅姑太太道："这就是我大姐姐贾太夫人。这是大亲家太太。这是我亲家琏二妹妹。这是你们方才知道的宝二妹妹。这是友梅姑娘。这是薛二姐姐的宝月姑娘；这就是巧姑娘。"王夫人道:“今日幸有妹妹在这里给咱们通个履历,不然咱们要通半日的乡贯,才得明白。”太太、奶奶、姑娘们彼此拜见。

桂夫人道:“今日一早,本寺差人报信,知道姐姐在此拈香。咱们老太太听见十分欢喜。自从接着大姐姐家信之后,天天在家里盼你,将沈四姐姐、薛二姐姐、三兄弟同三妹妹们留着,等姐姐来了,大家热闹几天。今日老太太催着咱们来接,等不及沈四姐姐们梳洗。谁知到这儿,听见四姑娘这个信,一会儿老太太知道怎么好呢?”梅秋琴道:“老太太狠望着要见四姑娘。这件事断不可叫他老人家知道。”郑太太道:“依我的主意,就说四姑娘先回金陵去了。且等大姐姐回来,咱们再慢慢对老太太说这缘故,或者另外商量出一个主意来也可。”顾四太太们都说:“甚是。”金夫人道:“咱们站了半日,且坐下慢慢再说。”海珠们这些姐妹拉着宝钗,倒像是他乡遇故知的一样,连顾玉书也异常亲热。只有梦玉十分不乐,对着桂夫人道:“我去多派些人,到沿江一带去寻找四姐姐的下落。”桂夫人道:“须叫周惠进来吩咐,不必你去。”海珠道:“昨日风浪不大,横竖漂不很远,赶着去找总有下落。”

太太们正在说话,见姑娘、媳妇跟着沈夫人、薛姑太太来到方丈。王夫人同宝钗是姑嫂、姐妹、母女相逢,这一见面说不尽悲喜交集,又哭又笑,说不了那些记念说话。宝月上前拜见母亲、舅母,珠大奶奶们一齐磕头请安,十分亲热。众姐妹挨次坐下。沈夫人道:“那年你三哥得了大学士,正想着兄妹们一堆相聚,谁知到半路上忽遭大故,我因此悲苦成病。服满后,叫孩子们各去做官,我在家安养。今年薛家二妹妹回家修墓,正要起身,谁知无意中承继了梦玉,才知道大妹妹回金陵的信儿。薛二妹妹给梦玉娶了亲,咱们一同送来,给老太太补拜大庆。我又同郑大妹妹做了亲家。老太太留咱们,等桂三兄弟同大妹妹们来了才放回去。今日姐妹、母女在这儿相逢,真是意想不到!”

薛姑太太道:“让茗烟见过太太,咱们再说。”茗烟赶忙抢上几步,双膝跪下,两手往上爬了几步,口中说道:“奴才几年不曾伺候太太。”一言未了,放声大哭。王夫人同宝钗见是伺候宝玉的茗烟,也止不住一阵伤心，泪流满面，问道："你怎么也在这里？"茗烟哭拜一会，起来请了安，见过大奶奶、琏二奶奶。走到宝钗面前跪下，叫了一声"宝二奶奶"，声泪齐出，十分悲恸。宝钗道："你且见过两位姑娘，太太还有说话问你。"茗烟见过姑娘。王夫人道："你怎么倒在这里？说给我听。"茗烟站在太太面前，含泪答道："奴才自从那年辞了太太，要上天下地去找宝二爷，各处走到。后来盘费用尽，只得沿途要饭，一路寻访，总无影响。今年来到金陵，寻了几日，这天睡在一个土地庙门口，来了一个疯和尚，对奴才说：'你一番苦志，明日可以得见主人。'又对奴才说了方向。奴才第二日依着方向走去，就遇见这里大爷。初见面错认了是宝二爷。说到后来，才知道是祝府的大爷。蒙大爷的恩典，将奴才带了回来，收在身边服侍。这大爷光景很同宝二爷一样，待奴才很好。前在金陵遇见薛姨太太同三舅太太，听见说太太同宝二奶奶们都回金陵。奴才天天在这里盼望，今日才得见太太、奶奶面。又听见说惜春四姑娘掉下江去，奴才听说心都碎尽了。怎么不见宝二爷的哥儿呢？"王夫人听了十分伤感，说道："这里大爷是我女婿，又是我的干儿子，你伺候他就同伺候宝二爷一样。"茗烟连声答应。王夫人道："且去帮着找找四姑娘的下落。"桂夫人接着吩咐周惠道："贾二太太的四姑娘昨日失足落江，不知去向。你多着些人往沿江一带下游处所寻访。倘有人捞住，不管是生是死，多多谢他，赶着就来通信。"周惠、茗烟一齐答应出去。

桂夫人们同王夫人叙说京中大太太那里事务。金大人又提起船中遇风暴，蒙琏亲家搭救相见之事，再三致谢。王夫人同平儿十分感叹，细细问贾琏的面貌、光景同升儿的样范，金夫人细说一遍。这边蟾珠、桂堂、修云、梦玉、海珠、掌珠、汝湘、九如同着李纨、宝钗、友梅、宝月、巧姑娘也是絮絮不已，十分亲热，倒不像是今日初次相逢的样子。李纨对着宝钗道："你同四妹妹大观园梦中所见，谁知今日相逢，可见宝兄弟的话一点不错。"宝钗点头叹道："天下那有这样奇事！真所谓咫尺河山，实令人有昔今之感。"李纨道："幸而又聚一方，差堪自慰。"梦玉道："大嫂子同宝姐姐说些什么？令人难解。"宝钗叹道："连我们也解不出其中道理。"海珠、九如道："今日同大嫂子、宝姐姐们竟像至好姐妹，一旦相逢，其中就里也只好以不解解之。”梦玉道：“这还不足为奇。最奇的是我在金陵给太太修房子，遇着茗烟同九如姐姐。还有在扬州时遇着柳绪哥同宝书三姐姐，这都是奇事。人人都像是见过的一样，我不知前世是个什么东西，这一辈子，这个也说认得我，那个也说认得我。”掌珠笑道：“我知道你前世一定是个拉纤的，满街闯门子，人人面熟。”修云笑道：“玉哥前世不是拉纤的，一定是块牛皮胶，到处用着他，粘着不放。”众人听了一齐好笑。

太太、奶奶们正说得热闹，知客和尚又添了几桌点心进来，请太太们吃茶。梅姑太太道：“咱们别在这里耽搁，老太太等着吃早饭呢。”王夫人道：“我今日在此做完经事，明日再去拜见老太太罢。”金夫人道：“我叫堂儿在这里代姐姐拜佛。咱们同去，省得老太太惦记着。”沈夫人、桂夫人、郑太太、薛姑太太都说：“甚是。”王夫人料难推却，只得应允。梦玉道：“我同堂兄弟在此拜佛，晚上叫老和尚放焰口，明日一早回来。”王夫人听了十分伤感，拉着他说道：“你且陪我回去，还要同你说话呢？”宝钗道：“依我意思，连桂大兄弟都可以不必在此，只要命鲍忠在此照应就是了。横竖老和尚自必尽心礼忏的。”桂太太道：“宝二妹妹的话一点不错，竟是这样，咱们就走。”

王夫人含泪说道：“四姑娘未知是生是死，我要对江哭他一声，以尽母女之道。”宝月、梦玉、蟾珠、桂堂都一齐哭道：“我们陪太太去哭四姐姐。”海珠道：“咱们到妙高台去望江设祭才是。”梦玉听见，连忙吩咐在妙高台摆设酒果，点起香烛。桂夫人同着各位太太、奶奶都一齐来到妙高台上。祝府的人已供上酒果、香烛。王夫人看着滔滔江水，那里忍得住伤心。一手扶着栏杆，对着江面叫了一声：“珍珠！”止不住纵声大哭。接着是李纨、平儿、宝钗、友梅、宝月、巧姑娘以及抱琴，无不伤心恸哭。金夫人娘儿三个，兼着这最爱哭的，也一齐大哭，十分伤感。梦玉哭了一会，将桌上供的一杯香酒拿着，望江中一奠，不觉连一个杯子也丢了下去。金凤在旁看了，甚觉好笑，说道：“你再使劲儿连手都要丢了下去。”江苹笑道：“若是大爷的手丢下江去，龙王爷瞧见一定要吓一跳，说道：‘人还未来手已先到，必定是来要宝贝的,快些将珍珠还他罢!’”梦玉正在悲泣,听了倒觉好笑。桂夫人、郑太太、顾太太、梅姑太太也陪着哭了一会,过来再三劝慰。王夫人们慢慢止哭,焚化纸钱。各人的姑娘、嫂子们送上茶来漱口,又伺候着面盆手巾,扑粉镜子一切奁具。

太太、奶奶、姑娘俱收整完结,正要走下台去,见杨华的媳妇急忙忙进来回道:“杨华在瓜州口见人捞起一位姑娘。瓜子脸儿,有十八九岁年纪,披散着头发,周身衣服俱好。杨华瞧见,赶着借了人家一扇门,将尸身停上,又盖上毡子,赶着回来通信。”王夫人们听说,心肠俱碎,对着宝钗道:“咱们去瞧瞧,以便给他装殓。”梦玉赶忙道:“我带着人先去料理,太太随后再来。”王夫人未曾回答,桂夫人道:“也罢,你多带几个人,先坐红船过去,赶着料理。我同着你太太们就来。”梦玉得了这句话,答应一声,飞跑而去。桂堂回过桂太太也同梦玉先去。

这里太太们一齐走到大殿。此时正在拜忏,又俱展拜一遍,同出山门。桂夫人将贾府的太太、奶奶们都约到自家船上,吩咐多帮两只红船,竟到瓜州口来。梦玉早已先到,看见沙滩上围着多少男男女女。他心中不胜悲苦,用手指道:“那是一个什么庙?”家人陈兴答道:“就是大爷送柳大爷在这里拈过香的大王庙。”梦玉道:“很好,你们就将贾府的四姑娘搭到庙里去。一会儿太太们来了,也好坐坐。”陈兴、杨华连声答应。那船早已拢岸。梦玉扶着家人们赶着跳了上去。那些瞧的人,看见一位戴孝的美少年,带着多少家人、小子上来,不知是这位姑娘的什么人。众人正在猜想,见梦玉走到门边,揭开毡子大叫道:“我的珍珠姐姐呀!”就大哭起来。桂堂也跟着大哭。杨华叫了些船家帮着,连门一齐搭到大王庙去。梦玉就像孝子,一路哭着同到庙里,在大殿旁边停着。一面吩咐冯裕、杨华赶着去办衣衾棺椁,俱要体面,不计银钱多少,只要妥当。又吩咐本庙和尚,多请僧人念经超度。叫桂堂领着陈兴在江口等着,伺候太太们上岸。梦玉带着几个小子,对着这死人的脸,哭的口干气咽。太太们也俱上岸走进庙门,听见梦玉哭的伤心,一齐来到大殿上,见梦玉低着头、对着脸的大哭。王夫人见那死尸心都伤碎,刚要大哭,宝钗赶忙止住道:“太太快别哭，这不是四姑娘。”王夫人道：“你还没有瞧见他脸，怎么知道不是他？”宝钗道：“四姑娘不穿红鞋。”王夫人们看去，果然不错，一双小金莲上穿着红绣弓鞋。宝钗赶着上前拉着梦玉道：“兄弟快别哭，不是珍珠四姐姐。”梦玉听见，回过头来问道：“这是谁呢？”汝湘笑道：“咱们也不知他是谁，想来总是你姐姐，哭哭他也是应该的。”太太们一齐好笑起来，梦玉亦觉好笑。

众人围在面前，看这姑娘也不过十八九岁年纪，相貌端正。身上衣裙不像个平等人家的妇女，两只手上都还带着金镯，耳上带着珠环，散着头发。王夫人对宝钗道：“这姑娘倒很有些面熟，一时想不起来。”平儿笑道：“面熟的多着呢，谁还记得这些。这姑娘活该同咱们有一面之缘。”九如道：“不是咱们一面之缘，倒是玉大爷前世少欠他的一桶眼泪，他来要帐呢。”桂太太们不觉吃吃大笑。梦玉道：“我已叫他们去办衣衾棺椁，也不管认得认不得，装殓了他也是前世的一段因果。”竺太太道：“既不是珍珠四姑娘，咱们回去罢，可以不用在这里送殓了。”桂夫人道：“咱们在这里岂不可笑！快些家去罢。”海珠道：“这是杨华的误报，就罚杨嫂子在这里等他们装殓了再回去。”桂夫人笑道：“此说甚是。”

掌珠指道：“那边墙上写着什么‘祝梦玉’呢。”太太们听说都走了过来。梦玉笑道：“这是我送柳绪哥起身后，在这里拈香，就在壁上题了一首诗，下面落着款”。奶奶、姑娘们走过来，念了一遍。宝钗道：“兄弟这首诗，将来必有以碧纱笼之者。”梦玉道：“等绪哥来，要他步韵，倒是一段佳话。”梅秋琴道：“咱们到船上去，慢慢再说罢。”

太太们出了庙门，纷纷上船，左右帮着红船登时开去。宝钗忽然想起，对薛姑太太同王夫人道：“刚才这姑娘狠像夏氏金桂嫂子。”王夫人点头道：“不错，很像他。”薛姑太太叹道：“提他干什么？”李纨、平儿笑道：“怨不得我一时想不起来，真是一些不错。”此时船已过了金山，将欲收江口，只见一只红船飞奔而来。桂夫人笑着对王夫人道：“接你的又来了。”王夫人抬头一看，笑道：“这又何苦呢。”

不知那来的是谁，且听下回分解。

第五十三回　蕉雨斋友梅谈遇合　水晶宫月老说姻缘

话说桂夫人们大船将收入江口，只见一只红船飞奔而来。桂夫人道："来接亲家了。"王夫人回头往江上望去，见是桂廉夫领着几个家人来接，对桂太太道："又要劳妹夫远接。"桂太太道："想是老太太等的心烦，叫他来瞧咱们。"

正说着，那红船早已帮住。桂廉夫站在舱上招呼道："大姐姐怎么昨日才到？叫咱们好等。"王夫人站起，对窗答道："路上耽搁了一天。怎么又劳妹夫来接？"两边正说着话，船已收入江口，不一会到了码头。此时祝府上的轿马俱已摆满，祝筠亲自来接。又兼着镇江太守周大老爷是贾政同部的司官，当初也最相好。还有盐铁使蔡大人、提刑副使龚大人，都是贾政做江西粮道时的同寅。听见贾二太太回南，俱差人来接。又是祝府上几位至亲老爷们，也有亲自来接。码头上不下数千人，十分闹热。

贾府的周瑞接了各家帖子，交给自家的女人，同梁贵的媳妇上去禀知。王夫人吩咐，命周瑞去各家致谢，请亲家老爷相见。祝筠进舱拜见，彼此称谢。各位太太们纷纷上轿，由码头一路进城，满街上男女比看会的还要热闹。走不多时，已到祝府大门。王夫人轿子在前，见门口街上齐齐整整站着三四十个体面家人，二门前有门上老管家带着一二十个执事家人站班迎接。

今日，贾亲家太太初次上门，不走夹道，轿子到茶厅歇下。各位太太、奶奶、姑娘们陪着走春晖堂，进去到敬本堂。见一位太太带着丫头、媳妇迎接出来。桂夫人对王夫人道："这是鞠亲家姐姐。"王夫人听说，忙上前相见，彼此说些钦仰。鞠太太道谢，"将友梅继留膝下，存殁成全，感恩无既"。两位太太拉着手儿谦让一回。李纨、平儿、宝钗、巧姑娘上前见礼。鞠太太问："那位是宝二奶奶同四姑娘？"王夫人指道："这是宝玉的儿媳。四小女已先回金陵。"鞠太太再三致谢。宝钗、友姑娘过来见姑妈，彼此流泪。鞠太太道："好孩子，我听见你立志坚贞，因此才得有这样的好母亲。我同你姑夫听了很欢喜。”梅秋琴道：“且见过老太太，你娘儿们慢慢再谈。”太太们走过崇善堂，来到恩锡堂的院子，见甬道右边站着一溜儿姑娘、媳妇们，俱是素雅妆束，人人体面。王夫人猛抬头吃了一惊，定睛细看，用手指着问桂夫人道：“那个姑娘是谁?”桂夫人指道：“就是这周惠家的女儿，名叫婉贞，是老太太最喜欢的丫头。”婉贞赶着上前给贾太太请安。李纨、平儿、宝钗瞧见也觉心动，巧姑娘更难为情。王夫人指着巧姑娘对众位太太道：“这周姑娘真活像生他的母亲、我侄女儿熙凤的模样，刚才一眼瞧见几乎叫错。天下那有这样活像的样儿!”郑太太笑道：“周姑娘的品貌同巧姑娘也不差上下。”宝钗指道：“这九如妹妹岂不活像史姑娘!”竺太太笑道：“怨不得茗烟初次见面，认做是史姑娘。原来咱们九如真个像什么史姑娘。”王夫人点头笑道：“祝亲家府上奶奶、姑娘们，有像这个、像那个的，不一而足。再没有周姑娘同九如奶奶像的这样全备。

众位太太们一路说笑，走过忠恕堂到垂花门口，见几个体面老管家婆领着三四十个粉白黛绿、锦云香雾的姑娘、嫂子们两行站班。王夫人想道：“自大门前起，直至此处，一切厅堂、人物远胜荣宁两府。咱们当年光景，何曾有这样气概，真不愧是尚书宅第。”心中甚为叹羡。进了垂花门，走景福堂进去。刚到怡安堂甬道上，见一位三十来岁的太太领着三个美人，身穿孝服，后面跟着一二十个美貌姑娘、媳妇迎接上来。竺太太道：“三亲家同着三位奶奶来了。”王夫人忙上前相见，彼此见礼。石夫人道：“老太太有恙，不能远迎，在堂前拱候。”王夫人道：“怎敢劳太夫人等候。”桂夫人道：“咱们本来耽搁的长远了，老太太等的着急呢。”邀着王夫人竟往介寿堂来。走进院门，见东西两廊下有女如云，站班迎接在甬道上。走了一半，瞧见介寿堂前，珠帘高卷，四个美人扶着一位鹤发慈容的太夫人走出台阶，站在棚下。郑太太、鞠太太道：“老太太出来迎接。”王夫人听见，急忙走上前去。见老太太刚要下来，连忙止住，赶上台阶将太夫人双手捧住，同进介寿堂。后面太太、奶奶、姑娘们都一齐进去。余下的姑娘、嫂子们俱在卷棚下站着。

王夫人领着李纨们挨次拜见。祝母十分欢喜，同王夫人异常亲热。叙谈几句，将平儿、宝钗、友梅、巧姑娘四人拉着问道："那两个是我宝贝的孙女儿?"梅秋琴笑道："老祖宗，这位琏二太太是桂哥儿的丈母，是这巧姑娘的母亲，别将他娘儿两个认作姐妹。"祝母同众太太哈哈大笑。秋琴指道："这是老祖宗的宝贝孙女儿宝钗。那珍姑娘回了老家儿，这个友姑娘代珍珠来作宝贝的。"祝母笑道："我那里知道珍姑娘家去了，咱们不住口的念着珍珠、宝钗，谁知想着了一半。不是秋琴说给我知道，竟将他娘儿两个认作姐妹，真我糊涂了。"祝母说着，又放声大笑。秋琴道："今日老祖宗很乐，说话的声音就像金钟似的。"汝湘道："不但老太太声音响亮，连寿纹里面都放出毫光来，照的脸蛋儿比咱们还后生。"祝母听了哈哈大笑道："秋琴同汝丫头娘儿们都炼就的一串儿，说话倒是很好的一班八角鼓儿。"秋琴道："这是薛二姐姐的宝月姑娘，都见过了老祖宗，请台坐。让咱们姐妹们见个礼，再同亲家姐姐们慢慢的说罢。"祝母笑道："我只顾说话，真个倒忘了你们见礼，我站在这儿让你们罢。"太太、奶奶、姑娘彼此拜了半日，扶老太太的四位姨娘过来拜见。

诸人都相见已毕，祝母让了坐，太太们挨次坐下。介寿堂、怡安堂两处体面姑娘上来送茶，一溜儿齐齐站着。候接过茶杯，就是介寿堂的吉祥、五福两位姑娘，带着怡安堂、承瑛堂、荫玉堂、瓶花阁、海棠院以及四位姨娘处各执事姑娘进来行礼。接着是效力姑娘们进来磕头。刚才完毕，又是查、槐、周、廖四个老管家婆带着各处办事，以及闲散各家人媳妇进来行礼。又是家生女儿们磕头拜见。王夫人同李纨们再三致谢，应接不暇。只见一群一阵碎锦攒花，几疑身在广寒深处。众人闹了半日才毕。接着，祝筠、梅白、鞠冷斋进来相见，祝筠称谢未了，鞠冷斋再三拜谢。王夫人每位应酬几句说话。祝母道："亲家太太还有几天耽搁，等着慢慢的再谢，且让咱们吃饭罢。"祝筠们退了出去。

祝母吩咐摆饭，桂夫人道："介寿堂、怡安堂两处吃罢。"祝母道："今日大团圆，都在一堆儿吃的热闹。承瑛堂的娘儿三个，连秋瑞、梦玉也去叫来，不必等过百日，只管行走。我这会儿全都丢开了，是他们各人的寿命,叫我老的苦会子也是无益,揉揉肚子算了罢。”王夫人同众位太太说:“老太太见的很是,叫做小辈的心里相安。”桂夫人差人请承瑛堂的太太、奶奶,荫玉堂大奶奶同玉大爷暂换青服来见老太太。传事的嫂子们分头去请。介寿堂正在摆设杯箸。石夫人领着梦玉、秋瑞、芳芸、紫箫一齐进来给老太太请安。祝母道:“你们都是方才见过的,等吃过饭慢慢再谈家事。”桂夫人道:“贾大姐姐姑嫂、姐妹同老太太坐在这边。郑大姐姐、桂三妹妹、顾二妹妹、梅大妹妹同琏二亲家太太坐一桌。我同竺、鞠两亲家,三妹妹同着大亲家太太坐这一桌。宝二奶奶、月姑娘、六姑娘、巧姑娘,有他姐妹们一堆儿热闹。”祝母笑道:“我不管,叫我坐在那儿,我就坐在那儿。梦玉有好一程子没有同我吃饭,叫他到这边来,同着丈母们吃罢。桂堂、魁儿各人陪着他丈母在那边坐。今日真是大团圆,要吃的热闹。”梅秋琴道:“老太太知道快要收新米了,叫咱们打扫仓房呢。”竺太太们一齐大笑,跟着老太太挨次坐下。王夫人们虽是初次相逢,倒像是一家眷属,十分亲爱,并无客气。海珠们同宝钗像是时刻见面的手足一样,更难说其亲热。嫂子、姑娘们往来伺候。

不一会,用完早饭,太太们在祝母套房里叙谈。海珠们邀了宝钗、宝月、巧姑娘到海棠院去。鞠太太、秋瑞带友梅回蕉雨山房,要谈谈手足关情的说话。来到怡安堂甬道上,鞠太太道:“我同友梅去说会子话再来。”海珠道:“自然宝姐姐也还要过去请安。”秋瑞道:“怎敢劳宝姐姐的大驾。”掌珠笑道:“你不用谦虚,少不了咱们陪着宝姐姐各处都是要走到的。”秋瑞笑道:“既蒙光降,我当扫径以待。”汝湘道:“不要耽搁,你快去罢,咱们少刻一准赐顾不误。”海珠们一齐好笑,来到景福堂后身,彼此分路。

梦玉、梅春同海珠姐妹、汝湘、九如、芳芸、紫箫、修云、蟾珠、宝钗、宝月、婉贞、巧姑娘、顾玉书俱到海棠院,让在东边碧纱槅里坐下。翠翘们连忙送茶。宝钗笑道:“我今日头一遭儿在此,也该同主人见个礼才是。”梦玉道:“咱们拜过两次儿了,尽着拜个什么劲儿!”婉贞笑道:“咱们这里来的太太、奶奶们,一年我不知要见多少,没有这今日见贾太夫人同各位亲家太太这样面熟。倒很像是常在一堆儿的,不是个怪事!”宝钗笑道:“不但你瞧着咱们面熟,咱们瞧着这里诸位姐姐、妹妹也像是素来相认。内中你同九如姐姐,更似我的两个至好。可见天下人形貌相似者原不足为奇。”梦玉道:“我常听见人家说,我有些像贾府的宝二爷。我想宝二爷是温温玉人,蓬莱仙质,咱们是野草凡花,安能想其形像!今日宝姐姐在此,看看我同宝二哥果有一二处相像否?”宝钗听说,眼圈儿红答道:“像也好,不像也好。”修云看见宝钗莹莹欲泪,赶忙接口道:“咱们同宝姐姐说说别的罢,别耽搁了工夫,像不像慢慢再说。”金凤道:“没有见宝二奶奶时,成天家不住口的记念,今日见了面,倒没有什么说话了。”紫箫笑道:“这叫做‘及至相逢半句无’。”芳芸道:“并不是没有话说,是话太多了,不知在那头说起。”蟾珠笑道:“你们都别言语,等我同宝姐姐叙叙别悃。说的高兴,自然引起他们的话来。”修云笑道:“既是这样,你同宝姐姐说起来,咱们静听。”

芳芸道:“你们瞧,梦玉怎么呆呆的出了神?”众人回过头来,见梦玉斜坐在一张小螺甸榻上,怀里抱着个素青缎子靠枕,瞧着宝钗,目不转睛出了神去。海珠笑道:“这又是那一股子劲儿?”紫箫叫道:“玉大爷,你怎么不说说话儿,尽着发什么呆呢?”梦玉并不听见。婉贞忍不住站起身来,走到梦玉面前,用手推着道:“大爷怎么不说话,叫着又不听见?”谁知梦玉随着婉贞的手睡倒榻上,睁着眼,张着嘴,昏昏沉沉不省人事。婉贞大惊,忙叫众人过来瞧瞧。海珠们听见齐走过来,叫的叫,推的推。梦玉只是不苏。急的众人手忙脚乱,没了主意。宝钗道:“赶着吹点平安散到鼻子里去,一打喷嚏就好。”金凤们忙取平安散来,汝湘给他吹了好些,总不见打喷嚏。众人正在着急,只听见宝钗胸前一声响亮,犹如金钟玉磬之声,十分清越。其音未了,见有一道白光直扑至梦玉脸上,寂然不见。梦玉忽然翻身坐起,问道:“怎么你们都站在这里?”九如道:“罢呀,小祖宗!你好端端一会儿是个什么症候?活活叫人急死!不亏宝姐姐身上带着宝贝救你过来,咱们就要去回太太,赶着请大夫进来诊视。你到底是真呢,还是假呢?”梦玉叹道:“我见了宝姐姐,心里只想着要哭,不知是个什么缘故。刚才坐在这里,觉得一阵心酸,就像睡着了一样,耳边听见有人叫我,只是答应不出。正在为难,忽然一阵檀香沁入心骨,谁知是宝姐姐带着的宝贝。我不知是什么缘故,这一阵心中难过。又不知宝姐姐是一件什么宝贝救我过来,给我瞧瞧,也好放心。"宝钗笑道:"我身上并无宝贝,有个什么给你瞧的。"修云、海珠道:"方才众人都听见宝姐姐胸前一响,就像金钟玉磬一样,接着有道白光扑到梦玉脸上,他就苏了过来。人所共见,一定要请教这件宝贝是个什么样儿。"宝钗笑道:"实在我身上没有宝贝,只有一个金锁,还是我小时一个什么和尚送的。他说终身带着,可以消灾免难。惟有这件东西是我常带在胸前,或者就是他也未可知。余外几件玉器俱非宝贝,倒是我头上带的这枝簪子,真是个宝贝,我取下来,你们瞧瞧。"说着,在云鬐上将那松枝簪取下,与众人细瞧。芳芸笑道:"果然这枝簪子有些异样,还带着宝光现现,异香扑鼻,到底不知是件什么东西?"蟾珠笑道:"这簪子的来历,一会再请教。刚才那响声同那光亮可不是他。想来还是那个金锁作怪,何不也取出来叫咱们赏识赏识呢。"

宝钗被他们缠不过,只得将面上衣服解开,露出那个金锁。众人看见光彩夺目,异样精巧,并非凡工制造。梦玉两手托着仔细看了一会,说道:"我很像在那里见过。"紫箫道:"罢呀,又是你见过,总是贾太太府上不拘是人是东西,都是你见过的。"梦玉笑道:"且不要说我,你们方才都私下里捣鬼,说是贾太太府上的人没有一个不面熟,这会儿你们又说我认得这个那个的。"掌珠笑道:"你们说的只管说,梦玉瞧的尽着瞧,倒叫宝姐姐开着怀伺候着奶奶、姑娘、爷们说话。"众人听了,不觉好笑。九如道:"咱们陪着宝姐姐到秋丫头家去逛逛。他们去这半日,什么话也该说完了。"宝钗道:"我且到诸位姐姐妹妹屋里去拜望拜望,再到鞠大姑妈家去。"梦玉道:"依我说,宝姐姐先到蕉雨斋坐会子,同了友妹妹再往一处一处去逛。"汝湘道:"横竖今日一天也走不完这些地方。"宝钗笑道:"今日就是走半夜也都要走到。别叫姐妹们思糊我,说到这家,又不到那家去。"梦玉道:"谁思糊姐姐的,谁是混帐行子。"芳芸道:"梦玉是那里学来的,动不动就赌咒,那里像个爷们!"海珠道:"咱们走罢,别耽搁工夫。"

众人出了海棠院，径往蕉雨斋来。此时鞠冷斋夫妻、女儿同着友梅正将前前后后的流离颠沛，以及遇着贾府收留之事，细细畅谈。老夫妻十分感叹。丫头们进来回道："玉大爷同众位奶奶们陪着贾府的宝二奶奶来了。"鞠太太听见，领着秋瑞、友梅出来迎接。宝钗瞧见说道："怎么劳姑妈远接？"鞠太太道："姑奶奶今日初次到此，又是救我友梅的恩人，理该远接。"宝钗笑道："姑妈怎么说起客气话？友妹妹是我两姨姐妹，若是知他流离失所，尚应收留照应，何况是无意相逢。又是我太太留为继女，我于友妹妹毫无好处，何恩之有？姑妈这样说来，致使我汗颜无地。"鞠太太道："两车相遇之际，若非姑奶奶收他回去，安有今日？此恩此德实难尽言。"太太们来到堂屋，宝钗重又见礼。鞠冷斋看见人多，出去同梅香月闲话去了。鞠太太让宝钗们坐下，吃过茶，就将刚才友梅所说之话从头至尾说与海珠们听。众人一齐感叹，都说是贾姨妈同宝姐姐、四姐姐实在恩同再造。

众人正在说话，见友梅、宝钗、梦玉、秋瑞一齐流下泪来。宝月、海珠们瞧见，知道是提起四姐姐，所以伤心，也都觉得悲苦。谁知蟾珠、巧姑娘分外伤心，不期然而然的哭将起来。鞠太太劝慰一番，又同宝钗叙谈一会。听差的嫂子来请太太、奶奶仍陪宝二奶奶、月姑娘、巧姑娘、友姑娘到怡安堂用点心，太太们都在那里等着呢。鞠太太听说，邀着宝钗们同进垂花门往怡安堂而去。

不言贾府的太太、奶奶、姑娘们在祝府盘桓留住欢乐。梦玉、海珠们同宝钗十分亲热，王夫人爱周婉贞、相依朝夕之事，俱且慢表。

且说珍珠落水之后，将两眼紧闭，耳内犹如鼓响雷鸣，鼻孔中两条水箭深射入脑，咬紧嘴唇，不通呼吸，身不由己，随波扯拽，四肢无力。到此际，心事茫茫，魂迷气断矣。悠悠荡荡，不知历尽多少蜃楼蛟窟，忽觉鼻中奇痒，打了几个喷嚏，耳边不闻水响。睁开双眼，只见自身睡在个大牌楼底下，旁边站着几个奇形怪状、似人非人的东西。珍珠想道："我身已死，此间想是阴司地府。既到此间，自然要同了他去。"想罢，将身坐起，见乌云散披两肩，心中转道："世上人看见鬼皆披发，我常不信。谁知这会儿我也披着头发，甚觉可笑。偏要将头发挽起，去掉做鬼的俗态。"心中想毕，站起身来，将乌云挽起，想着并无簪子，这头发如何挽得住呢？猛然看见旁边站着个怪物，倒像个虾精，嘴上针锋猬立，光亮通明。想道："何不拔他一根做个簪子，横竖我是江中之鬼，还怕他撵我上岸去不成?"主意想定，大着胆子走上前去，竟在那虾精嘴上使劲一拔。那精怪出其不意，回避不及，被珍珠将嘴上硬须拔一根，疼的在牌楼底下乱跳。珍珠赶忙插在头上。有个鲇鱼精咧着大嘴呵呵笑道："不成材料的东西！不过拔掉一根毛，也值得这样乱跳。"虾精道："这姑娘好厉害手段，刚到面前就去掉我一根毛，若沾着他的身子，不用说连虾米儿都要捞空了。"珍珠听说，亦觉好笑。看那牌楼以外水皆壁立，自牌楼以内金碧辉煌，并无水迹。又看牌楼上写着"泽潭苍昊"四个大字。还有一副对联，在左边是：

志切苍生遍大地阳和一犁春雨

又看那右边是：

职司化育庆万方丰稔叠沛甘霖

珍珠正看对联，那几个怪物说道："快些去罢，老爷在那里等着呢。"珍珠想道："既到此间，自然要到阎王殿上走走。"遂放大胆子跟着那些东西走。过牌楼约有一箭多路，旁边有一座小衙门，精怪领着走进大门。见那大门边坐一个黑胖大汉子：身穿青直裰，脚登皂靴，头戴尖顶院子帽。那脖子约有一尺四五寸长，垂着头，几个田鸡精在那里给他捶背。珍珠瞧见，心中想道："这东西一定是个大龟精。"正在好笑，这几个虾精跳上前去，恭身说道："回乌大爷，贾珍珠已经取到。"乌大爷听说，将长脖子一伸，抬起头来看见珍珠，不觉吃然笑道："这珍珠，果然是个珍珠！横竖老爷不在家，且来陪我喝个酒儿。"珍珠听说，勃然大怒，骂道："撒野的臭忘八，你是个什么东西，敢出戏言辱我!"乌大爷咧着大嘴笑道："难道我这品貌就抵不上那个小旦吗？你乖乖儿的陪我喝酒就罢。不然，我将你浸在臭水洋里，叫你三千年不得翻身!"珍珠气冲霄汉，赶上一步使劲的照脸一掌。只听见一声响亮，那乌大爷的脑袋早已不见，只剩了一个身子站着不动。珍珠正在惊疑，见乌大爷的脑袋在那腔子里又慢慢伸了出来，向着珍珠笑道："肯不肯由你，怎么就动手动脚起来。"珍珠指着他，"死乌龟、臭乌龟”骂不绝口。那几个精怪嚷道：“快别言语，真人来了！”

珍珠听说，回头一望，看见一位真人：面如满月，目若寒星，长髯高鼻，满身上霞光闪闪，坐在一朵莲花台上。四个黄巾力士抬着蜂拥而来。那些鱼精虾怪伏在道旁，不敢仰视。珍珠一腔怨气正无可哭诉，连忙高叫：“真人救我！”乌龟听见吓了一跳，将个脑袋缩的没有了影儿。那位真人早已瞧见，止住莲台，将珍珠叫至面前，问其缘故。珍珠将立志投江，说到刚才被乌龟调戏之事。说毕，伏地恸哭。真人命力士将乌龟拿至面前，指着说道：“你这该死的孽畜！因你愚蠢，从不生事，以此派你在鲢鱼司处做个门上，你竟敢擅作威福，调戏良家妇女，罪不可逭。”命力士用铜鞭重责三百，差夜叉押至钱塘江上，令渔户网去熬胶，以为在公人役不法者戒。真人发放已毕，对珍珠道：“我特为你之事而来，俟月老到来给你处分姻缘大事，你且跟我至水晶宫，自有分晓。”

珍珠拜谢，跟着真人一直前去。进了两扇朱门，见老龙王出来迎接，真人赶忙下莲台，与龙王携手同行。来至殿上见礼，分宾坐下。有个长须吏人将珍珠领至月台边伺候。不多一会，又见祥云缭绕，来了一位老仙翁。真人同龙王至月台迎接，那老仙笑道：“为此一段姻缘，叫我海角天涯忙个不了。”龙王们一齐大笑，同进殿中。施礼已毕，分宾而坐。真人问道：“老仙翁，这段姻缘作何办法？”老仙道：“我的值日功曹来报：‘贾珍珠已于金山寺投江。’我知真人系会中人，自能照应。但其中有难处之事，故此急急赶来商议。”真人问道：“有何难处之事？正要请教。”

老仙笑着，不知说出几句话来，且听下回分解。

第五十四回　如意匠留形换体　清凉观抵足谈心

话说真人向月老仙问道：“有何难处之事，务乞指教。”月老笑道：“当初在幻虚宫，为诸仙子与神瑛参酌姻缘之际，其间缘分之厚薄，情障之浅深，寄托于金陵十二钗，以了幻虚境中之情劫。谁知诸仙子与神瑛情生于幻，幻生于心，又结了再生缘。此番情障，较初次愈深。是以将诸仙子与神瑛又俱转世。因真人与幻虚宫有未了缘，故此奉托，以遂十二钗之愿。”真人道：“再生之事，前在幻虚宫已曾言之，但十二钗俱应转世，何以贾珍珠又令其再生，使他又遭此一番波折呢？尚求指示。”

月老笑道：“其中有个缘故。贾珍珠原系幻虚宫的昙花仙子，因与神瑛在离恨天游玩时，适遇广寒宫玉兔偷吃灵芝仙草。神瑛见而相逐，玉兔一时无处可避。正在危急，彼时昙花仙子心生怜惜，将伊抱住，以救其逼急。而玉兔误认昙仙与他有附体之缘，遂起了一片痴情。故托生为蒋郎，以遂姻缘之孽，而又报神瑛相逐之怨，是以娶其意中人。但玉兔之缘已尽，而神瑛前世应与珍珠有三十九年夫妻之分，未曾花烛。非比诸仙子今世与神瑛得成夫妇者，系前世新结之缘。若珍珠只须以本身了初结之缘，不必另行转世也。”真人道：“老仙不言，何能知其端末。我只知神瑛与珍珠有未了姻缘，是以昨日至此。嘱老龙王差鲍巡检将伊救至水晶宫，以便送伊完聚。适老仙说尚有为难之处，愿闻其略。”月老道：“因昨在帝廷见东狱奏尚书祝凤，忠孝廉正，洁己奉公，当奉玉音，赐以子孙昌盛。因思珍珠当为祝氏家媳，但祝尚书岂可有失节之妇！正恐老仙将珍珠送去，是以急急赶来商量出一个道理，以全此一段姻缘。”真人同龙王笑道：“这个道理有些难想。别事还可商量，若是妇人要仍复为室女，虽龙宫不少宝贝，也未必有补那一处的东西。”月老听说，忍不住呵呵大笑，说道：“此事作何办法？”

龙王道：“古今来有借体还魂之事，何不也行此法？”真人道：“此说虽是，但恐面貌更移，又多一番唇舌。”月老道：“等我将姻缘册细细查他一遍，看可有别样生法。”说毕，命童儿将金陵十二钗姻缘册取来。看了半日，笑道：“倒有生法，只是费事些儿。”真人问道：“怎样的生法？”月老道：“当初薛蟠续娶之妇夏金桂，淫妒有色。彼时宝玉几番动心，颇生爱恋。我在南天门遇宝玉之三尸神，欲将此事上达天听，是我为伊解释道：‘夏金桂乃淫妒不洁之妇，究与见贞烈端正之妇而起邪心者其罪有间’。后夏金桂服毒而死，转生为室家之女，年十八岁夭折，应死于江。查其年月，应在目下。请老龙王查查此人可曾到案?”龙王命掌案使者:“查小劫册内可有此人到案?”使者答应，忙将架上一册取下，翻了数页，呈与龙王道:“此人业已到案。”龙王同真人、月老看册上写着道:“张宦女黛珠，年十八，于某年月日某时死于江，已到案。”下有几行小字写着道:“吴捞假珠，贾殓真躯，一宵而启，众分其袈”。真人看毕，运动神光，定中生慧，早已知其就里。对月老道:“黛珠系吴姓渔人捞起尸首，贾夫人误作珍珠，梦玉盛为装殓。后来知其不是，家人们将伊草草殓毕，埋在江滨破庙中。萧道士于昨夜启棺，与众人分其衣饰。现今槁葬沙中，躯壳未毁。”龙王道:“此事甚易。吩咐差巡江都尉，推三尺水至江上，将黛珠取来。毋许生风鼓浪，伤坏生灵。”巡江都尉领命而去。约有个许时辰，已将黛珠尸身取至，进来覆命。月老笑道:“夏金桂之身，无意中遂了宝玉的私念。可见数不可强，如今还要有烦老仙为力。”真人道:“且将珍珠同黛珠躯壳换来，再为斟酌。”说毕，命童儿去将他二人取来。童儿答应，出去来到月台上。

珍珠同那女尸站在一堆。童儿随将他二人带至殿上。珍珠看见中间坐着真人，左边坐着老仙翁，右边坐着龙王。那真人看见珍珠进来，腰间取下一个葫芦，用手一招，已将珍珠的魂魄收入在内。龙王道:“水晶宫现有如意匠，善能改头换面。何不令其将黛珠躯壳，照着珍珠容貌略为修改?”月老笑道:“既有此人，再没有这样妥当。快请进来见面。”龙工吩咐叫如意匠。

不一会，如意匠到殿参见。真人看见是个老者，手中携着个皂囊，站在一边听令。龙王道:“今有贾珍珠，欲借黛珠之体还魂。尔可将黛珠面貌修成珍珠一样。”如意匠领命，走至两人身边细看一遍，上来回道:“黛珠面上系天皮孤骨，纵使修成形似，终非福相。依匠人愚见，莫若照陆判官换头之例，将珍珠头面换在黛珠身上，令他首是身非，甚不费力。”真人们一齐说道:“此言大妙! 竟是这样办法。”如意匠走到下面，将皂囊解开，取出一堆器具，拣了一把韭叶刀，至那两人身边，轻轻将头切下。又打开个八宝紫金盒，用凤翎小刷蘸着盒内的鸾胶，在珍珠头颈上周围刷到，拿着安在黛珠腔子里，用粉线由顶梁骨上打至胸门口，端端正正，一丝不错。取了曲尺，将脖子上下均匀量准。只是黛珠体胖，脖子比珍珠的周围肥出一分有余。如意匠用个小圆刨子在脖子上刨成一样平正，接口不齐之处，将小刀子四围修刷，十分妥当。月老笑道："早知这儿有此等匠人，不知要省我多少呕心之事！以后我要常来照顾了。"

真人道："面既可换，心亦当更。"月老点头道："珍珠之心，非他人之心也，必当更换。"如意匠听见，又将两人肚腹破开，取出心肝肠胃，彼此调换入腹。顺手将珍珠心上几个小孔挑开，见那肺肝肠胃有病之处，皆为修理全好。见两臂之筋，曲而不直，又俱抽出另行更换。龙王道："有两条鹏筋，留此无用，送他助一臂之力。"命库吏取出两条雪亮白筋，交如意匠换上。周身安置平正，也用鸾胶将腹皮粘好，又缝以银丝金线，再将熨斗顺着线痕熨的平平正正。

做了半日，珍珠完毕。又将黛珠头腹也与他粘好。真人道："黛珠躯壳，不应葬入鱼腹。"差水卒们将他送至沿江土中埋葬，命该处土地好生照护，休要露其骸骨。众水卒奉真人之命，登时将黛珠躯壳送去。如意匠给珍珠穿上衣服，身上佩带之物及祝夫人在铁槛寺相赠之双龙戏珠佩，俱给珍珠换上。诸事已毕，至真人面前复命。真人吩咐重赏，以奖其劳。如意匠谢了出去。

真人将葫芦内珍珠之魂取出，令其合体。吩咐道："因你与宝玉有夫妻姻缘未曾了结，故此月下老仙来此龙宫为你调停，将室女黛珠之体借你还魂。休违前数。我有偈言四句，你可谨记。"念道：

非他是他，是你非你。两世夫妻，开花结子。

珍珠跪在地下，再三拜谢。

真人对龙王道："此人系尚书之媳，尚书之妻。好生送至清凉观，自有亲人相会。我与月下老人，尚欲至瑶台议事去也。"说毕，同着月老辞别龙王，驾起一片祥光，冉冉而去。

龙王命龙宫眷属送珍珠到清凉观去。这些龙婆、龙女都争着来看珍珠，彼此说笑，无异人间的亲热。珍珠见龙宫眷属人人都是仙姿花貌，艳丽非凡，所有衣饰皆非世间之物。内有一位龙女，俨似宝钗，与珍珠分外亲热，十分相契。因奉龙王之命，着他亲自送去。珍珠拜谢龙王，同龙女坐上百宝七羊车，带着多少水族护卫，离了水晶宫。

正往前走，龙女吩咐道："贾千金难得至此，不可不遍游海市蜃楼，以广见闻。"珍珠欣然乐从，再三致谢。见无数水族，也有骑着海马的，也有推水前驱的，各安队伍，十分热闹。所到之处，水皆壁立。约莫行了千余里远近，见有五彩圆石，不知多少，一望无际。大者如缸，小者如盆，一个个晶莹光洁，照人如镜。珍珠问道："这是什么石子儿，生的这样可爱？人世上安得有此！"龙女笑道："此乃精卫填海石，已历千万年，为海水淘磨，方能光明至此。"珍珠点头赞叹。又走了多路，远望去，红光烛天，绚烂夺目。不一会看看相近，定睛细看，原来是几千万棵红树。至大者，有三人不能合抱；至小者，也有一人围抱之粗。杈丫盘簿，望不见顶。树身上红光闪烁，犹如飞霞流电。珍珠道："这是什么树，如此好看？人间从未见过。"龙女笑道："此即珊瑚树，海中之宝。"珍珠道："当年荣国府中，曾有三尺多长的一枝珊瑚树，人以为宝。谁知这里竟大的说不上来呢！"龙女笑道："世上所得，不过是这树顶上的嫩枝儿。若是大树，如何取得了去？"

车过珊瑚林，来到一处，见碧水粼粼，清鉴毛发。路旁有茅屋数间，十分幽雅。闻有人在内读书，其音朗朗。珍珠惊问："此间安得有人念书？"龙女道："此乃屈大夫之宅。他因汉江窄小，不足以开其胸臆，故借在这清水洋中盖几间茅屋。朝游苍悟，暮游碣石。无事在家，则闭户以读《离骚》。"珍珠叹道："原来三闾大夫尚在此间！"车过三闾之门，出了清水洋，看见一只大船，类若龙形，置造精巧。下面用红漆大架子将船托住，船上舱门一溜儿关着，上面像有封条。龙女指道："小姐可知此船出处吗？"珍珠摇头答道："实在不知，求公主指示。"龙女道："此即昭王南征之龙舟也。"珍珠点头叹道："真是一件道地古董！"龙女笑着指道："那也是一件古董。"珍珠回头一望，只见一座大山，苍翠如滴。下有石桥一道，长不可计。因问道："这是一件什么大古董？"龙女道："这就是秦始皇所鞭入海之山梁也。"珍珠笑道："真是古董。我看那山上倒像有些亭台楼阁。"龙女道："当日上面本无楼阁。因汉武帝差了些童男女到海求仙，知其无益，徒伤人命，以此将他们留住此山。"两人正问答的十分高兴，只见前面波涛汹涌，雪浪如山，一个大鱼扬波鼓浪而来。鱼背上骑着一人，儒巾儒服，看去不过四十左右年纪，白面长须，仪容丰采。看见龙女，高声问道："公主何往？"龙女答道："送故人家去，须游海市。不知学士何以许久不来？"那人笑道："被东海令伯款留畅饮，又遇贾长沙邀去，访范少伯醉谈数日，代西子作《采莲歌》百首。今日无事来访令尊，以博一宵之醉。"那人话未说完，大鱼喷浪而去。龙女道："小姐识此人否？"珍珠道："闭处闺门，何能得识海中仙侣？"龙女笑道："此即李太白。自骑鲸归海后，每日醉游四海，诗酒逍遥，与我父王们最为莫逆。"珍珠点头，叹息道："原来是青莲学士！何幸今日得瞻仙范。"

龙女指道："此处不可不去逛逛。"珍珠望见人烟嘈杂，车马纷纷，往来如织。更有层楼飞阁，金碧辉煌。有座玲珑宝塔，矗立天际。塔门洞开，看去每层门内坐着一尊金佛，祥光闪闪。塔下栋宇如鳞，一望无际。此时仪从业已到市，四海来贸易的那些鲛人早俱俯伏在地。珍珠见两边摆设尽是宝贝，人世所无。车过之处，光彩夺目，不知其名。古今异宝，千奇百怪，不一而足。那层楼上仙音嘹呖，丝竹悠扬，听之令人心神俱畅。有两只彩禽，如世上所画的丹凤，生得绚烂可爱，栖在飞阁朱栏上。其鸣如敲金击玉之声，十分清越。珍珠赞叹不已。龙女道："此即海市蜃楼，乃四海鲛人出奇献宝之所。"车马过了海市，来到一山，晶莹光洁，可鉴毛发。山上仙花瑶草，沁心彻骨。龙女道："此乃蓬莱山脚，上面乃神仙居处。"走过那山，见水族们分两排站住。前面一个大木牌挡着去路。龙女道："已到此间，不必再往前去。"珍珠道："怎么这木牌横着当路？"龙女道："此乃张骞所乘之槎。过此即弱水洋，非咱们所管地方。"吩咐将车进入江口。水族们前后拥车，飞奔而走。

珍珠耳内只闻千军万马之声，振心眩目。约走了有几千多里，见有一条铁线挂在虚空。有一和尚，身坐蒲团，将头顶住铁线，屹然不动。珍珠指道："这又是什么故事？"龙女笑道："这就是你在此投江的金山。"珍珠惊道："我见金山极高且大，怎么是这一条铁线挂在水中？"龙女道："金山上大而下小，浮在水中并无跟脚，乃天地造化之气凝结而成。非如他山之有跟脉也。这和尚就是法海禅师。上帝怪他多管闲事，离间人家夫妻，逼的白娘子大不得已，恨极以至水满金山，坏了几多生命。因他是造罪之魁，罚他坐顶金山，千年释放。就派白娘子领水族们在此看守。”珍珠叹道：“想白娘娘覆钵之时，令人发指。今既如此，尚堪解恨。”道言未了，见个素衣美人后面跟着青衣美婢，抢到车前给公主请安。公主笑道：“贾千金正在此念你。”对珍珠道：“这就是白娘子同青儿。”珍珠向白娘子道：“今日一见，深解人恨。”白娘子同青儿含笑点头，不及答话，车已过去。

又见一座黑山，上面毫光现现，忙问道：“那是什么东西？”龙女笑道：“乃是一段故事。”车子来到面前，龙女吩咐止住，用手指道：“你看那边睡着一物。”珍珠细看，见是一个丈把长的大马猴，拳着手脚睡着不动，脖子上带着一条铁链，正在那里放光。珍珠道：“怎么这里锁着这么一个大马猴呢？”龙女笑道：“这马猴才是个道地古董。他名字叫做支巫祈，乃开天辟地的一个大水怪，被大禹王拿住，用‘五行正一锁’将他锁住。那一堆就是正一锁，并非黑山。底下是个海眼，就命他在此守着。”珍珠惊道：“咱们快些去罢，休要惹他。”龙女笑道：“无妨，此物善睡，数千年未曾醒过。”

珍珠指道：“那边又是什么光彩夺目？”龙女道：“那光彩夺目的地方就是贵处，所谓聚宝门是也。”珍珠道：“已到金陵，不知公主还要送我到什么去处？”龙女道：“送你一个去处，自有亲人见面。”

正说话间，那车来到一个宫殿门口。见一个将军走到车前，躬身说道：“奉夫人之命，请公主下车，暂为歇息。”龙女道：“我正欲拜访夫人。”吩咐带车进去，到了二门下车，有一位绝美的夫人，宫样装束，后面跟着四五十美婢，俱是戎装佩剑，一齐迎上前来。那夫人笑道：“早间耳热，知今日有故人相访。何期云中君果然翩翩而来。”龙女笑道：“因公奉拜，殊非诚敬，不闻鼓瑟之声，已为幸甚。”夫人指着珍珠道：“此君乃我之旧雨，同至此间，实为难得。”相将至殿上，彼此施礼，分宾坐下。龙女对珍珠道：“此位就是汉昭烈帝之孙夫人也。”珍珠肃然起敬，连忙拜见。孙夫人答礼道：“昔到幻虚宫，常与诸仙子聚谈竟日，不期转劫软红，久疏把晤。今日又得一亲仙范，甚慰渴思。”珍珠道：“自随软红，已迷幻境，茫茫海宇，颜面皆非。今见慈容,实深欣幸。”孙夫人道:“幸幻虚宫中诸仙又复相聚一堂,尚不寂寞。”

珍珠正欲相问,见有人进来,通报了几句说话。龙女同孙夫人笑道:“来的凑巧。”刚起身迎接,早见三位美人一同进来。珍珠看那左边的美人:一张瓜子脸儿,蛾眉凤目,鼻如琢玉,口似含桃。骨肉停匀,不肥不瘦。艳若春花,秀如秋水。云鬟高髻,耳坠明珠。披紫绡之衣,曳水丝之裙,袅袅婷婷,真是神仙中之国色。右边美人:穿着翠云衫,水红皎绡裙,身材略瘦些儿。中间美人,穿着彩衣绣裙,比左边美人略高点子。三人容貌,不差上下。珍珠暗暗称赞不已,颇觉自惭形秽。中间美人说道:“今日来的有兴,不但遇着远客,还见着了会中人,真是快事!”孙夫人同龙女、珍珠赶忙迎接,一同来至殿上,施礼坐下。彩衣美人对珍珠道:“别来甫及一秋,而人间已见鹊桥二十渡矣。不识犹念及故人否?”珍珠未及回答,孙夫人指着紫衣美人,对珍珠道:“此即世上所传江皋解佩之洛妃也。”指彩衣者道:“此是娥皇。”又指翠衣人道:“此是女英,俱是舜妃。与你同是幻虚宫中仙子。”那三位美人道:“幻虚境中人物,已两历尘寰。唯昙妹两世一身,更为美事。”

龙女道:“久不闻洛妃雅奏,今幸得遇故人,愿聆一曲,以涤烦襟。”洛妃道:“自潇湘一曲之后,此调不弹久矣。今日旧雨相逢,自当一呈薄技,然必须二妃以南薰和之,方不寂寞。”娥皇、女英笑道:“南薰之调,安能及江上峰青?”孙夫人道:“三妃休要过让。今日欢聚,必须各尽所长,有不遵令,罚依金谷。”洛妃笑道:“夫人风雅,不减芦花。江上不知此时犹憾周郎否?”孙夫人道:“赤壁之役,耿耿于中,白帝之师,更堪发指。吕蒙、陆逊之徒,未得生饮其血,实为恨事!”女英道:“佳客在前,休提往事。若再深言,又不能无陈思之感矣。”洛妃回过头去,笑道:“英婢饶舌。”龙女道:“休要耽搁昙仙正务。”洛妃点头,命侍儿篢笤取过锦瑟,解去绛囊,横于膝上。用纤指轻轻拨动,一时四顾无声。珍珠凝神静听,只觉得一缕仙音忽远忽近,如断如续,悠悠扬扬,呜呜咽咽。其响处上遏青云;其幽处潜通黄壤。珍珠听到出神之际,觉着自家身子飘飘摇摇,心怡骨软,说不尽仙音之妙。见有两只五彩大鸟在庭前对舞，鸣如戛玉，羽若流霞，舞皆应节。

珍珠正听到出神入化之时，只闻"铿尔"一声，其音寂然。惟有满庭香雾蒙蒙，和风习习。孙夫人赞道："'曲终人不见，江上数峰青。'尚不足以写其神况也。"洛妃道："方才与夫人叙谈往事，心有所感，不觉变为徵声，几乎不能终曲。"孙夫人同娥、英二妃道："此曲只应天上有，人间能得几回闻？"洛妃笑道："俟幻虚宫诸仙子回山之日，当竭尽所长，以博一笑。"孙夫人道："此刻应领教二妃雅奏矣。"娥皇命侍儿湘月抱过瑶琴，横于几上，左勾右剔，款款轻轻，弹出《平沙落雁》。接着是女英亦弹一曲。两人琴音不亚湘妃鼓瑟，众人称赞不已。

珍珠听得心旷神怡，十分羡慕，因而想道："凡间安得有此妙音？偏我一无所能。"正在思想，孙夫人们早已知其心念。龙女道："我有小技亦要班门，三妃幸勿见笑。"命侍儿迦陵取过一枝羊脂玉笛，光洁晶莹，十分可爱。龙女接在手中，吹出《梅花三叠》，响遏青云。吹毕，各侍儿收过琴、瑟、玉笛。孙夫人道："昙仙颇有知音之感，愿三妃授以一曲，为凡间绝调。"洛妃道："我之锦瑟，非伊朝夕之功，一时难以领略。唯二妃瑶琴，尚可相授。"二妃道："昙妹向在幻虚宫，琵琶最为独调。不知此时犹能此技否？"珍珠道："音乐之事，生平颇喜，苦无传受。倘蒙不弃，愿拜门墙。"娥皇大喜，叫湘月取过一面琵琶。珍珠见制造精巧，非世上所弹之物。娥皇道："此乃王嫱故物，后沉于北海，为我所得。今以相赠，宜加珍爱。"珍珠拜谢。娥皇遂将勾弹挑剔之法，详悉指授。珍珠心领神会，过目不遗。又传以数曲，命珍珠试弹一曲，颇能会意。娥皇们一齐说道："从此潜心娴习，可以无敌人间矣。"珍珠欢喜之至，感谢不尽。

孙夫人道："我有小技不同于人，亦当博诸君一笑。"站起身来，解去宫妆，命侍儿取过两口宝剑，就在殿上分开门路，轻舒玉臂，摆动柳腰。初犹似飞花落雪，片片寒光。继而是电掣星流，层层银浪。舞够半日，刚才收住。三妃、龙女无不极口交赞道："夫人英烈之气犹然如昔。"孙夫人道："我有数家剑法，生平得意，未传于人。今以相授,闺中寂寞亦可消遣,日后很有用处。”遂教珍珠以舞剑之法。口传手教,约有半日,方能领会。令其自舞一回,谆谆指拨,嘱其谨记。吩咐左右抬过一样兵器来,指道:“此乃温侯画戟,我留之无用。昙妹臂有鹏筋,人间无敌。我以此相授,日后可成战功。用枪之法,亦无外于此。”说毕,持戟在手,分开门路,层层教导。珍珠耳聆目视,心领神会。孙夫人令其自试,笑道:“从此演习可称无敌矣。”即将此戟送在身卧处,可自取之。又命侍儿取过一张弩弓,对珍珠道:“此乃卧龙先生所造之神弩,一发十矢,三百步外射无不中。我今教你用他之法,将来自有用处。”珍珠领教拜谢。孙夫人细细指示一番。

珍珠正在演试弩箭,有个侍儿过来在夫人面前说了几句话。夫人道:“命他进来。”侍儿答应出去。不一会同一位将军进来,手中拿着个纸卷。珍珠看那将军:约有三十来岁年纪,相貌堂堂,威风凛凛,金盔金甲,腰间佩着宝剑,器宇轩昂。见孙夫人恭身侍立,将手中纸卷递与侍儿道:“呈上夫人,此乃十月二十三日人口册,请夫人画稿。”侍儿接着递与夫人。孙夫人接着,从头至尾看了一遍,问道:“此中岂无可矜可悯之人?”那将军答道:“此系地藏佛主稿,会同三官大帝、东狱河神再三斟酌而定,并无可矜者在内。”孙夫人道:“一念之善,即可保全性命。况为日尚早,岂无一念为善之人呢?我虽画稿,但到临时,望将军务须留意,察其灵光中稍有光亮者,亟须救济,以体上帝好生之心。断不可因其已入册中,任其沉溺。”那将军诺诺连声答应,伺候着。夫人在稿尾画了花押,命侍儿递与,将军告辞而去。

夫人对珍珠道:“此人即甘兴霸,乃东吴名将,至今血食一方。方才所呈,是十月二十三日江中小有劫数。这个机会与你相得,我暗中为你调停,你须谨记。是日有官船因风暴避入港中者,必须差人到船相请拈香,自有好处。芭蕉树下神弩一百张,还是赤壁之后无所用之,埋于此地下,今以相赠。”

洛妃道:“我们陪昙仙到百花潭游玩一回,以便归去。”孙夫人点头,穿上宫妆衣饰,同众人来到后面一个高台上,见那台中有一大井,孙夫人同龙女、三妃对珍珠道:“此即百花潭,乃古今第一妙境,不可不看。”珍珠听说，走至潭边，往下一望，深不见底。回头正要相问，孙夫人将他一推道：“休忘今日！”

珍珠一个倒身翻了下去，自问万无生理。未曾到底，只觉着一阵冷风钻心刺骨，不知不觉昏迷过去。停了一会，耳内似觉有人叫唤。慢慢将眼睁开，只见面前站着几个道姑，不知是谁，赶忙坐起。四面一望，原来身卧桥边沙地上。见周围是柳树沙堤，树林里有个庙宇。桥那边望去，是个小港，直通入大江，一望无际。珍珠站起，问道：“你们是谁？这是那里？”内中一个年纪大些的道姑答道：“我们就是这清凉观的女道士。这里是仪征地方，土名叫做平安港，面前就是大江。刚才徒弟对我说，桥边睡着一个姑娘，像是江里氽来的。我领着他们来瞧，见是个活的，因此叫唤。不知姑娘是那里人？姓什么？仔吗睡在这儿？”

珍珠道：“我姓贾，同母亲回金陵去，过金山失脚掉下江，不知多会氽到此处。你这清凉观都是女道士吗？老道士姓什么？”那人答道：“我姓李，道号行云。这个师弟姓张，名叫流水。这是我的徒弟，姓袁，法名可石。观里的老道士死了。如今的观主姓王，年纪不过二十来岁，生的很好的一个品貌，名叫不期道人，是个金陵大户人家的闺女，一年四季总不见人。不要说男人们没有见过，就是女眷们也不许见面的。如今你这姑娘，还是要回去呢，还是要到别处去？赶早好走，一会儿黑了瞧不见路不是玩的。”珍珠道：“我且到观里去见见观主。求他方便，借我住几天，再作道理。”李行云道：“不用去见咱们观主，我就是当家的，一应事情是我作主。咱们这观里，从没有借人住过。本城有些太太、奶奶们到观里养静，不拘大小，总是八十大钱一位。每天两顿素饭，茶水现成，各人添菜，自备烟茶、灯油。服侍的老道们，每节赏他们一吊钱。洗衣服是十五个大钱一件。这是一定而不可移的规矩。若是说借住几天，咱们这观里，那里有这些房子借人家住？还要饭也借，茶也借，烟也借，什么都借。不怕姑娘恼的话，你若是个男人，咱们还要借给你去养孩子呢。”珍珠听了李行云的这番说话，不觉面胀通红。想了一会，说道：“我依你，每天也不过八十大钱。咱们且到观里去商量，也还要见见观主。”张流水道：“也罢，且到观里去说罢。”

李行云领着走不多路来到山门。见悬着一块大匾写着“清凉观”三个大字,山门内塑着一位王灵官,神像威严。珍珠拜过灵官,转入后身就是大殿。院子里有几棵苍松古柏,东西两边都是厢房,十分幽静。大殿上供着三清圣像,珍珠拜过,问道:“观主的云房在那里?相烦指引。”张流水道:“你跟我来。”珍珠跟着流水走出三清殿,往东转进后身,另有一个小小院落,双扉紧闭,寂无人声。流水在铜环上轻轻叩了几下,听见鹦哥唤人声。隔了一会,有人开出门来,同珍珠对面一看,彼此大惊,叫道:“哎呀!”

不知是谁,且看下回分解。

第五十五回　如是园玉梅契合　天香阁桃柳联芳

话说流水领着珍珠来到后院门口,向铜环上叩了几下,听见里面鹦哥唤人声。不多一会,有人开出门来,也是一个小道姑。同珍珠两个定睛细看,不觉惊异道:“哎呀!”珍珠忙问道:“怎么你在这里?”那道姑也问道:“怎么你来这里?”彼此喜从天降,拉着手十分亲热。真是他乡遇故知,这是那里说起。那道姑道:“我去通报,你快些进来。”转身飞跑,引着架上鹦哥吱吱喳喳乱叫不已。

珍珠喜极。你说这是谁呢?原来不是别人,就是荣府里惜春四姑娘的丫头入画。与珍珠是当年旧同事,所以见面时彼此异常惊喜。珍珠此时无心去看景致,急忙跟着进去。刚到云房门口,只见一个美貌道姑叫道:“袭人姐姐,你怎么到得这里来?”珍珠见是惜春姑娘,一时悲喜交集,赶忙上前拉着手,一句话也说不出来,两泪交流,相视而泣。惜春携手让进云房,彼此施礼。珍珠同入画也见过礼。珍珠向惜春道:“当年别后,境遇变迁,再想不到今日在此相逢,先将你别后行踪说起,再说我今日相逢的缘故。”

惜春道:“天已将晚,一言难尽,咱们把酒对菊,剪烛西窗,慢谈离绪。你且将行李安顿妥当再谈。”珍珠笑道:“我一身之外,并无行李。今宵要与你共枕同衾，抵足谈心了。”惜春道：“梅花纸帐，久矣不梦红楼。今遇故人，暂解孤别。”命入画点烛煮酒，以为夜饮。并传话当家道士李行云：“新来之客，是我故人，一切饮食起居，俱在云房支取，无庸另备。”不一会，送进晚斋，入画料理伺候。珍珠见器具洁净，素菜亦皆精雅。惜春吩咐将院门关闭，同珍珠两人开怀畅饮，四面围着尽是菊花。珍珠道：“入画妹妹是当年主仆，今日师徒，坐中又无外人，何不令其同饮？”惜春道：“居常原是同食，今有姐来不敢居然就坐。”珍珠道：“罢呀，咱们都是道中人，何必拘以礼节。”惜春吩咐入画一同饮酒，慢慢谈心。先将当日如何私离荣府。如何返江南，遍历名山，见过这佳山好水，遇着些风波艰险，怎样到此处作观主，前后说了一遍。珍珠不胜感叹。真是酒逢知己，三人饮了半夜，并无醉意。

正是秋月满庭，听树上风声与砌中蟋蟀，断续相间。入画道：“曾记得一年秋夜，师父同众姑娘都在潇湘馆与林姑娘分题咏菊时，宝二爷挽着双髻，戴一顶晴雯姐做的盘金结线刘海帽，穿着大红洋绉棉紧身，系着丝绦，下面穿着姐姐绣百花春万点的那条月色缎夹裤，脚下穿着探姑娘做的大红结线鞋，手中抱着一个雕花旧瓦蟋蟀盆子，后面跟着秋纹、麝月、小红、芳官，他们都抱着多少盆子，到潇湘馆斗蟋蟀。正斗的热闹，不知宝二爷说了一句什么话，林姑娘就动气哭起来。众人正劝不住，忽然凤二奶奶走进来，一路笑话，林姑娘才转哭为笑。咳！这些话如今想起来，倒像是隔了一世。”珍珠、惜春听入画的这番说话，抚今追昔，不觉有今昔之感，莹莹欲泪。珍珠指道：“那墙上挂的什么？”惜春道：“是我弹的古琴。”珍珠摇头道：“我说的是这边墙上。”入画道：“是老观主留下的两口宝剑。”珍珠喜道：“你取下来我赏鉴赏鉴。”入画去将剑取下，珍珠接在手中，将剑拔出寸许，只见寒光夺目。起身对惜春道：“我舞剑一回，以解胸中郁结。”惜春笑道：“你几时学得这家武艺？”珍珠笑道：“且看舞得好不好，再说缘故。”说罢，取出双剑，走至庭中，舞将起来。月光相映，竟似飞电流星，寒光射目，师徒两个大为惊异。珍珠舞够多时，收了双剑。惜春问道：“你几时学这剑术？”珍珠道：“我且饮一大杯再说。”此时胸中稍觉松快，将宝剑交与入画，依旧挂着。

三人洗盏更酌，这才将离府后又复进府之事，及太太回南，自家在金陵投江，命应不死，神人送到此，前后细说一遍。惜春道："原来是我姐姐，礼当拜见。"赶忙出席相拜。姐妹拜毕，入画道："我不知是珍珠姑娘，刚才有罪。"亦从新见礼。

惜春叹道："我离家几年，谁知琏二哥也出了家，太太已回金陵，姐姐又遭此一番境遇，真令人不禁有沧桑之感。但姐姐现有服在身，何以穿着红鞋？"珍珠听说，将烛台照着低头一看，真个穿着红鞋，比往日弓鞋似觉肥而略大。珍珠笑道："我刚才只说了些大概，还有奇怪荒诞之事，未曾细说。我如今两世一身，面虽是而体已非。"惜春道："你这些话全然不懂，怎么个面是体非？"珍珠笑道："我如今返本还原，依然室女，你们看我脖子上自有分晓。"惜春命入画掌着手照在珍珠颈上细看。见那脖子中间，周围一道红圈有韭菜来宽，上下肉色两样，觉着上瘦下肥。惜春惊道："这是什么缘故？"珍珠道："我是借体还魂。惟头面是我本来面目，周身是个未出闺门千金之体。其中有个缘故，此时亦难以明言，日后自知。倘有人问我一切，祈妹妹将借体还魂之事，代我力说，私心铭感。"惜春点头应允。入画道："师父同珍姑娘只顾谈心，鸡已啼了数次，天也快亮。"惜春道："把酒谈心，甚不觉倦，且烹点好茶，慢慢饮到天亮。"入画赶忙烹茶换酒，洗盏更酌，十分高兴。次日，珍珠在观前所卧之沙内，将画戟起出，时常演习。

不言珍珠在清凉观与惜春相依甚乐。

且说王夫人姑嫂、姐妹被祝母再三款留，甚为亲热。宝钗、友梅、宝月又被梦玉、海珠姐妹缠住，时刻不离，无异同胞手足。王夫人在两处亲家灵前，俱设祭上供。祝府里自老太太起，连着各位太太、奶奶轮流接风。又是鞠太太、竺太太、郑太太彼此请酒。还有祝府的各位至亲，如柏家、石家、江家、陆家、周家、顾家、汪家十来处，争着请酒会亲。王夫人们忙的那有点空儿。听见周瑞们回说："四姑娘并无下落。"王夫人心中悲苦，暗地下差人在甘露寺念经超度，终日只见忙个不了。

桂廉夫急着要起身回金陵省墓、赴任。祝母也知凭限无几，不能挽留，说道："明日我作主人，将内外各至亲请来，叙会一日，给桂老爷们饯行。"桂夫人笑道："应该媳妇作东才是，怎么要老太太花钱。"梅秋琴笑道："罢呀，咱们不吃，老祖宗的心里总不舒服。"祝母笑道："秋琴总气不过我有两个钱，时刻打算我的。"秋琴道："不是气不过，倒是老祖宗的脾气，不花掉几个钱，整夜的睡不着觉。我想着法儿要老祖宗舒服。"众位太太们一齐好笑。祝母对桂夫人道："叫姨娘们开出单子交垂花门，着人去请。"桂夫人答应，自去料理。王夫人姑嫂、姐妹一齐说道："侄妇后日同桂三妹妹回金陵料理家事，等着大妹妹到家再来。"鞠太太道："也罢，让二姐姐家去料理妥当再去接他。"祝母点头道："我本来要留住着，等大妹妹回来送过殡才叫你家去，因想你离家多年，也要去上坟扫墓，料理家事。"金夫人道："我还要到大姐姐家搅扰三两日才得起身。"梅秋琴对王夫人道："你女婿给你将房子修造的展新，我听见说同这儿也差不多。"王夫人道："等我慢慢的还他修费。"祝母笑道："不必还他，将来给珍珠作陪嫁罢。"王夫人不觉眼圈一红，两点眼泪含着，勉强答道："老太太说的很是。"原来珍珠之事，祝府内外皆知，惟瞒住老太太一人。此时王夫人词色之间，祝母颇有些动疑。

早饭后，金夫人同平儿到承瑛堂石夫人处吃茶闲话。梅秋琴陪李宫裁、蟾珠、巧姑娘到蕉雨山房鞠太太那边去了。竺太太、王夫人在富春阁说话。梦玉、桂堂、梅春、婉贞同海珠们拉着宝钗、友梅在荫玉堂谈些京中故事。连日祝筠病已痊愈，同桂廉夫、梅香月、鞠冷斋还有江白岳、郑清涟、柏子图、石宝光、周文若、陆野渔、张秋红、顾自田、李少白、赵云桥、吴友玉、汪小纶这些至亲，都在意园饮酒欢乐。两宅内外俱皆热闹。

此时，梦玉们正谈的有趣，见介寿堂的宾来姑娘笑嘻嘻走了进来。众人忙让坐。宾来道："家里的奶奶、姑娘们没有客人时，赏个坐儿还可使得。宝姑娘在此，我如何敢坐？"宝钗笑道："蘧伯玉之使圣人尚且让坐。你是太夫人堂前领袖，与我们这些毋贤人岂可立谈。"海珠们不觉吃吃大笑。九如道："宝姐姐真是曼倩复生，使人忘倦。”宾来坐下。紫箫道：“宾姑娘笑容满面，有何得意事？对咱们说说，大家欢喜欢喜。别留着一人独笑。”宾来道：“并无可笑之事，因见奶奶、爷们说的热闹，我也跟着欢喜。”芳芸笑道：“你的来意是件什么事？”宾来道：“今日竺太太、鞠太太在景福堂给贾太太、桂太太们饯行，老太太叫来问大爷同承瑛堂两位奶奶、秋大奶奶都过去不过去？”梦玉听说给贾太太饯行，不觉神色皆变，望着宝钗莹莹欲泪。修云、婉贞等坐中人都大不乐。秋瑞道：“宾姐姐去对咱们太太说，送到这里来罢！”芳芸道：“咱们四个人又不饮酒，不便陪坐，另在一边吃饭，看他们热闹。”宾来道：“我去回老太太，就说宝姑奶奶要在荫玉堂就是了。”修云笑道：“我瞧着你去说，只怕老太太未必准这情儿。”秋瑞笑道：“罢呀！你门缝里瞧人。忒将宾姑娘瞧扁了，说的他这点脸儿就没有。”宾来笑道：“这倒也难说，刚才咱们几个人都得了大不是，老太太大动气。”梦玉忙问道：“得了个什么大不是？”宾来道：“不知是谁，在老太太跟着说珍珠四姑娘掉下江去，四处打捞，总没有影儿。咱们家的太太们都在金山寺设祭。又说大爷哭的昏了过去，前几天贾太太差人在甘露寺做道场。老太太听说，又悲又气，叫咱们这些人大骂一顿，说道：‘这样大事为什么瞒着不回？这还了得！每人要打二十。’咱们吓的要死，一箍脑儿跪着，碰了好一会头，老太太气才平些儿。请了怡安堂的太太、梅姑太太去发作了几句，连竺太太、鞠太太都说在里面。我来的时候还动着气呢。”掌珠道：“横竖今日连咱们都得不是，招架着碰钉子。”宝钗道：“你们放心。一会儿老太太有气，我自有法儿叫老太太喜欢。”婉贞道：“老太太最得意宝姑奶奶同友姑娘、月姑娘、巧姑娘、桂姑娘。你们几个去说话，再不碰钉子。”汝湘道：“友妹妹到那里去了？半天不见他。”梦玉道：“我去找他。”站起身来往外就走。宾来道：“我也要去回话。老太太正在气头上，不要惹他找补一顿。”梦玉道：“咱们同走。”

宾来同梦玉走甬道上，来到垂花门，老管家婆徐大奶奶、赵大奶奶领着家人媳妇们在门边伺候。梦玉问道：“贾府上的友姑娘可曾出去？”赵大奶奶道：“友姑娘独自一个出去了好一会，说是到如是园去闲逛。”宾来道：“我在园里来，倒没有遇着。”梦玉道：“咱们去找他。”说着，出了垂花门，走夹道里到花园门口，见该班的游嫂子、章嫂子坐在门边栏杆上磕瓜子儿，正在那里说笑。不提防梦玉在背后伸开两手，将游嫂子一抱，那堂客出其不意，大叫：“哎呀！”章嫂子也吃了一大惊。急回过头，见是大爷同着宾来笑嘻嘻的站在背后。章嫂子道：“我的祖宗，你们不怕把人的魂吓掉了。我还不相干，你这一抱，别将游丫头的小崽子儿挤出来，这不当玩的。”梦玉放了手，游嫂子站起身来，拉着梦玉的手说道：“小祖宗，你摸摸我的心看，几乎跳出嗓子眼儿来。”章嫂子笑道：“嗓子眼儿还不碍事，别跳到别的眼儿就有些难招架了。”游嫂子带着笑赶来打他。梦玉趁这空儿，同宾来一溜烟儿进了园门。宾来道：“我走这后身夹道儿出园去，你在这里慢慢找友姑娘罢。”梦玉点头，各人分手。

不言宾来自去回话。且说梦玉在园里东走西逛，并无友梅的影儿。弯弯曲曲各处找到，连那幽僻处所，也寻了一遍，找的浑身是汗。穿出米山堂，刚欲在石礅上歇歇，听见友梅叫道：“玉哥，你在那里来，走的这样吃力？”梦玉吃了一惊，四处一看，不知他在那里，只听见友梅憨笑不止。梦玉急的满头大汗，叫道：“友妹妹，你在那里？”友梅应道：“我在这儿。”梦玉猛一抬头，看见友梅坐在一棵老大梅树上，靠着一枝老干盘膝坐在树身。喜得梦玉手舞足蹈，连忙走到树边，仰面问道：“妹妹你怎么一个人坐在这里？叫我无处不找，走的气都喘不过来。”友梅笑道：“我向来最爱梅花，相对忘倦。这几年与梅花离别，几欲相思成病。自从那日在此间相遇，如逢故友。这棵老梅又生得古雅卓荦，老气横秋，我爱之欲死。方才你们同宝姐姐正谈的热闹，我又无话可说，因偷空儿与老梅作伴，盘桓半日。将来梅花开时，我未必有缘得聆香范也。”

梦玉正要回话，看见陶姨娘、荆姨娘、李姨娘、朱姨娘领着丫头们一路说笑走了过来。看见梦玉靠着树，仰着脸儿说话。他四人抬头一望，见是贾府的友姑娘。陶姨娘说道：“你们好雅兴，坐在这里谈心。”梦玉笑问道：“姨娘们到那里去？”李姨娘道：“今日竺、鞠两亲家太太请贾太太、桂太太，连咱们拢共拢儿都请。刚才太太吩咐说，宝二奶奶在荫玉堂吃晚饭，叫咱们都到这边来热闹。”梦玉道：“姨娘们先请去，咱们就来。”四位姨娘笑着一路穿径渡桥而去。

梦玉依旧坐在梅根石上，与友梅畅谈梅花典故。正在津津有味，听有一群人笑语而来。梦玉回头望见宝钗在前，后面跟着掌珠、汝湘、紫箫、九如、修云一齐笑着走到梅树边，说道：“姨娘们来说，你两个坐在这里谈心。宝姐姐要来看赵师雄遇美人的故事。”梦玉道：“我何敢追迹古人，惟友妹妹可以当此。”九如道：“友妹妹真是雅人深致。咱们再想不到这棵老梅为友姑娘所赏识。”宝钗猛然想起一件心事，不觉失口叹道：“怪事！”梦玉忙问：“宝姐姐你说什么怪事？”宝钗笑道：“我如今才知道林和靖是个女的。”掌珠们都觉好笑。九如道：“明日将红香坞的仙鹤分一对到这里来，梅花开时，请友妹妹还坐在树上，倒是绝妙的一幅画图。”汝湘道：“还少不了你的大笔一题，方成全璧。”紫箫道：“咱们何不也在这老梅下坐一会子呢？站着怪吃力的。”修云道：“日已平西，甚觉凉风透体，满空落叶，秋意萧疏。兼这凉石上，我实在坐不惯。倒不如去天街上赏桂花，闻些香味儿。”梦玉道：“也罢，咱们都去。”

友梅道：“你们去看桂花，我坐在这里，等梅花开放，才走下树来呢。”宝钗笑道：“你且下来，包在我身上，将来这棵梅树总是你的。这会儿且不用性急。”梦玉道：“倒很容易，明日叫他们将这棵梅树移到金陵，种在太太的上房院子里就是了。我若知道友妹妹爱这棵梅树，夏天在金陵修房子的时候，早将这树挪过那儿去了。宝姐姐为什么不早给我一个信儿？”掌珠们听见这番呆话，甚是好笑。宝钗笑道：“我本来早要写信通知你，赶着种梅树。只是那时候，我还没有见着友妹妹呢。”梦玉听宝钗的这几句话，自家也觉得好笑。一面扶友梅下了梅树，同着他们走秋水堂后身，绕上平台。正是天香馥郁，气爽秋高。梦玉道：“今年这一秋的花月，都叫咱们哭过去了。”紫箫道：“连老太太也不看花赏月，别说是咱们。”梦玉道：“我有一个愚见，不知你们肯依不肯依？”修云笑道：“大爷的主意，自然与众不同，想来众人是一定遵命的。”梦玉笑道：“并没有别的新文法，不过要将晚饭搬到这里来吃。”汝湘道：“这也没有使不得。”梦玉道：“我还有一句话，不知宝姐姐依不依？”宝钗笑道：“依得的，再没有不依。”梦玉道："咱们叙个小义，要拢共拢儿同宝姐姐拜个姐妹。"

宝钗听见梦玉要同他拜姐妹，不觉一阵心酸，两行泪珠忍不住直掉下来。众人看见不解其意。梦玉摸不着宝钗为什么哭的缘故，睁着两眼不敢再说。宝钗过来拉着梦玉呜咽了半日，泪流满面，点头应道："使得。"汝湘道："宝姐姐好好的，仔吗哭了起来？"梦玉道："一定是我说错了话，宝姐姐动气呢。"宝钗摇头道："你无错话，我有错泪。不但泪错，我一生皆是错的。"梦玉道："宝姐姐说一生皆错，若是咱们只怕还是前世的错，直错到于今。"九如笑道："我不管他错不错，既已相逢，只好将错就错。"宝钗点头。掌珠道："咱们且不要尽着错了。梦玉既有此举，宝姐姐又已应允，就着人去请了海大姐姐、秋丫头、芳大妹妹都到这里来，就此一拜，你们以为何如？"宝钗道："依我的主意，不如连蟾珠妹妹、桂大兄弟、梅大兄弟拢共拢儿拜个把子，大家热闹。"梦玉大喜，嚷道："很是，很是！"也不等众人说话，赶着叫人分路去请。一面叫丫头、媳妇们将香云阁的桌椅都搬在平台上。掌珠们坐的坐，站的站，十分闹热。

只见秋瑞抱着慧哥儿，朱姨娘抱着毓哥儿，两个奶妈跟着，后面是陶姨娘、荆姨娘、李姨娘、海珠、秋瑞、芳芸都上天街而来。荆姨娘笑道："听见你们要会盟于平台，咱们来执牛耳。"宝钗道："将来必有以书之曰：'秋九月，公与夫人盟于平台。'"海珠们一齐大笑。

正在闹哄哄的，桂堂、梅春、蟾珠都走了上来。修云问道："巧姑娘呢？"蟾珠道："我再三拉他，总不肯来。这会儿同他令堂到介寿堂去了。今日老太太狠有些动气，梅家姑妈同大姑妈都得了不是，我们妈妈吓的一声儿也不敢言语，倒是干妈同王姑妈、薛姨妈、珠大嫂子、琏亲家妈再三解劝，这才好些。又吩咐差人到金山寺去做七天水陆功德，超度四姐姐。今日外面也是梅姑夫、顾二姨夫们公东给我父亲饯行，还请了多少客，正在绿云堂热闹。听见说是老太太动气，大姑夫同着亲儿眷儿好些进来，给老太太请安、奉劝。咱们来的时候，大姑夫们才散出去。"宝钗道："珍珠虽死，当亦相慰于地下矣。"梦玉流泪道："咱们这些人，倒不如龙王与四姐姐有缘，得以相见。"汝湘道："龙王见不见，咱们且不用管他，这会儿说这会儿的话。"

陶姨娘道:“你们焚起一炉好香,叙了年齿,对天一拜,别尽着说闲话。”众人都说:“甚是。”海珠命翠翘将毡子铺好。宝钗道:“我还有一句说话。”梦玉道:“姐姐怎么说,我怎么依。”紫箫道:“横竖宝姐姐说的话总是有理的。”宝钗笑道:“我也没有别的话。我有一个知己妹妹是你们会中人,他虽尚未回来。今日此举,我要将他算上。”芳芸道:“我知道,这人一定是芙蓉。”宝钗点头。梦玉大乐道:“是极！不可少他。”

海珠道:“我也想着一人,将他带上。”秋瑞道:“你要带上谁?”海珠笑道:“你们众人去猜,试试你们才情如何?”汝湘道:“我猜着是婉姑娘。”婉贞道:“罢呀,我怎么敢同你们拜姐妹呢? 这不是个野事!”海珠道:“你也不要谦,横竖跑不了你。他猜的不是。”梦玉道:“我猜着了,是巧姐姐。”海珠道:“巧姐姐内中有几层不便。他比不得修妹妹,同侣佺兄弟是嫡亲姑舅姐弟,从小在一堆儿的,因此我不去邀他。”宝钗笑道:“我倒想了一人,只怕是他。”秋瑞忙笑道:“姐姐且慢说破,咱们各人写在手里,看是不是。”随叫人取了笔来。修云笑道:“我也想着一个,让我先写。”文来忙将笔送给姑娘。修云接着,皆转身在左手心里写了一字,将笔递与文来送给宝钗、秋瑞各写一字。三个人走在面前一齐放开,不觉大笑。海珠们忙挤在一堆,看他三人手内各写一“珍”字。海珠叹道:“三人同心,其利断金,一点不错,令人佩服。珍珠姐姐虽未见面,但已神气相关,神交已久。今虽仙去,其芳灵必与我众人默契。故此局中不可不存其名也。”众人一齐赞道:“很是。”

梦玉叹道:“海姐姐真是我之知己,我也有一个心中相好而素昧平生的人,也将他计入此局。”海珠道:“是谁?”梦玉道:“这人你们都猜不着,要我对你们细说才能知道。”

宝钗对荣贵道:“你叫奶子们抱了两个哥儿下去,到介寿堂去瞧瞧老太太,逛一会就抱到屋里去,别乱给他东西吃。姨娘们抱了这好一会,他们也不来瞧瞧。”梦玉道:“毓哥儿恐琏二嫂子想他,叫奶子好生抱去。慧哥儿留在这里玩,我抱着他吃东西。”宝钗眼圈一红,说道:“你且说你的知己。”陶姨娘笑道:“慧哥儿是玉大爷的宝贝,一会里也离不开，宝姑奶奶肯将慧哥儿给玉大爷做了儿子罢。”宝钗听说将慧哥儿做梦玉的儿子，他从心坎儿酸透了顶梁骨，竟泪如泉涌起来。陶姨娘忙笑道：“我说玩话，宝姑奶奶只当真留下慧哥儿，掉起泪来。”宝钗摇头，一面拭泪。

梦玉瞅着宝钗，也掉三两行清泪。荆姨娘笑道：“玉大爷是弹琵琶出眼泪，此泪出于何点？”紫箫道：“宝姐姐自然有出泪的缘故，你这哭得无谓。”梦玉叹道：“我自那日同宝姐姐见面以来，我也说不出所以缘故，只觉着我就是宝姐姐，宝姐姐就是我。他悲我也悲，他喜我也喜。我也说不出这个道理来。”秋瑞笑道：“好的，你当面骂宝姐姐，你们听见没有？”梦玉嚷道：“我多咱骂宝姐姐？”秋瑞笑道：“你还要混赖！你自家居然追迹圣人，将宝姐姐比做象。”众人不觉大笑。梦玉急的脸胀通红。宝钗正自伤感，听了秋瑞之言，也不觉破涕为笑。秋瑞笑道：“此刻象喜，你亦该喜了。”修云们都忍不住大笑。

掌珠笑道：“咱们别打岔，让玉大爷说他的心上知己。”梦玉笑道：“我叫秋丫头闹的哭不得，笑不得。你们别言语，让我说与你们听。还是我夏间到扬州去接松大叔叔，在平山堂听戏，心中发烦，带着家人、小子们出去闲逛。”九如忙说道：“你不用往下说了拉倒，也没有咱们去同你的朋友拜把子。”众人都哄然大笑。梦玉笑道：“我这朋友不是爷们，你只管放心。”就将误走到林家坟上，怎样添土、怎样得拜匣，前后说了一遍。掌珠道：“怨不得那拜匣不叫咱们去瞧。”宝钗点头叹道：“谁知是你去添土？又得了他的手泽，古今来第一奇事！”随将林黛玉生前事迹说了一遍。芳芸笑道：“宝姐姐先是象，此刻又是李龟年。”宝钗笑道：“你们且看看绝代佳人绝命图，实不负为梦玉的知己。”海珠忙叫蝶板去取了那个拜匣来。宝钗道：“拜匣中一切东西我都不愿看见，如叫我见一样，我要哭一样，只有他的小照我倒可以看得。”蝶板去了一会，将拜匣取来。梦玉亲自开了盒盖。宝钗坐的远远的，让他们挤在一堆儿去看。人人都极口赞叹。梦玉将小照打开，蟾珠、修云看了大惊，说道：“这林姑娘好生面善！”蟾珠道：“狠像常见面的。”宝钗笑道：“你同他大有一段因果。我虽混猜，倒有些道理。”修云道：“这样人若到咱们会中来，真可称翘楚。”海珠道:“惜春姐姐不知现在何处?将来可能见面?”梦玉道:“听宝姐姐说起来,这林姑娘是个多情的绝代佳人,也不枉我的这番痴念。只可惜我当初无缘,不能一见,真是古今恨事!我若再到扬州,必将林姑娘的茔上大为收拾,四围种他几百树梅花,使冰姿香魂常在人间。”宝钗点头道:“极好,甚慰故人。但是林姐姐日后同你相聚正长,只恐我不能见他了。”梦玉正要回答,李姨娘笑道:“你们别尽着说话,天已晚下来,坐在这里怪凉的。等你们磕个头儿下去吃饭罢。”

修云道:“真个不早了,一会儿吃着酒,慢慢再谈。”秋瑞道:“咱们将年齿叙一叙,内中就是宝姐姐年纪最长。”宝钗道:“珍珠今年二十岁,谁还有比他大些的?”海珠道:“宝月同年,小月分,除月姑娘再没有大过他的人。”秋瑞道:“既如此,珍姐姐第二;月姐姐第三;秋瑞十九岁,第四;芙蓉同秋瑞同年,小月分,做第五;九如、芳芸同十八岁,九如比芳芸大,就做了六、七;海珠、掌珠、汝湘都是十七岁,同年,就排了八、九、十;紫箫、梦玉同年,十六,梦玉小一月,轮了第十一、第十二;遥追林黛玉生年十六,算了第十三;桂堂第十四;修云、婉贞、蟾珠、友梅俱十五岁,依着月分做了十五、十六、十七、十八;梅春十四岁,做了第十九。”彼此叙过年齿,依着次序两班站立。让宝钗一人焚香、酹酒,一齐跪拜敬神之后,一箍脑儿团团站着,恭恭敬敬拜了八拜,接着四位姨娘道喜,彼此又拜。宝钗道:“从此以后,贫贱勿弃,患难扶持。虽富贵,毋相忘。”众人齐声答应。宝钗又说道:“从今后,须按着排行称呼,庶有区别。”海珠们都说道:“宝姐姐说的狠是。天气已晚,风露甚寒,咱们下去罢!”

众人一齐下来,到秋水堂,见一字儿摆着四桌。宝钗道:“四位姨娘各坐一桌,咱们挨次而坐。”秋瑞、芳芸、紫箫、梦玉说道:“咱们四个不便同坐。”陶姨娘道:“这里又无外人,只要换了竹箸,不必饮酒行令就是了。”汝湘道:“也罢,依着姨娘,权且坐下。今日是新姐妹弟兄相聚,并非宴会。”秋瑞们只得依序而坐,彼此谈谈说说。梦玉道:“还忘了咱们的慧哥儿,叫人去端了高椅儿来,与我同坐。”金凤连忙吩咐打杂的老妈儿,赶着抱来,放在梦玉旁边,将慧哥儿抱了坐上。众人正逗着慧儿顽笑,只见吴家的手中拿着一封书子进来,递与梦玉，道："垂花门叫送给大爷，说是什么广东柳大爷寄来的。"梦玉、宝钗大喜，连忙拆开书来一看，不禁悲叹。

不知书中说些什么，且看下回分解。

第五十六回　结朱陈李宫裁聘妇　续秦晋桑奶子遂心

话说宝钗听见柳绪有书子寄来，心中甚喜。梦玉赶忙接着拆开，里面另有两封。宝钗见信面上写着：内信二函乞梦玉弟转交荣府琏二哥收启。宝钗先将他的书子同梦玉开看。上写着道：

萍水相逢，千秋契合。舟中联袂，江上分帆，离合之情至今肠断也。别后几遇风惊，几遭盗险。幸皆托庇得以生全，已于秋初抵里。三径就荒，数椽萧索。赖闺中人善为经理，稍有头绪。七月之望，将先人祔葬祖茔。诸凡粗毕，绪则下帷谢客，静读父书。妇则躬亲井臼，奉萱亲以乐朝夕。荣国之恩，实同再造矣。第不知贾家恩母曾否南归？琏哥暨宝、珍两姐可曾把晤？绪之所遇，皆天壤多情，闺门豪杰，非世俗中之寻常儿女也。寸心千里，不尽所言。秋水伊人，伏惟珍重。三年之订，定不有负前盟，勿念为嘱。老母命笔致好，身体安和，毋烦远念。惟望保摄自爱，是所切祷。江干分袂至今念念也。并致阖潭万福。

梦玉弟手足　　　　　　中秋后一日兄绪拜启。

宝钗同梦玉念完，见内中尚有锦笺二幅，展开见是柳大奶奶的书子。宝钗念道：

江干分袂，为千古别离之最，至今想之，犹黯然神往。不知玉弟苏时其将何以为情也？念甚，怅甚！风波之险异乎寻常，而又继以盗贼，幸包勇一身是胆，独当强暴，九死一生得归无恙。琏哥恩义，刻骨难忘。途中遇薛家恩母，继余为女，更名宝书，与宝、珍两姐是骨肉手足。倘若晤时，望吾弟勿以泛泛视之，实为深感！三年之约，谅必如心，断不改舟中面订也。玉佩一枝，为珍姐相贻之物，万勿遗去。匆匆判别，遗却手帕一方，想吾弟定必收去。祈嘱诸妹代为收之，俟相见时，掷还可也。今因风便，率此寸衷，以慰相忆。

梦玉弟手足　　愚姐薛氏宝书拜启。

太夫人暨诸叔婶及姐妹辈，望呼名俱道万福。

宝钗念完，海珠们道："宝书三姐很该入我局中。"梦玉道："柳哥一并算在里面。"九如笑道："这个倒是新闻。你的哥哥是咱们的大伯子，你听见古今来有几个弟媳妇同大伯子换帖子的古典没有？"众人一齐大笑。婉贞道："我倒有个主意。柳大爷是宝姐姐、珍珠姐姐的兄弟，咱们认这门子弟兄姐妹，既避掉了大伯、弟媳妇的名分，又可以弟兄姐妹亲热。不知我这主意是不是？"陶姨娘道："婉姑娘倒说的狠是。"宝钗道："竟依着婉妹妹，这倒很好。"梦玉道："绪哥还有一幅字，咱们看了再说。"紫箫接着展开。众人围着看那上面是一首词。紫箫念了几句，不甚顺当。秋瑞道："这是《金缕曲》，等我念与你们听。"随念道：

拂槛江帆渡，把羁人，一片伤心，唤将归去。妒杀石榴裙一色，萱草妆成眉妩。侬做了，红楼倩女。燕颔封侯姑少待，判深杯浇向刘伶墓。愿醉死，相思蠹。　　长江最是销魂路。况凄然分手瓜州，解维芳渡。唱彻骊歌江岸晓，蓦见乱潮腾舞。知此际，那人何处？千古多情惟我辈，盼秋风归钓鸳鸯渚。君见柳，当思绪。

右调《金缕曲》，瓜州分袂写此寄怀

秋瑞念毕，叹道："柳郎风致不减张绪。"芳芸道："真不愧为梦玉之兄，怪不得要拉咱们换帖。"

荆姨娘道："咱们吃饭罢，这天也不早了。"海珠吩咐点烛斟酒。除四位姨娘正坐外，以下都是叙齿而坐。梦玉、秋瑞、芳芸、紫箫四人不饮酒，吃着果子，说说闲话。姑娘、嫂子们轮班上菜，十分有趣。掌珠笑道："今日是四姐姐与六姐姐的东家，咱们坐下，连谢也没有谢一声就一路的大吃。"秋瑞、九如道："什么东不东的，不过是大姐姐同十四弟、十七、十八两妹都是暂时相聚，姐妹们杯酒言欢，相依无几，怎么说到谢字？"宝钗道："咱们来这几日，太太呢，在介寿堂搅了几夜，大嫂子在梅大姑姑屋里，琏二嫂子娘儿三个在三婶儿屋里，我妈妈、三舅母、月姑娘都抱不安，我又承诸位妹妹不弃，这屋里那屋里整夜的谈心。虽是主人好客，连各处的姑娘们也多情见爱。但我心中自觉讨嫌。不安之至。”

汝湘、修云正要说话，梦玉忽然放声大哭。那慧哥儿正吃着东西，倒吓了一跳，也跟着大哭。赵奶子连忙过来抱着。四位姨娘同秋瑞们一半骗着慧哥儿，一半忙问梦玉道：“你是为什么，好好的说着话忽然大哭，也不管骇了人家的宝贝儿子。”紫箫问道：“你到底为的是那一条儿，哭的这样伤心？”梦玉总不答应，握着脸放声大哭。婉贞道：“玉哥，你说明白这缘故再哭也不迟。”众人你一言我一语劝了好一会，梦玉才慢慢止住哭声，说道：“宝姐姐，你怎么说出这些话来？自从那日相见后，我不知道宝姐姐是外人，还想着这一辈子总在一堆儿的。方才听了这些话，才知道我不是你，你不是我，怎叫我不要伤心？”宝钗听梦玉这一番说话，顿起无限酸心，止不住纷纷落泪，说道：“兄弟你既有今日，何必当初？”梦玉道：“姐姐，我当初怎样？”宝钗笑道：“不该相见。”修云道：“宝姐姐同咱们相去不过三百多路，时常可以见面，又何必说这些哩根儿拉根儿的话。”梦玉叹道：“我深悔不该收拾金陵住屋。早知道就住在这里岂不好吗？”

芳芸道：“宝姐姐这半天也没吃点东西，尽着说闲话。吃完了饭，咱们还要上介寿堂去呢。”掌珠道：“拿两样菜，叫赵奶子去喂慧哥儿吃饭罢。”梦玉对翠翘、金凤道：“姐姐你们去照应着，别要多给他吃。”金凤道：“我叫赵嫂子抱哥儿到咱们院里去了。方才绿儿来说，丹桂、碧霄同江苹们都在咱们院里。”九如道：“既是这样，你们都去罢，照应着别叫他乱吃东西。”金凤们答应去了几个。

这里姨娘、奶奶、姑娘、爷们虽不行令畅饮，但彼此谈心，狠觉亲热。起更时候，众人散席都到介寿堂来。祝母们也刚才散席，一箍脑儿在屋里说笑一会，直到半夜方散。宝钗被修云拉到瓶花阁去，一宿晚景无词。

次日，是老太太请诸亲相会，给桂、贾、王、薛四位饯行。早饭之后，各家男亲女眷纷纷到齐。外面是祝筠、梅白、鞠冷斋、桂廉夫同着郑清涟、薛有春、江芷香、程江村、汪又纶、周序光、柏子图、林有声、顾自天、金映玉、石宝光、周明卓、莫开正、吴枫江、王香谷、钱春岩等这些至亲太爷们。还有祝筠的远族弟兄祝边、祝桐、祝茹、祝片都在意园下棋看牌,斗吊唱曲,说闲话,各随其便。那些家人、小子是每日宾客盈门,伺候惯常的,奔走甚不费力。垂花门以内各家太太、奶奶、小姐们也是常来常去,并无客气,随处可坐。

此时,介寿堂十分热闹,坐中都是亲戚本家,别无外客。王夫人姑嫂、姐妹住在祝府,同郑、周、江、汪、顾这些各亲戚太太们情如姐妹。江芷香的夫人与李宫裁更称莫逆,彼此亲热。平儿见李宫裁同江夫人相得之处,忽然想起一件事来,暗地与石夫人商议。石夫人连连点头,说道:“这倒很好。”原来平儿与石夫人朝夕相处,彼此亲爱,已订为姐妹。刚才所说的心事,是要请石夫人作媒,将江秋白说与贾兰。石夫人听说甚喜,当着众人对祝母道:“今日是大会亲,难得都聚在一处。还有一件喜事,必得请老太太做了更为全美。”祝母笑道:“什么喜事必得我做?”石夫人道:“珠大太太同江二姐姐两个人很说得上来。老太太何不做个月老,将江姑娘说给他们兰哥儿,结了这门亲倒不好吗?”众位太太都说:“甚好。”祝母笑道:“我倒忘了,果然不错。他们兰哥儿我虽未见,但已年少登科,江姑娘配他真是佳儿佳妇。但不知他两人意下如何?”江夫人、李宫裁俱赶忙站起,说道:“咱们都狠愿意,只是不好启齿。”宫裁道:“此事还须太太作主。”王夫人亦站起身,对祝母道:“若是江二姐姐不弃我家寒素,愿求婶婶作伐。”江夫人道:“倘蒙不弃小女陋质,愿遵老太太之命。”祝母们无不大喜,王夫人先与江二太太拜亲,又是两亲家见礼,一同拜谢老太太。众位太太们彼此道喜。祝母吩咐着人出去通知江二老爷。

此时,众小姐都在海棠院,正谈的高兴,只见吉祥、宾来、宜春、芍药四个人笑嘻嘻走进来,众人起身让坐。吉祥道:“咱们且道过喜再坐。”海珠问:“给谁道喜?”芍药笑道:“给江姑娘道喜。”宝钗道:“芍药姐姐你且不用说,等我猜一猜。”紫箫道:“我也猜着几分。”宝钗道:“你猜着什么?”紫箫道:“我猜着不知是不是,只怕同你吴越一家。”宝钗笑道:“我也想到这儿,不知是不是?”吉祥笑道:“有点因儿，江姑娘给了兰大爷。”众人听说大喜。宝钗拉住江秋白，笑道：“你到咱们家也叫我姐姐，若是叫二婶子怪砢碜的。”九如道：“连咱们今日都升了一级。”奶奶们你一言我一语笑作一堆。

宝钗忽想起仙人楼上之言，谅必有因。且到介寿堂去相机而行，再作道理。想定主意，问众人道：“你们有谁同我到介寿堂去逛一会儿再来？”汝湘、九如道：“咱们陪你去。”众家姑娘们都说：“咱们也要到瓶花阁去逛逛，一同走罢。”江秋白、顾玉书拉着婉贞道：“我不到那儿去，贞妹妹同咱们在这儿说话。”修云道：“那不能，要去都去。”各位姑娘不由分说，将他两个拉着一同出海棠院。走上甬道，真是郁郁菲菲，众香发越，犹如一堆碎锦。东西廊下，那些执事姑娘、嫂子们住来络绎。怡安堂卷棚下坐着几个听差、该班值日的姑娘、嫂子，瞧见各位奶奶、小姐上来，都远远站起。宝钗、汝湘、九如同众姐妹在台阶下分路。

不言海珠、修云、宝月众人到瓶花阁去。

且说宝钗三人来到介寿堂，见大院子里都是各家太太跟来的姑娘、嫂子们，三个一攒，五个一堆彼此说笑。卷棚下又皆是伺候该班之人，瞧见三位奶奶过来，连忙掀起门帘，宝钗三人走进屋去。祝母同众位太太都坐在菊花屏下。瞧见宝钗，祝母笑道：“正要来请你同江亲家见礼。”宝钗答应，向着江太太见礼道喜，又给祝母、王夫人、三舅母、自家母亲、李宫裁、平儿、梅姑太太们道个喜儿。众位太太也给宝钗道喜。彼此坐下，祝母对王夫人道：“咱们这宝姑娘真是个巾帼中的何平叔，令人可爱。怨不得你大妹妹继他做女儿。他的两个宝贝女儿我只见着一个。”王夫人道：“珍珠福薄，不能沾老太太的慈爱。”祝母道：“只可怜梦玉做了你个挂名女婿。”梅秋琴道：“他在金陵给你收拾房屋，我听说就很大的出力。”竺太太道：“府上的宅子全行翻盖，里外一新，我是深知道的。”王夫人道：“珍珠这一死，不但我梦玉空出一番苦力，还空负了我大妹妹的一片苦心。”

宝钗道：“珍珠无福，此时说也无益，倒是空负妈妈的一片苦心，这是真的。我自到这里来，见梦玉兄弟同咱们太太竟像母子，依依不舍，与我又像是同胞手足亲热异常，真是舍他不得。我倒有个愚见，不如求太太将友妹妹给了梦玉，仍旧不失亲亲之谊。”王夫人点头道：“我早有此意，原要等你妈妈回来商量。还不知老太太要友梅不要？”祝母道：“我也早已想到这层，恐你不肯，不好出口。既是我孙女儿给兄弟作媒，这真是全美。”汝湘道：“若是友梅妹妹给梦玉，真是便宜不落外方人。”祝母同众位太太不觉大笑。桂夫人道：“既是这样，同大姐姐一言为定，别无更改。”王夫人道：“我已许定，并无更改。”桂夫人、石夫人连忙拜谢。各位太太们又道了一会喜。

王夫人道：“我两件心事去了一件，还有一件，也是丢不掉的心事。”祝母问道：“还有什么丢不掉的心事，说出来咱们帮着商议商议。”王夫人道：“我到这里几日，自老太太起无不相待甚好。梦玉兄妹以及奶奶们都是朝夕不离左右。这些姑娘、嫂子们一个个殷勤周到，无不相得甚欢。内中惟婉贞姑娘很像我侄女儿凤丫头。不但面貌相似，连声音笑貌、举止动作处处神肖。每晚与我同榻，十分亲热。我三嫂子同薛二妹妹都丢他不下。只可惜他是周嫂子的儿女，不能离开，我又舍他不得。这孩子将来总有好处，断不落寞。我这一段爱他的心肠，竟有些丢他不掉。”祝母道：“这孩子本来与众不同，性格聪明，齿牙伶俐，兼之心高气傲，举止大方。当初周惠家的生他那一晚，梦见一位体面美人，手中抱着几部经卷，忙忙的走进来，对他说道：‘我全亏这几部经卷救了出来，有人要来抢去，我到那里躲他一躲？’道言未了，只见后面一个后生男人，骨瘦如柴，手中拿着一面小镜子，飞奔赶来，口里嚷道：‘你躲到那里去？快些还我命来！’周惠家的上前阻拦，被那人将镜子打来，猛然惊醒，就生下婉贞。我也最爱这孩子，只恐其无寿。”王夫人、平儿、宝钗听说，甚为叹息。王夫人叹道：“原来尚有因果。此人要老太太格外疼他些儿。等我下回来商量出一个道理，不要将这孩子糟掉了，十分可惜。”桂夫人道：“明日姐姐回去，将他带到金陵逛几天，再跟着同来。等着过了年，我给姐姐想个道理，要了他去。”王夫人道：“这倒很好。”平儿道：“且叫周嫂子来问问瞧，不知他肯不肯？”桂夫人道：“他也没有什么不肯。”命丫头们去叫周惠家的来伺候。姑娘答应，赶忙出去传话。听差的刘嫂子不多一会同着周嫂子进来。祝母道：“贾姨太太要将婉贞带去逛几天，十月间同来，问你肯不肯？"周家的答道："姨太太心疼他，要带他到金陵去逛逛，奴才没有什么不肯。只是夏间给他算命，先生说他秋间月令不好，不要出门，交了冬月才得平安，这两个月防有灾难。说他的命好，将来很有点儿福气。不然就叫他跟了姨太太去，因为这二十七，是他老老的七十岁生日，昨日他哥哥钟晴来接家去住几天。奴才正要上来告假。"王夫人道："也罢，等我下一磨儿来，再带他去罢。这孩子很有出息。"周家的道："蒙姨太太疼他，这几天一会儿也丢不下，总想着跟着姨太太，真个是前世的缘分。"

王夫人尚要说话，见李姨娘进来回道："酒席已得，请老太太示下，摆在那里？"梅秋琴道："依我说，竟摆在景福堂是个正理。"祝母道："我有好一程子没有出这院门儿"。郑太太道："就在这儿狠坐得下，何必又跑到那里去呢？"祝母笑道："我听谁的话呢？"金夫人同桂夫人都说："就在这儿赏菊倒也很好。"祝母点头。桂夫人命李姨娘："介寿堂摆设六席。各家小姐们的摆在秋水堂。"

李姨娘答应，出去吩咐各项执事姑娘、嫂子们知道，介寿堂同秋水堂两处坐席。众人答应。一切应摆应办，各有专司，毫不费力。设席之后，祝母领着依次而坐。今日都是至亲本家，别无外客，彼此畅谈饮酒。

宝钗姐妹都在秋水堂，更为热闹。正谈的高兴，只见莲儿拿着一个纸条儿递与梦玉。芳芸瞧见，连忙接在手内。梦玉、紫箫都挤在一堆来瞧。上面写道：

今晚各堂执事姐妹公备酒果，设于瓶花阁，为宝、友、蟾、巧四位姑娘祖饯，乞留各位小姐奉陪，作竟夜之欢。

此致

玉大爷

兰生

梦玉看毕，喜的大乐，叫道："妙极，狠好！"修云笑道："又是什么妙事？说给众人听听，别叫你一个人喜欢。"芳芸道："你们瞧这字条儿就知道了。"四五桌的人都走到一处来瞧。宝钗同蟾珠道："仔吗的要众姑娘们费事，这是何苦呢！"梦玉道："各堂执事的姐姐们，都将宝姐姐们待作自家的姑娘一样，这才见他众人的亲热。”宝钗道：“我必定领情，别叫众姐姐们说我不识抬举。”各家小姐也有愿在这里的，也有必得回去的，纷纷商议。汝湘道：“你们都不必推三阻四的。就是他们众人夜间无此一举，也得在这里同宝姐姐们相聚一宵，明早同至江干送行。岂有相聚这几天，临起身也不送送。”掌珠道：“明日谁不去的，咱们就罚谁。”各家小姐道：“一会儿等太太们散了席，咱们再定。横竖明日早上总赶得上送行就完了。”宝钗道：“我不过数月就可见面，何必送行。倒是桂家兄妹有数年之别，不可不送。”芳芸道：“大姐姐说的很是。”众人说得热闹，席上已高烧银烛。此时正是金风瑟瑟，玉露零零，四壁寒蛩，鸣声唧唧。众姐妹到起更才散。

听说介寿堂老太太们正在叙谈，意园的老爷们亦未散席。垂花门口，有跟随各家太太的嫂子、老妈们，出出进进，往来不绝。谁知桑进良不知多会儿偷到他干妈的院里来。原来这桑奶子那日撵出之后，无处栖身，只得向竺、鞠两位太太再三求老太太开恩，仍准他进来，与桑进良彼此隔绝。今日瞧见，就如得了个宝贝，且不说话，两个人先做了一回好梦，然后慢慢的喝酒谈心。桑奶子道：“秀姑娘惦记着你。他要你想条道儿跟着你去，对我说过几磨儿。提起你来，就出眼泪。他为你丢人伤脸，遭了多少饥荒！你该给他想个主意才是。”桑进良道：“我这会儿就为这件事来同你商量，我已找了一个地方，不拘是谁也寻找不着。趁今儿晚上垂花门口出走的人杂，叫他偷着空儿跟着我一走就完了。他的衣服行李都用包袱捆好。我已请了几位朋友，在他的院子东半拉墙上撩过绳子来，将包袱拴上，拉过墙去。你去照应着，收拾完结，趁着空儿同他混出垂花门来，我领他出去。你推个不知道。设或要在你身上要人，你就撒起泼来，寻死上吊的，就着势儿，还可以生发他们几两银子。过十天半月，约你到城外接引庵来。我在那里候着见面，同你家去做个长远夫妻。”桑奶子听说十分欢喜道：“事不宜迟，你快些去料理，我也就帮他去捆包袱。”桑进良点头，赶快站起身来一同出了院门。在黑影里，远远看见垂花门口出进是人，往来不绝。桑进良大着胆子三不知的溜了出去。

桑奶子走过内厨房，来到后面院里，这院子很宽大，系祝府里浆洗衣服之所，有十几间群房，都是些专管浆洗的老妈儿住处。这地方是个辛苦淡薄之所，整年的也见不着太太、奶奶的面。凡遇垂花门以内各堂执事姑娘们，有犯偷盗、行凶、干犯等事，俱发到这院里洗衣服。三年五年后，有娘家的发还娘家，追还身价，没有娘家的，交媒婆领去嫁人。这秀春自从那日闹出事来，发到浆洗院里，平日的各堂同伴姐妹们，并无一人来往，倒同这些浆洗老妈们十分相得。惟有桑奶子不常进来瞧瞧。此时秀春一切饮食起居，那里如得当日。吃晚饭之后，正同几个老妈儿在院子里石条上坐着说闲话，见桑奶子走了进来说道："怪凉的，这会儿还坐在院子里。"秀春道："屋子里怪闷的慌，倒是这里爽快。"桑奶子道："我来找你说句话。"秀春站起身同他走进屋里，桑奶子附耳低言，将桑进良的话说了一遍。秀春又惊又喜，心中小鹿儿登时乱跳。桑奶子道："我帮着你快些动手，休要误事。"秀春此刻两手冰冷，身麻心跳，毫无主意。桑奶子先将他的被单铺开，替他收拾。秀春定了一定神，才帮着动手，除掉粗硬箱柜不要外，余下的尽用包捆起。

两人直闹了半夜，那些老妈儿都早已安睡，院子里静悄悄的并无一人。桑奶子同他走到靠东的墙边，见有十来条粗绳子挂在墙上。原来这墙外就是围墙的夹道。桑奶子瞧见，赶忙同秀春到屋里来，将大包小包都搬到墙下，将绳子头拉了下来，捆缚结实。外面早已知道，一件一件拉了过去。桑奶子同秀春将东西送完之后，尚有两三条绳子，共拴在一个小包袱上拉了过去。外面会意，不复再丢绳子过来。

秀春同着桑奶子走到厨房门口，只见灯烛还点的亮腾腾。尚有两三个女厨子在那里打发下人吃饭。那些打杂的老妈正在喝酒吃饭，十分热闹。他两个一路混了出来。刚走出厨房院门，正遇着三子同有儿说说笑笑走进院门。有儿看见，赶忙叫道："秀姑娘那里去？"三子见是旧主人，问了一声："姑娘好啊！"同着有儿脚也不住往厨房里去了。秀春看见三子如此光景，不觉又臊又悲，纷纷落泪。桑奶子拉着他往外就走。来到景福堂，瞧见桂夫人们送各家太太、奶奶出来，后面跟着一大阵外来的姑娘、嫂子、老妈们。桑奶子拉着秀春混在那些各家跟随人内，一齐出了垂花门去，自有桑进良接应着，将秀春混出大门，一同逃走。按下不提。

且说各家太太、奶奶们原要等着明日送行。因王夫人、金夫人两家力辞，沈夫人、薛姑太太又再三辞谢，只得各将小姐们留下饯送。各位太太们因此散去。王夫人同众家姐妹一齐送出垂花门，看着上轿完毕，方才进来。此时只有石夫人、秋瑞、芳芸、紫箫、梦玉因有服，不便送客，各归苫筚。沈夫人们走进景福堂，宝钗说道："咱们就这会儿给老太太辞了行，赶天不亮上船，倒省了多少事。不然叫梦玉知道，缠住着又去不了。"薛姑太太点头，上来回答。金夫人忙说道："我也想到这层，竟依着宝姑娘的主意倒很是。"梅秋琴道："也罢，明日是上好吉日，宜用寅时，桂三姐姐是恭喜荣任，贾大姐姐是锦衣归里，都是喜事。省得叫梦玉那傻子缠住闹的哭哭啼啼，倒怪不好的。咱们再到介寿堂去，同老太太说明白了。你们四姐妹竟拣着寅时一同上船罢。"王夫人道："大妹妹说的很是，不知老太太这会儿睡了没有？"桂夫人道："只怕还等着你们呢。"

王夫人对李宫裁道："取一百两银子，赏荫玉堂徐忠、赵禄，谢他两个在金陵给我收拾房屋。另拿五十两赏荫玉堂大小家人。拿二百两银子，交给这边门上查、槐两老管家，按着执事散给大小家人。再拿二百两交垂花门查、槐两管家婆，散给姑娘、嫂子、老妈们。另将三百两交给陶姨娘，分送各堂执事的姑娘们。"用手指道："留一百两，给我这孩子。"婉贞流下泪来，说道："姨太太、大奶奶、琏二奶奶不知给过我多少东西，连巧姑娘又送了我好些衣服、首饰，这会儿又给我银子做什么？"王夫人拉着他的手道："你留着自家买个针儿线儿，等着我下一磨儿来，再给你做衣服。"婉贞道："下回姨太太来，我不知见得着见不着？"话未说完，不觉泪如泉涌。平儿同巧姑娘也很觉伤心。王夫人含着眼泪笑道："傻孩子，快别乱说，倘老太太听见不喜欢。"沈夫人、薛姑太太亦俱重赏。桂夫人道："姐姐送了我们好些东西，又赏丫头、媳妇们的衣服首饰，这会儿又赏他们这些银子做什么？"王夫人们笑道："咱们姐妹们还说什么客话。"众位太太们一面说话，不觉已到介寿堂。老太太尚未安寝，王夫人同各位太太、奶奶、姑娘们又纷纷进去。祝母笑道："咱们的房子固然深远，你们的走路也忒慢，那里送客都送上半夜，再不来我可坐不住了。"梅秋琴道："咱们知道你老人家今日喜欢，多吃了点东西就睡不得，故意慢慢的走，要你老人家多坐会子。"竺太太们一齐笑起来。

桂夫人走上前去，将王夫人们寅时上船的话说了一遍。梅秋琴不等老太太开口，赶着说道："桂三姐姐是夫妻上任，贾大姐姐是衣锦荣归，咱们不便相留。又恐梦玉拉拉扯扯的，倒难为情，不如让他们去罢。"祝母点头道："你贾大姐姐、沈四姐姐回去个数月就可见面。桂三太太们要去三年五载的才得见面，我要留他再住几时，又恐误了凭限。"金夫人道："我去三两年要送女儿来完姻，那时候在老太太这里住一年半载。住的老太太讨嫌了，咱们才去呢。"竺太太们都笑起来。老太太问五福道："找点儿东西送太太、奶奶们的，找出来没有？"五福、吉祥一齐应道："俱已齐备，请老太太示下。"沈夫人姑嫂姐妹、金夫人都说道："老太太已经赏过好些东西，怎么又要费心？"祝母道："那天因你们送我东西，自然我也该回个礼儿，今儿是我送的程仪，也算不了什么礼。"王夫人对沈夫人们道："咱们不用推辞，竟领了老太太的赏罢。"薛姑太太道："咱们辞过行，再谢赏。"于是，王夫人领着李纨、平儿、宝钗、友梅、巧姑娘、慧哥儿、毓哥儿俱拜辞道谢。沈夫人、薛姑太太、宝月拜谢叩辞。金夫人领着桂堂、蟾珠也拜辞道谢；桂夫人、石大人、梅秋琴、竺、鞠、郑各位姐妹亲家以及众奶奶、姑娘、各家小姐彼此拜了好一会。此时，只有梦玉、秋瑞已回荫玉堂，并不知道。其余祝府内外大小人等，俱给四家太太谢赏。吉祥、五福将老太太送回家。礼物俱用长条盒摆置妥当，抬到介寿堂分摆两边炕上。贾、桂、王、薛四家太太、奶奶们各人吩咐得用的姑娘、嫂子彼此收拾。祝府的姑娘、嫂子们，亦各有同伴之赠。桂廉夫进来拜辞道谢。祝筠邀了出去，同着各位亲家在春晖堂饮酒话别。时夜已四鼓，众人劝老太太安寝。王夫人们都到怡安堂来，只见宝钗的姑娘荣贵来说："本家两位太太、四位姨娘、三处奶奶、瓶花阁二姑娘、梅姑太太、郑、江、竺、鞠四位亲家太太、各位小姐、各家亲家太太连各堂执事姑娘们,都送有礼物。每分礼都各贴礼单名字,一总汇齐装了几大箱子,已送上船去了。请奶奶回声太太。"宝钗听说,连忙回了太太。王、薛、桂府的嫂子们,也上来回过这件事。四家太太又向众人谢了半日。

正在热闹,介寿堂听差的洪嫂子来回桂夫人道:"老太太派了张彬、金映两家媳妇同吉祥、宾来代老太太送回家太太到金陵,叫来回太太,内外多派几个人送去。"桂夫人听说,吩咐陶姨娘:"各堂拟派两个媳妇,两个侍女。开了单子,上来斟酌。"陶姨娘答应,下去不一会,开了单子来。

桂夫人接着,看那上面不知是怎样派法。且看下回分解。

第五十七回　王夫人衣锦荣归　桂太守扬帆赴任

话说陶姨娘下去,将应派各堂的姑娘、嫂子们,拟开了个名单送来,请太太斟酌。桂夫人接着,看上面开着:

怡安堂拟派:赵升媳妇　黄开媳妇
侍女江苹　芍药
承瑛堂拟派:余芳媳妇　蒋应媳妇
侍女红菊　银儿
荫玉堂拟派:唐春媳妇　郭顺媳妇
侍女采菱　荷露
海棠院拟派:金凤　雁书
瓶花阁拟派:双梅　彩鸾

桂夫人看了点头道:"倒还派得公道。就将这单子发交垂花门,赶着传齐伺候。荫玉堂去传人,休要叫梦玉知道。"陶姨娘连连答应,拿着单子出去办事。

桂夫人吩咐:"摆上果碟,等我姐妹们再叙谈一会。"海珠道:"各堂执事姑娘们公备酒果,在瓶花阁给宝姐姐、蟾妹妹、友妹妹、巧姑娘饯行呢。"石夫人道:"这是他们的雅意,不可拂众人之心,都同着宝姐姐去罢。”各位奶奶、姑娘们一拥而去。

此时，里面是怡安堂、瓶花阁，外面是春晖堂，三处饮酒。正是欢娱嫌夜短，不觉已金鸡三唱矣。桂廉夫催促要行。里面两处亦皆席散。大门外轿马早已齐集伺候。祝筠派了老家人赵禄，带同周惠、杨华、钱富、茗烟，再拣几个闲散家人，一同送桂老爷、贾太太至金陵，候着桂舅老爷起身赴任，方可回来。这些众家人无不踊跃。老家人槐荫备了祝筠名帖，亲自到总镇衙门禀请东门匙钥。那姜大人立即传了令箭，差中军官带几十名兵开放东门，直至江口一带巡察。又差一员千总带着名帖，候送桂刺史暨贾太夫人、王相国夫人。一会儿工夫，这五条街上一直至江口，灯笼火把，人马喧腾，十分热闹。惟有桂夫人姑嫂两个，难解难分。还有修云、蟾珠、桂堂三人，更有一番说不出的景况，彼此一言不发，相对而泣。倒是巧姑娘还扎挣着不好流泪。王夫人再三催促，金夫人只得硬了头皮，姑嫂两人哭拜一番，彼此辞别，你拜我拜的闹个不了。

周婉贞拉着王夫人不舍就去，哭的不能仰视。梅秋琴道：“早知离别如此之难，一月之前就该哭起。”宝钗听秋琴这句话，虽是趣语，倒有意味，因对王夫人同母亲、舅母道：“为怕梦玉知道，拣着一早起身，我瞧着这光景，只怕有些去不了。”平儿道：“宝妹妹说的很是，咱们赶着走罢。”外面桂廉夫也着人进来催逼要走。四家太太们只得硬着心肠，对海珠们说道：“梦玉起来，可为我们致意，嘱其节哀珍重，转眼之间就可相见。秋侄女俱为道谢，把晤有期也。”海珠们连声答应。王夫人拉着婉贞对汝湘、九如、修云这一班人说道：“婉贞亦是你们一会中人。他的来路，惟我同宝钗知道，说也可怜。惟望你们格外看承，等我下一磨来，还要继他为女。”修云、掌珠们一齐说道：“我们一向原不以资格待他。况且日下又将他邀入会中，订为姐妹，更加亲热。今蒙太太再三谆托，自当加意护持，以副垂爱。”王夫人含泪点头，又向桂夫人、石夫人、梅秋琴们俱一一托付。诸位太太一面说话，已来到垂花门口，查、槐两个管家婆领着合宅姑娘、媳妇们站班叩送。内中只有石夫人、芳芸、紫箫有服不送。陶姨娘、荆姨娘、海珠、九如俱带着身子不便远送，至垂花门而止。余外太太、奶奶及各家小姐俱送至江口。此时,贾、桂两家船上,男男女女,无处非人。看看天色将明,王夫人同桂廉夫两边力辞,各船上登时鸣锣启橛。正要开船,接着文武大小衙门,也有自到,也有差官送行的,码头上挤了个热闹。桂廉夫父子应接不暇。王、沈夫人这边差周瑞、鲍忠、梁贵等分头登答辞谢。时东方大亮,各家送行的都纷纷上轿,只听见锣声振耳,贾、桂、王、薛四家十余号大船一齐开去。

桂夫人将各家太太、奶奶、小姐们又俱邀到家去。祝筠就便到各衙门拜谢。又因连日病中,至亲好友都来看望,顺便就往各家拜谢。还有表兄蒋春岩又是七十岁的生日,必得亲到,祝筠坐着飞轿,穿街过巷,忙个不了。桂夫人们回到家中,知道老太太昨夜睡得过深,尚未起来,将各家太太们邀在怡安堂另摆早茶。

各位小姐道:"咱们到荫玉堂去看秋瑞姐起来没有。"众人答应,走出怡安堂。刚来如是园门口,听见后面有人招呼,众人站住。回头一望,见是修云,后面跟着文来,走到面前说道:"我正要去找玉大爷,恰好遇着你们,一路同走。"汝湘道:"你找梦玉说什么?"修云道:"叫他去劝劝。婉姑娘在我那里哭的两眼通红,伤心了个使不得。凭你是谁也劝不来,必得玉大爷去劝解劝解才好。不然尽着哭,也不是个事。"紫箫笑道:"玉大爷还不知要谁去劝呢!"海珠道:"咱们且到荫玉堂看梦玉的光景,再做商量。"众人都说:"甚是。"

一路说着话,走米山堂后身,随弯抹角来到荫玉堂门口。把门的老妈们一溜儿站着,让奶奶、姑娘一群过去。进了垂花门,赵大奶奶领着众家媳妇赶忙迎接,说道:"上屋里刚才开门,该班的嫂子们上去不多一会。"海珠道:"咱们去闹他两个起来,已交辰初,岂有宴然高卧!"众姑娘俱觉好笑,一齐转过宝书堂走上甬道,远望安和堂卷棚下站着一堆的姑娘、嫂子们,在那里指手画脚的说话。瞧见奶奶们,都赶着过来说道:"大奶奶才起来,尚未梳洗,大爷还睡着呢。"该班的嫂子掀起帘子,让奶奶们进去。

众人走进秋瑞屋里,见他坐在妆台前,正梳着乌云,两旁站着贴身的姑娘服侍。看见众人连忙站起,笑问道:"想来你们是一夜无眠。"汝湘道:"固虽一夜无眠,断不是来找梅精。"众人一齐大笑。

梦玉在套间里正在酣睡，被这一阵燕语莺声猛然惊醒，问道："宝姐姐在这里吗？"翠翘答道："诸位奶奶陪着各家姑娘们来了好一会，都在外间屋里。"梦玉命将帐子挂起，请奶奶们进来。轮班派来的杜鹃、香萍赶忙将帐子挂起。翠翘出来请海珠们进去，各家姑娘向不避忌，也都同着进来。芳芸道："日高三丈，犹然高卧，客来尚在梦中。"梦玉笑道："你们每日此刻亦在黑甜境上，今日偶然早起，就会笑人。想宝姐姐也未必起来。"海珠道："咱们且坐下慢慢再说。"

汝湘对梦玉道："你起来去劝劝婉姑娘，真真可笑，坐在瓶花阁哭的鼻歪眼肿的，凭你是谁也劝不过来。错了你去劝他，别人竟不中用。"梦玉笑道："又不知你们是谁怄急了他，央我去说合，也要同我讲贯讲贯，我才去呢。"海珠笑道："咱们且将他哭的缘故对你说了，你去劝好了他，咱们今日公分请你如何？"陆春漪道："你们公分，少不了咱们出个分子。"梦玉笑着，一面穿衣起来，说道："你们且说这缘故我听听。凭他什么难解的事，横竖我有法儿去劝他。准定要吃你们的东道。"九如笑道："我对你说，就是为宝姐姐、蟾妹妹同着两家太太起身去了。他在那里伤心，你道为什么别的事吗？"梦玉听说，赶忙问道："宝姐姐同太太们去了吗？"紫箫答道："贾家姨妈同宝姐姐们都叫对你说，且去一半月料理料理，赶着就来，叫你不要惦记。"芳芸道："你的宝贝干儿子，咱们都替你送了好些东西。姨妈同宝姐姐很喜欢，连三舅舅同舅母、蟾妹妹们上船时候也都喜欢，再三叫你不要惦着，自家保重。不过三两年，舅母送蟾姑娘姐弟来完姻。"汝湘道："咱们众姐妹跟着各位太太，直送他们出了江口，看着去远了才回来。他们的船至少也过了燕子矶，你狠可放心。"海珠道："你快些洗了脸去劝婉丫头。就是为的这件事，你说不是可笑吗？"海珠同着众小姐妹们你一言我一语，说的梦玉睁着两眼，不觉出了神去。九如见他眼角上含着两点眼泪，莹莹欲坠，笑道："咱们今日只怕要赢东道。"

汝湘正要说话，只见兰生往外面匆匆进来，说道："快别说闲话。还不去瞧瞧，老太太在那里大动气，普里普儿都得了不是。你们还在这里乐呢！"海珠忙问道："老太太为什么动气？"兰生道："真真可恨，谁知秀春跟着桑进良逃走了。这浪蹄子,他不要脸罢了,叫咱们都打尽了嘴,怨不得老太太动气。”众人听说,都吓了一跳。芳芸道:“既是如此,咱们且不用说别的,快着到介寿堂去听个信儿。”紫箫道:“这倒很是。咱们到瓶花阁拉了婉丫头一同都去,又省了他一个人尽着伤心。”汝湘道:“其说甚是。”众人站起身来,拉了梦玉赶着梳洗,一同往瓶花阁去相约婉贞,同往介寿堂听老太太处分秀春之事,这且慢表。

且说王夫人们同桂府四家船只离了江口,正值顺风,不过两日已到金陵。将近码头,早有贾环叔侄同着几个族中男女,并王宅的各房内侄、凤姐的姐妹叔侄,一齐出城迎接。又有些老家人们的妻儿老小,都来迎接。这边桂府上亦有亲族来迎。四家船到码头,十分热闹。珠大奶奶娘家李宅里,也有些男女来接,彼此应酬不暇。林之孝率领大小家人、仆妇俱在码头伺候。一切人夫轿马俱已齐备,王夫人命贾环至桂廉夫船上先请上轿。金夫人们隔船相让一会,彼此纷纷一同上岸。那码头上约有一二百乘轿子络绎进城。

沈夫人、薛姑太太俱到贾府,将已天黑。王夫人们轿子一直抬到大厅,下轿看见厅堂房屋焕然一新,收拾得十分体面,不觉喜极而悲,想夫念子,止不住纷纷落泪。吩咐林之孝、周瑞们先发桂老爷家行李。此时出进人内外灯烛辉煌,比京中荣国府中还加几倍的体面。王夫人邀着三舅太太、薛姨太太、金夫人、奶奶们,周围看了一遍,不住口的赞叹梦玉。吩咐珠大奶奶住在东院,琏二奶奶住西院,薛姨太太、月姑娘住正房西屋,宝二奶奶同友姑娘住上房后身,前面客厅上请桂老爷居住。垂花门外两溜群房,命家人、媳妇们分着居住。分派已毕,随领着李纨们应酬这些来的男亲女眷,并各本家内亲。沈夫人送到之后,回家宰第去了。桂廉夫夫妻儿女,各处去拜望亲戚本家,又赶着上坟。两家直闹了十来日,稍有头绪,王夫人才给桂廉夫、金夫人们,又是接风,又是饯行。请三舅太太同诸亲各戚相会,大摆了几天筵席。

桂廉夫同王夫人们在冢宰第欢叙两日,势难耽搁,择日起身。王夫人吩咐林之孝给桂老爷预备船只,料理供应,送了多少程仪礼物。

又命宝钗写书子寄与柳太太母子媳妇，每人俱有礼物。平儿也托宝钗写书致意，诉说别来近况并贾琏出家之事，也寄些东西与柳家娘儿们。薛姑太太亦有书信礼物。宝钗忙了两日，才将各书写就，交与金夫人收好。

此时，桂府上同王夫人就如亲姐妹一样。蟾珠姐弟两个同宝钗、宝月们好似同胞手足，亲热异常。因要跟着父亲上任，娘儿们难舍难分，哭个不了。王夫人、薛姑太太同金夫人再三相订：三年后送儿女来完姻，休要爽约。平儿也不住的叮咛嘱咐，金夫人连声应允。巧姑娘到家半月以来，同桂堂也十分亲热，真说不出的满腔离恨。因想到当年几乎上了舅舅王仁的当，失身为妾；又要说给刘老老的亲戚，幸而未成。如今幸蒙继母作主，聘与桂郎终身得所。虽要再隔三年方完花烛，较之当初嫁非心愿者，竟有天渊之别。想到其间，转觉一段离愁，差堪自慰。桂廉夫见王夫人们亲情甚笃，感激之至，诸凡事务也不敢过于谦让。时已秋尽冬初，霜寒风冷，择于二十八日吉时起身。至二十七日晚上，王夫人、薛姑太太、三舅太太、平儿将桂宅夫妻两位请在上房，畅谈竟夜。桂堂姐弟同宝钗们也絮絮不休的相叙一宵。二十八一早，贾、王、薛三家率领着李纨们都送至江口，彼此依依难舍。又兼着祝府的这些姑娘们，也拉着蟾珠哭做一堆。桂廉夫见他们哭得并无休歇，只得赶着同王夫人们拜别。吩咐一面开船，又谢了祝府差来的家人们。王夫人们说不尽无限离情，看着桂府官船扬帆而去。

那些祝府的姑娘、嫂子、家人们，都向贾、王、薛三家太太叩辞回去。王夫人知道赵禄是监修房子的老管家，另外酬谢。余外都有重赏。又因江苹、芍药这些都是有体面的姑娘，不便以丫头看待，格外送礼。宝钗、友梅同金凤们又住了半个来月，打火的十分情热，彼此难舍。金凤们硬着头皮，拜谢了贾太太，众位奶奶、姑娘，同着赵嫂子、黄嫂子们一齐下船回去。王夫人将茗烟叫至上房，吩咐道："你伺候祝大爷就如同伺候宝二爷一样，须要小心勤谨，将来自有好处。"茗烟跪在地下，泪流满面的说道："奴才深受太太同宝二爷恩典，未曾报效。因宝二爷不知去向，奴才情愿上天入地去找，一心总要跟随旧主。谁知找着了祝大爷，看见声容笑貌、举止行为活与二爷一样，奴才稍觉自慰。今太太业已回南，奴才情愿在太太这里服侍，求太太恩典，准奴才回来。”说毕，伏地呜咽不已。王夫人同宝钗不胜伤感，悲戚了一会。宝钗道：“你不在这里，太太还有丢开的时候。若是你再回到宅里来，太太就要时刻伤心，倘若想出些病来，就是你的大不是。况且祝大爷是太太的干儿子，又是女婿，你在那里伺候他，就同在家伺候二爷一样。”李纨道：“他们都等着你开船呢，快去罢，别耽搁了。”王夫人也再三吩咐，茗烟不敢不遵，磕了头含泪而去。

祝府的众人正等着开船，看见茗大爷来了，赶忙搭跳。茗烟刚走到中间，谁知跳板未曾摆稳，身子一晃，掉下了江去。众姑娘、嫂子们的船刚才开离码头，金凤们站在窗口看着茗烟下去，众人大惊，忙招呼赶紧捞救。两边船家、水手一齐慌乱。只见茗烟一头冒起来，正在金凤们窗口，看着又要沉了下去。金凤着急，大叫道：“快些抓住船帮子！”一面急将身上的一条松花双围湖绉长汗巾解下，自家接着一头，赶忙丢下水去，嚷道：“快些抓着汗巾！”茗烟正在危急，看见丢下汗巾来，急忙抓住。金凤一人如何带得住，江苹、雁书一齐帮着拉住。两边船上看见，这才放心，赶忙七手八脚的将茗烟救了起来。到得船上，有些贾府二爷们都过船道惊。茗烟赶着梳洗，换了衣服靴帽。管船的领着众水手在舱门口给茗大爷磕头陪罪。茗烟将搭跳板的水手骂了一顿。众人劝解完结，赶到间壁船上，拜谢三位姑娘救命之恩。这边船上先已开离码头，因茗大爷掉下水去，因此又帮了拢来。茗烟走过这边来，有赵升、黄开、余芳、蒋应、唐春、郭顺的这些媳妇们给他道惊。茗烟俱各道谢。走到官舱里，对着金凤、雁书、江苹道：“承三位姐姐救命大恩，请坐着让茗烟拜谢。”金凤笑道：“都是府里同事，分应相救，茗大哥何必多礼。”江苹、雁书亦再三谦让，茗烟那里肯依，定要拜谢。金凤们不得已，只得四人同拜。又请了芍药、红菊、银儿、采菱、荷露、双梅、彩鸾过来道谢，彼此谦虚几句。

茗烟辞了众人，刚走到船头上，见旁边拢过一只船来，舱门外也站着好些家人、小子，内中有几个很有些面熟。渐渐拢近，望那官舱里坐着一位穿素服的后生，竟是宝玉。茗烟看了大惊。那位后生目不转睛的将茗烟看了一会，也很惊异。那船已帮住码头，只听见那舱里叫进人去，问道："那船头上站的可是茗烟不是？"茗烟听得明白，也不等他们来问，跳过船去，口里叫道："二爷！奴才正是茗烟。"说着，竟往舱里就走。有两三个往舱里出来，仔细一看，叫道："茗烟兄弟，你怎么在这里？咱们大爷正要叫你问话。"茗烟抬头细看，才认得是甄宝玉的旧人张才、傅升、陆保这几个人。茗烟问道："张哥，这舱里是你们大爷吗？"张才答道："正是咱们大爷，你且进去见过，咱们再说话。"茗烟跟着他们走进官舱，看见甄宝玉坐在小杌子上，见了茗烟，笑着问道："你怎么回到金陵来了？你家太太可安好？珠大奶奶、宝二奶奶都好吗？环三爷同兰大爷想在家用功。我自从丁忧回来，这两三年不通音问，也很惦记。今日遇着你，正要问问太太们的近况。"茗烟赶忙给甄大爷磕头请安，起来站在一边，就将自家离府以来，直说到方才下水，得见甄大爷的缘故。甄宝玉连连点头，又惊又喜，说道："原来我出京时，到太太那里辞行就不瞧见你。谁知你去找主人，可敬可敬。今日若不遇见你，如何知道你太太已回金陵。那礼部尚书祝大人是我的老师，谁知已经仙去，深为可惜。祝大爷我虽未曾见面，久仰他的丰采。一半天到镇江去吊纸，可以见面。你去先为我致意。我在家这几年，刚完结了我家老爷、太太的葬事。正要进京起服，谁知大奶奶又一病不起，又闹了半年。前几天才将大奶奶的葬事了结。我在坟上足住了两三个月，今日才得回来。因大奶奶不在了，不拘大小事务，都要我经心料理，闹得我实在心烦意乱。如今太太回来了，我可以常去请安。还住在那老宅子里吗？"茗烟道："就是那老宅子。已重新修造了，门上是林大爷同周瑞、张贵。"甄宝玉点头道："既是这样，他们等你开船，你竟去罢，先为我致意大爷。"茗烟答应，辞了甄大爷出来，到得头舱，看见甄府的家人、小子们都伺候着大爷上岸，要搬行李。茗烟匆匆的同他们说了几句话，赶着上船，辞谢了贾府的这几个旧相好。两边等着开船而去。

不言甄宝玉回家，贾府的二爷们回去覆命。且说祝府的两号大船，因为开船甚迟，走不多路，直到第三日早间方收江口。姑娘、嫂子、家人们都赶着到宅里销差。祝府里因桑进良拐带秀春逃走之后，将桑奶子送官究追发落。这些门上老家人及垂花门管家婆俱皆责处。自此所有一切男女出入俱要严行查验。这会儿姑娘、嫂子们到大门里下轿，进了外宅门，赵嫂子领着姑娘、嫂子们来见查、槐两位大爷。查本将他们点验明白，开了名单，差人知会垂花门照验，转报各堂姨娘查核、销差。金凤笑道："咱们出差回来，要费这些事，东也报西也查的闹个不了。"江苹笑道："像这样累赘，就要逃走也有些费事。"众人一路走着说笑，不觉已到垂花门。该外班的照验明白，放进垂花门去。接着是槐大奶奶、周大奶奶照单点过，知会各堂姨娘。一面叫廖大奶奶带着嫂子们一班、姑娘们一班，先往介寿堂销差请安，再带着往各处请安。廖大奶奶答应，将他们分作两班，排齐人数。姑娘们是江苹领头，媳妇们是赵嫂子领头，一齐过了景福堂，来到怡安堂甬道上。那些姑娘、嫂子们看见，人人亲热，因为没有销差，不敢说话。到介寿堂来都在卷棚下齐集站着。这几天是许招的媳妇该班回事，对着赵嫂子道："老太太方才还提起你们怎么不见回来，不知三舅老爷们起身没有，贾太太到家不知身子可好。正在惦着，垂花门送进大太太寄来起身书子说，出月可以到家，老太太放心。"赵家的问道："不知大太太是几时起的身？"许家的道："我听见书子说，八月十六至二十开了五天吊，说很热闹。满朝文武大小官儿，没有一个不到，全亏了贾三少爷的丈人兵部员外张老爷，他是大老爷的门生，又是梅姑老爷的表弟，是咱们家至亲。他一人料理，还有些门生故旧，同贾府上的珍大爷、蓉大爷帮着照应。我听见说是八月二十六上船起身，又说是料理内里事务，全是芙蓉姑娘一个，不辞劳苦。老太太正在这里不住口的赞他呢！"金凤笑道："总比咱们出色，将来又是荫玉堂的一个脑儿赛。"

众人正在说话，只见长生出来。看见彼此问好，说道："你们为什么不上去销差？"雁书道："许嫂子说，老太太接着大太太的书子，在那里说话呢。"长生道："这会儿说着闲话，很可上去。"许家的听说，赶忙上去回老太太道："送贾太太同桂太太去的丫头、媳妇们回来了，请老太太安。"祝母点头道："叫他们进来。"许家的答应，赶忙出来传话。廖大奶奶忙带着江苹们这一班姑娘在前，许家的带着赵嫂子们一班在后，一齐进去。看见老太太坐在旁边小榻子上，桂夫人同梅秋琴坐在左边杌子上。廖大奶奶领着姑娘、嫂子作两排一齐跪下，磕了三个头起来，又跪下请安。江苹、金凤将贾、桂、王、薛四家太太请安道谢，并桂太太们临起身时嘱咐的话，一件一件回个明白，站在一边。江苹跪下给蟾珠、桂堂寄请老太太安。金凤亦给贾府的奶奶、姑娘们呼名请安。赵家的们又回了贾、桂两府的家人男妇都请老太太安。祝母问了一会两边事务，吩咐他们下去，各回本处办事，众人齐声答应，退了出去。都到怡安堂等着桂夫人下来，请过安，这才一处一处去销差请安。

梦玉、婉贞都因离别之感，伤心成病。婉贞更甚，已多日未曾出房，在家闷睡。梦玉这病，全亏了汝湘、九如一班姐妹们终日同他鬼混，稍觉宽解。这一晚，众奶奶们都在瓶花阁挑灯夜话。梦玉又说起平山堂景致，因而想起林黛玉。将给他添土之事，说到梦中见那冒名的丑妇。海珠们不禁放声大笑。梦玉道："林姐姐真是千古多情，不然如何肯将音容、手泽赠我。"修云道："那日匆匆未及细看，何不将林姐姐的小照请出来，咱们再细细的瞻仰一番。"梦玉听说甚是，忙叫翠翘去取来。汝湘道："咱们用小针儿将林姐姐小照儿钉在这幅山水上，才看得仔细。"众人忙了一会，对着小照赞不绝口。梦玉道："既对知己，不可不焚名香。"掌珠道："还得煮佳茗。"秋瑞笑道："只可惜夏间花露未曾一供此君。"海珠道："虽无荷露，修妹妹所藏之梅花雪，亦不亚于琼浆玉露。"梦玉赶着对修云道："妹妹将梅花雪开一坛，供供知己。"修云道："既是这样，咱们不许去睡，焚香煮茗，清谈一夜。"众人都说："甚是。"秋瑞们也十分高兴，夫妻姐妹们直说笑了一夜。次日早间，众奶奶们请过早安，正同梦玉说话，只见碧霄笑嘻嘻走了进来。

不知说些什么，且听下回分解。

第五十八回 竺九如失言生嗔 老寿母施恩遣婢

话说碧霄笑嘻嘻走进来，说道："出差的都回来了，廖大奶奶带着东走西走，倒像化斋的和尚。"梦玉笑道："咱们去瞧瞧热闹。"碧霄道："不用去瞧，也快到这里来了。"海珠道："金凤们不知不觉也是半个来月，宝姐姐们不知怎样惦着咱们呢。"汝湘道："下一磨儿宝姐姐再来，咱们回了老太太，不叫他回去。横竖有的房子随他拣，爱住在那儿就是那儿。众人正在说着，见廖大奶奶领着姑娘、嫂子们一大阵来请安，说道："各位奶奶屋里去请安，听说都在瓶花阁。"廖大奶奶道："见过奶奶同二姑娘，你们各归职事。我回垂花门办事。"众人答应。

梦玉拉着金凤问道："宝姐姐怎么不来？"金凤笑道："他才到家，连屋子还没有认熟，怎么就来？贾太太在道儿上原说到家三两天要去上坟，这会儿倒过了半个来月还没有提到上坟的那一条儿。你想，多年没有回家，这些亲儿眷儿来还少吗？一天到晚来来去去，只见是人。宝姑奶奶们直到半夜里，偷着空儿同咱们说两句话，那里还有工夫睡觉。倒是前日来的时候，贾太太们再三说，叫大爷不要惦记，叫致意诸位奶奶、修姑娘，帮着劝劝，别要想出病来。说等着大太太到家，赶着去通信儿。贾太太们要来给大老爷送葬。又是桂老爷、桂太太、堂大爷、蟾姑娘也都叫宽心，不用惦记。"雁书道："横竖各家太太、奶奶将咱们这些人都嘱咐了有几百磨儿，说了有几车子的话，拢共拢儿一句总话是叫大爷保重身子，不要惦记。余下的话也不是一会儿说得完的。"秋瑞道："你们才到，也要各人去收拾，等着慢慢再说罢。"

金凤同赵嫂子们都去应酬一切同事。刚出了瓶花阁，又有芳芷堂朱姨娘处听事的嫂子来知会各堂职事姑娘们："明日是十月初一，应更换棉帘子、棉铺垫。各堂开具颜色、件数清单，至芳芷堂去领。"双梅答应。听差的又往别处知会。文来赶着进来请姑娘示下。修云道:“现俱有服,除我内室这几处房门上用松花、水绿、月白湖绉棉帘外,余下尽用青绸的罢。这两处炕上用程乡茧绣三蓝花同月白章绒的炕垫。”文来等俱答应着出来开单。海珠、汝湘都道:“二姑娘拣的狠是。咱们也照着你的一个样儿倒也罢了。”于是,都吩咐各人职事姑娘,俱照瓶花阁的铺垫,各人答应。

正要出去,见有垂花门一个听差的老妈儿,手中拿着一张字纸,来找瓶花阁的姑娘,说道:“垂花门传下来的,叫姑娘、嫂子们瞧瞧。”这院里闲散丫头,赶忙接着递与双梅。看上面写着道:

> 垂花门为知会事:本日枣桂堂荆姨娘面奉老太太吩咐:今年事务较繁,内外大小家人、丫头、仆妇均能伺候无误,驱使勤谨。现在已交冬令,天气寒冷。伊等月钱工食不敷添补。其有职事之人,不分男女,各赏银十两。闲散无事各人,赏银四两。丫头、小子赏银三两。各家人子女,每人赏银四两。周婉贞不给。各处老妈们,赏银二两,棉花三斤。为此,知会各堂职事、闲散人等,都于初一日辰刻至介寿堂院子里磕头谢赏。无误此知。

双梅看毕,送与修云同大爷、奶奶们瞧了一遍,海珠道:“这真是老太太的恩典,你们明日都要多磕几个头。”

梦玉道:“怎么婉妹妹又不给他几两,这是个什么道理?”九如道:“婉妹妹是老太太另眼待他,不在众人之列。若依你的意见,连芳丫头、紫丫头也领一分才是呢。”梦玉着急道:“我不过白问问,你好端端的又拉上他们两个。他们那里敌得上你这千金小姐呢!”九如自知失言,又被梦玉抢白了几句,当着众人脸上大下不来,不觉放声大哭起来,说道:“你既瞧不起我,就不该娶我回来。我这穷知县的女儿,那里配得上你这尚书的公子呢?我妈妈才吃了几天的饭,你就瞧他不起,还想你什么养老送终吗?我去对妈妈说,早些离这门子,免得将来看脸看嘴的受气。”九如数落着哭了一场,站起身来往外就走。修云、海珠们笑作一堆,赶忙拉住。梦玉闹的没有法儿,只嚷道:“拉住他,别叫他跑掉。”自家也过来拉着九如的一只手,笑道:“我说句顽话,你也值得这样的动气。别嚷的叫老太太知道,又要发烦。快别动气,好姐姐,你拣着我的身上不拘那儿你咬下一块肉来,消消气。”汝湘笑道：“九丫头，你千急看着咱们姐妹面上，若是要咬，总拣着他上半截身子咬。”汝湘未曾说完，海珠们不觉哄然大笑。九如听了也觉好笑，将哭止住。梦玉赶忙将块白绸帕子替他揩抹眼泪，笑道：“尚书的儿子给知县的女儿抹眼泪也就罢了。你再要动气，真个算不懂交情。”九如总不理他。海珠们你一言我一语劝不住口。

只听有人问道：“又是谁闹了乱儿？咱们来作个和事。”众人抬头，见是芳芸、紫箫同着婉贞一路进来。汝湘笑道：“来的凑巧，错了你们，这件事准下不来。”芳芸道：“什么事九姑娘动气？”九如忙说道：“叫海姐姐们对你说，看是谁的不是。”紫箫笑道：“夫妻姐妹们说闲话，谁也没有不是。咱们也不用问是为什么事，大家一笑拉倒。有谁不依的，众人罚他个大东道。”众人都道：“紫丫头说的甚是。”梦玉笑道：“这场故事，都是老太太惹出来的。”芳芸道：“罢呀？你们斗气，又拉在老太太身上。像咱们这样老太太，真个是个佛爷转世。方才吩咐荆姨娘，合宅男女都赏银子过冬。刚说过这话，接着周大奶奶上来回：闰梅姐姐的韩大妈同疏影姐姐的林大妈，都要来回赎女儿家去，自行择配。老太太恩典，准他们去，不要身价，准他们各人所有的东西带去。还吩咐荆姨娘：‘今日赏的十两银子，照着一体赏给他们。’像这样的佛爷老太太，那里去找呢？”梦玉问道：“他们两个姐姐几时出去？”婉贞道：“听着老太太对我妈说，准他们明日出去。又吩咐太太，叫传各堂效力的姐姐们，挑补这两个缺。”修云道：“怨不得方才听见他们唧唧唧唧的借褂子，借裙子，原来为的这件事。”

梦玉道：“你们且慢些说话，九姐姐还没有同我讲和呢。”九如道：“谁有工夫同你怄气，总是咱们不是就完了。”婉贞道：“罢呀，好姐姐，都要同玉哥和和气气的，再别为一点半点的怄气。明日我死了，你们再闹也不管我事。”九如道：“妹妹说到这话，我们再说别的，真不是你的知己。但以后再别这样混说，叫老太太听见了不喜欢。多大点子年纪，什么死啊活的混说。”婉贞道：“自从贾太太同宝姐姐们去后，我这几天掉魂失脑子的，只觉耳热眼跳。昨日夜里梦见琏二奶奶拉着我大笑，又拿一大张红纸儿，粘在我身上。落后宝姐姐又笑又拜，我坐着不动，忽然来了几个人，将我抬到一个大炕里埋着。我使劲的一挣，醒转来出了一身大汗，听咱们院里正打三更。我想这梦做的狠不好。”梦玉笑道：“这是你想宝姐姐们过于心切，乱梦颠倒做的梦，连一点儿理也没有，说他干什么。”

海珠道：“咱们说别的罢。”掌珠道：“拉了二姑娘同着咱们一堆儿到海棠院吃晚饭，顺带着去瞧姨娘们的热闹。”紫箫道：“我方才到枣桂堂，瞧见他们正在那里封众人的月钱、工食，还有老太太格外赏的银子。我看他们都忙不过来，谁还有工夫说话？”修云道：“本来今年多了几件大事，怨不得四位姨娘要忙。还带着明日是十月初一，各处上坟，各庙拈香，家里又要祭祀上供。横竖明日这一天，比一年的事情还多，咱们竟到海棠院说闲话去，别耽搁他们的工夫。”众人都说：“甚是。”

梦玉同着众姐妹俱到海棠院来。甬道上那些嫂子们领着打杂的老妈儿，都在芳芷堂领了各处铺垫，往来不绝，十分热闹。梦玉们刚到海棠院门口，瞧见廖大奶奶进来说道：“茗烟请大爷安，他有话面回。”梦玉道：“茗烟是我得用的人，比不得别的。大嫂子去带他进来。”廖大奶奶答应去了。梦玉们来到院里，见蝶板、金凤看着些老妈儿正在那里换铺垫。梦玉道：“你回来也没有歇歇，就赶着办事。”金凤、雁书笑道：“咱们去了半个月，叫翠姑娘们加倍辛苦。今日回来了，怎么还要劳动他们？”秋瑞道：“真个的，这几天翠姑娘们过于劳苦，不但两边照应，还添出许多事务。我那荫玉堂同这海棠院，除了你们姐妹四个，别人也办不过来。”

秋瑞正在说话，廖大奶奶带着茗烟进来，给大爷同奶奶们请过安。对大爷回了贾太太同奶奶们吩咐的说话，又将甄宝玉的话也回明白。梦玉道：“我知道老爷有个得意门生，叫做甄宝玉。我正想着怎么可以同他见个面，谁知他丁忧在家。等着他来吊纸，回了二老爷留他在咱们家里多住几天。不但我同他是世弟兄，他同贾府还是亲戚。”茗烟答应：“大爷说的很是。”梦玉道：“你以后有话不必叫垂花门传递，拣直叫他们带了进来见我。等我　半天回过老太太，再知会垂花门，就可以随你出入。”茗烟听说，两泪交流，赶忙跪下，说道：“奴才受大爷知遇深恩，竭尽犬马亦难图报。垂花门内除了几个亲信办事的老总管们可以出入外，其余从不准出入。今奴才既蒙大爷格外恩典，赏给抬举，奴才敢不实心报效。”梦玉点头道：“你起来，以后凡有我的事务，总交给你办。”茗烟连声答应，站起身来对着海珠道：“前日在金陵上船时，奴才掉下江去，正当着急溜性命呼吸之际，蒙金凤姑娘们赶着丢下汗巾抓住，又承雁书、江苹两位姑娘帮着拉住，众人才将奴才救起。奴才回过各位奶奶，要给三位姑娘磕个头，谢谢救命之恩。”汝湘、九如们道：“江姑娘在怡安堂，不便去谢。你就谢了他们两个罢。”金凤、雁书赶忙说道：“前日船上已经谢过，何必多礼。”茗烟不等说完，对着他们跪了下去。急的金凤、雁书忙着回礼。梦玉、海珠们看着不觉大笑。翠翘笑道：“咱们院子里，男女对面磕头，自有生以来真是头一磨儿瞧见。”惹的海珠们大笑不止。金凤、雁书被他们笑的满面通红。茗烟谢过，辞了出去。

金凤道：“这个人是个傻子，他也不想想，当着大爷、奶奶们在院子里磕头，像个什么样儿？”蝶板笑道：“你的意思要叫他到屋里去磕头不成？”金凤登时变下脸来，说道：“为什么我叫他到屋里去？我有些什么长儿短儿落在你眼里？你拿这话来支我。还亏着大爷同奶奶们都站在这儿瞧着。若是没有人瞧见，你又不知要造出些什么谣言？”蝶板不过顺口戏言，被金凤抢白了这一顿，因变羞成怒，满面通红，说道：“我造过什么谣言？你说出一两宗儿我听听。我又没有拿汗巾儿拉人，还怕谁说我个什么？”金凤、雁书听见，急的哭起来，一把拉住蝶板，说道：“我同你去回老太太，你瞧见我们拉过几个人？”说着拉住就跑。海珠、梦玉这一班人都赶过来，拉着说道：“快些放手，别叫老太太知道。咱们这院子从来没有人闹过事，别叫人笑话。好姐妹们说玩话，也犯不上翻脸。”翠翘过来说道：“三位妈千急赏我个脸儿，别闹了。你们也不想想，有几位奶奶们身子不便，在这里拉拉扯扯，设或闹出点儿别的原故，倒比你们汗巾儿拉人的饥荒还大呢。”蝶板听见，说道：“翠姐姐说的很是。咱们那一天不说几句玩话，谁知金姑奶奶们今日就这样动气。”修云笑道：“今日是劝闹的日子，走到那里就是劝闹。”九如笑道：“让我作个和事，快些姐妹们赔个不是拉倒。谁有不依的，咱们罚他。”海珠道：“咱们站着腿酸脚疼的，到屋里慢慢再说罢。”金凤们也不敢多说，只得照旧办事。

海珠们来到屋里，吃了一会茶。雁书进来说道：“凝秀堂来知会明日上坟。老太太吩咐海棠院两位奶奶不用去。”海珠道：“就是咱们不去，还有谁不去的？”雁书道：“只瞧咱们这里，别处不留心瞧，不知写着去不去。”婉贞道：“不管别的，我明日在这里陪你们一天。后日同我妈告假，要到老老家去做生日。初四生日，初六七才得回来。”梦玉道：“很好。明日在这里作个伴儿，等咱们晚上回来，畅谈一夜。”婉贞笑道：“又不远别，那里要说一夜的话。”众人都觉好笑。

话休烦絮。到了次日初一，是祝府的年例上坟祭祀，又兼着内外家人男女领工钱，并齐至介寿堂谢老太太的恩赏，直闹了一早上。接着伺候老太太，合宅出城拈香上坟，整整忙了一日。赶晚进城，到了宅里，祝母领着儿子、媳妇、孙子、孙媳妇、孙女到致远堂祀祖上供。祀过祖，就在景福堂吃晚饭，直到二更才散。

祝筠夫妻儿女跟着老太太至介寿堂就请了晚安。祝母瞧着婉贞，说道：“你今日倒不跟我去看看野景儿，那些树叶儿，叫霜染的通红，比春天的花儿还要热闹。怨不得古人说的‘霜叶红于二月花’，真是一点儿不错。”婉贞道：“那些树木都沾着老太太的恩典，知道老太太今日出城，在那枝儿叶儿上又添了多少光彩。明日人瞧见那树，都知道老太太出过城，树枝上还沾着老太太的光呢！”祝母听了不觉大笑，说道：“婉丫头这张小油嘴儿真是会说话。怨不得贾太太喜欢，要他作女儿。明日等贾太太来了，我作主给了贾太太，谁敢不依？你肯不肯？”婉贞眼圈一红，答道：“恐丫头没有这样福气，空负老太太的恩典。”祝筠道：“老太太今日辛苦了一日。这会儿夜已不早了，请安歇罢。”老太太点头，命祝筠先散。桂夫人们伺候着安寝。祝母吩咐荆姨娘给婉贞做一套棉裙袄，再做一套皮的，花样颜色令其自选。荆姨娘答应，婉贞赶着磕头谢赏。众人候着长生、五福放下炕幔，这才纷纷散出，各人回房安歇。婉贞被秋瑞拉去作伴。一宿晚景不提。

到了初二早晨，垂花门来传各堂听使的姑娘们：十五岁以上的都到介寿堂伺候。这些姑娘们听见这信儿，人人妆扮，匀调脂粉，换上新鞋，借些新鲜裙袄，各就着脸嘴身材极意的装束，都到介寿堂伺候。不一会，又传各堂职事姑娘伺候。海珠们赶着到怡安堂请过安，齐到介寿堂来。只见院子里站着有八九十个姑娘们，远望去竟像一堆碎锦。老太太正在用早点心。海珠们上去请安，接着就是石夫人领着芳芸、紫箫上来请安。祝母道："昨日我领着二媳妇同这三房的众媳妇们在老太爷坟前磕头，比上清明坟更加闹热。老太爷阴灵瞧见，也不知是怎样欢喜，保佑着祝氏子孙兴旺。"石夫人道："子孙俱赖祖宗荫庇。又是老太太这样慈祥仁厚，培植后人，我祝氏子孙自当繁衍昌盛。"祝母点点头对着海珠、掌珠、秋瑞、汝湘、九如、芳芸、紫箫这些孙媳妇道："你们做人，都要学我才好。"海珠们齐声答道："敬遵老太太慈训。"只见丫头们打起帘子，桂夫人同着秋琴、梅春进来请安。石夫人彼此见礼。祝母吩咐坐下。婉贞过来请安，就站在旁边。陶姨娘们也趁空儿上来请安，同婉贞站在一排。对面是吉祥、五福、宾来、长生四个姑娘，都是一色的打扮。

祝母对桂夫人道："疏影、闰梅两处比较起来，自然是朱姐儿这边事务繁于集瑞堂。咱们这两边丫头一半是新补的，都还能办事。余下的几个，又是用熟的，难以更换。"桂夫人道："效力丫头里面很有才能出众的，且挑出两三个，老太太再酌量着调补。"老太太道："我也想着，且将效力的挑两个斟酌斟酌。"桂夫人吩咐："将丫头们分班带着进来。"伺候的嫂子们赶着传话出去。见宜春带着十个丫头进来给老太太请过安，一溜儿站在左边。老太太细瞧一瞧，问道："那第八个叫什么?"那个丫头赶着走上来，跪下说道："丫头叫杏贵，今年十七岁，在绣花处当过五年差使。"桂夫人道："杏贵在绣花处当差年久，又最安静。"老太太道："我常听见有个最穷的丫头，每天静做针线，从不多管闲事，就是他吗?"桂夫人道："正是杏贵。他平日从不同人一处玩笑，各堂的丫头也不同他往来。"老太太点头笑道："曲高和寡，自古皆然。你知道而不早言，几令真才屈抑，其过在你。"桂夫人忙站起来，说道："媳妇不早言，实在不是。"海珠们都赶着站起。老太太道："就将杏贵补了疏影的缺。"桂夫人连忙答应。杏贵磕头，站在一边。老太太道："不用挑了，你们知道谁好的，再说一个,叫来我瞧瞧就是了。”桂夫人道:“媳妇身边闲散丫头采菱往金陵出差回来,人很去得,办事也不辞劳苦。”祝母道:“这就是很有出息,叫他上来我瞧瞧。”桂夫人忙吩咐:“带采菱来。”不一会,芍药带着采菱上来给老太太请安,同杏贵站在一处。老太太看了说道:“两个都差不多的年纪,倒有些儿福气,就叫他顶了闰梅的缺罢。”采菱赶着磕头,谢老太太恩典。桂夫人命众丫头们都各归职事。杏贵、采菱各去上档子办事,芍药们带着下来。

周大奶奶带着疏影、闰梅上来辞谢。老太太见他两个是用熟的人,心中倒觉不忍,不觉眼圈发红,说道:“你们在宅里多年,也很勤谨出力。今你们父母都因无子,要招个养老女婿。我听了也很喜欢。你们都要各尽孝养,做堂客们的总以勤俭端正为要,断不可爱穿件新衣服,爱吃个嘴头儿。我最嫌这样的人。”疏影、闰梅跪在膝前,感激涕零,依恋悲切,磕头答应。周家的回道:“疏影、闰梅两家母亲,面见磕头谢赏。”祝母道:“不用谢了,就叫他们各人领了家去罢。”疏影们涕泪纵横,给太太、奶奶、二姑娘磕头叩辞,一齐退了出去。

周家的回老太太道:“后日是奴才的母亲六十岁生日,要带着婉贞回去作生日,求老太太恩典赏三天假。”祝母点头道:“你母亲小我十岁,看他光景,觉得比我还像老些。”婉贞答道:“蒲柳之资,怎么敢比松柏?”祝母答道:“小油嘴儿很会说话。就差你给我带分礼儿去送送,得的赏钱买东西带回来请我。”婉贞道:“得了赏钱买股高香,在佛爷面前祝赞,愿老太太康宁寿考,福泽绵长。”祝母点头笑道:“我有这些福气,自然要分些儿给你。”对着朱姨娘道:“备分礼交他带去。婉丫头是要体面的,多配几样,别鬼鬼祟祟的一点儿。”朱姨娘连声答应。婉贞娘儿两个赶着磕头谢老太太赏。外面众人都在院子里等周大奶奶娘儿们下来后,这才散去。

疏影、闰梅到各堂叩谢,并拜辞同事的姐妹。彼此十分难舍,有好些都送到垂花门口。内中最难分手的是梦玉大爷。一手拉着一个站在门口,尽着流泪。疏影、闰梅也最舍不得是这个多情的祖师。六只眼睛相对而泣,被两家的母亲拉着出了门去。

梦玉只得硬了心肠,刚转到景福堂,见婉贞跟着几个嫂子们出来,手中都抱着东西。看见梦玉,说道:“老太太、两位太太、梅大姑姑都赏了我老老的东西。怎么玉哥你同众位姐姐们又给上这些?虽是给我做脸,未免过费,倒叫我心里过不去。”梦玉道:“这又算什么,你还值得说这些客话。你们今日去,明日去?”婉贞道:“这会儿就去,明日是我妈妈在甘露寺给老老做斋拜忏,就请这些男亲女眷在寺里吃素面。后日在家里做生日。”梦玉道:“我不是有服,也去拜生日,瞧热闹。”婉贞笑道:“那也不敢当,我回来再谢罢。”说着,一直去了。梦玉甚觉闷闷不乐,走到海棠院去。海珠知道他不乐缘故,同着他到汝湘院里吃过早饭,讲文写字以消烦闷。

不提梦玉之事。且说婉贞同着母亲到了钟老老家已是上灯时候。钟老老瞧见大姑娘同着外孙女儿回来,又是祝府里自老太太起至奶奶们赏的礼物,堆满一炕,心中十分欢喜,口中不住念佛,感谢不尽。叫孙子钟晴同他妈赖氏将礼物收起,就在炕桌上摆了几个碟子,娘儿们坐着饮酒闲话。钟老老道:“你哥哥今日到甘露寺替你张罗妥当,明日一早咱们就去,倒是家里叫谁照应呢?”周大奶奶道:“婉贞这几天很不舒服,留他在家照应倒很放心。外面也得留下一个才好。”钟晴道:“明日我在家收人家的分子礼物。还有家伙铺里也是明日送来。只要留下赵妈同他儿子赵旺在家帮我照应,余下的都跟着到甘露寺去。那里客人多,去的少了不够张罗。家里交给我同婉妹妹,横竖错不了。”钟老老笑道:“你同婉妹妹在家倒也罢了。”

正说着话,只见婉贞舅舅钟大才走进来,见妹子问了好,婉贞也给舅舅问好。大才道:“怎么妹夫又不同来?”周大奶奶道:“他宅里还有事,那儿丢得下。后日来给妈磕头。”大才道:“磕头不磕头倒没有什么要紧,来了咱们一堆儿热闹热闹。我还有一件事要同他说说。”周大奶奶道:“什么事?”大才道:“刚才打甘露寺回来,因道儿上滑,碰翻了一担砂锅。他不说他不让道儿,倒拉着我不依。我那儿受得,将他没有碎的砂锅砸了个稀糊脑子烂,还狠打了他一顿。因遇着宅里几个朋友,将我劝了回来。我正要去找妹夫,叫他拿个帖子,将那杂种送到县里去,打顿板子才出我的气。”周大奶奶未曾回答,婉贞笑道:“舅舅碰翻他的担子,砸碎他的砂锅,又打了他一顿,还要送去打板子。想来打过板子,必得还问他个剐罪。若说我父亲在宅里当了多少年的差使,蒙老爷恩典派在门上管事。别说是打,连骂也不敢混骂人一句。若是舅舅的这番话叫我父亲听见,也不用说,一辈子再别想见面。”周大奶奶恐他哥哥脸上磨不开,笑道:“你妹夫近来越发胆小,因老爷管的严,不许家人们在外闹事。我听见说,若是家人们的亲儿眷儿在外倚势欺人,还要加倍治罪呢。以后哥哥再别倚势欺人。闹出事来,你妹夫是靠不住的。”钟大才一肚子的得意,被妹子同外甥女儿说了一个冰冷,也不言语,竟往屋里睡觉去了。这里娘儿四个又吃了一会子酒,各人安歇。次日早起来,赶着梳洗收拾完结,一家都往甘露寺去做寿日。单留下婉贞、钟晴、赵妈、赵旺在家照应。

不言钟老老们往甘露寺款待亲戚十分热闹。且说这钟晴早已看上婉贞,因碍着眼目,难以下手。今日有此机会,心中无限欢喜。吃了饭后,将赵妈娘儿两个指使开去,一直来找婉贞。刚走到钟老老房门口,只觉着一阵冷风,有些血腥味儿扑面吹过,钟晴全不理论。走进房门,瞧见婉贞睡在他奶奶炕上,脸儿向外。原来婉贞一人坐在屋里,只觉得心惊胆战,神思困倦,不知不觉歪下身子躺在炕上。这是冤家狭路相逢,难以躲避。钟晴见婉贞睡着,越显的标致。正是色胆如天,欲心似火。转身将房门轻轻关上,赶着自家脱去小衣,又脱去外面长袄,悄悄走到炕前,将婉贞的绣裙掀开。正要去解裤带,婉贞惊醒。钟晴恐他动身,急忙倒身下去,将他紧紧抱住。婉贞嚷道:“你要仔吗?”急待挣持,无如两手被他压住,动弹不得。钟晴笑道:“好妹妹,我想你这几年,总不能到手,好容易今日有这空儿,你做个好人,了了我的心愿。”钟晴一面说话,一面将右手给婉贞解开裤带,将小衣褪去半截。婉贞又羞又急,将两只小脚乱蹬。那小衣不用脚蹬压在身下,一时难以去掉。此时婉贞心乱情急,使劲乱蹬,意欲挣起身来,谁知自家倒将小衣蹬掉。钟晴满心得意,不由分说,使劲的分开两腿。婉贞到此地位,身不由己,泪下如雨,说道:“晴哥,你既爱我,压的我气也喘不过来,两手垫在身底下疼的要死,你将身子松一松,我再没有不依你的,只要你别误了我的终身。”钟晴看他的模样儿,又听他这番说话,心中不忍,将左边身子一松,婉贞忙将右手褪出。想起早间给他老老上带子使的那把大剪子还在炕沿儿毡子下,赶着摸在手内。他口里说道:“晴哥,你再松松身子,让我睡平些儿,实在梗的。”钟晴满心欢喜,刚将上身一动,婉贞就势的一剪子,照脸搠去。

要知端的,且看下回分解。

第五十九回 周婉贞毕命守身 贾珍珠去蕉得弩

话说周婉贞被钟晴压住身子,又将小衣蹬下。钟晴就势行强,几乎不保。婉贞急中生智,说道:“晴哥,我有心嫁你,只碍着自家不好启齿。你如果真心爱我,真是我知心的好人,只要你日后别误了我的终身,你要仔吗,我总依你。”钟晴听说,满心欢喜,不住口的亲妹妹、好妹妹叫了几十,说道:“你好好的同我成了美事,我就死也不忘你的大恩。”婉贞点头道:“我同你是夫妻,身子就是你的,快将身子松一松,让我睡平正些儿。”钟晴赶着将上身松起,让出婉贞手来。不提防他将炕沿儿的一把大剪子拿住,使劲的照着钟晴脸上一下扎去。

钟晴眼快,忙将身子一闪躲过。婉贞就势挣起,照耳门又是一剪子。钟晴将头一避,那剪子正扎着肩膀上,幸而穿着小棉袄,不能扎到肉里。钟晴正欲来抓,不防婉贞使着劲儿在钟晴赤条条的大腿上一剪子扎去,搠了个结实。登时鲜血直淋,钟晴疼极,将身子一缩,滚到炕里。忽纵身站起,将一片惜玉怜香之念,变成一段杀人放火的心肠。瞧见婉贞满脸恶相,拿着剪子又往腿上扎来。钟晴忍着疼,飞起腿来,一脚正踢在婉贞手上,只听见“当啷”一响,那剪子早已掉在炕下。此时钟晴有杀神附体,跳下炕去,赶着拾起剪子,见婉贞正下炕来,急忙照脸一捶。婉贞仰面倒在炕上。纵身过去,使劲往下一扎。二十来岁后生,正是膂力强壮的时候。只听见婉贞大叫一声“哎哟!”口里直喷鲜血。那剪子由嗓子上,直搠通到脖子后面。钟晴将剪子拔出,还要再搠,瞧见婉贞面如金纸,眼睛翻上,两脚一蹬,已经呜呼哀哉了，脖子里的血往外直淌。

钟晴将剪子丢在地下，坐在炕沿儿上，将手摸了一摸，已冷而且硬，心中想道："为这冤家，再不想今日闹出这条人命来。横竖总要抵命，到底要还了我的心愿，我死也甘心。"想毕，走到婉贞身边，将他两腿分开，看了一遍，不觉淫心大动，正要将身子扑在婉贞身上，见他两眼瞪的多大，又披散着头发，张大着嘴，十分凶恶。不知不觉，将一团欲火掉下水缸，翻身又坐在他身旁，将两只小金莲看了一遍，顺手脱下一只满花红缎鞋揣在怀里。又将手在婉贞下身摸了一会，忽然笑道："你不肯给我，我也不叫你带去。"站起身来，走到抽屉桌边。将抽屉内有他奶奶吃斋切素菜的一把小刀拿在手内，蹲在炕前，将婉贞的一个下体割了下来。不管血水淋漓，取块手帕包好，也揣在怀内。又在抽屉内找出祝府里陶姨娘给他奶奶的风气膏药，拿一张贴了大腿的伤处，擦了擦血，穿上小衣并外面的大棉袄，扯开房门出去。

外面静悄悄并无一人，钟晴赶着将房门拽上。走到厨房里，见赵妈倒在炕上正睡的甜美，折转身走到院子里，在棚底下踱来踱去。正想主意，听见外面敲门甚急，大大的吓了一跳。走出开门，见是赵旺领着家伙铺里送桌椅板凳来，摆了一院。钟晴等着挑家伙的去后，对赵旺道："天也快黑了，你瞧着门，我到厨子家去照会句话来。周大姑娘身子不好，在老太太屋里睡觉呢，别去惊动他。"赵旺道："城外的快来家，你又跑了出去。"钟晴一面走着说道："你别管，我去去就来。"一直出门扬长而去。

赵旺跟着来关门，只见间壁裱糊匠李可范的儿子招儿因下了学回家，知道周大姑姑同婉姑娘来家做生日，过来瞧瞧。刚到门边，看见几乘轿子远远而来。赵旺瞧见对招儿道："你到屋里叫婉姑娘同我妈出来，说老太太们回来了。"

招儿听说飞跑进去，到钟老老房门口叫道："婉妹妹，老太太们来家了！"连叫几声无人答应。赶忙推进门去，只见一人仰面睡在炕上，揸着两腿，动也不动。招儿也是十六七岁的小子，未免心动。走近炕边定睛一看，不觉惊慌失措，一跤栽倒炕前，浑身发颤。赶忙挣扎起来，往房门外飞跑。刚到院子里，遇着钟老老娘儿几个笑着进来。瞧见招儿慌慌张张，身上带着血点，用手指道："快些去瞧！"一溜烟儿跑了出去。钟老老娘儿们笑道："你瞧瞧这孩子，话也不说一句，怎么就跑掉了？"一面说着俱进到屋里。众人瞧见一齐大叫"哎呀！"周大奶奶一句话也说不出口，尽剩了发抖。钟老老瞪着眼叫了一声："我的宝贝呀！"咕咚一跤栽倒地下。周大奶奶也顾不得他妈跌在地下，扑到婉贞身上惊天动地的大哭大叫，就在炕上碰头寻死。钟老老叫众人扶了起来，也到炕上大哭大碰。钟大才夫妻两个魂都吓掉，又急又苦，大声嚷道："你们且慢些哭。拿住凶手，赶着去通知妹夫，商量报官才是个道理。"钟老老道："凶手不是别人，就是招儿这伤天害理的忘八羔子！你们快些将他拿住，别叫他跑掉了！"

钟大才叫赵旺到祝府去通知周大太爷，叫他即刻就来。一面气冲冲跑到李可范家里来。正值招儿在院子对他妈说这缘故。钟大才赶上前去，不由分说照脸一大大嘴巴，说道："你杀了人，倒在家里受用。你跟我来罢！"一把抓住胸口，往外就走。这招儿刚才吓的未定，又被他打了一掌，抓着就走。吓得面如土色，口噤难言，只是发抖，听他一直拉了出来。他妈不知就里，只急的大哭。李可范又去裱糊新房不在家，赶着央人去叫。这里钟大才拉着招儿到家。钟老老同周奶奶瞧见，恨不得吞他下去。娘儿两个抓住，又掐又撕又咬。招儿身不由己，只有大哭。

众人正在热闹，只见周惠飞马而来，一下牲口，不及说话，跑到屋里抱着女儿放声恸哭，直哭的死去活来。钟大才道："你且不用哭，咱们商量报官才是。"周惠止住哭声，说道："刚才赵旺来说，我就赶着上去回了老爷同老太太。合宅知道都哭了个翻江。老爷吩咐赶着报官，休要放走了凶手。我先来瞧一瞧，就叫总保去报。"钟大才道："地方早已知道，只怕已经报了官。咱们且将凶手捆起，出去商量料理。"周惠点头，找了两条粗绳子将招儿捆起。又劝住钟老老同他奶奶："俱不用哭，等着官儿来验过再哭不迟。"说毕，同着钟大才出去。

此时，门口挤满的是人。周惠正要去叫地方总保，只见走进两个衙门人来，问道："那位是周大太爷？"周惠道："只我便是，不敢动问二位是那个衙门的先生？"那个有年纪些的躬身答道："学生姓史，叫史德潜。这是敝伙计卜耀命。我们是本县的刑房。因方才瞧见报呈,知道是大太爷的姑娘被害,因此学生赶着过来见大太爷。不知是托那一位料理照应?”周惠道:“既是刑房先生,且请坐下,咱们商量。”忙叫赵旺倒茶,一面说道:“二位不弃,先来光降,我倒狠过不去。但不知二位的意见是个怎么办法,倒要请教,我再无不奉托之理。”史德潜笑道:“若是大太爷尚未托人,这件事交给学生去办,横竖总叫大太爷过得去。”卜耀命道:“咱们先说行款,再定数目。招稿、承行、跟随、签押、执事、值役、轿班、茶房、门子、仵作,这几项断不可少。还有大太爷的代席、刑房的纸笔费,都是要的。”周惠道:“拢共拢儿要几个钱儿?”史德潜道:“大太爷又不是外人,咱们白效个劳,一个钱儿也不赚。大太爷拿出千吊钱来,里外全有,总叫大太爷万安。像府上的姑娘,比不得别的,脱得精光,翻过来,掉过去,像个什么样儿。咱们花上几个钱,叫仵作子不用脱衣服,只要致命处看了一两处就算了,叫姑娘省好些翻腾。也就值这几个钱。”周惠道:“我的孩子被人杀也杀了,别说翻腾又算了什么事。既是二位光顾,看着金面,我拿出二百吊钱来,一包在内。”史德潜笑道:“大太爷是祝府上有体面的大管事,也好意思拿出这几个钱来。”周惠道:“既是这样说,我出三百吊钱,诸事奉托,结了案,格外奉谢。”卜耀命道:“大太爷既如此说,一箍脑儿在内,全不用管,拿出四百吊钱来,咱们哥儿两个白效个力儿,等完了事,喝大太爷一杯酒儿罢。”周惠看这光景难以再说,只得点头应允。二人欢喜说道:“我们赶着就去料理。等太爷相验过了,晚上到这里来取钱。”周惠应允,二人告辞而去。

周惠送出门口,只见一群轿马飞奔而来。周惠细看,是大爷同奶奶们的轿子,赶忙对钟大才道:“快些去叫妈同你妹子出来,说府里的大爷同奶奶们来了。”钟大才飞跑进去,一路大叫。钟老老领着媳妇、女儿,三脚两步的跑到大门口。周大奶奶瞧见梦玉同秋瑞们下轿,他忍不住的放声大哭。梦玉拉着周惠往里就跑。祝府的奶奶、姑娘们约有四五十,还有跟来的嫂子们,将钟老老家屋子、院子挤了个老满,人人都要看婉姑娘的光景。秋瑞们走到屋里,正是梦玉抱着婉贞在那里大哭大叫。周惠站在旁边,极力狠劝。这些奶奶、姑娘们,无不伤心惨目,一齐纵声大哭,十分伤感。周惠夫妻恐大爷同奶奶们过于悲切闹出事来。不住口的力劝,请大爷同奶奶们在院子里暂且歇息。祝府里来的众人,看着婉贞这模样,无不伤心切齿。此时天已昏黑,内外尽点起灯烛。周惠夫妻两个再三哭劝,请大爷、奶奶,从姑娘,嫂子们回宅里去。梦玉们无限悲切,被周惠夫妻苦劝不过,只得领着众人含悲而去。这一夜来去不断,都是周惠的朋友亲戚。

那李可范听见儿子闹出事来,料想跑不掉的。夫妻两个抱头而哭,也只好听着儿子去抵命而已。到了次日,县里来检验明白,将凶手带去,一面吩咐本家将尸身收殓。这李招儿带到堂上,惟有伏地恸哭,说不出一句口供。县官审的动气,打了几十个嘴巴,又套上夹棍。将个招儿夹的叫屈连天,死了去几次。此时,堂下两旁站着看审的何止数千人,都交头接耳的说:这凶手真是了不得,年纪轻轻的倒会熬刑,实在可恨。

按下衙门里坐堂审问之事。

且说钟老老们一到家里就哭的要死,那里还记起钟晴,直到夜间才找起他来。赵旺说:“相公去催厨子,总不见回来,不知又出了什么矿?”钟大才的女人听说十分着急,叫赵旺点着灯笼四下去找,并无影响。将个钟老老急的走进走出,闹了一夜。

谁知钟晴离了家门,慌慌张张混走了一夜,来到一个土地庙门口。只见婉贞站在一家墙边,用手招他。钟晴打了个寒噤,觉得昏昏沉沉,如醉如痴,走了过去。婉贞将他扯住,说道:“我同你去看热闹。”钟晴点头道:“妹妹你到那里,我也愿意同去。”说毕,跟着婉贞走到一处地方,见有好些人在那里说话。婉贞将钟晴拉着拣直走上前去。正在走的高兴,耳边只听见人声吆喝,已被人抓住。钟晴定睛细看,并非婉贞。上面坐着一位官府,旁边站着满堂书吏、衙役,将钟晴抓住,跪下。那官儿问他是什么人,钟晴答道:“婉妹妹同我来看热闹的。”那招儿夹在地下,苏了过来,高叫道:“钟晴,你杀了人,怎么拉着招儿抵命?我在这里听着,你快些直说!”钟晴听见是婉贞声音,知道阴魂缠住料难逃避,只得将杀婉贞的始末根由详说一遍。县官大惊,赶着先将招儿放了夹棍,一面将尸身的证据、指实逐件细问。

钟晴又细细对答，并将怀内的一只红绣鞋及手巾包的一块割残的香体，都当堂呈验。县官看验过，叫尸亲周惠上堂认明鞋子可实是婉贞脚上所失之物，并将脚上的那一只也取来相对，真是一色无二。这才将钟晴上了刑具收监。鞋子一只存库，余交尸亲领出。只见招儿朝着县官拜了两拜，跪下去磕头说道："谢太爷明察，不至无辜负屈。"拜毕，起来向着周惠道："女儿蒙爹妈教养成人，未曾报答，今不幸夭折，骤违膝下，望爹妈不必悲念。"此时堂上堂下都知是阴魂附在招儿身上，无不肃然起敬。周惠扯着招儿正哭的伤心，招儿道："我要去了。"说毕，一跤栽倒在地。县官知阴魂已去，叫李可范上来，将招儿领去。一切无干省释。县官退堂去同师爷商量，看了供招，拟定罪名，办他个拟斩立决。又将周婉贞详请旌奖。此是后话表过不提。

且说钟家今日才知是钟晴杀的，此时恨也无及。赶周惠到家，将李可范一家子请了过来，夫妻两个给他磕头赔罪，又送了招儿二十两银子。李家夫妻本来要不依钟大才，因看着周家面上，又感激周姑娘阴灵显应，救了招儿的性命，因此倒走在婉贞棺材边哭的伤心，周大奶奶很过意不去，将招儿过继为子，李家十分欢喜。祝府的老太太们深恨钟家，叫将婉贞灵柩移到接引庵去，念经开吊。周惠也恨极了钟晴。将婉贞挪出城去，把钟家打了个雪片。周大奶奶又寻死上吊的合他嫂子不依。钟老老又要同他儿子拼命。倒是李家夫妻带着招儿再三苦劝，这才各人走散。自此以后，周、钟两家断绝往来，不通闻问。

周惠夫妻在接引庵住了几日，给婉贞念经超度。祝府的老太太暨桂夫人、石夫人都给他做一天经事。梦玉同海珠们每日出城哭奠。还有各家小姐并祝府的姑娘、嫂子们，俱给他广做经事。一直闹了半个来月。举殡之日十分热闹，除了老太太同太太们不到，其余姨娘、小姐、奶奶、姑娘都来送殡。镇江合城之人，无不赞婉贞节烈可敬。周惠夫妻完结葬事，赶着到宅里来磕头，又到各处叩谢。这些太太、奶奶都因他生好女儿，从此俱另眼待他夫妻两个。

梦玉自婉贞不大之后，悲伤成病，每每对空咄咄自语。海珠姐妹深以为忧，多方解劝，总觉举念皆悲。这日正是十月中旬，月凉如水。

梦玉请过晚安之后，老太太吩咐各去安歇。随将海珠这些姐妹都邀到荫玉堂去闲话。进了垂花门，刚走到宝书堂的台阶上，秋瑞将梦玉拉着道："你们看，那边站的不是婉妹妹吗？"众人吃了一惊，一齐站着定睛细看，很像是婉贞站在那大炕旁沿儿。九如胆量最好，抢着走上前去，叫道："婉妹妹，你也舍不得咱们，回来瞧瞧吗？"赶到面前并无影响。众人十分叹息，四围看了一遍，寂无影响。走到上房安和堂来彼此坐下议论，都说分明是他，忽然不见。梦玉道："怎能够接了他来，问问可有去不下的心事？"芳芸道："除了神仙，别人也找他不着。"秋瑞笑道："我虽不是神仙，若要找他来，也还容易。"梦玉笑道："只怕未必有这样手段。"汝湘同九如都说："三姐姐从不说谎，想来有这本领，何不试演试演。"梦玉道："好姐姐你真有法儿，将婉妹妹叫来说说话。咱们明日公分请你。"秋瑞笑道："叫他来倒容易，要说话是不能，只好彼此见个面儿。"梦玉道："就见个面儿也是好的。"秋瑞笑道："这事可一而不可再。千记别叫老太太知道。"海珠们都说："偶一为之，以后再不烦你就是了。"

秋瑞应允，叫众人都尽一边坐着，对面放一张合儿，摆设几样花果，点上一对蜡，焚起一炉沉香。吩咐姑娘们站在门边，不许放人进来。用笔墨画了两道符，在烛上点着，焚在香炉里面。走过来同众人坐在一处，看着那炉里的香烟结成一片，慢慢升起，就如一段白云罩住香儿。那两只红烛也不甚光亮。那片香烟冉冉散开，只见一人站在香儿旁边，全身皆露。众人定睛细看，真是婉贞，面貌如生，惟胸前烂然皆血。众人瞧见无不伤心，掩面而泣。梦玉那里忍得住，高声叫道："婉妹妹你死的好惨！"一言未了，放声大哭。那烛光忽然大亮，婉贞寂然不见。秋瑞忍着伤心将梦玉再三劝住。姑娘们赶着撤去香儿，收掉一切花果、香烛，又给大爷同众位奶奶倒茶。

海珠姐妹正骗着梦玉说话，只见李祥的媳妇走了进来，笑道："奶奶们都在这里热闹，叫我到处好找。"秋瑞道："老太太叫咱们吗？"李家的道："老太太同太太们正看着牌呢，是我来找大爷同奶奶们说话。"梦玉道："找咱们说什么？"李家的道："今日凝秀堂在垂花门要了派收租各家人名单，内中有陆进告了假，给素兰姑娘去料理下葬,单子上倒将他开上。李祥因昨日不舒服,睡了半天,又没有什么大病,倒不开上。我这会儿见李姨娘,央及他将李祥添上。他说门上开进来的单子,是不能添改一个的。有垂花门的图书记号,比不得别的单子随便写过。只好等着有别的差使,再将李祥开上罢。大爷想,李祥遇着苦差使,再也少他不了,什么事都干,倒也不知赔过多少钱。略好点儿的差使,就不派他真也大不公道。我这会儿来见大爷同奶奶们,看顾我夫妻两个,等着明日太太派人的时候,说个情儿,将李祥派上,还求个大庄子才好。等他收了租子回来,带点儿屯里的东西孝敬孝敬。"梦玉笑道:"这很容易,不拘大小庄子,总派他一处。我可以想着法儿去求老太太。若是要拣着方向那断不能。屯里的东西全然不要,只要他多带些倭瓜子儿回来,请众位奶奶罢。"李家的满口应允,谢了又谢。惹的海珠们都觉好笑。梦玉道:"李嫂子,你到垂花门去传话,叫茗烟进来,我有话说。"李家的答应,出去到垂花门对徐大奶奶说:"大爷叫茗烟进去说话。"徐大奶奶道:"茗烟今日是那边的班。你要到怡安堂的垂花门去传话,他才知道呢。"李嫂子听说,赶着走如是园到怡安堂的垂花门,对廖大奶奶说:"大爷在安和堂叫茗烟进去说话。"廖大奶奶赶着传话出去。不一会,茗烟进来。廖大奶奶给了他一盏垂花门的灯笼,叫他就走如是园过去。茗烟拿着灯笼走过景福堂,低着头一直往如是园去。

此时,桂夫人尚在介寿堂未散,祝筠亦未进来。怡安堂卷棚下及两边廊下,都点着挂灯、壁灯,映在那凉月之下,寒光闪烁。来往的姑娘、嫂子们亦复不少。茗烟不敢站住,一直进了如是园。走不多路,见一个丫头提着白纱小西瓜灯,照着一位姑娘,冉冉而来。茗烟低头站在一边,让他过去。那灯笼刚到面前,只听见燕语莺声的说道:"大爷等着说话,怎么这会儿才来?"茗烟抬头见是金凤,穿着月色绸羔儿皮袄,外罩着青绸面儿灰鼠马褂,有一尺二三寸的大袖口;下系着青绸棉裙;额上戴着一指宽的青缎包头,上面沿着一圈儿板金,中间锭着黄豆大的一粒珠子;手中抱着一个毡包。茗烟问道:"姐姐从那里来?"金凤道:"才送衣服去给大爷,换了回来。我听说等着你去说话呢,快些去罢。"说毕,扬长而去。

茗烟不敢怠慢，赶着过来，走进荫玉堂到垂花门口。徐大奶奶瞧见，派了听差的张嫂子领着走宝书堂一直进去。刚到安和堂甬道上，瞧见梦玉一人站在台阶下望月。茗烟赶着上前给大爷请安。梦玉吩咐张家的回去。等着茗烟站在面前，梦玉低声说道："我听见陆进告假给素兰姑娘安葬，不知是几时，你可知道?"茗烟道："奴才听见陆进说，这几个月山向都不宜做坟。原要将素姑娘且厝在庙里，因和尚要翻盖屋子，又兼着那日接着太太起身信息说，总在月底准到，以后没有一点空儿。瞧历书上十八日子还可以使得，就给他埋葬，完结了一桩心事。那天正是周姑娘出殡，大爷们都不在家。陆进领着管坟的老盛来回过老爷，准他赶着就去料理。第二天老太太知道了，吩咐陶姨娘照常例外多赏十两银子给他念经。昨日是老太太们赏的经，今日是四堂姑娘们公分念经，明日是陆进给他念一天经，后日下葬。"梦玉叹道："怎么我竟不知道，你去对陆进说，明日让我给他念经，我一早就去拈香。你再给我备一桌供，多买些楼库银锭，不拘多少钱，只要体面热闹，拢共拢儿我还你银子。"茗烟连声答道："大爷放心，奴才明日一早去办。"梦玉点头道："很好。这几天金陵可有人来？贾太太们不知可安好？我很记念。"茗烟道："周姑娘不在之后，奴才原要写个禀帖去通个信儿。因那两天跟着大爷天天出门，没有一点空儿。直到前日才寄了一封禀帖去请安，带着说说周姑娘的事。只怕一半天宝二奶奶有书子给大爷同奶奶们呢。"梦玉叹道："贾太太同宝二奶奶听见周姑娘的信儿，不知要怎么样一个伤心呢!"茗烟道："月色甚寒，大爷请进去罢。"梦玉道："我换了衣服甚不觉冷。也罢，你且出去，明早办妥，进来给我个信儿，我同你去拈香上饭。"茗烟答应，辞了出去。

梦玉转过身来，看见海珠们一大群，都站在台阶上卷棚下，忙问道："你们几时站在这里的?"汝湘笑道："自从大爷上供拈香的那时候，咱们就在这里伺候到这会儿。"掌珠道："我知道大爷的东西是要避妇人的，想来说话也要避妇人，因此不敢惊动。"梦玉同海珠们不觉大笑，一齐走进屋来。海珠们因梦玉连日悲伤多病，姐妹们无分疆界，到处为家。差人送修云回瓶花阁去，余外都与梦玉作伴。

不言次日梦玉偷着空儿，到后门土地庙去给素兰上供念经，十八日又偷着到他坟上抚棺一哭，以了一宵恩爱。

且说珍珠自到清凉观与惜春相遇以来，已阅两月。彼此情如手足，形影相随，十分亲热。珍珠每日无事，不是演习画戟，即是舞剑，倒比在荣府中与宝钗相对作针黹时，添了许多兴致。这日同惜春在院子里，看着小道姑儿打扫落叶。惜春道："西风瑟瑟，甚觉冷气侵人。"珍珠笑道："地狱中安得有此和风？我想尤二姐同凤姐姐已脱离苦海。只不知来旺的嫂子，自从桥边一见之后，杳无踪迹，可怜又不知作何境界，令人怅怅。"惜春笑道："我的《携蝗大嚼图》不及给刘老老一见，殊为恨事。"珍珠道："恨事甚多。大观园那只仙鹤，未得携来。琏二哥一去不回，不得一见佳婿。柳绪夫妻远在万里，音问难通。给林姑娘修坟人不知姓氏。这几宗都是恨事。"惜春一面笑着用手指道："我那几棵芭蕉，被霜萎折，黄败可怜，也是恨事。"珍珠猛然想起一件心事，说道："你不提起芭蕉，我竟忘了孙夫人所赐之物。"对入画道："你去叫两个老道婆带着铁锹子来，我有用处。"入画去了一会，同着老道婆们进来。珍珠叫他们傍着芭蕉开将下去。不到三尺来深，底下尽是方砖，又将方砖启开，只见里面皆是些弩弓，并无别物。珍珠叫老道将弩弓取出，下面依旧用砖砌好，将土掩上。惜春道："你怎么知道芭蕉下有这些东西？"珍珠道："这是周郎赤壁之后，诸葛先生无所用之，埋于此间。日前蒙孙夫人指示，并传授用法，说日后自有用处。今日想起取出，以领夫人之意。"惜春点头道："姐姐所见甚是。"

入画笑道："咱们院里得了弩弓，就同方才那些钓鱼的，在咱们观门口桥下钓起一面破琵琶来，都是怪事。"珍珠忙问道："那琵琶在那里？去要来我瞧瞧。"入画道："我又没有出去，听见厨房里老道说丢在堤上柳树根下，谁去要他？"珍珠大喜，说道："好妹妹，你快些叫老道去取了来，我要瞧瞧。"入画笑着飞跑出去。珍珠等了一会，见了进来，意欲出去找他。刚到院子门口，只见入画笑嘻嘻走了进来。

不知琵琶可曾取来，且看下回分解。

第六十回 桑奶妈失身遇鬼 陶姨娘弄玉生儿

话说珍珠等了一会，心中发烦，打谅着自家出去瞧瞧。刚到院子门口，瞧见入画笑嘻嘻走进院来，手中拿着一面绿茸茸的琵琶，说道："叫他们去找了来，上面尽是青苔，用水刷洗了半日，总洗不掉这绿颜色。"珍珠忙接了过来细看，制度精巧，轸亦完全，颜色苍古，别有风致。心中大喜，赶着进了云房，将琵琶供在桌上，焚起一炉好香，拜谢湘妃厚赐。惜春笑道："这又是个什么缘故？"珍珠道："这琵琶乃王嫱故物。当年出雁门关时，将他沉之于海，为湘妃所得。日前在孙夫人处，蒙湘妃将这琵琶面赐，不期至今日始得到手。方才是拜谢湘妃，因此焚起一炉好香。"

惜春听说，将琵琶细看一遍，叹道："真是一件绝妙古董。当年沉海之时，原不知尚有今日。物本无知，而遇合之期，早已定于千古。青冢有灵，当不能不望琵琶而三叹也。"珍珠点头道："就如我同你，日后也总有一个归着。"惜春道："你自然定有归着。我已跳出假境，与流水浮云相为始终，心如槁木，久不作红楼春梦矣。"珍珠笑道："数之所定，身不由主。即如我自大观园分手之后，沧海桑田，变迁不一。又何曾想到今日与你相聚云房，同衾共枕！你虽此日跳出假境，但将来总要归到真地。流水浮云，终非了局。"惜春笑道："果有真地，我当老于是乡。只是浮生碌碌，何处逢真？"珍珠道："数到其间，自有真境，我同你亦难以相强。"

惜春点头正欲答言，听见院子外铜环声响，架上鹦哥远声相唤。入画出去开门，见是李行云同着一个二十来岁体面堂客走进院来，对入画道："这是我的亲妹妹。要往镇江去，路过这里上来瞧我，领他进来见见观主。"入画道："他姓什么？"李行云道："他姓吴，妹夫叫吴顺，是湖广节度使松大人衙门里的大总管。"入画道："原来是吴大奶奶，失敬了。"彼此在院子里见过礼，对着吴大奶奶道："我家观主的脾气，想你令姐也对你说过。他不拘见谁，总不为礼，还带不喜同人说话。如今有他的姐姐来了，比他狠和气，诸事倒觉好些。你若进去相见，倒要谦虚些儿。”吴大奶奶道：“我因姐姐对我说观主姐妹两个长的很俊，我要瞧瞧，不知可比得上我家小姐，不然我也不去见他。”

入画点头，领着他们来到云房门口。先走进去通报。惜春听说，叫李行云同了进来。珍珠同惜春坐在碧纱厨里相对谈心。入画领着他们走进云房。珍珠见那堂客倒也大方端正，赶着同惜春站起身来。吴大奶奶一眼望去，见两个美人站着相迎，差不多的身材，又是一般打扮，飘飘袅袅不亚蕊宫仙子。心中赞道：“好两个美人，真与我家小姐不差上下。”赶着上前施礼，珍珠、惜春亦俱答拜。李行云亦过来稽首。彼此坐下，珍珠问道：“听说路过此间，特来探望令姐，手足相聚，自然亦要多住几天。”吴大奶奶道：“因奉我家太太之命，往镇江祝府去候着迎接大太太扶柩回来。听说是九月初间起身，这二十左右可以望到。我也不敢多耽搁，等着回去时，再到这里多住几天，搅扰二位观主。”珍珠笑道：“我非观主，亦不过权且枝栖。此间乃令姐行云之所，何言搅扰，今日相逢亦是三生之幸。我听见你家彩芝小姐日常多病，不知近来可好些儿？”

吴大奶奶道：“姑娘怎么知道我家小姐名字，又知道多病，是谁说的？”珍珠笑道：“我同你小姐是个神交知己，他的一切景况我最知的详细。只怕你们天天在他跟前，还摸不着他的脾气。”吴大奶奶笑道：“姑娘既知道，请说一两样儿。看像我家小姐不像？”珍珠笑道：“你家小姐是张瓜子脸儿，高高的鼻梁，细细的一双凤目，盈盈秋水，远望去就如两点寒星，两道春山，一点樱口，发长三尺，光黑如漆，身材袅娜，不瘦不肥，手细指长，金莲一捻。生平最爱看书。又爱使个小性儿，稍不如心，就出眼泪。遇着不对劲儿的人，终日不出一言，就是那人去远了，他还是不乐。房屋里收拾的飞尘不入。所有他的琴棋书画、笔墨纸砚，若不是他至得意的人总不敢乱动。窗前窗后起种修竹，又爱梅花。每日焚香对竹，一人静坐。一个月三十日，倒有十五天要生气、生病，药不离口。你家老爷、太太爱如珍宝，将他藏之金屋。不要说爷们瞧不见他的一点影儿，就是奶奶们要见他一面也是难事。你们小姐我说的像不像？”吴大奶奶不觉哈哈大笑，说道：“真一丝儿也不错，将我家小姐说的活在面前。真个姑娘怎么比咱们还知的详细，这一篇说话抵了我家小姐的一幅行乐图。”惜春笑道：“你说的这个样儿，狠像我在那里见过，倒很熟，只一时想不起来。”

吴大奶奶道：“观主尊姓？俗家是干什么的？这个好模样儿，为什么好好的姐妹两个都出了家？”珍珠笑道：“我们俗家住在天上，祖父都是神仙。我们做道士还是神仙的根儿。你且不必问咱们的家乡姓氏，将来慢慢的自然知道。今日你们姐妹初会，且去叙谈半日。等着你转来时，我再说我们的缘故。”李行云道：“也罢，咱们去吃晚饭，休要在此絮烦观主。”

吴大奶奶站起身子来谢了茶，同着姐姐出去。一路走着深赞：“观主姐妹两个生的花容俊俏，举止大方，不像个小户人家闺女。不知为着什么在此出家？”李行云道：“我也听说来头大着呢，到底摸不着他的准底儿。且等你转来，耽搁一半天，自然套得出根底。”说着，来到自家屋里。徒弟袁可石已将晚饭备下，又将张流水邀来，同在一处畅饮一宵。第二日一早赶着上船，往镇江而去。

原来松柱自三边总制调了湖广节度使，同着家眷到任以来，颇觉官清吏肃，岁稔民安。公子松寿帮着父亲料理署中事务，井井有条。彩芝小姐又谨遵闺训。兄妹两个膝下承欢，松柱夫妻欢喜之至。这日接着祝筠的书子，知道柏夫人在京于八月半后开了五六天吊，满朝文武俱亲自上祭，十分热闹。朝廷又有恩赏典礼，并赐葬祭。都是这些门生故旧帮着料理，还有贾珍、贾蓉父子在外照应，里面有珍大奶奶婆媳帮着芙蓉料理。因此柏夫人倒可省心，已于九月初二扶柩下船，初八开行。沿途俱有护送，大约十月底可以到家。松柱接着此书，同庄夫人商议道：“祝大姐姐已扶柩回南，这个月底可以到家，咱们须得差人前去迎接才是。”庄夫人道：“狠该差人去接。依我的意见，家人同媳妇们各派两个，到了镇江见过老太太，就一路迎接上去。”松柱道：“既是这样，赶着就办起礼来。太太派定了人，明后日就叫他们起身。”庄夫人点头，吩咐水仙将内外男女名册取来酌派。原来这水仙是庄夫人身边最得用有体面的姑娘。也就同柏夫人身边的芙蓉一样，总管一切内外事务。松柱夫妻待这水仙就同女儿一样。

彩芝同水仙也最相得,凡一切饮食起居,总得水仙经理他才放心。这松府内外人等,谁也不敢得罪水仙姑娘,彩芝身边有两个秀美得意姑娘,名叫仙云、香露。他二人专管服侍彩芝,不管外事。

此刻,众人听说太太要派人去镇江,去给亲家大人上祭,人人都想这件美差。听见叫水仙姑娘取家人名册,就有签押上吴顺的媳妇赶着来见彩芝,要求个情儿,一直来到小姐住的云涛书屋。刚走过一带小回廊,见彩芝穿着件松花色素洋绉,出自来风的灰鼠皮袄,下系着水红绸的棉裙,手中拿着白汗巾,站在竹林边看着几个丫头们在那里洗竹子。吴家的走到面前叫道:"小姐又在这里洗竹。"彩芝笑道:"今日天和气暖,叫他们洗洗竹上的灰。"吴家笑道:"小姐这院里真是一尘不染,那里去找灰。这几竿竹子叫小姐盘起了包浆,一枝一竿的,又绿又亮,真是一件活古董。"彩芝听说,抿着嘴儿笑道:"你倒会说个话儿。"吴家的道:"我有件事,来求小姐在太太面前说个情儿。"彩芝道:"有件什么事,要我说情?"吴家笑道:"没有别的事,因太太要差人到镇江上祭,男女各派二人。我父母坟墓也在镇江,自从跟着太太、小姐由杭州就到这里来,有好几年也没有到坟上烧张纸儿。今既有这差使,求小姐对太太说派了我去,顺便到我爹妈坟上烧张纸。他们阴灵也感激小姐的恩典。"说着,掉下泪来。彩芝眼圈一红道:"你念着父母,顺便上坟,原该如此。这件事我可以为力,必派你去。"吴家的赶忙道谢,说道:"太太现在派人,请小姐就去。"彩芝点头,命香露取件褂子来穿上。仙云将手镜递过来,彩芝照了一照头面,对着吴家的道:"你只管先去,我随后就来。"吴家的答应着先走出去。

彩芝命仙云跟着慢慢出了院子,走东边回廊,忽然想起一件心事。站住脚,沉吟了一会,拣直来到水仙屋里。丫头瞧见赶忙打起湘帘,一面到套屋里去通知姑娘。此间是帐房重地,闲人都不敢混入,每日惟彩芝往来。内有套房两间,是水仙住屋,收藏紧要物件。彩芝走到里间,见水仙正换衣服,说道:"早上甚凉,这会儿厚毛的又穿不住。"彩芝道:"本来这几天和暖,小毛儿的也狠是分儿。"水仙换了一件苹果色宁绸羔儿皮袄,套上鹅黄绫子挽袖,吩咐丫头给小姐倒茶,让彩芝坐下，说道：“我换了衣服，正要送家人名册上去。小姐来的凑巧，迟来一步，我又不在屋里。”彩芝道：“我也为这件事来。方才吴嫂子在我那里要求这个差使，我已满应了他，正打谅着去见太太。因想起我不便提起，故此来见姐姐，要你代我说这情儿。”水仙笑道：“我知道小姐的意思，这件事只管放心，交在我身上，横竖总派他去就是了。”彩芝笑道：“既是这样，我可以不用去见太太，你就拿着册子上去罢，恐太太等着你呢。我且回去，晚上再见。”

水仙听说，叫丫头抱着册子一同出了房来。彩芝带着仙云仍回香阁。水仙来到上房将册子呈上。庄夫人前后看了一遍，说道：“家人里派蒋荣、韩桂，里面的派顾家的、高家的，都还老成能干。”水仙答应说道：“高家的现在身上不便。方才小姐的意思，要叫吴顺的媳妇去。”庄夫人点头道：“倒也使得。你去开了单子给老太爷瞧过，发到门上去。每人赏二十两盘费，叫他们赶着收拾，明日就走。”水仙答应，赶着回到屋里，开出单子送垂花门交签押上呈老爷过目。一面备奠仪礼文、开单，交寿大爷写书信。不一会，诸事妥当。松柱夫妻两个过目，叫进蒋荣、韩桂当面吩咐，交了奠仪礼物。庄夫人又吩咐顾家、吴家些说话。

次日一早，四人坐上差船，直往镇江而来。走了半月，这日到了仪征。吴大奶奶想起有亲姐姐因姐夫李琼将家私败光，不知去向，贫难度日，就在清凉观出家做道士。今日路过此间不能不去瞧瞧。将大船湾在江口，自家一人上来，见过惜春、珍珠之后，姐妹们叙谈了一夜。次日一早开船放过江去，至晌午大错，收入镇江码头。

这几天，祝府里正在两边收拾，甚为热闹。又兼押盐船去的爷们都已回来，码头上挑银包的脚夫不计其数。蒋荣们男女四个坐上轿子进城来到祝府。门上的周惠是向来好朋友，相见很为亲热，忙邀到门房里。查本、槐荫还有押船回来的廖升，都彼此相见。查本问了来意，吩咐打杂的到船上去起行李，将书子拿着去见老爷。顾大奶奶同吴大奶奶也在垂花门同周大奶奶们相叙寒温。

此时，祝筠正在敬本堂的套房里会客。查本拿着书子上去回道：“松亲家老爷差了家人同媳妇们来迎接大老爷，大太太。”祝筠大喜，接过书子拆开从头至尾细看一遍，叫来人进来。查本领着蒋荣、韩桂见了亲家老爷磕头请安，致意了主人的说话。又寿哥儿请安问好。祝筠问了一会，吩咐："且住两天，等我派了人一同去接。"蒋荣们答应着出来。祝筠将书子递给小子们送到垂花门，交玉哥去念给老太太听。小子们赶着将书子送到垂花门去。

廖大奶奶早领着顾嫂子们见过桂夫人，又到介寿堂去了。奠仪礼物已交到芳芷堂去。朱姨娘因未见书子，尚不敢登记，权且交采菱收着。自家带着丫头绿波到介寿堂探听消息。走出砖门，看见对面集瑞堂门口络绎不绝的银包担子，绿波道："荆姨娘派在集瑞堂去兑收盐课，倒不派咱们姨娘去。"朱姨娘道："你听见谁说派了荆姨娘？"绿波道："刚才在怡安堂卷棚下，瞧见荆姨娘谢了老太太出来，刚走了过去。接着是仙凤、秋云两个人意气扬扬，漏着满脸得意，一路说说笑笑，连人也瞧不见了。书带姑娘站在台阶上叫住他两个，说道：'派了好差使，也犯不上眼睛就长在脑袋上！'仙凤指着鼻子晃着脑袋笑道：'错了大爷们，谁还巴结得上这差使。'叫书带姑娘狠狠的雀薄了他们一顿。我听着也狠有气，为什么姨娘就赶不上他们？"朱姨娘笑道："荆姨娘近来走的很红，各人的运气，我又不会像他们那样的巴结。"

绿波正要回答，听见背后有人问道："像谁的巴结？"朱姨娘吓了一跳，回过头去看见是汝湘、九如同着几个姑娘们一路笑着。九如问道："你主仆两个咽咽唧唧在这里说谁呢？"朱姨娘红晕桃腮笑道："丫头们绊嘴，谁去管他们的闲事。你们这会儿上来干什么？"汝湘笑道："咱们也学着巴结。"九如见朱姨娘登时满脸飞红，因笑道："咱们向来玩笑，千急别要认真。刚才只听见'巴结'二字，余下的话，一句也没有听。咱们这汝丫头，他向来听见什么就说什么，总是我平日不会教训。等着一会我回去撕下他的嘴来，绷一面小鼓儿，送你老人家去敲着玩儿。"惹的朱姨娘抿着嘴儿好笑。汝湘道："我的嘴撕下来绷鼓，你的嘴撕下来又做什么？"九如指道："太太下来了，咱们不要混说。"

汝湘们望去，果然一大群人跟着桂夫人冉冉而来。朱姨娘同汝湘、九如站在一边。桂夫人走到面前，将手中的一封书子递与朱姨娘道："松大老爷送的东西照单收了，等着他们去时老爷再写回书，老太太还有东西寄去。"朱姨娘接着连声答应，跟着桂夫人来到怡安堂站住，让太太上了台阶，后面的姑娘、奶奶们都站在一堆。廖大奶奶对来的顾嫂子们指道："这位是朱姨娘，这两位都是咱们大奶奶。"顾嫂子、吴嫂子赶着过来请安，致夫人、小姐的说话问好，并水仙姑娘亦叫请安致好。汝湘们也回问了夫人、小姐的安，水仙姑娘好。

众人正在说话，只见梦玉笑嘻嘻走了过来。说道："你们准备着出差？"汝湘道："谁要出差？"梦玉道："刚才老太太说，一半天差咱们拢共拢儿一路去迎接老爷同咱们太太。"九如道："不知派些谁去？"梦玉道："横竖去的人多着呢，想来总少不了你。"

江苹指道："你们瞧，周大奶奶走的忙忙的，不知又来回什么要紧说话？"众人回头看他真个急急的走来，到了面前回道："太太下来了吗？"江苹道："刚才下来，江太太、竺太太、姑太太都在介寿堂同老太太看牌，三太太同咱们太太在介寿堂说了会子话，因要摆晚饭，这才散了下来。你又有什么事来回？"周大奶奶道："说也怪事，这会儿管坟的老盛来说，今儿早上瞧见桑奶子精赤条条的睡在义冢地上，衣服裙裤一堆儿放在旁边，昏迷不省，像是中了邪祟的样子。他们见是宅里的人，将他抬了家去，拿着姜汤灌了一会，苏了过来。叫他们将挂着预备上坟的纸锞烧了几千，昏昏迷迷的睡着。挨到晌午，忽然咽了气，死在他家。老盛着了急，赶着进来报信。这会儿老爷又不在家，说是到那里去打马吊。门上的叫进来请太太示下。"

众人听说，十分惊异。海珠道："这是他恶贯满盈，昧良的报应。你上去回太太，看是怎么吩咐。"周大奶奶点头上去。梦玉们彼此叹息一会。朱姨娘道："看不出那个人是这样结局，真个报应的好快！"正说着，周大奶奶已回了下来，说道："太太吩咐的狠是。竟叫老盛去县里报请相验。将舍的棺木给他一口，就埋在义冢地上，省了日后是非。况且，桑进良串通拐逃，县里有案，这事更要去报。"汝湘道："太太所见甚是。大奶奶快些去传话，让他们赶着去办。"众人道："咱们也该散去，不多一会要请晚安了。"梦玉同着汝湘们一群散去。

周大奶奶到了垂花门，照着太太吩咐传了出去。老盛依着去县里报请相验，料理掩埋。查本们私下照应完结。

看官的知道这桑奶子怎么跑到义冢地上，死在老盛家里？待我慢慢说这缘故。

原来桑进良拐了秀春去后，祝府知道立刻将他撵出，报官拿人，并无下落。桑奶子在县中审过两堂，取保收管。就在后门口，赁了一个在首饰楼上做买卖老张的一间屋子，同院居住。他原约定桑进良初头在接引庵相见。那里知道桑进良将他的东西骗了个干尽，带着秀春一溜烟早已离了镇江。他还指望着到庵中去相会。谁知初头上，庵里正为着周婉贞的事，祝府上男男女女每日挤满的轿马。桑奶子好容易等了几日，衣服当光，支持不住，打听周姑娘事情完结，这日央他们雇乘轿子，送到接引庵来，到了庵门，将轿钱付讫，一直走将进去。这接引庵原是祝府里的家庵，一年用度都靠着祝府过活。因此祝府的大小事务，他庵里声息相通，当日桑奶子在祝府里是第一红人。他庵里拜干妈、认亲家，往来亲热，逢年遇节还要送礼接待。到后来，桑奶子的红气退了，他们也就渐渐冷落。到如今，听见他做出没脸事来，被祝府里撵出在外，这些姑子见了桑树影儿都是讨嫌，何况见面。那不懂眼儿的桑奶子，还打谅像当年的亲热，下了轿子拣直往里进去。来到大殿院子里，看见当家姑子法昌在那里瞧着徒弟们收使锡器。桑奶子走到面前，叫道："二师兄一向好啊！"法昌回过头来瞧见是他，登时掉下脸来，说道："咱们庵里越发好了，敞着大门也没有人管个闲事。不拘是人是鬼，往里混走，明日叫宅里太太们知道了，拢共拢儿一齐撵掉。"桑奶子笑道："二师兄，我又不是外人，怎么连我不叫进来？"法昌道："你又是谁呢？这个进来，那个进来，明日不见了东西去向谁要？"桑奶子气的满脸飞红，说道："你瞧见我偷过谁的东西吗？"法昌道："谁管你做贼也好，养汉也好。横竖我这里不留做贼养汉的人。别叫宅里知道了连我们也站不住。"一夕话说的桑奶子顿口无言，忍着气笑了一笑，说道："我去见过老师父同我的干女儿，再来同你讲理。"说毕，往里就走。法昌一把抓住，说道："往那儿走？谁是你的干女儿？你的干女儿早被你拐了逃走掉，又来这儿混认亲，快些替我离门离户的去罢！”将他使劲的一推，桑奶子站脚不住，一跤栽倒，幸而跌在晒东西的棕簟上，倒没有擦着那里。他就势的睡在地下，撒泼打滚的，一路又哭又骂。此时惊动了合庵的姑子。看见是他，问了缘故，一齐动气，也不由他分说，将他拖的拖拉的拉，七手八脚硬推出山门外去。随他睡在地下，赶着将山门关闭。

桑奶子睡在地下哭骂一会，并无一人理他。兼着此间是个僻静处所，门前又无一人往来。坐在地下，定了一定神，看见簪子、花儿、耳挖都给他放在旁边，赶着将头发挽好，插带妥当。想起从前得意的时候，这些姑子们何等奉承，到这里来是怎样看承、热闹。今日到这地位，被他们撵出山门，势利到这个分儿。我如今悔也无及。看那天已傍晚，只好挣进城去，再想别法。主意已定，站起身来，抖了一抖身上灰土，含着两点眼泪，咳声叹气，低着头顺脚走去。可怜向来出进总是轿子，从来未曾走过，又不知进城方向，趁着太阳影儿，极力混走。不觉日已西沉，寒烟四起，抬头细看周围尽是枫林落木，霜草孤坟，心中着急，不知是何处所。穿来串去，愈走愈僻，转过一带霜林，一望尽是乱葬岗子，鬼火磷磷，若隐若现。昏雾之中月色朦朦，不分南北。高低小径，脚疼身疲。见路旁有一座坟堂，挣扎到石磴上，赶忙坐下，调换着手，将两只脚捻了又捻，心中又悲又气。

坐了一会，听见坟堂里像有人说话。侧耳细听，听见一人叹道：“霜风彻骨，屋坏墙坍，孤苦之情，令人难过。”一人答道：“你有子有孙，尚然如此。何况我同老八一身之外，别无长物，更觉凄凉。”又一个道：“我倒没有什么过不去，爱到那里逛逛就逛逛，遇着谁就吃谁。逍遥自在，谁也不敢惹我李八大爷。像庄老大，虽有儿有女，自家撒开手，老婆又去抱着别人睡觉。到这时候，谁给你一吊半吊的使！谁还惦着送碗饭来给你吃！”先前一个答道：“八兄弟说的很是。我那天回家，瞧见儿女冻饿的不像个样儿，就像针扎了我的心肝，可怜干自着急。只可恨我那女人心肠过狠，丢下儿女竟去嫁人，全不想当年的恩爱。”李老八笑道：“你真是个愚人。当年是你恩爱，所以他也恩爱。后来你撇了恩爱，因此他又去同别人恩爱。你的恩爱已了，他的恩爱到现在。”庄老大笑道：“我一肚的凄凉，叫你说的可笑。怎么刘老五一声儿也不言语?”刘老五道:“你们去说你们的,我各自各儿想我的心事。”李八道:“你有什么心事?说出来,咱们哥儿两个替你拿个主意。”刘五道:“前日咱们的一个街坊阎老太太。他说新来了一个堂客,有三十来岁,人也狠俊,初来暴到的,无依无靠,叫我娶了他,彼此都有照应。他在夫家时,原是走门子做卖婆,带着给奶奶、太太们揽揽脸,穿穿珠花,还带着放个私帐。因为脚手儿去得,那些老爷、相公们都还同他走得上。他有个女儿卖给一位什么大人做姨娘,倒很照应他。因他同人走上,有了身子,吃药下胎,血崩来的。前日我同阎太太到他家去瞧瞧,果然人儿倒狠去得,房子也好,衣服首饰也还体面。他初到的那几天,被南村的土地黄老爷瞧见,叫人来说亲,要娶去做两头大。不知怎么被土地奶奶知道了,大闹饥荒,将黄老爷的胡子拔了个精光,把个土地巾儿扯了个粉碎。黄老爷气极,辞了土地不干,要去出家。还亏咱们西村土地倪老爷同奶奶过去再三苦劝,这才拉倒。听见说黄老爷的奶奶因动气挣着了身子,昨日小产了一位相公。我想咱们家里又没有老婆,这件事很可办得。只是一会儿那里去张罗银子?我正要合你们商量,我要请个分子,办这件事。你们以为何如?”李八道:“快些别请分子,白不中用。那天开南酒局何老大的兄弟要请分子做亲,下了有二三百的帖子,包了酒席。谁知道这天只到了十来个人,还是白吃白嚼的。厨子同庄子上叮着眼子要钱,何老大哥儿两个魂都急掉,亲也没有做成,倒将一个酒铺子收掉了。哥儿两个只剩了一件汗榻子,逃的不知去向。你想这分子都是惹得的?咱们没有长个请分子的脑袋,再别混想请分子。你既要办这件事,我倒替你出个主意,眼前这个奶奶也是咱们会中人,不如叫他做个人情,倒是现成的。”庄大道:“我也想到这人身上,咱们这一冬都可过去。”刘五笑道:“全仗二位大力。”

却说桑奶子从来没有走过这些道儿,又兼着伤于悲苦,坐在石磴上力软筋疲,两只小脚疼不可忍。正听见这三个人说话,忽然寂无声响。寒月满身,只觉着冷风透骨。到此时万念皆灰。正欲起身,慢慢挣去,忽见三个人站在面前。朦月之下看不分明面目,只觉得周身寒毛直竖,不知不觉也就昏昏迷迷的问道:“你们是谁?”李老八道:“我们是桑进良央来接你的,叫你快去。”桑奶子大喜,说道:“他在那里?”庄大道:“就在面前不远儿,咱们来扶着你走。”此时桑奶子运尽之人,被鬼迷住,随他们在乱坟堆里走了一会。看见路旁一处似有灯光,李老八道:“三姑娘想在家吗,咱们进去打个闹儿。”刘五道:“就在这里也离他家不远,横竖叫老盛到这里来就是了。”庄大笑道:“使得。”于是,走到一间小破屋子门口,叫道:“三姑娘在家吗?”里面一个堂客道:“刚才回来。”说着,开了门让他们进去。桑奶子见那堂客有二十来岁。粗眉大目,浓妆艳抹,笑嘻嘻的让他们坐下。看他屋里只有一张破炕,并无别的。墙上挂着盏灯,炕头边挂着几吊钱,还有几锭银子,也用绳儿拴着挂在墙上。炕上还有些酒菜。刘五道:“三姑娘今日得采,银钱酒菜家里堆着,真是穿不了吃不了。”三姑娘笑道:“那几锭银子,是十月初一祝府里的年例赏的。这几吊钱同这些酒菜,是前日玉大爷同奶奶们给周姑娘做好事分给我的。这几天总也没有空儿,在家留着请客。”李八道:“咱们邀了桑奶奶来,是个新客。借你的酒打伙儿热闹热闹。”三姑娘笑道:“桑奶奶一半天有了新房子,咱们还要吃他的东儿。今日先吃我的。”庄大赶着将酒菜摆在中间,男女五人团团坐下。桑奶子因动了半日气,再兼劳乏,腹中正在饥渴之际,也不谦让,同他们一路大吃。李八道:“今日吃的有兴,三姑娘唱个曲儿咱们听听,别冷淡了这个酒席。”三姑娘点头应允,即将手中筷子敲着酒杯低声唱道:

春草萋萋,游人踏遍花香地。转眼迷离,荷露盘滴薰风里。高柳蝉鸣,清波鱼戏,鹊桥渡后凉如水,金粟飘香,团圆月色真无几。醉酒黄花,重阳去也,雁声阵阵西风起。离别了一年,相思了四季。我在这里多愁,你在那里有趣。倒不如撒开了手,我干我的你干你。省了我看着影儿干淘气。

三姑娘唱完,李老八连声叫好,对着庄大道:“三姑娘是咱们的相好,今日让给你。刘五又快作新郎,只有我无妻小,将桑大奶奶让了我罢。”刘五道:“这倒公道,也是时候了。我让你们各成好事,明日再见。”站起身来出门而去。桑奶子身不由己,被李八拉住成了好事,昏昏沉沉睡去。

谁知此处是祝府的义冢。次日一早，管坟的老盛听见有人叫道："老盛你快去，义冢上有人叫你，快去快去！"老盛出来一看，四面无人，心中疑惑，吩咐儿子带上门，他一人匆匆走到义冢地上。见那破坟堆边，睡着一个精赤条条的堂客，衣服裙裤放在一处。老盛吓了一跳，过来看看像是着了邪祟。细认面貌，很像宅里的桑奶奶。忙将衣物替他盖上，飞跑回来叫了儿子同两个土工，抬着一扇门板，到义冢上将桑奶子抬到家里。命老婆替他穿了衣裤，又灌了好些姜汤。不一会苏了过来，叫老盛赶着烧几千银锭，再烧些纸钱，供些酒饭。闹了半日，至下午忽然西去了。将老盛一家急死，赶着到宅里通信。得了太太的吩咐，放下心去办事。

此时，祝府里人人都知桑奶子的报应，惟书带心中最为得意。刚走出院子门，遇着秋云要往集瑞堂去。书带笑道："我正要去找婉春姐说话。"秋云道："这几天婉春狠得意。"书带笑道："他得他的意，与我无干。"两人一路说话，来到集瑞堂。走至上房，见陶姨娘靠着桌子，拿着一块新白布擦玉子儿。书带道："姨娘连日辛苦，也不歇歇儿，还做这些事。"陶姨娘听说，回过头来要回他说话，不觉挣了一下，失口叫道："哎哟！"不知为何，且看下回分解。

第六十一回　太夫人欢乐洗孙　小丫头因哭得福

话说陶姨娘因要折过身来回答书带说话，不防将腰间扭了一下，觉着腹中乱动，疼不可忍，一股热气往下直冲，叫声："哎哟，不好！"书带、秋云看见姨娘面色皆变，赶忙扶进屋去。叫如意、杏贵一面知会垂花门，赶着去接收生婆，一面去回太太。婉春料理人参同生化汤。

桂夫人一闻此信，连忙派了几个老成媳妇到房里服侍，将姑娘们都换了出来，在房外照应。忙到介寿堂去禀知老太太。此时，祝筠在书房会客，听见十分欢喜。正交酉刻，里面来报，陶姨娘生了一位公子。书房的客人都赶着道喜。

祝筠喜极，赶着到介寿堂去给老太太道喜。到了院子里，看见站满的人都是来给老太太道喜的。祝筠进去，祝母瞧见狠乐，说道："媳妇已经道过喜，免了你磕头。"祝筠道："托母亲福荫，又得孙子，真是大喜。应该给老太太多多磕头。"说着，在老太太膝前跪下拜了四拜。老太太扶他起来，说道："母子同喜，合家之福。"转身同桂夫人夫妻两个对拜了两拜。接着是秋琴给哥哥道喜。祝筠见人多，赶着辞了老太太抽身出去。刚到怡安堂，见梦玉换了青衣，领着各堂媳妇伺候着道喜。祝筠笑道："免了罢，免了罢！"说着，往外就走。梦玉们就在院子里一齐跪下。急的祝筠拉着这个叫那个，梦玉夫妻才站起来。又是三位姨娘领着各堂职事姑娘们都来磕头。祝筠见花枝招展，遍地香风，赶着扶他们起来，折转身往外去了。走出景福堂，有垂花门老管家婆领着各家人媳妇给老爷道喜。祝筠不住口的说道："同喜，同喜！"对着周大奶奶道："有各家太太、奶奶们来，都给我道谢，不必来回。对姨娘说，收生老老加倍赏他。"周大奶奶们连声答应。祝筠匆匆出去。

这周惠夫妻两个自女儿事情完结之后，意懒心灰，屡求告假。谁知老太太同祝筠夫妇见婉贞志节坚贞，舍命守身，现已奉旨旌奖，不但不准告假，倒还格外另眼看待。周惠又派了门上，夫妻两个狠得体面。此话不提。

却说祝筠出了垂花门，见梅春急急而来，看见舅舅赶着道喜。梅春从鞠冷斋看文章，每日总在蕉雨山房念书。此刻听见得了兄弟，进来道喜。祝筠拉着他说道："你又得了个兄弟，快些给奶奶道喜去。"梅春答应走进去。

祝筠到了书房。谁知各家亲友彼此通信，一会儿尽皆知道。登时轿马盈门，男亲女眷，远族好友来了不计其数。幸而祝府里向来接待惯常，不拘来多少客人，也慢不要紧，所有一切烟茶、点心、酒饭，各有专司，并不慌张费事。兼之太太、奶奶以及姑娘、嫂子们，都是应酬伺候惯的。门前轿马堆积如山，到里去并不显着人多。富贵人家比不得穷家小户，有一点儿事先要赶着搭棚。此时，集瑞堂门口挂着红彩，派了廖大奶奶在那里照应。凡有外来之人，都好言回覆，不叫进去。所有集瑞堂事务,都交荆姨娘代管。怡安堂甬道上往往来来,十分热闹。

桂夫人陪了些太太们才往介寿堂来,见周大奶奶来回:“领了几个奶子,请太太定夺。”桂夫人道:“我刚才请过老太太的示,为这奶子最要斟酌。像玉哥儿的奶子,淘了多少气,后来闹的不像个样儿。这回的奶子实在难定。老太太的意思要叫杨华的媳妇奶二哥儿。就是他的孩子已有半岁多了,吃的多些,恐难兼顾,因此我心里还拿不定主意。”周家的道:“这也容易,竟叫杨家的奶了二哥儿,咱们雇个奶子奶他的孩子,这倒妥当。”桂夫人点头道:“使得,叫杨家的来,问他愿意不愿意?”伺候的答应,立刻去叫杨家的来。桂夫人将老太太的意思同方才周家的主见问:“你可愿意?”杨家的道:“蒙老太太同太太的恩典,格外抬举,奴才情愿奶二哥儿。自家去雇奶子,不敢要太太费心。”桂夫人听了大喜,说道:“你那里有钱雇奶子呢?且跟我去见老太太定夺了再说。”随将各位太太托了秋琴奉陪,起身带着周、杨两家媳妇来介寿堂见老太太,将杨家的说话回了一遍。祝母很喜,叫杨家的上去,当面吩咐:“将二哥儿交给你奶,当心当意的,将来自然另眼待你。”叫周家的给他定下了个奶子领他的孩子,一切身价、衣服、首饰都照例在枣桂堂支领。杨家的赶着磕头,谢了老太太同太太的恩典。周大奶奶同他下来,替他拣了一个奶妈,叫他领了家去交代。一面知会枣桂堂同集瑞堂两处停止杨家的月钱,照桑奶子例另给月费。又知会凝秀堂扣去一分家人媳妇的饭菜油米,另添一桌奶子饭菜。知会芳芷堂发奶子的床帐、被褥、铺设。

垂花门这四个大奶奶比别的地方分外忙的热闹,又兼着挑盐锞的担子络绎不绝,时刻都要照应。廖大奶奶又派在集瑞堂门口,管着不叫生人进去。无如这些挑夫,不能不挑到院里喊喊叫叫,又禁止不来的,只得去请老太太示下。祝母着人去请桂夫人来,问道:“这回到了多少盐锞?”桂夫人答道:“这回连春季的找补借项,还有去年未收的余息银两,连正杂各项,共有七十万有零。连日集瑞堂收不到三十来万,还得几天才得收完。”祝母道:“陶姐儿新坐月子,叫些挑夫们喊喊叫叫,大不是事。所有未到集瑞堂的银子都收到怡安堂的库房罢。下去一天忙似一天,谁还有工夫去照应呢？派芳芸、紫箫、九如、秋瑞、汝湘带着你们的丫头同我这里的丫头,轮班抽兑。还有朱姐儿,他的事少些儿,也叫他帮着照应,不过两天就可收完。快些出去知会,依着我办。”桂夫人答应出来,差听事的媳妇们去分头知会。一面将集瑞堂的银挑子截住,都往怡安堂来。

此时,梦玉同诸姐妹们在海棠院,还有十来位至亲本家的小姐们,坐在掌珠屋里相聚谈心。秋瑞笑道:“二兄弟等着明日十八出来,倒与友梅妹妹同日,将来叔嫂生日又多一天热闹。”海珠道:“自从咱们给芳姐姐做生日之后,接着的事故子,谁也不敢提起生日,直闹到于今。”秋瑞笑道:“本来那日也过于乐了,这才叫乐极生悲,真一点儿不错。”梦玉笑道:“秋姐姐,你还记得‘物犹’两字吗?”秋瑞抿着嘴儿笑道:“谁记得你的油嘴。”海珠问道:“什么‘物犹’?”秋瑞赶忙过来将梦玉的嘴握住道:“你敢混说!”惹的各家小姐们吃吃大笑。只见垂花门送来一个知单,奉老太太派出五位大奶奶到怡安堂监收盐锞。限明日一天都要收完,这会儿赶着就去。汝湘们都打了“知”字。海珠道:“咱们没有差使的,明日也来瞧个热闹,等着有掉下来的,拾一锭半锭,回来买花儿戴。”汝湘们一面走着,笑道:“完了差使做东请你。”陆姑娘道:“就不带上咱们吗?”汝湘道:“在坐的全请。”说着,一直出去来到甬道上,看见怡安堂的面前尽是银挑子。方才老太太原吩咐赶着几天收完,因想起十九做三朝,要祝祖请客,有几天的热闹,为此吩咐赶着连夜收兑,要尽明日一天收完。因此垂花门知会催着就去。

此刻,来道喜的亲友都已散去,只剩了十来家至亲本族常来的太太、奶奶、小姐们,有石夫人同秋琴、修云、海珠们各处分开陪着吃饭饮酒。怡安堂的库房在桂夫人住的套房后身,另有十几间铁桶似的大房子,四周围都是铜墙铁壁,不但苍蝇飞不进去,连风也摸不着点缝儿。里面尽是多年不动的老家私。这会儿桂夫人派了杨华、茗烟、张彬、陆进、洪观、金定六个人进来将银包搬到库房里去,将老太太派出的朱姨娘及秋瑞、汝湘、芳芸、九如、紫箫这六个人,带着吉祥、五福、宾来、长生、双庆、宜春、江苹、芍药、三多、采菱等十人弹兑,又派了蒋、吴、刘、宋、高、王、陈、许八家媳妇专管收拆。这库房里点的雪亮。垂花门将应收总数底册交来，朱姨娘们分作六处收兑，直闹了半夜方才歇手。

次日早间，候着桂夫人上去之后，又赶着收兑。因为人多，又办的麻利，到了二更以后，全数收还。照着底册，除集瑞堂收过二十八万外，怡安堂共收到四十二万七千五百两有零，照数丝毫不错。朱姨娘同汝湘们出了连名实收数目总单，各书花押，呈桂夫人核对明白，交宜春、双庆上了总册，将收单存记。吩咐将库房封锁。众人到介寿堂销差、请安。老太太吩咐："连日辛苦，都散去歇歇罢。"

朱姨娘们离了介寿堂，见海棠院的听事丫头说道："大奶奶叫请姨娘同五位奶奶去说话。"九如道："有谁在那里？"丫头道："只有二姑娘，没有别人。"芳芸笑道："真是'一日不见如隔三秋'，这才真是好姐妹。"秋瑞道："咱们这一绷儿原不错，谁也离不了谁。"紫箫道："只可惜婉妹妹虽挣了个千古美名，失了我们会中一个知己。"汝湘道："他这一来，倒是立地成仙，令人可敬。"

姐妹们慢慢说着已来到海棠院。小丫头们将灯笼手照都退出院来。海珠们笑道："诸位辛苦。各人腰里拽够了，就想各人家去抖包儿。不是我着人来请，这会儿谁还肯来瞧瞧咱们这些穷朋友。生怕拉着借三两二两的。"朱姨娘笑道："你快别提银子。昨日马上叫去收兑，今日又闹了一天，我又没有个空儿到陶姐儿那里去打听打听，是怎么一个法儿可以发财。倒闹了一日一夜的银子，咱们落不下一点银边儿，你不信在咱们身上搜，看谁有银子没有。"掌珠忍不住的笑道："罢呀，藏过了一边，故意叫咱们搜，这主意都是秋瑞出的趟儿。"秋瑞道："我若叫他们藏起银子的，叫他长个穿心疔。"修云、海珠、梦玉们笑不绝口。芳芸道："人人都说陶姐儿、荆姨娘发了大财，还有人气他不过。到咱们经手才知道是白费工夫，摸不着一个大钱。"梦玉笑道："我实在忍不住了，何苦呢？这样怄他们。"走过来将手中一个帖儿递与秋瑞道："姐姐，你们去瞧就知道了。"

秋瑞接着，六个人站着一处，看那帖儿上写着："收费每千二十两，姑娘们弹兑劳金每千三两，收完后打扫费五十两，垂花门收点费每千二两。”秋瑞道:“这在那里?咱们总没有瞧见。”梦玉笑道:“这不是都在桌子底下。”众人一看,果然堆着一大堆的银子包。修云笑道:“你们赚的钱,倒派咱们几个替你们守着。”朱姨娘笑道:“见者有分,按股均分就完了。”秋瑞道:“且去将两边的姑娘们叫了来,说明白再分。”梦玉赶着差人去叫姑娘们。

不一会儿,江苹、芍药、五福、宾来都相约而来,彼此坐下。朱姨娘将单子给他们瞧过,说道:“是怎样办法,咱们也得商量。”江苹道:“商量个什么?你们六位得收费。我们十个加八个嫂子们,还有茗大哥他们六个,分这点儿兑费。垂花门的叫他们照例拿去。这都是沾老太太的恩典,譬如不派,连一个大钱也摸不着。我的主意如此,不知是不是?”五福道:“你说的狠是,一点儿不错。但是咱们分钱,昨日今日两天,老太太同太太那里都是承瑛堂、瓶花阁、荫玉堂、海堂院四处的姐姐妹妹们轮着伺候照应。姐妹们有福同享。我的主意,拢共拢儿按股均分才是个道理。”芳芸、紫箫一齐说道:“福姐姐说的是。你们人多,咱们六个每人听出二成添着你们,不然过少些儿。”秋瑞道:“竟是这样,不用再说,取笔砚来开出单子算一算,照股一分就结了。”丫头们取了笔砚、算盘,铺下纸。秋瑞开了人数,说道:“先算咱们的。”芳芸道:“四十二万七千五百正数,每千二十该有多少?”秋瑞算道:“二四如八,二二如四,二七一十四,二五得一,应该八千五百五十两。再算他们的,三四一十二,二三如六,三七二十一,三五一十五,应该一千二百八十二两五钱。咱们听出二成,该拿出一千七百十两。咱们还有六千八百四十两,六个人,每人拿了一千两去。那八百四十两送了梦玉买果子吃。修妹妹同二珠公,咱们六人轮班请吃东道。”海珠笑道:“瑞丫头倒派的狠公道,你顺着手儿替他们算算。”秋瑞道:“方才福姐姐说,将四处的姑娘拢共拢儿均派,固然公道,又见姐妹们的情分,但到底差使是差使,私情是私情。我的主意,四处的姑娘们,每处送银一百两,尽尽姐妹们的情,让他们各自各儿去分。咱们差使只管分差使的股儿,这才有个轻重。”掌珠道:“这倒很是,你竟是这样替咱们算罢。”秋瑞道:“他们本分是一千二百八十二两五钱。再加上一千七百十两,共二千九百九十二两五钱,除去四百两，尚有二千五百九十二两五钱。他们是二十四个人均分，每人应该一百零八两一个。那五十两五钱给伺候倒茶、送点心、剪烛花及一切在事出力的小丫头、老妈们去分。按着他们轻重酌赏，不必均派。”众人都说：“实在派的公道。”秋瑞道：“咱们将垂花门的提出，叫周大奶奶们来取了去。余外的各人分开，以便各归洞府。尽着瞅住这一堆银子也不是个事。”紫箫道：“叫人将朱姐儿的替他送到芳芷堂去。咱们五个人的交在海姐姐们这里，慢慢来取。”梦玉道：“倒也爽快。叫听差的到垂花门去，不拘请那一位大奶奶来说话。再给我叫茗烟进来。”听事的去了一会，领了茗烟跟着槐大奶奶进来。秋瑞们将单子给槐大奶奶瞧过是这样一个派法，又对茗烟说了一遍。梦玉将他六人的分出，叫茗烟领了出去，照数分给五人。茗烟谢了大爷同奶奶们的赏，将六百四十八两抱到垂花门。自家出去叫那五人进来，各领去谢赏。槐大奶奶也叫了几个老妈儿们，将一千几百两搬到垂花门，按着数目四人均分。江苹们各人叫了丫头抱回家去。一会儿工夫，各人分散。海珠叫金凤将大爷同五位奶奶的分项收起。他们得的一百两也叫他们拿去，四人均分。一宿晚景无事。

到了次日，是集瑞堂二哥儿洗三，谢催生、送子娘娘，兼着请客。老太太吩咐合宅亲丁都在致远堂伺候中上祀祖，又吩咐在景福堂给二哥儿洗三。合宅男女准其来瞧，不必禁止。祝府内外大小人等，无不喜欢踊跃。惟有凝秀堂李姨娘同这几个姑娘忙的动不得。院子里摆了十几万的五色喜蛋，陆续发交垂花门。按着亲疏厚薄，照单子三百、二百、一百、八十亲友家分送。盐店、当铺、绸庄、药局、一切本家的铺子，每处二百。宅里的师爷、先生、伙计、相公，每间屋子五十个。戏班子每班五百个。宅里内外大小男女孩子每人十个。门上及垂花门各一百。承瑛堂、荫玉堂各处三百。其余太太、奶奶听其自取，不计其数。还有外来的娘儿、妈儿们也不拘大小，每人十个。不管是谁，只要走进祝府的门子，就吃喜蛋，还要揣回家去。染的十三四万蛋，一会儿工夫不剩一个。李姨娘急的什么儿似的，不住的催着头蛋。又赶着取二百斤上好苏木，对着红花赶紧又染。桂夫人想起李姨娘也带着身子，实在过于辛苦。回了老太太将朱姨娘派了凝秀堂帮办。那些男女亲友都要来看洗三,内外十分热闹。

梦玉夫妻们换了素服,石夫人婆媳也换了青服,都陆续到致远堂伺候。不一会儿,老太太领着一大阵缓缓而来。祝筠同桂夫人一边一个,扶进宗祠。祝母笑道:“怨不得我又得孙子,原来芙蓉开的如此茂盛。一会儿祭过祖先之后,取杯酒来。让我敬敬花神,不可负了他的好意。”桂夫人笑道:“芙蓉花固然吐瑞呈祥,人芙蓉亦勤劳出力,人与花俱不愧其名。”老太太点头道:“前日你大姐姐起身的书子里说:‘很亏芙蓉昼夜辛勤,下船之后,仍是他一人料理。’像这样的人,真可与芳芸、紫箫做得帮手,你大姐姐那里一天离的掉他?将来少不了又是我这老媒婆,替咱们这小东西撮合上,完结你大姐姐的一件心事。”桂夫人笑道:“有了一个好的就叫老太太拉着不放,将来二孙子也瞧着他哥哥的样儿。可是老太太要拿出钱来,盖几间房子让他们好住。”祝母听说十分欢喜,不觉哈哈大笑。走到祖先堂,只见红烛辉煌,那些花果、供品、菜蔬都摆的齐整富丽,心中甚乐。赶着站在中间,至诚上香,跪下去恭恭敬敬拜了八拜,默祷一番。桂夫人夫妻扶了起来。老太太站在一边,让儿子、媳妇、女儿、姨娘、孙儿、孙媳、孙女、外孙挨次拜完。献了一回酒菜,又拜过一回,焚化金银锞,折了出来。见长生用大红雕漆盘子托着三爵杯酒,站在旁边。老太太慢慢走到池边,对着芙蓉端了一端,将酒奠在池内。看了一会,领着众人走出宗祠,对着祝筠道:“你出去陪客,不必送我进去,我还要到别处去逛会子,来看洗三。”祝筠答应,辞了出去。

换了宾来、五福在两边扶着,缓缓走出致远堂,对着桂夫人道:“现在天已寒冷,咱们靠祖宗的福庇,不少穿,不少吃。我瞧着这几家本家,还有戚大奶奶们几家亲戚,光景都有些紧紧的。你将最苦的开出一个单子,每家送两担米,二十两银子过个冬儿。这项银子在我的月费里开销罢。我听见咱们家的晓亭大奶奶说,四姑娘赶冬至月要出嫁呢。咱们照常例加一倍的送他,早早送去,也好让他给女儿预备预备。”桂夫人连声答应。老太太道:“我有年纪,那里照应到这些应该的事。你们也要常来对我说说,别省了几个钱,叫人家背后咒骂。常言说的好‘一家饱暖千家怨’,真是一点儿不错的。”

祝母一面说着已来到景福堂，各家亲眷都在那里。中间设着两条红漆春凳，上面摆着一个五彩描金的洗儿盆，盆里红漆架子上放着筛子，里面铺着小锦褥子。旁边放着红绸、红布手巾。这边杌子上放着锦绣衣服、抱裙。祝母瞧了一遍，问道："毛衫子是做什么的？"桂夫人答道："用梦玉穿旧的百岁衣改了几件。"祝母点头道："很好，原该如此。天也不早了，咱们拜过娘娘就洗三罢。"姨娘们听见，赶忙叫人去知会集瑞堂，命宋老老好生抱了二哥儿出来。一面吩咐茶房里将煎好的长寿汤取来倾在盆里。不一会，二哥儿抱了出来。祝母瞧见生的方面大耳，鼻直口方，高眉广额，声音清朗，心中欢喜之至。各家太太、奶奶们无不交口极赞老太太厚德栽培，又是一个状元品格。桂夫人亦觉甚喜。因老太太祀祖过劳，请陪客坐，自家拜过送子娘娘，命宋老老给哥儿洗浴。老太太将手里的两个金钱撩下盆去，口里说道："愿你福寿双全。"于是，桂夫人、石夫人、梅秋琴、海珠等姐妹，还有来的各位太太、奶奶、小姐们都一齐添寿，不拘金银珠宝往盆里乱丢。又请了祝筠同些至亲老爷、太爷们进来，俱各添寿。祝府的合宅男女都要给二爷增福增寿，撩了一盆一地的洋钱、小锞、小元宝、铜钱、一块半锭，闹了不计其数。祝母喜的拍手大笑。众位太太们也乐的大笑。

忽听见景福堂外有人发喊的大哭起来。桂夫人忙问道："是谁？"老太太亦听见，着人来问。王家的进来回道："是怡安堂闲散丫头增福，因挨挤不上哭起来。"老太太听了笑道："叫他来。"王家的答应，出去带了进来，朝上磕头。众人瞧着倒长的清秀，一面擦着眼泪。老太太问道："你叫什么？"答道："丫头叫增福，在怡安堂宜春姑娘名下伺候。"又问道："你多大年纪？这会儿为什么哭？"增福答道："丫头十三岁，拿了一百大钱来，要给哥儿添寿，被他们挤着不得进来，因此着急大哭。"祝母大喜，叫他起来，拉着他摸摸脸，说道："好孩子，你要给哥儿添寿，你名儿又叫增福，很好，你将钱撩在盆里，去抱抱哥儿。我就派你到凝秀堂，专管服侍哥儿罢。"增福忙磕头，谢老太太恩典，赶着过来，将一百大钱撩在盆里。宋老老将哥儿给他抱了一抱。老太太们乐的大笑，对桂夫人道："增福派了执事，照着各堂办事丫头一例开销。先给他些衣服首饰,也叫他体面体面。”

桂夫人答应,吩咐杨家的抱了哥儿,拜过娘娘,给老太太磕头,求赏名字。杨奶子照着吩咐拜佛之后,给老太太磕头,求赏名字。祝母喜极,将哥儿接了抱在怀内。杨奶子起来站在一边。祝母对桂夫人道:“他哥哥是梦美玉而生。他是正收锞银之际生的,将来定是个富家。即就将他哥哥‘梦’字排行,竟取名梦金罢。”桂夫人道:“老太太赏的名字很是。”祝母抱了一会,交给奶子抱着,让各位太太、奶奶瞧瞧,内外皆知道叫梦金二爷。宋老老道过喜,收拾洗儿钱有好几百两,十分欢喜,不住口的大赞。叫了跟来的丫头、老妈都用包袱包起。

今日是梦金的三朝,就在景福堂摆设喜面筵席。内外男女普赏酒面,按着执事定席面丰简。总是四人一桌,连送去请各铺伙计,以及大小各衙门,这日内外两厨房不下三百余席。祝母瞧见这样热闹,心中喜极。晌午上了席,水陆并呈,珍馐毕备。

正吃的热闹,查家的上来回道:“大太太已到了台儿庄,前站来了,老爷叫请老太太示下。”祝母听说,又悲又喜,说道:“梦玉领着各堂媳妇们,赶着连夜去接。”桂夫人道:“媳妇也去才是。”秋琴道:“只有海珠已将临月,同着三妹妹在家服侍老太太,我同二姐姐领着他们连夜就去。”祝母点头道:“狠是。这会儿收拾下船赶不及渡江,不如吃了饭再下船去。将船湾在江口,明日一早就可过去。”吩咐查家的:“去对老爷说,赶着多备船只,除了我同三太太、东大奶奶不去外,其余都去,连夜下船。你再各处知会执事丫头、媳妇赶着收拾。连日天气过暖,恐有大风,身上都要多穿衣服。”查大奶奶答应,连忙出去传话知会。不一会工夫,一个个只顾忙着收拾,那里还有心吃饭。垂花门赶着拟派了跟去的姑娘、媳妇名单,请桂夫人过目。增改了几个,将单子发到各堂知会收拾。老太太正吃着酒,忽然想起这人,说道:“必得要去知会。”

不知这人是谁,且看下回分解。

第六十二回　穷秀才强来认族　老伻妇接去逢亲

话说老太太见他们纷纷收拾，还有些至亲本家也要去接，都赶着叫人回去收拾，预备船只。老太太忽然想起一人说道："金陵贾、王、薛三处快些差个人送喜果、喜蛋去，通个信儿。他们很惦记呢。"桂夫人答应，叫海珠写了书信，备下喜蛋交垂花门赶着专人寄去。太太、奶奶们散席之后，给老太太辞了行。彼此上轿、下船。祝母将几家不去的太太、姑娘、本家奶奶们留下几位作伴。这五条街上灯笼轿马，行李箱子抬了一夜，直闹到天亮方才完结。催着开船，挨次渡江，望瓜州连络而去。

且说贾府王夫人自到金陵，应酬不下，连那疏远亲族无不辗转而来，闹了十来日。不拘男女大小都送了他们些银钱礼物，人人欢喜感激。王夫人、薛姑太太、李宫裁，俱有娘家的亲戚往来不绝。

惟有平儿并无亲戚，亦无娘家。自到金陵，三舅太太沈夫人见平儿端庄能干，内外悦服；又怜他自凤姐死后，抚养巧姑娘尽心竭力。当年侄儿王仁做那不端之事，他能苦志保全，令人可敬。现在与桂家结了姻亲，沈夫人姑嫂商酌将平儿认为己女，薛姑太太们无不欢喜。自此沈夫人待平儿就如亲女儿一样。平儿有了冢宰娘家，往来体面，心中十分得意。

薛姑太太见宝钗念宝玉之心全已丢开，母女亲热，比当年更外有趣。兼之宝月十分孝顺，诸事颇能干，人俱欢喜，每天同姐姐们料理家务。

平儿大略定了个章程，请太太示下。王夫人知他向来是凤姐的帮手，诸事熟练。又见他定的章程井井有条，心中甚喜，就将这一分家私全交给了宫裁、平儿两个管理。自家同宝钗、友梅、薛姨太太们过清闲自在日子。林之孝夫妻还是内外总管。贾环叔侄依旧请师肄业。平儿既当了重任，与李纨商量将荣府典掉的田庄尽行赎回，又添置些良田美产。买了义地，设立义学，聘请名师，将贾府本族以及亲戚朋友家子弟们,俱接到义学攻书。凡师徒的茶饭点心、修金月费以及笔墨纸张、学生奖赏,都在学地租子里开销。内外大小家人小子、丫头媳妇派了执事轮班承值。派老成出力家人鲍忠、周瑞、马标、郭裕轮班管门,照管一切事务,约束大小家人。就派他四家媳妇,管垂花门及内里一切事务。其大小丫头、媳妇亦俱听其约束。又将桂亲家荐的聋子老黄,派他夫妻们专管花园收拾打扫之事。厨房、茶房仍旧内外兼设。又托林之孝聘请老成公正伙计,开设当铺、绸庄及有利益的铺面。李宫裁惟司其大,总其一切轻重权宜,可行可止。惟平儿一人独当重任,凡内外有事,俱回琏二奶奶一人,以归画一。自半月以来,王夫人看见内外肃清,有规有则,较在京时气象一新,规模开展,同薛姨太太、宝钗们私相赞叹,深为喜悦。薛姨太太道:“平丫头才干不在凤姐之下。当年凤姐做那些造罪之事,他何以不力为劝解,看着他掉下地狱?”宝钗道:“这事不得为平儿之咎。凤姐姐生平疑而多忌,处处用心。平儿侧身事之,未尝失足,亦犹之依狐貉而履危冰,不能不步步留神也。”王夫人点头道:“徐元直之事曹瞒,亦同此意。”

姐妹、娘儿们正在谈心,丫头回道:“琏二奶奶上来了。”湘帘启处,平儿缓步进来。王夫人笑道:“你吃了饭,忙忙的家去,又料理了些什么?”平儿道:“诸事俱已安妥,未曾上坟,趁着天气和暖,差人到祠堂里去知会,令其打扫收拾。并去通知各本家男女,明日一早同着太太先往祠堂祭过就到方山上坟。方才赶着家去,吩咐备猪羊祭品,都已料理妥当,上来请太太明日上坟祭祖。”王夫人道:“我很惦记着这件事,办的很是。我同薛姨妈正在这里说你是我的一个好帮手。”平儿笑道:“大嫂子同宝妹妹才情都在侄女之上,蒙太太过于心疼,觉着我又什么些儿。我倒想着明日将祝府的婉贞姑娘说给环兄弟做个二房媳妇,那倒是个好帮手。”王夫人点头道:“我也狠愿意,正有此心,不知他妈肯不肯。咱们真是一相情愿。”宝钗们都笑起来。媳妇们来回:“有了晚饭,请太太示下。”王夫人吩咐:“去请巧姑娘上来同吃晚饭。”一宵晚景无事。

次日,王夫人一早起来,梳洗完结,用过点心,托薛姨太太同宝月在家照应。领着媳妇、儿子、孙女、合家亲丁，在大厅前上了轿马，先至祠堂。凡有贾姓男女，俱已到齐，听见王夫人来，在祠堂门口迎接。内中只有一个老秀才贾斌，是王夫人的远房大伯子，其余都是小辈。接进祠堂，先在诚敬堂彼此见礼请安，依着辈分序齿坐下。吃过一道清茶，盥手更衣齐到宗祠。平儿因祭享久废，此是初值手料理祭祀，所以照祖宗条款，格外丰盛。一切猪羊供果，俱极体面。王夫人看了甚觉欢喜，请斌老爷拈香主祭，先男后女，挨次行礼。拜完之后，在诚敬堂吃面分胙。无论男女大小，凡来预祭者，每人猪、羊肉各一斤，大馒头三个。六十以上者加一倍，七十以上者加两倍。所有点心供果，散给族中十六岁以下之侄男、侄女。其余菜蔬赏给管祠堂的家人。合族中多年从未见有祭祀，无不称赞。

王夫人看着平儿处分得当，喜欢之至。宝钗对平儿笑道："件件都好，内中稍有一两件事务，我要混出主意，在祖宗条例之内稍为变通。"平儿笑道："你的主意想来不错，是件什么事儿要变通？"宝钗道："条例内说'子孙读书成名者，赏奖励银一百两'。这一款没有分得明白。因当日限于祭田租子，咱们这会儿较祖上又添了五百亩祭田，租息更广。太太又是重整基业之祖，应将这款分开注明：子孙中有进学者，给银一百两；举乡榜者，给银三百两；成进士者，给银五百两；得鼎甲者，给银一千两。又条款内说：'无嗣者，不得入家庙。'这条儿未免过狠。依我改作：异姓承继者，不得入家庙。方为妥当。这两条且过几天请斌老爷到家公议。倒是这祠堂要大为修理，这诚敬堂面前，还得多添几间屋子。还有主祭的胙肉，要多几斤才分别得出个首领。这两条儿，你可做主，不必公议。"王夫人点头道："宝丫头说的都还有理。我既捐添祭产，修理宗祠，就稍为增改祖宗条例，也未为不可。"平儿道："太太说的很是。当日凤姐姐在时，先前的蓉大奶奶曾托梦与他。叫他将祭田、义学及一切有益之事，务宜留心早办，休要后悔无及。彼时凤姐姐不以为意，他临终时说到这些，深以为恨。我今日得蒙太太不弃，委以当家重任，不能不了结凤姐姐临终未了的心事。"说着，泪下如雨。巧姑娘听见十分伤感。

宝钗怕惹动太太的心事，赶忙说道："你倒是林姑娘变来的，不拘说什么先出两点子眼泪。”李纨笑道：“他的眼睛要出眼泪，才显的水汪汪儿，分外好看。”王夫人们都好笑起来。平儿擦着眼泪，一面笑道：“你那里学来的，这样会说话。”李纨道：“咱们等你完了眼泪，还要去上坟呢。”王夫人道：“真个的，咱们也赶着去罢。”吩咐贾环叔侄跟着斌大爷一堆儿轿马先走。太太们更衣净手，也都挨次上轿。平儿道：“明年春祭，请太太到鸡鸣寺去看后湖里打鱼。”王夫人点头道：“我还是十一二岁时到过鸡鸣寺，如今已有四十多年了。”说着，出来上轿，一齐离却宗祠，出了旱西门径直往方山而去。

此时正是枫叶流霞，蓼花飞雪。那些村庄男女，三五成群，收粮打稻；真是一幅丰年图画。轿夫们换班歇足，二三十里，转眼已到方山。宁荣二公坟墓十分壮丽，华表牌楼依然如故。白杨乔木半已凋零，惟贾母夫妻之墓，松柏成林，十分畅茂。王夫人不胜感叹。坟上两旁搭着芦席大棚，各分男女下了轿马安歇。一会，管坟家人率领着妻儿老小来磕头请安。家人们在石桌上摆了祭席。王夫人吩咐贾环先祭山神土地，再领着兰哥儿、毓哥、慧哥儿拜祖宗。两个奶子各领哥儿跟着贾环到几处祖坟前先拜。王夫人领着李纨、平儿、宝钗、友梅、巧姑娘也一处一处的拜祭奠酒。到了贾政坟上，见新种的石楠松柏俱已成林，坟头上黄草离披，苍苔剥落。王夫人那里忍得住伤心，站在坟前放声大哭。友梅知道是父亲的坟，跟着嫂子们一齐大哭。王夫人哭了一会，本家奶奶、姑娘们过来劝止。丫头们赶着送上茶来漱了口。拜祭完结，贾斌领着族中男女分班拜奠。王夫人命李宫裁同贾环叔侄也分着回礼。拜宗之后，让家人男女磕头。仍旧到大棚里坐下歇息了一会。

平儿吩咐摆上酒饭。丫头媳妇、家人小子两边伺候，有规有款，一丝不乱。宝钗见平儿料理的无不周到，心中佩服，因笑道：“平丫头的才干实在去得，等着我做了官，一定要放他个门上，兼办杂差。”平儿道：“我不愿跟你这不长须的老爷。”宝钗道：“没有须好巴结，有了须就讨嫌。”平儿笑道：“我要跟的是须而不须的人，才搭得上伙计。”王夫人们都吃吃大笑。宝钗笑道：“坐中有好些姑娘们在这里，你说这些胡话。”宫裁道：“你们也少说两句。日短路多，天也不早，让太太们吃完了饭，慢慢收拾进城，也是时候了。”平儿吩咐众家人们都赶着吃饭，将撤下来的酒菜，分散轿夫、马夫，各令吃饱伺候。余剩菜果俱赏给管坟家人，吩咐他不时照应收拾，坟头上俱要培土修理。叮嘱了一遍，家人们都已完结伺候。

王夫人们上轿进城。三十里坦平大道，轿马如飞，刚到城门，已是上灯时候。族中男女都送王夫人到家，道了乏，才各人回去。王夫人亦因辛苦，早为安歇。平儿要结算帐目，将承办家人及内外厨房各帐，应驳应找，详细算了一遍。叫人去请宝钗来，烹茶剪烛，两人谈了半夜的闲话，这才安歇。

次日，平儿发放过一切应办之事。吃了点心，刚要上去请安，见垂花门的郭大奶奶拿着一封书子进来说道：“茗烟寄来请安的禀帖。”平儿接着问道：“专人来的吗？”郭家的答道：“郭裕交进来说，绸庄上交来的。”平儿吩咐：“丫头们看着屋子，有要紧事再上来请我。没相干的事，叫他们候我下来再说。”众姑娘们连声答应。带着两个小丫头，拿着痰盂、烟袋，款步上来。那卷棚下的姑娘、嫂子瞧见琏二奶奶不走回廊，往甬道上来，众人远远的分排站着伺候。刚上台阶，连忙掀起毡帘。平儿走到上房，见王夫人、薛姨太太在西边套屋里大炕上坐着，李宫裁、宝钗、宝月、友梅、巧姑娘都站在炕前说话，赶着过去给太太、姨妈请安道乏，姐妹们问好。巧姑娘请母亲安。慧哥儿请二大妈安，平儿抱着他亲香了一回，问宝钗道：“毓儿没有上来吗？”宝钗道：“在太太这里一早上，奶子抱着才去。”

王夫人道：“你手里拿着谁的书子？”平儿道：“是茗烟寄来请太太的安禀。”王夫人道：“宝丫头念给我听，是些什么话儿？”宝钗拆开念道：“奴才茗烟，请主子太太万安，各位奶奶金安，姑娘、爷们、两位哥儿好。祝府里老太太、各位太太、奶奶、姑娘、梦玉大爷都好，每日惦记着太太来。奴才也好，不用太太惦记。”李宫裁笑道：“说的他好大脑袋。太太惦记他这宝贝。”王夫人们大笑道：“还有什么笑话没有？”宝钗道：“还有几句，等我念完了再笑。”又笑道：“再者，周婉贞姑娘已于初四日叫他表兄杀了，……”宝钗不及念完，王夫人叫道：“哎呀！我的儿啊，疼死我了！”宝钗们跟着一齐大哭起来。慧哥儿吓了一跳，也哭起来。王夫人们哭了一会，叫赵奶子抱哥儿去逛。宝钗道："还有几句。"念道："割去婉姑娘下肉一块。现在已将凶手拿去衙门里问罪，只怕要活不了。再者，周姑娘在接引庵开丧，宅里都到，所有一切都埋掉了。为此禀闻。"平儿问道："他说割去下肉一块，是那一块的肉?"宝钗道："我也在这里想下肉的方向，想肚脐以上，就叫上肉；肚脐以下，就是下肉。"平儿道："茗烟这忘八崽子写的实在糊涂，到底是左下肉，右下肉，中下肉，也该分个地方。怎么糊里糊涂的写上一句，叫人瞧了怪着急。这样不通的人，也该割去下肉才是。"宝钗笑道："若是不通的都要割去下肉，那不用说了，叫那些奶奶们听见了，要急的上吊。"王夫人在要悲感，听了宝钗之言，不觉转悲为笑，说道："我再看不出那孩子是这样的结果，真令人可怜。"宝钗道："婉妹妹倒死的热闹，殉葬的人都不知有多少。"王夫人惊道："有谁殉葬?"宝钗道："茗烟信上写着：周姑娘在接引庵开吊，宅里都到，所有一切都埋掉了。可见那日凡来吊丧的人以及和尚、姑子、轿儿、马儿拢共拢儿埋了，这不是个热闹殉葬吗?"王夫人们止不住的纵声大笑。李宫裁道："宝妹妹这张嘴，谁也说他不过。"王夫人道："那几年不亏他给我解闷，我也活不到今日。"

平儿道："我有事要回太太，倒叫这书子打了半天岔。周姑娘业已不在，等着有便人寄几两银子去。给他坟上烧张纸儿，尽尽心，也不枉一番相得之意。"王夫人点头道："事已如此，尽着哭他也是无益。你要说什么事?"平儿道："二十是老爷三周年，太太脱孝，我上来请示下。"王夫人道："老爷生平最嫌的是念佛，又不喜欢热闹。春天宝钗们梦中见老爷说：'因生前正直无私，一生忠厚，身后做了巡方使者。'可见做经事超度之说狠可不必，倒不如开春之后，有修桥补路之事做些，以资冥福。到二十这天，只消在家祠设祭，举家脱孝而已，不必费事。"平儿唯唯答应。

垂花门的周大奶奶上来回太太道："外面有个本家的爷们要见太太，有个帖儿"。王夫人看那帖子上写着："侄孙英百拜。"宝钗道："这又是那一枝上爆出来的?"王夫人道："你们将斌老爷交来的族谱查查，是那支那派。命环儿去会他。再瞧瞧远族总单上有他没有。"

周家的答应，传话出去，请环三爷会客。里面宝钗、友梅、巧姑娘分着细查族单、宗谱，并无其人。不一会，贾环进来说道："那个本家的侄孙儿，他说是个秀才，一向在外游学，新近来家。昨日没有赶上祭祀，今日来一定要见太太。我瞧着他狠有些讨嫌，谁有大工夫陪他坐着。"王夫人道："且去叫周瑞进来，问他是那一支派，我再见他。穷亲穷族家家都有，休要嫌他。"正说着，周瑞进来。王夫人吩咐，叫他"好好的问那客人，是咱们家怎么样的宗派？休要得罪人家。"周瑞答应去了。一会进来回道："那个人气大着呢。奴才才开口问了一两句，他就大嚷大叫起来，说道：'我不姓贾，我到你家来干什么？有钱有势，就该欺负我们穷本家的吗？'他还要将奴才送到学老师那里去打板子。奴才听了，又好气又好笑，只得来请太太示下。"王夫人听了，甚觉好笑，说道："既是这样，环儿跟着我到崇本堂去见他，就可问他的宗派。周瑞赶着出去伺候，里面的姑娘、媳妇一大群跟太太出垂花门。到了崇本堂，叫人去请那本家进来。

不一会，有七八个家人、小子同着那秀才大摇阔步而来。王夫人望去：约有三十多岁，瘦面短须，耸肩驼背；带一顶旧方巾，穿一件深兰色棉布旧道袍，脚下站底方头履。走到门边站住。王夫人吩咐："进来相见。"贾英听说，赶着走进厅内，见王夫人站在左边，后面站着一大群粉白黛绿、花容月貌的美人。贾英觉着一阵温香钻心刺骨，身不由己，耳热眼跳。因王夫人站在面前，不敢仰视，低头说道："二叔祖母请台坐，容侄孙贾英拜见。"王夫人笑道："常礼罢。"贾英不由分说，朝上跪下，恭恭敬敬拜了八拜。站起来，赶着趋向那些丫头、媳妇道："姑姑、婶子请上，侄儿贾英拜见。"连忙跪了下去。王夫人笑的握着嘴不敢出声，将一只手向着家人们乱指，意思叫家人们拉他起来。那些家人只道太太指着叫他们出去，都一齐忍着笑退出厅门。贾环握着嘴，笑的不敢仰视。这些丫头、媳妇们见他跪了下去，一个个抿着嘴儿笑着，都远远的站开。那贾英想着，这一大堆的姑姑、婶子不知有多少位，跪在地下尽着磕头。王夫人极力忍着笑，说道："你们扶起来。"家人们听见，这才进来将他扶起。贾英起来，向空处又作了几个揖，然后过来对着王夫人道："侄孙媳妇同曾孙女都叫请二叔祖母安，问姑姑、婶子好，一半天再过来磕头。”

王夫人叫他坐下，丫头、小子送过茶。王夫人问道：“相公是那一支派？”贾英躬身答道：“我曾祖名叫贾至诚，狠有个名望，无人不知道的。生两子，都是文字辈的。长名贾文魁，次名贾文宾。这文宾公未娶而夭，惟先祖文魁公生先父，名叫贾玉。当初先祖文魁公在日，蒙宁荣二公相待最好，一天也离不了先祖的。其中弟兄们最相好的，就是这里的政二叔祖。那时候文魁公比叔祖大两岁，哥儿们好的比嫡亲手足还要什么些儿。后来宁公谢世，所有一切丧事，都是先祖文魁公一人经理。谁知宁府听了谤言，颇有冷落之意。先祖竟绝迹不去。这里二叔祖再三相劝，是不能挽回。这才承二叔祖之情，将先祖邀来荣府，托以重任。内外一切事务，都是先祖一人经理。隔了多年，荣公谢世，又是先祖料理丧事。看着二叔祖面上，还赔了多少银钱。等着满服进京时，我先祖因病不能送去。从此以后，就音问不通。既而先祖、先父相继作古，更为疏远。侄孙又常常游学在外。昨新近回来，知道二叔祖母业已回南。因身有小恙，不能就过来请安，昨日又没有去祀祖。今日赶着来请安、请罪。”王夫人道：“听起令祖在寒家勷事一节，似是而非。宁公之事，更难稽考。若荣公丧葬之时，先夫年才两岁，令祖比先夫年长两岁，才四岁童子。所说两处料理丧葬任其一切之说，或者错记，不是我家。况且令曾祖之名，寒家宗族谱上未曾经目。今承不弃，五百年前总是一家，以后不妨往来。只是寒门菲薄，有污清望。”说毕，站起来对家人们道：“留英相公坐会子再去。”贾英道：“侄孙告辞，改日再来请安。”王夫人命环儿相送，贾英抱惭而去。

王夫人进了垂花门，李纨们都迎着笑道：“便宜了这些丫头、媳妇们，混充姑姑、婶子。”王夫人放声大笑道：“方才将我肚子都忍疼了。有这样的冒失鬼，也不问个青红皂白，混磕了好些头。我瞧他已跪了下去，只好让他去磕罢。”宝钗笑道：“他瞧着后生体面的，就是姑姑、婶子。若真个瞧见姑姑、婶子，他还不知要称呼个什么。”平儿笑道：“他若瞧见你，一定说是观音出现，又不知要磕多少头。”众人都觉好笑。王夫人一面走着，将方才他的说话笑说一遍。

李纨道："他要说谎，偏又没有打听明白，真是个加二的冒失鬼。倒不如一个老婆子，比他的身分还高。"王夫人道："什么老婆子？"李纨道："咱们新雇了个后生的打杂老妈姓赵，谁知是赵姨娘兄弟媳妇。他婆婆穷了个使不得，儿子又死了，只剩这个媳妇同五岁的一个孙女儿。实在度不下去，自家领着孙女儿，叫媳妇出来帮人作活。赵妈来了几天，打听明白，回去叫他婆婆来见太太。那老婆子执意不来，说他女儿死了，谁还理他，吃了干儿回去白饶不值。这贾英还不如赵老婆子的见识。何苦讨个没有味儿，倒白给这些姑姑、婶子磕这一路子的头。"

王夫人点头道："原来老赵还在。当初赵姨娘最嫌的是凤姐、宝玉，做死了冤家。他偏不争气，死在他们前头，报在凤姐眼睛里。如今这些冤家都已走散。环儿近来读书成人，颇知上进，到底还是赵姨娘的一块肉。咱们既知道了，不可不照应他的妈，以解死者之恨。你们派个人同着赵家妈去，拿轿子接了老赵带着孙女儿来，说我叫他来见。"平儿连声答应，赶忙去派人叫他。王夫人们在上房用过早饭，同宝钗们说祝府的闲话。

平儿回到自家院里坐了一会，完结了昨日的事务，这才吃饭。叫奶子就在旁沿儿给毓哥儿喂饭。丫头、媳妇们站着好些伺候，慢慢的吃了好一会才完结，吩咐收去。贴身的姑娘们候着净手漱口。听见小孩子的声音在院子里说话，平儿问："是谁？"媳妇们进来回道："赵妈同他婆婆、女儿来了。"平儿道："叫他进来。"媳妇们答应出来，领着老赵进去。那老婆子领着媳妇、孙女走到屋里，只见陈设的就像个古董局子。墙上有样东西，在那里叮儿当儿的响，周围上下光明雪亮，没有一点灰土。东边门上放着桃红绸子门帘，挂着两绺长绦子。西边是碧纱槅子，里边摆着个大白铜火盆，墙上挂着一扇数丈长的玻璃大挂屏。炕面前站着四五个体面标致姑娘。炕上铺着绣毯、锦褥，坐着一位美人。头上戴的、身上穿的都叫不出名色，只觉着长这么大，不狠瞧见过。鼻子里闻着一股香味儿，令人骨软筋酥，不住的心跳。平儿见老赵婆媳进来，坐着不动，笑道："赵妈你倒还康健啊！"老赵听见，走到炕前问姑娘们道："这位就是太太吗？"姑娘们答道：

"这是琏二奶奶。"老赵道:"哎哟!真是我的福气。耳朵里都听俗了,总不能够见一面儿。今日才见着了我的凤二奶奶。咳!真是造化,我给凤二奶奶磕个头儿罢。"平儿叫丫头们拉住,端个坐儿给他,让他坐下。他媳妇领着女儿给二奶奶磕头。

平儿见他娘儿两个都还干净,像个样儿,倒不讨嫌。叫他带着女儿在厢房里歇歇,等着上去。吩咐:"先给他娘儿两个吃饭,另去要两样菜,温壶酒,摆在那小半桌上,端过来给老赵吃。"嫂子们答应。一会儿都摆在炕前。平儿叫赵婆吃着酒,慢慢说话。老赵右手举箸,左手持杯,两只眼瞧着那四个盘子、两个碗的菜,鼻子里应着奶奶说话,口里不住乱吃,嘴唇上挂一绺儿清鼻子。平儿看见甚觉好笑,说道:"天气冷,多吃杯热酒。"老赵点头应道:"阿弥陀佛!老佛爷,不用让,我尽着肚子吃呢。人说凤二奶奶仔么凶,仔么狠,谁知像个佛爷似的。我若知道是这么个好人,白叫我骂了几年,总是我老糊涂了。二奶奶你别恼,等我明日嘴上长个疔,现报在你眼睛里。"平儿笑道:"你从来不认得我,为什么骂了我几年?"老赵道:"还是那年,老爷送老太太灵柩回来安葬,赏了我几两银子,有人对我说,凤二奶奶凶的利害,将我姑娘逼的气死了。我听见恨的什么似的,我就娼妇蹄子的骂了几天。谁知二奶奶是个好人,是我姑娘没有福,怎么倒怨着别人!"平儿点头叹了几声,说道:"一会儿去见太太,这些闲话再别提起,太太怎么说,你怎么答应就完了。我自然照应你,以后不少你的穿吃,不叫你骂,也不要你说我的好处。从这会儿起,你总不要叫我的名儿姓儿,只称我琏二奶奶就是了。以往的事,不拘在谁面前,也不许提一个字儿。我若听见了,就要不依。"赵婆拿着杯箸,将头乱点道:"再提一字叫我烂掉了食嗓。"平儿笑道:"狠好。"正要问他说话,听见有人叫道:"琏二奶奶在家干什么?"

不知那来的是谁,且看下回分解。

第六十三回　露筋祠众亲会贤母　平山堂遣仆祭佳人

话说平儿正同老赵说话,听见有人叫道:“琏二奶奶在家干什么?”姑娘们见是宝二奶奶声音,赶忙掀起门帘。平儿下了炕笑应道:“在这里陪客。”宝钗笑道:“我来帮你陪客。”说着,走进套间。老赵拿着筷子站起来,看见一位容光照人,富贵大雅的美人,笑着进来道:“赵老老你认得我吗?”老赵道:“真造化!我今日交了老运,都见些玉天仙似的菩萨,就是叫不出名儿姓儿来。”平儿道:“说起来你该知道,这位就是宝二奶奶。”老赵道:“就是宝二爷的奶奶吗?咳!我虽没有见过,在家做闺女的时候,我就知道了。谁不说长的狠俊的人儿,又知书,又识字,会写会算,老太太喜欢的什么似的。怎么做了媳妇,宝二爷丢下了这个俊人儿,倒去做了和尚?”宝钗笑道:“怎么我做闺女时你就知道?”老赵道:“谁不知道你这林姑娘是老太太的打心锤儿,宝二爷又同你好。”宝钗笑道:“你说的可一点不错,但我不是林姑娘。等着闲了,再对你说我的家乡住处。”

平儿道:“你吃完饭,咱们去见太太,瞧瞧你的姑娘生的三爷。”老赵点头道:“我酒也够了,吃口儿饭罢。”媳妇们赶着给他一碗饭,等他吃完,收拾了一切。

宝钗同平儿坐在炕上,商量后日二十脱孝之事。平儿道:“太太虽是这样吩咐,但我的意思,要知会亲族。一早上供、脱孝。早饭后,唱他一天戏,热闹热闹。你以为何如?”宝钗道:“梦玉兄弟给咱们将房子收拾了个体面。咱们到家以来,总没有动着鼓乐。我也想着,脱了孝,该唱天戏才是。”平儿道:“既是这样,你坐会子,领着老赵去见太太。我就赶着料理,吩咐门上去知会亲族,定下班子。”宝钗道:“你晚上无事,到我院里去说闲话。”平儿点头,派一个媳妇领着老赵娘儿们跟宝二奶奶上去。

王夫人因天气甚暖,同薛姨太太带着李宫裁、友梅、宝月、巧姑娘同两个小孙子,在近日山房看天竺果儿。旁边两大树腊梅,已有数枝初放;间着天竺子,红黄相映,香色绚烂。两个奶子抱着慧哥儿们在回廊上东串西走的逛着顽。

王夫人也正瞧的欢乐,见宝钗领着几个婆子由假山后穿了出来,笑道:“到了上房,说太太到一松阁去了。找到那里又说在双桂亭。遇着柳嫂子说,瞧见太太在这儿呢。白叫咱们走了好些道儿。”王夫人笑道:“我因今日天暖,领着孩子们出来逛逛,东走西走,串到这里。这两个就是老赵么?”宝钗对老赵道:“过去见太太。”老赵听说,娘儿三个走上一步说道:“阿弥陀佛! 多少年想着,今日才见太太。”说着,都跪了下去,向上磕头。

王夫人叫丫头将赵老老扶起,说道:“我到家不久,新近才略有头绪,诸事我也想不了这些。因你媳妇雇来宅里,才知道你老而孤苦。叫你来问问,不知守着什么度日?”老赵叹道:“咳,我的老佛爷! 我靠个什么? 那几年儿子在的时候,在县里当茶房,月间还有个出息,一家几口倒还过得。自从他不在了,丢下后生媳妇同个孙女儿,直苦的使不得。我叫他带着女儿寻个对头儿去罢。他瞧着我一会儿又丢不掉,情愿来与人家做活挣点儿工食,给我同孙女儿两个苦度。我身上这个棉袄,还是十月初一张府里老太太施舍的,这不是里襟上还写着字呢。太太瞧着厚登登的,穿在身上没有一点儿热气,他们说是裁缝同管帐的赚了钱,里面絮的是芦花。咳,老天爷! 就是芦花到底比光脊梁的好些。前日个媳妇回家去说上的这宅里,谁知就是荣国府的贾太太,叫我进来瞧瞧。我说罢呀,姓贾的多着呢,那里可可儿的是荣府的太太,就打谅着是真的,我也不去。他们府里的规矩,买的姑娘、姨娘们,讲下不许娘家上门。况且,我的姑娘也不狠站得起,虽生了一个哥儿,太太又不喜欢。我姑娘又不在了。明摆着谁还待见我,到这门子里来,也是白碰钉子。今日不是太太差了爷们同着我媳妇来接,我是再也不来的。谁知太太、奶奶们都是佛爷似的,做人狠好。咳,阿弥陀佛!”

王夫人连连点头,说道:“我怜你老年孤苦,留你在宅里吃碗现成茶饭。你的媳妇他也不肯嫁人,情愿跟着你苦守,这就令人可敬。我也留他娘儿两个在这里,另眼相待他,早晚你又得他照应。不知你可愿意?”老赵道:“太太恩典,留我娘儿们在宅里,冻不着饿不着,有什么不愿意?那世去变个哈叭狗儿报太太的恩罢。”宝钗引着他们见薛姨太太、珠大奶奶、友姑娘、薛姑娘、巧姑娘、两个小哥儿。正值平儿也找了来,王夫人道:“来的正好。”就将留他娘儿们的话说了一遍。平儿道:“真是老赵的造化,咱们看三兄弟面上,叫他赵老老罢。”宝钗笑道:“他这老老倒比当年那母蝗虫刘老老还指实些儿。”平儿道:“咱们在茶铺里,他还提起大观园之事,谁知咱们的大观园今日归了姓刘的,这也是个奇事。”王夫人道:“逛了一会,有些怪乏的,上去歇歇罢。”平儿道:“我带着赵老老家去,给他换个厚些儿的棉袄。他媳妇瞧着倒还安静,留他在我院里办个事儿倒还使得。”王夫人一面走着,说道:“交给了你,我全不管。”

奶奶们跟着来到甬道上,见周大奶奶来回道:“甄宝玉大爷要面见请安,这会儿三爷陪在花厅上吃茶呢。”王夫人道:“甄大爷不是外人,请来上房见罢。”周大奶奶答应,出去传话。

宝钗们都到平儿院里去说闲话,看他给赵老老娘儿们换衣服,又指了一间屋子给他们做房。自此以后,老赵婆媳深得平儿照应,又将他女儿收拾成人,成了贴身的姑娘。此是后话不表。

且说贾环陪着甄宝玉上房来见王夫人,叙了多少昔年的旧话。王夫人见甄宝玉举止言谈比当年分外老成稳重。又听见他新近断弦,持家无主,心中十分感叹。甄宝玉说起,有人往京里下来,知道祝老师灵榇将及到家,一半天要去祭奠。王夫人又说了一会话,吩咐贾环叔侄陪着甄大哥在花厅吃晚饭,至夜间才散。

此时,琏二奶奶持家,内外规矩肃清。到了二十早上,俱料理妥当。王夫人梳洗之后,李纨们请过早安,就请太太至家庙上供脱孝。王夫人领着众人来到家庙,挨次拜奠,焚香酹酒。完结之后,俱脱去素衣,换上吉服。林之孝夫妻领合宅男女两班,都在院子里朝上磕头。候太太到诚敬堂,李纨们道喜,林之孝领家人男女道喜。王夫人道:“老爷同我百年相守方足为喜,今不幸弃我西去,乃我终身悲切之事,何以为喜?”林之孝道:“老爷已正直为神,虽死如生。太太持家教子,克继簪缨,奴才们俱沾福荫,乃人间大喜。”王夫人点头道:

“全赖你们念着老爷,各尽心力照应哥儿们。”众人齐声答应,退了出去。宝钗道:“今日诚敬堂比那日祠堂里诚敬的人还多而热闹。”

正说着话,门上的来回:“本家老爷们都到了。”王夫人道:“他们怎么知道的这样快?”宝钗笑道:“今日是大嫂子、平丫头同我三个人公分请太太听戏,是个有名的华林班,唱的狠好。故此知会了亲族,请来相陪太太听戏。”王夫人笑道:“你们倒会闹鬼,我竟不知道。既知会亲族,何苦又要叫人家送礼? 那些手头仄的,一定着急的一夜合不上眼。这都是你们闹出来的事。”平儿笑道:“已经吩咐门上,不拘是谁送礼、分子一概不收,凭他让出眼泪来,一准不收是了。”李纨道:“梦玉兄弟给咱们收拾了体面屋子,也得动动鼓乐,别冷淡了这房子。”王夫人笑道:“我一张嘴,那里说得过你们三个有理的。既已如此,老爷们到了,想太太、奶奶们也快来了,环儿叔侄好生去接待亲族。内里客人就交给你们姐妹几个,我同姨妈、舅母们只管吃酒看戏。”平儿笑道:“再没有咱们去请些人来,叫太太劳神的道理。”

王夫人一路说笑,进了垂花门。刚至上房,王宅的沈夫人同各位舅太太与那些内眷亲族陆续已到。只有平儿的娘家亲戚比别的更傲,那王仁的老婆赶着平儿一口一声叫姑奶奶,加二的奉承。平儿心中不狠待见他。这会儿内外亲族俱已到齐,摆过酒面,都到崇本堂看戏。贾府男女家人俱是向常习惯,又得平儿指挥经理,并不张皇紊乱,内外整齐。热闹一夜,次早方散。

王夫人送完亲族,来到上房正欲安歇。垂花门冯裕家的送进一封书子,说道:“祝府专人送来,守候回信。”宝钗接着拆开,看了一遍说道:“是海珠妹妹奉老太太之命,寄来通知干妈已到之信。并陶姨娘得了梦金,送来喜蛋,请太太就去。”说毕,将书念了一遍。王夫人道:“我原说定有信儿就去。既老太太来接,倒不便耽搁。你且写了回书,打发来人先去。家里有你母亲同宝月、珠大嫂子们狠可放心。咱们随后起身。”

宝钗答应,带着冯家的到屋里写了几句回书,交他发给门上;收了喜蛋,赏来人酒饭盘费,立即起身转去。一面去邀平儿们都来上房,商量太太起身之事。王夫人道:“我家大概虽已定局,而一切大小事务尚须经理。平儿同珠儿媳妇一个也去不了,再留下友梅在家,陪着两个嫂子料理家务。诸事请教姨妈,还有三舅母们照应。环儿叔侄一时也难就去。我同宝钗、巧儿可以脱身,带着慧哥儿,明日起身先去。等着那里有安葬日期,再来知会环儿跟三舅母去送殡,方为妥当。"李纨道:"太太吩咐很是。媳妇同琏二婶子派定内外跟去之人,预备带去的行李、船只,伺候太太明日起身。"王夫人点头道:"你们都去料理,让我歇歇。"李纨、平儿、宝钗答应了,下来赶着收拾分派,备下船只,一切妥当。

到了次日饭后,王夫人谆嘱了薛姨太太母女同李纨、平儿几句,又吩咐林之孝夫妻不时到宅里照应,其余内外门上家人、仆妇都吩咐一遍。领着宝钗、巧姑娘、慧哥儿一齐上轿。贾环叔侄送出仪凤门至江口船上。王夫人又叮嘱一番,这才开船而去。

不言王夫人起身之事。且说祝府的桂夫人这些船只过江之后,竟往扬州进发。此时虽是十月下旬,江南天气,草木都还不十分零落,水光帆影,掩映长堤,遥望绿杨、城廓,风景依然。正是:

鸟惊云影栖还止,叶舞霜风堕又飞。

且按下桂夫人们往淮扬一路迎接前去。

且说柏夫人自大宗伯谢世之后,悲哀抱病,伏枕在床,全仗芙蓉一人昼夜经理。又得宁府的珍大奶奶婆媳两个不时过来照应。接着门生张铭到京后,约了大宗伯的几家至亲好友,同贾珍、贾蓉帮着办理丧事。老家人张本带着陆晋管理内外一切。又有荣府差来的董升夫妇都是办过大事的人,狠帮着出力。满朝文武、故旧门生,大小俱到,开丧甚为热闹。朝廷赏了祭葬,遣官护送回籍。柏夫人不能耽搁,赶着收拾起身。住的官房子早有同部的大人顶手居住。不住手的忙了个数月才上船完结。柏夫人重谢帮手的众人。知道张铭的女儿是贾环的媳妇,送了他好些东西。又留了些值钱东西给珍大奶奶婆媳。余外男女下人俱各重赏。起身这日比王夫人上船时又加几倍的热闹,柏夫人哭谢而别。途中都有官员迎送,一路甚是平安。唯芙蓉勤劳过分,不觉失血,面黄肌瘦,每日总要吐上几口。柏夫人与他情如母女，形影相依。见他积劳成病，十分着急，每日亲自给他参汤调治。芙蓉见太太如此心疼，感激涕淋，强打精神料理事务。在船中行了一月有余，正值水平风顺，不觉已入江南境界。既过台儿庄，张本差前站的兼程到家报信，又派些能干家人分坐快船，一路去迎来接的亲戚、本家老爷、太太船只。

这日正是晌午时候，张本坐着划子上了座船来回太太道："二太太领着大爷、奶奶们、梅姑太太来接，已过淮安，都在露筋祠湾住。"柏夫人听见欢喜之至，吩咐："座船上加纤，赶着上去。"张本答应，出来叫座船上多加二三十个纤夫，先上前去，自家站在船头上看着照应。一会儿走下三四十里，见有两三只小快船飞奔而来。张本眼快，远望去，见是本宅里的伴儿们，第二只快船里坐着个穿孝的少年，知道是大爷来了。看看相近，果然不错。忙进船去回了太太。柏夫人听见，就如得了个活宝贝，吩咐："好生扶着大爷过来。"自家同芙蓉站在房舱窗口，歪着身子往前远望，不住的问道："大爷上来了没有？"此时，座船头上家人站满，不一会，快船迎着，果然是梦玉带着几个家人、小子分船来接。到了大船边，两处水手将船帮住，上下家人扶住大爷上了座船。不及与众人说话，赶忙下舱，口里一路叫道："太太，梦玉来了。"走到官舱，瞧见柏夫人扶着一个黄瘦姑娘站在窗口。梦玉抢到面前，只叫了一声妈妈，跪下去抱腿大哭。柏夫人一阵伤心，弯着腰贴着梦玉的脸哭了一会。芙蓉劝住太太。梦玉哭完，磕头起来又请过安。柏夫人问过老太太安，二叔叔、三婶子们好，指道："芙蓉姐姐累成这个样儿，你该谢谢才是。"梦玉道："怎么这病姑娘就是芙蓉姐姐？"赶忙过去，拉着芙蓉说道："姐姐多年不见，狠承惦记，时常还要给我针线。这回太太回南，你辛苦成病，我先拜谢。等到家后，再多多给你磕头。"说着，跪了下去。慌的芙蓉赶忙回拜，说道："伺候太太是分内之事。我因福薄生病，并非辛苦，怎敢劳大爷拜谢！"柏夫人道："老太太当初曾吩咐过宅里家人、媳妇、丫头们，只管叫他名字，不许称呼。且我待你如女，只管叫他兄弟。"梦玉正然拜着说道："太太真是疼我，这个姐姐我不要了。"芙蓉正在回拜，不防被梦玉一推，歪身跌在太太脚边。柏夫人不觉好笑。站着的姑娘、媳妇们都笑起来。芙蓉笑道："好兄弟，怎么你这傻劲儿总还不改？不是太太挡着，这一跤直叫你推下河去。"说着，两人站了起来。梦玉同这些姑娘、嫂子们问了好，转身同柏夫人娘儿两个说话。

柏夫人道："听说二婶子、梅姑姑、媳妇们都来接我吗？"梦玉道："就在前面不远儿，还有好些男亲女眷也都同来，这船上怎么坐得下？"芙蓉道："依我说，咱们家的先请到船上来说说话，其余一概亲眷都请到露筋祠相会。叫他们到庙里备茶，伺候太太们上去。最为妥当。"柏夫人点头道："很是。叫张本派人前去知会，并在庙里办茶伺候。"那两边办差的家人得了信儿，坐上快船飞奔而去。

不多一会，望见那来接的船只，大小相间，一字儿排去，不知其数。桅杆上布旗摇曳，任风舒卷，转眼之间，船已相近。那边各船上都站满家人照应着，将柏夫人座船同桂夫人的座船帮连一处。家人们围着布挡子，请桂夫人、梅姑太太、众位奶奶过船相见。两位太太同梅秋琴姐妹三个，彼此哭拜一番，叙了几句十余年的离情。然后掌珠们照媳妇行礼拜见，起来之后，又都在膝前跪下请安。柏夫人看着一个个的不胜欢喜，说道："人家的好姑娘都叫老太太要了回来，家里的又培植了两个，四美二难都叫梦玉一人独得。"桂夫人道："还有姐姐定下的，再来了真个热闹。"

太太们正在说话，芙蓉过来给二太太、姑太太磕头。桂夫人同秋琴连忙扶起来，说道："好孩子，好女儿，多年不见，知道你苦心帮着太太，咱们都很惦你的。老太太听见你给太太经理家务积劳成病，每天不住的念着，横竖将来放不掉你。"芙蓉低头答应道："伺候太太是丫头分内之事。蒙老太太们的恩典，格外疼顾。"说毕，向掌珠道："给奶奶们一总儿磕头罢。"芳芸、紫箫连忙站开。秋瑞道："一样的姐妹，怎么妹妹不把我们当人。"桂夫人笑道："你们同拜罢。"掌珠们答应，一齐同拜已毕。芳芸、紫箫道："承姐姐常寄东西，有信来谆谆念及。姐姐请上，我们应该拜谢。"三个人又拜了一回。梅秋琴笑道："都是会中人，何必多礼。"柏夫人道："孩子的礼比咱们的礼还多。"桂夫人道："各家亲族都在露筋祠等着姐姐上去，见个面儿坐会子，就可以开船。"柏夫人点头道："咱们且上去坐坐，等着你大哥哥的灵柩船到了，众人祭拜完结才能开船。”桂夫人道：“是极，咱们上去罢。”

三位太太领着奶奶们到露筋祠去，家人们围着步幛。柏夫人道：“左右俱是自己家人，围着挡子甚觉气闷。不如去掉了，看个野景儿倒还走的爽快。”众家人答应，撤去步幛。秋琴道：“连日天气闷热，颇有春景，远望白云红叶，竟不亚二月桃花。”柏夫人道：“我十几年不归故乡，前日入了江南境界，看见杨柳芦花甚觉亲热。想起古人说的，富贵不归故乡，如衣锦夜行。此理甚是。”秋琴笑道：“张季鹰的莼菜鲈鱼，亦同此意。”

太太们一路说着已到庙门口。男男女女到处是人，也不知道谁是谁。刚进里面，人空儿里挤过一个小书生，对着柏夫人跪下。芙蓉过来赶忙扶起。柏夫人将他拉着问道：“好个孩子！是谁家的？”秋琴笑道：“就是你外甥魁儿。”柏夫人十分欢喜，说道：“好儿子，你怎么不到我船上去，倒在这里等我？”秋琴道：“他方才要坐快船同梦玉先去。掌珠知他胆怯，恐其骇着，硬止住不叫他去。他狠生气，同姐姐抬了一会杠。刚才叫他同过船见舅母，他使性跑了上崖，在这里等着。”柏夫人喜极，摸着他的脸笑道：“好儿子，今日算你第一个接着我的。快别动气，等到家我罚掌珠做东请你罢。”

桂夫人笑着来到大殿，在露筋娘娘前拈香瞻拜。桂夫人道：“一宵血肉，万古流芳。真是闺门中之文丞相，可为巾帼师表。”柏夫人道：“忠节二字，非怕死人所能为之。”秋琴道：“是要极爱惜身命，而又不怕死，方是古今伟人。若尽不怕死，则明火执杖之徒与卖笑毒夫之妇，身罹法网，死而无悔。此乃人间禽兽，岂独不怕死而已哉！”柏夫人笑道：“妹妹议论，比当日更觉爽快。想得解元薰陶，所以颇有梅味。”桂夫人道：“秋琴的梅味，比老西儿还酸。”柏夫人们都止不住好笑，同着转入后殿，瞧见各家太太、奶奶们俱站在大院子里相候。

柏夫人望过去，认识的没有几个，其余奶奶、姑娘们俱不相识。桂夫人同秋琴一位一位的指说一遍。柏夫人走到面前，说道：“都是至亲姐妹。这些是我的侄媳、侄女、甥妇、甥女，若不说明，我那里知道。有劳远接，狠抱不安。”说着，都到后面礼房，彼此拜见，相叙一番。接着是亲族子侄们进来磕头请安。柏夫人站着一个一个都问了名姓,命梦玉、梅春陪着在外面客堂里吃茶。里面各位太太都要说一两句话,柏夫人应接不暇。家人们内外俱备点心。坐了一会,跟班的家人来回:“老爷柩船已到,玉哥儿同梅大爷们都在船上哭拜。来接的各位爷们已上船去行礼。”桂夫人同梅秋琴道:“等着他们拜完,咱们再去。大姐姐在这里坐会子回本船去,咱们拜过各人回船,叫他们连晚就开,赶着回去。老太太在家也很惦记。”柏夫人点头道:“我也盼着到家,这两月在船里实在闷的慌。”桂夫人同着来接的众人一齐上船而去。芙蓉同姑娘、嫂子们伺候太太亦上船去。桂夫人们到了灵柩船上,免不得哭拜一番。秋瑞们在旁磕头,回谢各家亲族。拜完之后,梦玉同秋瑞来柏夫人船上,其余都回本船。不一会鸣锣起橛,顺水回家。那些家人们坐着快船,往来照应,满河中布帆如织。次日晌午已抵扬州,有各官府们上船致祭,热闹了半日。

天色已晚,不及开行。梦玉因想起一事,走出船头,叫茗烟来,附耳说道:“平山堂后身有林姑娘的坟墓在彼,我不能够上去拜扫一番。你可代我买些香烛、花果去坟前哭拜一回。对林姑娘说,我惦记之至,因跟着母亲不能脱身亲来拜奠,叫林姑娘不要见怪。”茗烟道:“林姑娘是贾府至亲,同宝二爷最说得来的好兄妹,大爷怎么知道他的坟在这里?”梦玉道:“我夏间给林姑娘上坟添土,承林姑娘的雅爱,还送了我好些东西。天也不早了,你快些去罢,回来给我个信儿。”茗烟答应,赶着去买办什物,叫人挑着,坐上轿子飞奔而去。

梦玉到各船去串了一会。天气十分闷热,两边舱门洞开,太太、奶奶们彼此隔窗问答,也有过船相叙,倒比在家时别有兴致。松府里吴嫂子们同贾府的董嫂子都在柏夫人船上,因饭后无事,也到别船去找相好的嫂子、姑娘们闲话,这船坐坐,又到那船。听见有人叫道:“董嫂子,大爷在那里?”董家的回过头来见是茗烟,说道:“你们大爷刚才在二太太船上坐了会子,又不知逛到那里去了。你挨着船儿一路问去,还怕找不着?”说毕,同吴家的们又往别船去了。这会儿各船上灯烛辉煌,上下照有数里。茗烟挨船去问,直找到二三十号船去,才知道大爷在本家篁大爷船上,同几位亲戚小爷们说话呢。

茗烟走下舱去。梦玉瞧见,站起身来说道:“夜深了,咱们散罢,明日到家再见。”领着茗烟一路过船,一面问道:“我正惦记着,怕你赶不上出城。”茗烟道:“奴才到了林姑娘坟上,先给林姑老爷同姑太太磕头上供,然后在林姑娘坟前摆了花果、香烛,照着大爷吩咐磕头说话,又哭了几声。因为天晚下来,等不得林姑娘出来说话,赶着绕道回来,已是上灯。一会林姑娘一定说叫谢谢大爷,不用惦记。”梦玉忍不住笑道:“你倒会替林姑娘说话。不知那个坟倒塌的一个什么样儿?”茗烟道:“两边上都新修的很好。奴才也想着是谁给林府上修坟呢,又找不着一个人儿问问原故。谁知那抬轿的知道,说是秋间奴才的主子太太同宝二奶奶们回南时到那里上坟,大为修理。”梦玉点头道:“不错,宝姐姐对我说过,我一会儿忘了,说是托一个什么姑子庵里照应修理。”两人站在船头上说话,只见两个家人匆匆来找大爷。

不知说些什么,且听下回分解。

第六十四回　白云僧踏波救难　珍珠女舞剑联欢

话说梦玉同茗烟正在说话,走过两个家人来说道:“大太太已经安寝,各船也都上了舱门。请大爷去安歇。”

梦玉点头,同他们走过几号大船,来到汝湘的船上,看见舱门口尚然热闹,听说还有奶奶们在此未散。梦玉道:“我就在这船住下。你们去知会座船不用等候。”家人们答应,各去照应。茗烟就在这船伺候。这是汝湘、芳芸、紫箫三人座船。此时还有几位亲戚家的奶奶们坐谈未散,见梦玉下来,都赶着起身要去。芳芸笑道:“并不是大爷来撵客,实夜已深了,让他们歇歇,明日渡江到家再谈。”各位奶奶们笑道:“我们要知趣,别搅掉人家的好梦。”彼此大笑,各回船去。紫箫吩咐关上舱门,众人安歇。夫妻四个又说了一会话,这才安寝。

次日一早,候着各官来送已毕,各船首尾相连,大小不一。是日阴云布合,蒸闷非常。赶午牌时候,头几号船连着祝尚书灵柩船已出江口，帮上红船纷纷渡江而去。柏夫人同桂夫人、梦玉们船在尽后，先让各船渡江。正到座船渡江时候，浓云如墨，江面上陡起大风，耳内只听见一片叫喊之声，不知方向。登时间，洪浪接天，乌云拔木。那江面上看不出东西南北。后人有篇《江涛赋》，单讲这风波的利害。赋曰：

稽禹迹于千年，得长江之万里。溯岷沱以发源，历荆扬而未已。礼隆望祀，河作配于北条；诗咏朝宗，汉共维夫南纪。九江三澨，流或合而或分；北汇东陆，势忽潜而忽起。逝渺渺以何穷？沔汤汤其未止。隔江喜闻歌吹，回鹤驾于扬州；渡江愁向潇湘，认笛声于扬子。水连天以纡青，澜回海而漾紫。集阴晴之万端，匪言词之可拟。若夫秋澄天宇，风扫云阴，轻霏乍豁，风雾无侵。托沿洄于桂楫，恣潇洒于兰襟。素月圆灵，疑夜光之沉璧；落霞照耀，恍丽水之生金。两点金焦，耸鳌峰于水底；七层宝塔，骞鹏味于江心。青舶峨峨，拥揖进越人之曲；红船叶叶，扣舷和吴榜之音。莫不抚晴光之不偶，临流水以沉吟。至于阴飚夜回，飞尘昼塕，时匪怀襄，人忧澒洞。无垠无畔，迷地轴与天枢；有象有形，讶云蒸而雾滃。等瞿塘之八月，南船北船不敢行；疑弱水之三千，吴山楚山为之动。斯时也，浑浑浩浩，汩汩滔滔。迅流电激，断岸风高。疑大块之噫气，杂雷师以怒唬。岂神鲲之南徙，抑灵犀之东逃。既圝潾以作势，忽欺薄其相遭。其始也，如白鹭千寻扬雪翮。其盛也，若素旗万骑连旌旄。其色则惨惨以惊心，无数雪车冰柱；其声则洋洋而盈耳，何来湘瑟云璈？有客为予告曰：此枚叔《七发》所谓广陵之涛也。尔其呼吸百川，吞吐万壑；重渊沸腾，怒潮回薄。乌钦汩没，如闻水仙之操琴；丝竹云英，岂梦洞庭之张乐。萃观听之奇离，状情形之险恶。固神灵之所栖，亦怪异之爰托。射蛟台远，汉武帝以何年？燃犀渚深，温太真胡不作？但见夫鼍鼓相闻，脩帆交错。黄鲎奋而上腾，赪鳖倏而旁跃。宁水豹之可甝，岂长鲸之易缚！前冰夷以驱驰，后江妃之绰约。慑伍相之余威，挟阳侯而肆虐。极其渺茫，不可测度。斯幻象之纷纭，与冲波而起落。其间一纵一横，满谷满坑。云海旁溢，银山倒倾。以切齿夫瓜步，而憾夫石城。贾其余勇，鸣其不平。于是乎，临万顷之浩荡，想千载之精英。其铁锁回环，则王龙骧之取吴京也；旌旗亏蔽，则韩擒虎之度金陵也。杀气隐现，则孙刘之伏兵也；钲鼓不绝，则韩梁之军声也。神光离合，倏忽变更，则郑交甫之解佩政投琼，郭景纯之出幽入明也。盖斯江水之长，实分天下之半。固荡南山，亦夷西畔。注五湖于曾潭；灌三江夫赤岸。刺船而去，若成连渡海以移情；顺流而东，比河伯望洋而兴叹。旋雨止而风收，仍星辉以云烂。知造化之晦明，随舒卷而聚散。

此时各船水手、舵工都慌了手脚，抢着要收入瓜州口去。无如风大浪急，难以着力。祝府的大小家人急的要死，彼此不能相顾。遥望着太太们各船，在那大浪之中忽隐忽现，正是有法也无处使。幸亏尚书灵船及各家亲友船只大半已收入镇江。祝筠此时在江口赶着吩咐："多放红船及浪里飞的小艇，各给重赏。往江心去，不管是谁，见人就救。"连金山寺的救生船，尽行开去。何止数百号，四围迎去。有些奋不顾命的家人，坐着红船前去照应。无如遇着这样净江风，就是救生艇亦难施展。

此乃江中劫数，无计可施。其中河神甘将军，奉孙夫人之命，见水中男女稍有灵光，就全他性命。此刻又兼着大雨如注，小船上人皆站不住脚。江中各路河神率领神兵水怪，鼓浪吹波，上连霄汉，内有灵佑。孙夫人领着兵将，暗中默佑，将柏夫人座船送到一个地方去了。谁知贾府的王夫人船只也正在黄天荡遇着风暴，危险异常，顷刻之间性命不保。合船正是悲苦，忽然那雪浪之中跳进一人，大叫道："我来了，太太休要着急！"王夫人抬头一看，见是贾琏。披着那件鹤氅，手中拿着蕉扇，俨然似一个头陀打扮。宝钗瞧见十分欢喜，叫道："琏二哥来了！太太可以放心。"贾琏过来给王夫人稽首，又同宝钗见礼。巧姑娘过来拉着父亲放声大哭。贾琏笑道："休要如此，亏你继母一番苦志，聘了桂郎，我心中十分欣慰。我常在人间，自能相见。继母之恩，不可忘也。"对王夫人道："家中之事，侄儿件件皆知。总是太太仁慈所至，厚福无穷，儿孙俱有佳境，极妙晚景。太太自此随处而安，尽着放心欢乐，不必为将来计也。宝妹妹正要享人间富贵，奉亲教子，甚有好处，将来别有一番际遇。平儿因居心良善，又增了多少福禄。太太嘱其放心，不必记念，总有相见之日。"贾琏说毕，将蕉扇一挥，那船在大浪之中直涌入云端，顷刻而定，已经傍住堤边。王夫人们心中大喜，正要拉着他细谈一切事务。贾琏道："我不及多说，宝兄弟在江心危急，要救了他来。以后倘有急难，总叫白云和尚，侄儿无不立至。"王夫人同宝钗道："既是这样，快去相救。若遇祝府及一切船只，务要照应。"贾琏含笑点头，纵身往窗口跳入江心，寂然不见。

巧姑娘望着江心不胜悲苦。王夫人劝道："你父亲出家得道，乃至乐之事，时常还可见面。回家去说与母亲，叫他也可放心，以后不必牵肠挂肚。"宝钗笑道："方才危急之际，我想太太这样盛德，何至遭此劫数？我自问生平立心无愧，听其自然，在那波险之中，视如平地。今日遇过这番风波，以后处着险境，也狠可放心。"王夫人笑道："我方才心不由己，眼前任什么也瞧不见。直等琏哥儿叫我，定了一定神，才瞧见是他。我生平那里瞧见这样好险的风浪，遭过这磨儿，下回胆子又该好些。"站着的姑娘、媳妇们笑道："奴才们尽剩了哭，魂儿也没有一个在身上。方才琏二爷走进舱来，瞧着个和尚，也认不出是谁。这会儿听太太们说话，知道是琏二爷。"宝钗笑道："你们瞧得见和尚，还算胆量好些儿的。"王夫人亦觉好笑。

不言贾府船中之事。且说梦玉、汝湘、芳芸、紫箫这号船在江心被风将大桅吹折，船无倚赖，在那巨浪之中任其簸荡。举船失色，不知所措。芳芸叹道："再想不到咱们这几个要到水晶宫去逛逛。"汝湘道："同在一堆倒也罢了，就是顷刻之间东离西散，彼此不知去向，做了鬼也找不在一堆儿。"梦玉点头道："汝湘所说甚是。我也想到这些，咱们一个也不可分散。瞧着这神气，是断无生理。倒不如各将身上汗巾联在一处，拴个结实，连碧霄们都拴在一堆。下水之后，咱们一齐去见龙王。"梦玉正说着话，只听见一声响亮，打进一个大浪来，洪水往船中直灌。紫箫道："事已如此，顷刻就要分手，快些拴起来罢！"芳芸、紫箫、汝湘三人将梦玉围在中间，各将带子彼此联住，又用汗巾左拴右结,联的十分结实。碧霄们几个姑娘都舍不得大爷、奶奶,情愿死在一堆,也赶忙拴在一处。又恐带子汗巾不结实,被浪打散,再将捆铺盖的绳子找出几条,将十来个人捆了一个结实。汝湘说道:"这有边儿,少刻叫龙王瞧见要吓一大跳。必说:'这来的新样,倒像端午的一堆粽子。'"梦玉听见不觉哈哈大笑。芳芸道:"你们也实在是不怕死的强盗。顷刻就要咽气,还有心说笑话开心。"紫箫道:"人要望生,自然心魂惊恐,别说是笑,就连说话也难出声。咱们这会儿只等着一死,并不想生,所以倒觉心定。"

梦玉正要答话,只见一阵乌风涌着波浪,在船帮上一击,来得猛勇。那船因桅断,就势歪斜过去,船上的水手们一齐大叫救命。家人、媳妇们哭声盈耳。汝湘道:"咱们闭上眼,任他去罢。"众人闭目等死,听见涛声振耳,身如悬旌。忽然茗烟跑进舱来叫道:"大爷、奶奶们放心,我家琏二爷特来搭救。"梦玉们听见睁开眼来,见茗烟背后站着一个俊秀头陀,披着鹤氅,用手中蕉扇指着笑道:"兄弟同诸位妹子放心,你家俱各无恙,那边就是太太的座船。我还去江心照应,等着将来再见。"梦玉不及说话,见那头陀跳上一只小船,如飞而去。茗烟跟着跑上船头,大叫:"二爷看着!"贾琏将扇一挥,这只大船由浪中直撺到堤边。船上的一齐念佛,说道:"好了,这才有了性命。咱们赶着帮住那只大船去罢。"

众水手连忙将船帮拢。茗烟看见喜出非凡,原来是贾府太太的座船,飞奔跳过船来。贾府的爷们倒吓了一跳,问其原故,赶着同茗烟来见太太。王夫人听见又惊又喜,对宝钗叹道:"原来梦玉果然是我的儿子,他们在江心里受惊非小,你带着巧儿过去瞧瞧,叫他们定定神再过船来。"宝钗答应,同巧姑娘带着抱琴、荣贵几个姑娘走出舱门。茗烟同着贾府的家人、媳妇伺候过船。宝钗们跨过这边船来,不等通报,往舱里就走。祝府的众人惊魂未定,茗烟在前叫道:"宝二奶奶同巧姑娘过来了。"梦玉们不知是悲是喜,忽问道:"那个宝二奶奶?"宝钗应道:"古今来有几个宝二奶奶?"说着,已走进舱来,看见他们这一大堆,不觉放声大笑道:"这倒是个新样儿。"梦玉笑道:"宝姐姐,你快给咱们解开,我挤在中间气闷的慌。"宝钗同巧姑娘一面笑着替他们身上解结,谁知拴的结实,越性急倒难分解。王夫人在隔壁船上听着他们笑声,不住问两边的媳妇们,才知这个缘故。说道:“此刻雨止风定,我也过去瞧瞧。”领着些丫头、媳妇也到梦玉船上。芳芸们瞧见,急的要死,越挣不开。王夫人对梦玉们笑道:“今日娘儿们是两世相逢,真该大喜。”叫媳妇、丫头帮着快解。

此时,风定云开,贾、祝两府的爷们都站在船头上,诉说刚才的惊险。只听见江面上有人招呼:“这两号座船是那一处的?”众爷们见是金山寺的几号救生的船,赶忙叫他拢来,对他们说道:“这是祝大爷同金陵贾太太的船。你们瞧见咱们宅里的船,都照会放心。”那些救生船听见,都大喜,叫道:“找着了!”一齐说道:“宅里各船都平安无事,在四处港里湾住。就是找不着大爷同太太的船,江面上几百号小船分头去找。这会儿有了大爷的船,咱们还要去找大太太的船,带着各处送信。二太太的船就在面前不远儿,我们就去知会。”说毕,都赶着开去。

茗烟进来回了大爷。这会梦玉们俱已解开。听见小船上人说话,王夫人们都一齐放心欢喜。梦玉道:“不知母亲的船是怎么下落,还不能够放心。”宝钗道:“有琏二哥暗中照应,万无一失,尽可放心。”梦玉点头道:“不错。方才对我说过,俱各无恙。我同琏二哥未曾见过,时常想他。刚才捆着,没有拉住他问问宝二哥的下落,怎么不同着琏二哥来瞧瞧太太同宝姐姐。宝二哥这么一个好人,这件事我狠有些不服。”宝钗叹道:“宝二哥业已改头换面,常在人间。所谓咫尺河山,其理难说。只要玉兄弟你心中不服,常远惦记着咱们太太,也就同宝二哥在太太膝下一样,这就是了。”梦玉点头道:“宝姐姐说的甚是。”茗烟进来,回道:“船上的要修桅柁,收拾舱口,请大爷示下。”紫箫道:“满舱是水,太太过来这会连坐也没有处坐。咱们都搬到太太那边去,让他们收拾。”梦玉说道:“是极。咱们同了太太去罢。”

王夫人甚喜,领着众人都走出船头。汝湘指道:“那边来的几号船,倒像是咱们家的。”王夫人们远远望去,看不真切。宝钗道:“一定是的。头一只船中,船窗口站着几个堂客,歪着身子瞅着咱们,就看不出是谁。”梦玉道：“第三只船上，窗口也有人望着，狠像是二婶子。”芳芸笑道：“水光照着，那里看得真切，随口混猜。”

王夫人道：“刚才那样风浪，真是死生呼吸，不亏琏哥儿，我们这会儿都在鱼肚子里作馅儿呢。此刻风静浪平，波光如镜，又是一番境象。想起来，江湖上祸福死生悬之毫发，令人可怕。”宝钗道：“人生在世，时刻履坦如危，自能守身如玉。若再有颠覆，乃归之数命，听其自然。方才玉兄弟们捆作一堆，颇有道理。琏二哥特然相救，事出意外，并非理之所当然也。”汝湘道：“刚才琏二哥相救之事，姨妈同姐姐怎么知道？”芳芸道：“茗烟过去，自然先回太太。”王夫人道：“茗烟固然来说，但是你琏二哥先救我船送到这里，说是玉兄弟江心危急，我去救他。所以我知道他上你们船去。”紫箫道：“我们正闭着眼等死，只听见叫道：‘兄弟、妹子放心，你家各船无恙。那边就是太太的船，我还要各处去照应。’说着就在窗口跳入江心去。赶我们要问问说话，早已不见了影儿。做神仙的这样有趣，怨不得宝二哥立志出家，想来也是这样逍遥自在。”梦玉道：“我将来也要同琏二哥、宝二哥去出家。”宝钗道：“你若想要出家，再也别要同咱们好，从这会儿就拉倒，你别叫我宝姐姐了。”说着，流下泪来。芳芸们抱怨道：“都是你混说，惹的宝姐姐动气。”梦玉拉着宝钗道：“我说着玩笑，并不真要出家，以后再提‘出家’二字……”

尚未说完，宝钗忙指道：“真个二婶子同梅大姑姑们来了。”众人回头一看，果然四五号大船已到面前。那边各船太太、奶奶们瞧见王夫人同梦玉这一堆站在船头上，都喜从天降，远远招呼。转眼之间，各船相近，家人、水手赶着将船帮住。王夫人领着梦玉们到桂夫人舱里来。老姐妹们见面，说不出那一番的亲热，彼此道惊问好。接着秋琴带着掌珠、九如们过来。此刻姐妹、夫妻、儿女都是再世重生，一个个悲喜交集，一会儿说不尽的衷曲。祝府各船都看见一个披鹤氅的头陀站着一只小船，在那狂风猛浪之中往来照应。此刻方知是白云和尚琏二亲家。桂夫人们拉着巧姑娘的手，再三称谢。连各船的家人男女都感激不已。

且不言贾、祝两府太太们在船中相叙悲喜交集之事。且说柏夫人同秋瑞、芙蓉们正在银涛碧浪中随风颠荡。只觉着两边水涌如山，将船夹在当中，飞流如驶，顷刻间不知多少远近。忽然船身一折，打入港里，巨浪因风回溜，船往下落，其势甚重。水手们竹篙抢立不住，只听见“喀咤”一响，船头碰在堤上，裂了个大缝。幸而在内港里，又傍着堤边，水手们赶着将船湾住。柏夫人在江心受了惊恐，又听见船头打破，一急登时头晕心跳，只是要吐，那船又被波浪颠揉不定。秋瑞、芙蓉十分着急。

松府的吴嫂子说道：“此地叫平安港，上面有个女道士观，我有个嫡亲姐姐在此出家。我前日在此路过，在观里住了一天，里面很幽雅干净。方才我在舱门口，望着那一林树木，认得这里。太太这会儿心中不自在，倒不如请到观里去坐会子，定定神。让他们收拾了船再下来。那观主长的狠俊，陪太太们说个话，倒还不俗。”柏夫人点头道：“狠使得。我在船里再颠会子，实在连心肝肠子都要吐出来了。叫他们伺候，我要上去歇歇。”芙蓉听见，赶忙吩咐家人们搭跳伺候，派几个嫂子们扶着太太，自家同秋瑞拉着手儿，带领些姑娘、媳妇一同走上堤来。

幸而雨收风定，沙地上甚觉好走。柏夫人走了几步倒觉心定，抬头四望，对着芙蓉问道：“这个景致咱们在那里逛过，觉着很熟。”芙蓉道：“像铁槛寺山门口的样儿，就是没有这小桥。”柏夫人摇头道：“不像。”正说着过了桥。那山门口有几个道姑站着迎接，柏夫人们走到面前，一齐稽首说道：“奉观主之命，在此迎接太太。”吴家的在旁边指道：“这就是我姐姐。”对着李行云道：“这位是祝大人的太太，这是大奶奶，这位是蓉姑娘。”李行云们都赶着施礼。伺候太太到殿上拈过香，柏夫人问道：“观主在哪里？”李行云答道：“观主从来不出院门，请太太云房相见。”

柏夫人听了十分钦仰，命道姑领路，一直来到后边院子门口。袁可石将铜环扣了几下，有人答应来开院门，让太太们进去。只听见董家的问道：“你不是入画吗？怎么又在这里？”入画定睛细看，叫道：“哎呀，你不是董嫂子？怎么不在府里，又跟了这位太太？咱们姑娘做了这里观主，是我的师父。”董嫂子乐极了，对柏夫人道：“原来这观主是咱们的惜春姑娘。”

吴家的道:“还有一位姐姐呢?”董家的问入画道:“姑娘还有什么姐姐?”入画道:“就是珍珠四姑娘。”柏夫人们一齐大惊,问道:“怎么四姑娘也在这里?是几时来的?”入画道:“其中有个缘故,太太进去见面自然知道。”柏夫人对董嫂子道:“你快去对四姑娘说我来了。”董家的答应,叫入画领着,飞跑先去通知。此时,柏夫人想起梦中之事,不觉喜极。也不用人扶,走的甚快,转过一带竹林山子,刚到云房门口,听见有人叫道:“妈妈今日受惊了。”柏夫人听见是珍珠的声音,忙应道:“孩子,我来了。”只见竹帘掀起,出来一人,后面跟着珍珠。柏夫人知道是惜春姑娘,一手拉着一个,走到屋里。先让惜春拜见,又同秋瑞们施礼,这才珍珠跪下,抱着柏夫人的两腿,放声大哭。柏夫人也哭了一会。拜完起来,柏夫人指道:“这是你秋瑞妹妹。”秋瑞道:“虽同姐姐今日见面,但早已心交。”同着芙蓉三人对拜。

柏夫人悲喜异常,看着珍珠不知要从那一句话说起。吴家的忙问道:“这两个姑娘是太太的亲戚吗?”柏夫人点头指道:“都是金陵贾太太的姑娘。他是我的甥女,他是我的女儿。”吴家的道:“怨不得那天瞧见都是大家气概,又知道咱们家事。”祝府的姑娘、嫂子们拉着珍珠十分亲热。惜春让柏夫人们坐下。入画磕了头,倒上茶来,珍珠亲自送茶。惜春候柏夫人用过茶,开口笑道:“今日还了姨妈的珍珠。”柏夫人点头道:“数皆前定,我早已知有今日。”

秋瑞问道:“四姐姐,你怎么不小心掉下江去?”柏夫人急问道:“你掉下了江吗?”珍珠未曾答应,秋瑞道:“四姐姐在金山寺掉下江去,将大姨妈急的要死,同着宝姐姐们几乎将眼睛哭瞎了。多少水鬼子下去打捞,并无影响。第二天同着二婶子们到金山去接大姨妈,才知道这信儿。咱们都大哭了一场,梦玉哭的晕了过去。还在妙高台设祭,两处差了好些人沿江打捞,不知是谁家的一个娘儿尸首叫人捞住。杨华瞧见忙来通信,咱们陪着大姨妈到大王庙。梦玉先去拉着好哭叫。宝姐姐瞧见说,穿着红鞋,不是四姐姐。白出了多少眼泪。众人好笑道:‘看那姑娘虽在水中淹死,倒还面目端正,不是穷家妇女。'梦玉说道:'这姑娘与咱们有一面之缘,也是他的福气,就给他好好的棺殓,埋在庙的旁边。'谁知那姑娘倒沾了四姑娘的光,真是数由前定。"

惜春笑道:"那姑娘同四姑娘彼此得了便宜,两下沾光。"柏夫人点头叹道:"原来如此。你说珍珠得他的什么好处?"惜春道:"四姐姐大得那姑娘的好处。"随将借体还魂之事说了一遍。柏夫人道:"怎么脸嘴一点不错呢?"惜春又将留面换身,详为细说;叫珍珠走到柏夫人面前,解开领扣,验看上下肉色,周围红线,宛然分判。柏夫人们不胜惊异。芙蓉道:"姐姐胸前朱记不知尚在否?"珍珠开怀指道:"已无此物。"芙蓉同柏夫人此时惊喜非凡。柏夫人道:"相离未几,谁知你遭此一番颠险。再世重生,真是古今奇事。怨不得昨日我问起,你们二婶子含糊答应,扯了别的话遮掩开去。谁知有这缘故。"

柏夫人正说着,媳妇们来回:"二太太们的船都在对江不远,红船来了好些,打听太太的住处,说咱们家的船都平安无事。"柏夫人听说甚喜,吩咐差几个人四处报信,"说我遇着了贾府四姑娘、五姑娘,因修船耽搁,明日一同家去。并赶着去回老太太知道"。媳妇们答应,出去吩咐。秋瑞道:"老太太为了四姐姐,将二婶子们都得有不是。今日知道这信儿,不知要怎么样的喜欢。"柏夫人对珍珠道:"我今日就在这里耽搁一夜,明日一早上船,领着你姐妹家去。"惜春笑道:"四姐姐是偶尔停云,自然家去。甥女久已隔断红尘,与花月为伍,几篇贝叶,了此余生。自从栖息此间,足迹未尝出此院门,错蒙慈爱,不敢从命。"柏夫人道:"名门闺秀,岂可寄迹荒林。我家颇有静室,很可羁栖自适。"秋瑞、芙蓉亦再三苦劝,惜春总不应允。珍珠笑道:"五妹妹向来性执,且过一夜再慢慢商量。"惜春对入画道:"叫他们好好收拾素斋,伺候太太吃饭。"芙蓉、秋瑞同祝府的姑娘、嫂子围着珍珠问不尽的说话。那董升的家里见了两个姑娘异常的欢喜。柏夫人们又叙谈一会,天已将晚,在云房里摆了晚饭,座船上又将太太的晚饭送来。柏夫人领着珍珠、惜春、秋瑞、芙蓉正在吃饭,家人们进来报道:"二太太们船只都放过江来了,离港不远。"柏夫人听说大喜,吩咐:"二太太们湾住船,都请到这里来。"众人答应,出去伺候。

柏夫人们吃了饭,赶着叫人收拾。不一会,桂夫人的船只到齐,邀着王夫人一同上岸。梦玉等不得叫人领着,先往清凉观来。到院里,那些姑娘们瞧见笑道:“大爷来了。”梦玉不及说话,掀开门帘叫道:“太太刚才骇着没有?”走到面前请安。柏夫人喜极,拉起他来说道:“大亏这风报,遇着你四姐姐、五姐姐。”梦玉急忙问道:“那一个是四姐姐?”芙蓉笑道:“你看谁是四姐姐?”梦玉两边一瞧,指道:“这不出家的是他。”说着,赶到面前连忙下拜,说道:“姐姐,你叫我白丢掉好些眼泪。”珍珠才见梦玉进来。俨似宝玉。心中悲喜交加,不知所向。见梦玉走到面前,拜了下去,竟止不住无限伤心,纷纷落泪。两人拜哭一回,转身又同惜春拜见,说道:“这五姐姐,怎么我也认得?”秋瑞笑道:“这就是给林姑娘画《行乐图》的惜春姐姐。”梦玉道:“怎么这就是惜春姐姐? 哎呀! 还得再拜几拜。”赶着又跪下去,惹的柏夫人们好笑。惜春问道:“兄弟怎么知道我给林姐姐画《行乐图》?”梦玉笑道:“不但知道,连姐姐的大笔,林姐姐都交给了我收着呢。”

惜春正要再问,媳妇们通报二太太们来了。柏夫人命秋瑞、芙蓉同着惜春、珍珠去接。四个姐妹离了云房,刚转过竹林山子,只听见有人叫道:“哎哟! 这是那里说起!”

不知那人是谁,且看下回分解。

第六十五回　梅秋琴即景题桥　贾探春因惊见母

话说秋瑞几个走出云房,刚转过山子石,听见有人叫道:“哎哟,那里想起今日还得见面!”珍珠、惜春见是王夫人同着几位太太,后面是宝钗、巧姑娘同了好些面熟的姑娘、奶奶们。

珍珠、惜春赶忙抢上几步,一边一个拉着叫了声:“太太!”止不住泪随声下,十分伤感。王夫人悲喜交加,一句话也说不出来,只剩了相视而泣。宝钗、巧姑娘也是喜极而悲,彼此哭了一会。王夫人说道:“且见过二婶婶们,到里面去慢慢再说。”桂夫人们也倒像见了亲人一样，又悲又喜。宝钗指着一位一位都相见施礼。方才完结，抱琴过来拉着姑娘放声大哭。珍珠瞧着不胜伤感。宝钗道："金山寺的佛爷怕你撕嘴，还要在他肚子上拼命，他赶着将你姑娘送来还你。这会儿瞧见应该大喜，怎么倒哭的伤心？"王夫人们都转悲为笑。一路走着，已来到云房。柏夫人瞧见真喜出望外。姐妹两个先吊后慰，异常亲热。桂夫人们都挨次道惊问好。珍珠、惜春俱一齐拜见已毕，给王夫人磕头，又同宝钗、巧姑娘施礼，接着是芙蓉过来相见。王夫人同宝钗见他骨瘦如柴，病容满面，拉着手劝慰了几句。

太太们刚才坐下，董家的上来磕头销差。柏夫人道："幸亏姐姐差这董嫂子来，狠得他出力，一路上夫妻两个全不辞劳苦。等我到家后再谢他们罢。"王夫人道："我家人就是妹妹的家人，他们应该出力伺候才是。怎么要谢呢？"柏夫人道："将来姐姐赏他个好些的差使酬他的劳罢。"王夫人应道："妹妹所嘱我谨记在心。"

入画上来给太太同宝二奶奶、巧姑娘磕头请安。王夫人拉着叹道："好孩子，你居然跟定姑娘，不嫌清苦，也做了道士，狠难得。你见过各位太太、奶奶、姑娘，赶着去点上灯罢。"入画答应，磕完头出去料理灯盏，又点上几支素烛。董家的帮着倒茶，袁可石一同去料理伺候。王夫人老姐妹两个叙谈别后之事。桂夫人、秋琴同惜春相谈近况。宝钗、芙蓉、梦玉连着掌珠、梅春、修云同那些奶奶们拉着珍珠说不了的说话。虽是十月天气，因为人多，云房甚不寒冷。正是：

天高月破残云出，野旷风惊蠹叶飞。

那大殿上晚钟初响，与树梢上宿雨淋淋断续相应。秋琴道："此景此声，不亚寒山寺夜半钟声。你们在坐诸人，除珍姑娘、惜姑娘外，只怕都未听见。"柏夫人道："夏间在大姐姐荣国府里，姐妹们正在剪烛西窗，畅谈心曲。适风雨骤至，恍如身在潇湘，万缘俱寂。既而雨止云开，树梢新月溶溶如洗，兼之栊翠庵钟声乍响，与枝头零雨彼此相应，又恨不令欧阳子一闻此声。不意今姐妹相逢，遇此佳景。"王夫人笑道："想秋爽斋此时风景不减当时，而城廓人民，无异丁令威化鹤归来也。"桂夫人道："两位姐姐对景兴怀，抚今追昔。但今日风波之后，姐妹相逢，儿女团聚，乃人生至乐之境。今宵之乐，更当倍于往日。”梦玉听说,过来笑道:“坐中再有柳哥母子同宝书姐姐,更为全美。”宝钗道:“再不想与四姑娘在此地相逢,真是再生隔世,如在梦中。”秋琴道:“我等都是梦中人,惟愿红楼香阁此梦长存,作古今佳话,生平之愿足矣。咱们四姑娘,更做了一个梦中之梦。”珍珠道:“侄女在洪波巨浪中,原不想有今日,何期两世一身,脱皮换骨。又得母女重逢,知音满目,古今以来未有如此之乐。”惜春道:“今日可谓胜会难逢,四姐姐何不将江上琵琶消此长夜?”

珍珠未曾回答,王夫人笑道:“你同珍丫头相处多年,岂不知他何曾抱过琵琶,安能作浔阳之调!”惜春道:“太太尚不知道,四姐姐今非昔比。自落江之后,别有洞天。此时良夜迢迢,正可令其细谈衷曲,以遣惓怀。”柏夫人笑道:“刚才风波险阻,更不计有此刻。正当剪烛烹茶,听珍姑娘细说一番,以广闻见。”姑娘、嫂子们赶着换上香茗,又换过一番灯烛。时已银壶滴漏,杜宇三更。床下啧唧虫声,如闻叹息。那些姑娘、嫂子都要听四姑娘的龙宫佳话,站满一房。珍珠将怎样落红,在波浪中如何光景,及在牌楼下苏醒过来所见所闻,并借黛珠之体还魂,以及龙女同车游海见了多少古典故事,并如何见孙夫人、湘妃及娥皇、女英,所得所赠,直说到清凉观与惜春见面,今日骨肉重逢之事。各位太太、奶奶、姑娘,一切上下人等,无不听的手舞足蹈,欢喜异常。梦玉乐极,说道:“那个如意匠,不知龙王老爷赏了他些什么东西,还该去找了他来重谢才是。”秋瑞笑道:“如意匠固然要谢,那黛珠姑娘亦不可忘他。”宝钗道:“谁知那日大王庙误认珍珠,今日竟是珍珠,真是奇事,不枉梦玉的一场大哭。”珍珠低头不语。众夫人、奶奶们一齐大笑,十分欢乐。

秋琴叫丹桂看有什么时候。丹桂在胸前将时辰表看了一看,说道:“已交丑正二刻。”秋琴道:“听珍姑娘说话,不觉夜已将阑。更欲一聆妙音,坐以待旦,俟初阳一出即可解缆归去。”桂夫人们都说:“甚是。”入画听见,赶忙将琵琶送来,夫人、奶奶们传玩,赞不绝口。柏夫人叹道:“琵琶、青冢尚在人间,塞上画图已为陈迹。古来美人有遗迹留于人世者,除王嫱外能有几人?”王夫人们都点头叹息。众家姑娘俱赶着换了灯烛,要听珍姑娘弹琵琶。梦玉众人更急于要听,一个个都寂然不语。珍珠将琵琶调拨，慢弹一曲。夫人们叹赞不休。

珍珠道："夜阑霜重，甚觉冷气侵人，尚得舞剑一回，以驱寒气。"秋琴大喜。珍珠起身将琵琶交与抱琴，脱去外面大衣，整整乌云，系系裙带。入画将宝剑递来，珍珠接在手内，站在中间。各位夫人、奶奶、姑娘、嫂子们都四面坐立，定睛细看。只见珍珠柳腰轻转，玉臂徐舒，左旋右转，慢慢舞将起来。后人有篇长歌，单道珍珍舞剑的妙处。其歌曰：

> 龙泉挂壁闻风雷，虹光电气相徘徊。人间健儿不敢舞，琉璃古匣生尘埃。空庭风急琪花落，丽人小袖罗衫薄。手持三尺青莲花，入手嫣然借挥霍。满堂凛凛秋水寒，清凉弟子拭目看。初如曳练光闪烁，浏漓绕腕灵蛟蟠。流星历乱飞白榆，天女垂鬟散花雨。轻云飘拂红罗襦，麻姑信手挥宝珠。去如玄女骖鸾卫，来如电母排云势。飞燕身轻忽上腾，窅娘态逸还斜曳。或如洛神纵体出水立，龙婉鸿惊罗袜湿。又如丽娟按节舞回风，珊珊仙骨云霄中。飘然许飞琼，翻弄瑶池雪。相将后羿妻，飞入青天月。一片圆光簇镜花，色色空空并奇绝。须臾眩转如飚轮，团团见剑不见身。公孙大娘不足数，神妙亲授孙夫人。观者魂惊正凝睇，划然一击神光逝。谁云儿女即英雄，独立亭亭真绝世。整我红粉妆，着我云锦裳。鬟丝不动胭脂香，意闲气静神扬扬。乃知绕指柔化百炼刚，莫耶长寄温柔乡。

柏夫人们见珍珠舞的似万朵梨花，寒光闪闪，周身上下倒像一个水晶球在灯光之下，并不看见身体。众人正看的身心俱畅。舞够多时，划然而止。时东方已白，珍珠面色不喘不变。柏夫人们无不极口称赞。梦玉、秋瑞这些姐妹更喜的拍手大乐。

梅春过来抱住珍珠，叫道："好姐姐，你明日一定要教给我这舞剑。"珍珠应道："等着我慢慢教你。"梅春道："我今日先拜师傅。"说毕，抱着珍珠两腿就跪了下去，在鞋尖上磕头。急的珍珠忙要回拜，无如身子跪不下去，急的满面通红，说道："这傻兄弟快些请……。"那个"起"字还未出口，不觉仰面一跤，跌倒地上。夫人、奶奶们哄然大笑。秋琴、丹桂赶着过来。刚到珍珠身边，梦玉跑的快，已将珍珠抱起。梅春抱着珍珠两腿，还在磕头。秋琴笑着弯下身去，拉起梅春说道："你也不怕玉哥动恼，将师傅拜了一跤还不放手。"珍珠站脚不住，又被梦玉抱住，急的头红面紫，不知所措。紫箫、芳芸们都过来拉的拉、扶的扶，满屋里笑不绝口。梅春站起身来。珍珠站定，抱琵将衣服送过来给姑娘披在身上，梦玉帮着七手八脚的穿衣服。宝钗笑道："梦玉兄弟尽着服侍四姐姐，也不怕老西儿打喷嚏。"引的夫人们又大笑了一会。

嫂子们摆上点心，换了新茶。桂夫人道："姐妹重逢，一宵欢聚，不知东方之既白。吃了点心就可上船回去。老太太在家不知怎样的惦记。"

柏夫人道："妹妹说的狠是。但我尚有一事，要妹妹们替我作成。"秋琴问道："大姐姐有什么事要咱们作成？"柏夫人指着惜春道："就为这五姑娘。他是朱门弱质，岂可在此出家？不过偶尔陶情，暂为托足，断无真个寄迹空门之理。今蒙上天默佑，先将珍珠送来此地。昨日又借风波作合，将大姐姐及咱们都引入此间，可见数已前定，岂可舍他一人咱们回去的道理。前在京中已将宝钗、珍珠认继为女。然宝钗同大姐姐相依为命，我母女们总不能常为朝夕。我今日要向大姐姐将五姑娘给我作女，带了回去。将来一切事务总在我一人，断不令其终身抱恨。望妹妹们与我成此一段佳话。"桂夫人们一齐说道："贾大姐姐同咱们亲如手足，谅无不允。五姑娘同咱们一宵相聚，断不忍孤身在此。"掌珠、秋瑞、汝湘、芳芸、紫箫这些姐妹们都说："五姐姐又不是铁石心肠，就肯丢下咱们，自然一定同去。"惜春刚要开口，又被梦玉、梅春、修云三人拉着一齐哭道："姐姐不去，我们都死在这里。"王夫人瞧见如此光景，止不住流下泪来，走到惜春面前，拉着手儿道："好儿子，当初你立意出家，不别而行。今日相逢，岂肯放你。看着众姐妹、两个兄弟如此情切，依了他们，快过去拜了母亲，咱们一同上船回去。"宝钗、珍珠也拉着哭道："妹妹你岂不念当初情分，好好的出什么家呢？快些依着太太吩咐，再休违拗。"惜春此时身不由己，势难固执，只得掩面哭道："我遵太太吩咐，情愿拜姨妈为母，一同回去。"上下人等听说，无不大喜。柏夫人乐不可言。

王夫人吩咐中间摆椅，请柏夫人坐下。桂夫人、秋琴两个扶了惜春在膝前拜了八拜，又挨次拜见，以及姐妹兄弟、姑娘媳妇们拜了半日，人人欢喜。王夫人叫惜春、入画主仆俱换去道装，柏夫人道："如今是我的女儿，应该成服，不拘那一个姐妹的服饰，权且换上，到家再办。"紫箫赶着取了自己带来的给惜春换上。王夫人吩咐入画："将姑娘应用之物，赶忙收拾带去。其余一切出家之物全行留下。"又命宝钗、珍珠同众姐妹们帮着收拾。柏夫人叫李行云来，当面吩咐，令他作清凉观主。所有姑娘不带去之物，都给他们分散。因在此母女相逢，留下一百两银，给殿上各神像装金、上供。余外另给了几十两作长住费用。将清凉观入了祝府家庵，每月初一到家里去领香烛、油米。

李行云、张流水、袁可石师徒三人十分感谢，欢喜不尽，赶忙备了素面伺候。夫人们用过，打发服侍的内外人等吃了些点心、面饭。入画早已收拾完毕，珍珠并无别物，惟有得的琵琶、宝剑、画戟、弩弓俱交给抱琴好生收着。诸事齐备，时已晓阳初出，各家人伺候太太们上船。芙蓉将五姑娘一切带去物件，着人搬到船上。柏夫人们站起身来。往外要走，李行云师徒三个过来拜谢。两个姑娘因相处一场，不忍分别，不觉伤心大哭。惜春、入画俱各止不住纷纷落泪。因碍着太太们，在此不敢多说，惟有彼此道谢而已。

此时，观前十分热闹。柏夫人们来到桥边，珍珠用手指道："孙夫人将女儿送来睡在这块地上。"柏夫人未曾回答，汝湘道："赶着将这块地上圈起围墙，休叫牛来吃了香草。"秋瑞道："你不要混出主意，横竖梦玉一定要在这地上建立碑亭呢。"说的柏夫人们一齐好笑。珍珠满面通红，低头不语。秋琴笑道："圈墙立碑，将来再办。倒是这桥不可不赐以嘉名，作个古今佳话。"宝钗道："大姑姑说的甚是。题桥一事除大姑姑外，有谁敢当此任？"王夫人们说道："大妹妹不要谦让，取他个名儿。"秋琴笑道："倒是我惹到自家身上，别叫人家笑话。"柏夫人道："谁来笑你，倒是快些，别耽搁了工夫。"众人又再三催促。秋琴笑道："既是这样，我竟乱说了。古人有诗曰：'二十四桥明月夜，玉人何处教吹箫。’四姑娘、五姑娘可为一对玉人，都在这里相会，这座桥竟名之曰‘有玉桥’何如？”柏夫人们一齐大赞道：“好极，用圣经上‘有美玉于斯’甚为切贴。真不愧是锦心绣口。”宝钗道：“大姑姑题此嘉名，桥可以千秋不朽矣。”

太太们说说笑笑，已到江口，众多男女伺候上船。王夫人、桂夫人、秋琴都在柏夫人船上。宝钗、珍珠、惜春被修云拉去一船。梦玉道：“咱们都到一船倒还热闹，叫这些嫂子们各船去热闹，不过一会儿也就到家。”修云道：“也狠使得。”梦玉道：“上回宝姐姐偷跑了回去，这一磨儿我盯着再也不放。”芳芸们甚觉好笑。宝钗忍不住伤心，掉下几点珠泪。梦玉瞧见说道：“我不知前世造了什么孽，宝姐姐见了我就要动气。我倒不如跳下江去，省了宝姐姐心里发烦。”说着，往窗口就跳，急的珍珠赶忙顺手拉住。宝钗说道：“我何曾见你就动气？你若要跳下江去，咱们拢共拢儿同去，还得四姐姐引路，不然龙王爷也认不得咱们是谁。”紫箫们都好笑起来。梦玉笑道：“宝姐姐你不动气，我也懒得去见龙王。咱们赶着开船罢。”姐妹们挤满一舱，十分亲热。宝钗、惜春叙谈别后之事。梦玉们拉着珍珠，又细谈海中的故事。

此时，各船已开入江心。珍珠指着金山说江底下法海的光景。汝湘道：“法海固然多事，到底是许仙薄情所致。物必先腐而后虫生焉。”宝钗点头道：“此为确论。当年宝玉惟钟情于林黛玉，是以黛玉一死，便视我等如敝屣，和尚得以诱之而去。”梦玉叹道：“宝二哥可谓无情之至矣。怨不得昨日太太在江心遭险，琏二哥倒来相救，可见多情的才做得神仙。不是我说宝二哥，连太太都不惦记，这样人还有个说头儿吗？宝姐姐你等着，我见了他替你啰他两口。”掌珠们笑道：“你也不怕宝姐姐动恼？”宝钗道：“你知我的委屈，我也出了怨气，别是说的好听。”梦玉道：“我待宝姐姐若有一点虚情假意的，叫我……”秋瑞道：“大爷又该赌咒了，再说会眼泪就跟着鼻子下来。”众人一齐好笑。芳芸指道：“你们瞧，前船已收入江口，今日走的这么快。”汝湘道：“咱们只顾说话，不知不觉已到了家门口儿，多会儿过了金山，也不理论。”

正说之时,见有大小船只都在江口迎接。各船鱼贯而入,不过数里之间俱到码头。此刻轿马喧阗,人如山积。原来祝尚书灵柩已于昨日启到宅中安设。各家亲友虽遇风波,幸俱无恙,都在船中等候,以此码头边船只挤的水泄不漏。因柏夫人座船已到,各船水手好容易的将船排开,要让几号大座船抵码头停泊。头号座船正待拢将过去,不知谁家的一只小篷船要抢入码头。这些大船的水手如何肯依,吆喝乱骂,不准他湾入码头。那只小船偏要挤将进去,两边船上将篙子混搠,那小船篷板俱被损坏。

正在危急,只见小舱门口有一人光着脑袋,露出半截身子,将手乱摇,招呼:"休要动手,咱们也是大人宅里的官眷。因昨日遭风到这里来投亲眷。舱里是少奶奶同哥儿、姑娘,昨日在江里受惊得病,因衣服没有烤干,走不出来。望着大船上的哥儿们高高手儿罢。咱们都是门子里的人,说起来谁还不认得谁吗?"那人高声说话,柏夫人们在座船里听的十分明白,说道:"原来是昨日遭风船,那位少奶奶也是咱们患难朋友,不可欺负他。"桂夫人吩咐:"问他是那位大人的少奶奶,到这儿投奔那家亲戚?叫两边船上不许啰唣,只管将小船同咱们帮住,一会儿的工夫又何妨呢?"

众家人一齐答应,连连招呼。那小船得了命,赶忙帮住大座船,一同拢到码头。祝府家人们跳了一个到那小船上,细细问明来迹,赶忙过来回道:"刚才奴才过船去问过,原来那船上是节度使周琼周大人的一位寡居少奶奶回南。昨日在黄天荡遭风,将船打坏,一家落水。"王夫人忙问道:"那个周琼?"家人道:"是原任平江节度使,如今现任三边总制。"王夫人大惊,说道:"他是我的亲家。你快些过去问少奶奶娘家是谁?快来,快来!"家人飞奔而去。立刻转来回道:"已问过,说是荣府的探姑娘。"王夫人道声:"哎哟,心疼死我了!"赶忙叫周贵家的:"过去瞧瞧,说我在这里,快些同了过来。"

周家的答应,叫人扶过船去。到了小船,走下船门,黑洞洞的也看不见个面貌。周贵家的问道:"少奶奶在那里?"有个人站在旁边答道:"在中舱里睡着呢。"听见有人,问道:"是谁?"周家的叫道:"探姑娘,是我。"说着,两人拉着细看,原来是侍书。见是周嫂子,一时悲喜交集。此时探春因受惊之后，母子三人昏昏睡着。侍书同周家的走到面前叫道："姑娘，太太在这里。"那探春惊醒，急忙问道："那个太太？"侍书道："咱们荣府的太太在这里。"周嫂子低下头去叫道："姑娘，太太差我过来，请你到大船去相见。"探春赶忙坐起身来，急问道："怎么，太太也在这里？"周嫂子道："说起话长，请姑娘就过船去，慢慢的细谈。"探春悲喜之至，说道："我姑爷不在了，老爷因衙门不便，命我回家。昨日在江心将船打破，一家落水，被一个和尚将我们娘儿三个救到岸边，又救了侍书同小子张福。叫我们坐个小船到这里，自有亲人见面。那和尚倒像那里见过，一时惊慌之际想不起来。衣箱行李都沉下江去，昨晚雇了这船，烘了一夜衣服，哥儿、姑娘哭了一夜，方才娘儿三个昏昏睡去。谁知在这里遇着太太，真是梦想不到。"周嫂子道："梦想不到的事多着呢，姑娘过去自然知道。还有多少太太、奶奶们在这里，请姑娘快些过去见个面儿，好一同上轿。"

探春正要问那些太太，只见祝府里有好些姑娘、嫂子们过来相请。探春只得叫侍书同周嫂子抱着哥儿、姑娘一同都过船去。此时董升夫妻亦过船来，探春看见甚属伤心，不暇细问。刚到大船头上，茗烟抢着请安。梦玉亦急忙忙走过来。探春抬头瞧见，急问道："兄弟你几时回来的？"茗烟急答道："探姑娘，这是祝大爷，并不是宝二爷。"梦玉道："探姐姐，兄弟是祝梦玉。方才听说姐姐在此，奉母亲之命特来迎接。"探春眼圈一红，说道："不敢有劳。"说着，同梦玉走下舱来。贾府的姑娘、嫂子们瞧见探姑娘，人人欢喜。探春走进官舱，见王夫人同着好些不认得的太太们都站着等候。探春忍不住伤心，抢到王夫人面前说道："苦命的女儿，想不到在这里得见太太。"说着，跪下去放声大哭。

王夫人看此光景，十分伤感。母女悲苦一回站起身来，命探春拜见柏夫人、桂夫人、梅姑太太。各位奶奶、姑娘都挤满一舱，惜春、珍珠拉着伤心一会，不暇问询。接着梦玉夫妻、姐妹一个一个挨次拜完。探春见这些人都似当年闺中好友，人人面熟。王夫人又一个一个指说一遍。侍书同周嫂子抱着哥儿、姑娘都一齐拜见，王夫人瞧着十分悲喜。探春将在京拜别之后，直说到昨日江心遭难，和尚相救指引之事,大概说了一遍。柏夫人们不胜感叹。王夫人道:“昨日是琏二哥救你,怎么不知道吗?”探春惊道:“怎么那和尚就是琏二哥吗?怪不得有些面善。”王夫人又将贾琏出家之事也说了几句。探春拉着巧姑娘道:“幸你父亲出家得道,救了我们多少性命,不然昨日我母子三人也葬了鱼腹,真令人感激。”巧姑娘哭道:“手足之情,原该相护,姑妈何言感激。”柏夫人道:“今日昨日两次母女相逢,真是古今一段佳话。他们已伺候多时,咱们快些家去,不要叫老太太等的心焦。”王夫人们都说:“甚是。”

此时,文武各官以及众家亲友俱在码头迎接,祝筠各处致谢。贾、祝两府家人收接各家名帖,一面伺候上轿。直闹了半日,太太、奶奶们才上完了轿子。将些姑娘、嫂子们急的乱喊乱叫,纷纷都要抢着上轿。看着大桥俱已去远,越发着急。幸而梦玉派了茗烟照料贾府一切,因此入画、侍书们倒不落后,跟着大轿早已前去。此时这五条街上尽剩了往祝府去的轿马,满街上来往行人兼那些买卖担子,挤了个雨雪不漏。

众人正看热闹,谁知大街上走了水。十月间,正是风高天燥,霎时间烟雾漫天,火声哔剥,人急马惊,彼此不顾。号呼喊哭之声骇心振耳。王夫人是第一乘轿子,正被救火的兵民挡住。面前人如山积,后面轿马又如潮涌而来,越挤越多。太太、奶奶们都急的无法。

正在进退两难之际,那火光之中,只听见天崩地裂一声响亮,一连倒了几堵大墙,两边人马大惊,忽然一拥,将宝钗轿顶挤去。梦玉骑着牲口正在轿旁,见轿子几乎栽倒,十分着急。那些跟班的同轿夫彼此不能相顾。梦玉正着急的要死,只见宝钗云髻上倒像一个大蜻蜓飞了起来,划然有声,越高越大。刚到那火光之中,就如一条乌龙,将火光围住。忽然大雨倾盆,火烟顿灭。那些山积之人,纷纷跑散。梦玉马上正看的出神,想不出这个道理,见那条乌龙正在半天,渐渐缩小,仍旧像蜻蜓一样冉冉落在宝钗身上。宝钗正自惊惶之际,觉着有件东西掉在衣襟上,其势甚重。顺手摸着一看,见是头上带的松钗,赶忙插在髻上。此刻火烟已灭,人亦松散。前面轿子趁空儿赶着鱼贯而走。祝府跟班的才看见宝二奶奶轿顶踩了个稀烂,忙找着轿夫，一同扛着无顶的轿子，挨次而去。梦玉紧紧跟着，走不到半里来路，只听见“喀札”一响。

不知又断了什么，且看下回分解。

第六十六回　介寿堂感情留客　海棠院戏语成悲

话说祝府众人见前面拥挤稍为松动，轿马赶忙前进。因宝二奶奶轿顶挤去，各家人、小子同着轿夫抬着飞跑。刚走了半里多路，眼看着快到祝府的大门，只听见“喀札”一响，将个轿底掉了下来，宝钗几乎跌出轿门。梦玉急忙跳下牲口亲手扶住，命后面轿马一齐站住，立刻差人去取乘大轿快来。那些家人、小子慌了手脚，一时间那里去找大轿。

各人正在没法，茗烟见小胡同里抬出一乘体面玻璃大轿，一眼望去见是甄大爷。茗烟喜极，赶上去抓住轿子叫道：“大爷快些下来！”甄宝玉不知为什么事，急忙下轿问道：“你有什么要事，如此慌张？”茗烟道：“宝二奶奶轿子被人挤破，几乎跌出轿来，现在站在街上，请大爷将轿子借坐几步，快些快些！”甄宝玉听见，急忙命轿夫抬去。茗烟不暇多说，领着飞跑。刚才走到，看见宝二奶奶已坐上了姑娘们的小轿。茗烟连忙叫住，请二奶奶换上大轿。梦玉看见甚喜，将那小轿仍旧去抬了那位姑娘。前面大轿俱已到了祝府大门，后面轿马蜂拥赶去。

这会儿，祝府门口也认不出谁是谁家的人跟着轿子。太太们都在茶厅下轿。石夫人领着海珠、三个姨娘同竺、鞠两亲家出来迎接。彼此相见，大概叙谈几句。各亲友本家内眷俱已下轿，挤满一厅。王夫人在前，一直往里进去，因没有见过老太太，不便在祝露灵前拜奠。进了垂花门，见姑娘、嫂子们两边站满，走过景福堂，由怡安堂甬道竟往介寿堂来，瞧见卷棚下就像一堆碎锦，扶着老太太在那里等候。不敢耽搁，同柏夫人赶忙上去。祝母此刻悲喜交加，真是一肚子的话，不知从那一句说起。柏夫人走上台阶，先抢一步跪下请安，抱腿大哭。祝母两手相扶，不胜悲苦，婆媳们哭了一会起来。接着王夫人请安。祝母拉着一同走进厅屋，先见了礼，让柏夫人磕头，又哭了一会。桂夫人同秋琴过来请安。

秋琴道："你们出差的且等一等再请安，先将老太太想的这个宝贝见个面儿，等老太太喜欢喜欢。"桂夫人听说，赶忙拉着珍珠、惜春过来，指道："这是珍珠，这是大姑娘惜春。"祝母喜极，一手拉着一个，看了这个，又看那个。柏夫人指着惜春，将其大概说了一遍。珍珠、惜春一同跪下拜见。这会儿将老太太喜的乐不可言，说道："真是我的宝贝，那里还想今日见面！好儿子快起来，别尽着磕头。"两边姑娘忙将珍珠、惜春扶起。

柏夫人又指着探春说了一番。探春亦赶着过来拜见。入画、侍书抱着哥儿、姑娘来磕头。梦玉夫妻姐妹同那些出差的人挨次请安。还有些亲友太太们相见完毕。入画、侍书磕头。祝母同王夫人说了几句别后的说话。又同柏夫人叙姑媳之情。芙蓉上来请安。老太太瞧见欢喜之至，等他拜完起来，拉着手儿说道："好孩子，我听见你很出力，积劳成病，可怜累到这个样儿。横竖我总不负你的好处，必叫你终身得意。"

老太太正在说话，垂花门差人来回："各家太太们都往荫玉堂去拜奠，请大太太过去回礼。"柏夫人赶忙辞了过去。祝母道："大孙女儿同你母亲去，宝钗、珍珠两个也帮着同去照应。我不将你两个待做外人。叫梦玉带着媳妇们赶忙过去，休要耽搁。"柏夫人领了这些儿女俱往荫玉堂来。

此时，如是园的背道变了极冲的大路，往来不绝，尽是两宅内眷。柏夫人们赶到荫玉堂，众家亲友正等着拜奠，内外热闹了半日。接着是两宅的家人、媳妇、姑娘、小子给大太太磕头，并拜见姑娘。又是祝府的师爷、相公、清客、伙计及一切各项人等都来请安上饭。祝筠一人两边接待，幸梅白同郑、鞠两亲家，还有几位本家爷们帮着陪客。垂花门以内派了李、荆两姨娘料理。因见两处来的亲眷过多，实在照应不到，赶着又派汝湘、九如在安和堂总理一切。柏夫人今日新到，尚未定有章程，内外十分忙乱。王夫人们也帮着忙了几日，应接不暇。

这几日，探春、珍珠、巧姑娘都在瓶花阁安歇。芙蓉因在病中，难以料理，柏夫人倒狠忧虑。幸得惜春不离左右，诸事俱有规则，柏夫人心中欢喜。因想起珍珠终日躲避，又不便请他帮着照应，倒叫他进退两难，殊不成事。就将这心事同王夫人从长计较，要商出一个道理才好。王夫人道："这几日探春同他抵足谈心，知他借体还魂，心中甚喜。近来光景比在京时已大不相同，我叫探春将在京受聘之事对他说破，他也并没有言语。将来等着梦玉脱了孝，完此一段姻缘。他既是你的女儿，你竟派他同惜春料理家事。等我回去时再带他家去，也要去拜祭祠堂、坟墓。"柏夫人点头道："咱们慢慢商议。"

不提两位夫人之事。探春自到祝府以来，祝母们无不相待甚好，真是时刻不离左右。王夫人又将承继珍珠及别后情形母女们备细说过，是以探春同珍珠胜似同胞手足，十分相得。祝母自得探春、珍珠，每日拉住同吃同坐，又兼着梦玉常来缠个不了，连巧姑娘也被他们拉来扯去，没有一会儿空闲。接着祝府里商量出殡，要定章程，内外俱要公议。介寿堂、怡安堂同那边安和堂不断的有人回事。此时凡有执事的姑娘、姨娘、嫂子们，都忙的没有了吃饭的空儿。祝母将那悲伤念子心肠倒减去了七八成儿。又兼着给柏夫人接风，各位奶奶、姑娘、梦玉给芙蓉、惜春、探春、珍珠们接风，真是忙做一堆。这日晚上，柏夫人、王夫人逛到秋琴屋里去闲话，正值桂夫人、石夫人俱在那里，彼此各谈家务。夫人们情同手足，并无客气。谈了多会，见个小丫头点着一盏素纱绣球灯照着紫箫进来，后面跟着两三个姑娘。桂夫人问道："你们才散吗？"紫箫道："二叔叔在介寿堂回出殡的章程日子，说了好一会的话，因老太太要安寝，各人才散。二叔叔到怡安堂去了。芳姐姐被探姐姐拉到瓶花阁去下棋，只剩我一个回来。"

柏夫人忙问道："拣了几时出殡？怎样的章程？"紫箫道："拣了十二月初六寅时安葬。这个月二十八起开五天吊，每晚做五日大祭。垂花门以外归外帐房、外厨房经管，垂花门以内归内帐房、内厨房经理。将爹爹的影请到荫玉堂同大爷的挂在一堆儿，以便客人拜奠。这边灵前摆供念经，客人两边分坐。内里的也是两宅摆席，儿子、媳妇都在荫玉堂回礼。老太太还在介寿堂看牌，不用接待来客。所有内里陪客照应及一切执事，请老太太斟酌再定。今日十四，横竖还有十几天的空儿。后日十六是好日子，二叔叔到坟上破土开工，派杨华、廖升监工做坟。并在坟上搭盖板屋、席棚，预备男女上下人等在坟上住过三日回来。所有一切，也是内外分开办理，省了照应不到。老太太说狠是，明日要商量着派人呢。”柏夫人道：“二叔叔办事周到，自然不错。”秋琴道：“既是这样，明日咱们听老太太派差。”王夫人道：“甚是。夜已过深，咱们且去安歇，明日再谈。”夫人们都站起身来，秋琴笑道：“咱们多坐少坐倒不理论，就是空耽搁了二嫂子的大事。”桂夫人道：“我有什么大事怕你们耽搁？”秋琴笑道：“襄王久待巫山，望云正切。再迟不去，定必折倒阳台矣。”桂夫人笑道：“江梅已动春情，流酸溅齿，明日拔开醋葫芦，淹透梅根。”柏夫人们一路走着一面好笑，不觉已到院子门口。别了秋琴，各人分手回房安歇。

次日清晨，秋琴先到介寿堂请安。老太太因连日辛苦，身子疲乏，不能起早。秋琴走到床前问了安，就坐在帐幔里面小杌子上，娘儿两个说了一会闲话。秋琴问起出殡之事，老太太将祝筠定的章程、日子说了一遍。秋琴道：“今日老太太怎么样的分派？”祝母道：“我想请贾大姐姐、郑大姐姐、顾二姐姐、竺、鞠两亲家同你，还有族里的几个奶奶们分着接待两边来客，二姐姐总理一切。只愁你大姐姐那边芙蓉病着，虽有汝湘、九如两个，总还少个好帮手。我意中想着两个人，又不便烦他，正要同你商量。”秋琴道：“老太太想着谁，又不便烦他？”祝母道：“儿子、媳妇、女儿都要回礼，不便应酬来客。我瞧着探姑娘同珍珠两个才情不差上下，做个事儿又安详精细。来了这二十几天，见我又亲热又孝顺，真是两个好孩子。近来珍珠被梦玉缠的躲来躲去，连我屋里都有些怕坐，拉着探姑娘远远去藏着，他如何肯去做九如们的帮手呢？偏生他们又落在这个时候才来，若在我做生日的那几天，我不管贾大姐姐依不依，倒就势儿完结了这件事。这如今倒难提起，只好等着蟾珠来，一同做过亲，再到松大哥衙门去，完结彩芝亲事。”

秋琴笑道：“老太太还忘了一个定下的，难道就不要了不成？”祝母忙问道:“还定下那一家的,怎么我就不记得了?”秋琴道:“你老人家真势利,没有珍珠,硬要人家做替身,将人定下。如今有了珍珠,就将他丢在脑后,人家的姑娘就这样不值钱!”祝母急的笑道:“我定下谁?实在一会儿想不起来。好孩子,快些对我说明白,别叫我着急。”秋琴笑道:“怨不得人说老太太上了年纪,说过的话转眼就忘,真个一点儿不错。况且这个人也是老太太最喜欢的。”祝母笑道:“好儿子,你快说,到底是谁?”秋琴笑道:“就是贾大姐姐的友梅姑娘。”祝母听说,在被窝里大笑,说道:“真个该罚我个什么,实在我老糊涂了。怎么就忘了这个友姑娘呢?你算算梦玉到底共得了几个媳妇?”秋琴道:“先将现在的算起,是海珠、掌珠、汝湘、九如、秋瑞、芳芸、紫箫,一共七个。未娶的是珍珠、友梅、彩芝、蟾珠四个,拢共拢儿十一个。”祝母笑道:“十二金钗还短一个,我的意思要将芙蓉凑上。你说使得使不得?”秋琴笑道:“大姐姐早有此心,原要等着你老人家作主,有什么使不得。本来芙蓉那孩子也狠去得,真便宜了梦玉。我想老太太若为珍珠不便,今日竟派他两个在荫玉堂办理丧事。贾大姐姐同咱们手足一样,他的女儿就是老太太的孙女儿,帮个忙儿又怕什么使不得。”祝母点头道:“一会儿我对贾大姐姐说了,竟派他两个一点不错。我也要起来。”宜春、芍药、江苹、三多四个姑娘赶忙伺候穿衣,双庆忙送上参汤、丸药。

祝母刚吃了丸药,祝筠进来问安。兄妹们问过好,也就在槅子里小杌子上坐了一会,候祝母起身下炕,告辞出去。姑娘们伺候老太太梳洗收拾完毕,柏夫人们上来请早安。梦玉、海珠们这一班,挨次请安。祝母看见十分欢乐。接着王夫人、竺、鞠两亲家太太同探春、宝钗、珍珠、巧姑娘都进来请早安。祝母喜的应接不暇。惜春、修云在老太太左右侍立,探春、宝钗、珍珠、巧姑娘进来请安之后,走到惜春、修云之下,分班站着。

祝母看着喜极了,吩咐姑娘们都摆小杌子坐下,说道:“真是我的造化!蒙诸位亲家们不弃,将些宝贝女儿都给了我家。靠天地佛爷保佑,使我娘儿们长远相聚一堂,就是少穿一件,少吃一碗,也是愿意。”柏夫人道:“媳妇儿孙俱沾老太太慈荫,同享安宁。”王夫人道:

"侄媳们亦邀福庇,惟愿长奉慈帏。"祝母笑道:"我全仗诸亲家太太们福庇得娱老景,私心更慰矣。那天周惠芳二姑娘说,他父亲叙起来是探姑娘公公未出五服的兄弟。前天明卓二奶奶说,一半天要接探姑娘家去叙叙一家亲谊。我说甚是,总是祖宗一脉下来,不过年远分支,骨肉疏远。想到当日,谁不是同胞手足呢?上一个月,咱们晓亭大太太的四姑娘出嫁,我照常例之外,又陪送了好些东西。那姑爷狠好的一个孩子,将来大可上进,也是咱们的光彩。我听见大媳妇说,贾大姐姐起身时,将合族男女各有所赠。我很喜欢,办的甚是,这才是仰体祖宗骨肉亲亲之谊。"

王夫人忙站起说道:"这是侄媳分所当为之事,蒙老太太过奖。"祝母道:"世上富贵人家甚多,有几个是肯照应穷亲穷戚的?还有那穷本家上门,就像眼睛里扎了刺的一样,只少了撵他出去。要像大姐姐这样人,如今也很难得。"竺、鞠两太太都极口称赞,王夫人坐下又谦让一回。宾来、长生摆上点心,王夫人同众人俱已吃过点心,只有秋琴陪着老太太随意吃点儿。

祝母对王夫人道:"探姑娘他姑爷去世,青年失偶,最是可怜。他公公叫他回家节守,娘儿三个举目无亲。现今贾大姐姐母女相逢,岂肯放他回去。大媳妇荫玉堂无人办理一切事务,我再三斟酌,要专请探姑娘、珍姑娘两个管理荫玉堂事务。咱们家的人断不能分身照应,不能不请他两个料理。不知贾大姐姐意下如何?"王夫人忙答道:"珍珠是老太太的孙女儿,只管派差。探春蒙奶奶慈爱,亦应出力。只恐呼应不灵,有误正事,倒负了老太太付托之心。"祝母点头道:"我既托他办事,就是主人。如有不遵的,就是欺我一样。"对桂夫人道:"各处知会,说我请探姑娘、珍姑娘在荫玉堂办事。一体遵奉,如有违抗的,立刻回我处治。"桂夫人答应。探春不敢推辞,同珍珠过来拜谢。梦玉姐妹们欢喜之至。祝母吩付道:"今日就去接手任事。"探春们答应,一齐散了下来,往海棠院去吃饭,商量接手一切章程办法。

王夫人们陪老太太说话,见周大奶奶进来回道:"适才芳芷堂差人知会,朱姨娘小产了一个姑娘。奴才赶着去瞧,姨娘说周身发烧,胸口气闷，叫请老太太示下。”祝母道：“赶着请叶老爷进来瞧脉医治要紧，就叫魁儿陪着到芳芷堂去。”周大奶奶答应，退了出去。桂夫人道：“李姐儿这一程子过于劳苦，近来身子很不安静。昨日媳妇吩咐他不必管事，将凝秀堂事务都交给春燕、书带、兰生三个人料理，等分娩之后再照常办事。”祝母点头道：“很是。朱姐儿芳芷堂是那几个丫头？”桂夫人道：“是庆儿、采菱两个。”祝母道：“目今事繁，兼着又是年下，还要带着安和堂照应，他两个如何来得及？芍药在我跟前年久，办事又很小心勤谨，就派他到芳芷堂去，倒还得力。”桂夫人连声答应。芍药过来磕头谢老太太恩典，就去知会垂花门，一面到芳芷堂接手办事。

祝母们正在谈笑，见郑大太太笑着进来。祝母问道：“你做了一件什么得意事，满脸是笑？”郑大太太道：“我进来瞧见老太太满脸喜色，一定有件舒心的事儿，我也帮着老太太欢喜。”秋琴道：“老太太探听你几时坐月子，商量着要给你去催生，咱们还要出公分接你来离骚窝儿。”秋琴未曾说完，祝母们乐的哄然大笑。郑大太太笑道：“梅妖精真会说话，你就保得住不生个小梅子儿？”祝母笑着让坐。汝湘上来给母亲请安，问了几句说话。刚要下去，桂夫人道：“探姑娘们议定章程，等着我同姨妈们斟酌，你去帮着商议。”汝湘答应下来。走过怡安堂，宾来瞧见说道：“千急对探姑娘说通个情儿，别派咱们些苦差使。”汝湘点头笑道：“公事公办，你还怕什么干不来的事吗？”一面笑着往海棠院来，刚到门口遇着梅春，笑嘻嘻一同走了进去。

众人正说的高兴，见他们笑着进来。海珠问道：“你两个笑些什么？”梅春随口答道：“一半天要吃珍姐姐个喜酒儿。”梦玉忙问道：“珍姐姐有什么喜事？”探春笑道：“横竖这杯酒也有你的分儿。”海珠拉着梅春要问，珍珠满脸通红，起身就跑。海珠笑道：“梦玉今日留住四姐姐，算你好些儿的。”梦玉听说，跑上几步将珍珠抱着走到大炕前放下，惹的众人大笑。探春同宝钗道：“珍丫头有武艺了，使个小性儿才算是好些儿的。”珍珠抿着嘴儿好笑。听见有人请宝二奶奶介寿堂说话，宝钗往外就走，对海珠们道：“别叫珍丫头跑掉了，我一会儿就来。”说毕，同着来人上去。隔了好一会，宝钗转来，众人俱要探听叫他上去说些什么。宝钗笑道："真个为珍姑娘的喜事，连众人都派了差使。咱们要同梦玉讲下，怎样的谢我。"梦玉笑道："宝姐姐就是梦玉，梦玉就是宝姐姐，怎么说怎么好。"宝钗道："既是这样，倒要问问珍丫头，他嫁的是梦玉呢，还是嫁的是宝钗?"探春笑道："依我说，珍丫头嫁的是宝也有，玉也有，两人总是一人。"宝钗原是怄珍珠说玩话，听探春说这话，不觉打动一段情肠，止不住流下两行香泪。探春、惜春、珍珠、巧姑娘都知宝钗流泪之意，也想起当年风景，有举目河山之感，竟不约而同一齐堕泪。探春前后思想，更为悲切。梦玉瞧见不知为着什么，好端的哭将起来。劝了这个，又劝那个，只是不理，真是没法，也只得放声大哭起来。海珠们吓了一跳，赶忙过来拉着，好容易将梦玉劝住。秋瑞道："咱们喝口茶，润润嗓子。我要请教这哭的缘故。"

众人坐下，姑娘们赶着倒茶，又送上热手巾。各人擦了泪痕。荣贵、抱琴、荷露给宝钗、珍珠、巧姑娘递过粉扑、手镜，照着匀了匀头面，三人收去。秋瑞道："刚才宝姐姐忽然堕泪，自然有伤感之事。既而探姐姐们也跟着哭将起来，或者是知道宝姐姐哭的缘故，于理上还说得去。梦玉这一哭到底为个什么？叫我真是死也解说不出。你这一股子眼泪是出在那一经的？倒要请教请教。"梦玉道："我的眼泪是不归经络的。瞧见有人哭起来，他顺着眼皮子就流，连我也说不出是个什么病。"说的宝钗们一齐大笑。探春道："你倒像咱们当日的一个林妹妹，动不动就出眼泪。"梦玉道："哎哟！真个我倒忘了。"

不知梦玉忘了什么，且看下回分解。

第六十七回　重甥女托理家务　拜经忏荐慰贞魂

话说梦玉道："探姐姐不说我倒忘了，叫金凤将林姑娘小照同拜匣取来。"九如道："咱们吃饭说话，别耽搁了正事。"姑娘、嫂子们赶忙端饭。众人刚才坐下，金凤已将小照取来。探春接在手内展开细看，十分感叹。珍珠、探春、巧姑娘挤在一堆彼此争看。探春道："这林姑娘小照怎么又到你手里?”珍珠道:“多年不见,宛然是潇湘馆竹边形状,可怜只落了一堆荒土。”宝钗坐在一边对珍珠道:“你吃完了饭,瞧那拜匣里有几样东西还要伤心呢!”探春道:“真个这些东西怎么到得梦玉手里?”海珠笑道:“这故事长着呢,且吃过饭慢慢对你说这缘故。”姐妹们坐了两席,你逊我让,不多一会俱已用毕。各人姑娘伺候嗽口净手。撤开桌椅,换上新茶。探春忙将拜匣打开,同着惜春看一样,叹一样。珍珠取起半截绦子同一个未曾做完的扇络,不胜伤感,说道:“宝姐姐你可记得这两样的景致?想起来真是何苦!”宝钗道:“看着原是可怜,又谁知还归在你们一处。可见一饮一啄都有数定。就是我宝钗一人想起来实在可笑无味。”珍珠低头不语。

探春对小照细看。只见松府吴嫂子抱着探春的闰姑娘走进屋来,笑道:“姑娘要我抱着各处逛了一会,忽然想着要奶奶。怎么骗他,总是不依,抓着花儿乱撕乱扯。侍姑娘同哥儿吃饭呢,我只得抱他来找奶奶。”探春笑着起身,才要来接,被秋瑞接手抱了过去,梦玉们围着亲香。吴嫂子脱身走至探春面前问道:“姑娘瞧的是什么画儿?”说着,低下头去,惊道:“这是我家小姐《行乐图》是谁拿到这里来的?”众人听说回头问道:“怎么知道是你小姐的行乐呢?”吴家的道:“去年西湖上有个女道士,专替人家画小影儿。我家老爷、太太、寿大爷、小姐每人画了一幅,连水仙姑娘也画了一张。没有一个画的不像。老爷、太太、寿大爷这三位的都裱好挂在屋里。小姐同水仙姑娘说不便叫人瞧见,留着慢慢再裱,常高起兴来铺在桌上对面细看。我也不知瞧过多少磨儿。这样东西是不出房门的,怎么到得这里?”宝钗笑道:“小姐寄来请咱们题诗。等你起身,要交给你带回家去。”吴嫂子道:“原来如此。我赶大老爷出殡后就要起身,各位奶奶将诗写好,交给我收拾。”宝钗点头道:“一半天我交给你去收拾。”吴嫂子答应,转身见闰姑娘在探春怀里吃过奶,正在玩笑。他接抱在手,又往各处闲逛。

汝湘道:“探姐姐身边只有侍姑娘一人,如何照应得哥儿、姑娘两个?必得再派两个服侍才得呢。”宝钗道:“这一程子都是咱们带来的人帮着领抱,我也想过到底要雇两个人才是。”秋瑞道:“这点事儿不必探姐姐费心，我还可以料理。随叫人知会垂花门赶着雇两个干净后生妈儿，今日就要，只管领来见我。”听差嫂子答应，连忙出去传话。宝钗道：“咱们过这几天将林姑娘小照，除梦玉已经题过外，各人俱题一首，不限体韵，写好交吴嫂子带与彩芝，也是一段佳话。叫他再想不出这个道理，将来见面时再说。”众人大喜，都说：“甚是。”

宝钗又道：“刚才老太太吩咐，珍姑娘同惜姑娘都在荫玉堂照应，不必管事。要我同探姑娘总理两处事务。我再三推托，老太太只是不依。咱们家的太太倒说，你去议个章程，我们瞧瞧再说。这可不是一件难事？”海珠等大喜。秋瑞道：“这差使你两个是辞不掉的，也不用谦让。这会儿且到芳芷堂、凝秀堂两处探望，顺便给芍药姐姐道个喜。再到集瑞堂、枣桂堂两处知会一声，将他四处应办之事大概领教领教。回到这院里来，咱们公议章程。”众人都说：“甚是。”

一齐出了院门，刚来甬道上，遇着垂花门的听事嫂子领着两个后生妈儿过来。宝钗们站住，看见一个三十来岁，一个二十左右，都还长的文雅，脚手也干净。秋瑞问他们姓什么。那年大些的答应姓钱；那一个说姓宋。秋瑞指着探春道：“咱们家的姑奶奶要找两个人抱哥儿、姑娘，月间一样给发工食，只要小心勤谨，不许闹事，还不兴混进垂花门去。你们愿意呢就在这里，如不愿意咱们再雇。”钱、宋两人都一齐答应：“愿意在这里。”海珠道：“既是愿意，就叫听事嫂子领去垂花门上档子，并知会各堂照例给发工食、饭菜。”钱、宋两妈候吩咐完毕，先给探春磕头，又给众位奶奶、姑娘磕头。宝钗吩咐荣贵：“同他们到垂花门上过档子，就领着去找侍书，将哥儿、姑娘交给他两个好生领抱。”荣贵答应，同了出去。

秋瑞们先往凝秀堂来。宝钗笑道：“闹了半天我这会儿才回过味儿来，怎么咱们家雇人倒去垂花门上档子？别叫这里的老管家婆心里思胡。”汝湘道：“姐姐你怎么说出这样话来？又要惹梦玉一场好哭。你在咱们家里还要分出彼此吗？别叫老太太们听见寒心。”众人点头。宝钗叹道：“我也知道，往往忘其所以，忽分疆界，将来自然解脱，自会忘情。”九如笑道：“宝姐姐真是和尚的奶奶，开口就讲禅理。”海珠抿着嘴儿好笑。

一大群花枝袅袅东转西走，先到凝秀堂，又到芳芷堂，同姑娘、姨娘们叙谈半日，又到枣桂堂坐了一会，一齐都到海棠院来，彼此公议。正在商量，有安和堂的姑娘过来知会道：“大太太回过老太太，请探姑娘暂管安和堂事务，蓉姑娘请探姑娘去交代接办。”宝钗笑道：“虽是五日京兆，那交盘接到要清楚，咱们也要帮着出结。”紫箫道：“少不了带着咱们吃杯交盘酒儿。”梦玉大乐，说道：“咱们且同探姐姐去交代了再说别的。”众人同探春来到安和堂，先到芙蓉屋里坐下。芙蓉道：“蒙太太恩典，命我养病调理，请探姑娘暂管家务，已回明老太太今日交代。我已将一切银钱总帐、内外册档俱检点明白，请探姑娘来，同上去见老太太交代。”探春笑道：“太太到家未久，头绪纷繁，正须整顿。姐姐是老成历练，才守兼优，素钦人望，众皆悦服。如我是草茅愚拙，何敢当此重任！”芳芸们止不住吃吃大笑。秋瑞道：“咱们要吃交盘酒呢，快些上去见太太交代，别尽着在这儿说瞎话。”

芙蓉笑着同探春们上去。柏夫人看见欢喜之至，对探春道：“你是我的外甥女儿，就是我的女儿一样。芙蓉有病调理，请你替我代劳，暂管家务。我再命珍珠帮着照应。俟丧事办完，芙蓉病好，才放你家去。”探春道：“蒙姨妈待若亲生，托以重任，甥女不敢推托，只是愚拙无才，求姨妈时加教训。”柏夫人命芙蓉取过内外册档及一切出入银钱总簿，亲自递与探春道：“以此奉托。”探春双手拉住，交与侍书捧着，赶忙向柏夫人拜谢，接手任事。宝钗笑道：“他们今日交代，妈妈倒不派我去盘库，也等我去吃他们点儿什么。”柏夫人笑道：“等着我明儿代他们请你，众人免了盘库罢。”

众人在上房说笑一会，同着探春、芙蓉下来，见老管家婆徐大奶奶、张大奶奶率领垂花门以内姑娘媳妇、丫头老妈们来给探姑娘道喜，伺候点名。探春大概问了几句说话，吩咐各司其事，勤谨供职。”众人答应散去。抱琴来对宝钗道：“咱们家三爷同兰哥儿来了，听说琏二奶奶十一月十三日生了一个姑娘，三舅太太在家照应，不能就来。太太狠欢喜，叫二奶奶、探姑娘领着三爷们去见老太太。”惜春道：“咱们都去。”众人一齐出了安和堂，往怡安堂来。

此时茗烟跟着贾环、贾兰叔侄两个在意园见祝筠、梅白、鞠冷斋，彼此叙谈，十分相得。鞠冷斋叙了多少世谊。梅白道："老世台与张家表兄联姻，我们又多一重亲戚。贾环唯唯答应。书房中正在畅谈，门上通报："江老爷来了。"祝筠笑道："来的正巧。"连忙就请。不多一会，江芷香走了进来，彼此相见。祝筠指着芷香对贾兰道："这位就是令岳。"贾环听说，赶忙亲家见礼。贾兰亦忙拜见岳丈。江芷香瞧见女婿欢喜之至，应酬了贾环几句，转身又拉着贾兰，问问中举的老师同大座师是谁，又问些同年故旧。立谈一会，彼此让坐。祝筠笑道："芷香得此佳婿，令人欣羡。"冷斋道："真不愧为坦腹东床。"江芷香又谦赞一番。

贾环对祝筠道："侄儿们要进去见老太太。"祝筠听说，命茗烟伺候进去。茗烟答应，跟着到垂花门回过查大奶奶，请爷们在景福堂坐下，赶着去回贾太太，并知会楚玉大爷出来接待。梦玉同着宝钗们都到景福堂来。其余海珠们都在怡安堂卷棚下坐着闲话。

梦玉同贾环们相见，倒像是他乡遇故知。探春、惜春、珍珠更是手足相逢，悲喜交集。姐弟相见说不尽的万千亲爱。贾兰拜见三位姑姑，彼此问了多少说话。贾环将家中近来大概诉说一遍，并说琏二嫂子生女之事。探春姐姐、珍珠不胜欢喜。又说了一会，因问道："你看梦玉兄弟有些像谁？"贾环道："活像我家宝二哥，怨不得茗烟要认错主人。"贾兰道："不但望之俨然，近亦逼肖。"惜春笑道："不惟梦玉像咱们家宝二哥，这里有好一半人都像我们昔日闺中伴侣，见面就像认得，真是古今奇事。"梦玉笑道："刚才同三哥、大侄子见面，彼此发呆，倒像那里见过。细想起来，真是一件奇事。"

探春们正在笑谈，见一个丫头过来说道："老太太们等着要看江姑娘的姑爷，梅姑太太们又要看张姑娘的姑爷。"探春笑道："咱们家这两个姑爷还怕谁瞧不上吗？"说着，领贾环们走进景福堂。刚上怡安堂甬道，宝钗见海珠们都在卷棚下，就领他往介寿堂来。贾环见祝府里自大门居，一直到垂花门以内，一切气概光景，比当年荣府时数倍的开展热闹。怡安堂面前十分体面，两廊下来往是人。转到介寿堂院门口，一望去更为热闹。此时柏夫人、石夫人也都在这边，那卷棚下站满的都是些姑娘、嫂子，见探春们走到台阶，都两旁站着，打起帘子。梦玉在前，探春领着贾环叔侄，惜春、珍珠在后，六人一齐进去。贾环见屋子内摆着十几个大磁盆的素心腊梅，旁边大条桌上，一个五六尺长二尺宽的白玉石花盆里面堆着玲珑山子，种着文竹、梅花、松树、水仙、灵芝等物，十分雅致。探姑娘领着进了套房，见老太太像一位白发观音，坐在一张自然椅上，两旁站着体面姑娘，各位太太们四处坐开。探春走上去说道："环兄弟来见奶奶。"贾环随在膝下跪着。祝母喜极，才要站起，被探春扶住道："应该磕头的，老太太仔吗还要站起来?"贾环拜完，站起来又抱腿请安。贾兰接着磕头，探春道："这是兰哥儿。"祝母喜的不住口叫着："儿子，孩子，快些起来!"贾兰请安之后，祝母将他叔侄拉住，瞧了叔叔，又瞧侄儿，极口的赞道："好儿子，不愧为大家子弟。这是张家的姑爷，这是江姑娘的姑爷。真是些好姑爷。同咱们梦玉都很见得过人儿。"探春道："且见过姨妈们，再同奶奶说话。"

贾环们先到柏夫人面前请安问好，又说了几句想念的说话。接次拜见桂夫人、石夫人、梅秋琴、竺、鞠两位太太并自家母亲。秋琴对贾环笑道："你是我的表侄女婿，又是我的干女婿。我那张家桂生姑娘狠好的一个人儿，又聪明、性儿又好，两句诗儿也还做得上来。"祝母笑道："你赞张姑娘，咱们的江姑娘也狠不错。春间给我的那柄扇儿，画的燕子桃花，又题了几句诗儿，谁不说好！人人都要他的诗画，就是抢不到手。况又长的像个美人儿似的，真是江姑太太的一个活宝贝。也不委屈咱们的兰哥儿，年少登科，又得了个美貌的奶奶儿。"桂夫人笑道："将来再同咱们的梦玉、魁儿都做个进士同年，更为有趣。"王夫人道："多谢妹妹的期望。"柏夫人道："也像甄宝玉点个小翰林儿，你大哥哥最得意这个门生。"桂夫人道："那天进来见太师母，很亲热，坐着说了好一会子的话。我瞧着同咱们梦玉倒像同胞弟兄，面貌光景竟不差什么。"祝母点头道："实在好个孩子。我听他说奶奶又不在了，丢下一个奶抱儿女，我心中很过不去。想着要做个媒人，一时又想不起谁家的姑娘儿合式。"秋琴笑道："若是老太太有这意儿，等着大哥们出殡后，我做个媒人，横竖叫老太太愿意。叫他先做咱们家的门生，后做咱们家的亲戚。”祝母听说，四围看了一遍，笑道：“我知道你的心事，真个狠好。”探春会意，说道：“兄弟同兰哥儿还要到别处去拜客，明日再进来请安。”祝母点头道：“去会子就来，咱们还要说说话呢。”贾环叔侄答应，梦玉一同出来。探春同出介寿堂院门，来到怡安堂甬道上，说道：“你们去拜客早些回来。这儿同家里一样，狠可不用客气。我给大姨妈代管家务，两处都呼应得灵，自有照应。”贾环们答应，同梦玉出去，贾府的汤顺们伺候往各处拜客。

探春接手办事，有则有条，连日料理，内外悦服。柏夫人得意之至，在老太太面前极口称赞。祝母欢喜道：“真是贾大姐姐的福气，女儿、媳妇才品俱优。”王夫人道：“探丫头的光景，还像有点福气的，怎么又弄的这样零落，真是令人不解。”祝母道：“将来守子成名，自有后福。”

太太们正说着话，周大奶奶上来对王夫人道：“多谢姨太太恩典，给婉丫头念经，奴才夫妻实在感激，上来磕头谢赏。”王夫人连忙拉住道：“婉姑娘千古流芳，神人共敬，一天经忏，聊表爱敬之心，何足挂齿。”祝母道：“姨太太说了好一程子，要去给婉丫头念一天经，总也没有工夫。我想着明日倒闲，偷个空儿了这件心事罢。你去吩咐接引庵的姑子们，好了的收拾一点儿素面，伺候太太们去逛一天。”周家的答应，自去料理。一宿晚景无事。

次日清晨，王夫人吩咐，请各家太太们到接引庵相会。宝钗知会贾环叔侄同梦玉一早先往接引庵中等候。宅里除了老太太同柏夫人、石夫人三位不去，其余俱同王夫人往接引庵来。此时各家太太、小姐们都已到齐，庵中姑子接待不及，还亏宝钗、探春早已派人照应。那大雄殿上是二十四众尼僧拜莲经宝忏，十分闹热。

早斋已毕，各家太太们在殿上听姑子念经。梦玉同贾环们往左近庄子上闲逛。探春领着众小姐、姑娘在庵里各处随喜。王夫人同宝钗在禅房里说话，见茗烟进来回道：“原先伺候宝二爷的进禄，自离府之后一向在外跟官。新近回来做亲，昨日满了月，今儿带着他媳妇来见太太，道喜磕头。请太太示下。”王夫人听说，叫他进来。茗烟答应出去。不多一会，领着进禄夫妻进来，走进大殿，王夫人见他夫妻两个打扮的狠体面。进禄领着媳妇走到太太面前，一齐跪下磕头。王夫人问道："你在那里娶了这个花枝儿的媳妇？"进禄跪着回道："奴才蒙太太恩典赏假，在外跟了几年外官。新近回家做亲，知道太太同宝二奶奶们已回金陵，现在这儿。昨日满了月，今儿才领着媳妇来给太太磕头道喜。要求太太恩典，准奴才夫妻两个仍回府里当差。"王夫人道："你们起来说话。"进禄夫妻站起，过去给宝二奶奶磕头。宝钗道："瞧你这媳妇狠不像个穷人家的姑娘，规矩礼数都狠像个样儿。"进禄道："他原在汪五太太跟前，从小伺候多年。因奴才回来做亲，七月间才在江府里出来。"

宝钗尚要再问，见汝湘、九如跟着郑太太们一阵过来。进禄忙退出门外。顾太太一眼瞧见，问道："你不是彩凤姑娘吗？"彩凤赶忙过来请安磕头。各位太太、奶奶们问了来意，都欢喜给他道喜。王夫人吩咐进禄给太太们磕头。顾太太对王夫人道："这彩姑娘是汪五姐姐得用之人。若是他要跟着姐姐，倒是一个能干靠得住的人。"王夫人点头道："进禄是我宝玉的旧人，因那几年在府里白闲着无事，命他们各去找头路。他跟了几年官，新近回家做亲。昨日过了满月，今日领着媳妇来磕头，求着进来当差。"宝钗道："看他夫妻们十分情切，太太施个恩，准了他罢。"王夫人点头道："且帮个忙儿再说。"进禄、彩凤连忙跪下磕头，谢太太恩典，又谢了宝二奶奶。王夫人吩咐去见探姑娘、惜姑娘、珍姑娘、巧姑娘，就派进禄同着汤顺们伺候爷们。进禄连声答应，同茗烟出去外面照应。各位太太用过晚斋才散，一宵无话。

次日一早，周大奶奶进来叩谢贾太太。正遇着宝钗请安下来，笑道："你来的正好，我正要向你要人名清册，送到海棠院去，咱们要酌定章程。怡安堂太太已催过几磨儿，不能再迟。"周大奶奶道："我就送到海棠院去。"宝钗点头，往怡安堂来，见海珠们一堆儿都在卷棚下等着一同上去请安。桂夫人知道他们多添了安和堂一处请安，不能耽搁。宝钗们上去各人回了几句说话，赶着下来，走如是园往安和堂请早安，一面各差姑娘们往承瑛堂禀安。探春赶着将事务略为料理，随同众人跟着柏夫人往介寿堂来。此时王夫人、石夫人、梅姑太太刚才上去，柏夫人赶忙进去。众人俱在卷棚下相叙谈心，等着人齐一同上去。梦玉正说的高兴，见廖大奶奶同着贾环们进来。

不知海珠怎生回避，且看下回分解。

第六十八回　贾探春祝府总丧事　王熙凤梦里说前因

话说梦玉们正说的高兴，见廖大奶奶同着贾环、贾兰进来请早安。海珠们瞧见，赶忙要去回避。探春笑道："都是自家手足，就见个面儿，这又何妨呢？"梦玉道："真个的，尽着躲来躲去，也不是个事。"贾环等已到面前，探春指着众人命贾环叔侄见礼。宝钗道："你两个先上去请安就下来，让咱们去请安回话。"贾环点头，进去请安。祝母同夫人们让坐待茶，问了些闲话，叔侄散了下来。

宝钗、探春、惜春、珍珠、修云、巧姑娘、梦玉、梅春、海珠、掌珠、秋瑞、汝湘、九如、芳芸、紫箫一同上去请过早安，分班侍立。祝母东瞧西看，喜上眉梢，对柏夫人道："咱们将贾大姐姐长远留在这儿，总别让他回去，探姑娘们一个也走不了，真是人世上再没有咱们家这样热闹。"王夫人答道："侄媳也愿意常在这儿。因到家未久，尚须整顿，等着明年再来，就长远住下。"祝母点头笑道："忙过这几天再说。"

桂夫人道："刚才垂花门来回，后日请周太守点主，请翰林甄宝玉、员外李球珩两个门生执笔勷事。明日先设席奉请，并请陪祭勷事之人。咱们内堂两处勷事陪祭各位太太们，也是明日奉请罢，请老太太示下。"祝母点头道："狠好，交给宝姑娘、探姑娘们赶着去办。"宝钗连声答应。梅秋琴道："咱们都在这儿，请老太太点将。"祝母笑道："少不得贾大姐姐是个将军。"王夫人道："侄媳不知道什么，听老太太吩咐差派。"祝母笑道："后日除我不算外，你大妹妹、三妹妹领着秋瑞、芳芸、紫箫三个媳妇，珍珠、惜春两个女儿在孝堂内回礼，不管宾客。二妹妹领着女儿修云、媳妇海珠、掌珠、汝湘、九如娘儿们专司迎送，不管外事。请贾大姐姐、郑姑太太、汪姨太太、顾姑太太、周姨太太、薛五婶子、江二姐姐、柏舅太太、石姑奶奶、晓亭大太太、江村九太太、明卓二奶奶、五姑奶奶、七姑奶奶、九姑奶奶这几位都在安和堂接待宾客。薛三奶奶、陆四嫂子、林舅太太、董七太太、金三太太、陶姑太太、莫姑太太、汪、顾、赵、张、朱几家奶奶同本族的太太、奶奶们在怡安堂接待来客。留下莫老太太、竺、鞠两亲家在介寿堂，咱们老姐妹们看个牌儿，关上院子门，任什么人儿也不见。其余应派执事的丫头、媳妇是怎么派法，你们去办，我全不管。”秋琴笑道：“老太太真公道。不拘是谁都派差使，就将我一个弃出度外，并不提起，到那一天我只好驾起云，坐在半空里，别挡着人家的道儿怪不好的。”祝母们都一齐好笑。王夫人道：“我知道老太太派你总理丧事，你不等说话先自着急。”祝母笑道：“真个要你帮着探姑娘同宝姑娘相兼料理，方不误事。”秋琴道：“我两处照应陪客倒还使得，若说相兼办事，那倒牵着不便。虽是两边热闹，但办事总须画一。依我说，自垂花门以内一切大小事务，尽托付探姑娘、宝姑娘姐妹两个经理。执事各人，亦让他们去派，不必分那边这边，凡是我家男女大小家人，俱听其指使。四个姨娘都因身子不便，不必管事。今日就可交代，等丧事完毕之后，再照常办事。”祝母笑道：“你说的狠有道理。就去垂花门吩咐，赶着两处知会。有不听两位姑娘约束的，不拘是谁，立刻打了就撵。”柏夫人、桂夫人、石夫人都连声答应，着人去垂花门传话。探春、宝钗给老太太拜谢，同着众人下来，去商议章程。祝府的太太、奶奶们倒落了个清闲自在，一概不管。

探春、宝钗两人商议在瓶花阁作帐房，另立丧仪簿并各项帐簿。集瑞堂送过三千两银子，又钱二千吊，办理丧事。垂花门送上姑娘、嫂子名册。宝钗们拟了执事名单，誊写两张。一张交垂花门贴着，知会各处；一张贴在瓶花阁，俾各人遵办。众人见那单上写着：拟派：

如意、婉春、秋云、金凤，以上四人专管银钱发放；

芍药、采菱、宜春、翠翘、宾来、书带，以上六人专管陈设、铺垫、烛酒、茶叶、点心、果盒、灯彩；

春燕、兰生、雁书、江苹、仙凤、杏贵，以上六人专管两边上下筵席；

长生、三多、侍书、入画，以上四人专收各样祭品食物；

白晋媳妇、黄开媳妇、洪观媳妇、蒋应媳妇，以上四人专管灵前上香、奠酒；

余芳媳妇、蔡定媳妇，以上二人专司启幔；

赵升、王贵、张彬、冯裕等三十五家媳妇，专司值筵；

王瑞、杜成、谢铭、刘贵、赵太、董升、钱桂、来顺、孟升、邵成等十二家媳妇，专管各家跟随姑娘、嫂子赏封、茶饭，并各堂添香换烛；

海棠、翠凤、荷露、玉笛等三十六个闲散姑娘，专司递茶。

以上派定各人，自开吊之日起，以及到茔安葬，均各司其事，一切领取物件俱用对牌验发。

众人看了名单，无不称赞派的周到。只听见背后一人笑道："尚有一件紧要差使倒不派人。"众人回头，见是彩凤笑嘻嘻说道："这样热闹事，倒不派一个专管马桶的。"众人都觉好笑。入画道："诸位嫂子姐姐们都散去歇歇，明日五更俱到这里伺候，见过面各司其事。"众人点头散去。外面是请甄宝玉总理丧务。所有帐房里及一切执事家人、小子都是祝筠派定。真是内外肃清。

次日，内外请客忙了一天。到了二十七请本府周太守题主，一切礼文、仪注，极其恭敬。这是祝府开丧第一天热闹。到二十八日五更天气，两宅内外一齐点上灯烛，众家人、小子都到甄大爷办事房外伺候。甄宝玉挨次查点，吩咐："各执事办事不许杂乱！"众人齐声答应，各去料理伺候。里面的宝钗、探春坐在瓶花阁卷棚下，将单上派出的嫂子、姑娘也都按名点过，吩咐一番，各处办事。其时天已黎明，内外赶着吃过点心。不多一会，男女吊丧者陆续而来。此刻瓶花阁前发对牌领东西者，纷纷不一。竺、鞠两位太太同莫老太太陪祝母在介寿堂闲话。梅秋琴东西两宅照应。正是男亲女眷十分热闹。那些各堂的姑娘、嫂子们，都因上回老太太生日失去东西，此番更外加意小心照应。宝钗、探春听说内眷已来的不少，吩咐给发面牌伺候早面。长生、侍书们看收祭品堆满一院，三多、入画领着妈儿、丫头将那祭品物件各归其类。宝钗见诸事都还应手，心中十分欢喜。午间是芍药、采菱这一起料理点心果盒。下晚有春燕、兰生们打发上下筵席。都是井井有条,一丝不乱。

上灯以后,甄宝玉主祭。请鞠冷斋作司樽所,给老师做祭。就在尚书的东宅里做祭,请张鸣汉作大赞,吴可卿是陪赞,李尔宾为引赞,王又新作陪引。请林柳桥宣祝文,其余进馔、进豆等项,都是各位亲友。请鞠冷斋作了祝文。诸事停当,清吹班俱已伺候。请大赞们至灵前就位,两宅内眷都在孝幔内看祭。此时内外肃静。张鸣汉高声赞道:

> 启幔(左右家人将灵桌前绸幔卷起);司事者升堂行礼(司事人至灵前排班行礼,东升,西下);序立;司事者各司其事;主祭者就位;盥洗(主祭者临盥洗所);省祭器(主祭者至司樽所省祭器);行降神礼;设裳衣;瘗毛血;奠祝帛;行初献礼(主祭者至灵前跪拜);进匙箸;进芹韭;进馔;侑食(吹唱);进豆(三人同上);合乐(大吹);行亚献礼(主祭如前);进茶点(二人同上);进椒酱;进馔;侑食;进豆;合乐;行亚献礼(主祭如前);进醯盐;进蔬食;进馔;侑食;进豆(三人如前);合乐;进燎;主祭者退;司事者亦退;掩幔(家人将灵桌前绸幔放下)。

祭作一半,众人暂为歇息。花厅上摆设点心、茶果,祝筠邀请亲友安坐,家人、小子们也分班歇息。里面荫玉堂后轩及宝书堂都也摆设点心,桂夫人同本家太太、奶奶邀着诸亲各眷分席用茶。彩凤专料理梦玉一人饮食事务。其余秋瑞诸人跟着石夫人都是宝钗、探春着人伺候照应。柏夫人对王夫人道:"刚才悲悼之际,见甄门生主祭,哀恸之情见于颜色,怨不得你妹夫在日,于门生中最得意的是他。我今见他如此,由不得五中皆碎。"说着掩面呜咽。石夫人同秋瑞、芳芸们这些媳妇俱泪流满面,不胜悲戚。王夫人拭泪劝道:"连日辛苦,正有几天劳顿,身子要紧,两位妹妹尚须节哀,以慰先灵之望。"柏夫人们又掩面涕零。一会,王夫人道:"甄郎品行人才甚为乡誉,鹏程云路远大可期。那天秋琴妹妹对老太太说作媒的话,我也想到这层,且过这几天咱们再说。"柏夫人点头。

听见外面老爷们又要上堂作祭,里边太太,奶奶也俱散席,出来看祭。见张鸣汉、吴可卿至灵前作揖，仍向南分东西而立。听着内外寂静无声，又高声赞道：

启幔(照前)；司事者升堂行礼(仍排班上堂行礼)；司事者仍各司其事；主祭者仍就位；上香；进爵；进时食；进时果；点茶；进时花；进玩好；大侑食；升堂合乐；进饭羹；宣祝文。

林柳桥捧着祝文由东而上，至灵前照剪子形凝步而走。转到中间，朝上面跪下，抖起精神朗声念道：

维

圣人之年岁次丁丑十一月甲子之望，越二十有八日辛酉，门人甄宝玉谨以清酌庶馐致祭于大宗伯文端公先夫子之灵曰：

呜呼！惟我祝氏，裔系潇湘。英姿代出，世守琳琅。黄冈淇水，嘉誉流芳。筼筜结实，降生鸾凰。嗟我夫子，奕世松篁。虚心智慧，风雅慈祥。生来节介，美泽清扬。修容劲直，器宇轩昂。青衿解箨，黄甲腾骧。拥书万卷，国瑞凝香。秩居宗伯，仪表龙章。使宣藩服，为国之光。正期执笏，纶赞庙廊。天何不眷，遽返帝乡。典型在望，山高水长。追思道貌，涕洏茫洋。果蔬致祭，来格来享。默佑后昆，奕世荣昌。呜呼哀哉！伏维尚飨。

(念毕，站起照前走法，由西而下)举哀(主祭者与孝眷皆哭)；哀止；撤匙箸；撤芹韭；撤椒酱；撤醯盐；撤蔬食；撤馔；撤茶点；撤时食；撤时果；撤时花；撤玩好；撤豆；撤饭羹；撤裳衣；撤爵；撤祝帛；撤燎；辞神(主祭者行礼)；燔燎；主祭者退；司事者亦退；掩幔；礼毕。

张鸣叹赞完，甄宝玉赶忙拜谢司事诸公。祝筠领着梦玉俱磕头拜谢，又谢过甄宝玉。众家人赶着各处换上第三次灯烛。花厅上摆设席面，祝筠、梅白邀诸亲友去消乏饮酒。

此时已三更天气，西宅里崇善堂的焰口也将次放完。芳芸、紫箫跟着石夫人先辞了过来，丫头、媳妇们点着几对素玻璃手照并素纱提灯，由如是园慢慢过来。走到瓶花阁门口，见出进的人尚然不绝。石大人吩咐进去歇歇，来到里面，见探春、宝钗正在饮酒。石夫人道："我来给你们道乏。"宝钗、探春们赶忙站起，让石夫人婆媳坐下，说道："照料不周，求婶子恕罪。"石夫人道："我只听见来的太太们都说办的妥当，井井有条。不像老太太做生日，处处是人，闹成一团糟。今日两宅里这些人，甚觉安静，全是你两个的调度，咱们家里也找不出一个像你们的来。”探春笑道：“怨不得刚才同宝姐姐到介寿堂，老太太说要请我两个做内管事的，不放回家去了。说是今日静悄悄，一天也不听见一个人言语。宝姐姐说，那是夏天，人人都在院子说话。像这样怪冷的，谁不躲在屋里去坐着，自然听不见个声音。”紫箫道：“咱们在这里，倒耽搁了探姑娘们吃饭。”石夫人道：“真个辛苦一天，半夜也该歇歇，明日又要办事，咱们还要介寿堂去坐会子呢。”宝钗道：“我同探姑娘伺候老太太睡了觉才过来吃饭。介寿堂院子早已关门，不叫进去。婶子身上不便，今日过于辛苦，家去歇歇罢。”石夫人点头，领着芳芸、紫箫回承瑛堂去。

宝钗、探春赶着吃点子酒饭。刚才收拾完结，接着是桂夫人、梅秋琴同海珠姐妹们陆续都来道乏，去了一起又来一起。王夫人着人来说：“太太已安寝，叫宝二奶奶同探姑娘不用过去。”柏夫人又差梦玉、秋瑞、珍珠、芙蓉东宅里这些人过来慰劳。惟有惜春同修云伺候柏夫人安寝不能过来。

宝钗们又坐谈一会，听寒鸡三唱矣，再三催着梦玉去睡。他坐着不动身。宝钗道：“好兄弟！这样大冷天气，众人辛苦一天，你不去睡，他们都要伺候着。明日一早又要办事。你快些过去换了修姑娘过来，我要关院子门。”梦玉听说，只得同着珍珠们回东宅去。不一会修云过来，彼此安歇。

次日起来，各执事人照着点名办事，一点不错。这天是贾、王、薛、鞠各家公祭。贾兰代王宅行礼。薛姨太太有宝钗相代。众太太请王夫人主祭。一切祭筵、果供、屏轴、匾对、猪羊都是宝钗、探春办理，极其丰盛，华丽体面。郑、顾诸位太太陪祭。诸执事姑娘、嫂子伺候妥协。王夫人上香献爵，举哀行礼，十分恭敬。内外人等无不赞叹。夜间请鞠冷斋主祭。这边西宅仍旧日间念经，夜间焰口。初一是各家公祭，晚间总镇姜大人主祭。初二日盐行各位太爷公祭。初三日郑、汪、江、顾各至亲作公祭。一连五昼夜，闹的人困马乏。请莫老太太同竺、鞠两位太太陪着祝母在介寿堂照常起居，幸不辛苦。石夫人因身子不便，支持不住，劳乏成病。举家着忙，连日服药调理。老太太吩咐派汝湘、九如在承瑛堂相伴，不许石夫人轻出院门。初四日内外人等暂歇一天。晚间孝子主祭，热闹了一夜。初五一早发引，辰刻起材。那执事、幡伞、香亭、诰敕由大门口一直摆出城外，比菩萨出会还要热闹，惊动满城男女，堆如山积。

宝钗、探春将宅里事务料理明白，五更天领着各执事姑娘、嫂子们先到坟上。已预先搭下内外帐房，男女亲友起坐之所，内外厨房。宝钗们各处看过一遍，正待回身，听见有人叫道："宝姐姐们来的好早。"宝钗回头，见是甄宝玉随同着探春，彼此见礼。甄宝玉道："两位姐姐连日辛苦！"宝钗道："向来惯常，不觉劳乏，兼之执事诸人都还应手得力，倒不过心劳身逸。不知外面如何？"甄宝玉道："外面之事难于内里。我虽总理丧务，惟有钱银出入概不经手，所以责重怨轻。数日以来，倒还妥协。听见宝姐姐们口碑载道，赞扬不绝，兄弟实觉惭愧。"宝钗笑道："我同探姑娘五日京兆就有这些德政，明日卸事定要脱靴。"甄宝玉不觉大笑。探春道："天已大亮，休说闲话，内外各去料理罢。"甄宝玉笑辞出去办理正务。

宝钗、探春发放完毕，吩咐姑娘看着帐房，两人带着几个丫头到后面要瞧瞧野景。无如一带都是芦苇布棚围住。探春道："叫个人进来，将那边小布挡子解开一边，就可畅观。"宝钗点头，差丫头去叫进禄来解开布挡。两人看那疏林衰草，冷雾迷离，茅舍荒村，寒烟缕缕。宝钗叹道："我同你过了些繁华境遇，看见的无非锦绣春光。而今转眼皆空，不堪回首。今日对此天然图画，真是大块文章本来面目。始觉当日红楼一场春梦。"探春叹道："大观园自海棠一社之后，闺中良友日见凋零。我姐妹们又皆星散，林姑娘一死以后，全无佳景矣。后来我回家那一磨儿由大门一直到上房，觉得满眼凄凉，不知是个什么缘故。谁知我今日又弄的形单影只，毫无生趣，不如惜姑娘将来倒有后福。"

宝钗点头，正要回答，后面有人叫道："这样寒冷，怎么两位姑娘在此挡风？"宝钗们回头，见是周大奶奶，忙问道："丧事到了吗？"周家的摇头道："早着呢。因玉大爷走不动，老爷吩咐执事叫走的狠慢。刚到城门口儿，听说朝廷差官致祭，又赐什么御祭、御葬，这会儿都到接官亭去迎接钦差圣旨去了。横竖末了儿那乘轿子出城总要上灯时候。那街上挤的那有一点空儿，我实在闷的慌，绕着道儿先来照应。到了内帐房，姑娘、嫂子们说两位姑娘在这里瞧野景。”宝钗道：“我也想着还早呢，同探姑娘来瞧个寒林落木同那些败草荒坟。”周家的不觉一阵伤心，流下泪来，用手指道：“转过那松林后面，就是婉贞的坟墓，那边树林里有烟起来的是接引庵。”宝钗不胜伤感，说道：“原来婉姑娘坟墓就在此间。等过了明日，我再给他上坟，今日先着人去奠杯清酒，烧张纸钱。”周家的赶忙致谢。宝钗叫进禄来先将挡子拴好，还有话说。进禄答应，拴上挡子，到内帐房前伺候。宝钗说道：“我有几样菜，你叫个人挑着，外帐房要几挂白钱、银锭，你同着荣贵、周大奶奶到他姑娘坟上去，代我祭奠一番。”进禄答应，忙到内厨房要了酒菜，叫人挑上，外帐房取白钱、银锭，挂在担上。荣贵同周大奶奶坐上轿子，到婉贞坟上供饭奠酒，代主人致意拜祭不提。

且说甄宝玉料理完毕，正在盼望，见个家人匆匆走进帐房说道：“老爷叫对大爷说，赶着中间办个奉恩亭供设圣旨，要摆香案。另备钦差起坐之所，都要赶着就办。”甄宝玉听说，叫了几个办事家人商量，立刻传彩结匠，在大棚中间搭一个大八角彩亭，有些能干家人也帮着动手，一会儿工夫办理妥当。

此时，男女亲眷跟着丧事出城之后，又走过数里，到那空阔地方，都赶着冒上前来，先到坟上。王夫人们也要先来，以便接待亲友。幸亏宝钗们诸事停当，将各棚内大小火盆添的大旺，到处暖气腾腾，也忘却数九天气。探春同宝钗商量道：“日子甚短，已交午错，丧事还得一会才来，何不请来的太太们先吃早饭，可以不必拘于成例。”宝钗笑道：“通融办理，狠可使得。”就着听差的去知会各陪客的太太们，一面吩咐厨房里发对牌领上下席的早饭，又着人知会甄大爷，外面也一体照办。所有坟上一切工匠人等，因天气寒冷，每人都先赏酒饭，令其吃饱伺候。内外人等无不欢悦。男女亲眷在轿里冻了半日，都有些支持不住，陆续冒过丧事，十有八九先来坟上。热酒热菜，人人欢喜，俱极赞管事人办的妥当。

里外吃过酒饭还等了一会，日已平西，丧事才到。一齐都至棚内，祝筠们先请圣旨、祝文、御赐物件，俱供在奉恩亭内。设了香案，磕头谢恩。将尚书们两口灵柩，各在金井前安设，摆上祭席，内外亲戚本家拜祭一番。柏夫人领着梦玉、惜春、秋瑞、珍珠、芙蓉在尚书坟上回礼。祝露那边是芳芸两个媳妇同着修云、汝湘、九如三人帮着回谢。只有海珠、掌珠奉老太太之命在家陪伴石夫人，不来送殡。

且说这送殡的男女亲友到坟上拜奠之后，看见天色渐晚。有些明日有事不来送葬的，有些必得回去明早再来的，有些可以在城外过宿的，彼此纷纷告辞，轿马喧阗，去了大半。钦差的那位翰林院待诏程大人公馆就在城外，祝筠差家人们过去伺候，又送了极盛酒席，预备两幅全执事，都是八抬大轿；一处是明早接钦差大人到坟上宣读圣旨祭文。一处是请紫阳书院掌教老师，原任光禄寺大堂孙大人明早祭后土。

诸事料理妥当，大棚内外点上灯烛，摆设酒席，邀请亲友坐席饮酒。梦玉因连日辛苦，又兼着今日长走到坟，身子疲乏撑持不住，昏昏沉沉只想要睡。柏夫人们心焦着急。宝钗赶着煎人参淡姜汤给他吃了一茶杯，叫他安睡一会。众人席散之后，已是初更天气。一钩新月，四野冻云，寒钟断续，松影迷离，诸人只觉得冷风削面，寒气逼人。祝筠叫知会内外帐房，说是夜长风冷，一切伺候工匠人等夜间多添一顿酒面，多给炭火。这些男女亲友下棋饮酒，看牌说话，睡觉各随其便。宝钗将绸绫绉缎被褥拣三四十副发交外帐房收用。内里太太们有不能坐夜的，另有绣衾锦褥，早已铺设停当。如柏夫人、王夫人、梅秋琴、桂夫人及诸奶奶们都是各带自家铺盖，随便安歇。

梦玉睡了一会，总觉有些昏沉。各位夫人、奶奶都有些心焦。柏夫人道："须得吃服安神药才好，刚才吃了参汤还是这样，怎么好呢？"芳芸忽然想起，说道："宝姐姐身上有件宝贝，上回梦玉昏迷曾经医好。我瞧这光景，还是宝姐姐的那件宝贝比药还灵。"柏夫人听说，连忙请宝钗来，说知此事。王夫人问道："你身上有件什么宝贝？我倒没有知道。"宝钗道："什么宝贝，就是那个金锁。"说着刚解了下来。众人听见铿然一响，有道白光扑到梦玉身上，寂然不见。梦玉霎时清苏,众人十分惊异。王夫人想起前情,不胜悲感。宝钗、珍珠更觉伤情。探春知道母亲悲伤之意,说道:“宝姐姐你方才给谁上坟?也不对太太说。”宝钗会意,对王夫人道:“谁知周婉贞姑娘的坟就在这里不远,刚才差荣贵去给他上坟烧纸。”王夫人道:“怎么周姑娘的坟也就在这里?”秋瑞们答应道:“此间离接引庵不远,婉贞姑娘坟地去庵不过两箭来路,这里过去不上半里远近。”王夫人道:“既是相近,我们今日又与他一宵作伴,不可不奠杯清酒,以慰幽魂。”随着人去叫茗烟进来,说道:“差你取壶好酒,要些纸钱香烛,到周姑娘坟上,代我奠酒祝赞。说我在金陵知道姑娘凶信之后,至今伤悲不已。前日在接引庵念经,不知姑娘可曾知道?我今日在城外送葬,又差你来致祭。”茗烟答应,去婉贞坟上奠酒致祭。周惠夫妻知道,赶忙两个进来磕头叩谢。夫人们又坐谈一会,见梦玉清爽好些,彼此放心。

王夫人们都因连日劳乏,支持不住,各人暂为安歇。探春、宝钗、珍珠、芳芸这些姐妹俱要照应那不睡觉的亲友,这一宵身心俱不能安逸。茗烟进来销过差使。时当夜半,风冷霜寒,伺候的嫂子各处添上炭火,又换过灯烛,各处香炉热灰里面添上些沉芸香饼,正是香烟袅袅,春暖良宵,何曾有郊外风寒之苦!王夫人因十分劳倦,刚沾枕褥,早已沉沉睡去。耳内微闻有人说道:“凤二奶奶要见太太。”王夫人急忙坐起,果见凤姐儿满头珠翠、金冠玉凤,十分妆饰。身上穿着大红蟒袄,腰系羊脂玉带,锦裙绣履,站在床前说道:“多蒙太太惦记,屡次沾恩。今日又荷一杯致奠,九原之下,饮骨醉心,亲自过来拜谢。”王夫人道:“你在那里?我总找你不见,要同你商量回南之事。宝兄弟又不回来,怎么好呢?”凤姐道:“大观风景已往,休提生前不了的三般罪孽。蒙太太同琏二爷都给我解冤释结,万缘金佛,功德无穷。原本脱离地狱,就可回归本境,因与贾瑞结下一段恶缘,孽果必须了结。是以他转钟晴,我是婉贞,若非一念坚贞,几乎又入鬼门关里。冥王以我守贞死节,上达天听,奉玉旨令我生长名门,得夫封诰,享人间富贵。我两世一身,均沾太太恩庇,今日宝妹妹同太太两回赐奠俱已拜领,特意过来谢谢。金陵十二钗尽归了宝兄弟,又都在太太的眼前。巧儿之事我深感平儿,将来他自有好处。”王夫人道:“你常来同我说说话,别只躲着不见。”凤姐笑道:“阴阳间隔,如何得能常侍慈颜?但转眼之间太太就可见面。”王夫人道:“你在那里?我好找着瞧你。”凤姐笑道:“我闭着眼睛等太太叫着我的名字,我才开眼。”王夫人点头,又要问他说话,只见火光烛天,人声鼎沸,金锣火炮,骇人振耳。凤姐大惊道:“不好!”往外飞跑。王夫人站起来大叫道:“凤姐儿,等我同走!”耳内听见有人叫道:“太太,我们都在这里。”王夫人回头一望,见宝钗、探春、惜春、梦玉、珍珠、巧姑娘都站在床前。王夫人还含糊问道:“凤姐儿在那里?”宝钗道:“请太太吃过参汤,定一会再起来。”王夫人听说,心中知道刚才是梦中相会,随接了宝钗的参汤用过。正要问话,忽然火炮喧天,锣声大振,王夫人大惊。

不知说些什么,且听下回分解。

第六十九回　吊佳人香茶一盏　托义仆重任千金

话说王夫人用过参汤,刚要问话,听见锣炮之声,惊问道:“天亮了不成?”宝钗道:“已交寅刻,刚才是孙大人祭后土放炮鼓乐。那位钦差大人早已宣过圣旨,念毕祭文,等安葬后,陈设御祭。各位太太们都已起来梳洗。城里的也有几位刚到,等着各官到齐,就要安葬了。”王夫人笑道:“听说起来,我倒睡了一夜,也该起来收拾才是。”惜春道:“妈妈也才梳洗完结,说等太太去同吃素面。”王夫人点头,赶着起来,对他姐妹们道:“昨日给周姑娘奠酒,谁知狠有应验。今日下午无事,咱们都到他坟上去奠杯酒儿。”宝钗们答应,伺候太太梳洗、穿衣、吃丸药。梦玉、修云各姐妹们进来请安。还有各家亲戚奶奶、小姐们也来请安。王夫人收拾完毕,领着他们出来,同柏夫人、桂夫人、梅秋琴彼此问安。姐妹们坐下吃了点子素面,就去分陪送葬的亲眷。听见外面锣声喝道,各官府们先后到齐,城里亲友也都赶到,随即内外摆设酒面。

此时正交寅正,堪舆先生安金挂线,诸事停当,连声大炮,继之以金锣鞭炮，鼓乐声应山谷，尚书业已安葬。堪舆先生定准山向安妥，才转到祝露那边一样热闹安葬。未曾设祭，先是柏夫人领着儿女、媳妇跪在坟前，嚎啕大哭，几番昏晕，声音皆哑。桂夫人、王夫人、梅秋琴同各家太太们都拭泪苦劝。柏夫人哀恸迫切之至，恨不能以身相殉，悲不可解。宝钗见这光景，忙向梦玉们私相照会。宝钗领着梦玉、惜春、秋瑞、珍珠、芙蓉抱住柏夫人一齐大哭，求看儿女之面暂且释哀。后面又是修云、汝湘、九如、芳芸、紫箫跪了一地，祝筠同桂夫人也跪下哭劝。柏夫人看见如此，含泪点头，请祝筠夫妇起来，又将儿女、诸姐妹们吩咐丫头、媳妇们都搀扶起来。这才自用麻衣兜土，给尚书添上。然后儿女、媳妇都照着添过，才是祝筠夫妇领着侄女、侄媳合家眷属挨次添土。完毕之后，土工一齐动手，立刻将土堆上。梦玉同着芳芸、紫箫到祝露坟前哭拜添土。芳芸、紫箫十分哀感迫切，恸哭失声。柏夫人、桂夫人领着儿女们也来哭拜添土之后，劝住芳芸、紫箫，叫他们跟着过来歇息。

不多一会，尚书坟上摆设御祭，那边也摆上祭席，各官上香拜奠。这些大小亲友挨次行礼，闹了好大一会。外面完纳，又是内里太太们两边拜祭，将这几个本家孝眷劳顿不堪。祝筠外面要四下里接待，幸亏梅白父子同鞠、郑两亲家，贾环、贾兰叔侄，还有本家的几位帮着出力照应，所以还不十分吃力，也就当不起的劳困，偷个空儿歇歇。这几天因梅春同贾兰叔侄们很相投契，诸事相得，祝筠心中欢喜，以此重托。王夫人也吩咐过他叔侄不用客气，只管诸事照应。就是贾府上跟来的家人、小子，祝筠一样派差伺候。真作了贾、祝二家，不分彼此。

且说内外帐房挨挤不开，各项人等收发领取。宝钗领着如意、婉春、秋云、金凤这几个人，手口不定，应答不及。外面帐房更多轿马夫役、各官跟役、执事营兵及一切杂项开发，都全亏办事家人们得力，各分行款，各人领办，看去挤着一堆，并不一毫杂乱。甄宝玉听见人赞宝钗们办的妥当，他也更外各处周到，诸事尽心竭力。这会内外祭奠完毕，就赶忙摆设酒席，水陆并陈，极其丰盛。下午以后，各处散席，先是男客告辞上轿马，祝筠领着梦玉跪送不了。接着太太们也相约上轿，留下汪、周、江、郑几家至亲太太、姑娘同本家奶奶等着柏夫人们初八进城。

当日客散，柏夫人劳乏过分，甚觉支持不住，只得暂时歇息。珍珠们伺候一会，见太太熟睡，都抽身出来，另派几个姑娘在床前陪伴。众姐妹亦脱身来到客坐棚里，听着王夫人同郑、汪各位亲家太太们说些闲话。

王夫人忽然想起一事，对珍珠道："横竖这会儿闲着无事，知会宝钗姐姐，咱们到周姑娘坟上去烧个纸儿，带着看看野景。"珍珠答应出去。梦玉道："我也同去逛逛。"王夫人应允，吩咐伺候轿马。周惠夫妻知道，赶忙进来叩谢，再三跪阻，不敢劳太太们大驾亲奠。王夫人道："我们要到接引庵去闲逛，带着给孩子烧张纸，也不枉我疼他的一番情义。"周惠夫妻感激不尽，只得出去伺候轿马。桂夫人派几个姑娘、嫂子们小心照应大太太，不许擅离左右。余外有职事的各人，办事休要混走。吩咐已毕，同着王夫人、各位太太、奶奶都往接引庵去逛。先到婉贞坟上。众位太太见坟堆上已长满青草，想起伤心，亲为奠酒。王夫人对着坟堆说道："姑娘日前亲爱，朝夕相依，正拟贮娇金屋，娱我暮年。不意魔障横临，红颜夭折。青山黄土，瘗玉埋香，昨宵梦里相逢，所言俱悉。今日会中人都在此间，一杯致奠，望其欣飨。"王夫人拭泪祝赞。梦玉、宝钗、秋瑞诸姐妹又皆哭奠一番。周惠夫妻磕头哭谢。王夫人们伤感之至。四面看了一会，同着各位太太到接引庵来。

那些姑子们早已有信，里外收拾打扫，焚上好香，都在山门外伺候迎接。太太们下轿，先至佛殿拈香。各处礼拜已毕，姑子们请到客堂去坐，致谢日前厚赐，并道简亵。太太们也各致谢搅扰。

小姑子送茶，宝钗见茶杯清雅，款式亦狠古朴，对着太太道："这儿有这好茶杯，狠像那年栊翠庵的风景。"王夫人叹道："也正是梅花时候，只可怜妙玉遭了魔劫，杳无音信。"老姑子法喜道："太太们若要问妙玉的下落，我狠知道。"宝钗忙问："怎么你知道？他如今现在那儿？"法喜道："说来话长。妙玉原是我的师侄，从小儿性情就怪。每日看经念佛之后，闭门静坐。凭你是谁总对不上来，惹着他就要使气。为着他，我师兄得罪了好些主顾人家，真真怄死。又不知他俗家是谁，他原是平空走来求着出家的，问他也不肯说。正在没法安置，遇着贾府里办小姑子进京伺候元妃娘娘拜经，才将他送出山门。后来听说甚好，得了栊翠庵的方丈。咱们同他也从不往来，连个字角儿也没有接他一个。后来听说被强盗抢去了。谁知五年前，我在观音山进香道儿上，见他坐在一棵老梅树下，我问道：'听你被人抢去，怎么又在这儿？'他说：'我遭魔劫，坏了真元，还得再历尘寰，了除情障才归幻境。我今日要复还本原，求师叔慈悲，收我皮骨，埋以净土。数年之后依然见面，再报你掩埋的大恩。'指着梅树说道：'这是我来生名字。'说毕倒身在地，就咽了气。真说也可怜，谁知他是个白色狐狸！我心中不忍，赶着叫跟去的老道就在梅树根下深深开了个大坑，将他埋上。幸而无人瞧见，免被人偷去剥皮。不拘是谁，也不知他这样的下落。"王夫人惊叹道："原来妙玉是个狐仙！当年相处如何知道。"珍珠对宝钗道："这样说起来，那天后楼上仙姐的话自然有因。真是轮回之道，其理难明。"宝钗笑道："横竖将来总有应验，可见就是神仙，亦难逃劫数，何况咱们这些凡人。"

法喜道："天已快黑，又难得诸位太太们约齐了到荒庵来逛，随便用点素斋罢。"汪太太们道："且等正月间来烧香再扰你的素斋。今日咱们都还有事，不能多坐。"郑太太笑道："走罢，再坐会子缘簿就要出现。"众人一齐好笑。法喜道："阿弥陀佛，庵里那一件儿不是太太们施舍的，还敢再写缘簿。师徒们吃的白白胖胖，外人总气不过。咱们也全仗着各位太太的护法。"秋琴笑道："怨不得听说有人要拿你们去炼油，还不快些躲着。"众人哄然大笑。桂夫人道："咱们别尽着开心，回去瞧大姐姐不知可好些。"诸人都说："甚是。"辞了那些姑子，仍俱回到新茔。柏夫人已睡起一会，总觉劳乏，见他们回来，问些闲话。晚饭之后俱各早为安歇。

次日，诸人歇息一天。内外帐房各项领取归帐，执事人等收拾陈设、铺垫、灯彩、一切应用器皿，交代被褥，销算总帐，整整忙了一日。初八一早，复山圆坟，上祭供饭。诸事完毕，宝钗、探春吩咐先发箱子及各样板箱、桶篓，派家人们押着先进城去，其余交外帐房一并收拾。

剩下花果茶点，各处按人分散。早饭之后，太太们都进城来，先到介寿堂请安。老太太将各人劳慰一番，拉着宝钗、探春十分奖赞。荆、朱两姨娘也很为感谢。赵奶子、钱、宋两奶子抱着慧哥同探春的定哥儿、闰姑娘，杨家的抱着梦金，俱来请安道乏。王夫人同各位太太彼此接抱一会。梦玉们到承瑛堂请安。石夫人给宝钗、探春道谢慰劳。海珠们亦再三称谢。摆过晚饭，各位至亲太太同本家的奶奶、姑娘俱各告辞家去。

王夫人们亦将息过数日，不觉已是十二月半，去封印不远，来辞老太太，要回金陵料理年事。祝母同柏夫人们初意不肯放去，因想着多年回家，头一个年下，不能不去料理，定了十八起身回金陵。梅秋琴亦拣十八日娘儿夫妻回苏州过年。连日两宅里设席谢劳饯行。探春、宝钗交代算帐，十分热闹。

今且将王夫人领着宝钗、探春、珍珠、巧姑娘们回金陵，梅秋琴回姑苏度岁，祝府守制闭灵之事暂且不叙。

再说柳绪自从扬州与梦玉分手之后，又遇薛姨太太继女结亲一段事务。母子夫妻一路上受尽风波艰险，船中遇盗，真是九死一生，幸得包勇死力保全，得还乡里。先赶着办完葬事，这才修理房屋，买了百亩腴田，外有包勇经营，内有薛宝书主持家务。柳主事是个清贫寒士，身后多变了个温饱人家。真个是：

溪水渐生朱舫活，野梅半落绿苔香。

柳太太有此佳儿、佳妇，丝毫不用操心，十分安乐。常对着儿子、媳妇道："贾府恩情刻铭心骨。我家世世子孙不可忘本，逢祭祀必祷之先灵家庙。"

这柳绪承欢膝下，颇称孝顺，与薛宝书伉俪情深，相依形影，终朝无事，闭户读书，潜心经史。正值秋光清爽之时，禀过母亲，带着包勇亦常到名山古刹，渔舍樵林，随心游玩。这日，带着包勇逛到一个村庄。见有好些人围着说话，柳绪同包勇站在后面听人说道："这位新太守，不比前任的那位太守。你只看他到任不久，地方诸事肃清，各样整顿，百姓们谁不敬服？况且咱们村庄都临着海口，就是新太爷不吩咐，咱们也得出力，何况亲加面谕，必得要商量出一个善法才是。"

包勇忍不住上前问道:“列位在此说些什么?”内中有个年老的说道:“新任太守桂太爷到任后,因闻海盗屡劫商船,甚不安静。昨日亲到临海各庄,当面吩咐庄中挑选精勇会水的后生,十人一船,帮着兵役巡河捕盗。看庄之大小,定船之多寡,来往换班,巡环不绝,海面上自能安静。因桂太守吩咐,咱们在这里商议怎样一个办法。”包勇笑道:“这件事不是站着三言两语就说得完的。寻个地方坐着再从长计议。”众人都说:“甚是。”柳绪也要同去听他们议论。

众人来到村外社公庙里,问和尚借些板凳,让有年纪的几位乡长坐下。那些壮年后生站的站,蹲的蹲,各随其便。柳绪在棵大槐树下藉花而坐。听那为首的是个候选县左老杨说道:“这件事必得知会合村。有情愿不避艰险要去捕盗的后生,约个日子齐集至社公庙,商量妥当,择日上船,分头去捕。不知诸位意见何如?”有个钱老者说道:“也不用上船去找,只要听说那里有盗贼,赶着驾船追去,还怕他跑到那里去不成?”台阶上坐的老孙笑道:“等着咱们追去,那强盗早没有了影儿。”有个姓李的说道:“自然到海里去等着的为是。”众人议论半日,毫无主意,那听的人也都慢慢散去。包勇甚觉好笑,忍不住对他们说道:“我倒有个主意,必得如此办法。”众人道:“你说了,我们听听是个什么主意。”包勇道:“咱们这村里有一千多烟户,其间有一大半都是财主人家,谁肯去冲锋冒险?那肯去的人自然都是些无产无业穷苦之人。况且那强盗几次上岸打劫的,都是富户,与穷人毫不相干。他们吃了自家的饭,给那些富户人家去拿强盗,情理上也说不过去。如今既是新太爷吩咐临海各村派人随同兵役捕盗,必得先同富户们商量,捐出银两,议出一位至公无私、村中素来敬信之人,总司其事。然后选择愿去的后生,共是多少分作两起,雇定渔船,衙门里去具呈请领船上应用军器。自上船起,每人每日是多少柴米小菜,俱要宽为预备。定以五日为期,回来换下一班去。还有一切风雨寒暑衣履俱得备办,每月至期给他们工价,以便养各人父母妻子。必得如此办理,不但诸人踊跃,亦且可以久远,咱们村庄里免海盗之患。我的主意如此,不知诸位以为何如?”

那些老丈们都点头赞道:“包大爷议论的很是。我们都想不到有这些为难之处。既是这样说,明日就得请合村富户们公议。赶着凑齐银两,以便请人料理。自然你们柳庄上也是少不了的。”包勇道:“咱们大爷年轻,诸样都是太太作主,况且柳府上并非富户,明日不便去议事。”老钱道:“不是这么说,你主人虽非富户,到底是个绅衿。咱们村里除掉村南的张举人,小红庙的萧举人、陈翰林,东头儿徐通政同你们柳家这几家书香世族外,其余都是有钱并不做官。这样公议,岂可没有一个乡绅子弟们在坐?就不出钱,也得同来商议。”包勇问道:“大爷意下如何?”柳绪应道:“是咱们村中有益之事,理应去听诸位乡长公议。”众人大乐,各去分头邀请富户。

柳绪带着包勇离了社公庙。绕着树林由溪边沿堤慢走,看那农夫们收割晚稻。包勇指道:“那桥边一带光景很像琏二爷造的万缘桥一样,就是少个碑亭。”柳绪点头叹道:“不知贾太太们安否?相隔万里,信息难通。还有镇江祝大爷,那天分手之后,不知作何光景。我提起他们只是要哭。不知是几年上才能见面。”说着,止不住纷纷流泪。信脚刚到桥边,见有四五个人骑着马过了桥来。柳绪拭着泪将身闪开让过牲口,慢慢踱上桥去。听见背后有人招呼,柳绪们站住。回望见那些人勒马站住,有一个像跟班的拉着马走上桥来,口里问道:“这位可是柳大爷?”包勇答道:“是柳大爷。你们是那儿来的?”那人道:“新任太守的大爷。”说着,赶忙下桥,走到马前回话。原来马上是桂堂领着家人、小子,听说甚喜,忙下牲口走上桥来。柳绪也抢着迎下桥去。桂堂双手拉住叫道:“柳哥,咱们虽未见面,久钦风采。刚才到府拜见伯母暨尊嫂夫人,送上贾、祝两家书信,坐谈良久。知柳哥郊外闲游,弟不能久待,正拟另日专诚奉访,刚才马上瞧见尊范同从人光景很像包勇,是以问询,几乎当面错过。”柳绪道:“原来是桂公祖的少君,有失迎候,负罪之至。但不知怎么认得贾、祝两家,有烦寄信?”桂堂道:“此间难以立谈,那边是个庙宇,咱们且去坐谈一会。”

柳绪应允,领着众人一同走到庙前,见匾上写着“铁佛寺”。柳绪们走进山门,老和尚领了徒弟们赶着出来迎接桂少爷,进方丈献茶。桂堂将贾、祝两家之事大概说了一遍。柳绪听说琏二哥出家去了，不胜悲感，掩面饮泣。幸而贾太太们业已回南，又与梦玉朝夕相聚。听说珍珠姐姐失足落江，不觉放声大哭，真是悲恨交集，又感又叹，说道："若非公子光临，何以知其详细。"桂堂道："柳哥再休要这样称呼。宝钗、珍珠两姐同梦玉哥再三谆嘱，叫我与柳哥订为昆季，以领教益。咱们就在此神前一拜，省了多少客气。"柳绪见桂堂和蔼可亲，情词真切，只得应允。吩咐包勇点了香烛，与桂堂拈香拜为昆季，柳绪年长为兄，两人亲爱异常。柳绪问些梦玉的近况。桂堂因天色已暮，赶忙辞别进城。柳绪再三相订，彼此分手。不言桂堂进城一事。

柳绪同着包勇急忙回到家中。柳太太婆媳正在盼望，见他回来报怨几句，随将贾、祝、薛三家书信叫他细看。柳绪先将与桂堂相遇，到庙里拜盟之事禀讨母亲。婆媳们听说十分欢喜，也将刚才桂公子来家相会叙谈之事说了一遍，柳绪忙将宝钗、珍珠之信念了一遍，又将薛家岳母同梦玉之信开看，真是情现于纸。梦玉信尾上还有一诗，君高声念道：

送君何限意，一别竟无词。
但去不复问，我心君自知。

柳绪念完，不胜悲感。

柳太太道："刚才桂公子来定要请见，一会儿又找你不着，只得同媳妇见他。谁知也同梦玉一样亲热，并无一点贵公子的习气。我听说琏二哥出家，珍姐姐掉下江去，由不得同媳妇哭起来。他也出了好些眼泪。贾太太们回南之后，他们在金陵同你丈母们住了几天才起身来的。这书子、物件都是这三处寄来的，令人见物思人，更深寄念。他说一半天桂太守的夫人、小姐都要到咱们家里拜会。既是琏二哥的亲家，同咱们也是亲眷一样。"薛宝书道："又是梦玉的丈人，自然玉兄弟一定再三嘱托照应。咱们明日就去回拜，给桂太守请安才是个道理。"柳绪道："论理明日进城才是道理，偏生村里又有公议必须要到。"柳太太问："是什么公议？"柳绪将刚才众人所议之事说了一遍。宝书道："既是乡长们相订，不去倒使不得，只好后日一早进城。"柳太太道："我们既知道珍姑娘落江身故，想他待咱们那番情义，令人可怜，要报也是不能。我打谅在铁佛寺给他做三天道场，尽点穷心。”柳绪夫妻忙应道：“太太说的甚是。”母子们商量已定。

次日早饭后，柳绪仍带着包勇到社公庙来。村里的父老、富户、乡长们俱早已到齐。商量已定，各量田地多寡，家富厚薄捐银多少。诸人就在公议簿上写明数目，共凑了三千七百几十两。就少那总办之人尚未议定，你提我让，都不肯经手，有那愿意的，众人又不托心。议论虽多，总难其选。内中有位年高有德，合村最为敬服的孔老人家名叫孔绍洙，是个讲礼君子。他见彼此推让不了，因说：“诸位既不肯担此重任，我倒有个主意，不知可还使得？”众人齐声答道：“孔老丈吩咐自然不错，再无不妥之理。”孔绍洙道：“这个重任不但光收银两，叫众人托信得过，还要是个在行人生发经营，用银得当，一切雇募人工，制办物件，应用应省，咱们全然摸不着头脑。村中既捐出这项银两，也必须一劳而逸，从此安宁，这才是个道理。若是托人不妥当，将银花费，村中毫无益处，白费了新太守为民的苦心，众亲友捐资的高谊。所以这总办之人，也不是可以推逊出来的。咱位这柳相公的祖老太爷就是我的好友，后来有他父亲，从小儿就不多言多语，只知道攻苦念书，闲暇无事就到我家谈谈世务。我瞧着他做秀才、举孝廉、成进士做官。如今又见了他的儿子，又是这样翩翩英俊，令人可爱。他家是个世代读书君子，自从他们回家这几个月，我瞧着举止动作全是祖父家风，我心中也很欢喜。他家的这个包管家也是个忠心义胆的人，我见他给主人料理葬事、修造房屋、经营产业，出力出心，丝毫不苟；还兼着一身本领，勇力过人，真是个草野丈夫。我听说昨日是他的议论颇有规则，可见他胸中自有经济。我的意见竟将这总理重任托包管家去办最为妥当。因他是柳宅管家，不便出名，议单上写明交与柳家主仆，似乎狠可使得，不知诸位以为何如？”柳绪不等众人开口，赶忙说道：“柳绪年轻，包勇又是下人，如何能够料理这些事务？断不敢当此重任，求老丈另托人办。”包勇说道：“我是下人，何敢经理？求诸位大爷们再从长商议。”众人一齐道：“不用多说，孔老丈议论狠是。咱们竟立了议单，各画花押，所有捐项，各人送到柳宅。”诸人应允，也不管柳家主仆依与不依，竟是孔绍洙出名立议，拉着柳绪主仆各画了花押。柳绪道:“既蒙见委,自当令小仆竭心尽力。但诸事纷繁,倘有不周之处,还求诸长翁指教。”众人又谦了一会,时已下午,就在那桂花树下摆设立议公席,彼此畅饮,直到月上花梢而散。

柳绪到家,带着包勇将孔老丈同各乡长立议托办之事禀了母亲。柳太太道:“既是乡邻公议,自难推托。但你年幼无才,不过居其名色。其重任全在包勇,狠可放心,自能料理妥当。一切应办之事,你不可混出主意。”柳绪唯唯答应。包勇道:“太太虽是这样吩咐,但小的总要同大爷商量才能办事。若光是包勇一人,倒要掣肘。太太只管放心,不叫大爷落人褒贬。”柳太太点头道:“诸事仗你断,不可靠住大爷。”包勇答应出去,歇息一宵,晚景不提。

次日早饭之后,柳绪辞过母亲,带小子得禄进城去谒见太守,主仆两个骑着牲口款款慢行。正是晚稻登场,雁声天际,那些庄家男女都带着丰收景象。不多会进了城门,只见巷舞衢歌,士民乐业。来到太守辕门,下了牲口,就命得禄看着鞍马,自家走到号房里,通了名姓,叙其来历,递上名帖、号礼。那位号房先生一面接着包儿,说道:“原来是柳老先生的相公,失敬了。前日府里的少爷要到尊府去拜望,要看乡绅名单,因敝同事们不知府上住处,就不写住居何处。一会里面查问出来,他们对答不出。太爷动气,说道:‘有钱贡监职员开满一单,将一位有名的乡绅,连住处都不知道,算个什么号房!’将值日的两个敝同事每人打了三十板,听说还要革役。今日尊驾来的正好,若是见着太爷,可以说个情儿,免他们革役,真是莫大的德行。咱们上这号缺,实在不是容易的。”柳绪道:“若是别事断不敢预闻,既为舍间住处受屈,弟倒可以力求这个情分。”那人大喜,连忙招呼道:“奚老大,你们快来!”里间屋内走出两人,问道:“什么?”这值日号房指着柳绪,将刚才彼此的话说了一遍。那奚、魏两先生欢喜之至,忙邀柳绪到屋里坐下,倒茶致谢,说道:“若能保全,还要格外酬谢。”柳绪问那值日先生尊姓,那人答道:“姓佟。”柳绪道:“烦佟先生将名帖投进去罢。”老佟应道:“就去。怎么相公不跟个尊管?”柳绪道:“有个小子得禄,在辕门看着牲口。”那先生笑道:“原来相公尚不知道，桂太爷下车以来政治肃清，十分风厉，真是宵小潜踪，可以夜不闭户。路上掉了东西无人肯拾，何况两个大牲口拴在那里，就饿死了也没人去动的，尽可放心，我着人去叫尊管来，也好跟着进去。”柳绪拱手称谢。

老佟叫人去不多会，领着得禄进来伺候相公；拿着名帖一直来到宅门，见堂官杜大爷回明来历。杜麻子道：“这是要见的，快请进来！”接了帖儿往里去回。刚到二堂上，里边转出一人，老杜瞧见大喜。

不知那人是谁，且听下回分解。

第七十回　桂太守款宾念旧　柳公子遇虎成亲

话说杜麻子来到二堂，刚往里走，迎面见桂堂出来。老杜道：“前日去拜的那位柳相公特来回拜。”桂堂听说问：“在那里？快请进来。”老杜道：“他要拜见老爷，这是他的名帖。”桂堂看帖上写着“治年侄柳绪”。桂堂道：“你上去回老爷。我见过柳大爷，一会儿同他去见。”老杜点头进去。桂堂来到宅门，见号房领着柳绪主仆刚走进来。桂堂上前接住，说道：“正在这里渴想，知柳哥今日必来。”柳绪道：“洁诚来谒令尊年伯公祖大人。”桂堂同至花厅坐谈一会，知道父亲公事办完，领柳绪来至上房。桂恕同金夫人因贾亲家再三面托，又是梦玉继母之子，前日与桂堂拜为昆季，因此并不客气，竟以子侄礼相待。柳绪走进上屋，见桂恕夫妻赶忙跪拜。金夫人见他温文风雅，气概冲融，与桂堂不差上下，真是一对翩翩公子，心中大喜。亲手扶他起来，对老爷说道：“怨不得贾大姐姐们同梦玉念念不忘，再三谆托。今日见这品儿，真令人可想，与咱们堂儿狠像弟兄。”桂恕道：“我与他父亲是大考同年，长安旧友。今日见此佳儿，听说芸窗苦志，能读父书，笔下也狠去得，又颇孝顺，将来定是玉堂贵客，令人欢喜。”金夫人道：“咱们坐下慢慢再谈。”

姑娘们送茶之后，桂恕吩咐：“就在上房摆设晚饭。”老夫妻两位领柳绪、桂堂坐下慢慢饮酒。桂恕将这里风俗人情、农桑工贾、士民利弊以及婚丧礼节之事、贤良方正之人，一件一宗，无不悉心细问。柳绪条条应对，诸务周详。桂恕十分欢喜，因而叹道："膏粱子弟都不过是朝餐夕寝，衣架酒囊，一切世务全然不知。柳郎可为读书特达之士。堂儿虽知上进，而于世事人情未能通晓。"金夫人道："将来同柳哥常在一堆，讲诗论文，自然通达世务。"桂恕点头道："我正有此意。且消停几天，你带着蟾珠到柳太太家里拜望，当面对柳太太说明，将堂儿附在他家，同柳郎作伴读书，叫他两个都拜在书院掌教高老师门下看文章。柳郎的修金不用柳太太费心。我因孩子们在衙门里念书，胸襟不能开展，徒学了些做公子的习气，最为可恨。今难得柳郎这样好友，又住在村庄，离城甚远，避掉城中市井之气，最为妥当。"金夫人甚喜，说："老爷见的甚是。一半天我去见柳太太，将堂儿交给与他，再无不肯之理。"

老夫妻们饮酒说话，不觉天色将晚。柳绪起身告辞。桂恕道："也罢，出城尚远，不便再留，无事可以常来走走。"柳绪答应说道："前日号房里因绪家被责，面求伯父公祖免他革役。"桂恕含笑点头，命桂堂送绪哥出去。金夫人再三嘱其常来，回家先为致意。柳绪答应，同桂堂走出外厅，跟班的去叫得禄，将牲口拉到大堂檐下。那些值堂的头役站立两旁，伺候大爷送客。

柳绪辞别桂堂，就在檐前上马，走出头门，见佟先生们都站在号房门口。柳绪下马笑道："诸位放心，刚才求过太爷，已准了这个情面，只是以后总要诸事留心。"奚先生们大喜，说道："真是感谢不尽，等下班的日子专诚到府拜谢，还要尽点微意。"佟先生道："天已不早，现今深秋天气，说黑就黑，出城到尊府尚有十五里。这几天各处老虎甚不安静，尊驾出了城门，加鞭快走要紧。"柳绪听说，即忙辞了他们，上马走出辕门。外面得禄骑上牲口，主仆两个催着要快，无如街市上正是晚集，买卖交易，挨挤不开，只得忍着性儿慢慢出了城门。关厢里有那些左近村庄的男女们，纷纷扰扰，都奔着家去。

柳绪见红日业已衔山，照着枫树林中霞光遍野，心中十分开畅，随着牲口沿堤慢走。得禄狠为着急，说道："大爷别看景致，咱们沿着山脚还有十四五里道儿。这一向近山,各村都防虎患,真个不是玩的,快些走罢。”柳绪见烟云四起,看看将黑,紧催牲口,渐次来到山脚,见有十来个猎户,拿着枪弩火器,望树林中绕了进去。

主仆两个正在依林绕山而走,迎面一阵西风吹开落叶,竟似一阵乱蝶扑人逐马。得禄有些胆怯,用鞭梢指道:“大爷瞧那树根下蹲着个黄的,是个什么?”柳绪吓了一跳,回头问:“在那里?”定睛细看说道:“像是落的黄叶。”心中也觉害怕,使劲加上两鞭,放开牲口一直跑过山脚,出了溪口,沿堤慢走。得禄后面笑道:“刚才绕着山走,将个心跳上了脑袋,浑身只是出汗。这会儿跑过山脚,有三里多路,任什么也不怕。牲口跑的发喘,咱们到溪河去饮点水再走,横竖到家不上四里来路。”柳绪道:“刚来我也有些害怕,跑离了山脚才放心。多时不骑牲口,狠觉颠的慌,我也要下来歇歇。”一面说着,主仆都下了牲口。拉着走了有一箭来路,听着溪水淙淙,柳绪将马交给得禄拉去饮水。得禄拉着两个马走到溪边,那牲口再也不肯下去,在堤上只是撒溺。得禄道:“不好,这两个马跑破了尿泡,尽着溺个不止。”柳绪道:“我去拔几根茭草给他吃,歇会子只怕就好。”说着,走下堤去。得禄听着主人大叫道:“哎呀!”刚要接问,只见一只大黑虎横咬着柳绪,纵身跳过溪去。随着一阵大风,飞砂拔木,那两个牲口一齐大惊,往前直奔。得禄拉他不住,一跤栽倒,口里发噤,身如绵软,含着眼泪往前带爬带走,奔回家去。这且慢表。

且说柳绪被虎咬住,自问必死,半边身在虎口痛不可忍。那只虎衔人跳过一座山头,来到悬崖边一棵大树根下将人放下。那虎扑地跳去有一丈来远,在草地上打滚。柳绪想道:“他此番跳过来定然来吃,断无生理。我何不爬上树来,倘能逃得性命亦未可定。”急忙站起,不顾疼痛往上使劲就爬。那树身上绕着老藤,倒像是登梯一样。上去有一丈多高,正在气喘心跳,谁知那密叶里面伸出一只手来,一把拉住柳绪说道:“我在此间等着救你,只管放心。”柳绪出其不意,又吓了一个半死。那人使劲一提将柳绪拉了下去,给他骑在一个大小杈里,叫他把树坐稳。那人随即盘树下来。刚到树根尚未站稳,那只大虎业已转身跳来,迎面一扑。那人扭身一躲,顺手在腰间拔出一个大铜锤，抢离树根。那虎将前爪在地一伏，急纵过来，将那条刚尾就人一剪，谷振山鸣，叶落如雨。那人闪开一步，赶着抢进身去，照着鼻梁一锤打去。那虎负痛大吼，往上一撺。那人将身一折，望着虎腰上使劲又一锤，跟着在腰跨上用尽气力踢了一脚，不等那虎再跳，赶着又是一锤。那虎过于受伤，动弹不得。那人反身站住，按着虎颈接连几下。只见那条虎尾勉强一竖，接着吼了一声，呜呼西去了。那人还怕他死的不很舒服，又在周身上下给他大锤一顿。此是九月半后，凉月满山，石缝里的寒蛩顺着西风悲鸣不已。那人坐在虎背上喘息了一会，依旧将铜锤插在腰里，走到树边叫道："你下来罢。"

却说柳绪自从坐在树上看那人同老虎格斗，只觉汗流浃背，胆战心惊，恨不得帮着那人一下子将虎打死。昏昏沉沉看了半日，直到此刻心才放下。听见那人叫他，急于要下树来。谁知身子被虎咬伤，一路拖来，周身擦坏，兼着刚才爬树使劲过猛，十指皆破，无处不疼，这会儿倒动弹不得，扎挣着勉强下来，十分吃力。那人扶住，站在树根旁。柳绪道："不知尊兄名姓，何以在此救我性命？尊府住在那里？明日举家到府拜谢。"那人道："我姓冯名富，就在这山后陶家庄住，世代都靠打猎为生。我父亲是个拳棒教师，将生平最得意的几门手脚不传徒弟，只教会了我们兄妹两人。如今父母都不在了，只剩我同妹子两个。昨晚上我父亲托梦说：'明日有个孝子要被虎伤，应该你救他性命。他就是你的妹夫，不可错过。'叫我吃过晚饭在这树上老等。我想父亲生平从不说谎，想是真的。叫妹子收拾晚饭，吃过到这里坐了好一会，谁知真个老虎拖了你来！但不知你姓什么？住在那里？如今是我的妹夫，同我回去成亲。"柳绪道："小弟姓柳，住在孝义村，家有老母，室中已经娶妇，蒙兄救命之恩，定当重报。令妹之事，断不敢从命。"冯富听说勃然大怒，说道："你这人好没良心，又不讲理，刚才老虎咬了你来，你为什么不对他说不敢从命？这会儿有了命，你又会不敢从命，真是野事！"柳绪道："冯兄息怒，并非小弟不敢遵命，因老母在堂，还有糟糠之妻，小弟不敢作主，此事只好慢慢相商。"冯富道："老太太那里自然要去通知。若说你有姓康的做妻，难道就不可以再娶我们姓冯的做老婆吗？"柳绪甚觉好笑，说道："明日同家母到尊府商议。”冯富道：“这会儿已将半夜，目今各处都有虎患，咱们回家去罢。”柳绪应允。冯富过去将老虎背上，叫柳绪跟着走过后山，下去不远，就是陶家庄。

冯富走到自家门首，叫妹子开门，里边答应，黑影里将门开掉。冯富道：“快些点灯，还有人同了回来。”那姑娘答道：“屋里有灯。”冯富领着柳绪走进屋里，将老虎放在地下，让柳绪坐在炕上。柳绪见墙上挂着几张虎皮，这边板壁上都是一溜儿弓弩军器。猛抬头见那灯背后墙角上挂着一个人头，披散着头发。灯下见冯富生得剑眉环眼，高颧大鼻，坐在一条凳上，威风凛凛。柳绪心中惊恐，想道：“看他相貌，听他刚才说话，是个爽烈汉子，如其不从，竟有性命之忧。脱离一虎，又遇一虎，白死在这里也无人知觉。”

柳绪正在思想为难，冯富叫道：“二姑娘，你关上门不到屋里来，站在院子里干什么?”那姑娘答应，走进房门。柳绪赶忙施礼，见这姑娘生得杏眼桃腮，十分美丽，与他令兄大人迥乎各别。同柳绪见过礼，就坐在冯富凳上。冯富指道：“这就是父亲梦中所说的妹夫，我对你说明，才去救他回来。这老虎就是媒人，你们也不用客气，两个人磕个头就算了。”说着，站起身来，左手拉着妹子，右手过来拉住柳绪说：“你两人磕头罢。”柳绪被他抓住，臂痛如折，疼不可忍，赶忙双膝跪下，冯姑娘亦跪下，双双对拜。冯富心中大乐，不觉呵呵大笑，说道：“好快活，完了我一件心事。”看他夫妻拜完起来，对妹子道：“我打完老虎，肚子饿了半日。家里有的野味，温上酒，咱们吃杯喜酒儿。”冯姑娘收拾酒菜，摆在炕桌上，移过灯来，兄妹夫妻三人饮酒。只有柳绪周身疼痛，呻吟不已。冯姑娘知道身被虎伤，说：“咱们家有虎伤药，为什么不敷上些?”冯富道：“这是你的事，我全不知道。”冯姑娘连忙取药，用水调好，叫柳绪解开衣服，将被伤处所都替他敷上，又用金疮药上了擦伤之处。柳绪见他如此光景，由不得动了一段情肠，与他十分亲爱。两个人相偎相倚，倒像是久别初归的那番亲热。冯富只管大饮大嚼，随他夫妻们说笑言语，全然不知。柳绪已止痛，三人畅饮，比刚才大不相同，彼此毫无拘忌。冯富饮酒得意，将生平本领高谈阔论。

正说的高兴,忽然想起一事,说道:“你们吃会子酒,叫妹夫安歇。我到他家去通个信儿,别叫老太太哭的伤心,明天同着他家的人来接你们家去。”柳绪连声应道:“大哥说的狠是,就请去罢。”冯富又喝了三大碗酒,站起身来,将腰间铜锤拽了一拽。柳绪对他说明门前方向牌匾,外面管事的相貌、名姓。冯富点头,扬长而去。

冯姑娘跟着出去,关上街门走进房来,见柳绪坐在炕上,将脸握住,问道:“你为什么?”柳绪放下手来指道:“那是谁的脑袋?怎么挂在屋里?我很害怕。”冯姑娘笑道:“那是个干的人熊脑袋,看着狠像个人头。”柳绪笑道:“刚才叫我狠吓了一跳。这个老虎就该丢在院子里,还怕谁来偷去不成?我瞅着他总有些胆怯。”冯姑娘道:“这容易,等我拿他出去。说着,走到那边,左手抓着虎尾,右手拿着一个前爪,将虎提了出去。柳绪大惊,问道:“这虎有多重?你怎么拿得动他?”冯姑娘笑道:“这虎不过二百来斤,还不算狠大的老虎。”柳绪摇头说道:“我从此怕听‘老虎’二字,就见个画的也要心惊。”冯姑娘笑道:“有我在,怕什么老虎!”说着话,将残酒撤过,收拾完结。夫妻两个铺炕安寝,说不尽这一宵海誓山盟,万千恩爱。这且慢表。

且说得禄带爬带走有一箭多路,动弹不得。卧在草堆睡了一会,只觉着寒露满身,清光遍野,站起身来一步一颠,望着村里回去报信。走下有二里多路,望见村口,那两匹马在路旁吃草。得禄过去拉他,那马一惊,又忽然浑跑。得禄一面吆喝,赶着追赶,又闹了好一会,才将两个牲口拉着走进村来。到了门口,使劲打了半日。里面包勇开出门来,见是得禄,忙问道:“怎么这会回来?大爷呢?”得禄哭道:“大爷被老虎拖去了。”包勇叫声:“哎呀!”一个头晕倒在地下。得禄叫喊一会,包勇哭道:“疼死我了!”随将牲口拴在院里,将门关上,领着得禄进去,急打上房院门。薛宝书听见,叫老妈儿开门,想是大爷回来。老妈儿摸梭一会,出来开了院门。包勇们往里飞跑,口里叫道:“大奶奶快去回太太,说大爷被老虎拖去了!”宝书听见身子一软,不觉死了过去。柳太太在床上听见,忙问道:“大爷怎么?”包勇大声答道:“被虎拖去了。”柳太太叫声:“哎呀!”也就晕了过去。此时内外丫头老妈、雇工小子都骇的起来,无不放声大哭。柳太太婆媳房里都站的是人,不住口的喊叫。好大一会,两边苏了过来,都只要寻死。丫头、老妈拼命拉住。婆媳两个哭喊不出,睁着两眼就像疯魔的一样,不顾性命。包勇们往来两边房门口,劝了太太又劝奶奶,一个个无不悲哀叹息。

正在难解难劝之时,有个雇工来找包大爷说:“大门外有人打的很急。”包勇听说飞跑出来,同着雇工开了大门。只见一个大汉子走了进来问道:“那一个叫做包勇?”包勇吓了一跳,应道:“是我。你是谁?找我干什么?”那人笑道:“你家大爷叫我来通个信儿,说老虎没有吃他,现在我家成亲呢。”包勇忙问道:“真个吗?”那人道:“若不真,我怎么知道呢?”包勇不等问个明白,飞跑赶到上房,大声叫道:“大爷在了!叫人回来通信。太太、奶奶快些别哭。”柳太太那里肯信,说道:“你叫那人来,我当面问他。”一面叫大奶奶也来同问。

包勇去不一会,领着那人进来,站在上房门口。柳太太问道:“这大爷尊姓?是谁叫你来的?”那人答道:“我叫冯富,只有兄妹两个,住在陶家庄。昨晚上我父亲托梦说:‘明日有个后生要遭虎难,必须你去救他回来。他就是你妹子佩金的妹夫。’梦中指明了方向。我今日晌午错些就在那里等着,直到太阳下去多时,果然一只大虎将你家大爷拖来。我将他藏在树上,转身打死了老虎,领他回去同我妹子成亲。他说没有禀过老太太,还有姓康的奶奶,是不肯应允。叫我动了大气,他才依我。因想着太太们一定着急,故此赶着来通个信儿。我在这里过夜,明日同人去接他夫妻回来。”柳太太道:“原来是我儿子的救命恩人,我婆媳先磕头拜谢。”说着,都跪了下去。急的冯富赶着回拜,说道:“打死个把老虎有什么要紧。”

彼此拜完之后,柳太太婆媳感激不尽,连包勇及一切男女无不喜欢感赞。柳太太问起陶家庄离此间有多少远近。冯富道:“有十三里来路,咱们走着不值什么。”柳太太对包勇道:“冯大爷是咱们的恩人,如今又是至戚,此刻特来通信,走了多少路,过于辛苦,就在外间屋里吃杯酒。明日大爷回来专诚再请。”包勇答应,赶忙摆设酒菜,让冯富坐下。柳太太同媳妇出来亲自敬酒。宝书道:“我无兄妹,明日妹子过来,我同他如手足一样。冯哥如不嫌弃,咱们也拜为兄妹。”冯富大喜，就在堂前对天结拜，又同拜过太太。冯富道：“明日我家二姑娘过来，总要大妹子你照顾他些。”宝书道：“大哥只管放心，从此姐妹总不分彼此。”冯富大乐，也不用他们逊让，一面饮酒，又将梦中嘱咐之言说起，手舞足蹈细说一遍。腰间拔下铜锤，说道：“这样兵器是我父亲的遗物，在我手内不知打过多少惊人的猛兽，今日是他救了妹夫。”柳太太同众人见那铜锤金光闪闪，不胜赞叹。正在谈的高兴，只听得鸡声四起，壶漏将残。柳太太见冯富颇有倦意，吩咐包勇陪出外厢安寝。里面婆媳们又感叹一番，各去休息。

次日早间，薛宝书收拾衣裙首饰，吩咐包勇办理彩轿，内外备下两席。柳太太吩咐将村里三四位高年亲戚请来，说明缘故。又叫包勇给冯大爷换了衣帽鞋袜。此时满村中都知道柳绪遇虎，陶家庄冯家招亲，今日接新人回家。那些同柳家来往的亲友们，都赶着出分子、送贺礼，男女都来要看新人。薛宝书婆媳商量，只好赶办酒饭，另日备席再请。柳太太道：“只好如此办法，不然一会儿那里备得及这些酒席。”早饭之后，内外亲眷都已到齐。包勇同冯富带着两个小子，骑上牲口，跟着鼓乐彩轿望陶家庄来。

且说柳绪同冯佩金一宵恩爱，直睡到日上三竿起来梳洗，真是两个人恨不得挤成一个才好。吃完早饭，已是晌午时候，两人正在谈心，远远听见鼓乐之声。佩金道：“咱们间壁尹家今日娶媳妇，等花轿过来，出去瞧个热闹。”柳绪点头。听那鼓乐之声业已相近，拉着佩金同去开了街门，只见老少男女都在门前看花轿。对门的靳家婆媳亦站在门前，见冯佩金同个后生并肩而立，看那光景十分亲热，因止不住问道：“二姑娘，这位是谁？咱们总没有见过。”佩金出其不意，被人问住，随口应道：“是他。”靳大嫂子道：“咱们正问的他是谁？”佩金满面通红，应道：“是他，是他，你还没有听见。”靳家正要再问，只见鼓乐走到冯家门口站着不动。柳绪回过头去，见包勇们骑马跟着花轿，忙对佩金道：“咱们家的花轿，只怕是接你的。”佩金听说，赶忙跑了进去。花轿到门，派来的丫头、老妈儿先下小轿，拿着包袱跟了冯富、包勇走进门来。冯富叫道：“二姑娘，你婆婆叫了花轿接你，快些收拾就去。”丫头、老妈进屋见礼，忙给佩金装扮。包勇、得禄见大爷满面皆伤,衣服破损,主仆们悲喜交集,忙将带来衣帽请大爷换上。这会儿左右街坊才知道冯二姑娘今日出嫁,刚才同站的就是姑爷。不一会,新人上轿。冯富请间壁孟大妈过来照看屋子,又叫了两个壮汉抬着老虎,同柳绪们骑上牲口,跟着花轿往孝义村而去。所过的村庄镇市,人人都看热闹。走了多会,已到柳家。此时门口站满是人。柳绪先下牲口跑将进去,无暇同诸亲说话,一直走到上房。

柳太太正陪亲眷坐着。柳绪走至面前跪下,抱腿大哭。婆媳两个说不出那伤心的道理,也哭了个要死。众人极力劝住。柳绪呜呜咽咽的哭道:"几乎母子不能见面,真是死里逃生。"柳太太将他拉起,哭道:"你是两世为人,冯哥的恩义令人难忘,报答不尽。"柳绪站在面前,婆媳两个见他脸上许多伤损,更是伤心不了。外面新人早已出轿。鼓乐吹过几次,众人请婆婆出去见礼。柳太太带着柳绪夫妻,还有那些亲眷太太们一同来到正厅,看那新人与宝书不差上下,心中大喜。众人请太太坐了,受儿子、新妇行礼。夫妻三个一同拜过,又见了众亲友。柳太太请过冯富来,带着儿子、媳妇拜谢。冯富笑道:"你这位老太太好多礼,我只会拿野兽打老虎,身子倒还活泛,若叫我磕头行礼,周身发木,倒像害病似的。"男亲女眷听他说话,一齐好笑。

诸事完毕,柳太太邀了诸亲眷领着新媳妇刚要进去,冯富叫道:"且慢走,瞧瞧这个。"说着,飞跑出去,将那老虎夹了进来,丢在中厅地下。男女亲眷都远远站着,不敢相近。柳太太见那死虎尚然威不可犯,想昨日绪儿被他咬住那光景,真是可怜可恨。想到这里,由不得两泪交流,远远指着老虎大骂一顿。宝书也恨极了他,走将过来,弯下柳腰,拿着那雪白粉嫩的拳头在老虎身上连打几下。冯富止不住呵呵大笑,说道:"大妹妹好胆子,公然会打死老虎。"一句话刚才说完,引的一厅内外哄然大笑。宝书亦觉好笑,走了开去。冯富叫道:"瞧瞧手上,别叫老虎毛扎破了是不当玩的。"佩金忍不住,对着哥子笑道:"就说的人家一点本事没有,只让你会打老虎。"说毕,走将过去,提着老虎四爪使劲的往院子里一掼,只听见"拍拉"一响,将站着瞧虎的人压倒了六个。众人又笑又惊,深服他兄妹的本领。

柳太太带着媳妇将诸亲邀至上屋,安设酒饮。冯佩金与薛宝书一见如故,十分亲热。同他哥子一样举止爽快,毫无一点做新媳妇的光景,跟着婆婆、姐姐陪客照应,颇为麻利。柳太太们心中不胜欢喜。晚上客散之后,先服侍婆婆安寝,又跟着宝书料理收拾完毕,夫妻两个到对面西屋里新房安歇。

次早起来收拾,到上房请安。包勇进来回说:“冯大爷定要家去,款留不住。”柳太太对佩金道:“我想你兄妹两个相依度日,如今你来我家,只剩他一人,每日饮食起居无人料理,狠不是事。咱们书房后面是个大敞院子,里面有几间房屋并无人住,请你大哥到那里倒狠爽快。咱们养活他一辈子,也是该的。你兄妹们又不离开,彼此都有照应。你去说明,我着人给他搬家。”佩金欢喜之至,同柳绪们赶忙出去来见冯富。只听见他在屋里嚷着定要家去。

佩金们进去不知怎么说法,且听下回分解。

第七十一回　薛宝书一弹服冯富　桂廉夫折狱斩黄牛

话说包勇正在屋里款留不住,见大爷同两位奶奶进来,赶忙站开。佩金道:“哥哥,刚才我婆婆妈吩咐,叫你搬到咱们这里来。书房后身有几间屋子,让给你住。院子宽大,随你使拳弄棒,也狠爽快。”柳绪道:“咱们哥儿姐妹都在一处,彼此有个照应,我要跟你学点武艺。包勇又与你合式,还有些事儿要你代我去办,你回去干什么?”宝书道:“你一个人孤孤凄凄的回家去,谁给你烧茶煮饭,合你说个话儿呢?别三心二意的,依着亲家妈说,快些去搬来。”冯富被他们你一言我一语,说的狠有理,想了一想,说道:“使得。我依着你们就去搬来。”折转身往外就走。柳绪命包勇派人同去搬家。夫妻们进去回过太太,各人料理明日请客的内外酒席,向亲戚家借铺垫、桌椅、碗盏、灯彩,几个人忙了一日。

听说冯富搬来,柳太太命宝书去看看给他收拾房屋。冯富笑道:“你们叫了那些人去干什么?谁有工夫去收拾东西?我只将祖传的几件兵器同这床被窝搬来。还有几腿獐獐、腌鹿请亲家老太太。余下一切东西都分散左右衔坊，叫他们各人去抢，省了许多累赘。”宝书笑道：“你也过于爽快，二姑娘的东西该给他带些回来。”冯富道：“谁耐烦拿来，都给孟大妈们抢去了。只有二姑娘的这对双手带、这枝枪，大妹妹给带了进去。”宝书指道：“弹弓又是谁的？”冯富道：“那是我父亲使的铁弹弓，我兄妹未曾学这武艺，是件无用之物。”宝书笑道：“既是闲着，我倒有用处。”取在手内开了一开，倒还合手，心中甚为欢喜。听见有群大雁远远飞来，弯身拾起个小圆石子，对冯富道：“瞧我打那第三只大雁。”说毕，扯满弹弓，后手一撒。冯富见那第三只大雁滴溜溜掉了下来，心中大喜，说道：“原来大妹妹有这手段，还怕什么。”宝书笑道：“这不过是个玩意，算不了正经本事。等着你明日再教我几路枪法。”冯富道：“交给我，只要你肯学。”宝书命丫头拿着两件兵器，来到上房回过太太，将双刀、长枪送到西屋。自家得了弹弓，心中欢喜之至。

次日饭后，男女亲友陆续到齐，里外张罗热闹。正要坐席，有人飞报：“本府桂太守的夫人亲来拜会。”众亲友听见，赶忙回避。里面那些怕见人的乡下奶奶们，亦赶着躲藏的影儿不见一个。柳太太领着两个媳妇在中厅等着迎接。先着柳绪往大门外远接。只听着鸣锣喝道之声，见柳绪扶轿进来，后面是蟾珠的一乘大轿，一齐抬到中厅歇下。轿夫们都退了出去，跟班家人各将轿帘卸下，两边姑娘、嫂子们伺候太太、小姐下轿。桥绪请安说道：“母亲在此迎接。”柳太太婆媳连忙上前，金夫人母女彼此执手相见，说几句初见客话。

柳太太让进上屋，宾主行礼。蟾珠拜见已毕，宝书、佩金过来拜见。金夫人问道：“那位是我薛二姐姐的三姑娘？”宝书应道：“侄女就是。”宝书指着佩金道：“这是前日新娶的冯氏佩金。”金夫人问道：“是谁新娶的？”柳太太笑道：“请夫人坐下再说这缘故。”蟾珠姐妹拜见完毕，挨次让坐。丫头、老妈端上茶来，宝书、佩金接着亲自递茶。饮毕之后，金夫人说道：“同在京中，未曾拜见。贾大姐姐甚称太太母仪盛德，实闺门中师范。真是天佑善人，得此佳儿、佳妇。贾府上无人不深为惦记。我起身时，贾姐姐、薛二姐姐们再三谆嘱，叫我与太太府上常相往来，琏亲家妹妹与宝姑奶奶真是托了又托。还有那梦玉女婿，更是念切之至。他说叫我常见柳家，就如见他一样。我因老爷到任未久，料理署中一切事务。是以拜迟。将来可以不时来往。”柳太太亦提起贾府恩德，并薛姨太太途中之事，絮絮不休。听说琏二哥出家，珍姑娘去世，婆媳两个不胜伤感。蟾珠亦止不住纷纷落泪。

两位太太彼此诉说了一会，金夫人又问起：“这位是谁新娶的媳妇？怨不得今日如此热闹，是有喜事，我狠短礼。”柳太太将前日柳绪出城被虎，冯哥相救招亲，今日请客之事，详说一遍。金夫人大惊，说道：“骇死我了！原来绪哥儿几遭大难！怨不得刚才见他脸上斑儿点儿的好些伤处，真是神佛保佑，得全性命。”叫佩金过来，拉着手儿说道：“前日是咱们多留他耽搁，出城狠晚，几乎送他性命。幸亏令兄相救，不然叫咱们置身无地，真是令人感激。如不弃我，你同宝书姐姐咱们认个母女罢。”柳太太甚喜，忙叫宝书、佩金摆椅磕头。金夫人受礼。两位太太拜亲家。蟾珠们认姐妹。叫柳绪进来拜岳母，与蟾珠行礼。

那些亲眷家奶奶、姑娘躲躲藏藏，东张西望。金夫人等着拜完之后，说道：“你请来的太太们都是道喜的客人，快请出来，咱们一堆儿坐坐。这会儿我也算是主人。”柳太太听说，叫老妈们去请诸位出来相见。那些奶奶、姑娘们，你推我让，闹了半日，好容易这个刚走出来，那个又抽身缩了进去。宝书们心中发烦，再三央及众人，无奈挨挨挤挤，都到上屋，三个一攒，五个一堆，各人手中拿着一柄白纸扇遮着脸。金夫人从未见过这样范，甚觉好笑。站了一会，无人过来见礼，彼此点头而已，只得让坐。柳太太吩咐内外收拾摆席。佩金姐妹忙去料理。丫头、老妈端桌子，摆椅子，抬板凳，七手八脚，乒乒乓乓，东碰西响，蟾珠坐在一边，瞧着十分好笑。

金夫人对面坐着一位胖太太：约有五十来年纪；插着一头金花首饰；身上穿着豆绿、翠蓝两件绸绫棉袄，外面罩着一件大红绫子单衫，系着绿缎碎花裙子；蓝缎花鞋，白木外高底；指上带两个银指甲，手上两只银响镯，胸前排着一串银三事；满面得意样儿。金夫人问道：

"这位太太尊姓?"那女人答道:"我姓黄,就住在东沿儿。不拘到那里提起孝义村黄牛家,谁也知道狠有个名儿。不瞒太太说,我家有六十来条牛,三十几条驴。就是西沿儿的耿家、鲍家、谢家他们都不过二三十条牛一家,那里比得上我家的牛多。只有我大姑娘婆婆家,住南头儿,有名的黑牛金家,现今有七八十条牛。我二姑娘嫁在高家新庄,离咱们这村子有十里道儿,也是狠有名的,叫做牛张。我二姑爷今年春间花费了好些银子,进了武学,城里那些衙门谁不认得他。学里两位老师认他做干儿子。那孩子也本来好,遇着村里汤猪的日子,他定要称两斤肉去请干爷干妈。前这八月间祭过丁,两位老师公分,请咱们进城赏桂花,逛了一日。那天四衙的赵太太也来赴席,瞧见咱们真好亲热。赶着一口一声的叫我大姐姐,又给孩子们东西、荷包,定要扯着到衙门里去住两天。那赵老爷做人狠好,也跟着他太太叫我姐姐。咱们这会儿当亲眷来往,差不多有一点半点事儿,都是咱们给他去说个话。不瞒太太说,不拘到那里,谁也不敢欺负咱们。"金夫人只是点头答应,无话可说。

柳太太过来让金夫人坐席。金夫人先尽客坐。柳太太道:"你今日是新亲家上门,理应专席。"金夫人那里肯坐,让了一会,说道:"我同这位黄太太,再请两位过来,带着蟾珠就坐在这里,不必再让。"柳太太道:"竟遵命罢。"过去邀了吴千总太太、汪举人的奶奶同黄太太陪金夫人、小姐坐了一桌。余外亲眷各按长幼次序而坐。佩金本无父母,今日桂太太相认为女,又颇亲爱,心中感激,时刻依依左右,如蟾珠母女一样。金夫人亦待之如女,并无客气。里面坐席之后,外厅上尽一边摆设几席。又在书房内亦摆两桌。柳绪往来照应。冯富不愿陪客,在后屋里一人独饮。包勇先料理太守衙门的跟班爷们,又开发轿夫、衙役、职事人等酒饭。本村乡保、总甲并汛上的老将,知道桂太太在此,汛官派了几名汛兵前来伺候,弹压闲人。包勇都叫款待酒饭。

此时,本村及左右村庄,都知道柳家同新太守是往来的亲戚。那些人往往来来,见柳家门口十分热闹。里面酒过数巡,菜已三上。金夫人见日已平西,离城尚远,知道柳绪前日之事,不敢多坐,连忙告辞。柳太太亦不便款留,吩咐外面伺候。金夫人扯着两个女儿道:“一半天我来接你们去见父亲。”佩金们俱连声答应。蟾珠对两个姐姐道:“到家去要多住几天才兴回来。”宝书点头应允。金夫人向着各位太太、奶奶们告辞,谢过亲家,众人俱送夫人上轿。桂夫人力止不住,一同来到中厅。那些家人、小子都站在轿前伺候,姑娘、嫂子扶着太太、小姐上轿,挂上门帘。轿夫进来抬起前后两乘,缓缓出去。外面吆喝开锣。柳绪送出大门,扶着轿去有半箭多路。金夫人吩咐转去,柳绪答应,站在路旁,看那执事轿马、跟的衙役,拥着两乘冉冉而去。

柳绪回到家中,将书房酒席移出厅来,陪着亲友开怀畅饮。里面太太们刚才因太守的夫人在坐,未免拘束,这会儿饮酒说笑,十分欢乐。那位胖子黄太太,见两个奶奶是夫人的姑娘,衙门中可以常相往来,心中甚为钦敬。言语之间夸赞不已,对着佩金道:“咱们沾大奶奶的光,同桂太守也赖着是亲眷,将来也得进去拜望拜望才是。等着稻子收完,自然备些儿礼去送送。”柳太太答道:“将来慢慢商量。”赶着催上酒菜,里外吃的杯盘狼藉,直到上灯时候纷纷散去。

柳绪送客之后,吩咐关上大门,去到后院来看冯富。见他光着脊梁,拿着一条铁棍,在院子中间正舞的高兴。看了一会,不敢惊动,抽身出来,命小子们给冯大爷点灯。自己来到上房,给母亲请安道乏。娘儿们又说了一会话,彼此安寝。

次日,各处送还物件。柳太太们到书房后院,来看冯富开剥老虎。金夫人差人谢酒,送两位小姐物件。

不言柳家之事。且说那胖黄太太回到家里对儿子媳妇们夸说:“今日陪太守夫人吃酒,他狠亲热,将来还要去拜。他同柳家是亲家,咱们亲眷必得给他拉件事儿,就可走动。”大儿黄其祖说道:“不必去找别的,就是咱们家里一件狠可办得的事,不过难以下手。现今放着这样门子错过不办,甚是可惜。”胖黄问道:“咱们家有件什么好事可办,你说出来,娘儿们商量。”黄其祖道:“二婶子年轻轻的不肯嫁人,偏要守那两三岁孩子,情愿将家私叫人诳骗,眼睁着三十条牛定要败光而后已。去年小红庙的孟思美瞧见二婶子,定要娶他,想了多少主意，央人请马的来说媒，他总不依。孟思美至今还丢不下，同我商量过几磨儿。他说：‘你想出法来，叫你婶子嫁了我。他名下应有的家私、房粮地土全是你的，我一点光儿不要。’我虽应他，总想不出个主意，如今放着这样门子，岂可错过！”胖黄点头，尚未开口，大媳妇赖氏笑道：“只要门子结实，事情倒还容易，须得如此这般去办。照会孟思美，休叫一个人知道，只要办的干净。趁他这几天正病着不走，起先给他散个谣言，叫人动了疑，咱们就可用计。衙门里再使上几个钱，怕不是个发官卖叫，孟思美买了回去，又省了他日后起调。”胖黄娘儿们只是点头。想了一会，黄其祖道：“这主意狠好。只是指不出一个奸夫，恐官府不依，倒说咱们谎告，不是玩的。”赖氏道：“这容易。官府问奸夫是谁，你只说他娘家亲戚侄儿不住的往来，鬼鬼祟祟，知道谁是他的奸夫。横竖官府动起刑来，他受不住疼，不怕他不混扯一个。”娘儿两个听说大喜，深赞道：“这主意真赛过诸葛亮，将来得了他的家私，总叫你穿吃一辈子，受用到老。”赖氏笑道：“这算得什么，不想这些主意，如何保得家财富足，子孙久远。”胖黄点头道：“得他的家私过来，咱们子孙真是穿吃不了。”黄其祖道：“事不宜迟，我就去散起谣言，料理下手。明日去找孟思美，叫他赶办那件东西。”胖黄欢喜，各人分头去办不提。

原来黄其祖这个亲叔子名叫黄秉礼，是个饱学秀才。虽是祖上分得一分大家私，他全不经管，只爱念书，每日同学中几个名士朝夕讲论经史。娶妻何氏美而且贤，内外一切家务都是何氏一人经理。黄秉礼深得内助之力，伉俪之间十分恩爱。谁知红颜薄命，夫妻相聚无多，黄秉礼少年夭折，竟赴修文之选，丢下娇妻幼子并一分家私。何氏苦守孤儿，冰心自励。族中人见他青年守志，无不钦心赞叹。就是街坊邻里，平日称其是贤德，知道自丈夫死后，悲劳成病，时常卧床不起，因节省银钱，又不肯请医服药。近日街坊忽然听见些暗昧不明的说话，彼此私相议论。疑信之间，并无一点痕迹。正是各人自扫门前雪，谁肯去管闲事。

可怜这何氏那里想得到有人算计。这日晌午，昏昏沉沉躲在炕上，耳内听闻有人叫唤。急转身过来，见是黄其祖同赖氏站在面前问道:“婶子好好的,怎么又害起病来?这几天家里有事,总不得空儿过来,今日偷着空儿来瞧婶子。刚才有丫头、嫂子们领着相公都在门口,听说婶子睡着觉呢,来了一会也不敢惊动。”何氏坐起身来说道:“我因心里发烦,叫他们都去领着你兄弟闲逛,让我静睡一会。他们瞧见大爷、大奶奶来了,也该进来通知,倒茶。”赖氏道:“是咱们叫他别进来的,自家人要拘什么礼。”何氏让他夫妻坐下。黄其祖道:“我瞧着二婶子不像害病,不过面皮黄些。”赖氏道:“那年我坐月子也像婶子这样,周身发困,只想睡觉,后来满了月,身子才好。今日瞧着婶子这个样范儿,也倒像做过月子一样。”何氏笑道:“大奶奶倒会说笑话。”赖氏道:“我成天在家同你侄儿说,婶子这样年轻,是开不足一朵鲜花。这样天长地久,日子如何熬得过去。‘人生一世,草生一春’,称着这好风光,落得寻点快活。”黄其祖笑道:“婶子是个聪明人,有什么不会寻快活,还用咱们来劝。”何氏听他夫妻两个说话甚不入耳,坐在炕前低头不语。黄其祖们坐了一会,辞别家去,说一半天再来瞧婶子。何氏勉强酬谢几句。看他夫妻去后,不觉悲苦一番,连日不能起炕。

何家弟兄、亲戚每天往来不绝。这天何氏稍好,坐在炕上同娘家两个女亲眷说闲话,听着黄其祖夫妻在院子里高声说道:“我们又来瞧婶子,不知好些没有?”何氏心中十分厌烦,也不答应。见他夫妻急急走进房门,赖氏说道:“一股什么味儿?好臭!”黄其祖道:“不错,好臭!等我瞧瞧。”说着,走到炕前,蹲下身子,伸手在炕洞里抓出一个破布包裹,就在炕前当众打开,一看是个干孩子。黄其祖登时发起喊来说道:“原来养了私孩子,躲着装病。这件丑事断不能歇手,定要经官,追出奸夫来治罪。给咱们打嘴伤脸,那是不依的。”赖氏冷笑道:“我说呢,年轻轻的要守着不嫁,等着盖贞节牌坊,原来是这样守法。我早知道也该在家守着,倒比明家的舒服。这是何苦呢!”黄其祖道:“你不用多说,瞧着孩子,我去投保报官。”那两位亲戚太太们,那里拦挡得住。何二奶奶气满腔膛,晕了过去。黄其祖一路大喊大叫,走到门外找着地邻乡约,告知其事。几个有年纪的劝他不用报官,有关颜面,从长计议。他那里肯依,跑到家去骑上牲口,一

直跑进城来。找着县门口写呈子戚代书,将来意同他商量明白,写下一张呈子。黄其祖不识字,叫戚代书念与他听。上写着:

具呈人黄其祖,年二十八岁,系本县孝义村人。为恶婶败坏门风,恳恩究治,以维风化事。窃身胞叔生员黄秉礼,娶妻何氏,素不循良,居心恶毒。身叔日受欺凌,气成痨瘵,前年病故。何氏逞其淫恶,大肆奸贪,丑声四著。以有关颜面,不信浮言。今亲在恶婶房中搜出私孩一个,臭恶不堪,实有奸情证据。伤风败俗,莫此为甚。为此义忿上诉,伏乞恩准立拘究治,实为德便。

黄其祖听他念完,十分得意。这日正是放告日期,戚代书用了图记,交黄其祖到县衙门去投递。这位知县戴太爷看了呈词,立刻委捕厅去验看孩子,一面出差拘犯干各证到案审讯。

黄其祖见县里准究,赶着托人上下打点,照应了说话。连忙出城回家听信。此时村中传讲新闻惊动黄家,远近合族同那些年老街坊邻里,都知何氏平日贤能端谨,青年守志,未必有此丑事,其中必有隐情。况黄其祖素不安分,人所共知。又是他出头首告,更难凭信。众人都替何氏深抱不平。此刻捕厅验过死孩,仍旧将原物包好,贴上封皮,交地保收存候结。何氏请了父兄过来,正在哭诉,要寻死上吊,适黄家几位老族长都来追问这件丑事。何氏将自丈夫死后,大房里屡次硬要作媒,逼他改嫁,因立志不从,与他母子深有口角,彼此不甚往来。新近夫妻忽来探望,今日又来在炕洞里找出这死孩子,“明摆着是他们的奸计,污蔑害我,求诸位长辈给我洗清这个名节,我死也瞑目”。何氏哭的死去活来,十分悲切。众人听他说话,见此光景,都也猜着这个缘故。一面劝住何氏,彼此商量。族中连名递何氏节孝公呈。何家的父兄们情愿破产,替女儿打这件名节官司,彼此分头去办。那县太爷也落得做人情,将黄其祖申饬一顿,呈子不准。

黄其祖势难歇手,同赖氏商议妥当,连夜上府,在太守衙门告了一状。这位桂太守办事最是认真,不拘小大事件,到他衙门,立刻就要亲审,从不稍延时日。因他公正廉洁,无不敬畏。这天桂太守见黄其祖呈状,是有关服制名节之事,犹其不容稍缓。立刻仰县拘齐人犯,带地保亲族,围着何氏轿子进城。可怜将这个青年寡妇,身不由己，一腔悲苦，怨气冲天。

胖黄母子夫妻见太守提审，十分惊喜，连忙商议，备下礼物银两，胖黄带着亲自来见柳太太，说："何氏奸情败露，难以遮盖，叫儿子到县里首告不准，现今在府衙门告准，即日提审，为此备下礼物，请柳大奶奶们送进府去，求太守将何氏断发官卖……"胖黄未曾说完，柳太太婆媳听了大惊，说道："何二婶子平日为人端谨，又且青年守志，族中谁不钦敬！他不像有这样丑事。你们忒也孟浪，不问个青红皂白就去告状。这个桂太守铁面冰心，岂是乱惹得的？况我们家训，不许子孙夤缘过付预闻公事，断不敢从命，破我柳家规矩。是非自有公论，何必送他这些东西。"胖黄听柳太太一番说话，就像掉下冰缸，冷透了五脏，勉强说道："这也不算什么过付，不过给他们送点儿礼去。借你们柳府的光儿，又破什么规矩家法呢？"柳太太回过头去，不言不答。薛宝书道："送礼也是个常事，只消自己送去，何必又要转弯？咱们大爷从来不干这些。大婶子另拿主意，倒别耽搁工夫。"胖黄见此光景，只得扫兴回去。谁知黄其祖是原告，赖氏是证，只道柳家已去走了门路，夫妻两个扬扬得意，同着原差上府听审去了。胖黄无法，只得在家听信。

且说桂太守知道人证到齐，随即升坐大堂。县尊上前参谒，下来闪过一边伺候。书役人等站定堂规。县里原差将一干人犯点名过堂。桂恕点到何氏，见他周身上下满罩着一腔悲苦，原告见证都带着得意之样。点名之后，且不问原告，先叫黄家族长上来，细问黄家世居产业，已未分居同爨，并黄其祖侄婶平日为人，有何口角事故。诸族长各将平日情形详细跪禀。桂恕点头，吩咐下去。命带何氏上来，说道："你所犯奸情并非死罪，从实招来，免受刑法。"何氏两泪交流，不胜悲楚，就将自丈夫死后，黄其祖夫妻屡来逼嫁，致生口角，彼此不甚来往。前日病中，正在昏沉睡着，他夫妻支开丫头、奶子，忽来房中探病。昨日又来搜出死孩子，不知是何人放在炕洞的，只求青天恩断。

桂太守细听供词，反复详问搜出情形。何氏从头哭诉一遍。吩咐跪在一边，带黄其祖上来，问他是怎么搜出来的。黄其祖将夫妻同去探病,闻见臭味,到他炕洞里搜出死孩,立刻报官究治,因指不出奸夫是谁,县太爷不准,只得来府上控,总求严治,合族感恩。桂恕坐在暖阁内,听他供毕,不觉呵呵笑道:“你刚进房门,怎么知道死孩子一定藏在那里,拣直去拿了出来?昨日委官相验,孩尸是枯干已久,怎么只有你夫妻两个闻出臭来?这些主意是谁教你的,从直招来!”黄其祖出其不意,被太守问着短处,一时回答不来,张遑失措,朝上尽着磕头。桂太守大怒,将惊堂一拍,骂道:“该死的狗才!你要他产业,设计污人名节,胆敢上控,其情可恶!”吩咐动大刑。两班皂隶大声响应,将夹棍呈验往地下一撩,惊天动地的合堂一声吆喝。黄其祖骇得魂不附体。皂隶们过来抓着刚将两脚套上,黄其祖就像杀猪一样喊将起来,说道:“不要夹!我情愿直招。”皂隶们吆喝道:“快些直招上去!”黄其祖将如何定计,孟思美是怎么去找死孩,那一天故意探病藏尸,昨日搜出控告,前后一箍脑儿都说了出来。原来孟思美正挤在何、黄众亲族中,听发官卖的好信,谁知黄其祖供了出来。正待脱身要跑,何、黄亲族都认识的,动了公忿,将他一把抓住,拥上公堂。

不知孟思美怎样分辩,且听下回分解。

第七十二回　凤姐儿转生娇女　梅海珠喜产麟儿

话说孟思美正要脱身,被众人拥上公堂。族长们上前跪禀:“这就是通同奸计的孟思美。”太守大怒,吩咐带上堂来。众人退立两旁。黄其祖见孟思美跪在面前,连忙喊道:“我已直招,你也不必混赖了,快些供罢!”桂太守问:“那孩尸是那里来的?”孟思美道:“小人因黄其祖计已定下,赶着去找,一时糊涂急切,找不出孩尸,只得将去年冬间出花儿死的小兄弟,埋了一年,久已枯干,挖出土来,用破衣包好交给黄其祖。今既破案,不敢谎供,这都是黄其祖指使的,只求开恩。”桂恕道:“将已埋兄弟挖出土来,已有应得之罪。何况听人指使,拿去污人名节,强娶节妇,更为可恶。飞下签去,先打四十大板,另行定罪!”黄其祖放了夹棍,跪在一旁。

将赖氏带上问道:“你同黄其祖可是从小儿花烛夫妻,还是再嫁的?”赖氏供称:“是再嫁的。”桂太守正在问供,只见堂下卷起一阵旋风,直扑到赖氏身上,将他衣裙吹的乱响。两旁站立多人甚为惊异。赖氏向上只是磕头。桂太守问道:“你前夫是何处人?叫何名姓?做何生业?多少年纪?因什么病身死?家中尚有何人?你是谁作主作媒再嫁的?”赖氏跪在地下抖作一堆,颤兢兢的说道:“前夫叫董三,是挑架子卖肥猪肉的,就住在村北蔡家庄,没有父母兄弟。那年二十七岁,七月初三下半晚儿吃了些野蕈子,到半夜里就不在了。因黄其祖是常到家来买肉,素相识认,做人和气,就托他办的棺木,发送埋葬,都是他料理。后来他前妻不在了,丢下儿女无人照应,就娶我过来,已有四年了。”

桂太守点头问道:“你前夫这野蕈是那里来的?你可与他也同吃?”赖氏道:“是黄其祖知他爱吃蕈子,找来送他的。董三瞧见很喜,赶着叫我给他收拾一大碗。他吃了个干净,我一点儿也没有尝着。”桂太守笑道:“你同黄其祖串通寻来毒物,将他谋害,以遂你们心愿。董三阴魂含冤五载,今日现已到堂申诉,你还敢花言巧辩?”吩咐套上拶子。两边齐声吆喝,神鬼皆惊,不必收得绳索,赖氏喊叫情愿实招。桂太守吩咐放下刑具,令其细讲。赖氏将黄其祖与他通奸情密,难以分手,起意谋死董三,以图久远,知他爱吃野蕈,嘱令黄其祖寻找毒蕈将他致死,无人知觉,自家作主嫁到这边,乡约地邻不敢拦阻,现因设计害人,反破了己案,从头至尾招供一遍。桂太守带上黄其祖,此时亦难抵赖,也只得实招商同谋害。当堂各画供招,上了死囚刑具。孟思美亦上了刑具,都发交县里收禁。一面饬委县尊,前去将董三尸骨起出蒸验是否受毒身死,有无别伤。吩咐用鼓乐轿子送节妇何氏回家。孩尸仍饬孟思美领埋,无干省释。

桂太守审毕退堂。何、黄两家亲族高叫青天太守,一齐磕头叩谢。众人拥着何氏轿子抬出府,辕门前面鼓乐喧天。此时满城中都知桂太守秦镜高悬,申冤理枉,惊动四城男女赶着来看何节妇。那些妇人女子见何氏如此光荣,老幼十分欣羡,彼此互相激劝:“凡为妇女总以名节廉耻为重,神人钦敬。越是穷家小户,偏要争气,守身自爰，方为苦节，真是饮蘖茹荼，卧冰拥铁，九死一生，千磨百折，历人世万不能一日可处之境，心甘如饴。这是咱们妇人中之仙佛。”众人点头，都说：“甚是。”何节妇坐在轿内，听见纷纷议论。出城来所过村庄镇市人人赞叹。到家后，邻里亲族男女盈门，都来问好。柳绪亦来探望，才知黄其祖同赖氏污人不成，反破了五年前大案。正是天网恢恢，疏而不漏。自此柳太太颇同何氏往来，十分钦敬。

那县尊太爷次日去蒸验董三尸骨，果是中毒身死，并无别伤。填明尸格详府定案。桂太守提案复审，俱各供认，俯首无词。案无遁饬，按律将赖氏问拟凌迟，黄其祖问拟斩决。孟思美照开棺弃尸之例，拟绞监候。详请节度衙门提请部覆。

那胖黄不但大失所望，倒将儿子、媳妇破了大案。赶着多将银钱送进监去，里外照应。黄其祖寄信出来，叫他母亲拆变些地土，到节度衙门去上下打点，可以保全性命。胖黄听说，忙同二女婿商量，带上几千银子，星夜到省，各处打听门路。谁知这位节度大人更是位铁面冰心的，不但一丝动他不得，抑且耳目最长，时刻访拿招摇撞骗与那些夤缘钻刺之人。胖黄同二女婿张大勇百计千方找着节度衙门有名的老吏，再三相恳，不惜钱银，只要留得他们性命。那老吏直绝峻拒，不敢舞弊。真是吏行冰上，人在镜中。胖黄们无法可施，白住了个数多月，空花了好些银两，只得收拾回家。尽将银钱在监中使用。黄其祖夫妻两个倒落得快活，因花了大钱，夫妻们仍住在一处。黄其祖见赖氏比在家时分外标致，两人不分昼夜，极意寻欢取乐。

在监中不觉两月有余，正是十一月天气，夜长日短，两口子起来梳洗完毕，已是晌午时候。刚要吃饭，谁知节度衙门行下部文，桂太守接着饬委营县走进监来，将黄其祖同赖氏五花大绑，骑上木驴，兵役刽子围着驱赴法场，分别凌迟、处斩。那些看的男女，人山人海，无不失色惊畏。那个有年纪的说道：“为人总要良善安分，不可妄作妄为。若是犯了王法，那怕你有钱有势，长的标致，都是无用，救不来性命。你们时刻想着黄其祖夫妻今日光景，王法可畏，自然不敢妄为了。”众人点头称是，彼此勉励，俱为安分良民。胖黄赶到法场，业已决过，只得恸哭一场，将他夫妻两个尸首、肢体并做一堆，装在一口棺材内抬去埋葬。在家中做了几日道场佛事，又在各庙念经，广为超度。自此以后，胖黄家业日渐凋零。黄其祖的儿子又不成器，所有牛驴田地化为乌有。此是后话不提。

且说柳绪自得冯佩金，闺门中多一知己，说不尽夫妻三人的那番恩爱，真是形影相依，妇随夫唱。柳太太又添了个孝顺能干媳妇，心中分外欢喜。一切家务都交给两个媳妇经营料理，自家落得晏起早眠，焚香念佛，闲暇常同黄秉礼的何氏节妇往来，谈讲些闺门则训。这柳绪镇日念书，将巡缉海盗之事托冯富、包勇二人经理，他全然不管。读书之暇，跟着佩金、宝书学些使枪舞剑的工夫。冯富见宝书气力日增，心中欢喜，教他各样武艺，越学越精。

过了些日，桂太守将桂堂送来柳家，同柳绪讲求举业工夫。作诗论文之外，两个嫂子传授他十八般武艺。谁知桂堂看他是个美貌书生，那里知道他天生神力，不拘什么武艺，一学就会，专使一杆银枪，使的甚为精熟。佩金们十分亲爱，犹如同胞手足一样，尽心教道。时当草枯兽肥之际，柳绪禀明母亲，十日一次，领着宝书姐妹、桂堂、冯富、包勇，还有些精壮庄丁、小子架鹰牵犬，各执器械弓箭，马步一群，就在左近深山峻谷打猎、防缉匪盗。每次得的飞禽走兽，分送至亲好友，习以为常。柳绪近来十分胆装，就遇着虎豹也漫不经心。那些左近村庄，俱无狼虎盗贼之患，深感柳家大德。

柳绪从不轻意去见太守，倒是柳太太婆媳们不时往还。金夫人带着蟾珠亦常到柳家探望，彼此深相契合。后由桂太守处接祝府来信，知珍珠不死，尚书业已安葬，种种一切事务。从此贾、祝、薛三家书信往来不绝，时通音问，虽相隔万里，犹如咫尺一样。佩金、宝书同贾、祝两家做了个闺门中的神交知己。梦玉听见桂堂、柳绪跟着佩金们学习武艺，心中十分羡慕。自度岁之后，过了新正，将梅春接了来家，除读书作文之外，每日与掌珠们这些闺中姐妹尽心习学弓箭。奶奶、姑娘们倒也练的得心应手，百发百中，技艺精熟。

这日正是二月十二，百花生日。祝筠在意园请客，给花神祝寿，并庆赏牡丹。祝母同竺、鞠两亲家请了些至亲太太，亦在如是园赏花饮酒，又到箭道里看梦玉夫妻们同着各堂姑娘射箭，十分欢乐。只有石夫人同海珠现已临月，各在房中静坐。是日晌午时候，石夫人靠在炕上朦胧睡去，见周婉贞凤冠蟒袄，由外面匆匆进来，笑道："我来报答母亲。"说着，一跤栽在身上。石夫人惊醒，业已腹中发动，幸而紫箫在旁，见此光景，赶忙知会各堂料理生产。此时四堂姑娘都可支持管事，听说石夫人发动，将要临盆，一面去回老太太，一面选派老成媳妇们前去伺候照应。不多一会报说："石夫人生了一位姑娘。"举家欢喜。祝母吩咐致远堂、六如阁两处焚香点烛。命九如、汝湘分去磕头。众人正在忙乱，忽然海棠院来报："东大奶奶一时转身不及，生了一个哥儿。"祝母听说，乐的张着嘴半日合不拢来，只是用手乱指。祝筠同桂夫人得了长孙喜出天外。正值内外宾客满座，欢声四起，柏夫人们无不倍常欢喜。梦玉听说生了儿子，惊的举止失措，躲来藏去，羞见众人。那些太太、奶奶偏要找他道喜，惹得祝母同柏夫人甚是好笑。今日姑侄同生，真是难得。桂夫人笑道："若是挨到明日十三，是珍珠生日，将来姑嫂娘儿们又好吃面。"祝母点头道："原来珍珠是明日生日，去年咱们家里做了一年热闹生日，今年都在服中，不拘是谁，一概不准做生日。过了明年，再照常吃面。现今我得了长曾孙，又多添一代，乃人生最大的一件喜事，不能不做个满月。"桂夫人答应。

祝筠进来给老太太磕头道喜。祝母道："恭喜你夫妻得了长孙，咱们家里又多添一代。只可惜你三妹子偏生个女儿，这真是美中不足。"祝筠道："儿女总在命中，不能相强。现今沾母亲福庇，接次添丁，从此子孙自然兴旺。"祝母点头道："总要存心忠厚，敬天畏法，所作所为必须和平宽厚，广为善事，培养子孙。我自得了梦玉，时刻留心，三不知的做了多少好事，仰蒙神佛保佑，去年又得梦金，今日又得曾孙。我从此更不敢有负天恩祖德。愿你们学我做人，自必仰邀天佑。"祝筠夫妻同柏夫人都齐心答应道："儿子媳妇们谨遵母亲慈训。"祝筠道："曾孙求老太太赏给名字。"祝母想了一想，说道："今日宾客满座，乳名就叫宾哥罢。将来寄在你孙女儿宝钗跟前为子，学名就是寄生。你三妹子的女儿，寄与你大妹妹，顺着他两个姐姐取名，叫个宝珠罢。"众人都赞命名俱好。

祝母吩咐："赶着写书子通知松、贾、王、薛、桂、柳这几处，贾、王两处专人去请。并将秋琴夫妻接他回来。"祝筠连声答应。柏夫人道："前日松大哥书子上提起吴家的回去，知道三妹子同海珠们俱要临月，他们十分惦记。今很凑巧，就赶着寄回信去。"桂夫人笑道："前日刚发二兄弟同柳家的回书，早知道多等一天，只消信上添写一笔，又省得别写。"祝筠道："时常书信往来，现成的师爷，写写也不费事。"祝母点头道："你去陪客，赶着料理发信。"祝筠答应出去。

这会儿男亲女眷纷纷都来道喜。柏夫人们东西两宅分开陪客。本宅的姑娘、嫂子，向有章程，各有职事，毫无一点慌乱。门前轿马如山，里面安闲如故，并无鸡鸣狗吠，儿啼女哭之声。一连几天热闹。

过了洗三。因梦玉得了长子，此番送蛋比梦金又加一倍。市上乡里蛋都卖绝。那卖蛋贩子各路赶紧去收，你争我夺，抢着送来。祝府里派了金映专管买办鸡蛋。见凝秀堂的图记片子，要取多少就得按数点发。这回喜蛋直闹的不知数目，那些跟来的男女下人，吃了不算外，谁不拿一二十个回去，凝秀、芳芷两堂姑娘各显手段，除染五色喜蛋不算外，又各描金彩画，不一而足。五天之后，各处送完染好喜蛋，尚剩数千无处安插。那金映不知，还在发狠收买。两日不见凝秀堂来取才着了忙，走到垂花门打听，周大奶奶想起道："哎哟！前日发出片子，回说不要蛋了。我因忙乱忘了知会你，快些拿去止住，不必再买。"金映道："罢呀，我的老太太，你迟发两天，叫我多买了几万。这是怎么说呢。"周大奶奶笑道："多的留着同你嫂子慢慢去吃。"金映笑道："就吃一辈子，也要不了这些。"廖家的笑道："你不用着急，一会儿我去同姨娘们商量，出个主意，给你安插掉那几万蛋，着什么急呢！"金映再三称谢，出去检点。廖嫂子等到下午诸事稍静，偷空儿去找李姨娘说话，遇着芳芸往怡安堂下来问道："廖大奶奶到那儿去？"廖家的答道："金映剩了几万生蛋，难以退还，去找李姨娘商量怎样安置。"芳芸说道："不用商量别法，三太太生的宝珠姑娘，已过了六七日，两眼紧闭不开，只是啼哭，医生老爷们想不出一个良方。刚才老太太许下要放一万生灵，保佑宝姑娘睁开双目。你叫金映赶着将蛋交行贱卖。我去回太太，明日派他同茗烟专办放生东西。

他那些鸡蛋不敷的价值就可以开销在放生帐上,这又何难呢?”廖家的点头,赶忙出去知会不提。

原来石夫人生的宝珠品貌甚好,只是双目不开,日夜啼哭。祝母急的无法可治,各处求神许愿,总无效验。石夫人心中气苦,将他交奶子谢妈,也懒得瞧他。祝母们恐他气出病来,不住的相劝。石夫人见过了十来天总是如此,想来是胎里瞎子,医治不来,气也无益,也只好随他去罢。那宾哥儿的奶子,原来就是邹润的媳妇。因养了个头生孩子不到两月丢掉了,空着身子,奶又极好,今见玉大爷得了哥儿,他情愿充当奶子。老太太们见他人也干净去得,准他的好意。奶了十多天,宾哥儿日换一日,出脱得十分光彩,真是海棠院出了个宝贝。不拘是谁,忙里偷闲的要来瞧瞧宾哥儿。更有那各堂姑娘们,比身上的肉还要心疼,睡梦里都是惦记。那梦金的奶子杨嫂子瞧着不觉有点醋意,幸而梦金将及半岁,长的像个要孩儿似的,人人欢喜,杨家的也还十分扬气。只有承瑛堂生了这瞎子姑娘,未免有些冷落。并非人心势利,亦情理之所必然。

这日,杨嫂子抱着梦金在海棠院逛了一会。翠翘接着梦金道:“咱们到承瑛堂瞧婶子去罢。”金凤道:“真个我也要去请安。”随拉着杨家的三人同去。走出院门,见五福、江苹、宜春、芍药站在甬道上说话,看见梦金都走过来闻了一会。宜春道:“你们要到那里去?”翠翘道:“咱们去瞧三太太。你四个横竖闲着,也同去走走。”江苹们点头,一同说笑进了承瑛堂院门,见秋雁匆匆出来。翠翘问道:“什么事走的这样着急?”秋雁见他抱着梦金,十分得意,心中有些不乐,答道:“姑娘们都是红人儿,到这院来消遣咱们开个心儿。”金凤道:“仔吗姐姐今日说这气话?咱们都是一样的人,随老太太派来派去,有什么红的白的。也是各人时气,谁还方着谁来不成?”杨家的道:“咱们去罢,别站在这里惹气,白饶不值。”秋雁道:“本来快些转去,别沾了咱们这里的丧气。”五福道:“真个今日秋姑娘不知那里来的满气。咱们点子低,遇着了你,来也不是,去又不是,这是怎么说呢。”

秋雁正待回言,只见汝湘走来问道:“姑娘们红着脸,在这里动什么气吗?”杨家的就将刚才说话诉说一遍。汝湘笑道:“三太太正在心烦,一会听见倒要多心,都别言语,同着我进去逛逛。”杨家的道:“抱着哥儿一同高兴来瞧婶子,好没因儿的,惹了一回气。这会儿跟大奶奶走,横竖没有乱儿。”汝湘笑着接过梦金,抱在手内,一群都来给石夫人请安。芳芸、紫箫又各争抱玩耍。石夫人瞧着梦金未免心动,止不住掉下泪来,汝湘将梦金放在石夫人怀内,说道:“快些劝婶子别发烦,我就是儿子,等着抱孙子罢。”石夫人被梦金将两只小手儿捧住脸,倒来亲热,甚觉解颐欢喜。姑娘们轮着抱了宝珠一会。汝湘同芳芸、紫箫故意逗着石夫人笑话。

正在热闹,垂花门听事嫂子送来知会:明日二十六日去扫祖墓,二十七上新坟,二十八日清明本宅宗祠祭祀。芳芸们看毕,各书“知”字。听事嫂子刚出院去。接着又是一个知会片子送来。紫箫道:“又是什么?”接来一看,上面写着垂花门为知会事:荣府贾太太业已船抵码头,奉介寿堂传谕,各堂奶奶率领职事姑娘俱齐集崇善堂迎接毋误。石夫人听见十分欢喜,说道:“你们快些去。”

汝湘们折身就走。刚到怡安堂甬道,见惜春、修云、掌珠、秋瑞、九如领着些花枝儿似的姑娘们一堆儿站着等候,彼此相见,都往垂花门来,走夹道里,到崇善堂等候。里面柏夫人、桂夫人、竺、鞠两太太同姨娘们,各家嫂子伺候着在景福堂迎接。不一会,梦玉、梅春先下牲口,扶着王夫人轿子,由夹道抬到崇善堂院子里下轿。后面接着平儿、宝钗、探春、珍珠一齐下了轿来。惜春、修云先请太太安,掌珠们跟着请安,众姑娘们一齐跪下,王夫人赶忙扶住。等着宝钗们相见完毕,惜春同平儿多年不见,姑嫂悲喜交集,另行拜见,彼此说不出当年心照不宣的那些话来,只得同流了几行多情眼泪。侍书、入画勉强过来给琏二奶奶行礼。刚跪下去,平儿赶忙扶起说道:“想不到又在这里见面,两位姐姐都好?”平儿说毕,转身一面走着,略同惜春们说了几句。只有宝钗、探春、珍珠三人忙极,一人回答一句还答应不及。宝钗对王夫人笑道:“我错了主意,前日渡江该去找着龙王爷,烦他的如意匠给我在两边脸上、脑袋上、脊梁上安些眼睛;再多开出几张嘴,好到这里说话,不然一张嘴那里来得及呢。”王夫人们一齐好笑。刚到垂花门,老姐妹又叙寒温。宝钗、珍珠、探春给母亲请安,都到景福堂见礼。略歇了一歇，请祝筠进来道喜。并致谢新年送礼。祝筠出去。

王夫人们竟到介寿堂拜见祝母。这位老太太倒像有十年不见，说不尽那番亲热，先叙了些家常说话，这才说起将宾哥儿给宝钗为子，取名寄生，并宝珠双目不开，日夜啼哭的话，从头说了一遍。王夫人给王、薛两家代请安道喜，说道："侄媳连接两信，原要赶着就来，因祠堂春祭，就接着先上过清明坟。探春、珍珠初次到家，到亲族家去拜望，又等琏二奶奶料理了家务，交给珠儿媳妇带着友梅、巧儿在家照应，这才赶着起身。若说宝珠姑娘双目不开，那狠容易，一治就好，不值什么。"祝母摇头道："请了多少有名的儿科大夫，都说是胎里瞎子，医不好的。"王夫人笑道："侄媳有个仙方，专治胎里瞎子，手到见效。"祝母笑道："一会儿倒要请教你的仙方。"王夫人点头道："我先去看了孙子，再去给侄女儿医病。"

祝母大喜，陪王夫人到海棠院见海珠，彼此道喜问安。邹家的抱宾儿过来给奶奶、继母、大妈、姑姑磕头。王夫人同平儿、宝钗们见寄生品貌端庄富厚，欢喜之至，各在胸前解下八宝长寿赤金锁、福寿双全白玉锁，给寄生带在颈上。娘儿们抱了又抱。王夫人对梦玉笑道："你这一生动头，将来比郭子仪的儿女只怕还要多几倍呢。"宝钗道："如今有了儿子，要拿出做老子的样范儿来。别动不动就哭起来，叫儿子女儿们瞧着笑话。"祝母们都一齐大笑。王夫人坐了一会，叫梦玉领着毓哥儿、慧哥儿出去致谢，刚才来接的各位老爷、师爷、清客、伙计各处都要走到，转来到承瑛堂给三婶子道喜。梦玉答应领了出去。

王夫人们跟祝母慢慢到承瑛堂来，姑娘、嫂子前后跟着一大阵。走了好一会，才到承瑛堂。老太太们到石夫人屋里。王夫人道："我先医好宝姑娘眼睛，再给妹妹道喜。"在谢奶子手内将宝珠接了抱在怀内，看他闭着两眼，不住啼哭。王夫人瞧着十分感叹。将左手在顶心上轻轻拍了三下，对着他耳朵低声叫道："凤姐，我在这里。"真说也奇怪，宝珠猛然睁开双目，看着王夫人笑了一笑。平儿、宝钗、探春、珍珠不胜伤感。祝母同石夫人、柏夫人、桂夫人一齐惊喜非凡。

众人大乐，赶忙出去通知祝筠。举家听说无不齐声念佛，欢喜之至。石夫人十分感激，就在炕上拜谢。平儿们给三婶道喜。梦玉领了毓哥弟兄进来道喜磕头。石夫人将这几天的悲苦化为一腔欢喜，登时病都好了一半。祝母吩咐："在介寿堂给贾太太同琏二奶奶接风。宝姑奶奶们随他姐妹到如是园去赏花吃酒罢。"听差的答应，赶忙知会凝秀堂办备酒席。

平儿、宝钗、探春、珍珠顺着各堂都走了一遍，连职事姑娘屋里亦去探望，末了儿到安和堂觉得狠有些劳乏。平儿对珍珠笑道："尊居实在地广人多，叫我们一日拜完真是来转不及。倘有疏漏之处，求姑奶奶转致，容我专诚补拜。"珍珠笑道："本来不敢劳亲家太太拜望，洼居浅陋，有污玉趾。"宝钗对平儿道："你少同珍丫头说话。他的那张嘴，是在龙宫里水磨过来的，什么人儿也说他不过。倒不如同惜春妹妹叙谈离况。"平儿笑着点头，正待说话，只见那边有人来请。

不知请作什么，且看下回分解。

第七十三回　如是园赏花诗社　介寿堂应命当家

话说平儿正同珍珠说玩话，见听差嫂子来请，说："老太太请琏二太太去坐席，宝姑奶奶、探姑奶奶、珍姑娘同咱们的姑娘、奶奶们在藏春坞赏花。两处都在候着呢。"平儿对宝钗道："咱们去罢，别叫人等的着急。"

宝钗点头，同着珍珠、探春、惜春拉了芙蓉走如是园，看那春光明媚，鸟语花香。正是：

雨洗杏花红欲尽，日烘杨柳绿初深。

宝钗来到藏春坞门口，命嫂子们跟着琏二太太往介寿堂去。他们姐妹几个走进藏春坞，见掌珠、修云、秋瑞、芳芸、紫箫、汝湘、九如、梦玉都在院子里捡地下落花，兜满衣襟。秋瑞见他们进来，笑道："快些来助助咱们春色。"探春问道："你们捡这落花要他何用?"芳芸笑道："咱们商量，将落花铺地，藉花而饮。"宝钗道："你们这些人倒还不俗。咱们也帮着捡点残英,成此雅集。”同着珍珠姐妹分头去捡。不多一会,众人将花铺满一庭。真是万紫千红,烂若碎锦。秋瑞命媳妇们取两张矮桌,摆列花上,四围俱用藤心短杌,姐妹序齿而坐。梦玉笑道:“去年给芳姐姐做生日,若是铺满落花,再有宝姐们在坐,更是古今的美事。”宝钗笑道:“你们去年那样胜会,可惜无诗,真是缺典。”珍珠道:“今日如此雅集,再无吟咏,定为花神所笑。”众人喜极道:“珍姐姐说的甚是。”汝湘道:“咱们拟出题目以便分韵。”梦玉忙吩咐取笔砚。宝钗道:“我有个主意,不知还可使得?”九如道:“宝姐姐必有高论,咱们再无不遵之理。”宝钗道:“依我说,不用另寻题目。今日难得群贤毕集,真是胜会难逢,再不可错过。咱们不拘体,不限韵,随其兴致。有此良辰,对此美景,尽一日之长。各人吟就,彼此斟酌,作为一集,今日是老太太命咱们赏花饮酒,等我写几句小启,将去年你们那晚相叙诸人都去邀来,吟诗者吟诗,饮酒者饮酒,各随其便,岂不是人世上的一件大乐事!”梦玉不等说完,大嚷道:“好极！妙极！快些写起来!”姑娘们研墨拂纸,宝钗一挥而就。启曰:

> 春光明媚,花影阑珊。追胜会以非遥,溯良辰其在望。落英布地,步移何藉金莲;细草成茵,手掇奚胜翠羽。晴禽百啭,窥帘隐欲呼人;风筱千竿,隔苑齐将扫径。春晴春感,嗟偶影以何为;妙事妙人,况同心其不远。歌茹芦,盖云室迩;咏唐棣,岂不尔思。盍我簪朋,蔚为香国。勿等浮生于梦蝶,虚掷芳朝;欲回迅景于隙驹,还寻乐事。纫兰赠芍,曳缡带以同行;弄月吟风,御飙轮而戾止。资赏心于谈笑,非竹非丝;伫飞翰于池亭,一觞一咏。衣飘飘兮至矣,佩珊珊兮来耶。谨立下风,敬承芳躅。倘若同声相应,重开曲水之游。如其后至贻讥,定从金谷之罚。各携仙侣,咸集嘉筵。谨启。

秋瑞姐妹极口大赞,就着人去各处知会众姐妹,一面饮酒赋诗,执笔吟哦不已。

不多一会,各堂姑娘陆续而来,坐满一庭。正是花香人影,月窟瑶台。兰生笑道:“咱们既不作诗,静坐饮酒,有个什么味儿,也得想个法儿,助助他们诗兴。”三多道:“咱们行令有乱诗坛,也得做些雅事才好。”长生道:“既是这样,咱们水嬉赌酒。”雁书问:“是怎么水嬉?”长生道:“不拘什么小草枝儿叶儿,各人丢在池子里,水面上看他的影儿像个什么,不成形的罚酒。”五福笑道:“等我先去试试。”说着,向山子石下掐的一瓣指甲花的叶儿丢下池去。众人见那影儿被水光晃着,狠像一个小鱼飘来荡去。五福道:“我算赢了,谁该吃酒?”金凤道:“长姑娘这是个什么令呢?众人的都像了样儿,找着谁去罚酒?倒不如咱们来投壶,就在这花地上,又有趣又热闹,又有酒。”兰生道:“金妹妹说的是,咱们投壶罢。”命丫头们将壶摆设席前,彼此分矢分投,各显手法。梦玉、宝钗、秋瑞诗已脱稿,也来投壶。看那些姑娘们输酒甚多,你推我让。梦玉道:“你们且饮完罚酒,再来看我投个背插花,显显手段。”将一枝箭向背后投了过去。谁知手势过猛,那枝箭直飞到珍珠怀里落了下来。众人大笑。宝钗道:“这才真是背插花,还亏没有将花插破,真是投壶的好手。”梦玉自觉好笑,说道:“罚我一大杯,饮干再投。”姑娘们彼此争夺,笑声盈耳。接着赋诗人陆续脱稿,也来投壶,真是饮酒乐甚。

宝钗道:“今日海妹妹虽不在坐,也曾拈韵作诗。咱们此会,不减右军兰亭,不可无序,方成胜会。但非老秋大笔,不可以传千古。”秋瑞笑道:“宝公大匠在前,我何敢弄爷!”修云道:“王子安不辞《滕王阁赋》,千古传为佳语。秋老素有才名,何必过谦乃尔。”宝钗道:“修妹之言甚是。你算代我,如何?”秋瑞笑道:“即承宠命,敢不搜索枯肠,以博诸公一笑。”芳芸拂纸,珍珠研墨,宝钗捧砚,紫箫执壶。九如笑道:“老秋今日不亚沉香亭赋清平调的风景。”秋瑞笑道:“你们竟去游月宫,让我老李在此作序。”

宝钗吩咐丫头们在此伺候斟酒。各去游玩一会,每人誊出诗稿。海珠亦将诗稿送来。宝钗命对着牡丹台,设一张长香几,将各人诗稿挨次铺列几上,同探春们一班诗友看第一卷是海珠的七律二首:

三春齐上郁金堂,钗凤含珠十二行。
拾翠锦茵联胜侣,遗钿香镜惜余芳。
临池小立窥明镜,贴地纤腰映折杨。
行乐乘时挥藻绘,迟迟花影昼方长。

其二

曲江天气几回新，留得韶光澹荡春。
碧草自牵无定梦，流莺低唤有心人。
未嫌罗袜尘生步，不惜琼筵酒入唇。
芍药栏边私语罢，可儿连袂拜花神。

第二卷是掌珠的七绝四首：

鹊镜台边点绛唇，莫教春入翠眉颦。
牡丹花下群芳会，认取多情梦里身。

其二

花梢低拂翠云翘，周昉屏风不待描。
二八蝉娟谁得似，歌残一曲殢人娇。

其三

小样鸾笺制薛涛，离离花韵入挥毫。
羲之独擅兰亭序，得自夫人笔法高。

其四

名园如锦织莺梭，百啭间关好语多。
苏蕙回文留逸韵，编成齐付雪儿歌。

第三卷芳芸长歌一首：

园林春晚倚春风，翩翩伯劳飞向东。
禊游回首无多日，花雨连天一片红。
行逢落花自叹息，故园姐妹心相忆。
紫兰拂径转风光，红药当阶炫颜色。
墙东墙西无限春，相逐相随有丽人。
同来金谷张新宴，共看蜚英舞锦茵。
碧琼为水回环曲，湿翠为天剪新竹。
荷叶凌波小更圆，凫雏拍岸往还复。
景物当前乐且康，低徊仪态盈方塘。
蕉心已逐春云展，柳线浑如春日长。
长长柳线同心带，彩缬双双结芳佩。
歌声尽日转玲珑，舞袖临风纷向背。

蛾眉草长绿娟娟，斗草寻芳惜妙年。
燕剪斜交苔锦畔，蝶团飞满鬓云边。
一线韶光眼儿媚，逡巡酒醉还心醉。
轻将纨扇扑残晖，呢语凭肩连袂戏。
一声百舌隔花啼，子规何用催人归。
数尽繁星待迟月，如弦应照凤楼西。

修云笑道："宝姐姐才念三个人的诗，倒饮了几大杯酒，等着卷子看完，定要玉山醉倒花阴矣。"宝钗笑道："我是未向松根埋病骨，且寻花底醉春风。况念此佳句，岂可无酒！"看第四卷是紫箫的五律二章：

群芳满后庭，佳胜续兰亭。
香阁分姚魏，蓉城并尹邢。
日临花影动，春在柳梢青。
行乐销长昼，回波漾晚星。

其二

春暖送春寒，春衫杏子单。
晴林香簌簌，曲径步珊珊。
分韵齐揎袖，挥毫共倚阑。
不辞今夕醉，相并坐团栾。

第五卷是九如的七绝八首：

海棠春睡正朦胧，蝴蝶翩翩入梦中。
一段韶光怜腕晚，自裁新句写天工。

其二

三月春光似酒浓，教人心醉此相逢。
秋千庭院同芳侣，多少眉弯列远峰。

其三

兰亭茧纸已飘零，慧业今来许乞灵。
小字簪花遗格在，蜡笺重写女儿青。

其四

泠泠流水韵琴音，花外交飞翡翠禽。

三径自饶泉石致，错将人认是山阴。

其五

缥渺云端十二楼，弯环池畔百花洲。

玉人度曲声声慢，多恐莺将巧语偷。

其六

游丝百尺罥垂杨，系住斜晖昼景长。

同伴分吟低唱罢，背人闲数紫鸳鸯。

其七

日落人吹碧玉箫，画屏银烛夜迢迢。

一痕残月如新月，倒影红楼上紫霄。

其八

画壁题来手八叉，舞回红袖拂灯花。

兰台解赋巫山梦，空负东邻处子家。

芳芸道："九如结句颇有深致。且看第六卷，惜姑娘的这首五古。"

逶迤入园林，迢递穿楼阁。

花鸟自多情，春风宛如昨。

重开曲水筵，来践流觞约。

素腕弄清波，芳心赠红药。

蝶巧避莺梢，泥新供燕掠。

感物各徘徊，同人恣欢谑。

吹彻玉参差，挥余金凿落。

佳会惜良辰，月上秋千索。

九如们见第七卷是珍珠的一章七言古诗：

我从东海飞黄尘，幻作人世伤春人。

当年翻身入海藏，眼见龙窟罗奇珍。

骊珠照水大于月，珊瑚碧树相交春。

今日重来春似海，丽人携手连红巾。

东风宛委吹绿苹，三春林薄花如新。

有时飞英拂襟袖，随风飘去依华茵。

鸳鸯七十成行列，游蜂戏蝶皆相亲。

芳园祓禊追胜事，莫教岑寂孤良辰。
不用展布分主宾，流觞曲水临前津。
琥珀光浓映绛唇，凌凌微步同逡巡。
古来情人作情语，或是洛女巫山神。
今日之乐无比伦，酒酣弄影迷前身。
公孙剑器浑脱舞，不辨当时幻与真。

宝钗笑道："珍丫头将龙宫的宝贝都搬了出来，怨不得咱们赶不上你，将来再上天去逛逛，就是李青莲'黄河之水天上来'，也敌不过你的海话。"众人大笑。珍珠笑道："请教你的佳作。"宝钗道："我那狗尾自要续貂。且看第八卷，玉大爷的五律一首。"

曲水重开宴，相将乐未央。
芳园随兴到，春日似情长。
婪尾分梨酝，同心订羽觞。
几番风信好，吹遍百花香。

宝钗点头道："诗以道性情，不失为梦玉之作。"第九卷是汝湘的新乐府十首。悉按三月上巳前后时景，六朝唐宋故事，分为十首，用梁昭明太子新乐体：

祓禊曲

弯环曲沼青瑶软，春日春风相腕晚，流水流光随步远。随步远，逐回波，乐逍遥，抗清歌。

采兰曲

兰叶参差临水照，兰花娟秀迎风笑，纫得兰芳作光耀。作光耀，寄所思，莫相忘，新相知。

斗草词

私拜花神花露早，芍药辛夷误颠倒，百宝栏边斗百草。斗百草，天气清，隔花丛，闻笑声。

扑蝶词

西园梨花还杏花，红芳素萼相交加，纨扇随风扑凤车。扑凤车，怜凤子，送将归，春梦里。

斗鸡乐

生憎喔喔汝南鸡，未明枕畔催人啼，今晨试斗双阵齐。双阵齐，摧锦翼，诉衷情，破胸臆。

打球乐

白玉堂前舞而旋，窄袖短襟交燕剪，角打圆球歌宛转。歌宛转，月团团，愿常圆，结君欢。

流羽觞

子夜歌残春白纻，半醉参军戏蛮语，列坐流觞传素羽。传素羽，缔同心，双鸳鸯，并浮沉。

分柳圈

细柳团圈如月满，月晕圆时常不缺，系得青春无断绝。无断绝，各追随，悄无言，当寄谁？

钱龙宴

云锦齐开步障重，连环金错声玲珑，红丝百尺结钱龙。结钱龙，买春日，无价春，莫相失。

祈蚕市

碗髻环花向蚕市，祈神私语烧银纸，簇簇蚕筐养蚕子。养蚕子，暮春时，安鸾镜，斗蛾眉。

宝钗笑道："我今儿念完这些诗，舌尖上一定要长莲花。"芳芸道："宝姐姐口里噙着僻秽珠，故此闻不出味儿。"修云道："我一会煎梅花香雪，给宝姐姐漱口。"掌珠道："我那里还有去年的荷露，与梅雪同一样香洁。"宝钗点头道："咱们再看第十卷，探姑娘的短歌。"

月缺不恒满，春去无重返。寄语少年人，同心惜春晚。落日琼台急箫管，行乐青春莫迟缓。莫迟缓，来相伴，君不见，伤春人，歌自短。

梦玉同珍珠们叹道："探姐姐不多几句词，短而味长，令人不忍多读。第十一卷秋瑞的五律，定有新句。"

我爱春光好，联翩逐步来。
寻芳游共约，修禊宴重开。
柳折黄金缕，花明锦绣堆。
殷勤倾绿蚁，曲水泛瑶杯。

我爱春光好，芳林似画图。
几筵铺玳瑁，七尺碎珊瑚。
字织回文锦，歌传一斛珠。
当前通燕婉，何处觅罗敷。
我爱春光好，瑶池小队仙。
碧桃花下醉，红杏日中妍。
欣赏何时足，韶华不论钱。
一齐歌白纻，垂手可人怜。
我爱春光好，楼台带晚霞。
衣香流曲水，人影隔重纱。
横打鸳鸯谱，阶联姊妹花。
碧箫檀板外，知是莫愁家。

众人甚为赞服。紫箫道："咱们公念宝姐姐的佳作。"见是五绝四章，仿乐府《清商曲》：

其一

新荷初出水，叶短不盈手。
宁知旧根茎，下有同心藕。

其二

当面怨春风，背面寻花片。
落花辞故枝，何时复相见？

其三

曲池流羽觞，似我九回肠。
愁心对春水，毕竟是谁长？

其四

春风年复年，春日催婵娟。
去岁花自落，今岁花还鲜。

众人叹道："咱们说了多少，总不如这几句无限深情。真堪压倒元白。"宝钗笑道："且不用谬赞，大家吃点儿东西，等老秋脱稿，咱们用完饭，漱漱口，再请教他的好序。"众人都说："甚是。"吩咐点上风灯。

此时秋瑞亦已脱稿，同着众人饮酒，又行了一会雅令，彼此用饭，漱口净手。珍珠道:“古人说春色恼人,咱们今日狠得春光之助。”芳芸道:“今日之乐不减去年,只少了荷盘采露。”秋瑞笑道:“横竖今年多添了宝姐姐们这些良友,将来取采荷露,亦当击钵赋诗,更为盛典。”汝湘道:“日前听见怡安堂太太回老太太,要请宝姐姐同探姐姐管理怡安堂总务。老太太听说喜欢之至,说道:‘这一磨儿来了,再不放他们回去。’”梦玉大乐,说道:“老太太真是一位救命天尊,不但今年不放回去,从此永远总不许回去。”探春笑道:“承老太太的恩典,同诸位知己错爱,除珍珠姑娘一人外可以终身相守,其余想来总不能遵命。”梦玉听见,忽忽如有所失,怅然久之,长叹一声,说道:“我才知道,咱们姐妹原来不能久远相聚,早知如此,何必生我梦玉。”

宝钗笑道:“咱们在此说话,姑娘们在满院子里笑声盈耳,比咱们还乐。”九如道:“他们在黑地里摸花草,看名样,多者为胜。”秋瑞笑道:“咱们也去热闹,看谁最为第一。”大家都说:“甚是。”一齐俱向山子前后,你争我抢,笑不绝口。藏春坞这个花圃处处皆人,正在寻花觅草,听见荆姨娘同着琏二奶奶进来问道:“怎么你们在黑影子里窜来跳去,干些什么?”探春道:“咱们在这儿斗花取胜。”平儿笑道:“你们真会取乐。连晚安也不去请,真是野事。”宝钗道:“真个的,咱们忘了这件大事!快些上去,再别耽搁。”众人都到花厅,各将花草堆在地下,说道:“咱们去了回来算帐。”说着,一大群飞跳而去。平儿问丫头道:“姑娘们做的诗在那儿?取来我看。”丫头们赶忙送上。平儿同姨娘们接着细细吟哦。这且慢表。

且说宝钗们走出如是园,一路说笑,已来介寿堂。此时各位夫人、太太都还未散。吉祥上去回请晚安。祝母笑道:“来的正好。”宝钗们一齐上来。祝母吩咐不必请安。姐妹们分两旁侍立。祝母对王夫人道:“你二妹妹管理怡安堂总务,十几年来辛勤劳苦,克尽妇道。近来勤劳致病,难以支持。你二兄弟也对我说过几次,因想不出一个才品兼优、表率有方之人,代为总理事务,使他可以静养。我因想着去年宝姑娘、探姑娘总理丧事井井有条,内外悦服。我原要留着他两个在此。因是头一磨儿回家过年,珍姑娘又是两世重生,不可不让他们回去上坟祭祀,会会亲戚。如今诸事完结,再无别的推却,我要求大姐姐准我这个情儿。我请宝姑娘、探姑娘两个管理怡安堂总务,将来就是要回金陵走走,一去一留,彼此可以更换,两边俱有益无碍,不知大姐姐可肯赏我这个脸儿?”王夫人连忙站起说道:“老太太既是这样吩咐,侄媳敢不遵命!”叫宝钗、探春过来拜谢。祝母大喜。柏夫人、桂夫人、竺、鞠两太太无不欢喜之至。祝母道:“咱们是明日上坟,两个姑娘就是明日接手办事。”桂夫人答应道:“老太太明日要出门辛苦,今日请早些安寝。”祝母点头。王夫人同竺、鞠两太太先辞出去。柏夫人们伺候着老太太吃过参汤、丸药,解衣安寝,放下炕幔。值宿姑娘、嫂子们俱已齐集。吩咐已毕,领着梦玉一班散了下来。

王夫人带着彩凤,同几个姑娘们住在梅秋琴常住的介寿堂西屋内,里面有三间套房,两间厢房,王夫人住着十分宽绰适意。宝钗、探春住在修云的瓶花阁。珍珠同惜春在安和堂。平儿住在石夫人处。此时柏夫人们散了出来,又到王夫人西屋里略说了一两句话,相别而去。宝钗、珍珠、梦玉、众姐妹俱请过晚安,伺候安寝。王夫人知道他们还有两三处都要走到,不便久留说话,吩咐他们散罢。

众人答应下来,赶着先往承瑛堂去,那些提灯、手照亮如白昼。刚到承瑛堂院门口,有听事嫂子说道:“三太太已经安寝,吩咐大爷、奶奶、姑娘们不必上去请安。”芳芸道:“既是这样,我同紫丫头也不用上去,同你们到安和堂,再回来睡觉。”众人都说:“甚是。”一群人回身又走,刚过介寿堂院门,遇着一人,面前一对白纱小圆灯,前后又是玻璃手照,款款而来。众人瞧见大喜。

不知那来的是谁,且看下回分解。

第七十四回　放风筝寄怀好友　补修禊启订同心

话说宝钗们才过介寿堂院门,见几个灯笼照着平儿冉冉而来。探春笑道:“亲家太太来了,咱们都在这里拱候。”平儿笑道:“罢呀!姑太太,何苦糟蹋我呢!叫我在藏春坞好等,姑太太们晒我个老满儿。不亏姨娘们拉着去逛，这会还坐在那儿等着呢。谁知姑太太们得了好差使，怨不得晒着咱们。”探春未及回言，宝钗笑道：“咱们是樗栎庸材，谬膺重任，那里及亲家太太调鼎赞襄，中流砥柱。刚才实因公务羁身，不克趋侍巾栉。明日赴辕负荆，敬聆训示。”众人俱吃吃大笑。平儿道：“我说了两句，被宝姑妈妈说了一车。拉倒，咱们去睡觉，明日吃你两个一杯酒儿，使得使不得？”宝钗点头笑道：“使得。明儿罚我。”说毕，彼此含笑分手。平儿自去安睡不提。

宝钗们来到怡安堂，此时上房已要安寝，吩咐免请晚安。众人走如是园往安和堂来。刚到半路，遇着听差的嫂子来传：“柏夫人吩咐不必过去。”宝钗笑道：“这是怎么说呢，东跑西走，都不叫见面，闹的腿酸脚疼，咱们到那儿去歇歇才得呢。”汝湘道：“将来夜短，竟不够跑道儿，怎么好呢。”秋瑞笑道：“这会儿各人回房睡觉。过一半天咱们要回两边太太，将这晚上请安这一条儿，除介寿堂是风雨无阻照例请安外，其余这三处须要捐免请晚安才好。”修云笑道：“且过了这两三天再说。这会因为乏的慌，倒站着半天说闲话。”众人大笑。各人分手，各去安歇。

次日是二月二十六日，祝府去上清明坟。探春、宝钗一早上去，接办怡安堂总务。四堂姨娘、各职事姑娘、垂花门领着各家媳妇们，都来给两位姑奶奶道喜。宝钗、探春彼此称谢，各人散去。祝筠同桂夫人商酌，将瓶花阁左边院里那几间屋子收拾与宝钗、探春居住，作司总之所，取名楚宝堂。请鞠冷斋书“楚宝堂”匾额，再请文师爷刻“楚宝堂”图记印章。自此以后，一切事务都归楚宝堂总上商办。竺太太搬在承瑛堂倒狠安逸。桂夫人自在安享欢喜之至。祝筠同桂夫人交办完毕，到介寿堂请早安，回明交代总务。宝钗、探春亦上来请安，禀知接办事务。祝母大喜，笑道：“你两个上了我的当，以后再别想回去了。我连你的太太也留着不放，同我打伙到老，又省得去几天，叫咱们牵肠挂肚，想的发烦。”祝母正说的热闹，柏夫人上来请过早安。祝筠、桂夫人彼此问好、问安。

此时，梦玉们亦俱到齐，站满一屋。祝母道：“听说菜花大盛，百花俱放。今日咱们上坟，带着请贾大姐姐同竺、鞠两亲家到城外去看个野景儿。下午在庄子上吃了晚饭回来。”柏夫人们答应。四堂姨娘赶着下来,各去料理祭品铺垫、果盒点心、茶酒赏封一切应带的物件,并拟派跟去的职事姑娘、嫂子都先到各处伺候。宝钗、探春、珍珠、惜春、修云、梦玉又都到王夫人屋里请安,略谈几句,散了下来,各去伺候上坟。

王夫人同竺、鞠两位太太俱在介寿堂说了些闲话。垂花门的上来回说:“外面伺候齐集。”老太太听说,邀着王夫人们离了介寿堂往外面慢慢走去。前后拥着大群散花仙女,香风扑鼻。掌珠们一堆儿挤在后面,将宝钗围在中间。宝钗笑道:“我今日一准要活不到晚上。”芳芸问道:“为什么?”宝钗笑道:“被姑娘、奶奶们身上的温香闻得我骨缝儿里都酥透了,小丫头身上更香的利害,真是要命。”众人都抿着嘴儿笑。珍珠笑道:“就说的你身上没有一点香味?”宝钗摇头道:“我身上只有些儿土气。”众人一路说笑,已跟着老太太走出垂花门,伺候太太们都上了大轿,赶忙各人坐上轿子,一溜儿出了城来。只见柳绿桃红,百花齐放,杨花飞雪,青梅如豆,燕剪莺梭,蜂狂蝶闹,看不尽那田家的春景。众人各在轿内畅观景致,听见后面招呼道:“老太太吩咐:‘请贾太太、鞠太太、竺太太、宝姑奶奶、琏二太太先在东庄去用茶,着几个姑娘、嫂子同去伺候。’”那些跟班的连声答应。去不多会,过了一座大石桥,到三岔路,轿马到此分路。

不言祝母去上坟之事。且说王夫人们又走了一会,来到祝家东庄,进了庄门下轿。祝府派来办差的家人、小子早已铺设妥当,各样齐备。庄门外临着小河,一带合抱垂杨列如屏障。门里大厅三间,厅左水阁三间。窗外尽是稻田,远望云山重叠,竹树迷离,真是太平图画。厅之右边亦有水阁几间,窗临湖面,风帆沙鸟、渺无涯际。王夫人们两边看玩一会,又到庄后来瞧,见是一片平坦空地,四面俱以细竹缦成短墙。探春指道:“那边是些什么红的绿的挂在那儿?”伺候的姑娘们说道:“是大爷吩咐带出来的风筝。大大小小带了好些出来。”宝钗道:“既有风筝,咱们放他上去。”王夫人对竺、鞠两位太太道:“咱们到水阁上去坐会子,等他们放风筝。”三位太太自去闲话。宝钗道:“咱们自从那年在大观园同林姑娘们放风筝之后,悲苦日增，从此风流云散，再想不到如今不幸中又有此一番相聚。将来我三个人又不知是怎样的光景，令人可叹。”探春不胜悲苦，掩面而哭。平儿笑道：“想起前情，自然要哭。论起理来，也狠可不必。”宝钗道：“咱们端过两条板凳，将风筝交姑娘们拉着，再听平丫头的高论。”探春点头。三个人坐在一条凳上，仰着脸儿，瞅着风筝。平儿道：“想起大观园放风筝，正是极盛的时候，一天到夜，有乐无苦，想来世界上再没有比咱们乐的人了。谁知乐尽悲来，自从姑娘们出嫁后，日见凋零，苦上头来。最可怜的是林姑娘去世，宝兄弟出家，老太太归天，上房失盗，凤姐姐身故，我同巧姑娘到刘老老家去避难。不多两年，接着老爷去世。可怜将一个花攒锦簇人家闹的冰消瓦解，一败涂地。咱们的眼泪也不知出掉了几担。谁知去年琏二爷又出了家去。你想想，这家人家还有个望头儿吗？那里知道太太拿定主意，弃掉了荣宅并大观园；回到金陵，重整家园，再兴故业。我又想不到蒙太太恩典，托以重任。我瞧近来光景倒比当日还好，况且宝兄弟、琏二爷又皆得道成仙，三不知儿的也可以见面。想起当年今日，真是白掉了多少眼泪。”

平儿正说的高兴，背后一人接口问道：“眼泪掉在那儿，我代你去找。”三个人出其不意，吓了一跳。回头见是珍珠、惜春、修云、芳芸、紫箫、秋瑞、掌珠，续后又来了汝湘、九如、梦玉。平儿问道：“你们多咱儿来的？悄没声儿的，也不言语，偏生在这儿骂你们，又叫你们听见。”秋瑞笑道：“玉大爷带了些风筝出来，将些家人、小子们都去满田里东放西放。咱们跟着老太太下了轿，才有人知道，赶着去找人。听差的嫂子们道：‘姑奶奶们在后面大院子里放风筝。’我止住他们不许言语，刚才站住脚，珍珠姑娘就忍不住说话。你们在这儿骂也好，说什么也好，咱们拢共拢儿总也没有听见。”宝钗道：“咱们听着平丫头说古话，听出了神，谁知道你们都站在背后呢。”梦玉道：“这会儿让咱们放风筝，你三个上去瞧瞧老太太再来。”宝钗点头，探春、平儿三人上去。

老太太们俱在左边阁内，靠着窗口看那远近农夫耕田种地。祝母见宝钗们进来，笑道：“正要来瞧你们放的风筝，只听见满天的风琴儿,不知那几个是咱们的?”宝钗用手指道:“那几个蝴蝶儿倒像是咱们的。”探春道:“那儿的话呢,这儿屋子转了向,你就瞧见后头的风筝。”祝母笑道:“你两个且不用争,我瞧了这半天,也总没有瞧见蝴蝶风筝在那儿。”桂夫人同平儿笑道:“别说老太太找不着,连咱们也看不见一点影儿。”探春笑道:“方才是一只大鹞鹰,他哄老太太是个风筝。我瞧见他飞下田去,那不是树梢头儿,又飞起来了。”众位太太都好笑道:“怨不得,老太太满天那儿去找风筝。”祝母大笑道:“等着罚宝姑娘回家去放个风筝儿我瞧。”柏夫人道:“咱们就在这里坐席,连他姐妹们都在一堆儿热闹。”祝母点头吩咐:“对着窗口,一溜儿摆下四桌。”媳妇们摆设杯箸、果碟,着人去请大爷同各位奶奶、姑娘入席。祝母们分两桌坐下。梦玉们俱已进来序齿而坐。祝母道:“咱们坐在这儿饮酒,好不安逸!你看那些种田的男女老少,在那泥浆子里走来走去,这样辛苦,可怜那里摸得着一点儿好的到口。我常听见各庄佃户每年总要欠些租子,想起来他们多得一斗半斗的,举家欢乐,也多过几天快活日子。像咱们家,就少了一石半石的,也饿不着谁一顿半顿。何苦呢,将他们送官追比,为这几粒子米,被他们一家子咒骂。以后将佃户送官这条儿,竟要裁去才是。”王夫人、柏夫人们答应道:“老太太动念仁慈,真是培养子孙载福甚厚,《金刚经》所云:不住法而行布施,就是这个道理。”祝母们两席上饮酒清谈。宝钗们这两席也彼此交头接耳的,各谈各人的说话。媳妇、姑娘们上菜斟酒。

四桌席上正说的高兴,只听见外面厅上有个妇人在那里大哭大喊。柏夫人忙着人去问,不一会金映的媳妇进来回道:“看庄子老蔡的大媳妇病了好一程子不能起炕,这会儿忽然下炕走出院子,要见老太太。老蔡妈瞧他不像个样儿,赶忙拉住。他就大哭大喊的。听他的说话,狠不像他媳妇的口气,倒像有什么邪祟附着他身上。众人围着不叫进来。他那儿肯依,在那儿大喊。”祝母道:“又是怪事,有什么妖魔邪祟的要见我呢?”秋瑞道:“我去瞧瞧,是什么邪祟。”宝钗们都要同去瞧瞧,刚走出坐位,见三多、秋云进来回道:“听他的说话,狠像桑奶子附在他身上。”桂夫人道:“等我去看他有什么说话。”领着一大群走出大厅，见老蔡妈拉着他媳妇，黄病恹恹，蓬头垢面，不成人样。各家人媳妇们将他围住，不叫他到厅上来。桂夫人吩咐让开，问他是谁，有什么说话。众人站立两旁。老蔡的媳妇瞧见桂夫人，连忙跪下向上磕头，哭道："我孤身一人被义冢的那些强魂恶鬼你抢我夺，闹的我无处安身。前日被一个周三将我霸住，藏在这门前的柳树根下。昨日是本村土地清查，打扫地方，伺候城隍爷清明祀孤。查到这柳树下，说周三拐带人家妇女，将他锁去，又要拿我。因此着急，躲在这庄门背后。刚才老太太们轿子进来，又被门神驱逐，不准躲在门后。刚遇着蔡妈出来，我躲在他衣襟底下，带进屋去，见他大媳妇魂已离舍，阳光有限。我借他身体附着上来，见老太太磕个头儿。谢谢我生前受的那些恩典，看看玉哥儿长的这么大，可怜我无依无靠，被那些混帐鬼强来霸占。求太太施恩，对老爷说：'拿个帖儿将义冢的几个混帐鬼，送到城隍爷处，枷号起来。'我可以脱身去嫁人，不然被他们缠住着，总不能够了结。"说毕，放声大哭。桂夫人听了这些说话，又可怜又可笑，对他说道："因你生前做事不端，以至死后才有这些鬼来缠你，既是做了鬼，还守不住。要嫁人就该早嫁，谁叫你自家引鬼上门，闹的哩儿拉儿的惹出这些事来。后日清明，咱们宅里的年例，分赏你们银钱锞纸、香烛酒饭，你候着去领。各人自找头路，休要在这里缠老蔡的媳妇。我看哥儿分上，明儿给你放坛焰口，超度你脱离鬼境，转世做个好人。"众人见老蔡的媳妇像喜欢的模样，向上磕头说道："多谢太太，我就去，明日多赏我口酒儿喝喝。"说毕，睡在地上，一声儿也不言语。老蔡妈弯着腰叫唤了几声，他媳妇慢慢答应，睁眼瞧见众人，问道："我怎么睡在这儿？"桂夫人见桑奶子阴魂已去，吩咐蔡妈好生扶他进屋。对宝钗说："另外赏他两吊钱，调理养病。"

老太太们正等着问话，见桂夫人领着秋瑞们一同进来，将刚才桑奶子附着老蔡媳妇身上那些说话，细细回了一遍。祝母同王夫人们十分叹息。鞠太太道："咱们老爷从来不信是有鬼，说也不信，像这不是个活鬼吗？想起来真是可怕。"柏夫人道："人鬼一理，生为正人，死为正鬼。若桑奶子这样，生是邪人，死后也就是邪鬼。"汝湘笑道："真是一点不错。有那无主的游魂，饿着了急，混充些名号，去享人家的祭祀，那些就叫做冒食鬼。”祝母们不觉哄然大笑。众人依旧坐下饮了一会，彼此谈那桑奶子的鬼话。

正然说笑的高兴，听见外面又有人声喊叫起来。芳芸笑道：“老桑不知又想起什么说话，这人真讨嫌，做了鬼，还是这样累赘。”桂夫人亦觉好笑，吩咐：“去看又为什么？”姑娘们答应，尚未动身，见孟升的媳妇进来回道：“东庄各佃户知道老太太在这儿，他们各家妻儿老小都来请安，挤满了一院子，要见老太太同太太们磕头。”平儿笑道：“老太太今日下乡劝农，也必得叫他们插花饮酒才是。”祝母点头道：“真个的，他们既都来瞧我，也必得赏些什么儿才好。”探春道：“备下几十个封儿都还未用，恐人多不够。”宝钗道：“只要每一家佃户赏封一个，原不必见人就赏，不过是老太太到这儿逛逛，格外的恩典。那些小人儿们，有咱们带出来的果子，普里普儿一分也就狠好。”柏夫人点头赞道：“宝姑娘说的甚是，竟是这样办法。”祝母道：“咱们吃点子饭，到厅上去合乡里人说个野话儿。让丫头、媳妇们就在这儿吃饭。”桂夫人们答应。

不多一会，四席俱散，老太太们漱口、更衣、净手。诸事完毕，都来外厅。那些佃户家属倒像赤子之见慈母，彼此挤做一堆，争先拜见，满地见人，参差乱拜。祝母看着欢喜之至。众人拜毕，都挤在老太太面前，各人说话，也听不出说些什么。老太太们只好含笑点头而已。柏夫人吩吩管家婆：“将老太太的赏封、果子分赏与各家佃户老婆及那些小男幼女。”王夫人道：“天将傍晚，咱们回去走菜花地下，对着花柳，更有个趣儿。”祝母点头，吩咐伺候。梦玉同奶奶们又在后面放了一会风筝，听说老太太们业已上轿，赶着收拾，一同出来。老太太同各位太太，都在庄门等候。宝钗们陆续上轿，跟着走菜花地里。正是：

黄云起处飞蝴蝶，绿水生时出燕雏。

回到宅时，俱已点上灯烛。次日，柏夫人们去给尚书上坟。二十八日清明早上，就在家祠祀祖。早饭之后，探春对秋瑞道：“今日清明，天气又好，我作个东儿，请咱们这些好朋友在蔷薇架下做个修禊小会。”秋瑞笑道：“昨晚紫丫头也想到这层，因是连日上坟，人多辛苦，我说过两天咱们补作修禊会。既是姐姐有兴，我学宝姐姐写个小启，去各处知会。”探春大喜，取出一个白简与秋瑞写启。其词曰：

春日载扬，芬芳节序。会桃李之芳园，集良朋之燕叙。玉台留咏，情深孝穆之词；班管催题，喜续文通之句。踏青池上，有美如花；修禊桥边，群矜比玉。落花迤逦，兰香原在人间；芳草迷离，金谷几疑天上。红楼非梦，未免相思；白纻有歌，能无惆怅？喜春风之满座，我岂无词？怜香雾之盈庭，谁能遣此？不须击钵，一任挥毫，吐珠玉于瑶笺；联如积翠，裁锦纨于纤手。集以成章，仿已往之兰亭，作当前之嘉会。是启。

秋瑞写毕，递与探春念了一遍，不胜叹服，即交与听差媳妇送往各处书知。先往海棠院来，谁知宝钗们都在一堆儿闲话。见了那小启，无不喜的手舞足蹈，连忙都写了“知”字，命听差的先去。海珠笑道：“可惜我不能去一乐，只好在屋里作诗。前日老瑞那篇雅序，也不与咱们瞧瞧。今日作修禊会，更不可以不记。”修云道：“今日这篇文章，必得是宝姐姐的大笔，方足以传千古。”众口不等宝钗推辞，众人同声说道：“修妹妹说的甚是，宝公断不可故却。”宝钗笑道：“不必诸公谬荐，我竟作王子安，任而不辞如何？但今日断不能执笔。且等相叙之后，方能写其风景事实。”梦玉点头道：“此言甚是。咱们去回过老太太，就可以放心。”汝湘道：“老太太们都在看牌，咱们不用都去，只要玉大爷再同一两个上去，说探姐姐请看花作诗会，给众人告个假。不用拢共拢挤作一堆。”掌珠道：“狠是。就是你同芳芸、玉大爷三个人上去，告了假就来，别叫咱们在这儿傻等。”

汝湘、芳芸、梦玉三人点头，离了海棠院往介寿堂来。此时，老太太同王夫人、竺、鞠两位太太在套屋里看牌。介寿堂是桂夫人同平儿在琴桌上下棋。梦玉三个上前站了一会，将告假之事回了桂夫人。平儿笑道：“我虽不会做诗，也要来同你们热闹。”桂夫人道：“你再去热闹，丢我一个儿找谁说话呢？那是不能的。你们也不用上去告假，一会儿我回老太太就是了。”梦玉答应。三个人下来，刚出介寿堂院门，只见一个人急急忙忙跑了过来。

不知那人是谁，有什么说话，且听下回分解。

第七十五回　赏春光群芳联句　驱魔障老道擒妖

话说梦玉们刚出院门，见楚宝堂听事的汪嫂子匆匆而来，道："探姑奶奶们都在富春阁等候，请大爷们就去。"梦玉点头，来到怡安堂，见兰生们十来个姑娘站在甬道上说话。芳芸问道："仔吗的都晒在这儿？"三多答道："等着大爷同二位奶奶。"芳芸笑道："不敢当，劳诸位姑太太的驾，快些走罢，探姑奶奶等的长远了，别叫人着急。"众人一路说笑，走进如是园，穿花拂柳，到富春阁，见探春们都已齐集。宝钗道："今日须要各人乐其乐，无分彼此，以尽一日之欢。"探春道："虽是这样说法，也得定个章程，譬如作诗、投壶、下棋、射箭、斗草、流觞、钓鱼，这些事都是不可少的。各人就其能而乐之，也不可以相强。"众人称谢甚是。三个一攒，五个一簇，水边花下，亭外桥头，树根山脚，篱畔舟中，行住坐卧，无处非人，无人不乐。真比王右军兰亭胜会还要热闹。修云、紫箫、梦玉、九如、惜春、珍珠这几个围住宝钗，念秋瑞作的《群芳补禊序》。其序曰：

维三月之杪，会于如是园，补禊事也。尝考《郑风》，溱洧间士士相将，秉兰赠芍，遂为千古佳话。虽非正风，大圣人犹载诸简编，可谓圣人达情之至矣。汉魏六朝，踵为胜会，不一而足。要仿乎《郑风》者近是，其中元长、延之二序，辞翰双美。然骈俪四六，厥风斯下。独右军《兰亭》，为今古冠。一时名士会者三十余人，称极盛焉。自余观之，窃谓有憾。昔右军学书卫夫人，卫与王世为中表，兰亭之会，惜卫不与。盖夫人以永和五年卒，逮山阴之集，四五年矣。使当年夫人若在，则右军自书其序。后三十余人篇什，属夫人书汇为一册，传诸后世，何至以昭陵茧纸为专美哉。乃知右军所云，一死生为虚诞，齐彭殇为妄作，而长憾于今昔之感，盖为夫人发也。今日之会，士女咸集，流觞曲水，斗草蹴踘，钱龙蚕市，悉如修禊故事，固不待言。所夸美者，有《郑风》之情，而无其放逸；有元长、延之之辞，而去其浮靡；有右军、夫人之笔翰，而绝其悲慨之感。真千古一时也。以今视昔，窃云过之。以后视今，又当奚若耶？谨以诸韵事、韵语属诸群媛，且戏且咏，以夜继昼，为乐未央。既而月镜在天，冉冉东上，醉眸仰睇，犹以为西楼新月也。兴至笔酣，不辞谫陋，用为之序。

宝钗念完，众人赞不绝口。秋瑞笑道："被你们这一赞，定与《三都》共传不朽矣。"掌珠道："闲话少说。依我的意见，今日不必分韵赋诗，咱们竟是联他一首七言长古，倒还有趣。"宝钗道："狠好，竟是联句，且去各处游玩一回，开畅心思，广其闻见，再来哼哼。"梦玉道："不可别处去逛，就在富春园后身射一会箭。回来请珍姐姐舞剑，咱们再饮酒赋诗。"探春笑道："大爷的主意倒不错。"命丫头们抱着弓箭，都往箭亭上来。对面插上标竿、靶子，拦着布挡。汝湘道："咱们十个大钱一箭，赌个小玩意儿。"众人欣允，各命丫头取钱，一人三箭，挨次而射。修云、九如、芳云、惜春这几个输的最多。

梦玉们正射的热闹，见伺候的丫头们交头接耳，彼此说笑。珍珠隐约听着一两句，问道："你们说什么掉下池去？"抱琴道："刚才东儿来说，金凤姑娘栽下池去，不知这会儿上来没有？"梦玉大惊，说道："那池子有三尺多水，不当玩的，咱们快些去瞧瞧。"同掌珠们往秋水堂来，见仙凤、宾来都在芥舟亭外笑做一堆，见宝钗们过来，赶忙让开，走进亭内。梦玉道："雁书、金凤怎么掉下池去？"宾来笑道："他们好好要学什么流觞饮酒，将个茶杯儿漂在水上，漂来漂去的。刚到金丫头面前，仲手去取，劲儿使的过猛，'咕咚'　声，就掉了下去。骇的咱们要死，赶着拉的拉扯的扯，好容易拉了上来，闹了一身的水，将根金扁簪又掉了，这会儿才换衣服。"宝钗笑道："你要学四姑娘去见龙王爷？"惜春笑道："我也狠惦着那个乌大爷，不知这会儿已熬了胶没有？"

众人好笑，走进亭内。金凤已换完衣服，正忙着梳头。汝湘笑道："刚才是钱姑娘投江，这会儿是舟中相会，唱了一本绝好的《金钗记》。咱们也该到沉香亭去作清平调，倒别耽误功夫。"梦玉大笑，拉着众人到富春阁。探春道："今日联句赋诗，凡姑娘们有能诗者，俱要入会，这才有趣。"宝钗道："不拘是谁，不许推却，兴到即联，庶诗

气流畅。”众人俱应允。探春道:“我竟有首唱。”在那粉笺纸上写下二句道:

华园春晚惜春光,惜春此日会群芳。探春

众人笑道:“这两起句,除了探姐姐的大笔,一定惜姑娘要动恼,开首就写他的名字。”惜春笑道:“名人诗中,最为雅事,李青莲‘桃花潭水深三尺,不及汪伦送我情’千古传为绝唱。”紫箫道:“诸位诗翁、诗伯,且请暂闭诗口,我要联句了。”提笔写了两句道:

寒食才过烟染绿,(元稹诗:“初过寒食一百六,店舍无烟宫树绿。”)

禊游回首水流香。紫箫

兰生接云:

禊游历历无多日,兰生

芳芸接道:

又看清明新火出。(《会要》云:“唐宋以清明赐火。”)

鹢舫初回燕尾波,芳芸

修云接云:

茧纸仍分鼠须笔。插向朱门杨柳枝,修云

秋瑞接云:

折柳犹惜绿烟丝。(韦庄诗:“满街杨柳绿丝烟,画出清明二月天。”案:江淮间,寒食日折柳插门。)

弱缕飘摇自无力,秋瑞

宝钗接云:

柔条绾结最相思。紫兰采后春芽簇,宝钗

惜春接云:

红药晴来花韵足。赠玉人吹碧玉箫,惜春

珍珠接云:

秉兰人贮黄金屋。(秉兰赠药,并上巳事。)

金屋逶迤接画楼,珍珠

九如接云:

晶帘十二珊瑚钩。六曲云骈金屈膝,九如

掌珠接云:

两行蝉鬓玉搔头。拔取搔头供斗草，掌珠

汝湘接云：

人人私语花枝好。花恋余春春正深，汝湘

探春接云：

人惜三春春易老。探春

兰生接云：

春花飞满斗鸡台，兰生（汉有斗鸡台，见《三辅黄图》，又《玉烛宝典》：清明城市多斗鸡之戏；士女如云。）

芙蓉接云：

台下还流曲水杯。五侯鲭膳同开宴，芙蓉

梦玉接云：

百叶酴醾始泼醅。浅濑回澜光潋潋，梦玉

宝钗道："我代海珠接两句。"云：

人影衣香纷冉冉。春恨微侵柳叶眉，海珠

随又接云：

酒痕半上桃花脸。可怜一百六韶光，宝钗

秋瑞接云：

可怜七十二鸳鸯。醉来笑踏秋千影，秋瑞

修云接云：

戏罢闲过蹴踘场。（韦庄《清明》诗："女郎撩乱送秋千"；"寒食蹴踘"，见刘向《杂录》。）

秋千影外斜阳转，修云

紫箫接云：

蹴踘场边芳草遍。斜阳隔树语莺莺，紫箫

九如接云：

芳草连天飞燕燕。九如

掌珠不等九如再写，忙抢着接句云：

莺莺燕燕本双飞，掌珠

宝钗亦赶着接云：

飞去飞来不自持。清晨双啄同茎穗，宝钗

芳芸接云：

日暮还栖连理枝。青春渐已堂堂去，芳芸

珍珠接云：

几度低徊行乐处。此日临流惜逝波，珍珠

修云接云：

此时连袂承飞絮。春波春絮乱春怀，修云

秋瑞忙接云：

彩缕同心结宝钗。扑蝶还挥鸾尾扇，秋瑞

（《开元遗事》："三月三日，宫中扑蝶为戏。"）

众人点头大笑。芙蓉接云：

踏青宁惜凤头鞋。芙蓉（温庭筠词："踏青先绣凤头鞋"。）

梦玉接云：

华林园觉芳菲晚，梦玉（晋人修禊集华林园，六朝因之。）

探春接云：

乐游原溯风流远。（汉人修禊集乐游原，唐人因之。）

相将宴会续兰亭，探春

珍珠结句云：

欢娱无极长春苑。珍珠

探春笑道："珍姑娘这结句有笔有力，纯是一股唐气。"秋瑞、宝钗俱点头道："作诗最难的是结句，珍姑娘这一句结的很好，咱们今日这首联句还不错，真不虚此佳会。"宝钗道："前日老瑞的那篇序，就算了今儿的罢。"秋瑞道："那不能！你做你的，王子安《滕王阁赋》又肯让谁呢？"宝钗笑道："且等着明儿再说。饿着肚子闹了半天，见着纸儿就要心跳。"梦玉们一齐好笑。芳芸道："我今日要补去年的击鼓催花。"众人大乐。梦玉命丫头将小羯鼓取来，隔帘击鼓，三四桌彼此接递，笑语喧天。

正在饮酒欢乐，有听事的张家媳妇传垂花门条子，说老太太吩咐，派怡安堂东大奶奶往戚大奶奶家探望病症。汝湘道："仔吗老太太好没因儿的，这会儿又想起他来，派我去看个什么病。"宝钗道："前日戚家的侯妈儿来见老太太说，他家大奶奶一天到晚浑不痴儿的，尽着睡觉，又不要见人，各自各儿自言自语的，像是有点儿邪祟。咱们太太还说，可惜老公爷得的那张天师的灵符没有带来，若有了那样东西，还怕什么妖魔鬼怪。”九如笑道：“你快别提起那天师的灵符。前年周则古世兄有个亲戚，新搬一间屋子，被鬼闹的慌，青天白日出来骇人。周世兄知道我家有老天师的灵符，借去驱鬼。听说挂上两三天，果然安静。这天是月明如昼，半夜里鬼声嘈杂，忽然大闹起来，比往常更闹的利害。一家子骇的要死，躲在窗糊眼儿里面往外瞧，见上面坐着几个大鬼，两旁站着些小鬼，院子中间跪着一个道士，对着那些鬼只是磕头，口里说道：‘诸位鬼老爷，鬼奶奶，请息怒。不与小道相干，是他们借了我来支个门面，谁耐烦在这儿管他家闲事。’”九如未曾说完，众人吃吃大笑。探春笑道：“横竖有一日，我要求你们这些鬼老爷、鬼奶奶放我家去。”大家笑作一堆。汝湘拉着宝钗道：“你陪我到戚大嫂子家去走走。”宝钗应允，对芙蓉、梦玉们说：“不必等吃晚饭，咱们一会儿都到楚宝堂相会。”众人点头答应。

不言富春阁修禊酒散之事。单说宝钗、汝湘各带跟随丫头、媳妇们来到戚家，众家人、小子伺候下轿。那个戚二奶奶赶着出来迎接，一同到里面堂屋内见礼问好。汝湘们致意过老太太同各位太太问候的说话。跟去的姑娘铺下嘉纹席坐褥，将带去的茶碗送上香茶。汝湘问道：“大嫂子病这一程子，仔吗的总不见好，倒越闹的病沉。不知可还吃些儿什么？”宝钗道：“听说呆不知儿的，也怕见个人，想来中了点儿邪，也该请个有名儿的大大给他瞧瞧，看是那一经的症候。”戚二奶奶点头道：“二位姑奶奶真说的不错。我瞧着他害的症候，本来也有些怪异。自从去年给老太太拜寿回来，接着大哥起身，不多几天就爱一个人儿睡觉，连孩子们都不叫进房。常听着他各自各儿的说话。今年过了灯节儿，这一夜，忽然的像是有人在屋里合他说话。我骇了一跳，悄没声儿的在槅扇缝儿里瞧瞧，任什么儿也没有。他一个人儿躺在被窝里又说又笑，越闹的不像个样儿。那天有咱们一个本家的太爷说，三茅观孙道士法力狠大，专门儿的拿妖捉怪。讲下咱们全不管，拢共拢儿他包办，一箍脑儿在内四十九吊钱。不怕姑奶奶们见笑，就是大哥在家，当这个卖那个的，也就很过不上来。自从大姐姐得病,快要一年来了,任什么儿都卖光,真是可怜,不要说别的,连孩子们的破鞋烂袜,也卖三十二十的沾个嘴儿。那儿还有钱去请道士。昨日蒙宅里老太太、大妈、二婶子、贾亲家太太们打伙儿帮了几十两银,今儿就请下道士,说要半夜里来收妖。”宝钗笑道:“怨不得外面堂屋里挂着那些法像,原来今儿夜里是孙道士来收妖,可惜咱们没有回过老太太,不敢耽搁,不然就在这儿看个热闹。”宝钗未曾说完,听着顶棚上“拍拉”一响,倒像是一样东西在上面跳来跳去。有好一会,寂无声响。听着戚大奶奶在屋里吃吃笑不绝口。戚二奶奶赶忙摇手,悄言低语道:“妖精来了,快别言语。这妖精利害,专迷堂客,我也被他迷过两三磨儿。”汝湘有些害怕,对宝钗道:“天也黑了,坐在这儿怪怕的,咱们家去罢,老太太等着回话呢。”宝钗点头,吩咐伺候。外面堂屋里,有三茅观道士正在陈设法器。中间摆着法师坐位。桌子上左边桃木令牌,右边插着斩妖剑,中间设列香烛台、法水碗、照妖镜。两边壁上挂着马、赵、温、刘四大元帅,驱邪灵官,二郎真君,三十六天罡,七十二地煞神将,驱魔使者,六丁六甲,天兵天将,降魔祖师,除怪天尊,五方使者,雷声普化天尊一切诸位神像,挂满一屋。那老道铺设妥当,连烧几张净坛符。吩咐内外人等,有身子不洁净的亟须回避,恐有触犯。汝湘们瞧了一会,见满堂上灯烛,恐道士到齐,难以出去,同着宝钗赶忙告辞,上轿回来。

此时,介寿堂正请晚安,诸人毕集,汝湘、宝钗上去请安复命。祝母笑道:“宝姑娘陪着汝丫头去出差,反耽搁了修禊的雅会,到他家去吃点儿什么儿没有?”宝钗笑道:“任什么儿没有吃到,看了些热闹。”王夫人问道:“见些什么热闹?”汝湘将戚二奶奶说的话,并见道士先来铺设、夜间收妖的事,同着宝钗说了一遍。祝母道:“我常只见人说,戚大奶奶被妖精缠了个使不得。我说他们是瞎话,谁知真个有妖精。你们听见那一路子响,想是他就躲在顶壶子上。不知那个道士法力如何,别拿不着他,又跑到别处去兴妖作怪,那就闹个不了。”

珍珠道:“若像咱们家的那个仙爷,从不闹事,还带着狠有个趣儿。”王夫人道:“真个我忘了一件事,去年咱们下船的那天,来的那些亲戚我全知道。末了儿刚要开船，有两三个俊姑娘下舱来送行。我再想不起他是谁，别就是咱们后楼上的仙人，正是一个二个闹的糊里糊涂的，不知多会儿上了岸去，咱们也总不知道。”珍珠道：“那天眼都哭花了，也瞧不见谁是谁，想来仙姑一准上船送行，太太想的不错。”宝钗道：“后楼上的仙爷固然如旧，倒是院子里新添的那几个强盗鬼，不知怎么个儿闹手。”柏夫人道：“那件事狠亏你们姐妹几个想出法儿，将那几个活的拿住。芙蓉说他就骇的要死。”王夫人道：“也是那几个强盗活该命尽，一个儿也没有跑掉，凡事都有数定。”平儿道：“我想那件事只怕是老爷在暗中拿住着送来的也论不定。老爷原说家中一切事务全都知道，想这会儿成了神，比不得活着叫人获弄。”祝母点头道：“就是那天，宝珠等着贾大妈来才开了双眼，其中大有一段因果。这几天要给宝珠、寄生做个满月。”桂夫人道：“老太太许下放十万生，倒是很大的阴功，将做满月钱都放了生罢。”祝母笑道：“生是固然要放，满月也不能不做，这两件事都交楚宝堂去办。”探春们答应。祝母又谈了一会，祝筠上来请过晚安，众人各皆散去。这且慢表。

且说戚家点灯以后，那些道士陆续来齐，又将法坛拾掇一番，炉内烧起降香。有个首领褚道士拿着一碗清水，用桃枝儿蘸着，在屋内洒了几点法水，正坐上面点着一碗烧酒。那些道士各持法器，大敲大打，人声叫喊，全不听见。闹了好一会，住了法锣、法鼓。戚二奶奶忙将备下的果子、点心摆在内堂屋里，请众位道士来吃点心。老褚领着汪、王、陈、李等五六个后生道士走进堂屋，见戚二奶奶有二十四五年纪，圆脸蛋儿，梳着光头，带几枝碧桃花儿，大红新布棉袄，罩着件新蓝布衫子，绿布夹裤，一点点青布鞋，擦着一脸粉，厚厚儿点着胭脂。那些道士忙上前施礼。老褚道：“仔吗的二奶奶又要费事，咱们也刚才吃饭，那儿就吃点心，这怎么说呢。”戚二奶奶笑道：“不过是几个果子，请老爷们坐坐，这又算了什么。等着拿住妖精，我同大奶奶亲自到观里来拜谢。”说着，让道士们坐下。

汪道士问道：“不知是个什么妖精，二奶奶你瞧见过没有？”戚二奶奶道：“我模模糊糊瞧见几磨儿，不高的身材，光着脑袋，跳的很快。不瞒老爷们说，我也被他迷过几磨儿，到底不知是个什么妖精。”王道士笑道：“二奶奶放心，这个妖精还不相干儿。像去年靳家庄儿迷谭大姑娘的那个妖精利害，听见说还吃鸡、吃酒，闹的一家不安。那个谭老太太着了急，将我师徒两个留住他家住了个数来月，活活的将个妖精逼的跑掉了。一会儿等着我师父孙老爷来，咱们商量。那妖精明欺你家没有爷们，固然的混闹一会儿。拿得住呢，咱们就拿了去。若是拿不住，没有别的主意，我瞧着二奶奶又是这样傻好儿的，我破几天功夫，住在这儿，同妖精对耗着，看谁耗得过谁。”戚二奶奶满脸堆下笑来，说道：“真个的，老爷们肯在这儿壮个胆子，那妖精如何耗得过人？等着大爷们回来，自必重谢。”老褚道：“咱们是如意祖师的弟子，从来不受人谢礼。只要大奶奶、二奶奶知道咱们的好处就结了。”戚二奶奶笑道：“那固然，再忘不了老爷们的好处。只要妖精离了门，老爷们再去。”

众道士正说的高兴，听见法官孙老爷来了，都赶忙出去迎接。戚二奶奶站在堂屋门口，见孙道士身穿程乡茧夹道袍，系着丝绦，带顶纯阳巾，穿着棕履；有七十来岁年纪，一口雪白的长须，很有些儿仙风道骨。打杂的老道忙端过一张圈椅。孙道士周围看过一遍，诸事都还妥当，吩咐褚道士化净坛符、驱邪镇宅符、召土地符、召护法灵官符。褚道士在烧酒火上挨次将符焚过，中间香炉里添上檀香。孙道士坐下，命打杂道人去致意本家奶奶，凡有身子不洁净的，俱要回避。戚二奶奶赶忙接口答应。

小子送上果茶。孙法官用完茶，随洗手漱口，同众道士穿上法衣，戴了法冠。孙道士是八卦七星衣，手执宝剑，在坛前四面步罡，喷了法水，布下天罗地网，连击令牌，召天神天将、六丁六甲、神兵，又画了符水送进去，先令病人吞下。众道士各持法器，敲打一会。此时戚大奶奶睡在炕上，狠觉安静。孙法官在坛上遣将已毕，领着众道士到病人屋里来收妖。各将锣鼓饶钵一路打着进来。满屋里香烟缭绕。孙法官站在炕前，口中念念有词，一声大喊，喷了戚大奶奶一脸烧酒，骇的病人浑身发抖。将一道朱砂符押在病人身上。孙法官命一个十二三岁的小道士举着一面镜子四围去照，看妖精躲在何处。法官同众道士跟着镜子细看,口中不住念咒。四下里都不见妖精影响,刚走到炕前,小道士忽然大叫:“妖精有了! 躲在炕沿儿里。”法官忙命小道士指定方向,赶着喷了一口法酒,喝令神将围住妖精。褚道士仗着胆子,左手捻住五雷诀,伸手至炕沿里,一把将妖精抓住。那妖精在手心里扑扑乱跳,法官围着一堆看他是个什么妖精,定睛细看,认了半日,不觉大笑。

不知那是个什么妖精,且看下回分解。

第七十六回　角先生烧断风流帐　女道士包去穷鬼魂

话说孙法官见小道士指明妖精的方向,命褚道士大着胆子,伸手向炕沿儿里一把抓住。妖精在老褚的手心里一伸一缩跳个不了。孙法官恐妖精跑掉,忙用令牌照着妖精脑袋上打了一下,见他脑袋上冒了一股白气,在老褚手掌内动也不动。孙法官领着众道士围住细看,不觉哄然大笑。列位知道是个什么妖精? 说也可笑,不是什么花妖兽怪,原来就是去年戚大奶奶包袱里带回来的那个角先生。因戚大爷出了远门,这位戚大奶奶不分昼夜将他消遣,这叫做妖由人兴,就有那邪魅附托在角先生上作起怪来,日甚一日缠个不了。这会儿被道士们拿住现了原形。打伙儿笑作一堆,孙法官笑道:“我自作道士以来,不知见过多少妖魔鬼怪。今年七十二岁,再不知道这样东西也会成精。真是笑话。”命褚道士拿出外边院里,用火焚化,断了孽根。孙法官领着众人出来收拾,一笑而散。戚大奶奶瞧见那个东西,又听见道士们这些说话,躺在炕上臊的要死。戚二奶奶也觉惭愧之至。

慢表戚家收妖之事,交过不提。且说宝钗、探春次早起来收拾完毕,差人知会,明日三月初一,老太太到六如阁拈香后,往陆四太太家拜寿,所有各堂均应照例备办伺候。又知会垂花门,令其到怡安堂请示,明日是派那几位大奶奶跟随同去,以便知会。宝钗给王夫人预备陆家寿礼。各堂姨娘差人送上二月份一切应销事务总册,各档听候核算。探春们看过一遍,交荣贵、侍书查对,一面同宝钗先到怡安堂请安回事。

桂夫人道："刚才老太太吩咐说，安和堂大太太昨晚受了风，一夜狠不舒服。差我过去瞧瞧，咱们一堆儿去，回来再上介寿堂。"宝钗们答应，同着桂夫人走出怡安堂。刚至卷棚下，有该班的刘媳妇回说："贾太太过来了。"桂夫人抬头，见王夫人、琏二奶奶、掌珠、芳芸、紫箫、汝湘、九如、修云刚过了介寿堂院门的影背，后面跟着一阵丫头、媳妇，笑语而来。宝钗、探春赶忙上前请安，同平儿们问了好。

王夫人道："刚才祝二叔叔回老太太说，探丫头的叔公周六老爷，昨儿个来给惜姑娘作媒，说是甄宝玉愿意求这门子亲。老太太听说狠喜欢，这会儿同我商量。我说老太太作主，甄宝玉是咱们家的亲戚，又是这儿的门生，结这门子亲真是有趣。老太太大乐，对二叔叔说应了他罢，叫他择日子定下，等着梅大姑夫来作女家媒人。"探春笑道："这可也算个巧姻缘，谁也想不到惜姑娘是甄家的人。"宝钗道："他这甄的到底是甄，像我这贾的终于是贾。"王夫人听宝钗这两句说话，忍不住眼圈儿发红。桂夫人笑道："你娘儿们慢走着说话，叫我站在这儿好等。"王夫人上前问好，桂夫人笑道："咱们又要吃喜酒。"平儿道："这杯子喜酒可不是容易吃的，先要谢谢龙王。不是他将珍姑娘送到那儿去，咱们那里遇得着呢？"

桂夫人们点头好笑，领着众人走过怡安堂卷棚，见荆姨娘、朱姨娘同几个执事姑娘在瓶花阁院门东墙下一溜儿站着。太太们走过院门，王夫人对修云道："咱们往安和堂回来，再到你院里喝茶。"平儿笑道："这样顺道儿，太太该到楚宝堂回拜两位大总管。"宝钗道："咱们知道太太今儿要来，早备下酒饭伺候。陪客是二婶子同琏二奶奶，余外跟随的都是四分银子一个的代饭。"芳芸笑道："咱们只值四分银子。"王夫人们一齐好笑，慢慢进了如是园。正是蜂蝶纷纷，残英满地。

王夫人道："介寿堂到这里路就不近，咱们也走的狠乏，且到富春阁歇会子再去。"平儿笑道："怨不得姐妹们早晚请安实在来不及，一天尽剩了跑道儿。不亏二婶子给他们回过老太太，去掉这条儿，真是玩儿不开。"桂夫人们来到富春阁。宝钗忙差人往楚宝堂取茶。

太太们用过茶，坐了一会。王夫人对桂夫人道：“你们这园子，比咱们那大观园好的多着呢！就是这些花树也长的很有个趣儿。”桂夫人道：“地根儿你二兄弟起盖这园子很费了事，烫过几磨儿样，左改右改的，这才盖起来。外面那个意园，直闹了几年。要给老太太做生日，才赶着完工，也不知花了多少钱。”王夫人点头道：“这几个钱儿花的还值。”平儿道：“梦玉兄弟给咱们收拾那个园子也狠有景致。那几天满院里鲜花鲜草的，也就不错。”

汝湘笑道：“太太们在这儿说闲话，倒忘了正经差使。”王夫人笑道：“真个的，咱们也该走了。”同着桂夫人慢慢的往荫玉堂来。原来柏夫人连日身子不快，还可以勉强支持；因接着上坟劳乏，又在尚书坟上过于伤感，兼着受了点儿春寒，吃了两个冷点心，不觉停在胸中，成了病症，竟发烧不退。怕老太太惦记，只说受了点儿风。芙蓉、珍珠、惜春、秋瑞十分着急，梦玉在安和堂也是一夜未曾合眼。这会儿听说有太太们过来，梦玉、秋瑞忙出来迎接。王夫人、桂夫人急忙问道：“你太太仔吗呢？”秋瑞道：“昨日烧了一夜，狠有些儿发糊涂。今儿早上请叶老爷进来瞧过，说是结胸伤寒，要用什么大青龙汤，出去同二叔叔商量着用药。刚才二叔叔来说，且别要叫老太太知道。”

王夫人们大骇了一跳，赶着走进内房。左边帐幔放下，珍珠、惜春、芙蓉三人俱在炕上。众人轻轻走至炕前，姑娘们掀起炕幔，见柏夫人满脸飞红，双目半开，昏昏不省人事，两手不住的忽抓忽陷。王夫人们瞧着心如刀割，急的要死。桂夫人道：“这仔么好呢？忙赶着多请几位有名儿的大夫们来瞧，这不是当玩的。”

宝钗道：“我瞧这病有些儿缠手，咱们都得在这儿帮着他们坐个夜儿才是，别叫他们都闹乏了。”桂夫人点头道：“宝姑娘说的甚是。将两边宅里丫头、媳妇们八个一班轮着坐夜伺候，探姑娘就去派定，吩咐两处垂花门赶着知会。我瞧着瑞姑娘、珍姑娘、惜姑娘、芙蓉他们这四个急的不像个人样儿。我又不能常在这儿，若没有一个有主意的，更闹的着了忙无人办事。必得宝姑娘在这儿，暂代芙蓉同惜姑娘们管几天事，等大太太病好再回楚宝堂去。”王夫人点头道：“狠是。必得宝丫头在这儿，我才放心。”宝钗道：“就是太太们不派，我也得在这里照应。”

桂夫人大喜，叫芙蓉出来说知此事。芙蓉喜欢之至，同宝钗走出安和堂，到自家院内。丫头们瞧见忙掀起湘帘，二人携手来到屋里，芙蓉指道：“那墙上挂着的都是一切新旧册档，这是银柜的钥匙，这架子上有两本是惜姐姐、珍姐姐经手的新档子。我这会儿魂也不在身上，不能够同你多说话，交给你就结了。”说毕，往外匆匆而去。

宝钗接手办安和堂事务，垂花门徐大奶奶俱早已知道，领着姑娘、媳妇们上来见面请安。宝钗道：“太太现在欠安，蓉姑娘们都要在上面伺候，二太太派我暂管几天事务。虽是五日京兆，我也断不肯糊弄局儿。二位大奶奶对他们姑娘、嫂子说，必须要照常认真办事，别叫我在这儿丢个人。”徐大奶奶们一齐说道：“有谁偷懒闹事的，请宝姑奶奶不必容情儿，马上就办。”宝钗点头道：“大奶奶们说的狠是。今儿外面一知道太太欠安，一会儿请安的狠多，大奶奶们到垂花门照应去罢。再赶着出个知会怡安堂、承瑛堂、海棠院三处大奶奶们请一位过来，接待来探病的内客。”徐大奶奶们答应，领着众人赶忙下去办事。宝钗派了一个老成精细的许嫂子专管煎药，又派柴嫂子在内茶房照应茶酒，其余的听候差遣。

宝钗刚分派未了，听说老太太过来，赶忙出去迎接。见祝母站在卷棚下同祝筠说话，太太、奶奶们都站在一边儿。宝钗走到面前，听见老太太道：“既是这样，你赶着去对叶老爷说，放大胆子，只管下药。”祝筠答应，转身出去办药。祝母瞅着宝钗道：“刚才二婶子说叫你在这儿帮着照应几天。我说狠是，让他姐妹们安着心儿服侍。”宝钗答应，就将刚才定的章程，大概回了几句。祝母点头，同着太太们进了安和堂，口中不住的叹气，进到套房里面，芙蓉、珍珠忙将两边炕幔挂起，祝母走至炕边，见柏夫人病势十分沉重，昏昏睡着。

老太太此时心如刀割，将芙蓉、珍珠、惜春三个看了几眼，含着眼泪走出外房，对王夫人道：“我这命不知是怎么，越老越颠倒。去年七十岁，闹掉两个儿子，我恨的什么儿似的。为什么不叫我早早死了，眼瞧不见倒也罢了。何苦呢，叫我瞅着这个样儿，怎么过得去？咳！神佛爷有灵，叫我代了他去罢！”老太太十分伤感，握着脸泪如雨下。太太、奶奶、姑娘凡站在屋里的人，没有不掉下泪来。王夫人伤感了一会，说道："大妹妹是点儿年灾月晦，过一半天自然就好，并不是一病就是不起。儿孙们那一个不沾你老人家的福气，若是老太太心中发了烦，叫他们瞧着没有了主意，更要着急。"桂夫人道："贾大姐姐说的一点儿不错，咱们老太太着了急，叫小辈儿更没有了主意。求老太太别拿着他当着件事儿，且请宽心。"

祝母点头刚要说话，见竺、鞠两亲家太太同来探病。桂夫人赶忙让坐，竺、鞠两太太道："刚才知道大太太不是什么受了风，听说病的狠沉。"王夫人将现在光景略说了几句。鞠太太道："既是有名儿的大夫下药，料然无碍，老太太狠可不用着急。那一年，我也害过一磨儿，直死了有七八天，任什么儿全不知道，不知是怎么着慢慢的回了过来。我瞧着大太太的病断然无碍。老太太坐在这儿瞧着怪烦的，不如咱们三个去看个牌儿，这里横竖有贾太太同二婶子在这儿照应，又省了老太太瞅着发烦。"王夫人同竺太太都说："狠是。"祝母见众人再三苦劝，只得勉强宽解，托王夫人在这边照应，自家同着竺、鞠两太太往竹香斋看牌解闷。

两宅的师爷、老爷、清客、伙计们是张、徐两管家领着，都亲到垂花门请安，一会儿工夫无人不到。宝钗亲自看着煎药，芙蓉、珍珠彼此尝过，惜春用银羹匙慢慢将药给柏夫人饮了下去。秋瑞、梦玉坐在背后，将柏夫人靠在怀内。炕幔外有派来头班的四个姑娘、四个嫂子听候差遣伺候。桂夫人见服下药去倒还安静，邀着王夫人到怡安堂去吃饭歇息。那些至亲家有知道的，差家人、姑娘、媳妇先来请安。整整闹了一天，这一夜，两宅灯笼往来不绝。祝筠同桂夫人、姨娘们不住来看。

到次日是三月初一，老太太也是一夜未曾合眼，大早的就收拾梳洗完毕。祝筠夫妻请过早安，将大太太昨夜光景说了几句。祝母吩咐上紧请人医治。祝筠答应出去，差人各处请医，到荫玉堂商量着下药。祝母领着桂夫人们到贾太太屋里道喜。王夫人刚吃完点心，正吩咐宝钗、珍珠、惜春、探春道："我有彩凤服侍的很妥当，诸事细心，你们只管放心去照应办事，不用早晚过来，多走这些道儿，等着安和堂太太病好，再照常过来。我这会儿同老太太到六如阁拈过香，就往陆四太太家拜寿，平丫头也去，横竖今儿总得半夜里才得回来。你们断不可离病人的屋子，这就去罢。”珍珠们答应，赶忙散了出来，见老太太已到门口，姐妹几个一溜儿站住。祝母道：“你们真走的麻利，刚在我那儿，没多大的工夫又到了这儿。快些去照应，不要耽搁，别叫梦玉同瑞姑娘在那儿着急。”芙蓉答应，瞧着老太太进了屋，同宝钗、珍珠、惜春赶忙就走，对探春们道：“一会儿再见。”说毕，走出介寿堂院门，见那些姨娘、姑娘往来不绝，此时无暇叙谈。走到怡安堂卷棚下，见甬道上伺候老太太去拈香的人更外闹热。

姐妹们走过瓶花阁、楚宝堂，进了如是园。宝钗笑道：“我今儿早上往楚宝堂门口过了好几磨儿，也没有偷个空儿进去歇歇，这才是三过其门而不入。”珍珠道：“我知道你鞠躬尽瘁，死而后已。”众人一齐好笑，不觉进了园来，无心去看春色。走到米山堂，绕过富春阁，弯弯转转已走出园门，到了西宅。进垂花门，徐大奶奶对惜春道：“清凉观的李道士来领月米，知道太太欠安，要见姑娘请安。”宝钗道：“带他到蓉姑娘屋里来见个面儿就结了。”徐大奶奶答应。

惜春们走宝书堂进去，珍珠对该班的姑娘、嫂子们道：“有来请安的人，不拘是谁，总请在宝书堂待茶。安和堂不便坐客，恐太太怕烦。”宝钗道：“这个主意出的狠是。咱们上去瞧瞧太太，再下来见道士。”众人点头，走甬道上，那些姑娘、嫂子站在两旁伺候，宝钗问道：“太太这会儿吃点儿什么没有？”众人答道：“不听见说要什么吃。刚才有姑娘们下来，说是太太这会儿有些哼哼，想是心口儿疼。”珍珠们上了台阶，吩咐卷棚下的众人道：“不拘跟随来的姑娘、嫂子、妈儿们，别叫他们在这儿说话。”众人齐声答应，一面掀起湘帘，让姑娘们进去。梦玉、秋瑞坐在炕前小圆椅上，见他们四人进来，连忙招手，轻轻说道：“刚才有几声儿咳嗽，又哼了一会儿。听二老爷说，请了一位有名儿的大夫就来。”惜春点头道：“太太若是有个什么三长四短的，不用说，我这苦命的人还活着干什么？”说着，泪下如雨。珍珠更为伤感，说道：“我同你去。”芙蓉、梦玉、宝钗、秋瑞俱满脸是泪，握着脸不敢仰视。

听差的卫嫂子对惜春道："徐大奶奶领着清凉观李道士在蓉姑娘屋里坐了好一会，说是等着要见姑娘。"惜春道："我这会儿心中发烦，谁有工夫去说闲话。宝姐姐去见他，看有什么说话。"宝钗点头，跟着几个丫头来到芙蓉院里，走至檐口，问道："老道，你又来干什么?"李行云忙应道："仔吗宝二奶奶也在这儿吗?"说着，掀起湘帘，让宝钗进去，赶忙请安问好。宝钗笑道："老道，你好气色呀！哎哟喂！连寿纹里都放出了光。"李行云笑道："宝二奶奶那里学来的和尚口气。咱们的师父姑娘呢，怎不见个面儿？刚才在垂花门听说太太欠安，想是受了点儿风。这几天时气不好，乍凉乍热，最容易受病。"宝钗让他坐下，说道："这会儿太太的病瞧着狠沉，昨日下了一服药，不见怎么着。今日又请了几位来瞧，也总是含糊着，没有个准话儿。别说是你们师父姑娘着急，连咱们也急的什么儿似的。倘若有个三长四短，真是要定了两个人的命，这怎么好呢?"李行云道："我正为这件事要见姑娘。我会看香，给太太瞧瞧，就知道是个什么邪祟，今儿晚上退送退送就好了，吃什么药呢。"宝钗笑道："看个香儿也没有什么使不得，药也必得要吃，但不知你那香是个什么看法?要备些什么东西?"李行云笑道："看香不要别的，只要一股儿线香，十双竹筷子，一碗清水。我到太太屋里，对着炉点香，不拘什么邪祟，一看就知道了。等着看出了是个什么鬼，再设坛退送。"宝钗点头道："使得。你且在这儿吃早饭，候着二老爷陪大夫进来瞧过，咱们再上去看香。"李行云道："既是这样，我到垂花门去吃饭。等着一会儿再来。"宝钗道："也罢，你到那儿吃饭，倒还舒服。"就差一个听事的嫂子，送他到垂花门去吃饭。

宝钗料理一会公事，刚才上去，听说二老爷同着两位大夫上来。宝钗着人打听二老爷们坐在那儿。丫头答应，去不多时来说，二老爷同大夫们都在屋里看病。宝钗忙走出院去，见寿儿、安儿两个小子在甬道上同几个大丫头们说话。抬头瞧见宝二奶奶，赶忙过来请安。宝钗道："你们进来干什么?"安儿道："伺候老爷陪大夫进来看病。"说毕，站在一边。那几个大丫头赶着都走上台阶。宝钗进了安和堂，走衣壁里至柏夫人炕后，听见一个大夫说道："脉俱洪数而紧，邪盛气虚。又且阴亏,不能制火,是以中焦,宿食难消。还恐外邪内陷,虚不受补,更难调治。”又一个老大夫道:“依我愚见,竟是承气汤加减,倒还对劲儿。”祝筠道:“二位很高明,请到外面开方。”说着,陪大夫出去。

宝钗走出衣壁,惜春们也刚走出重帏。珍珠道:“听他这话头儿,很有些费手,怎么好呢?”宝钗道:“你不知道医生们的脾气,他总要说的十二分利害才显出他的本事,再别听他的瞎话。”珍珠含泪点头。听见柏夫人呼唤,一齐都到炕前。柏夫人瞅着他们道:“胸口疼。”众人见太太昏沉了一天一夜,这会儿瞧着神气清爽,俱觉欢喜。柏夫人见他们都在面前,心中安慰。惜春道:“老太太到六如阁拈过香,就往陆四太太家拜寿。”柏夫人道:“偏我又害病去不了,惜姑娘代我去拜寿,早些儿回来。”宝钗道:“老太太吩咐,拢共拢儿都不叫去。就是二婶子同咱们太太、竺、鞠两位亲家妈,等着一会儿差惜姑娘去走一趟儿就是了。”柏夫人又似睡不睡的也不言语。珍珠道:“瞧着这样儿,真将人急死!”秋瑞道:“梦玉昨夜对天祷告,愿以身代。这会儿我想人力可以回天,咱们从今儿夜间起,轮替着在院子里焚香礼斗,情愿减咱们年岁,给太太消灾延寿。”众人不等说完,齐说:“狠是。”

宝钗道:“我倒忘了一件事,刚才李道士说,他会看什么香,不拘什么大病,看个香儿就好。”梦玉急问道:“在那儿?就叫他来瞧。”惜春道:“他本来会退送个病儿,既在这儿狠好,先看了香,咱们再送。”宝钗吩咐该班的嫂子到垂花门将李道士领来,一面着人取筷子、线香、净水碗、香炉伺候。梦玉们偷空儿轮着吃饭,珍珠道:“真是食不下咽,瞧见饭儿菜儿就狠发烦。”众人等了一会,该班的同李道士进来,先在外间给姑娘、奶奶、大爷们请安。梦玉问道:“你会看香,快些就看。”李行云答应,跟着姑娘走进内房,只觉着四面光明,温香扑鼻,踹在地下觉得两只脚虚飘飘的,狠像驾着云。定了一定神,才瞧见两壁上的嵌玉挂屏、大洋玻璃镜、挂钟、多宝厨,瓶樽插着九节兰花;上面放着月色绸炕幔,青绸走水,两边拖着两大绺青穗子;炕面前一边四个小墩子。李行云对宝钗道:“我今日算是来游月宫,这会儿身在天上。”秋瑞道：“可见天上不如人间，害起病来，倒要请凡人来治。”李行云笑道：“大奶奶倒会说个笑话。咱们就在这香几上看香，烦那位嫂子将这股香点着，插在炉里。”该班的答应，赶忙点上。

李行云拿着筷子走到炕前，口中咽咽唧唧念了一会。回身到香几前，将筷子竖在净水碗里，不住口的祷告。众人见那筷子直竖在碗中，并不歪倒。李行云远远站开，看了一会，过去将筷子收下，香炉、水碗也都收去。李行云请奶奶们到外间屋里，轻轻说道：“太太是遇着一个外来的穷女鬼缠住。刚才我瞧见那个女鬼，黄肿脸儿，瞪着两大眼珠子，龇牙咧嘴的，披散着头发，坐在太太身上，十分凶恶。必得要赶紧退送才好。”众人见他说的凿凿可据，不能不信。梦玉道：“你立刻就将他退了去罢，快些拿着，别叫他又跑到那儿去。”芙蓉道：“这是个什么鬼？他好没因儿的，怎么找着太太，这鬼就狠胡闹。”梦玉笑道：“罢呀！姑奶奶！咱们只要骗着他离了门子就完了。你再去叨叨，他动了气，赖着不去，这不是活乱儿吗？”众人好笑。芙蓉笑道：“竟交给你同李老道去退送，本来活着的姑娘、奶奶们强不过你这位大爷，那个女鬼自然不敢不依。”珍珠道：“这个鬼真是穷着了急，全不讲理。”宝钗笑道：“大爷、姑娘、奶奶别尽着叨叨，问老道是怎么个儿送，叫他赶着一送就完了。”

李行云道：“不消花费什么，只要太太常穿的一件衣服，我将这鬼就包着了。你们只消烧些黄钱、金银锞。这儿不便供他，我将这鬼带回家去，要拜七天解冤忏，夜间礼斗，一箍脑儿也花不了二十两银。就短少一吊两吊的，我好意思还来找补吗？自从去年师父姑娘回了家，咱们也不知沾了多少光，日子长着呢，要什么钱。”宝钗笑道：“老道你只要二十两银倒不打紧，千急将那鬼拢共拢儿全包了去，别剩下点儿鬼头鬼腿的，那可就是你的乱儿。”李行云笑道：“姑奶奶只管放心交给我，横竖错不了。”宝钗笑着去取银子，命芙蓉取一件衣服与他包鬼。

此时，老太太拈过香，同王夫人、桂夫人、修云姑娘、竺、鞠两亲家，都往陆四太太家拜寿。刚要上轿，来了好几家探病的太太、姑娘、奶奶们，就派掌珠、汝湘、芳芸们这些孙媳妇分陪着，在东宅里待饭。

吩咐凡有客来,总在东宅。掌珠们倒闹的一点空儿没有。宝钗交了银子给李道士,包了鬼去,回家礼斗。一面吩咐打杂的老妈们,将安和堂后边院子打扫洁净,预备夜间拜斗,命精细姑娘们摆设鲜花、果供、檀香、枣茶,诸事齐备。珍珠们伺候太太吃过头二次荡药,总不见些好,差人到怡安堂知会各位奶奶知道,以便老太太回来回答。四堂姨娘轮着过来照应。两宅姑娘、嫂子不住的到安和堂探问,不知不觉又闹了一日。

芙蓉、珍珠、惜春洗澡换衣十分诚敬,自从初一这夜起,姐妹们轮替着到后院里诚心拜斗,俱愿以身自代,每夜如此。老太太们又因各家男亲女眷内外热闹,来往不绝,天天轿马盈门。一连几天,无人不乏。求签问卦俱说大病无碍,看那病又是日轻日重,不觉已混了七八日。这天正是三月初八,晌午时候,柏夫人睁开双目,将众人看了一遍,长叹一声,闭目不语。

众人大惊,不知作何办法,且看下回分解。

第七十七回 戚大娘虚词骇鬼 柳主事正直为神

话说柏夫人见众人都在面前,心中悲切,忽然长叹一声,闭目不语。宝钗们大惊,连呼不应,摸着心口尚热,鼻中微有呼吸,面色不改。珍珠道:“这不像是去的样儿,休要惊慌。也不用去回老太太,咱们在这儿守着,看有别的再说不迟。”芙蓉们点头,彼此守住。不言众人在炕前相守之事。

且说柏夫人觉着一人走出房外,身子狠觉轻快舒服,心中毫无思想挂碍。走到卷棚下,见丫头、媳妇们东倒西歪,各皆睡着。台阶下站着一个四十年纪黄脸妇人,梳的高髻,穿着青衫,对柏夫人道:“轿已伺候,请夫人快去。”柏夫人问道:“你是谁?请我到那儿去?”那妇人笑道:“夫人到了那里自然知道。”说毕,招呼轿子过来。柏夫人见两人抬着一乘竹架兜子,其形甚怪。两个轿夫蓬头垢面,浑身筋骨棱棱,耸肩长腿。那妇人将柏夫人抱上兜去,轿夫走的甚快,不见日光,倒像是隆冬将晚的天气,寒风刺骨。那妇人骑上一匹小黑驴,紧紧跟着走。不到半里来路,见路旁有个长人耸肩而立,戴一顶三尺高的白布长帽,脑后披着头发;一张黄脸,深眼缩腮;穿一件大白布衫,光着两脚,肩上挂着几吊钱,手中拿一把小伞。问那妇人道:“怎么这会儿才来? 叫我好等。”妇人答道:“不是本宅土地带我进去,这会儿还在门口瞅着呢。”长人点头,一同跟着,过了一座大桥,又走过几处荒村野地,阴风凄惨。抬到一个大衙门口,见愁眉苦脸的囚犯不计其数。轿夫将兜子歇下。那妇人将柏夫人抱到一间黑暗屋里坐下,说道:“咱们要去挂号、销票,一会儿就来。”说毕,忽然不见。

柏夫人想道:“这是那儿? 他们仔吗也不来瞧我呢?”心中正在愁闷,听见那黑犄角上有人叹气。柏夫人问道:“谁在那儿叹气?”听见那人答道:“各人有各人的心事,叹个气儿又何妨呢! 你这位老太太真是多管闲事。”柏夫人道:“我因瞧着这儿狠不像咱们家里,要找个人儿问问。刚才多口,倒叫奶奶动了气。我听着这声音狠有些熟,不知你这位奶奶尊姓? 住在那儿?”那人答道:“不瞒你这位老太太说,我家很有个名儿,谁不知道咱们是祝尚书的表侄呢! 他家宅里一天也少不了咱们大爷。就是我到宅里去,一住也是半年。那些太太、奶奶们谁不同我好呢? 尚书的太太还是我的干妈,穿的吃的随着我的性儿,爱要仔吗,就是仔吗,谁敢问我嘘个气儿。”柏夫人问道:“不知奶奶说的是那一个祝尚书家?”那人道:“说起他家,要叫你老人家骇一跳。我干爹是天下有名儿的祝凤,官拜礼部尚书。我是尚书的姑娘,你想我还怕谁?”柏夫人惊问:“你这位奶奶到底是谁? 请过来,咱们见个面儿。”那人笑道:“你见我姑奶奶,也要行个礼儿才是。”说着,在犄角上慢慢过来,定睛细看,叫道:“哎哟! 臊死我了! 怎么是你老人家在这儿?”柏夫人也将他细看,笑道:“我说谁呢? 原来是戚大奶奶。咱们家毫无照应,过承夸誉,更增惭愧。不知这儿到底是你家,还是我家?”戚大奶奶羞惭满面,低头答道:“连我也摸不着这是那儿。我记得在炕上躺了几个月,不知怎么,被一个长脑袋的人一根绳儿将我拉到这儿。”柏夫人惊异,正要再问,见同来的那个妇人匆匆进来,说道:“请夫人快去。”扶着柏夫人往外就走。戚大奶奶也跟着出来，见柏夫人走进一座高大门里。他正要跟了进去，见一个差人过来拉住道：“你不能进这门去，我送你到一个地方，自有分晓。”

却说柏夫人进了一座大门，十分严肃。那妇人领着由东角门进去。刚上甬道走不多路，遇着一位白须老判官躬身作揖道：“亲家太太只管放心，此间是东岳府。少刻王爷升座，将亲家太太前世误伤丫头一案判断明白，就送回家去，想来并无大碍。”柏夫人惊问道：“这样说起来，我身已在阴司了。”老判官笑道：“此处原非阳世。我是鞠秋瑞前世父亲甄士隐也，与夫人是隔世亲家，现在东岳府充了掌案判官。凡人间一切生死轮回之事是我掌管。夫人并无大事，只管放心。”柏夫人点头道：“深感老判关切，诸事尚求照应。”甄判官正要答言，见一个鬼役锁着个蓬头垢面十五六岁女子过来，对甄判官道：“这件案发在报应司审断，不必在此候审。”甄士隐答应。领着柏夫人们走出东岳府，往西走有一箭多路，到了报应司衙门。看见披枷带锁男女老少不计其数，大概都是悲苦痛楚之声，十分凄惨。

柏夫人走进衙门，见堂上坐着一官，气象威猛。案前跪着许多男女人犯，堂前两边设着油锅、火床、风轮、刀锯各样刑法。甄判官们站在檐下等候投文。柏夫人瞧见一个黄瘦后生堂客，怀中抱着个血孩子，跪在地下不住向上磕头，不知他哭诉些什么说话。旁边有个判官送上几本簿子。那官瞧了一会，将底下跪的两个体面男女，命鬼卒摔下堂来，大声喊道：“应上火床！”有个红发青脸鬼着一柄大黑扇，将那两个男女扇了一下，两人上下衣服一点也无，赤条条被两个恶鬼抓去，撳在火床上极力揉擦。只见青烟起处两人喊声甚惨。铁床烧的通红，不多一会将男女两个烧成黑炭。有个鬼役上堂喊报，堂上吩咐带来。那鬼役走至火床，用铁锤将两段人炭击碎，化作两团黑烟，沾在地上，随风飘荡。有个黑脸凶鬼用扇一扇，那两团黑烟就地一滚，仍化作人形，面色改变，不像刚才那样神气。鬼卒押上堂去，那冥官说了几句话。有个蓬头大鬼手中拿着衣服，披在那男女两个身上押下堂来。原来男已成羊，女已变猪。后面跟着那抱孩子的堂客一同出去。柏夫人看了半日，心惊胆战，轻声问道：“这两人为什么犯这样重罪?”甄判官答道:“他是夫妻两个,因长房无嗣,继他为子。后来他继父娶妾得有身孕。他恐生子要分家产,夫妻定计,候妾生产之时,乘其血晕,将所生之子掐死,又将脐带扯断,以至母子伤命。因他夫妻有三十余年福禄,直到今日才结。从此女猪男羊,长在畜生道中矣。”柏夫人点头道:“原来如此,该变畜生。”

正在说话,听见堂上呼唤,甄判官忙领着柏夫人走上台阶。公案东首设着几个红礅,光彩夺目。冥官欠身让柏夫人坐在第四个红墩上,吩咐抬过勾留镜令其自照。鬼卒答应,抬过一架大圆镜,光彩直射,亮如秋月。柏夫人觉得透彻心凉,定睛细看,顿悟前因。甄判官命将勾留镜抬开,问道:“使女桂香告夫人将伊打死,含冤两世。夫人可将打死缘由,据实上诉。”柏夫人对冥官道:“我前世系孝廉周达之妻吴氏。有使女桂香,素性狡诈,终朝搬弄是非,不安本分,屡训不改。因他与小子滑春有私,被我看破,唤至面前举手掌责。他急于回身躲避,将头误撞门上破铁环,被铁钉插入太阳穴,因而殒命,实非打死。今既当面,令其自供。”报应司点头,指着桂香说道:“你身为使女,不安本分,已有应得之罪。况与滑春私通,应该责治。你系有罪之人,又不受主责,反敢退身躲避,以至误伤身死。反诬告被主人打死,沉冤两世。你冤在那里?”桂香跪在下面,只是磕头,哭诉道:“我因孤魂漂泊无依,被义冢地几个短命鬼再三唆哄,令我上告。今日方知是错,悔已无及,只求开恩超拔。”桂香供毕,报应司大怒骂道:“诬告主人,与子孙诬告尊长同罪。先受冥刑,再令胎生!”吩咐解开,只见走过两个恶鬼,一把抓去,夹住两块大板,架上一把大铁锯,不多一会锯成两半。堂上大声喊叫合了上来,那桂香哀呼喊叫,惨痛心目。柏夫人瞧着十分不忍,向着报应司说道:“桂香诬告主人,实堪痛恨。今已解体受罪,可以宽恕。求恩赏其脱生,以消冤孽。”报应司道:“阴律上奴仆告主与子孙犯祖父同科。桂香所告实,夫人应减阳算,尚有不应之罪。今既诬妄,应该返坐,除受冥刑,例应三世为猪,方转人世。今夫人既是慈悲解释,免堕畜生。”当堂即判令桂香仍转生为女,嫁滑春后身钱二为妻。因酒后夫妻戏耍,误将钱二致伤身死,拟以绞决,以完孽果。报应司判毕,在生死簿上盖了巨印,备文详覆东岳,并知会各该管城隍。一面吩咐鬼卒押送转轮王处,照验脱生。报应司判断已毕,令甄判官好生送柏夫人仍回阳世。

柏夫人站起身来向上拜谢,说道:“既死重生,古今无几,今蒙恩断得转阳间。但求稍缓须臾,遍观地狱,将来回阳之后,力劝世人同归于善。”报应司合掌道:“善哉!善哉!夫人举念慈悲,定增福寿。但必须地藏佛处使人引导,方可遍观。本司先差人持符知会,即着甄判官伴夫人前往可也。”柏夫人谢过冥官,同甄判官走下殿来。还有好些断头缺足、愁眉苦脸之人在那里候审。

柏夫人走出衙门,又往西走。不多一会,见茂林修竹围着一座禅林。耳边听钟鼓之声哓哓不绝。刚到山门,有几众幽冥弟子笑脸相迎,说道:“刚才报应司知会,知道夫人降临,在此拱候。”说毕,引着柏夫人们来至大殿,见地藏佛坐在金莲台上,面如满月,丈六金身。两旁侍立着十二众大弟子,满殿上祥光现现,香蔼缤纷。柏夫人向上礼拜,地藏佛在莲座上合掌说道:“夫人来意老僧已知,念念慈悲,自有果报。老益立愿普度幽魂脱离苦恼,无如地狱中愈度愈增,日沉日积,孽海茫茫,何时得了。夫人回阳之后,务须苦劝世人力为良善。世上多一善人,则地下少一般苦趣。事到其间,悔无及也。”柏夫人拜领教言。地藏佛命金童、玉女持幡引导,又命护法神将持符往各处知会。

柏夫人拜谢,退下殿来。同甄判官跟着金童、玉女走不多路,望见一座高台,上接霄汉,台下人烟稠密,轿马纷纭,男女老少不计其数。甄判官指道:“此地名蒿里村。地藏佛慈悲建此高台,就是世上所说的望乡台了。凡人死后七日,取七日来复之意,令其上台略望一眼,以了一生之事,从此与家长别。”柏夫人点头道:“原来这里就是望乡台。”走到台下,见有一座高大牌楼,上面悬着“望乡台”三个大字。两边挂着对联,那字都有桌面来大。上联是:

富贵穷通上了台试问而今身命

看那下联是:

贤愚曲直来此地请看往日家乡

牌楼下两边都有茶棚。当路口设着大锅,里面热气腾腾像是面茶,有的颜色白亮,狠像甜浆粥。左右一望总是这两样,并没有别的点心。那些往台上去了来的男女都是哭的凄惨悲哀无比。刚到牌楼下,两边拉着吃那锅里的点心。有的吃了又添;有的随便吃点;还有一两个不肯吃,挣脱身跑过牌楼远远站着;也有不肯吃打着要他强吃。柏夫人笑道:“这儿卖点心的,未免过于霸道。人家不愿意,仔吗打着要人吃,真不讲理!”甄判官笑道:“夫人说的甚是。但这个不是点心,就是世上说的迷魂汤。吃多的就糊涂,吃少的就伶俐,越多越糊涂。这样东西不但迷魂,兼且迷心,只有富贵人从来不吃这样东西。”柏夫人道:“原来真个有迷魂汤!咱们且上台去逛逛。”甄判官点头,陪着上了百十来级才到台顶,上面平敞甚宽。男女们像有几千人,个个望着台下恸哭流涕,伤心不已,耳内听着一片都是哭声。那些押上来的鬼卒,一个个十分凶狠可怕。有钱使的准他多站一会,多哭几声。那没钱的穷鬼,刚望了一眼,还没有哭出声来,早被凶鬼押下台去。

柏夫人狠觉伤心惨目,也止不住纷纷落泪。往台下四面望去,只见愁云惨雾浓堆密布,不但望不见家乡,连山川树木也瞧不见一点影儿,说道:“这些真是傻子!对着这乱云堆子哭个什么劲儿?”甄判官道:“夫人是生魂,看不见家乡。他们各有所见,不能不哭。”柏夫人道:“原来如此。这台上冷风过于利害。真是透心彻骨,咱们去罢。”同着众人下了台来,仍旧走过牌楼。猛抬头,瞧见那一堆男女里面有戚大奶奶,捧着个碗,正在大吃。柏夫人心甚不忍,走上一步,将他拉住说道:“大奶奶!你少吃些儿也好。”戚大奶奶回过头来,瞅了一眼道:“你这位老太太可笑,我又不认得你,怎吗管我吃东西?”柏夫人道:“大奶奶!你怎么不认得我呢?我回去可以到你家寄个信儿。”说着,泪随声下。戚大奶奶问道:“我家在那儿?”甄判官道:“他已吃了迷魂汤,生前之事全不知道。等案情结后,归守坟墓,彼时方认得骨肉亲支,以享其祭祀。此时虽是父子夫妻相逢,亦如陌路也。”

柏夫人不胜叹息,随着金童、玉女离了望乡台,走出蒿里村。望着前面一带垂杨,绕着粼粼清水,树林中画角丹楹,十分壮丽。柏夫人道:“那边景致不像阴间,狠有些平山堂风景。”说话之时早已走到面前,见那柳阴之下尽是临河水阁,并无门窗槅扇,每间阁前俱用丹漆短卐字栏杆隔诠,无门可以出入。看那阁子里面,或十来人,或二三人,亦有五六人,老少不一,俱向着水闭目静坐。水中尽是莲花,清香扑鼻。甄判官道:“此名宁馨阁。都是古今名士,不得志于当时,往往迂狂怪僻。上帝怜其才,令其面对莲花,静坐一百二十年,消其迂狂怪僻之气。日受莲香沁其心骨,转生当为翰林清贵。”柏夫人点头叹道:“原来翰林先生都是对花静坐中人也。”

顺着柳堤向北而走,觉对面吹来其风甚臭,越走越臭,令人难忍。耳内听见四面都是哭喊悲苦之声。满眼黑雾蒙蒙,不分南北,定睛细看,那浓烟之内尽是蓬头赤足男女,不计其数。柏夫人心中害怕,问道:“这是那儿?又臭又怕,令人一刻难过。”甄判官道:“此名锻炼狱。都是古今来不遵王法叛逆之人,刀兵过处,杀害生灵,不分良善;奸淫抢掳,惨无天日;妻离子散,骨肉伤残;荼毒地方,上干天怒。上帝痛恨此等叛徒,生前虽受王章,或有幸逃国法,遍令五岳帝君及城隍司命之神,密访严拿,俱发交此狱。先用大锅熬炼其油,俟其枯干,再锻为灰。那炼出来的人油流于地上,往往变成蛇、蝎或蜈蚣、毒蟒,还要伤人。终是戾气所钟,虽有阴律亦难禁其化生。”柏夫人道:“叛逆之徒应该受罪。咱们再往别处瞧瞧,这里实在臭的慌。”

众人离了锻炼狱,又往前走。天色清朗,路旁一座衙门,丹碧辉煌,祥光笼罩。里边一股幽香随风而至,令人闻之心神畅适。见那大门上面,直牌写着“节孝司”三个大字。甄判官道:“夫人名姓已上了这衙门的金册。妇人最重的是节孝,上帝特命阴曹专立两司:男名忠孝司,女名节孝司。两司俱用金册注名,每岁除夕汇奏一次,恭候玉音奖励。不论男女有人名登金册者,子孙免堕畜生道中。”

柏夫人点头,正要答话,只见一簇彩旗鼓乐蜂拥而来,后面一乘彩轿竟抬进大门。柏夫人们也挤了进去,见彩轿里走出一位青年美人,珠冠蟒袄十分华丽。堂上站着一位冥官:乌纱绛袍,白面长须,手捧一本金册,彩光耀目。揭开几页递与那美人看过一遍,取笔在那册上不知写了几行什么字,那美人笑容满面,再三道谢。旁边转过一个白须判官,手执彩幡向空一晃,化为一座金桥。那美人转身走上桥去。回头看见柏夫人,忙举手拜了两拜,抿着嘴儿笑着往上走去。只见金光一闪,人桥俱已不见。柏夫人问道:“这人是谁?倒狠有些面熟,怎么他驾云跑掉了?”甄判官笑道:“此人不但与夫人现有瓜葛,我同他还是隔世姻亲。他从府上来,还从府上去。这是最有名望的人,夫人岂不知金陵王熙凤吗?此人现今已历三世矣。”柏夫人惊道:“王熙凤是贾大姐姐的琏二奶奶。去年我在铁槛寺烧香,正遇着他们在那儿念经超度,我还对着他的牌位拈香奠酒。谁知今日在这地方同他见个面儿。他死的也不多几年,怎么就有三世呢?”甄判官道:“王熙凤二世就是周婉贞,因其拒奸伤命,是以名登金册。今与夫人又为骨肉至亲了,日后自然有人知道。咱们再往别处逛逛罢!”

离了节孝司正往前走,只见一人歪戴着一顶皂隶帽子,敞开胸口,光着一只脚,飞奔而来,周身大汗。瞧见甄判官一把抓住,叫道:“快些救命!”道言未了,后面一个黑胖堂客赶紧追来,将那人抓住。脱下自家的一只鞋,将那个人揿在地下,使劲的打了个要死,又撕又抓又咬。那人在地下滚成一团,一声儿也不敢言语。甄判官看不过意,说道:“你这位奶奶,且将气儿消消。这一定是前生的冤孽,这会儿遇着他,自然不能饶过。但总有官司判断,叫他受罪,你何必动这样大气?”那堂客摇手道:“老官,你不用管咱们的闲事。我不是遇着了冤家,他是我的男人,名叫陈旺。他是城隍司的皂班头儿。他那一天不赚三吊两吊,回到家来说谎,总说一个钱儿没有。可怜我自挣自吃,那儿弄得过来?谁知他相与上了卖迷魂汤的孟大姑娘,将几个钱拢共拢儿贴补了那个养汉老婆。你想这样的男人不趁早儿打死了,要他干什么!”说着,又咬牙切齿的使劲混打,陈旺只是磕头。甄判官笑道:“这是你们家法,外人不便多嘴。”那堂客笑道:“这位大太爷说的一点儿不错,咱们家去再说。”腰间解下一条绳子,拴着他男人扬长而去。

柏夫人笑道:“阳间常闻有惧内之说,尚不至于如此荼毒。谁知阴司的老婆更狠。”甄判官笑道:“世人见了泼妇如见小鬼,那里知道咱们这里的小鬼又是鬼更怕鬼。”柏夫人十分好笑,不觉走进一座大门。见满院子无数男女,还有好些姑子、和尚,挤作一堆。其间有哭有笑、有喜欢有悲苦。看那两廊檐下都挂满的五色衣服，堂上像有官儿审事。那审过下来的，三五成群，身上总披着一件花衣，哭哭啼啼走了过去。有一大阵姑子、和尚下来，见每人头上俱插一对长金花，背后挂着一绺大穗子，脚下都穿铁板鞋。柏夫人问道："这些出家人，怎么是这样装扮？"甄判官道："此间是变造司。凡应归畜生道中的，都发到这里变造。刚才这起僧尼，在世不守清规，奸淫不法，诓骗钱财，诱人犯法。除受阴律外，应变驴马以偿孽债。"

话言未了，又来一起男女十几人，都乔装俏扮风流人物。那几个后生男子挤在一堆，十分得意。柏夫人道："这一起不像是变畜生的，人人倒还欢喜。"甄判官道："这一起罪孽更深。男的是世上匪徒，无恶不作；妇人是淫妒残忍，凶恶不堪；例应变猪。"甄士隐用手指道："夫人看，那一堆是变牛的，这是变狗，那些是羊，各人身上都有记号。不但夫人看不出来，就是他们自身亦不能够知道。正所谓孽由自作也。"

柏夫人不胜叹息，看了一会，走出变造司。向东走去，见一座衙门祥光缭绕。门楼上直牌金字，写着"福禄司"三个大字。两旁大金字对联，左联是：

黄甲全凭德行

那右联对的是：

华国本自文章

柏夫人跟着金童、玉女走至大堂檐下，见上面坐着文昌司禄帝君。两旁侍立天聋、地哑两个童儿。案上堆着无数册本，帝君凭几细看。东首设着长桌，堆满的尽是文书，有一位朱衣神在那里翻检。梁上挂着一杆大金秤，上有五色毫光。照耀天地，有一个长须吏，手持玉尺，在那文书上细心测量，丝毫不苟。公案中间，设着一座白玉香炉，里面有一线青烟上接九霄，觉得异香扑鼻。甄判官道："凡世上科甲之人，俱是各处城隍司查其祖宗德行已历数世，汇报东岳。再查本人阴德，转送此处。帝君汇总，量其福禄之多寡，核其德行厚薄，定其科分之迟早，现办下科题名录，正是各跟神祇报功过之时，非同小可。俟草榜定后，尚须请关帝参酌签押，方达帝廷。倘有大伤阴骘之事，虽天榜已定，临时必须更改，以明赏罚。人世上造恶多端，只可以瞒人，而不可瞒天。冥冥之中，丝毫未曾疏漏也。”柏夫人点头道：“人生在世，只知要占便宜，给子孙挣下产业房粮地土，积下金银珠宝，不管人家死活。那管他妻离子散，只要我便宜受用！使尽心机，打尽算盘，以为子孙可以世守受用。谁知阴司里另有一般的算法，若要子孙昌盛，何必多用心机！”甄判官笑道：“夫人所见甚是。阴司总以德行为重，虽有钱势，此处不能通情。所谓祸福两途，随人自走耳。此时帝君正在办公，不可惊动。咱们再往别处看看。”

金童、玉女持幡相引，来到一处。愁云惨淡，腥风刺骨，满耳都是鬼哭之声，十分凄惨。柏夫人胆战心惊，见四面尽是剑树刀山，血水成河，难以行走。金童将手中长幡往地下一晃，变成一瓣莲花，请柏夫人们立于花上，随着腥风飘来荡去。见几十个小鬼，推着一架大石磨，血糊滴沥。磨下有数百大凶狗争吃血汁。旁站几个高大夜叉，将磨边拴着的罪人，不分男女，抓住往磨眼里填下，顷刻之间骨肉俱成血酱。柏夫人问：“这些人是造下什么孽，至于如此？”甄判官道：“都是世上打娘骂爷，灭理乱伦之辈，应受此刑。”莲舟飘到一处，见一个老尼僧倒挂两脚，有两个恶鬼手执尖刀，划开胸口，两鬼使劲剥皮，那老姑子喊声惨极。柏夫人念道：“阿弥陀佛！这老尼造了什么孽，受这剥皮惨罪？”甄判官道：“此人名净虚，是馒头庵的姑子。少年不守清规，淫贪势利，引诱闺女、孀妇，败坏门风，得赃破婚，种种不法，已历过几重地狱。今又到此剥皮狱，其罪尚不止此也。”柏夫人叹道：“原来就是馒头庵的老师父，可怜他那里知道身后要受这样的罪呢！”

正说着，那莲舟又至一处，见高台上坐着一位冥官。两旁站着好些鬼判，下面跪着无数男女孽鬼。那冥官正在据案检点文书，看见柏夫人过来，连忙站起，在台上打一恭，用手一举，那莲舟不觉离台已远。柏夫人问道：“这位官儿同我见礼，是个什么缘故？”甄判官道：“这官儿姓柳名逢春，生前为礼部主政，系大人同部的司官。夫人是堂官眷属，兼有姻亲，因此见礼。”柏夫人点头道：“原来是柳绪的父亲。咱们是四门亲家，谁知倒做了冥官。不知咱们老爷又在何处？

我正要去相见。”甄判官道：“柳公在此为十八狱总管。凡应受罪之人，先解到此间挂号，然后照文发各狱受罪，其职事甚忙。祝尚书现为玉帝香案吏，不在阴曹，难以相见。”柏夫人正在叹息，背后有人问道：“太太怎么在这里闲逛？”柏夫人回头一看。不知那人是谁，且看下回分解。

第七十八回 老和尚周游地狱 病夫人喜遇菩提

话说柏夫人听见背后有人相问，回头一看，见是铁槛寺的老和尚。手中持着素珠，赤着两脚，笑嘻嘻走了过来，合掌问讯道：“去年多蒙夫人布施，佛面增光。后来扶榇还乡时，因老僧抱病，不及到船相送。恹恹半载，深感白云和尚琏二爷前来超度，解脱皮囊。身前虽有孽果，因虔诵过《金刚经》三千七百卷，以此相抵。蒙地藏佛慈悲，令我在九幽十八狱，周而复始，朗宣佛号，使受苦孽鬼稍减些苦恼。不意在此间相遇夫人。此处即世上所传地狱也。”柏夫人道：“阴司地狱，原来不与阳间监狱相同。”甄判官答道：“阴司地狱俱是按罪成狱。一案已销，又转一狱，罪受已尽，孽案消除。或为畜生，或转人世，俱押交转轮王判断。有历遍十八重地狱，数千年总不能结案者，俱监禁阿鼻地狱。凡初到案孽鬼，因同谋或证据人等未曾到案，亦暂寄阿鼻地狱。日以千百起，增减不一。倘俱长禁狱中，安能挤得下这些孽鬼？”柏夫人道：“我今日方知受罪之所就是地狱。”那老僧道：“夫人福寿无边，子孙荣盛。惟愿广施善果，以度幽冥，老僧亦沾慈荫。此间阴惨之气不可久停，宜早归去。还望致意贾府太太，说老僧道谢，并致万福。”说毕，朗念一声“阿弥陀佛”，扬长而去。

金童、玉女将莲舟吹开，遍历诸般刀山油鼎，各种地狱，看不尽的悲心惨目。到此地位，无一个不是后悔无穷。柏夫人正是伤感不尽，忽见一人两手两脚反钉在一块大板上，胸口撑着一枚木头，有个铁钩子将舌尖钩出唇外，约有一尺来长，搭在板头上。一个蓬头瘦鬼用根竹筒插在谷道里，不住口的吹气。两个恶鬼手持朱棍，周身乱打。看那罪人真是求死不得，瞪大两眼，其情甚惨。甄判官指着笑道："此人在世上，是个势利不堪之徒：专喜说谎，离间人家骨肉。趋炎附势，待人从无一点真心，家庭之间，亦行奸诈。满口公道，一腔虚假，见人亲热异常，转眼视如仇敌。日夜盘算厚资，忘其穷时累亲累友。有人因急相投，丝毫不与。因此上干天怒，先令绝嗣，罚以两女为娼。今受此罪，是令其以热气攻心也。"柏夫人叹道："世上此辈甚多，当时自为计高，那里知道报之甚惨。"甄判官点头道："世人机巧愈出愈奇，阴司刑法极精极惨。冤冤相报，无止无休。夫人见其大概而已，断不能历尽九幽，畅观恶趣。"命金童、玉女吹起莲舟，离却地狱。

转眼之间，来到一处衙门，金童提起长幡引导而进。只见大院里挤满是人，不分男女，摩肩擦背。看那三间大堂，破漏不堪，上面站着几个鬼判，都是瘦黄干瘪，怀中抱着稿案，像是等候官长。堂上悬着一块大匾，写着"不可须离"四个大字。两旁亦挂着对联，上句是：

得不足喜失不足忧厚薄盈虚莫非前定

下联是：

用之则行舍之则藏有无聚散分所当然

柏夫人道："这个破衙门是管什么的？瞧这些人笑容满面，不像是受罪的犯人。倒是那几个鬼判，愁眉皱脸，像是饿了几天的样儿。"甄判官笑道："这衙门虽然破坏，古今来人人欢喜他的，这里就是财神爷的衙门。这些男女老少都是等着财神爷要帐的。"柏夫人笑道："岂有财神还欠帐之理？"甄判官道："夫人有所不知，凡人生世上，财禄俱有定数，丝毫不可强求。世人愚昧无知，都向财神处力求无厌，插花换袍，上供演戏，苦苦褥告，悬求不已。更有向财神夫人处许愿求情，通那借贷，不分昼夜，求声若雷。财神被其缠扰不过，又无别样款项可以增其福禄，因而从长计较，将那些长厚无能的男女名下，匀出点子财禄，以为世人求财之用。不料被上帝察出弊端，罚令财神爷并通同作弊之鬼判，各出私囊，偿还那些男女短少的财禄。夫人想财神爷如何还得了这些欠项？因此将财神爷累的一贫如洗。这些人财命相连，如何肯休？总在这里死守要帐。这位财神爷在衙门后身建造一座避债台，同夫人们躲在上面，再也不敢出来。就剩了这几个穷鬼判，站在这儿搪帐。”柏夫人听了叹道：“谁知财神爷欠了这一身的债，如何是了？”甄判笑道：“夫人不必替财神担忧。这些讨债鬼看那光景实在要不出来，各人都去投生，谁肯在此守死。”柏夫人点头道：“老判所说甚是。咱们到那边院里瞧瞧。”

原来又是一个大院子，里面尽是后生男子，身上都穿妇人的衣服。看那些人的品貌，很俊的没有几个，其余都不过是些白面后生，也还有黑麻蠢胖、黄瘦郎当的。柏夫人十分不解，说道：“怎么这些后生都是妇人装扮？”甄判笑道：“此处名分香狱，系厕神所管。世上有几项人，以男子而行妇人之事者，俱入此狱。如绣花匠、成衣作、香粉工、扎花匠之类，穷其精巧，使妇人得以妆扮，逞媚惑人，造出多少风流冤孽。因此将这些人仍转男世，令做龙阳，以代妇人之职，使他非阴非阳混沌于世。死后不归阎王所管，特派厕神收放，听其脱生而已。夫人看，那边来的一堆人，也是风流孽障。”柏夫人走上前去，见无数男女，老少不一，每人都是簪花傅粉，含笑而去。甄判道：“这些是合媚药、卖春方的医生，同那勾引局骗作牵头的妇人，转生人世，去作娼妇，以还孽报。”柏夫人叹道：“何苦世人各样造孽，谁知阴司里没有不报的因果！”

甄判道：“阴司报应，从来没有错过。那边是痘神衙门，咱们也去逛逛。”只见挤满是人，半哭半笑。大堂上坐着一位痘神，两旁站立好些鬼判。堂东一个大红桶，毫光闪闪。堂西一个大黑桶，浓烟腥秽。堂上堂下满地都是婴儿。又有无数男女老鬼伏地磕头，哀求不已。越是体面人，哭的更惨。堂上那位痘神，只顾查看文卷，不理不睬。看了一会，吩咐鬼判先将东边桶里红痘取出，按着东南西北散与那些婴孩们吃，多寡不一，令其自取，吃毕都令其散去。柏夫人见有好些贫苦男女，各抱一个欢喜而去。堂上官儿命鬼判取出西边桶里黑痘，分与那些白胖绣衣婴儿们吃。只见那儿对体面男女，向上恸哭哀求，看那痘神面生怒容，命一长须判官将几本文册令其自看。那些男女看毕，含着眼泪，各抱婴儿哭泣而去。柏夫人问道：“这是什么缘故？”甄判道：“此地是痘症司，刚才俱是世上婴儿生魂。吃红的是吉祥天花。吃黑的败症，难免痘死。越是富家，更遭痘伤者多，因财痘两神不睦，彼此相克相忌。世上财旺丁单之家，偏遭痘厄，这正是有钱有势买不住子孙之命。刚才那九对男女是萧百万的祖宗。因是四世单传，家财越旺，现有一子，应死痘症。他祖宗在痘神处苦苦哀求，终不能免。可见使心打算钱财，无非绝后而已。"柏夫人点头道："德行二字乃传家至宝，胜于百万家财也。"正要转身出去，见一对白胖男女，抱着一个婴儿急忙跑上大堂，伏地磕头，不知说些什么说话。那痘神初时摇头不准，后来又听了他们些说话，将案上文册检查，看了一会，连连点头。吩咐抱上婴儿，痘神取下胸前一面小镜，将婴儿一照，见他吐出好些黑痘。鬼使另取红痘一把令其吃下，交还那男女，笑嘻嘻抱了出去。柏夫人道："怎么这一家又可换痘？想是与痘神有些瓜葛。"甄判摇头道："并非瓜葛。此人刻薄成家，最爱便宜，一点不肯让人。坐拥厚资，欲多生子嗣，诱买良人之女为妾。稍不如意，又转嫁人，另卖再娶，习以为常，不知破了多少良家闺女。上干天怒，罚令绝嗣。所生一子早故，只剩一孙，应死于痘。刚才他夫妻力求，愿将媳女私下为娼，留此婴儿一命。痘神查其罪孽可以相抵，准其以娼换命，虽免绝嗣，子孙终为乞丐也。"柏夫人叹道："阴律可畏，世人何苦如此！"

说话之间，随着金童、玉女又到一所壮丽殿宇。里面金碧光映，五间画阁尽是妇人。梳妆各异，老少不同，都是举止大方，端庄贞静。每人怀内抱一婴儿相对而坐。看见柏夫人，俱起身遥相见礼，彼此相视而笑，不作一言。柏夫人忙问道："这是那儿？"甄判道："此名育英司。这些都是古今来贞贤端慧的命妇。上帝命其相聚于此，将应该转世之列宿星官、五岳四渎诸神，及苦修有道高僧，俱交各命妇抱育三十年，得其贞贤端慧之气转生于世，为王公侯伯将相，国家大臣。这些命妇或上赴瑶宫，或转世为大臣之母、大臣之妻。夫人将来亦是此间座上客也。"柏夫人点头道："原来怀中所抱都是宁馨英物，咱们不可久看。"举手遥相拜别。

走出育英司不多几步，忽然有几千个披头散发、吊眼拖舌、断头破腹、裂肤折臂、血肉淋漓、腥风刺鼻之人，驾着悲云惨雾一拥而来，将柏夫人围住。呼号悲恸，只称我们死的好苦，难转轮回，只好向夫人要命。说毕,一齐喊哭悲恸,阴云低合。柏夫人骇的心胆俱落,浑身发抖,忙对甄判官道:“我何曾害一生命?怎么有这些冤魂怨鬼?想是他们措错了冤家,求老判替我分辩一句!”甄判官高声喝道:“你们这些冤魂!来见夫人有何话说,只须着一两个女鬼上前说话,其余退开!休将阴气逼住夫人,自有你们好处。”众鬼闻言,各退开十步,让两个女鬼上前。柏夫人见一个十七八的美人,满胸是血。那一个约有三十来岁年纪,面貌间尚存风致,浑身清水淋淋。两人上前拜见。那年轻者说道:“妾张氏乃金谷园侍儿。奉石季伦之命侍王敦饮酒,不能达主人之意,被季伦所杀。冥司以拂主人之意,死所自取,归入枉死城中不准轮回。”那年纪大的道:“妾秦氏系浔阳江上商人之妇。因独对江月偶弄琵琶,适白司马送客在船,闻声有感,命妾尽技一弹以舒抑郁。后丈夫回船,嗔妾再抱琵琶,深为可耻,命妾沉江自尽。冥司变以自取其死,不准轮回,枉死城中孤魂无倚。今闻夫人慈光遍及幽冥,因与一切横死孤魂前来相恳。求夫人大发慈悲,请太空和尚在甘露寺作七昼夜道场,焰口施食,专超度我等九幽横死之鬼,借仗佛力得转轮回。妾等世世生生感恩无既也。”柏夫人不胜感叹,点头应道:“我如果还阳,定即立为赶办,断不食言!”二女鬼感激拜谢,即传语横死诸魂。众鬼欢喜,齐声高念:“阿弥陀佛!”登时俱散。甄判官叹赞道:“即此一事,夫人种福无穷。阴司少些孽鬼,世上添些匪徒。正是好人难做。”柏夫人道:“阳有王章,冥有阴律。他们自作自受,于我心可以无愧。”

说话之间,来到一处,只觉血腥臭不可忍。柏夫人站在一个高土堆上,定睛细看,见有数亩血池污秽不堪。有些披发妇人,在血池中漂来荡去,其形甚惨。甄判指道:“这些是世上媒婆鸨母,凭其口齿巧利,将清白妇女说的动心失节;或假娶良家妇女,私下诱以为娼;罪大恶极,冥刑无可相加,将他们浸在血池令食秽汁,俟其孽尽,变生为狗。此处乃极秽之地,夫人不可久停。”转过土堆正往前走,只见一骑马飞奔而来。马上一位少年神将,见柏夫人下马道:“适奉南北两斗星官符录知会东岳,是夫人之媳江氏芙蓉、贾氏珍珠,虽未完姻,二人不约而同割股救亲。城隍司据词详报,南北二斗星君上达天听,当奉玉音嘉其孝心,增夫人福寿,以成其志。今已持符知会各司,夫人亦当回去,此处非久逛之地也。”说毕,上马扬鞭而去。甄判官给柏夫人道喜,称赞芙蓉、珍珠能尽妇道,不愧为尚书之媳。

柏夫人欢喜之至,忽闻钟鼓之声,其音清越。甄判道:“十王升殿,会同地藏佛判断诸曹案卷。夫人去瞧瞧热闹,即可回阳,不必再往苦境了。”柏夫人点头,随着金童、玉女竟往十王殿来。只见轿马纷纭,人烟嘈杂,大街上两边铺面,交易买卖亦如人间。也有酒楼、饭馆、茶房、肉市并金字当铺、招牌当店,里面十分热闹。有个大茶铺,出入不断,人山人海。茶馆间壁是个命馆,先生门前挂着招牌,上写着:“赛君平,卜易谈星,合婚选吉,包写呈状,兼看风水。”衙门左右尽是点心店,热气腾腾不知卖些什么。又见一个长招牌,写着:“邹大成,专理产科,兼治痘症,包医杨梅结毒,跌打损伤,梦遗阳痿等症,不误主顾。”又有一张招牌贴在墙上,是“祖传包医瞎眼”。

柏夫人正看不尽那大街热闹,男女往来拥挤不开。忽然街上人纷纷让开,东西乱窜。柏夫人想,这必定是来了一位什么神道。定睛细看,只见一人三十来岁年纪,黄面微须,高耸只肩,深抠二目,头戴高角方巾,身穿葛布道袍,脚下阔头方靴,手持白纸大扇,徐行缓步而来。将到面前,觉一股冷气刺人心骨。柏夫人打了寒噤,连忙闪开让他过去,问道:“这是位什么神道,如此利害!”甄判笑道:“这不是什么神道,是一个阴司秀才。因他的冷气利害,鬼皆回避。”柏夫人笑道:“这秀才鬼见犹怕,何况于人!”

此时,十王将次升殿,男女鬼犯何止千万,奇形怪状,令人可怕。人丛中有一个半老妇人过来请安说道:“太太仔吗还不回去?这地方有个什么逛头儿?老太太放心不下,差我来找。我刚出大门,遇着本宅土地说,太太在这儿逛呢!家里都好,奶奶、姑娘们轮班拜斗,就是老太太同贾府的太太、奶奶们急的利害。今日早上宝姑奶奶将我叫进宅去见老太太,吩咐来探个信儿。”柏夫人道:“你是谁?倒像在那儿见过。”那妇人笑道:“我姓何,我丈夫是抬二老爷的长班轿夫。去年太太到了宅里,我进来磕头请安,蒙太太厚赏。今年到宅里拜年,又见过太太。”柏夫人点头道:“不错!你是何三的媳妇。怎么你可到得这儿找人呢?”那妇人道:“不瞒太太说,我在东岳府当勾魂差使,凡无常鬼勾人,若没有我们生魂带去,他不能勾人。那天因我有差使,是汪大妈到宅里请太太来的。这阴司里是咱们的熟路,一天也不知要走几磨儿。不知宝姑奶奶怎么知道我是走差使的,今日早上叫进宅去。老太太当面吩咐说,你去瞧瞧太太到底是仔吗呢?刚到半路上,遇着几个伴儿们说,太太在这儿看热闹呢!”甄判官道:“你来正好,同夫人回去,咱们且进去逛逛。”

说着,走进大门里边,气象威严,十分宽大,两廊下俱有公案。各司官正在审事。男女鬼犯不计其数。大殿檐下站着无数判官,每人都抱着文书案卷。殿上一字儿十座公案,坐着十位阎王。西边莲花台上坐着地藏佛。甄判道:“殿上是各路城隍核对生死册,今日又不能审案。”各司人犯真是堆如山积。柏夫人看殿中间悬着一块大匾,写着“无往不复”四个大字。东边看柱上对联是:

总理轮回亘古至今何曾舛错

西边柱上是:

权关生死修长数短从未通融

檐前挂着一杆大秤,有三位金冠绣袍的神道,监着判官秤那些文书册卷。甄判用手指道:“这些都是人间功过罪孽簿。此间秤过,其子孙好歹祸福从此定夺。倘有大善大恶,临时再为更改。这边架上的就是孽镜台。”柏夫人道:“这孽镜怎么是黑的,也照不见个影儿。”甄判道:“孽随人生,有孽之人照之丝毫无隐。任地瞒心昧己,机谋隐恶,不但人所难知,神察不到之事,总无逃此镜。我在此作了多年判官,见对镜无愧者并无几人。”柏夫人道:“阳间若有此镜,问刑衙门要省多少事。这样看起来,阴官事繁易断,阳官政简难明。”甄判点头道:“夫人说的不错,此处无不伸之冤,无不报之孽。”柏夫人道:“这十位阎王爷,虽是气象威严,但都有慈祥之色。”甄判道:“这都是古今名臣,如昌黎伯、包孝肃、文丞相、于忠肃、武乡侯、张曲江、范文正,所谓生为上柱国,死作阎罗王也。”柏夫人点头叹道:“原来都是治世名臣,怪不得聪明正直,谁不敬畏!”

甄判官正要答话,只见一对彩幡引着一个黄瘦妇人,约有五十来岁年纪，穿着粗布衣衫，七穿八补，一直走上大殿。刚跪下去，那十位王爷一齐站起，举手命童女扶起妇人，在东边看柱前白玉礅上坐着。有一个白须判官，捧着一本册卷，送到十位阎王案前看过。用朱笔各王俱写了几个字，送去地藏佛签押照验后。有一位紫袍玉带、阔面长须的神道在那册卷上盖了一颗巨印。大殿檐前现出一道银桥，十王站起身送那妇人上桥而去。柏夫人问道："阎王为何重这贫妇？"甄判道："这是孔节妇。乃编竹筐子顾成章之妻，完姻一月夫以病死。公婆见他只有十八岁，不忍令其守节。孔氏因夫是独子，公婆老年无后，情愿守节养亲以代子职。编筐度日，百折不磨。又遇荒年，衣食不继，有富人愿娶他为妻，接他公婆养老。众人皆说甚是，公婆亦无限喜欢。孔氏立志不从，情愿苦志养亲。公婆大不为然，每于饮食之间嫌其粗粝，冷暖之间衣憎厚薄，打骂詈聒，日盈于耳。旁人见之，刻不能忍，节妇甘受无怨。不分寒暑，昼夜饮泪咽糠，力奉甘旨。苦节三十余年公婆去世，棺殓造坟，曲尽妇道，因悲哀过度伤心而死。此世上第一等的节妇，为阴阳之祥瑞。刚才地藏佛与十王合稿，已将孔节妇转生为男，名登鼎甲，位列卿相。"柏夫人叹道："此与苦修成佛者同一道行。世上那里知道，题名榜上有饮泪苦节之人亦在其中。将来苦劝妇将名节奉为至宝，不过以数十年之奇苦受福无穷也。"甄判官道："夫人说的甚是。"

两人正在答话，殿前那一座白玉香炉里忽然冒起一股清烟，异香扑鼻，殿上钟鼓齐鸣。甄判官大喜道："夫人真是有福！难得遇着观音大士降临，超拔幽冥。"道言未了，只听仙音缭绕，祥云冉冉而来。地藏佛同十王降阶迎接菩萨。柏夫人对着观音连忙跪下，见大士面如满月，高髻长簪，身垂缨络，手执杨枝，遍洒甘露。一切孽魂冤鬼齐声高念"慈悲救苦菩萨！"柏夫人见菩萨已至面前，虔诚叩拜说道："求菩萨大发慈悲，赐我婆婆康宁寿考。"观音大士笑嘻嘻将杨枝水在柏夫人面上洒了一点，说道："你婆婆数世苦节，修来受享福泽。今又存心仁厚，种下无数福田，不须你们忧虑。你病已痊，我就此送你回去。对你婆婆说，六如阁斋供中左边第一个馒头甚不洁净，以后务须检点。"说毕，命善才龙女将他装入口袋。善才答应，解下一条口袋,照着柏夫人头上罩来。

不知柏夫人怎么样装入口袋,且看下回分解。

第七十九回　如是园宝钗悲玉　秋水堂平儿戏珍

话说柏夫人被善才装入口袋,热闷非常,气不能出,心中着急,使劲一挣叫道:“闷死我了!”耳边只听见齐声念佛。定睛细看,原来身卧炕上。老太太、贾府王夫人、竺、鞠两太太、石、桂两夫人、贾府琏二奶奶、梅姑太太、郑、汪、周、陆、江、吴、赵几位至亲太太,梦玉、梅春、海珠们姐妹无一个不在面前,都还是念着观世音菩萨宝号。柏夫人瞧着悲喜交集,挣着坐起身来,对老太太磕头请安道:“媳妇蒙观音菩萨慈悲,病已痊愈。”祝母欢喜之至,因才苏转来神气未定,吩咐众人不许说话。惜春赶忙进了一杯参汤。两宅内外男女,无人不知大太太已回苏过来,内外欢声若雷。祝筠、梅白及各位亲家老爷们都在宝书堂问安道喜。不多一会,各处皆知,俱来道喜请安。柏夫人得观音菩萨一滴杨枝水,其病若失。又饮了一杯参汤,魂安魄定,精神完固。问何妈回来没有。老太太道:“因他回来,说你在十王殿遇着观音菩萨,快要回来了。咱们才赶着都到这儿等着。刚坐不多会,你就苏了。老何真个不说瞎话。我许他等着大太太真个回来,我重重赏你。”柏夫人道:“观音菩萨说六如阁斋供左边第一个馒头很不洁净。吩咐以后须要检点。咱们将那碗供取来,瞧是怎么个儿不洁净。”桂夫人命听差媳妇去立刻取来。老太太亲自将第一个馒头分开,谁知里面夹着一根鸡毛。众人瞧见都说:“这里面的东西谁能知道?真是老太太一点虔诚,菩萨显应。”祝母道:“蒙菩萨慈悲,令大媳妇还阳,一家团聚。咱们都到六如阁先去拜谢,等着一半天再上幡还愿。”这会儿是人人欢喜,都要去磕头拜高等佛恩。姨娘们赶着差人到六如阁知会伺候。

柏夫人见梦玉们俱在面前,对惜春道:“你们虔心拜斗,阴司早已知道,很难得你姐妹们一点孝心。珍珍、芙蓉割股救我,已达南北两斗,诸神欢悦。我听说狠心疼你们。”祝母忙问道:“是谁割股?怎么我不知道?”梦玉、秋瑞们道:“并不知有谁割股。”王夫人道:“我瞧着珍珠、芙蓉这几天面色黄瘦,不像是辛苦着急的样范儿。想是两人商量割股,定是有的。”珍珠、芙蓉红胀桃腮说道:“并没有割股。”海珠道:“不错,这两天我瞧着他们左手抬不起来。昨晚上紫妹妹问说,你两个怎么一样的手疼,珍姑娘说想是被风吹着,谁知有这缘故。”柏夫人道:“你两个也不用隐瞒,不但阴司知道,连南北两斗星君已将此事奏知天听。快些给他们瞧瞧,上点儿药。我病已好,别叫你们尽着受疼,我更不安。”秋琴将珍珠们拉往老太太面前。众人围着要看。珍珠、芙蓉不得已各将左手抬起,卷开彩袖,见两只玉臂上各去掉一大块皮肉。芙蓉臂上用黄纸香灰贴着伤处,珍珠是块青绢子捆着,两人臂上俱流着鲜血。祝母们瞧见无不感叹。桂夫人忙命取八宝无忧散来,替他两人搭上,各用大红绸巾包住。祝母问道:“你两个怎么商量着同去割股?想是两人对换着割?”珍珠道:“我并不知道蓉妹妹是几时割的,这会儿才知道。”柏夫人道:“不错,那位神道对我说是珍珠、芙蓉不约而同割股救亲,真是难得!”祝母道:“原来阳间作一点事,阴司全俱知道。”柏夫人点头道:“我慢慢的对老太太说阴间的故事。倒是铁槛寺的老和尚得了好处,他说请贾府太太、奶奶的安、道喜,他亏琏二爷超度,免堕地狱。此时在九幽十八狱,逍遥自在,念佛救度幽魂。倒是馒头庵的那个老姑子,罪受的狠苦。等着老太太们到六如阁去拈过香,我再说那老姑子受的罪。”

太太、奶奶们见观音菩萨如此灵感,俱要同老太太去磕头。柏夫人命珍珠、芙蓉姐妹们都去拜谢菩萨。“三妹妹同海珠都没有满月,怎么就出房门?梅大妹子是多会儿到的?”祝母道:“你已晕了七昼夜,那天十二满月,谁还有心肠热闹?也不收礼,也不请客。你三妹子同海珠们天天都在这儿守着。贾大姐姐们可怜七八夜衣不解带,何曾睡个觉儿。梅大妹妹听见这个信儿,星夜赶来,前日才到。今日是十八,你想这是几天了?急的我什么似的,只差了要寻死。可怜郑大妹妹、汪五妹妹、顾二妹妹同这些姐妹们,轮着在这儿坐夜,想着法儿给我解愁。这几家姑娘们陪着这些姐妹拜斗,可怜谁不念你,都愿你好。你二兄弟急的四路访求名医。刚才听见你好了,乐的什么似的,差人各处去给个信儿,免叫人悬望。梦玉急的这几日像个木偶似的,也不吃,也不言语,瞪着两眼,尽自瞅着,可怜这会儿脸上才有点儿人气。咱们且去拜佛,让二兄弟进来瞧瞧,也叫他们欢喜。”

老太太领着众人出去,派碧霄、双桂、文来、雁书同几个精细媳妇们在这儿伺候大太太。这会儿众人心中欢喜,一个个笑逐颜开,跟着老太太出了安和堂,一大阵往甬道上去。将进宝书堂,祝筠、梅白、鞠冷斋同汪、郑、周、吴那几家至亲老爷迎着老太太请安道喜。祝母笑道:“托诸位老爷福庇,不但苏转回来,连病都好了,真是可喜之至!诸位老爷都是至亲手足,叫你二兄弟陪着进去见见,以慰连日关切之念。”众位老爷道:“老太太请去拈香。侄儿们去见大嫂子请安。”祝筠站在一边,让老太太这大队天仙过去。同到安和堂来见柏夫人请安,谈说冥中之事,祝筠们深为叹异。老太太进了如是园,同着王夫人、各位太太们笑语不绝,比往日精神顿加十倍。梅秋琴笑道:“真个是‘人逢喜事精神爽’。咱们总觉得心口上儿少了一件东西,比吃了仙丹的还舒服。”汝湘接口道:“众人的仙丹是吃在心上,老太太的仙丹是吃在腿上呢。”汝湘道:“那几天老太太到安和堂去,两三个人扶着,走一步倒退两步,真是行道之难难于上青天。这会儿老太太脚上像是驾了云,走的轻松又快,咱们使劲儿赶不上。因此知道老太太的仙丹是吃在腿上。”汝湘未曾说完,祝母纵声大笑。宝钗道:“汝妹妹是咱们老太太的东方曼倩。”平儿笑道:“文湘妹妹狠不像姐姐,总不见他言语。”郑太太道:“文湘同我姐姐的彩芝一样,最爱的是一个人儿静坐,做针凿、看书,懒得同人说话。”宝钗道:“将来彩姑娘过来了,咱们都得回避,别在这儿讨他的嫌。”梦玉听汝湘说笑话,正是喜笑颜开,忽然听见宝钗这几句话,他忍不住大哭起来。祝母们骇了一跳,赶忙站住,围着他问道:“儿子!你好好的这为什么?”众人都不解其意。

梦玉伤心恸哭一会,对祝母道:“老太太这一辈子再别去接彩姑娘,何苦呢,要他来干什么?”祝母们都不解这话。海珠姐妹知道是为宝钗刚才这句玩话,平儿亦会意,接口说道:“你这傻兄弟,宝姐姐说玩话，你就当真。当年宝二哥要像你这样疼他，也省了他好眼泪。”平儿未曾说完，王夫人、宝钗、珍珠、探春、惜春一齐流下泪来，宝钗更悲不可解。祝母道：“这都是梦玉惹的乱儿，好端端的一哭。”秋琴笑道：“老太太别怪梦玉，实在狠亏他这一哭。不然这会儿贾大姐姐娘儿们见大姐姐回生病愈，打心眼儿上欢喜的使不得，就是上了柞床也柞不出点儿眼泪。这是欢喜眼泪，不是梦玉咱们那儿瞧得见。”

祝母同王夫人们一齐好笑，不知不觉的出了如是园。见楚宝堂门口出进皆人。走过瓶花阁到怡安堂卷棚下，姑娘、嫂子一溜儿站着伺候。老太太吩咐将宝珠姑娘、梦金哥儿、宾哥儿都抱去给大太太请安。宝钗、荣贵领着慧哥儿、毓哥儿、探姑奶奶的定哥儿、闰姑娘一同都去请安。祝母们走过景福堂，到六如阁门口，家人媳妇整齐站着一溜，都面有喜色。老太太看了心中欢喜。同各位太太进去，见佛龛中那尊观世音菩萨就如活现。诸位太太、奶奶、姑娘没有一个不虔心礼拜，各人虔许心愿。老太太吩咐朱姨娘们，凡是六如阁斋供及一切香花烛幔等项，以后务须亲自洁净备办，不必交厨房料理。两个姨娘连声答应。祝母对王夫人道：“请大姐姐在这儿陪着太太、姑娘们拜佛。我同着你三妹妹们到致远堂去磕个头儿。”王夫人道：“老太太请便。咱们拜完佛，都到景福堂等着给你老人家道喜。”祝母笑道：“众人都喜，岂独是我一人。”说毕，领着桂夫人、石夫人、梅秋琴、修云、海珠众姐妹，剩下珍珠甚难为情。宝钗会意，对探春、珍珠道：“咱们也是孙女儿，跟着老太太过去磕头。”梦玉听了十分欢喜，一齐都往致远堂拜祖。

此时，满城内外，无处不知祝尚书夫人死了七日，重生还阳，病体痊愈。那男女亲戚不拘远近亲疏贫富，不约而来请安道喜。各衙门夫人、太太领着奶奶、小姐都亲来道喜。登时之间，祝府东西两宅门前轿马如山。祝母们正在拜祖，听说各衙门夫人俱到，赶着到垂花门迎接。有几位高年的太夫人，祝母陪在介寿堂接待。有些夫人、太太是桂夫人同贾府王夫人陪着，在怡安堂款待。梅秋琴同郑、汪、周、陆几位太太们在景福堂，拉着竺、鞠两亲家陪着各家至亲。石夫人拉着贾府琏二奶奶,在西宅里宝书堂陪那些疏亲远戚。海珠们分陪来的奶奶、小姐、姑娘们,两宅分坐。祝筠带着梦玉,梅春在西宅外面陪客。不多一会工夫,闹的处处是人。

两宅姑娘、嫂子们自从大太太病凶以来,昼夜不得安歇。这会儿接着这一忙,真是分拆不开,没有一个不是头晕脚疼,忙个不了。幸亏四个姨娘同着探春、宝钗两位姑奶奶料理两宅一切事务,不致慌乱。内外亲友往来不绝,一连几日才接待完结。祝母们无不疲乏。又值日长春倦之时,内外人等多半劳乏成病。王夫人们亦狠支持不住。祝母吩咐内外人等各赏假十日,轮班歇息以苏劳顿。柏夫人亦因新痊未久,静养调理。两宅中将个锦绣春光轻轻放过。

不觉已交初夏,柏夫人禀知老太太:择于四月初一日出房,亲至六如阁拈香,各庙供佛斋僧,致远堂祀祖。初二日荫玉堂谢神,是日请老太太、贾府太太、竺、鞠两亲家、梅姑太太、郑、汪、周、陆几家至亲太太、奶奶、姑娘,并两宅的夫人、奶奶们道乏谢劳。初三日请两宅内各位老爷、师爷、各项清客、门客,并赏两宅内外男女等酒饭,以谢劳乏。自初三日以后,门外间日请客道谢。又择于四月十五日,请太空和尚在甘露寺做七昼夜水陆道场、焰口施食。所有一切应办事务,俱托楚宝堂两位姑奶奶并怡安堂的四位姨娘总司其事。祝母听说心中欢喜,命桂夫人吩咐垂花门,知会两宅内外家人、媳妇、丫头、小子一体遵办。

这日饭后,祝母对石夫人道:"连天风雨将些残花落尽,今日天气清明,请了贾大姐姐来,咱们到如是园去瞧新涨,顺便到大姐姐那儿去说个闲话。自从他病好了,天天闹客,也总没有问问那阴间的故事,趁这空儿去听个鬼话。后日初一谁也没有空儿。"石夫人道:"贾大姐姐因这一程子养病没有出房,又兼着连朝风雨。今日早上见天晴,身子舒服,到老太太这儿请过安,同梅大姐姐到楚宝堂吃早饭。约下媳妇饭后到园子里逛会子,同去看大姐姐。我听说郑大姐姐、汪五姐姐都在那儿。"祝母笑道:"既是这样,别叫他们知道,咱们悄悄儿去看热闹。"石夫人道:"老太太要去,咱们这会儿就走。"

祝母命五福、宾来跟着,婆媳两个步出介寿堂。值日媳妇们同效力丫头有一二十个,随着老太太出了院门。早有怡安堂姑娘、媳妇们上前迎接请安。江苹回道:“丫头的主母在楚宝堂核对册档。差丫头们伺候老太太在怡安堂喝茶。”祝母笑道:“你们的信儿也实在快,我才出院门,怎么就全知道我到楚宝堂去喝茶,看他们的热闹。不知还有谁在那儿?”江苹道:“郑太太、汪五太太都在那儿。”祝母点头,见陶姨娘们俱站在怡安堂卷棚台阶下,杨奶子抱着梦金请安。石夫人笑道:“梦金越长的乖,狠叫人疼他,有好几家要定下他做女婿,将来要学他哥哥,不知要娶几个老婆。”祝母笑道:“有谁要给他做老婆的,我拢共拢儿都定下,越多越好,还怕没有饭养他吗?”石夫人道:“那天甄家原说给惜姑娘下定,因大姐姐病,就没有言语,这又不知改在几时。”

祝母们一路说话,不觉已到瓶花阁。桂夫人领着修云们赶忙迎接。祝母进院,见探春、宝钗迎着请安。祝母笑道:“你两个请人吃早饭,就不邀我。”探春道:“今日是二婶子查对册档,同咱们太太就在这儿吃饭。谁知郑大婶子、汪五姨儿也来,遇着一处,正商量着去请老太太呢。”宝钗道:“咱们这一溜儿长春花、石竹子、夹竹桃,这程子被雨下坏了。今日天晴,又知道老太太必到这儿,都赶着开的这样热闹。”只听见有人接口道:“芍药花开的这样热闹,他倒不赞一声儿。”祝母转脸见王夫人同秋琴们俱来迎接,秋琴道:“咱们偏老太太吃点儿好东西,又叫老太太找了来,这怎么说呢?”祝母道:“我来斗你们个趣儿,邀着贾大姐姐们到园子去看个新涨。晚上是我作东,在园里吃饭如何?”王夫人同郑、汪两太太道:“老太太吩咐,谁敢不遵?但咱们今日晚上同明日一天,公分给大姐姐起病,请老太太做陪客。过这几天,再领老太太的赏罢。咱们坐会子,同着老太太到园子去。一路逛到安和堂,听大姐姐说那阴司地府的话,比什么还有趣。”祝母点头道:“使得,我本来这一程子也总没有过去。不用你们公分,拢共拢儿都是我的就是了,又花不了几个钱。”秋琴笑道:“这是老太太的脾气,不花钱总不舒服。咱们竟遵老太太吩咐,出个请客的名儿,老太太一个包办花钱就完了。”

众人甚觉好笑,同至楚宝堂坐下,探春赶忙送茶。祝母问道:

“那长桌上堆着些什么?”宝钗道:“都是四堂姨娘送上历年底册。因长远未曾查看,各处册上添换过多,难以清理。太太正要去请老太太示下。”祝母道:“我也有些风闻,那四堂的丫头们将些东西送这个给那个的,故意说是鼠伤霉烂,以便报销更换。其间还有好些私弊,必得到各堂盘查一遍才能知道。等着过几天,我一处一处去瞧。若是查出私弊来,打了不算,交给媒婆卖出身价来赔。”梅秋琴道:“老太太说的一点不错,必得清查一遍才得明白。但这件事不用老太太同二姐姐去。只要楚宝堂两位姑奶奶同咱们家的派上两个,一人一处,各清各款。有无私弊,总在这查的人身上出甘结,谁肯替他们闹个丢人在身上。这样办法又快又简绝。若是老太太亲自盘查到一处,总得一个月还闹不清楚。”郑太太道:“梅大妹妹的话一点不错。世上最讨嫌的是盘查东西,老太太闹下两天,就要发烦。”祝母道:“既是这样说,这四堂去盘查不必派人,就是探姑娘、宝姑娘带着汝湘、九如按着册档,将四处盘查清楚。各具保结,断不可营私徇情,自取赔累。”探春道:“老太太吩咐,不敢不秉公查办。横竖总将实在情形禀明,随老太太再为查对。”祝母点头道:“狠好。咱们就去呢,还是再坐会子?”王夫人道:“一路逛到安和堂,也就不早了。”

祝母同着众人离却楚宝堂,进如是园。满地下苍苔新翠,衬着残花。桂夫人指道:“几天不见,怎么就长出这些小笋?”梅秋琴道:“这一对梧桐,洗的苍翠可爱,可惜这一架紫藤落了个干尽。”郑太太道:“咱们家的蔷薇,倒比你们这一篱开的热闹。”王夫人对着祝母道:“梦玉给我修盖屋子,将个园子收拾的狠好。我来的那几天,百花将放,我家的一个好春光被老太太给我放去了。”祝母笑道:“我这儿的也就是你的,何曾将春光替你放去。咱们在一堆儿过的狠好,大姐姐又别动想家的念头。别说我不放你,只问你二妹妹同众家姐妹们谁肯放你回去。汪五太太道:“你家里有大奶奶同琏二奶奶料理家务。你是个快活闲人,那一条儿要你费心。这儿就是你家一样,我瞧着你横竖去不了,将想家的念头快些丢开。等着惜姑娘放了定,叫琏二奶奶回去照应照应老家儿倒是个正经主意。”王夫人笑道:“汪五妹妹倒说的有理,我算是老太太的大女儿,同梅大妹妹两姐妹到娘家来了，就难得回去。且过几天咱们再商量。”祝母摇头道：“我不听你的商量。咱们到秋水堂歇个腿儿。真个的池水都满了磡儿，将些嫩荷叶儿全淹着了。”宝钗道：“去年荷露茶，老太太也没有尝着一口儿。”祝母问：“什么荷露茶？那儿来的？”宝钗笑道：“他们将荷叶上露水拢共拢儿取下来，用旧砂壶松枝火煎出茶来吃。这样好东西，也不送点儿去给老太太尝尝。”祝母笑道：“是谁闹的玩意？我总不知道。这才是瞒着我吃好东西。你说是那几个，等我罚他。”宝钗道：“我听见有这么件事，可不知是谁。等着我查访明白来回老太太，按着名儿罚，一个也别饶。”修云、海珠们只是抿着嘴儿好笑。

此时，秋水堂前倒像是西池王母带着些瑶台仙子。祝母坐不多会，见秋瑞、珍珠、惜春、芙蓉、汝湘、紫箫、芳芸奉柏夫人之命差来迎接请安。秋瑞道：“梦玉今日文期，同魁兄弟在蕉雨山房作课。”祝母点头道：“那天二叔叔说梦玉近来作的文字儿很有长进，我听了很乐。能够念书成名，也不枉我的期望。你们都要助他念书才是。”秋瑞、珍珠、芙蓉、海珠等齐声答应道：“不拘到那里，总是伴他念书，今年同这儿处亲戚弟兄们的文会亦狠认真。”祝母点头道：“这才是做媳妇的道理。”珍珠随着众人答应，忽然想过味来，不觉面胀飞红，见宝钗点头，抿着嘴儿好笑，王夫人默然无语，似乎欲泪，更觉无地自容，赶忙退身下来，靠着一棵老梅树以巾拭泪。不提防有人在背上一拍道：“妃子不须烦恼，寡人合你到沉香亭去消遣则个。”珍珠吓一大跳，回头见是平儿，说道：“你何苦来呢！骇人这一大跳！”平儿笑道：“我瞧见你在这儿发烦，故此过来问个信儿，到底是为什么流这一股眼泪。”珍珠道：“我瞧着这树的样儿，狠像林姑娘坟上的那棵杨树。见树思人，因此流泪。”平儿摇头笑道：“好乖孩子！等我询出这缘故来，再撕你的利嘴。”说着，刚要回身，见祝母们都走下台阶，赶忙上前相见道：“同九如妹妹在藏春坞看鱼，听说老太太要到安和堂去，我赶着来同去逛逛。”祝母道：“咱们正在这里等着呢。”

众人同着老太太一路说笑，依花傍树，穿径渡桥，只觉衣香人影如在画图。张、徐两老管家婆，领着西宅里姑娘、媳妇们都在荫玉堂前、如是园口迎接伺候。祝母进垂花门，由宝书堂一直进去，刚下卷棚,抬头瞧见一人,心中大喜。

不知老太太见的是谁,且看下回分解。

第八十回　送病魔专诚酬愿　答抚育奉派拈香

话说老太太由宝书堂进去,下了后厅卷棚。刚上甬道走不多路,抬头瞧见柏夫人,几个丫头扶着,站在安和堂卷棚下迎接。祝母心中大喜,忙差江苹去说"棚下有风,快些到安和堂等候"。江苹答应,急忙上去,请柏夫人进中堂伺候。不多一会,祝母们都进了安和堂,柏夫人忙跪下请安拜谢。老太太亲自扶住道:"新病才好,劳动不起,娘儿们拜个什么。你好了,就算我拾了条命就是。众姐妹们问个好儿罢,等着再谢。"桂夫人们彼此问好。海珠姐妹跪下请安,柏夫人欢喜之至,请老太太坐在中间炕上。王夫人们挨次而坐。众姑娘送茶,王夫人道:"咱们正是劳乏之时,接着陪客,又兼是春雨绵连,那里支持得住?几乎病的躺下。宝钗们着急,赶忙吃药调理,这两天才好。倒是神佛保佑,咱们老太太没有躺下,这真是众人的福气。就是二妹妹们一个个都乏的使不得。"柏夫人点头道:"全仗着老太太的福气,神佛爷的保佑。这场病过于凶险,正是春暖人倦的时候,一连十几天,日夜劳乏,那儿当得起呢?这几个孩子们闹的都像病过一场,黄瘦了一半。自从我回过来,第二天就叫他们各去调养,不准请安,这几天都才养了过来。"

祝母笑道:"我活了七十一岁,头一磨儿瞧见这场大病。不知你病中见的事,可还记得些影儿?"柏夫人道:"阴阳一理,人间说的因果,有同有不同的。过去的人,有见有不见。亲戚里面只见了一个戚大奶奶。"桂夫人道:"正是你病沉的时候,戚家来报信,就差了芳芸、九如前去送殓。丢下几个小男碎女的,真是可怜。这会儿老太太吩咐,月间总是三斗米两吊钱给那几个孩子度日。"祝母忙问道:"你遇着他说些什么?可怜想是总丢不下儿女。"柏夫人将东岳衙门前黑房里相遇,说到望乡台下见他吃迷魂汤,不复相认的话。秋琴笑道:

"可见尚书门第生足以荣亲,死足以夸鬼。像我这尚书胞妹,不知鬼见了是个怎么的奉承?"祝母们一齐好笑。柏夫人又将遇着铁槛寺老和尚致意的说话,并看见馒头庵净虚受罪的光景,及在节孝司殿前见王熙凤转世之话,详说一遍。王夫人们不胜感叹。平儿道:"琏二爷做了神仙,比在家时倒忙,东也救难,西又度人,既度了铁槛寺老和尚,怎么不救救馒头庵的净虚?"王夫人道:"自然老和尚不比净虚孽重。像凤姐儿自解脱之后,又能守身死节,固又转生安乐。因果报应原是不错。"

柏夫人笑道:"别的话一时也说不了这些,且将两件怪事说给老太太听。有个判官,叫我是亲家太太,你们猜是谁?"祝母们一齐笑道:"别说是猜,就请了严君平来,也难断出是谁?"柏夫人笑道:"就说出来,咱们也并不认得这一门子的亲家。那判官是谁呢?他说是秋瑞前世的父亲,叫做什么甄士隐。"王夫人惊道:"若是甄士隐,我知是个古道君子。这人做个判官倒还不错。"宝钗笑道:"原来秋妹妹是我前世的嫂子!怨不得见我妈妈这样亲热。"王夫人笑道:"前世是我亲家的外甥媳妇,今世又做我的干媳妇。有前世那番磨折,就有今生这番安乐。"宝钗应道:"真是一点不错!"祝母问道:"前生怎样磨折?"王夫人答道:"其情可怜,令人难受。有前生之苦,就有今世之乐。且慢慢再对老太太说。"柏夫人道:"柳太太的老爷做了地狱总管。瞧见我赶忙起身施礼,是甄判官说了我才知道。这还不奇,谁知我同探姑娘大有点儿道理。"王夫人忙问道:"有点什么道理?"柏夫人问探春道:"你可知太公、太婆生平作何事业?是多大年纪不在的?"探春答道:"我听说祖老太爷名周达,是个有名孝廉,不肯做官,居乡教读,中年病故。祖老太太吴氏,只生我公公一个,纺绩课子,听说居家严肃。因打死了一个丫头,自家不久吐血病死。后来我公公奋志念书,得以成名。"柏夫人点头道:"谁知子孙亦不明白这件公案,我为这件事死了几日。我前身就是吴氏太太,那丫头名叫桂香。因与小子有私被我看破,举手要打,他转身躲避,将头误撞门环,铁钉插入太阳穴,受伤身死。他在阴司告我打死,历数十年屡告不休。阎王爷拘我对审。我因照过勾留镜,得知前身事业,据实说明。

桂香俯首无词，磕头认罪。阎王说他诬告主人，其罪甚大。先受冥刑，罚入畜生道中。将他用大锯子解开，身体分为两半。我瞧着可怜，再三说情，免入畜道。可怜转生又不知是个什么。谁知今世你又到我身边来，可见一饮一啄俱有前定。不过世人没有照过勾留镜，不能知道前世因果。”祝母们不胜惊叹。

王夫人道：“这样说起来，凡人相聚，前世必定有个因缘，其间好歹不一。像咱们不知是结了几世的好因果，亲爱到这分儿。大妹妹倒不顺便给咱们问个信儿。”柏夫人笑道：“咱们这样相聚，甄判官大概给我说了几句，横竖不是些泛常因果。倒是咱们老太太的来历我倒知道。”祝母笑问道：“我前世是干什么的？”柏夫人道：“老太太是几世的苦节，坚贞自守。因此归入如意佛座下，以一身两享荣华，老来福寿正长。”宝钗点头对王夫人道：“咱们那年梦中所见一点不错。”王夫人笑道：“我还说你们造谣言，谁知真有其事。细想起来，有些道理。”

柏夫人道：“阴司最重节孝，神鬼皆敬。凡横祸飞灾，从不入节孝之门。今探春青年失偶，为人生最苦之事。既与我相遇，正好同三婶子做个冰心良友。我断不放你回去，明摆着是你姑爷送来交给我的。等我去请了周序光大兄弟来，说其缘故，请他写书子给你老爷，说我留你在这儿作伴，守志教子念书。你公公也再没有不依的。”顾四太太道：“这事狠好。等着我明日对周六姐姐说明这段因果，叫六姐夫赶着就写书子寄去。省了探姑娘三心二意的，拿不定主意。”郑太太道：“很好，这件事交给顾四姐姐去办。我听见大姐姐择了十五日，请太空和尚在甘露寺做道场，放焰口。我常听人说，那太空和尚闲常也不念经，又不拜佛。拿着把破笤帚，只爱扫地。没有事就坐着打盹儿，是个懒和尚。这会儿倒请他做道场，有个什么缘故？”柏夫人道：“我并不知道太空是个何等样的和尚。因枉死城中有万千怨鬼，指名要他超度，我已应允，不可另请他人。”就将那些怨鬼围着求超度的话说了一遍。梅秋琴道：“那张姑娘虽被石崇所杀，但罪在王敦，大可向其索命。此等人何以归之枉死城中？阎王老子有些愦愦。”石夫人笑道：“被王敦所害向其索命者，想不计其数。若此辈都归入王敦名下，则世界上尽是些讨命鬼，那里还有个人呢？若依你所说，浔阳江里商人之妇，不是白司马要偿命吗？何以又归入枉死呢？”郑太太道：“商人妇不抱琵琶，并无可死之道。虽其自取，白司马亦不能无憾。”

桂夫人道：“咱们请老太太喝着酒儿慢慢的再谈。”祝母笑道：“听这些话，比说南词还好。今日是你们公分给大姐姐起病，都在这儿热闹些。留两个坐儿给梦玉同魁儿。”桂夫人答应，吩咐中间设一席，是老太太、贾二太太、郑太太、安和堂大太太。左首一席偏向，是顾四太太、贾府琏二奶奶、梅姑太太、怡安堂二太太、承堂三太太。右首打横，一溜儿三桌，宝钗、探春这些姐妹序齿而坐，留着两个坐位，是梦玉、梅春。此时芙蓉已奉老太太之命，与珍珠、惜春一样起坐，不在执事姑娘之列。柏夫人自得观自在杨枝甘露后，又静养多日，不但诸病消除，觉精神比往常分外强健。兼之在阴司里见过多少轮回因果，又知尚书得升天界，心中欢喜，毫无挂碍。就连石夫人、探春将悲苦之心都减去了大半。正是：

有花有酒春长在，无月无灯夜自明。

祝母饮酒甚乐。柏夫人道：“那天甄家说，择日要来给惜春放定。因我这一病不知又改到几时，定下了就可以放开一条心。”王夫人道：“那两天你病沉，甄宝玉一天几磨儿问信，前几天见你病好，心中大乐，各处烧香还愿。前日听陆四太太说，他家去料理，就赶着上来放定。想来总在这一半天。”桂夫人笑道：“那几天甄宝玉很着急，不住腿儿到垂花门问信儿。老太太知道很过意不去，请他到介寿堂当面应他说，你放心，就是你丈母有点什么，横竖我作主，这件亲事定给你的。他噙着眼泪给老太太磕头，将来是你的一个孝顺女婿。”柏夫人道：“沾老太太的福气，贾大姐姐的厚赐。”祝母点头道：“这倒真话，咱们是沾贾大姐姐的光。”王夫人道：“这是惜春的造化，得继在大妹妹膝下。深荷老太太慈荫，得配甄家。不然他是清凉观道士，那里还肯回到我贾家来。谁知珍珠掉下江去，应该大妹妹多添一女，真是再想不到的一件怪事。”梅秋琴笑道：“咱们大姐姐同珍姑娘，他娘儿两个比谁也傲些。大姐姐是见过阎王，珍姑娘是见过龙王。一个是历遍阴山，一个是曾经沧海。”祝母们一齐大笑。石夫人道：“他们娘儿两个又是鬼话，又是海话，倒是听那一条儿好呢？”祝母笑道：“依我说，海话固不可少，总不如鬼话可以动人。”郑太太道：“我瞧着两件都不可少，近来离掉这两条儿，还管不行。”

太太们正在谈笑，垂花门徐大奶奶来回柏夫人道：“鞠太太差人回来取衣服，给老太太，众太太们请安。说陈大奶奶刚坐月子，必得在家照应几天才得回来。”柏夫人道：“过一半天差人去接罢。”徐大奶奶答应出去。桂夫人道：“竺太太又连日是斋，再三请着不肯过来。”

柏夫人未曾回答，见梦玉、梅春两兄弟进来，心中甚喜。问道：“今日文字谁作的得意？”梦玉道：“今日我作不过兄弟，听着丈人说，他作的狠好。”柏夫人点头道：“阴司最珍重科名，务须奋志念书，学问德行两样都不可少。不但你父亲死后为神，就是柳绪父亲，亦做冥官。可见德行二字是为人至宝。你们弟兄两个切须谨记。”梦玉们连声答应，梅春道：“刚才听见二舅舅说，岭南海寇作乱，不知可近在柳太太那儿。说有好一程子没有接桂三舅舅书子，心中倒很惦记着。”王夫人道：“他家想来无碍，外面有冯大爷同包勇，里面有宝书、冯佩金。那书子上还说桂堂同他也狠学了些武艺，想来可以无碍。”平儿笑道：“看不出他两个翩翩公子倒会武艺，不知是怎么学的。”宝钗道：“有文事者必有武备，不用你丈母费心。像咱们那两天学珍姑娘的弩弓，也就有些儿顺手。世上无难事，只怕有心人。”祝母点头道：“宝姑娘说的狠是。你们赞珍姑娘舞的好剑，我也总没有瞧见。横竖这儿没有外人，叫珍姑娘舞一回儿我瞧瞧。”珍珠不敢推却，连忙离席，脱去外面长衣，解去青裙，穿着短袄。抱琴送过宝剑。珍珠接在手内，站在老太太席前，约离三四尺，摆动柳腰，轻舒玉臂，一路大舞。众人只觉满眼冰花，寒风瑟瑟。正看的热闹，珍珠忽然收住说道：“左臂上伤痕未好，十分作痛。”祝母道：“哎呀！真个我怎么忘了他的手呢？连你们也不提一句儿，快些另换上点儿新药。”伺候的姑娘们答应，连忙取药，见那伤口周围又俱红肿。宝钗道：“若有龙宫如意匠，割这点儿打什么紧，早给你补上了一块肉。”老太太们彼此欢笑。

不言安和堂起病饮酒之事。祝筠也在意园请客道乏，东西两宅内外热闹，一连两日。到初一早上，柏夫人梳洗完毕，用过点心，宝钗、探春领着海珠姐妹、梦玉、梅春两弟兄都赶着先到安和堂请安道喜。两宅的家人、媳妇、职事姑娘、闲散丫头都是一早先来请安道喜。怡安堂四位姨娘带着几个奶子，同贾、周两府的毓哥儿、定哥儿兄妹也都赶来道喜。柏夫人大乐，命惜春、芙蓉各赏荷包、花粉、银锞、手巾等物。

众人欢喜拜谢，跟着柏夫人到东宅里来。刚出如是园，有楚宝堂侍书、入画迎接道喜。瓶花阁前，文来们站班伺候，转过回廊至怡安堂卷棚下，桂夫人迎接道喜。柏夫人笑道："给老太太磕过头再来拜谢。"桂夫人道："罢呀！咱们姐妹谢个什么。你二兄弟在介寿堂请安下来，往甘露寺代老太太拈香。他说回来再给你道喜。又派了梦玉往鹤林寺，魁儿往招提寺。其余接引庵、大悲阁、地藏庵、准提庙那几处，都差海珠姐妹们分去拈香。这个月的灯油、月米、香资都是加倍。"

柏夫人们一路说话，不觉过了怡安堂，顺着甬道一直转到介寿堂院门前。见石夫人领着一堆姑娘、媳妇同贾府琏二奶奶站在影背边等候道喜。一同进院，转过隔屏，见贾府王夫人在甬道上等着众人。平儿瞧见，忙与宝钗、珍珠、探春、惜春先上前去请安道喜。柏夫人走至面前说道："怎么姐姐在这儿等着呢？"王夫人道："我知道你一准要到我屋里来。今日事多，未免要耽搁工夫。就在这里姐妹们道个喜儿。一同上去见过老太太，同去拈香，这不是省了些事吗？"柏夫人笑道："真是姐姐疼我！等着拈过香，再给姐姐磕头。"梦玉、海珠们一大阵都给王夫人请安道喜，跟着往介寿堂来，见梅秋琴坐在卷棚下小炕上。王夫人们来到卷棚，彼此道喜。四位太太坐下歇歇腿儿。

众人请安已毕，秋琴道："老太太刚换衣服，还没有吃点心，本情今日过早些儿。刚才妹夫进来请安，得了个差使，到金山去拈香。我听说还要派一个到清凉观去上幡，不知是谁？"惜春道："这件差使，一会儿姑姑保举我去。"珍珠道："我也要去还愿。"柏夫人点头道：

“既是这样,必得一个同去才好。”平儿道:“我同去狠可放心。”宝钗道:“我怕你跟着和尚跑掉了,那儿去找呢?”太太们一齐好笑。桂夫人道:“我派个老年媳妇跟着,那就放心了。”

五福出来回道:“老太太用完点心。”王夫人们六位先进介寿堂,让柏夫人给老太太磕头。梅秋琴、桂、石两夫人道喜。王夫人领着平儿、宝钗、探春、珍珠请安。梦玉、修云、梅春、梦金、宝珠一班,海珠们分作两班,毓哥儿们一班,末了是寄生,拢共拢儿都请安道喜。祝母乐的笑不绝口,对着王夫人道:“我托赖大姐姐的洪福,沾光多添几个继孙女,就有这些外曾孙的儿女。你瞧着站满一堂,谁家像我这样热闹。”王夫人道:“老太太是个子孙娘娘,将来孙曾绕膝,不计其数。你老人家还认不出谁是谁呢。”祝母笑道:“谢大姐姐的金言!咱们不用耽搁,都去拈香罢。”柏夫人答应,跟着老太太走出卷棚,陶、朱、荆、李四个姨娘忙跪下请安道喜。祝母吩咐道:“这几天是大太太谢神请客,交给两个姑奶奶料理一切。你们也必得帮着照应办事,总是我的儿女,分什么彼此。”姨娘们站起齐声答应。

这会儿,两宅的姑娘、嫂子们都在六如阁同致远堂伺候。景福堂摆设果茶。祝母走进佛堂,见香烟馥郁,花果缤纷,无不洁净,心中甚喜。亲手上了几瓣檀香,向着观音虔心礼拜。柏夫人在阴司曾面见观音,今见慈容如在其上,焚香拜谢默祷一会。王夫人们挨次而拜。祝母同柏夫人往致远堂拜祖,刚出六如阁,见竺太太亦来拈香,彼此道喜。九如同着进去拜佛。桂夫人、石夫人们都赶着往致远堂来。两边正在热闹,有本家几位太太、奶奶、姑娘们来道喜,闹了好一会子,都到景福堂用茶果。

汝湘、紫箫、掌珠、九如、秋瑞五人辞往各庵拈香。桂夫人道:“今日各处都已派人拈香,就是清凉观尚未有人。刚才惜春、珍珠愿出这远差,琏二奶奶又愿同去,这倒狠好,请老太太示下。”祝母笑道:“怎么有劳琏二奶奶呢?”平儿道:“进香是件好差使,老太太怎么说有劳呢。二婶子吩咐备船,咱们这会儿就走。”祝母道:“既是这样,也得派一个老成媳妇跟去。”桂夫人答应,吩咐垂花门知会外面备船,选派老成家人、小子,并知会四堂姨娘备办一切应用物件。平儿、珍珠、惜春各去料理。外面派了赵禄、茗烟、金升、杨泰、小子福儿并厨子、茶夫共十人。里面派廖大奶奶、金映媳妇、汪忠媳妇、林芳媳妇、抱琴、入画，还有琏二奶奶的玉兰三个姑娘各带着两个闲散丫头，都去赶忙收拾。不多一会，琏二奶奶领着两位姑娘，辞过老太太并自家太太，以及祝府各位太太、奶奶、姑娘就要下船。王夫人、柏夫人各吩咐些说话。老太太命桂夫人们送琏二奶奶到垂花门。梦玉、梅春都去拈香未还，汝湘等五人亦没有在家，就是海珠几个相送。平儿吩咐彩凤、长春小心服侍太太，诸事务须谨慎。彩凤们答应，送二奶奶同两位姑娘上轿而去。祝府柏夫人在家谢神还愿，酬劳请客，每天轿马盈门，内外宾客。正是：

座上客常满，樽中酒不空。

这且慢表。且说琏二奶奶们上了大船，伺候人等俱已到齐，吩咐开船。查本、徐忠俱各差人送出江口，照料着帮上红船，各皆转去。那座船开不多远，见茗烟站在舱口对廖大奶奶道："金山寺住持僧差人迎接，请二奶奶示下。"平儿道："谢谢罢。等太太回金陵时，再到寺里拈香。"茗烟答应，去回覆金山和尚。此时正在春水发生之际，四面波浪滔滔，烟云开阖。远望海口，焦山倒像一柄荷叶浮在浪中。真看不尽江山风景！珍珠指着金山说道："世上人谁知道这样一座大山下面细如铁线。"平儿道："这是你转世家乡，除掉你谁也不敢混说。"惜春叹道："数年前，我同老师父驾着一叶小舟，往来江上，与世浮沉，原不想有今日。谁知同你们这些梦中人又相聚一堆，可见古今来能有几人跳出梦境的！"珍珠指道："那一带柳树后身，倒像就是清凉观。怎么走的这样快呢？"惜春细看道："第二堆的柳树那边才是。今日风顺，走的快，咱们吃完饭再收拾上去。"珍珠点头，吩咐摆饭，入画们伺候用完早饭。

不多一会，前船早已帮岸。清凉观主李行云领着徒弟们都在港口迎接。座船撑入港中。廖大奶奶道："茗烟说只带了一乘轿来，请二奶奶同两位姑娘轮着上去。"珍珠笑道："罢呀！上一磨儿太太们都是走着上去，又不到一箭来路，怪砢碜的，坐什么轿呢！"平儿道："一片沙堤，何曾有个人影儿，还怕谁瞧见，咱们走罢。"廖大奶奶吩咐搭稳跳板伺候,赵禄命船家将两船跳板搭的十分稳固。平儿姐妹三人领着姑娘、嫂子们拣直走上岸去。李行云师徒忙稽首问安,说道:“前日在宅里领米,没有听说奶奶、姑娘要来。刚才知道,连屋子也收拾不及。”惜春道:“老太太本来没有提起,今日是马上派人。因为太太病好,各庙烧香,我同珍姑娘顺便来瞧你们,请了琏二奶奶同来。不过吃杯茶儿,也就上船。”李行云道:“再没有不逛一半天去。琏二奶奶同两位姑娘也很难到这儿来,就住一晚两晚也没有什么使不得。”惜春摇头道:“不能耽搁,将来有空再来。”行云笑道:“去年姑娘赖着不肯去,今年留着住一晚也不能。”平儿道:“你们做道士的,白日飞升去了,有谁回来住一晚的没有?”珍珠们都不觉大笑。

众人来到山门,惜春见灵官殿里摆着几乘轿子,忙问:“谁在这儿?”张流水答道:“这些旧轿子是前任县太爷家眷在这里上船回去,寄在这儿,狠不便当。”惜春们来到大殿,见香烛花果俱已齐备。连忙洗手焚香,先将老太太差来进香之意拜祝一遍,又将柏夫人病愈,花果敬神之事祷告一番。这才姐妹两个拜谢三清护佑,又各自许下点私心切己愿心。平儿笑道:“你两个啯啯唧唧祝赞这一会子,三清爷那儿记得了这些。请起来,让我磕个头儿罢!”惜春、珍珠拜完道:“论理你不该拜,琏二哥得了道,你是仙爷的奶奶,总是一家。”平儿笑道:“上面这三位是我的年伯,岂可不拜?”说着,也焚香礼拜一会。惜春吩咐合庙都点香烛。李行云请入云房献茶,惜春见那些修竹、梅根十分荒蔓,不胜叹息。珍珠道:“曾几何时,不是元都风景矣!”三人走进云房,平儿瞧见那长桌上一样东西,惊问道:“怎么?这是那里来的?”

不知是件什么东西,且看下回分解。

第八十一回　绮姑娘喜逢故友　白云僧戏化金鱼

话说惜春们刚进云房,平儿瞧见长香几上一个大胆瓶里插着两枝荷花,惊问道:“怎么这两天就开了花?那儿找来的?真是怪事!”

张流水道:“我有个舅爷爷,在云巢庵作香火老道。他说在平山堂谁家园子里折来的。”一面说着,让奶奶、姑娘们坐下。入画见云房里摆着钱柜。地下都是些酒坛、油瓶。桌子旁沿儿一缸盐芥菜。墙上挂有几块干盐肉。香几中间挂一幅水墨钟馗,两边贴着万年红的一副对联,上句是:

财源似水层层长

下句是:

好友如蝇阵阵来

入画四围一看,不胜感叹,对惜春道:“怎么连这屋子都改了样范,姑娘时刻惦着旧游之地,今儿瞧着如何?”惜春甚觉可笑可叹。

珍珠道:“从此清凉兴致可以索然,不知我那几棵芭蕉如何?”张流水道:“因要修墙,将那芭蕉全去掉了。那里埋着的什么弩弓,谁知底下多着呢。全拿起来堆在茶炉旁沿当柴火烧,倒很熬火。”珍珠忙问道:“都烧完了吗?在那儿?我去瞧瞧。”同平儿、惜春各处闲逛,到茶炉边,果然还有十几个未曾烧完,还可用得,吩咐送上船去。

平儿问道:“你刚才说的云巢庵,可就是扬州的云巢庵?”张流水道:“一点不错。那个当家师父叫月上,听说是金陵贾府的家庵。”平儿道:“可惜路远,不然顺便到那里逛逛去。”张流水道:“若是船去,总得天半。咱们这儿有条旱路,到庵里只有八十里。我舅爷常来常去,总走这里,他说比坐船简绝。”惜春道:“既是相去不远,我狠想着去给林姐姐上个坟,就是怎么个儿去呢?”珍珠道:“若是拿准了主意,放着这儿有现成轿子,叫茗烟来,吩咐去找轿夫。咱们将丫头、嫂子们都带去,只留廖大奶奶看船。底下的只带赵禄、茗烟、福儿三个,其余都留在船上。咱们明日一早去,后日回来,这有什么难事。”惜春们大喜,赶回云房,叫茗烟进来。吩咐要往云巢庵给林姑娘上坟之事,令其赶办轿夫,吩咐众人照依办理。茗烟答应出去。

李行云备下盛设酒饭,就在云房款待。惜春命将老太太的香金及各位太太香资、赏赐叫入画俱交付明白。入画念当初相聚一场,私下每人各帮几两。命袁可石将套房里收拾洁净,洒扫熏香,将船上行李取来。琏二奶奶、两位姑娘同在一炕,姐妹三人抚今追昔,畅谈一夜。

赵禄、茗烟将两船上交代清楚，轿夫一早就来伺候。惜春命廖大奶奶带着两个丫头在船上照应一切，吩咐赵禄押行李物件先行，留下茗烟、福儿、金升跟轿。姐妹三人赶着梳洗完毕，收拾奁具，用过点心，领着姑娘、嫂子们到山门上轿。廖大奶奶嘱咐跟去的嫂子们小心伺候，赶着回来，别在那儿耽搁。众人齐声答应，坐上轿子跟着前面三乘大轿，依林傍水而行。

此时四月天气，柳线穿云，秧针绣水，真看不尽太平图画。那云巢庵当家姑子月上，自从正月间到贾府拜年耽搁了两天，平儿连夏季月米、香资预先支付，庵中靠着贾府倒很可过得。这日正领着些徒弟在大院里收拾小菜，忽然听见山门处敲门甚急。叫香火道人同去开门，见三位美人下轿，后面多少姑娘、嫂子簇拥进来，笑道："月师兄别来无恙！"月上定睛细看，叫道："哎呀！这是那里说起！怎么不叫人先给个信儿！惜姑娘多年不见，还是那个样范儿。"珍珠道："咱们且拜过佛爷再说。"月上忙命徒弟往大雄殿上，各处点起香烛伺候。吩咐取热水，请奶奶们净手，送茶漱口。平儿们在殿上各处拈香拜佛，月上伺候击磬鸣钟。拜完之后，彼此见礼，与惜姑娘分外有一番依恋。相将入方丈，惜春见禅房十分雅洁，叹赞不已。平儿笑道："与你两位贵门人，老道兄竟有云泥之隔。"珍珠道："这才是道不同不相为谋也。"惜春们一齐好笑。月上让坐送茶，惜春见茶瓯古雅，茶亦香洁，深为赞叹，连饮几杯。月上同惜春彼此要叙谈别后到今之事，絮絮不休。珍珠道："咱们偷着来，要给林姑娘上坟，且将这件正事办完，再谈古典。横竖今日晚上要在这里过夜，有话慢慢再说。"月上道："既来上坟，再没有不供酒饭，这会儿也办不及。依我说竟是明日上坟，后日回去。大远的到这儿来，住两晚上也不算多。"平儿点头道："我瞧着这会儿实在来不及，只可后日回去。就是太太知道，亦还无碍。"惜春、珍珠亦爱这禅房雅致，不像清凉观酒气熏人，一时难过。命入画吩咐茗烟，明日上姑老爷、姑太太同林姑娘的坟，须备两桌酒饭，并香烛纸锞。入画答应，出去传话。月上去料理精细素菜，殷勤款待，彼此叙谈了一夜。

次日，饭后上坟。平儿见林姑老爷同小姐坟茔都修整完固，两边石桌凳俱已更换。林黛玉坟上是宝钗、珍珠捐资种了几十棵梅树。月上道："还有一二十棵梅树，先已付下定钱，到八月里才来补种。"惜春叹道："可怜林姐姐生怜宝玉，死伴梅花，一代红颜化作千秋香土！"珍珠道："咱们给他多种梅花，将来可以与元墓共传不朽，岂不是件雅事！"平儿道："咱们除掉太太，每人捐种三十树，将这坟堂四面普哩普儿种满，就托月师兄去办。明年梅花开放，咱们拢共拢儿来给林姑娘做个梅花会。这不是有趣吗？"珍珠笑道："平丫头颇有雅致，到底是仙人的奶奶，沾着点儿道气。"月上们俱觉好笑。两边坟上早已摆设祭品，平儿三姐妹先拜过姑老爷夫妇，奠酒焚香，次拜黛玉。三人眼泪纷纷，不胜伤感。惜春分外悲哀，拜了又拜。月上道："真是林姑娘的福气。不是太太们回南，可怜这个坟堆子就难说了。"惜春道："去年无意中是梦玉大爷给林姑娘添了些土，这也是一件怪事。"

平儿道："咱们焚化了纸钱，顺便到那里逛逛，别尽着在这儿晒的慌。"玉兰道："茗烟说备下湖船，请奶奶、姑娘们去逛。"惜春笑道："平山堂乃繁华胜景。我虽游过名山古刹，未曾到此，今日顺便算了一件心愿。"吩咐将两桌酒饭分赏众人，看着焚了纸锞，同月上们坐轿到湖口上船。

正是清和天气，薰风和暖，将两边玻璃窗卸下，茗烟吩咐开船。珍珠道："人传苏学士带着佛印游赤壁，是件雅事。只可惜这秃和尚不入诗料。"月上笑指道："不是诗料来了。"平儿们瞧那柳阴下一个后生堂客：乌云上带着翠翘，满脸脂粉；穿着镶滚月色绫衫，红袖单裙，蓝缎满绣宫鞋；手中拿着大红汗巾；约有三十来岁年纪；顺着柳堤慢走。后面跟着一个四十来岁肥胖和尚：穿一件香色绸道袍，左手抱着个两三岁的孩子，红衫绣裤；右手拿着一支三尺多长银法蓝头嘴细乌木烟袋，挂个大红荷包。那和尚不住眼瞅着这船。正看的出神，不防脚下绊着树根，一跤栽倒，将个孩子压在身上，烟袋断做三截。那堂客气极，在和尚脸上打了几掌。见那孩子头青脸肿，哭的要死，恨不可解；又在和尚脸上咬了几口，拿着断烟袋在光脑袋上像敲木鱼一样使劲乱打。和尚跪在地下,尽着磕头。惜春们忍不住纵声大笑,涕泪齐出。平儿忍笑说道:“这不是诗料,倒是厨房里的菜料。”众人又复大笑不止。

赵禄带着厨子在伙食船上备齐酒菜,平儿们四人开怀畅饮,福儿在这边伺候。三姐妹比不得当年各有心事,如今俱有归着,倒还胜似当初,人人心中欢喜。见满湖中画船箫鼓,花影红妆,水面往来不绝。见那水阁边系着一只小湖船,窗口靠着一个美人,向这边定睛细看。平儿对惜春道:“你们瞧那个人,倒像是谁?”惜春、珍珠走到窗口探身细望,真有些面熟,想不出是谁。只见那美人对一个丫头说了几句话,用手指着这船。那丫头笑嘻嘻走出舱去,对个老头儿说了几句。那人点头,上岸去了。平儿道:“你瞧那人指着咱们说话,一定有个缘故,且看他是个什么主意。”彼此对窗相望。不一会儿见那老头子下船,向着那人说了几句话。只见那美人大喜,向着这边用手乱招。平儿命抱琴吩咐茗烟,去探听那船上的奶奶是谁。茗烟答应,去不多会,笑嘻嘻进舱回道:“谁知是李二姑娘路过这儿,带着丫头来逛。听说奶奶们在这里,乐的使不得,叫咱们放船过去。”姐妹三个靠在窗口,彼此隔水乱招。不多一会两船相并,命入画们去请李姑娘过来。只见李绮急忙忙走进舱来,先同惜春拜见,彼此流泪。惜春将平儿、珍珠近况交代几句。李绮连忙拜见,说道:“做梦也想不到姐妹们在这里见面,真是怪事。”月上笑道:“李姑娘可认得我吗?”李绮道:“你不是月师兄?怎么也在这儿?”惜春道:“这些缘故,横竖一句半句也说不了,这里景致也不是一会儿逛得完的。依我说咱们都到月师兄庵里,煮酒谈心,彼此畅说一宿。不知你可使得?”李绮道:“狠好!知己相逢,比游湖更胜十倍。咱们就去罢!”珍珠道:“你顺便给林姑娘去上个坟儿也好。”李绮大喜。惜春命茗烟给李姑娘备办香烛。一同上轿,先往黛玉坟上哭拜一番,都往去巢庵来。

拜佛完毕,俱到禅房坐下用茶,之后摆上酒果,五人饮酒谈心。李绮道:“我自从出嫁之后,同着姐夫回去,家中十分清苦。夫妻相守,难以苦度。数年来我又并没有生下一男半女。姐夫站不住,只得往边庭上投奔亲戚。谁知托神佛爷保佑,得了点儿军功,蒙朝廷恩典赏了一个主簿官儿。虽是清苦衙门,总比在破瓦窑里好些,差了人来接我到任。我因路过这里,要瞧平山堂的景致,谁知遇着你们。我在家时,听说宝兄弟出了家,老太太归了天。又听说二叔叔也不在了。薛姨奶带着岫烟姐姐也出了京。可怜我那一天不掉几点眼泪。刚才我还听不明白,二嫂子你将别后一切光景说给我听。"平儿姐妹三人,彼此轮流着源源本本直说了一夜。李绮悲喜交加,同珍珠们说不尽万千亲热。

到了次日,姐妹们依依不舍。平儿三姐妹各人都送程仪。直到晌午,两边催着起身,不能耽搁,只得抱头恸哭而别。

惜春们送李绮上船之后,谢了月上,又再三嘱咐托其补种梅花,领着众人匆匆上轿。因起身过迟,直到夜半才到清凉观,又在观中住了一宿。

次日早饭后下船,出江口南风甚大,波浪汹涌。平儿十分惊怕,吩咐暂且湾住守风。茗烟也怕遇着上一磨儿的大风,难以招架,忙命船家且在金山湾住。

寺里长老忙差轿来迎接拈香,珍珠们一齐上去,长老领着众僧在山门迎候。平儿们下轿,走至大雄宝殿,净手拈香。姐妹三人倒身下拜,殿上鸣钟擂鼓十分鼓肃。拜罢三尊大佛,又往各处拈香。珍珠见抱琴跪在佛前尽磕头。平儿笑道:"佛爷说也不要撕嘴,也不要你磕头。"珍珠眼圈儿通红,又忍不住好笑。命抱琴起来,辞了长老及知客和尚,只须一个小沙弥引导拈香。长老领命,吩咐知客在方丈备茶伺候,小沙弥引着往观音阁拈香,又往罗汉堂来。

姐妹三人刚进殿门,只见一个蓬头和尚,穿着破衲,赤着两脚,手中拿着一把破蕉扇,敞着怀跳了出来,哈哈大笑道:"好快活!好快活!夫人、太太都来了!"珍珠吓了一跳。抬头一看,原来非别人,就是白云和尚。连忙一把拉住,叫道:"平姐姐!你怎么不认得二哥。"平儿站住定睛细看,不觉一阵心跳,两溜眼泪直掉了下来,说道:"二爷!你怎么丢下我去?"惜春也抓住道:"二哥,你何苦闹的这个样儿?"白云和尚笑道:"我何曾丢掉谁来!你们都好,我狠放心。"对平儿道:"境遇妙不可言,日兴一日,你家中事务横竖我都知道。对二婶子说,不用惦记,只管随处而安。惜妹妹你也从此顺境了。我总在四处闲逛,遇着亦可见面。”说毕,撒开手,将身跳入殿前金鱼缸里。平儿们瞧着他笑嘻嘻缩了下去,一会儿身子不见,转眼之间头面也无,只剩一张嘴浮在水面,说道:“我往海上去逛,不能久叙了。”说毕,那一张嘴化成一对金鱼,钻入水底,寂然不见。三姐妹呆站一会,平儿道:“咱们还是做梦还是醒的?”惜春道:“二哥成仙,真是姐姐的福气。你瞧他去来这样有趣。”平儿道:“我刚才该跟着你二哥同去,倒也罢了。”珍珠笑道:“像这样有趣的多着呢!你爱跟谁,就跟谁去。”

惜春抿着嘴儿笑道:“咱们罗汉堂拈过香,到方丈吃茶。这会儿风势更大,咱们上妙高台去看看江景。”平儿们应允,依着惜春各处游玩。寺里住持长老,因是贾、祝两府内眷,十分恭敬,收拾上等素面,在方丈款待。将晚送上大船。

次日,风平浪静,一早渡江。刚才梳洗完结,已至码头,祝府里早已差人来接。姐妹回到宅里,海珠、汝湘众姐妹都在垂花门等候。梦玉一见赶忙回道:“姐姐你们怎么去了六天?”平儿道:“各处去傻逛一回,只可惜你们没有同去。”正说着,见宝钗、探春迎着上来,说道:“你们三个逛的不想回家,一去就是六天,叫老太太们心焦的什么似的。咱们连天忙了个使不得。你三个好自在,这儿逛到那儿,到处去乐。你们自家说,罚个什么罢。”平儿笑道:“姑奶奶们瞧着该仔吗,就仔吗。”惜春笑道:“固然该罚,咱们说出缘故,还得吃你们个东儿才是。”宝钗道:“只要说出理来,马上我就作东。”惜春将清凉观拈香,转到云巢庵给林姑娘上坟,平山堂遇李绮,金山寺遇琏二哥,一五一十从头说了一遍。宝钗点头道:“如果是真,倒还罢了。别躲了两天回来造谣言,我询出来那可不依。”珍珠道:“你们面前造谣言,一会儿太太跟前咱们也敢说谎不成?”

宝钗道:“且将闲话拉倒。大嫂子差人来,环三爷病的利害。太太要同你家去瞧瞧,等的着急。这会儿你们赶着到介寿堂请安销差。回来就到楚宝堂来,太太等着说话,今日就要动身。”平儿们点头,拉着梦玉、修云们几个作伴,竟往介寿堂去。

桂、石两夫人，竺、鞠两位太太都在上面，未曾下来。平儿姐妹走进套间，桂夫人们忙起身迎接。祝母笑道："二奶奶逛的乐了，不想回来，我在这儿好着急。怎么一去就是六七天？"平儿道："知道老太太慈心好善，咱们见着庙就拈香，给老太太添寿作福，不知不觉的耽搁了几天。"惜春、珍珠请安销差，又给各位太太请安。祝母欢喜之至，笑道："你太太连天请客还愿，昼夜热闹，就短了你们帮个忙儿。且家去见过太太再来说话。"惜春、珍珠答应下来，平儿也辞了一同去见自家太太。祝母道："贾大姐姐听说环哥儿有病，急着要回去，你二姨儿那里肯放。前日请了咱们家的叶老爷先去医治，狠可放心。后日是四月八，咱们都要到鹤林寺瞧浴佛，十五又是甘露寺启经，十八是甄家来给惜姑娘放定，你太太怎么去得了？我再三留住，总说等二奶奶回来商量。横竖恼我些儿都使得，一准不放回去定了。"平儿笑道："老太太请万安，我去商量出个主意，再来回话。"桂夫人们笑道："不拘是什么主意，还是去不了。"

平儿点头笑着，同惜春们下来。那四堂姨娘同各处职事姑娘都在甬道上请安问好。惜春道："连日姨娘、姐姐们受乏，等着过几天再谢。"平儿笑道："简绝，过了十八再谢就完了。"众人俱抿着嘴儿好笑。朱姨娘道："自己家的姑娘，怎么倒说客话。"珍珠道："平丫头又忘了撕嘴。"惜春道："咱们一会儿问他。太太等着说话，这会儿且记着这一撕。"梦玉道："宝姐姐着人来瞧过两磨儿，说咱们太太也在楚宝堂，快些去罢。"平儿们不敢耽搁，赶着就走。怡安堂前略应酬几句，一直竟往楚宝堂来。

柏夫人、梅姑太太都在一堆说话。平儿们上去请安，就将连日事务件件禀明。王夫人点头甚喜，道："我正想着林姑太太的坟上不知修的个什么样儿，也总没有人去瞧瞧，你们走这遭儿很好。无意中又遇着李二姑娘，这真是他乡遇故知。可怜他苦守一场，这会儿倒享荣华受富贵。妇人家随夫贵贱，一点不错。谁也想不到平丫头同琏哥儿相遇，真是奇事！你们该拉他同来，咱们见个面儿。"珍珠道："姐妹三个人一齐拉住，正在说话，他不知是怎样走到院里，跳下鱼缸。一路说话一路往下缩，末了儿剩了两片嘴，浮在水上，还会说话。一会儿工夫变做两个金鱼,谁还拉得住呢!”王夫人们一齐好笑。梅秋琴道:“一人得道,鸡犬皆仙。贾大姐姐你们府上是个神仙世家。等着我回过老太太,咱们这几家同你府上世世永为姻亲,总要沾点儿仙气。”柏夫人点头道:“我久有此心。这会儿同大姐姐说定,不拘姻嫁,总是咱们这几家结亲。”王夫人点头道:“狠好。咱们一言为定,永无更改。等我去了,再来请太太作个连理会,以订永好。”柏夫人们大喜,说道:“老太太不放你家去,我瞧着你再别提起。”

平儿道:“昨日琏二爷原说,对太太说随处皆安,以后全无挂碍。他也并没有提起三兄弟有什么长短,想来无碍。现在请叶老爷去医治,依我说太太出月儿再去。今日我先家去照应,况且将来端午有好些事要去料理。那天大嫂子寄信说,长干里有个宅子要卖,价钱狠便宜。我去瞧瞧,合式给那边老爷、太太定下。去年冬底押马太守家三百顷田契,他这会儿要卖给我家。又是邓阁老的那一片坟山,也说要卖给咱们,必得侄媳回去商量。”王夫人未曾答应,梅秋琴道:“一点不错,竟是琏二亲家先去为是。也不用性急,明日一早起身。”珍珠道:“我同二嫂子家去照应,好意思叫他一个人儿回去?”王夫人道:“也罢,你去瞧瞧友儿,等我回来过端午,带着你们去瞧秦淮河的龙舟。”

梅秋琴道:“老太太说过,要差二嫂子同咱们到金陵去回拜大姐姐,给大姐道喜。出月儿顺便看龙舟,是秦淮河的胜会。”平儿道:“狠好,这个东儿是我的。”柏夫人道:“芙蓉自从回来,身子拖坏,总也未曾养好。我病中他又割股,这一程子,黄瘦的使不得。在我跟前也不能够静养一天。不如交给琏二亲家,同珍珠带回去。姐妹们养好身子,冬闲再来。”王夫人点头道:“狠好,你们就去收拾。”平儿、珍珠、芙蓉各人去收拾起身。

柏夫人们往介寿堂去回老太太。东西两宅奶奶、姑娘、梦玉们公分饯行。两边正是热闹,金陵差人下书,说贾环病已无碍,叶老爷就在日内回来。王夫人狠乐,放下一条心。

次日一早,平儿、珍珠、芙蓉各处辞别起身。说不尽那送行热闹,又兼各家小姐都到送行,梦玉们直送至江口。宝钗交代了几句说话,彼此分手。那江口来往行船如织，梦玉站在窗口，只见一只小江船，舱里一个后生同着个艳妆夫人并肩站在窗口说笑。那妇人猛抬头瞧见梦玉，急忙闪开，将窗关上。梦玉也吓了一跳，看着那船远远开去。

要知那船里的是谁，且看下回分解。

第八十二回　财色两空还孽报　火光一片断情根

话说梦玉见那舱里的艳妆妇人抬头瞧见，连忙闪开，将窗关上。那脸蛋儿狠有些像秀春。心中十分可恨。又兼惦着珍珠、芙蓉，一腔心事，随着众人闷闷不乐转回家去。这且慢表。

原来那小江船里果然是秀春。他怎么又到这里来呢？其中有个缘故。

自从同桑进良撇下桑奶子，将他的东西骗了个精光一跑，到汉江地方赁下一间房子，夫妻两个住下，买个丫头服侍。这桑进良比谁也受用，终日饮酒取乐，神仙还不如他快活。使尽风流本事奉承秀春。两个人虽是如胶如漆，你贪我爱，但粗蠢性格，反面无情；秀春甚不如意。在桑进良心满意足，以为这一世总要乐死而后已。谁知冥冥之中，自有一定的报应，断不肯叫坏良心人坐享安乐，自然要给他想出法来。他间壁住着一个破落户子弟，姓姚名言，排行第三，年纪不过二十来岁。父母亡故，并无妻小，与一个当家子的哥嫂同住。终日在花柳场中帮闲，拉个皮条，学了一身风月本事，吹弹唱曲，无所不会。那青楼中粉头倒还不嫌他，因此在家日少。这日回家来看兄嫂，正走到桑进良门首，见个艳妆堂客站在门口望街，见人也不回避。姚言瞅他两眼，那堂客笑了一笑，关门进去。正是五百年前的风流冤孽，姚言一个魂灵儿被那妇人摄去了。走回家来向着哥嫂打听间壁这家是谁。嫂子道："前日他家丫头过来，借个大盘子使用。我问他家姓桑，不知是做什么行业。夫妻两个成天的喝酒睡觉，听说手头狠有个分儿。咱们也询不出他的来历。"姚言笑道："我瞧着有些怪异，等我过去拜望，探个信儿。"说毕，辞了哥嫂往桑家来敲门。

桑进良出来开门,问道:“你找谁?”姚言道:“我是间壁街坊,过来拜望。”桑进良道:“好说,家里请坐!”让姚言到堂屋里,也不见礼,拉个手儿坐下。向着里面嚷道:“煨开水倒茶!”问姚言道:“没有领教尊姓,在那儿发财?咱们好面熟,像在那儿见过?”姚言道:“我姓姚,行三,名叫姚言,就住在间壁。常在花柳场中拉拢个买卖,成天的也没有个空儿。我瞧你尊驾,也是个热闹朋友,仔吗的总在家坐着?咱们一同去逛逛,也有个趣儿。”桑进良大乐,说道:“我初到这儿,又认不得一个半个人,地面儿又生。知道有尊驾在间壁,我早过来拜望。我也最爱相与个朋友。这么样罢,咱们也不用客气,磕个头儿,你算是我兄弟就完了。”姚言大喜,不等说完,忙跪下磕了两个头。桑进良站着受礼。姚言拜毕,桑进良道:“我该回你一个头。”忙跪下去,向着姚言一拜,彼此大乐。桑进良叫道:“大嫂你出来见二兄弟!”秀春满面春风出来道:“这就是二兄弟吗?”姚言赶忙磕头,秀春过来亲自扶他。姚言闻着一股香味儿,骨软筋酥,故意磕头,伸手在金莲上捻了一下,站起来心中十分得意。

桑进良道:“二兄弟又不是外人,咱们到屋里去喝个酒儿。”三人进去坐在一炕,将些现成酒菜摆上,彼此畅饮。桑进良是个酒徒,不醉不休,并不知道那些风流家数,尽着傻喝。姚言向着秀春极意温存体贴,送情逗趣。又兼人物清秀,十分可爱,不像桑进良粗俗讨嫌。秀春很看上姚言,瞧着桑进良愈形其丑,心中想道:“当初上了桑奶奶的当,跟他逃到这里。同他又不是花烛夫妻,每常酒醉,趁他的高兴。稍不如意,就要红脸。虽是一日不离,到底是个蠢物。我何苦呢?还图他个什么?”想的心酸,不觉掉下泪来。姚言瞧那神情,早已猜着几分,故意让桑进良饮酒,分外加意殷勤秀春。不多一会,将桑进良饮了个大醉如泥,歪斜两眼,身子乱晃,对姚言道:“兄弟!叫你嫂子陪着,多坐一会子再去。我要躺一会儿才得呢。”说着,身不由己躺在炕上。姚言故意道:“大哥睡着了,咱们不便在这儿喝酒。我家去,改日再来。”说毕,走下炕来。秀春正在心旌摇曳,见姚言要去,连忙拉住道:“让他睡觉,咱们到屋里去坐。”姚言正中其意,在秀春手上捻了一下。秀春会意,对丫头道:“你将这两碟儿菜同这些果子收到厨房去吃，等着大爷睡醒了，咱们收拾吃饭。”丫头答应，各人自去。

姚言同秀春走进卧房，两个人成就了一段佳话。秀春被姚言无数风情，倾心吐胆，只恨相见之晚。两人依依不舍，海誓山盟。秀春道：“你想着法儿，咱们长远才好。”姚言点头道：“横竖我也丢你不掉，等着我慢慢的再想主意。明日且将他骗了出去，咱再来说。”秀春大喜道：“你骗他出去，我有话同你商量。”姚言应允，辞回家去。

次日一早，来约桑进良上街去逛。同到一个门前冷落的窑子里，照会了那个粉头，有意将他灌醉留宿。姚言抽空儿到桑家来，将个丫头支开，两个人比昨日大不相同，极尽人间之乐。姚言道：“嫂子！我相与的不少，再没有你这样知情有趣，只可惜我不能够同你做个长远夫妻。况且大哥满脸凶气，也难同你相与。昨晚上想了一夜，只好空过来同你亲热。又兼着你家这丫头，十七八岁的人，什么不懂？刚才支他开去，他狠明白。将来有个言三语四的，咱们都要受累。”秀春道：“那丫头，我想着你不如将他拉上，咱们作一路，也就无碍。倒是老桑怎么想法才好？实对你说罢，我同他并不是花烛夫妻。我是他拐来的，还骗了我些东西，没奈何同到这儿来。好兄弟，你想出什么法，将他去掉，我情愿嫁你。咱们夫妻两个够过一辈子。”秀春一夕话说的姚言喜从天降。真是才色动人心，意同桑进良有些势不两立了。两人正在说话，丫头送茶进来，秀春故意走出房去。姚言是个惯家子弟，将个三言两语轻轻弄上了。秀春进房，故意发气不依。姚言道：“咱们都是一路的人，以后谁也管不住谁。”秀春坐在一边，瞅着他们完结。此时三人并无避忌，姚言就在桑家过夜，三人一炕尽兴极欢。

次日一早，听见桑进良回家，姚言赶忙往后门出去。秀春十分动气，哭骂了一天。桑进良自知理短，不敢开言，自此十几天总不出门。姚言虽常常过来，总不能上手，偷空儿只好同丫头做些勾当。秀春深恨入骨，见桑进良就如眼中钉。

这天饭后，桑进良一人上街闲逛。秀春忙命丫头去找姚言来，两人无暇叙谈，先尽兴颠狂了一会。秀春道：“好兄弟，我叫你想个法，做长远夫妻。你总丢在脑后,白丢掉我一片爱你的心肠。”说着,流下泪来。姚言捧着秀春的脸说道:“我的心肝嫂子! 你叫我想个什么好法,除掉杀了他,就没有别的好法。我知你疼他,那里肯呢?”秀春道:“他又不是我的男人,杀掉了也不算谋死亲夫。这算什么,只要你会下手,帮着你都使得。”姚言道:“恐杀他不死,喊叫起来不是玩的。也须拿定主意才得。”丫头道:“依我说,杀人怪怕的,倒不如等他喝的醉醉的,拿条绳儿勒死掉,倒还简绝。”秀春点头道:“这主意狠好,倒难为你想。”丫头笑道:“我还是八九岁时候,我爹喝醉了回来,就找着我妈打,实在我妈打急了,同着我后爹商量,拿条绳儿一头一个将我爹勒死了,就嫁了我后爹。因是家里过不上来,将我卖在这儿。”姚言道:“狠好,咱们也是这样办法。先将他两脚捆住,再绊住他两手。你们娘儿两个一边一个将绳头儿拴在身上,背着身子狠勒。我坐在他身上,用被窝握住他的脸。不怕他是铁金刚也要活不了。”秀春们听了大喜,约定日子下手。

谁知桑进良被两个粉头迷住,一连几天不回来。姚言们三个落得快活。这日下午时分,桑进良吃的大醉,来到家里,犹恐秀春盘问,他先发起标来,大喊大叫,将个茶碗砸了个稀糊脑子烂,瞧见丫头也踢上两脚。秀春气的发抖,恨不能一下打死了才解恨。

姚言间壁听见,又不敢过来探信,怀着鬼胎往街上闲逛。听见背后有人叫道:“姚三,有什么过不去的事,同我商量。”姚言回头,见是向来的赌友严秃子背着几吊钱,笑嘻嘻走过来。姚言问道:“你几时来的? 我到江口找过几磨儿,也总没有瞧见。”严秃子道:“春间在洞庭湖遭风,将船打破。一会儿修造不起,就将我舅舅家的那只湖划子买来装载,送了一起客人到汉口。这会儿又装了些桐油来。我瞧着你这一程气色狠好,想是得点儿什么彩。咱们到那儿去坐会子,喝四两。”姚言道:“狠好。到甘家酒店去,后屋子里很可说个话。”

严秃子大喜,两人竟往甘家来。拣了后面小屋的坐头,叫四海摆下酒菜,将门带上,两人饮酒谈心。姚言道:“我一向在那些门子里闲逛,也总捞不出点什么。谁知那天在法轮寺拈香,无意中遇着一个多年不见的姨妈,同着我的一个寡妇姐姐也去烧香。见面狠乐,就叫我常到他家照应。姨妈说我这孩子狠有出息，喜欢的什么似的，就将那个寡妇姐姐给了我做老婆。虽有点子衣服首饰，也算不了什么。我这会儿成了家，那里过得上来呢？我有个亲叔叔，在扬州做古董行业，挣有万贯家财，没有儿子，捎信儿来叫我几磨儿。我定了主意要去，又丢不下新娶的老婆。要带我的姐姐去，姨妈又不肯。这几天我狠难为，你给我想个什么主意。"严秃子道："自然你去投奔叔叔是个正道。扬州地面咱们也有个照应。若说是你丈母老太太不叫姑娘跟去，就狠容易，咱们悄不声儿给他一溜就完了。我就在这一半天开船，往镇江交卸桐油。你夫妻两个坐上我的船一走，躲在舱里，别说是你夫妻两个，就是杀人的强盗也找不着。到镇江卸了载，送你们到扬州。这不是一点乱儿没有？"姚言大喜道："不知你的船一准在几时要开？我好预先收拾，说定日子以便上船就走。"严秃子道："我也没有什么耽搁，打量着后日下半晚儿开船，就多等你一半天也使得。"姚言心中甚喜。两人放量大喝，不觉俱入醉乡。严秃子会了酒帐，拉着姚言去打茶围，被几个旧婊子缠住不得脱身。

且说桑进良直闹到了上灯，又吃些酒饭，倒下身子，就在大炕上酣呼大睡。秀春气的水儿也不曾沾口，同丫头商量这空儿正好下手，快些去找姚言过来。丫头去了一会，回来说道："姚大奶奶说，他三爷打早半晌儿上街去逛，也总没有回来。说来不来也不定。"秀春气的眼泪纷纷，长吁短叹，呆呆的等到更深人静，不见姚言，看桑进良睡的犹如死人一样，主仆两个又气又恨，想着趁空儿下手，又胆怯害怕。一直坐到五更，桑进良酒也渐醒。见秀春对灯闷坐，心中狠过意不去，起来拉进卧房，尽兴奉承一回，相抱而睡。这是桑进良尚有一宵恩爱未曾了结。

次日，害酒不能起来。秀春刚梳洗完毕，见姚言探头探脑用手乱招。秀春又气又恼，走出外来，将手在他头上一指道："没良心的杂种！你跑到那儿去？叫我等了一夜。"姚言忙捧着他的脸儿，对着耳朵说道："我去雇下船，咱们好走。今日晚上下手，你将他灌醉睡着，我自然过来，不用心焦。"秀春点头，再三嘱咐而散。

桑进良命丫头做两碗酸辣汤解酒，觉着心惊眼跳，总不舒服。刚走到院子里，两眼黑晕，栽倒地下。秀春故意走开。丫头将他扶起道：“大爷不去躺下，走到这儿干什么？”桑进良道：“好孩子，等着大爷发财，赏你一个元宝。”丫头笑道：“元宝锞儿你留着自己使用，谁也不要你的。”说着，将桑进良扶到火炕上，昏昏沉沉睡了一日只是不醒。

又是黄昏时候，秀春将他推醒道：“你也起来吃口饭再睡。”桑进良答道：“任什么也咽不下，只想着要睡。”秀春道：“有瓶子好酒，你热热的喝两杯，也睡的舒服。”桑进良被缠不过，扎挣着坐在炕上。秀春将他抱在怀里，将个大酒杯送到他嘴边殷勤相劝，一杯不了，又是一杯。桑进良一连喝了七八大杯，对秀春道：“咱们在这儿喝酒，倒叫他一人坐在那儿，怨不得动气。”秀春道：“谁在那儿动气？”桑进良指着笑道：“那不是你干妈桑奶奶吗？那犄角儿上站的是谁？我可瞧不真。”秀春不觉寒毛直竖，勉强笑道：“喝不多的酒，就说醉话，叫丫头也上炕来，咱们三个人喝个团圆酒，喝醉了一炕儿睡。”桑进良点头道：“使得，你们两个都靠着我坐。不知怎么，今日只是害怕。我瞧着那半拉狠像站着个人，你瞧这半拉又来一个。”秀春同丫头吓的冷汗如雨。秀春道：“姚三弟怎么一天也不见个影儿？丫头去找他来喝酒。”丫头答应，忙走后门去不多会，同姚言过来。见桑进良坐着不住的打晃，歪斜着两眼问道：“你仔吗不来？”姚言上炕，靠着秀春坐下，说道：“今日有个亲戚搬家，去帮个忙儿。刚才到家，还没有敬大哥一个盅儿。”说着，斟上一大杯送到口边。桑进良作两口吸尽，摇头道：“今日实在不能了，过两天再同你喝罢。我可是要躺下了。”秀春忙道：“你代我喝这一杯再睡。”桑进良勉强咽了一口，倒在炕上，昏迷不醒。秀春推着叫唤几声，并不答应。

三人忙跳下炕来，点着亮子，将前后门关上。听街上无人走动，秀春将一条捆箱子的粗麻绳子取出，中间打了一个活扣，同丫头一边一个拴在身上。姚三用带子将桑进良两手向背后轻轻拴住，又将他两脚捆紧，取床被窝连身带脸给他盖住，忙将绳子套住桑进良颈项里。秀春在炕里边，丫头在炕下，姚三压在胸口，握住他脸，一齐使劲勒紧。只见桑进良两脚乱蹬，手不能抓，身子乱挣乱晃，浑身发抖，约有一顿饭时,直挺挺呜呼哀哉,做了一个风流恶梦。秀春同丫头汗下如雨,抖个不住。姚三捂住他的脸使劲压住,恐他活了过来。三个拉了有半夜,这才放手,各将绳头儿解下,将被掀开,见桑进良两眼掉出在外,舌头拖出有五寸来长,齿露嘴张,面皮青紫,鼻孔有血,其形凶恶可怕。三个人胆战心惊,吓的要死。秀春道:"快些拆开这炕,将他埋在里面,天明了就难收拾。"姚三点头,一齐动手,将里边炕面揭掉,搬出多少砖土,里面甚深。将桑进良推入炕里,用土填盖结实,依然砌上砖炕,面上收拾干净。三人坐着歇息一会,心中害怕,都到卧房里共枕而卧。此时毫无避忌,极尽人间之乐。秀春因丫头出力有功,将他做了姨娘。次日给他几件衣服首饰,开了脸。两个人打扮的像个妖精一样,同姚言夫妻三个吃了一天团圆酒,说不了那一番恩爱。

姚言道:"我已搭下一只船,咱们都到扬州去住家。我在盐务里做个清客,带着卖古董,夫妻三个好不自在!咱们今日晚上悄悄的下船,谁来也找不着。"秀春们大喜,赶忙收拾。姚言去船上叫了几个水手,将箱子行李全搬上船去。等到夜深,三个人点个灯笼,彼此扶着走到江口。严秃子接引上船,将夫妻三个安顿舱里。次日五更,正是顺风,扬帆南去了。

这桑家房东包家,第二天见这边大开着门,一直往里瞧去,不像有人。仗着胆子进去,里面看了一遍,才知道他们已搬去了。忙到家中写一张租贴,贴在门上,写的是:

出赁吉瓦房五间,灰棚一间,家伙俱全。如要者,东间壁小胡同内第三家,问包史仁领看速成。

从此人来人去,并无一家整房修炕,做了桑进良的热闹坟堆。这话表过不提。

姚言夫妻三个不分昼夜彼此欢乐,说不尽那般恩爱,三个人寸步不离。严秃子船到镇江,将桐油卸掉,要将他夫妻们送到扬州。秀春也因连日不敢露面,听着船已离岸,想来无碍,夫妻两个并肩站在窗前,看江口往来船只。不提防与梦玉之船相对,秀春一眼瞧见,吓了一跳,忙闪开将窗关上。只说怕风,姚言也不理会。谁知到了瓜州,正值运粮船挤,江船不能进去。只得另雇小拨船,重谢严秃子同几个水手。

夫妻三个坐了小船来到扬州,人生路不熟,找不着赁房子地方。就在码头上面一个灯笼铺里,暂赁他后面一间小屋子权且安身,再去找房另搬。姚言每日上街,东寻西找,总难合式。晚上回来,三个饮酒取乐。一连住了十几日,秀春催着搬房。姚言这日下午回来,满脸喜气说道:“无意中遇着个相好朋友,现在盐务门子里做清客。他在这里成了家,就住在辕门桥,房子狠好,还闲着几间。我同他到家瞧过,赁给我三间。咱们明日就搬。”秀春们大喜,收拾些精致饭菜,三人狂饮,大醉如泥。彼此脱得精光,乐不可解。闹到半夜,四无人声,夫妻三个醉极倦极,相抱而睡。谁知烛花烧将起来,引着窗纸。外面檐下挂的尽是灯笼,房门外又皆是纸张、桐油、篾丝、竹片一切引火之物。几阵风来,内外上下一齐俱着,霎时间火光烛天。那灯笼店的人俱在睡中惊醒,已不能抢救。有两个力大些的,推倒间壁板隔逃命。左右前后人声鼎沸,火大风狂,不一会烧了几百间房屋、铺面。可怜那知情知趣、海誓山盟、如胶似漆、花容月貌的秀春们夫妻三个,烧的乌焦巴弓,将个红粉佳人、风流浪子都变成了一段黑炭。这真是善恶到头终有报,只争来早与来迟。使秀春当日安分守己,何至到这样结果。只因一念之差,至于如此。你看桑奶子同桑进良的结果,可见祸福两途,惟人自取也。从此完结他三人之事。

且说平儿、珍珠、芙蓉三人回到金陵,薛姨太太、李宫裁们欢喜无限。连日贾环病已大减,日就痊愈。李宫裁厚谢叶老爷,专人送回祝府,并禀知太太放心。平儿接收一切各帐。林之孝领着执事家人到宅请安,核对一切事务,真是忙个不了。幸有珍珠、芙蓉相帮查核。李宫裁带着友梅、宝月、巧姑娘料理家务。因此诸事俱有规则,并不繁乱。芙蓉同珍珠住在一房,巧姑娘多添一闺门好友。薛姨太太同王舅太太姑嫂们常相往来,甚觉有趣。又见宝月能干可喜,十分得意。外面有贾兰主持门户,贾环养病,内外一切都听平儿调度。

转眼之间,已近端阳佳节,先将各处水礼节敬,早早四路差人分送完毕。与李宫裁商议专人去接太太并祝府各位太太们来看龙舟,顺将送祝府内外礼物、赏封，以及汪、郑、顾、江、陆、鞠、周、竺诸家礼节。宫裁们商办妥当，派了四家媳妇，外面派三个家人、四个小子同往镇江送礼，迎接太太。谁知祝老太太十分高兴，要看秦淮河的龙舟，带着桂夫人、梅秋琴、荆、朱两姨娘，修云、汝湘、九如、海珠姐妹、梦玉、梅春，又拉上贾兰的丈母江太太、探春的叔婆周太太，几家小姐、姑娘们同王夫人、宝钗共有二十几号大船。五月初一在六如阁拈香后起身上船。王夫人差彩凤夫妻先上前知会，伺候迎接。

平儿们商量将春晖堂请祝老太太住，梅姑太太住紫芝阁，江太太、周太太同几家小姐们住藤花斋，若是一处住不开，再在宝钗们姐妹几个房里分住。梦玉、海珠们都在太太上房对过，两位姨娘在紫芝阁的后轩，其余一切姑娘、嫂子俱有住处。将内外各处灯彩铺垫全行更换。吩咐林之孝传齐大小家人，俱在码头迎接伺候。料理停当，大学士宅里王舅太太差家人远接。李宫裁带着芙蓉、珍珠、友梅、薛宝月、巧姑娘过桃叶渡，一直迎上前去。平儿在家预备一切事务。贾府上内外人等无不加意料理。连冢宰第亦备下祝母房屋，收拾体面。

初三日下午，祝老太太们船到码头，平儿同贾环出城迎接。满城俱知祝母船到，节度田大人探闻祝太夫人到金陵看龙舟，住在贾府，忙差官远接。金陵文武各官俱来迎接，又都到贾府请安。祝母差梦玉带着家人往各衙门请安道谢。贾府里摆宴接风，内外热闹。

桂夫人们情同手足，姐妹并无客气，跟着祝母也就像在家一样。贾、王两府在秦淮河赁下一溜儿几间休面房屋，请祝老太太看龙船。平儿备下多少花红、酒鸭、赏封，请老太太放赏。端午这日，更说不尽富贵热闹气象。接着各衙门挨次相请，祝母们真是乐而忘返。又被冢宰第沈夫人再四款留，不觉一住两月。接着贾、王两宅给老太太做生日唱戏，直闹过了六月，早已新秋天气。

祝母这日正商量着回去，只见平儿拿着封书子笑嘻嘻进来，对王夫人道："太太请瞧，这不是喜从天降！"王夫人接着看了一遍，对祝母笑道："我说老太太回不去，一点不错。"

不知这是谁的书子，且看下回分解。

第八十三回　荣国府贾兰完娶　苦竹岭柳绪立功

话说王夫人瞧见那封书子，心中大喜，对祝母笑道："我说老太太不能就回去，真一点不错。这封书子喜事重重。"祝母忙问："什么喜事？"王夫人将书子递与桂夫人，对祝母道："这是环儿的丈人张亲家寄来的。他信上说桂三兄弟升了岭南兵备道，张亲家就得了廉州太守缺。因海寇作乱，部中催着起身，不准耽搁。他在九月底连家眷同来，要将女儿给环儿完姻，他以便带家眷去到任。催我择定日子，至迟总在十月初间。"桂夫人们大喜道："三兄弟升得好快。张亲家书子上写的狠急。咱们也就赶着择日料理，别耽搁他上任的工夫。"祝母笑道："倒被秋琴说着了，他说我住在这儿要等吃喜酒呢。这会儿连他也走不了，好意思不在这里帮个忙儿吗？"王夫人乐极，对平儿道："咱们赶着就办，诸事都照宝玉做亲之例，不必增减。吩咐林之孝请人择日，总在十月初间。"

梅秋琴道："依我说兰哥儿也可以就势完了姻罢，两边都了一件心事。"王夫人道："我也想过明年春间给他完姻。"江二太太笑道："我家是一点儿陪嫁没有，也不要这儿的东西。明年做亲很使得，也必须我回去叫姑娘做点儿针黹。"海珠们笑道："咱们这些姐妹谁不帮他做些。二大妈不用费心。"江二太太甚喜，说道："顾二妹妹催着家去，我明日同他就走。"祝母道："也罢，叫你二妹妹带着梦玉们回去收拾收拾再来。对陆四太太们说，他们这几个姑娘跟着我作伴，不用惦记，等着同我家去。"桂夫人们答应收拾，次日起身回家。

十月间，同着柏夫人及各家至亲太太们都到金陵，看贾环做亲道喜。接着次年正月江姑娘出嫁，贾兰完姻。说不尽王夫人欢乐，喜事重重，贾、祝两府繁华热闹。祝老太太直住到清明时节才回家去。这也不表。

且说桂廉夫整顿地方教化风俗，民心安乐。谁知海寇窃发，结连峒人，焚掠村庄，百姓受害。桂廉夫设法擒捕，稍为躲避。岭南节度嵇大人奏闻，朝廷将桂廉夫升了兵备道，那廉州太守放了张铭。桂廉夫心中大喜，对金夫人道："堂儿在柳家念书学习颇有进益。我升任的衙门离柳家也不多两日，狠可照应。竟将堂儿留在柳家，不用带去。"金夫人道："狠可使得。那天柳太太也对我说过，堂儿不但念书有进，连武艺弓马都是冯大爷同包勇教的十分精熟。兼着这孩子的膂力过人，我当初生他的时候，原梦见温侯，想来有些来头。冯大爷那样大身材还闹他不过。"蟾珠笑道："后院子那块大鹅卵石，听说有三百多斤，他端着像个纸做的。那天大姐姐们说，那些有名的烂崽听说大爷来了，连影儿都吓跑了。"桂廉夫笑道："吕温侯乃一代豪杰，当时不得其主，深为可惜。现今圣世昌期，英雄俊杰皆得展其骥足。"金夫人笑道："我现在身怀六甲，再生个念书儿子，倒是一文一武。"桂廉夫含笑点头。

夫妻正论家常，见桂堂同柳绪进来请安，蟾珠见过礼。桂堂道："外面百姓们听见父亲升任去了，要立什么大碑，还要脱靴。这几天各乡凑分子，连绪哥家也出了一两。"桂廉夫人惊道："我在此并无丝毫德政，所有听讼办事公正清廉，乃地方官应该如此。有何碑可立？若说脱靴，更是丑事。这都是地方上不安分，匪徒借词敛钱肥己，愚弄乡民，不可不出示严禁。"柳绪道："连绅衿们亦有此举。"桂廉夫道："可笑！狠多事。我就出示严禁。"说毕，走出花厅同师爷们斟酌，剀切晓谕，无许敛钱生事。四乡百姓欢感之至。

转瞬之间，新太守张铭到任，与桂廉夫向系部中好友，易于交代。连日饮酒宴会。张太守将带来贾、祝两府书信、礼物俱交清楚；又将柳绪、桂堂接来相见，面致贾太夫人、琏二太太同祝府上太夫人及梦玉们的说话。桂、柳两家都知贾环已完姻，祝太太们还在金陵，各人书信看个不了，两家欢喜之至。金夫人因要赴新任去，就接了柳太太、薛宝书、冯佩金进城盘桓几日，将桂堂交与他娘儿照应。那新太守的太夫人也是王夫人再三嘱托，待柳太太娘儿们十分亲爱关切。桂廉夫将柳家托张太守照应。诸事完毕，择日起身，赶到新任已是封印时候。桂堂、柳绪、薛宝书、冯佩金四人远送一程，看那老幼百姓焚香跪送，何止万人。正是：

万民歌名伯，四野颂神君。

且不言桂观察去赴新任。单讲柳绪们回家之后，料理过年。桂堂在后院里跟着冯富兄妹演习武艺。柳太太每日除念经之外，就将贾、祝、薛三家念不绝口。见一子两媳膝下承欢，心中不胜感叹，因此待桂堂倒比柳绪还加几倍的心疼。娘儿们忙过新年，正是元宵佳节赏灯时候，宝书生下一女。柳太太欢喜之至，洗三朝、做满月。

事刚完，又是清明时节。宝书料理祭品，跟着太太都去上坟，留包勇看家，带着冯富、桂堂看桃花春景。一群轿马先到祖坟祭扫，后至主政坟堂祭扫完毕，一齐离了坟堂，到一处高冈上。正对着大海，在那大树下铺着红毡，摆设炕桌，太太们坐下，将带来春盒果菜一齐摆上，娘儿们对景饮酒。得禄将牲口卸鞍放青，轿夫们各去吃饭歇息。岭南三月初间，早已绿树成阴，草青花谢。柳太太多时未见海天春色，甚觉快心，饮酒欢笑。见那些轿夫吃完酒饭，四散去闲游坐卧，各处走开。柳太太娘儿正在畅饮，忽听见喊声大振，有百余个强盗，都是青布包头，手中明晃晃拿着刀斧，一齐蜂拥而来。冯富们大惊，将身站起。此时虽有全身本事，无如手无寸铁，十分着急。桂堂见强人业已相近，无法可施。所谓人急智生，忙将冈上毛竹拔起一根，扯去枝叶。冯富也得了主意，扯起毛竹，同桂堂迎接强盗就打。冯佩金扳下一条大树枝，连枝带叶帮着冯富们迎敌。柳绪、薛宝书并无器械，地下拾起石子，四面帮打，无不应手。原来那是一起海洋积盗，被风刮到此间，上岸抢劫村庄。见冈上有几个美貌男女，要来抢下船去。一个个手执刀斧抢上来，虽是百十个凶恶强盗，怎禁得冯富们三只猛虎，奋力迎打。有二三十倒在地下，动身不得。其余带伤的，见势头不好，逃下海船，扬帆而去。

得禄同轿夫们瞧见强盗抢来，吓的远远躲避。有两个去报汛官，那外委毛副爷听见，领着五名汛兵各拿鸟枪、腰刀慢慢跑来，正遇强盗窜上船去。毛副爷同五名汛兵闪在大树背后，见强盗去远，一齐大声喊叫。一会带着五个老将，急忙忙赶上冈来，满面流汗。瞧见桂堂，忙上前请安，说道："外委正领兵在海边巡哨，听见有贼上岸，急忙赶来，强盗俱已逃去，倒叫大爷受惊了。"与柳绪、冯富见个礼。桂堂指地下打倒二三十强盗，“都是活的，交给副爷解上府去。我也进城去见太守，并差人去禀知我父亲，自然有副爷的功劳”。毛外委大喜，连忙拜谢。赶着去办绳索、人去将强盗抬去报功不提。

桂堂完结，来到树下，见柳太太还抖作一团，面色如土。众人围着宽慰问安，定了一会。冯佩金道：“不是大兄弟拔起毛竹，咱们一会儿没有了主意。”冯富道：“闲话休提。我怪饿的，吃点儿东西才得。”将半坛冷酒倒在面盆里，伸着脑袋像牲口饮水一样，一口气吸了个干净。柳太太们瞧着都觉好笑，将桌上酒菜让他饱食一顿。天至下午，轿夫俱已齐集，伺候娘儿们收拾回家。

柳绪夫妻同桂堂、冯富、包勇用心演习武艺，日夜设法防备海盗，教练乡勇。光阴迅速，不觉过了半年，又是凉秋天气。谁知那些强盗结连峒人作乱，附近村庄大受其害。各衙门详报上司，请兵擒捕。桂兵备星夜申详节度，一面亲自带兵赶来。柳绪们知道，同桂堂一路迎接上去。桂廉夫相见大喜，命柳绪们转去，急募义民。吩咐地方官备给军器，以便随同剿捕。柳绪、桂堂答应，不敢耽搁，先赶回家来，将桂兵备召募义民告示张挂通衢。不到三日，共有义民一千余名，都是精壮勇力后生。众人公议请桂大爷为义民首，众人共遵约束调度。桂堂那里肯当，立意让与冯富。彼此推了两日，众义民一齐嚷道：“大爷是兵备大人公子，众人敬服。若再推让，我们都要散了。”桂堂见人情如此，难以推脱，只得应允。同冯富商量，立定条规，严整军威。各绅衿富户共捐出钱粮兵米，并将各义民籍贯年貌清册，详报地方官查核。请领军器，建造义民旗帜，以为识认。

诸事尚未料理妥协，因军情紧急，桂兵备有令，星飞来调，只得刻日祭旗起身。柳太太十分放心不下，差冯佩金、包勇二人作桂堂亲随之人，不拘昼夜寸步不许离开。桂堂大喜，辞了柳太太们星夜兼程。走过二百多路，听说桂兵备被围甚急，吓的魂不附体，恨不能插翅飞到，催攒急行，耳边听枪炮喊杀之声，震动天地。佩金道：“贼人同老爷正在打仗，咱们将兵分作三路进去：我同兄弟作中路，大哥在左，包勇在右，各领兵截杀，方为妥当。”桂堂点头称善，忙出令分兵三路齐进。冯富、包勇遵令，立刻将兵分开，各人领着星飞而去。桂堂、佩金各换了结实战马，浑身结束妥当。姐弟两个领着义民杀进重围，冯佩金跟定桂堂不离左右。那些蛮兵正围着桂兵备打仗，不防后面杀来，一时慌乱，赶忙分头迎敌。

有个强盗叫做海里鳅，生得身长力大，面似锅底，浓眉阔嘴，一双怪眼，就像两个鸡蛋瞪出外。手中拿着一对大板斧，约有几十斤重，骑着一匹乌鬃马，迎面杀来。抬头瞧见桂堂眉清目秀，美如冠玉，约有十六七岁年纪；头戴束发金冠，身穿绿锦软甲，脚蹬皂靴，腰系丝绦；佩着宝剑，左弯弓，右插箭，手中拿着一枝画戟。旁边有个美人，差不多的年纪，眼如秋水，面似桃花，脸蛋儿上现出一团春色；身穿桃红碎锦甲，两边战裙下露出三寸小战靴；腰佩宝剑，手执长枪。两个人都骑着枣骝铁脚马。海里鳅瞧着不觉酥麻了半边，心中想道："这一定是夫妻两个，怎么生的这样俊俏！拿下船去享用，真是两个活宝贝。"想定主意，吩咐峒人不要伤他两人性命，都给我活捉了回去。说毕，大喊一声，如铁桶一样围将上来。冯佩金见贼人们交头接耳说话，就知他们的来意，心中十分好笑。姐弟两个施展平生武艺，尽情大杀。凡是近着他两人的，总没有性命。海里鳅见势头不好，奋勇上前迎敌。姐弟两个撇下那些蛮兵，并力来杀。佩金眼快，逼开海里鳅双斧，照心窝一枪搠去。海里鳅躲避不及，肩窝上着了一枪，大叫一声，落荒逃走。众义民奋勇大杀，蛮贼纷纷逃窜。姐弟带着乡勇，拼命赶杀。

且说桂兵备被贼人围住，四面受敌，正在危急，忽见贼兵乱窜，知有兵到，忙率将弁追杀。见有一将，拦住贼人，杀的十分得意。看那人一张紫脸，燕颔虎须，威风凛凛。亲从们指道："那是柳大爷的舅爷冯富。"桂廉夫大喜，使人招呼，合兵一处。冯富在马上参见道："我妹子同着大爷由中路杀来。刚才有人探信说被贼人围住，不能取胜。现在此处贼人已退，正可乘胜剿杀。"桂兵备点头道："是。"忙令兵将起营追贼。命冯富带义民先行，桂兵备同几个亲随在后。

刚转过一山，被败下来的贼人突然而至，将官兵冲作两截，首尾不能相顾。冯富业已去远。为首一个贼目，正是海里鳅。瞧着这几个官兵，那里在他心上，领着蛮贼混杀。知道那马上的是领兵官儿，赶到面前来杀。桂兵备忙勒回马首退避，被海里鳅紧紧追赶，前后两马犹如腾云一样。桂兵备十分着急，在马上尽力加鞭，望见前面一道大河阻住，并无去路，心中惊道："我命休矣！"相近河边，忽然竹林里跳出一人，只战了一合，将海里鳅擒住，问道："这人是要活的，还是要死的？"桂兵备勒住马定神细看，原来是包勇。心中大喜，忙问："你怎么一人在此？"包勇道："我领着三百名义民，由右山杀贼。正杀的高兴，忽见贼人解围，纷纷乱窜，我乘势大杀。有一个利害贼头目逃了下来。我一路追到此间，将他杀死。那不是躺在地下的就是。"

桂兵备回头瞧见竹根下一个死人，约有一丈多长，头如巴斗，相貌十分凶恶。包勇擒着海里鳅说道："那不是大爷们来了。"桂兵备抬头瞧见桂堂、冯佩金同着三四十人飞马而来。刚到面前，姐弟两个下马请安，众人下马磕头。桂廉夫大喜道："我被这贼人追来，十分危急。幸得包勇在此，将贼擒住。解到营中审问，那杀死的贼人，取下首级枭示。"桂堂们遵令，将海里鳅反缚了个结实，在死贼上取了首级，跟着回营。那些将弁、义民都赶来迎接。

桂兵备回营安顿，查点兵将，伤了几十名。众将纷纷报功，各记功劳。杀贼最多是冯富一人，包勇、冯佩金俱生擒了几名贼目，忙差人护解到节度衙门审办，并请速发大兵。一面整顿营垒，令桂堂、冯富、佩金为前敌先锋，领义民在山口安营，与贼人相拒；令包勇作亲随，在大营里护卫。相距三四日，嵇节度带着几家总镇领兵前来，安卜营盘。

桂兵备将贼人情形细述一遍。节度道："听见公子领义民杀贼甚多，现在又为前部先锋，何以簿上倒不记他一功？未免委屈。"桂恕道："父受国恩，子应报效，何功之有？"节度点头道："再立大功，亦当稍加鼓励。"传令进兵攻剿。谁知海寇峒人各处勾连，不计其数。嵇节度兵少将微，几路分头拒敌，难以相顾。差人星夜奏知朝廷，请发大兵前来剿捕。一面多募义民。因此各处村庄俱皆扰动，凡是近海近山的人家，都搬入城去。

此时桂兵备的金夫人，差人将柳太太们接到衙门同住，彼此相安之至，很可放心。柳太太感金夫人大德，惦着桂堂，命柳绪、宝书夫妻两个，带着新募乡兵前去，兄弟姐妹相帮照应。金夫人思夫念子之心甚切，再三叮嘱宝书，命桂堂、冯佩金都到老爷营里照应，不必另自领兵。宝书们连声答应，不敢耽搁，辞别母亲同金夫人、蟾珠妹妹，装束妥当，上马攒行。

原来薛宝书秋间在家打猎时，遇着当年教弹子的老师父，说道："眼前要立边功，全凭膂力。尔虽会些武艺，难经大敌。既做我的徒弟，不可玷我宗派。"随取出一粒神力丸，令其服下。又传授几路枪法，说道："从此我可无忧矣。"老和尚去后，宝书练习的十分精勇，因此柳太太可以放心令其前去。

夫妻两个领着五百名乡兵走了两日多。路途中遇着风雨，暂且扎营歇息，远远听见四处鸣锣吹角，炮声不绝。宝书差人探听，回称："今日是腊月二十四日，蛮峒里赛神过年，饮酒作乐。男女们披发挂彩，跳舞歌唱，以此鸣锣吹角。"宝书同柳绪商量道："峒人饮酒歌唱，明欺咱们兵少将微不敢惹他。我瞧对面那座大山十分险峻，蛮营密布，一定是他紧要之处。咱们今晚乘着风雨，攻其不备，占着他蛮营，岂不是一件美事！咱们初到这儿，也要立点功，别叫人笑话。"柳绪点头大喜，暗传号令，俱要饱餐。候至半夜时分，大雨倾注，四山水如潮至。那些蛮营俱放心醉睡，再也想不到官兵杀来。这苦竹岭乃贼人紧要之所，柳绪夫妻率领义兵以一当十，蜂拥而上，指东杀西，无不奋勇。那蛮兵都在醉梦之间，凑手不及，满山乱窜，彼此不能相顾。各义民尽力剿杀，忽听山后大炮喧天，火光照映山谷。有一路人马喊杀而来，十分勇猛，杀的男女蛮兵纷纷逃窜。宝书对柳绪道："已有官兵前来接应，咱们趁势将四面围住，杀他一个干净。"柳绪点头，传令四路截杀，占住紧要险口，抢夺蛮营。众义民得令，奋力争先。宝书手执银枪，犹如猛虎。直杀到天亮，蛮兵杀死不计其数，余下的俱已逃散。生擒男女蛮人三百余名。

此时风雨稍住，那一路官兵还在搜剿。柳绪见一猛将手执双锤，到处无敌，心中十分赞叹。与宝书策马上前，相去不远，看的明白，原来不是别人，就是冯富。连忙高声招呼，一面着人飞马前去知会。冯富听见大喜，跑马过来相见，彼此大乐，无暇叙谈。冯富道："你们且占住贼营，老爷们的大兵也就快到了。"柳绪点头，领着义兵先将贼营占住。耳边只听炮声不绝。不一会官兵四路齐至，纷纷截杀，至下午收兵。领兵的是桂兵备同胡、邓两位总镇。扎下营盘，桂堂同冯佩金正在搜山查营，遇着冯富说柳绪们就在前面，心中喜极，连忙来找。姐妹兄弟相见，那里说得了这番乐处。桂堂听说母亲、妹妹俱好，柳家继母亦相处一家，甚是欣慰。传令造饭歇息，一面查点抢得贼人多少枪炮、军械、粮草、牛马、金银、旗帐，均令登记册档。姐妹们用饭，歇息一会，同着桂堂都往大营参见报功。包勇在辕门外瞧见，欢喜非常，忙上前请安问好，并问太太安好。柳绪将家中近况对他说知，包勇放心乐极。随领着姐妹们进大营，上帐参见。

桂兵备正同胡、邓两总镇商议军情，见柳绪们进来，真是喜从天降。宝书们上前请安，禀过金夫人悬念致意说话，呈上家信，并将昨夜乘雨杀贼抢营之事细禀一遍。桂兵备听说大喜，慰劳几句，命与两位总镇见礼。令将带来义兵五百名，"就着你夫妻统领，在前敌左边扎营为犄角之势，彼此救应。所得贼人粮草、牛马、金银分在各营充分备赏；枪炮、器械、旗帐等项分给各营应用；其余一切物件，尽赏给昨夜出力兵将、义勇"。命中军官查记杀贼最多功劳、名姓。一面差将官将生擒贼人解赴节度大营，听候发落。桂兵备分派已毕，同两位总镇分兵查看山势，将贼人营寨尽行放火烧拆，又派兵各处搜剿不提。

且说这些蛮贼出其不意，被官兵四面剿杀。抢去山梁、巢寨，伤人甚多，生擒了十几个有名头目。贼人心胆俱落，逃回蛮峒，去见蛮王沙哩雅哭诉其事。沙哩雅大怒，随传令调七十二峒蛮兵，要亲自领兵报仇复恨。被后峒的乌苏夫人知道，连忙来见蛮王，说道："俺们与官家向无仇恨，因被海里鳅们引诱，替他报仇，惹动官兵，倒伤了多少峒寨。今调七十二峒蛮兵撕杀，胜败难定。况且我在早晚就要生崽，尔忍心丢下我去？我有个主意，一举两便。现今瑶人枭悍，往往霸占俺们峒寨。只要差一能言头目去见狗王，叫他们去同官兵撕杀。俺们看光景再去不迟。"蛮王连连点头道："夫人说的狠是。我依尔说，就差人见狗王，叫他去同官兵撕杀。”乌苏夫人大乐，立刻派了一个会说话的头目前去。一面差人去探官兵消息。分派已毕，拉着蛮王同往后峒饮酒取乐。放下不提。

原来这瑶人就是上古盘古氏的遗种。黔、楚、粤、蜀溪峒之间，滋蔓数千里。所居总在山林深郁，岩谷险峻之处。其人衣斑斓布褐，推髻跣足，言语侏㒧；登临险峻，如履平地；刀耕火种，无甚资产；出入持弩佩刀，喜用药箭，中之必死；又能忍饥行斗，见利亡命，自称为狗王。家有画像，狗首人身，岁时祝祭。其姓有盘、蓝、雪、钟、苟，这五姓自相婚配，不与外人通婚嫁。其配合总在赛神酬愿，男女聚会，饮酒欢乐，觌面歌唱，适意者即相配合。丧葬则作乐歌唱，谓之暖丧。暇则相聚，射虎逐鹿，饮酒沉醉，击掌歌舞以为乐。喜则人，怒则兽。忿争之际，虽至亲亦手刃。复仇报冤，视死如归。往往啸聚劫掠，朝服夕叛，不可施以恩信。其顽犷较蛮人更甚。因其滋生繁众，遂以狗王为长。沿边一带，深为地方之害。

这日，狗王正领着一群瑶女瑶婆在深山逐虎。忽见瑶兵绑着一人推到面前，说道：“拿着一个奸细。”狗王问其来历，那人道：“俺是蛮王差来的。因有金银、牛马、粮草等项来送狗王，被官兵抢去，请狗王自去夺来受用。”狗王听说大喜，放起蛮人，就令他引路，点起瑶婆瑶兵，直犯边境。此时各路官兵陆续到齐，都在要隘处扎营，以便刻日进兵搜剿。谁知瑶兵大至，剽悍非凡，越杀越多，势如潮涌。官兵抵敌不住，连次失机。又被他抢去几处隘口，丢掉好些军装、粮草。嵇节度在大营十分恼恨，传令四路兜杀，毋许贼兵逼近大营。各处官兵、义勇奋力拒敌。无如贼势枭猛，冥不畏死。各处打仗隘口，得而复失者数次。

光阴迅速，转眼经年。桂兵备的金夫人，自柳绪们去后不多几天添生位公子。接着是桂兵备占得蛮人营寨山梁，报捷家书。心中大喜，就将二公子取名桂捷。不觉桂捷业已周岁。桂兵备行兵未了，金夫人思夫念子之心，日深一日。又兼柳太太一子二媳，相别经年，想念甚切。因此差人寄信与桂兵备，令他弟兄姐妹轮班来家，彼此俱有照应。此时桂兵备奉旨专管粮饷，不在军营。已将桂堂们调为后队，专司护解粮饷，狠可放心。这天正要差桂堂同宝书们回去，忽然接着家信，拆开看了几句，不觉大喜。

不知那书中是什么喜事，且看下回分解。

第八十四回　柳夫人金陵践约　宝姑娘佛阁看花

话说桂兵备正要差桂堂同宝书回往署去，接着金夫人差人寄了书来。忙将家信拆开，看了几句不觉大喜。原来是梦玉业已三年服满，秋闱中了第十八名举人。祝筠有书来叫桂堂同蟾珠回去完姻。贾府王夫人也有信来，接金夫人娘儿们回去，情词十分恳切。

桂兵备将各书看毕，对桂堂道："你大姑夫有信来，叫你兄妹去完姻。你回去同母亲商量。我在这里管粮饷不比在军营，很可放心。我将柳哥儿同冯大姑娘也调了回来，且同了家去。有冯富、包勇解粮也误不了事。你娘儿们回金陵走一遭，就便上坟扫墓，完结了婚嫁，也是一件大事。我瞧着这兵事一时也难了手，在这儿白耽搁工夫，趁这空儿回去走走狠好。"桂堂们连声答应。桂兵备即时行文将包勇、冯富派了后队，专管运解粮饷，令柳绪、冯佩金回来听差。

不一日柳绪们转来，桂兵备将缘故说明，就命他们起身回去。弟兄姐妹拜别过兵备，带着几个家人、小子在路走了四五日，回到署中。

金夫人同柳太太瞧见他们，真是喜从天降，那里说得尽那番乐处。先将兵备吩咐的话细说一遍，又说军营光景。金夫人道："我原想要回家料理你们亲事。因你父亲出兵在外，那里丢得下。如今办理粮饷，离军营尚远，可以放心。趁这空儿回去，完结了你们大事。只是柳家干妈村庄上逼近海口，此时正是用兵，不能安静。若叫他娘儿们住在城里，无人照应，我也狠不放心。这怎么好呢?"桂堂道："依我说，干妈娘儿们同咱们去逛一回儿同来。况且梦玉们都狠惦记，贾、祝、薛三处书子上，谁不想着见面呢?"

柳太太道："当初原与梦玉相订，替他去做二十岁。正愁着失信叫他恨我，如今同去见个面儿也好。只是惦着家下，倒是难事。"宝书道:“咱们村庄上正是防海扎营之所。百姓们都搬往四处,还有谁去种田耕地? 横竖家里的那所空房子,有那几个老庄丁在那里看管,咱们在这儿也是白等着。不如依着兄弟说,一箍脑儿同去。干爹知道又狠放心,咱们又应了当初与梦玉相订的话。我去瞧瞧母亲,就将宝月之事了结,真是一举两便。”金夫人笑道:“我女儿说的狠是。太太再别三心二意的,快拿定主意,竟是这样。我择日起身,差人知会咱们老爷,叫他放心。”柳太太点头笑道:“我只好依着他们,同去就是了。”金夫人大喜,赶忙料理起身。派门上杜麻子带着几个老成家人、小子跟去,其余差去伺候老爷。

不言金夫人们起身往金陵之事。如今又说贾、祝两家。祝母自到金陵,相住甚乐。看着贾环完姻,被贾、王两府留住过年。又是贾兰接着做亲,镇江各家亲眷太太们都送江姑娘出嫁,来到金陵。被王夫人们再三款住,盘桓半载,都成了骨肉至亲一样,关切非常。接着是周、陆、汪、吴各家姑娘先后出阁,王夫人们又至镇江送嫁。贾、祝、王、薛变做一家,祝母随意两处皆住。

梦玉同梅春总跟随祝母。他两人在家从鞠冷斋看文习业,若在金陵则从周则古讲学攻书。兄弟二人学业精进,祝母们十分欢喜。因梅秋琴只此一子,奉祝母之命,将桑奶子的那几间房屋另行起造,并将后院添盖一层,令梅白夫妻居住,不必回家。又给梅春先将郑文湘迎娶,完了姻事。

流光如驶,转眼三年。祝尚书弟兄孝服已满。柏夫人在甘露寺做了几昼夜道场,广资冥福。梦玉刚才脱孝,接着八月间正是大比之年,弟兄两个入闱应试,少年英锐之气,笔走如挥。三场完毕,到揭晓之日,梅春中在第七,梦玉中了十八名。梦玉、梅春跟着柏夫人都在金陵。

是日九月初三,园中残桂犹香,菊花大放。王夫人备酒赏菊,沈夫人、薛姨太太姑嫂姐妹把酒谈心。宝钗、珍珠、宝月、秋瑞、芙蓉、惜春、紫箫、海珠、环三奶奶、梅大奶奶、友姑娘、巧姑娘、梦玉、梅春众姐妹剥蟹吟诗,十分有趣。贾环叔侄颇能应酬交接,料理家务。每天宾客盈门,轿马不绝。王夫人见冷落多年,家风重整,心中十分欢喜。

内里是李宫裁同平儿两人,将一分大家当把持总理,年增月积,广置良田美产,比当年胜隔天渊。正是:

芳草春来依旧绿,梅花时到自然香。

王夫人自回金陵三四年以来,见家门振起,心中安慰,落得安闲自在。与薛姨太太、王舅太太们朝夕相依,又见梦玉十分孝顺,祝母们老少无不亲爱异常,竟将贾、祝两姓合了一家。柏夫人又将安和堂西边一带宅子,做王夫人们的住处。宝钗跟着太太同神仙一样,悠悠自在,无忧无虑。一年多在祝府,少在金陵。祝老太太因那年茗烟落水是金凤撩巾相救,有附体之缘,将他二人配为夫妇。薛姨太太将红绶亦令其完姻。柏夫人派他夫妻三人在西宅里伺候主母。平儿将彩凤夫妻派去作太太的跟随总管,住在镇江,同金凤、红绶三人料理一切事务。

看书的只知桂廉夫们剿贼用兵,那里知道贾、祝两家这几年定了多少章程,料理了许多事务,这都表过不提。

且说宝钗同众人们赏花甚乐。秋瑞、紫箫们商量着要作菊花会,拟题赋诗。宝钗道:“当年在大观园分作菊花诗,以林姑娘诗为压卷。今对菊花如昨,人事已非,不禁有沧桑之感。”秋瑞道:“当年诗会中,惟有珍姑娘、惜姑娘是个中人,其余是局外后辈。”宝钗笑道:“当初我们赋菊花诗,珍姑娘还在沉香亭给咱们捧砚呢!”珍珠坐在对面,不觉红晕桃腮。宝钗自知失言,连忙叹道:“如今他是坐上客,我为阶下囚。”紫箫忙接口道:“我原要行令赏花,秋姐姐又要咏菊,宝姐姐是举目有河山之感。你们这些人真是既不能令又不受命,我也只好涕泣而女于吴。”众人不觉大笑。只听见槅子外有人道:“我也来瞧你们的热闹。”一路笑着进来,原来是琏二奶奶,说道:“我在四位太太那里,只听见你们笑声不绝,是得了一件什么好东西,这样乐?”宝钗道:“我在这儿说刘老老那年在大观园的笑话,惹的他们好笑。”平儿点头道:“当年刘老老不能常进宅来,故此做出那些笑话。像这会儿赵老老在咱们家住这几年,一点儿不村,任什么儿全懂。”

珍珠道:“咱们坐着再说,别耽搁工夫。”平儿道:“我那里有点空儿,长来长去的两边照应。只好瞧着你们乐罢!”梦玉道:“这样好花,嫂子不坐着吃杯酒儿,岂不是委屈他。”指梅魁道:“兄弟将那坐儿端过来,请嫂子对着这座花山,饮三杯再去。”梅魁赶忙将坐位摆好,拉平儿坐下。梦玉执壶,梅春敬酒。平儿乐极,笑不住口。宝钗道:“你们瞧着些儿,别将个亲家妈笑死了是不当玩的。”众人吃吃好笑。平儿道:“春天在如是园赏牡丹,老太太硬派我做花神。我这会儿倒狠像花神,带着你们这些散花仙子,必得都吃一杯才是。”众人应允,各皆换酒,依次坐下。兰大奶奶同巧姑娘坐在背后。秋瑞笑道:“江姑娘原先是咱们的好朋友,这会儿降了职分。”兰大奶奶道:“本情懒同你们这些奶奶在一堆儿,不敢巴结。”海珠道:“秋姐姐惹乱儿,叫江姑娘连咱们这些朋友拢共拢儿都丢掉了。”平儿笑道:“依我说,兰大奶奶还是朋友的情分多于职分。不然玉大爷是他的叔叔,谁家的侄儿媳妇同叔公坐在一堆儿喝酒呢?”众人一齐好笑。宝钗道:“咱们不用说闲话。长远没有听珍姑娘的琵琶,对着这样好花好酒,这正是对酒当歌,不可不畅弹一曲。”平儿道:“依我说,不用听四姑娘弹琵琶。今日环三爷同兰哥儿叫了两班子弟们,打十番唱清曲。我听说有一班孩子们顶小,都不过十一二岁。去叫进来唱几套清曲,是我的东,不要你们花一个钱。”梦玉、梅春大乐,也不问众人要不要,忙向平儿打个千儿道:“好嫂子!好姐姐!不要你费心,拢共拢儿都是咱们赏他,只要你就去叫来。”平儿笑着命董嫂子到垂花门去知会,对三爷说将那一班小孩子们送进来唱曲。叫兰大奶奶上花厅去,回过太太们知道。

不多一会,董嫂子领着六个孩子进来,挨次请安。众人瞧这孩子们都长的狠俊,穿着各色花绸夹袄,下面俱一色大红蝴蝶梦的镶鞋,头上是齐眉双髻,手中各拿着笙笛鼓板。平儿问他们名字,各人应道:长生官、庆云官、寿龄官、玉麟官、赵喜官。内中玉麟官年纪最轻,品貌又最秀丽。平儿笑道:“玉麟官先唱一套我听。”宝钗吩咐在菊花山下,对席面摆下六张矮杌子,命他们坐下唱曲。长生、玉麟两人对唱《嘱别》《南浦》两套清曲。席面上浅斟慢饮。有好一会两人唱毕,合席十分叹赏,俱叫过来令其饮酒,随便吃些果子。秋瑞拉着玉麟问道:“今年几岁?住在那儿?家里还有谁?”玉麟道:“我姓蒋,今年十一岁,苏州人。从小儿没有了父母,只有一个亲哥哥是王府班的小旦。在京城唱戏也很发财,娶了一个嫂子,不久的我哥哥也就不在了。”秋瑞道:“你哥哥叫什么官?”宝钗连忙说道:“谁管他家闲事。你再唱一套《痴梦》我听。”玉麟答应,忙下去又唱完一套。平儿、宝钗在玉麟身上加倍厚赏,其余那五个轮番唱曲,各皆有赏。梦玉也很中意玉麟,又见宝姐姐同平二嫂子喜欢,随将手上一只金镯取下给玉麟带上。

众人正在饮酒听曲,见贾、祝两府的姑娘、嫂子几个飞跑过来说道:“报子来了,说玉大爷、梅大爷都中了举。太太们乐的什么似的,这会儿都在那儿道喜。”梦玉、梅春听见,不过如此。倒是海珠几个乐不可解,彼此道喜。紫箫指着珍珠、芙蓉、友梅道:“还有这三位候补举人奶奶也该道个喜儿。”平儿笑道:“你们还有两位举人奶奶老前辈在此呢!”秋瑞道:“不错,咱们必得先给宝姐姐同兰大奶奶见个礼儿。”说着一齐站起,正待出席,见慧哥儿下了学也来道喜。

宝钗正拿着酒杯,瞧见慧哥儿们走来,不觉逗起一件心事,“当啷”一声响将酒杯儿掉在地下,昏昏迷迷晕倒椅上不省人事。梦玉大惊,赶忙过去扶住,叫道:“宝姐姐!你这是仔吗呢?”平儿们都挤作一堆喊叫,慧哥儿急的大哭。秋瑞道:“谁去找点儿开关散来?”珍珠答应,亲自飞撵去取药。花厅上太太们早已知道,李宫裁同着来看,众人正是急作一堆。柏夫人道:“看他脸色未变,不是什么急症。你们扶住着,不要叫他睡倒。”薛姨太太、王夫人含着两眶眼泪。宝月将手在宝钗胸口揉擦。薛姨太太叫道:“孩子,你向来心胸豁达,从不悲伤过分。今日好端端的做这个样儿,你叫我怎样呢!”说着,泪下如雨。柏夫人劝道:“他不过一时气闭,又不为仔吗。你不要悲苦。这些孩子们现在一个两个急的泪流满面,咱们再着急,闹的他们越要惊慌。”王夫人老姐姐点头叹息。海珠道:“兄弟去瞧四姐姐拿的开关散,怎么不来了?”梅春答应,急忙飞身而去。柏夫人见宝钗面如白纸,两目微开,牙关咬紧,心中也有十二分着急。看见梦玉脸已急白,神气不好,众人又皆惊慌不已。贾环叔侄正在外面宴客,听见这信也都赶进来看视。贾、祝两处姑娘、嫂子们无不惊慌叹息,将一座花厅闹的无处非人。林之孝夫妻立刻进来请安问信。

珍珠同梅春寻了半日,才将平安散、开关散找着,每样拿了一瓶,急忙来到花厅。众人瞧见如得了宝贝。正在如法医治,垂花门周嫂子来回太太道:“本家芬二相公中了举,来给太太磕头。回说太太有事改日再见,他一准不依,是必要请示下。”王夫人道:“别说是芬二相公,就是芬二祖宗,我也懒得见他。”贾兰道:“举人什么要紧,等我这老前辈去会他。”说毕,同着贾环出去。

秋瑞、珍珠众姐妹赶忙医治。直闹至上灯时候,口中有气,慢慢苏苏,开双目。见太太们都在面前,梅春拉着两手,梦玉在胸前轻轻揉擦。宝钗将心定了一会,叹了一口气,将身坐起。太太们这才放心欢喜。王夫人道:“你往常没有这样症候,仔吗好好的昏晕过去,这会儿心里觉着怎样?”宝钗摇头叹道:“我怎么儿也不仔吗。太太同妈妈不用着急。我不过是陡然气接不上来,昏晕过去,这会儿全好了。”柏夫人道:“孩子,为你一个,急坏多少人!你若是有点什么,真是要了咱们的命!这里秋风甚凉,叫姐妹们陪你进房去歇息,明日再乐。”宝钗应允,命朱嫂子将长生官六个孩子领到垂花门,交代出去;吩咐“将两位太太的晚饭移到上房;玉大爷、梅大爷同奶奶们都到我屋里去吃饭”。众人答应,各去料理。

荣贵、抱琴、蝶板、入画四个姑娘扶住宝钗,前后点了十几对玻璃手照、大红明角提灯。姐妹弟兄跟着两位太太都到上房坐了一会,轮着敬酒。柏夫人们吩咐众姐妹各去饮酒。众人答应。

刚要下去吃饭,见垂花门送进一封书信,说是镇江专人送来的。柏夫人命惜春拆念,是探春寄来的书子。原来探春的公公周琼做边关总镇,十分得意。长子虽死,幸续娶的太太生了一子一女。这位太太同媳妇不对,时刻寻事生气。周琼听信后妻之言,命媳妇回去守墓。后接着镇江本家周序光的书子说:“贾太太回南,探春母女相逢,现在祝府居住。”后又接信道:“祝尚书夫人是周府吴太夫人后身,将探春继以为女,留着料理家务。”周琼听了十分欢喜。那位太太想出主意,叫周琼寄二百银子与媳妇,嘱周序光照应,令其长在祝府,不用家去。信中还说:“不必勉强终守,听其自便。”探春看见这样书信，知公公听了晚婆婆说话，将他推出山门，再不要他转去了。悲恨填心，几番要死。贾、祝两府太太、奶奶们都抱不平。柏夫人接了周序光兄弟同几家至亲们来公议，将探春过继为女，养老终身，也强如他公公听他改嫁一样，子女婚配亦由祝家作主。王夫人见女儿有所倚靠，贾、祝两家同是一样，十分欢喜。探春自此以后倒死心蹋地帮着柏夫人当家料理，居然母女。因柏夫人在金陵，探春三两日常差人请安，并禀知家间事务。这会儿又是探姑娘的书子，就命惜春拆念。海珠姐妹们也都站着听个信儿，只听惜春念道：

探春敬禀

母亲大人膝下，两宅中均各安好。九月分应收发之项，俱已分析明白。廿七日程四妹妹出嫁，老太太率领两宅人前往道喜。所送填箱礼物只收八色。同日陆四嫂子、余二太太、本家晓亭嫂子生日，各俱送礼，亲往拜寿。初一日老太太往斗母宫拈香。连日天气清爽，各庄收割陆续登场，收租各家人尚未派定。前日汪、顾……

惜春念到这里，顿住口一声不响。柏夫人问道：“汪、顾怎样？”惜春不言，尽拿书子瞅着，满面飞红。王夫人会意，命秋瑞接念，惜春赶忙站开，秋瑞接着念道：

前日汪、顾两冰人来知会，甄家择于十八日过礼，十月初四日迎娶。本宅应拟于何日请媒及一切妆奁作何办法，请母亲示下，以便遵照办理。探春谨禀。

外另有请太太安禀暨姐嫂弟妹书一幅。

王夫人看过，交与环三奶奶收下，吩咐众人且去吃饭。老姐妹两个商办妆奁。柏夫人道：“不用姐姐费事。我家有例，横竖照梅大妹妹出嫁一样。老太太格外陪一分儿也论不定。”王夫人笑道：“我好意思不办一点儿东西，叫外人瞧着也不像个样儿。”柏夫人道：“你且同去，咱们商量着再办。”王夫人点头应允。一宿晚景无词。

次日，梦玉、梅春去见大座师同本房老师，接着领鹿鸣宴，拜同年。王夫人传了名班，给梦玉会同年请客，摆了三天戏席。那新孝廉内中有十几位是宝玉、贾兰同年的子侄，同着众人见过柏夫人年伯母外，一定要见贾府太年伯母并宝钗、兰大奶奶两位年伯母。又因王夫人中了一个五服侄孙贾芬，因此众孝廉同贾府上都有世谊，有一半是贾、祝两府的亲友，还有祝府几家至亲的新姑爷。整热闹了几日，每天男女亲眷轿马不绝。

镇江祝府自接报之日起，两宅唱戏请客，更加热闹。将个祝老祖宗乐的连饭也吃不下，每天笑的嘴也合不上来，连次专差来接大太太同贾、王、薛三家太太合宅都去。那里知道贾宅里请客未了，不能动身。柏夫人十分着急，逼住上船。只得邀了三舅太太沈夫人、凤姐儿的两个姐妹同王夫人一同起身，家中留薛姨太太同平儿、珍珠、芙蓉、友梅几个料理事体；带着李宫裁婆媳、宝钗、环三奶奶、巧姑娘、薛宝月同祝府众人起身。

开船到镇江已是十五。这日正在演戏请媒。两位太太们刚进垂花门，那一路请安道喜也认不出谁是谁，就像围住一堆碎锦。两家太太只剩了点头答应而已。过了景福堂，走东廊下往介寿堂来。祝母看见真是乐不可解。众人请安之后，老太太瞅瞅这个，瞧瞧那个，只是笑着，一句话也说不上来。梅秋琴笑道："咱们刚才在垂花门接着三位姐姐，叫他不应，说话又不听见，我想着这是什么症候！谁知这会儿又闹在老太太身上，这怎么说呢！"祝母们一齐大笑。沈夫人道："老太太是一肚子的喜欢，一会儿想不出打那一条儿说起。"祝母点头道："不错！瞧着你们来，我真乐极了。怎么宝丫头又不带了来？"柏夫人道："真个宝姑娘呢？怎么不见？"修云、探春道："刚才在垂花门总没有瞧见。"芳芸道："我瞧着他进垂花门站在末了儿，招呼了他一声也没有听见。后来人多，也就没有瞧见。"祝母道："又不知叫谁拉着说话呢。快差人去找来！长远不见我这宝贝儿子，实在想的慌。"伺候的姑娘们答应，出去吩咐听差嫂子们立刻去请宝二奶奶。众人答应，刚走到介寿堂院门，见梦玉、梅春进来。嫂子们问道："瞧见宝二奶奶没有？"梦玉摇头道："没有瞧见。我去见过老太太，帮你去找。"说着，弟兄匆匆进去。

不言梦玉、梅春在外面同着祝筠、梅白接待众宾客，应酬了一会，才得进来见祝母同桂、石两夫人、梅姑夫人、竺、鞠两太太、诸位姐妹，请安道喜之事，一时说他不尽。

且说嫂子们各处去找宝二奶奶，逢人就问。各人分路去找。金映媳妇向着垂花门一路找来，走过景福堂，见个小丫头坐在台阶上，拿几枝菊花在头上乱插乱戴。金嫂子道："你不去伺候，将那儿的这样好花扯了下来？一会儿回了大奶奶真要打死！"那丫头瞧见是金嫂子，连忙答道："我不敢扯花，这是宝姑奶奶赏的。"金嫂子忙问："宝姑奶奶在那儿？"丫头道："在六如阁看花，同安妈、常妈说话呢。"金嫂子听见，忙走下台阶，往西廊下到六如阁来。绕过回廊竹屏来至佛殿，见宝钗盘腿坐在那大蒲团上，安妈、常妈坐在地下相对说话。金嫂子笑道："好姑奶奶坐在这儿说闲话，叫咱们找了一个难。老太太等着呢！快些请罢！"宝钗笑道："刚才进垂花门，那一路热闹，头都发昏。我三不知儿的打那几棵梅树后身躲了过来，谁也没有瞧见。等着太太们说完话，再上去不迟。"金嫂子道："这会儿太太同玉大爷们想都见过，尽剩了宝姑奶奶一个，快些去罢！"宝钗站起身来，笑道："我在这里听安妈们说，后院里那口枯井，深不见底，常有香烟飘起。每晚上像有人弹琴，还听见里面有人说话。"金嫂子笑道："听他造谣言。他又知道弹琴，倒别是弹棉花。谁在那儿说话，一定是他男人。"安妈们一齐好笑。

宝钗同金嫂子离了六如阁。刚转到怡安堂甬道上，遇着姨娘们在介寿堂散了下来，彼此道喜问安。陶姨娘们道："这一程子将楚宝堂探姑娘忙了个使不得，两宅的事务总归他一人，那儿来得及。你去安闲了两个多月，这会儿还躲个影儿不见。"李姨娘道："这几天两宅唱戏请客，直忙到今日请惜姑娘的媒人，底下接着就是过礼出嫁。这事闹完了，又到玉大爷同修姑娘。你家这几位姑娘拢共拢儿要发作。我瞧着这几个人都要忙坏。"宝钗笑道："请姨太太们万安，一点儿也不费事。我去见过老太太，就到楚宝堂办事，让探姑娘尽着料理嫁妆。刚才金嫂子说，已专差到岭南去接桂三太太。我瞧着今年未必能来，且过了年再说。"荆姨娘道："老太太等着呢！咱们一会儿再见。"说着，彼此分手。

宝钗不敢耽搁。瞧见怡安堂卷棚下站着好些人在那里招手，宝钗含笑点头,拣直往介寿堂来。刚到影壁边,转过一人拉住笑道:“你好快活!这会儿来了,你还躲着不见。”两人大笑。

不知是谁,且听下回分解。

第八十五回　甄宝玉迎婚拜岳母　梅香月探井遇神僧

话说宝钗刚到介寿堂影壁边,正遇着探春出来,彼此问好。探春道:“你家去安闲了两三月,越养的像个观音样儿。那里想着我人都忙瘦了一半。今日来了,还躲个不见面。”宝钗笑道:“好姑太太!过一半天我备个东儿,给你道乏。横竖底下多替你出点儿力就有了。”

姐妹两个正在说话,见两个嫂子忙走过来道:“老太太要往安和堂去,已经下了卷棚。大太太吩咐去知会伺候。”两个嫂子说毕,飞身去各处知会伺候。探春道:“你就在这里等着请安,省了好些应酬。我在楚宝堂等你。”说毕,带着丫头自去。宝钗听见老太太们笑语之声渐近,忙闪身站在影壁后面。不一会听见院门口燕语莺啼十分热闹。想着老太太们必然过去,露着半个脸往外瞧着。不意正与汝湘对面瞧见,忙喊道:“你怎么躲在这里?”老太太们站住一齐回望,见是宝钗,不觉大笑。宝钗忙上前请安道喜,给诸位婶子、大妈、姐妹们请安问好。祝母拉着问道:“你仔吗躲在这儿?叫谁也找你不着。”宝钗将刚才进垂花门,因见人多,到六如阁坐着,同安妈们说那枯井的闲话,被金嫂子找着同来,说了一遍。众人一齐好笑。

祝母道:“咱们六如阁后院那口枯井,当初你爷爷在日,因镇江至金陵一带瘟疫大行,死亡相继,咱们请龙虎山张真人建设平安醮,退除瘟疫。又请到咱们家来驱邪镇宅。张真人将咱们内外宅子处处瞧到,说那口枯井是眼仙井,里面有股清气罩住咱们宅子,再受不了瘟疫。令咱们将栏杆护住,不许丢肮脏东西下去。这么多年总没有遇见些什么异怪。近来常听人说里面有香烟出来,又说听见仙音仙乐的响。也不知他们是真是假,横竖咱们也总没有听见。”石夫人道:“老太太一路说话走的更快,到怡安堂歇歇再走罢。”祝母笑道:

"说着话儿倒不很乏,到西宅里听两出戏儿,就算给你姐妹们接风。"梅秋琴道:"也没有今日请媒人的戏席,就算了接风。咱们都是听衬戏的。"祝母笑道:"明日给三个姐姐洗尘,请你作陪。我一会儿就差人下帖,补偿今日的衬戏。"

太太们一路说笑,不觉走过瓶花阁、楚宝堂,进了如是园门。只见:

金粟香盈袖,菊花开满篱。

祝母们先到富春阁,给沈夫人回拜道谢。略坐一会,又往各处游玩一回,转至秋水堂,用茶歇息。随都到荫玉堂后轩玻璃屏内坐下听戏。宝钗无暇听戏,先到王夫人院里同着彩凤、金凤、红绶们料理了些事务。检点过太太带来衣箱、物件并一切零星什物,命各人点明收好。又至安和堂交代些说话,让探春在此料理,却将楚宝堂事务接管办事。海珠们亦各人回院检点,应酬来问好的各家姐妹。祝母们是日就在安和堂用晚饭。次日给王夫人、沈夫人、柏夫人接风,在景福堂演戏,就请至亲家的几位太太们同来作陪。接着是桂夫人、石夫人轮次相请。

一直闹到十八,甄家过礼。金珠首饰、蟒袄绣裙,十分华丽。柏夫人同诸家亲族瞧着心中甚喜。王夫人想着迎春、探春当年过礼出嫁,那里有这样热闹,看不出惜春极冷淡之人,福气倒在诸姐之上。甄宝玉常在荣府走动,谁知惜春姻缘就在此人身上,真是梦想不到。这日荫玉堂内外演戏,开筵请客。贾、祝两家男女亲眷无一不到。全亏探春、宝钗同着怡安堂四位姨娘料理一切。两宅中人皆欢乐。次日凝秀堂送过嫁妆总记,交与探春查办。柏夫人与祝母商酌增减,比梅姑太太出嫁时略为更改。王夫人同宫裁、宝钗商酌,另有陪赠,差人往金陵请薛姨太太、琏二奶奶酌量赶办。

光阴迅速,转眼佳期。甄宝玉在五条街上赁了一所绝大公馆,内外陈设,铺垫灯彩,极其华丽。将家中几个得力家人媳妇、细致丫头,都带在公馆料理伺候。又请几位本家太太、奶奶,还有两个出嫁的亲姐妹同来迎亲。自从十月初一起,祝府款待新人,昼夜开筵演戏,上自祝母、柏夫人、石夫人、贾府王夫人、王府的沈夫人,以及诸姐妹挨次公请。平儿同贾府的本族外亲，有好些由金陵赶来送嫁。

到了初四日，甄家彩舆鼓乐，翰林执事，插花挂红的家人、小子一二十对前来迎娶。惜春感王夫人、柏夫人恩德过于生身，感激悲苦，不忍分离，水米不能下咽。梦玉同姐妹们又有离群之感，相向而哭。这会儿花轿到门，更哭的不像样范儿。琏二奶奶同着王府的几位奶奶、姑娘，还有凤姐的两姐妹，在各处逛一会，转到石夫人屋里说了一会闲话。听说花轿已到，一齐过来送新人。走到竹影山房，听见里面有人哭的悲切。平儿绕过回廊走将过去，见是入画、侍书两人对哭。平儿笑道："今日姑娘大喜，也不犯你姐妹两个哭的这样伤心。"入画道："我们命不好，赶不上二奶奶有福。侍书姐姐跟着探姑娘，受了些风波艰苦，这会儿连个准家还不知是那儿。我同着惜姑娘，当日在大观园，不知受人家多少气。后来死了心，跟着姑娘出家，倒落得个清闲自在。谁知惜姑娘又承继在这里太太跟前，做了姑娘。我又享了两年的快活。这而今姑娘嫁到甄家，自然是得了好处。我跟过去，又多了一个主子。你想这命苦了个使不得。"入画说着，泪下如雨。侍书道："眼前只有咱们两个命不如人，白活着有个什么味儿！"平儿道："你们各人心事，想着原是要哭。但天下的事也是难料的，像我当年再也想不到还有今日。你们只要随着神佛爷，过到那儿是那儿。只看眼前，倒比原先差远。"

平儿正在说话，王府上的奶奶、小姐们笑着进来，问道："什么差远？你们尽着说话，丢下咱们靠着梧桐树上老等，闹的身上怪凉的。"平儿拉着侍书、入画道："新人快要上轿，一会儿找不见你们，叫两家太太着急。咱们打伙儿同去。"说着，一同离了竹香斋，绕廊穿径来到西宅。正遇着上轿吉时，男女亲友内外挤满。

由大门起直至宝书堂，吹打鼓乐之声联络不绝。贾、祝两府各派十二对提灯，又派荣国公、祝尚书两家朱牌执事，沈夫人又送大学士全执事。祝府派徐忠、张本、槐荫、周惠，贾府是林之孝、周瑞、茗烟、董升八个体面家人，先押嫁妆过去。

已到吉时，媒人再三催请。祝母难以款留，受新人拜别，实难分舍。柏夫人吩咐命贾环抱新人上轿，此时人声鼓乐，也听不见一句说话。桂夫人拉着些太太、奶奶、姑娘们赶到东宅里去上轿,同去送亲。王夫人同李宫裁、平儿、梅姑太太送甄家来接亲的太太们上轿。这来接亲的都是贾府的老亲,那里肯放,一箍脑儿都拉到新郎家去。

此时花轿起身,塞满街道,男女老少堆如山积,兼之文武大小衙门两处道喜,甄家门口找不出一点儿空。甄宝玉知道内外人多,本家几位难以照应,见王夫人们来送亲,心中大喜,忙跪下说道:"今日宝玉完姻,各衙门夫人、太太都来道喜。本家嫂子、姐姐应酬照应不到,求太太同珠大嫂子、琏二嫂子、梅大姑妈们在这里作个东家,照应一天。改日宝玉再请新亲上门,外面要留环兄弟、梦玉兄弟帮着陪客。求太太应我,吩咐兄弟别去。"甄宝玉抱着王夫人两腿尽着磕头。王夫人笑道:"咱们那里的客还多几倍,若不回去,叫老太太着急。就是祝二叔叔,外面一个人也分拆不开。连兄弟们也断不能在你这儿。你且起来,咱们一会儿商量。"梅姑太太道:"新人快出花轿。你等着拜完堂,我自然有个主意。"宝玉欢喜,起身去料理拜堂。听见外面傧相请过三次,鼓乐齐奏,花烛一对引着新姑爷出去参拜天地。女貌郎才,人人称赞。

梅姑太太对王夫人道:"新姑爷给咱们磕了一会子头,好意思就走吗?等着拜完堂,就吩咐坐席。在这儿道喜的,有一多半是咱们家的亲友,吃杯喜酒,领了姑爷的情。咱们拢共拢儿邀了家去,家里也刚是上席的时候,又省了老太太们着急。"王夫人道:"固然如此,也得先着两个回去才是。"桂夫人道:"我同送亲的都先回,你们就来。"平儿笑道:"趁着归房热闹空儿,赶着就走,省了费事。"桂夫人点头,私下照会江苹、宜春吩咐伺候。趁着归房热闹,同着来送亲的太太、奶奶们赶忙上轿。甄府家人款留不住,只得伺候上轿而去。王夫人、梅姑太太私下知会各家亲友,赶着上席。领过几杯喜酒,都到新房对两新人说明,邀了一多半同往祝府。甄宝玉同惜春知难相强,让太太们回去。梦玉、梅春已去了一会。此时祝、贾两府更比甄家热闹。这是惜春的福气胜过两姐。

且不说甄宝玉请新亲、做满月,惜春回门那些富贵喜庆热闹说话。且说祝府六如阁的安、常两老妈,这日正在佛殿焚香,听见后院里惊天动地响了一声。两人吓了一跳,忙到后院来瞧。只见那眼仙井塌成一个大坑,连四面栏杆也不见了影儿。两人不敢隐瞒,忙到垂花门去知会。谁知合宅内外正在查问这响的缘故,见安妈来说,查、槐两大奶奶都到井边细看,果然塌成一个大坑,又不知有多少深浅。吩咐安妈们佛前收拾伺候,恐太太们亲自来看。查大奶奶到垂花门,着人去回老爷。槐大奶奶到怡安堂来见太太。有听事的嫂子说太太在西宅贾二太太院里看牌。槐大奶奶点头,转身往如是园来。走了一会,瞧见梦玉、梅春同着宝钗、宝月、海珠一大群姐妹,全在那几棵老梅树下,坐的站的十分热闹,走到面前说道:"这样怪冷的,现飞着雪片儿,仔吗的在这儿说闲话?"宝钗笑道:"咱们并不是不怕冷,实在是知道大奶奶要来,在这里拱候。"探春道:"你别打皮瓜子,请大奶奶来瞧,这几枝梅花开的好不精神!等着过了年,我那边有几大块闲着的阴石,抬过来架在那两边山子石上,狠像个石洞。对老太太说取名梅花古洞,我搬到这儿来住,狠有个趣儿。"槐大奶奶笑道:"我正要去回洞,姑奶奶又想在这儿造洞。"秋瑞道:"去回什么洞?"槐大奶奶将六如阁仙井塌开的话对众人说知。探春道:"那一声响的古怪,总有缘故。让你去回太太,咱们先去瞧瞧。"槐大奶奶点头,往西宅而去。

探春同着梦玉众姐妹竟往六如阁来。安妈们伺候奶奶们拜过佛,同至后院。众人见那井口塌有一丈多宽,里面有几片白云冉冉飞出。汝湘道:"此井向有仙名,今又白云飞出,断非妖魅窟穴可知。有谁肯下去走一回,必有佳境。"九如道:"如我辈中有人下去,或知有佳境。若使粗蠢人去,想此中未必备有酒肉,虽佳,而不以为佳也。"众人笑道:"九丫头说的有理。"

姐妹正在说笑,只见祝筠同梅白、鞠冷斋三位进来。宝钗们都上去请安见礼。三位老爷到井边四围看了一会,看不见有多少深浅,惟见白云飞出,香气纷纷。祝筠道:"这是一件奇事,怎么知道底下有水无水?"梅白道:"这又何难,只要用条长绳拴个铁条放将下去,就知深浅。"祝筠点头,吩咐周惠立刻备绳来试探。不一会,柏夫人、桂夫人、梅姑太太同着贾府王夫人、王府沈夫人也来看井。彼此见礼,议论一回。见周惠领着个精壮家人洪升抱着一捆绳子,拴着个十来斤重的铁条,将这头绳子拴在那靠墙柳树上,井口上横着一条长竹竿,将铁条担着,往中间直放下去。看着绳子不动,知已到底。用石灰在绳子上做记号,将绳子拉起。祝筠们细看铁条上干干净净,并无湿泥水迹,量绳子有十五丈多深。命洪升又在四面丢下去,周围探过,一样长短,并无点水,众人深以为异。

鞠冷斋道:"下面不但无水,且无湿泥,是别有洞天。必得着个明白有胆之人下去,才得知其就里。"梅白笑道:"你知道我平日最喜游览险奇之境。常笑古人凛乎不可复留,才游了一半就骇了回来,只可惜天生好景无人去看。刚才用绳子去探有水无水,我就怀着要下去的心肠。今已四面探过,可以放心。我明日去逛一回子,上来说与你们知道。"祝筠笑道:"这件事要请教咱们姑太太使得使不得,我不敢做主。"秋琴道:"横竖他起了这意,不拘是谁也强他不过。你竟给他备下点儿好酒,送他下去。底下有碎鱼儿、小螺蛳儿,让他吃点儿好放心。"王夫人们一齐好笑。祝筠笑道:"既是妹妹说过,我明日命他们搭个架子,拴着小竹椅儿,坐着下去,才得安稳。"桂夫人道:"不必费事,就将园子里面的秋千架子拆来。这里使过,再送回园去,又狠便当。"祝筠点头,吩咐周惠"将如是园的秋千架拆来,搭在井上。明日姑老爷要下去瞧瞧"。周惠答应,忙叫匠人立刻就办。柏夫人们往介寿堂去回老太太。祝筠三人亦出去饮酒作乐。内外一宵晚景不提。

次日饭后,祝母领着众人都在井旁,看着梅白坐在竹椅上,转着轮盘往下慢放。椅脚下拴着两对鸽子,到了底将鸽子放起,以便知道。绳子上面全是铁铃,如要上来将铃动摇,上面就便用力拉绳。

不言井上之事。且说梅白坐在椅上,初下去一丈来深,还听见井上人声说话。下去二三丈深,光亮渐小,耳内如闻金鼓之声,似乎相去不远。下至五六丈深,仰视天如一碟,淡碧色,并无光亮;四面黑暗,热气熏蒸,汗出如雨,絮衣俱透;耳中闻怒涛急浪之声,由远而近,已至足边,急用手摸,又皆无水。下至八九丈,又如铜钟之声,似断似续;热气愈甚,如在蒸笼里,闷不可忍,心儿茫茫无所主;耳边听见秋琴叫唤之声，愈听愈切，连忙答应相问，只听见有几万人答应相问，都在耳边，总不住声。心中想道：“秋琴何能到此？”忙将心神定住。下至十丈以外，仰见天光如明星一点；四面风声甚响，脸上并无风吹，定睛细视，一无所见；耳边觉着有人对他切切私语。正在心中烦闷，觉有人在身上摸索，其声不绝，渐觉摸到耳上脸上，又像是几条蛇盘在身上。梅白素常胆气甚好，此时未免亦有些心动。忙将手在头脸上一摸，原来是系竹椅的绳索，知身已到底。先将脚试探，像是泥而有声。复又弯身以手摸之，知椅在地上，俱是干土。慢慢站起身来，定睛四望，见一处微有光亮。想道：“有亮必有路，且将鸽子放去，再探佳境。”随将椅脚上两对飞鸽摸着尽俱解放。听那黑暗之中，像有几万飞禽，风声雷动。

自家向着微光处摸了过来，渐近渐亮。走至面前，见有路径，心中大喜。由路上走去，转过一弯，豁然开朗，别有天地。信步行去，只见瑶草琪花，沁心悦目，不觉大喜。自言自语的道：“我游了半世山水，这才真是仙境，迥乎不类人间。庶不负我好游的心志。可惜这样仙境，未曾带得酒来。”不知走了多少路，见有座石壁挡住去路，两边清水深潭，一望无际。走至壁前，见石色翠润如玉。居中像是石门，正要敲门进去，听见背后有人叫道：“且慢！”梅白回头，见一蓬头赤足头陀笑嘻嘻走至面前，说道：“足下虽有仙缘，此时尚未脱俗。俟花甲一周时，我在罗浮相待，至期望勿爽约。”梅白道：“我于世事全不关心，何事不能脱俗？”头陀道：“尚有三十年夫妻情缘未了，是以不能留此。”梅白道：“既有情缘，何必现此仙缘？”头陀用手指道：“你看这门上写着什么？”梅白抬头见石门上写有几行字，念道：

古洞未曾开，千年土内埋。

梅花递消息，须待宝钗来。

梅白点头道：“原来为他而设！”头陀拉梅白同回原路，袖中取出草履一双，说道：“知足下性癖山水，特以此履奉赠。着之履险如夷，畅其游览。绳拂一柄，亦可避虎狼恶物之患。烦君代为问询致意，世外人无烦垂念为嘱。并致吾妹暂来仍即归也。”梅白道：“仙师何人？以便转致。”头陀笑道：“君不知有扬子江心破浪相逢之白云和尚耶!”梅白喜极,知是贾琏。正要拉着叙说亲谊,却被他一推,满眼任什么也瞧不见。四面一摸,依旧坐在竹椅上。心中甚喜,忙将绳上铁铃乱摇乱扯。觉身子腾空而起,比来时精神两样矣。

原来梅白去了三昼夜,将老太太们急的要死。这日听见铃响,喜出望外,吩咐众家人用力快扯。不多一会,扯出井口。众人瞧见就如得了宝贝,赶忙扶下椅来。祝筠道:“你怎么逛上几天?老太太们急的什么似的。”梅白笑着先过去给老太太们请安问好。不等老太太问话,忙将自下去的光景一层一宗细细说到出井。祝母们喜欢之至,又感谢白云僧记念。

王夫人对宝钗道:“只有你在我左右,形影相依。若再丢我而去,将来只剩我一个孤人,如何了结?”说着,不觉伤心落泪。宝钗道:“太太尽管放心,太太在一日,我必相随一日,断不忍半途相弃。当年宝兄弟、琏二哥他两个心如死灰,所以出家才能得道。我今日儿女情肠未断,又无出家之心。成仙得道也要那人愿意,天下那有硬拉着人去做神仙的道理?况且我家两房兄弟得道,已是古今创闻。再没有姓贾的不论男女,碰着就是神仙。当年惜姑娘立志出家,要成仙得道。两宅的太太、嫂子、姐妹们不知出了多少眼泪,苦劝不依,只得让他出家。如今同甄姑爷寸步不离,咱们留他多住一晚,满肚子不舒服,必得想着法儿回去。这会儿,就是何仙姑来给他磕头,驾了云车鹤辇来请他去做神仙,他也断不愿意。”宝钗未曾说完,祝母们一齐好笑。桂夫人点头道:“天上无不孝之神仙,再没有丢下老亲不顾,尽去出家之理。”沈夫人亦道:“宝钗说的甚是。”梅白道:“只管放心,白云和尚曾说过,寄语吾妹,暂来仍即去也。可见并无留他之意。”王夫人道:“若果如此,我才放心。但必得个妥当人同去才好。”祝母们未曾回答,只见海珠们众姐妹人人都要同去。”桂夫人道:“身子不便的,断乎不可。内中只有秋瑞、紫箫、汝湘、九如、海珠、修云这几个,随老太太作主。”修云们再三苦求,闹的老太太没了主意,对王夫人道:“大姐姐,你们公议,叫谁同去。我实在叫他们缠的慌。”梅白笑道:“不用公议,要去都去。不是下去的路险,连老太太都可以同去逛逛。现有这样仙境,错过了可惜。孩子们要去,就随他们去罢。”秋琴道:“一个下去半天,这些人四五天还下去不了。”祝筠道:“若是老太太准他们去,倒很容易。换上一张竹床,坐上四个,做两磨儿都下去了。”祝母望着柏夫人们问道:“你们意下如何?”石夫人笑道:“他们兴致难以相阻,求老太太准他去罢。”柏夫人道:“三妹子说的甚是。孩子们断不肯让宝姑娘一人自去。况大妹夫说是仙境,想去也无碍。”祝母点头,命祝筠将架子收拾结实,换上竹床,明日早间再去。宝钗们各去沐浴,更换衣履。

柏夫人们都在介寿堂说话。王夫人谈起琏哥儿救过几回急难,都是极危极险的境遇。柏夫人道:“存心慈善,所以成仙。”祝母正待说话,见周惠媳妇手中拿着一包书信,回道:“老爷交到垂花门,说岭南桂三舅老爷回书同柳太太们书子。”祝母大喜,忙叫桂夫人们分看。芳芸、掌珠、探春将各书挨次轮念。祝母听说桂、柳两家业已起身同来,乐的大笑。王夫人们人人欢喜。吩咐垂花门知会老爷,专派妥当人一路迎接上去。王夫人差茗烟先回金陵,预备桂、柳两家太太房屋等项。诸位夫人在介寿堂商议到夜深而散。

次早,用过点心,宝钗领着众姐妹到介寿堂禀知去探仙井。并面回芳芸、掌珠小月已过百日,身子干净,求恩并赏同去,留宝月伺候太太。祝母笑道:“姐妹们都去,留他两个干什么。你们先在井上等着,咱们来瞧着下去。”宝钗众姐妹答应,先往六如阁来。见祝筠亲自料理,十分妥当。将安妈们住房下去窗槅,铺设体面,预备老太太们坐歇之所。井上另换粗木大架,安设转轴。中间并悬矮脚小竹床二张,俱铺以红毡厚褥。八条粗绳上皆系着几对飞鸽。另有细绳拴在床脚,绳上俱是大铁铃。

宝钗见备的狠妥当,对众姐妹道:“昨日大姑夫说下去的光景,众人都听见的,千急别要害怕。咱们虽坐在一堆儿,总别言语。恐一开口应声害怕,惹人心慌。再将身上带子彼此联住,到黑处下来,可以免其遗落,姐妹都可放心。逛了回来,依旧联住,坐定在床上,再摇铃上来。真是一点乱儿没有。”秋瑞们道:“宝姐姐说的一点不错。咱们且去伺候老太太拈过香,就来联住。”众姐妹来到六如阁,见老太太们拈香已毕。王夫人对宝钗道:“逛会子就转来,别同姐妹们尽着去逛，叫咱们惦记。对琏哥说，这儿园子狠幽静，他可以来，咱们见个面儿，谁还留得住他？”祝母们说着话已来到后院，看见祝筠办的妥当，心中甚喜。命宝钗们上去坐着。

众姐妹各将系腰长带彼此联住。两床上坐的是宝钗、秋瑞、修云、海珠、掌珠、芳芸、紫箫、汝湘、九如一共九人。秋琴笑道：“再添一人，真画不出的一幅十美图。”沈夫人笑道：“何不添上宝月。”命他也去坐上。祝筠吩咐众家人转着轮盘往下就放。梅白忽然想起一事，说道：“且慢！”

不知他说出什么话来，且看下回分解。

第八十六回　六如阁群芳游异景　幻虚境姐妹悟前生

话说宝钗们刚往下放，梅白忙止道：“且慢！黑暗之中身在云雾，已至地下，尚不能自知。须持细竹一枝往下探，到与不到，可自知也。”宝钗答应，命周惠将那一枝细竹竿递来，系在绳上。祝母们看着下去后，吩咐梦玉带着周惠同十几个得力家人就在屋里歇息。不分昼夜，听见铃响立刻用力齐拉。老太太同各位太太都在上房听信不提。

且说宝钗姐妹比不得梅白来时满腹疑心。他们细知其中光景，心无疑惧，听着地中之声反以为乐。宝钗见下去有二三丈深，对众人说道：“前日姑夫一人无人可说，又不知下面是何光景，是以闻声而惊。咱们心既无惧，姐妹闭口而坐，甚属可笑，不妨彼此问答，庶不气闷。”芳芸笑道：“宝姐姐一人说话，倒像有好些宝姐姐的声音。咱们都说笑起来，真是应接不暇。只可惜地下无人赏识，负此好音。”秋瑞道：“这地下不知埋掉了古今来无尽藏的好事，岂但负此好音。就像咱们刚才嫌冷多穿几件衣服，这会儿大汗如雨。众人身上香味儿全透出来，熏的满洞皆香，将来千百年后，真是地道不假的美人香土。”众姐妹一齐大笑，满洞中胜过燕语莺啼。修云道：“我实在热的受不得，气都喘不过来，可是要脱衣服。”汝湘、九如都是热的难忍。

海珠们道："这衣服怎么脱呢？"紫箫道："且各人解开，褪在坐身上，等着到底下再穿。怨不得大姑夫说越深越热，就像蒸笼一样，真一点儿不错。我可要光脊梁，实在受不得。"众人各将衣服慢慢褪下，热闷更觉利害。掌珠道："怪不得惜姑娘情愿还俗，实在受不惯做神仙的这样闷气。再闷一会，我也要去还俗。"

众人正在大笑，宝钗嚷道："到了！快别言语！"众人听见竹竿掤在地下空空声响，又摸四面粗绳业已松软，知已到地。紫箫们先用脚往下试探结实。还不放心，姐妹们都站在竹床上，每人只穿一件薄絮袄，十人的衣服都堆在床上。又将腰带各人联住，黑暗中摸着查点一遍。宝钗领头。第二是修云。因宝月年长，胆量又好，命他末了儿做第十。先将绳上飞鸽尽行解放，一齐拍手，尽行飞鸣而起。

宝钗定睛细看，向着微亮之处慢走过来，渐觉光大。随光转过一弯，顿然开朗，见别有天地，众人心中大喜。彼此整理衣裙，互相照看头面。修云道："上面万木皆枯，此处百花俱放，高下十余丈，气候就如此不同。"九如道："此处非地下之地，乃天上之地，并不是井底下皆是如此。咱们将这些鲜花香草戴点出去，也好作个凭据。"诸姐妹都说："甚是。"各择香色精美者，插满两鬓。跟着宝钗，看不尽奇花异草、水秀山清。

走了一会，来到石壁面前。众人站在门边正看诗句，石门忽开，里边站着十个美人，笑道："既到本境，何必又要迟疑。"宝钗们细看，门内十人就是门外同来的姐妹十个。不过少的是腰带相联。宝钗们走进石门，跟着那十人进去。历过几层琼楼玉宇、金阁瑶台，来到一座水晶台上，四面光彩若有若无。众姐妹觉自身形体与这彩光不甚相合。

由光中上台至顶，见一位绝色仙姬领着几个美人，与原先十个会在一处，俱迎着宝钗们说道："七日来复，虽是定数，恰是奇缘，十二钗尚缺其五，可见数难相强。"宝钗等上前见礼，问道："此间是何仙府？何以诸位仙子又皆与我姐妹们形容相似？"美人答曰："此即离恨天幻虚宫。我即幻虚仙子，诸妹俱是会中人，所见者皆本来面目。"宝钗道："红尘俗骨，难解仙机。望仙子慈悲，指其愚昧。"幻虚仙笑道："已往再来，如是如是。离由聚起，聚即离生。悲固生悲，乐亦非乐。我犹是我，他还是他。此即诸妹本来面目，有何难知。"宝钗道："实在仙机难测，求仙师明以示我。"说毕，同秋瑞们一齐跪下。幻虚仙连忙扶起道："且与诸妹遍观幻境，再识本来。"遂邀着众人畅游软香窝、种情窟、连理岩、温柔乡。宝钗等心情畅适，乐而忘返。

走至一处，见有一块圆石，其黑如墨，毫光闪闪。幻虚仙指道："此名太元石，在天地未分之前先有此石。由太元而生太极，然后生两仪，分四象，而有天地。阴阳五行之道皆由此石而生，又名太元镜。不拘神仙、佛祖一切世界天人，对石一照，尽见本来面目，丝毫无隐。诸妹请自照之。"宝钗们大喜，十人同至石前，各人对镜细看，不多一会，尽识本来，不觉相对大笑。向幻虚仙拜谢道："一念情迷，又转尘世，多承指示，得悟再生。自此以后，不敢再种情根也。"

幻虚仙点头道："诸妹言之甚是。宝钗情缘虽浅，情障尚深。前在瑶池与诸仙会议，现有岭南瑶人作乱，大为边境之害。所谓稂莠不除，有害嘉禾。且此种孽贯已盈，上干天弃，势必尽剪根株，以清乐土。我将此事商之众仙，付与宝妹，借杀伐以消情；而十二钗亦可大半借消情劫。因此命白云侍者，借仙井之名指引至此，正欲托以重任。"宝钗道："杀伐之事，非闺门女子所能为，此事断难从命。"幻虚仙道："我亦知宝妹难当此任。前与诸仙斟酌，向王母处乞得乾坤再造丹一粒，服之自能胆智俱生，无往不利。另有宝书三册奉赠，须熟记之。因事而用，尽皆如意。"命女童取过宝书，交宝钗藏于衣底，又看着服了再造丹。

修云们道："宝姐姐得了灵丹、宝书。我们姐妹九个，既来本境，得见本面，又遇本人，怎么倒不叫咱们学点儿本事？"幻虚仙不觉大笑道："诸妹在幻虚境中原有本事。因历两世人间，自迷本性。今幸宿根未断，尚可归复。"袖中取出白玉子九枚，分与九人吞下，道："助宝姐成功！姐妹弟兄俱是会中人，立功岭外，真是闺中美事。珍珠枪剑得孙夫人传授，且臂有鹏筋，人间无敌，惟胆智未足，兹将玉子一枚与珍珠服之，以助其胆智。"宝钗代谢收下。芳芸道："刚才咱们的前身怎么一个不见？"幻虚仙道："神清则合，神迷则分。初到时你们神气昏迷，自身尚不相认，何况身外之物。此时神清气足，精神已合而为一。”

海珠道：“既知前世因缘，则青埂峰前灵石亦须观看。”汝湘、九如等亦再三相恳，幻虚仙道：“不但灵石可观，尚有许多佳境，不可不知。”同宝钗们信步而去，所历山水树木、花草楼台，俱非人世所有，并不知是什么名色，总是好看爱人而已。

来到一处，见一座玉山高有数丈，温和香软，莹洁可爱。山脚下细草如发，翠绿鲜香，一片缠绵，不见根节。幻虚仙指道：“此石名为情根石，混沌初分，以此石分天、地、人三才之情。凡物之有情者，无不由此石而生。此草名为情丝草，不拘天地间无情之物，沾着此草，未有能不动情。草下有穴，名情穴，深不见底。有时风动草香，泉自内出，涓滴成河，流入情海。”秋瑞道：“此穴并不宽深，就是有泉流出，未必能成河入海。”幻虚仙摇头道：“此泉幸我在此收束，不许放浪。若听其兴致流入人间，不但成海，且恐淹遍大千世界。你们不信来看，就知这情穴的利害。”秋瑞们跟着幻虚仙走至情穴面前，彼此拉住往下细看。见四边丹碧辉煌，深不见底，只见一股异香氤氲沁骨。

姐妹十个正在闻香，不防幻虚仙往后一推道：“仍往情中去罢。”十个人拉着一堆，满眼漆黑，只听“拍拉”一响，都跌在地下。宝钗道：“幸而底下没有发水，咱们都跌在草上，就是怎么上去呢？”听见宝月、秋瑞、汝湘、修云笑道：“不要着急，倒像是咱们来的竹床，身底下坐的不是衣服吗？”姐妹们暗里一摸，果然不错，彼此大喜。海珠、九如道：“咱们数一数，可是十个人。横竖棉袄也穿不住，拢共拢儿垫在坐身底下。坐妥当，不错了，再拉铃。别丢掉一个，不是玩的。”闹了半日，都坐妥当。彼此叫唤一遍，然后摸着系铃的绳子不住乱摇。

宝钗道：“咱们逛了这好大半天出去，不拘是谁，总不可说这缘故。只说是白云和尚说了些救人的故事。石门里面是一片大海，就说白云和尚要将我渡过海去，你们拉着不放。他说错了这仙缘，要隔六十年才来渡你。仍旧将我们送到井下。总是这样说法，咱们本来面目一字休提。横竖咱们是两世姐妹，比人格外亲爱。自此以后，患难相关，疾病相扶持，各人心照而已。将来彩姑娘过门，你们是知道的，自然还是脱不了林姑娘的脾气，也只好听其自便，休要惹他。”秋瑞道：“此时梦玉爱博而情不专，究与前生有别。”宝钗叹道：“此言甚是。情海无边，各宜自爱。若再转生，就难救药了。”九如道：“我与秋姐两人俱得遂前生之愿，此心已足，再不作痴情之念。”修云道：“你们都是因情而来，我又何必多此一举？”海珠道：“你是为老太太尽义，应得这番好处。”宝月道：“谁知我与柳郎还是前世姻缘，必须了结。”

汝湘道：“刚才来的那样闷热还了得！这会儿倒狠舒服。”紫箫道：“你忘了，咱们都穿着单褂子，敢自舒服。我瞧着上来比下去快，瞧见井口的光亮。”芳芸道：“今儿早上飞着雪片儿，这会不知下的有多厚。咱们穿着单褂子，井口儿准备着那一冷罢。”修云道：“站在地上赶着就穿，一点乱儿没有。”

姐妹们说笑未了，已到井口。众家人齐声用力，拉出井外。祝母们就像得了活宝，赶忙扶下。宝钗们瞧见墙边杨柳垂金，篱上蔷薇似锦，蜂衙蝶闹，不是早间天气。姐妹们十分惊怪，忙过来问老太太，这是那里，怎么一会儿工夫柳树就长了叶。祝母们笑道：“你知道今儿是几时？你们去了几天？”秋瑞道：“咱们下去不多一会，就遇着琏二哥，光着脑袋赤着脚，领着到石门下，将门一推就开，进去不多远，见一片汪洋大海。琏二哥将一只破鞋丢下海去，变成一只小船，叫宝姐渡过去。又说：诸位妹妹既到此间，都有仙缘，俱同我渡过去罢。宝姐说：我并不愿成仙，亦不要得道。若是丢下太太，叫我做了神仙也是不乐。我生平最恨‘出家’二字，众位妹妹有愿成仙的，只管同去。海妹妹们一齐说道：‘我们伺候着老太太，比做神仙还乐。像你丢下琏二嫂子，叫他可怜的什么似的。依咱们的主意，你竟还了俗回家去，同琏二嫂子夫妻完聚，就是世上的神仙。不比你一个人跳来跳去的有趣吗？’琏二哥笑道：‘我要渡你们成仙，你们倒叫我还俗，可见做神仙原是不容易的。且过六十年后，再来度你们罢。’就将咱们仍送到这井下，并没有往别处去逛，真是不多的工夫。”柏夫人们不胜惊叹。梅秋琴道:“怪不得刘、阮回家已经几世。今不过半日之间,已就七十余日。你们是冬去春回,今日是花朝日矣。”姐妹十人不胜惊叹。宝钗道:“怎么不见咱们太太?”柏夫人笑道:“你们穿上衣服,咱们一路走着一路再说。”

祝母们起身,刚走至院中,见那仙井内一股白云如烟一样直冲而上。不多会云尽烟消,那仙井长满与地一般平正,连旧时井样毫无痕迹。祝母们十分惊怪,吩咐将架子全行拆去,这三间屋子仍旧赏还安妈们居住。所有出力家人,着周惠开出名单,酌量加赏。

祝母离了六如阁。宝钗问道:“仔吗梦玉同魁兄弟都不见面?”柏夫人道:“桂三姨儿同柳太太们正月十三就到金陵,太太急的什么似的,只得带着探春星夜回去。谁知你三姨儿两姐妹商量妥当,就是正月十八给巧姑娘同堂儿完了姻。你太太又择了二月初三,将梦玉赘回家去,给珍珠、蟾珠、芙蓉、友梅完结姻事。因你太太要在金陵热闹,老太太也只得顺着他意儿。咱们家诸事现成容易,你二婶儿、梅大姑姑、竺、鞠两位亲家妈、郑大姑姑同江家、汪家、周、顾儿家至亲全都去了。二婶子同大姑姑惦着老太太,等着过了五朝赶着回来,昨日才到。三婶儿同怡安堂姨娘都还在你家。正是做亲热闹,谁知朝廷想念功臣,将你爷爷荣国公的公爵,赏给了兰哥儿承袭,就要进京当差供职,金陵文武各官全来道喜。正是喜庆连绵,昼夜开筵请客。老太太将两宅得用的丫头、媳妇们派了一半去金陵办事。你狠可放心料理修妹妹三月间的喜事。”

宝钗十分欢喜,说道:“谁知半日之间,就有这许多喜事。真是山中七日,世上千年。修妹妹喜事尚早,我告十天假去了就来,求老太太准这个情儿。”祝母笑道:“既是念家,准你回去十天,多一天我可不依。”柏夫人道:“就派他带着几个妹子们亲去迎接,一箍脑儿都要同来。”宝钗笑道:“不管是谁,拢共拢儿都接了回来。二婶子派定谁,咱们马上就走。”桂夫人笑道:“派了这个,那个又报怨,随老太太作主罢!”秋瑞道:“除修妹妹不去外,求老太太赏十天假,准姐妹们同去看个热闹,给大嫂子去道个喜。”祝母道:“你们愿意,就留一两个在家也不舒服。可是别逛开了心,忘了回家。”秋瑞们欢喜,齐声答应。桂夫人吩咐垂花门预备船只。

梅秋琴道:“你们头上戴满的什么?金光闪闪的,有个玩意。”宝钗们道:“这是仙宫的花草。”一面说着,都在鬓边除下,到景福堂齐送至老太太面前细看。祝母同柏夫人们接在手里,反复把玩。只见镂刻精巧,不类人工。非金非玉,晶莹光彩,闻之颇有异香。祝母道:“这就是琪花瑶草,人间难得。咱们各戴一枝,沾些仙气。这几十枝给我留着,等贾大姐姐们来,各分一枝。”交与五福以洁净宝盒藏好。

宝钗同众姐妹各人赶着回房收拾,托修云在楚宝堂暂为照应。西宅里是彩凤一人办事。宝钗两宅交代他家常事务,忙领着姐妹八个各堂去禀知起身。祝母同柏夫人们都吩咐些说话,再三叮嘱,不许多耽搁。宝钗们连声答应,离了介寿堂。修云同几个姑娘、嫂子们送出垂花门,看姐妹们上轿而去。宝钗众人来到船上,催着就开。姐妹九人亲如手足,无心看玩江景,将宝书取出,彼此细参行兵之法,秋瑞、紫箫、汝湘三人讲解更为明畅。姐妹共枕联床,昼夜演习,这且不表。

且说金陵贾府自柳、桂两家到后,王夫人带着探春赶忙回家。彼此见面之乐,一言难尽。柳太太儿女夫妻到了贾府,就像唐三藏取经得到西天,见了佛面一样。说不尽那样光景,是感激,是亲热,满脸是笑,眼眶里又掉下泪来。正是知遇之感莫过于此。薛姨太太母女相逢,乐不可解。柳绪、桂堂、梦玉、梅春四人相叙,又像太上老君一气化三清。你就是我,我就是你。三千大千世界,除我四人之外,无可与语,极尽人间知己之乐。

桂府金夫人姐妹商酌,择于正月十八日先给巧姑娘赘婿完姻。巧姑娘深感继母恩庇,今日得配才郎。做亲之日,抱住母亲哭之悲切,倒比亲生女出嫁时哭的真切。平儿大可慰凤姐之灵,见得丈夫之面。想起当年住在刘老老庄上,好容易守住,母女相依几年,从此要永远分开了。母女两个大放悲声,尽量恸哭一场。诸位太太们劝之不已。探春道:“你娘儿两个且住个声儿,我有两句话说完了,你们再哭不迟。二嫂子是想起当年母女凄凉光景,如今又要分开,自然要哭。巧姑娘是舍不得母亲抚育之恩,固然也该哭。但是新姑爷站了好大的工夫,等着拜堂,你娘儿两个尽着哭。我过来请嫂子示下,还是叫姑爷且回去,让你们哭完了再来呢,还是请姑爷进来,陪你们哭会子再去拜堂?"各家太太们一齐大笑道:"二亲家快让姑娘去拜堂罢!"

平儿点头,请王宅的舅太太两位过来,给新人戴上挑巾。这两位舅太太是王夫人嫡亲内侄媳妇,内阁大学士王子腾的胞侄媳,丈夫都现在为官,又有儿女。一个是平儿的嫂子,一个是兄弟媳妇,都是富贵双全人。平儿今日请王家舅母给外甥女戴挑巾的缘故,一则是慰凤姐之灵;二则是解王仁卖巧姐之恨。此时巧姑娘心中感慰非凡。拜堂之后,新人双入洞房。这新房是巧姑娘的香阁,收拾得十分华丽。内外男女亲眷闹房欢乐,一连几日。

桂府金夫人、柳太太同王夫人、薛姨太太们不分彼此,胜如手足。薛宝书、冯佩金亦同儿女一样,料理照应诸事。李宫裁、平儿两人得此好帮手,亲热之至。祝府里除老太太、柏夫人两位不来外,其余都在金陵。

这天是巧姑娘三朝喜日,内外演戏,大开筵宴。梅姑太太对王夫人道:"我倒有个主意,真是一举两便,依不依随你。"王夫人笑道:"你的主意自然新鲜,说出来咱们商量。"秋琴道:"现在巧姑娘出嫁,咱们两家亲友大远的都在金陵。何不趁这热闹劲儿,就给珍姑娘、桂姑娘、友姑娘、蓉姑娘完结了这一件喜事。两家省了无万的张罗。况且梦玉做亲是向来常事,就照着那年瑞姑娘出嫁一样办,再没有这些简绝。就将姑娘们各自各儿的屋子做新房,做过亲等满月后,一箍脑儿回去,你想这该省下多少事?错了这主意,就难说了。"王夫人点头道:"主意虽是,不知三妹妹如何,还要请老太太示下。"秋琴笑道:"咱们老太太只要有人将女儿给梦玉做老婆,连拜堂都是咱们多事,这样办法再没不依。去请二姐姐同桂三姐姐来商量,倒不要错了主意。"

王夫人吩咐去请祝二太太、桂三太太。丫头答应。去不多会,见平儿陪着桂夫人姑嫂同顾四太太、郑大太太一路说笑进来。郑太太道:"你们不陪亲家太太,倒在这里舒服。"秋琴道:"不相干,咱们都是亲家，谁不管谁。”王夫人让众人坐下，说道：“有个主意，同妹妹商量。”就将刚才秋琴的话说了一遍。桂夫人道：“秋丫头的话原说的有理。我这两天也想到这层，因为未曾回过老太太，过礼东西又不带来，一时难办。若是大姐愿意，这事倒很容易。”平儿道：“固然办的容易，咱们家的嫁妆一样儿赶不起来，这倒费事。”郑太太笑道：“我瞧着‘嫁妆’二字尽可豁免。他们妆新衣服尽够穿戴。若说铜、锡、磁器，铺垫、桌椅、屏台等项，他家实在找不出一点空儿堆放。连我补给汝湘的妆奁，拢共拢儿都搬了回家。依我说，竟依着梅大妹妹主意，趁着诸亲在此，给他姐妹们完结这件喜事，两下放心。只要差人回去禀知老太太，将妆新衣服取来。咱们这里只消将姑娘们各人屋子收拾做了新房，一点也不费事。”

桂夫人道：“既是这样，主意已定，就差陶姨娘、荆姨娘带周惠媳妇家去回老太太，取衣饰，赶着就来。”秋琴道：“必得探姑娘同去才得料理妥当。”王夫人道：“不知宝钗们上来了没有？我很惦记。须得探春去走一遭，才得放心。”平儿着人去请探姑奶奶来，说知此事，赶忙知会陶、荆两姨娘，对祝筠说知缘故，同探春们连夜起身回去。

这贾府里每天请客，笙歌盈耳。珍珠们正帮着料理宾客，忽听见有出嫁的信儿，赶着同蟾珠、友梅、芙蓉四人躲在后院楼上，闭门静坐。将各人的绣帏香阁让琏二奶奶去陈设洞房。薛宝书对平儿道：“当年四姐姐同琏二哥给我料理出嫁。谁想到今日我同二嫂子又料理四姐姐的喜事，真是天之巧报，令人难料！”平儿叹道：“那天在金山寺遇见你二哥，我说不出的那样难受，他毫无一点情义。凡世上出家人，都是断情绝意，死心烂肝之人。你看宝兄弟同琏二哥丢下父母妻子去做和尚，就是成了仙得了道。我瞧着一点儿不乐。”

两人正在谈心，见金凤同祝府朱、李两姨娘来对平儿道：“刚才咱们的太太说，里边做了四新房，好些太太、奶奶们短了几间屋子。听说二奶奶又在宅子外预备公馆，太太们说狠可不必，分了两处又难照应，就在上房太太们各房大炕上狠可安歇。已对各家太太说过，请二奶奶就去料理。”平儿听说，忙托宝书们各去照料。贾府内外处处是人，并无一间空屋。王夫人知道祝筠一切饮食起居早晚须人尽心服侍,因将垂花门东院里几间小书房给祝二老爷同桂夫人住宿。就将同来姨娘、得用姑娘都住在那院。桂夫人嫌书房窄小,每晚总与王夫人同住。秋琴、石夫人俱与平儿同炕。

做完喜朝,刚安静四五日,探春们已取物转来,说:“老太太、大太太听了狠乐,赶着请人合周堂嫁娶吉日,择了二月初三完姻。说是随太太怎么办,怎么好。不等满月,连巧姑娘们拢共拢儿都搬了家去。”秋琴笑道:“我说老太太再没有不依。今日二十八,又是小建,只有四五天又要热闹。梦玉同绪哥儿们这一程子倒像蝇子叮住,一步儿也走不开,连几个媳妇儿都丢开也不要了。”王夫人忙问道:“真个的,宝钗们回来没有?”探春道:“还没有影儿。老太太说太太们只管放心,再没有姐妹十个拢共拢儿成仙的道理。等着一上来,立刻就差人寄信来。刚才遇见林之孝,说是节度衙门来叫他,不知是说什么?”王夫人道:“节度田大人很关切照应,想是探听梦玉做亲的日子。”

探春说了一会话,同着姨娘们各处请安,给老太太同大太太致意问好。各处走遍,来到后楼,这后院静悄悄并无一人。探春同两姨娘、周大奶奶四人走进屋子,转入槅板走上楼梯,四面漆黑。探春在前说道:“梦玉这孩子花了钱修造这房屋,楼梯上连天窗也不开一个,这算办什么事?”陶姨娘道:“他那儿管这些,白叫人弄了钱去。”周大奶奶道:“这件工程,赵禄很发了财。”探春在前走上了楼梯,刚跨进槅扇门里,黑影内有个人抢过来,拦腰一抱。探春大叫:“哎呀!”

不知是人是鬼,且看下回分解。

第八十七回　桂侣佺奋拳打鬼　林之孝大笑归神

话说探春在楼上,黑暗中出其不意被人抱住。一惊非小,不觉大叫:“哎呀!”只听见两人哈哈大笑。周大奶奶们赶忙上前细看,原来是梦玉、梅春两个笑做一团。荆姨娘道:“仔吗你们躲在这儿骇人?

若是在楼梯上，不骇的都栽下去？你两个小祖宗真会闹事！"探春道："你摸我一个心跳到嗓子眼儿上，这是何苦呢！"梦玉笑道："我给姐姐揉揉，你明日也骇我一磨儿，出姐姐的气。"梦玉说着，给探春在胸口上揉了几揉。探春在他手上掐了一下，说道："怎么天生你这样讨嫌东西！你两个到底在这里干什么？"

梦玉道："绪哥同桂兄弟要四姐姐的神弩，不知他藏在那儿，同魁兄弟怎么央及总不开门。刚要走下楼去，听见姐姐来了，我又折上楼来，刚才骇了姐姐一跳。姐姐，你别动恼，我给你打两下出出气。"说着，将头睡在探春怀里。探春将手摸着他脸道："谁恼你？骇死了我这苦命姐姐，要你偿命。"拉着手道："等着同我下去。"周大奶奶忙去叫门，里面嫂子们开门笑道："我几回要开门，都叫姑娘们拦住。不是姑奶奶来，再别想着开门。"梦玉也不听说话，先进房去，见珍珠姐妹四个看牌，笑道："听着咱们央及，装不听见。我摸摸你们肠子是铁的，是肉的？"说着抱住珍珠，向胁下乱抓。珍珠笑作一团，不能喘气。梅魁同芙蓉闹成一堆。蟾珠、友梅赶忙躲在探春同两姨娘背后。周大奶奶两处去拉。姐妹几个笑的要死，彼此坐下喘息。珍珠道："你怎么好好的又闹到这儿来？这是那一股子的劲儿？"梦玉道："谁叫你们躲在这里，到底是个什么缘故？"芙蓉道："咱们爱住那儿，就住那儿。不用你管，真是扯臊！"

探春笑道："咱们忘了正经话，尽听你们混闹。"随将老太太同大太太吩咐的话说了一遍。并说宝钗十姐妹还未上来，老太太十分惦记。梦玉道："那天我原要同去，叫老太太骂了一顿。倒让海姐姐们拢共拢儿都去，任他们性儿不知逛到几时。可怜我两个月不是探姐姐管我，竟像是没有主儿的游魂。"荆姨娘笑道："再隔三天，又添了四个主儿。"梦玉道："我也不下楼去，随姐姐妹妹嫌我也好，骂我也好，在这儿住几天，同下楼去。"说着，就在珍珠、蟾珠两姐妹炕上躺下。

陶姨娘笑道："新姑爷闹新姑娘的房，从来没有的新样儿。"珍珠对梅春道："好兄弟！咱们两个下棋，别跟着他讨嫌。"梅春摇头道："谁爱下棋，我怪困的慌，要靠着探姐姐打个盹儿。"探春道："我要坐会子才去，让你躺罢。”梅春就在芙蓉、友梅床上倒身而睡。周大奶奶先下楼去。陶、荆两姨娘同探春听蟾珠、芙蓉说那年在荣府帮珍姐姐们收拾行李，晚间失贼的故事一段，彼此赞叹不已。

梦玉、梅春俱已睡熟。姐妹们正在畅谈，见祝府杏贵姑娘走上楼来，笑道：“姨娘同姑娘们好舒服！下面热闹了个使不得。”探春道：“今日有个什么热闹，本家的那几位太太、奶奶们常来常往，谁有工夫去接去送的，只可听其自便。”杏贵道：“本家来的一会儿自然不少。这会儿有一件天大喜事，连四位姑娘都该下去道喜才是。”探春道：“是谁家有天大喜事？”杏贵道：“就是贾太太宅里。”探春摇头道：“太太这里只有宝玉回来，是一件天大喜事。除了这一条儿，断没有大喜，如果真是宝兄弟回来，实在是太太同宝姐姐的天大喜事。”珍珠连声问道：“真个宝二爷回来吗？他是和尚打扮，还是在家一样？这会儿见了太太，不知问起我没有？咳！这是何苦来呢！”探春道：“去来皆有定数，如果回来亦断不是当年的宝玉。”杏贵笑道：“实在并没有宝二爷回来。因朝廷垂念开国功臣，将荣国公爵赏给了兰大爷。这会儿节度衙门送了公爷的冠带来，说是明日五鼓在万寿宫宣旨谢恩。你想江姑娘现成一位公太太，这不是天上掉下来的大喜？”探春点头叹道：“一个公爵几乎被赦大老爷们糟掉。这会儿蒙朝廷恩典赏给咱们二房，真是天大喜事！姐妹们都该同去道喜才是。”陶、荆两姨娘将梦玉、梅春摇醒，各人饮了一盏香茶，姑娘们送上热水擦脸。珍珠姐妹也赶着更衣净手，匀粉掠鬓，换过衣裙，一同下楼来至上房，只见无数人儿正在道喜。王夫人见探春、珍珠们进来，笑着道：“家门冷落多年，不想又有今日，你们给大嫂子道个喜罢。”探春们先给太太道喜，又给李宫裁道喜。兰大奶奶过去给众位姑娘们道喜。

梦玉、梅春随着众人拜完之后，往巧姑娘屋里来找桂堂。丫头说同柳大爷刚才出去。转身出院遇着冯佩金道：“他哥儿两个找不着你们，各带弹弓，骑马去逛。说是你们要去，赶忙到教场东沿儿老爷庙里会面，迟了不能多等。”梦玉点头，同梅春忙出垂花门，又遇着惜春回来道喜。梦玉见惜春姐姐打扮的像月宫仙子一样，姐弟们站着说几句客话。两人看着姐姐进垂花门，忙往外飞跑，迎面遇见贾兰，穿着国公冠带徐行缓步而来。梦玉笑道："大爷！我瞧着你周身上下都不舒服。"贾兰笑道："这是上朝的冠带，若不拘早晚尽着穿在身上，不成了一幅天官图，像个什么样儿呢？"梦玉道："咱们去逛会子再来。"贾兰道："早些回来，别叫奶奶们惦着。"兄弟点头，知道厅堂上处处有人，耽搁工夫，竟走夹道出去。

走不多路，见几乘大轿进来，原来是石夫人、郑太太、鞠太太同着竺太太到周则古家去逛了回来。梦玉、梅春跟着轿子，到垂花门伺候下轿，对石夫人们道："同兄弟去回拜两客。"石夫人道："天已不早，赶着回来，别在外面耽搁。"郑太太道："周老太太这几天不见你哥儿们去，狠惦着。明日偷个空儿去瞧瞧。"梦玉们答应，瞧着太太们进了垂花门，也不及同姑娘、嫂子们说话，转身就跑。来到茶厅，都是祝、贾两府家人、小子坐在那里听差说话，瞧见一齐站起，问道："两位大爷往那里去？"

原来王夫人待梦玉就如宝玉一样，连梅春亦如亲子。吩咐内外人等不许提姓，只称玉大爷、魁大爷。大小家人听其指使。贾、祝两家不分彼此，都是家里一样。梦玉见家人们来问，对福儿们道："马棚下备现成的牲口拉几个出来，我要去找桂大爷们。快些！别耽搁工夫。"众小子答应，立刻去拉了五个牲口出来，说道："备现成的只有五个。"梦玉、梅春各上牲口，命派三个小子同去。老家人赵亮、周瑞道："天已快黑，大爷们找着了固然回来，就是找不着也赶着回来，别叫太太们惦记着。地方宽人，一会儿难找。"梦玉们随口答应，飞马出门而去。

主仆五人纵马往教场里来。小子成儿道："大爷，这教场有什么逛头儿？演武厅面前昨日还决了两个囚犯，一会儿遇着鬼，那是不当玩的。"梦玉道："我要到东沿儿老爷庙里去找桂大爷同柳大爷。"成儿道："东沿儿那庙里，尽是人家寄着的灵柩。桂大爷们又不去上坟，在那儿干什么？"梅春道："不管在不在，咱们去瞧。"三个小子不敢多说，放开马走了一会。离庙不远，见那古树枯枝上数不尽的乌鸦、老鹳，夺枝争宿。梅春用鞭梢指道："你看那树枝上挂着那个风筝，忽飞忽落，真是一幅天然图画。”梦玉道：“那棵老树弯在半天，真所谓长空之蝴蛛。”弟兄两个一路说笑，已到庙门。此时还是正月天气，转眼日已沉西，晚风刺骨。喜儿道：“庙门并无牲口，桂大爷们一定回去，咱们也转去吧。”梦玉们下了牲口，走进庙门。见大殿关闭，院子里几棵大树罩的阴风瑟瑟。和尚另住一院，绝无人声。主仆转过大殿后身，四面俱是停灵之所。破门烂槅，有关有闭。阶砌上零落纸钱，时住时动。庆儿忽然叫道：“那西层里站着个堂客，瞅着咱们笑呢。”喜儿吓了一跳，对着庆儿啐道：“什么堂客？想是你妈来叫你。”梦玉弟兄不觉大笑，往西边来，要看那个什么堂客。离那屋相去不远，庆儿叫道：“站着！别往前走。那堂客瞅着咱们笑呢！”梦玉、梅春站住，定睛细看，那破屋里一阵冷风扑面吹来，透入心骨。主仆们毛发皆竖，站不住脚，转身就走。谁知里面跳出一个僵尸，赶来追人，主仆五个往外飞跑。梅春落后，跑的又慢，与僵尸相去不远。

正十分危急，不期外面转进两人。那在前的人眼快，早已看见，迎上前去让过梅春，口里叫道：“不用害怕！”道言未了，僵尸已到面前。那人飞起一脚，只听“噗嗵”一响，将个僵尸踢倒。原来那两个不是别人，就是桂、柳两位大爷。弟兄们站住哈哈大笑。桂堂道：“我同绪哥坐在这庙门口，打了一会雀儿。又到庙后山上逛了好大一会，刚才瞧着你们过来，咱们赶忙来找。谁知你们被鬼撵了出来，这样东西，只要打倒，不能再起。若是越跑，越追的利害。”

柳绪道：“咱们瞧瞧是个什么僵尸。”这会儿彼此胆壮，俱蹲在地下细看，是个女僵尸。脸似石灰，两耳直竖。齿白如丁，上下尖利。耳轮下茸茸白毛。发披于背，十分难看。梦玉道：“这僵尸，生前不是平等人家的妇女。你看两耳上带着珠环，身上衣裙款样俱极精细。”喜儿道：“这一双脚，同周婉贞姑娘的一样大。那天当堂将周姑娘的一只脚，发给交他父亲领去。还有周姑娘两块肉，周大叔领了肉，自家拿去埋葬。叫我将鞋送去交给周大婶子，那只鞋刚放在我手心中间。我刚才量这两只脚，同周姑娘的一样大。”成儿道：“不是他们的鞋小，实在是你的手长的像熊掌一样，又宽又大。连我的鞋放在你手里，也只好一半。”庆儿道：“你若爱这双脚小，你背他回去做老婆，就是不可看他的嘴脸。”喜儿笑道：“你别说，这堂客生前一定长的不错。你看他身材衣履，定是个很体面的俊人儿。他若活了回来，我一定背他去作老婆。”成儿笑道：“若是他活了转来，再轮不着你。不如你赶忙倒做了僵尸去凑他，这最好稳妥当。”

桂堂们不觉哈哈大笑。只听见有人问道：“爷们蹲在地下笑什么？”众人抬头，见是本庙和尚，叫他来看。和尚低头骇了一跳。问道：“怎么一个奶奶们睡在地下？”梦玉道：“正要问你这是那儿来的？”和尚道：“阿弥陀佛！我庙里连个奶奶们的影儿也没有见过。刚才看马的到我院里来点火吃烟，说爷们在这儿。我过来知会，这后院子，自从前年有位官儿将个爱妾的灵柩寄在后屋里，不知怎么成了僵尸，被他害过多少后生，甚不安静。我们到下午就关上院门，不过这边。恐爷们不知，到后院里遇着他怪不好的。他活着是那位老爷的爱妾，死了是咱们庙里的嫌鬼。”桂堂指道：“这就是你说的嫌鬼。”将刚才打倒的话对和尚说知。梦玉道：“你去叫几个工人来，仍旧将他抬入灵柩。他身上衣服首饰一点不许偷去，捆住两脚，再不能出来作怪。”命喜儿交四两银给和尚，除了工钱，余作香烛之费。兄弟们交代已毕，转身回去。梦玉叹道：“僵尸！我有一诗奉赠。”念道：

　　金屋当年一阿娇，我今乍对亦魂销。
　　劳卿着意空相逐，留赠寒鸦伴寂寥。

和尚送至庙门，弟兄们再三嘱咐几句。这会儿上下十人，离庙不远，回望晚烟中，颇觉有阴惨之气。

梦玉道：“今日之游甚为有益。”柳绪道：“我同侣大爷出兵时候，见过多少死人，像这样儿从来没有瞧见。”桂堂道：“只要胆壮力足，不拘什么妖魔鬼怪，只当玩意。我原先怕鬼怕贼，忽然胆壮，膂力一天长似一天，端着百十斤的东西就像是二三斤的玩意。我各自各儿也说不出这个理来。听说松大爷家的寿大哥膂力本事超群出众。”梦玉道：“去年冬间，松大叔差人来送礼，寿大哥寄了一副好鞍鞯，一口宝剑，还有你前日瞧见的那张弓，一壶箭。书子上说：有文事，必有武备。骑马试剑断不可少，他有二十亲随小子俱是精勇强壮。寿大哥每日早晚领着他们演习一回武艺，件件精熟。松大叔狠喜欢。就是彩姐姐时常多病,因此寿大哥寸步不能离开,不然定要差他来瞧老太太。”柳绪道:“几时得寿大爷见个面儿,真是三生之幸。”梅春道:“聚散自有定数。我倒想起一件事。咱们几家小子七八十个不止,拢共拢儿挑三四十个,交给侣大爷学习武艺,咱们也跟着演习,岂不是件妙事!”喜儿接口道:“奴才头一个要学武艺。那天听见老太太有恩典,说将里面年分深、年纪大、出力狠好的姑娘,赏给外面勤谨劳苦出力的小子。叫查、槐两老人家秉公据实开单。奴才名字开在第四,将来老太太恩典,一准要赏老婆。这会儿不赶着学些武艺,等着老婆变了僵尸,我就对着他小肚子儿给他一脚。”梅春失声一笑,往后一仰栽下马来。众人齐下牲口,赶忙扶起。梅春还不住声大笑,说道:“我明日对老太太说,偏不要赏喜儿的老婆。好好的人,愿他变僵尸。”梦玉们一齐好笑,骑上马缓辔回家。已是上灯时候,请过晚安,各去歇息。梦玉在探春一房安歇。

次日,贾兰到万寿宫接旨谢恩,承袭公爵,随往大小各衙门拜会叙谈。回到家中,在敦本堂摆设坐位,请王夫人受礼。桂夫人们齐说:“姐姐是祖太夫人,应该受贺。”王夫人穿着一品诰命公服,坐在居中,受贾兰拜了四拜。随请母亲受礼,李宫裁先给太太磕头,又给王家舅母、薛家姨妈、桂夫人诸位婶子、姨儿告罪,这才坐着受拜。兰大爷的公太太也给太太、婆婆磕过头。

接着,林之孝老夫妻上来磕头,说道:“奴才十二岁伺候荣公,今年八十四岁,眼见兰哥儿已是四代。又见公爵叫咱们二房得了过来,奴才实在乐极。”说着哈哈大笑,谁知有年纪人过于喜欢,气接不上,不觉大笑而死。林大奶奶急的大喊大叫。王夫人道:“不用着急,这是气转不过来,扶他坐在圈椅上,抬回家去。赶着用人参、老姜煎汁,灌下去要紧。”众家人答应,赶忙扶的扶,抬的抬,林大奶奶一路叫了回去。王夫人吩咐琏二奶奶,包四两人参差人送去给他煎汁。婆媳们不胜叹息。诸位太太们等这事完毕,挨次道喜,直闹了一天。到晚上垂花门来回,林之孝业已去世。林大奶奶领着儿子、媳妇,在门外磕头谢恩。王夫人们不胜伤感,命琏二奶奶赏他二百两银料理丧事。

次日,贾兰祀祖,祭祠堂,拜本家。诸事未了,接着是珍珠们出嫁，梦玉赘姻。若不是探春同祝府的姨娘、姑娘，薛宝书、冯佩金等分司其事，将一个平儿真要忙死。这是贾、祝两家不分彼此的好处。

此时，公府又是一番气象。各大小衙门夫人、命妇都来看新人道喜。梅姑太太们将四位新人妆扮的如天仙一样。只有这位玉大爷，拜过几磨儿堂，瞧着狠不要紧，站在红毡上，听鼓乐奏过三次。不见新人们出来，他有些发烦，拣直往里就跑。柳绪忙止住道："今日不比往常，你跑进去干什么？你听，正哭着呢。"梦玉刚要进去，只见梅春出来笑道："真是野事，四姐姐同友妹妹抱住太太哭的伤心，蟾姐姐拉着三舅母哭个不住。只有蓉姑娘一个人坐着淌眼泪，我说四姐姐们泪出恸肠，哭的有因，你这眼泪出的才没有溜儿。依我说姐姐不出嫁，别耽搁妹子。你竟先去拜完了堂，各人干各人的罢，倒白耽搁工夫。蓉姑娘抓着我，在颈脖子上使劲的一口，不是我跑的快，横竖要咬下一块肉来。这不是野事吗？"柳绪笑道："咱们一会儿闹房，你再报仇。"兄弟们正在说笑，见桂堂同着亲眷家的二三十位小弟兄们一齐出来道："姑娘们实在讨嫌，哭两声儿就算了，尽着哭叫人怪烦的。不亏梅大姑姑几句话，今日再别想拜堂。"

只见内外鼓乐齐声响奏，四位新人已至华堂，男女亲眷看如山积。梦玉趁空儿跑到上房，见王夫人、金夫人两姐妹并坐谈心。他走到金夫人身前，倒身睡下，将头枕在王夫人膝上，口里说道："叫我站了好大工夫，总不出来。这会儿也叫他们站会子，等我睡一觉，再去拜堂。"两位夫人不觉好笑。王夫人道："好儿子，四姐姐们各有心事，自然要哭。姑娘们一定的道理，辞别父母，总要哭两声。谁像你小子们简绝呢。"金夫人道："蟾妹妹老实可怜，你多疼顾些儿他，诸事总要瞧着我。"梦玉连声答应。

听见外面请姑爷拜堂，王夫人道："好儿子，咱们送你去，瞧你拜堂。"梦玉道："我恨极了，总得要睡一觉才去。"两位夫人正在无法，见薛宝书进来拉着梦玉道："好兄弟，别耽搁吉时，咱们尽候你拜完堂，就料理内外酒席。你瞧这一程子谁忙的还有点空儿，巴不了完了一件是一件。好兄弟，快同我去罢！"两位夫人亦再三吩咐，梦玉笑着同去拜堂，见诸位长辈俱在等候。除新人们所站之地外，尽是男女亲眷,比上几磨拜堂做亲又加几倍体面热闹。

拜完之后,到上房中屋里吃合卺杯,坐归房筵宴。完毕之后,四起细乐送新人各归洞房。男女大小亲友各处闹房,将个梦玉你抢我夺,闹的身不由己。从来没有见这样做新郎的热闹有趣。四处洞房俱摆着酒果,不多一会,将新郎闹的大醉如泥。众嫂子、姑娘们扶他到珍姑娘新房里来。那三处洞房,请几位千金小姐陪伴同宿。

梦玉在珍珠屋里,一觉直睡到红日三竿方醒。见珍珠早已梳洗完毕,坐在炕沿上问道:“你何曾吃过这些酒,昨晚上那里像个人样儿!”梦玉道:“姐姐你怎么又标致了些?”珍珠道:“姑娘家开了脸,总要换个样儿。昨晚上你睡了觉,魁兄弟们直闹了一夜,谁还合个眼儿。你今日少要吃酒,等过两天再到我屋里来说话。我要上去请安,你也就起来。”梦玉点头答应,看珍珠出房去后,赶着起来,梳洗换衣,也忙到各处请安。是晚与蟾珠成了花烛,次日芙蓉,末了儿才是友梅成亲。一连四日,无日不醉。

桂夫人知家里无人,老太太们惦记,赶忙做过五朝,同梅姑太太先回家去,留石夫人们在此等着一同回来。

贾府中又是公爷请客,又是姑爷喜酒,每日开宴,宾客不断。这日正在内外演戏,垂花门来回:“宝二奶奶同各位奶奶到了。”王夫人们听见,就像得了一件什么宝贝,眼巴巴望着。不一会儿宝钗、宝月同海珠们一齐进来,挨次请安道喜。宝月同柳太太母子、宝书这一见面,悲喜交集,彼此亲热非凡。梦玉、珍珠众姐妹团拜道喜,又俱同宝钗团拜。李宫裁婆媳彼此拜完,贾兰进来磕头。海珠们见礼之后,宝钗对贾兰道:“爷爷亲临矢石,汗马功劳,挣下这个公爵。今蒙朝廷恩典赏给后人,正要你仰体祖宗未酬之志,报答国恩。并非叫你荣其身家,徒吃俸禄而已。自此以后竭力存心报国,无负国恩祖志为要。”贾兰连声答应,王夫人见他训侄有方,十分欢喜。宝钗将琏二哥给太太请安道喜,并致意诸位婶子、姨儿,并勉励姑爷说话,略说几句。“因琏二哥领着多逛了一会,谁知人间已过三月。”各位太太无不赞叹。

海珠姐妹同着宝钗,将各亲眷们不拘大小尽皆见过。内中只有柳太太婆媳四人，说不尽那番感激亲热情景，正是多年离别相见依依。柳太太们说了一会关切想念说话。宝钗同宝月、宝书、佩金、海珠们众姐妹都到珍珠屋里来。珍珠独自一人向宝钗另行拜谢。友梅亦赶忙跪下，未曾开口，不觉纷纷落泪。宝钗将他们扶起，笑道："你们拜我之意，心事不同，很可不必。我此时身不成仙，心已得道。若是当年儿女情肠，见珍姑娘洞房花烛，我岂能尚在人间？此时与海珠妹妹们都在莲花境上矣。况珍姑娘犹非他人可比，其中滋味不过如此。既已成人，一生之事已了，不必再往情障中自取堕落。"海珠们将大元镜照见本来之事细说一遍，坐中人皆恍然大悟。珍珠道："姐姐想我心事，我若深于儿女情肠，岂肯在金山寺勇于一跳？又何曾想到今日母恩姐德出于再造。从此以后，不过了结前缘而已。"宝钗点头道："很是。"随取石子递与珍珠道："此系幻虚仙奉赠，服之可以壮其胆智。"珍珠接在手内，望空拜谢，吞入腹中。众姐妹彼此叙谈，十分合意。

珍珠从此将儿女情肠丢在一边，每日与冯佩金、薛宝书众姐妹静心练习武艺。将沙中得的铁戟送了桂堂，并传他孙夫人教的那几路神戟使法。宝钗亦将幻虚宫细话禀知太太，王夫人知其就里，十分安慰。薛姨太太就着热闹，给宝月、柳绪也完结了亲事。宝钗住过五天，不敢耽搁，带着珍珠、芙蓉、秋瑞、汝湘、紫箫、薛宝书、冯佩金几人先回镇江。其余等着满月同太太们一并同来。祝筠见喜事业已完结，带着荆、朱两姨娘，并有执事的姑娘先分了一半回去，亲眷们亦纷纷起身。一路上宝钗同姐妹们细讲兵法。

这日正在黄大荡，陡遇大风，浪如山立。船家着忙，赶着抢入港口。宝钗指道："且到此间避风。"

不知此是何处，且看下回分解。

第八十八回　得宝刀情深女道士　登将台兵任美佳人

话说宝钗见江船避入港口，用手指道："那树林中不是清凉观吗？"嫂子们吩咐打听。众家人回答："正是清凉观。"宝钗道："总在守风，上去逛逛也好。”众人甚觉高兴。观中女道士已早知道，赶忙出来迎接。姐妹们到殿拈香已毕，一路逛到云房，珍珠见比上一磨更不成样儿。李行云问道：“听说宝姑奶奶同着众位奶奶们去逛仙境，不知是怎么个儿好看呢？”宝钗笑道：“你听他们的瞎话，我同奶奶们回到金陵，他们就说去逛仙境。你们那些神弩烧完了没有？”李行云道：“原先不知是个什么木头，又在地下埋了多年，闹的木不木，铁不铁，凭你想着法儿，也总烧不着。还有三二十个搘在那儿。”宝钗道：“给我带去倒有用头。”

李行云道：“那个要他干什么？一点儿无用。去年冬底下，东沿儿那一堆山子石，每夜放光。我想着底下必有什么金珠宝贝。好容易搬开石头，撅有三尺多深，有个长石匣子，谁知是雪亮的一杆宝刀。我说也罢，留着做个镇山门的法宝。一向并无点什么，自今年以来常要放光，还要叫唤，骇人巴拉的。我要他干什么？宝姑奶奶若不害怕，也送了你老人家罢。”命徒弟们将宝马抬过来，佩金将刀接住，使了一回，甚觉合手，心中大喜，说道：“此乃天赐成功也。”

宝钗点头问道：“你那墙上贴的什么？”李行云道：“今日早上，他们往城里带来的。说是万岁爷生了一位太子，大赦天下。文武秀才们又赏他下场考举。各处庵观寺院都写着贴儿招租，那些要清静用功的相公，租咱们这儿念书。”宝钗点头道：“你这里是吉房，又是发地。不拘男女，但住过的都要得意。”珍珠们笑道：“宝姐姐又发议论了。风已平静，咱们走罢。别耽搁人家工夫。”众女道士款留不住，只得送到船上。

此时，转成顺风，忙挂起布帆渡过江去，次日到家。祝母笑道：“好儿子，真不失信。”宝钗道：“怕老太太惦记，赶着就来。若等那里请客完结，还得半年。”祝母们一齐好笑。宝钗命珍珠、芙蓉两新人拜过祝母、柏夫人、桂夫人、梅姑太太，又领薛宝书、冯佩金拜见。祝母喜极，拉着道：“我想了这几年，今日才得见面，真名不虚传，又是我的宝贝。既到我家来，再不放你们去了。你姐妹们都去热闹，只剩我同你大妈两个，不是你大姑姑同二婶子回来，真将我都闷死了。宝姑娘同妹妹各处去见个面儿再来。”宝钗答应，同宝书们各处走到，每人应酬几句,直闹了一天。宝书笑道:"早知有这些道儿,刚才就该骑马。"宝钗笑道:"咱们走的都是要紧地方,若两宅里都要逛到,须骑马三日才得。"佩金们甚是好笑。

宝钗自此在两宅办事,夜间与宝书、紫箫诸姐妹论讲兵法。珍珠胆力日增,使一杆水磨钢枪,与佩金将清凉观所得宝刀同宝书尽心演习,十分精勇。

转眼三月,暮春天气,祝母们料理修云嫁事刚有头绪,接着王夫人们一齐俱到。内中只有柳太太是初次上门,因是梦玉继母,在金陵与桂夫人相见甚欢。同梅姑太太、郑太太们都拜为姐妹。柳绪又拜石夫人为母,祝母因此将柳太太不作外人看待。梦玉领着姐妹十一人在景福堂参拜花烛,祝母瞧着笑的不能住口。一连几日,开筵大宴亲友。刚闲了三四日,就是修姑娘出阁佳期。将瓶花阁做了洞房,完姻之日,说不尽那富贵繁华气象。修云知前生事业与巧姑娘是两世之交,不但不妒,凡事关切体心。因此巧姑娘颇有知己之感。

宝钗忙过修云满月之后,将一切事务私下托探春照应,自家同姐妹弟兄尽心学习兵法。柳太太母子、婆媳住在藏春坞,离富春阁不远。诸人回过老太太,将阁后一堵花墙拆去,通连后面人家菜地,租他一片过来,四面用土墙圈起,里面盖三间箭厅,从此姐妹弟兄每日总在箭厅演习武艺。桂堂爱温侯的画戟十分合手,珍珠尽心指拨甚为精熟。每日仍与柳绪刻苦攻书,两人纳粟,就在金陵应恩科乡试。

柳太太同王夫人们都像亲姐妹一样,常在介寿堂同老太太欢笑谈心。石夫人将宝珠姑娘同金夫人桂捷联了婚姻。郑、汪、周、陆、顾几家至亲太太、奶奶们无日不来叙会,彼此轮东看花赏月或游山拈香,同着祝母真是神仙境界。探春、宝钗、梦玉三家小儿女,同宝珠姑娘都在蕉雨山房念书。惟金夫人惦着桂兵备,十分放心不下,每日清晨焚香拜佛保佑丈夫,一心只在老爷身上,也无心去赏花看景,终朝闷闷。

宝钗知道金夫人念夫心切,私下将仙宫中所议剿灭瑶人缘故,大概说知,"必得我去才能了结,系奉上天之命断不能辞。三姨夫将来定有大功,只管放心。我有一事同三姨儿商量,我将麻利强壮可以学习得武艺的姑娘们已挑了十几个,交与佩金同我宝书妹妹教演,都有点子光景。但是咱们这些小子很有三四十个精壮勇力之人,若不对老太太说知,断不能叫进园来,若要说知缘故,恐老太太又不相信,这怎么好呢?”金夫人道:“且过了后日太太生日,我同你两位太太竟要说明这缘故才是。以便你们上紧学习,若是瞒着老太太,到底学的不舒服。”宝钗道:“我还有一件事,将来就便儿回老太太裁革掉才好,不然实在烦的要死。众姐妹几磨儿叫我去回老太太,我想着遇便儿再说罢。”金夫人道:“要裁掉什么事?”宝钗道:“就是咱们众人的生日,姐妹弟兄共是多少? 月月总有三两回。老太太总是照例,不拘是谁生日,赏四桌面,八桌席,一本戏。三姨儿想,两宅内外还兼着外来亲眷,该是多少人。不管有钱无钱,各自各儿总得花二百银,还要闹上两三天不得安静。这个生日才去,那个生日又来,你老人家是瞧见的,谁也不愿这条儿。”金夫人道:“实在这件事我也嫌烦。刚才听探姑娘说,明日芳姑娘生日,又要热闹了。”芳芸道:“求三舅母今日将这事回掉。以后凡有正生日,还求老太太赏戏赏面。若是散生日,不拘是谁,一概革免。”金夫人道:“我赶着就去回掉,不然一会儿来不及。”众姐妹们大喜,再三致谢。不言金夫人往介寿堂去见祝母之事。

且说宝钗对众人道:“无论老太太准与不准,横竖从明日起,总有十来日请客,咱们姐妹断不能在一堆儿。但每晚客散之后,总到楚宝堂会面,各将学的本事试演一回。”众人道:“姐姐说的甚是。”不防后面一人答道:“我说的才是呢!”众人见是宾来,笑嘻嘻走至面前说道:“老太太吩咐说,外面有人料理,对宝姑奶奶说,只要分两个去照应,不用都去。”珍珠道:“老太太怎么出这主意?”宾来道:“是三舅太太不知说了些什么,梅姑太太又对着耳朵说了几句,只见老太太点头道:‘我说去这些日,一定有个缘故。大姐姐总没有提起。’贾二太太说原要慢慢的再对老太太说这缘故。老太太点头,就差我到这儿来传话,又差人去请老爷,不知是说什么。”汝湘道:“我同你去听个信儿再来。”同宾来刚走不多路,见楚宝堂有单子送来。汝湘接在手内,见上面写道:

楚宝堂为传知事，现奉老太太面谕，以后宅内除各位太太生日照办外，其余散生日一概免除。即于明日芳芸生日革去为始。为此知会，一体遵谕。

汝湘笑道："每月省下多少钱来，还落了个安静。"同宾来一路说着，出如是园，走过瓶花阁，见怡安堂卷棚下十分热闹。

汝湘们走至跟前，是四位姨娘，各堂新旧执事姑娘花攒锦簇的相对说话，见汝湘过来道："老爷刚在介寿堂下来，同太太说话。"汝湘笑道："老爷是个鱼脑袋，不拘到那儿，掷不掉你们这些苍蝇。"姨娘、姑娘们一齐掩口而笑。朱姨娘笑道："老爷同太太说着话，咱们在这里伺候，谁叮着老爷要点儿什么？"李姨娘道："不过探听明日老太太生日有什么话要吩咐。"汝湘道："老太太生日，年年有例，总不过照常。今年添了柳太太、桂三太太两家，又添了孙女婿、孙媳妇，明日磕头热闹。"

众人正在说话，见听事嫂子将手摇了两摇，姨娘们赶忙站在一边。不一会湘帘高启，祝筠同桂夫人并肩走至棚下，对着陶姨娘道："梦金在学堂不念书，很淘气，将些素心兰全摘下来，插了一头。又给姐姐妹妹、兄弟侄儿都戴在头上，真是混闹。一会儿下了学，打他几下。"桂夫人笑道："谁叫你爱花，自然养的孩子们也爱花，打他干什么？"姨娘们俱抿口而笑。

祝筠瞧见汝湘，说道："昨日京报，知岭南瑶人十分猖獗，各路调兵不能剿灭。知道圣心狠为忧念，咱们家世受国恩，应该报效。刚才回过老太太，等秋凉进兵时候，我带乡勇往军营助剿。但必须带些勇力的同去才好，我将两宅精壮小子挑几十个，交给宝姐姐认真教练，操演精熟。就是我的这几个姑娘们，有胆力好的，对宝姐姐说，也给我挑出几个，以便伺候。"汝湘答应，看着老爷出去，太太也往介寿堂去了，赶忙转身回到箭厅，将刚才老爷吩咐的话对宝钗说知。众人大喜。

秋瑞道："二叔叔既是这样吩咐，咱们必得定出章程规条，才能教练成功。这是往军营剿贼报效朝廷，并非像在家饮酒射箭，随其高兴。"宝钗道："甚是！咱们议定规条，明日请二叔叔斟酌。"紫箫道：

“你们说，让我写出个草底儿，彼此再商量。”秋瑞道：“第一件是往总镇衙门禀请器械，以便操演。第二件限一月内，务须技艺精熟。第三件自演习之日起，不分昼夜，无论风雨，比较技艺，除病外不准告假；第四件演习时，不许嘻笑说话，务须严肃。第五件设立队目，以专管束。第六件既挑演习之人，免其服役驱使，不听外差，以归画一。第七件每三日一次，在箭厅齐集比试，候令挑验，不许混行比较。第八件操演时一切闲杂人等，无许在旁说笑喧嚷，游行混走，扰乱军规。第九件须设总领一人，以便众人听令。第十件凡操演之日，概不迎送，以专其事。”宝钗、秋瑞共议十条，桂堂道：“军营纪律无外于此，等老爷再去斟酌。”众人又商量一会，赶着回房，各换衣服，到景福堂伺候，给老太太上寿，热闹了一夜。

次日，庆贺生辰，祝母见柏夫人、桂夫人、梅姑太太各领媳妇、孙儿女举觞称庆。桂府金夫人、薛姨太太、王三太太、柳太太、郑、汪、江、顾各位太太们都是带着媳妇们拜寿。贾府的珠大奶奶、琏二奶奶、环三奶奶带着兰大奶奶们媳妇儿女跟着王夫人拜生辰，敬酒。祝母喜极，拉着王夫人道：“大姐姐是祖公太太，你回过头去瞧瞧，只有你家体面，谁还如得你来？我站着领公太太们一杯酒，沾沾大姐姐的福气。”王夫人道：“我家都是托老太太鸿福。”说毕，领着一群花枝拜寿。祝母赶忙回礼，本家外亲足拜了半日，自不必说。

内外演戏、请客，一连三日。祝筠谢过生日，将两宅精壮小子并后生勇力家人，连荣国府共挑得八十名，上了册，正在意园检点。见梅春过来说道：“母亲请舅舅说话。”祝筠命梅春带着名册走进垂花门，转过六如阁，来到姑太太院里，兄妹相见坐下。秋琴道：“我听说你挑了些人，到底不知你要怎么办法？”祝筠道：“那天老太太吩咐你是知道的。我瞧着京报上有好些致仕在家的官员，同议叙有职的绅士，都奏请在军营报效出力。我家世代受国深恩，岂可不去报效呢？我前日已同总镇、提刑各大人们商量，都说甚是。我各自捐备粮饷，操练乡勇，亲往剿贼。前日姜大人说，等我预备停当，他就给我拜本上奏。况且宝姑娘在仙宫里得了诸葛公的兵书阵法，这是天赐成功，岂有舍了不去之理。”

秋琴道："我听你话头儿一准要去，但用兵之道一点儿没有摸着门子，同你在家的光景差的远呢。宝姑娘交了一个单子，是十个用兵的条规，我瞧着狠有道理。"祝筠接着细看，不住点头道："一点不错，必得这样才是。"秋琴道："我请你来商量，不用说，是请宝姑娘做总领。凡出兵之成败，众人之性命，都在总领一人身上，非同小可，岂是游戏得的。须将他慎重尊贵，号令得行，他才能指挥如意。你看古今来圣天子尚且登坛拜将，正所以重其关系的缘故。你如今要去立功报效，功名性命所关，必得要学淮阴侯拜将才是。"祝筠笑道："不是妹妹说破，叫我几乎做出一场笑话。我如今同你商量怎么拜将的道理。"秋琴道："你这会儿到介寿堂，差人去请宝姑娘来。当着老太太众人，将名册亲手交代，就便重托几句。随即吩咐楚宝堂，各预备金花、彩缎，鼓乐、香案。二十四黄道吉日，在箭厅上设台，拜宝姑娘为总领。此时尚未奏知朝廷，不敢置造令旗、令箭，你先向总镇衙门借小令旗五面，用红架插在上面。是日你穿公服，向上拜旗、拜将。这天，众人俱得向他行礼，这才是出兵的道理。"祝筠笑道："是极，我依着你办。"

兄妹两个同至介寿堂，见王夫人们都同着老太太说话。祝筠将刚才兄妹议论之事回明祝母。王夫人笑道："看不出咱们宝丫头倒是个女韩信。"秋琴道："这正是仙人们补他的缺陷。"李宫裁道："我正打谅着明日回去，这倒过二十四，看宝丫头登台拜将完了再去。"柏夫人道："琏二奶奶、环三奶奶都赶着回去，你就多住几天什么要紧。"李宫裁道："因兰儿告假将满，要进京引见，回去给他收拾料理。"

太太们正说着话，见众姐妹同着宝钗进来。祝筠双手举着名册，对宝钗道："贾、祝两家世受国恩，理应图报。现今瑶人猖獗，日廑圣怀。我立心自备粮饷，带领乡勇前往剿贼，须兵将猛勇方能有益。今请宝姑娘作义兵总领，兹将贾、祝两宅家人、小子，共挑得八十名，交与姑娘，将他们练成精勇劲旅，以图报效。我众人功名性命，交在姑娘一人。今先送名册，俟二十四黄道吉日，我设台拜将。"宝钗接过名册，说道："两家受国深恩，理应报效。但侄女闺门弱质，恐难当重任。”祝母笑道：“好儿子，不用过谦。我知道你是女诸葛，剿这几个反贼，也不值什么。我将二叔叔交给你就完了。这些丫头、媳妇们你挑几个麻利结实些的同去。若不带几个去服侍你二叔叔，那我断不放心。”宝钗道：“老太太吩咐，叫他们有愿去的各自报名，限三日内开单齐集，以便操演练习。”祝母点头，命两处垂花门知会，有愿去的赶着报名。

祝筠吩咐楚宝堂，各备办二十四日拜将礼物、事务。祝筠交代明白，去见总镇大人，借用令旗、器械等物。宝钗回过老太太，令垂花门知会外面，将茶厅西院戏班所住后院夹墙门拆去堵门砖，命册上之八十名家人、小子，俱走夹墙至富春阁后身入箭道操演。仍派家人点放，无许闲人混入。桂夫人忙差人就去吩咐。

宝钗们下来都到瓶花阁，彼此商酌。柳绪道：“我家得禄，是包勇承继为子，颇学了一身本领。我的意见派得禄、茗烟两人作个队目。咱们有话，只须吩咐队目，转相告语最为妥当。姐姐若定了主意，我就去吩咐他两人，带着八十人进来磕头。”宝钗点头道：“狠好。竟派他两个作队目，我派侣兄弟同佩金妹妹二人，教练这八十人的武艺。宝书同珍珠二人，教练姑娘、嫂子们本事，并演习神弩。”桂堂道：“神弩功劳甚大，咱们兵丁都要学会才妙。今日到二十四，还有三四天，我同佩姐姐赶着教他们点子大概规矩眉目，以便伺候拜将。不然全不知道，岂不是个笑话。就是姑娘、嫂子们，宝书姐姐也得赶着教出几个来才是。不要讲别的，就是二十四的规矩礼数，也得演习才妥。”珍珠点头，差人往垂花门传知，愿去的姑娘、嫂子们名单，今晚都要开齐。明日一早点名，过期不准。听差的答应，忙去知会。姐妹弟兄叙谈演艺，一宵已过。次早各人分头办事，各去教演。宝钗、秋瑞、汝湘、紫箫、海珠、掌珠、九如、芳芸等演习奇门，讲究兵法阵图。

不觉是六月二十四日黄道吉期，择定辰时拜令。箭厅上用板搭台，四围上下俱用锦彩结成花样，中设虎皮交椅，面前香案，摆着令旗、令箭，台下铺着红毡。箭厅前相去一丈，搭着个大彩牌楼，两边鼓亭，离牌楼一箭来远，扎着二十个帐房。四面静悄悄，并无一人走动。珍珠、秋瑞、汝湘、紫箫、海珠、掌珠、九如、芳芸八人，俱戴的是八宝双凤金抹额，身穿娇色绣花箭袄，系着战裙，三寸满花小战靴，腰悬宝剑。二十四个姑娘、嫂子们，俱是各色窄袖绣花短纱袄，战裙战靴，束发银翠百花髻，腰悬弓箭，各挂小腰刀。箭厅下，薛宝书、冯佩金俱全身披挂，弯弓插箭，各领二十四个家人、小子，明盔亮甲，站立队伍。

此时，两宅太太们都在箭厅两旁观看热闹，内中薛姨太太老姐妹更喜的说不上来。祝筠穿着公服等候。不一会鼓乐在前，又是几对彩旗，宝钗坐着软轿，抬至箭厅，兵将一齐跪接、放炮。牌楼下摆设猪羊牲礼，请总领先祭大旗酹酒，营盘内奏得胜鼓乐。祭旗已毕，祝筠站在上面，捧着令旗拜令，宝钗向上行礼。拜完后，将令旗设在中间。祝筠退至右首，宝钗站在左边上首，说道："蒙叔叔不弃侄女不才，委以重任，敢不竭尽血诚以报国恩！"说毕跪下，同祝筠对拜四拜。

祝筠请总领升座。左首设一张交椅，披着虎皮，请祝筠坐下。先是秋瑞等八人向上参拜，接着宝书、佩金上厅行礼。鼓亭上两边吹号，忽然一声炮响，只见二十个营盘一齐收起。桂堂、柳绪都是金冠绣甲，领着马军飞奔上来，至彩牌下马，桂、柳两人上厅参拜，众兵俱在牌下磕头，分队站立听令。原来总镇姜大人选派了百十名干练队兵前来教演，因此军容十分齐集。

众人见宝钗戴着攒花双翅金凤冠，八团顾绣百花甲，细折碎锦裙，大红满绣小宫靴。那俏脸上现出一段敬慎端严之色。众人参拜已毕，梦玉、梅春过来参谒，站在总领左右身旁。宝钗道："贾、祝两家世受国恩，今本宅二老爷拜我为总领，同往岭南剿灭瑶贼，以报国恩。但瑶人枭悍异常，冥不畏死。我兵若非骁勇精劲，难以抵敌。从今日起各家丁等昼夜演习技艺，务须精勇，以一当百。有功必赏，有过必罚，军法无亲，各宜自谨。俟我贴出规条，倘有违禁，断不宽恕。"将台上下一齐响应。宝钗道："行兵粮饷最关紧要，请二叔叔带同荆、朱两姨娘专管军装粮饷。派仙凤、兰生、三多、春燕四人专管收发。其卫护之姑娘、媳妇，俟操演熟习技艺，临时再派。"祝筠欠身答应。宝钗令桂堂、柳绪、宝书、佩金、珍珠、秋瑞、汝湘、紫箫、海珠、掌珠、九如、芳芸等上前吩咐道："令桂堂、柳绪领兵三十名作先行。头敌所带之兵务期精勇，以一当百。更须严束兵丁，无许生事。令宝书、珍珠各领兵十名为中军左右护卫。令佩金领兵三十名,护解粮饷,兼前后救应。令秋瑞、汝湘、海珠、芳芸、九如在中军参谋军务。掌珠、紫箫总理粮饷,兼管军政,一切赏罚功过事务。令荣贵、碧霄二人作内外传宣。令茗烟、得禄专管中军营盘伙食,前后稽查巡逻事务。令梦玉、梅春作随营书记。"众人齐应,各遵军令。

宝钗拔令旗一面,命传宣官令兵归队。荣贵手执令旗,走至檐前高声叫道:"总领有令,各兵将回营归队。"桂堂、柳绪都在彩牌下骑上牲口,领兵飞马而去,听着一声炮响,人马不见,忽然变成二十座营盘,都吹打着得胜鼓乐。军政官禀请总领回帐,祝筠候着升轿,前面金花、锦缎、彩旗、细乐一直送至楚宝堂。众位太太们道:"今日比戏又好看。怎么宝姑娘今日谁也不敢同他嘻皮笑脸的,是个什么缘故?"秋琴道:"这是朝廷军令利害。"金夫人忽叫:"哎呀!我倒想起一事。"不知金夫人想起一件什么事,且看下回分解。

第八十九回 勇裙钗力敌三将 美公子文闱双捷

话说金夫人见宝钗颇有用兵规矩,心中欢喜,忽然想起一事,对祝筠道:"宝姑娘狠有道理,可以靠得住。但是瑶人利害,非多兵不可。原先堂儿同绪哥儿所练之乡兵三千名,分给包勇、冯富二人统领,听说散了些回去,横竖一二千名总有。姐夫赶着差人去知会你三兄弟,叫他吩咐包勇、冯富二人将现在乡勇训练妥当,你们去正好合用。"祝筠欢喜道:"三妹子说的不错。必须先寄两万银去给包勇们,叫他赶着收拾军装器械。我这会儿去见姜大人,请他就拜本请旨。现已交秋,正是用兵时候。"祝筠同着太太们出了园门,回到怡安堂。刚换完公服,见宝钗进来道谢。祝筠将桂三舅母的话并欲差人送银之事同宝钗商量。宝钗深以为是,说道:"咱们所练之百十人,不过是中军护卫而已,并不算兵。乡勇一事断不可少。叔叔赶着差妥人寄五万两银去,叫包勇、冯富务必挑选精壮劲勇三千名,勤加训练,咱们到去以便应手。"祝筠点头出去,赶办一切事务。

宝钗到各处太太屋里请安告罪，略坐一会回到楚宝堂。同秋瑞们演习奇门阵法，颇有精通神会。详察日月星辰、风云气色，无不潜心领略，深得其中奥妙。珍珠、宝书、佩金三人将册上所有姑娘、媳妇连荆、朱两位姨娘尽心习学弓马器械。各就其气力，专学一件兵器，又共习练神弩。

真是天下无不可教之人，无不可学之事。虽闺门秀质，朝夕专心习练，居然成了孙武子的女将。虽不能临阵大敌，然在要紧关头，一刀一枪大可以防身救命。不像别的奶奶们，遇见酒醉汉，骇的心儿乱跳，手尖儿冰冷。宝书已临过大阵，与佩金一样勇力过人，今同珍珠尽心学习，姐妹三人十分精勇。桂堂、柳绪因箭道窄小，不便演习。命茗烟、得禄带着八十人，在官教场尽心教习。总镇姜大人又派了几个有名精勇教师，帮同训练。这些家丁、小子俱是精壮勇力之人，容易操练，真是拳不离手。不到一月，人人武艺精熟。连玉大爷、魁大爷都闹的会骑马射箭，也学了一点半点武艺。动起手脚来，拣瘦些儿的，还可以打倒一个半个。

光阴迅速，已操练了一月有余，正是八月初间。奉祝母之命，吩咐桂堂、柳绪往金陵乡试。王、贾、薛、金四家夫人都要回家秋祭，带着修云、巧姑娘、芙蓉、友梅一同起身。众人送到江口，正遇着总镇姜大人同各官在迎恩亭伺候接旨。知道荣国公祖太太回金陵，都过来请安送行。王夫人在镇江这几年，同各官夫人们常相往来，十分相得。今见都来送行，命梦玉、梅春过去致谢。恐其耽搁，赶着开船。那旨意不是别的，就是姜总镇奏祝筠自备粮饷，带领乡兵前往剿贼，以报国恩。朝廷览奏大喜。又是兵部刘老尚书奏知祝筠即故尚书祝凤胞弟。因此圣上念其忠介，降旨封祝筠为金吾卫兵备观察使，准其自备粮饷，剿贼立功。并准以薛宝钗为带兵总领，命姜总镇派官兵三百名交其带往。姜总镇接着圣旨，忙请祝筠、薛宝钗更换冠服，谢恩受职。

姜大人领各营将弁兵丁，亲自到宅道喜。此时祝母喜欢的只是念佛，桂夫人同姨娘、姑娘们都十二分称心得意。两宅中道喜未了，诸亲百眷远近俱知，不分亲疏老少男女，不约而同一齐俱到。幸祝府中向来见惯,倒不很忙乱。桂夫人命梦玉差人赶上贾太太们座船,通知喜信,薛姨太太们乐不可言。

祝府上一连又是十来天祭祖、上坟、拜客、开筵、请酒。接着又是中秋令节,探春同陶、李两姨娘兼办荆、朱姨娘两堂事务,又兼执事姑娘新旧各半,诸事不能妥帖,格外费心。因此探春们闹的日夜不遑自顾,中秋过去,稍得安闲。桂堂、柳绪无暇在金陵候榜,三场完毕,同着母亲们收拾起身。开船不远,连次祝府中差人来接。幸而风顺,不多两日已到镇江。彼此见面,自不必说那道喜欢乐。桂堂们考验众人武艺,甚觉可观,禀请总领明日下箭厅比试。宝钗传令将弁,明日五鼓齐集伺候,操演比试。一宿晚景休提。

珍珠们俱是五鼓妆束妥当,饱餐饭食,先往箭厅伺候,各人鞍马器械俱是鲜明壮丽。宝钗到箭厅升座,诸人排班参见,站立两旁。宝钗道:“现在观察奉旨领兵剿贼,即日就要起马。尔等都是家将,非乡勇义兵可比,务须劲勇超群,技艺精熟,方能万胜。今已操演两月有余,试看尔等有几分成效。各归队听令!”众将齐声答应。

命传宣官令珍珠、佩金二将比试,二人得令,各下箭厅,骑上牲口。珍珠头戴紫金百宝葵花髻,身穿月蓝锦缎堆花甲,下系水绿百柬碎花裙,绣花红缎小战靴,腰悬宝剑,手执水磨点钢枪,跨着花青骏马。佩金戴着累丝八宝烂银冠,身穿盘金绿锦团花甲,茄色花战裙,三寸小弓靴,腰佩弓箭,手执溜金卷鼻长杆刀,骑着乌鬃枣骝驹。二人各分东西,走至下边大旗下,勒马站定。见箭厅上令旗展动,战鼓齐鸣,两边放马交锋。各人施展武艺,一往一来,战有三十合。宝钗见珍珠枪法精熟,越战越勇,心中甚喜。有心要试他本事,传令桂堂、宝书二人下去帮佩金合战。二人得令各上坐骑,飞马而去。桂堂金冠绣甲,手执画戟,犹如温侯一样。宝书是银红绣甲,手执鸭嘴长枪,竟似一树桃花。二人马到当场,齐举兵器来战。珍珠想道:“必是宝姐姐要看我本领,故使他三人战我一个人。须抖起精神,别叫他们笑话。”心中想定,将孙夫人传受之法施展出来,逼住他们三般兵器。桂堂们见四姐姐如此英勇,心中甚喜。三人逼住酣战,两下鼓声不绝,战有一百余合。箭厅上下人人喝采。宝钗见珍珠竟像一道银光罩住身体,三人层叠逼住,毫无退避,甚为惊喜。传令鸣金,四人正战到熟处,难以收手。宝钗恐其有失,命柳绪持令下去止战。四人听见将令,各人收住兵器。桂堂道:“姐姐,你今日那里来的气力,越战越勇。”珍珠笑道:“连我自家也不知是那里来的,觉着比往常倒还松爽。”佩金、宝书笑道:“姐姐真是青出于蓝矣。”四人跟着柳绪到箭厅前下马,上去缴令。宝钗对珍珠道:“我要看你的武艺,故令三人合战。妹能敌此三人,将来身临大敌,我无忧矣。”对佩金三人道:“武艺精熟,越战越强,可称劲旅。”吩咐各赏金花一对,以示鼓励,四人谢赏。

传令春燕、三多、秋云、仙凤、碧霄、抱琴、长生、书带、燕怀、荣贵、梦兰、翠翘等十二名姑娘,与金映、杜升、张德这十二家媳妇互相试。众人得令下厅,各上坐骑。每人都是粉妆玉砌,锦裙绣甲,长短兵器俱全。彼此对战,都还交得十来回合。十二对竟似天花乱舞。正战的热闹,箭厅上传令住鼓鸣金。二十四人收兵上厅缴令。宝钗道:“你们武艺只须精熟为要。上阵时不可当作儿戏,刚才你们比试仍都带着嘻笑,以后再是如此,当按军法治罪!各宜谨戒。”众人齐声答应。

传令八十名家将,分队比试。只听战鼓一擂,人人逞勇,个个施威。十八般兵器各尽所能,显出胸中本领,两不相让。彼此战够多时,箭道中尘沙滚滚。宝钗瞧着心中欢喜,吩咐鸣金。众家将上厅缴令。总领道:“尔等武艺尚生,难临大敌。务须练成骁勇,方能上阵。各宜昼夜演习,无许偷懒!”众家将齐声响应。

传宣官吩咐众将,明日比试弓箭、神弩,黎明齐集伺候。宝钗传令已毕,领着众人退下箭厅,各去卸装歇息。两宅中人人称赞,都说看不出四姐姐有这本领,真是奇事。

梦玉更外喜极,这夜在珍珠屋里添出多少恩爱。次日五鼓,夫妻二人起来梳洗妆束。珍珠道:“已交深秋,晓风甚冷,你多穿件衣服。”梦玉道:“今日比试弓箭,我也要试试本领,穿多了就累赘。”珍珠道:“宝姐姐军令甚严,你比箭不可当作玩意。若是犯了军规,他心里最是疼你,当着众人也不便庇护。”梦玉点头道:“我同宝姐姐竟是一个人。我站在他的旁沿，心才动念，他就将手扯我的衣服。不知宝姐姐心眼儿上仔吗这样疼我。”珍珠道：“你将来做了官，不要忘他。”梦玉道：“我若忘了宝姐姐，叫我千刀万剐！”珍珠连忙握住他的嘴，说道：“大早上胡言乱道，赌个什么咒！怨不得人都懒同你说话，真是没有溜儿。”梦玉笑道：“你逼我赌咒，倒说我讨嫌。你想咱们大厨房的西张、花儿张这些老妈儿，我尚且忘不了，何况我的宝姐姐！岂不是你逼我赌咒。”珍珠道：“老祖宗！咱们吃点儿东西要去伺候。别尽着说闲话。”

姑娘们伺候用些汤饭点心，命几个丫头抱着弓箭，拿着两个金漆双皮小马夹，前后照着两对白纱小圆灯，一直往箭厅来。瞧见几对纱灯冉冉而至，梦玉道：“咱们在这里等着，看是谁?”不一会，灯至面前，原来是海珠、九如、紫箫、汝湘同着宝书、佩金、柳绪。彼此见个早礼，同上箭厅，都用小马夹儿坐下。姑娘、嫂子们陆续相约而来，三五聚谈，十分热闹。又见桂堂夫妻同秋瑞、掌珠、芳芸到来。

坐不多会，东方已亮。众家将俱已齐集，听说总领来到，各按队站定。秋瑞们上前迎接，候总领升座，排班见礼，分立两旁。总领传令，长竿上悬挂金钱，插于百步之外，诸将挨次较射。三箭全中者为上等。中两箭者次之。中一箭与不中者列为下等，记过一次。众将得令，各人弯弓拔箭，要施展本领。宝钗命将交椅移在檐前，看众将较射。

先是珍珠连发三矢，前后中了二枝。佩金射毕，只中一枝。紫箫接弓在手，飕飕三箭俱中金钱，厅下鼓声不绝，众人喝采。梦玉十分得意。宝书道：“看我也中三箭。”说毕轻舒玉臂，款启雕弓，三箭俱插在金钱眼里。箭厅上下人人喝采。桂堂过来，刚要开弓，梦玉道：“让我先射三箭。”接弓在手，扯满一箭射去，只见金光一闪，将个金钱射落。宝钗大喜，吩咐记为超等。梦玉甚为得意，修云们坐在后面也替他欢喜。家将们赶紧悬起金钱。桂堂、柳绪、秋瑞、汝湘、海珠、掌珠、九如、芳芸同姑娘、媳妇们射毕，都不差上下。众家将人人比较，中二支者甚多，三支者不过十分之二。总领吩咐，俱要上紧演习。

命百步外安设木牌，众将试演神弩。一发十箭，连环不绝。一排二十人,往来梭织,巡环更替。梆子一响,只见弩箭犹如飞蝗骤雨一般,势若蜂涌,十分利害。八十名家将轮环数次,传令住弩。总领带着众人上马,亲到木牌前看验。见弩箭钉在牌上如同毛竖,落在地上者不过十分之一二。箭头钉入木中心有寸半,亦有六七、三四分不等。宝钗对秋瑞道:“此乃武乡侯得意不传之物,果然不错。咱们尚欠精劲。传令男女诸将用心演习,必须矢无空放,中则必深,方为合式。”

试箭已毕,各回私屋更衣。见听事的对宝钗道:“介寿堂请姑奶奶说话。”宝钗听说,连忙换过衣服,带着两个姑娘,走到怡安堂。见贾兰在卷棚下同探春说话,瞧见宝钗,赶下台阶迎着跪下请安。宝钗扶起,问道:“你多会儿来的?”贾兰道:“来了好大会子,因婶子操演,不敢惊动。兵部尚书刘大人有书子来催,不能耽搁。母亲吩咐叫带着你侄儿媳妇来回过太太,赶着进京引见当差。”宝钗点头道:“本来该去,这耽搁了几个月,不是刘大人照应,总要得点儿不是。”

婶侄两个一路说明来到介寿堂院门口。见海珠们同着兰大奶奶出来,亦赶着请安。宝钗道:“恭喜你要起身去了。”海珠笑道:“我瞧着都要动身,刚才松大叔叔差官来接梦玉去完姻。说是岭南节度失机阵亡。瑶人猖獗利害,勾连蛮王,十分凶狠。松大叔叔调了岭南节度,拜了大将军,又赐上方剑,统领兵马。家眷在湖广住着,等玉大爷去完了姻,将彩姑娘交代咱们,松大哥同着大婶儿就去到任。这会儿老太太们叫你商量,我听说一半天就要动身。”宝钗道:“原来如此。”不便耽搁,忙进介寿堂来,见各位太太们都同祝母说话。

宝钗请安已毕,祝母将松家之事又细说一遍。秋琴道:“我正在这儿同老太太商量,你们到岭南狠便,就将梦玉带去完结姻事。叫他带彩姑娘回来,你们自去出兵,彼此俱可放心。”宝钗道:“我因器械、帐房未曾做得,还有军前应用的东西赶造不起。瑶人如此凶悍,必得军器锋利,方能克敌,岂是破刀烂铁可以打得仗的。我现已限日制造,总得半月才能完工。明日是九月初一,总在二十左右择日起身。依我说将这缘故写下一封书子,叫这来的差官先回去知会。咱们随后就到,别叫松大婶婶望的着急。”祝母点头道:“宝丫头说的十分有理。"就命桂夫人夫妻写书交差官先自回去。

次日九月初一，祝母们拈香拜佛，太太、奶奶们往各处寺庙烧香游玩一日。初二由祝府起，给荣国公兰大爷夫妻饯行。又是江府上请姑爷、姑娘，一连四五日，将众人的嘴早晚都没有空闲时候。这日正是郑府上公请，忽然闻信说桂堂、柳绪兄弟俱中乡榜。金夫人同柳太太乐的要死，诸亲百眷接着道喜，又宴会几日。祝母吩咐，明日重阳佳节，将本族外戚男女亲眷全行请来。两宅内外园子摆满菊花，不拘亭台楼阁，草间石上，随便赏花饮酒，吹弹歌曲，尽一日之欢。初十送荣国公起身进京，以赏重阳作祖饯之会。探春奉老太太面谕，先知会两宅垂花门赶忙各处请客。一面知会各堂执事姑娘，收拾园子，赶堆菊花，山屏、盆篮、瓶洗尽是菊花。高低疏密、浓淡浅深各得其妙。各处更换铺垫陈设，真是富贵人家，动皆如意。不多一会，内外园亭变而为瑶台仙府。

初九一早，祝母到六如阁拜佛之后，就在景福堂候着来的亲眷。此时轿马纷纷，络绎而至，随其迟早先后，用过早饭都往园中赏花玩景。真是粉红黛绿，鸟语花香，极尽人间佳丽之会。歌曲、投壶、弹琴、品笛各尽其长。晚间是处皆灯，照耀菊花愈加增色，内外亲眷俱一宵达旦。

次早，贾兰夫妇拜别起身，宝钗、珍珠各将寄蓉大奶奶婆媳书信、物件，俱交代明白。柳太太母子、婆媳托寄馒头庵姑子们书信等物，一一交明。太太们免不得出些眼泪。王夫人看着孙儿、孙媳狠难分手，又是江太太拉着女儿一场大哭。宝钗道："这样儿比咱们回南起身时更累赘。"金夫人道："倒是咱们起身那一天最简绝，很好。"祝母吩咐众姐妹弟兄都往江干送别。贾兰不得已，只得拜别起身。桂堂、柳绪即于是日往金陵见主试老师。

不言诸人起身之事。宝钗连日与祝筠商议起身之事，在枣桂堂装钉饷银。众家将不分男女各赏三十两安家，收拾行装。三百名官兵各赏二十两。派周惠、徐忠二人随营专管支发粮饷，备办船只。装载粮饷、军装、器用大座船五号，兵船二十号，俱办妥当。桂夫人们收拾彩姑娘金珠首饰、彩缎裙袄，各堂姑娘、奶奶们料理大爷行装、衣服等项。

宝钗对王夫人道："宝钗此去，多则一年，少则半载，就可班师回来。太太不必惦记。这是天数，预定该应我去了此劫数。太太这几年来精神更加强壮，比原先在京时转觉后生了一半，那里瞧得出望六十岁的人。那天赏菊花，戚二奶奶说：贾老太太瞧着像三十来岁的后生奶奶，咱们还没有贾老太太标致呢。"王夫人笑道："你听他的瞎话。我自从吃了宝玉的那丸丹药，身上并无一点病症。你大姐姐同平丫头给我掌着家事，千稳万当，诸事妥帖，不要我费一点儿心。环兄弟又能上进，我狠喜欢，他媳妇也好。兰儿又袭了公爵。你母亲又在我家，老姐妹一堆相叙，你想我还有什么不乐之事？在这里就同在家一样，人人都像我的亲姐妹手足，谁不同我亲热？就是梦玉，倒比宝玉还体心的孝顺。"王夫人正说的高兴，忽然顿住口。看着宝钗不觉两点眼泪直掉了下来，拉着宝钗的手说道："我这老的倒也罢了，只是他害得你苦。我瞧着梦玉夫妻，想到你，我心如刀割。"宝钗眼圈通红，忍住眼泪笑道："太太疼我，就是我的福气。看那夫妻说不来的，倒不如我没有干净。太太以后不必将这条儿替宝钗惦在心上。那几年我实在割不断这段情肠，枕头上不知流过无边眼泪，不敢叫太太知道。自从那天在幻境中转来，又脱去一层情障，等着出兵回来，跟着太太同我妈妈无忧无虑过此一生，落得个清闲自在。"王夫人点头，连声叹息。

外面走进一人问道："娘儿们说些什么私房话？"王夫人回头，见是桂夫人，手中拿着单帖，对宝钗道："二叔叔请人择了两个出师全胜吉日，叫我来找你瞧瞧用那一日好。"宝钗接在手内，见是九月二十四、二十六日，宝钗将手指掐算一遍，点头道："此人精于数学。二十四午刻在家起身，至教场安营。二十六寅时发旗起马。对二叔叔说，竟用此两日，不可更改。我还有一句话要同二婶子说。"桂夫人笑道："不必说，我早知道。刚才娘儿两个眼圈儿红红的，一定是惦着太太不放心。你想咱们两家是谁，还有那一条儿要你嘱咐。"宝钗摇头道："太太的话，我并不托付。倒为的是柳大兄弟。前日老太太说留三舅母、柳太太住两年才放回去。现今绪兄弟又中了金陵乡榜，我留他在家，明春同着梦玉、魁兄弟哥儿三个进京会试。但是宝书、佩金我都带去，宝月又时刻不能离我妈妈。他同绪兄弟不过了结前缘，他情愿在金陵服侍母亲。柳太太既无媳妇之奉，而绪弟又少伉俪之欢，也是个难以为情的道理。我的意思要求老太太将五福姑娘给绪兄弟作个偏房。我看福姑娘端庄雅静，这人必有后福，配与柳郎亦是一件美事。我不便启齿，请二婶子圆成这件好事。趁这几天做了亲，我同宝书两姐妹也好放心。”

桂夫人道：“你母亲将红绶给茗烟，身边少不了一人服侍。月姑娘狠孝顺，真是一天也离不掉你母亲。这件事交给我，必能如命，等着绪儿回来就给他们做亲。再者慧哥儿你狠不用惦记，内外人等谁不将他当作宝贝。我瞧你这些妹妹们疼他，倒比你还疼的利害。”宝钗笑道：“一点不错，这小东西同我倒狠不亲热。”王夫人道：“谁叫你管的过严呢。”

娘儿三个说笑一会，宝钗同桂夫人离了西宅。进如是园走不多路，见芳芷堂的一个丫头领着接引庵两个姑子，瞧见桂夫人们，赶着上前请安，说道：“后日十九，观音圣诞，来请老太太同太太们去拈香。”桂夫人笑道：“不用你请，未必有空儿得来。”姑子道：“刚才到藏春坞去请柳太太，正遇着大爷们往金陵回来，娘儿们正说着话。我没有敢言语，且去给大太太、贾二太太请了安再来。”桂夫人点头，同宝钗往藏春坞来。桂夫人道：“我不进去，赶着同老太太商量那话，还要给二叔叔这日子的信儿。”

宝钗点头，自往柳太太屋里来。见梦玉们都在那里，桂堂、柳绪给姐姐请安。桂堂道：“刚在介寿堂，见我父亲差了包程千里马，寄了书子来，说军情十分紧急，叫母亲们断乎别去。”柳太太道：“咱们那庄上被瑶人抢了个干净，房子全被烧了，这会闹的我无家可归。”梦玉笑道：“当年我原对太太说，咱们家有庄子狠可安住。太太决意回去，叫我白丢掉几盆眼泪，太太又白花了多少钱。这会任什么儿全丢了，就是我脸上还有三姐姐的眼泪影儿。”宝书们笑道：“小油嘴！你倒记的这样真。”

宝钗对柳太太道：“‘家乡’二字且休提起。同桂三舅母，咱们两家随便可住。兄弟已中金陵乡榜,明春同梦玉、魁兄弟哥儿三个进京会试。我前有书交兰大奶奶带去,托蓉哥儿的姐姐同珍大嫂子们照应。他们最是亲热,同在家一样。侣兄弟、宝书、佩金两妹子,我要带去出兵。我妈妈在金陵又离不掉宝月二姑娘,太太跟前无人侍奉,我已给两妹子找了一个好替代,你老人家尽管放心。"梦玉道:"姐姐不带我到军营去吗?我正要同去看个热闹。"宝钗道:"军营性命相关,有什么好看。我送你到湖广,同彩姑娘完了姻,你就带他回来。明春哥儿三个进京会试,等我出兵回来再见。"梦玉叹道:"功名富贵全不在意,只愿与姐姐相依到老。"

珍珠见宝钗眼圈通红,连忙说道:"咱们五百张神弩,倒狠够用,就是五千支弩箭太少。"宝钗道:"我已命茗烟、得禄添造五千支。现已择定二十四祭江安营,二十六寅时祭旗起马。已无多日,诸位妹妹上紧催着赶办军装为要。"紫箫道:"大小帐房,一切器械,俱已齐集。不过添造赶办东西尚未了结。"佩金道:"天色尚早,咱们去射会子箭,别闲了工夫。"众人依允,各去较射。

一宵已过,贾、祝两家亲友都知祝筠、宝钗们择于二十四祭江安营,都赶着公分饯行送礼。祝母听说亲友已排定日子公请,祝母就是二十给祝筠们摆得胜筵宴,对祝筠笑道:"我今日一举两得。"

不知老太太说什么,且看下回分解。

第九十回 太夫人亲劳将士 小书生喜对梅花

话说祝母对着祝筠、宝钗笑道:"今日给你们摆得胜宴,随便办一件喜事。绪哥儿两个媳妇都被你们带去,宝月二姑娘又在金陵服侍母亲不能离开,柳太太无人侍奉。我看五福人狠端庄,在我跟前服侍多年,小心谨慎。今将五福给绪哥儿作个偏房媳妇,也照咱们梦玉之例。柳太太早晚可以有人照应。趁今日成了亲,也叫佩金两姐妹放心前去打仗。"宝书、佩金一齐说道:"真是老太太恩典,无不体贴人情。咱们尽心出力,给二叔叔挣个封妻荫子。"祝母笑道:"班师回来,宝姑娘同你这些姐妹都是我的传家至宝。”秋琴道:“老太太出了主意,到底叫绪哥儿还是拜个花烛不拜?”祝母道:“我说过,照梦玉之例,就在富春阁拜花烛罢。派海珠们给五福收拾妆扮,咱们去看热闹,给柳太太道喜。”众人答应,各去办事。五福听了这信,真是喜出望外,想着:“比柳绪还大着两三岁,嫁这才貌郎君,实在梦想不到。老太太恩典,感激不尽。”柳太太母子们亦是感喜交集。众人在富春阁看拜花烛,彼此道喜,送归洞房。

祝母吩咐得胜宴外面摆设崇善堂,里面摆在景福堂。祝母领着柏夫人们亲自给儿子、孙女各敬三杯全胜喜酒。祝筠、宝钗磕头跪饮,又给荆、朱两姨娘及桂堂、珍珠、宝书、佩金、秋瑞、海珠、掌珠、九如、汝湘、紫箫、芳芸各敬一杯。众人拜谢饮毕,祝母吩咐梦玉:“将男女家将各敬一杯。今日务要极欢尽醉,内外演戏,通宵热闹。”

一连三日,又是各位太太同着众亲公分,昼夜开筵演戏。

宝钗、珍珠们同探春各人交代一切事务。诸事完结,二十四早上搬运行李,幸而各有专司,倒不很慌乱。江口搭了大台,总镇大人带领各营将弁等候祭江。祝筠、宝钗先往六如阁拈香,又到致远堂祀祖已毕,在景福堂请老太太拜行。王夫人恐老太太们要出眼泪,赶忙说道:“今日出师大吉,诸事顺利。二兄弟同宝姑娘竟请起马,咱们在家等着吃班师喜酒。”柏夫人们都道:“姐姐说的不错,就此请罢。”祝筠、宝钗趁太太们吩咐过,赶着向上拢共拢儿行了三礼,也无可多说,带着诸将至茶厅上马。外面三声大炮,官兵挑列队伍,八十名家将分拥前后。桂堂、珍珠、宝书、佩金四人在前。接着祝筠、宝钗二马相并,罩着双檐红伞。后面海珠、掌珠、九如、芳芸、秋瑞、汝湘、紫箫、梦玉领着众女将,一群人马护拥而行。惊动满城士庶军民男女,扶老抱幼,挤街塞巷,无处非人。瞧见军威整顿肃严,无不称赞。刚到江口,连声大炮,众官兵摆列军仗队伍,姜总镇迎请登台,见礼用茶。阴阳官禀报已是午时,请观察总领拈香祭江。宝钗传令开炮,掌得胜鼓乐。命先行官斩牲沥血,观察们在台上拈香酹酒。三军摇旗呐喊,炮声不绝。只见波涛汹涌,烟云开合。

祭江已毕,传令回营。此时,教场中大小营盘安扎的十分齐集。

头一座是先锋营，后面左是薛宝书、右是贾珍珠，两营中间稍后是总领大营，后面是观察大营，再后是冯佩金督运大营。前后共六座大营帐。众官兵帐房俱在两旁，后面相连，安设八十名家将，分派六大营护卫。令茗烟、得禄在总领营作中军官，二十四名女将轮班听差。宝钗带着海珠、掌珠、九如、芳芸、秋瑞、汝湘、紫箫、梦玉在一营同住。见这帐房做的妥当，里面在宿房间层层俱有档槅，外面点将厅、会客厅、办事厅也俱用全体面。令诸女将在点将厅守护，不许擅离中军，带着家将守住营门，不奉将令不得擅放一人出入。珍珠、宝书轮班在营中前后巡绰，提铃喝号。三百名官兵亦算了家将，分在六营归队，前后兵容甚为严紧。

姐妹几个在后帐房相坐谈心，梦玉道："同姐姐到湖广很热闹有趣，明日回来就同彩姑娘两个，又过于冷淡。"汝湘道："真个倒忘了，他们回来男女内外都没有派人。"宝钗道："你写书给二婶子，派人明早送进营来，最为妥当。"汝湘答应，将书写就。总领发令牌一面，差家将喜儿送至宅里，交垂花门等着回信。内传宣荣贵拿着令牌书子出去，交与中军差遣不提。

梦玉道："营中清净，狠可养病。当年三叔叔有这个地方，不见不闻，病都好的快些，又省了紫姐姐疼不拉的一刀子血。"紫箫笑道："那把刀子是我的功臣，不是当年那有今日。"秋瑞道："紫姑娘可谓有志者事竟成。世间须眉男子，有愧于紫箫者不知多少。"梦玉笑道："我最想着那天拜堂，知道是紫、芳两姐姐，再不知秋姐姐也在其内，这是那里说起。"汝湘见宝钗默默不言，心中会意，连忙说道："昨晚上总领说，毕星见，当主风冷。今早上那几阵霜风狠觉着寒威刺骨。"宝钗道："度过岭南，此时正是春三天气。咱们路上横竖要遇一两遭儿大雪。"梦玉道："去年咱们接梅花上香雪烹茶，觉着不多几时，又快有梅花时候。"秋瑞道："梅雪虽好，到底不如荷露。"

姐妹们正在说话，中军缴进令牌、回书。赶忙拆开，上面写着："明日一早，老太太们亲自到营犒军。所派之人一并带来。此覆。"宝钗笑道："老太太花钱犒军，实在要来瞧瞧咱们营帐。"随传令各营知道，明日一早披挂整齐，摆列旗仗、队伍，伺候太夫人亲自来营犒军。

总领传过号令，听军中已交三鼓，领着诸女将佩剑出帐，往前后查看营盘，见各官兵支更巡逻，十分严密。看过粮饷大营，遇见一对红灯在前引导，冯佩金带着军器缓辔而来，瞧见总领赶忙下骑，站立道旁说道："各营支更不敢偷懒。宝书、珍珠轮班巡绰，刚才过去。"宝钗命骑上牲口，说道："今日初次安营，人俱精勇，只恐日久生懈，最所不宜。妹等务传论诸将始终如一。"说着，来到后营，见一土堆甚高。众人下马，相扶而上。满地霜草离披，寒虫唧唧，总领们来到堆上。残月在天，疏星布野。宝钗同秋瑞仰观天象。汝湘道："彗星缠于奎罡，光芒闪闪，赤而有刺，贼人正在猖獗。"宝钗道："牛女光射奎度，此即我等将星，其亮如月。惟正南上那个妖星，其色带赤，忽暗忽明，放光不一。我们先去助逆之党，其正贼不难一鼓而擒也。"众人正说的高兴，见半空中一群征雁飞鸣而来。瞧见营中旌旗飘荡，雁阵忽然惊散，急鸣乱飞，断而复续，冉冉而去。宝钗叹道："军中景色迥异家庭，塞上风情实非人境矣。"彼此感叹一回，归帐歇息。

次日一早，各营饱餐伺候。不一会探马来报，太夫人将至教场。总领传令众将各按队伍，鼓吹迎接。只听见连声大炮，鼓乐执事进了教场，一连三乘大轿。第一是尚书祝太夫人，第二是荣国公贾太夫人，第三是尚书柏夫人。跟着几乘四轿，是观察金夫人、桂夫人、柳、郑、梅、江这些太太同蟾珠、芙蓉、友梅众姐妹。祝母见桂堂全身披挂，领兵迎接后就站在营旁，让轿子过去。又见珍珠、宝书站在左右营前迎接，众姐妹瞧见点头含笑而已。祝母们到中营下轿，宝钗在营门迎接。祝母拉着说道："军容整肃，威武非凡。此去马到成功，定获全胜！"宝钗道："全仗老太太洪福，迅速班师。"祝母同各位夫人、太太、奶奶走进帐房，先将帐房内外看了一遍，笑道："我早知帐房有个玩意，昨日搬出来同你们住两天。"王夫人道："倒同在家一样，也分个内外，房间狠有个趣儿。"祝母道："珍姑娘们我刚才瞧见站在那儿，怎么不来见面？"海珠、秋瑞道："军营不像在家，不奉令不敢擅自离营。就是二叔叔也是在本营迎接。"祝母道："咱们坐会子再到二叔叔营里去逛。横竖今日我全要逛到。"王夫人吩咐将犒军羊、酒及花红银每名三两，一并交给宝钗。随令中军官分散各营，按名给领。又吩咐预备软轿伺候。

祝母吃茶谈笑一会，将随派跟梦玉来去之芙蓉一人，带陆进、刘贵、赵升、冯裕四对夫妻都交与宝钗。吩咐明白，随同王夫人们坐上软轿，到观察大营来。祝筠在营门迎接，扶老太太到中军帐请安，荆、朱两姨娘磕头请安。众人相见已毕，祝母领着众人周围逛了一会，又逛到佩金营中。时已中午，祝筠在大营摆宴，请老太太听军中鼓乐。总领带着诸将谢赏。祝母十分欢乐，饮至上灯回宅。祝筠们跪送，各营兵将谢赏。一齐点起号灯，竟像火龙灯凤，应接不暇。祝母坐在轿中，赞叹不已。

刚到家中，祝筠、宝钗亲来请安谢劳，同着梦玉就此拜别。祝母同太太们各人吩咐些说话，彼此答应回营。次日寅刻祭旗，炮声不绝，各营拔寨起马。总镇各官同贾、祝两府以及诸亲百眷，尽在码头送行。只听三声大炮，军令一下，不敢停留，按队开行，浩浩荡荡望着长江而去。不言送行之人。

且说头一队是先锋座船，带着两号兵船；接着宝书座船，带一号兵船；后是总领座船；后是珍珠座船，带一号兵船；后是观察座船；后面是佩金座船，带两号兵船，紧随护卫。共六号座船，二十四号兵船。男女家将二百名，官兵三百名，连各家人小子、丫头媳妇又不下一百，共六百余人。

正是初冬天气，风冷霜寒，这宝钗座船上带着海珠、掌珠、九如、芳芸、梦玉、秋瑞、汝湘、紫箫、芙蓉姐妹几个朝夕叙谈。紫箫道："我们只知深居高阁，以为身在画图。谁知今日对着这江山云树，沙鸟风帆，才知往日竟是红楼梦境，于今才是画中。"秋瑞道："此间正是孙、刘争夺之所，孟德西望夏口，东望武昌。他那知卧龙在隆中时以入画中，老奸空自垂涎，致有赤壁之悔。"宝钗道："赤壁之役，人知周郎之功。实不知周郎之功，全成于卧龙也。"汝湘道："咱们自入湘汉已将一月，连日雪意甚酣，江山风景，变态越奇。"九如指道："霏霏屑屑，瑞雪已至。远树梢头狠似琼枝玉树。"宝钗叹道："途中转眼离家一月，不觉已到汉阳。前日差人前去知会，不知松大婶儿知道了没有。”掌珠道：“咱们又来一姐妹，荆钗十二俱已齐集。就是彩姑娘性情古怪，合不上来。”秋瑞道：“让玉大爷同他在一堆儿，咱们别去惹他。任什么儿也合得上来。”九如道：“大爷要做新郎，脸上带着点儿风尘气色，也得赶着收拾，别叫彩姑娘讨嫌。”宝钗笑道：“玉大爷未做新郎，先要吃个大虚惊，非同小可，各人狠要留心。”梦玉道：“这虚惊应在几时？”秋瑞将手举着道：“不出三日。”

姐妹正在说话，内传宣回道：“松大爷坐着快船前来迎接，已上座船请见。”宝钗大喜，先命梦玉上前舱，弟兄相见。自家领着众姐妹在官舱，请松大爷进来。梦玉陪着松寿来到官舱，宝钗见松寿面如满月，目若朗星，细眉高鼻，气宇轩昂，与桂堂真是一对美貌英雄，心中十分欢喜。松寿见站着几位美人，中间一位妆束不同，知是宝钗，忙上前说道：“久闻芳名，今日才见。姐姐请上，松寿拜见。”说着，倒身跪下。宝钗道：“素仰兄弟年少英雄，今见丰标，果非虚语。”姐弟拜毕，又与秋瑞们拜见。汝湘过来说道：“寿哥！多年不见，可还认得？”松寿说：“一定是汝湘妹妹，昨日母亲听说妹妹同来，心中十分欢喜。”请过姨妈同老太太们安好，彼此让坐畅谈。

宝钗问：“大叔叔去后开兵没有？近日军情如何？”松寿道：“父亲初到岭南，各处官兵、土练尚未调集。虽见过一两仗，抢回一两处地方，总没有得他紧要关口。父亲听说祝二叔叔同姐姐奉旨带兵前去，心中很乐。差人来知会，说将彩妹妹姻事完结，交与梦玉，叫咱们星夜就去。”宝钗道：“我亦为彩妹之事，不然我星夜兼程而去，岂肯耽搁。兄弟去见过二叔叔，赶着回去，料理完姻。还有珍珠、宝书、佩金三个姐姐，你去见个面儿。”松寿答应，告辞起身。梦玉道：“我有两天没有见叔叔，我与寿哥同去。姐姐准不准？”宝钗道：“有寿哥同去，我狠放心。”梦玉大喜，同松寿坐快船去逛。宝钗叫住松寿道：“我有锦囊一个，兄弟佩在身边。遇着急不可解之事，开看便知。”松寿接着，藏于襟内。汝湘道：“一天大雪，江山尽是粉妆玉砌。”松寿、梦玉离了座船，驾着快艇在雪浪中十分有趣。到祝筠处拜见，坐谈一会。又到佩金、宝书、珍珠各船相叙，过到先锋船同桂堂谈讲半日。是晚在先锋座船过宿。

次早，松寿欲上大船先回公馆。梦玉要同到大船逛逛，松寿不便推却，同梦玉坐上快船。乘着雪风，甚为冻冷，走了多会，已到大船。松寿靠住大船，将身往上一跃，跳上大船。梦玉也不比当年胆怯，学着松寿往上一跃。劲儿没有使到，又是小船雪滑，只听"噗咚"一声溜下江去。松寿赶忙弯身来抓，没有抓住。小船上众人来抢，下去势快，连衣角儿也抓不着一点。众人一齐发喊，赶忙打捞。松寿急的两脚乱跳，汗下如雨。忙吩咐家丁、水手，谁人救起玉大爷来，赏银一千两。众水手虽是答应，正是风冷水急，谁肯下水打捞。松寿望着满江雪浪，只是急的要哭，不住喊叫："快些捞救。"众人慌乱，无可用力，上下人等急的要死。

松寿忽然想起："昨日宝姐姐给我锦囊一个，说是遇急不可解之事，开看便知。这件事岂非急不可解？"赶忙取出锦囊，急急开看。上面写道：

> 梦玉应有虚惊，命不致死。速往下游二十里芦堆处将船泊住。上岸向东南行去，不问远近，闻有梅花香处，便有下落。此行与寿弟大吉，可为预贺，速去勿迟！

松寿看毕惊喜交加，原来宝姐姐有先知神数，令人钦敬。此时松寿面色变忧为喜，吩咐"开船下去，见有芦柴堆积之所，咱们湾住"。家丁、船家见大爷欢喜，不知是个什么缘故。只得依着开船，不敢多问。且不提松寿开船依令来寻之事。

单说梦玉掉下江去，自问万无生理。下面水势甚急，四肢毫无用处，口鼻气闭，不觉悠悠死去矣。可怜将个怜香惜玉风流子化作逐浪随波梦里人。

且说这沿江一带俱是些渔户人家，闲常俱以打渔为活。遇着生意平常，也就作些私商买卖。内中有个渔户，名叫乌八，是个漏网巨盗。做了一起得意之事，拿着些金银珠宝。夫妻两个躲到这里度日安享，打渔不过是名色而已。他老婆侯氏十分凶狠，乌八稍不如意，立刻鞭打不赦。因侯氏管的严紧，乌八在外不拘什么事不敢隐瞒老婆。这日乌八在江口打渔，觉网中十分沉重。使劝拉上岸来，谁知网内是个死人。乌八见他面色尚有生气，知是才下水的。又见衣履华丽,不是穷家子弟,赶忙将他覆在那块大石上,让他口中流水,又给他周身抖动。闹了有个把时候,满腹中水皆流尽,气血渐通,鼻息中微微有气。乌八大喜,将他背到家来。走有半箭来路,背上之人已苏。原来非别,就是梦玉大爷。

此时,梦玉不知这人是谁,背到那里,心中正在思想。只见背到一座深树林中,几间茅屋,柴门紧闭。来到门边,那人叫道:“大嫂开门!”里面有妇人答应。梦玉见柴门开处,站着那人约有三十来年纪,抹着一脸脂粉,戴的金耳坠,绉纱包头,身穿皮袄,手上银甲、金钏。抬头将梦玉瞅了几眼,不觉大怒。不让乌八进门,照脸两掌,骂道:“死乌龟混帐杂种!那天我不在家,你去哄了人家孩子来,闹了我一床的屎。叫我洗了几天,还没有干净。你今日又到那里将个小旦背了回来?你这杂种越发闹的没有王法,连我都不怕了!”说着,使劲又是两个嘴巴。打的乌八眼中金星直冒,耳鸣不绝,赶着将梦玉放下地来。侯氏将乌八抓进门去,随手将门关上。梦玉叫道:“嫂子!你开门!我还有话说。”侯氏骂道:“不害臊的忘八羔子!不去相与有钱的冤大头,你相与这个臭忘八。你算瞎了眼,倒了运!你快些给我滚蛋!”侯氏一路骂着,将乌八拉了进去。听见里面荆条棍子又痛打一顿。

梦玉站在雪中,冷风如割,内外上下被水浸透,结了一身冰甲,疼冷难忍。只得转出树林,一望尽是黄芦衰草,银海雪天,又看不出东西南北。远远看见一处有烟,想是人家,望烟走去。可怜正是寸步难行,在雪地下连跌带爬,直闹了半日,见几棵老树遮着三几处人家,俱是柴门茅屋。梦玉急忙走到一家门首,将门乱敲。只见对面大树背后,有两人不住探出头来观望。梦玉敲了一会,里面有人开出门来,又是一个中年妇人。梦玉不等他问,拣直走进门去。那妇人连忙拦住道:“你是谁?怎么跑到我家来?快些出去,别要讨臊!”梦玉道:“嫂子,我是掉下江去得命起来。不知这是那里,我又找不着我的座船。周身上下实在冷的受不得,求嫂子可怜我,给我点热茶儿喝喝,借我两件衣服,换下这身上的冰衣,我才得命。我送嫂子这只金手镯儿,先请收下。等着我家人来找,再重谢。”那妇人瞧见这只手镯,十分动火，又见梦玉说话光景甚是可怜，回头向堂屋里叫道："大妹子来！"

梦玉见里面走出一位十八九的姑娘，容光照人，竟与家中姐妹们一样神情，狠不像村庄妇女。身上虽是布衣，颇光鲜洁净。走至门边向梦玉看了几眼，问道："这是谁？"那妇人将刚才的话说了一遍。梦玉向姑娘哭道："望姐姐可怜，救我！"那位姑娘本是一会中人，前世与梦玉亦有缘分，今日相逢不由他不动相救之念。说道："我家姓孟，父母俱已过世，又无兄弟姐妹，孤身一人。这是我姑妈家的嫂子，表兄外出，我请来作伴。论理断难容留男子，因你是遇难之人，不得不勉强相救。但你姓什么？是何等人家？不要哄我。"梦玉心中欢喜，忍着冻将姓名来历，直说到掉下江去，不知怎样被那人救起，背回家去，叫他老婆打了出来，走到这里的话，说了一遍。姑嫂两人道："原来是位公子！我瞧光景就知不是平等人家子弟。快请到里面去脱衣服。"梦玉道："嫂子不收这手镯，我心不安。"孟姑娘道："嫂子，领了大爷的盛意。"那妇人接在手中，十分欢喜。

三人来至堂中，让梦玉到一间小屋里。窗前有张小炕，很可安歇。姑嫂两个端了热水，叫他抹身洗脸，浑身上下脱了个干净。孟姑娘将父亲遗下的衣服、鞋袜等项取出，叫他周身换过。梦玉又请嫂子给他篦过头发。先温了一杯热酒，给梦玉解寒。梦玉道："姐姐、嫂子待我犹如手足，明日对宝姐姐说过，一定要请了同去。还没有请教嫂子尊姓？"

妇人道："我姓刘。我家做茶叶生理，本钱少，一年转不过来。贪着这点利息，在外日多，回家日少。我总在这里同大妹妹作伴。我这大妹妹名叫孟瑞麟。他父亲是有名的禁军教头，挣过多少功劳。因老母无人看养，回家来不愿做官，又无儿子，将一身本领尽传了女儿。你瞧着大妹妹这样儿，他真有万夫不当之勇。但住在这里，也从来没有试过手段。我舅舅会演先天神数，他说大妹妹将来嫁一个富贵英雄公子，命中是个一品夫人。他的姻缘不用愁，自会找来。今年二十二岁，静听好音。刚才听你说姐姐妹妹怎么英雄，怎么利害，他想着见个面儿才好。"梦玉道："见面容易，但必须差个人到江口去找着我的兵船，通个信儿才得呢。”刘大奶奶道：“你放心，咱们这几家拢共拢儿男人们都是一早到镇上赶市，至晚方回。今晚上对他们说，明日早上江口就知道了。”

梦玉道：“嫂子这屋里烧着什么香？若有若无狠有个味儿。”瑞麟道：“想是窗前这树六萼梅，这两天被雪一压，分外开的满树精神。”梦玉听见大喜，忙将炕上小窗推开。见一树玉梅，半在窗前半横篱外，寒香沁骨，莫能言状。不觉对梅大笑道：“不意今日又遇知己，正合着两句道：不是一番寒彻骨，怎得梅花扑鼻香？”刘大奶奶笑道：“我瞧你倒有个趣儿。我去温杯酒，让你赏梅。”梦玉道：“嫂子同姐姐待我如手足一样，况且又是英雄姐姐，不比那扭儿捻儿的姑娘。温杯酒咱们姐弟三个一堆儿赏个梅，不有趣吗？”姑嫂应允，就在炕上摆设小桌，三人对梅而饮。刘大奶奶道：“我瞧你身上单薄，当着雪风不当玩的。又没有别的衣服，依我说将那块毡子披在身上挡个风儿，到底好些。”梦玉真个将毡子披在身上，四面围住，笑道：“苏武吞毡啮雪，我今日披毡赏雪，苦乐竟隔天壤！”瑞麟瞧着这样神气，不住的抿口而笑。梦玉连饮几杯，诗兴大发，高声吟道：

风景天然别，披毡胜似家。
不知今夜月，照雪照梅花？

梦玉三人正在吟诗畅饮。忽然柴门外喊声大起，打门推篱，其势凶勇。瑞麟解去棉裙，取了一条齐眉棍，赶到院中。那柴门已被推倒，抢进四五个人，手执大刀阔斧。瑞麟不等近身，使出一家门路。将棍一摆照着下身打去，一连打倒三个。有两个拿刀使劲砍来，被瑞麟用棍一格，将两般兵器打落地下。五个人转身就跑。瑞麟追赶出去，见有多少人拦着去路。孟瑞麟举棍向着为首一人当头就打，那人将身一闪，赶忙拔出宝剑一场好杀。

不知那贼人是那里来的，且看下回分解。

第九十一回　孟瑞麟草堂花烛　祝梦玉果掷新郎

话说孟瑞麟赶出门外,见有多少人拦住。他举棍当头向那人就打。那人将身一闪拔出剑来,两人一场好杀。原来这人不是别人,就是松寿领着家丁一路寻来。刚到这里,雪风中闻着梅花沁鼻,抬头见那边篱外横着一树梅花,口中赞道:“宝姐姐真是神见!”正要找人问信,只见四五个凶徒各持刀斧,打进门去。松寿领家丁赶忙过来要问缘故。脚未站定,里面已打了出来。孟瑞麟见贼人甚多,因此杀将起来。

松寿见这姑娘棍法精熟,越战越勇,心中暗暗称奇。孟瑞麟亦狠赞:“好个少年英勇强盗!”两人战有五十余合,松寿将棍格开,叫道:“且住!”孟瑞麟收棍站住。松寿道:“我到此处来找兄弟。刚到这里,正遇你打出人来,我命家丁替你将人拿住。你并不问个青红皂白,举棍就打。你这姑娘忒过于性急。”孟瑞麟听说,自家也觉好笑,问道:“依你说不是强盗。”松寿笑道:“你瞧我像强盗不像?”瑞麟抿着嘴儿笑道:“你找什么兄弟?”松寿道:“就是镇江祝梦玉。”瑞麟转身就走,用棍招道:“在这里面。”松寿大喜,跟进柴门,叫道:“梦玉在那儿?”里面应道:“寿哥快来!”

松寿赶进小屋,见梦玉披毡高坐,真是得了活宝。兄弟两个隔世重逢,喜从天降。众家人、小子进来磕头请安,一个个喜的手舞足蹈,问松寿道:“大爷怎么知道玉大爷在这儿? 真是一件活奇事!”松寿笑道:“自有缘故,慢慢再说。你们先着两个到座船通信,取了玉大爷衣服靴帽来。”众家人、小子欢喜答应出去。

松寿请刘大奶奶、孟大姑娘出来拜谢。瑞麟躲住不肯出来。刘大奶奶问了松寿来历,知是节度公子,十分钦敬,彼此让坐。梦玉欢喜之至,说道:“嫂子,我有一句话要同你商量,真是天大的一件美事! 我这寿哥,同这儿的姐姐同年,也是二十二岁,立志要娶一个才貌双全,武艺出众的奶奶。因此,父母吩咐,令其自择。刚才他狠赞瑞姐姐武艺人材，十分佩服。我同嫂子两人做媒，成合这件天赐姻缘，岂不是天大的一件美事！”刘大奶奶笑道：“真是天赐姻缘，应了他父亲的神数。但大妹妹性情古怪，须他自家作主。我将你的话同他商量，看他怎么说。”梦玉点头。刘大奶奶进去了一会，笑嘻嘻出来说道：“事倒有商量。他说江湖上人心难测，变态多端。看你们虽不像骗子、强盗，但你说是下江落水，他何以又知道是在这里，令人可疑。因此你两人说话尚难凭信。姑娘们终身大事非同儿戏。他说必得你们领兵叔叔、姐姐到来，方能遵命。”松寿赞道：“所见甚是，原该如此办法。”立刻就差两个精细心腹家人对他说知详细，赶着去见祝二老爷同宝姑奶奶，明日请到这里相会。又差家丁往营汛各处借马，明早备用，各家人分头去办。松寿命将刚才拿住五个白昼行劫强盗，送交地方衙门究办。刘大奶奶姑嫂看此光景十分欢喜，备出内外上下酒饭。

梦玉说起不知那人怎样救出水来，背回家去，被他老婆打骂一顿，关门进去，连谢也没有致谢一声。松寿笑道：“不是那老婆凶狠，咱们那有这样奇遇。明日定要找着谢他才是。”弟兄两个彼此说笑，不觉饮至月上梅梢，寒香满屋，更外清越。大船上家人送铺盖衣服来，说道：“宝姑奶奶同祝二老爷明日一早上来。连夜差人到这儿扎起两座大营，给太爷预备喜酒。”松寿叹道：“宝姐神算，令人难测。”将锦囊之事对梦玉众人说知。家将们一齐惊喜道：“宝姑娘竟有孔明本领，何惧那几个瑶人！”从此军中都知宝钗神机妙算，不让诸葛。这是后话。

且说众人度过一宵，次日天晴日出，弟兄梳洗完毕，更了冠服。听着大炮喧天，总领们俱已全到，见珍珠、宝书二人戎装而至。姐妹相见大喜，对梦玉道：“祖宗！你这一跳不打紧，几乎要了几百人的命！这是何苦来呢？不是总领知会各营，你今日要想个亲人见面，也就费事。”梦玉一面笑着请刘大奶奶出来相见，说明这两人是谁，同进去见瑞姐姐。三人来至后面，珍珠、宝书见瑞麟很像旧雨重逢，十分相契。正在依依叙谈，听说总领已到，赶忙出去迎接。

宝钗带着桂堂同众姐妹俱到，向着梦玉笑道：“你这月老做的骇人,比四姐姐水晶宫又是一番风景。”梦玉将下水后不知怎么救起,那老婆不许进去,走到这里,有此奇遇的话说了一遍。宝钗们甚为赞叹。走进堂屋,见姑嫂迎接出来,彼此相见,亲爱非常。珍珠道:“声音笑貌,与尤三姐姐毫一无二。原是会中人,怨不得见面就这样亲热。”宝钗拉着瑞麟说道:“妹妹是我会中人,生前大有缘分。今既相逢,岂肯相舍。我松大兄弟是侯门贵胄,年少英雄。妹妹本领才貌与大兄弟真是一对良配。玉兄弟江流至此,这是天赐姻缘,使之作合。我请祝二叔叔作主婚,我们弟兄姐妹都是冰人,妹妹不可再却。”瑞麟含羞应道:“谨遵姐姐之命。村中难备彩舆,不若就在大营,以戎装合卺,也是英雄佳话。”宝钗们一齐大赞,都说所见甚是。命珍珠、宝书、佩金各凑戎服冠带,令姑娘、媳妇们伺候装束。

瑞麟将姑娘、刘老爷请过来告知出嫁之事。不多一会,众人见外面走进一老丈,约有七十多岁年纪。高鼻方瞳,白须盈尺,足下毡鞋,身穿古铜厚絮道袍,手执古藤藜杖,像个神仙模样。缓步走至堂前,用手向众人一拱道:“恕老朽不能为礼。”众人见他仪表非凡,绝不像村墟乡老,不敢怠慢,赶忙见礼。松寿问道:“老丈尊姓,今年高寿几何?”老丈笑道:“还有几位女将军等我见过,我再奉闻。”梦玉知会宝钗们出来见礼,分宾坐下。老丈问道:“那一位是梦玉祝世兄?”众人见他问的甚奇,大为惊异。梦玉忙答道:“晚辈就是祝梦玉。”那老丈点头道:“天上石麟,果然不错。老夫刘隐,与尊公系会榜同年,致仕归田已十余年矣。”梦玉惊道:“原来是道庵年伯,真是失敬!”忙一齐下来,重又行礼,让之上坐。刘道庵问道:“那一位是松公子?那一个是桂世兄?那位是贾宝玉夫人?”梦玉挨次指点。

刘道庵对宝钗道:“我由翰林改入部曹,与尊翁同在一司,最为相得。到荣府常见宝玉,我就说此子断非凡品。谁知乡榜捷后,弃家而去,可见神仙不是凡人做的。后来尊翁得了外任,桂廉夫以候补部曹就得了这缺。因此我与廉夫又是数年知好。松节度我在祝年兄宅中见过数次。看他器宇非凡,知其爵位后福不可限量。老夫自归田以后,正所谓隔断红尘,不知魏音。犬子愚拙,不令读书,以贩茶为业,稍寻子息,得敷数口衣食足矣。今早遇见贾二哥,旧时小子已成强壮家将。他还依稀相认，他将诸公之来细说我知。孟家侄女得配公子，真是天缘奇合，一对英雄嘉耦。我怕闻音乐金鼓之声，已与二三老友相约踏雪访梅，命儿媳送去成礼足矣。今与数十年老友后人相见一面，天工之巧令人难测。”口中连说：“奇怪！”竟往外扬长而去。众人不敢款留，送至门口。刘道庵回头一笑，扶杖缓步度过林中。

宝钗叹道：“谁知此处又是一幅桃源图画！寿兄弟先至大营等候，咱们伴着新人同来。刘大嫂子不会骑马，将军中亮轿抬来迎接。”松寿答应，先回营去料理。孟瑞麟只将自身箱盒及祖传得意军器尽行带去外，其余一概衣箱什物房产尽送了刘大奶奶，谢他几年照看之情。姑嫂两个拜哭一番。众人见孟姑娘装束起来与珍珠、宝书们不差上下。宝钗命两个丫头、媳妇送刘大奶奶先往大营，知会刘府上差人来管房屋。家将们摆齐队伍。宝钗、瑞麟两人并马，张着红伞，珍珠们左右围住。梦玉见瑞麟金冠绣甲，锦带佩剑，越显的十分标致。来到大营，请祝筠主婚，酹酒奠雁，奏起军中鼓乐。松寿银冠银甲，披挂整齐。夫妻两个戎装交拜，成了大礼。

拜谢过宝钗同祝观察、刘大奶奶。接着众人道喜，十分热闹，就在营中摆设喜筵。

梦玉见天色尚早，回过宝钗，同松寿、桂堂、宝书、佩金去寻那救命之人，“他自救我出水，倒被老婆狠打一顿，未免过于委屈”。宝钗道：“不是他狠打，那有咱们这样奇遇。寿兄弟也该谢他老婆才是。”兄弟姐妹走出营门，骑上牲口，带了几个家将，依着方向一路寻去。梦玉认得那座树林，来到门前，令家将上去叫门。里面有人答应，开出门来是三十多岁男子，粗眉小目，脸上青红相间。梦玉昨日虽被背来，却没有见他是个什么脸嘴。问道：“昨日我掉下江去，被人救起背回家来，可就是你？因没有问得姓名，今日我来奉报。”那人摇手道：“罢了！我的老祖宗！我叫乌八。昨日在江口打鱼，谁知你躺在网里，被我拉了起来，见面色尚有生气，赶忙相救，吐掉些水，果然透出声来。我原要背你回来调养安当，送你回去。谁知被我女人不问缘故，一路狠打。这不是为你，脸上带了这些伤。”乌八正在说话，侯氏出来问道:“你同谁说话?”乌八忙应道:“就是昨日背来的那位相公。”侯氏道:“何如?我知他一定要来找你。我舍着这条命儿,同他干了罢。”怒冲冲跑出门外,抬头瞧见众人,骇了一跳,赶忙退进门内,问道:“你们是那儿来的?找他干什么?”梦玉将昨日蒙他救起,今日特来相谢的缘故说了一遍。侯氏摇手道:“相公,他见你生的俊,才背了回来。若是长的丑,有胡子的,他早推下了江去。你说他是个什么好人吗?”松寿们不禁哈哈大笑。梦玉道:“嫂子过于将他说的什么,到底是他救我出水,不可不报。”吩咐将礼送了过去。侯氏见一大盘尺头,又是十个元宝。家将们道:“快些收了进去。”侯氏吓了一跳,将众人看了几眼,说道:“相公,你们到底是做什么买卖的?银子来这样泼撒。咱是清白良民,从不干那道儿,明日闹出来是不当玩的。”佩金笑道:“咱们大爷身价不止这几个钱。这也算不了什么,你全收了进去。若要问咱们名儿姓儿,做什么买卖,只要叫你乌大爷打这儿向南去,见有热闹地方探听全就知道。”夫妻两个惊喜交加,各端进去商量脚礼。耽搁了好一会,拿着盘子出来,人影儿也无一个,不知去向。侯氏命乌八拿着两盘前去送还,探听消息。后来知其详细,十分欢喜。此事交过不提。

松寿等回营说知其事,宝钗们甚觉好笑。当晚喜筵散后,松寿、瑞麟就在帐中成了百年美事,两人鱼水之乐更难言其妙境。次早送刘大奶奶回去,宝钗备了好些彩缎、金银,差媳妇们亲自送到刘宅。刘大奶奶同众人依依不舍,洒泪而别。宝钗们起营回船,只消一帆顺风,放过江去。松寿领新媳妇先回公馆,拜见婆婆。庄夫人见媳妇甚好,十分中意。彩芝姑嫂见面,亦甚相得。

此时,水仙姑娘已做了松节度的侧室,家中一切内外事务,俱是水仙一人专主。连日料理彩姑娘完姻喜事俱已妥帖,又领着丫头、媳妇们将行装也收拾明白。今日见新大奶奶麻利能干,心中亦很欢喜,问松寿道:“咱们还是会过亲再择吉日,还得择了日再会新亲?”松寿道:“宝姐姐昨日说过,明日是黄道上吉日,择定寅时拜堂。咱们备执事轿马去接姑爷,他们拢共拢儿送来,热闹一天。让咱们请两天客,第四天上姑爷、姑娘起身回南,咱们开船上任。”水仙道:“话虽狠是，亦有点儿为难。来的新亲全是自家人，倒狠不要紧。倒是满城大小文武各官，内外俱到，难以摆酒，彼此不便。我想出个主意，不如借了洪家花园，到那儿做亲请客。那园子狠体面干净，房屋又多，进去三五百人不狠见面。就是做亲这一日，将内外客全行一请，不省了些事。那儿铺垫全有，咱们只将姑娘的妆奁、行李搬去，其余东西全搬上船去，说走就走。”松寿喜的大乐，忙差家人用节度名帖去借洪园，说小姐做亲缘故。

水仙来与彩芝说明其事。彩芝正因公馆住房黑暗，闷出病来。听说十分欢喜，连忙应允。水仙立刻差妥当丫头、媳妇将彩姑娘房中所有箱柜床帐全行搬到洪园。自家押着妆奁亲往园中料理新房，因想起里面有几百竿湘竹，围着几间竹阁，精雅非凡。将竹阁做了新人洞房，真是投其所好。主意已定，吩咐照办。又择了几处：是四品以上各位夫人一处；五品以下各位命妇一处；新亲一处。外面也是分开筵宴，各无关碍。料理分派已定，差人去请夫人、小姐。不一会松寿夫妻同着母亲、妹子来到洪园。此时残雪未消，树竹亭台，别具一种风景。当晚是庄夫人给女儿暖妆，又是款待新妇，在内花厅开筵演戏，连水仙二夫人一共五席，唱的是全本《牡丹亭》。灯烛辉煌，笙歌达旦。

次日早间，彩芝开脸、冠带已毕，拜辞祖宗，拜谢父母、兄嫂、庶母。彼此掩面大哭，甚为悲切。松寿出去料理，用节度文武全执事，八人大轿去接姑爷，连下三道请帖。又另差人请亲家太爷、贾姑太太并各位新亲爷们、太太，俱是三道庄启请帖。亲家们刚要上轿，松府家人送到新亲的上轿礼。祝筠同宝钗每人是十六样水礼，二十四色表礼。各位太太同桂大爷每位八色水礼，十色表礼。另有白银五百两，赏跟随姑爷过去的家人、小子、姑娘、嫂子们的喜钱。祝筠同宝钗商量，每人酌收一两件，余礼璧谢，重赏来使。命将喜钱收下，赏给男女家人，各去分用。诸已完结，祝观察坐上四人大轿，全副执事，鸣锣开道，先往洪园而去。后面就是宝钗，也是四人大轿，用四十名家将骑着对马，只用一柄红伞。轿前是桂堂骑着领马，珍珠众姐妹俱骑牲口，领着姑娘、嫂子们一大阵围在轿后，真是威武又且体面。满街男妇都说自出娘胎没有见过这样热闹。那打执事的小夫笑道："这才去了一半，热闹还在后面呢！"众人听说，都站着要看后面是个怎样热闹。

祝筠先到洪园，松府家人在路旁跪接。轿中递过喜茶，一连三次。刚到大门，松寿拦舆打恭迎接。祝筠忙至门内下轿，松寿连打两恭，递过迎门喜酒。一路鼓乐直至花厅，松寿行了亲家大礼，连递五道喜茶。祝筠进去见了庄夫人，表叔嫂别有多年，相见甚为亲热。道喜之外，不能谈及家务。此时大小文武各官早已到齐。内中多半是祝府同年，贾、桂两家世谊，还有些远亲旧友。听见祝筠在新房下来，都赶着请去相会，将个祝筠一会儿应酬不暇。里面是荆、朱两位姨娘不会骑马，坐轿先到。松大太太同水仙都是向来见过的。

正在热闹，接着宝钗们到了，大炮喧天，鼓乐齐奏。庄夫人领着媳妇一路迎接出来。松大爷在外相迎，直抬到花厅下轿。松太太久慕宝钗十分情切，水仙们念之更甚，今日相见，竟像是旧雨重逢一样，异常亲热。宝钗领着众姐妹到花厅拜见，各行大礼。对庄夫人将姐妹各指名姓，又与水仙拜见，彼此俱道想念之意。拜毕之后，让坐递茶，甚为恭敬。汝湘同姨妈分外亲热，娘儿们略说几句，松寿同着桂堂进来请安道喜。庄夫人拉着手儿笑道："怀抱时，见你玉人儿的一个孩子，转眼二十年，长成这样好人材。我听说勇冠三军，将来同寿哥儿挣些汗马功劳，也是有趣。"桂堂答应，松寿同出外面陪客。那来道喜的夫人、命妇们听说贾府的宝二奶奶同祝府的奶奶们来了，都要见面叙亲道友，论年谊，说世辈。将宝钗姐妹们四面分开，不由松太太作主，各去叙谈。

外面吉时将近，用节度的文武全执事，八人大轿。两班马上细乐，三班步下鼓乐。二十四对簪花披红马上提灯，四十对红纱宫灯，十六对明角灯是松府小子提在轿前，又是提炉，又是轿前细乐。自从头锣起至后拥上，摆有三里多路，十分整齐。又是文武大人、各差官带领人役将全执事去迎接姑爷，更外热闹。惊动满城男女，比看会又多。

轿马执事来到座船，松府家人先送上姑爷升轿礼盘，齐到船上磕头道喜。梦玉道："你们几个不是上一磨儿跟着老爷在我家住过几天吗?"众家人道："不但跟着老爷在姑爷宅里住了几天，还跟着姑爷在平山堂给一个什么姓林的姑娘上坟添土，叫奴才们闹了一身大汗，脏了两件衣服。"梦玉不觉大笑，说道："有功！横竖我总要给你们酬劳。因那年我到家就是老太太生日，赶过了生日，我上金陵给贾太太赶修房屋。你们就跟着老爷到任。等着咱们再说。"家人们道："时候不早，请姑爷就上轿罢！"梦玉点头，吩咐伺候。只听岸上人喊马嘶，狠像教场中操演一样。此时又添上祝尚书、贾府荣国公两处全执事，提灯鼓乐，又是八十名家将全披红摆队。

梦玉上岸升轿，并看不见山川土地，一望尽是人的眼睛。好容易抬上大街，两旁人如潮涌，挤到轿前来看新郎。人人喝彩，赞不绝口。那执事鼓乐马道摆有五里多路，慢慢走去。梦玉坐在轿中，狠觉气闷，恨不能一步跳到。心中正在发烦，忽然挤过几百妇人女子，围着轿子要看姑爷，无不夸赞，看之不已。梦玉见这些妇女老少好丑不一。内中有个青年妇人，生的狠有丰致，手中拿着个朱皮大桔，递与梦玉。梦玉不忍佛他美意，赶忙接在手中，向他点头笑谢，将朱桔在鼻边闻了几闻，那妇人心中大喜。谁知那些堂客们瞧见，人人都要送一个朱桔，登时将市上两担朱桔抢买一光。正是卖桔人遇着祝大爷，都是交运。梦玉起初还用手接，后来身上尽是朱桔，连手也举不起来。众妇女见姑爷不接，只好丢进轿来。幸而轿身宽大，朱桔如雨点一样飞了进来。不多一会，将个新姑爷竟用朱桔砌在中间，梦玉只是不住大笑。那些家人、差役、兵丁因是姑爷喜事，又是妇女们，不便赶打，只可远远吆喝。八名轿夫押的十分沉重，嚷道："众位太太们要送姑爷的果子，到公馆去送才是个礼，也没有在半道儿上丢在轿里。咱们是抬姑爷去成亲，并不是给你们抬果子的。"众妇女笑作一堆让开，八名轿夫算得了命，顾不得轿子沉重，放开腿抬着飞跑，说道："快些罢，再被奶奶们缠住，今日就别想抬到公馆。"

众家人们催着执事人马赶走，听着前面连声大炮，已到洪园。此时各位大人都知新姑爷被妇女们围住送果，彼此笑道："潘郎掷果，得此又多一件风流典故矣！"众人报说姑爷已到，大轿抬到拜堂的正厅。各官们俱要看拜堂,两边坐满。

夫人、命妇听说姑爷已到,同着宝钗们到屏后来看新郎。只见大轿内红光现现,砌满都是朱桔。内外笑声不绝,都说真是一件风流佳话。宝钗姐妹甚觉好笑。有新节度单大人的夫人说道:“姑爷带来喜果,最为吉利。况且又是桔子,名色更佳。咱们众人都带几个回去,沾两新人的喜气。”内中有好些夫人、命妇、太太、奶奶们望子心切,听见单夫人这句话,竟像得了仙丹一样,忙各差丫头、媳妇、姑娘们往姑爷轿里去取几个带回去。梦玉轿前挤满是人,争抢喜果,各人多少不一,叫喊嘻笑之声盈耳。

内有一个上年纪的老妈,想着主人十分望子,必得新郎身下桔子一个,吃了一准有喜。正是报主之心甚切,使劲推开众人,半身挤入轿门,见桔子已被人抢个干净。他将昏花两眼定睛细看,见姑爷下面怀里尚有通红一堆。老妈心中欢喜,伸开五指一把抓住。梦玉吓了一跳,见这老妈将下身紧紧抓住。梦玉按着他手,说道:“妈妈你放手！我给你两个好的。”那老妈道:“我只要姑爷的这两个!”梦玉又不便对他说这缘故,竟忍不住哈哈大笑起来。宝钗忙命佩金过去说令他庄重。佩金走到轿前说道:“兄弟你又来傻了,宝姐姐说你今日做新姑爷,叫人瞧着像个什么样儿?”梦玉笑的摇头道:“姐姐你拿耳朵来,我对你说句话。”佩金附耳过去,听梦玉说了两句。佩金抿着嘴儿笑的要死,在梦玉后面摸着两个朱桔对着那老妈耳边说道:“妈妈你抓着姑爷衣服,不是果子。这两个是姑爷怀里最吉利的喜果,你拿去,别叫人知道。”老妈大喜,接着千包万裹,恐被人抢去。他主人道喜回家,吃了这两个桔子,果然有喜,后来连生二子。因感老妈怀桔之功,将他养老终身,以报其德。可见忠孝二字若果至诚,再无不感格之理。因当日人多忙乱,没有记其姓氏,只称之曰“老妈”而已,此事表过不提。

梦玉对佩金道:“姐姐等着让我出来,别叫娘儿们再抓住着,可是不当玩的。”佩金对松寿道:“就请新郎出轿罢!”松寿吩咐宾相赞礼,前后奏起细乐。三请新郎出轿,站在花毡上又请过几次。只听见里面仙音袅袅,是一班小子弟奏着细乐。接着几对姑娘们的红纱宫

灯,又是一对提炉,里面异香扑鼻。后面是一对花烛,四个体面后生家人媳妇,扶着新人款步出来。宝钗们刚才俱未相见,看他身材光景与黛玉不差上下。两新人站定,请主婚家长拜神奠雁。祝�行礼已毕,请两新人拜神交拜。

此时,内外男女无不欢喜。只有宝钗一人刚才倒不理论,这会瞅着他们两个拜堂,只觉身上发起寒颤,手冷如冰,心口里就如刀扎,正是十分难过。见香灯细乐送两新人归洞房,众夫人们对宝钗道:“刚才没有去看洞房,这会儿咱们同去。”宝钗勉强答应。让新人们归房撒帐诸事完毕,同夫人们来看洞房。见此处尽是修竹,位置天然,竹叶上残雪未消,更显出青翠可爱。依山亭阁,曲槛高低,另是一种天然风景。来到洞房门口,见是几间竹阁,精雅非凡。宝钗越觉心中难过,进到阁中,有姑娘、媳妇们递上洞房喜茶。宝钗刚接在手中,抬头见上面一块竹匾,写着“潇湘馆”三字。宝钗心上一麻,手中银镶果茶杯掉了下地,身子有些支持不住。急忙走出阁来,赶到一座小亭上,不觉昏昏晕了过去。

不知是谁救苏过来,且看下回分解。

第九十二回 独对寒更英雄遇美 同归故里娇女思亲

话说宝钗在亭中晕了过去,众姐妹扶他坐在椅上。水仙亲自取开关散,给他吹了点子入鼻。只听宝钗身上像金磬之声,甚为清亮。响过之后,宝钗打了个喷嚏,回苏过来,睁眼瞧见都在面前。梦玉拉着宝钗手,含着两眶眼泪。众姐妹围着一堆,彼此相问。

宝钗赶忙站起,对水仙同那些太太们道:“我向来有个心疼病,发起来就晕了过去。一会儿就好,没有什么要紧。梦玉你是见过知道的,也犯不上帮着骇人,倒惊动太太们惦记。你快些回新房去,我坐会子再来瞧你们。”众人都说:“贾姑太太说的甚是,咱们同着新郎先走,等姑太太歇歇儿再来。”诸位太太拥着梦玉俱往新房去了。孟瑞麟道:“我去给太太个信儿,他老人家急的什么似的。”水仙也要去照应客人，都放心一哄而散。

掌珠道："姐姐，你今日何以又动起这样伤心？"珍珠道："我知宝姐姐伤心的缘故。别的还可分解，最令人难过的是'潇湘馆'三字。"宝钗将手抚着珍珠肩上道："真是知己！我不怨别人，只怨我家老太太，眼睁睁将我推入死地。岂有做亲瞒人之计，瞒林姑娘已经可笑，仔吗连宝玉都要瞒他？将我充做林姑娘，叫林姑娘院里的人过来扶我拜堂，这是什么话呢？我同宝玉养这慧哥儿，我是替林姑娘养的孩子，宝玉同我竟无一点情分。你想老太太为什么害的我这样苦？"

只见孟瑞麟亲自端着一个细盖碗递与宝钗道："一碗参汤，请姐姐润润口儿。太太说亭子上怪冷的，请宝姐姐到屋里去坐会子，身上舒服些儿再出去听戏上席。"宝钗饮毕参汤，同众姐妹来到内厅。水仙正给宝钗们铺设床帐被褥，俱极周到，说道："今晚在园中住过了一宵，明早两新人见礼，饭后太太往各衙门辞行。寿大爷更没有一点空儿，要桂大爷在这儿帮两天忙。"宝钗道："别说桂大爷，就是咱们也愿意帮着照应两天。只要太太别将咱们当新亲看待，这才舒服。各随其便，你们省了多少照应费事。刚才咱们做过新亲，行过大礼，两新人洞房花烛，咱们算交代过了。"水仙道："知道姑太太们嫌烦，随意儿就是了。"宝钗们大喜，略为歇息，同珍珠各姐妹出去帮庄夫人照应、陪客。

外面桂堂听了会戏，觉过于热闹，心中发烦。抽身出来，趁空儿往园中各处游玩一番，连自家小子都不知道。一人悄悄往山子背后走了过去，不管有路无路，高低曲折，随意乱走。才转过一弯，全不闻锣鼓人声，只听寒雀枝头啼声相唤，桂堂甚为有趣。历过几处亭台，登过几回楼阁，移步换形，越精越雅。来到一座石洞，挨身进去，甚为黑暗，以手向摸，两边俱是墙壁。心中不解，必要看他是个什么地方。觉越走越宽，到一座门边，望见外面十分光亮，原来这石门是在屋子里面。桂堂刚要走出门去，听见有人说话。连忙站住抬头观看，吓了一跳，说道："幸亏没有出去，不然此事怎了。"原来是一男一女正在云雨高兴。女的道："怪冷的，快着些儿罢。"男的道："只要舒服，管什么冷呢。"桂堂想道："不知是那一家丫头、媳妇，倒是个会寻乐境的朋友。”转身摸出洞口，一路叹道：“人家多建园亭房屋，自娱无几，徒为他人设藏奸匿盗之所，甚为可叹！”

自言自语，走出洞门，只见一只凶恶大狗追赶一物，在面前飞奔而过。狗势甚猛，已将赶上。桂堂跟去看是个什么东西，转过一座山子，毫无影响。顺着往前寻去，来到一座板桥边，见地下有些血点，忙向四面寻望，见那大狗在桥对面山子下，正在狠咬。桂堂急忙赶到山下，飞起一脚，将个大狗踢有一丈多远，说道：“我们正要去杀狗王，先踢死你这狗崽！”那只大狗踢了半死，满口流血，卧在草间动弹不得。桂堂见地下是个白色狐狸，毛革尚温，周身是血。将手在鼻边试探，微有呼吸之气。心中想道：“狸仙自能运气，或可回生。”随取出身上带的金枪药，拣有伤处全给他敷擦妥当，抱在怀里，走过桥，向一带高坡上去。转到一间阁内，虽陈设精雅，甚觉阴冷非凡。随将狐狸放在炕上，见他两眼微能启闭，忙抚着问道：“你是《聊斋》之青凤耶？婀娜耶？凤仙耶？我与此园毫无关涉，谁知与仙人有附体之缘，岂非天数？日已衔山，我不能久待。今夜暂寄园中，倘能扶病而来，杯酒言欢，以消寒漏，将来补入《聊斋》，又是人间佳话。”说毕脱下身上一件锦袄，盖在狐狸身上，道：“雪风甚寒，一袍相赠，安心调养为要。”出外将阁门关好，寻路下来。

冬景天气，转眼就黑。园中路杂径多，一时迷住，并无人影可以相问。正在着忙，见那山子后灯光一影，闪出个小丫鬟，手执红纱小圆灯，说道：“夫人知郎君迷路，遣婢子特来相引。”说毕在前引路，其走如飞。桂堂跟随急走。不知过了多少高低曲折之所，正来到一带竹林边，听见人声鼓乐。那丫头将灯光一闪，忽然不见。桂堂信步走去，像是来到一座亭上。四面去摸，也有桌椅小炕，因走的过乏，就在小炕上略为歇息。倒身躺下，劳顿之人放身就入睡乡。

不知睡了多大工夫，耳内听着有人叫唤，身上乱推，急忙睁开双目，只见宝钗众姐妹、水仙、梦玉诸人都在面前。宝钗问道：“内外差人找你，谁知你躲在这里。多会儿来的？”桂堂笑道：“园中路生径杂，东弯西转的，不知怎样就到这里。”众人甚觉好笑。水仙道：“夜已深沉，且去安歇一会，明日又要劳乏。”桂堂同着宝钗们送梦玉至新房，各人都去歇息。桂堂不要与人同房，命将被褥铺在梅花树边那间阁里，一人独睡，不须家人、小子伺候。家人们答应，将门反关而去。

桂堂卸了冠服，一人自饮香茶，颇觉心神清静。此时万籁无声，惟寒更霜角断续相闻。正在炉中添上点儿沉速，耳内听人说道："焚香独坐，真是雅人。"桂堂回身四望，见阁门已开，一对小丫鬟手提红纱灯，照着后面三四美人，抬着一样东西进来，一直抬到桂堂床上轻轻放下。内中一个二八美人，光艳夺目，人间并无这样美色。向桂堂说道："日间老爷因劫数难逃，命悬狗口。荷蒙郎君拯死救危，又覆以锦衣丹药，顿使白骨得生，举家泣感。因老父伤重难行，命妾先为拜谢。"说毕，招展花枝倒身下拜。桂堂赶忙同拜，说道："无意相援，何烦挂齿。有劳仙姐踏雪而来，更增惭愧。"两人拜罢，四个丫鬟过来磕头。

桂堂让美人坐下，亲手送了一杯香茶，问道："不知仙姐尊姓芳名？现居园中何处？尊公道行必深，何至伤于狗口？"美人道："妾家姓白，父名雪齐，只生两女。母亲李氏，当年为流矢所伤，只有父女相依为命。乔寓此园不过三十余载。因这西园一带为鬼魅所据，阴气过重，是以我家住在主人之东园。妾名彩云，去岁招表弟胡郎为婿。今年天师府值胡郎当差，是以离家远去。门户清闲，无人照应。老父以历过三次雷霆大劫，此时数应死于狗口，万难逃避。因今日是武曲星值日，可以化解，是以忍到今日，不能再缓，来此西园，现身受劫。得蒙郎君解救，从此再历三次小劫，即成天仙。郎君恩德感难言极。妹名飞云，年才十四，尚不愚蠢，情愿身侍巾栉，稍报厚恩。因年齿过幼，娇羞胆怯，故饮沉醉，令妾与婢子辈抬入洞房。望郎君勿以非类见却，夜已将午，正三星相照之时，休误佳期。"命婢相扶，起身告别。桂堂忙止道："姐姐仍将令妹抬去，断乎不可嫁我凡夫。"白彩云笑道："送来佳丽，何必装乔？"领着丫鬟冉冉而去。

桂堂连忙款留，走到阁门，见双扉依然关好，并无影响。心中惊异，急忙走到床前。见美人酣睡正浓，酒香馥郁。身上盖着那件锦袍，身下兜着红锦棉被，香软非常。娇容艳丽，绝世无双。心中十分惊喜,不忍扰其酣兴,先将香茶温好,又替他加上一层锦被,自家就在床沿轻轻卧下。朦朦正入睡乡,觉飞云翻身坐起。桂堂睁目瞧见,忙下床取一杯香茶送上漱口。飞云饮毕,含羞说道:“望郎君勿以非类见弃,妾愿以终身相托。”桂堂笑道:“得配仙人,实所深愿,但是萍水相逢,不妨作蓝桥仙侣。今以尊翁之事,仙姐欲以身报,我断不敢从命。倘蒙不弃,拜为姐弟则可,幸无再有他议。”飞云叹道:“郎君品德俱优,令人钦敬。此时虽不即侍衾裯,俟得胜回时,再共枕席。”说毕,下床先谢救父之恩,两人拜后,挑灯相对畅谈,彼此十分亲爱。

桂堂问:“《聊斋》所载诸仙,果有其人否?”飞云道:“妾与郎君今日即可载入《聊斋》,知其事即有其人,不知人即无其事。如凤仙乃我家中表姑,婴宁是母姨之女。此时虽在瑶池,偶有暇亦尚往还。”桂堂道:“如仙姐们已是仙人,何以尚住人间?”飞云道:“我辈成仙甚易,脱皮囊甚难。亦犹人之修仙,必定脱去躯壳,我辈比人更难十倍。总要不犯色戒,不作采取邪道,正心求道,广行功德,历尽艰难困苦,方能解脱,上登仙境。古今来断无不经艰难辛苦,不受勤劳磨折,安坐而得富贵者。修仙之道,亦无处于此。”桂堂点头叹道:“仙凡一理,人只知羡人富贵,而不知所以富贵之由。是犹愿做神仙,而不愿修行也。”

两人谈的高兴,不觉寒漏已残,晓鸡齐唱矣。飞云起身道:“且暂别,后会有期。尚有一言奉告,此园过于荒僻,久为鬼魅所据,阴气逼人,断不可住。前日因祝郎喜事,本园花神会同土地,将鬼魅驱在山洞中藏匿,不敢作祟,但可暂而不能久。现在新人颇爱潇湘幽静,欲留此度岁。此念已动,尚未出口,恐祝郎明日定不忍拂新人之意。郎君将此意与宝总领相商,自有计使其归去,可以不须说破。”桂堂点头称谢道:“深荷关情,容图后报。”两人携手同行,依依难舍。桂堂道:“后会难期,令人肠断。仙姐自能珍重,无庸多嘱。”飞云笑道:“郎君豁达胸襟,何作此儿女情态。妾先侍慈帏,代郎子职。只顾立功汗马,不必为妾念也。晨光已透,仆从将兴,望郎君送过梅林,便即分手。”桂堂扶着,踏冰缓步走出回廊,绕过一带梅花香雪。飞云命桂堂放手,说声“珍重”,转身冉冉而去。看他走不多路,倏然不见。

站在梅树下呆呆的直望到晓色大光，听背后有人说道："晓色未分，站在风雪下看梅花，其高雅连林和靖都比你不上。"

桂堂回头见是松寿，因答道："你们是软玉温香，锦帏绣阁。惟有我是板桥雪月，独对梅花。"松寿笑道："月明林下，惜无美人来。"桂堂笑道："我有美人，是瑶池仙子，非香雪梅花不能比其芳洁。可惜来迟，见不着赵师雄的梅花美人。"松寿笑道："桂郎真是趣人。今日我要各处辞行，这请客须得你代我照应。公馆里现已搬运行李，明日下午就可上船。"桂堂点头道："你趁早快去辞行料理，这点事交给我。"松寿欢喜，转身自去。

桂堂回到阁中，有家人、小子伺候，换了冠服，用过点心。探听松太太尚未起来，忙到宝钗屋里。宝钗正在梳妆。桂堂请过早安，与诸位姐姐见礼。宝钗问道："我听说你一人睡在那里阁中，倒不害怕。咱们这里，丫头们见神见鬼的闹了半夜。"桂堂笑应，走至宝钗身旁，对着耳朵将昨日救狐之事，直说到白飞云临去叮嘱之言，细说一遍。宝钗甚为惊叹，感佩之至，说道："且不用说破，我自有道理。"吩咐丫头们出去将众姐妹们叫至面前，又与他们说知其事。众人恨桂堂不将白飞云姐妹请来相会，又不知他住在那里。宝钗道："横竖咱们总见得着面，且丢开一边。你依我只要如此这般去办就是了。"桂堂同众姐妹听说大喜，点头依计而行。

正在说笑，见梦玉进来，彼此道喜问好。宝钗道："昨夜我想出一件事来，正要同你商量。我看彩姑娘身子十分单薄，值此严冬，受不起路上风霜。我意欲留你夫妻在此过年，春间再去，但不知彩姑娘肯与不肯？"梦玉不等说完，喜的大笑，说道："宝姐姐真是神仙！刚才彩姑娘同我商量，说这潇湘馆十分雅致，他要住过残冬方肯回去。未曾来见姐姐，我不敢应允。谁知姐姐倒先知他的心事，再没有这样知己。"汝湘、珍珠众姐妹在旁边抿着嘴儿只是好笑。宝钗道："狠好，正合我意。明日你同彩姑娘坐着一船送太太一站，瞧我们去后，再同转来。留芙蓉姐姐在这里给你照应新房。你们过了年，早些回去，别叫老太太惦记。我对二叔叔说，多留些盘费与你，狠可放心。"梦玉点头，十分欢喜。桂堂道："今日外面人多，你就在新房坐坐，不用出去应酬。我去照应，咱们明日再见。”海珠、掌珠众姐妹同梦玉到新房去欢叙饮酒。宝钗请了水仙来，附耳低言，授了计策。水仙大喜，各人依计而行。又去回过太太，说姑爷、姑娘明日亲送一站，船中狠可分别说话。今日太太只管辞行待客，可以不必见姑娘说话。

这日，园中分外热闹，幸而三家内外人俱得力，忙乱一宵，祝筠已有宝钗知会，催促起身。松寿回过夫人，说官兵不能耽搁，今日必得起身。庄夫人无奈，着人对小姐说，船中还要相聚两日，请小姐不必伤离哭泣，保重要紧。彩芝连日因要分离，甚为悲苦，饮食俱减。幸有梦玉温存调护，又得掌珠、九如们相得谈心，这会儿听说都要起身，正在着急哭泣。见水仙进来说道：“给姑娘备下大船，同姑爷送太太两站，路上狠可说话叙谈。留芙蓉大奶奶在此照应新房，只消将被褥、行李发上船去，带一只随身衣箱就是了。”彩芝应允，命姑娘、嫂子们赶着收拾上船去送太太。

不一会，外面来请姑爷、小姐先上船去。梦玉们只听见炮声不绝，各官俱在码头候送。同彩芝上了大船，望见岸上轿马官兵，人如山海，挑箱搬物，挨挤不开。远远听着锣声吆喝，码头上三声大炮，说太太已上座船。又隔了好会子，连声炮响，官兵座船一齐开行。茗烟来见大爷说：“松太太吩咐：今日辛苦劳倦，要歇息安睡，明晚请大爷同小姐过船相会。现值顺风，江面上各船扯满风篷，各船各走，不能连在一处，请小姐静心调养。”梦玉点头，对彩芝说明一切。只得听船上扯起风篷，开出江口。满江中远近皆船，辨不出东西南北。正是小阳天气，得有顺风，船家贪赶路程，趁着江上明月如昼，竟放了一宵夜站。

次日天晚，茗烟进舱来回大爷道：“夫人们座船轻快，已上前有几十里。咱们还是在这儿湾船，还是去撵座船，请大爷示下。”彩芝不等梦玉开口，说道：“咱们原是送太太，总要赶上座船才是。不管风色，吩咐船家不许停泊，尽力去赶。就是撵到天上，我也要赶上座船，去见太太同宝二奶奶们。不用多说，吩咐赶着就走。”茗烟答应，出来高声吩咐船上不分昼夜总要赶上。众人齐声答应，兼程赶路。每日总是茗烟进舱支吾答应。梦玉同彩芝心中甚为焦急，不知不觉走了五六昼夜。

这日,正走顺风,梦玉坐在舱口,见江干云树狠像曾经见过。忙叫茗烟进来问道:“我瞧这些地方,倒像是咱们来路,不像往岭南去的江南。别是船家走错了路,也没有这些日子赶不上的道理,其中必有缘故。”茗烟怀中取出一封书子,呈上道:“大爷请看,就知赶不上的缘故。”梦玉见书面上写“梦玉弟收启”,赶忙拆开。里面有锦笺一幅,写道:

> 洪园荒僻,不可久居。“竹香梧影”不减潇湘风景,改为金屋,大可贮娇。专差茗烟护送归里,途中珍重,勿念为嘱。松太夫人连朝辛苦,不胜劳乏。正恐临别时所谓“白发老娘词絮絮,红妆娇女泪盈盈”,更难为计也。似此南北挂帆,两无留恋。谆致彩芝加意扶持,即是不违慈命。园中奁具已交蓉姐带归,毋烦劳念。计吾弟此时将抵金陵。自必盘桓数日,即留以度岁亦未为不可。两处尊长前俱呼名请安,诸姐妹暨魁、绪两弟,望为致意。余乞广为问询,俟有便鸿,再为致候。茗烟到家后,即速遣之来营,勿迟为嘱。此致
>
> 梦玉弟手足　　　　　　　　　　　　姊氏宝钗拜启。

梦玉看毕恍然大悟,忙递与彩芝看了一遍,才知被他们骗了上船,此时悔也无及。彩芝甚为气苦,梦玉百般温存宽解。

过了几日,已到金陵。芙蓉先到两日,荣国府中差人在桃叶渡头来接。备下彩舆鼓乐、执事轿马,十分热闹。王夫人知梦玉们将到,预先将祝母同众夫人都接在金陵等候。今见芙蓉已到,欢喜异常,两处差人远接。这松彩芝可怜举眼无亲,身不由己,只有梦玉是个前世知己,诸事体心合意。同他来到荣国府中,刚出轿门,王夫人举目观看,吃了一惊,竟是一个还魂活现的林黛玉。薛姨太太同李纨、平儿亦甚为惊异。少不了贾、祝两府拜堂行礼,许多仪文规矩,整闹了一日。接着开筵请客,又是几天。

彩芝同众姐妹朝夕相聚,彼此情投意合。柏夫人见彩芝身体瘦弱,辛苦不起,回过老太太,每日请安礼数量为裁减。蟾珠们命梦玉在彩姑娘屋里作伴。将个情性古怪、易于动气之人,闹的无气可动,

真是闺门中第一乐事。

祝母住过月余，将已岁暮，拉着王夫人、薛姨太太一堆儿同去过年。梦玉自到金陵住了几日，同彩芝各写书信，并桂、柳太太们家信，一并交给茗烟，命其星夜赶赴军营。

且不言祝母们回宅及茗烟起身之事。且说宝钗自开船之后，派松寿夫妻作前队，留桂堂在中军护卫。松夫人座船紧接在祝筠之后。开行两日，松太太忽然问道："小姐、姑爷坐船相送，何以不见过来？"水仙将彩姑娘欲在园中度岁之事，与宝二奶奶相商。"园中阴气过甚，断不可久住。又知小姐情性古怪，难拂其意，是以定计令其南归。此时彼此已相离千里，又省了太太难舍难分的一番伤感"。庄夫人点头叹道："母女总要分离，这样一走倒也干净。只是没有叮嘱他些说话，狠不放心。可怜从来没有离过一日，他在路上不知是怎样的悲苦难过。"水仙道："我瞧着同梦玉十分相得，到了祝家比在家还要有趣，姐妹又多，未必有空儿念着太太同咱们呢。"庄夫人不觉破涕为笑，自此倒将念女之心暂且丢开。又过数日，已到岸起程，官兵按队前进，登山度岭，不多几日已到节度衙门，各官迎接夫人进署。

此时，松大人正在领兵剿贼，松寿夫妻拜托水仙侍奉夫人料理家务，赶忙同着宝钗们前去出兵打仗。祝筠将荆、朱两姨娘交在松府，自家押着粮饷星夜兼程而去。

松寿、孟瑞麟正催兵前进，望见前面一群人马飞奔而来。为头一将黑面虬须，乌盔铁甲，手执长枪，骑着黑花骏马，威风凛凛，器宇骁勇。两军相近，那将策马上前，向着松寿躬身问道："来的可是祝观察的官兵么？"松寿点头道："正是。"那将赶忙下马过来道："公子可是松大爷？"松寿点头问道："足下是那里来的？"那将笑道："大爷可知道有个包勇？"松寿忙下骑拉手道："久仰大名，今日才得见面。听说你同冯哥管运粮饷，来此何干？"包勇道："接着宝总领札谕，招募得三千名精勇义民，与冯哥昼夜操演，技艺熟习，又买得几百匹好马。昨日探子来报，知大爷们已到，赶着带领义兵前来迎接。"松寿大喜，吩咐扎营，带着包勇来见总领，迎有八九里路，见中军蜂拥而来。桂堂瞧见，忙上前说明包勇来意，回马至宝钗轿前请令定夺。宝钗吩咐行营暂住,令二将相见。松寿、包勇来至轿前请安。宝钗问包勇军营近日情形,包勇将招募乡勇及军营光景细说一遍。宝钗大喜,令松寿带五百名为头队,珍珠、宝书各带五百名为左右翼,桂堂带五百名为二队救应使,令包勇带五百名为中军护卫,佩金带五百名为后合接应,保护粮饷。军令一出,登时分队,又将所买之马分给男女家将,其余派在各营喂养听用。

此时,军容更加威武,三声炮响,拔营前进,昼夜兼行。离松节度大营十余里,扎下营盘。松节度早已探知,差官来接。祝观察、宝总领带领男女诸将来大营参见松节度。多年不见的至亲弟兄,说不尽那番亲热有趣,彼此叙谈。松节度道:"贼兵猖獗,四面堵截。因官兵短少,难以取胜。昨见兄弟奏请来营,蒙圣恩简用观察,带兵剿贼,我心甚喜。又知宝侄女带女将、乡勇为国出力,不可不上达天听。昨已拜本上奏,并奏出系荣国公之孙媳、宝玉之妇。众女将亦俱是诸臣之子妇,请旨赏给虚衔,以便于领兵剿贼,用示鼓励。"宝钗道:"我等代祖宗报国深恩,以尽犬马未尽之力。女流辈并不敢邀功赏,蒙叔父具奏,更增畏愧。"松节度道:"用命赏于祖,不用命戮于社。国家不管男女,只知赏功罚罪而已。二兄弟专管总理粮饷事务,同桂三爷就在总局办事,不必来至军前。宝侄女带领诸将逼近贼巢,安营堵杀。其中调度你自定夺,不必来往相商,致恐有误。如要调动大兵围剿,必须商酌。你每日随时将动作机宜,差心腹密为知会,我在大营彼此呼吸照应。"对宝钗附耳又说了些机密军情,宝钗点头答应。忽见中军官送进一件东西,松节度瞧见大喜。

不知是件什么东西,且看下回分解。

第九十三回　狗军师定谋折将　沙塞鸿被擒得夫

话说宝钗正同节度说话,见中军官送上一件东西,回道:"狗王差头目人等送上降表,情愿投诚,献还边地。现有通事在外伺候,请令定夺。"松节度道:"天兵到处,剿抚兼行。狗贼朝服夕叛,断难凭信。”传令开门升帐，令通事带头目进见。节度公座右边设一绣墩，系宝总领坐位。其余男女诸将分班站立，军容十分整肃。三声大炮开营，一路兵将明盔亮甲，手执器械。中军官令通事、头目膝行上帐，伏在地下，不敢仰视。节度道：“尔狗贼冥顽猖獗，扰害边疆。现今天兵云集，将尔等灭其种类，不留余孽。自应延颈就戮，乃敢以虚词妄语，欲延狗命，妄敢上渎，尔等是何奸计，从实供招！倘若虚言，立即斩首！”通事不住磕头，说道：“因闻天兵大至，恐力难敌，是以投降，并无他意。”节度笑道：“恐难相敌，足见并非真心，其中显有奸计。”令刀斧手将那顶肥的狗头目活剥其皮，令通事同众头目观看，人人股栗。节度吩咐供招，再有虚语，照样剥皮。令通事讯问贼目，众贼不敢强辩，磕头供道：“听说天兵大至，恐难抵御，暂且降顺。俟撤兵之后，仍要抢占边地，此是真情，不敢虚语。”通事依言回禀，松节度令将众贼目全行活剥，枭首示众。只留一名，掷还降表，令其同通事回去传话。吩咐掩门，众将退出帐外。

节度来客座换了便服。宝钗道：“趁贼人胆落之际，值我兵新到，锐气壮盛，乘此大杀一阵，抢回紧要山梁，扎住大营，贼人难以猖獗，易于用兵剿灭矣。”节度道：“正合我意。”传谕各将听候机密军令，命中军官将印剑、王命令箭送交宝总领调兵遣将。

宝钗领命升帐，众将参谒，站立两旁听令。宝钗拔令箭一枝，对游营将军张开胜道：“将军带五百人马由莲塘寨小路抄至贼营左寨。听见号炮，一齐呐喊鸣锣，抢杀左寨。”张开胜得令，站在一边。又拔令箭一枝对桂堂道：“你带乡勇五百，由左寨后身截住贼人归路。见其乱窜，奋勇剿杀，与张将军彼此相应。”桂堂得令。又令都阃将军黄太道：“将军带官兵五百，由马鞭山度岭绕至贼营右寨。闻号炮响，一齐鸣锣发喊，杀入右寨。占住贼营，不必赶杀。”又令包勇带乡兵五百，抄过右寨后身截窜贼归路，与黄将军遥为救应。令冯佩金“带偏将四员，带官兵三百、乡兵五百。离大营二十里有座牛肚山，十分险峻，乃贼人屯粮、安藏妻小之所，最为紧要。你们埋伏屯粮左近。俟夜半雷雨交作，一齐鸣锣喊杀，奋勇截杀，抢占粮草。我自有兵救应。”佩金答应。令松寿、瑞麟带官兵五百、乡勇五百，今夜雷雨交作之时，直抢贼人大寨，尽力剿杀。派偏将八员，带兵分抢隘口。又密地知会各路总镇亲自带兵抢夺粮草及贼人大寨，彼此救应。调拨已定，令宝书、珍珠各领兵五百名在中军前后接应。传令各营鸣锣进兵，闻鼓声收军。宝钗调遣已毕，退帐交还印令，即告辞，领众将各去料理进兵。松节度又调遣众将往四路帮同剿杀。

且说那通事同个头目鼠窜跑上关来，这是第一座紧要关隘。有狗王的兄弟名叫狗弹，领兵把住。这狗弹生得身长力大，尖嘴獠牙，十分凶勇。当日见通事、头目回来，说天兵大至，兵强将勇，难以抵敌，必须知会狗王，急要添兵前来助守关口，方保无虞。狗弹听说，甚为惊慌，说道："差人前去请兵，往返亦须四五日。牛肚山峻险，只要老弱妇女狠可看守粮草。俺们将那里狗兵调来同守关口，再将左右两寨各调些来帮守，还怕什么。"众狗头目大喜，分头各去调拨狗兵。狗弹心中欢喜，与众狗兵宰牛饮酒，同蛮婆、蛮女击皮鼓舞，歌唱道：

> 姐在西山郎在东，等郎不来山花红。山花胜似郎心好，年年岁岁乘春风。春风有时去，山花时时红。愿郎休与春风一样无情义，只学蜂蝶多情，粘着花儿不放松。心同情也同，风流处处通。

蛮婆、蛮女跳唱多时，男女混在一堆，彼此交欢取乐。

南方极热之地，虽在严冬，犹如春夏。时值半夜，忽然雷雨交作。狗兵正在熟睡之时，官兵蜂拥而至。锣声大振，喊杀连天，兵将奋勇，以一当十。原来狗性畏金，一闻锣声，众心慌乱，举止失措，满山乱窜。兼以号炮振动山谷，官兵左右前后四面齐至，不留余地，尽力大杀。宝钗带着珍珠、宝书两员猛将，奋力剿杀，已将贼人关口大寨抢得占住。松节度亲自督率将弁，将牛肚山一带贼寨全行抢占，分兵帮剿左右两寨，直杀到天明。宝钗差官来请节度上关扎下大营。各将纷纷缴令报功。孟瑞麟生擒狗弹一名。其余各寨生擒头目数十名，斩首男女千余级，抢得粮草、器械、牛马不计其数。

松节度大喜，犒赏三军。传令诸将暂为歇息。各处搜山，四面扎营，连络照应。吩咐将狗弹枭首示众；所有生擒头目，讯明狗贼虚实情形及屯粮聚众巢穴详细问明，就将贼目一并斩首，一面将口供送与宝总领量度计议。不言大营之事。

且说冯佩金正在营中造饭、歇息,左右通报大爷来了,佩金抬头见是冯富,兄妹见礼坐下。冯富道:“桂参政知道你们到来,差我送上五十匹好马,给宝总领使用。并有祝观察们书信,叫我星夜赶来。谁知你们昨夜立功,得了第一座紧要关口。偏我来迟,没有得点儿好处,脸上怪臊的慌。”佩金笑道:“现在一连尚有三座关口,倘若抢得来,不但贼人丧胆,还带着咱们兄妹面上争光。”冯富大喜道:“趁贼人不作准备,咱们赶紧就去。”佩金道:“我两个拈阄,看谁去抢关。”说毕,兄妹各拈一字,拆开见佩金是“抢关”二字。佩金道:“兵贵神速,就此拔营。”一面差人知会总领派兵接应,自家带兵五百,飞身而去。分了乡兵给冯富,带着在后面堵杀。

且说这三座关口,因仗着第一关险要,有四五处大寨把守,兵多粮广,可以放心。这些地方并无重兵,每关不过三五百人,又俱相去只四五十里,前后都有照应。

第二关的贼目名叫狗才。因见安然无事,与些蛮婆正是饮酒作乐。忽有败残狗兵跳进寨来,报说第一关口已被天兵抢去,杀死狗弹,听说牛肚山一带全已失去。狗才正在惊慌,接连不绝各路败兵逃来,彼此跳叫,各诉天兵利害,满寨吠声。忽闻锣声大振,众狗兵不及探听,只见一员女将,势如猛虎,领着官兵杀进寨来。狗才出其不意,勉强上前拒敌。冯佩金照脑袋上使劲一刀,将狗才连头带肩削去半个,令家将枭下首级。众狗兵无主,乱窜逃命,又被冯富四面追杀,兄妹二人十分得意。佩金领着家将、乡勇,奋力追杀,抢上三关。

这守关的名狗巴,生得身长力大,性如烈火,又还善战。听说天兵杀至,赶忙迎敌。佩金一连战了十来合,心中想道:“这贼目倒有点意思,若不打发他上路,白耽搁功夫。倘他们救兵赶来,倒难收手。”主意已定,故意卖个破绽,狗巴不知是计,钻身一斧砍来。佩金用刀隔开,摘下鞍上铜锤,照头一下打去。狗巴叫声“不好”,扭过头去,肩背上着了一下,两手麻木,将斧丢在地下,飞马逃命。狗兵发贼,死命拒敌。冯富赶到,又添了一只猛虎。众乡兵人人奋勇,尽力剿杀。狗兵杀死大半,其余各自逃生。冯富们又追杀一阵,擂鼓收军。传令整顿营寨，查点牛马、粮草，犒赏军士，造饭歇息。

不一会，桂堂赶到。对佩金道："总领听说你得了三关，心中甚喜，已领着大兵来此扎营。松节度在二关扎住大营，四面俱有营寨。连胜之下，更须严紧。务令兵将加意小心防守，不可得意疏忽。"冯富道："我在营前另扎一营，以为防护救应。"桂堂点头道："狠好。"冯富去不多会，总领的兵到，就在三关安营。慰劳佩金，记了大功。赏赐众军，一连歇了两日。仍令松寿、孟瑞麟为先锋，冯富在左，包勇在右，各安一营，为犄角之势。留佩金、桂堂、珍珠、宝书四将在帐中听调。

且说狗王自从连胜天兵，欣欣自得，向蛮王处要了些蛮女，终朝歌舞饮酒取乐，十分得意。不料连得军情，闻说三关尽被天兵抢去。杀了狗弹，又失了牛肚山金银、粮草。二关的狗才阵亡，狗巴逃的不知去向。狗王大惊，忙聚狗族商议军情，说道："昨闻天兵大至，我恐势难抵敌，因此诈降。原要候其撤兵，乘虚掩杀。不意被天朝识破，杀了头目，掷还表文，倒将三关全行抢去，现在蛇盘岭安下营寨。若此岭有失，我等无处逃生矣。你们有何主意？"道言未了，只见军师狗毕上前说道："大王且免愁烦，现在天兵已深入重地，只须差人星夜至蛮王处，令其统领蛮兵，截住归路。天兵慌乱，不愁三关不为我有矣。蛮兵到后，大王亲自领兵，再调回狗宝作先锋。天兵首尾不能相顾，不但三关抢回，还可乘势占些边地。这个机会断不可失。"狗王闻言大喜，忙差两个能言头目去请蛮王。一面去飞调狗宝来作先锋。又派狗英、狗豆、狗牙、狗度四员猛将，带着一千狗兵前去守住蛇盘岭，昼夜紧防，不许擅自动兵，等着蛮兵到齐，开关打仗。不言狗将去守关口。

且说蛮王升帐，对众蛮将道："现在狗王失去三关，差人请我亲自提兵前去助战。你们意下如何？"内有一将道："三关虽是失守，到底不知天兵虚实。大王断不可轻离洞府，只须公主带蛮兵一千前去，狠可放心。"蛮王大喜，忙命公主上帐，令其去抢三关，与天兵打仗。原来这蛮王只生一女，名叫塞鸿。虽是蛮女，颇有姿色。又且力大无穷，精通武艺，上阵交锋，到处无敌。因无合意郎君，是以年已三七，尚未有配。今闻派去与天兵相敌，正欲借此去寻佳偶。辞过蛮王，点起兵将，令狗头目引路，登山越岭，昼夜兼行。

不多两日，来到一座大山。远望去见天兵营寨密如星宿，前后左右势皆联络，旌旗整肃，十分威壮。塞鸿点头叹道："天兵军威不同，无怪狗兵难以拒敌。"传令扎营造饭，命蛮兵饱餐歇息。趁着锐气，塞鸿抄着小路下山，见迎面一座大营当路。蛮兵发喊一声，拔开鹿角，抢入营去。见营门站着几排官兵，声色不动。塞鸿心疑，令蛮兵休要进营。刚传号令，只听营中梆子大响，弩箭像飞蝗一样射来，箭无虚发。蛮兵被箭而倒，不计其数，一齐发喊，往后倒退，塞鸿禁止不住。忽然大炮喧天，见一员女将飞马而至，忙将蛮兵一字排开，勒马看来的女将，只见：

头带凤翅金冠，明珠颗颗。身披鱼鳞锦甲，花绣团龙，执一杆朱缨鸭嘴枪，悬一壶素羽狼牙箭。腰如杨柳，脸似芙蓉。广寒宫仙子临凡，长城外美人出塞。

塞鸿初见天朝女将，人物装束迥乎不同，甚为叹羡。两军相对，塞鸿用刀指道："来将通名！"原来这女将是孟瑞麟，抬头见那蛮女，倒还生得俊俏。头戴紫金抹额，插着两条雉尾，身穿番锦连环甲。手执长柄卷鼻刀，骑一匹五花赤鬃马。约有二十来岁年纪，眼含秋水，面带春风。孟瑞麟用枪指道："蛮女听着，吾乃天兵总领帐前先锋孟瑞麟是也。尔是何人？敢来冲我营寨！赶忙下马请命，尚可怜你一线生路。若敢弄兵拒敌，死无葬所矣！"塞鸿道："我乃蛮王之女塞鸿公主是也。因尔等恃强，连抢三关，杀死多少狗将狗兵！因此狗王请我前来，与你们相杀。知我利害，赶忙退出三关，保全性命。若迟延不去，后悔无及！"瑞麟笑道："天兵倒让反贼，出言颠倒，死有余辜！"催开马照脸一枪，塞鸿忙用刀相架，两马相交，一场好杀。

瑞麟见蛮女武艺精强，甚为爱赞。塞鸿见女将骁勇，越战越长精神，十分佩服。两人酣战，天色已晚，松寿吩咐鸣金。瑞麟架住刀说道："天黑难战，让你苟延一宿，明日再取你首级。"说毕，两下收军，瑞麟回至营中。松寿道："蛮女倒有点子本事，明日回过总领用计擒他，力战无益。"夫妻商议停当，整兵严守。

次日,宝总领带领众将亲自来营助战,令瑞麟、佩金、珍珠、宝书四员女将轮流接战。令包勇、冯富各授以计,令其如此去办,二将领兵各人自去不提。

却说蛮兵刚才住脚,听着大营炮响,几对绣旗拥着四员女将、无数官兵,按队而来。塞鸿见那三员女将美貌,装束比昨日这女将还觉光彩,心中甚为惊异。四员女将来到阵前,也不答话。珍珠笑嘻嘻将马放开,举枪相杀。塞鸿心中艳羡,爱慕非凡,见这美人枪法精熟,勇力异常,十分惊服。两人战了二十余合,珍珠虚晃一枪,勒马回阵。塞鸿刚要赶来,薛宝书一枪挡住,两人交手奋战十余合,冯佩金上前接战。塞鸿虽是英勇,经不住他四姐妹彼此轮战,狠觉腰臂酸软,有些招架不住。心中正想主意,蛮兵忽然大乱。后面两路人马杀来,四面炮声不绝,喊杀连天。塞鸿大惊道:"中了官兵之计,我又无救兵接应,这怎么好呢!"不敢恋战,急忙撇了佩金,领着蛮兵落荒而走。四员女将追杀一阵,让他逃去,收兵回营。

塞鸿来到一座山下扎营歇息。蛮兵只剩了十分之六,各人埋锅造饭。忽然一声炮响,山嘴边转出一支人马杀来。塞鸿忙上牲口上前迎敌,那里敌得官兵勇猛。蛮兵见势头不好,纷纷乱窜。塞鸿败有三十余里,不见有兵赶来,招集残兵,只剩了三四百名。又无粮草,命头目们往村庄去抢些猪羊牛马来作粮充饥。头目带着蛮兵去村庄抢粮,剩了二百名跟着公主在山顶上歇息。塞鸿叹道:"我好端端上了狗当,弄的损兵折将,有何颜面去见父王?被那些蛮将酋长真要笑死。如今进退无门,如何是好?"塞鸿正在愁闷,见山腰里走出一队蛮兵,牵着牛马,背着粮草。将近走到面前,塞鸿眼快,叫声:"不好!这是官兵穿着蛮兵衣甲。"道言未了,果然发起喊来。为首一员小将,手持方天戟喊道:"蛮丫头休走!桂大爷来取你首级!"塞鸿此时骨软筋酥,不敢拒敌,上马飞奔而去。桂堂赶杀,将些蛮兵只剩了三五十个,笑道:"留几个,让人家去成功罢!"不言桂堂回去缴令。

且说塞鸿人困马乏,不敢走大路,领着三五十蛮兵往小路上登山越岭。正走的吃力,树林中忽然锣声大振,连珠炮响,抢出一员猛将,拦着去路。此时众蛮兵心胆俱落。塞鸿抬头见那将生得豹头环眼,紫脸狮鼻，威风凛凛，手中拿着两柄大铜锤，喊声如雷，道："蛮丫头，我在此等候多会，怎么这时才来？快些下马同我回去，省我动手。"塞鸿大怒道："休要混言！你欺我是败兵之将吗？"催开马，迎面一刀。冯富笑道："来的正好！"举起铜锤往上一隔，塞鸿两手发麻，将一杆大刀丢在九霄云外。冯富挂下锤，一伸手抓住塞鸿丝绦，轻轻提过鞍来，抱在怀里，笑道："蛮丫头不要害臊，同我回去自有好处。"塞鸿此时身不由己，闭目待死而已。

冯富领着兵将飞马回营。宝总领正望捷音，听说冯富已擒住塞鸿，心中甚喜。只见冯富上帐缴令，宝总领慰劳一番，命紫箫登记功绩。冯富道："那蛮丫头现拿在营外，请令定夺。"总领吩咐带上帐来。中军官答应，立将塞鸿推上帐来。塞鸿见军容整肃，中间坐一位女将军，生得千娇百媚，赛过月里嫦娥。两旁站着七八个美貌女将，背后一字儿排着无数女兵，都是明眸皓齿，装束美丽。下边两旁站着几员猛将。塞鸿瞧着赞叹不已，朝着帐上立而不跪。宝钗道："你是败军之将，既被生擒，为何不跪？"塞鸿道："我乃蛮王之女，兵败被擒，有死而已，不能屈膝求生。"宝钗道："尔蛮王并非天朝封立藩国，乃化外自称之王。今与狗贼抗拒天兵，乃有罪之叛贼。尔父擒至营中，亦须匍匐受戮，何况于你！本总领颇有怜你之心。你若倾忱降顺，父女帮助天兵，将狗贼全行剿灭，求大将军奏知天子，封尔父为酋长，富贵家业可以子孙世守。若迷而不悟，是自取灭亡，断难宽恕。顺逆生死机关，你各自各儿拿定主意，休要后悔。"塞鸿见话很有理，想："那狗王反复不定，难以相处。看天兵气象雄壮，料我们亦不能抗拒。倒不如降顺，还可以保全富贵。"心中想定，向上双膝跪下，说道："塞鸿情愿降顺，求将军留在帐前驱使，我无面目回归蛮洞。"宝钗道："你是真心诚服，还是暂且强降。"塞鸿叩头道："我在蛮方向有英名，今带兵一千名全行覆没，即不被擒，我亦自杀。今蒙将军慈爱，怜我不死，终身愿执鞭蹬，并无二心。"宝钗大喜道："南蛮性直，如其心服，断无更变。"吩咐解去绑缚，塞鸿感激涕泣拜谢。

宝钗将他叫至面前道："你今诚服，就是我一家之人，从此待你并无二意。但你与我们臭味不同，到底不能合式。我今有个两全之法，刚才擒你之人，乃我营中一员猛将，未有家室，我为月老，替你们成就姻缘。帮我打仗，彼此俱无疑忌。”塞鸿满面通红，低头不语。宝钗知其已允，说道：“将来见你父亲，说明是我作主，与你无碍。”叫冯富上帐，吩咐道：“我为月老，将这段好姻缘先酬你劳绩。”冯富连忙拜谢。宝钗令男女诸将，用军中鼓乐送他二人回营去成亲。一面差人知会节度诸将，在冯富营中送亲。欢乐一会，各自回营缴令，让他二人成其美事。

宝钗同海珠、秋瑞、掌珠、汝湘、九如、紫箫、芳芸姐妹们，这晚在营中仰观天象。宝钗叹道：“斗柄东指，不觉春又回矣。”秋瑞指道：“罡星临于太白，不出十日，有一场大战。”汝湘、九如道：“贼星乍明乍暗，光色青而有刺。其中有邪术伤人之贼，狠要留心。”宝钗指道：“将星光芒直射贼营，河魁缠于箕毕摇摇不定，贼人不久倾巢而至矣。”掌珠、紫箫道：“粮饷转运甚艰，目下正是军情紧急，还须多设连营，便于转运。”宝钗道：“前日桂三舅向二叔叔曾禀知元帅，多添几处粮台，想来定能接应。”姐妹们议毕军情，回帐歇息。

次早，冯富夫妻上帐叩谢。塞鸿道：“昨有百余名情愿同死的男女蛮兵，见我已投顺，伊等亦十分欢悦。意欲差几名回去，说我父亲设法拿住狗王，将功赎罪，请总领示下。”宝钗道：“狠好，你作速知会父亲，带兵去抢狗贼巢穴。使他首尾不能相顾，就可一举而得。有咱们天兵救应，叫他只管放心前去撕杀。”塞鸿答应，回营去写家书，差人回去。

松节度见残冬已过，正是初春天气，连次催令进兵。无如蛇盘岭险恶非凡，关上守的水息不漏。冯富夫妻同松寿、孟瑞麟几次冲将上去，俱被强弓硬弩射了下来，倒伤了些人马，又无小路可以偷过关去。不觉守过两月，宝钗们十分愁闷。这日，正商议计策，忽闻关上炮声不绝。令精细探子前去探听虚实。不多一会，回来说道：“关上新到了一个贼目，名叫狗宝。今日祭旗犒军，明日开关打仗。”塞鸿上前禀道：“这狗宝乃狗王的族叔，生得相貌凶恶，力大无穷。腹中炼成一块宝石，能于呼吸打人，百无一失。亦且刀箭不能伤他，还有邪术能驱使凶恶猛兽冲营拒敌。官兵难以抵当，以此屡战必败。狗王全仗此人,敢于作乱。若将此人杀去,那些狗兵不足惧也。”宝钗道:“你有何良策,可以避他的邪术?”塞鸿道:“狗性好淫,狗宝犹甚,到处抢掳妇女。明日出战只须女兵在前,我现已改天朝衣饰,他并不知我是蛮女,明日我领兵去打头阵,众姐妹轮流去战。只要制住他冲前猛兽,可保无事。”宝钗道:“猛兽临阵,我自有计破他。”随令秋瑞、海珠等将带来之红油板箱五十只取出。令松寿、桂堂挑壮丁五百名,藤牌手五百名,将红板箱五十只取去,如此这般办法。令掌珠、紫箫、芳芸、九如领徐忠、周惠等三百名家将,全用神弩,见贼兵冲出,先射退贼人枭势。令孟瑞麟等一班女将迎敌狗宝。令包勇、冯富在中军护卫,听候临时调遣。调各偏将在四路截住贼人去路,令松元帅调各镇将督同剿杀。不言大营中遣将之事。

次日清晨,狗宝分三路人马杀下关来,其势勇不可当。离大营不远,摆开战场。狗宝眼若铜铃,尖嘴缩腮,左右獠牙如锯,面若虎斑,白眉赤发,手执五龙钢叉,身披番锦连环甲,骑一匹四不像,十分凶恶。左右几十名贼将,都是奇形怪状,瞪着眼看那大营。只听大炮连声,见大营中拥出五色云山五座,齐至阵前,端然不动,上面黄烟滚滚。狗宝甚觉惊疑,正看之不已,一声炮响,忽然一队人马喊杀而至。

狗宝忙将背后一面青旗拔在手中,向左右连展数次。众贼将往后一退,只见马脚下卷起一阵风沙。忽然跑出无数奇形猛兽,一直抢过阵来,官兵瞧见退入阵门。狗宝领着贼将一齐冲杀过来。只听号炮齐响,五座云山从空而降,俱变而为五彩狮犼,张牙舞爪,口吐黄烟,身上铜铃响如狮吼。那些猛兽瞧见惊慌,返身冲回本阵。狗兵拦挡不住,让开野兽,发喊冲杀过来。

大营中又是几声号炮,松寿、桂堂领五百名藤牌手滚出阵前,尽砍贼将马足。接着掌珠们统领三百名家将,奋勇向前,齐发神弩,射倒贼兵不计其数。狗宝领着贼将,犹如疯狗一样勇不可当,被珍珠、宝书们几员女将挡住,杀得尘沙滚滚,地暗天昏。桂堂在左,松寿在右,各当一路。贼兵喊杀连天,愁云黯黯。桂堂正杀的有兴,忽被那逃散的野兽在阵中冲突,官兵大受其累。桂堂心中想道:“我丈人留下的那柄蕉扇,奉母亲之命,叫我临阵时揣在怀中。何不取出向这野兽扇他一扇，看可有些应验。”想毕，在怀中取出，向着那些野兽尽力一扇。霎时间马脚下卷起一阵黄风，冲入阵中。看那野兽犹如被驱一样，聚在一堆，向那些狗兵狠为咬嚼。桂堂大喜，使劲连扇几扇，只见飞砂走石，如雨点相似，专打狗贼。官兵乘势奋力大杀。松寿挡杀右路狗贼，正在酣战，忽被几阵狂风将奔散之野兽吹来一处，冲咬狗兵。松寿瞧见，心中大喜，枪挑剑剁，尽力畅杀。

此时，狗宝在中路，被女将们围住狠战。左右狗将已杀的七零八落，所剩无几。狗宝虽甚悍勇，难敌四员女将，更兼珍珠两臂有千斤之力，一条枪逼的狗宝招架不迭。心中着忙，顾不得这些美色，口中吐出宝贝，迎面打来，珍珠抬头见冰盘大的一块五色毫光对面打来，忙将身子往左边一闪，只见肩背上透出一道绿光，将那块宝贝托住，从肩上飞流过去，并未打着。原来珍珠身上将梦中所得的蕉叶护肩衬在甲里，以此邪宝不能落在身上，心中甚觉惊喜。狗宝见宝贝不伤女将，十分惊怪，忙收回咽入腹中。正在出神，不防被珍珠连发五枝神弩，射中咽喉，幸炼有邪宝，不致伤生，忙同几个狗将杀开一条血路，败上关去。众女将紧跟追杀，喊声震天。那些狗兵见主将失利，俱皆乱窜。

桂堂正四路赶杀，忽见狗宝逃败下来，随撇了狗贼纵马过去，举起画戟当胸就刺。狗宝叫声“不好”，将身一扭，肩甲上搠了一个透明窟窿。众狗将抵死护救，正在危急，忽然关上冲下一支狗兵，前来救应。狗宝瞧见，心中大喜。原来是他老婆雪赛花，领着九个儿子雪狼、雪狈、雪犴、雪狴、雪犷、雪獴、雪狸、雪猛、雪豝等，一齐下关救应。九子中惟雪獴又名神獒，最为凶恶。让狗宝逃上关去，母子十个将桂堂围住。并力攻杀，若非桂堂神勇，竟难招架。

却说松寿见珍珠姐妹追赶狗宝，被关上冲下一队贼兵将官兵围住，势如蜂涌。松寿忙下牲口，命家将收紧肚带。自家身上盔甲整束妥当，手执银枪，跨上雕鞍，领着几名家将杀进重围。那些狗贼就如割草削瓜一样，但凡遇着他，想活的就少。杀进围去，见一名悍将敌住宝书。松寿放马上前，人喊一声，犹如起了一个霹雳，那个贼将骇了一跳，招架不及，被松寿一枪刺下马来，家将们枭了首级。宝书指道:“同咱们去给桂兄弟解围。”松寿点头,一同杀上前去。桂堂见姐妹弟兄俱到,心中大喜。抖起神威,一戟刺去,只见鲜血直喷,翻身落马。

不知刺中是谁,且看下回分解。

第九十四回 感多情狐仙报德 诛反贼女将成功

话说桂堂见众姐妹全来助战,心中大喜,举手一戟,将中雪猛翻身落马。雪貔听见后面声响,刚回头一望,被冯佩金借势一刀,连头带肩砍了半边。雪赛花见连失两子,心中着忙,不敢恋战,领着雪獴等杀开一条血路,败上关去。松寿们奋力追赶。见前面有狗兵救应,且天色已晚,不便深入重地,忙传令收军。这场大战虽未抢得关口,也杀了他几个有名贼将,杀死狗兵不计其数,又生擒狗贼野兽数百个。一齐解到总领大营缴令报功。宝总领十分大喜,传令将生擒狗贼即行斩首。所得野兽,送一半到元帅大营,其余分赏各营,令其饱餐,上帐听令。男女诸将各回本营歇息,整顿马鞍器械,饱餐战饭。听总领营中聚将鼓响过三通,俱各上帐听令。

宝总领业已升帐,海珠、秋瑞们侍立两旁。宝钗对众将道:“狗宝乃贼中名将,善于用兵。且炼有邪宝,虽受重伤,不能害命。他今日虽然大败,必乘我胜来劫营寨。若不预为准备,必中其计。我算他劫营必分三路:一支去劫元帅大营,截我后路。一支去烧粮草,使我军乱,难以存留。狗宝必亲身来劫我大营。我亦以三路挡之,杀他个片甲不能逃去。”松寿们齐声说道:“总领神机妙算,狗贼难逃法网矣。”宝钗拔令箭一支,对桂堂道:“兄弟带兵一千名,每人各带干曲草把一个,在荔枝山前、大葵峪山上埋伏,看贼人全进峪中,只须几十名兵在峪尾鸣锣、放炮、发喊,使贼人不敢去烧我粮草。再将峪口进路烧断,山上点着草把,一齐丢入峪中。彼处草深路曲,用白云僧所赠之扇扇起神风,虽不能尽绝,也必烧死大半。你速去干这件功劳。”桂堂接令,立即带兵而去。令松寿上前说道:“此去西南二十里，名铁叶岭，过岭即七星岩，贼人必偷过此岭去劫大营。兄弟带兵一千名，埋伏在七星岩下，多带号炮。分兵三百名，藏在岭之前后树林深处。候贼人渡过岭时，四处呐喊、鸣锣、放炮，狗贼势必惊慌乱窜，兄弟乘势剿杀，必获全胜。”松寿答应，接令而去。命珍珠、瑞麟上前吩咐道：“你二人各带兵一千名，埋伏在大营左右，俟狗宝到来，如此这般围住剿杀。但狗宝炼有邪宝，甚是利害，珍珠自有避邪之物。瑞麟妹将我这枝钗簪戴在冠上，可以无患。”瑞麟答应，接了松钗，同珍珠自去埋伏。命宝书、佩金各带兵一千名，在大营后面左右埋伏，以防贼人败回返攻营寨，并为珍珠们接应。令沙塞鸿带兵五百名，将干柴引火之物去贼人关下，听大营炮响，即放火呐喊，作抢关之势，以挡贼人下关救应。令包勇、冯富各带兵五百名埋伏在关前左右，俟贼人败回，与塞鸿合兵剿杀。众将得令，各去埋伏。又差人知会元帅，一同剿办。宝总领遣调已毕，领着秋瑞众人，派家将徐忠等带三百神弩手，同往旗鼓岭等候捷音。不言总领营中之事。

且说狗宝夫妻败上关去，喘息一会，吐出宝贝，将受伤处所疗治妥贴。查点兵将，见损折甚多，并杀死两子，其余带伤的不计其数，心中十分忿恨。对众狗将说道：“我想官兵今日大胜，又见我身受重伤，必骄满得意，气充神适，军心必怠。明欺我们心胆必落，不敢再下关去。我料他断不预作准备。我意欲今夜去劫大营，以报日间之恨。诸将以为何如？”众狗贼一齐跳叫道：“头目此计大妙！我等情愿下关决一死战！”雪赛花要与两子报仇，情愿一人领兵去劫大营。

狗宝见众将俱各忿恨，心中大喜，向众人说道：“你们既愿去决死战，须听我调遣。军营粮饷最关紧要。离大营东北十里荔枝山，乃官兵囤粮积饷之所，必有重兵把守，须一勇将去放火烧粮。官军见粮饷有失，众心慌乱，其势必败。谁敢去当此大敌？”雪赛花应道：“此处非我不可。只要带猛将十员，精兵一千名，必成这件大功。”狗宝大喜，令雪赛花领兵即去。对雪獴等弟兄七人道：“你们带兵一千五百名，绕过总领大营向西南偷渡铁叶岭，转下七星岩，去劫元帅大营。冲杀一阵，不必追赶，急回兵与我夹攻总领营盘。眼见那些女将必被我们擒来受用，只要生擒，不可伤他性命。”雪獴等欢欣跳舞，急忙领兵而去。派狗才、狗巴等数十名勇将,紧守关口。狗宝分派已毕,带着狗兵二千名,下关去劫营寨。只见阴云四合,星斗无光。营火乱飞,草虫悲咽。

狗贼最喜夜行,不多一会,来到大营。只听更鼓之声断续不齐,各营号灯都是半明不灭。狗宝心中大喜道:"官兵得意,正在酣睡,此乃天赐诸女将与我受用也。"暗传号令,众兵将整束器甲,稍定喘息。狗宝在前,手执五龙叉,骑着四不像,来到总领营门,拔开鹿角。一声大喊,众狗兵杀进营去。只见营中静悄悄并无一人,中间堆着一大堆干草。狗宝大惊,情知中计,传令退兵。谁知后面狗兵死命杀进营来,倒反挡住归路。狗宝正在着忙,那堆干草忽然烧着,火光烛天。里面埋着连珠大炮,惊天动地响震山谷,将众狗贼骇的满营乱窜,彼此不能相顾。狗宝刚退出营门,见左右两路人马杀来。当头两员女将,举枪跃马十分骁勇。狗宝忙上前迎敌,那两员女将双枪并举,犹如两条出海蛟龙,勇不可当。狗宝虽然悍勇,亦难招架,且日间受了重伤,气力不加。战有四五十合,看那狗兵已被官兵杀的七零八落,不敢恋战,忙吐出宝贝,向着孟瑞麟当头打去。只见金冠上冒出一道白光,化成一条青龙,将宝贝抓住,在半空中旋转不已,总落不下来。狗宝忙将宝贝收回,杀的汗流浃背。珍珠见邪宝不灵使出孙夫人传授的几路神枪,不觉狗宝身上已连中数枪。孟瑞麟见珍珠取胜,忙向鞍上摘下金鞭一支,用枪隔开五龙叉,照着狗宝顶门上一鞭打去。狗宝叫声"不好!"将头闪过,肩背上着了一鞭,打的口鼻内直喷鲜血。急忙拍开四不像,纵起妖风逃出阵去,招呼乱窜狗兵,败回关去。

且说桂堂在大葵岭埋伏,时当夜半,见果有无数贼兵偷入峪中,口中赞道:"总领神机妙算,令人难测。"忙暗传令依计行事。却说雪赛花见各处官兵俱无防备,心中甚喜,催攒狗兵进入峪内。正往前行,听见后军忽然大喊。雪赛花勒马回望,只见进来的峪口火光烛天,已被官兵烧断,不觉大惊,对众狗将道:"官兵既烧断进路,前面必有埋伏,不必前进。此处草深路曲,倘被火攻,性命难保。即速抢出峪口要紧。"狗兵将一闻此言,十分惊慌。转身退不多路,只听见峪尾锣声震天,大炮轰天,众狗兵骇的自相践踏,向峪口杀奔出来。

忽然一声号炮,山上点着干柴、草把,丢入峪中。桂堂用仙扇向峪中扇了几下。登时火炎腾腾,赤风滚滚,好利害的火势,围着狗兵尽力大烧。赛花被火烧的十分危急,见前面狗兵在烈火中冒死抢出峪口将有一半。此时只得撇下峪内狗兵,自家架起一片黑云,逃出峪口。桂堂瞧见,弯弓拔箭向着黑云射去。正中赛花左腿,翻身跌下云头。官兵上前擒捉,雪赛花十分着急。就地一滚,变成一只白花大狗,纵起妖风,死命逃出阵去。剩下几个狗将,各顾性命,领下贱残人马四散逃回关去。

桂堂赶杀一阵,见贼兵去远,传令将峪中烧死狗贼全行拉出,填入深坑。将杀死狗将枭下首级报功。元帅处派来将弁各处搜擒逃败狗贼。桂堂领兵回营,走至半路,耳闻金鼓喊杀之声,知是松寿正在杀贼,忙领兵绕到七星岩。见官兵已将众狗将生擒杀死不计其数,大获全胜。松寿带兵杀过岭去。桂堂追赶上前,时天色大亮,望见前面军兵甚众。纵马过去,见是宝书、佩金与松寿合兵一处,杀死多少逃窜狗贼。姐妹弟兄相见甚喜。不言众人回兵之事。

且说沙塞鸿听见大营中号炮喊杀之声,知贼已中计,忙令军士将柴草堆在关前、放火、鸣锣、发喊。关上狗牙、狗巴急令狗兵用毒药弩箭如雨点射下关。塞鸿们远远鸣锣放炮,听后面喊杀震天,知道狗兵败回,忙退下关来,当头遇着狗宝。左右号炮不绝,包勇、冯富领兵杀出。狗宝见大兵利害,心惊胆战。又见手下兵将被左右两路官兵铙钩、套索擒住多半,心中正在着忙。被沙塞鸿迎面一刀,就像一道寒光,不及躲避,左肩上连肉带甲削去一片。狗宝大叫一声,急纵妖云逃上关去。塞鸿统领兵与包勇、冯富截杀狗兵,只见雪赛花领着残兵冲杀过来。犹如一群疯狗,其势凶猛。塞鸿三人奋力拒敌,包勇看出赛花破绽,当腰一鞭打去,十分沉重。赛花将身一闪,被塞鸿一刀斩于马下。冯富急忙枭下首级。众狗兵见赛花被斩,大喊一声,各逃性命。包勇们大杀一阵,回营缴令报功。

此时,宝总领刚安营已毕。众将纷纷到齐,上帐参谒,呈验首级,缴令报功。宝总领十分欢喜,慰劳男女诸将,赏励各营兵将。令将松寿所擒之雪獴等十几名狗将,解赴元帅大营听候发落。令松寿、孟瑞麟仍回先锋营，整兵拒敌。令包勇、冯富为救应使，在先锋营左右扎营，以防贼人偷路劫营。令桂堂、沙塞鸿往来巡察，防贼匪结连海盗，并照护大营粮饷。各营整顿军装、器械，军威壮盛。

松大元帅见宝钗用兵如神，十分喜慰。军中俱称为“女诸葛”三军无不敬服。不言官兵营中之事。

且说狗宝败上关去，喘息未定，陆续有狗兵逃上关来，哭诉赛花母子俱被生擒、杀死，两军全没。狗宝大叫一声，晕倒地下。狗才们着忙，围着叫唤，半日方苏，眼中纷纷落泪，说道：“我自领兵犯界以来，大小数十战，未尝损失。不意今番被官兵将我全家杀尽，连次大败，将我素日英名一旦化为灰土。若不报此仇，虽生何益！望诸将助我决一死战，以解我恨！”狗牙、狗巴一齐劝道：“头目现带重伤，且调养痊好，整顿军威，知会狗王添兵助战，定下美计，可以一战而胜，自能报仇雪恨。此时兵威不振，徒气无益。”狗宝见众将苦劝，难以勉强，且身受重伤，一时不能复元，只得闭关静养，不与天兵交战。

宝钗们连次攻打，百般引诱，狗宝紧闭关口，毫无动静。不觉月余，心中甚为焦急。

忽接圣旨到来，因松节度奏知宝钗等连抢三关，生擒大贼目狗弹，并杀死狗才等有名贼目数十名，狗兵不计其数，所得牛马、粮草、器械无算，圣心大悦，封宝钗为平蛮都督。松寿、桂堂为御林金吾将军。冯富、包勇为偏将。孟瑞麟、贾珍珠、冯佩金、薛宝书、梅海珠、鞠秋瑞、梅掌珠、舒芳芸、郑汝湘、竺九如、魏紫箫等女将为冠军使。松节度晋爵大元帅。桂恕为大理寺卿。祝筠即补授兵备观察使。随营将弁俱加升赏。宝钗供设香案，率领诸将谢恩，欢声雷震。大元帅处催着进兵攻打。

此时，茗烟将梦玉送到金陵后，早已回营，派他同得禄为前后巡察使。这日盘着两名奸细，拿上帐来。宝都督令人搜检身上，在发根里搜出一个小纸卷，是狗王与蛮王书信，令其亲自领兵分作两路，约定四月初三攻打官兵营寨。宝都督问道：“尔这关上现有多少兵将？狗王现在何处？”奸细供道：“这关上最为紧要，有三万名狗兵把守。狗王与众狗族俱在大古峒，朝欢暮乐，不管出兵之事。所有用兵打仗总是狗宝一人专主。因日前受了重伤,调理新愈,差我们去约蛮王,要四路夹攻。今被拿住,不敢虚语。”宝都督令将两名奸细斩首,另重赏茗烟、得禄,令其如意巡察。与秋瑞们定下密计,亲自去见大元帅。私下照会,临期各路调遣。

不觉已是三月终,宝都督暗传号令,将各将纷纷遣调。令塞鸿将带来家将仍照蛮人装扮,上关去诱狗宝开关。说蛮王亲到,两路夹攻,诱狗宝来攻大营。令冯富假装蛮兵,去抢关口。松大元帅亦调遣官兵各路攻抢剿杀,真是排定深坑以擒猛虎。

却说狗宝自败兵之后,调养箭伤,操演狗兵,整顿器械。写书知会蛮王,约其领兵截杀。诸事停当,专等蛮王回信。这日正领着些狗兵在岭上险峻处所打牲巡察,来到一段危崖鸟道,见有三个蛮兵扳藤附葛,爬上岭来。狗兵们往下喊问,那三人答:“是蛮王差来投书。大路上有官兵扎营,恐被拿住,故此冒险前来。”狗宝忙令狗兵用绳接引,拉上岩来。看那三人喘作一团十分狼狈。定了一会,用刀割开衣服,取出蛮王书信。狗宝接住细看,上面说道:“天兵凶狠,连抢三关,又将我女擒去斩首,我深要报仇。今准亲自带兵,分作三路,定于四月初三日冲劫官营,抢回三关,报仇复恨。狗王必须亲自领兵,并力围杀,断不可失信。听见吹角放炮,我兵已到,开关来战,要紧!要紧!”狗宝大喜,赏个酒饭,令其上关歇息。那三人说:“蛮王深恨天兵,亲自带兵报仇。夫人因杀了爱女,昼夜啼哭,也亲自到这关上来,帮同打仗。叫先致意酋长,看见兵到,接引上关。”狗宝素知蛮王夫人美貌,听说来关助战,心中大喜,满口应允。一面知会狗王派兵接应。

不觉已是四月,狗宝调遣狗兵。此时狗王派了狗新、狗干也在此关,同着狗牙、狗度、狗英等各领狗兵分作五路前去冲营抢寨。留狗必在关把守。分调才定,把关的探子来报,闻得四面吹角喊杀,号炮不绝。远望官兵营中纷纷走动。狗宝听说,亲自上墩台远望,果见官兵走动,旌旗不整,搬粮运草,十分忙乱。又闻得远近吹角之声不绝,隐隐听见喊杀连天。狗宝知蛮兵已到,忙传令开关,五路一齐进发。狗王处又添了多少狗兵,势如潮涌。狗宝由中路去抢大营,狗牙打先锋寨,狗英在左,狗度在右,狗巴独攻后营。五路贼兵,不顾性命,抵死冲杀进去。

单说狗宝来至大营,只闻喊杀连天,鼓角之声大振。知是蛮王与官兵打仗,心中甚喜。率领狗兵发喊抢入大营,里面并无一个人影,大帐中间还是一堆干草。狗宝大惊,知又中计,忙令退兵。忽闻一声大炮,四面伏兵齐起,锣声振动山谷。突然冲出冯佩金、贾珍珠两路人马,将狗兵冲作两截,彼此奋力剿杀,如同切菜。这些狗死命拒敌,越杀越上。狗宝敌住珍珠、佩金,奋力死战,不顾狗命。此时各路总镇官兵全到,四面围杀,各将弁无不奋勇出力,喊杀之声震动天地。众狗兵至死不退,杀尽方休。狗宝见手下狗兵已所剩无多,心中未免胆怯,撇下珍珠,杀出重围,领着败残人马退有二十余里。不见官兵追赶,只闻四面喊杀、鼓角声如雷震。查点狗兵,只剩五六百名,还是一半带着重伤。狗宝心中焦闷,又不知那四路兵将可能取胜,长吁短叹,来到一座大山。忽然大炮惊天,抢出无数官兵。为首一员小将,手持方天戟,骑着铁脚枣骝驹,金冠绣甲。笑吟吟指道:“我在此等候多时,还不下马受缚,更待何时?”狗宝大怒,举起五龙叉当胸就刺。原来桂堂奉令在此埋伏,见狗宝果向这条路来,心中大喜,要生擒回营,以显本事。将狗宝不放在心上,一支方天戟如神龙一样盘的水泄不漏。狗宝逼得汗流浃背,招架不迭,心中着急。战了四五十合,自知难以取胜,忙将腹中宝贝吐出,向桂堂迎面打来。桂堂瞧见一团光彩夺目,知是狗贼的邪术。正要闪身去避,只见胸前冒出一片白云,将邪宝裹住。狗宝见宝贝无用,赶忙收回。桂堂使出神威,一戟刺中贼肩。狗宝大叫一声,落荒逃去。桂堂那里肯放,奋力追赶约有二三十里。山路崎岖,十分险峻。两马相去不远,举戟向背心使劲搠去。狗宝刚要回身相拒,只听“喀咤”一响,桂堂被树根绊倒,连人带马跌在山坳里,被马压住身子,跳不起来。狗宝大喜,带转四不像,举着五龙叉,凶狠狠照心窝一下。桂堂叹道:“我命休矣!”只见树根下一道白光,直扑狗宝身上,听狗宝大叫一声,栽下四不像来。桂堂大喜,赶忙翻身站起,牲口亦跳出坳上。狗宝仰面躺在地下,两目紧闭。桂堂连忙举起方天戟,照心坎上搠了个透心大洞。见狗宝口中吐出一个弹丸,光明夺目。

桂堂取在手中细看,背后有人说道:“郎君成了大功,真是可喜。”桂堂回望,见是一个白须老丈,面如满月,目似流星、仙风道骨,相貌非凡,扶杖而至,笑道:“手中之物与了老汉。郎君富贵中人,要此无用。”桂堂递了过去,拱手问道:“老丈尊姓?要此何用?”那老者接在手中,再三称谢,忙吞入腹去,笑道:“知郎君有此大难,特来等候。除此大害,指日可以讨其巢穴,成其大功矣。刚才之物,即狗宝所得日月之精华,仙人所谓内丹是也。老夫非别,乃洪园中飞云之父。荷蒙救命深恩,报答不尽。郎君珍重,两战俱捷,五凤齐飞,最难有这样乐事。”说毕,化作一道白光,冲天而去。桂堂说道:“去年无意中救他一命,谁知今日救了自身。可见与人方便,自家方便,天道循环,令人可怕。”拔剑取下狗宝首级,上马仍回原路。半路遇着狗兵来寻狗宝,瞧见首级已悬在腰间,骇的心胆俱落,不敢迎战。桂堂抖起精神,一路赶杀,尸横满地。

狗兵正自乱窜,又遇官兵截住,前后心力大杀,剩了不多几个,躲入深箐逃生。那领兵的是松寿,四面追杀一阵转来,与桂堂相见,说道:“狗宝开关来劫营寨。冯大嫂子抢作蛮王夫人,骗上关去。我们就势抢关,得了蛇盘岭,关上狗兵杀个罄尽。都督到关扎营,元帅大营就在岭下。咱们四处伏兵将那四路贼兵截住,各总镇兵到,又兼来了两路蛮兵帮天兵剿杀,真杀了个舒服。生擒数百名献功,首级不计其数。元帅同都督甚为喜慰,查点众将,就短你同佩金姐姐,着我带兵来找。有人说你被狗宝追了下来。我因急急赶来,谁知你正追杀狗兵。那悬的首级又是谁的?”桂堂将杀败狗宝,追赶跌入坑中,遇白老人相救,杀死狗宝,赶杀狗兵前后畅谈一遍。

松寿大喜道:“狗宝一死,大功告成矣。但白老人说两战俱捷,五凤齐飞,你倒不问个明白。”桂堂道:“这一定是你们得关,我杀狗宝,这不是两战俱捷。五凤齐飞是瑞大嫂子、冯大嫂子、珍珠、佩金、宝书三个姐姐五人得功,不是齐飞吗?”松寿笑道:“各将弁谁不出力得功,怎么单说他们五个。”弟兄正说笑缓行,忽然山腰里转出一队人马。两人定眼细看,不觉大喜,原来是冯佩金领兵马而来。三人相见，佩金道："堂大爷的五百官兵与我合在一处，同去追贼救应。谁知走错了路，再也转不出来。不亏遇着个挑柴土人令其领路，还不知要走到那里。怎么你两个又在一处？"松寿、桂堂各将缘由细说一遍。佩金大喜，令桂大爷的兵将各归队去，三人催军上关。途中又遇包勇奉令前来接应，还有各营将弁络绎不绝，都是搜山杀贼回营报功缴令的。听说桂大爷杀死狗宝，枭了首级，人人大喜。这两年不知被他伤了多少兵将，从此可无忧虑，真是欢声如雷。

桂堂们来到关下，领着诸将弁同松寿、佩金到元帅大营请安报功。松元帅见杀了狗宝，心中大喜。令将首级传示各营，以安众心，交与松寿挂在先锋营外号令，使狗贼丧胆。命军政官记桂堂大功，众将分别劳勇记功已毕。松寿们告辞回营，上关来见都督，各将始末细说一遍。宝钗点头道："朝廷洪福，狗宝被戮，狗贼指日灭矣。"吩咐各回营歇息，明早上帐听令，众人答应，各去养息。

宝钗同秋瑞们计议军情，细心斟酌。次早传令拔营前进，直逼狗王。大古峒前隔着一道长河，扎下营盘。请元帅大营安在蛇盘岭，前后接应。令冯富、塞鸿带领蛮兵在谷道峒安营，堵住狗王后路。松元帅调几家总领带着猛勇将弁，在四面紧要山谷小径边扎营堵截，真是围的水泄不漏。不言官兵之事。且说狗王仗着狗宝凶猛，又有法力，自用兵以来大获全胜。因得了三关，十分得意，派心腹的狗弹守关，封狗宝都酋长，回峒受用。谁知三关仍被天兵夺去，又请出狗宝为先锋，可以无患。正在欢乐，连有败兵来报，说狗宝已被天兵杀死，枭首号令。蛇盘岭已失，官兵长驱而至。狗王大惊失色，立刻升帐，传齐狗族商议退兵之策。有狗军师上前说道："官兵人多胆怯，且冒险深入重地，兵皆劳乏，又兼不服水土，多生疾病。现今春尽夏初，瘴气正甚，只消将峒口堵住，虽百万雄兵不能为力。我们差几个能干奸细，由后峒夹缝中出去，杂在挑柴担水人夫里面，探听官兵动静。等候他染着瘴疠，动手不得，我们挑选些剽悍不畏死的狗兵，奋勇死战。不怕他是天神，也要抵挡不住，就可一战成功。"狗王转惊为喜，赞道："狗军师言之有理。先将峒口堵住，再为商议。"众狗族高声答应，赶忙就去堵御，自此声息不闻。

松寿夫妻是头队先锋,砍了多少毛竹、木头,扎起浮桥过去。连次攻打,并无影响。山如削壁,无可扳援登望之处,又是夹溪围绕,深不可测。元帅处催令进兵,连都督亦甚为焦急,带着诸女将亲自到峒口察其形势,真是英雄无用武之地。传令各营兵将轮流上山射猎打牲,操习人马,毋许安逸,恐生疾病。相守已将月余,正交炎夏,瘴气盛行,兵将俱多疾病,河中毒气更甚。元帅将实在情形奏知朝廷,一面调冯富夫妻领三千名蛮兵为先锋,挡住峒口,以防贼兵攻击。松寿夫妻带原兵在先锋营后扎住,以为接应。

不一日,朝廷差荣国公贾兰,带了多少解暑医障的丸药前来,散给兵将,命贾兰在军营差遣立功。元帅领着都督开读圣旨,叩头谢恩。将药立刻分给各营,摆设香案,谢恩领用。贾兰请安已毕,说起"贾、祝两宅均各安好,书信常通。梦玉们二月间到京,都住宁府。弟兄三人南宫高捷、中了进士。殿试梅魁得了一甲一名状元及第,柳绪得了二名榜眼,梦玉是三名探花及第。弟兄三人都钦授翰林之职。我出京时他们已告假回家省亲祭祖,都有书信带来,请安致意"。松大元帅甚为喜极。宝钗点头含笑,十分喜慰。背后几个女将喜的嘴都合不拢来。松元帅同宝都督给海珠、珍珠、掌珠、秋瑞、九如、汝湘、紫箫、芳芸、宝书、佩金们道喜,众人亦给元帅道喜。

贾兰送上梦玉书信,各人开看。宝钗见上面写道:

洪园中不知判袂,云帆高挂,梦梦千里,抵金陵聚首之期,始是与吾姊拜别之时,异哉!千古之创别也。金陵欢叙月余,随侍太太同至丹徒度岁。敬如尊谕,借竹香为金屋,即潇湘名其额,从其所好耳。魁弟奉双亲之命,与顾玉书三妹又结百年之好,已于春初合卺矣。花朝前五日,偕梅、柳弟兄公车赴京,昼夜兼程,备历风尘劳顿,抵京后同寓宁府,举宅见爱,莫能名其形状,大约不知身在客中也。春闱榜放,三人俱捷南宫。梅郎名称其实,竟占花魁,弟作探花人,而柳郎昂然其中。弟兄一甲,亦今古之罕有。深荷圣恩,俱已授职。今准假归省,与荣公先后出京,弟辈想念之情,兰侄谅能口述。奏捷归时畅叶离悃,兹凭尺一,用慰锦念。伏惟珍重不宣。

秋姐辈均此不另。　　　　　　　　梦玉拜手

宝钗看毕，递与诸妹。辞过元帅回至营中，差人往祝观察、桂大理处道喜。宝书、佩金看了家信，喜不自胜。

宝钗道："白老人所说'两战俱捷，五凤齐飞'，盖指你弟兄五人而言，三文两武，一战成功。想咱们可以指日班师矣。"桂堂道："刚才打猎，拿着十几个樵夫，在山上探头探脑形迹可疑。搜他身上并无别物，只有柴刀担索而已，请令定夺。"宝钗笑道："剿灭狗贼，即在这几人身上。"令诸将过来，附耳授计。

次日，都督升帐，命将十几个樵夫绑上帐来。那樵夫被刀斧手押着上帐，一齐跪下。只见中间坐一位美貌将军，两旁站着十来个锦衣绣袄的美人，背后尽是女将，俱像天仙一样。那樵夫看的出神，从来没有见过天朝人物，说不出那样新奇好看。又兼着异香扑鼻，令人骨软筋酥。樵夫们张着嘴，流了一地口涎。宝都督用手中白鹅翎扇指道："尔等知天兵到此，何以不同狗王前来受死？还敢探我营中。今被拿住，尚有何说？"樵夫们磕头说道："我们都是左近村中良民，并非反贼。因上山砍柴，被天兵拿住。求将军放我们回去，以后再不敢犯禁。"宝都督点头道："我看你们不像反贼。既是良民，就留在营中当差。现在官兵染患瘴气，多生疾病，不能打仗。就派你们在营打柴汲水，等官兵病好拿住狗王，再放你们回去。"吩咐放绑，押在各营打柴汲水。

樵夫们分在官兵营中，彼此不能相顾。瞧见官兵十个人倒有八个是病。又听见大营中歌唱之声，朝夕不断，闻之令人如醉如痴，一连四五日并不巡更喝号。松寿来报有四五个樵夫逃去，两日，宝都督吩咐将那几个樵夫放去。传令暗退上关，仅留先锋一营在此，各将依计埋伏。调遣已毕，宝都督领着众女将，在山脚下按着方向垒了几堆石子。正是设定天罗地网，以待狗贼。

却说狗王闻奸细回来，细说那些女将千娇百媚，貌似天仙一样。各营官兵又皆患病，动弹不得，狗兵一去，必能全胜。狗王听见欢喜之至，忙同狗军师商量，拿个什么主意将那美女擒来峒中受用。狗军

师笑道："这有何难？现在官兵受了瘴气，各营俱病，不能厮杀。我们将峒中狗兵全行带着，明日半夜，开峒杀到官兵营寨，出其不意。那些美女还怕他飞上天去，全俱擒了回来。须大王亲自带兵，只进不退，奋力厮杀，再无不胜之理。"狗王大喜，依计而行。

次日，命狗军师同狗子狗孙、狗男女狗族们把守狗峒。狗王率领狗将，领着合峒狗兵饱餐战饭，披挂整齐，磨拳擦掌，大开峒门。已是黄昏时候，星斗满天，狗王全身披挂、骑独角兽，领着狗将狗兵来到官兵营前，已将半夜。一齐发喊杀入营去，只见众官兵丢下粮草，弃了营寨，退后逃散。狗王率领兵将奋勇追赶，势不可当。追过几堆乱石，并不见有官兵影响。仰面瞧不见星斗，一片漫漫大雾，不分南北。众狗兵在昏雾之中彼此不能相顾。正在着忙，只听连珠炮响，四面锣声大振，喊杀连天。狗兵在大雾中奋勇杀了半夜，不觉红日东升，雾气退尽。狗王定睛细看，四面砌着七八堆石子，众狗兵俱围在中间，自家杀了一夜，并无一个官兵。查点人马倒已杀去一半。狗王大怒，传令整顿衣甲，往前追杀官兵，众狗将喘息未定，急忙度过一重峻岭。

远望对面山脚下红旗招展，一队女兵按了辔慢行。狗王瞧见，传令急速追上前去，俱要生擒活捉，休要放走。众狗兵得令，不顾高低险峻，死命急追。跑下岭来，望见女兵相去约有一箭多远。转过山脚，狗王见官兵无多，只有几个女将，心中十分喜欢。领着狗将刚到山脚，只听一声大炮，那密树林中冲出一队官兵。当头一将，戴着凤翅金盔，身披锁子连环甲，手执斗大两柄熟铜锤，骑着铁脚枣骝马。那将生得豹头环眼，紫面赤须，喊声若雷，挡住去路。众狗将催开战马，一齐拥杀过去。刚交手不多几合，官兵抵挡不住，丢盔弃马，四散闪开。狗王追杀，转过座大山，并不见有一个官兵，心中十分疑惑。传令倚山扎营，前哨马前去探听虚实。

看看日已沉西。众狗兵因杀了一夜，又越山度岭，追杀一日，腹中饥渴，人马俱十分劳乏。此时扎下营寨，一个个解鞍卸甲，造饭歇息。狗王也觉疲乏不堪，正值盛暑之时，汗流重甲，忙将衣甲卸去，颇觉松快。与众狗将披发赤身，就地团坐饮酒。直至初更以后，探子回来称说："一路哨探有五十里远，并不见有官兵营寨。各处山径小路俱用乱木碎石塞断,不通行走。山腹深林内亦曾细心哨探,并无埋伏人马。惟此去东南三十余里,山半密林中有草屋十余间。内有灯光透出,又有妇女笑语之声。探闻系官兵屯粮之所,有一员女将带女兵百余名在彼处看守。余外实不知官兵现在何处。”狗王听说,猜疑不决。众狗将同声说道:“大王不必多疑,我想官兵实因受瘴过多,不能厮杀。见大王亲自临阵,官兵人人胆落,远走深藏,各逃生命。日间所见女将,想来就是屯粮之兵。既已探闻不过百余名,谅他不能逃去。今晚歇息一夜,明日统领人马,将那屯粮之处团团围住。那女将与那百余名女兵如探囊取物,一个不少,尽归大王受用。”狗王听说,满胸得意,摇头拍手,呵呵大笑,说道:“众将言一点不错。今晚放心,须要饮大醉。明早去擒拿女将,各有重赏。”

众狗将俱各欢喜,彼此伏地哄饮,直到半夜,俱皆大醉睡倒。忽然人喊马嘶,火光烛天,连声大炮。狗王同狗将酒已惊醒,人不及甲,马不及鞍。各去找着兵器,见有无数人马杀进帐来。众狗将死命大杀,正杀的热闹,火光俱灭。昏黑之中彼此混杀,一直杀到天明日出,方才住手,四路哨探并无官兵形迹,查问缘故,谁知夜间众狗兵睡熟,帐房失火,烧着号炮。误疑官兵来劫营寨,合营慌乱,跑进中军营帐。不意狗王同众将醉眼朦胧,将自家兵认作劫寨官兵,一时奋力相杀,此时方才明白。狗王十分不乐,查点狗兵,倒又杀去十停之三。

正在整顿营寨,忽有探子飞马来报。说有两员女将押住百余车粮饷走错路径,转入山腹,正可领兵前去擒拿,不可错过。狗王听说,不觉回忧作喜,立时披挂整齐,传令拔寨,不许停留。命探马领路,度过几重大山,走下峻岭,转入一条峡谷,狗王正催人马紧走,忽闻炮声不绝,四山响应。心中疑惑,刚要差人哨探,只听后面人马发起喊来,两边山上弩箭如飞蝗骤雨而至,将后队狗兵射死无数。狗王十分着急,忙传令急寻小路退出山去。幸而林深路曲,急忙转出大山。对众将笑道:“不是我们知道路径,几乎中了官兵之计。但他们此时尚然围住山口,我等出其不意向山后杀去,定然大获全胜。”众狗将齐声赞道:“大王真是神算!”随即催攒人马,绕过山腰,只听见半山中一声炮响。

狗王勒住坐骑，抬头观看，只见山顶上约有数百女兵，围着几个女将。红罗伞下一位女将军骑着白马，用手中鞭梢指着笑道："狗贼釜底游魂，还不受死，更待何时？"狗将中有在三关逃回的，忙对狗王道："这就是领兵的宝都督。人虽美貌，用兵如神，须要小心。"峒王笑道："你等有勇无谋，故此中他奸计。看我今日擒他回峒。"吩咐兵将奋力上山，退者立斩。狗王催开四不像，飞奔上去，只见众女将笑嘻嘻勒马不动。来到半山四面观者，并无埋伏，放心杀将上去。离山顶约有一里多路，见女兵中红旗转动，一齐往山坳中走了进去。狗王领着兵将抢上山来，上面静悄悄并不见有一个女兵。令人四下探望，远远见对山脚下，众女将俱在树阴下席地乘凉，马皆卸鞍放草。狗王甚为惊异，对众将说道："果然女将军用兵如神，令人难以测度。如何是好？"有一狗将上前说道："探得山坳中有条小径，下去不远就是对面山脚。我们留三百名狗兵，各执五色旗，在山顶上东穿西走，使众女将猜不出我兵虚实，不作准备。大王统领全部人马，由小径直抢至对面山脚，出其不意，可以一鼓而擒。"狗王听说拍手大笑，依计行事不提。

且说宝钗亲自诱敌，用奇门缩地法来至山脚下树阴中，暂为歇息。秋瑞指着笑道："山顶贼兵用五色旗东串西走，故为疑兵之计，贼人不久蜂拥而至矣。"海珠笑道："都督妙算如神，不亚武乡侯之擒孟获。"宝钗道："全仗诸弟妹之力灭此凶孽，我何敢追迹古人？"正在说笑，忽见对面林中飞起几阵鸟雀，又听闻鸦鹊乱鸣。九如道："贼人至矣，请都督上马。"宝钗领女将慢慢绕过山脚，听得后面贼兵大至，众女兵按队前行，任他追赶。

却说狗王赶到山脚，见女将在前，相离不远，率众奋力追赶约有十多里，来到一座山场，十分开广。忽地里连声大炮，闪出一支人马。为首两员少年猛将，枪戟并举，将贼兵冲开。狗王领着兵将奋勇撕杀。正在酣战之际，听见连珠炮响，官兵忽然变成八卦阵式，两员小将不知去向。狗王勒住坐骑，看不出东西南北，只见四面尽是官兵，旗枪密密，杀气腾腾，喊杀之声骇心震耳。

正在惊疑，忽见一员女将舞动神刀，犹如一道金光。所到之处，杀狗兵犹如割草。狗王率领几十员有名猛将上前迎敌。刚才交手,听见一声号炮。又来一员女将,手执点钢枪,杀的愁云惨雾,日色无光。狗兵分头死命撕杀,四面连声大炮,官兵忽然变成连环阵,将狗兵分成两截,彼此不能相顾。宝都督在山顶上,见贼兵已入重地,忙带着松寿、桂堂率领翠翘、三多等十二名姑娘,金映、杜升等二十四家媳妇,亲自来阵中诱敌。这狗王正杀的掉魂失脑,忽见无数美人都在面前,狗兴又发,撇下狗兵,领着众狗将要上前活捉。宝都督且战且走,来到打狗岭,将女兵一字排开,拦着去路。

狗王心中疑惑,勒住坐骑,四下观望。忽听密林中一声大炮,海珠、秋瑞等领着徐忠、周惠、茗烟、得禄等三百名家将,弩箭如骤雨而至,围如铁桶。狗王十分危急,领着众狗将死命冲突。见官兵让开一条山路,赶忙领众将冲出阵去。心中正然得意,听见惊天动地一声响亮,狗王同几十名狗将一齐跌入陷狗坑内。紫箫、芳芸等铙钩套索一齐搭住,众家将蜂拥而上,将狗王等数十名全行拿住。

宝都督喜不可解,传令将狗贼等捆绑结实,装入口袋,差官星飞到元帅营中报捷。一面领着松寿、桂堂亲到阵中。此时贾珍珠、孟瑞麟、薛宝书、冯佩金、沙塞鸿用连环阵将狗兵截开,杀的七零八落。忽见都督大旗进阵,知狗王等业已遭擒,精神更加勇猛,尽力大杀。

却说前后狗兵听说狗王已被官兵擒住,军心慌乱,死命往外冲杀。宝都督见狗兵悍气已消,忙将令旗招展,号炮喧天,变出一气混元阵。众狗兵见满阵中天昏地暗,不知方向,瞧见官兵稀少之处冲开一条血路,往外逃生,后面官兵紧围兜杀,众狗兵见前面又有无数官兵挡着去路,只得向一条夹壁谷中窜将进去,后面狗兵如潮涌而至,尽数逃入谷去。

宝都督在山上见贼兵全入重地,连忙施放号炮,登时将谷口用乱石堵住,两边伏兵齐将火箭、火弹射入谷去,引着地下所埋火炮,震动山谷,又将干柴、油草烧着,推入谷中。原来这条谷名木笔谷,是条有进无退的死路。宝都督学武乡侯烧藤甲车的故事,收拾他个断根绝命。众狗贼恶贯满盈,应受此灭绝。这也是天意要灭此种狗贼,命宝钗消此孽障。各将俱来缴令,称说谷中并无声息,惟有臭烟余火,请令定夺。宝都督令将干柴枯草再推些下去，尽量一烧，派兵守住谷口。传令已毕，亲领众将前来帮松元帅剿灭峒人。

刚到半途，松大元帅差官知会，亲率各总镇将弁攻破贼巢，生擒狗王妻子、狗族、狗军师及紧要贼目，已将狗×全行剿灭。令宝都督同各位总镇并荣国公，带领众将，分往各路险山峻岭，将狗贼巢穴尽行捣灭干净，休留余种。宝钗接奉军令，忙差人各处知会总镇，一面带兵搜山捣穴。此时男女众将俱勇往向前，搜巢捣穴。无处不是官兵乡勇，将各寨狗兵杀的满山乱窜，无处逃生，喊杀叫号声闻数百里。

各路兵将直杀了半个多月。松元帅传令收军，立即差官先拜本奏捷，一面派几员大将押解狗贼家属及一切紧要贼目赴京献俘。此时狗贼在囚笼里，瞧见他的狗太太、狗奶奶、狗姑娘、狗相公，还有狗军师、狗亲家、狗老老这些亲族，相对点头叹气而已。其余狗党尽在军前斩首。又将附狗为害之海贼一并剿灭。烧毁狗峒、狗穴，安插良民，赏恤士兵、乡勇。令将士略为歇息，即趁势收抚难民，清查村庄庐舍。

松元帅见塞鸿所带蛮王差来之兵将十分出力，令冯富按名优赏。令军政官查明将士功劳及都督营中男女各将功绩，汇奏朝廷，听候升赏。宝钗斟酌，因荆、朱两姨娘办理粮饷功劳，内将在家管理拨运粮饷勤劳出力之陶、李姨娘、探春、芙蓉四人添上功单。

松元帅正料理军务，忽闻连珠炮响，一路人马喊杀而来。只见中军官急忙来报。

不知是那里杀来，且看下回分解。

第九十五回　一战成班师奏捷　十万贯旧产还元

话说松大元帅正料理军情，听见连珠炮响，忙差人探听。只见中军官来禀道："蛮王沙哩雅亲领蛮兵，将助狗叛逆之海贼们全行拿住，亲解来营，求见元帅。"

松元帅吩咐各将伺候升帐，令蛮王进见。沙哩雅走至营门，瞧见天兵威武，犹如天神一样，甚为股栗。来至帐前，见元帅虎威，不敢仰视,连忙俯伏在地,说道:“久居边外,未尝作乱。前因误听狗言,深为悔恨。今天兵已灭狗类、我亲自将哄狗作乱之海贼全行拿住,解赴大营,将功赎罪。求元帅开恩,免我一死。情愿替朝廷出力,照管蛮荒边地。”说毕,只是磕头。松元帅道:“尔不守安分,助狗作乱,罪大恶极。分应碎尸枭首,姑念你知罪悔过,拿获海贼,宁静海洋,全你生命。你蛮地并非藩国,自称为王,已往不究。本帅奏知天子,施仁圣之恩,赏你土官世职,永守边地,不失子孙富贵。倘敢再蹈罪戾,天兵到处,种皆绝灭矣。”沙哩雅汗流浃背,磕头答应。

松元帅令其站立一旁,吩咐将海贼推上帐来。两旁答应,立刻将个贼首及有名贼目三百余名绑捆上帐。松元帅细讯供词,贼首们将海洋打劫情形、次数直认不讳。元帅道:“贼首海里虎、海里蛟系已获正法。海里鳅之兄,都是海洋大盗,罪恶滔天。推出辕门,凌迟碎剐。”将有名贼目全行枭首,号令海边。其余散贼数百名,除去被胁为盗者数十名,余皆斩首,以快人心。从此海疆宁谧,松元帅心中甚为欣慰。令沙哩雅随营候旨。

塞鸿父女相逢,十分欢悦。冯富拜见丈人,沙哩雅见女婿相貌威武,喜慰非凡。送了多少金珠宝贝,补女儿的嫁妆。冯富、塞鸿领沙哩雅来见都督。宝钗念其归顺朝廷,又是塞鸿之父,优容相待,赏茶命坐。军中连日赶办安抚事务。桂恕、祝筠悉心查核粮饷军装一切销算。

不多两月,朝廷有旨到来,赏封有功将士。封松柱为定国公,仍管节度使;桂恕为兵部侍郎;祝筠为太仆寺卿;薛宝钗封武烈夫人,赠举人贾宝玉为妙觉禅师;封梅海珠、鞠秋瑞、梅掌珠、郑汝湘、竺九如、魏紫箫、舒芳芸、贾珍珠、薛宝书、孟瑞麟、冯佩金、沙塞鸿俱为勷勇恭人;办粮无误之荆舜华、朱如兰、陶春芳、李金带、祝探春、江芙蓉为安人;松寿、桂堂为冠军都督御林军使;冯富、包勇为都阃将军。各总镇将弁论功升赏。荣国公贾兰加军功三级,功牌三面。其在营打仗杀贼最多,奋不顾身之男女各家将,命元帅查明,分别赏给职衔银牌。元帅因徐忠们系生擒狗王之人,将徐忠、周惠赏给卫守备衔。茗烟、得禄、喜儿等家将赏给千户衔。翠翘、三多等十二名姑娘、金映们二十四家媳妇都得了个守尉功牌。其余家将俱得等第功牌。太守张铭升了观察。蛮王沙哩雅因其拿贼立功，献土诚顺，免其剿灭，赏给五品州牧土官，令其管束蛮人，子孙世职。其有应行赏恤之事，俱命元帅等奏明办理。官兵、乡勇俱加倍恩赏，拔补官职。圣旨开读已毕，欢声如雷。男女大小三军，俱望阙叩谢天恩。

定国公松元帅命武烈夫人薛宝钗，亲往各边界安抚查看。就带着沙哩雅去安插蛮人，令其归农耕种，开垦山田，各安生业。沙哩雅款留都督在蛮峒中耽搁两月，办理一切事务。宝钗同秋瑞们令塞鸿作伴，游览边外山川云树，风土人情。蛮人扶老携幼，争看天朝人物，众心悦服。宝钗查办已毕，正是深秋时候，领众将回至内地。沙哩雅带着妻子送至大营。松元帅又吩咐一遍，然后拔营班师。正是：

鞭敲金镫响，人唱凯歌还。

自此边地灭除狗患矣。

薛宝书、冯佩金请宝都督在孝义村暂留数日，招集庄人佃户修整墙垣，打扫屋宇，上坟祭祀。大门上立起榜眼及第匾额，左右竖立旗杆，大开筵宴，比柳绪娶冯佩金争光百倍。此时远近亲友，乡老男女毕至，黄家何氏节妇亦在坐中。薛宝书将黄其祖的故事说与众人，表扬节妇贞洁。宝钗们深为叹赞钦敬。闻节妇之子年已长成，且肯念书上进，后来张观察赏其文才，由秀才竟中乡榜。此是后话不提。

宝书们料理已毕，将房宅田地仍全交与包都阃照管。冯富不愿为官，情愿夫妻在家，同包勇安享山水之乐。宝书、宝钗们班师来见祝筠、桂恕，彼此道喜，亲热非凡。同定国公盘桓数日。所有军需粮饷，祝筠捐输十分之四。又有各处富商捐助，粮饷十分充足。桂恕、祝筠俱要等销算完毕方能进京供职，先令松寿、桂堂入都面圣，谢恩供职。宝钗们诸女将附表谢恩，各领家将回籍，留荆、朱两姨娘在公馆照应。又到元帅府同庄夫人、水仙二夫人相叙数日。庄夫人命媳妇孟瑞麟同松寿入都供职，不必在署侍奉。

又摆了几日得胜筵席，宝钗们拜别起身。全是钦封武烈夫人旗号、执事，掌得胜鼓，领着家将及原来的几百官兵，越岭度山，缓程而进。不日来到江口，早有前站备下船只。鞍马上劳顿多时，觉在船中人人舒服。松寿夫妻同桂堂、宝书、佩金、珍珠每日俱在宝钗船上相叙谈心。所谓功成名就,各遂心愿。宝钗道:"白老人所说'两战俱捷,五凤齐飞',真是数皆前定。我是世上散人,自问雌伏草茅,老死栖下。不意仗诸弟妹之力,立功异域,得封夫人,并连宝玉亦受国恩。此实梦想不到,愿与弟妹共此富贵。"松寿道:"弟妹皆沾姐姐之光,成就功名。"紫箫、芳芸、掌珠、九如们道:"这倒是真话。咱们若不是沾宝姐姐光,那里得能受朝廷恩典。"姐妹弟兄欢喜无限,彼此赞美。珍珠道:"你们只是谦虚,放着这样秋水长天的景致不瞧,真是可笑。"秋瑞道:"你看那一带树林中,定有个禅林古刹。"松寿道:"此间江名富池,那树林边正是甘将军庙。过此百里,即孙夫人祠。"珍珠对宝钗道:"这两处我要上去拈香。求姐姐传令,将船暂为停泊。"宝钗道:"甘将军乃东吴名将、豪杰之士。我亦要到庙中瞻拜一回。"吩咐将船泊在庙前。家将们赶备牲酒、香烛伺候。

宝钗姐弟都到庙中拈香礼拜,献牲酹酒。秋瑞道:"今见将军威猛气象,想当年以百骑往劫曹营,真足令阿瞒丧胆!"珍珠拜毕,说道:"前在龙宫亲见将军仪表,俨然似座上英雄也。"众人礼拜毕,大为赞叹。宝钗吩咐家将备办猪羊三牲、酒果,明日到孙夫人庙上供拈香。众人游玩一会,相携上船。刚离开庙口,见有无数乌鸦,飞满篷上,并不畏人。宝钗等深为惊怪,松寿道:"此乃神鸦,系甘将军遣来护送者。须以鲜肉、豆腐酬其远送。"珍珠命多备荤素各物,令其自食。群鸦飞鸣而食,各有先后,并无争夺抢啄之态。直送过数十里,环飞数次,翩翩而去。汝湘道:"《聊斋》所记汉产之母名曰竹青,想不虚谬。"桂堂道:"白飞云曾说,信则有,不信则无,难以指据。"姐妹们畅谈一会。

次日,到孙夫人庙拈香上供。宝钗领着诸弟妹虔诚展拜,甚为恭敬。珍珠分外拜谢,祷祝再三,十分诚敬。在庙中盘桓半日,瞻仰慈容,如在芦花江上依依难舍。秋瑞道:"这副对联真是千古不磨之句。"众人抬头,见柱上一副大对联道:

思亲泪落吴江岭

下句是:

望帝神归蜀道难

众人赞叹不已。拜别神像，各回船去。只见神鸦相送，比前更多。各船俱备肉食酬谢，这且不表。

只说珍珠回到本船用过晚饭，颇觉神思困倦，早为安歇。刚朦胧睡去，见有两个美婢，戎装佩剑站在面前，说道："夫人在百花台赏花开宴，请恭人相会。"珍珠道："是那位夫人请我相会？"两婢答道："恭人到彼自知，休要耽搁。"珍珠被催不过，令一婢引路，见别有洞天。走不多路，画栋雕梁，十分壮丽，俨然画图中之宫殿。越历数重，来到一座重台，高入云汉。扶栏曲折而上，刚至台顶，见一位美人戎装来迎。笑道："汗马立功，真是我会中翘楚。多承往顾，念及故人，不愧为多情良友。我已将会中人邀在此间作赏花之会。"珍珠见是孙夫人，连忙拜谢道："自别慈容，时深依恋。荷蒙授以兵法，得立军功，仰邀恩命，皆出自夫人恩赐也。五中铭勒，感佩难名。今瞻慈范，实慰私衷。"珍珠伏地顿首再拜，孙夫人用手相扶而起。见宝钗、秋瑞、汝湘、紫箫、芳芸、芙蓉、海珠、掌珠、友梅、九如、彩芝、蟾珠、修云、宝书、佩金、瑞麟、宝月全行在此。

孙夫人笑道："金陵十二钗俱已完聚。我连会中人全邀至此，作一胜会。已差人去请远客，何久不见至？"道言未了，见彩云飘渺，香风习习，有四位美人相将而至。珍珠见是英、皇二妃、龙王宫主同湘妃，相见笑道："指顾之间，已数更寒暑。功成塞外，作闺阁中之李将军。如宝武烈不减班定远也。"珍珠拜谢当年情爱。宝钗们亦俱拜见，珍珠一一说与诸姐妹。孙夫人指龙女对宝钗道："宫主与宝妹同名，且同一气。何以见面转不相识？"诸姐妹见龙宫主与宝钗毫无分别，深以为异。

彼此分宾而坐，美婢送茶。秋瑞们见玉杯中茶色淡碧，清香扑鼻。孙夫人道："此即琼浆，乃华池玉液。比诸妹当年所饮之荷露略有滋味。"宝钗道："人间那得有此。前在幻虚宫曾经尝过，此则再尝仙味也。"湘妃道："今日群芳毕集，不可虚此胜会。须张起百花图，作竟日欢叙。"孙夫人点头，吩咐侍从摆设百花。两边答应，转眼间满台俱是花草，万紫千红，胜过三春艳丽。众姐妹见有好些奇花异卉,莫知名状。三妃各奏琴瑟,香风徐来,百花飞舞。更有五彩蝴蝶,翩翩而至,按节向花而舞。

忽闻鹤唳之声,见一朵彩云从空而降,有一仙女跨鹤飞来。宝钗、海珠们认得是幻虚仙子,忙起身迎接。孙夫人笑道:“何以来迟?”幻虚仙与诸人见礼道:“适在蟠桃园查点数目,被东方曼倩缠住。说了一会闲话,才能脱身而来。今日我幻虚中人全在此间,真是难得。须各显技能,庶不虚此佳会。”孙夫人们大喜,舞剑奏乐,各随其长。宝钗众姐妹平日虽知音律,并不精妙。三妃各有指教,俱觉朗然开悟。姐妹们吹弹半晌,各尽其妙。湘妃道:“从此传入人间,可称广陵散矣。”

孙夫人命进松花糕、柏子茶。诸仙用毕,幻虚仙邀着众人看花游玩。转到一处,院落沉沉,十分清雅。上面悬有一额,写着“怡红院”三字。芙蓉道:“这不是大观园的‘怡红院’吗?”幻虚仙点头道:“诸妹前生在此结下情缘,竟至十二钗全归于一。我今送你们仍归本院,以遂前生之愿。”说话之际,已走进屋中。四壁光明,又非昔年景象。众人走入套房,猛抬头瞧见宝玉身披鹤氅,闭目趺坐炕上,手中捧着那块通灵宝玉。珍珠同宝钗们刚欲上前叫唤,幻虚仙指道:“这里才是宝玉。”珍珠回望房屋,众人全然不见,惟有一块大石,约有十余丈,高大莹透光亮,毫光闪闪,上有三个大字,写着“青埂峰”。忽然石下冒出一股大水,登时波浪滔天。珍珠大惊,刚欲转身,忽听见惊天动地一响,那块大石倒来,压在身上。珍珠大叫一声,猛然惊醒,耳边犹闻风浪之声。抱琴端茶揭帐道:“日已三竿,恭人今日过于贪睡。”珍珠披衣坐起,知是孙夫人显应,梦里相逢,深为感敬。赶忙梳洗,对江拜谢。

是晚,上座船请安,诸弟妹俱在坐中。宝钗道:“离乡不远,转觉念切。昨日梦与诸妹同在一处,忽然又在当年旧地,真是可笑。”秋瑞笑道:“姐姐所梦是当年旧居,如我昨夜梦游前生之地,更为可笑。”汝湘道:“莫非昨夜同做一梦吗?何以我也梦到大观园?”彼此惊异,互相询问,说来梦境皆同。俱感孙夫人灵佑,宝钗们焚香拜谢。

自此姐妹们或聚谈一处,或各自在船讲求音律,不知不觉已到金陵。李宫裁同平儿差人远接。此时兰大奶奶亦在家中。宝钗们船到江口,各官俱来迎接。贾府亲族男女无人不到。宝钗正是锦衣归里,同着众人回到荣府。王夫人们俱在祝府,家中惟贾环夫妇、李宫裁婆媳、平儿母女数人。毓哥儿亦在祝府攻书。松寿夫妻拜见道喜。宝钗等祭祖、上坟、拜客。连日大开筵宴,款待亲友。松寿夫妇又是新亲上门,专席奉请。平儿又替女婿桂堂庆功,昼夜演戏。

李宫裁笑道:"桂姑爷娶了一位美人回来,还该请咱们吃杯喜酒。"宝钗道:"桂姑爷娶什么美人?"宫裁笑道:"你岂不知,就是你差人送来,交与咱们的白飞云。在咱们家住了三四个月,谁不欢喜亲热。同修妹妹、巧姑娘三个人倒像一胞养的,寸步不离。六月间太太带去给镇江老太太做生日。这三个媳妇是桂三姨儿的宝贝。"桂堂听说,甚为欣慰。宝钗点头笑道:"不错,我倒忘了这人,真该吃堂大爷的喜酒。"平儿道:"我替女婿请你们一日。"松寿道:"咱们尽着听戏吃酒,忘了那三百名官兵同些家将们离家日久,不可在此耽搁。"宝钗深以为是,吩咐明日起身。是晚热闹一夜。

次日饭后,宝钗领众上船。不两日已到镇江、文武各官俱到江口迎接。得胜军回,又是一番景况。梦玉、柳绪、梅魁三个小翰林接着宝钗。姐弟四人一句话也说不出来,八只眼睛瞅着,拉住不放。宝钗点头含笑,说不尽那番亲热。秋瑞们也说不出那喜极的情况。松寿、孟瑞麟、桂堂彼此道喜。接着祝府的探姑奶奶、陶、李两姨娘俱已全到。芙蓉先为拜谢宝钗等,又给顾玉书道喜。座船上竟是一船碎锦。桂堂夫妻相会,见白飞云彼此感谢,异常亲爱。领着来见宝钗。候众人拜毕,宝钗拉着飞云道:"匆匆起马,未得畅叙一宵,今日相逢,深慰渴念。"飞云道:"自惭非类,得近荣光,尚祈格外垂怜,使得长依福庇,实所深愿。"宝钗道:"既能相聚,缘分不浅。我深愿与妹乐数朝夕也。"码头上伺候齐集。此时宝钗气概迥异从前,前呼后拥,十分荣耀。塞街填巷,人人争看。

到祝府门首,是现任太仆宅第,又是一番光景。门楼上立着探花及第直牌,到茶厅下轿。宝钗让孟瑞麟在前行走。瑞麟再三谦让。宝钗道:"你今日是新亲上门,我不敢僭。过此以后,我再遵命。"彩芝对瑞麟道："你竟依着宝姐姐，休要推阻。老太太们等着见面呢。"宝钗笑道："彩妹到此将近一年，比在家时竟是两样，丰彩迥异当时。"彩芝道："自到此间未曾病过，想起当年真是可笑。"彩芝陪孟瑞麟在前，宝钗诸姐妹一路说笑来到垂花门口。见查大奶奶们领着众家人媳妇站班迎接。桂夫人、石夫人迎接新亲，松大奶奶先为见礼。柏夫人、薛姨太太在景福堂等候。

众人来到景福堂，先让松大奶奶夫妻拜见道喜。接着宝钗、海珠、掌珠、秋瑞、汝湘、九如、芳芸、珍珠、紫箫、宝书、佩金、桂堂给柏夫人、桂夫人、石夫人、薛姨太太请安道喜。宝钗今日母女之乐非同小可。众姐妹弟兄连着梦金、宝月、宝珠一齐团拜。毓哥儿、慧哥儿、探春的定哥儿、闰姑娘、梦玉的寄生、柳绪的丽姑娘，过来给宝钗们请安道喜。宝钗见慧儿们小弟兄姐妹俱长的狠有模样，心中欢喜。

王夫人、金夫人、柳太太、郑、鞠、竺、梅太太俱在怡安堂卷棚下迎接新亲。彩芝瞧见，忙知会嫂子，紧走上前见礼。松寿、桂堂、宝钗、珍珠、海珠、掌珠、秋瑞、汝湘、芳芸、紫箫、宝书、佩金各上前跪下请安。此时婆媳儿女相逢，真是喜而又喜。王夫人、薛姨太太更是喜不可解。在怡安堂彼此娘儿们问些说话，吩咐宝钗姐妹"带桂堂先到介寿堂请安。老太太十分盼望。等你们见过，松大爷、大奶奶再去，省得挤在一处"。宝钗等答应，忙到介寿堂来。各堂执事姑娘们俱守在介寿堂影壁前请安道喜。宝钗们应酬不暇。走至介寿堂来，祝母坐在中堂炕上，瞧见宝钗们喜的说不出话来，只是点头笑道："来了！来了！"宝钗们上前跪下，抱腿请安。祝母将手在众人脸上各摸一会道："可怜！倒还不瘦。"众人磕头起来，站在炕前。宝钗又跪下，代祝筠及荆、朱两姨娘请安。桂堂代父请安。祝母对珍珠道："我像是有好些话要对你们说说，怎么见了面，一句也想不起来。"汝湘道："等着过一半天，讲故事给老太太听，比什么都还热闹。"姑娘们回道："松大奶奶们来见老太太。"祝母道："松大奶奶是新亲，我该迎接才是。"刚下炕来，松寿夫妻已至堂中，上前一齐跪下。祝母忙用手相扶道："恕我年迈，不能远接。大奶奶休要见怪。"松寿代父请安。祝母都命坐下，姑娘们递过香茶。宝钗回过老太太，领着众人往各堂请安道喜，祝母应允。

众姐妹先到承瑛堂，两边就是竺太太院子。两处到过，出去走回廊下，过景福堂夹道，绕过六如阁，到梅姑太爷古香堂道喜之后，出垂花门至蕉雨山房。鞠冷斋父女相见大乐。众人请安转来，到景福堂后面至海棠院，给梦玉道喜。走廊下至瓶花阁给金夫人、修云、飞云、巧姑娘道喜。到楚宝堂探春屋里歇了一会，进如是园，到彩芝新改的“潇湘馆”道喜。至藏春坞给柳太太道喜。这才转到荫玉堂。

孟瑞麟对珍珠道：“东弯西转的，比打仗还乏的利害。偏今日又穿了一双新鞋，再走两处，须骑牲口才得。”彩芝笑道：“我在家怕出房门，一动就病。到这儿来，东西两宅，一天回往要走几里，将病都走掉了。”姐妹们一齐好笑。幸各位太太们都在怡安堂，到处都无耽搁。宝钗道：“众姐妹院里只可改日拜望道喜。实在我也动弹不得，都到咱们太太院里吃饭去罢。”此时金凤、红绶、彩凤早已预备给宝二奶奶接风。姐妹弟兄正在腹馁之际，就在宝钗屋里饮酒吃饭。

次日，宝钗亲自回拜总镇各官，将官兵三百名交令回营归伍。随往拜各家亲戚。松寿、桂堂亦各处拜客。下午是祝府内外款待松寿夫妻。接着柏夫人、桂夫人、梅姑太太、王夫人、薛姨太太、柳太太、金夫人、郑太太轮流请酒演戏，款待道喜。鞠、竺两太太公请一天。诸位亲戚们争着请酒，将些姐妹弟兄吃的发烦。幸而松寿们是大元帅替他们请假百日，省亲修墓，日子尚宽。贾兰也在祝府耽搁半月。松寿夫妻往杭州祭扫祖墓，修祠堂，拜亲族。已交岁暮，祝府差人来接度岁，赶忙起身到镇江。

祝母见亲丁骨肉俱聚会一堂，比当年热闹，更增荣贵。值此隆冬岁暮，广行善事。命柏、桂两夫人于贫寒本族、远近亲友分别赠送度岁之资，穷人尽皆沾惠。又将两宅中年纪过大的执事姑娘们，有父母的均命其选人择配，各赠嫁资。其无家可归的，就在得胜回来小子中，择其诚谨体面之人婚配。又将长生、翠翘给梅春作了侧室。书带、三多给了兰哥儿，春燕、秋云给环哥儿，均为侧室。将雁书、如意配了寿大爷。两宅中纷纷更换，热闹非凡。

宝钗们无事，同姐妹弟兄非弄音律，即谈闲话。这日在瓶花阁姐妹叙谈，忽接琏二奶奶寄来要信。宝钗拆看，里面是请太太回家过年的禀启，又是送年礼名单，收租息存用大概数目。宝钗放在一边。另有一书是珍大爷寄兰哥儿的，琏二奶奶已经看过，寄来请太太示下。宝钗展开那书子，众姐妹俱围着来看。见上面写道：

伯父字致兰侄：现在刘大司马已奏准致仕回籍，约春间携眷起身。因吾侄已袭荣国公爵，大司马愿将宅第仍归故主。再三面嘱，数次命作书致意。据云除修整、改建、添造尽不算外，只须还原价银十万两。吾侄接着此信，即禀明祖母，商议明白，专差寄知，以便与大司马覆音，断不可迟误。伫望之至。伯父珍字寄兰侄收目。

祖母前代为请安，并问母亲、琏、宝两婶好！

宝钗看完，笑道："一个大门房兰哥儿还住不了，要那些房子干什么？不用去回祖母，我先给祖母定下批语是'不必费心'四个大字。"珍珠道："好容易将那房子撇掉，谁还肯拿十万两银去回赎，真是白说。琏二嫂子瞧见这封书，又不知将珍大爷怎样臭骂一顿。简绝回覆：狠可以不用写书来问。"宝钗点头道："珍大哥真有些不是，也不想咱们那有这些银子去赎房子。怨不得琏二嫂子给大老爷买下房屋，花了二千多银，大老爷嫌小不要，不愿回金陵来住，白将那间宅子闲着。"桂堂道："那天丈母说过，将那所宅子给了我。离荣府不到一箭来路，倒狠有个照应。"宝钗点头道："这倒狠好。咱们且丢开闲话，虽是算定再也不办的事，到底要去回过太太，叫兰哥儿怎样写书去回覆。"珍珠道："咱们同去，听太太怎么说。"姐妹弟兄一齐站起，刚要出去，只见梦玉叫道："且住！我倒有个主意。"

不知梦玉有个什么主意，且看下回分解。

第九十六回　祝太君寒宵舍金帛　松公子黑夜识英才

话说宝钗们刚要出去，梦玉叫道："且住！我倒有个主意。"宝钗道："你有个什么主意？"梦玉笑道："荣府旧宅赎回才是。前面原是赐第,应与兰大爷居住。后面那几进,让绪哥同魁兄弟分住。我住大观园,横竖咱们进京总要寻宅子,亦断不能合咱们的意。这个东儿竟是我做了罢!"

修云道:"咱们同寿大爷都是外人,就好看话儿不说一句。我原想着大爷有破房烂屋住一两间,这会儿倒不敢妄想。"众姐妹一齐好笑。梦玉急的满面通红道:"我才随口混说,修姑娘就多了心。咱们弟兄姐妹谁肯离开一个,生死总在一堆。"修云摇头笑道:"文武不同道,有心无心开口就知。大爷休要强辩。"修云故意怄他。梦玉认以为真,一时辩不明白,只得放声大哭。众姐妹俱抿着嘴儿好笑。秋瑞道:"那年老太太生日,我也是怄着玩。他也照着这样儿大哭。以后再不敢惹他。"宝钗劝道:"罢呀,拉倒! 这么一位翰林老爷,动不动咧着嘴就哭,也不害个臊。"芳芸笑道:"听说彩姑娘在家最爱出个眼泪,这如今连眼泪影儿也找不出一点来。玉大爷还是这样脾气。"珍珠笑道:"彩姑娘的眼泪前世出的忒多,这辈子只算找个零儿。玉大爷是填还眼泪,这算是个报应。"修云笑道:"你们且别说闲话,等我给玉大爷赔个礼儿。"梦玉道:"修姑娘真会怄人,一会儿罚桂大爷个东道。"桂堂笑道:"你做的是个搭题文章。他怄了你,拿我罚东。"

众姐妹一路说笑,来见王夫人。宝钗将房屋之事回了一遍,又将梦玉之意请太太示下。王夫人点头道:"我家断不能赎回故产。刘大司马再三致意,因有荣公赐第在内,又见兰儿袭爵,似乎赎的为是。梦玉意见却是。但价值过多,恐非梦玉所能为力。须得同你太太相商,再作定夺。等着明日斟酌,再写回书。"宝钗答应。

只见一个姑娘,手中端着一卷绢画对王夫人道:"垂花门送来,是顾师爷给太太画的行乐图。"珍珠、宝钗连忙展开,见是幅《孙曾绕膝图》,画的慈容丰采,神形逼肖,众人夸赞不已。王夫人甚觉欢喜,交与梦玉发去装裱。

彩芝道:"春间惜春姐姐起身进京时,说是给我画了一幅小照,交与玉大爷。我就忘了这条儿,没有提起。那年吴嫂子回去,也说我的小照寄与宝姐姐们题诗。我狠不解其意。"宝钗笑道:"真个咱们倒忘了! 你的行乐在海棠院好好收着呢。"王夫人问道:"仔吗彩姑娘的行乐在你们手里？怎么我不知道？”宝钗道：“梦玉当年无意中给林姑娘修坟，在墓中得拜匣，俱是平日常用之物，还有惜姑娘给黛玉画的《修篁清暑图》，梦玉藏以为宝。因他家吴嫂子瞧见，说是他小姐行乐，怎么倒在这里。彼时我们哄他说是小姐寄来题诗的，吴嫂子信以为真。”王夫人点头叹道：“这是古今来一件奇怪佳话。明日带来，我瞧瞧惜丫头的笔墨。”宝钗答应，同众姐妹到海棠院来。梦玉亲自将拜匣启开，递与彩芝。先将那幅行乐展开，定睛细看，顿悟前生。不觉对着这幅画图泪流如雨，不胜悲叹。又将匣中所藏之手帕、针黹看一件哭一件。宝钗们亦俱泪流不止。彩芝叹道：“可怜林姐姐聪明闺秀，竟为朝露。又不甘终埋黄土，仍将手泽遗赠故人，真是千古痴情女子！”桂堂笑道：“今日活该是出眼泪的日子。刚才玉大爷好端端大哭一回，这会儿惹出这些眼泪。我听说医书上载着一条儿，是眼泪瘟。一人有这病，众人沾着，都要流眼泪。我瞧你们一定是这症候。”众人听说，不觉破涕为笑。

宝钗对彩芝道：“玉大爷无意中给林姑娘上坟，林姑娘就将生平手泽赠与知己。这才是千古第一多情。如今人冷暖交情变迁不一，觌面已如冰炭，何况人皆隔世。是以林姑娘更为难得。这样想起来，我与诸弟妹可谓两世生死之交。”彩芝对众人道：“我们众姐妹幸与宝姐姐、探姐姐相依朝夕。须富贵生死同归一处。更须焚香祷祝，愿结再生缘。与宝姐姐、探姐姐世世相守。”众姐妹大喜。海珠们吩咐摆设香案，彩芝、珍珠为首，不由宝钗作主，焚起檀香，院中铺下花毡，姐妹一齐跪下对天祷祝。众姐妹愿与宝姐姐天上人间死生一处，永不分离。花枝招展，各尽诚心祝拜。

宝钗见姐妹们相待如此，甚为安慰。紫箫道：“当年在这院里作群芳会，姐妹不多几个。今日一堂相聚，须作个重圆会。姐妹两世重圆，古今罕有，不可虚此雅集。”梦玉大喜，不等说完，令姑娘们摆设桌椅。命该班嫂子到垂花门知会，请松大爷在外陪客，“说我有病，睡着呢”。众人甚觉好笑。请宝钗为首，第二位探春、海珠、掌珠、珍珠、秋瑞、紫箫、芳芸、彩芝、汝湘、九如、蟾珠、友梅、芙蓉、宝月、宝书、冯佩金、五福、修云、巧姑娘、白飞云、孟瑞麟、郑文湘、顾玉书、宝珠姑娘、梦玉、柳绪、桂堂、梅春，姐妹弟兄共二十七人，又带着慧哥儿、毓哥儿、定哥儿、闰姑娘、寄生，还有梦金二爷，俱一齐坐下。宝钗们甚觉欢乐。酒过三巡，梦玉道："今日此会，比众不同，必须尽饮极欢。不必吟诗联句。竟照那年在此院中催花击鼓，最热闹有趣。"紫箫道："那年在此大乐，以为胜会难逢，谁知此会更胜于往日。"彩芝笑道："不知咱们前世曾有此乐否？"珍珠道："大观园聚会虽多，无过宝姐姐剥蟹赏菊之会，及老太太在园内赏花，林姑娘所谓'携蝗大嚼'之时。"宝钗道："史姑娘枕芍药醉眠石上，至今思之，令人神往。抚今追昔，能无风景河山之感！"梦玉见宝钗莹莹欲泪，忙说道："就将宝姐姐背后那枝红梅行令。"伺候的姑娘忙将梅花送上，梦玉接在手中，说道："就由我起令。"吩咐击鼓，只听窗外花鼓咚咚，连声不绝。席上你接我送，刚至宝钗，鼓声忽止。众人笑道："花神亦知第一杯当敬姐姐。"宝钗接杯在手道："席中酒随量饮，亦准其随意生法。"芳芸道："宝姐姐真公道。彩姑娘第一个不会喝酒，只可随着他的意儿，这才有趣。"窗外鼓声又起，宝钗将花传与珍珠。彼此前后左右随便传递。姐妹弟兄笑语喧天，十分欢乐。直饮到更漏将残，各回院安歇。

次早，荫玉堂差人来请宝钗们去商议说话。众姐妹陆续到齐，请过早安。柏夫人亦在坐中，对宝钗道："昨晚你太太说，梦玉要回赎荣府宅子，弟兄们一堆居住。这倒也狠好。我原想梦玉进京赁回咱们原先那宅子，倒狠像样。因那住宅的人现今得意，听说又添盖几间房屋，他断不肯叫咱们赁了回来。梦玉既有此意，很好。昨日你二叔叔同桂三舅差人来给老太太拜年送礼，书子上说，带去饷银尚有十几万余剩，要带回家来。我想到大司马总要回原任，咱们知会二叔叔将产业银十万两就近交付，彼此最为省便。只须请珍大爷同刘大司马说明，在京交代房屋。照着当年你太太办法，狠简绝妥当。"宝钗答应。梦玉同柳绪们甚为欣喜。王夫人命宝钗复平儿书信。令兰哥儿同环叔写书回珍大爷，"就照当年办法。探听刘大人几时交代，咱们差人去接收修理"。宝钗答应，去写回书。

梦玉、海珠们俱往怡安堂、介寿堂请安。祝母对探春道："今年过年比往常热闹。又有松大奶奶在这儿,各处灯彩、铺垫、年例果子、压岁钱都要加增,也叫他们热闹欢乐。”探春答应道:“外面各执事家人在意园扎了一座鳌山灯及各样杂耍挂灯。东西两宅俱是一样。”祝母笑道:“他们一年能有多少出息,不够养家,那里花上这些闲钱?内外各赏银一百两,帮他们点子灯价。”探春答应出去,知会垂花门,令家人媳妇、姑娘们到介寿堂谢赏。

梦玉无事,同众姐妹弟兄各处看个热闹。芳芸道:“咱们到芳芷堂去看造的花炮同班子的各样软行头。若是高兴,帮姑娘们去摆果盒。”汝湘道:“倒不如凝秀堂去帮兰姨娘料理过年的筵席。那院子里全是更换梅花、水仙各样盆景,倒有个看头。”海珠道:“依我说,竟往集瑞堂去,帮陶姨娘同如意姐姐们封各处修金,销算各帐,倒是一件好事。”紫箫笑道:“你们说的都不合大爷之意。竟往枣桂堂去看戏班里新添各样套头及一切妖魔鬼怪,奇形怪状,真是好看!”梦玉大笑道:“紫姐姐真是个趣人! 咱们竟往枣桂堂去。”

姐妹弟兄一路说笑。走进院内,遇着云巢庵的当家姑子月上来送年礼,瞧见众人赶忙请安见礼。梦玉道:“我正要见你说话,来的正好。”月上道:“大爷找咱们姑子说话,一定要将玉带留镇山门,作千古风流学士。”梦玉笑道:“月师雅人,开口就是古典。现今咱们赎回荣公宅第,明年同进京去,仍作栊翠庵主。咱们诗社中有个女佛印,更是佳话。”月上笑道:“多谢大爷雅意,只可心领而已。云巢是荣府家庵,数年来承贾、祝两宅太太们照应施舍,已置下点田庄产业,必须亲自料理。还有林姑老爷坟墓,也要我照应修葺。”珍珠道:“林姑娘坟上梅树,不知可还茂盛? 后来你们又种了多少?”月上道:“周围共有三百余树。每遇花开日,游人如市,铺毡饮酒,朝以继夕,将林姑娘的坟做了个景致。闹的我每日须亲自去照应。你想我离得了这地方不能?”梦玉道:“我正为此事要同你商量。明年我们拢共拢儿去给林姑娘上坟。我要在那坟左盖儿间房屋,以便歇息。你说如何?”月上道:“这事交给我办,横竖大爷合式。”宝钗道:“月师做事不俗,必能合咱们之意。”汝湘道:“月师站着说了这一会话,连茶也没有喝一口儿。”

秋瑞道:“大爷要来瞧那些新套头,那两间屋里全是新做来的,各样妖怪、鬼脸,什么都有。又是新添灯戏,各色奇巧纱灯,堆了一屋。”汝湘道:“咱们瞧会子,各人去料理回人家年礼,别尽着在这儿耽搁人的工夫。”梦玉们拉着月上,各房看了一会,一同回到海棠院。先交二百两银与月上带去,起造房屋。此时各处亲友另送玉大爷的花炮果子、名香细茶,摆满一院。众姐妹命姑娘们各人分去,回送各家节仪年礼。

一连几日,已是除夕。祝母领着众人到致远堂拜祠上供,就在景福堂设席分岁。祝母中间一席,是梦金、宝珠、寄生、慧哥儿四人陪席。左边:第一席,荣国贾太夫人带着宝钗、珍珠、芙蓉、友梅。第二席竺、鞠两太太带着秋瑞、九如。第三席是柳、薛两太太,左右是柳绪、宝月、宝书、佩金、五福。第四席是桂侍郎的金夫人,带着桂堂、修云、巧姑娘、白飞云。右边:第一席梅姑太太领着梅春、文湘、玉书、翠翘、长生。第二席柏夫人,是探春、彩芝、汝湘、蟾珠陪席。第三席桂夫人同海珠、掌珠。第四席石夫人,有芳芸、紫箫,带着探春的定哥儿、闰姑娘。左边末席是松寿、孟瑞麟、雁书、如意。右边末席是陶、李、兰生三个姨娘。梦玉大爷各席俱有坐位,随便到处皆坐。满堂灯彩,光明耀眼。

祝母对王夫人、柏夫人们道:“今年度岁,热闹又胜于前。真是天恩祖德,使骨肉至亲俱皆富贵。愿你们暮年都能像我,也就狠好。”众人答道:“仰承老太太荫庇,各家子孙荣茂,年胜岁增。”王夫人们各领儿孙、媳妇进觞称庆,祝母大乐。场面上唱演郭子仪《满床笏》。至三更席散,王夫人们都至介寿堂辞岁。祝母分送各人果子、花炮、压岁钱、岁烛,内外欢喜。派梦玉、松寿、柳绪、桂堂、梅春五弟兄,各带碎银,分往冷街小巷、客寓、胡同。见有穷苦不能度岁者,无论男女老少随缘帮助。五人答应,往楚宝堂支领碎银。探春道:“我差人各处知会,不必辞岁。明日卯刻,一箍脑儿到景福堂团拜过,往六如阁拜佛,伺候老太太拈香,致远堂拜祖。这会儿脑子都掉了位,再往各处辞岁,真是要命。”梅春道:“姐姐主意狠是。咱们去逛会子来,也是时候。狠可不用回家,就在景福堂等候。”探春点头,各交碎银数十两,令其带去。

松寿们各带得力家人、小子,点着小灯笼,分路步行,不知方向,随便走去。先讲柳绪,转过几弯,见大门关者俱多。有几家茅房小屋并无灯火。信步走去,见一人低头迎面过来,口中叹声不绝。柳绪见那人不过二十来岁年纪,鹑衣百结,手中拿个小包。柳绪开言问道:"今日过年,何以叹气?"那人抬头将柳绪上下看了一遍,说道:"各人自有心事,对你说了也白不中用。"得禄道:"咱们大爷最爱管个闲事,你白说给咱们听听也好。"那人道:"我姓蔡,名叫蔡梅,今年二十五岁。"得禄笑道:"菜都霉了,怨不得要穷。"蔡梅道:"家中尚有七十岁的老母。我承父业,原开个杂货店,狠可度日。因被回禄,烧了罄尽,又兼母子大病一场,竟是衣食无度。有个胞姐嫁在西门外耿家庄,离城十二里路。姐夫姓牛,是个兽医,家中狠有田产。我母子两个几日不曾烧火煮饭,实在饥寒难过。今日叫我去找姐姐借两吊钱,借件棉布袄,且过年度命。谁知姐姐心狠,说是大年下我这花子兄弟去丢人,伤了他的脸。连饭也不留一顿,分文不借,将我骂了出来。姐夫看不过意,给我二升米、一百大钱,又瞒着姐姐给了一件夏布汗褂子。我若不要他的,母亲实在饿的难忍。拿了回来,又实在气的慌。大爷瞧,这不是姐夫给的钱、米。"蔡梅蹲在地下,将夏布衫解开,现出里面钱、米。柳绪想道:"看此光景,断非偷来之物。"问道:"我看你是精壮后生,不拘到那里去寻点事业,狠可糊口。何至一贫如此?"蔡梅道:"母亲年老多病,寸步不能相离。宁甘饿死,断不肯一日离了母亲。"说着,包起钱、米,扬长而去。柳绪将他叫住道:"你家住在那里?我也是闲逛,同去瞧瞧。"蔡梅指道:"那第四间就是我家。"柳绪同着来到蔡家。听蔡梅叫妈开门,里面一个老妇人应道:"仔吗这会儿才来?你在姐姐家吃喝过年,也不想我在家饿的要死,身上又冷,连个火影儿也不见一个。可怜,老天爷!我真是受罪。"柳绪听的明白,只是点头。蔡婆开了破门,瞧见儿子背后站着几人,又有灯笼,忙问道:"你姐夫也同来吗?"蔡梅道:"不是姐夫。刚才遇着并不认得的一位大爷,要到咱们家来瞧瞧。"柳绪道:"你将灯笼对上灯,我有话说。"蔡婆母子转身将灯点上。柳绪见里面有点破家破伙,倒扫抹的洁净。走进去坐在一条板凳上,怀中取出一包碎银,打开放在桌上,对蔡梅道:"这是祝府老太太周济贫苦,结缘为善。我替老太太帮你本钱,赶新年做些生理。从此可以养母成家。"蔡梅不等说完,连声叫道:"怪事!今年夏天,我算过一命。那先生说,我今年三十晚上要交大运。从此成家立业,还有人送我个好老婆,妻财又旺。说我交到三十岁,就是个财东。谁知这会儿真个应了那先生说话。"母子两个大喜,赶忙拜谢祝大爷。柳绪道:"我姓柳,是祝老太太的认继孙子,并不是祝大爷。"说毕,将那碎块银子抓了一把,递与蔡梅,仍将余银揣起道:"你且煮饭给你母亲充饥,再去料理衣服。"说毕,领着得禄们又去闲逛。

且说松寿来到一片空旷之所,只听笛声嘹亮,十分清越。寻声而去,谁知半高土堆上有一人独坐吹笛,见松寿上来,亦漠不相顾。松寿站在一边听他吹毕,说道:"今日年晚,家家团聚,饮酒度岁。尊驾有此高兴,独坐冷风中,冒寒吹笛。"那人起身笑道:"半生作客,四海为家,何处是我团圆家业?只有铁笛一枝是我良友,风花雪月,朝夕相依。有污尊耳,幸毋见笑。"松寿道:"请问尊姓大名?口音不似此处。"那人道:"我姓马名珍,乃五虎上将马孟起之后人,世居西蜀。父名马豹,曾为游击将军,战死沙场。母亦病故。我今二十七岁,学了一身武艺,未有出身,又无家业。携此铁笛,到处闲游,野鹤闲云,不知岁月。今蒙下问,用敢直陈。不知尊驾何人?亦安闲至此。"松寿道:"我名松寿,乃岭南节度定国公之子。进京供职,路过此间。奉祝太夫人之命,今宵度岁,令我兄弟辈周其寒士。今遇足下,可谓有缘。祝太夫人所交之银在此,即代以奉赠。方今朝廷垂念有功战士后人,赐以官爵。足下作速进京,到部报名投册,以图出身。代父报国未尽之心,不失为忠臣孝子,强似以有用之才,作市上吹箫之客,不识尊意何如?"马珍叹道:"潦倒穷途,未逢知己,今蒙药石,何异再生!敢不从命?"松寿大喜,即将怀中之银取出奉赠。马珍接在手中,说道:"领祝太夫人慈爱,容图后报。"说毕,向松寿将手一拱,转身竟去。松寿大喜,走原路回来。跟随的小子道:"大爷白将一包银子给了个混帐行子。听他一路瞎话,大爷白将以为真。也再没有不谢一声,转身就走,这是什么话呢?”松寿笑道:“祝老太太的善心,碰他们的善缘。咱们遇着谁,就给谁,管他骗也好,不骗也好,给掉就完了一件差使。”

小子正要再说,只见几个人一路说笑而来。内有一个妇人,不住口中念佛道:“阿弥陀佛!这样人家,怎么不要子孙兴旺。不是老太太的恩典,咱们这会儿妻离子散,谁也顾不得谁。”松寿刚走至面前,问道:“那位老太太?什么恩典?”那来的男子答道:“本城有个郝光达,浑名叫做郝老虎。家里有钱,广放私债。我因穷苦不能度日,向他借了几吊钱作本,贩卖小菜。他要对扣加五利钱,我无奈应允。谁知他安下不良,左一转票,右一转票,我只借他五吊对扣钱,转了六十八两。今日大年晚上,带着多少人立逼要银子,分文都不减少,将我家打了个罄尽。就有那个作媒婆的赖寡嘴出来调停,劝我将老婆白氏算给郝老虎作妾,销了借票。劝他另给我两吊钱作本,将个八岁的女儿写在契上。不由分说,立逼着我写契,将我老婆、女儿蜂拥而去。我正在郝老虎门前,拉着老婆、女儿哭别。谁知遇着祝府的大爷,奉老太太之命,正要周济穷人。问明我们哭的缘故,大爷动气,立刻吩咐家人、小子,将郝老虎的恶仆同赖寡嘴捆送到县里去了,要追出他的借票。又给我们几十两碎银,回家作本生理,保全了夫妻儿女。这不是祝老太太的恩典?真是阿弥陀佛!那里报答得尽。”松寿点头道:“你们快回家,买些酒肉去过欢喜年罢!”说毕,领着小子们前走。

不多几步,有一土地庙,灯烛辉煌,人甚热闹。松寿进内歇息,旁边长凳上先有几人坐在上面,松寿坐在凳头上,内有一老者道:“今年祝府又添了好些香烛,各庙分外热闹。祝老太太真是好善。”一人答道:“刚才还行一件救命的好事。”众人问道:“救谁的命?”那人道:“咱们前院住的莫老二,这两年生意平常,欠下有几十吊钱行帐。秋天老婆坐月子死了,丢下个奶孩子。还有个七十几岁的老娘,又常多病。莫老二终日在家服侍娘,照应孩子,那儿能做买卖,越闹越穷。大年下要买斤肉儿也不能,又被那要帐的堵着门子,闹的不成个样儿。不知莫老二怎么着了急,是多早晚,到那下洼子的杨树上吊死了。那地方白日里不狠有人走到那儿,黑间更不用说,谁也瞧不见。

谁知祝老太太差了桂侍郎的大爷出来,遇贫苦的有缘周济。这位大爷专走那些荒僻野地,瞧见树上挂着人,赶忙放下,将他救了过来。问明寻死缘故,同他回来。那些要帐的全不知道,听桂大爷说,又验过他脖子上的绳痕,将那些人骇的要死,情愿折扣销帐。桂大爷当众将各帐给他了结,剩下的与他过年。你想救莫老二一命,直救了他娘儿三命,这不是一件好事?我等着桂大爷去后,我要送两吊钱到我老老家去,在这儿歇个腿。"众人听说,无不念佛感颂。松寿听他说完,起身出离庙门。

穿街过巷,走过几条胡同,迎面遇着梅春,笑道:"谁知今晚窘人甚多,我代老太太散了个精光,再有些儿也不够。你散了几家?"松寿说其缘故,并梦玉、松堂之事。两人同行,走出大街,遇着柳绪,彼此各叙其事。大街上灯笼照如白昼,只见梦玉、桂堂说笑而来。弟兄五人相聚,各述所行之事。彼此大笑,一路同行。忽闻人声大振,火光烛天,五人大惊,忙赶去一看。

不知是什么缘故,且看下回分解。

第九十七回　景福堂合欢旦节　如是园庆赏元宵

话说松寿们正要回家,忽闻人声喊叫,火光烛天。弟兄五人带着家人、小子飞奔前去。原来是人家送神烧纸,遇着醉汉,烧着了他的灯笼,因此相争打架。松寿上前将他们劝慰解和而散。

弟兄回到宅里,祝母业已安寝。柏夫人们俱守岁看牌相戏。各姐妹们都分三四桌,在景福堂掷状元筹,打围欢笑。松寿、桂堂、柳绪同鞠冷斋、梅香月领着几班子弟们吹歌唱曲,饮酒作乐。那文、何各位师爷、清客们呼卢掷采,十分热闹。各家小子两宅中赌放鞭炮,震声连络,通宵不绝。真写不尽那富贵安乐景象。

元旦黎明,两宅中俱齐集伺候。祝母是一品太夫人公服。柏夫人、荣国贾夫人均一品冠带。桂府金夫人、贾府宝钗武烈夫人是二品冠服。桂夫人三品诰命。柳太太、薛姨太太、石夫人俱是五品妆带。

秋瑞、紫箫、海珠、掌珠、九如、珍珠、汝湘、芳芸、冯佩金、薛宝书、孟瑞麟是四品冠带。探春、芙蓉是六品封典。鞠、竺两太太、蟾珠、友梅、彩芝俱是七品冠服。梅姑太太、文湘、玉书婆媳是六品妆元妆扮。修云、巧姑娘、白飞云是金吾四品公服。陶、李两姨娘亦是六品安人。两宅中姑娘、媳妇们有功牌的俱穿公服。其余各俱妆扮美丽,连打杂的老妈们也都里外新鲜。真是一人有福,连带满屋。

却说祝母前面照着四对明角官衔灯,一对沉香提炉,后面跟着多少姑娘、媳妇,来到六如阁拈香拜佛。见观音座前一切花果、斋供、香烛无不洁净光彩,心中甚为欢喜。跪在地下,极尽虔诚。祷拜一会,随到致远堂拜祖。见家庙中香烟茂盛,酒供整齐,赶忙恭敬拜谢祖宗默佑。行礼已毕,对柏夫人、桂夫人道:“探姑娘料理六如阁、致远堂两处斋供,极其整齐洁净,令人可喜。将我的分例钱内,送一百银子与探姑娘,酬其诚敬。再赏三十两给承办两处的姨娘、丫头、媳妇们,奖其妥协。”柏、桂两夫人答应。探春上前说道:“蒙老太太怜惜,得以长在慈帏,吃着不了。应办之事,有何功赏。”祝母笑道:“我家自你管总,省了多少气力。你二婶子就像得了宝贝一样,实在可喜。”柏夫人道:“请老太太到景福堂拜年。”祝母笑道:“罢呀!咱们说句儿就算了,不用磕头。”梅秋琴道:“咱们内外大小都托老太太的洪福,一辈子俱沾着荫庇,像观音菩萨保佑了一年,也不该磕个头儿谢谢吗?”石夫人们笑道:“大姐姐说的话一点儿不错。”

祝母们一路说笑,来到景福堂。先是王夫人、薛姨太太、竺、鞠太太、金夫人、柳太太拜年道喜。接着柏、桂、石夫人、梅姑太太磕头。宝钗、探春为首,领着松寿们及海珠众姐妹,围着老太太跪了一地。祝母只是笑不住口。还望见众人裙后是定哥儿、闰姑娘、慧哥儿、寄生姐弟几个磕头。众人拜完之后,查大奶奶率领姑娘、媳妇们,都在院子里磕头道喜。查本、槐荫、徐忠、赵禄领着两宅家人、小子,俱在院子里磕头。祝母吩咐抬过四条盒赏封,外面交与两宅管门家人。里面交两处垂花门,按职事大小分赏。梅白、鞠冷斋同文、何诸位师爷进来拜年。祝母往贾、竺、柳、鞠、桂各位夫人、太太院里回拜道喜。梦玉诸弟兄各去拜年道喜。太太、奶奶们亦分路各去拜年,彼此往来不绝。自初三起，摆新年春酒，内外请客。至亲好友家俱来相请，幸而祝府人多，分开应酬。只苦了王夫人们往来不及。

转眼之间，不觉是灯夜。内外争奇斗巧，处处是灯。探春吩咐内外灯棚下，俱摆设精细果碟，款待看灯男女亲友。将各班子弟清吹、十番、南词、八角鼓、像声儿、说平话、鼓儿词、莲花落，间段位置。两宅中灯如明星朗月。宝钗、修云、彩芝、九如四人在富春阁设灯虎儿，摆着多少名香嘉果、荷包锦绣、各样精美之物，有打着灯虎的，照样奉送。梦玉们在意园内亦设灯虎，各显才情。祝母吩咐请各家男女亲友看灯，连不认得的，只管同来。两宅中只听儿啼女哭，呼娘觅姐之声。

梅香月请老太太到意园看鳌山。祝母不可拂众家人之意，同着王夫人们在怡安堂灯棚下，见尽是各样挂灯。有班女清客打十番。景福堂一架大红纱百寿图灯屏，中间挂着一架百花九莲灯，做的精工细巧，两旁摆着十二座花盆灯。左边一架平安如意，右边一座五福呈祥。四壁上又是各样奇巧纱灯。卷棚下灯俱挂满，一班小子弟打着锣鼓。六如阁、致远堂门首俱是灯架。垂花门口一座灯牌楼是龙门跃鲤，垂花门左右一直接到忠恕堂，挂满五色明角灯。忠恕堂一架素玻璃朱砂篆百福图灯屏。中挂一架五蝠捧寿灯，四面俱挂着双连长穗各样玻璃灯。左边是太师少师灯。右边是丹凤朝阳灯。又兼着好些杂耍灯。院子里也是灯棚，五色绚烂。下面一起南词，正唱着《双封诰·打草鞋》这一回书。

祝母们来到恩锡堂，见是一架白纱百花图灯屏。中间挂一架百花篮，四面左右尽是各样花灯。两旁摆着一十三位花神灯，都有三尺多高，十分精巧。梅白请老太太们饮茶歇息。灯棚下清吹奏乐。祝母略坐一会，男亲女戚应酬不了，竟往崇善堂来。见是一架隶书玻璃屏。四面挂的十景纱灯；两旁尽是杂耍灯。

祝母们站在卷棚下直望见敬本堂、春晖堂如火龙一样，明光闪烁，锣鼓喧阗。只见意园门首一座灯牌，走进园门，见老人石前是秋千灯，竹径旁插着一溜儿荷花灯，有竹山房摆着一架船灯，做的精致细巧。看过春水阁、小米山堂、香雨斋各样新巧玩意，十番锣鼓。到玉树堂,设着一架鳌山灯,原来是全本《西游记》,那些妖魔精怪,做的十分活动。祝母们叹赞不已。众家人请老太太同夫人们坐在鳌山灯前,摆设酒果。家人、小子同各班子弟扮的秧歌灯、走马灯、狮子灯、钟馗灯还有两条龙灯,都在玉树堂前往来跳舞,锣鼓之声不绝。

祝母见男女亲友挨挤不开,不便久坐。同夫人们又一路看灯出来。走到小米山堂,见一堆人围住,不知是个什么好灯。秋瑞笑道:“梦玉们的灯虎儿,倒比咱们那儿热闹。”秋琴道:“谁过去瞧两个来,咱们猜。”桂夫人差老家人过去请众位爷们暂开一边,同老太太们见一架白纱小灯屏,贴满的纸条儿。松寿、梦玉、柳绪、桂堂、梅春笑嘻嘻摆着多少果品、笔墨等物。秋琴见宾客甚多,不便细看,略看了几条儿是:

春城无处不飞花——古人名一个。送绣包二对。

相士——《史记·滑稽传》一句。送彩绫一端。

天师——《书经·周官》一句。送彩笺四盒。

花落一溪春水香——《四书》一句。送梅花二盆。

云心水心——《中庸》一句。送端砚一方。

必也射乎——《庄子》一句。送锦缎一端。

佛——陶诗一句。送名香十匣。

孙悟空到任——《礼记》一句。送嘉果一盒。

未能免俗——《孟子》一句。送绣帕四方。

厩焚——古人名一个。送珠灯一座。

半世劳苦,半世安逸,明珠点额,即为上客。——用物一件。送官锦二端。

祝母们看了一会,点头笑道:“难为他们,倒有意思。咱们猜着了,香果都要加倍。”说毕,同夫人们转出意园,吩咐由敬本堂、春晖堂一路看灯,走到西宅里去。各家人赶忙伺候。老太太们春晖堂上轿,秋瑞们都走如是园到西宅等候。

却说祝母见两宅大门前俱搭着灯彩牌楼,围墙边全是灯架,来到西宅茶厅下轿,站满是人。众夫人同老太太到敬本堂,见灯屏、挂灯尽是五色堆花,各样精巧款式。元宵锣鼓,连着敦礼堂的清吹。院子里灯棚灿烂。敦礼堂一架建珠松竹梅的灯屏，四面尽是珠灯，两旁各色杂耍灯。刚转到诚乐堂院里，见郑、汪、周、陆、顾诸位太太同海珠们出如是园来。柏夫人笑道："亏他们会走，倒赶上咱们。"一同到诚乐堂，见满堂俱是扇面灯。一架玻璃扇面屏，画的全本《西厢记》。诸位太太们甚为称赞。同祝母到五桂堂来，因五桂堂尽是书籍，不便挂灯，院子里五株大桂树，枝干茂密，难搭灯棚，就树上高低大小挂些杂耍纱灯。走夹道至宝墨堂，灯棚下唱摊黄。宝墨堂是一架红纱打子儿花鸟人物灯屏，四面是方圆长扁各样绣花灯；左边一架八仙过海走马灯，右边渔樵耕读走马灯。卷棚下十番锣鼓。

祝母来到荫玉堂，只见五彩光亮，笙歌嘹呖。荫玉堂里当中设一座海市蜃楼，四面尽是鱼鳖、虾蟹各样水族，精工奇巧。柏夫人同探春们请祝母坐下，用茶果点心。玉堂班子弟们舞了一出灯戏。祝母见人过多，不便久坐。进垂花门，见宝书堂也是玻璃百福屏，四面挂着六方玻璃连环结穗灯。左右摆十二座散花仙女灯。听卷棚下小子弟们唱两套清曲。又往贾太夫人院里，同柏夫人安和堂各处坐谈一会。仍走诚乐堂，进如是园，一路摆着八蛮进宝灯。凡有亭台楼阁，上下皆灯。山子石边刘海戏蟾灯。秋水堂是姑娘们鳌山灯。祝母同夫人、太太们见上面是各样杂戏，见那些"武松打虎""长亭送别""僧尼相会""水漫金山"，人物水怪十分生动，还有那"武大郎搬家""摇会吃醋""打棒""顶灯""化缘和尚"，祝母们看的十分欢喜好笑。众姑娘、媳妇们摆设酒果，请老太太、各位夫人饮酒赏灯。女清客打十番清曲，直至半夜。

祝母劳乏，要去安歇。各位夫人、太太都要送至介寿堂。走过富春阁，见太太、奶奶、姑娘们围了一大堆，不知是看什么。石夫人道："修姑娘们的灯虎儿，比外面又热闹。"祝母笑着来到面前。众人分开让老太太看灯虎，也是一架白纱小灯屏。桂夫人、梅秋琴见贴着多少纸条儿，随便念道：

瘦来偏觉旧衣宽——古人名一个。送名香十匣。

花开不香，颇称吉祥，善为用者归于藏——用物名。送金桔一盘。

学生——《书经》一句。送古墨二匣。

懒和尚遇着鬼头风。——《礼·乐记》一句。送金莲灯一架。

一生长作客——《易·彖》一句。送水仙花四盆。

唐明皇拉着杨贵妃——《孔子家语》一句。送绣巾二方。

亲老不知儿去向——《礼记·檀弓》一句。送十锦荷包一匣。

木铎——《楚策》一句。送锦纱二端。

小裁缝执斧子——《老子》一句。送十锦香二盒。

医生——《史记·韩安国传》一句。送古砚一方。

驹鸣芳草地——《文选·魏武乐府》一句。送宫锦二端。

孙——古人名一个。送花炮十匣。

官人郊外被人欺——《韩子·说难》一句。送龙井茶十盒。

歌——《吴越春秋》一句。送锦缎二端。

徐行后长者——《庄子》一句。送古墨十笏。

樵夫请客——欧文一句。送鲜果一盘。

二人含笑读韩碑——陶诗一句。送彩笺十帖。

五柳先生不在家——《诗经》一句。送花露四瓶。

胸怀开豁——《列子》一句。送宫扇两柄。

落叶——《史记·相如传》一句。送名香十匣。

独在江干伴水眠。——药名一个。送秋梨百枚。

骚人——《诗经》一句。送美酒二瓶。

夏虫不可以语冰——《中庸》一句。送锦屏一架。

志在千里——《楚词》一句。送锦缎二端。

格其非心——《大学》一句。送色绫二端。

花重锦官城——《孟子》一句。送佛手一盘。

生成色相难凭梦——花名一个。送名香四匣。

瞎子游春——唐诗一句。送金花一对。或《诗经》一句。送彩灯四挂。

瞎子唱大花面——俗语一句。送福果盈百。

祝母听桂夫人们一路念来,笑道:“别念了,我猜着一条儿,混说是不是,‘瞎子唱花面’,可是‘眼不见为净’?”宝钗们一齐道:“老太太真猜的不错。”赶忙送过一百个两大盘通红福桔。祝母见猜着了,不觉大喜。石夫人道:“‘瞎子游春’,不知可是‘处处闻啼鸟’?”修云们笑道:“一点不错。”送过一束彩笺。祝母笑道:“咱们娘儿两个猜了两个瞎子。赶着去罢,别耽搁人的工夫!”吩咐宝钗姐妹不必相送,一路看着灯,出了如是园。怡安堂甬道上挤满是人,听说像声。芳芷、枣桂、凝秀、集瑞四堂门首俱有个小灯架,各派媳妇们管住,不叫闲人进去。

祝母因看灯劳乏,回介寿堂安寝。柏夫人同贾府王夫人拉着柳太太、郑太太们回安和堂饮酒,听八角鼓儿。桂夫人、石夫人同桂府金夫人邀了顾四太太同几家太太,姐妹们在怡安堂赏灯,听南词。梅姑太太同些奶奶、姑娘们依旧去打灯虎儿。其余本家亲友奶奶们听其自便,随处看灯饮酒。海珠姐妹带着照应陪客。各堂姑娘、嫂子们各人加意照管陈设铺垫。垂花门派了二三十个强壮嫂子往来灯棚下,照管各处花灯、火烛。锣鼓笙歌连宵达旦。十四晚上,男女亲眷更多。祝母在介寿堂同几家至亲老太太们赏灯,听八角鼓。柏夫人们各人应酬照应。

次日十五,元宵佳节。一早都到介寿堂请安贺节。祝母分赏元宵、果品。宝钗请老太太晚间到箭厅看烟火。珍珠、海珠众姐妹公分请老太太在景福堂看演灯戏。祝母笑道:“真叫我为难。又看放盒子,又要看灯戏,一个人那儿分得两处。这样罢,今晚上来看灯的亲友过多,灯戏未免热闹,我竟白日里领孩子们的情罢。不用点灯,演几出儿就算了。晚间领宝姑娘的罢。”

石夫人道:“老太太见的不错,景福堂演上灯戏,那儿还站得下一个人。昨晚上宋六奶奶挤掉一枝珠钗,董二姑娘不见一枝金耳挖,顾二姐姐掉了一枝嵌珠翠蝴蝶。还有几个不知掉了些什么。本来人多照应不到。”珍珠道:“那些小姑娘、小爷们满屋子乱串,跟出来的丫头、老妈比小绺儿还灵便。修姑娘们摆着灯虎儿,刚一回身,不见了一盘子秋梨,真好本领。不亏宝姐姐派孟瑞麟、冯佩金、薛宝书三姐妹带着能干姑娘、嫂子们不住腿的往来巡缉,一定像老太太那年大庆,不拘什么要偷一半点儿去。”

紫箫笑道:“昨晚上,不知是谁家的一个小子,也有十八九岁年纪,挤在六如阁前,在娘儿们空里看灯,不知怎么叫孟大姐姐瞧见,一巴掌打的滚出垂花门去。”祝母道:“孟大姐姐们尚且照应,岂有咱们家的倒安坐之理。”派珍珠、紫箫、汝湘、秋瑞出过兵的丫头、媳妇小心照应巡察,不许内外混乱。再探春同姨娘们管理两宅事务,亦未免过劳,着芳芸、九如、友梅、芙蓉帮同照应。桂夫人答应,各去知会。

祝母早饭已毕,同诸位夫人们至景福堂听戏。一直到上灯时候,见各亲友们在家赏过元宵,都来看灯。凡灯棚下,俱摆着酒果款待。两宅又皆挤满。彩芝们灯虎儿分外热闹。祝母来到怡安堂,听见看灯人赞叹不已,问道:“今日又添了什么好灯?”桂府金夫人道:“白飞云做了一架‘《封神传》走马灯’,实在精巧,不拘是谁也巧不过他。”王夫人道:“他的心思巧妙,自然与众不同。人也有趣,真是三妹妹的帮手媳妇。”金夫人笑道:“堂儿的福气,又娶个仙女。”祝母道:“彼此救命,报应丝毫不爽。这就叫与人方便,自己方便。”祝母一路说话,见飞云走马灯摆在秋水堂,约有一丈多高,二丈多阔,一部《封神传》全在上面。果然生动活跳,比鳌山灯分外精巧,似非人工所能制办。祝母同夫人们大喜,点头夸奖,惊动两宅看灯太太们都来观看,一会人如山海。

宝钗们赶热闹,请老太太到箭厅看放烟火。冯佩金挡住外人,一个不放进来。箭厅上是宝钗供应铺设。面前搭着彩牌楼,对面离半箭远是盒子架。先在两旁放了些“金盆捞月”“五子连科”“流星赶月”“三打金弹”“刘海撒金钱”“遍地锦”“天女散花”“滴滴金”“大泥花”各样花炮。放毕接着点放盒子,只见“公侯万代”“瓜瓞连绵”“百子千孙”“满架葡萄”“万里封侯”“连珠挂屏”“九莲灯”,放了好大一会。末了儿是“孙悟空大战火云洞”,一窝蜂花炮流星十分热闹。祝母大乐,将伺候的丫头、媳妇俱各放赏。

时正皓月当空,清光照满乾坤。满城锣鼓,歌唱欢呼。花炮之声,不绝于耳。祝母对柏夫人们道:“国家洪福齐天,遍于宇宙。我家世受国恩，享此太平景福，须知有生之年，皆出自朝廷恩赐。务要嘱咐子孙，公正廉洁，极图报效，庶不负祖父报国之心。”柏夫人们答道：“老太太吩咐甚是。二兄弟说，军需奏销现已完竣，三四月间进京谢恩供职。就是梦玉告假回家祭祖，二月初间已半年假满。老太太吩咐他进京供职，不可在家偷安。寿哥儿们也要进京当差，不能耽搁。”

王夫人道：“兰哥儿择于二十外动身。先去将刘大人宅子收了回来，顺便收拾，等着梦玉们进去，省了费事。”祝母点头道：“狠是，就叫兰哥儿先去料理。梦玉同寿哥儿们随后起身。海珠姐妹十二个，我本来叫他们都去。又想着跟前走个精光，未免过于冷落，竟去一半，留一半，定下一年一换，两边都热闹。就是柳太太，我留在这儿作伴，老姐妹们狠有个趣儿。让孩子们去做官，薛姑娘、冯姑娘、五福也轮换着在家服侍婆婆。只有桂三太太娘儿们都全要同去。修姑娘、巧姑娘、白姑娘总得留下一个，在这儿同海珠姐妹们换班。魁儿的媳妇亦留下一半，彼此都常来常往的见个面儿。不知我这主意可还使得？”王夫人们一齐说道：“老太太吩咐的一点儿不错，竟是这样办罢。”宝钗道：“二月初六日是黄道上吉日，出行最好。玉兄弟定了初六叫他们起身，不许更改，须得老太太吩咐他们才好。”祝母点头道：“过了烟九儿，我命他们收拾起身，谁还不依。海珠姐妹将应去应留斟酌停当，开个单儿给我瞧瞧。”珍珠、海珠们齐声答应。祝母说毕，同众位夫人离了箭厅。

如是园中人还未散。见余府上的六姑娘跟着两个丫头，提一盏绿珠穿的莲花灯，见了祝母笑道：“打着彩姐姐的灯虎儿，我要他这盏珠莲灯。”秋琴问道：“你打着哪一条儿？”余姑娘道：“我打着了他的‘医生，《史记·韩安国传》一句’，是‘通方之士也’，孙四姐姐打着‘歌字，《吴越春秋》一句’，那真难为他，是‘声可托于管弦’。你家魁大哥打着‘徐行后长者，《庄子》一句’，是‘夫子步亦步’。”秋琴道：‘还有谁打着？”余姑娘笑道：“孔大嫂子打着‘唐明皇拉杨贵妃，《家语》一句’，是‘被衮而执玉’。其余谢大姐姐、魏二嫂子们也都打着，不知是两句什么，我不知道。”祝母们一路说笑，往灯棚下出了园去,吩咐宝钗姐妹各去赏灯。柏夫人们同到介寿堂,伺候老太太安寝毕,各去应酬亲友。热闹一宵不歇,内外笙歌锣鼓。

松寿弟兄五人同诸亲友们不分昼夜庆赏灯节,一直闹过烟九,内外收拾花灯。梦玉们接着家信,知道桂侍郎们报销完结,起身进京面圣供职,顺便回家祭祖省亲。赶忙进来回知祝母,举家大喜。柳太太也接着冯富的家信,说同包勇将房产、田地、坟墓俱已整顿妥当。定国公也有信给松寿,催其进京供职。祝母听了各家书信,吩咐众人收拾起身。海珠送上分班进京名单,祝母看了点头道:"就是这样,狠好。"

不知那单上开着先去的是那几个,且听下回分解。

第九十八回 验神数珠还合浦 争奇胜衣出天孙

话说祝母见海珠单上开着先去名单是:

彩芝　　珍珠　　秋瑞

掌珠　　友梅　　芳芸

桂堂带修云、白飞云;柳绪带宝书、五福;

梅魁带文湘、翠翘;松寿带瑞麟、雁书。

祝母点头道:"狠好,就是这样。"各去收拾,打点起身。

只见梦玉同贾兰夫妇,带着书带进来请安道喜。祝母大乐道:"仔吗的不来看灯热闹?"贾兰道:"亲友们拉着饯行赏灯,母亲同琏二婶子都留在家里过个灯节,不能够来。因接着珍大爷的书子,说刘尚书将宅子业已交代,必得先去收拾料理,等着玉大叔们进来好住。我不耽搁,明日就走,留三多在家伺候母亲。"祝母笑道:"好孩子!你耽搁一天,也叫你媳妇回家去歇歇。"兰大奶奶道:"我见过老太太,这就家去。赶明日下半晚儿开船。"祝母见为日无多,不便强留,吩咐今晚先给兰哥儿接风,明早给他夫妇饯行。探春答应,忙去四堂知会。贾兰夫妻谢过赏,下了介寿堂,往各处请安。末了儿到王夫人萱苏馆,祖孙们叙谈一会。

王夫人吩咐道:“祖宗汗马荫及子孙,须要爱惜,尽心图报。别像赦大老爷,将个世爵糟掉。幸国恩逾格赏给咱们,实难报效。荣府旧第,弃而复得,虽是梦玉出银,与我家回赎一样。叔侄们同住一家最为热闹,总宜恭敬和好。我家贾氏宗族穷苦者多,我出京时因限于力量,不能遂族人之意,至今念念。你将来务须像我在京一样,不时照应。听见瑞哥儿这房更消败不堪,我狠惦着。还有尤二姐的坟墓,当年琏二叔听凤二婶子说话,不敢大葬,随便做了个土坟。那几年是我照应,这会儿谁去管他。你到京瞧瞧,给他收拾妥当。铁槛寺老和尚虽是身故,到底是咱们家的香火,吩咐他徒弟大昌整顿住持,不可坏了规矩。馒头庵也照旧给他月米钱粮。就是咱们家出去的丫头、媳妇,还有那些穷苦旧街坊,也照应些儿。叫他们说声好儿,也是有趣。”宝钗道:“我没有别的嘱咐,总照着太太的说话,一点儿不错。”贾兰夫妻连声答应。宝钗道:“让他们到丈母家去说会子罢。”

贾兰们辞去,拜亲会友来转不及。书带是各堂同事姐妹给他饯行,热闹了一夜。次日祝府饯行,连江府上及顾四太太诸家亲戚请来,叙会送别。梦玉们因见面不远,催他起身。倒是王夫人同宝钗颇有分离之感。贾兰夫妇二人含泪拜别。

各家亲友刚送去贾兰,接着给梦玉们五弟兄饯行。宝钗对海珠道:“连日风景融和,春光艳丽,娇花芳草芬芳悦目。我同你们这几个不去的姐妹给他们饯行,作斗草赏春之会,竟择定初三,回过太太将那天让了咱们罢!不知你意下如何?”海珠大喜道:“今年节气早,这几天已是二月天气,正是艳阳风景。初二点土地灯,是内外家人小子、姑娘嫂子们请老太太同众位太太们,带着给五位爷同去的奶奶们饯行。咱们去回老太太,竟是初三倒也罢了。”姐妹两个来见探春,商量已定。往介寿堂回明老太太,定了初三作花会,斗草为乐。

梦玉们连日昼夜不空,每日两三处饯行饮酒。到了二月初二,两宅挂土地灯,唱戏敬神,闹了一日一夜。次日初三是宝钗们公分。一早请安之后,都到如是园斗草欢乐。彩芝道:“今日斗草,各出奇物相斗取胜,以无者为输。”珍珠道:“彩妹妹说的甚是。咱们各去搜寻思索,总以不同为贵。”众人依允,各去寻奇索胜。探春道:“虽是以奇为胜,但眼前花草到底是个正文章,也须各带一枝应个名儿。”众人应允。

梦玉同梅春几人拉着姐妹们高歌唱曲,也有带着丫头们满园去寻花问草。宝钗、珍珠、宝书跟着几个姑娘,在那山子石上穿来串去,见彩芝同友梅站在池边并肩而立,弯着身望水嘻笑。宝钗问道:“你两个瞧着水,怎么这样欢喜?”友梅笑道:“宝姐姐你们来瞧,这些金鱼儿都来围着咱们两个的影儿。”宝钗、珍珠来到池边,探下身去,果见那些金鱼儿围着两个人影游来荡去,摆尾摇头,唼唼不已。宝钗笑道:“古语说尤物移人,你们两个真是尤物。”彩芝抿着嘴笑道:“卿虽怜我,我不怜卿。”举手向池摇了两摇,那一尺五大的宫装香袖,映在水中犹如彩旗一样,将那些金鱼登时惊散。珍珠道:“刚才倚玉,转眼分香。我同宝姐姐可谓两个恶魔。”彩芝笑道:“我同友妹寻花问柳,被这金鱼无意勾留,幸姐姐们来解脱情障。”四人笑着来到水云阁,见九如抱着一枝碧桃花,隐几而卧。彩芝道:“人面桃花,可称双绝。”宝钗对珍珠道:“当年大观园,史姑娘枕芍药睡在石凳上,以为千古雅人。谁知今日又复拥花而卧,可见情之所钟,隔世难移。惟彩妹眼泪稍少于前。”友梅将九如摇醒道:“护在斯!”九如欠身而起,笑道:“那里有这些崔郎。”宝钗道:“你怎么一个人睡在这儿?”九如道:“同紫丫头走到这里,他去采金雀花,我一个坐在这儿,怪困的。正要入梦,被你们惊觉。”

珍珠正要回答,见紫箫同宝月、飞云、蟾珠、玉书各人拿一枝花草说笑而来。蟾珠道:“芳姐姐掉了一支珠蝴蝶,这么大一个园子,那里去找?他一定要同丫头们去寻着才罢,这倒是一件难事。”宝钗笑道:“我给他占一卦,看落在那儿。”说着,屈起玉指细掐一会,命小丫头去请芳大奶奶来说话,对众人道:“这件东西已不在咱们园里,总还找得回来。”众人将信将疑。不多一会芳芸、秋瑞、巧姑娘一路同来。宝钗对芳芸道:“你掉的珠花已出了园门。快着人去向西南方走,不拘远近,遇水就止。见有戴铁帽子的人拉住不放,自有失物,速去莫迟。”芳芸素服宝钗占卦如神,忙垂花门吩咐,令茗烟依方去找。

茗烟听说,不敢怠慢,带着几个小子走出大门,向西南走去。不多几远,就是一个鱼荡,想道:“遇水而止。不知那戴铁帽子的是个什么人?”想了一会,对小子们道:“你们留心着,瞧见有戴铁帽子的来,咱们拉住别放掉。”众小子笑道:“人的帽子,再没有铁的,脑袋上那儿戴得住。”

内有一个指道:“那个顶着一口大锅,倒像是个铁帽。”茗烟抬头望见一人,顶着一个大锅走来。到面前,认得是里面打杂张妈的儿子。心中想道:“莫非就是此人?”上前拉住道:“小张,那儿这口大锅?”那张小二忙将锅子歇下,笑道:“茗大爷在这里看野景儿吗?这是宅里内厨房的大锅。辛大奶奶叫拿出来收拾。”茗烟道:“你腰里拴着这一包儿是什么?”张二道:“是我妈换回家去洗的衣服,瞧个什么?茗大爷是知道的,咱们在宅里走这几年,从不混拿一点儿东西。”说着,转身就走。

茗烟拉住道:“现在宅里失掉点子东西,派我各处寻找。你在宅里出来,门上又没有瞧过,谁还说你作贼不成?咱们既遇着,在这儿你将那包袱解开,同你身上都给我瞧瞧,彼此放心。以后有谁冤你作贼,我就不依。”张二道:“在这儿解开,叫人瞧着不像个样儿。谁不知道茗大爷做人好,又和气。你老人家好意思叫我下不来?请大爷到我家去坐坐喝茶。我女人做了一点儿针线,他说要当面送给大爷。他那一天不念两声,请大爷去坐会子,别叫他想成了病。”茗烟道:“多谢你嫂子惦着我,等着闲了去瞧他。别耽搁工夫,解开给我瞧瞧,各人去干各人的,谁有大工夫说闲话。”张二道:“大爷,咱们爷儿们好的什么是的,仔吗要同我过不去?”说着,挣身要走。

茗烟道:“张二,你好好给我瞧瞧!你要说别的,那不能。”张二红着脸道:“大爷,不怕你恼的话,要是瞧不出什么东西来,可是你老人家要下不来,别说我张二不懂交情。”茗烟道:“瞧不出东西,你爱仔吗干就结了。”跟来的几个三小子,不由分说,将他那腰间的包袱解下。张二着急用手来抢,将只大锅跌在地下。众人已解开包袱,见是几件换洗衫裤。中间裹着一个纸包,递与茗烟开看,原来正是这支珠花。张二骨软筋酥,一声也不言语。茗烟笑道:“这怎么说呢?算我的不是,咱们到宅里再说罢!”带着小子们转身就走。张二赶忙拉住,跪下磕头道:“求大爷开恩,这都是我妈做的事,全不与我相干。以后我再不给他送东西回家。”茗烟道:“咱们且到宅里商量。”说毕,转身就走。张二无可如何,忙将衣服破锅送回去,到宅子左右来探听消息不提。

且说茗烟一路深服宝二奶奶神数如见。来到宅里,见查、槐两人,说知其事。查本道:“这是我同槐大爷疏忽。去回老太太,咱们两个自行请罪。”茗烟道:“我且将珠花送进去,请探姑奶奶示下,看是怎么办法。”槐荫道:“也罢。你去,咱们听信儿。”茗烟到垂花门,见周大奶奶备说其事。廖大奶奶道:“探姑奶奶们全在如是园。你去见探姑奶奶销差,请示看是怎么办。”周大奶奶们道:“一点不错,横竖咱们总得了不是。”茗烟答应,竟往如是园来。遇着姑娘、嫂子们逢人就问,知探姑奶奶在平台后面小香雪海,陪着周、顾、汪、李、江各家亲戚们的姑娘、奶奶。听见宝钗众人有斗草之会,都约伴而来。探春正陪诸亲姐妹谈诗论赋,见该班嫂子来回茗烟求见。

探春命他进来。茗烟请过安,递上珠花,将前后情形回了一遍。探春道:“垂花门以内常不见东西,我又不敢叫老太太知道。这会儿真赃实据,若是去回老太太,垂花门这几位大奶奶狠要下不来。你去对查大奶奶们说,先将张二的妈撵掉,搜检明白,叫他出去。以后内外门上务须加意留心。再是这样疏忽,我也不能替他们耽代。你就去罢!”茗烟答应,自去传话不提。探春找着芳芸,交代珠花,众姐妹深服宝钗神数。

此时,彩芝们都齐集富春阁斗草,名出所有,争奇夸胜。宝钗道:“咱们挨次而来,各人自报名色,以便公定甲乙。”众人道:“宝姐姐说的甚是。那一位先请为首?”彼此推让,谁也不肯先说。

彩芝道:“你们也实在可笑,这也犯不上这样推让,好不好横竖总要见人,我就先说。”命贴身姑娘抱过锦囊,彩芝接在手内,解开锦囊横于几上,对众人说道:“此乃嵇叔夜弹广陵散之古桐孙,为琴中之宝,是草木中之极品。今日斗草会上,敬候品题。”又向丫头手中取过一盆修竹,放在桌上道:“这一盆寿星竹与我相伴多年。虽非奇物,但款样丰姿与他竹不同,很堪娱目。”众人甚为称赞。彩芝又向袖中取出一株青草,对姐妹们笑道:“点题眼,这是如意草。会中诸人必须点题,无者罚依金谷。”众人俱应。

海珠取出一物道:“这是同昌公主神丝被,上绣三千鸳鸯。”命姑娘们张开。众人见绣着奇花异叶,光彩夺目,甚为称赞。海珠递过一枝虞美人,又取出一本草来,报道:“仁寿草。”

紫箫道:“我这谢安的蒲葵扇,实在是一件古董。这是一枝婴粟花,还有本题的铁线草。”

芙蓉道:“我的桃丝襦,乃桃花枝上野蚕作丝织成。色如绛桃,光滑轻软,能避百邪,乃衣中之宝。”姑娘们抬过一盆绿叶新翠,十分可爱。众人见是岭南的美人蕉,现开着红花。芙蓉又报道:“这是金钱草。”

珍珠笑道:“我无奇物,就这王嫱的琵琶同这盆素心兰,狠可以入会。还有这枝虎掌草,倒有点雅趣。”

掌珠道:“你有昭君琵琶,我有赵飞燕的椰叶席。”命姑娘们展开,只见翠滑光亮,上面织出百花蛱蝶,栩栩若生。掌珠笑道:“不但这是宝贝,还有一盘东陵侯的五色瓜。这是一枝仙人草,佩之可以延年却病。”

九如道:“你看我这是太平公主的却寒帘。”命人挂起,见上面百鸟如飞,和风满座,香气缤纷,众人称赏。九如送上夜合花,另又报道:“这是一枝麝香草。”

汝湘道:“你们公主请开,看我这潘岳的金雀花,还有鲜于伯机的这盆支离叟。这是题眼灯草。”众人一齐俱笑。宝钗道:“汝湘真是可儿。”

蟾珠笑道:“你那潘岳的金雀花,那里比得上我这怀素的蕉叶。”解去锦袱,展开手卷,众人见苍碧光滑如锦,上面是唐僧怀素的草书,就如龙蛇飞舞,笔力遒劲。宝钗们赞不绝口。蟾珠送上一瓶并蒂兰花,又在袖中取出青草,报道:“这是合欢草。”

探春道:“我也有一物,不知姐妹们可能识得?”向怀中取出个八宝镶金盒,开盖取出一条乌丝,其色苍黑光亮,粗如麻线,扯开约五丈多长,看着细软。探春命松寿、桂堂在两头使劲扯曳不断。佩金、瑞麟又加在两头，使尽平生之力，丝毫不动。众人深为奇怪。探春笑道："此乃龙须，非人力所能扯断。"命姑娘们用净磁盆贮满清水，将龙须浸在水内。真是怪事，只见水面上冒起一股清烟，高至三尺，变成白云，渐高渐大。满屋中凉风瑟瑟，大似深秋天气，众姐妹俱觉透体生凉，支持不住。又见那水盆中隐隐似有风雷之声。探春连忙收起，送上一枝杜鹃花，又取出一物道："此乃蜀中锦带草。"

孟瑞麟道："探姐姐的龙须真是奇物。我也有一点东西请教。"解开几重锦袱，取出一块木头放在桌上。众人细看，类如沉香，其色苍翠光润。瑞麟道："此是东方朔异域得来的风声木。遇人吟咏，木中吐琴瑟之声相应。遇人舞剑，则木中有金鼓之声。夏则生凉，冬生和暖。我请先试其异。"命侍儿取过宝剑，对木起舞。正舞到酣处，众人听那木中忽发金鼓之声，似与人助战，舞罢其声不绝。梦玉、柳绪更相吟咏，其木忽变琴瑟之声，其音清越。座中人无不极口称赞，深以为异。瑞麟送上丽春花并香草一枝，道："这是孔陵上的蓍草。"

佩金道："我这一件虽非宝贝，也还有趣。"宝钗们见一枝沉香木树，天生成两枝相并，枝干无不相连交合，倒狠有点子意致。佩金道："这是长生殿前的连理枝。是贵妃珍惜之物，非人间凡花可比，可以入会。这瓶素桃花，倒还芳洁可爱。这是蜀中的文章草，诸君休认作石菖蒲。"

宝书道："我无别物，只有这千岁灵枫还可娱目。"珍珠们见树根一段，俨然如人形，头面口鼻、须眉手足，无不逼肖，毫不借一点人工，真是奇物。宝钗道："此即所谓千岁枫人是也。倒是一件绝品。"宝书呈上一瓶蔷薇花，又取出一物道："这是海外的返魂草，非中土所生之物。"

芳芸道："我亦有海外之物，何足为异。"向锦匣中取出一段香木，对众人道："此名闻思香，出大西洋海岛之中，即是《楞严经》中观音云：'闻思修入三摩地'，佩之令人聪明智慧。这枝荷包牡丹，可以插个瓶儿。倒是这盆小草来路甚远，名为多情草，出在滇池的苍山，佩之令人多情。"

顾玉书道："我亦有点海外之物。这个手串名贝多子，四面玲珑，异香馥郁，出于大洋外危岩之上，系龙涎结成，佩之令人如意。这是猪八戒吃过的人参果，还有这枝连环草，俱非内地所有。”

秋瑞道：“我无海外之物，这件衫是薜荔丝织成，形如蝉翼，色类嫩蕉，服之虽盛暑不知炎热。这枝翠翘花可供清玩。这盆是李辅国家的迎凉草，暑天摆在室中，凉风满座，不知长夏。”

宝月道：“我这尊紫藤观音，乃天生法像。这枝玉簪花同这锦带草倒还不俗。”

文湘笑道：“李辅国的迎凉草何足为异。看我这石季伦的流霞帐，是以桃花养蚕吐丝织成，色如晚霞。虽严冬苦寒，不但帐中人如坐春风，即满室中和风馥郁，春意蔼然。这是苏仙井上桔，这是不凋草，俱非凡品。”

友梅笑道：“你有苏仙井上桔，我有陆绩怀中桔。还有米元章这块绉云石，乃稀世之宝。”众姐妹见这石生得苍古斑驳，瘦绉透，崎嵚凹凸，天生成的危岩绝壑。众人十分称赞。友梅道：“还有这无心草，也是难得之物。”

巧姑娘道：“我也有一件难得的东西。”命侍儿解开锦袱，取出一件绣袄。众人见光芒闪烁，上有百鸟之形，异色变换不一。巧姑娘道：“这是海外百鸟毛织成，名鸟影裳。穿在身上轻若无物，能避刀箭水火之厄，能预知晴雨风雪。这是荣国公海外得来之宝。”命姑娘们摆上那盆海棠树，又向袖中取出一物道：“这也是海外之物，名思乡草。客中人闻其香，颇切家乡之念。中土未曾有此。”

修云道：“你们海外之物何足为奇。我这王右军兰亭墨本，乃人间至宝。”梅春同宝钗们赞不绝口。修云道：“还有这西域所产的九枝秀，炉中点起些须，香云满室，数日不消。这是醒醉草，大醉人佩之即解。”

接着，周姑娘的是个三千岁老松脂结成之飞芝，另有女儿花，指甲草。汪姑娘是蔡伯喈柯亭竹笛，并玉李花、芸香草。李姑娘的黄鲁直之竹夫人，又是千日红花，配着香草。江姑娘是张纮的楠榴枕，还有东方朔的灵寿藤，更有忘忧草。顾姑娘的李卫公平安竹，同金丝桃、鹤顶草。宝珠姑娘是一枝三尺长的珊瑚树，一瓶夹竹桃花，一小盆都梁香草。

探春笑道:"梦金兄弟这个人参道士,倒也是个奇物。"梦金笑道:"我这枝碧桃花同这金丝草也是好的。"

梦玉道:"我没有别的,就是生我时太太屋里长出来的这个五色灵芝。宝光闪闪,与众不同。这盆寄愁花同这盆护草聊以塞责。"

梅春道:"我有这孔圣人的竹简,乃天地间第一宝贝。这瓶栀子花同这凤尾草,倒还有些生趣。"

松寿道:"我的这条古藤盘螭棍,是数千年的东西。刀斧不能伤,使着绵软,硬若钢铁,倒是兵器中的宝贝。"命服侍的姑娘送上一瓶紫薇花,另有小石盆的青草,指道:"此名无风独摇草。置之几上,别有意趣。"

桂堂道:"我这一件是天上的宝贝。"众人见是一柄破蕉扇。瑞麟道:"怎见得是天上宝贝?"桂堂道:"这是我丈人白云和尚所赠之物。乃西天佛地功德池边芭蕉所造,能驱邪怪,回风转雨,说不尽其神妙。"宝钗们点头道:"神仙之物,实与众不同。"桂堂笑道:"还有这盆花,也是仙品。"众人见小树一株,盘屈苍老,上开小花似玉簪而短小淡黄,清香如兰。桂堂道:"此名洛如花。即陆澄所说,国家文运兴隆则生,此花亦非常有之品也。这是铃儿草。"

宝钗道:"桂兄弟有神僧之物,我亦有仙家之品。"怀中取出一个金丝小盒,启盖取出一物,抖开是一件衣服,形如轻纱,淡绿色,芬芳袭人,望之如淡烟薄雾。众人莫知其名。宝钗道:"当年梦中绛珠仙所赠藕丝衫,后得之于幻虚宫中。服之可避水火刀兵,且能驱邪镇怪。冬暖夏凉,莫能言其宝异。这是吉祥花,这是宜男草,请诸公品题。"

白飞云道:"宝姐姐藕丝衫果然奇异,我也有一件碧绡襦。"向胸前紫荷囊中取出道:"此乃织女遇张骞时所织之物。周身无缝,即世间所传无缝天衣是也。见西王母赴蟠桃宴时,方披此衣,闲时不敢亵服。"众姐妹弟兄彼此把玩,无不赞叹。飞云道:"我这紫荷囊也是一件宝贝,名为锁云囊。亢旱天气,以净水数滴囊中,即白云飞出,立即至雨。"宝钗们深为赞美。飞云笑道:"还有些奇物奉请。"向怀中不住手往来探取，放满一桌，对众人道："这是蓬莱山上所产之琅玕实，其味甘美，服之令人长生益智、润肌肤、美颜色，说不尽他的好处。我父亲知我今日有斗草之会，亲往蓬莱山采取而来。这枝花名千步香，亦海中所产。这草名梦草，乃仙山所出。凡有思想难见之人，将此草放在枕畔，即梦见欢若生平。这是相思草，佩之令人相思不忘。"宝钗笑道："今日飞云妹要压倒元白。"珍珠道："且将琅玕实送几个进与老太太同各位太太。咱们会中人每人一个。若有多的再作商量。"彩芝道："一点不错，咱们亲自送往介寿堂去。"

海珠道："咱们只顾说话，还有绪哥的宝物未曾领教。"宝钗们道："真个倒忘了绪大爷。"柳绪笑道："仙佛古人，奇珍异宝，都被你们占去。我有一件古董，是我柳家之物，也算得一件宝贝。"说毕，转身去取了一根旧棍进来。对众人道："此乃千古第一风流佳品。"众姐妹彼此观玩，并看不出这棍的好处。珍珠道："请教这是件什么宝贝？"柳绪笑道："这是我家老姑太太柳夫人打陈季常的藜仗。"众姐妹不觉哄堂大笑。彩芝道："苏子瞻亦几乎领教，这真是件风流古董。"柳绪道："这是旌节花。这是一枝稻草，乃天地间草中至宝。"

彩芝、珍珠几个姐妹往介寿堂去进琅玕实。宝钗众人又将各物细看一遍，彼此赞叹称奇。不多一会彩芝姐妹转说，老太太同太太们吃琅玕实，十分甘美，欢喜之至，都说要想点儿东西回敬。飞云道："海外之物甚多，等我慢慢找些来，孝敬老太太。"众姐妹正在欢笑，只见有听事的嫂子们来，对梦玉们说了几句，众人大喜。

不知说的什么，且看下回分解。

第九十九回　上青坟不忘贞友　来旧宅情感故人

话说众人正同飞云说笑，听事嫂子来报，金陵珠大太太同琏二太太到了。众人大喜，忙去迎接。

刚到景福堂，见李宫裁同平儿，后面带着毓哥儿、宁馨姑娘兄妹两个。宝钗、海珠们就在景福堂补拜年，道喜问好。桂堂、巧姑娘磕头请安，松寿弟兄们彼此相见，热闹作一团。宫裁同平儿道："等见过老太太，咱们再说话。"

众人陪着转到后卷棚，见桂夫人、石夫人、金夫人、梅姑太太、柳太太、竺太太带着姨娘、姑娘们上前迎接，彼此相见大喜。金夫人道："你们姐妹两个怎么今日才来？仔吗三奶奶又不同来？"宫裁道："家里事多，那儿丢得下。好容易料理妥当，交给三奶奶照管几天。咱们姐妹两偷空儿给老太太道喜，又给兄弟妹妹们送行。"平儿道："珍大哥有书子来，说刘大人已起身回籍。兰哥儿到京，那宅子亦用不着什么收拾添改。倒是兵部大人对珍大哥说，叫知会武烈夫人，必须要去望阙谢恩。连那几个受封的，都断不可少。我来回太太，让宝姑娘们去谢恩，才是个道理。"宝钗道："我昨晚灯下起了一数，知驿马已动，难以遏止。说不得应该去走一遭。"平儿们点头，来到怡安堂同夫人、太太、姨娘们俱各道喜行礼。

桂夫人道："你们两位太太都在楚宝堂，先去见个面儿，再往介寿堂去不迟。"宫裁、平儿都道："甚是。"来到楚宝堂，见王夫人、柏夫人老姐妹对坐下棋。宫裁、平儿上前请安磕头，彼此问过安好。宫裁们回了些新旧要紧家务，并祠堂、坟墓、庄田、房产之事，又回些亲友中嫁娶婚丧之礼，才回到珍大爷寄来书信，念与太太听过，柏夫人对王夫人道："这是一件正理，要去。"王夫人点头道："你们且去见过老太太，咱们再说话。"

宫裁同平儿下来，往介寿堂见祝母请安道喜。略叙几句闲话，就将宝钗必得进京之话说了一遍。祝母点头道："这是理该的。有谁高兴的，同宝姐姐去逛会子来也好。"平儿笑道："老太太这样吩咐，只怕高兴的人多着呢。"祝母笑道："他们后生家爱东逛西逛，不像咱们上了几岁年纪，一动不如一静，多坐会子都是有趣的。本情家里又没有什么丢不下的事，让他们去出个景儿也好。"宫裁道："宝妹妹去，不过来回三个月，出惯门的不值什么。"祝母对毓哥、宁馨道："慧儿们都跟着他母亲们作斗草会，你兄妹两个也去热闹罢。"毓哥答应，同宁馨来如是园，找着慧哥儿、定哥儿、闰姑娘、寄生一班小兄妹同在一处玩要。宫裁、平儿在介寿堂同各位太太们陪祝母饮酒闲话。

宝钗们在园中作长宵之会，笙歌达旦。

次日，梦玉们去各处上坟。宝钗众姐妹相约给周婉贞上坟，都到接引庵相会。等玉大爷们上过祖坟，周惠夫妻带着过继裱褙匠的儿子周贵，又是奶子抱着周大奶奶周岁的小儿子福儿，先在婉贞坟上搭棚伺候。不多会宝钗同奶奶、大爷们到齐，上香酹酒，一齐跪拜。急的周惠夫妻磕头叩谢不及。众人拜完之后，宝珠道："我代婉姐姐拜谢诸位哥哥、姐姐。"说毕，倒身下拜。宝钗们不觉心动，赶忙同拜。众人在棚下吃了一会茶。梦玉道："我还要到一处去烧张纸儿，你们先到庵里去等。"海珠道："是要给桑奶子上坟，只要差人去烧张纸儿，何必要你自去。这不可笑！"众人都说海姐姐说的甚是。梦玉笑道："我并不是给桑奶子上坟，另有一个必须我亲自到的。"秋瑞笑道："我知道，生前我作过恶人，死后落得做个人情，让他去罢。"海珠、紫箫忽然想起，点头道："不错，咱们不犯吃鬼的醋。请大爷去上坟，咱们都到庵里等候罢。"众姐妹一路笑着上轿，又往接引庵来。周惠备下精致素面伺候。原来梦玉去给素兰上坟、烧纸、上供。祷祝一番，来到庵里，同姐妹弟兄用过素面进城。接连两日往各处辞行。

宝钗将愿去逛的姐妹回过老太太，都赶着收拾起身。各院中无不忙乱。梦玉带老家人徐忠并几个老成得力家人、小子，宝钗带林之孝的儿子林全同董升、苏贵两对夫妻，还有琏二奶奶派的家人小子、姑娘媳妇，码头上搬运行李，昼夜不绝。此时祝母们也不知谁是去的，谁是在家的，只等他们起身后才能知道。

到了起身吉日，来送行的男女内外挤满。梦玉将垂花门以外之事，重托梅、鞠两丈人耽承料理。托查本、槐荫、赵亮、周惠管理两宅事务，小心谨慎。各位师爷、各铺伙计、各职事家人，俱面为谆托。外面交代妥当，到楚宝堂来，命姑娘们用玉杯斟上一杯美酒，向着探春跪下道："敬姐姐这杯酒。我将两宅中事务尽交姐姐一人总理，分我母亲们心力。我也不说别的，总是梦玉死生富贵与姐姐同享。"探春一手接杯，一手相扶，泪如雨下道："你放心，我不负重托。"海珠们亦俱拜托。梦玉同众姐妹往四堂拜托各位姨娘同职事的姑娘、嫂子。两宅中的姑娘、嫂子听见大爷就要起身，比那周娘子府场分别还要伤心，无一个不哭的两眼通红。连那些不得时的丫头们，也是顺着鼻子尽淌眼泪。祝母欢喜孙子成名做官，簪缨有继。悲的是远离膝下，不能朝夕相依。瞧着宝钗领着姐妹弟兄跪了一地，磕头辞行，祝母将块挑花罗帕握眼拭泪，将右手对着他们向外乱摆。柏夫人们知老太太之意，向着宝钗众人用嘴呶道："你们去罢。"梦玉涕下如雨，同宝钗众人退出介寿堂，都到怡安堂等候各位太太。只见金凤、红绶、彩凤对宝钗道："二奶奶只管放心，不必惦记。太太有我三人服侍，再无不竭尽心力。"宝钗道："太太待你三人如女，就是我妹子一样，再无不放心之理。"

正说的热闹，只见各位夫人、太太都往介寿堂下来。柏夫人道："老太太说没有别的吩咐，叫你姐妹弟兄休分彼此，总要一生和好，关切照应。各家的祖父，都是清介忠正。务要你们做官无堕家声，须各替祖父增光，清廉报国。倘声名狼藉，断不令足迹入家门，从此不复相认。再隔数年老太太八十大庆，望着你们回来祝寿，团圆大会。一路上和气小心，诸事谨慎，余无多嘱。"姐妹弟兄跪领慈训，连声答应。柏夫人、王夫人、薛姨太太们一齐道："我们并无别嘱，总切记老太太的慈训就是了。你们几个同宝姐姐去逛的，同去同来，休要耽搁。"桂夫人道："说不了的是离情别绪，吉时已至，让他们走罢。"宝钗答应，拜别过众位太太，领着众人就走。李宫裁同平儿拉着宝钗，又交代了些说话。太太们一直送到茶厅，看着上轿。宝钗、海珠对查大奶奶们又再三谆嘱几句，这才上轿起身。

来到码头，有总镇姜大人同文武各官在馆驿送行，并差官领五十名水师兵，摆队护送过江。宝钗等面为称谢。其余男女亲族俱送至江口，人人洒泪而别。梅香月、鞠冷斋代女婿、儿子致谢。各官回署。水面上鼓乐声中，又是连声大炮，各船放开江面。

梦玉在宝钗船中说话，有汪嫂子进舱来回道："跟二老爷去的周太要见。"梦玉忙吩咐叫他进来。周太答应，走进官舱，给宝姑奶奶、大爷、大奶奶们请安。宝钗忙问道："老爷好！差你回来干什么？"周太道："老爷同三舅老爷因吏兵二部催着进京，不能耽搁，为此赶着起身回家，瞧瞧老太太就要进京。差奴才作前站，老爷们明日可以到家，只怕撵得上大爷们都论不定。”梦玉们大喜道：“你快些家去，给老太太个信儿。横竖咱们走的慢，老爷狠可撵得上。”周太答应出舱，跳上快船回去报信。次日祝筠同桂廉夫到家，母子欢聚数日。祭祖扫坟，请客开筵，内外又热闹了十来日，这才起身到京不表。

且说宝钗们开出江面，有金山寺长老率领僧众送行，每船送金山豆豉、果品、点心。梦玉们再三致谢。船入瓜洲口，宝钗吩咐辞谢了营中官弁兵丁。梦玉命前后各船泊在金龙大王庙前，请各位爷们上去拈香。庙中和尚到船迎接，宝钗约众姐妹们一同上去。此时庙中早已点上香烛，分作几班祷祝礼拜。梦玉对柳绪：“当年我同你江口分手后，到此庙对神许愿，并在壁上留下一诗。今日果称其愿。”柳绪同玉友们走到壁前，见梦玉所题诗句，十分感叹。又到神前拜谢，取银一百两，交与和尚重塑大王金身，演戏酬愿。

姐妹们拈香已毕，赶着上船，往扬州开放。刚到塔湾，就有云巢庵月上亲来迎接，上各船相见，请各位奶奶同众位爷们到庵歇息。宝钗同梦玉们商量道：“咱们在扬州，原为给林姑娘上坟，并非要游玩耽搁。若到码头，一定被各官缠住，你请我请的，白耽搁工夫。依我说不如就在这儿上去，到云巢庵领了月上的情，就在庵中相聚一宵，明日在林姑娘坟上盘桓半日，吃过早饭开船。各衙门咱们都不去惊动。吩咐众家人，有来接的回帖请安道谢，不用留帖。”梦玉们点头道：“姐姐所见甚是，吩咐老家人徐忠照着去办。”不一会各船靠着一带空堤，一字儿泊住。众家人上去赶办轿马，并明日林姑娘坟上祭品香纸及爷们的早饭。各人分头去办，一会工夫，轿马齐备。梦玉弟兄同宝钗众姐妹一齐俱往云巢庵来。

原来月上得贾、祝两宅护法，庵中添盖方丈、禅房、花园，十分精雅，房屋甚多。又招收了些徒弟，庵门兴旺之至。宝钗众人来到云巢庵，先上殿前拜佛，各处拈香。月上师徒击磬鸣钟，甚为恭敬候参拜已毕，请入方丈待茶。秋瑞道：“拜佛已毕，谨防缘簿。”宝钗笑道：“月师是我闺门佛印，且是妙公弟子，谅能免俗。”月上笑道：“缘簿刚要出现，被宝二奶奶当头喝住。名曰缘簿，其实无缘。”梦玉笑道：“无缘正是有缘。咱们今日是缘外之缘。”

众人一路说笑来到禅房。宝钗见房间款式无不精雅,不住口赞道:"妙公得传衣钵。"汝湘道:"这一带竹石花木颇有禅意,不亚洛迦风景。"月上笑道:"荒林野刹,无足流览。过蒙谬许,徒增笑柄。"师徒让奶奶、爷们坐下,用旧砂罐煎梅花雪,取出古磁杯、樽、瓯、碗各样,款式古朴陆离,配以莲心、雀舌、梅片、云根,秋瑞们深为夸赞。海珠道:"比咱们那年饮荷露茶更饶风雅。"梦玉道:"月师雅人,无事不堪品题。我另有一事奉托,佛殿上柱对,系我先人之笔。刚才见有脱落之处,望月师收拾,加意护持,此不易得之手泽也。因有先人笔墨在前,我不敢再留笔墨。等我到京后作篇《云巢庵记》,写好寄来,刻石镶在这回廊壁上,将来作这庵中的古迹。"宝钗道:"我同珍姑娘也有点子古迹,可以垂之不朽。"月上道:"那年所题之画,我珍藏如宝。每年风晾收拾,恐饱蠹腹。"梅春道:"取出来咱们领教。"月上应允,往自屋里去,将那幅旧画取出展开。众人吟咏数四,无不赞叹。惟有彩芝眼泪纷纷,叹道:"可怜林姐姐,所题之句令人肠断。"紫箫道:"林姐姐留此笔墨,虽死如生。若我辈无可留于人世者,虽生如死。"桂堂道:"古今来传之于世者,代不乏人。但多传而不传者,又不如不传之为贵也。"

姐妹弟兄议论一会,月上吩咐摆设素斋,内外款待。姐妹们彼此畅谈。夜间明月满庭,珍珠弹琵琶,彩芝鼓瑟,秋瑞抚琴,芳芸品箫,汝湘吹笛,紫箫众姐妹各尽所长,仙音嘹呖。松寿们舞剑助歌。一宵欢乐,不知东方之既白。

次早,各人梳洗,用过点心,轿马齐备,都往黛玉坟上来。只见周围尽是梅树。离坟数丈是月上建造的回廊亭阁,依水傍山,狠有点子景致。宝钗们先在亭中歇息一会,同到坟堂,见大小两座坟墓,修整的十分整齐,两边俱摆着祭品。宝钗先在林如海坟前上香敬酒,恭敬礼拜,默祷一番。拜毕,松寿弟兄姐妹分班祭拜。宝钗带着慧哥儿在旁回礼。诸人奠酒已毕,来祭黛玉。彩芝瞧着坟前碑记,一阵心酸,对着坟堆叫一声"黛玉",发声大哭。宝钗、珍珠、梦玉、海珠们无不掩面而哭。彩芝哭了一会,众人劝住。宝钗拈香,领着众人祭拜。彩芝道:"我代林姐姐回礼,拜谢众人。"宝钗道:"林姑娘今日坟前有此雅聚，想起来当日死的有趣。不是当年那一死，何能有今日之会。”

秋瑞道：“这样说起来，珍姑娘也是金山寺前死出理来的。”宝钗道：“珍姑娘不是死出理来的吗？我恨当年不死，这会儿闹的不死不活，报怨谁呢？”宝钗说着又泪流满面。月上请到四面阁去用茶歇息。

松寿道：“我想起玉大爷那年在这儿给林姑娘上坟添土，家人们回家对我说那光景，被我笑了几日。谁知今日咱们也都在这儿上坟。”宝钗道：“上坟有什么可笑？”松寿将家人们形容说话细说一遍。众人听到柳大奶奶的眼泪上又添了好些林姑娘坟上的土，不觉一齐纵声大笑。薛宝书握着嘴，笑的不能仰视。孟瑞麟笑道：“不是玉兄弟这一番的傻气，安能聚着这些姐妹弟兄。实在是千古第一个多情种子。”

众人一路说笑，来到四面阁。各人洗手更衣，净面扑粉。家人们备下酒饭，摆设阁上，四面都有野景。姐妹弟兄带着月上师徒畅饮半日。彩芝再三嘱托月上修整坟墓，照应梅花，宁增无减。月上连声答应。自此年年收拾，梅树越多。至今扬州有梅花书院，就是当年黛玉埋香之所。

且说众人玩赏半日，用完酒饭，候家人们吃毕，谢了月上师徒，就在坟前嘱别。也不去游平山景致，竟回到座船，辞了月上，吩咐开船长行，不必在码头耽搁。各家人各持名帖，前去止住迎送之人。一路竟自衔尾而进，在途中正是春光明媚，一路无词，不日已到京师。

贾珍差蓉哥儿夫妻出城迎接宝钗、珍珠，说不尽那番悲喜，玉友更外亲热。蓉大奶奶见过诸家姐妹，正在叙谈，听说珍大太太亲自来接，宝钗们迎出船头，彼此相见，悲喜交集。尤氏抬头猛瞧见冯佩金、孟瑞麟，不觉吓了一跳，活像尤二姐、尤三姐姊妹两个。赶忙问了姓名。宝钗、珍珠向着众人指点明白。尤氏十分欢喜。下船略叙几句，见贾府亲族，祝、柳、松、桂同年故旧戚友，不约而同纷纷来接。连铁槛寺、馒头庵两处僧尼俱到。甄宝玉、惜春，贾兰两家夫妇亲来迎接。

宝钗们见人多，难以应酬，同梦玉们相商道：“咱们赶着进宅子去罢，亲友们来的多，又没有个坐处。”众人都说：“甚是。”各上车马，纷纷进城。走了半日,才到荣国公赐第。宝钗在车内瞧见门前那对石狮子,觉比当年光彩,大门亦焕然一新。同众人进宅下车,回想那年离别,想不到今日又进此宅,心中无限悲喜。梦玉领着姐妹弟兄一直进去,狠像是熟游之地,各处走了一遍。

宝钗走到当年做亲的那间房屋,四面瞧着,正是悲切。只听见梦玉道:“这间屋子有趣,我就住在这儿罢。”宝钗对他瞅了一眼,觉着心坎上一股冷气直冒出来,周身就像死人一样,没有一点热气。众姐妹忙问道:“宝姐姐你仔吗一会儿脸上刷白,又发了什么症候?”梦玉们忙过来扶住。惜春道:“一定是路上受些风露,且说话劳神,发了旧病。我带有人参,赶着嚼点子安安神。”忙将人参递与宝钗。众人围着一堆,宝钗叹道:“我的病症就是观音菩萨也是医不来的。从此不用提起。”定了一会,神色已转,留着珍大奶奶婆媳同惜春接待来的亲族。各家人小子、姑娘媳妇们,各人收拾各家行李衣箱什物。

宝钗同松寿们商议,差人往吏兵二部投文,呈递履历,明日五鼓谢恩。吏兵二部先行具奏,明日带领面圣。谁知宫中传出皇后懿旨说,薛宝钗系元妃胞弟宝玉之妇,着伊带领立功女将进宫朝见。吏兵二部同掌宫太监捧着懿旨到来。宝钗们忙摆香案接旨谢恩,款待太监。这太监姓张,是元妃的旧人,贾府的夫人、太太们向是熟识。今见宝钗得了大功,十分欢喜。叙谈一会,回宫覆旨。宝钗命海珠、掌珠、秋瑞、汝湘、九如、珍珠、芳芸、紫箫、芙蓉、宝书、佩金、瑞麟赶着收拾料理,务须洁净整齐,明日同进宫朝见皇后。秋瑞们答应,自去沐浴,薰泽衣饰。松寿、梦玉、桂堂、柳绪、梅春收拾上朝面圣。余外奶奶们接待宾客。

次日五鼓,宝钗姐妹俱是大妆扮,环佩叮当,衣裙华丽。凤钗鸾髻,尽嵌的是八宝明珍,真赛过蕊宫仙子。松寿们冠带整齐,不愧玉堂金马。香茶漱口,各含鸡舌同上车马。弟兄五人来到朝房,伺候宝钗等。是兵部官儿领入后宰门下车,张太监带着些小太监相扶照应。走进内宫,到掌宫太监屋里坐下歇息。

等着皇后面圣回宫,各妃嫔们请安朝见已毕,掌宫太监带领宝钗等排班进宫朝见。宝钗在前,后面是海珠、秋瑞、掌珠、汝湘、九如、紫箫、珍珠、芳芸、芙蓉、宝书、佩金、瑞麟姐妹十三人，一齐跪下，行三跪九叩首，三呼圣寿。礼毕，端跪不敢仰视。

宝钗奏道："臣薛宝钗系荣国公贾法孙媳，工部员外郎贾政儿媳，举人钦封妙觉禅师宝玉之妻。平贼得功，钦封武烈夫人，恭谢天恩。"

海珠奏道："梅海珠，举人梅白之女，太仆寺卿祝筠之媳，编修祝梦玉之妻。军功钦封恭人，恭谢天恩。"

珍珠奏道："贾珍珠，荣国公贾法孙女，工部员外郎贾政第四女，礼部尚书祝凤儿媳，钦赐一甲第三名进士、授翰林院编修祝梦玉之妻。平贼有功，钦封夫人，恭谢天恩。"

掌珠奏道："梅掌珠，举人梅白次女，太仆卿祝筠之媳，编修祝梦玉之妻。军功钦封恭人，恭谢天恩。"

秋瑞奏道："鞠秋瑞，国子监祭酒鞠冰孙女，知县鞠渊之女，编修祝梦玉之妻。军功钦封恭人，恭谢天恩。"

汝湘奏道："郑汝湘，系太常寺少卿郑成孙女，候选盐铁副使郑江之女，太仆寺卿祝筠之媳，编修祝梦玉之妻。军功钦封恭人，恭谢天恩。"

紫箫奏道："魏紫箫，系候选员外郎祝露之媳，编修祝梦玉之妻。军功钦封恭人，恭谢天恩。"

九如、芳芸、芙蓉挨次奏毕。

薛宝书奏道："系礼部主事柳逢春之媳，钦赐一甲二名进士、授翰林院编修柳绪之妻。军功钦封恭人，恭谢大恩。"

佩金奏道："冯佩金，系礼部主事柳逢春之媳，编修柳绪之妻。军功钦封恭人，恭谢天恩。"

瑞麟奏道："孟瑞麟，系岭南节度使定国公松柱之媳，金吾卫冠军都督御林军使松寿之妻。军功钦封恭人，恭谢天恩。"

皇后闻奏，深为喜悦，问："荣国公尚有何人?"宝钗奏道："臣姑王氏现在堂。即内阁大学士王子腾之胞妹，年近六旬，精神康健。嫡长孙贾兰，现蒙圣恩赐袭荣国公爵。"皇后又问："宝玉何以出家？可有子女?"宝钗奏："书痴多病，无福仰受国恩，出家为僧，唪经报国。

幸有一子,年齿尚幼。”皇后道:“尔等俱是国家世臣,须以忠孝教诫子孙,不失为忠良之后。”宝钗们一齐叩首道:“谢皇后慈恩。”皇后又道:“闻祝梦玉有金钗十二,今见九人,尚短三人,果能齐数否?”宝钗奏道:“尚书祝凤,世代单传,至祝凤弟兄三人,又仅此一子。祝凤之母松氏,即定国公松柱之姑母,欲广后嗣,三房各为娶媳,每房一正三副,遂成十二金钗之数。”皇后点头道:“榜眼、探花命妇在此,不知你等可曾见过新状元之妻?”宝钗奏道:“状元梅春,系祝凤胞妹之子,娶妻文湘,即郑汝湘之胞妹。”皇后点头问道:“祝编修可有姐妹?”宝钗奏道:“梦玉有胞妹修云,系兵部侍郎桂恕之媳,金吾都督冠军使桂堂之妻。”皇后大悦,传旨:“明日召祝梦玉十二钗,并松、桂、梅、柳及荣国公贾兰之妻,各命妇进宫朝见。仍命武烈夫人薛宝钗带领引见。”一面传旨赏宴。宝钗们叩首谢恩,皇后退入后宫。首领太监领宝钗们到偏殿领宴。宝钗等叩首领宴谢恩,又谢过大小太监,这才出来。

已是晌午时候,松寿、梦玉众弟兄谢恩面圣。天颜大悦,各有所问。奏对良久,钦赐御宴。五人谢恩回宅,听说宝姑奶奶尚未出宫,心中惦记,拉着兰大爷同往后宰门来探听消息,遇着珍大爷父子也在那里候信。等了好一会,见个小太监出来知会套车,各家人赶忙伺候。只见多少大小太监扶着出来,梦玉、松寿们忙迎上前去。宝钗道:“皇后有旨,明日召十二钗同各命妇进宫朝见。”海珠、珍珠、宝书们大概说了两句,赶着上车回宅,传了皇后懿旨,各家喜欢之至。

宝钗命众姐妹赶着修整容貌,斟酌衣饰,一面偷空儿到宁府来给贾赦、邢夫人磕头请安。赦老爷又娶个宋姨娘十分得宠。邢夫人老退一边,不管闲事,拉着宝钗、珍珠一把鼻涕一把眼泪,说不了这几年的冤苦。宝钗们略坐一会,赶着回家照应料理。

到四更天,内外起来梳洗。众姐妹加意妆饰,极尽人间佳丽。珠玉锦绣,华美非凡。宝钗开出名单,按人点去,先点十二钗:彩芝、秋瑞、珍珠、汝湘、九如、海珠、掌珠、芳芸、紫箫、友梅、芙蓉、蟾珠。梅状元的文湘,柳榜眼的宝书、佩金,桂金吾的修云,松都督的瑞麟,荣国公的秋白。宝钗道:“连我共十九人,先演一回跪拜、奏对之事。”检点明白,梦玉们亲送至后宰门,见好些太监在这里等着。宝钗为首,领着众姐妹冉冉而去。梦玉瞧着真赛过一群广寒仙子,十分叹美。松寿也正望的出神,不提防后面一人拦腰抱住,叫道:“我今日找着你了!”松寿大吃一惊。

不知那抱的是谁,且看下回分解。

第一百回　五枝花同归荣国府　十二钗重会大观园

话说松寿瞧着众姐妹进去,正望的出神,不防背后一人拦腰抱住,喊道:“我今日才找着了你!”松寿出其不意,吃了一惊。那人放手转到当面,笑道:“可还相识?”

松寿们举目见这人,不满三十年纪,面白唇丹,剑眉虎目,颇有英雄气概。松寿道:“虽是面善,却想不起在何处识荆?”那人向身旁取下一物,相示道:“黑夜相逢,难记面貌,君见此物不知犯忆铁笛马珍否?”松寿笑道:“原来是除夜相逢的马公!分手后不知可有际遇?”马珍道:“多蒙高义,即于元旦起身来京,向兵部投递履历。部中有位堂官,系先君旧好,奏知朝廷,以难荫带领引见。感荷圣恩,补授京营守备。若不是恩兄高义,何能得有今日!”松寿们大喜道:“英雄失路,古今常事。从此奋翮云霄,不难作班定远,万里封侯也。改日到署拜贺。”马珍指道:“前面大觉寺狠可游玩。我有差务,不能奉陪。”说毕,辞过众人上马而去。松寿、桂堂们不胜赞叹。派家人在此等候,弟兄五人同贾兰往大觉寺来。

这是一座大丛林古刹,殿宇宏敞,禅房深远,古柏苍松,映蔽天日。六人各处游览,知客僧陪着闲逛。来到一带竹林,见个癞和尚精赤身体,在竹根上擦痒打滚,口里喊道:“完了!完了!十二元宵。”知客道:“有贵客在此。你疯的不像个样儿,还不回避!”那癞和尚一筋斗翻过来,抓住梦玉,将头撞入怀中道:“宝玉!你来了,狠好!狠好!”桂堂、松寿赶忙拉开。知客僧见他疯病大发,骇的飞跑躲开。

贾兰定睛看那疯僧,不觉失惊大叫道:“二叔,怎么闹的这个样儿?”柳绪也抓住和尚道:“二哥！你好忍心,撇下咱们,谁知今日才得见面!”梦玉、松寿才知是琏二哥,真是喜从天降。桂堂赶忙拜谢丈人当年救命之恩。梦玉们围住道:“二哥,咱们今儿遇着了,再不肯放你,总得同了家去。”白云僧笑道:“我若家去,犹如野鸟入笼,刻不可忍。倒不如披云饮露,无意无心,不知有我。”柳绪道:“我知二哥断不肯再履人境,但暂叙无妨。同到府中停云三两日,听其自便。”梅春道:“想慕之人,切于梦寐。肖形仙佛,尚要灵应显圣。我等如此挽留,二哥岂有不发慈悲之理。”松寿道:“仙佛如果无情,二哥今日不必在此相会。云水虽是无心,到底是天地间多情之物。”贾琏笑道:“你们弟兄姐妹俱已身登乐土,从此做的是团圆好梦,无须挂念矣。”梦玉、柳绪拉着不放。贾琏将手在梦玉额上一拍,叫道:“宝玉！你可记得本来面目？你看那边又来个会中人。”众人回望,见是贾蓉一路找来。回身不见了白云僧,彼此深为叹息。

梦玉豁然大悟,前身竟是宝玉,十分悲喜。因碍着宝钗,不敢说破。贾兰对蓉哥说琏二叔之事。贾蓉恨道:“我被知客拉着说话,误我见琏二叔一面,真是可惜。昨日有人来说,尤氏二婶子的坟全已塌了。当年那棺木是凤二婶子办的,狠不成个样儿,听说一箍脑儿全散了板儿。这事怎么办呢?”柳绪道:“放心,这件事交给我,横竖错不了。”

弟兄正谈琏二哥之事,有家人来回,宝姑奶奶们已出宫回宅去了。松寿们离却大觉寺,赶着回宅。见大厅上摆着香案,命弟兄们磕头谢恩。原来奉旨封元妃母亲王氏为慈惠夫人,御书“福寿荣昌”匾额,又是珠冠、如意。皇后亦赏了好些东西,并赐宝钗玉带、宝剑。海珠姐妹十二人,各赏金钗一对,以称其名。修云、孟瑞麟等都赐金花、珠串,又各人几匹蟒缎。各妃嫔皆有赏赐。众人俱望阙谢恩收受,内外道喜,欢声不绝。柳绪们将遇琏二哥之事畅谈一会。次日,梦玉们去谒首相,见老师,拜宾客。宝钗、珍珠们亦各处去拜亲族,一连十几日,昼夜不得安静。

柳绪见事务稍暇,择定日子,约了贾蓉到尤二姐坟上,另给他换了一口棺木。所有衣裙被褥,焕然一新。换衣服的土工见这女尸僵枯不朽,口中含着一样东西,掏出来见是一块黄金,上面血痕无数。家人们瞧见,报与柳绪。柳绪因想起宝姐姐当年说过,尤二姐梦中嘱托,吞下去的这块金子要造佛忏悔。谁知今日落我手中,必须给他造尊金佛才是。想毕,将金子要来收在身上。吩咐土工好生装殓,将坟堆砌筑十分坚固。回到宅里将修坟得金之事说与宝钗,并将欲造金佛之意相商。宝钗、珍珠叹道:“昔年梦中嘱托,至今柳郎还其心愿,数有前定。可见佩金妹以身相托,盖为此也。赶着打造金佛,亦配以小龛。我们要到铁槛寺去拈香,做几天功德。”柳绪答应,忙去赶办。

梦玉们接着家信,知二叔、三舅将次到京,命梦玉等急寻两所官房宅子。宝钗知林之孝的儿子林全同董升二人,京城最为熟悉,令他二人去找。不日来回道:“尚书旧宅现今空着。还有张亲家老爷住的那所官房,亦新近空出了。这两处都狠干净合式。”梦玉约宝钗同去看屋。宝钗进了尚书旧宅,不禁沧海之感。来到上房,指与梦玉道:“此即尚书归寝之室。”姐弟两个哭泣一会。桂堂叹道:“风景依然,令人怀想。”姐弟们叹息半日,就将宅子定下。又去张家旧宅看过,亦甚合式。两边俱付定银,即日各派家人赶着收拾、糊裱、装潢。

过了两日,金佛造成,配了个紫檀嵌玻璃小佛龛,甚为精致。宝钗择日约姐妹弟兄、珍大奶奶婆媳、兰大奶奶们往铁槛寺建斋拜佛。此时寺中是大昌做了当家和尚,比老和尚更会应酬接待,领着合寺僧人在山门外叩接。到了大雄殿,鸣钟擂鼓,击罄摇铃,伺候拈香拜佛。宝钗亲手将新造的金佛与当年那佛相并一处。谁知龛子大小花样不同,里面金佛法身佛像丝毫无二,众人深为怪异。姐妹弟兄焚香祝祷,惟有宝钗、珍珠分外情切。候众人拜毕,同往后面观音阁上。珍珠想起当年同柏夫人在此求签,何曾想有今日。芙蓉亦想起那年风景,他二人对着大士慈容,拜了又拜。

众姐妹拜完之后,大昌请入客堂,领着众僧参见。大昌道:“先师坐化时吩咐徒子徒孙道:‘本寺深受贾、祝两府无量功德,难以报答。每月初一、十五必须拜忏诵经,祈保贾府老公太太、祝老尚书太太同各位夫人、太太、爷们、姑娘、哥儿们积福延寿。’我不敢忘师父遗命,每月如此。这是多年,就是香烛灯油不过三二百银,都是咱们师徒应该报效的。去年十二月三十晚上，老师父出来显灵，说是从那年坐化，就往西天去成佛。因为明年两府太太、爷们要到寺来拈香，我在西天早已知道，故此回来通信，赶着将寺中收拾妥当。我知你们无钱，只管当了使换。横竖有大护法慈悲，山门兴旺。因此赶着收拾。不怕四姑太太们见笑，真连什么儿都当了个精光。”梅春笑道：“和尚请便，让咱们歇会子再谈。”大昌答应，一路张罗出去。宝钗笑道：“此公是地狱中宝贝，当年他老师父还有点子僧气，此人和而不尚矣。”众人大笑，用了些果茶，谈些当年古话。宝钗道：“刚才咱们过万缘桥，我瞧那些石板狠多损缺，桥身亦觉歪斜。这是琏二哥的遗迹，不可毁坏。一会儿转去时，兄弟们留心瞧瞧，倘要修整，咱们就得赶办。”众人答应。柳绪道：“咱们到馒头庵去逛会子，再回家去。”宝钗点头应允，吩咐伺候。大昌上来款留备斋。松寿们再三辞谢。到寺门外各上车马，一直往馒头庵来。

此时，庵里只有妙空同智静二人，另招了几个有趣徒弟，其余当年人物各皆星散。那日妙空、智静到码头上接着宝钗、珍珠、宝书、柳绪，又看见梦玉。妙空们就像见了活宝，说不尽喜从天降，连日到府里请安。宝书、柳绪待之如手足一样，异常亲热。宝钗因妙空是贾琏的相好，神僧朋友，况且当年十分相得，今日真如两世相逢，因此约了众姐妹同妙空们结拜了个方外姐妹。

此时，同众人来到馒头庵，见树木更觉苍古，山门殿屋未免残落，究非昔日老师父在时景象。柳绪、宝书不胜感叹。到殿上拈香已毕，柳绪到当年所住之屋，只见破损不堪，堆了些零星物件，心内十分悲叹。想当年若非他师徒留在此间，何能有琏二哥一番际遇，至有今日。夫妻二人伤感一会，到老师父神影前点上香烛，两人哭拜尽礼。宝书领着众人，往各处及自家的旧屋游玩已毕，都到妙空屋里坐下，吃茶叙谈往事。柳绪道：“此处是母子际遇之所，不可忘本。我同宝书捐资将馒头庵重新建造，装塑佛像、金身。俟落成开光之日，给老师父建七昼夜水陆道场，以报生前情爱。”众人都称甚是。梦玉道：“我亦有个主意。咱们宅里的栊翠庵，听说无人主持，败落不堪。我也兴造起来，请空师兄作栊翠庵主。咱们可以朝夕相亲，你仍可两边照应。所有一切道粮香火，惟我是问，不用你去化缘。岂不是件美事！”众姐妹一齐赞美。妙空欢喜，满口应允。宝钗道：“栊翠庵当年妙玉，今日妙空。兴败盛衰同归于妙。”梅春笑道：“古今得意之事曰妙，宝二哥由妙而觉，圣上封他为妙觉。实在宝二哥深得妙中三昧，若我辈只妙而不觉，虽妙而不妙也。”姐妹弟兄一齐大笑。

桂堂道：“你们忒也势利，刚才铁槛寺大昌说了多少苦话，你们当做耳边风，没有一个言语，梅大爷还发了烦。这会儿妙哥并不化缘，你们争着给他起房盖屋，买田置地，还恐妙兄不要，这不是件怪事。”秋瑞道：“泰卦以地为先，地，坤道也。可见咱们比邱尼是要赛过你们那些穷和尚。九如正噙着一口茶，不觉“噗哧”一笑，喷了梅春一脸。举坐哄堂大笑。彩芝笑出眼泪，忘了手中拿的是茶杯，错记是方手帕，向着眼上一擦，将半杯香茶泼了一脸，赶忙放下茶杯，纵声大笑。姐妹弟兄笑做一团。姑娘们忙伺候净面收拾。宝钗见天色将晚，忙催着进城。此后柳绪重建馒头庵，妙空作栊翠庵主，两边照应，从此得意，交代不提。

松寿们回到万缘桥，弟兄下马各处细看一遍。到碑亭上读贾琏造桥碑记，彼此赞叹。到宝钗车前，将情形细说一遍。宝钗吩咐家人中有认得刘长者的，找他到府里来说话。众家人答应去找。宝钗们回府，一宵晚景不提。

次日刘长者到公府请安，送了些果子点心。宝钗命贾兰对他说，要重修万缘桥，必须长远坚固，仍托他一人经手包造。刘长者不敢推辞，耽承办理。宝钗、梦玉们捐资，比当年更结实坚固，真是一件无量功德。

弟兄将诸事料理妥当，同众姐妹众人游览大观园。原来旧时匾额，俱被刘尚书更换。惟潇湘馆、怡红院、稻香斋三处仍存其旧。其余楼阁亭台改换甚多，迥非昔年风景。宝钗、珍珠遍览一回，见大观园面目似是而非，梦玉诸人不胜感叹。彩芝坐在潇湘馆中，默默无言，如有所思。掌珠道：“两世一身复归于宅，尚有何事可思？”彩芝点头，未及答言。只见宝钗往外带笑而来道：“大观园被刘尚书更改，别有风景。惟存大观之名而已。你们这三处独存其旧，似乎留待故人,有修屋留巢之意。我倒有个主意,给你们分定住处,以后分班来往,都有定向。”梦玉大喜道:“请姐姐给咱们分派。”宝钗坐下道:“依我说,海珠、掌珠、珍珠、芙蓉四人,仍住怡红院。彩芝、友梅、九如、汝湘四人,住潇湘馆。紫箫、蟾珠、芳芸、秋瑞四人,住稻香斋。二叔叔虽各有衙门公事,不便同住。但究系此地主人,必须将咱们老太太的那进屋子留与二叔。魁兄弟住咱们太太的屋子。侣佺兄弟住我家的梨花院。将上屋留与三舅同舅母作来往住处。绪兄弟住琏二哥的院子。兰哥儿住我的那两层大院子。寿大兄弟住薛姨妈原住的那屋子,另有大门出入,彼此方便。”众人都说:“姐姐派的狠好,咱们依着,就搬房罢。”

贾兰道:“此屋已非贾家之物,我只要赐第内那几间书房就够了。”梦玉叹道:“我原非是我。况老太太吩咐,我弟兄叔侄无分彼此,何以见得就是我的。还没有打伙一年半载,就将我当作外人。”梦玉不觉掩面大哭。江秋白报怨丈夫失言,赶忙过来劝慰陪罪。珍珠道:“这潇湘馆是个出眼泪的地方,一定有关着眼泪风水。我明日在潇湘馆前建一座宝塔,定要破掉这股风水才得。”秋瑞笑道:“若建宝塔,是眼睛里插了棒棰,水儿来的更快。”众人哄然大笑,梦玉亦破涕为笑。

修云道:“宝姐姐同海珠、紫箫、九如、汝湘、蟾珠、芙蓉、佩金诸位姐姐们,日内起身回去。咱们今日就将屋子搬定,明日在大观园给宝姐姐们饯行,畅叙两日。从此有一年阔别了。”众人都说:“甚是。”各人吩咐姑娘、嫂子们搬移房屋,整忙了一天。

次日,众人在临水大花厅上给宝钗、海珠众姐妹饯行,并请珍大奶奶婆媳。原来珍大奶奶的母亲尤老老尚在,贫老无依。孟瑞麟、冯佩金二人拜认为母,请在宅中养老。珍大奶奶感激二人,胜如当年手足。今日众人公饯,亦请尤老老在坐。又将妙空、智静请来作个团圆大会。少刻甄大奶奶惜春到来,对珍珠道:“满街芍药压倒担头,如此良会,岂可独少此君。”海珠道:“园中虽有数木,尽能点缀春光,不能为会中人生色。当折柬招之,以助芳兴。”于是,吩咐听差嫂子,命外面多买芍药。不一会,挑了十几担进来。梦玉们大喜,间着颜色插了数百瓶，芬芳满屋。姐妹弟兄吹歌唱曲，舞剑弹筝，日以继夜，十分欢乐。

次早，家人来报老爷同太太们到了。原来祝母知梦玉、梅春弟兄姐妹从未离家，且俱皆年少，放心不下，命桂夫人进来照应。因马上定夺起身，不及知会，是以梦玉们不知太太进来之事。听家人们来报，赶忙同姐妹弟兄出城去接。来到船上，见面后才知就里，真是喜出望外。桂夫人对宝钗道："老太太吩咐，叫你不要耽搁，就赶着回去。咱们船只雇定，我来你去。"宝钗们大喜道："就是这样，二婶子行李起来，我们就可发了下来。"祝筠、桂恕听说宅子现成，心中甚喜。金夫人对柳绪传柳太太之词。两边船上挤满是人。桂夫人带的是荆、李、兰生三个姨娘，金夫人带着巧姑娘。探春将侍书送了桂廉夫。祝母亦将仙凤给桂侍郎做姨娘。一同前来，彼此热闹。弟兄姐妹送两位老爷进宅。次日五鼓面圣谢恩，朝廷大悦，面为温谕。散朝后就去到任供职。

桂夫人久慕大观园，金夫人是热游之地，约伴而来。桂夫人前后游玩，深为叹赏，来到园中赞叹不绝。宝钗们就在大观园接风，又畅叙一日。宝钗因有钦赐王夫人匾额物件，不敢久留，吩咐姑娘们发行李上船，带领海珠们入宫奏辞回籍。梦玉们又苦留两日，势难耽待，只得洒泪送别。桂夫人吩咐海珠姐妹一年相换之话，又再三叮嘱一番。邢夫人差宋姨娘、珍大奶奶婆媳都来送行，说不尽姐妹弟兄分手时伤悲难过。

看着宝姐姐们开船而去，从此云山间隔，两地相思，望风怀想而已。直等到梦玉们告假回家，给祝母作八十大庆，姐弟又才会面，欢叙年余。

后来，祝筠升到侍郎，终养回家。梦玉做到尚书。柳绪、梅春俱列上卿。松寿袭定国公之职。桂堂做到节度使。梅、柳、松、桂各有子女数人。祝府是海珠、掌珠、彩芝、芙蓉、芳芸、蟾珠各生一子。珍珠生两女一子。紫箫、秋瑞、九如、汝湘各生三女。友梅无子女。贾府宝钗之子慧哥、平儿之子毓哥、周府探春之子定哥弟兄俱先后成名，发了科甲，同桂捷、梦金、寄生们又是一班后生英俊，俱做大官。

宝钗教子成名后,看破红尘,同友梅、白飞云在如是园中潜心修道,得幻虚仙子点化,解脱成仙。梦玉同十二钗完结子女之后,侍奉祝母、王夫人们享林泉之乐,听说后来俱成地仙。真所谓富贵登仙,比郭子仪还要有趣。奉祝母之命,松、祝、梅、桂、柳、贾世为婚姻,又有惜春、探春同郑、汪、江、王、顾、李那些至亲们,俱同这几家联结婚姻。谁知那一班小弟兄姐妹们,又做出许多奇巧姻缘,变换有趣。且留俟海内才人,锦心学士再为伊等演出一段风流佳话。

此书只续叙宝玉后身重复大观园,团聚金陵十二钗。红楼之梦,余言不及备载。后人有诗单道这红楼续梦,诗曰:

造化轮回未可持,死生无错是便宜。
因缘竹石书无碍,情本风花境亦奇。
青冢几时埋艳骨,红楼何处续相思。
世人欲解春婆梦,不到相逢总不知。

图书在版编目(CIP)数据

红楼复梦/(清)陈少海著. —长沙:岳麓书社,2019.10
(中国古典小说普及文库)
ISBN 978-7-5538-1104-8

Ⅰ.①红… Ⅱ.①陈… Ⅲ.①章回小说—中国—清代
Ⅳ.①I242.4

中国版本图书馆 CIP 数据核字(2019)第 066681 号

HONGLOU FUMENG

红楼复梦

作　　者:[清]陈少海
责任编辑:曾　倩
责任校对:舒　舍
封面设计:浙江有观文化创意有限公司
特约插画:王岩琰　王雨辰

岳麓书社出版发行
地址:湖南省长沙市爱民路 47 号
直销电话:0731-88804152　0731-88885616
邮编:410006
岳麓书社网址:www.yueluhistory.com

2019 年 10 月第 1 版第 1 次印刷
开本:890mm×1240mm　1/32
印张:29.5
字数:850 千字
印数:1—5 000
ISBN 978-7-5538-1104-8
定价:56.00 元

承印:湖南天闻新华印务有限公司

如有印装质量问题,请与本社印务部联系
电话:0731-88884129